U0106413

中華書局

紅樓夢

曹雪芹 著

一

□底　本：北京師範大學圖書館藏程甲本
□主持整理：啓　功
□參與整理：張　俊　武靜寰　周紀彬　聶石樵　龔書鐸
□責任編輯：叢　華
□裝幀設計：Edited

紅樓夢（全四冊）

□
著者
曹雪芹　高　鶚

□
出版
中華書局（香港）有限公司

香港北角英皇道 499 號北角工業大廈一樓 B 室
電話：（852）2137 2338　傳真：（852）2713 8202
電子郵件：info@chunghwabook.com.hk
網址：http://www.chunghwabook.com.hk

□
發行
香港聯合書刊物流有限公司

香港新界荃灣德士古道 220-248 號
荃灣工業中心 16 樓
電話：（852）2150 2100　傳真：（852）2407 3062
電子郵件：info@suplogistics.com.hk

□
印刷
深圳中華商務安全印務股份有限公司
深圳市龍崗區平湖鎮萬福工業區

□
版次
2012 年 4 月初版
2023 年 3 月第 3 次印刷

□
規格
特 32 開（210 mm × 155 mm）

□
ISBN：978-988-8148-28-8

出版說明

《紅樓夢》、《水滸傳》、《三國演義》、《西遊記》，其中的任何一本都是中國文學史上的豐碑，而由這四本書組成的「四大名著」更是中國乃至全人類共同擁有的寶貴文化遺產，在全世界有著深遠的影響。它不僅是中國古典文學的瑰麗寶藏，也是中國傳統文化、歷史、地理、民俗的知識寶庫。

「四大名著」是由「四大奇書」發展而來的。早在明朝就有了「四大奇書」的說法，著名文學家馮夢龍將「三國」、「水滸」、「西遊」、「金瓶梅」並稱為「四大奇書」。到了清初，李漁繼承其說，並將「三國」冠以「第一奇書」而出版。由此可見，在明末清初之際，「四大奇書」的提法已經流行開來。被公認為中國古典小說最高峰的《紅樓夢》出現後，它也就取代了《金瓶梅》，躋身「四大名著」之列，今天大家熟知的「四大名著」形成了。因此，「四大名著」不是某個人定下來的，而是被廣大讀者認可而逐漸形成的。

「四大名著」的版本很多，裝幀形式也多種多樣。本套書各書均選取較好的版本作為底本，如《紅樓夢》採用程甲本，《三國演義》採用醉耕堂本，《水滸傳》採用容與堂本，《西遊記》則採用金陵世德堂本，並約請了多位著名學者加以整理校勘，如啓功先生（《紅樓夢》）、黄永年先生（《西遊記》）、劉世德先生（《三國演義》）、李永祜先生（《水滸傳》）等。在此，對各位學者所做的辛勤工作表示衷心的感謝。

中華書局編輯部

二〇一〇年七月

前言

在中國小說史上，無論就哪個方面而言，《紅樓夢》都是一座難以踰越的高峰。它代表了古典小說創作的最高成就。

《紅樓夢》的作者是曹雪芹。他名霑，字夢阮，祖籍遼陽（今屬遼寧）。在歷史上，曹家和《紅樓夢》中的賈家一樣，是個「鐘鳴鼎食」之家。在康熙一朝，從曹雪芹的曾祖父曹璽開始，祖孫四人相繼出任江寧織造，達六十年之久，成為江南顯赫一時的望族。雍正帝即位後，曹家失寵，連受打擊，最後被籍沒家產。

曹雪芹正是出生在這樣一個家庭。他生於康熙末年（約一七一五前後），死於乾隆二十七（一七六二）或二十八年（一七六三）除夕。少年時代，他過的是「錦衣紈袴」、「飫甘厭肥」的富貴生活。十三歲時，家產被抄，一家人離開南京，遷回北京，開始了「茅椽蓬牖」、「繩牀瓦灶」的貧苦生活；到了晚年，更是陷入了「舉家食粥酒常賒」的境地。乾隆二十七年，曹雪芹幼子夭亡，使他陷入極度憂傷之中，最終貧病而死。曹雪芹性格傲岸，豪放不羈；多才多藝，工詩善畫。他一生的心血，可以說都傾注在《紅樓夢》中，據說他「披閱十載，增刪五次」，「字字看來盡是血，十年辛苦不尋常」，這部小說真正是他嘔心瀝血之作。

《紅樓夢》的全本應為一百二十回，但曹雪芹生前主要完成了前八十回。在八十回以後，仍寫有不少片斷甚至整回的手稿，可惜都佚失了。今見的後四十回，是程偉元、高鶚搜集殘稿，續補而成的。乾隆五十六年（一七九一），程偉元、高鶚用活字排印《紅樓夢》一百二十回，從此，《紅樓夢》便迅速地在社會上流傳，「遍於海內，家家喜聞，處處争購」。

《紅樓夢》是中國小説中反映時代最深刻的作品。身經從榮華富貴到貧困潦倒的大悲歡，曹雪芹對社會和人生有著清醒透徹的理解。他對賈氏家族的種種弊病劣跡和子弟們的荒淫腐朽進行了不遺餘力的揭露，並藉以批判日益朽壞的上層建築和意識形態，包括皇權制度、官僚制度、科舉制度、宗法等級制度、婚姻制度以及禮法、道德觀念。小説中賈府在政治上的衰落、道德上的腐敗、經濟上的崩潰、子弟的一代不如一代，預示著舊的制度必將走向沒落的趨勢。

曹雪芹具有强烈的反叛精神，對宗法禮教的道德思想持決絕的批判態度。他渴望一個合乎人性發展的社會環境，所以，在書中創造了一個大觀園。現實生活愈是晦暗、沈滯、沒有前途，就愈加顯得大觀園明媚、歡娱、充滿生機。同時，他又塑造了兩個飽含著他的理想的人物——賈寶玉和林黛玉，體現著思想自由、個性解放和人權平等的初步的民主主義思想。而寶、黛愛情的悲劇，正是對禮教的控訴。

《紅樓夢》代表了中國通俗小説藝術發展的最高成就。曹雪芹從真實的生活出發，寫出人物的真實性、複雜性。他著力刻畫的賈寶玉、林黛玉、薛寶釵等形象，真正是凝聚著自己人生經驗和人格理想的活生生的「這一個」。其他人物如王熙鳳、晴雯、探春、湘雲、妙玉、紫鵑、賈母、劉老老等，都是每人有每人的個性，讓人有如在目前之感。

《紅樓夢》的語言運用，也達到登峰造極的地步。它以北方口語為基礎，兼採傳統文言中的精華，融匯貫通，形成高度藝術化的文學語言。人物的語言高度個性化，像寶釵的雅、黛玉的尖、薛蟠的粗、鳳姐的俗，都可以看出其生活背景、文化素養和思想境界來。其叙述語言則表現為形象化和詩化，簡煉、準確而又重細節，有氣氛、有意境、有神韻。

《紅樓夢》卓越的思想成就和藝術創造，使它成為中國文學的代表。它還被譯成多國文字，在世界各地廣泛流傳，成為世界文學中的精品。

本書以北京師範大學圖書館所藏程甲本為底本，由啓功先生主持，張俊、武靜寰、周紀彬、聶石樵、龔書鐸先生參與整理而成。在此，我們再一次對整理者們傑出的工作表示感謝。

中華書局編輯部

二〇一〇年七月

四大家族主要人物關係表

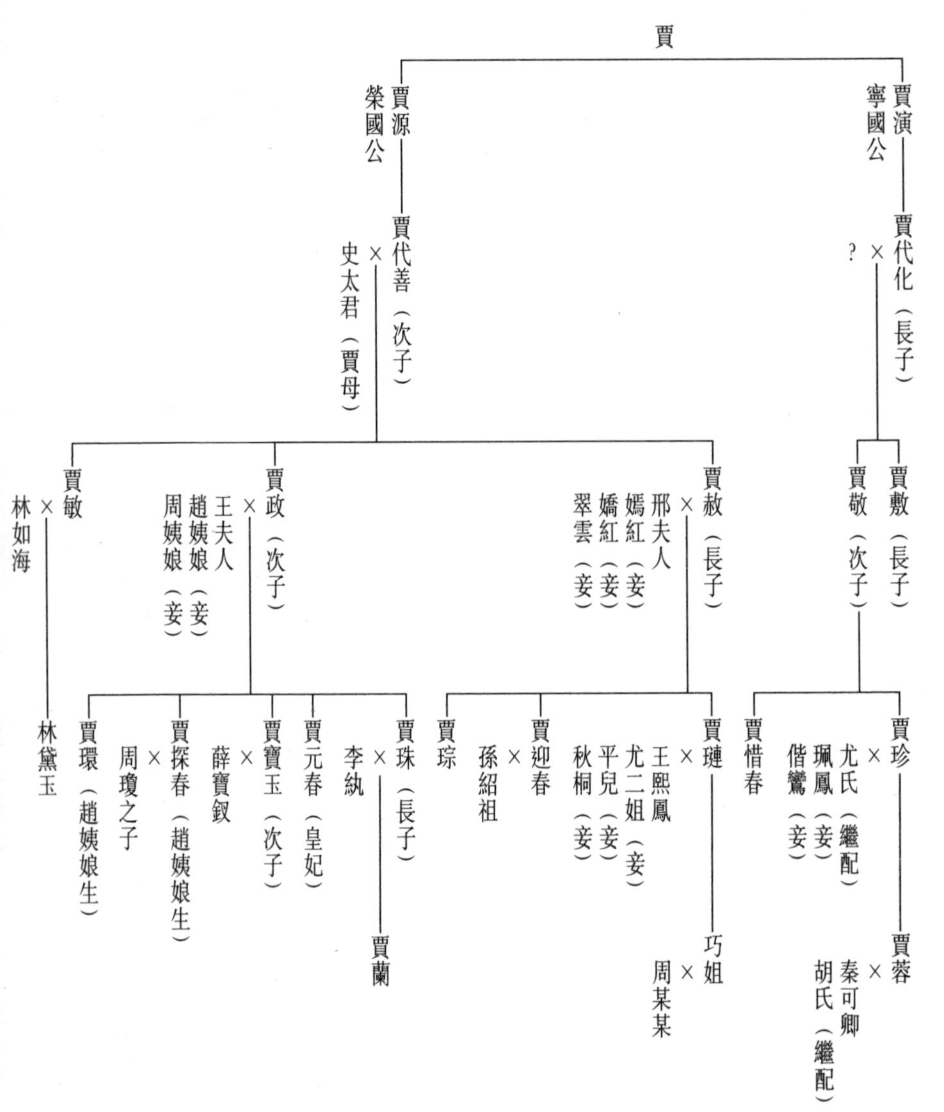

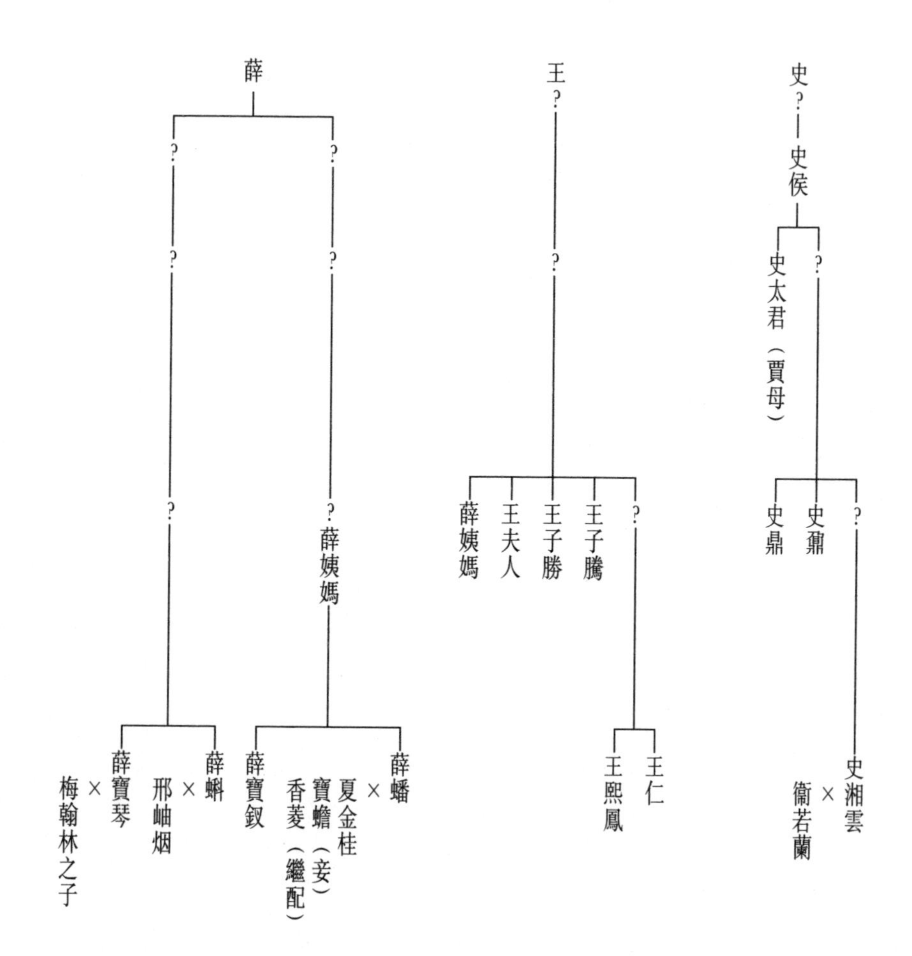

史
?
史侯
史太君（賈母）
?
史鼎
史鼐
?
史湘雲
×
衞若蘭
王
?
?
薛姨媽
王夫人
王子勝
王子騰
?
王仁
王熙鳳
薛
?
?
?
?
?
薛姨媽
薛寶琴
×
梅翰林之子
邢岫烟
×
薛蝌
薛寶釵
香菱（繼配）
寶蟾（妾）
夏金桂
×
薛蟠

說明：「×」者表示夫妻關係

目錄

【冊一】

【冊 二】

【冊三】

【冊四】

卷一　甄士隱夢幻識通靈　賈雨村風塵懷閨秀

此開卷第一回也。作者自云曾歷過一番夢幻之後，故將真事隱去，而借「通靈」說此《石頭記》一書也，故曰「甄士隱」云云。但書中所記何事何人？自己又云：「今風塵碌碌，一事無成，忽念及當日所有之女子，一一細考較去，覺其行止見識皆出我之上。我堂堂鬚眉，誠不若彼裙釵，我實愧則有餘，悔又無益，大無可如何之日也！當此日，欲將已往所賴天恩祖德，錦衣紈絝之時，飫甘饜肥之日，背父兄教育之恩，負師友規訓之德，以致今日一技無成、半生潦倒之罪，編述一集，以告天下，知我之負罪固多，然閨閣中歷歷有人，萬不可因我之不肖，自護己短，一併使其泯滅也。故當此蓬牖茅椽，繩牀瓦灶，未足妨我襟懷；況對著晨風夕月，階柳庭花，更覺潤人筆墨。雖我不學無文，又何妨用假語村言，敷演出來，亦可使閨閣昭傳，復可破一時之悶，醒同人之目，不亦宜乎？故曰『賈雨村』云云。更於篇中間用『夢』『幻』等字，卻是此書本旨，兼寓提醒閱者之意。」

看官：你道此書從何而起？說來雖近荒唐，細玩深有趣味。卻說那女媧氏煉石補天之時，於大荒山無稽崖煉成高十二丈、見方二十四丈大的頑石三萬六千五百零一塊，那媧皇只用了三萬六千五百塊，單單剩下一塊未用，棄在青埂峰下。誰知此石自經鍛煉之後，靈性已通，自去自來，可大可小，因見眾石俱得補天，獨自己無才，不得入選，遂自怨自愧，日夜悲哀。

一日，正當嗟悼之際，俄見一僧一道遠遠而來，生得骨格不凡，丰神迥異，來到這青埂峰下，席地坐談。見著這塊鮮瑩明潔的石頭，且又縮成扇墜一般，甚屬可愛，那僧托於掌上，笑道：「形體倒也是個靈物了，只是沒有實在的好處，須得再鐫上幾個字，使人人見了便知你是件奇物，然後攜你到那昌明隆盛之邦、詩禮簪纓之族、花柳繁華地、溫柔富貴鄉那裏去走一遭。」石頭聽了大喜，因問：「不知可鐫何字？攜到何方？望乞明示。」那僧笑道：「你且莫問，日後自然明白。」說畢，便袖了，同那道人飄然而去，竟不知投向何方。

又不知過了幾世幾劫，因有個空空道人訪道求仙，從這大荒山無稽崖青埂峰下經過，忽見一塊大石，上面字跡分明，編述歷歷；空空道人乃從頭一看，原來是無才補天、幻形入世、被那茫茫大士渺渺真人攜入紅塵、引登彼岸的一塊頑石，上面敍著墮落之鄉、投胎之處，以及家庭瑣事、閨閣閒情、詩詞謎語，倒還全備。只是朝代年紀，失落無考。後面又有一偈云：

無才可去補蒼天，枉入紅塵若許年；此係身前身後事，倩誰記去作奇傳？

空空道人看了一回，曉得這石頭有些來歷，遂向石頭說道：「石兄，你這一段故事，據你自己說來，有些趣味，故鐫寫在此，意欲聞世傳奇。據我看來，第一件，無朝代年紀可考；第二件，並無大賢大忠、理朝廷、治風俗的善政，其中只不過幾個異樣女子，或情或癡，或小才微善，我縱然鈔去，也算不得一種奇書。」石頭果然答道：「我師何必太癡！我想歷來野史的朝代，無非假借『漢』『唐』的名色，莫如我這石頭所記，不借此套，只按自己的事體情理，反倒新鮮別致。況且那野史中，或訕謗君相，或貶人妻女，姦淫兇惡，不可勝數。更有一種風月筆墨，其淫穢汙臭，最易壞人子弟。至於才子佳人等書，則又開口『文君』，滿篇『子建』，千部一腔，千人一面，且終不能不涉淫濫。在作者不過要寫出自己的兩首情詩豔賦來，故假捏出男女二人名姓，又必旁添一小人撥亂其間，如戲中小丑一般。更可厭者，『之乎者也』，非理即文，大不近情，自相矛盾。竟不如我半世親見親聞的這幾個女子，雖不敢說強似前代書中所有之人，但觀其事跡原委，亦可消愁破悶；至於幾首歪詩，亦可以噴飯供酒。其間離合悲歡，興衰際遇，俱是按跡循蹤，不敢稍加穿鑿，至失其真。只願世人當那醉餘睡醒之時，或避事消愁之際，把此一玩，不但洗了舊套，換新眼目，卻也省了些壽命筋力，不比那謀虛逐妄。我師意為何如？」空空道人聽如此說，思忖半晌，將這《石頭記》再檢閱一遍，因見上面大旨不過談情，亦只實錄其事，絕無傷時淫穢之病，方從頭至尾鈔寫回來，聞世傳奇。從此空空道人因空見色，由色生情，傳情入色，自色悟空，遂改名情僧，改《石頭記》為《情僧錄》。東魯孔梅溪題曰《風月寶鑒》。後因曹雪芹於悼紅軒中，披閱十載，增刪五次，纂成目錄，分出章回，又題曰《金陵十二釵》，並題一絕。即此便是《石頭記》的緣起。詩云：

滿紙荒唐言，一把辛酸淚！都云作者癡，誰解其中味？

《石頭記》緣起既明，正不知那石頭上面記著何人何事，看官請聽——

按那石上書云：當日地陷東南，這東南有個姑蘇城，城中閶門，最是紅塵中一二等富貴風流之地。這閶門外有個十里街，街內有個仁清巷，巷內有個古廟，因地方狹窄，人皆呼作「葫蘆廟」。廟旁住著一家鄉宦，姓甄名費，字士隱，嫡妻封氏，性情賢淑，深明禮義。家中雖不甚富貴，然本地也推他為望族了。因這甄士隱稟性恬淡，不以功名為念，每日只以觀花種竹、酌酒吟詩為樂，倒是神仙一流人物。只是一件不足，年過半百，膝下無兒，只有一女，乳名英蓮，年方三歲。

一日炎夏永晝，士隱於書房閒坐，手倦拋書，伏几盹睡，不覺朦朧中走至一處，不辨是何地方。忽見那廂來了一僧一道，且行且談，只聽道人問道：「你攜了此物，意欲何往？」那僧笑道：「你放心，如今現有一段風流公案，正該了結，這一干風流冤家尚未投胎入世，趁此機會，就將此物夾帶於中，使他去經歷經歷。」那道人道：「原來近日風流冤家又將造劫歷世，但不知起於何處？落於何方？」那僧道：「此事說來好笑。只因西方靈河岸上三生石畔有絳珠草一株，那時這個石頭因媧皇未用，卻也落得逍遙自在，各處去遊玩，一日來到警幻仙子處，那仙子知他有些來歷，因留他在赤霞宮居住，就名他為赤霞宮神瑛侍者。他卻常在靈河岸上行走，看見這株仙草可愛，遂日以甘露灌溉，這絳珠草始得久延歲月。後來既受天地精華，復得甘露滋養，遂脫了草木之胎，得換人形，僅僅修成女體，終日遊於『離恨天』外，飢餐『秘情果』，渴飲『灌愁水』。只因尚未酬報灌溉之德，故甚至五內鬱結著一段纏綿不盡之意，常說『自己受了他雨露之惠，我並無此水可還，他若下世為人，我也同去走一遭，但把我一生所有的眼淚還他，也還得過了。』因此一事，就勾出多少風流冤家都要下凡，造歷幻緣，那絳珠仙草也在其中。今日這石復還原處，你我何不將他仍帶到警幻仙子案前，給他掛了號，同這些情鬼下凡，一了此案。」那道人道：「果是好笑，從來不聞有『還淚』之說。趁此你我何不也下世度脫幾個，豈不是一場功德？」那僧道：「正合吾意。你且同我到警幻仙子宮中，將這『蠢物』交割清楚，待這一干風流孽鬼下世，你我再去。——如今有一半落塵，然猶未全集。」道人道：「既如此，便隨你去來。」

卻說甄士隱俱聽得明白，遂不禁上前施禮，笑問道：「二位仙師請了。」那僧道也忙答禮相問，士隱因說道：「適聞仙師所談因果，實人世罕聞者。但弟子愚拙，不能洞悉明白，若蒙大開癡頑，備細一聞，弟子洗耳諦聽，稍能警省，亦可免沈淪之苦。」二仙笑道：「此乃玄機，不可預泄者。到那時只不要忘了我二人，便可跳出火坑矣。」士隱聽了，不便再問，因笑道：「玄機固不可泄，但適云『蠢物』，不知為何？或可得見否？」那僧說：「若問此物，倒有一面之緣。」說著取出遞與士隱。士隱接了看時，原來是塊鮮明美玉，上面字跡分明，鐫著「通靈寶玉」四字。後面還有幾行小字，正欲細看時，那僧便說「已到幻境」，便強從手中奪了去，與道人竟過一大石牌坊，上面大書四字，乃是「太虛幻境」，兩邊又有一副對聯道：

假作真時真亦假，無為有處有還無。

士隱意欲也跟了過去，方舉步時，忽聽一聲霹靂，若山崩地陷，士隱大叫一聲，定睛看時，只見烈日炎炎，芭蕉冉冉，夢中之事，便忘了一半。又見奶母抱了英蓮走來。士隱見女兒越發生得粉裝玉琢，乖覺可喜，便伸手接來，抱在懷中，鬥他玩耍一回，又帶至街前看那過會的熱鬧。方欲進來時，只見從那邊來了一僧一道，那僧癩頭跣足，那道跛足蓬頭，瘋瘋癲癲，揮霍談笑而至。及到了他門前，看見士隱抱著英蓮，那僧便大哭起來，又向士隱道：「施主，你把這有命無運、累及爹娘之物抱在懷內做甚？」士隱聽了，知是瘋話，也不睬他。那僧還說：「捨我罷，捨我罷！」士隱不耐煩，便抱女兒轉身欲進去，那僧乃指著他大笑，口內念了四句言詞，道是：

慣養嬌生笑你癡，菱花空對雪澌澌；好防佳節元宵後，便是煙消火滅時。

士隱聽得明白，心下猶豫，意欲問他來歷，只聽道人說道：「你我不必同行，就此分手，各幹營生去罷，三劫後我在北邙山等你，會齊了，同往太虛幻境銷號。」那僧道：「最妙，最妙！」說畢，二人一去再不見個蹤影了。士隱心中此時自忖：這兩個人必有來歷，很該問他一問，如今後悔卻已晚了。

這士隱正癡想，忽見隔壁葫蘆廟內寄居的一個窮儒——姓賈名化、表字時飛、別號雨村的走了來。這賈雨村原係湖州人氏，也是詩書仕宦之族，因他生於末世，父母祖宗根基已盡，人口衰喪，只剩得他一身一口，在家鄉無益，因進京求取功名，再整基業。自前歲來此，又淹蹇住了，暫寄廟中安身，每日賣文作字為生，故士隱常與他交接。當下雨村見了士隱，忙施禮陪笑道：「老先生倚門佇望，敢是街市上有甚新聞麼？」士隱笑道：「非也，適因小女啼哭，引他出來作耍。正是無聊得很，賈兄來得正好，請入小齋，彼此俱可消此永晝。」說著，便令人送女兒進去，自攜了雨村，來至書房中，小童獻茶。方談得三五句話，忽家人飛報：「嚴老爺來拜。」士隱慌得忙起身謝罪道：「恕誑駕之罪，略坐，弟即來奉陪。」雨村起身亦讓道：「老先生請便。晚生乃常造之客，稍候何妨。」說著士隱已出前廳去了。

這裏雨村且翻弄詩籍解悶，忽聽得窗外有女子嗽聲，雨村遂起身往外一看，原來是一個丫鬟在那裏掐花，生得儀容不俗，眉目清秀，雖無十分姿色，卻也有動人之處，雨村不覺看得呆了。那甄家丫鬟掐了花，方欲走時，猛擡頭見窗內有人，敝巾舊服，雖是貧窘，然生得腰圓背厚，面闊口方，更兼劍眉星眼，直鼻方腮。這丫鬟忙轉身迴避，心下自想：「這人生得這樣雄壯，卻又這樣襤褸，想他定是我家主人常說的什麼賈雨村了，每有意幫助周濟他，只是沒甚機會。我家並無這樣貧窘親友，想一定就是此人了，怪道又說他必非久困之人。」如此想，不免又回頭一兩次。雨村見他回了頭，便以為這女子心中有意於他，便狂喜不禁，自謂此女子必是個巨眼英豪，風塵中之知己。一時小童進來，雨村打聽得前面留飯，不可久待，遂從夾道中自便門出去了。士隱待客既散，知雨村已去，便也不去再邀。

一日到了中秋佳節，士隱家宴已畢，又另具一席於書房，自己步月至廟中來邀雨村。原來雨村自那日見了甄家之婢曾回顧他兩次，自謂是個知己，便時刻放在心上，今又正值中秋，不免對月有懷，因而口占五言一律云：

未卜三生願，頻添一段愁；悶來時斂額，行去幾回頭。
自顧風前影，誰堪月下儔？蟾光如有意，先上玉人樓。

雨村吟罷，因又思及平生抱負，苦未逢時，乃又搔首對天長歎，復高吟一聯云：

玉在櫝中求善價，釵於奩內待時飛。

恰值士隱走來聽見，笑道：「雨村兄真抱負不凡也！」雨村忙笑道：「不敢，不過偶吟前人之句，何期過譽如此。」因問：「老先生何興至此？」士隱笑道：「今夜中秋，俗謂『團圓之節』，想尊兄旅寄僧房，不無寂寥之感，故特具小酌，邀兄到敝齋一飲，不知可納芹意否？」雨村聽了，並不推辭，便笑道：「既蒙謬愛，何敢拂此盛情。」說著，便同了士隱復過這邊書院中來。

須臾茶畢，早已設下杯盤，那美酒佳餚，自不必說。二人歸坐，先是款斟慢飲，漸次談至興濃，不覺飛觥獻斝起來。當時街坊上家家簫管，户户笙歌，當頭一輪明月，飛彩凝輝，二人愈添豪興，酒到杯乾。雨村此時已有七八分酒意，狂興不禁，乃對月寓懷，口占一絕云：

時逢三五便團圞，滿把清光護玉欄；天上一輪纔捧出，人間萬姓仰頭看。

士隱聽了大叫：「妙極！弟每謂兄必非久居人下者，今所吟之句，飛騰之兆已見，不日可接履於雲霄之上了。可賀，可賀！」乃親斟一斗為賀。雨村飲乾，忽歎道：「非晚生酒後狂言，若論時尚之學，晚生也或可去充數掛名，只是如今行囊路費，一概無措，神京路遠，非賴賣字撰文即能到得。」士隱不待說完，便道：「兄何不早言，弟已久有此意，但每遇兄時，並未談及，故未敢唐突。今既如此，弟雖不才，義利二字，卻還識得。且喜明歲正當大比，兄宜作速入都，春闈一捷，方不負兄之所學。其盤費餘事，弟自代為處置，亦不枉兄之謬識矣。」當下即命小童進去速封五十兩白銀並兩套冬衣，又云：「十九日乃黃道之期，兄可即買舟西上，待雄飛高舉，明冬再晤，豈非大快之事。」雨村收了銀衣，不過略謝一語，並不介意，仍是吃酒談笑。那天已交三鼓，二人方散。

士隱送雨村去後，回房一覺，直至紅日三竿方醒，因思昨夜之事，意欲寫薦書兩封與雨村帶至都中去，使雨村投謁個仕宦之家為寄身之地，因使人過去請時，那家人回來說：「和尚說：賈爺今日五鼓已進京去了，也曾留下話與和尚轉達老爺，說：讀書人不在『黃道』『黑道』，總以事理為要，不及面辭了。」士隱聽了，也只得罷了。

真是閒處光陰易過，倏忽又是元宵佳節。士隱令家人霍啟抱了英蓮去看社火花燈，半夜中，霍啟因要小解，便將英蓮放在一家門檻上坐著，待他小解完了來抱時，那有英蓮的蹤影？急得霍啟直尋了半夜，至天明不見，那霍啟也不敢回來見主人，便逃往他鄉去了。

那士隱夫婦見女兒一夜不歸，便知有些不好，再使幾人去找尋，回來皆云影響全無。夫妻二人半世只生此女，一旦失去，何等煩惱，因此晝夜啼哭，幾乎不顧性命。看看一月，士隱已先得病，夫人封氏也因思女構疾，日日請醫問卦。

不想這日三月十五，葫蘆廟中炸供，那和尚不小心，油鍋火逸，便燒著窗紙，此方人家俱用竹籬木壁，也是劫數應當如此，於是接二連三，牽五掛四，將一條街燒得如「火焰山」一般。彼時雖有軍民來救，那火已成了勢了，如何救得下，直燒了一夜方息，也不知燒了多少人家。只可憐甄家在隔壁，早成了一堆瓦礫場了，只有他夫婦並幾個家人的性命不曾傷了，急得士隱惟跌足長歎而已。與妻子商議且到田莊上去住，偏值近年水旱不收，賊盜蜂起，官兵剿捕，田莊上又難以安身，只得將田地都折變了，攜了妻子與兩個丫鬟，投他岳丈家去。

他岳丈名喚封肅，本貫大如州人氏，雖是務農，家中卻還殷實，今見女婿這等狼狽而來，心中便有些不樂，幸而士隱還有折變田產的銀子在身邊，拿出來託他隨便置買些房地，以為後日衣食之計；那封肅便半用半賺的，略與他些薄田破屋。士隱乃讀書之人，不慣生理稼穡等事，勉強支持了一二年，越發窮了。封肅見面時，便說些現成話，且人前人後，又怨他不善過活，只一味好吃懶做。士隱知投人不著，心中未免悔恨，再兼上年驚唬，急忿怨痛已傷，暮年之人，貧病交攻，竟漸漸的露出那下世的光景來。可巧這日拄了拐扎掙到街前散散心時，忽見那邊來了一個跛足道人，瘋狂落拓，麻鞋鶉衣，口內念著幾句言詞道：

世人都曉神仙好，惟有功名忘不了！古今將相在何方？荒冢一堆草沒了。

世人都曉神仙好，只有金銀忘不了！終朝只恨聚無多，及到多時眼閉了。

世人都曉神仙好，只有姣妻忘不了！君生日日說恩情，君死又隨人去了。

世人都曉神仙好，只有兒孫忘不了！癡心父母古來多，孝順子孫誰見了？

士隱聽了，便迎上來道：「你滿口說些什麼？只聽見些『好了』『好了』。」那道人笑道：「你若果聽見『好了』二字，還算你明白。可知世上萬般，好便是了，了便是好。若不了，便不好；若要好，須是了。我這歌兒便名《好了歌》。」士隱本是有夙慧的，一聞此言，心中早已徹悟，因笑道：「且住！待我將你這《好了歌》註解出來何如？」道人笑道：「你就請解。」士隱乃說道：

陋室空堂，當年笏滿牀。衰草枯楊，曾為歌舞場。蛛絲兒結滿雕樑，綠紗今又在蓬窗上。說什麼脂正濃、粉正香，如何兩鬢又成霜？昨日黃土隴頭埋白骨，今宵紅綃帳底臥鴛鴦。金滿箱，銀滿箱，轉眼乞丐人皆謗。正歎他人命不長，那知自己歸來喪？訓有方，保不定日後作強梁。擇膏粱，誰承望流落在煙花巷！因嫌紗帽小，致使鎖枷扛。昨憐破襖寒，今嫌紫蟒長。亂烘烘你方唱罷我登場，反認他鄉是故鄉。甚荒唐，到頭來都是為他人作嫁衣裳。

那瘋跛道人聽了，拍掌大笑道：「解得切！解得切！」士隱便說一聲「走罷」，將道人肩上的搭褳搶了過來背上，竟不回家，同了瘋道人飄飄而去。

當下鬨動街坊，眾人當作一件新聞傳說。封氏聞知此信，哭個死去活來，只得與父親商議，遣人各處訪尋。那討音信？無奈何，只得依靠著他父母度日；幸而身邊還有兩個舊日的丫鬟伏侍，主僕三人，日夜做些針綫，幫著父親用度。那封肅雖然每日抱怨，也無可奈何了。

這日那甄家的大丫鬟在門前買綫，忽聽得街上喝道之聲，眾人都說：「新太爺到任了。」丫鬟隱在門內看時，只見軍牢快手，一對一對過去，俄而大轎內擡著一個烏帽猩袍的官府過去。丫鬟倒發個怔，自思：「這官好面善，倒像在那裏見過的。」於是進入房中，也就丟過，不在心上。至晚間正待歇息之時，忽聽一片聲打得門響，許多人亂嚷，說：「本縣太爺的差人來傳人問話。」封肅聽了，唬得目瞪口呆。不知有何禍事，且聽下回分解。

卻說封肅聽見公差傳喚，忙出來陪笑啟問，那些人只嚷：「快請出甄爺來！」封肅忙陪笑道：「小人姓封，並不姓甄；只有當日小婿姓甄，今已出家一二年了，不知可是問他？」那些公人道：「我們也不知什麼『真』『假』，既是你的女婿，便帶了你去面稟太爺便了。」大家把封肅推擁而去，封家各各驚慌，不知何事。

至二更時分，封肅方回來，眾人忙問端的。「原來新任太爺姓賈名化，本湖州人氏，曾與女婿舊交，因在我家門首看見嬌杏丫頭買綫，只說女婿移住此間，所以來傳。我將緣故回明，那太爺感傷歎息了一回，又問外孫女兒，我說看燈丟了。太爺說：『不妨，待我差人去，務必找尋回來。』說了一回話，臨走又送我二兩銀子。」甄家娘子聽了，不覺感傷。一夜無話。

次日早有雨村遣人送了兩封銀子、四疋錦緞，答謝甄家娘子；又一封密書與封肅，託他向甄家娘子要那嬌杏作二房。封肅喜得眉開眼笑，巴不得去奉承太爺，便在女兒前一力攛掇，當夜用一乘小轎便把嬌杏送進衙內去了。雨村歡喜，自不必言，又封百金贈與封肅，又送甄家娘子許多禮物，令其且自過活，以待訪尋女兒下落。

卻說嬌杏那丫鬟，便是當年回顧雨村的，因偶然一看，便弄出這段奇緣，也是意想不到之事。誰知他命運兩濟，不承望自到雨村身邊，只一年，便生一子；又半載，雨村嫡配忽染疾下世，雨村便將他扶作正室夫人，正是：

偶因一回顧，便為人上人。

原來雨村因那年士隱贈銀之後，他於十六日便起身赴京，大比之期，十分得意，中了進士，選入外班，今已昇了本縣太爺。雖才幹優長，未免貪酷；且恃才侮上，那些官員皆側目而視，不上一年，便被上司參了一本，說他性情狡猾，擅改禮儀，外沽清正之名，暗結虎狼之勢，使地方多事，民命不堪等語，龍顏大怒，即批革職。部文一到，本府各官無不喜悅。那雨村雖十分慚恨，面上全無一點怨色，仍是嘻笑自若，交代過公事，將歷年所積宦囊，並家屬人等，送至原籍安頓妥當，卻自己擔風袖月，遊覽天下勝跡。那日偶又遊至維揚地方，聞得今年鹽政點的是林如海。

這林如海姓林名海，表字如海，乃是前科的探花，今已昇蘭臺寺大夫，本貫姑蘇人氏，今欽點為巡鹽御史，到任未久。原來這林如海之祖，曾襲過列侯，今到如海，業經五世，起初只襲三世，因當今隆恩盛德，額外加恩，至如海之父，又襲了一代；至如海，便從科第出身，雖係世祿之家，卻是書香之族。只可惜這林家支庶不盛，人丁有限，雖有幾門，卻與如海俱是堂族，沒甚親支嫡派的。今如海年已五十，只有一個三歲之子，又於去歲亡了，雖有幾房姬妾，奈命中無子，亦無可如何之事。只嫡妻賈氏生的一女，乳名黛玉，年方五歲，夫妻愛之如掌上明珠，見他生得聰明俊秀，也欲使他識幾個字，不過假充養子之意，聊解膝下荒涼之歎。

且說雨村在旅店偶感風寒，癒後又因盤費不繼，正欲得一居停之所，以為息肩之地，偶遇兩個舊友，認得新鹽政，知他正要請一西席教訓女兒，遂將雨村薦進衙門去。這女學生年紀幼小，身體又弱，工課不限多寡，其餘不過兩個伴讀丫鬟，故雨村十分省力，正好養病。

看看又是一載有餘，不料女學生之母賈氏夫人一病而亡，女學生奉侍湯藥，守喪盡禮，過於哀痛，素本怯弱，因此舊症復發，有好些時不曾上學。雨村閒居無聊，每當風日晴和，飯後便出來閒步。這一日偶至郊外，意欲賞鑒那村野風光，信步至一山環水漩、茂林修竹之處，隱隱有座廟宇，門巷傾頹，牆垣朽敗，有額題曰「智通寺」，門旁又有一副舊破的對聯云：

身後有餘忘縮手，眼前無路想回頭。

雨村看了，因想道：「這兩句文雖甚淺，其意則深，也曾遊過些名山大剎，倒不曾見過這話頭，其中想必有個翻過筋斗來的，也未可知，何不進去一訪。」走入看時，只有一個龍鍾老僧在那裏煮粥，雨村見了，卻不在意，及至問他兩句話，那老僧既聾且昏，又齒落舌鈍，所答非所問。

雨村不耐煩，仍退出來，意欲到那村肆中沽飲三杯，以助野趣，於是款步行來。剛入肆門，只見座上吃酒之客，有一人起身大笑，接了出來，口內說：「奇遇，奇遇！」雨村忙看時，此人是都中古董行中貿易姓冷號子興的，舊日在都相識。雨村最讚這冷子興是個有作為大本領的人，這子興又借雨村斯文之名，故二人最相投契。雨村忙亦笑問：「老兄何日到此？弟竟不知。今日偶遇，真奇緣也。」子興道：「去年歲底到家，今因還要入都，從此順路找個敝友說一句話，承他之情，留我多住兩日，我也無甚緊事，且盤桓兩日，待月半時，也就起身了。今日敝友有事，我因閒走至此，不期這樣巧遇。」一面說，一面讓雨村同席坐了，另整上酒餚來，二人閒談慢飲，敘些別後之事。

雨村因問：「近日都中可有新聞沒有？」子興道：「倒沒有什麼新聞，倒是老先生的貴同宗家出了一件小小的異事。」雨村笑道：「弟族中無人在都，何談及此？」子興笑道：「你們同姓，豈非一族？」雨村問是誰家，子興笑道：「榮國賈府中，可也不玷辱了老先生的門楣。」雨村道：「原來是他家。若論起來，寒族人丁卻不少，自東漢賈復以來，支派繁盛，各省皆有，誰能逐細考查。若論榮國一支，卻是同譜，但他那等榮耀，我們不便去認他，故越發生疏了。」子興歎道：「老先生休如此說。如今的這榮寧兩府也都蕭索了，不比先時的光景。」雨村道：「當日寧榮兩宅，人口也極多，如何便蕭索了？」子興道：「正是，說來也話長。」雨村道：「去歲我到金陵，因欲遊覽六朝遺跡，那日進了石頭城，從他老宅門前經過，街東是寧國府，街西是榮國府，二宅相連，竟將大半條街佔了。大門外雖冷落無人，隔著圍牆一望，裏面廳殿樓閣，也還都崢嶸軒峻；就是後邊一帶花園裏，樹木山石，也都還有蓊蔚洇潤之氣，那裏像個衰敗之家？」子興笑道：「虧你是進士出身，原來不通。古人有言：『百足之蟲，死而不僵。』如今雖說不似先年那樣興盛，較之平常仕宦之家，到底氣象不同。如今生齒日繁，事務日盛，主僕上下，安富尊榮盡多，運籌謀畫者無一。其日用排場費用，又不能將就省儉，如今外面的架子雖未甚倒，內囊卻也盡上來了。這也小事。更有一件大事：誰知這樣鐘鳴鼎食之家，翰墨詩書之族，如今的兒孫，竟一代不如一代了！」雨村聽說，也道：「這樣詩禮之家，豈有不善教育之理？別門不知，只說這寧榮兩宅，是最教子有方的。」

子興歎道：「正說的是這兩門呢。待我告訴你：當日寧國公、榮國公是一母同胞弟兄兩個。寧公居長，生了四個兒子；寧國公死後，長子賈代化襲了官，也養了兩個兒子，長名敷，八九歲上死了，只剩了一個次子賈敬，襲了官，如今一味好道，只愛燒丹煉汞，餘者一概不在他心上。幸而早年留下一子，名喚賈珍，因他父親一心想做神仙，把官倒讓他襲了。他父親又不肯回原籍來，只在都中城外和那些道士們胡羼。這位珍爺也倒生了一個兒子，今年纔十六歲，名叫賈蓉。如今敬老爺是一概不管，這珍爺那裏肯讀書，只一味高樂不了，把那寧國府竟翻了過來，也沒有敢來管他的人。再說榮府你聽，方纔所說異事就出在這裏。自榮公死後，長子賈代善襲了官，娶的是金陵世家史侯的小姐為妻，生了兩個兒子，長名賈赦，次名賈政。如今代善早已去世，太夫人尚在，長子賈赦襲了官，為人平靜中和，也不管理家。次子賈政，自幼酷喜讀書，為人端方正直，祖父鍾愛，原要他以科甲出身的，不料代善臨終時遺本一上，皇上因恤先臣，即時令長子襲官外，問還有幾子，立刻引見，遂又額外賜了這政老爺一個主事之銜，令其入部習學，如今現已昇了員外郎。這政老爺的夫人王氏，頭胎生的公子名喚賈珠，十四歲進學，不到二十歲就娶了妻，生了子，一病就死了；第二胎生了一位小姐，生在大年初一，就奇了；不想後來又生了一位公子，說來更奇，一落胞胎，嘴裏便啣下一塊五彩晶瑩的玉來，還有許多字跡，你道是新聞異事不是？」

雨村笑道：「果然奇異。只怕這人的來歷不小。」子興冷笑道：「萬人皆如此說，因而乃祖母愛如珍寶。那周歲時，政老爺便要試他將來的志向，便將那世上所有之物，擺了無數與他抓取，誰知他一概不取，伸手只把些脂粉釵環抓來玩弄；那政老爺便不喜歡，說將來是酒色之徒耳，因此便不甚愛惜。獨那太君還是命根子一般。說來又奇，如今長了七八歲，雖然淘氣異常，但聰明乖覺，百個不及他一個，說起孩子話來也奇怪，他說：『女兒是水做的骨肉，男人是泥做的骨肉，我見了女兒便清爽，見了男子便覺濁臭逼人。』你道好笑不好笑？將來色鬼無疑了。」雨村岸然厲色忙止道：「非也。可惜你們不知道這人來歷，大約政老前輩也錯以淫魔色鬼看待了。若非多讀書識事，加以致知格物之功、悟道參玄之力者，不能知也。」

子興見他説得這樣重大，忙請教其故。雨村道：「天地生人，除大仁大惡，餘者皆無大異。若大仁者則應運而生，大惡者則應劫而生，運生世治，劫生世危。堯、舜、禹、湯、文、武、周、召、孔、孟、董、韓、周、程、朱、張，皆應運而生者；蚩尤、共工、桀、紂、始皇、王莽、曹操、桓溫、安祿山、秦檜等，皆應劫而生者。大仁者修治天下，大惡者擾亂天下。清明靈秀，天地之正氣，仁者之所秉也；殘忍乖僻，天地之邪氣，惡者之所秉也。今當祚永運隆之日，太平無為之世，清明靈秀之氣所秉者，上至朝廷，下至草野，比比皆是。所餘之秀氣，漫無所歸，遂為甘露、為和風，洽然溉及四海；彼殘忍乖邪之氣，不能蕩溢於光天化日之下，遂凝結充塞於深溝大壑之中，偶因風蕩，或被雲摧，略有搖動感發之意，一絲半縷，誤而逸出者，值靈秀之氣適過，正不容邪，邪復妒正，兩不相下，如風水雷電，地中既遇，既不能消，又不能讓，必致搏擊掀發後始盡。故其氣亦必賦人，發洩一盡始散，使男女偶秉此氣而生者，上則不能為仁人為君子，下亦不能為大兇大惡。置之千萬人之中，其聰俊靈秀之氣，則在千萬人之上；其乖僻邪謬不近人情之態，又在千萬人之下。若生於公侯富貴之家，則為情癡情種；若生於詩書清貧之族，則為逸士高人；縱偶生於薄祚寒門，亦斷不至為走卒健僕，甘遭庸夫驅制駕馭，必為奇優名娼。如前之許由、陶潛、阮籍、嵇康、劉伶、王謝二族、顧虎頭、陳後主、唐明皇、宋徽宗、劉庭芝、溫飛卿、米南宮、石曼卿、柳耆卿、秦少游，近日倪雲林、唐伯虎、祝枝山，再如李龜年、黃幡綽、敬新磨、卓文君、紅拂、薛濤、崔鶯、朝雲之流：此皆易地則同之人也。」

子興道：「依你說，『成則公侯敗則賊』了？」雨村道：「正是這意。你還不知，我自革職以來，這兩年遍遊各省，也曾遇見兩個異樣孩子，所以方纔你一說這寶玉，我就猜著了八九也是這一派人物。不用遠說，只這金陵城內，欽差金陵省體仁院總裁甄家，你可知道？」子興道：「誰人不知！這甄府就是賈府老親，他們兩家來往極親熱的。至在下也和他家往來非止一日了。」

雨村笑道：「去歲我在金陵，也曾有人薦我到甄府處館，我進去看其光景，誰知他家那等榮貴，卻是個『富而好禮』之家，倒是個難得之館。但是這個學生雖是啟蒙，卻比一個舉業的還勞神。說起來還可笑，他說：『必得兩個女兒伴著我讀書，我方能認得字，心上也明白；不然，我心裏自己糊塗。』又常對著跟他的小廝們說：『這「女兒」兩個字極尊貴極清淨的，比那瑞獸珍禽、奇花異草更覺希罕尊貴呢！你們這種濁口臭舌，萬萬不可唐突了這兩個字，要緊，要緊。但凡要說的時節，必用淨水香茶漱了口方可；設若失錯，便要鑿牙穿眼的。』其暴虐頑劣，種種異常。只放了學進去，見了那些女兒們，其溫厚和平，聰敏文雅，竟變了一個樣子。因此他令尊也曾下死笞楚過幾次，竟不能改，每打得吃疼不過時，他便『姐姐』『妹妹』的亂叫起來。後來聽得裏面女兒們拿他取笑：『因何打急了只管叫姐妹做甚？莫不叫姐妹們去討情討饒？你豈不愧些！』他回答得最妙，他說：『急痛之時，只叫「姐姐」「妹妹」字樣，或可解疼，也未可知，因叫了一聲，果覺疼得好些，遂得了秘法，每疼痛之極，便連叫姐妹起來了。』你說可笑不可笑？為他祖母溺愛不明，每因孫辱師責子，我所以辭了館出來的。這等子弟，必不能守祖父基業、從師友規勸的。只可惜他家幾個好姊妹都是少有的。」

子興道：「便是賈府中現在三個也不錯。政老爺之長女名元春，因賢孝才德，選入宮做女史去了。二小姐乃是赦老爺姨娘所出，名迎春；三小姐政老爺庶出，名探春；四小姐乃寧府珍爺之胞妹，名惜春。因史老夫人極愛孫女，都跟在祖母這邊，一處讀書，聽得個個不錯。」雨村道：「更妙在甄家風俗，女兒之名，亦皆從男子之名命取，不似別家，另外用這些『春』『紅』『香』『玉』等豔字，何得賈府亦落此俗套？」子興道：「不然。只因現今大小姐是正月初一所生，故名『元春』，餘者方從了『春』字；上一輩的卻也是從弟兄而來的。現有對證：目今你貴東家林公之夫人，即榮府中赦政二公之胞妹，在家時名喚賈敏，不信時你回去細訪可知。」雨村拍手笑道：「是極！我這女學生名叫黛玉，他讀書凡『敏』字他皆念作『密』字，寫字遇著『敏』字亦減一二筆，我心中每每疑惑，今聽你說，是為此無疑矣。怪道我這女學生言語舉止另是一樣，不與凡女子相同，度其母不凡，故生此女，今知為榮府之外孫，又不足罕矣。可惜上月其母竟亡故了。」子興歎道：「老姊妹三個，這是極小的，又沒了。長一輩的姊妹，一個也沒了。只看這小一輩的將來的東牀何如呢。」

雨村道：「正是。方纔說政公已有了一個啣玉之子，又有長子所遺弱孫，這赦老竟無一個不成？」子興道：「政公既有玉兒之後，其妾又生了一個，倒不知其好歹。只眼前現有二子一孫，卻不知將來何如。若問那赦公，也有二子，長名賈璉，今已二十來往了，親上做親，娶的是政爺夫人王氏之內姪女，今已娶了二年。這位璉爺身上，現捐的是個同知，也是不喜讀書的；於世路上好機變，言談去得，所以目今現在乃叔政老爺家住，幫著料理家務。誰知自娶了令夫人之後，倒上下無一人不稱頌他夫人的，璉爺倒退了一舍之地。模樣又極標致，言談又極爽利，心機又極深細，竟是一個男人萬不及一的。」

雨村聽了笑道：「可知我言不謬。你我方纔所説的這幾個人，只怕都是那正邪兩賦而來，一路之人，未可知也！」子興道：「『正』也罷，『邪』也罷，只顧算別人家的賬，你也吃一杯酒纔好。」雨村道：「只顧説話，就多吃了幾杯。」子興笑道：「説著別人家的閒話，正好下酒，即多吃幾杯何妨。」雨村向窗外看道：「天也晚了，仔細關了城，我們慢慢進城再談，未為不可。」於是二人起身，算還酒錢。方欲走時，忽聽得後面有人叫道：「雨村兄恭喜了！特來報個喜信的。」雨村忙回頭看時，要知是誰，且聽下回分解。

卻說雨村忙回頭看時，不是別人，乃是當日同僚一案參革的張如圭。他係此地人，革後家居，今打聽得都中奏准起復舊員之信，他便四下裏尋情找門路，忽遇見雨村，故忙道喜。二人見了禮，張如圭便將此信告知雨村，雨村歡喜，忙忙敍了兩句，各自別去回家。冷子興聽得此言，便忙獻計，令雨村央求林如海，轉向都中去央煩賈政。

雨村領其意而別。回至館中，忙尋邸報看真確了。次日，面謀之如海。如海道：「天緣湊巧，因賤荊去世，都中家岳母念及小女無人依傍，前已遣了男女船隻來接，因小女未曾大痊，故尚未行，此刻正思送女進京。因向蒙教訓之恩，未經酬報，遇此機會，豈有不盡心圖報之理，弟已預籌之，修下薦書一封，託內兄務為周全，方可稍盡弟之鄙誠；即有所費，弟於內兄信中註明，不勞吾兄多慮。」雨村一面打恭，謝不釋口，一面又問：「不知令親大人現居何職？只怕晚生草率，不敢進謁。」如海笑道：「若論舍親，與尊兄猶係一家，乃榮公之孫：大內兄現襲一等將軍之職，名赦，字恩侯；二內兄名政，字存周，現任工部員外郎，其為人謙恭厚道，大有祖父遺風，非膏粱輕薄之流，故弟致書煩託。否則不但有汙尊兄清操，即弟亦不屑為矣。」雨村聽了，心下方信了昨日子興之言，於是又謝了林如海。如海又說：「擇了出月初二日小女入都，吾兄即同路而往，豈不兩便？」雨村唯唯聽命，心中十分得意。如海遂打點禮物並餞行之事，雨村一一領了。

那女學生原不忍棄父而去，無奈他外祖母必欲其往，且兼如海説：「汝父年已半百，再無續室之意，且汝多病，年又極小，上無親母教養，下無姊妹扶持，今去依傍外祖母及舅氏姊妹，正好減我內顧之憂，如何不去？」黛玉聽了，方灑淚拜別，隨了奶娘及榮府中幾個老婦登舟而去。雨村另有一隻船，帶兩個小童，依附黛玉而行。

一日到了京都，雨村先整了衣冠，帶了小童，拿了「宗姪」的名帖，至榮府門上投了。彼時賈政已看了妹丈之書，即忙請入相會，見雨村相貌魁偉，言談不俗，且這賈政最喜的是讀書人，禮賢下士，拯溺救危，大有祖風；況又係妹丈致意，因此優待雨村，更又不同，便極力幫助，題奏之日，謀了一個復職，不上二月，便選了金陵應天府，辭了賈政，擇日到任去了，不在話下。

且説黛玉自那日棄舟登岸時，便有榮府打發轎子並拉行李車輛伺候。這黛玉嘗聽得母親説，他外祖母家與別家不同，他近日所見的這幾個三等的僕婦，穿吃用度，已是不凡，何況今至其家，多要步步留心，時時在意，不要多説一句話，不可多行一步路，恐被人恥笑了去。自上了轎，進了城，從紗窗中瞧了一瞧，其街市之繁華，人煙之阜盛，自與別處不同。又行了半日，忽見街北蹲著兩個大石獅子，三間獸頭大門，門前列坐著十來個華冠麗服之人。正門不開，只東西兩角門有人出入；正門之上有一匾，匾上大書「敕造寧國府」五個大字。黛玉想道：「這是外祖的長房了。」又往西不遠，照樣也是三間大門，方是「榮國府」，卻不進正門，只由西角門而進。轎子擡著走了一箭之遠，將轉彎時，便歇了轎，後面的婆子也都下來了，另換了四個衣帽周全的十七八歲的小廝上來擡著轎子，眾婆子步下跟隨，至一垂花門前落下，眾小廝又退了出去，眾婆子上前打起轎簾，扶黛玉下了轎。

林黛玉扶著婆子手進了垂花門，兩邊是超手遊廊，正中是穿堂，當地放著一個紫檀架子大理石屏風。轉過屏風，小小三間廳房，廳後便是正房大院。正面五間上房，皆是雕樑畫棟，兩邊穿山遊廊廂房，掛著各色鸚鵡畫眉等雀鳥。臺階上坐著幾個穿紅著綠的丫頭，一見他們來了，都笑迎上來，說道：「剛纔老太太還念呢，可巧就來了。」於是三四人爭著打簾子，一面聽得人說：「林姑娘來了！」

黛玉方進房，只見兩個人扶著一位鬢髮如銀的老母迎上來，黛玉知是外祖母了，正欲下拜，早被外祖母抱住，摟入懷中，「心肝兒肉」叫著大哭起來。當下侍立之人，無不下淚，黛玉也哭個不休。眾人慢慢解勸住了，黛玉方拜見了外祖母。當下賈母一一指與黛玉：「這是你大舅母，這是二舅母，這是你先珠大哥的媳婦珠大嫂。」黛玉一一拜見了。賈母又叫：「請姑娘們來。今日遠客初來，可以不必上學去。」眾人答應了一聲，便去了兩個。

不一時，只見三個奶媽並五六個丫鬟擁著三位姑娘來了：第一個肌膚微豐，身材合中，腮凝新荔，鼻膩鵝脂，溫柔沈默，觀之可親；第二個削肩細腰，長挑身材，鴨蛋臉兒，俊眼修眉，顧盼神飛，文彩精華，見之忘俗；第三個身量未足，形容尚小。其釵環裙襖，三人皆是一樣的妝束。黛玉忙起身迎上來見禮，互相廝認；歸了坐位，丫鬟送上茶來。不過敘些黛玉之母，如何得病，如何請醫服藥，如何送死發喪。不免賈母又傷感起來，因說：「我這些女孩兒，所疼者獨有你母，今一旦先我而逝，不得見一面，教我怎不傷心！」說著攜了黛玉的手又哭起來，家人忙相勸慰，方略略止住。

眾人見黛玉年貌雖小，其舉止言談不俗，身體面龐雖弱不勝衣，卻有一段風流態度，便知他有不足之症，因問：「常服何藥？如何不治好了？」黛玉道：「我自來如此，從會吃飯時便吃藥，到如今了，經過多少名醫，總未見效。那一年我纔三歲，記得來了一個癩頭和尚，說要化我去出家，我父母固是不從。他又說：『既捨不得他，但只怕他的病一生也不能好的。若要好時，除非從此以後總不許見哭聲，除父母之外，凡有外親，一概不見，方可平安了此一生。』這和尚瘋瘋癲癲說了這些不經之談，也沒人理他。如今還是吃人參養榮丸。」賈母道：「這正好，我這裏正配丸藥呢，叫他們多配一料就是了。」

一語未休，只聽後院中有笑語聲，說：「我來遲了，不曾迎接遠客！」黛玉思忖道：「這些人個個皆斂聲屏氣如此，這來者是誰，這樣放誕無禮？」心下想時，只見一群媳婦丫鬟擁著一個麗人，從後房進來。這個人打扮與姑娘們不同，彩繡輝煌，恍若神妃仙子：頭上戴著金絲八寶攢珠髻，綰著朝陽五鳳掛珠釵，項上戴著赤金盤螭纓絡圈，身上穿著縷金百蝶穿花大紅雲緞窄裉襖，外罩五彩刻絲石青銀鼠褂，下著翡翠撒花洋縐裙；一雙丹鳳三角眼，兩彎柳葉弔梢眉，身量苗條，體格風騷，粉面含春威不露，丹脣未啟笑先聞。

黛玉連忙起身接見，賈母笑道：「你不認得他，他是我們這裏有名的一個潑辣貨，南京所謂『辣子』，你只叫他『鳳辣子』就是了。」黛玉正不知以何稱呼，眾姊妹都忙告訴黛玉道：「這是璉嫂子。」黛玉雖不曾識面，聽見他母親說過，大舅賈赦之子賈璉，娶的就是二舅母王氏之內姪女；自幼假充男兒教養的，學名叫作王熙鳳。黛玉忙陪笑見禮，以「嫂」呼之。這熙鳳攜著黛玉的手，上下細細打量了一回，便仍送至賈母身邊坐下，因笑道：「天下真有這樣標致人物，我今日纔算見了！況且這通身的氣派，竟不像老祖宗的外孫女兒，竟是個嫡親的孫女，怨不得老祖宗天天口頭心頭一刻不忘。只可憐我這妹妹這樣命苦，怎麼姑媽偏就去世了！」說著便用帕拭淚，賈母笑道：「我纔好了，你倒來招我。你妹妹遠路纔來，身子又弱，也纔勸住了，快休再提前話。」這熙鳳聽了，忙轉悲為喜道：「正是呢！我一見了妹妹，一心都在他身上，又是喜歡，又是傷心，竟忘記了老祖宗，該打，該打！」又忙攜黛玉之手問：「妹妹幾歲了？可也上過學？現吃什麼藥？在這裏不要想家，要什麼吃的、什麼玩的，只管告訴我；丫頭老婆們不好，也只管告訴我。」一面又問婆子們：「林姑娘的行李東西可搬進來了？帶了幾個人來？你們趕早打掃兩間下房讓他們去歇歇。」

說話時，已擺了茶果上來，熙鳳親為捧茶捧果。又見二舅母問他：「月錢放完了不曾？」熙鳳道：「月錢也放完了。剛纔帶了人到後樓上找緞子，找了半日，也沒見昨日太太說的那樣，想是太太記錯了。」王夫人道：「有沒有，什麼要緊。」因又說道：「該隨手拿出兩個來給你這妹妹裁衣裳的，等晚上想著再叫人去拿罷。」熙鳳道：「倒是我先料著了，知道妹妹這兩日到的，我已預備下了；等太太回去過了目，好送來。」王夫人一笑，點頭不語。

當下茶果已撤，賈母命兩個老嬤嬤帶了黛玉去見兩個舅舅去。維時賈赦之妻邢氏忙起身笑回道：「我帶了外甥女過去，到底便宜些。」賈母笑道：「正是呢，你也去罷，不必過來了。」那邢夫人答應了，遂帶了黛玉與王夫人作辭，大家送至穿堂。垂花門前早有眾小廝拉過一輛翠幄青油車來，邢夫人攜了黛玉坐上，眾婆娘們放下車簾，方命小廝們擡起，拉至寬處，方駕上馴騾，亦出了西角門往東，過榮府正門，入一黑油大門內，至儀門前，方下車來。邢夫人挽了黛玉的手進入院中，黛玉度其處必是榮府中之花園隔斷過來的。進入三層儀門，果見正房、廂廡、遊廊，悉皆小巧別致，不似那邊的軒峻壯麗；且院中隨處之樹木山石皆好。及進入正室，早有許多盛妝麗服之姬妾丫鬟迎著。邢夫人讓黛玉坐了，一面令人到外書房中請賈赦。一時來回說：「老爺說了：『連日身上不好，見了姑娘彼此傷心，暫且不忍相見。勸姑娘不要傷懷想家，跟著老太太和舅母，是同家裏一樣。姊妹們雖拙，大家一處伴著，亦可以解些煩悶。或有委屈之處，只管說得，不要外道纔是。』」黛玉忙站起身來一一聽了。再坐一刻，便告辭，邢夫人苦留吃過飯去，黛玉笑回道：「舅母愛惜賜飯，原不應辭，只是還要過去拜見二舅舅，恐遲去不恭，異日再領，望舅母容諒。」邢夫人道：「這也罷了。」遂命兩個嬤嬤用方纔坐來的車子送過去。於是黛玉告辭。邢夫人送至儀門前，又囑咐了眾人幾句，眼看著車去了方回來。

一時黛玉進入榮府，下了車，眾嬤嬤引著便往東轉彎，走過一座東西的穿堂，向南大廳之後，儀門內大院落，上面五間大正房，兩邊廂房鹿頂耳門鑽山，四通八達，軒昂壯麗，比賈母處不同，黛玉便知這方是正內室。一條大甬路，直接出大門的。進入堂屋，擡頭迎面先見一個赤金九龍青地大匾，匾上寫著斗大三個字，是：「榮禧堂」；後有一行小字：「某年月日書賜榮國公賈源」，又有「萬幾宸翰」之寶。大紫檀雕螭案上設著三尺來高青綠古銅鼎，懸著待漏隨朝墨龍大畫，一邊是鏨金彝，一邊是玻璃盒，地下兩溜十六張楠木椅子，又有一副對聯，乃是烏木聯牌，鑲著鏨銀字跡，道是：

座上珠璣昭日月，堂前黼黻煥煙霞。

下面一行小字，道是：「鄉世教弟勳襲東安郡王穆蒔拜手書。」

原來王夫人時常居坐宴息亦不在這正室，只在東邊的三間耳房內。於是老嬤嬤引黛玉進東房門來，臨窗大炕上鋪著猩紅洋毯，正面設著大紅金錢蟒引枕，秋香色金錢蟒大條褥；兩邊設一對梅花式洋漆小几，左邊几上文王鼎，匙箸香盒，右邊几上汝窯美人觚，內插著時鮮花卉，並茗碗茶具等物。地下面西一溜四張椅上，都搭著銀紅撒花椅搭，底下四副腳踏；兩邊又有一對高几，几上茗碗瓶花俱備。其餘陳設，不必細說。老嬤嬤讓黛玉上炕坐，炕沿上卻也有兩個錦褥對設，黛玉度其位次，便不上炕，只就東邊椅上坐了。本房的丫鬟忙捧上茶來，黛玉一面吃了，打量這些丫鬟們妝飾衣裙，舉止行動，果與別家不同。

茶未吃了，只見一個穿紅綾襖青綢掐牙背心的一個丫鬟走來笑道：「太太說，請林姑娘到那邊坐罷。」老嬤嬤聽了，於是又引黛玉出來，到了東廊三間小正房內，正面炕上橫設一張炕桌，上面堆著書籍茶具，靠東壁面西設著半舊的青緞靠背引枕。王夫人卻坐在西邊下首，亦是半舊青緞靠背坐褥；見黛玉來了，便往東讓。黛玉心中料定這是賈政之位，因見挨炕一溜三張椅子上也搭著半舊的彈花椅袱，黛玉便向椅上坐了。王夫人再三讓他上炕，他方挨王夫人坐了。王夫人乃說：「你舅舅今日齋戒去了，再見罷。只是有一句話囑咐你：三個姊妹倒都極好，以後一處念書認字，學針綫，或偶一玩笑，都有個儘讓的。但我最不放心的卻有一件：我有一個孽根禍胎，是家裏的『混世魔王』，今日因廟裏還願去，尚未回來，晚間你看見便知道了。你以後只不要睬他，你這些姊妹都不敢沾惹他的。」

黛玉素聞母親說過，有個內姪乃啣玉而生，頑劣異常，不喜讀書，最喜在內幃廝混；外祖母又溺愛，無人敢管。今見王夫人所說，便知是這位表兄，因陪笑道：「舅母所說的，可是啣玉而生的這位表兄？在家時記得母親常說，這位哥哥比我大一歲，小名就叫寶玉，性雖憨頑，說待姊妹們極好的。況我來了，自然和姊妹同一處，兄弟們自另院別室的，豈有得沾惹之理？」王夫人笑道：「你不知道原故：他與別人不同，自幼因老太太疼愛，原係同姊妹們一處嬌養慣的。若姊妹們不理他，他倒還安靜些；若一日姊妹們和他多說了一句話，他心上一喜，便生出許多事來。所以囑咐你別睬他，他嘴裏一時甜言蜜語，一時有天無日，瘋瘋傻傻，只休信他。」

黛玉一一的都答應著。忽見一個丫鬟來說：「老太太那裏傳晚飯了。」王夫人忙攜了黛玉從後房門，由後廊往西，出了角門，是一條南北寬夾道，南邊是倒座三間小小抱廈廳，北邊立著一個粉油大影壁，後有一半大門，小小一所房室，王夫人笑指向黛玉道：「這是你鳳姐姐的屋子，回來你好向這裏找他去，少什麼東西只管和他說就是了。」這院門上也有幾個纔總角的小廝，都垂手侍立。王夫人遂攜黛玉穿過一個東西穿堂，便是賈母的後院了，於是進入後房門，已有多人在此伺候，見王夫人來了，方安設桌椅；賈珠之妻李氏捧飯，熙鳳安箸，王夫人進羹。賈母正面榻上獨坐，兩旁四張空椅，熙鳳忙拉黛玉在左邊第一張椅子上坐下，黛玉十分推讓，賈母笑道：「你舅母和嫂子們左右不在這裏吃飯。你是客，原該如此坐的。」黛玉方告了坐，就坐了。賈母命王夫人也坐了。迎春姊妹三個告了坐方上來，迎春坐右手第一，探春左第二，惜春右第二。旁邊丫鬟執著拂塵漱盂巾帕，李、鳳二人立於案旁佈讓。外間伺候之媳婦丫鬟雖多，卻連一聲咳嗽不聞。飯畢，各各有丫鬟用小茶盤捧上茶來。當日林家教女以惜福養身，每飯後必過片時方吃茶，不傷脾胃；今黛玉見了這裏許多規矩，不似家中，亦只得隨和著些，接了茶。又有人捧過漱盂來，黛玉也漱了口，又盥手畢。然後又捧上茶來，這方是吃的茶。賈母便說：「你們去罷，讓我們自在說話兒。」王夫人聽了，忙起身，說了兩句閒話，方引李、鳳二人去了。賈母因問黛玉念何書，黛玉道：「剛念了《四書》。」黛玉又問姊妹們讀何書，賈母道：「讀什麼書，不過認幾個字罷了！」

一語未了，只聽外面一陣腳步響，丫鬟進來報道：「寶玉來了。」黛玉心中想：「這個寶玉不知是怎生個憊懶人物！」及至進來，原是一個青年公子，頭上戴著束髮嵌寶紫金冠，齊眉勒著二龍搶珠金抹額，一件二色金百蝶穿花大紅箭袖，束著五彩絲攢花結長穗宮絛，外罩石青起花八團倭緞排穗褂，登著青緞粉底小朝靴；面若中秋之月，色如春曉之花，鬢若刀裁，眉如墨畫，鼻如懸膽，睛若秋波，雖怒時而似笑，即瞋視而有情；項上金螭纓絡，又有一根五色絲絛，繫著一塊美玉。

黛玉一見便吃一大驚，心中想道：「好生奇怪，倒像在那裏見過的，何等眼熟！」只見這寶玉向賈母請了安，賈母便命：「去見你娘來。」即轉身去了。一回再來時，已換了冠帶，頭上周圍一轉的短髮，即結成小辮，紅絲結束，共攢至頂中胎髮，總編一根大辮，黑亮如漆，從頂至梢，一串四顆大珠，用金八寶墜腳；身上穿著銀紅撒花半舊大襖；仍舊戴著項圈、寶玉、寄名鎖、護身符等物；下面半露松花撒花綾褲，錦邊彈墨襪，厚底大紅鞋。越顯得面如傅粉，脣若施脂；轉盼多情，語言若笑。天然一段風韻，全在眉梢；平生萬種情思，悉堆眼角。看其外貌，最是極好，卻難知其底細，後人有作《西江月》二詞批寶玉極確，其詞曰：

無故尋愁覓恨，有時似傻如狂；縱然生得好皮囊，腹內原來草莽。 潦倒不通庶

務，愚頑怕讀文章；行為偏僻性乖張，那管世人誹謗！

富貴不知樂業，貧窮難耐淒涼；可憐辜負好韶光，於國於家無望。天下無能第一，古今不肖無雙；寄言紈袴與膏粱：莫傚此兒形狀！

卻說賈母笑道：「外客未見就脫了衣裳！還不去見你妹妹。」寶玉早已看見了一個姊妹，便料定是林姑媽之女，忙來作揖，相見畢歸坐，細看形容，與眾各別：

兩彎似蹙非蹙籠煙眉，一雙似喜非喜含情目。態生兩靨之愁，嬌襲一身之病。淚光點點，嬌喘微微。閒靜似嬌花照水，行動似弱柳扶風。心較比干多一竅，病如西子勝三分。

寶玉看罷，笑道：「這個妹妹我曾見過的。」賈母笑道：「可又是胡說，你何曾見過他？」寶玉笑道：「雖然未曾見過他，然看著面善，心裏像倒是舊相認識，恍若遠別重逢的一般。」賈母笑道：「好，好！若如此更相和睦了。」

寶玉便走向黛玉身邊坐下，又細細打諒一番，因問：「妹妹可曾讀書？」黛玉道：「不曾讀書，只上了一年學，些須認得幾個字。」寶玉又道：「妹妹尊名？」黛玉便說了名，寶玉又道：「表字？」黛玉道：「無字。」寶玉笑道：「我送妹妹一字，莫若『顰顰』二字極妙。」探春便道：「何處出典？」寶玉道：「《古今人物通考》上說：『西方有石名黛，可代畫眉之墨。』況這妹妹眉尖若蹙，用取這兩個字豈不甚美？」探春笑道：「只恐又是杜撰。」寶玉笑道：「除《四書》，杜撰的太多，偏只我是杜撰不成？」又問黛玉：「可有玉沒有？」眾人都不解，黛玉便忖度著：「因他有玉，故問我有無。」因答道：「我沒有。那玉亦是件罕物，豈能人人皆有？」

寶玉聽了，登時發作起狂病來，摘下那玉，就狠命摔去，罵道：「什麼罕物！人的高下不識，還説靈不靈呢！我也不要這勞什子。」嚇得地下眾人一擁爭去拾玉，賈母急得摟了寶玉道：「孽障！你生氣要打罵人容易，何苦摔那命根子！」寶玉滿面淚痕泣道：「家裏姐姐妹妹都沒有，單我有，我説沒趣，如今來了這個神仙似的妹妹也沒有，可知這不是個好東西。」賈母忙哄他道：「這妹妹原有玉來的，因你姑媽去世時，捨不得你妹妹，無法可處，遂將他的玉帶了去，一則全殉葬之禮，盡你妹妹之孝心；二則你姑媽之靈亦可權作見了你妹妹之意。因此他只説沒有玉，也是不便自己誇張之意。你如今怎比得他，還不好生慎重帶上，仔細你娘知道了。」説著便向丫鬟手中接來，親與他戴上。寶玉聽如此説，想一想，也就不生別論了。

當下奶娘來問黛玉房舍，賈母便説：「將寶玉挪出來，同我在套間暖閣裏；把你林姑娘暫安置碧紗廚裏，等過了殘冬，春天再與他們收拾房屋，另作一番安置罷。」寶玉道：「好祖宗！我就在碧紗廚外的牀上很妥當，又何必出來，鬧你老祖宗不得安靜？」賈母想了一想，説：「也罷了。」每人一個奶娘並一個丫頭照管，餘者在外間上夜聽喚。一面早有熙鳳命人送了一頂藕合色花帳並錦被緞褥之類。

黛玉只帶了兩個人來：一個是自己的奶娘王嬤嬤，一個是十歲的小丫頭，名喚雪雁。賈母見雪雁甚小，一團孩氣，王嬤嬤又極老，料黛玉皆不遂心，將自己身邊一個二等丫頭名喚鸚哥的與了黛玉；亦如迎春等一般，每人除自幼乳母外，另有四個教引嬤嬤；除貼身掌管釵釧盥沐兩個丫頭外，另有四五個灑掃房屋來往使役的小丫頭。當下王嬤嬤與鸚哥陪侍黛玉在碧紗廚內，寶玉之乳母李嬤嬤並大丫鬟名喚襲人者陪侍在外大牀上。

原來這襲人亦是賈母之婢，本名珍珠，賈母因溺愛寶玉，生恐寶玉之婢不中任使，素知襲人心地純良，遂與寶玉。寶玉因知他本姓花，又曾見舊人詩句有「花氣襲人」之句，遂回明賈母，即更名襲人。

這襲人有些癡處：伏侍賈母時，心中眼中只有一個賈母；今跟了寶玉，心中眼中又只有一個寶玉。只因寶玉性情乖僻，每每規諫，寶玉不聽，心中著實憂鬱。是晚寶玉李嬤嬤已睡了，他見裏面黛玉鸚哥猶未安歇，他自卸了妝，悄悄的進來，笑問：「姑娘怎麼還不安歇？」黛玉忙笑讓：「姐姐請坐。」襲人在牀沿上坐了，鸚哥笑道：「林姑娘在這裏傷心，自己淌眼抹淚的，說：『今兒纔來了，就惹出你家哥兒的病，倘或摔壞了那玉，豈不是因我之過！』所以傷心，我好容易勸好了。」襲人道：「姑娘快休如此，將來只怕比這更奇怪的笑話兒還有呢。若為他這種行狀，你多心傷感，只怕你還傷感不了呢，快別多心！」黛玉道：「姐姐們說的，我記著就是了。」又敘了一回，方纔安歇。

次早起來，省過賈母，因往王夫人處來，正值王夫人與熙鳳在一處拆金陵來的書信，又有王夫人之兄嫂處遣來的兩個媳婦兒來說話的。雖黛玉不知原委，探春等卻曉得是議論金陵城中居住的薛家姨母之子，表兄薛蟠，倚財仗勢，打死人命，現在應天府案下審理，如今母舅王子騰得了信，遣人來告訴這邊，意欲喚取進京之意。畢竟怎的，下回分解。

卻說黛玉同姊妹們至王夫人處，見王夫人與兄嫂處的來使計議家務，又說姨母家遭人命官司等語；因見王夫人事情冗雜，姐妹們遂出來，至寡嫂李氏房中來了。

原來這李氏即賈珠之妻。珠雖夭亡，幸存一子，取名賈蘭，今方五歲，已入學攻書。這李氏亦係金陵名宦之女，父名李守中，曾為國子祭酒；族中男女無不讀詩書者，至李守中承繼以來，便謂「女子無才便為德」，故生了便不十分認真讀書，只不過將些《女四書》、《烈女傳》讀讀，認得幾個字罷了，記得前朝這幾個賢女便了；卻以紡績女紅為要，因取名為李紈，字宮裁。因此這李紈雖青春喪偶，且居處於膏粱錦繡之中，竟如「槁木死灰」一般，一概不問不聞，惟知侍親養子，外則陪侍小姑等針黹誦讀而已。今黛玉雖客居於此，已有這幾個姑嫂相伴，除老父之外，餘者也就無用慮及了。

如今且說賈雨村授了應天府，一到任就有件人命官司詳至案下，乃是兩家爭買一婢，各不相讓，以致毆傷人命。彼時雨村即拘原告之人來審，那原告道：「被毆死者乃小人之主人。因那日買了一個丫頭，不想係拐子拐來賣的。這拐子先已得了我家的銀子，我家小主原說第三日方是好日子，再接入門；這拐子又悄悄的賣與了薛家，被我們知道了，去找拿賣主，奪取丫頭。無奈薛家原係金陵一霸，倚財仗勢，眾豪奴將我小主人竟打死了。兇身主僕已皆逃走，無蹤跡了，只剩了幾個局外之人。小人告了一年的狀，竟無人做主。求太老爺拘拿兇犯，以扶善良，存殁感激天恩不盡！」

雨村聽了大怒道：「豈有這等事！打死了人，竟白白走了拿不來的！」發籤差公人立刻將兇犯家屬拿來拷問。只見案旁立著一個門子，使眼色不令他發籤。雨村心下狐疑，只得停了手。退堂至密室，令從人退去，只留此門子一人伏侍。門子忙上前請安，笑問：「老爺一向加官進祿，八九年來，就忘了我了？」雨村道：「卻十分面善，一時想不起來。」門子笑道：「貴人多忘事，把出身之地竟忘了，不記得當年葫蘆廟裏之事麽？」

雨村大驚，方憶起往事。原來這門子本是葫蘆廟裏一個小沙彌，因被火之後，無處安身，想這件生意倒還輕省，耐不得寺院淒涼景況，遂趁年紀尚輕，蓄了髮，充當門子。雨村那裏料得是他，便忙攜手笑道：「原來是故人。」因令坐了好談。這門子不敢坐，雨村笑道：「貧賤之交不可忘也，此係私室，但坐何妨。」這門子方告了坐，斜簽著坐了。

雨村道：「方纔何故不令發籤？」這門子道：「老爺榮任到此，難道就沒鈔一張本省的『護官符』來不成？」雨村忙問：「何為『護官符』？」門子道：「如今凡做地方官者皆有一個私單，上面寫的是本省最有權勢極富貴的大鄉紳名姓，各省皆然；倘若不知，一時觸犯了這樣的人家，不但官爵，只怕連性命也難保呢！所以叫作『護官符』。方纔所說的這薛家，老爺如何惹得他！他這件官司並無難斷之處，從前的官府，都因礙著情分臉面，所以如此。」一面說，一面從順袋中取出一張鈔的「護官符」來，遞與雨村，看時，上面皆是本地大族名宦之家的諺俗口碑，云：

賈不假，白玉為堂金作馬。
阿房宮，三百里，住不下金陵一個史。
東海缺少白玉牀，龍王來請金陵王。
豐年好大雪，珍珠如土金如鐵。

雨村尚未看完，忽聞傳點，報：「王老爺來拜。」雨村忙具衣冠出去接迎。有頓飯工夫方回來，問這門子，門子道：「這四家皆連絡有親，一損俱損，一榮俱榮，扶持遮飾，皆有照應的。今告打死人之薛就是『豐年大雪』之『薛』也。不單靠這三家，他的世交親友在都在外者本亦不少，老爺如今拿誰去？」雨村聽如此說，便笑問門子道：「如你這樣說來，卻怎麼了結此案？你大約也深知這兇犯躲的方向了？」

門子笑道：「不瞞老爺說，不但這兇犯躲的方向我知道，並這拐賣的人我也知道，死鬼買主也深知道，待我細說與老爺聽：這個被打死的乃是一個小鄉宦之子，名喚馮淵，父母俱亡，又無兄弟，守著些薄產度日；年紀十八九歲，酷愛男風，不甚好女色。這也是前生冤孽，可巧遇見這拐子賣丫頭，他便一眼看上了這丫頭，立意買來做妾，設誓不近男色，也不再娶第二個了，所以鄭重其事，必得三日後方進門。誰知這拐子又偷賣與薛家，他意欲捲了兩家的銀子而逃，誰知又走不脫，兩家拿住，打了個半死，都不肯收銀，各要領人。那薛公子豈肯讓人的，便喝令下人動手，將馮公子打了個稀爛，擡回去三日竟死了。這薛公子原早擇下日子要上京去的，既打了馮公子，奪了丫頭，他便沒事人一般，只管帶了家眷走他的路，並非為此而逃。這人命些些小事，自有他弟兄奴僕在此料理。這且別說，老爺可知這被賣之丫頭為誰？」雨村道：「我如何得知？」門子冷笑道：「這人還是老爺的大恩人呢！他就是葫蘆廟旁住的甄老爺的女兒，小名英蓮的。」雨村駭然道：「原來就是他！聞得他自五歲被人拐去，卻如今才賣呢？」

門子道：「這種拐子單拐的是幼女，養至十二三歲，帶至他鄉轉賣。當日這英蓮，我們天天哄他玩耍，極相熟的，所以隔了七八年，雖模樣兒出脫得齊整，然大段未改，所以認得他。且他眉心中原有米粒大的一點胭脂痣，從胎裏帶來的。偏生這拐子又租了我的房舍居住，那日拐子不在家，我也曾問他，他說是被拐子打怕了的，萬不敢說，只說拐子是他親爹，因無錢還債故賣的。我哄他再四，他又哭了，只說：『我原不記得小時之事。』這無可疑了。那日馮公子相見了，兑了銀子，因拐子醉了，英蓮自歎說：『我今日罪孽可滿了！』後又聽見馮公子三日後纔令過門，他又轉有憂愁之態。我又不忍，等拐子出去，又叫內人去解釋他：『這馮公子必待好日期來接，可知必不以丫鬟相看。況他是個絕風流人品，家裏頗過得，素性又最厭惡堂客，今竟破價買你，後事不言可知。只耐得三兩日，何必憂悶？』他聽如此說，方略解些，自謂從此得所。誰料天下竟有不如意事，第二日，他偏又賣與了薛家。若賣與第二家還好，這薛公子的混名，人稱他『呆霸王』，最是天下第一個弄性尚氣的人，而且使錢如土，遂打了個落花流水，生拖死拽，把個英蓮拖去，如今也不知死活。這馮公子空喜一場，一念未遂，反花了錢，送了命，豈不可歎！」

雨村聽了亦歎道：「這也是他們的孽障遭遇，亦非偶然，不然這馮淵如何偏只看上了這英蓮？這英蓮受了拐子這幾年折磨，纔得了個路頭，且又是個多情的，若果聚合了，倒是件美事，偏又生出這段事來。這薛家縱比馮家富貴，想其為人，自然姬妾眾多，淫佚無度，未必及馮淵定情於一人。這正為夢幻情緣，恰遇見一對薄命兒女。

且不要議論他人，只目今這官司如何剖斷纔好？」門子笑道：「老爺當年何其明決，今日何反成個沒主意的人了！小的聞得老爺補昇此任，係賈府王府之力；此薛蟠即賈府之親，老爺何不順水行舟，做個人情，將此案了結，日後也好去見賈王二公。」雨村道：「你說的何嘗不是。但事關人命，蒙皇上隆恩起復委用，正竭力圖報之時，豈可因私枉法，是實不忍為的。」門子聽了冷笑道：「老爺說的何嘗不是，但如今世上是行不去的，豈不聞古人有言『大丈夫相時而動』，又曰『趨吉避凶者為君子』。依老爺這說，不但不能報効朝廷，亦且自身不保：還要三思為妥。」

雨村低了頭，半日方說道：「依你怎麼樣？」門子道：「小人已想了個極好的主意在此：老爺明日坐堂，只管虛張聲勢，動文書，發籤拿人，兇犯自然是拿不來的，原告固是不依，只用將薛家族人及奴僕人等拿幾個來拷問，小的在暗中調停，令他們報個『暴病身亡』，合族中及地方上共遞一張保呈，老爺只說善能扶鸞請仙，堂上設了乩壇，令軍民人等只管來看，老爺只說『乩仙批了，死者馮淵與薛蟠原係夙孽，今狹路相遇，原因了結。今薛蟠已得了無名之病，被馮魂追索而死。其禍皆由拐子而起，除將拐子按法處治外，餘不略及』等語。小人暗中囑咐拐子，令其實招；眾人見乩仙批語與拐子相符，自然不疑了。薛家有的是錢，老爺斷一千也可，五百也可，與了馮家做燒埋之費。那馮家也無甚要緊的人，不過為的是錢，有了銀子，也就無話了。老爺細想，此計如何？」雨村笑道：「不妥，不妥。等我再斟酌斟酌，或可壓服口聲也罷了。」二人計議已定。

至次日坐堂，勾取一干有名人犯，雨村詳加審問，果見馮家人口稀少，不過賴此欲得些燒埋之銀；薛家仗勢倚情，偏不相讓，故致顛倒未決。雨村便徇情枉法，胡亂判斷了此案，馮家得了許多燒埋銀子，也就無甚話說了。雨村便疾忙修書二封與賈政並京營節度使王子騰，不過說「令甥之事已完，不必過慮」之言寄去。此事皆由葫蘆廟內沙彌新門子所為，雨村又恐他對人說出當日貧賤時事來，因此心中大不樂意；後來到底尋了他一個不是，遠遠的充發了纔罷。

當下言不著雨村。且說那買了英蓮、打死馮淵的那薛公子，亦係金陵人氏，本是書香繼世之家，只是如今這薛公子幼年喪父，寡母又憐他是個獨根孤種，未免溺愛縱容些，遂致老大無成；且家中有百萬之富，現領著內帑錢糧，採辦雜料。這薛公子學名薛蟠，表字文起，性情奢侈，言語傲慢；雖也上過學，不過略識幾個字，終日惟有鬥雞走馬，遊山玩景而已。雖是皇商，一應經紀世事，全然不知，不過賴祖父舊日的情分，户部掛虛名，支領錢糧，其餘事體，自有夥計老家人等措辦。寡母王氏乃現任京營節度使王子騰之妹，與榮國府賈政的夫人王氏，是一母所生的姊妹，今年方四十上下，只有薛蟠一子。還有一女，比薛蟠小兩歲，乳名寶釵，生得肌骨瑩潤，舉止嫻雅，當時他父親在日，極愛此女，令其讀書識字，較之乃兄，竟高十倍。自父親死後，見哥哥不能安慰母心，他便不以書字為念，只留心針黹家計等事，好為母親分憂代勞。近因今上崇尚詩禮，徵採才能，降不世之隆恩，除聘選妃嬪外，在世宦名家之女，皆得親名達部，以備選擇，為宮主郡主入學陪侍，充為才人贊善之職。自薛蟠父親死後，各省中所有的買賣承局、總管、夥計人等，見薛蟠年輕不諳世事，便趁時拐騙起來，京都幾處生意，漸亦銷耗。薛蟠素聞得都中乃第一繁華之地，正思一遊，便趁此機會，一來送妹待選，二來望親，三來親自入都銷算舊賬，再計新支，其實只為遊覽上國風光之意。因此早已檢點下行裝細軟，以及饋送親友各色土物人情等類，正擇日起身，不想偏遇了那拐子，買了英蓮。薛蟠見英蓮生得不俗，立意買了，又遇馮家來奪，因恃強喝令手下豪奴將馮淵打死，便將家中事務，一一囑託了族中人並幾個老家人，他便帶了母妹等，竟自起身長行去了。人命官司，他卻視為兒戲，自謂花上幾個臭錢，沒有不了的。

在路不記其日。那日已將入都，又聞得母舅王子騰昇了九省統制，奉旨出都查邊，薛蟠心中暗喜道：「我正愁進京去有母舅管轄，不能任意揮霍，如今昇出去，可知天從人願。」因和母親商議道：「咱們京中雖有幾處房舍，只是這十年來沒人居住，那看守的人，未免偷著租賃與人，須得先著人去打掃收拾纔好。」他母親道：「何必如此招搖！咱們這進京去，原是先拜望親友，或是在你舅舅處，或是你姨爹家，他兩家的房舍極是寬敞的，咱們且住下，再慢慢兒的著人去收拾，豈不消停些。」薛蟠道：「如今舅舅正昇了外省去，家裏自然忙亂起身，咱們這會子反一窩一拖的奔了去，豈不沒眼色些。」他母親道：「你舅舅雖昇了去，還有你姨爹家。況這幾年來，你舅舅姨娘兩處每每帶信捎書接咱們來。如今既來了，你舅舅雖忙著起身，你賈家的姨娘未必不苦留我們。咱們且忙忙的收拾房子，豈不使人見怪？你的意思我卻知道，守著舅舅姨母住著，未免拘緊了你，不如各住，好任意施為。你既如此，你自去挑所宅子去住，我和你姨娘姊妹們別了這幾年，卻要廝守幾日，我帶了你妹子去投你姨娘家去，你道好不好？」薛蟠見母親如此說，情知扭不過的，只得吩咐人伕，一路奔榮國府而來。

那時王夫人已知薛蟠官司一事虧賈雨村就中維持了，纔放了心，又見哥哥昇了邊缺，正愁少了娘家的親戚來往，略加寂寞。過了幾日，忽家人報：「姨太太帶了哥兒姐兒合家進京，在門外下車了。」喜得王夫人忙帶了人接出大廳來，將薛姨媽等接了進去，姊妹們暮年相見，悲喜交集，自不必說；敍了一番契闊，又引著拜見賈母，將人情土物各種酬獻了，合家俱廝見過，又治席接風。

薛蟠拜見過賈政賈璉，又引著見了賈赦賈珍等。賈政便使人上來對王夫人說：「姨太太已有了春秋，外甥年輕，不知庶務，在外住著，恐又要生事。咱們東南角上梨香院，一所十來間，白空閒著，叫人打掃了，請姨太太和姐兒哥兒住了甚好。」王夫人原要留住，賈母也就遣人來說：「請姨太太就在這裏住下，大家親密些。」薛姨媽正欲同居一處，方可拘緊些兒，若另在外，恐縱性惹禍，遂忙道謝應允；又私與王夫人說明：「一應日費供給，一概免卻，方是處常之法。」王夫人知他家不難於此，遂亦從其願。從此後，薛家母女就在梨香院中住了。

原來這梨香院乃當日榮公暮年養靜之所，小小巧巧，約有十餘間房舍，前廳後舍俱全；另有一門通街，薛蟠家人就走此門出入。西南又有一角門，通一夾道，出了夾道，便是王夫人正房的東院了。每日或飯後，或晚間，薛姨媽便過來，或與賈母閒談，或與王夫人相敍。寶釵日與黛玉、迎春姊妹等一處，或看書下棋，或做針黹，倒也十分樂意。只是薛蟠起初原不欲在賈府中居住，生恐姨父管束，不得自在；無奈母親執意在此，且賈宅中又十分殷勤苦留，只得暫且住下，一面使人打掃出自家的房屋，再移居過去。誰知自此間住了不上一月，賈宅族中凡有的子姪，俱已認熟了一半，都是那些紈袴氣習，莫不喜與他來往，今日會酒，明日觀花，甚至聚賭嫖娼，無所不至，引誘得薛蟠比當日更壞了十倍。雖說賈政訓子有方，治家有法，一則族大人多，照管不到；二則現在房長乃是賈珍，彼乃寧府長孫，又現襲職，凡族中事都是他掌管；三則公私冗雜，且素性瀟灑，不以俗事為要，每公暇之時，不過看書著棋而已。況這梨香院相隔兩層房舍，又有街門別開，任意可以出入，這些子弟們，可以放意暢懷的。因此遂將移居之念，漸漸打滅了。日後何如，下回分解。

卷五　賈寶玉神遊太虛境　警幻仙曲演紅樓夢

第四回中既將薛家母子在榮府中寄居等事略已表明，此回則暫不能寫矣。

如今且說林黛玉自在榮府，一來賈母萬般憐愛，寢食起居，一如寶玉，而迎春、探春、惜春三個孫女兒倒且靠後；便是寶玉和黛玉二人之親密友愛處，亦較別個不同；日則同行同坐，夜則同止同息，真是言和意順，似漆如膠。不想如今忽然來了一個薛寶釵，年紀雖大不多，然品格端方，容貌美麗，人謂黛玉所不及。而寶釵行為豁達，隨分從時，不比黛玉孤高自許，目無下塵，故深得下人之心；便是那些小丫頭們，亦多與寶釵玩笑。因此黛玉心中便有些不忿之意，寶釵卻渾然不覺。那寶玉亦在孩提之間，況自天性所稟，一片愚拙偏僻，視姊妹兄弟皆出一意，並無親疏遠近之別。如今與黛玉同處賈母房中坐臥，故略比別個姊妹熟慣些。既熟慣，則更覺親密；既親密，則不免有求全之毀，不虞之隙。這日不知為何，二人言語有些不合起來，黛玉又在房中獨自垂淚，寶玉又自悔言語冒撞，前去俯就，那黛玉方漸漸回轉來。

因東邊寧府花園內梅花盛開，賈珍之妻尤氏乃治酒具，請賈母、邢夫人、王夫人等賞花。是日先帶了賈蓉夫妻二人來面請。賈母等於早飯後過來，就在會芳園遊玩，先茶後酒。不過是寧榮二府眷屬家宴，並無別樣新文趣事可記。

一時寶玉倦怠，欲睡中覺，賈母命人好生哄著歇息一回再來。賈蓉之妻秦氏便忙笑道：「我們這裏有給寶叔收拾下的屋子，老祖宗放心，只管交與我就是了。」親向寶玉的奶娘丫鬟等道：「嬤嬤、姐姐們，請寶叔隨我這裏來。」賈母素知秦氏是極妥當的人，生得裊娜纖巧，行事又溫柔和平，乃重孫媳中第一個得意之人，見他去安置寶玉，自是安穩的。

當下秦氏引了一簇人來至上房內間，寶玉擡頭看見是一幅畫貼在上面，人物固好，其故事乃是「燃藜圖」也，心中便有些不快。又有一副對聯，寫的是：

世事洞明皆學問，人情練達即文章。

及看了這兩句，縱然室宇精美，鋪陳華麗，亦斷斷不肯在這裏了，忙說：「快出去！快出去！」秦氏聽了笑道：「這裏還不好，往那裏去呢？不然往我屋裏去罷。」寶玉點頭微笑，有一嬤嬤說道：「那裏有個叔叔往姪兒媳婦房裏睡覺的禮？」秦氏笑道：「噯喲，不怕他惱，他能多大了，就忌諱這些麼？上月你沒有看見我那個兄弟來了，雖然和寶叔同年，兩個人若站在一處，只怕那一個還高些呢。」寶玉道：「我怎麼沒有見過他，你帶他來我瞧瞧。」眾人笑道：「隔著二三十里，那裏帶去？見的日子有呢。」

說著大家來至秦氏房中。剛至房中，便有一股細細的甜香襲人，寶玉便覺得眼餳骨軟，連說：「好香！」入房向壁上看時，有唐伯虎畫的「海棠春睡圖」，兩邊有宋學士秦太虛寫的一副對聯云：

嫩寒鎖夢因春冷，芳氣襲人是酒香。

案上設著武則天當日鏡室中設的寶鏡，一邊擺著趙飛燕立著舞的金盤，盤內盛著安祿山擲過傷了太真乳的木瓜。上面設著壽昌公主於含章殿下臥的寶榻，懸的是同昌公主製的連珠帳。寶玉含笑道：「這裏好！這裏好！」秦氏笑道：「我這屋子大約神仙也可以住得的。」說著，親自展開了西施浣過的紗衾，移了紅娘抱過的鴛枕，於是眾奶姆伏侍寶玉臥好了，款款散去，只留下襲人、秋紋、晴雯、麝月四個丫鬟為伴。秦氏便吩咐小丫鬟們好生在簷下看著貓兒打架。

那寶玉纔合上眼，便恍恍惚惚的睡去，猶似秦氏在前，遂悠悠蕩蕩，隨了秦氏至一所在。但見朱欄玉砌，綠樹清溪，真是人跡不逢，飛塵罕到。寶玉在夢中歡喜，想道：「這個去處有趣，我就在這裏過一生，雖然失了家也願意，強如天天被父母打去。」正胡思之間，忽聽見山後有人作歌曰：

春夢隨雲散，飛花逐水流；寄言眾兒女：何必覓閒愁。

寶玉聽了是女兒的聲氣。歌音未息，早見那邊走出一個麗人來，蹁躚裊娜，與凡人不同。有賦為證：

方離柳塢，乍出花房。但行處，鳥驚庭樹；將到時，影度迴廊。仙袂乍飄兮，聞麝蘭之馥郁；荷衣欲動兮，聽環珮之鏗鏘。靨笑春桃兮，雲堆翠髻；脣綻櫻顆兮，榴齒含香。盼纖腰之楚楚兮，風迴雪舞；耀珠翠之輝煌兮，鴨綠鵝黃。出沒花間兮，宜嗔宜喜；徘徊池上兮，若飛若揚。蛾眉顰笑兮，將言而未語；蓮步乍移兮，欲止而欲行。羨彼之良質兮，冰清玉潤；慕彼之華服兮，閃爍文章。愛彼之容貌兮，香培玉篆；美彼之態度兮，鳳翥龍翔。其素若何，春梅綻雪；其潔若何，秋蕙披霜。其靜若何，松生空谷；其豔若何，霞映澄塘。其文若何，龍游曲沼；其神若何，月射寒江。應慚西子，實愧王嬙。奇矣哉，生於孰地？來自何方？信矣乎，瑤池不二，紫府無雙。果何人哉？若斯之美也！

寶玉見是一個仙姑，喜得忙來作揖，笑問道：「神仙姐姐，不知從那裏來，如今要往那裏去？我也不知這裏是何處，望乞攜帶攜帶。」那仙姑道：「吾居離恨天之上，灌愁海之中，乃放春山遣香洞太虛幻境警幻仙姑是也：司人間之風情月債，掌塵世之女怨男癡。因近來風流冤孽，纏綿於此，是以前來訪察機會，佈散相思。今日與爾相逢，亦非偶然。此離吾境不遠，別無他物，僅有自採仙茗一盞，親釀美酒一甕，素練魔舞歌姬數人，新填『紅樓夢』仙曲十二支，可試隨我一遊否？」

寶玉聽了，喜躍非常，便忘了秦氏在何處，竟隨了仙姑至一所在。有石牌橫建，上書「太虛幻境」四大字，兩邊一副對聯，乃是：

假作真時真亦假，無為有處有還無。

轉過牌坊，便是一座宮門，上橫書四個大字，道是：「孽海情天」。又有一副對聯，大書云：

厚地高天，堪歎古今情不盡；癡男怨女，可憐風月債難酬。

寶玉看了，心下自思道：「原來如此。但不知何為『古今之情』？又何為『風月之債』？從今倒要領略領略。」寶玉只顧如此一想，不料早把些邪魔招入膏肓了。當下隨了仙姑進入二層門內，只見兩邊配殿，皆有匾額對聯，一時看不盡許多，惟見幾處寫著的是：「癡情司」、「結怨司」、「朝啼司」、「暮哭司」、「春感司」、「秋悲司」。看了，因向仙姑道：「敢煩仙姑引我到那各司中遊玩遊玩，不知可使得？」仙姑道：「此中各司貯的是普天之下所有的女子過去未來的簿冊，爾凡眼塵軀，未便先知的。」寶玉聽了，那裏肯依，復央之再四，警幻便看這司的匾說：「也罷，就在此司內略隨喜隨喜罷。」寶玉喜不能勝，擡頭看這司的匾上，乃是「薄命司」三字，兩邊寫著對聯道：

春恨秋悲皆自惹，花容月貌為誰妍。

寶玉看了，便知感歎。進入門中，只見有十數個大櫥，皆用封條封著。看那封條上，皆有各省字樣。寶玉一心只揀自己家鄉的封條看，只見那邊櫥上封條大書「金陵十二釵正冊」，寶玉因問：「何為『金陵十二釵正冊』？」警幻道：「即貴省中十二冠首女子之冊，故為正冊。」寶玉道：「常聽人說，金陵極大，怎麼只十二個女子？如今單我們家裏，上上下下就有幾百個女孩兒。」警幻微笑道：「貴省女子固多，不過擇其緊要者錄之，兩邊二櫥則又次之。餘者庸常之輩，則無冊可錄矣。」

寶玉再看下首一櫥，上寫著「金陵十二釵副冊」；又一櫥上寫著「金陵十二釵又副冊」。寶玉便伸手先將「又副冊」櫥門開了，拿出一本冊來，揭開看時，只見這首頁上畫的，既非人物，亦非山水，不過是水墨滃染、滿紙烏雲濁霧而已。後有幾行字跡，寫道是：

霽月難逢，彩雲易散。心比天高，身為下賤。風流靈巧招人怨。壽夭多因誹謗生，多情公子空牽念。

寶玉看了，又見後面畫著一簇鮮花，一牀破席，也有幾句言詞，寫道是：

枉自溫柔和順，空云似桂如蘭；堪羡優伶有福，誰知公子無緣。

寶玉看了不解，遂擲下這個，去開了「副冊」櫥門，拿起一本冊來，揭開看時，只見畫著一枝桂花，下面有一池沼，其中水涸泥乾，蓮枯藕敗，後面書云：

根並荷花一莖香，平生遭際實堪傷；自從兩地生孤木，致使香魂返故鄉。

寶玉看了又不解，又去取「正冊」看，只見頭一頁上便畫著兩株枯木，木上懸著一圍玉帶；又有一堆雪，雪中一股金簪。也有四句詩道：

可歎停機德，誰憐詠絮才；玉帶林中掛，金簪雪裏埋。

寶玉看了仍不解，待要問時，知他必不肯洩漏天機；待要丟下，又不捨，遂往後看時，只見畫著一張弓，弓上掛著一個香櫞。也有一首歌詞云：

二十年來辨是非，榴花開處照宮闈；三春怎及初春景，虎兔相逢大夢歸。

後面又畫著兩個人放風箏，一片大海，一隻大船，船中有一女子，掩面泣涕之狀。也有四句寫云：

才自清明志自高，生於末世運偏消；清明涕送江邊望，千里東風一夢遙。

後面又畫幾縷飛雲，一灣逝水。其詞曰：

富貴又何為，襁褓之間父母違；展眼弔斜輝，湘江水逝楚雲飛。

後面又畫著一塊美玉，落在泥汙之中。其斷語云：

欲潔何曾潔，云空未必空；可憐金玉質，終陷淖泥中。

後面忽畫一惡狼，追撲一美女，欲啖之意。其書云：

子係中山狼，得志便倡狂；金閨花柳質，一載赴黃粱。

後面便是一所古廟，裏面有一美人，在內看經獨坐。其判云：

勘破三春景不長，緇衣頓改昔年妝；可憐繡戶侯門女，獨臥青燈古佛旁。

後面便是一片冰山，上有一隻雌鳳。其判云：

凡鳥偏從末世來，都知愛慕此生才；一從二令三人木，哭向金陵事更哀。

後面又是一座荒村野店，有一美人在那裏紡績。其判云：

勢敗休云貴，家亡莫論親；偶因濟劉氏，巧得遇恩人。

詩後又畫一盆茂蘭，旁有一位鳳冠霞帔的美人。也有判云：

桃李春風結子完，到頭誰似一盆蘭；如冰水好空相妒，枉與他人作笑談。

詩後又畫一座高樓，上有一美人懸樑自盡。其判云：

情天情海幻情身，情既相逢必主淫；漫言不肖皆榮出，造釁開端實在寧。

寶玉還欲看時，那仙姑知他天分高明、性情穎慧，恐洩漏天機，便掩了卷冊，笑向寶玉道：「且隨我去遊玩奇景，何必在此打這悶葫蘆！」

寶玉恍恍惚惚，不覺棄了卷冊，又隨了警幻來至後面。但見珠簾繡幕，畫棟雕簷，說不盡的光搖朱户金鋪地，雪照瓊窗玉作宮。更見仙花馥郁，異草芬芳，真個好所在。又聽警幻笑道：「你們快出來迎接貴客！」一言未了，只見房中走出幾個仙子來，皆是荷袂蹁躚，羽衣飄舞，嬌若春花，媚如秋月。一見了寶玉，都怨謗警幻道：「我們不知係何『貴客』，忙得接了出來！姐姐曾說今日今時必有絳珠妹子的生魂前來遊玩，故我等久待。何故反引這濁物來汙染這清淨女兒之境？」

寶玉聽如此說，便嚇得欲退不能，果覺自形汙穢不堪。警幻忙攜住寶玉的手，向眾姊妹笑道：「你等不知原委：今日原欲往榮府去接絳珠，適從寧府經過，偶遇榮寧二公之靈，囑吾云：『吾家自國朝定鼎以來，功名奕世，富貴流傳，已歷百年，奈運終數盡，不可挽回。我等之子孫雖多，竟無可以繼業者。惟嫡孫寶玉一人，稟性乖張，用情怪譎，雖聰明靈慧，略可望成，無奈吾家運數合終，恐無人規引入正。幸仙姑偶來，可望先以情慾聲色等事警其癡頑，或能使彼跳出迷人圈子，入於正路，亦吾兄弟之幸矣。』如此囑吾，故發慈心，引彼至此。先以彼家上中下三等女子之終身冊籍，令彼熟玩，尚未覺悟；故引彼再到此處，令其歷飲饌聲色之幻，或冀將來一悟，未可知也。」

說畢，攜了寶玉入室。但聞一縷幽香，不知所聞何物。寶玉遂不住相問，警幻冷笑道：「此香塵世中所無，爾何能知！此係諸名山勝境初生異卉之精，合各種寶林珠樹之油所製，名為『群芳髓』。」寶玉聽了，自是羨慕而已。大家入座，小鬟捧上茶來，寶玉自覺香清味美，迥非常品，因又問何名。警幻道：「此茶出在放春山遣香洞，又以仙花靈葉上所帶的宿露而烹，此茶名曰『千紅一窟』。」寶玉聽了，點頭稱賞。因看房內瑤琴、寶鼎、古畫、新詩，無所不有；更喜窗下亦有唾絨，奩間時漬粉汙。壁上也有一副對聯，書云：

幽微靈秀地，無可奈何天。

寶玉看畢，無不羨慕，因又請問眾仙姑姓名：一名癡夢仙姑，一名鍾情大士，一名引愁金女，一名度恨菩提，各各道號不一。少刻，有小鬟來調桌安椅，擺設酒饌，真是：

瓊漿滿泛玻璃盞，玉液濃斟琥珀杯。

更不用說此饌之盛。寶玉因此酒香洌異常，又不禁相問。警幻道：「此酒乃以百花之蕤，萬木之汁，加以麟髓之醅、鳳乳之麴釀成，因名為『萬豔同杯』。」寶玉稱賞不迭。

飲酒間，又有十二個舞女上來，請問演何調曲，警幻道：「就將新製『紅樓夢』十二支演上來。」舞女們答應了，便輕敲檀板，款按銀箏，聽他歌道是：

開闢鴻蒙……

方歌了一句，警幻道：「此曲不比塵世中所填傳奇之曲，必有生旦淨末之則，又有南北九宮之調。此或詠歎一人，或感懷一事，偶成一曲，即可譜入管弦。若非個中人，不知其中之妙；料爾亦未必深明此調，若不先閱其稿，後聽其曲，反成嚼蠟矣。」說畢，回頭命小鬟取了「紅樓夢」原稿來，遞與寶玉。寶玉接過來，一面目視其文，耳聆其歌曰：

〔紅樓夢引子〕　開闢鴻蒙，誰為情種？都只為風月情濃。奈何天，傷懷日，寂寥時，試遣愚衷。因此上，演出這悲金悼玉的「紅樓夢」。

〔終身誤〕　都道是金玉良緣，俺只念木石前盟。空對著，山中高士晶瑩雪；終不忘，世外仙姝寂寞林。歎人間，美中不足今方信。縱然是齊眉舉案，到底意難平。

〔枉凝眉〕　一個是閬苑仙葩，一個是美玉無瑕。若說沒奇緣，今生偏又遇著他；若說有奇緣，如何心事終虛話？一個枉自嗟呀，一個空勞牽掛。一個是水中月，一個是鏡中花。想眼中能有多少淚珠兒，怎禁得秋流到冬，春流到夏！

卻說寶玉聽了此曲，散漫無稽，未見得好處；但其聲韻悽婉，竟能銷魂醉魄。因此也不問其原委，也不究其來歷，就暫以此釋悶而已。因又看下面道：

〔恨無常〕　喜榮華正好，恨無常又到。眼睜睜，把萬事全拋。蕩悠悠，芳魂銷耗。望家鄉，路遠山高。故向爹娘夢裏相尋告：兒命已入黃泉，天倫呵，須要退步抽身早！

〔分骨肉〕　一帆風雨路三千，把骨肉家園，齊來拋閃。恐哭損殘年。告爹娘，休把兒懸念：自古窮通皆有定，離合豈無緣？從今分兩地，各自保平安。奴去也，莫牽連。

〔樂中悲〕　襁褓中，父母歎雙亡。縱居那綺羅叢，誰知嬌養？幸生來，英豪闊大寬宏量，從未將兒女私情，略縈心上。好一似，霽月光風耀玉堂。廝配得才貌仙郎，博得個地久天長，準折得幼年時坎坷形狀。終久是雲散高唐，水涸湘江：這是塵寰中消長數應當，何必枉悲傷？

〔世難容〕 氣質美如蘭，才華馥比仙。天生成孤癖人皆罕。你道是啖肉食腥膻，視綺羅俗厭；卻不知好高人愈妒，過潔世同嫌。可歎這，青燈古殿人將老；辜負了，紅粉朱樓春色闌。到頭來，依舊是風塵骯髒違心願；好一似，無瑕白玉遭泥陷；又何須，王孫公子歎無緣？

〔喜冤家〕 中山狼，無情獸，全不念當日根由。一味的，驕奢淫蕩貪歡媾。覷著那，侯門豔質同蒲柳；作踐的，公府千金似下流。歎芳魂豔魄，一載蕩悠悠。

〔虛花悟〕 將那三春看破，桃紅柳綠待如何？把這韶華打滅，覓那清淡天和。說什麼，天上夭桃盛，雲中杏蕊多？到頭來，誰見把秋捱過？則看那，白楊村裏人嗚咽，青楓林下鬼吟哦。更兼著，連天衰草遮墳墓。這的是，昨貧今富人勞碌，春榮秋謝花折磨。似這般，生關死劫誰能躲？聞說道，西方寶樹喚婆娑，上結著長生果。

〔聰明累〕 機關算盡太聰明，反算了卿卿性命！生前心已碎，死後性空靈。家富人寧，終個有，家亡人散各奔騰。枉費了，意懸懸半世心；好一似，蕩悠悠三更夢。忽喇喇似大廈傾，昏慘慘似燈將盡。呀！一場歡喜忽悲辛。歎人世，終難定！

〔留餘慶〕 留餘慶，留餘慶，忽遇恩人；幸娘親，幸娘親，積得陰功。勸人生，濟困扶窮，休似俺那愛銀錢、忘骨肉的狠舅奸兄！正是乘除加減，上有蒼穹。

〔晚韶華〕　鏡裏恩情，更那堪夢裏功名！那美韶華去之何迅！再休提繡帳鴛衾。只這戴珠冠，披鳳襖，也抵不了無常性命。雖說是，人生莫受老來貧，也須要陰騭積兒孫。氣昂昂，頭戴簪纓，光燦燦，胸懸金印；威赫赫，爵祿高登，昏慘慘，黃泉路近！問古來將相可還存？也只是虛名兒與後人欽敬。

〔好事終〕　畫樑春盡落香塵。擅風情，秉月貌，便是敗家的根本。箕裘頹墮皆從敬，家事消亡首罪寧。宿孽總因情！

〔飛鳥各投林〕　為官的，家業凋零；富貴的，金銀散盡；有恩的，死裏逃生；無情的，分明報應。欠命的，命已還；欠淚的，淚已盡。冤冤相報自非輕，分離聚合皆前定。欲知命短問前生，老來富貴也真僥倖。看破的，遁入空門；癡迷的，枉送了性命。好一似食盡鳥投林，落了片白茫茫大地真乾淨！

歌畢，還又歌副歌。警幻見寶玉甚無趣味，因歎：「癡兒竟尚未悟！」那寶玉忙止歌姬不必再唱，自覺朦朧恍惚，告醉求臥。警幻便命撤去殘席，送寶玉至一香閨繡閣中，其間鋪陳之盛，乃素所未見之物。更可駭者，早有一位女子在內，其鮮豔嫵媚，有似乎寶釵；風流裊娜，則又如黛玉。正不知何意，忽警幻道：「塵世中多少富貴之家，那些綠窗風月，繡閣煙霞，皆被淫汙紈袴與那些流蕩女子悉皆玷辱。更可恨者，自古來，多少輕薄浪子，皆以『好色不淫』為解，又以『情而不淫』作案，此皆飾非掩醜之語也。好色即淫，知情更淫。是以巫山之會，雲雨之歡，皆由既悅其色、復戀其情所致也。吾所愛汝者，乃天下古今第一淫人也。」

寶玉聽了，唬得慌忙答道：「仙姑差了。我因懶於讀書，家父母尚每垂訓飭，豈敢再冒『淫』字？況且年紀尚幼，不知『淫』為何事。」警幻道：「非也。淫雖一理，意則有別。如世之好淫者，不過悅容貌，喜歌舞，調笑無厭，雲雨無時，恨不能天下之美女供我片時之趣興：此皆皮膚濫淫之蠢物耳。如爾則天分中生成一段癡情，吾輩推之為『意淫』。惟『意淫』二字，可心會而不可口傳，可神通而不能語達。汝今獨得此二字，在閨閣中固可為良友，然於世道中未免迂闊怪詭，百口嘲謗，萬目睚眦。今既遇令祖寧榮二公剖腹深囑，吾不忍君獨為我閨閣增光而見棄於世道，故引子前來，醉以美酒，沁以仙茗，警以妙曲，再將吾妹一人，乳名兼美表字可卿者，許配與汝。今夕良時，即可成姻。不過令汝領略此仙閨幻境之風光尚然如此，何況塵境之情景哉？而今後，萬萬解釋，改悟前情，留意於孔孟之間，委身於經濟之道。」說畢，便秘授以雲雨之事，推寶玉入房中，將門掩上自去。

那寶玉恍恍惚惚，依警幻所囑之言，未免有兒女之事，難以盡述。至次日，便柔情繾綣，軟語溫存，與可卿難解難分。因二人攜手出去遊玩之時，忽然至一個所在，但見荊榛遍地，狼虎同行，迎面一道黑溪阻路，並無橋樑可通。正在猶豫之間，忽見警幻從後追來，說道：「快休前進，作速回頭要緊！」寶玉忙止步問道：「此係何處？」警幻道：「此即迷津也，深有萬丈，遙亙千里，中無舟楫可通，只有一個木筏，乃木居士掌柁，灰侍者撐篙，不受金銀之謝，但遇有緣者渡之。爾今偶遊至此，設如墜落其中，便深負我從前諄諄警戒之語矣。」話猶未了，只聽迷津內響如雷聲，有許多夜叉海鬼，將寶玉拖將下去，嚇得寶玉汗下如雨，一面失聲喊叫：「可卿救我！」唬得襲人輩眾丫鬟忙上來摟住，叫：「寶玉不怕，我們在這裏。」

卻說秦氏正在房外囑咐小丫頭們好生看著貓兒狗兒打架，忽聞寶玉在夢中喚他的小名，因納悶道：「我的小名這裏從無人知道，他如何知得，在夢中叫出來？」正在不解，且聽下回分解。

卻說秦氏因聽見寶玉在夢中喚他的乳名，心中自是納悶，又不好細問。彼時寶玉迷迷惑惑，若有所失，眾人忙端上桂圓湯來，喝了兩口，遂起身整衣，襲人伸手與他繫褲帶時，剛伸手至大腿處，只覺冰冷一片黏濕，唬得忙退出手來，問：「是怎麼了？」寶玉紅漲了臉，把他的手一捻，襲人本是個聰明女子，年紀又比寶玉大兩歲，近來也漸省人事，今見寶玉如此光景，心中便覺察了一半，不覺羞得紅漲了臉面，遂不敢再問。仍舊理好了衣裳，隨至賈母處來，胡亂吃過晚飯，過這邊來，襲人趁眾奶娘丫鬟不在旁時，另取出一件中衣，與寶玉換上。

寶玉含羞央道：「好姐姐，千萬別告訴別人。」襲人含羞笑問道：「你夢見什麼故事了？是那裏流出來的那些髒東西？」寶玉道：「一言難盡。」便把夢中之事細說與襲人知了。說至警幻所授雲雨之情，羞得襲人掩面伏身而笑。寶玉亦素喜襲人柔媚姣俏，遂與襲人同領警幻所訓雲雨之事。襲人自知係賈母將他與了寶玉的，今便如此，亦不為越理，遂和寶玉偷試了一番，幸無人撞見。自此寶玉視襲人更與別個不同，襲人侍寶玉越發盡職。暫且別無話說。

按榮府一宅中合算起來，人口雖不多，從上至下，也有三百餘口人；事雖不多，一天也有一二十件，竟如亂麻一般，並沒有個頭緒可作綱領。正思從那一件事那一個人寫起方妙，卻好忽從千里之外，芥豆之微，小小一個人家，因與榮府略有些瓜葛，這日正往榮府中來，因此便就這一家說起，倒還是個頭緒。

原來這小小之家，姓王，乃本地人氏，祖上曾做過一個小小京官，昔年曾與鳳姐之祖王夫人之父認識。因貪王家的勢利，便連了宗，認作姪兒。那時只有王夫人之大兄鳳姐之父與王夫人隨在京的知有此一門遠族，餘者皆不知也。目今其祖早故，只有一個兒子，名喚王成，因家業蕭條，仍搬出城外原鄉中住了。王成亦相繼身故，有子小名狗兒，娶妻劉氏，生子小名板兒；又生一女，名喚青兒。一家四口，以務農為業。因狗兒白日間又做些生計，劉氏又操井臼等事，青板姊弟兩個，無人管著，狗兒遂將岳母劉老老接來，一處過活。

這劉老老乃是個久經世代的老寡婦，膝下又無子息，只靠兩畝薄田度日。如今女婿接了養活，豈不願意，遂一心一計幫著女兒女婿過活起來。因這年秋盡冬初，天氣冷將上來，家中冬事未辦，狗兒未免心中煩慮，吃了幾杯悶酒，在家閒尋氣惱，劉氏不敢頂撞。因此劉老老看不過，乃勸道：「姑爺，你別嗔著我多嘴，咱們村莊人家，那一個不是老老誠誠守著多大碗兒吃多大的飯。你皆因年小時，託著那老的福，吃喝慣了，如今所以把持不定，有了錢就顧頭不顧尾，沒了錢就瞎生氣，成了什麼男子漢大丈夫了！如今咱們雖離城住著，終是天子腳下。這『長安』城中，遍地皆是錢，只可惜沒人會去拿罷了。在家跳蹋也沒用。」狗兒聽了道：「你老只會在炕頭上坐著混說，難道叫我打劫去不成？」劉老老說道：「誰叫你打劫去呢？也到底大家想個方法兒纔好。不然，那銀子錢會自己跑到咱們家裏來不成？」狗兒冷笑道：「有法兒還等到這會子呢！我又沒有收稅的親戚、做官的朋友，有什麼法子可想的？便有，也只怕他們未必來理我們呢。」劉老老道：「這倒也不然。『謀事在人，成事在天』，咱們謀到了，靠菩薩的保祐，有些機會，也未可知。我倒替你們想出一個機會來。當日你們原是和金陵王家連過宗的，二十年前，他們看承你們還好，如今是你們拉硬屎，不肯去俯就他，故疏遠起來。想當初我和女兒還去過一遭，他家的二小姐，著實爽快會待人的，倒不拿大。如今現是榮國府賈二老爺的夫人，聽得他們說，如今上了年紀，越發憐貧恤老，最愛齋僧佈施。如今王府雖昇了邊任，只怕二姑太太還認得咱們，你何不去走動走動？或者他還念舊，有些好處亦未可知。只要他發一點好心，拔一根寒毛比咱們的腰還壯呢。」劉氏一旁接口道：「你老說得是，你我這樣嘴臉，怎麼好到他門上去？只怕他那門上人也不肯去通報，沒的去打嘴現世。」

誰知狗兒利名心重，聽如此說，心下便有些活動起來；又聽他妻子這番話，便笑接道：「老老既如此說，況且當日你又見過這姑太太一次，何不你老人家明日就去走一遭，先試試風頭看。」劉老老道：「哎喲！可是說的，『侯門似海』，我是個什麼東西，他家人又不認得我，去了也是白去的。」狗兒道：「不妨，我教你個法兒：你竟帶了外孫小板兒先去找陪房周瑞，若見了他，就有些意思了。這周瑞先時曾和我父親交過一樁事，我們本極好的。」劉老老道：「我也知道。只是許多時不走動，知道他如今是怎樣？這說不得的了，你又是個男人，這樣個嘴臉，自然去不得。我們姑娘年輕媳婦，也難賣頭賣腳去，倒還是捨了我這副老臉去碰一碰。果然有些好處，也大家有益。」當晚計議已定。

次日天未明時，劉老老便起來梳洗了，又將板兒教了幾句話；五六歲的孩子，聽見帶了他進城逛去，便喜得無不應承。於是劉老老帶了板兒，進城至寧榮街來。至榮府大門前石獅子旁，只見簇簇的轎馬。劉老老便不敢過去，且撣撣衣服，又教了板兒幾句話，然後蹲在角門前，只見幾個挺胸凸肚，指手畫腳的人坐在大門上，說東談西的。劉老老只得挨上前來問：「太爺們納福。」眾人打量了他一會，便問：「是那裏來的？」劉老老陪笑道：「我找太太的陪房周大爺的，煩那位太爺替我請他出來。」那些人聽了，都不睬他，半日，方說道：「你遠遠的那牆腳下等著，一會子他們家裏有人就出來的。」內中有一年老的說道：「不要誤了他的事，何苦要他。」因向劉老老道：「那周大爺往南邊去了。他在後一帶住著，他娘子卻在家。你從這邊繞到後街門上找就是了。」

劉老老謝了，遂攜著板兒繞至後門上，只見門上歇著些生意擔子，也有賣吃的，也有賣玩耍的物件，鬧吵吵三二十個孩子在那裏廝鬧。劉老老便拉住一個道：「我問哥兒一聲，有個周大娘可在家麼？」孩子道：「那個周大娘？我們這裏周大娘有三個呢，還有兩位周奶奶，不知是那一行當上的？」劉老老道：「他是太太的陪房。」孩子道：「這個容易，你跟我來。」引著劉老老進了後院，至一院牆邊，指道：「這就是他家。」忙又叫道：「周大媽，有個老奶奶找你呢。」

周瑞家的在內忙迎了出來，問：「是那位？」劉老老迎上來問了個：「好呀，周嫂子。」周瑞家的認了半日，方笑道：「劉老老，你好呀？你說，這幾年不見，我就忘了。請家裏坐。」劉老老一面走，一面笑說道：「你老是『貴人多忘事』了，那裏還記得我們？」說著，來至房中，周瑞家的命僱的小丫頭倒上茶來吃著。周瑞家的又問：「板兒倒長了這麼大了！」又問些別後閒話，又問劉老老：「今日還是路過，還是特來的？」劉老老便說：「原是特來瞧瞧你嫂子，二則也請請姑太太的安。若可以領我見一見更好，若不能，便借重嫂子轉致意罷了。」

周瑞家的聽了，便已猜著幾分來意。只因他丈夫昔年爭買田地一事，多得狗兒之力，今見劉老老如此，心中難卻其意；二則也要顯弄自己的體面。便笑說：「老老你放心。大遠的誠心誠意來了，豈有個不教你見個正佛去的？論理，人來客至，回話卻不與我相干。我們這裏都是各佔一樣兒：我們男的只管春秋兩季地租子，閒時帶著小爺們出門就完了；我只管跟太太奶奶們出門的事。皆因你老是太太的親戚，又拿我當個人，投奔了我來，我竟破個例與你通個信去。但只一件，老老有所不知，我們這裏不比五年前了，如今太太不大理事，都是璉二奶奶當家了。你道這璉二奶奶是誰？就是太太內姪女兒，當日大舅老爺的女兒，小名鳳哥的。」劉老老聽了，罕問道：「原來是他？怪道呢，我當日就說他不錯的。這等說來，我今兒還得見了他。」周瑞家的道：「這個自然的，如今有客來，都是這鳳姑娘周旋接待，今兒寧可不見太太，倒要見他一面，纔不枉走這一遭兒。」劉老老道：「阿彌陀佛！這全仗嫂子方便了。」周瑞家的說：「老老說那裏話來？俗語說的：『與人方便，自己方便。』不過用我一句話兒，那裏費了我什麼事。」說著，便喚小丫頭到倒廳上悄悄的打聽老太太屋裏擺了飯沒有，小丫頭去了。

這裏二人又說了些閒話。劉老老因說：「這位鳳姑娘，今年不過二十歲罷了，就這等有本事，當這樣的家，可是難得的。」周瑞家的聽了道：「嗐！我的老老，告訴不得你呢。這位鳳姑娘年紀雖小，行事卻比是人都大呢。如今出挑得美人一般的模樣兒，少說些有一萬個心眼子，再要賭口齒，十個會說的男人也說不過他呢。回來你見了就知道了。就只一件，待下人未免嚴了些。」說著，小丫頭回來說：「老太太屋裏已擺完了飯，二奶奶在太太屋裏呢。」周瑞家的聽了，連忙起身催著劉老老：「快走，這一下來他吃飯是空兒，咱們先等著去了。若遲一步，回事的人多了，就難說話。再歇了中覺，越發沒了時候了。」

說著，一齊下了炕，整頓衣服，又教了板兒幾句話，隨著周瑞家，逶迤往賈璉的住宅來。先至倒廳，周瑞家的將劉老老安插在那裏略等一等，自己先過影壁，走進了院門，知鳳姐未出來，先找著了鳳姐的一個心腹通房大丫頭名喚平兒的。周瑞家的先將劉老老起初來歷說明，又說：「今日大遠的來請安，當日太太是常會的，今兒不可不見，所以我帶了他進來等奶奶下來，我細細回明，諒奶奶也不責我莽撞的。」平兒聽了，便作了個主意：「叫他們進來，先在這裏坐著就是了。」周瑞家的方出去領了他們進來。上了正房臺階，小丫頭打起猩紅氈簾，纔入堂屋，只聞一陣香撲了臉來，竟不辨是何氣味，身子就似在雲端裏一般。滿屋中之物都是耀眼爭光，使人頭暈目眩，劉老老此時點頭咂嘴念佛而已。於是引他到東邊這間屋裏，乃是賈璉的大女兒睡覺之所。平兒站在炕沿邊，打量了劉老老兩眼，只得問個好，讓了坐。劉老老見平兒遍身綾羅，插金戴銀，花容月貌，便當是鳳姐兒了，纔要稱「姑奶奶」，只見周瑞家的說：「他是平姑娘。」又見平兒趕著周瑞家的叫他「周大娘」，方知不過是個有體面的丫頭。於是讓劉老老和板兒上了炕，平兒和周瑞家的對面坐在炕沿上，小丫頭們倒了茶來吃了。

劉老老只聽見咯當咯當的響聲，大有似乎打羅櫃篩麵的一般，不免東瞧西望的，忽見堂屋中柱子上掛著一個匣子，底下又墜著一個秤鉈般一物，卻不住的亂晃，劉老老心中想著：「這是什麼東西？有煞用處呢？」正呆時，陡聽得「當」的一聲，又若金鐘銅磬一般，倒唬了一跳，展眼，接著又是一連八九下，方欲問時，只見小丫頭們一齊亂跑，說：「奶奶下來了。」平兒與周瑞家的忙起身說：「劉老老只管坐著，等是時候，我們來請你。」說著迎出去了。

劉老老只屏聲側耳默候，只聽遠遠有人笑聲，約有一二十個婦人，衣裙窸窣，漸入堂屋，往那邊屋內去了。又見三兩個婦人，都捧著大紅漆捧盒，進這邊來等候。聽得那邊說道「擺飯」，漸漸的人纔散出去，只有伺候端菜的幾人。半日鴉雀不聞。忽見兩個人擡了一張炕桌來，放在這邊炕上，桌上碗盤擺列，仍是滿滿的魚肉在內，不過略動了幾樣。板兒一見了便吵著要肉吃，劉老老一巴掌打了開去。忽見周瑞家的笑嘻嘻走過來，招手兒叫他，劉老老會意，於是帶著板兒下炕，至堂屋中，周瑞家的又和他咕唧了一會，方蹭到這邊屋內。

只見門外銅鈎上懸著大紅灑花軟簾，南窗下是炕，炕上大紅條氈，靠東邊板壁立著一個鎖子錦靠背與一個引枕，鋪著金心綫閃緞大坐褥，旁邊有銀唾盒。那鳳姐家常帶著紫貂昭君套，圍著那攢珠勒子，穿著桃紅灑花襖，石青刻絲灰鼠披風，大紅洋縐銀鼠皮裙；粉光脂豔，端端正正坐在那裏，手內拿著小銅火箸兒撥手爐內的灰。平兒站在炕沿邊，捧著小小的一個填漆茶盤，盤內一個小蓋鍾。鳳姐也不接茶，也不擡頭，只管撥手爐的灰，慢慢的道：「怎麼還不請進來？」一面說，一面擡身要茶時，只見周瑞家的已帶了兩個人立在面前了，這纔忙欲起身，猶未起身，滿面春風的問好，又嗔周瑞家的：「怎麼不早說！」劉老老已是在地下拜了數拜，問姑奶奶安。鳳姐忙說：「周姐姐，攙著不拜罷。我年輕，不大認得，可也不知是什麼輩數，不敢稱呼。」周瑞家的忙回道：「這就是我纔回的那個老老了。」鳳姐點頭，劉老老已在炕沿上坐下了。板兒便躲在他背後，百般的哄他出來作揖，他死也不肯。

鳳姐笑道：「親戚們不大走動，都疏遠了。知道的呢，說你們棄嫌我們，不肯常來；不知道的那起小人，還只當我們眼裏沒有人似的。」劉老老忙念佛道：「我們家道艱難，走不起，來了這裏，沒的給姑奶奶打嘴，就是管家爺們看著也不像。」鳳姐笑道：「這話沒的教人噁心，不過借賴著祖父虛名，做個窮官兒罷了，誰家有什麼？不過是個舊日的空架子。俗語說，『朝廷還有三門子窮親』呢，何況你我。」說著，又問周瑞家的：「回了太太了沒有？」周瑞家的道：「如今等奶奶的示下。」鳳姐兒道：「你去瞧瞧，要是有人有事就罷；得閒呢就回，看怎麼說。」周瑞家的答應去了。

這裏鳳姐叫人抓些果子與板兒吃，剛問了幾句閒話時，就有家下許多媳婦兒管事的來回話。平兒回了，鳳姐道：「我這裏陪客呢，晚上再來回。若有要緊的事，你就帶進現辦。」平兒出去，一會進來說：「我問了，沒什麼緊事，我就叫他們散了。」鳳姐點頭。只見周瑞家的回來，向鳳姐道：「太太說了：今日不得閒，二奶奶陪著便一樣的，多謝費心想著。白來逛逛呢便罷；若有甚說的，只管告訴二奶奶，都是一樣。」劉老老道：「也沒甚的說，不過是來瞧瞧姑太太姑奶奶，也是親戚們情分。」周瑞家的說道：「沒有甚說的便罷；若有話，只管回二奶奶，是和太太一樣的。」一面說，一面遞眼色與劉老老。

劉老老會意，未語先飛紅的臉，欲待不說，今日又所為何來？只得忍恥道：「論理今日初次見姑奶奶，卻不該說的；只是大遠的奔了你老這裏來，少不得說了……」剛說到這裏，只聽二門上小廝們回說：「東府裏小大爺進來了。」鳳姐忙止道：「劉老老不必說了。」一面便問：「你蓉大爺在那裏呢？」只聽一路靴子腳響，進來了一個十七八歲的少年，面目清秀，身材夭嬌，輕裘寶帶，美服華冠。劉老老此時坐不是，立不是，藏沒處藏。鳳姐笑道：「你只管坐著，這是我姪兒。」劉老老方扭扭捏捏在炕沿上坐了。

賈蓉笑道：「我父親打發我來求嬸子，說上回老舅太太給嬸子的那架玻璃炕屏，明日請一個要緊的客，借去略擺一擺就送過來的。」鳳姐道：「遲了一日，昨兒已給了人了。」賈蓉聽說，便嘻嘻的笑著在炕沿子上下個半跪道：「嬸子若不借，我父親又說我不會說話了，又捱了一頓好打呢。嬸子，只當可憐姪兒罷。」鳳姐笑道：「也沒見我們王家的東西都是好的？你們那裏也放著那些好東西，只看不見我的東西纔罷，一見了就要想拿去。」賈蓉笑道：「只求開恩罷。」鳳姐道：「碰壞一點，你可仔細你的皮！」因命平兒拿了樓門上鑰匙，傳幾個妥當人來擡去。賈蓉喜得眉開眼笑，忙說：「我親自帶了人拿去，別由他們亂碰。」說著便起身出去了。

這鳳姐忽又想起一事來，便向窗外叫：「蓉兒回來。」外面幾個人接聲說：「請蓉大爺快回來。」賈蓉忙轉回來，垂手侍立，聽何指示。那鳳姐只管慢慢地吃茶，出了半日神，方笑道：「罷了，你且去罷。晚飯後你來再說罷。這會子有人，我也沒精神了。」賈蓉方慢慢退去。

這劉老老身心方安，便說道：「我今日帶了你姪兒，不為別的，只因他爹娘在家裏連吃的也沒有，天氣又冷了，只得帶了你姪兒奔了你老來。」說著，又推板兒道：「你爹在家裏怎麼教你的？打發咱們來做煞事的？只顧吃果子呢。」鳳姐早已明白了，聽他不會說話，因笑止道：「不必說了，我知道了。」因問周瑞家的道：「這老老不知可用了早飯沒有呢？」劉老老忙道：「一早就往這裏趕咧，那裏還有吃飯的工夫咧。」

鳳姐忙命：「快傳飯來。」

一時周瑞家的傳了一桌客饌來，擺在東邊屋裏，過來帶了劉老老和板兒過去吃飯，鳳姐說道：「周姐姐好生讓著些兒，我不能陪了。」於是過東邊屋裏來，鳳姐又叫過周瑞家的去道：「方纔回了太太，說了些什麼？」周瑞家的道：「太太說：他們原不是一家，是當年他們的祖與老太爺在一處做官，因連了宗的。這幾年不大走動。當時他們來了，卻也從沒空過的；今來瞧瞧我們，也是他的好意，不可簡慢了他。便有什麼話說，叫二奶奶裁奪著就是了。」鳳姐聽了說道：「怪道，既是一家子，我如何連影兒也不知道。」

說話間，劉老老已吃完了飯，拉了板兒過來，舔脣咂嘴的道謝。鳳姐笑道：「且請坐下，聽我告訴你老人家，方纔的意思，我已經知道了。論親戚之間，原該不待上門來就有照應纔是；但如今家中事情太多，太太上了年紀，一時想不到是有的。況我接著管事，都不大知道這些親戚們，一則外面看著，雖是烈烈轟轟，不知大有大的難處，說與人也未必信呢。今你既大遠的來了，又是頭一次兒向我張口，怎好教你空手回去。可巧昨兒太太給我的丫頭們做衣裳的二十兩銀子，還沒動呢，你不嫌少，且先拿了去用罷。」

那劉老老先聽見告艱苦，只當是沒想頭了，又聽見給他二十兩銀子，喜得眉開眼笑道：「我們也知艱難的，但只俗語道：『瘦死的駱駝比馬還大些。』憑他怎樣，你老拔一根寒毛比我們的腰還壯哩！」周瑞家的在旁聽見他說得粗鄙，只管使眼色止他。鳳姐笑而不睬，叫平兒把昨日那包銀子拿來，再拿一串錢來，都送至劉老老跟前。鳳姐道：「這是二十兩銀子，暫且給這孩子們做件冬衣罷。改日無事，只管來逛逛，方是親戚們的意思。天也晚了，不虛留你們了，到家該問好的都問個好兒。」一面說，一面就站了起來了。

劉老老只是千恩萬謝的，拿了銀錢，隨周瑞家的走至外廂。周瑞家的道：「我的娘！你怎麼見了他倒不會說了？開口就是『你姪兒』；我說句不怕你惱的話，便是親姪兒也要說和軟些。那蓉大爺纔是他的姪兒呢，他怎麼又跑出這樣姪兒來了。」劉老老笑道：「我的嫂子！我見了他，心眼兒愛還愛不過來，那裏還說上話兒來。」二人說著，又至周瑞家坐了片刻，劉老老要留下一塊銀與周家的孩子們買果子吃，周瑞家的如何放在眼裏，執意不肯，劉老老感謝不盡，仍從後門去了。未知劉老老去後如何，且聽下回分解。

卷七　送宮花賈璉戲熙鳳　宴寧府寶玉會秦鐘

話說周瑞家的送了劉老老去後，便上來回王夫人話，誰知王夫人不在上房，問丫鬟們，方知往薛姨媽那邊閒話去了。周瑞家的聽說，便出東角門，至東院，往梨香院來。剛至院門前，只見王夫人的丫鬟金釧兒和那一個纔留了頭的小女孩兒站在臺磯上玩。見周瑞家的來了，便知有話來回，因向內努嘴兒。

周瑞家的輕輕掀簾進去，只見王夫人和薛姨媽長篇大套的說些家務人情等話，周瑞家的不敢驚動，遂進裏間來，只見薛寶釵家常打扮，頭上只挽著纂兒，坐在炕裏邊，伏在小炕几上同丫鬟鶯兒正描花樣子呢。見他進裏來，寶釵便放下筆，轉身來，滿面堆笑讓：「周姐姐坐。」周瑞家的也忙陪笑問道：「姑娘好？」一面炕沿邊坐了，因說：「這有兩三天也沒見姑娘到那邊逛逛去，只怕是你寶兄弟衝撞了你不成？」寶釵笑道：「那裏的話！只因我那種病又發了兩天，所以且靜養兩日。」周瑞家的道：「正是呢，姑娘到底有什麼病根兒？也該趁早請個大夫認真醫治。小小的年紀，倒作下個病根，也不是玩的。」寶釵聽說笑道：「再不要提起，為這病根，也不知請了多少大夫，吃了多少藥，花了多少錢鈔，總不見一點效驗。後來還虧了一個禿頭和尚，專治無名之病，因請他看了，他說我這是從胎裏帶來的一股熱毒，幸而我先天結壯，還不相干；若吃凡藥，是不中用的。他就說了一個海上方，又給了一包末藥做引，異香異氣的。他說發了時吃一丸就好。倒也奇怪，這倒效驗些。」

周瑞家的因問道：「不知是什麼海上方？姑娘說了，我們也好記著，說與人知道；倘遇見這樣的病，也是行好的事。」寶釵笑道：「不問這方兒還好，若問這方，真真把人瑣碎壞了。東西藥料一概卻都有限，易得的，只難得『可巧』二字：要春天開的白牡丹花蕊心十二兩，夏天開的白荷花蕊十二兩，秋天的白芙蓉蕊十二兩，冬天的白梅花蕊十二兩。將這四樣花蕊於次年春分這日曬乾，和在末藥一處，一齊研好；又要雨水這日的天落水十二錢，……」周瑞家的忙笑道：「噯喲！這樣說來這就得三年的工夫！倘或雨水這日不下雨，可又怎處呢？」寶釵笑道：「所以了，那裏有這樣可巧的雨？也只好再等罷了。還要白露這日的露水十二錢，霜降這日的霜十二錢，小雪這日的雪十二錢。把這四樣水調勻，和了龍眼大的丸子，盛在舊磁罈裏，埋在花根底下，若發了病時，拿出來吃一丸，用十二分黃柏煎湯送下。」

周瑞家的聽了，笑道：「阿彌陀佛！真巧死了人。等十年都未必這樣巧呢。」寶釵道：「竟好。自他說了去後，一二年間，可巧都得了，好容易配成一料，如今從南帶至北，現埋在梨花樹下。」周瑞家的又道：「這藥本有名兒沒有呢？」寶釵道：「有。這也是那癩和尚說下的，叫作『冷香丸』。」周瑞家的聽了點頭兒，因又說：「這病發了時，到底覺怎樣？」寶釵道：「也不覺什麼，不過只喘嗽些，吃一丸也就罷了。」

周瑞家的還要說話時，忽聽王夫人問道：「誰在裏頭？」周瑞家的忙出去答應了，便回了劉老老之事，略待半刻，見王夫人無話，方欲退出去，薛姨媽忽又笑道：「你且站住。我有一種東西，你帶了去罷。」說著便叫：「香菱。」簾櫳響處，纔和金釧兒玩的那個小丫頭進來了，問：「奶奶叫我做什麼？」薛姨媽道：「把那匣子裏的花兒拿來。」香菱答應了，向那邊捧了個小錦匣兒來。薛姨媽道：「這是宮裏頭做的新鮮花樣兒堆紗花，十二枝。昨兒我想起來，白放著可惜舊了，何不給他們姊妹們戴去。昨兒要送去，偏又忘了；你今兒來得巧，就帶了去罷。你家的三位姑娘，每位二枝，下剩六枝，送林姑娘二枝，那四枝給鳳姐兒罷。」王夫人道：「留著給寶丫頭戴也罷了，又想著他們。」薛姨媽道：「姨媽不知，寶丫頭古怪呢，他從來不愛這些花兒粉兒的。」

說著，周瑞家的拿了匣子，走出房門，見金釧兒仍在那裏曬日陽，周瑞家的因問他道：「那香菱小丫頭子，可就是時常說的、臨上京時買的、為他打人命官司的那個小丫頭子？」金釧兒道：「可不就是他。」正說著，只見香菱笑嘻嘻的走來，周瑞家的便拉了他的手細細的看了一回，因向金釧兒笑道：「這個模樣兒，竟有些像咱們的東府裏小蓉大奶奶的品格。」金釧兒笑道：「我也是這麼說呢。」周瑞家的又問香菱：「你幾歲投身到這裏？」又問：「你父母今在何處？今年十幾歲了？本處是那裏人？」香菱聽問，搖頭說：「不記得了。」周瑞家的和金釧兒聽了，倒反為歎息感傷一回。

一時周瑞家的攜花至王夫人正房後。原來近日賈母說孫女們太多，一處擠著倒不便，只留寶玉、黛玉二人在這邊解悶，卻將迎春、探春、惜春三人移到王夫人這邊房後三間抱廈內居住，令李紈陪伴照管。如今周瑞家的故順路先往這裏來，只見幾個小丫頭兒都在抱廈內聽呼喚，默坐。迎春丫鬟司棋與探春的丫鬟侍書二人，正掀簾子出來，手裏都捧著茶盤茶鍾，周瑞家的便知他姊妹在一處坐著，也進入內房，只見迎春、探春二人正在窗下圍棋。周瑞家的將花送上，說明原故，他二人忙住了棋，都欠身道謝，命丫鬟們收了。

周瑞家的答應了，因說：「四姑娘不在房裏，只怕在老太太那邊呢？」丫鬟們道：「在那屋裏不是？」周瑞家的聽了，便往這邊屋裏來。只見惜春正同水月庵的小姑子智能兩個一處玩笑，見周瑞家的進來，惜春便問他何事。周瑞家的便將花匣打開，說明原故，惜春笑道：「我這裏正和智能兒說，我明兒也剃了頭同他做姑子去，可巧兒又送了花來，若剃了頭，卻把這花戴在那裏？」說著，大家取笑一回，惜春命丫鬟入畫來收了。

周瑞家的因問智能：「你是什麼時候來的？你師父那禿歪剌那裏去了？」智能道：「我們一早就來了。我師父見過太太，就往余老爺府裏去了，叫我在這裏等他呢。」周瑞家的又道：「十五的月例香供銀子可得了沒有？」智能道：「不知道。」惜春聽了，便問周瑞家的：「如今各廟月例銀子是誰管著？」周瑞家的道：「是余信管著。」惜春聽了笑道：「這就是了。他師父一來了，余信家的就趕上來，和他師父咕唧了半日，想就是為這事了。」

那周瑞家的又和智能兒嘮叨了一回，便往鳳姐處來，穿夾道，從李紈後窗下越過西花牆，出西角門，進入鳳姐院中。走至堂屋，只見小丫頭豐兒坐在鳳姐的房門檻上，見周瑞家的來了，連忙擺手兒，叫他往東屋裏去，周瑞家的會意，忙得躡手躡腳的往東邊屋裏來，只見奶子拍著大姐兒睡覺呢。周瑞家的悄問奶子：「姐兒睡中覺呢？也該請醒了。」奶子搖頭兒。正問著，只聽那邊一陣笑聲，卻有賈璉的聲音。接著房門響處，平兒拿著大銅盆出來，叫豐兒舀水進去。

平兒便進這邊來，一見了周瑞家的，便問：「你老人家又來做什麼？」周瑞家的忙起身拿匣子給他說：「送花來。」平兒聽了，便打開匣子，拿了四枝，轉身去了；半刻工夫，手裏拿出兩枝來，先叫彩明來，吩咐他：「送到那邊府裏，給小蓉大奶奶戴。」次後方命周瑞家的回去道謝。

周瑞家的這纔往賈母這邊來，過了穿堂，頂頭忽見他的女兒，打扮著纔從他婆家來。周瑞家的忙問：「你這會子跑來做什麼？」他女孩兒說：「媽一向身上好？我在家裏等了這半日，媽竟不出去，什麼事情這樣忙得不回家？我等煩了，自己先到了老太太跟前請了安了，這會子請太太安去。媽還有什麼不了的差事？手裏是什麼東西？」周瑞家的笑道：「嗳！今兒偏生來了個劉老老，我自己多事，為他跑了半日；這會子被姨太太看見了，叫送這幾枝花兒與姑娘奶奶們，這會子還沒送完呢。你這會子來，一定有什麼事情的。」他女孩兒笑道：「你老人家倒會猜著！實對你老人家說：你女婿因前兒多吃了幾杯酒，和人分爭起來，不知怎的被人放了一把邪火，說他來歷不明，告到衙門裏，要遞解還鄉。所以我來和你老人家商議商議，這個情分，求那一個可了事？」周瑞家的聽了道：「我就知道的。這有什麼大不了的！你且家去等我，我送這林姑娘的花兒去了，就回家來。此時太太二奶奶都不得閒兒，你回去等我，這有什麼忙的？」他女孩兒聽說，便回去了，還說：「媽，好歹快來。」周瑞家的道：「小人兒家沒經過什麼事的，就急得這樣的。」說著，便到黛玉房中去了。

誰知此時黛玉不在自己房裏，卻在寶玉房中，大家解九連環作戲。周瑞家的進來，笑道：「林姑娘，姨太太著我送花來與姑娘戴。」寶玉聽說，便說：「什麼花？拿來與我看。」一面便伸手接過來了，開匣看時，原來是兩枝宮製堆紗新巧的假花，黛玉只就寶玉手中看了一看，便問道：「還是單送我一人，還是別的姑娘們都有的？」

周瑞家的道：「各位都有了，這兩枝是姑娘的了。」黛玉冷笑道：「我就知道，別人不挑剩下的也不給我。」周瑞家的聽了，一聲兒不言語。寶玉問道：「周姐姐，你做什麼到那邊去了？」周瑞家的因說：「太太在那裏，我回話去了，姨太太就順便叫我帶來的。」寶玉道：「寶姐姐在家裏做什麼呢？怎麼這幾日也不過來？」周瑞家的道：「身上不大好呢。」寶玉聽了，便和丫頭們說：「誰去瞧瞧，就說我和林姑娘打發來問姨娘姐姐安，問姐姐是什麼病，吃什麼藥。論理，我該親自來的，就說纔從學裏回來，也著了些涼，改日再親來。」說著，茜雪便答應去了。周瑞家的自去，無話。

原來周瑞家的女婿便是雨村的好友冷子興，近日因賣古董，和人打官司，故叫女人來討情分。周瑞家的仗著主子的勢，把這些事也不放在心上，晚間只求求鳳姐兒便完了。

至掌燈時，鳳姐已卸了妝，來見王夫人，回說：「今兒甄家送來的東西，我已收了；咱們送他的，趁著他家有年下送鮮的船，交給他帶了去了。」王夫人點點頭。鳳姐又道：「臨安伯老太太生日的禮已經打點了，太太派誰送去？」王夫人道：「你瞧誰閒著，叫四個女人去就完了，又來問我。」鳳姐又道：「今日珍大嫂子來請我明日去逛逛，明日有沒有什麼事？」王夫人道：「有事沒事，都害不著什麼。每常他來請，有我們，你自然不便；他既不請我們單請你，可知是他誠心叫你散淡散淡，別辜負了他的心，倒該過去走走纔是。」鳳姐答應了。當下李紈迎探等姊妹們亦各定省畢，各歸房，無話。

次日鳳姐梳洗了，先回王夫人畢，方來辭賈母。寶玉聽了，也要逛去，鳳姐只得答應著，立等換了衣裳，姐兒兩個坐了車，一時進入寧府；早有賈珍之妻尤氏與賈蓉之妻秦氏，婆媳兩個引了多少侍妾丫鬟等接出儀門。

那尤氏一見了鳳姐，必先嘲笑一陣，一手攜了寶玉，同入上房來歸坐，秦氏獻茶畢，鳳姐便說：「你們請我來做什麼？拿什麼東西來孝敬，就獻上來，我還有事呢。」尤氏秦氏未及答應，幾個媳婦們先笑道：「二奶奶，今日不來就罷，既來了，就依不得二奶奶了。」正說著，只見賈蓉進來請安，寶玉因問：「大哥哥今日不在家麼？」尤氏道：「今日出城請老爺安去了。」又道：「可是你怪悶的坐在這裏，何不出去逛逛？」

秦氏笑道：「今日可巧，上回寶叔要見我兄弟，今兒也在這裏，想在書房裏，寶叔何不去瞧一瞧？」寶玉即下炕要走，尤氏便吩咐人：「小心跟著，別委曲著他，倒比不得跟著老太太過來就罷了。」鳳姐道：「既這麼著，何不請進這小爺來，我也見見，難道我是見不得他的？」尤氏笑道：「罷，罷！可以不必見他。比不得咱家的孩子們，胡打海摔跌慣了的。人家的孩子，都是斯斯文文慣了的，不像你這樣潑辣貨形象，倒要被你笑話死了呢。」鳳姐笑道：「我不笑話就罷，竟叫快領去。」賈蓉道：「他生得靦腆，沒見過大陣仗兒，嬸子見了，沒得生氣。」鳳姐啐道：「他是『哪吒』，我也要見一見。別放你娘的屁了。再不帶來給你一頓好嘴巴子！」賈蓉笑道：「我不敢強，就帶他來。」一會子，果然帶了一個小後生來，較寶玉略瘦些，眉清目秀，粉面朱脣，身材俊俏，舉止風流，似在寶玉之上；只是怯怯羞羞有女兒之態，靦腆含糊的向鳳姐作揖問好，鳳姐喜得先推寶玉笑道：「比下去了！」便探身一把攜了這孩子的手，就命他身邊坐下，慢慢問他年紀讀書等事，方知他學名叫秦鐘。

早有鳳姐跟的丫鬟媳婦們，看見鳳姐初見秦鐘，並未備得表禮來，遂忙過那邊去告訴平兒。平兒素知鳳姐與秦氏厚密，遂自做主意，拿了一疋尺頭，兩個「狀元及第」的小金錁子，交付來人送過去，鳳姐還說太簡薄些。秦氏等謝畢，一時吃過了飯，尤氏、鳳姐、秦氏等抹骨牌，不在話下。

寶玉秦鐘二人隨便起坐說話，那寶玉自一見秦鐘人品，心中便有所失，癡了半日，自己心中又起了個呆意，乃自思道：「天下竟有這等的人物！如今看了，我竟成了泥豬癩狗了。可恨我為什麼生在這侯門公府之家？若也生在寒儒薄宦之家，早得與他交接，也不枉生了一世。我雖比他尊貴，可知綾錦紗羅，也不過裹了我這枯株朽木；美酒羊羔，也只不過填了我這糞窟泥溝。『富貴』二字，不啻遭我荼毒了！」秦鐘自見寶玉形容出眾，舉止不浮，更兼金冠繡服，豔婢嬌童——「果然怨不得人人溺愛他，可恨我偏生於清寒之家，那能與他交接，可知『貧富』二字限人，亦世界上大不快事。」二人一樣的胡思亂想。寶玉又問他讀什麼書，秦鐘見問，便依實而答。二人你言我語，十來句後，越覺親密起來。

一時擺上茶果吃茶，寶玉便說：「我們兩個又不吃酒，把果子擺在裏間小炕上，我們那裏坐去，省得鬧你們。」於是二人進裏間來吃茶。秦氏一面張羅與鳳姐擺果酒，一面忙進來囑寶玉道：「寶叔，你姪兒年小，倘或言語不防頭，你千萬看著我，不要睬他。他雖靦腆，卻性子左強，不大隨和些是有的。」寶玉笑道：「你去罷，我知道了。」秦氏又囑了他兄弟一回，方去陪鳳姐。

一時鳳姐尤氏又打發人來問寶玉：「要吃什麼，外面有，只管要去。」寶玉只答應著，也無心在飲食間，只問秦鐘近日家務等事。秦鐘因言：「業師於去歲辭館，家父年紀老了，殘疾在身，公務繁冗，因此尚未議及延師，目下不過在家溫習舊課而已。再讀書一事，也必須有一二知己為伴，時常大家討論，纔能進益……」寶玉不待說完，便道：「正是呢，我們家卻有個家塾，合族中有不能延師的便可入塾讀書，親戚子弟可以附讀。我因上年業師回家去了，也現荒廢著。家父之意，亦欲暫送我去，且溫習著舊書，待明年業師上來，再各自在家亦可。家祖母因說：一則家學裏子弟太多，生恐大家淘氣，反不好；二則也因我病了幾天，遂暫且耽擱著。如此說來，尊翁如今也為此事懸心，今日回去，何不稟明，就在我們這敝塾中來，我也相伴，彼此有益，豈不是好事？」秦鐘笑道：「家父前日在家提起延師一事，也曾提起這裏的義學倒好，原來要和這裏的親翁商議引薦；因這裏又有事忙，不便為這點小事來聒絮的。寶叔果然度小姪或可磨墨滌硯，何不速速的作成，彼此不致荒廢，又可以常相談聚，又可以慰父母之心，又可以得朋友之樂，豈不美事？」寶玉道：「放心，放心。咱們回來先告訴你姐夫姐姐和璉二嫂子，今日你回家就稟明令尊，我回去稟明了祖母，再無不速成之理。」二人計議已定，那天氣已是掌燈時分，出來又看他們玩了一回牌，算賬時，卻又是秦氏尤氏二人輸了戲酒的東道，言定後日吃這東道，一面又吃了晚飯。

因天黑了，尤氏說：「派兩個小子送了秦相公家去。」媳婦們傳出去半日，秦鐘告辭起身，尤氏問：「派誰送去？」媳婦們回說：「外頭派了焦大，誰知焦大醉了，又罵呢。」尤氏秦氏都道：「偏又派他做什麼？那個小子派不得？偏又惹他。」鳳姐道：「成日家說，你太軟弱了，縱得家裏人這樣，還了得呢！」尤氏道：「你難道不知這焦大的？連老爺都不理他，你珍大哥哥也不理他。因他從小兒跟著太爺出過三四回兵，從死人堆裏把太爺背了出來，得了命；自己捱著餓，卻偷了東西給主子吃；兩日沒水，得了半碗水，給主子吃，他自己喝馬溺。不過仗著這些功勞情分，有祖宗時，都另眼相待，如今誰肯難為他？他自己又老了，又不顧體面，一味的好酒，喝醉了無人不罵。我常說給管事的，以後不要派他差使，只當他是個死的就完了。今兒又派了他。」鳳姐道：「我何曾不知這焦大？到底是你們沒主意，何不遠遠的打發他到莊子上去就完了。」說著，因問：「我們的車可齊備了？」眾媳婦們說：「伺候齊了。」鳳姐也起身告辭，和寶玉攜手同行。

尤氏等送至大廳口，見燈火輝煌，眾小廝都在丹墀侍立。那焦大又恃賈珍不在家，因趁著酒興，先罵大總管賴二，說他：「不公道，欺軟怕硬，有好差使派了別人；這樣黑更半夜送人，就派我，沒良心的忘八羔子！瞎充管家！你也不想想焦大太爺蹺起一隻腿，比你的頭還高些。二十年頭裏的焦大太爺眼裏有誰？別說你們這一把子的雜種們！」

正罵得興頭上，賈蓉送鳳姐的車出來，眾人喝他不住，賈蓉忍不得便罵了幾句，叫人：「捆起來！等明日酒醒了，問他還尋死不尋死！」那焦大那裏有賈蓉在眼裏？反大叫起來，趕著賈蓉叫：「蓉哥兒，你別在焦大跟前使主子性兒。別說你這樣兒的，就是你爹、你爺爺，也不敢和焦大挺腰子呢！不是焦大一個人，你們做官兒，享榮華，受富貴？你祖宗九死一生掙下這個家業，到如今不報我的恩，反和我充起主子來了。不和我說別的還可，再說別的，咱們白刀子進去，紅刀子出來！」鳳姐在車上說與賈蓉：「還不早些打發了沒王法的東西！留在家裏，豈不是害？親友知道，豈非笑話咱們這樣的人家，連個規矩都沒有。」賈蓉答應「是了」。

眾人見他太撒野，只得上來了幾個，揪翻捆倒，拖往馬圈裏去。焦大益發連賈珍都說出來，亂嚷亂叫，說：「要往祠堂裏哭太爺去，那裏承望到如今生下這些畜生來！每日偷狗戲雞，爬灰的爬灰，養小叔的養小叔子，我什麼不知道？咱們『胳膊折了往袖子裏藏』！」眾小廝見他說出來的話有天沒日的，唬得魂飛魄喪，便把他捆起來，用土和馬糞滿滿的填了他一嘴。

鳳姐和賈蓉也遙遙聽得，都裝作聽不見。寶玉在車上聽見，因問鳳姐道：「姐姐，你聽他說『爬灰的爬灰』，是什麼？」鳳姐連忙喝道：「少胡說！那是醉漢嘴裏胡唚，你是什麼樣的人，不說沒聽見，還倒細問！等我回了太太，仔細捶你不捶你！」嚇得寶玉連忙央告：「好姐姐，我再不敢說這些話了。」鳳姐哄他道：「好兄弟，這纔是。等回去咱們回了老太太，打發人家學裏說明了，請了秦鐘家學裏念書去要緊。」說著自回榮府而來。要知端詳，且聽下回分解。

卷八　賈寶玉奇緣識金鎖　薛寶釵巧合認通靈

話說寶玉和鳳姐回家，見過眾人，寶玉便回明賈母要秦鐘上家塾之事，自己也有個伴讀的朋友，正好發憤；又著實稱讚秦鐘的人品行事，最使人憐愛。鳳姐又在一旁幫著說：「改日秦鐘還來拜老祖宗哩。」說得賈母喜悅起來。鳳姐又趁勢請賈母後日過去看戲。賈母雖年高，卻極有興頭。至後日，尤氏來請，遂攜了王夫人、林黛玉、寶玉等過去看戲。至晌午，賈母便回來歇息了。王夫人本是好清淨的，見賈母回來，也就回來了。然後鳳姐坐了首席，盡歡至晚而罷。

卻說寶玉送賈母回來，待賈母歇了中覺，竟欲還去看戲，又恐攪得秦氏等人不便，因想起寶釵近日在家養病，未去親候，意欲去望他。若從上房後角門過去，又恐遇見別事纏繞，又恐遇他父親，更為不妥，寧可繞遠路而去。當下眾嬤嬤丫鬟伺候他換衣服，見不換，仍出二門去了；眾嬤嬤丫鬟只得跟隨出來，還只當他去那邊府中看戲。誰知到了穿堂，便向東向北繞廳後而去。偏頂頭遇見了門下清客相公詹光、單聘仁二人走來，一見了寶玉，便都趕上來笑著，一個抱住腰，一個攜著手，都道：「我的菩薩哥兒！我說做了好夢呢，好容易遇見了你。」說著，請了安，又問好，又嘮叨了半日，纔走開。老嬤嬤叫住，因問：「你二位爺是往老爺跟前來的不是？」他二人點頭道：「老爺在夢坡齋小書房裏歇中覺呢，不妨事的。」一面說，一面走了。

說得寶玉也笑了，於是轉彎向北奔梨香院來。可巧銀庫房的總領名喚吳新登與倉上的頭目名戴良，還有幾個管事的頭目，共七個人，從賬房裏出來，一見寶玉，趕來都一齊垂手站立；獨有一個買辦，名喚錢華，因他多日未見寶玉，忙上來打千兒請寶玉的安，寶玉忙含笑拉他起來。眾人都笑說：「前兒在一處看見二爺寫的斗方兒，字法越發好了，多早晚賞我們幾張貼貼。」寶玉笑道：「在那處看見了？」眾人道：「好幾處都有，都稱讚得了不得，還和我們尋呢。」寶玉笑道：「不值什麼，你們說給我的小幺兒們就是了。」一面說，一面前走，眾人待他過去，方都各自散了。

閒言少述，且說寶玉來至梨香院中，先入薛姨媽屋中來，見薛姨媽打點針黹與丫鬟們呢。寶玉忙請了安，薛姨媽一把拉住了他，抱入懷中笑說：「這麼冷天，我的兒！難為你想著來，快上炕來坐著罷。」命人倒滾滾的茶來。寶玉因問：「哥哥不在家？」薛姨媽歎道：「他是沒籠頭的馬，天天逛不了，那裏肯在家一日？」寶玉道：「姐姐可大安了？」薛姨媽道：「可是呢，你前兒又想著打發人來瞧他。他在裏間不是，你去瞧。他那裏比這裏暖和，你那裏坐著，我收拾收拾就進來和你說話兒。」

寶玉聽了，忙下炕來至裏間門前，只見弔著半舊的紅綢軟簾。寶玉掀簾一步進去，先就看見寶釵坐在炕上做針綫，頭上挽著黑漆油光的纂兒，蜜合色的棉襖，玫瑰紫二色金銀鼠比肩褂，蔥黃綾子棉裙，一色兒半新不舊，看去不覺奢華。脣不點而紅，眉不畫而翠，臉若銀盆，眼如水杏。罕言寡語，人謂裝愚；安分隨時，自云「守拙」。

寶玉一面看，一面問：「姐姐可大癒了？」寶釵擡頭只見寶玉進來，連忙起身含笑答道：「已經大好了，多謝記掛著。」說著，讓他在炕沿上坐了，即令鶯兒倒茶來，一面又問老太太姨娘安，又問別的姊妹們好；一面看寶玉頭上戴著累絲嵌寶紫金冠，額上勒著二龍捧珠金抹額，身上穿著秋香色立蟒白狐腋箭袖，繫著五色蝴蝶鸞絛，項上掛著長命鎖、記名符，另外有那一塊落草時啣下來的寶玉。寶釵因笑說道：「成日家說你的這玉，究竟未曾細細的賞鑒，我今兒倒要瞧瞧。」說著便挪近前來。寶玉亦湊上去，從項上摘了下來，遞在寶釵手內。寶釵托在掌上，只見大如雀卵，燦若明霞，瑩潤如酥，五色花紋纏護。看官們須知道，這就是大荒山中青埂峰下的那塊頑石幻相，後人曾有詩嘲云：

女媧煉石已荒唐，又向荒唐演大荒。失去幽靈真境界，幻來新就臭皮囊。
好知運敗金無彩，堪歎時乖玉不光。白骨如山忘姓氏，無非公子與紅妝。

那頑石亦曾記下他這幻相並癩僧所鐫的篆文，今亦按圖畫於後，但其真體最小，方從胎中小兒口中啣下。今若按其體畫，恐字跡過於微細，使觀者大費眼光，亦非暢事。故按其形式，無非略展放些，使觀者便於燈下醉中可閱。今註明此故，方不至以胎中之兒口有多大，怎得啣此狼犺蠢大之物為誇。

通靈寶玉正面圖式

通
靈
寶
玉

通
靈　莫失莫忘
寶　仙壽恒昌
玉

莫失莫忘
仙壽恒昌

通靈寶玉反面圖式

一除邪祟
二療冤疾
三知禍福

一除邪祟
二療冤疾
三知禍福

寶釵看畢，又從新翻過正面來細看，口裏念道：「莫失莫忘，仙壽恒昌。」念了兩遍，乃回頭向鶯兒笑道：「你不去倒茶，也在這裏發呆做什麼？」鶯兒嘻嘻的笑道：「我聽這兩句話，倒像和姑娘項圈上的兩句話是一對兒。」寶玉聽了，忙笑道：「原來姐姐那項圈上也有八個字？我也賞鑒賞鑒。」寶釵道：「你別聽他的話，沒有什麼字。」寶玉央道：「好姐姐，你怎麼瞧我的呢！」寶釵被他纏不過，因說道：「也是個人給了兩句吉利話兒，鏨上了，所以天天帶著；不然沈甸甸的，有什麼趣兒？」一面說，一面解了排扣，從裏面大紅襖上將那珠寶晶瑩、黃金燦爛的瓔珞摘將出來。寶玉忙托著鎖看時，果然一面有四個字，兩面八個字，共成兩句吉讖——亦曾按式畫下形相：

圖式

音註云　不離不棄

音註云　芳齡永繼

寶玉看了，也念了兩遍，又念自己的兩遍，因笑問：「姐姐，這八個字倒與我的是一對兒。」鶯兒笑道：「是個癩頭和尚送的，他說必須鏨在金器上……」寶釵不待他說完，便嗔他不去倒茶，一面又問寶玉從那裏來。

寶玉此時與寶釵就近，只聞一陣陣的香氣，不知是何氣味，遂問：「姐姐熏的是何香？我竟從未聞過這味兒。」寶釵笑道：「我最怕熏香，好好的衣服，熏得煙火氣的？」寶玉道：「既如此，是什麼香？」寶釵想了一想，說：「是了，是我早起吃了冷香丸的香氣。」寶玉笑道：「什麼『冷香丸』，這麼好聞？好姐姐，給我一丸嘗嘗。」寶釵笑道：「又混鬧了，一個丸藥也是混吃的？」

一語未了，忽聽外面人說：「林姑娘來了。」話猶未了，林黛玉已搖搖擺擺的來了，一見寶玉，便笑道：「哎喲！我來得不巧了。」寶玉等忙起身讓坐，寶釵因笑道：「這話怎麼說？」黛玉道：「早知他來，我就不來了。」寶釵道：「我不解這意？」黛玉笑道：「要來時一齊來，要不來一個也不來；今兒他來，明兒我來，如此間錯開了來，豈不天天有人來了？也不至太冷落，也不至太熱鬧。姐姐如何不解這意思？」

寶玉因見他外面罩著大紅羽緞對襟褂子，因問：「下雪了麼？」地下婆子們說：「下了這半日了。」寶玉道：「取了我的斗篷來。」黛玉便笑道：「是不是？我來了他就該去了。」寶玉道：「我何曾說要去？不過拿來預備著。」寶玉的奶母李嬤嬤因說道：「天又下雪，也要看早晚的，就在這裏和姐姐妹妹一處玩玩罷。姨媽那裏擺茶果呢。我叫丫頭去取了斗篷來，說給小幺兒們散了罷。」寶玉應了。李嬤嬤出來，命小廝們：「都散了。」

這裏薛姨媽已擺了幾樣細巧茶果，留他們吃茶。寶玉因誇前日在那邊府裏珍大嫂子的好鵝掌鴨信。薛姨媽連忙把自己糟的取來與他嘗。寶玉笑道：「這個須就酒方好。」薛姨媽便命人灌了上等的酒來。李嬤嬤便上來道：「姨太太，酒倒罷了。」寶玉笑央道：「媽媽，我只吃一杯。」李媽道：「不中用，當著老太太、太太，那怕你吃一罈呢。想那日我眼錯不見一會，不知是那個沒調教的，只圖討你的好，給了你一口酒吃，葬送得我捱了兩日的罵。姨太太不知他性子又可惡，吃了酒更弄性。有一日老太太高興，又儘著他吃，什麼日子又不許他吃，何苦我白賠在裏面？」薛姨媽笑道：「老貨，只管放心吃你的去！我也不許他吃多了。便是老太太問，有我呢。」一面命小丫頭：「來，讓你奶奶去也吃杯搪搪寒氣。」那李嬤嬤聽如此說，只得且和眾人吃酒去。這裏寶玉又說：「不必燙暖了，我只愛吃冷的。」薛姨媽道：「這可使不得，吃了冷酒，寫字手打顫兒。」寶釵笑道：「寶兄弟，虧你每日家雜學旁收的，難道就不知道酒性最熱，若熱吃下去，發散得就快；若冷吃下去，便凝結在內，五臟去暖他，豈不受害？從此還不改了。快不要吃那冷的了。」寶玉聽這話有情理，便放下冷的，令人燙來方飲。

黛玉磕著瓜子兒，只管抿著嘴笑。可巧黛玉的丫鬟雪雁走來與黛玉送小手爐，黛玉因含笑問他說：「誰叫你送來的？難為他費心，那裏就冷死了我！」雪雁道：「紫鵑姐姐怕姑娘冷，叫我送來的。」黛玉一面接了，抱在懷中，笑道：「也虧你倒聽他的話，我平日和你說的，全當耳旁風；怎麼他說了你就依，比聖旨還快些！」寶玉聽這話，知是黛玉借此奚落他，也無回覆之詞，只嘻嘻的笑一陣罷了。寶釵素知黛玉是如此慣了的，也不去睬他。薛姨媽因道：「你素日身子單弱，禁不得冷的，他們記掛著你倒不好？」黛玉笑道：「姨媽不知道。幸虧是姨媽這裏，倘或在別人家，豈不要惱的？難道看得人家連個手爐也沒有？巴巴兒的從家裏送個手爐來。不說丫頭們太小心，還只當我素日是這等輕狂慣了呢。」薛姨媽道：「你是個多心的，有這樣想，我就沒有這些心。」

說話時，寶玉已是三杯過去了。李嬤嬤又上來攔阻。寶玉正在個心甜意洽之時，又兼姊妹們說說笑笑的，那裏肯不吃？只得屈意央告：「好媽媽，我再吃兩杯就不吃了。」李嬤嬤道：「你可仔細今兒老爺在家，提防著問你的書！」寶玉聽了此話，便心中大不悅，慢慢的放下酒，垂了頭。黛玉忙說：「掃了大家的興！舅舅若叫你，只說姨媽留著呢。這個媽媽，他吃了酒，又拿我們來醒脾了。」一面悄推寶玉，使他賭賭氣；一面悄悄的咕噥說：「別理那老貨！咱們只管樂咱們的。」那李媽也素知黛玉的，因說道：「林姐兒，你不要助著他了。你倒勸他，只怕他還聽些。」林黛玉冷笑道：「我為什麼助他？我也不犯著勸他。你這媽媽太小心了，往常老太太又給他酒吃，如今在姨媽這裏多吃了一口，料也不妨事。必定姨媽這裏是外人，不當在這裏的，也未可知。」李嬤嬤聽了，又是急，又是笑，說道：「真真這林姐兒，說出一句話來，比刀子還利害，我這話算什麼！」寶釵也忍不住笑著把黛玉腮上一擰，說道：「真真的這個顰丫頭的一張嘴，叫人恨又不是，喜歡又不是。」薛姨媽一面又說：「別怕，別怕，我的兒！來了這裏，沒好的你吃，別把這點子東西唬得存在心裏，倒叫我不安。只管放心吃，有我呢。越發吃了晚飯去，便醉了，就跟著我睡罷。」因命：「再燙些酒來，姨媽陪你吃兩杯，可就吃飯罷。」寶玉聽了，方又鼓起興來。李嬤嬤因吩咐小丫頭：「你們在這裏小心著，我家去換了衣服就來。」悄悄的回姨太太：「別由他的性兒多吃了。」說著便家去了。

這裏雖還有兩三個婆子，都是不關痛癢的，見李嬤嬤走了，也都悄悄自尋方便去了。只剩兩個小丫頭，樂得討寶玉的歡喜。幸而薛姨媽千哄萬哄，只容他吃了幾杯，就忙收過了。做了酸筍雞皮湯，寶玉痛喝了幾碗，又吃了半碗多碧粳粥，一時薛林二人也吃完了飯，又釅釅的喝了幾碗茶。薛姨媽方放了心。雪雁等三四人，也吃了飯進來伺候。黛玉因問寶玉道：「你走不走？」寶玉乜斜倦眼道：「你要走我和你一同走。」黛玉聽說，遂起身道：「咱們來了這一日，也該回去了。」說著，二人便告辭。

小丫頭忙捧過斗笠來，寶玉便把頭略低一低，叫他戴上，那丫頭便將這大紅猩氈斗笠一抖，纔往寶玉頭上一合，寶玉便說：「罷了，罷了！好蠢東西！你也輕些兒，難道沒見別人戴過？讓我自己戴罷。」黛玉站在炕沿上道：「過來，我與你戴罷。」寶玉忙近前來。黛玉用手輕輕籠住束髮冠兒，將笠沿掖在抹額之上，將那一顆核桃大的絳絨簪纓扶起，顫巍巍露於笠外。整理已畢，端詳了一會，說道：「好了，披上斗篷罷。」寶玉聽了，方接了斗篷披上。薛姨媽忙道：「跟你們的媽媽都還沒來呢，且略等等。」寶玉道：「我們倒去等他們，有丫頭們跟著也夠了。」薛姨媽不放心，吩咐兩個婦女跟著送了他兄妹們去。

他二人道了擾，一徑回至賈母房中。賈母尚未用晚飯，知是薛姨媽處來，更加喜歡。因見寶玉吃了酒，遂命他自回房中歇著，不許再出來了，因令人好生看待著。忽想起跟寶玉的人來，遂問眾人：「李奶子怎麼不見？」眾人不敢直說他家去了，只說：「纔進來的，想有事又出去了。」寶玉踉蹌回顧道：「他比老太太還受用呢，問他做什麼！沒有他只怕我還多活兩日。」一面說，一面來至自己臥室，只見筆墨在案。晴雯先接出來，笑道：「好好叫我研了墨，早起高興，只寫了三個字，丟下筆就走了，哄我等了這一天。快來給我寫完了這些墨纔罷！」寶玉方纔想起早起的事來，因笑道：「我寫的那三個字在那裏呢？」晴雯笑道：「這個人可醉了。你頭裏過那府裏去，囑咐我貼在門斗兒上的，我生怕別人貼壞了，親自爬高上梯，貼了半日，這會兒還凍得手僵呢。」寶玉笑道：「我忘了。你手冷，我替你握著。」便伸手攜著晴雯的手，同看門斗上新寫的三個字。

一時黛玉來了，寶玉笑道：「好妹妹，你別撒謊，你看這三個字那一個好？」黛玉仰頭看見是「絳芸軒」三字，笑道：「個個都好。怎麼寫得這樣好法？明兒也替我寫個匾。」寶玉笑道：「又哄我呢。」說著又問：「襲人姐姐呢？」晴雯向裏間炕上努嘴。寶玉看時，只見襲人和衣睡著。寶玉笑道：「好，太睡早了些。」又問晴雯道：「今兒我那邊吃早飯，有一碟兒豆腐皮的包子，我想著你愛吃，和珍大嫂子說了，只說我留著晚上吃，叫人送過來的。你可曾見麼？」晴雯道：「快別提了。一送來我便知道是我的，偏纔吃了飯，就擱在那裏。後來李奶奶來了看見，說：『寶玉未必吃了，拿去給我孫子吃罷。』就叫人送了家去了。」正說著，茜雪捧上茶來，寶玉還讓：「林妹妹吃茶。」眾人笑道：「林姑娘早走了，還讓呢。」

寶玉吃了半盞，忽又想起早晨的茶來，因問茜雪道：「早起斟了一碗楓露茶，我說過那茶是三四次後纔出色的，這會子怎麼又斟上這個茶來？」茜雪道：「我原是留著的，那會子李奶奶來了，吃了去。」寶玉聽了，將手中杯子順手往地下一擲，豁琅一聲，打個粉碎，潑了茜雪一裙子。又跳起來問著茜雪道：「他是你那一門子的『奶奶』，你們這樣孝敬他？不過是我小時候吃過他幾日奶罷了，如今慣得比祖宗還大，攆了出去大家乾淨！」說著立刻便要去回賈母攆他乳母。

原來襲人實未睡著，不過是故意裝睡，引寶玉來慪他玩耍；先聞得說字、問包子，也還可以不必起來；後來摔了茶鍾，動了氣，遂連忙起來解釋勸阻。早有賈母遣人來問：「是怎麼了？」襲人忙道：「我纔倒茶來，被雪滑倒了，失手砸了鍾子。」一面又勸寶玉道：「你立意要攆他也好，我們都願意出去，不如趁勢連我們一齊攆了，我們也好，你也不愁沒有好的來伏侍你。」寶玉聽了，方無言語，被襲人等挾至炕上，脱了衣裳。不知寶玉口內還説些什麼，只覺口齒纏綿，眉眼愈加餳澀，忙伏侍他睡下。襲人摘下那「通靈寶玉」來，用手帕包好，塞在褥子下，次日帶時，便冰不著脖子。那寶玉到枕就睡著了。彼時李嬷嬷等已進來了，聽見醉了，也就不敢上前，只悄悄的打聽睡了，方放心散去。

次日醒來，就有人回：「那邊小蓉大爺帶了秦鐘來拜。」寶玉忙接出去，領了拜見賈母。賈母見秦鐘形容標致，舉止溫柔，堪陪寶玉讀書，心中十分歡喜，便留茶留飯，又命人帶去見王夫人等。眾人因愛秦氏，見了秦鐘是這樣人品，也都歡喜，臨去時，都有表禮。賈母又與了一個荷包並一個金魁星，取「文星和合」之意。又囑咐他道：「你家住的遠，或一時寒熱不便，只管住在我這裏。只和你寶叔在一處，別跟著那不長進的東西們學。」秦鐘一一的答應，回家稟知他父親。

他父親秦邦業現任營繕郎，年近七旬，夫人早亡。因當年無兒女，便向養生堂抱了一個兒子並一個女兒。誰知兒子又死了，只剩女兒，小名喚可兒。長大時，生得形容裊娜，性格風流，因素與賈家有些瓜葛，故結了親。秦邦業五旬之上方得了秦鐘，因去歲業師回南，在家溫習舊課，正要與賈親家商議附往他家塾中去；可巧遇見寶玉這個機會，又知賈家塾中司塾的乃賈代儒，現今之老儒，秦鐘此去，可望學業進益，從此成名，因十分喜悦。只是宦囊羞澀，那邊都是一雙富貴眼睛，少了拿不出來；兒子的終身大事，説不得東併西湊，恭恭敬敬封了二十四兩贄見禮，帶來秦鐘到代儒家來拜見，然後聽寶玉揀的好日子，一同入塾。塾中鬧事如何，下回分解。

卷九　訓劣子李貴承申飭　嗔頑童茗煙鬧書房

話說秦邦業父子專候賈家的人來送上學之信。原來寶玉急於要和秦鐘相遇，遂擇了後日一定上學，打發人送了信。至日一早，寶玉起來時，襲人早已把書筆文物收拾停妥，坐在牀沿上發悶；見寶玉來，只得伏侍他梳洗。寶玉見他悶悶的，因問道：「好姐姐，你怎麼又不自在了？難道怪我上學去，丟得你們冷清了不成？」襲人笑道：「這是那裏的話。讀書是極好的事，不然就潦倒了一輩子，終久怎麼樣呢。但只一件：只是念書的時節想著書，不念的時節想著家。總別和他們一處玩鬧，碰見老爺不是玩的。雖說是奮志要強，那工課寧可少些，一則貪多嚼不爛，二則身子也要保重。這就是我的意思，你可時時體諒。」襲人說一句，寶玉應一句。襲人又道：「大毛衣服我也包好了，交給小子們去了。學裏冷，好歹想著添換，比不得家裏有人照顧。腳爐手爐也交出去的了，你可逼著他們添。那一起懶賊，你不說，他們樂得不動，白凍壞了你。」寶玉道：「你放心，我出外頭，自己都會調停的。你們也可別悶死在這屋裏，長和林妹妹一處去玩耍纔好。」說著俱已穿戴齊備，襲人催他去見賈母、賈政、王夫人等。寶玉又囑咐了晴雯麝月幾句，方出來見賈母。賈母也未免有幾句囑咐的話。然後去見王夫人，又出來到書房中見賈政。

偏生這日賈政回家早，正在書房中與相公清客們閒話，忽見寶玉進來請安，回說上學裏去，賈政冷笑道：「你如果再提『上學』兩個字，連我也羞死了。依我的話，你竟玩你的去是正經。仔細站髒了我這地，靠髒了我這門！」眾清客相公們都起身笑道：「老世翁何必如此。今日世兄一去，二三年就可顯身成名的了，斷不似往年作小兒之態的。天也將飯時，世兄竟快請罷。」說著便有兩個年老的攜了寶玉出去。

賈政因問：「跟寶玉的是誰？」只聽見外面答應了一聲，早進來三四個大漢，打千兒請安。賈政看時，認得寶玉奶姆之子，名喚李貴的，因向他道：「你們成日家跟他上學，他到底念了些什麼書！倒念了些流言混話在肚子裏，學了些精緻的淘氣。等我閒一閒，先揭了你的皮，再和那不長進的算賬！」嚇得李貴忙雙膝跪下，摘了帽子碰頭，連連答應「是」，又回說：「哥兒已念到第三本《詩經》，什麼『攸攸鹿鳴，荷葉浮萍』，小的不敢撒謊。」說得滿坐鬨然大笑起來，賈政也掌不住笑了。因說道：「那怕再念三十本《詩經》，也都是『掩耳盜鈴』，哄人而已。你去請學裏太爺的安，就道我說的：什麼《詩經》、古文，一概不用虛應故事，只是先把《四書》一齊講明背熟，是最要緊的。」李貴忙答應「是」，見賈政無話，方退出去。

此時寶玉獨站在院外，屏聲靜候，待他們出來便同走了。李貴等一面撣衣服，一面說道：「哥兒可聽見了不曾？先要揭我們的皮呢！人家的奴才跟主子賺些好體面，我們這些奴才白陪著挨打受罵的。從此也可憐見些纔好。」寶玉笑道：「好哥哥，你別委屈，我明兒請你。」李貴道：「小祖宗，誰敢望『請』，只求聽一兩句話就有了。」

說著又至賈母這邊，秦鐘早已來了，賈母正和他說話呢。於是二人見過，辭了賈母。寶玉忽想起來未辭黛玉，又忙至黛玉房中來作辭。彼時黛玉在窗下對鏡理妝，聽寶玉說上學去，因笑道：「好，這一去，可是要『蟾宮折桂』了！我不能送你了。」

寶玉道：「好妹妹，等我下學再吃晚飯。那胭脂膏子也等我來再製。」嘮叨了半日，方抽身去了。黛玉忙又叫住問道：「你怎麼不去辭辭你寶姐姐來？」寶玉笑而不答，一徑同秦鐘上學去了。

原來這義學也離家不遠，原係當日始祖所立，恐族中子弟有力不能延師者，即入此中讀書。凡族中為官者，皆有幫助銀兩，以為學中膏火之費；舉年高有德之人為塾師。如今秦寶二人來了，一一的都互相拜見過，讀起書來。自此後，二人同來同往，同起同坐，愈加親密。兼賈母愛惜，也常留下秦鐘，一住三五天，自己重孫一般看待。因見秦鐘家中不甚寬裕，又助些衣服等物。不上一兩月工夫，秦鐘在榮府裏便慣熟了。寶玉終是個不能安分守理的人，一味的隨心所欲，因此發了癖性，又向秦鐘悄說：「咱們兩個人，一樣的年紀，況又同窗，以後不必論叔姪，只論兄弟朋友就是了。」先是秦鐘不敢當，寶玉不從，只叫他「兄弟」，或叫他的表字「鯨卿」，也只得混著亂叫起來。

原來這學中雖都是本族子弟與些親戚家的子姪，俗語說的好，「一龍九種，種種各別」，未免人多了就有龍蛇混雜，下流人物在內。自秦寶二人來了，都生的花朵兒一般的模樣，又見秦鐘靦腆溫柔，未語先紅，怯怯羞羞，有女兒之風；寶玉又是天生成慣能作小服低，賠身下氣，性情體貼，話語纏綿。因此二人又這般親厚，也怨不得那起同窗人起了嫌疑之念，背地裏你言我語，詬誶謠諑，佈滿書房內外。

原來薛蟠自來王夫人處住後，便知有一家學，學中廣有青年子弟，偶動了「龍陽」之興，因此也假說了來上學，不過是「三日打魚，兩日曬網」，白送些束脩禮物與賈代儒，卻不曾有一些進益，只圖結交些契弟。誰想這學內的小學生，圖了薛蟠的銀錢穿吃，被他哄上手的，也不消多記。又有兩個多情的小學生，亦不知是那一房的親眷，亦未考真姓名，只因生得嫵媚風流，滿學中都送了兩個外號，一叫「香憐」，一叫「玉愛」。雖係都有竊慕之意，將「不利於孺子」之心，只是都懼薛蟠的威勢，不敢來沾惹。如今秦寶二人一來了，見了他兩個，亦不免繾綣羨愛，亦皆知係薛蟠相知，故未敢輕舉妄動；香玉二人心中，一般的留情與秦寶。因此四人心中雖有情意，只未發跡。每日一入學中，四處各坐，卻八目勾留，或設言託意，或詠桑寓柳，遙以心照，卻外面自為避人眼目。不料偏又有幾個滑賊看出形景來，都背後擠眉弄眼，或咳嗽揚聲。這也非止一日。

可巧這日代儒有事回家，只留下一句七言對聯，令學生對了明日再來上書；將學中之事，又命長孫賈瑞管理。妙在薛蟠如今不大上學應卯了，因此秦鐘趁此和香憐弄眉擠眼，二人假出小恭，走至後院説話。秦鐘先問他：「家裏的大人可管你交朋友不管？」一語未了，只聽見背後咳嗽了一聲，二人嚇得忙回顧時，原來是窗友名金榮的。香憐本有些性急，便羞怒相激，問他道：「你咳嗽什麼？難道不許我們説話不成？」金榮笑道：「許你們説話，難道不許我咳嗽不成？我只問你們：有話不分明説，許你們這樣鬼鬼祟祟的幹什麼故事？我可也拿住了，還賴什麼！先讓我抽個頭兒，咱們一聲兒不言語，不然大家就翻起來！」秦香二人就急得飛紅的臉，便問道：「你拿住什麼了？」金榮笑道：「我現拿住了是真的。」説著又拍著手笑嚷道：「貼得好燒餅！你們都不買一個吃去？」秦鐘香憐二人又氣又惱，忙進來向賈瑞前告金榮，説金榮無故欺負他兩個。

原來這賈瑞最是個圖便宜沒行止的人，每在學中以公報私，勒索子弟們請他；後又助著薛蟠圖些銀錢酒肉，一任薛蟠橫行霸道，他不但不去管約，反「助紂為虐」討好兒。偏那薛蟠本是浮萍心性，今日愛東，明日愛西，近來有了新朋友，把香玉二人丟開一邊；就連金榮也是當日的好友，自有了香玉二人，便見棄了金榮，近日連香玉亦已見棄。故賈瑞也無了提攜幫襯之人，不怨薛蟠得新厭故，只怨香玉二人不在薛蟠前提攜了。因此賈瑞金榮等一干人，也正醋妒他兩個。今見秦香二人來告金榮，賈瑞心中便不自在起來，雖不敢呵叱秦鐘，卻拿著香憐作法，反說他多事，著實搶白了幾句。香憐反討了沒趣，連秦鐘也訕訕的各歸坐位去了。金榮越發得了意，搖頭咂嘴的，口內還說許多閒話，玉愛偏又聽了，兩個人隔坐咕咕唧唧的角起口來。金榮只一口咬定說：「方纔明明的撞見他兩個在後院裏親嘴摸屁股，兩個商議定了，一對兒論長道短之言。」只顧得志亂說，卻不防還有別人，誰知早又觸怒了一個人。你道這一個人是誰？

原來這人名喚賈薔，亦係寧府中之正派玄孫，父母早亡，從小兒跟著賈珍過活，如今長了十六歲，比賈蓉生得還風流俊俏。他兄弟二人最相親厚，常共起居，寧府中人多口雜，那些不得志的奴僕，專能造言誹謗主人，因此不知又有什麼小人詬誶謠諑之辭。賈珍想亦風聞得些口聲不好，自己也要避些嫌疑，如今竟分與房舍，命賈薔搬出寧府，自己立門户過活去了。這賈薔外相既美，內性又聰敏，雖然應名來上學，亦不過虛掩眼目而已；仍是鬥雞走狗、賞花閱柳為事。上有賈珍溺愛，下有賈蓉匡助，因此族中人誰敢觸逆於他。他既和賈蓉最好，今見有人欺負秦鐘，如何肯依？如今自己要挺身出來報不平，心中且忖度一番：「金榮賈瑞一等人，都是薛大叔的相知，我又與薛大叔相好，倘或我一出頭，他們告訴了老薛，我們豈不傷和氣？欲不管，如此謠言，說得大家沒趣。如今何不用計制伏，又止息聲口，又不傷臉面。」想畢，也裝出小恭去，走至後面，悄悄把跟寶玉的書童茗煙叫至身邊，如此這般，調撥他幾句。

這茗煙乃是寶玉第一個得用的，且又年輕不諳事，如今聽賈薔說：「金榮如此欺負秦鐘，連你的爺寶玉都干連在內，不給他個知道，下次越發狂縱了。」這茗煙無故就要欺壓人的，如今得了這信，又有賈薔助著，便一頭進來找金榮，也不叫「金相公」了，只說：「姓金的，是什麼東西！」賈薔遂跺一跺靴子，故意整整衣服，看看日影兒說：「正時候了。」遂先向賈瑞說有事要早走一步。賈瑞不敢止他，只得隨他去了。

這裏茗煙走進來，便一把揪住金榮問道：「我們朡屁股不朡，管你毴毛相干？橫豎沒朡你爹就罷了！你是好小子，出來動一動你茗大爺！」嚇得滿室中子弟都怔怔的癡望。賈瑞忙喝：「茗煙不得撒野！」金榮氣黃了臉，說：「反了！奴才小子都敢如此，我只和你主子說。」便奪手要去抓打寶玉。秦鐘剛轉出身來，聽得腦後颼的一聲，早見一方硯瓦飛來，並不知係何人打來，卻打了賈藍賈菌的座上。

這賈菌亦係榮府近派的重孫，賈菌少孤，其母疼愛非常，書房中與賈藍最好，所以二人同坐。誰知這賈菌年紀雖小，志氣最大，極是淘氣不怕人的。他在位上，冷眼看見金榮的朋友暗助金榮，飛硯來打茗煙，偏打錯了落在自己面前，將個磁硯水壺兒打粉碎，濺了一書墨水。賈菌如何依得，便罵：「好囚攮的們，這不都動了手了麼！」罵著，也便抓起硯磚來要飛。賈藍是個省事的，忙按住硯磚，極口勸道：「好兄弟，不與咱們相干。」賈菌如何忍得，見按住硯磚，他便兩手抱起書篋子來，照這邊掄了來。終是身小力薄，卻掄不到，反掄至寶玉秦鐘案上就落下來了。只聽豁啷一響，砸在桌上，書本、紙片、筆、硯等物，撒了一桌；又把寶玉的一碗茶也砸得碗碎茶流。那賈菌即便跳出來，要揪打那飛硯的人。金榮此時隨手抓了一根毛竹大板在手，地狹人多，那裏經得舞動長板。茗煙早吃了一下，亂嚷：「你們還不來動手？」寶玉還有幾個小廝：一名掃紅，一名鋤藥，一名墨雨，這三個豈有不淘氣的，一齊亂嚷：「小婦養的！動了兵器了！」墨雨遂掇起一根門閂，掃紅鋤藥手中都是馬鞭子，蜂擁而上。賈瑞急得攔一回這個，勸一回那個，誰聽他的話？肆行大亂。眾頑童也有幫著打太平拳助樂的，也有膽小藏過一邊的，也有立在桌上拍著手亂笑，喝著聲兒叫打的。登時鼎沸起來。

外邊幾個大僕人李貴等聽見裏邊作反起來，忙都進來一齊喝住，問是何故，眾聲不一，這一個如此說，那一個又如彼說。李貴且喝罵了茗煙等四個一頓，攆了出去。秦鐘的頭早撞在金榮的板上，打去一層油皮，寶玉正拿褂襟子替他揉，見喝住了眾人，便命：「李貴，收書！拉馬來，我去回太爺去！我們被人欺負了，不敢說別的，守禮來告訴瑞大爺，瑞大爺反派我們的不是，聽著人家罵我們，還調唆人家打我們。茗煙見人欺負我們，豈有不為我的；他們反打夥兒打了茗煙，連秦鐘的頭也打破了。還在這裏念書麼？」李貴勸道：「哥兒不要性急，太爺既有事回家去了，這會子為這點子事去聒噪他老人家，倒顯的咱們沒禮似的。依我的主意，那裏的事情那裏了結，何必驚動老人家。這都是瑞大爺的不是，太爺不在這裏，你老人家就是這學裏的頭腦了，眾人看你行事。眾人有了不是，該打的打，該罰的罰，如何等鬧到這步田地還不管？」賈瑞道：「我吆喝著都不聽。」李貴道：「不怕你老人家惱我，素日你老人家到底有些不是，所以這些兄弟不聽。就鬧到太爺跟前去，連你老人家也脫不了的。還不快做主意撕羅開了罷！」寶玉道：「撕羅什麼？我必要回去的。」秦鐘哭道：「有金榮在這裏，我是要回去的了。」寶玉道：「這是為什麼？難道別人家來得，咱們倒來不得的？我必回明白眾人，攆了金榮去。」又問李貴：「這金榮是那一房的親友？」李貴想一想，道：「也不用問了。若說起那一房親戚，更傷了兄弟們和氣。」

茗煙在窗外道：「他是東衚衕裏璜大奶奶的姪兒，那是什麼硬掙仗腰子的，也來嚇我們。璜大奶奶是他姑媽。你那姑媽只會打旋磨兒，給我們璉二奶奶跪著借當頭，我眼裏就看不起他那樣主子奶奶！」李貴忙喝道：「偏這小狗養的知道，有這些蛆嚼！」寶玉冷笑道：「我只當是誰的親戚，原來是璜嫂子姪兒，我就去問問他。」說著便要走，叫茗煙進來包書。茗煙進來包書，又得意洋洋的道：「爺也不用自己去見他，等我去他家，就說老太太有話問他呢，僱上一輛車子拉進去，當著老太太問他，豈不省事？」李貴忙喝道：「你要死！仔細回去我好不好先捶了你，然後回老爺、太太，就說寶哥全是你調唆的。我這裏好容易勸哄的好了一半，你又來生了新法兒。你鬧了學堂，不說變個法兒壓息了纔是，倒還往火裏奔！」茗煙方不敢作聲。

此時賈瑞也生恐鬧不清，自己也不乾淨，只得委曲著來央告秦鐘，又央告寶玉。先是他二人不肯，後來寶玉說：「不回去也罷了，只叫金榮賠不是便罷。」金榮先是不肯，後來經不得賈瑞也來逼他權賠個不是，李貴等只得好勸金榮，說：「原是你起的端，你不這樣，怎得了局？」金榮強不得，只得與秦鐘作了揖，寶玉還不依，定要磕頭。賈瑞只要暫息此事，又悄悄的勸金榮說：「俗語云：『忍得一時忿，終身無惱悶。』」未知金榮從也不從，下回分解。

卷十　金寡婦貪利權受辱　張太醫論病細窮源

話說金榮因人多勢眾，又兼賈瑞勒令賠了不是，給秦鐘磕了頭，寶玉方纔不吵鬧了。大家散了學，金榮自己回到家中，越想越氣，說：「秦鐘不過是賈蓉的小舅子，又不是賈家的子孫，附學讀書，也不過和我一樣，他因仗著寶玉同他相好，就目中無人。既是這樣，就該行些正經事，也沒的說；他素日又和寶玉鬼鬼祟祟的，只當人都是瞎子，看不見。今日他又去勾搭人，偏偏撞在我眼裏，就是鬧出事來，我還怕什麼不成？」

他母親胡氏聽見他咕咕唧唧的，說：「你又要管什麼閒事？好容易我望你姑媽說了，你姑媽又千方百計的向他們西府裏璉二奶奶跟前說了，你纔得了這個念書的地方。若不是仗著人家，咱們家裏還有力量請得起先生麼？況且人家學裏，茶飯都是現成的，你這二年在那裏念書，家裏也省好大的嚼用呢。省出來的，你又愛穿件鮮明衣服。再者，因你在那裏念書，你就認得什麼薛大爺了。那薛大爺一年也幫了咱們七八十兩銀子。你如今要鬧出了這個學房，若再要找這樣一個地方，我告訴你說罷，比登天的還難呢！你給我老老實實的玩回子睡你的覺去，好多著的呢。」於是金榮忍氣吞聲，不多一時，也自睡覺了。次日仍舊上學去了，不在話下。

且說他姑媽原來給的是賈家「玉」字輩的嫡派，名喚賈璜，但其族人那裏皆能像寧榮二府的富勢？原不用細說。這賈璜夫妻，守著些小小的產業，又時常到寧榮二府裏去請安，又會奉承鳳姐兒並尤氏，所以鳳姐兒尤氏也時常資助資助他，方能如此度日。今日正遇天氣晴明，又值家中無事，遂帶了一個婆子，坐上車，來家裏走走，瞧瞧寡嫂並姪兒。

閒說之間，金榮的母親偏提起昨日賈家學房裏的事，從頭至尾，一五一十都向他小姑子說了。這璜大奶奶不聽則已，聽了，怒從心上起，說道：「這秦鐘小子是賈門的親戚，難道榮兒不是賈門的親戚？人都別要勢利了，況且都做的是什麼有臉的事！就是寶玉也不犯向著他到這個田地。等我去到東府瞧瞧我們珍大奶奶，再和秦鐘的姐姐說說，叫他評評這個理！」這金榮的母親聽了，急得了不得，忙說：「這都是我的快嘴，告訴了姑奶奶，求姑奶奶快別去說罷。別管他們誰是誰非，倘或鬧出來，怎麼在這裏站得住？若站不住，家裏不但不能請先生，反在他身上添出許多嚼用來呢。」璜大奶奶說道：「那裏管得許多？你等我說了，看是怎麼樣！」也不容他嫂子勸，一面叫老婆子瞧了車，坐了望寧府裏來。

到了寧府，進了東角門，下了車，進去見了賈珍的妻子尤氏，未敢氣高，殷殷勤勤敘過了寒溫，說了些閒話，方問道：「今日怎麼沒見蓉大奶奶？」尤氏說：「他這些日子不知怎麼，經期有兩個多月沒有來。叫大夫瞧了，又說並不是喜。那兩日，到下半日就懶怠動了，話也懶怠說，眼神也發眩。我叫他：『你且不必拘禮，早晚不必照例上來，你竟養養罷。就是有親戚來，還有我呢。就有長輩怪你，等我替你告訴。』連蓉哥我都囑咐了，我說：『你不許累掯他，不許招他生氣，叫他好生靜養靜養就好了。他要想什麼吃，只管到我這裏來取。倘或他有個好歹，你再要娶這一個媳婦兒，這麼個模樣兒，這麼個性情兒，只怕打著燈籠兒也沒處去找呢！』他這為人行事，那個親戚那個長輩不喜歡他？所以我這兩日好不心煩。偏生今兒早起他兄弟來瞧他，誰知他那小孩子家不知好歹，看見他姐姐身上不好，這些事也不當告訴他，就受了萬分委曲也不該向著他說。誰知昨日學房裏打架，不知是那裏附學的學生，倒欺負了他，裏頭還有些不乾不淨的話，都告訴了他姐姐。嬸子，你是知道的：那媳婦雖則見了人有說有笑的，他可心細，心又多，不拘聽見什麼話兒，都要忖量個三日五夜纔罷。這病就是從這『用心太過』上得來的。今兒聽見有人欺負了他的兄弟，又是惱，又是氣：惱的是那狐朋狗友，搬是弄非，調三惑四；氣的是為他兄弟不學好，不上心讀書，以致如此學裏吵鬧。他為了這事，索性連早飯還沒吃。我纔到他那邊安慰了他一會，又勸解了他的兄弟幾句，我叫他兄弟到那邊府裏找寶玉兒去了；我又瞧著他吃了半盞燕窩湯，我纔過來的。嬸子，你說我心焦不心焦？況目今又沒個好大夫，我想到他這病上，我心裏如同針扎的一般。你們知道有什麼好大夫沒有？」

金氏聽了這一番話，把方纔在他嫂子家的那一團要向秦氏理論的盛氣，早嚇得丟在爪窪國去了。聽見尤氏問他好大夫的話，連忙答道：「我們也沒聽見人說什麼好大夫。如今聽起大奶奶這個病來，定不得還是喜呢。嫂子倒別教人混治，倘若治錯了，可了不得！」尤氏道：「正是呢。」

說話之間，賈珍從外進來，見了金氏，便問尤氏道：「這不是璜大奶奶麼？」金氏向前給賈珍請了安，賈珍向尤氏說：「讓這大妹妹吃了飯去。」賈珍說著話便向那屋裏去了。金氏此來原要向秦氏說秦鐘欺負他姪兒的事，聽見秦氏有病，連提也不敢提了。況且賈珍尤氏又待的甚好，因轉怒為喜的，又說了一會子閒話，方家去了。

金氏去後，賈珍方過來坐下，問尤氏道：「今日他來有什麼說的？」尤氏答道：「倒沒說什麼，一進來臉上倒像有些著惱的氣色似的，及至說了半天話，又提起媳婦的病，他倒漸漸的氣色平靜了。你又叫留他吃飯，他聽見媳婦這樣的病，也不好意思只管坐著，又說幾句閒話就去了，倒沒有求什麼事。如今且說媳婦這病，你那裏尋一個好大夫給他瞧瞧要緊，可別耽誤了。現今咱們家走的這群大夫，那裏要得，一個個都是聽著人的口氣兒，人怎麼說，他也添幾句文話兒說一遍；可倒殷勤得很，三四個人，一日輪流著，倒有四五遍來看脈。大家商量著立個方兒，吃了也不見效。倒弄得一日三五次換衣服，坐起來見大夫，其實於病人無益。」賈珍說：「可是這孩子也糊塗，何必又脫脫換換的，倘或又著了涼，更添一層病，還了得？任憑什麼好衣裳，又值什麼呢，孩子的身體要緊，就是一天穿一套新的，也不值什麼。我正要告訴你：方纔馮紫英來看我，他見我有些抑鬱之色，問我是怎麼了，我告訴他媳婦身子不大爽快，因為不得個好太醫，斷不透是喜是病，又不知有妨礙無妨礙，所以我心裏實在著急。馮紫英因說他有一個幼時從學的先生，姓張名友士，學問最淵博，更兼醫理極精，且能斷人的生死。今年是上京給他兒子捐官，現在他家住著呢。這樣看來，或者媳婦的病該在他手裏除災，也未可定。我已叫人拿我的名帖去請了。今日天晚，或未必來；明日想一定來的。且馮紫英又回家親替我求他，務必請他來瞧的。等待張先生來瞧了再說罷。」

尤氏聽說，心中甚喜，因說：「後日又是太爺的壽日，到底怎麼辦法？」賈珍說道：「我方纔到了太爺那裏去請安，兼請太爺來家受一受一家子的禮。太爺因說道：『我是清淨慣了的，我不願意往你們那是非場中去。你們必定說是我的生日，要叫我去受些眾人的頭，你莫如把我從前註的《陰騭文》給我好好的叫人寫出來刻了，比叫我無故受眾人的頭還強百倍呢！倘或明日後日這兩天一家子要來，你就在家裏好好的款待他們就是了。也不必給我送什麼東西來；連你後日也不必來。你要心中不安，你今日就給我磕了頭去。倘或後日你又跟許多人來鬧我，我必和你不依。』如此說了，後日我是再不敢去的了。且叫來陞來，吩咐他預備兩日的筵席。」尤氏因叫了賈蓉來：「吩咐來陞照例預備兩日的筵席，要豐豐富富的。你再親自到西府裏請老太太、大太太、二太太和你璉二嬸子來逛逛。你父親今日又聽見一個好大夫，已打發人請去了，想明日必來。你可將他這些日子的病症細細的告訴他。」

賈蓉一一答應著出去了。正遇著方纔到馮紫英家去請那先生的小子回來了，因回道：「奴才方纔到了馮大爺家，拿了老爺名帖請那先生去，那先生說道：『方纔這裏大爺也向我說了，但是今日拜上一天的客，纔回到家，此時精神實在不能支持，就是去到府上也不能看脈，須得調息一夜，明日務必到府。』他又說：『醫學淺薄，本不敢當此重薦，因馮大爺和府上既已如此說了，又不得不去，你先代我回明大人就是了。大人的名帖著實不敢當。』仍叫奴才拿回來了。哥兒替奴才回一聲兒。」賈蓉復轉身進去，回了賈珍和尤氏的話，方出來叫了來陞，吩咐預備兩日的筵席的話。來陞聽畢，自去照例料理，不在話下。

且說次日午間，門上人回道：「請的那張先生來了。」賈珍遂延入大廳坐下，茶畢，方開言道：「昨日承馮大爺示知老先生人品學問，又兼深通醫學，小弟不勝欽敬。」張先生道：「晚生粗鄙下士，知識淺陋。昨因馮大爺示知，大人家第謙恭下士，又承呼喚，敢不奉命。但毫無實學，倍增汗顏。」賈珍道：「先生不必過謙，就請先生進去看看兒婦，仰仗高明，以釋下懷。」

於是賈蓉同了進去，到了內室，見了秦氏，向賈蓉說道：「這就是尊夫人了？」賈蓉道：「正是。請先生坐下，讓我把賤內的病症說一說再診脈何如？」那先生道：「依小弟意下，竟先看脈，再請教病源為是。我初造尊府，本也不知道什麼，但我們馮大爺務必叫小弟過來看看，小弟所以不得不來。如今看了脈息，看小弟說得是不是，再將這些日子的病勢講一講，大家斟酌一個方兒。可用不可用，那時大爺再定奪就是了。」賈蓉道：「先生實在高明，如今恨相見之晚。就請先生看一看脈息可治不可治，得以使家父母放心。」於是家下媳婦們，捧過大迎枕來，一面給秦氏靠著，一面拉著袖口，露出手腕來。這先生方伸手按在右手脈上，調息了至數，凝神細診了半刻工夫，換過左手，亦復如是。診畢了，說道：「我們外邊坐罷。」

賈蓉於是同先生到外邊屋裏炕上坐了，一個婆子端了茶來。賈蓉道：「先生請茶。」茶畢，問道：「先生看這脈息，還治得治不得？」先生道：「看得尊夫人脈息：左寸沈數，左關沈伏；右寸細而無力，右關虛而無神。其左寸沈數者，乃心氣虛而生火；左關沈伏者，乃肝家氣滯血虧。右寸細而無力者，乃肺經氣分太虛；右關虛而無神者，乃脾土被肝木克制。心氣虛而生火者，應現今經期不調，夜間不寐。肝家血虧氣滯者，應脅下痛脹，月信過期，心中發熱。肺經氣分太虛者，頭目不時眩暈，寅卯間必然自汗，如坐舟中。脾土被肝木克制者，必定不思飲食，精神倦怠，四肢酸軟。據我看這脈，當有這些症候纔對。或以這個的為喜脈，則小弟不敢聞命矣。」

旁邊一個貼身伏侍的婆子道：「何嘗不是這樣呢！真正先生說得如神，倒不用我們說的了。如今我們家裏現有好幾位太醫老爺瞧著呢，都不能說得這樣真切。有的說道是喜，有的說道是病；這位說不相干，這位又說怕冬至前後，總沒有個真著話兒。求老爺明白指示指示。」

那先生說：「大奶奶這個症候，可是眾位耽擱了。要在初次行經的時候就用藥治起，只怕此時已全癒了。如今既是把病耽誤到這地位，也是應有此災。依我看起來，病倒尚有三分治得。吃了我這藥看，若是夜間睡的著覺，那時又添了二分拿手了。據我看這脈息，大奶奶是個心性高強、聰明不過的人；但聰明太過，則不如意事常有；不如意事常有，則思慮太過。此病是憂慮傷脾，肝木忒旺，經血所以不能按時而至。大奶奶從前行經的日子問一問，斷不是常縮，必是常長的。是不是？」這婆子答道：「可不是！從沒有縮過，或是長兩日三日，以至十日不等，都長過的。」先生聽道：「是了，這就是病源了。從前若能以養心調氣之藥服之，何至於此！這如今明顯出一個水虧火旺的症候來。待我用藥看。」於是寫了方子，遞與賈蓉，上寫的是：

益氣養榮補脾和肝湯

人參二錢　白朮二錢土炒　雲苓三錢　熟地四錢　歸身二錢酒炒

白芍二錢炒　川芎一錢五分　黃芪三錢　香附米二錢製　醋柴胡

懷山藥二錢炒　真阿膠　延胡索　炙甘草

引用建蓮子七粒去心　大棗二枚

賈蓉看了說：「高明的很。還要請教先生：這病與性命終久有妨無妨？」先生笑道：「大爺是最高明的人，人病到這個地位，非一朝一夕的症候了。吃了這藥，也要看醫緣了。依小弟看來，今年一冬是不相干的。總是過了春分，就可望全癒了。」賈蓉也是個聰明人，也不往下細問了。

於是賈蓉送了先生去了，方將這藥方子並脈案都給賈珍看了，說的話也都回了賈珍並尤氏了。尤氏向賈珍道：「從來大夫不像他說的痛快，想必用藥不錯的。」賈珍道：「人家原來不是混飯吃的，久慣行醫的人；因為馮紫英我們相好，他好容易求了他來的。既有了這個人，媳婦的病或者就能好了。他那方子上有人參，就用前日買的那一斤好的罷。」賈蓉聽說畢話，方出來叫人抓藥去煎給秦氏吃。不知秦氏服了此藥，病勢如何，且聽下回分解。

卷十一　慶壽辰寧府排家宴　見熙鳳賈瑞起淫心

話説是日賈敬的壽辰，賈珍先將上等可吃的東西、稀奇的果品，裝了十六大捧盒，著賈蓉帶領家下人送與賈敬去，向賈蓉説道：「你留神看太爺喜歡不喜歡，你就行了禮起來，説：『父親遵太爺的話，不敢前來，在家裏率領合家都朝上行了禮了。』」賈蓉聽罷，即率領家人去了。

這裏漸漸的就有人來。先是賈璉、賈薔來看了各處的座位，並問：「有什麼玩意兒沒有？」家人答道：「我們爺算計，本來請太爺今日來家，所以並未敢預備玩意兒。前日聽見太爺不來了，現叫奴才們找了一班小戲兒並一檔子打十番的，都在園子裏戲臺上預備著呢。」

次後邢夫人、王夫人、鳳姐兒、寶玉都來了，賈珍並尤氏接了進去。尤氏的母親已先在這裏，大家見過了，彼此讓了坐。賈珍尤氏二人遞了茶，因笑道：「老太太原是個老祖宗，我父親又是姪兒，這樣年紀、日子，原不敢請他老人家來；但是這時候，天氣又涼爽，滿園的菊花盛開，請老祖宗過來散散悶，看看眾兒孫熱熱鬧鬧的，是這個意思。誰知老祖宗又不賞臉。」鳳姐兒未等王夫人開口，先説道：「老太太昨日還説要來呢，因為晚上看見寶兄弟吃桃兒，他老人家又嘴饞了，吃了有大半個，五更天時候就一連起來了兩次，今日早晨略覺身子倦些。因叫我回大爺，今日斷不能來了，說有好吃的要幾樣，還要很爛的呢。」賈珍聽了笑道：「我說老祖宗是愛熱鬧的，今日不來，必定有個緣故，這就是了。」

王夫人說：「前日聽見你大妹妹說，蓉哥媳婦身上有些不大好，到底是怎麼樣？」尤氏道：「他這個病得的也奇。上月中秋還跟著老太太、太太玩了半夜，回家來好好的。到了二十日以後，一日比一日覺懶了，又懶得吃東西，這將近有半個多月。經期又有兩個月沒來。」邢夫人接著說道：「莫是喜罷？」

正說著，外頭人回道：「大老爺、二老爺並一家的爺們都來了，在廳上呢。」賈珍連忙出去了。這裏尤氏復說：「從前大夫也有說是喜的，昨日馮紫英薦了他幼時從學過的一個先生，醫道很好，瞧了說不是喜，是一個大症候。昨日開了方子，吃了一劑藥，今日頭眩的略好些，別的仍不見大效。」鳳姐兒道：「我說他不是十分支持不住，今日這樣日子，再也不肯不掙扎著上來。」尤氏道：「你是初三日在這裏見他的，他強扎掙了半天，也是因你們娘兒兩個好的上頭，還戀戀的捨不得去。」鳳姐聽了，眼圈兒紅了一會子，方說道：「『天有不測風雲，人有旦夕禍福。』這點年紀，倘或因這病上有個長短，人生在世，有什麼趣兒！」

正說著，賈蓉進來，給邢夫人、王夫人、鳳姐兒都請了安，方回尤氏道：「方纔我給太爺送吃食去，並回說我父親在家伺候老爺們，款待一家子的爺們，遵太爺的話，並不敢來。太爺聽了甚歡喜，說：『這纔是。』叫告訴父親母親，好生伺候太爺太太們，叫我好生伺候叔叔嬸子並哥哥們。還說：『那《陰騭文》叫他們急急刻出來，印一萬張散人。』我將此話都回了我父親了。我這會子還得快出去打發太爺們並合家爺們吃飯。」鳳姐兒說：「蓉哥兒，你且站著。你媳婦今日到底是怎麼著？」賈蓉皺皺眉兒說道：「不好麼！嬸子回來瞧瞧去就知道了。」於是賈蓉出去了。

這裏尤氏向邢夫人王夫人道：「太太們在這裏吃飯，還是在園子裏吃去？有小戲兒現在園子裏預備著呢。」王夫人向邢夫人道：「這裏很好。」尤氏就吩咐媳婦婆子們：「快擺飯來。」門外一齊答應了一聲，都各人端各人的去了。不多時，擺上了飯。尤氏讓邢夫人王夫人並他母親都上坐了，他與鳳姐兒寶玉側席坐了。邢夫人王夫人道：「我們來，原為給大老爺拜壽，這豈不是我們來過生日來了麼？」鳳姐兒說：「大老爺原是好養靜的，已修煉成了，也算得是神仙了。太太們這麼一說，就叫作『心到神知』了。」一句話說得滿屋裏都笑起來。

尤氏的母親並邢夫人、王夫人、鳳姐兒都吃了飯，漱了口，淨了手；纔說要往園子裏去，賈蓉進來向尤氏道：「老爺們並各位叔叔哥哥們都吃了飯了。大老爺說家裏有事，二老爺是不愛聽戲又怕人鬧得慌，都去了。別的一家子爺們被璉二叔並薔大爺都讓過去聽戲去了。方纔南安郡王、東平郡王、西寧郡王、北靜郡王四家王爺，並鎮國公牛府等六家，忠靖侯史府等八家，都差人持名帖送壽禮來，俱回了我父親，先收在賬房裏，禮單都上了檔子了，領謝名帖都交給各家的來人了，來人也各照例賞過，都讓吃了飯去了。母親該請二位太太、老娘、嬸子都過園子裏去坐著罷。」尤氏道：「也是纔吃完了飯，就要過去了。」鳳姐兒說：「我回太太，我先瞧瞧蓉哥媳婦去，我再過去罷。」王夫人道：「很是。我們都要去瞧瞧，倒怕他嫌我們鬧得慌，說我們問他好罷。」尤氏道：「好妹妹，媳婦聽你的話，你去開導開導他，我也放心。你就快些過園子裏來。」寶玉也要跟著鳳姐兒去瞧秦氏，王夫人道：「你看看就過去罷，那是姪兒媳婦呢。」於是尤氏請了王夫人邢夫人並他母親都過會芳園去了。

鳳姐兒寶玉方和賈蓉到秦氏這邊來。進了房門，悄悄的走到裏間房內，秦氏見了要站起來，鳳姐兒說：「快別起來，看頭暈。」於是鳳姐兒緊行了兩步，拉住了秦氏的手，說道：「我的奶奶！怎麼幾日不見，就瘦的這樣了！」於是就坐在秦氏坐的褥子上。寶玉也問了好，在對面椅子上坐了。賈蓉叫：「快倒茶來，嬸子和二叔在上房還未吃茶呢。」

秦氏拉著鳳姐兒的手，強笑道：「這都是我沒福。這樣人家，公公婆婆當自家的女兒似的待。嬸娘，你姪兒雖說年輕，卻是他敬我，我敬他，從來沒有紅過臉兒。就是一家子的長輩同輩之中，除了嬸子不用說了，別人也從無不疼我的，也從無不和我好的。如今得了這個病，把我那要強的心一分也沒有了。公婆面前未得孝順一天兒；就是嬸娘這樣疼我，我就有十分孝順的心，如今也不能夠了。我自想著，未必熬得過年去。」

寶玉正把眼瞅著那「海棠春睡圖」並那秦太虛寫的「嫩寒鎖夢因春冷，芳氣襲人是酒香」的對聯，不覺想起在這裏睡晌覺時夢到「太虛幻境」的事來。正在出神，聽得秦氏說了這些話，如萬箭攢心，那眼淚不覺流下來了。鳳姐兒見了，心中十分難過，但恐病人見了這個樣子反添心酸，倒不是來開導他勸解他的意思了，因說：「寶玉，你忒婆婆媽媽的了。他病人不過是這樣說，那裏就到這田地？況且年紀又不大，略病病就好。」又回向秦氏道：「你別胡思亂想，豈不是自家添病了麼？」賈蓉道：「他這病也不用別的，只吃得下些飯食就不怕了。」鳳姐兒道：「寶兄弟，太太叫你快些過去呢。你倒別在這裏只管這麼著，倒招得媳婦也心裏不好過。太太那裏又惦著你。」因向賈蓉說道：「你先同你寶叔叔過去；我還略坐坐呢。」賈蓉聽說，即同寶玉過會芳園去了。

這裏鳳姐兒又勸解了一番，又低低説了許多衷腸話兒。尤氏打發人來兩三遍，鳳姐兒纔向秦氏説道：「你好生養著，我再來看你罷。合該你這病要好了，所以前日遇著這個好大夫，再也是不怕的了。」秦氏笑道：「任憑他是神仙，『治了病治不了命』。嬸子，我知道這病不過是捱日子的。」鳳姐兒説道：「你只管這麼想，這那裏能好呢？總要想開了纔好。況且聽得大夫説，若是不治，怕的是春天不好。咱們若是不能吃人參的人家，也難説了；你公公婆婆聽見治得好，別説一日二錢人參，就是二斤也吃得起。好生養著罷，我就過園子裏去了。」秦氏又道：「嬸子，恕我不能跟過去了。閒了的時候還求過來瞧瞧我呢，咱們娘兒們坐坐，多説幾句閒話兒。」鳳姐兒聽了，不覺眼圈兒又紅了，説道：「我得了閒兒必常來看你。」

於是帶著跟來的婆子媳婦們，並寧府的媳婦婆子們，從裏頭繞進園子的便門來。只見：

黃花滿地，白柳橫坡。小橋通若耶之溪，曲徑接天台之路。石中清流滴滴，籬落飄香；樹頭紅葉翩翩，疏林如畫。西風乍緊，猶聽鶯啼；暖日常暄，又添蛩語。遙望東南，建幾處依山之榭；近觀西北，結三間臨水之軒。笙簧盈座，別有幽情；羅綺穿林，倍添韻致。

鳳姐兒正看園中景致，一步步行來，正讚賞時，猛然從假山石後走出一個人來，向前對鳳姐說道：「請嫂子安。」鳳姐兒猛一驚，將身往後一退，説道：「這是瑞大爺不是？」賈瑞説道：「嫂子連我也不認得了？」鳳姐兒道：「不是不認得，猛然一見，想不到是大爺在這裏。」賈瑞道：「也是合該我與嫂子有緣。我方纔偷出了席，在這裏清淨地方略散一散，不想就遇見嫂子。這不是有緣麼？」一面説著，一面拿眼睛不住的覷看鳳姐。

鳳姐是個聰明人，見他這個光景，如何不猜八九分呢，因向賈瑞假意含笑道：「怪不得你哥哥常提你，說你好。今日見了，聽你這幾句話兒，就知道你是個聰明和氣的人了。這會子我要到太太們那邊去呢，不得合你説話，等閒了再會罷。」賈瑞道：「我要到嫂子家裏去請安，又怕嫂子年輕，不肯輕易見人。」鳳姐又假笑道：「一家骨肉，說什麼年輕不年輕的話。」賈瑞聽了這話，心中暗喜，因想道：「再不想今日得此奇遇！」那情景越發難堪了。鳳姐兒說道：「你快去入席去罷，看他們拿住了，罰你的酒。」賈瑞聽了，身上已木了半邊，慢慢的走著，一面回過頭來看。鳳姐兒故意的把腳放遲了，見他去遠了，心裏暗忖道：「這纔是『知人知面不知心』呢。那裏有這樣禽獸的人？他果如此，幾時叫他死在我手裏，他纔知道我的手段！」

於是鳳姐兒方移步前來。將轉過了一重山坡兒，見兩三個婆子慌慌張張的走來，見鳳姐兒，笑道：「我們奶奶見二奶奶不來，急得了不得，叫奴才們又來請奶奶來了。」鳳姐兒說：「你們奶奶就是這樣『急腳鬼』似的。」鳳姐兒慢慢的走著，問：「戲文唱了幾齣了？」那婆子回道：「唱了八九齣了。」說話之間，已到天香樓後門，見寶玉和一群丫頭小子們那裏玩呢，鳳姐兒說：「寶兄弟，別忒淘氣了。」一個丫頭說道：「太太們都在樓上坐著呢，請奶奶就從這邊上去罷。」

鳳姐兒聽了，款步提衣上了樓，尤氏已在樓梯口等著。尤氏笑道：「你們娘兒兩個忒好了，見了面總捨不得來了。你明日搬來和他同住罷。你坐下，我先敬你一鍾。」於是鳳姐兒至邢夫人王夫人前告坐。尤氏拿戲單來讓鳳姐兒點戲，鳳姐兒說：

「太太們在上，如何敢點。」邢夫人王夫人說道：「我們和親家太太點了好幾齣了，你點幾齣好的我們聽。」鳳姐兒立起身來答應了，接過戲單來，從頭一看，點了一齣《還魂》，一齣《彈詞》，遞過戲單來，說：「現在唱的這《雙官誥》完了，再唱這兩齣，也就是時候了。」王夫人道：「可不是呢，也該趁早叫你哥哥嫂子歇歇，他們心裏又不靜。」尤氏說道：「太太們又不是常來的，娘兒們多坐一會子去，才有趣，天氣還早呢。」鳳姐兒立起身來望樓下一看，說：「爺們都往那裏去了？」旁邊一個婆子道：「爺們纔到凝曦軒，帶了十番那裏吃酒去了。」鳳姐兒道：「在這裏不便宜，背地裏又不知幹什麼去了。」尤氏笑道：「那裏都像你這麼正經人呢。」

於是說說笑笑，點的戲都唱完了，方纔撤下酒席，擺上飯來。吃畢，大家纔出園子來，到上房坐下，吃了茶，纔叫預備車，向尤氏的母親告了辭。尤氏率同眾姬妾並家人媳婦們送出來，賈珍率領眾子姪在車旁侍立，都等候著，見了邢王二夫人，說道：「二位嬸子明日還過來逛逛。」王夫人道：「罷了，我們今兒整坐了一日，也乏了，明日也要歇歇。」於是都上車去了。賈瑞猶不住拿眼看著鳳姐兒。賈珍進去後，李貴纔拉過馬來，寶玉騎上，隨了王夫人去了。

這裏賈珍同一家子的弟兄子姪吃過飯，方大家散了。次日，仍是眾族人等鬧了一日，不必細說。此後鳳姐不時親自來看秦氏。秦氏也有幾日好些，也有幾日歹些。賈珍、尤氏、賈蓉好不焦心。

且說賈瑞到榮府來了幾次，偏都值鳳姐兒往寧府去了。這年正是十一月三十日冬至。到交節的那幾日，賈母、王夫人、鳳姐兒日日差人去看秦氏。回來的人都說：「這幾日未見添病，也未見甚好。」王夫人向賈母說：「這個症候，遇著這樣節氣，不添病就有指望了。」賈母說：「可是呢，好個孩子，若有個長短，豈不叫人疼死。」說著，一陣心酸，向鳳姐兒說道：「你們娘兒們好了一場，明日大初一，過了明日，你再看看他去。你細細的瞧瞧他的光景，倘或好些兒，你回來告訴我。那孩子素日愛吃什麼，你也常叫人送些給他。」

鳳姐兒一一答應了。到初二日，吃了早飯，來到寧府裏，看見秦氏光景，雖未添甚病，但那臉上身上的肉都瘦乾了。於是和秦氏坐了半日，說了些閒話，又將這病無妨的話開導了一番。秦氏道：「好不好，春天就知道了。如今現過了冬至，又沒怎麼樣，或者好的了也未可知。嬸子回老太太、太太放心罷。昨日老太太賞的那棗泥餡的山藥糕，我倒吃了兩塊，倒像克化的動的似的。」鳳姐兒道：「明日再給你送來。我到你婆婆那裏瞧瞧，就要趕著回去回老太太話去。」秦氏道：「嬸子替我請老太太、太太的安罷。」

鳳姐兒答應著就出來了，到了尤氏上房坐下。尤氏道：「你冷眼瞧媳婦是怎麼樣？」鳳姐兒低了半日頭，說道：「這個就沒法兒了。你也該將一應的後事給他料理料理，沖一沖也好。」尤氏道：「我也暗暗的叫人預備了。就是那件東西不得好木頭，且慢慢的辦著呢。」於是鳳姐兒吃了茶，說了一會子話兒，說道：「我要快些回去回老太太的話去呢。」尤氏道：「你可緩緩的說，別嚇著老人家。」鳳姐兒道：「我知道。」

於是鳳姐兒就回來了，到家中，見了賈母，說：「蓉哥媳婦請老太太安，給老太太磕頭，說他好些了。求老祖宗放心罷。他再略好些，還給老祖宗磕頭請安來呢。」賈母道：「你看他是怎麼樣？」鳳姐兒說：「暫且無妨，精神還好呢。」賈母聽了，沈吟了半日，因向鳳姐說：「你換換衣服歇歇去罷。」

鳳姐兒答應著出來，見過了王夫人，到了家中，平兒將烘的家常衣服給鳳姐兒換上了。鳳姐兒坐下，問：「家中沒有什麼事麼？」平兒方端了茶來，遞了過去，說道：「沒有什麼事。就是那三百兩銀子的利銀，旺兒媳婦送進來，我收了。再有瑞大爺使人來打聽奶奶在家沒有，他要來請安說話。」鳳姐兒聽了，哼了一聲，說道：「這畜生合該作死，看他來了怎麼樣！」平兒回道：「這瑞大爺是為什麼只管來？」鳳姐兒遂將九月裏在寧府園子裏遇見他的光景，他說的話，都告訴了平兒。平兒說道：「『癩蛤蟆想吃天鵝肉』，沒人倫的混賬東西，起這樣念頭，叫他不得好死！」鳳姐兒道：「等他來了，我自有道理。」不知賈瑞來時作何光景，且聽下回分解。

卷十二　王熙鳳毒設相思局　賈天祥正照風月鑒

話說鳳姐正與平兒說話，只見有人回說：「瑞大爺來了。」鳳姐命：「請進來罷。」賈瑞見請，心中暗喜。見了鳳姐，滿面陪笑，連連問好。鳳姐兒也假意殷勤讓坐讓茶。賈瑞見鳳姐如此打扮，越發酥倒，因餳了眼問道：「二哥哥怎麼還不回來？」鳳姐道：「不知什麼緣故。」賈瑞笑道：「別是路上有人絆住了腳，捨不得回來了？」鳳姐道：「可知男人家見一個愛一個也是有的。」賈瑞笑道：「嫂子這話錯了，我就不是這樣。」鳳姐笑道：「像你這樣的人能有幾個呢，十個裏也挑不出一個來。」

賈瑞聽了，喜得抓耳撓腮，又道：「嫂子天天也悶得很。」鳳姐道：「正是呢，只盼個人來說話解解悶兒。」賈瑞笑道：「我倒天天閒著，若天天過來替嫂子解解悶兒，可好麼？」鳳姐笑道：「你哄我呢，你那裏肯往我這裏來？」賈瑞道：「我在嫂子面前，若有一句謊話，天打雷劈！只因素日聞得人說，嫂子是個利害人，在你跟前一點也錯不得，所以唬住了我。如今見嫂子是個有說有笑極疼人的，我怎麼不來？死了也情願。」鳳姐笑道：「果然你是個明白人，比賈蓉兄弟兩個強遠了。我看他那樣清秀，只當他們心裏明白，誰知竟是兩個糊塗蟲，一點不知人心。」

賈瑞聽了這話，越發撞在心坎兒上，由不得又往前湊一湊，覷著眼看鳳姐的荷包，又問：「戴著什麼戒指？」鳳姐悄悄的道：「放尊重些，別叫丫頭們看見了。」賈瑞如聽綸音佛語一般，忙往後退，鳳姐笑道：「你該去了。」賈瑞道：「我再坐一坐兒，好狠心的嫂子！」鳳姐兒又悄悄的道：「大天白日人來人往，你就在這裏也不方便。你且去，等到晚上起了更你來，悄悄的在西邊穿堂兒等我。」賈瑞聽了，如得珍寶，忙問道：「你別哄我。但是那裏人過的多，怎麼好躲呢？」鳳姐道：「你只放心，我把上夜的小廝們都放了假，兩邊門一關了，再沒別人了。」

賈瑞聽了，喜之不盡，忙忙的告辭而去，心內以為得手。盼到晚上，果然黑地裏摸入榮府，趁掩門時，鑽入穿堂。果見漆黑無一人來往，往賈母那邊去的門已倒鎖，只有向東的門未關。賈瑞側耳聽著，半日不見人來。忽聽「咯噔」一聲，東邊的門也關上了。賈瑞急得也不敢則聲，只得悄悄出來，將門撼了撼，關得鐵桶一般。此時要出去，亦不能了，南北俱是大牆，要跳也無攀援。這屋內又是過門風，空落落的；現是臘月天氣，夜又長，朔風凜凜，侵肌裂骨，一夜幾乎不曾凍死。好容易盼到早晨，只見一個老婆子先將東門開了進來，去叫西門，賈瑞瞅他背著臉，一溜煙抱了肩跑出來，幸而天氣尚早，人都未起，從後門一徑跑回家去。

原來賈瑞父母早亡，只有他祖父代儒教養。那代儒素日教訓最嚴，不許賈瑞多走一步，生怕他在外吃酒賭錢，有誤學業。今忽見他一夜不歸，只料定他在外非飲即賭，嫖娼宿妓，那裏想到這段公案？因此也氣了一夜。賈瑞也捻著一把汗，少不得回來撒謊，只說：「往舅舅家去的，天黑了，留我住了一夜。」代儒道：「自來出門，非稟我不敢擅出，如何昨日私自去了？據此也該打，何況是撒謊！」因此發狠按倒打了三四十板，還不許吃飯，令他跪在院內讀文章，定要補出十天工課來方罷。賈瑞先凍了一夜，又遭了打，且餓著肚子，跪在風地裏讀文章，其苦萬狀。

此時賈瑞邪心未改，再不想到鳳姐捉弄他。過了兩日，得了空，仍來找尋鳳姐。鳳姐故意抱怨他失信，賈瑞急得賭咒發誓。鳳姐因他自投羅網，少不得再尋別計令他知改，故又約他道：「今日晚上，你別在那裏了。你在我這房後小過道兒裏那間空屋裏等我，可別冒撞了。」賈瑞道：「果真？」鳳姐道：「誰來哄你，你不信就別來。」賈瑞道：「來，來，來！死也要來！」鳳姐道：「這會子你先去罷。」賈瑞料定晚間必妥，此時先去了。鳳姐在這裏便點兵派將，設下圈套。

那賈瑞只盼不到晚上，偏生家裏親戚又來了，吃了晚飯纔去，那天已有掌燈時分；又等他祖父安歇，方溜進榮府，直往那夾道中屋子裏來等著，熱鍋上螞蟻一般。只是左等不見人影，右聞也沒聲響，心中害怕，不住猜疑道：「別是又不來了，又凍一夜不成？」正自胡猜，只見黑魆魆的來了一個人，賈瑞便意定是鳳姐，不管皂白，等那人剛至面前，便如餓虎撲食、貓兒捕鼠的一般，抱住叫道：「親嫂子，等死我了！」說著，抱到屋裏炕上就親嘴扯褲子，滿口裏「親爹」「親娘」的亂叫起來。那人只不作聲，賈瑞扯了自己的褲子，硬幫幫就想頂入。忽見燈光一閃，只見賈薔舉著個蠟臺，照道：「誰在屋裏？」只見炕上那人笑道：「瑞大叔要肏我呢。」

賈瑞一見，卻是賈蓉，直臊得無地可入，不知怎樣纔好，回身就要跑脫，被賈薔一把揪住，道：「別走！如今璉二嬸已經告到太太跟前，說你調戲他，他暫用了脫身計哄你在那邊等著。太太氣死過去，因叫我來拿你。快跟我去見太太去！」賈瑞聽了，魂不附體，只說：「好姪兒！你只說沒有我，我明日重重的謝你。」賈薔道：「放你不值什麼，只不知你謝我多少？況且口說無憑，寫一文契來。」賈瑞道：「這如何落紙呢？」賈薔道：「這也不妨，寫一個賭錢輸了外人賬目，借頭家銀若干兩便罷。」

賈瑞道：「這也容易。」賈薔翻身出來，紙筆現成，拿來命賈瑞寫。他兩個做好做歹，只寫了五十兩銀子，畫了押，賈薔收起來。然後撕羅賈蓉，賈蓉先咬定牙不依，只說：「明日告訴族中的人評評理。」賈瑞急得至於叩頭。賈薔做好做歹的，也寫了一張五十兩欠契纔罷。

賈薔又道：「如今要放你，我就擔著不是。老太太那邊的門早已關了，老爺正在廳上看南京來的東西，那一條路定難過去，如今只好走後門。若這一走，倘或遇見了人，連我也不好。等我先去探探，再來領你。這屋裏你還藏不住，少時就來堆東西，等我尋個地方。」說畢，拉著賈瑞，仍息了燈，出至院外，摸著大臺階底下，說道：「這窩兒裏好，只蹲著，別哼一聲，等我來再走。」說畢，二人去了。

賈瑞此時身不由己，只得蹲在那臺階下。正要盤算，只聽頭頂上一聲響，嘩喇喇一淨桶尿糞從上面直潑下來，可巧澆了他一身一頭。賈瑞掌不住「噯喲」一聲，忙又掩住口，不敢聲張，滿頭滿臉皆是尿屎，渾身冰冷打戰。只見賈薔跑來叫：「快走，快走！」賈瑞方得了命，三步兩步從後門跑到家中，天已三更，只得叫開了門。家人見他這般光景，問：「是怎麼了？」少不得撒謊說：「天黑了，失腳掉在茅廁裏了。」一面即到自己房中更衣洗濯，心下方想到鳳姐玩他，因此發一回狠；再想想鳳姐的模樣兒標致，又恨不得一時摟在懷裏，胡思亂想，一夜也不曾合眼。自此雖想鳳姐，只不敢往榮府去了。

賈蓉等兩個常常來索銀子，他又怕祖父知道。正是相思尚且難禁，況又添了債務，日間工課又緊；他二十來歲人，尚未娶親，還來想著鳳姐不得到手，未免有些「指頭兒告了消乏」；更兼兩回凍惱奔波，因此三五下裏夾攻，不覺就得了一病：心內發膨脹，口內無滋味，腳下如綿，眼中似醋，黑夜作燒，白日常倦，下溺遺精，嗽痰帶血。諸如此症，不上一年，都添全了。於是不能支持，一頭躺倒，合上眼還只夢魂顛倒，滿口說胡話，驚怖異常。百般請醫療治，諸如肉桂、附子、鱉甲、麥冬、玉竹等藥，吃了有幾十斤下去，也不見個動靜。

倏又臘盡春回，這病更又沈重。代儒也著了忙，各處請醫療治，皆不見效。因後來吃「獨參湯」，代儒如何有這力量，只得往榮府裏來尋。王夫人命鳳姐秤二兩給他。鳳姐回說：「前兒新近替老太太配了藥，那整的太太又說留著送楊提督的太太配藥，偏偏昨兒我已著人送了去了。」王夫人道：「就是咱們這邊沒了，你打發個人往那邊你婆婆處問問，或是你珍大哥哥那裏有，尋些來，湊著給人家，吃好了，救人一命，也是你們的好處。」鳳姐應了，也不遣人去尋，只將些渣末湊了幾錢，命人送去。只說：「太太送來的，再也沒了。」然後向王夫人只說：「都尋了來，共湊了有二兩送去。」

那賈瑞此時要命心急，無藥不吃，只是白花錢，不見效。忽然這日有個跛足道人來化齋，只稱專治冤業之症。賈瑞偏生在內聽了，直著聲叫喊，說：「快去請進那位菩薩來救命！」一面在枕頭上叩首。眾人只得帶了那道士進來。賈瑞一把拉住，連叫「菩薩救我！」那道士歎道：「你這病非藥可醫。我有個寶貝與你，你天天看此時，命可保矣。」說畢，從搭褳中取正反面皆可照人的鏡子來，背上面鏨著「風月寶鑑」四字。遞與賈瑞道：「這物出自太虛幻境空靈殿上，警幻仙子所製，專治邪思妄動之症，有濟世保生之功。所以帶他到世上來，單與那些聰明傑俊、風雅王孫等看照。千萬不可照正面，只照他的背面，要緊，要緊！三日後吾來收取，管叫你好了。」說畢，徜徉而去，眾人苦留不住。

賈瑞接了鏡子，想道：「這道士倒有意思，我何不照一照試試？」想畢，拿起「風月寶鑒」來，向反面一照，只見一個骷髏立在裏面，唬得賈瑞連忙掩了，罵：「道士混賬！如何嚇我！我倒再照照正面是什麼？」想著，便將正面一照，只見鳳姐站在裏面點手兒叫他。賈瑞心中一喜，蕩悠悠覺得進了鏡子，與鳳姐雲雨一番，鳳姐仍送他出來。到了牀上，「嗳喲」了一聲，一睜眼，鏡子從新又掉過來，仍是反面立著一個骷髏。賈瑞自覺汗津津的，底下已遺了一灘精。心中到底不足，又翻過正面來，只見鳳姐還招手叫他，他又進去，如此三四次。到了這次，剛要出鏡子來，只見兩個人走來，拿鐵鎖把他套住，拉了就走。賈瑞叫道：「讓我拿了鏡子再走……」只說這句，就再不能說話了。

旁邊伏侍的人，只見他先還拿著鏡子照，落下來，仍睜開眼拾在手內，末後鏡子掉下來，便不動了。眾人上來看看，已咽了氣，身子底下冰涼精濕一大灘精。這纔忙著穿衣擡牀，代儒夫婦哭得死去活來，大罵道士：「是何妖鏡！若不毀此鏡，遺害人世不小。」遂命架火來燒。只聽空中叫道：「誰教你們瞧正面了的！你們自己以假為真，為何燒我此鏡？」忽見那鏡從空中飛出。代儒出門看時，只見還是那個跛足道人，喊道：「誰毀『風月寶鑒』？」說著，搶了鏡子，眼看他飄然去了。

當下代儒料理喪事，各處去報。三日起經，七日發引，寄靈鐵檻寺，日後帶回原籍。一時賈家眾人齊來弔問，榮府賈赦贈銀二十兩，賈政也是二十兩，寧府賈珍亦有二十兩，其餘族中人貧富不一，或一二兩三四兩，不等。外又有各同窗家中分資，也湊了二三十兩。代儒家道雖然淡薄，得此幫助，倒也豐豐富富完了此事。

誰知這年冬底，林如海因為身染重疾，寫書來特接林黛玉回去。賈母聽了，未免又加憂悶，只得忙忙的打點黛玉起身。寶玉大不自在，爭奈父女之情，也不好攔阻。於是賈母定要賈璉送他去，仍叫帶回來。一應土儀盤費，不消繁說，自然要妥貼。作速擇了日期，賈璉與林黛玉辭別了眾人，帶領僕從，登舟往揚州去了。要知端的，且聽下回分解。

卷十三　秦可卿死封龍禁尉　王熙鳳協理寧國府

話説鳳姐兒自賈璉送黛玉往揚州去後，心中實在無趣，每到晚間，不過同平兒説笑一回就胡亂睡了。這日夜間正和平兒燈下擁爐倦繡，早命濃熏繡被，二人睡下，屈指算行程該到何處，不知不覺已交三鼓。平兒已睡熟了。鳳姐方覺睡眼微蒙，恍惚只見秦氏從外走進來，含笑説道：「嬸嬸好睡！我今日回去，你也不送我一程。因娘兒們素日相好，我捨不得嬸嬸，故來別你一別。還有一件心願未了，非告訴嬸嬸，別人未必中用。」

鳳姐聽了，恍惚問道：「有何心願？只管託我就是了。」秦氏道：「嬸嬸，你是個脂粉隊裏的英雄，連那些束帶頂冠的男子也不能過你，你如何連兩句俗語也不曉得？常言：『月滿則虧，水滿則溢』，又道是：『登高必跌重。』如今我們家赫赫揚揚，已將百載，一日倘或『樂極生悲』，若應了那句『樹倒猢猻散』的俗語，豈不虛稱了一世詩書舊族了！」鳳姐聽了此話，心胸不快，十分敬畏，忙問道：「這話慮的極是，但有何法可以永保無虞？」秦氏冷笑道：「嬸嬸好癡也！『否極泰來』，榮辱自古周而復始，豈人力所能常保的。但如今能於榮時籌畫下將來衰時的世業，亦可以常永保全了。即如今日諸事俱妥，只有兩件未妥，若把此事如此一行，則後日可保永全了。」

鳳姐便問：「何事？」秦氏道：「目今祖塋雖四時祭祀，只是無一定的錢糧；第二，家塾雖立，無一定的供給。依我想來，如今盛時固不缺祭祀供給，但將來敗落之時，此二項有何出處？莫若依我定見，趁今日富貴，將祖塋附近多置田莊、房舍、地畝，以備祭祀供給之費皆出自此處，將家塾亦設於此。合同族中長幼，大家定了則例，日後按房掌管這一年的地畝錢糧、祭祀供給之事。如此周流，又無爭競，也沒有典賣諸弊。便是有罪，己物可入官，這祭祀產業，連官也不入的。便敗落下來，子孫回家讀書務農，也有個退步，祭祀又可永繼。若目今以為榮華不絕，不思後日，終非長策。眼見不日又有一件非常喜事，真是烈火烹油、鮮花著錦之盛。要知道，也不過是瞬息的繁華、一時的歡樂，萬不可忘了那『盛筵必散』的俗語。若不早為後慮，只恐後悔無益了。」鳳姐忙問：「有何喜事？」秦氏道：「天機不可洩漏。只是我與嬸嬸好了一場，臨別贈你兩句話，須要記著。」因念道：

三春去後諸芳盡，各自須尋各自門。

鳳姐還欲問時，只聽二門上傳事雲板連叩四下，正是喪音，將鳳姐驚醒，人回：「東府蓉大奶奶沒了。」鳳姐嚇一身冷汗，出了一回神，只得忙穿衣往王夫人處來。彼時合府皆知，無不納悶，都有些疑心。那長一輩的，想他素日孝順；平輩的，想他素日和睦親密；下一輩的，想他素日的慈愛，以及家中僕從老小，想他素日憐貧惜賤、愛老慈幼之恩，莫不悲號痛哭。

閒言少敍，卻說寶玉因近日林黛玉回去，剩得自己落單，也不和人玩耍，每到晚間，便索然睡了。如今從夢中聽見說秦氏死了，連忙翻身爬起來，只覺心中似戳了一刀的，不覺「哇」的一聲，直噴出一口血來。襲人等慌慌忙忙上來扶著，問：「是怎麼樣的？」又要回賈母去請大夫。寶玉道：「不用忙，不相干。這是急火攻心，血不歸經。」說著便爬起來，要衣服換了，來見賈母，即時要過去。襲人見他如此，心中雖放不下，又不敢攔阻，只得由他罷了。賈母見他要去，因說：「纔咽氣的人，那裏不乾淨；二則夜裏風大，等明早再去不遲。」寶玉那裏肯依。賈母命人備車多派跟從人役，擁護前來。

一直到了寧國府前，只見府門大開，兩邊燈火，照如白晝，亂烘烘人來人往。裏面哭聲搖山振嶽。寶玉下了車，忙忙奔至停靈之室，痛哭一番，然後見過尤氏。誰知尤氏正犯了胃痛舊症，睡在牀上。然後又出來見賈珍。彼時賈代儒、代修、賈敕、賈效、賈敦、賈赦、賈政、賈琮、賈㻞、賈珩、賈珖、賈琛、賈瓊、賈璘、賈薔、賈菖、賈菱、賈芸、賈芹、賈蓁、賈萍、賈藻、賈蘅、賈芬、賈芳、賈蘭、賈菌、賈芝等都來了。賈珍哭得淚人一般，正和賈代儒等說道：「合家大小，遠近親友，誰不知我這媳婦比兒子還強十倍。如今伸腿去了，可見這長房內絕滅無人了。」說著又哭起來。眾人忙勸道：「人已辭世，哭也無益，且商議如何料理要緊。」賈珍拍手道：「如何料理，不過盡我所有罷了！」

正說著，只見秦業、秦鐘並尤氏的幾個眷屬尤氏姊妹也都來了。賈珍便命賈瓊、賈琛、賈璘、賈薔四個人去陪客，一面吩咐去請欽天監陰陽司來擇日，擇準停靈七七四十九日，三日後開喪送訃聞。這四十九日，單請一百零八僧眾在大廳上拜《大悲懺》，超度前亡後化鬼魂；另設一壇於天香樓，是九十九位全真道士，打十九日解冤洗業醮。然後停靈於會芳園中，靈前另外五十眾高僧，五十位高道，對壇按七做好事。

那賈敬聞得長孫媳死了，因自為早晚就要飛昇，如何肯又回家染了紅塵，將前功盡棄，故此並不在意，只憑賈珍料理。

且說賈珍恣意奢華，看板時，幾副杉木板皆不中意。可巧薛蟠來弔，因見賈珍尋好板，便說：「我們木店裏有一副板，叫作什麼檣木，出在潢海鐵網山上，做了棺材，萬年不壞。這還是當年先父帶來的，原係忠義親王老千歲要的，因他壞了事，就不曾用。現在還封在店裏，也沒有人買得起。你若是要，就來看看。」賈珍聽說甚喜，即命擡來，大家看時，只見幫底皆厚八寸，紋若檳榔，味若檀麝，以手扣之，聲如玉石。大家稱奇。賈珍笑問道：「價值幾何？」薛蟠笑道：「拿著一千兩銀子只怕沒買處，什麼價不價，賞他們幾兩銀子作工錢便是了。」賈珍聽說，忙謝不盡，即命解鋸造成。賈政因勸道：「此物恐非常人可享，殮以上等杉木也罷了。」賈珍如何肯聽。

忽又聽見秦氏之丫鬟名喚瑞珠的，見秦氏死了，也觸柱而亡。此事可罕，合族都稱歎。賈珍遂以孫女之禮殯殮之，一併停靈於會芳園之登仙閣。又有小丫鬟名寶珠的，因秦氏無出，乃願為義女，請任摔喪駕靈之任。賈珍甚喜，即時傳命，從此皆呼寶珠為小姐。那寶珠按未嫁女之禮，在靈前哀哀欲絕。

於是合族人丁並家下諸人都各遵舊制行事，自不得錯亂。賈珍因想道：「賈蓉不過是黌門監，靈幡上寫時不好看，便是執事也不多。」因此，心下甚不自在。可巧這日正是首七第四日，早有大明宮掌宮內監戴權，先備了祭禮遣人來，次坐了大轎，打道鳴鑼，親來上祭。賈珍忙接陪，讓坐至逗蜂軒獻茶。賈珍心中早打定了主意，因而趁便就說要與賈蓉捐個前程的話。戴權會意，因笑道：「想是為喪禮上風光些？」賈珍忙道：「老內相所見不差。」戴權道：「事倒湊巧，正有個美缺。如今三百員龍禁尉缺了兩員，昨兒襄陽侯的兄弟老三來求我，現拿了一千五百兩銀子送到我家裏。你知道，咱們都是老相好，不拘怎麼樣，看著他爺爺的分上，胡亂應了。還剩了一個缺，誰知永興節度使馮胖子要求與他孩子捐，我就沒工夫應他。既是咱們的孩子要捐，快寫個履歷來。」賈珍忙命人寫了一張紅紙履歷來。戴權看了，上寫著：

江南應天府江寧縣監生賈蓉，年二十歲。曾祖，原任京營節度使世襲一等神威將軍賈代化。祖，丙辰科進士賈敬。父，世襲三品爵威烈將軍賈珍。

戴權看了，回手遞與一個貼身的小廝收了，道：「回去送與戶部堂官老趙，說我拜上他起一張五品龍禁尉的票，再給個執照，就把這履歷填上，明日我來兑銀子送過去。」小廝答應了。戴權告辭，賈珍款留不住，只得送出府門。臨上轎，賈珍問：「銀子還是我到部去兑，還是送入內相府中？」戴權道：「若到部裏兑，你又吃虧了；不如平準一千兩銀子送到我家就完了。」賈珍感謝不盡，因說：「待服滿後，親帶小犬到府叩謝。」於是作別。

接著又聽喝道之聲，原來是忠靖侯史鼎的夫人來了。王夫人、邢夫人、鳳姐等剛迎入正房，又見錦鄉侯、川寧侯、壽山伯三家祭禮也擺在靈前；少時，三人下轎，賈珍接上大廳。如此親朋你來我去，也不能計數。只這四十九日，寧國府街上一條白漫漫人來人往，花簇簇官來官去。

賈珍令賈蓉次日換了吉服，領憑回來。靈前供用執事等物俱按五品職例，靈牌疏上皆寫「誥授賈門秦氏宜人之靈位」。會芳園臨街大門洞開，兩邊起了鼓樂廳，兩班青衣按時奏樂，一對對執事擺的刀斬斧截。更有兩面朱紅銷金大牌豎在門外，上面大書道：「防護內廷紫禁道御前侍衛龍禁尉。」對面高起著宣壇，僧道對壇，榜上大書「世襲寧國公冢孫婦防護內廷御前侍衛龍禁尉賈門秦氏宜人之喪。四大部洲至中之地，奉天永建太平之國，總理虛無寂靜教門僧錄司正堂萬虛、總理元始正一教門道紀司正堂葉生等，敬謹修齋，朝天叩佛」以及「恭請諸『伽藍』『揭諦』『功曹』等神，聖恩普錫，神威遠振，四十九日銷災洗業平安水陸道場」等語，亦不及繁記。

只是賈珍雖然心意滿足，但裏面尤氏又犯了舊疾，不能料理事務，惟恐各誥命來往，虧了禮數，怕人笑話，因此心中不自在。當下正憂慮時，因寶玉在側，便問道：「事事都算安貼了，大哥哥還愁什麼？」賈珍便將裏面無人的話告訴了他。寶玉聽說，笑道：「這有何難，我薦一個人與你，權理這一個月的事，管保妥當。」賈珍忙問：「是誰？」寶玉見坐間還有許多親友，不便明言，走向賈珍耳邊說了兩句。賈珍聽了，喜不自勝，笑道：「這果然妥貼，如今就去。」說著，拉了寶玉，辭了眾人，便往上房裏來。

可巧這日非正經日期，親友來的少，裏面不過幾位近親堂客，邢夫人、王夫人、鳳姐並合族中的內眷陪坐。聞人報：「大爺進來了。」唬得眾婆娘「呼」的一聲，往後藏之不迭，獨鳳姐款款站了起來。

賈珍此時也有些病症在身，二則過於悲痛，因拄個拐蹭了進來。邢夫人等因說道：「你身上不好，又連日事多，該歇歇纔是，又進來做什麼？」賈珍一面拄拐，扎掙著要蹲身跪下請安道乏；邢夫人等忙叫寶玉攙住，命人挪椅子與他坐。賈珍不肯坐，因勉強陪笑道：「姪兒進來有一件事要求二位嬸嬸並大妹妹。」邢夫人等忙問：「什麼事？」賈珍忙忙道：「嬸嬸自然知道，如今孫子媳婦沒了，姪兒媳婦又病倒，我看裏頭著實不成體統。要屈尊大妹妹一個月，在這裏料理料理，我就放心了。」邢夫人笑道：「原來為這個。你大妹妹現在你二嬸嬸家，只和你二嬸嬸說就是了。」王夫人忙道：「他一個小孩子，何曾經過這些事，倘或料理不清，反叫人笑話，倒是再煩別人好。」賈珍笑道：「嬸嬸的意思，姪兒猜著了，是怕大妹妹勞苦了。若說料理不開，從小兒大妹妹玩笑時就有殺伐決斷，如今出了閣，在那府裏辦事，越發歷練老成了。我想了這幾日，除了大妹妹再無人可求了。嬸嬸不看姪兒與姪兒媳婦面上，只看死的分上罷！」說著流下淚來。

王夫人心中為的是鳳姐未經過喪事，怕他料理不起，被人見笑；今見賈珍苦苦的說，心中已活了幾分，卻又眼看著鳳姐出神。那鳳姐素日最喜攬事，好賣弄能幹，今見賈珍如此央他，心中早已允了；又見王夫人有活動之意，便向王夫人道：「大哥說得如此懇切，太太就依了罷。」王夫人悄悄的問道：「你可能麼？」鳳姐道：「有什麼不能！算外面的大事，已經大哥哥料理清了，不過是裏面照管照管。便是我有不知的，問太太就是了。」王夫人見說得有理，便不出聲。賈珍見鳳姐允了，又陪笑道：「也管不得許多了，橫豎要求大妹妹辛苦辛苦。我這裏先與大妹妹行禮，等完了事，我再到那府裏去謝。」說著就作揖下去，鳳姐連忙還禮不迭。

賈珍便命人取了寧國府對牌來，命寶玉送與鳳姐，說道：「妹妹愛怎麼就怎麼樣辦，要什麼，只管拿這個取去，也不必問我。只求別存心替我省錢，要好看為上；二則也同那府裏一樣待人纔好，不要存心怕人抱怨。只這兩件外，我再沒不放心的了。」鳳姐不敢就接牌，只看著王夫人，王夫人道：「你大哥既這麼說，你就照看照看罷了。只是別自做主意，有了事打發人問你哥哥嫂子一聲兒要緊。」寶玉早向賈珍手裏接過對牌來，強遞與鳳姐了。賈珍又問：「妹妹還是住在這裏，還是天天來呢？若是天天來，越發辛苦了。我這裏趕著收拾出一個院落來，妹妹住過這幾日，倒安穩。」鳳姐笑說：「不用，那邊也離不得我，倒是天天來的好。」賈珍說：「也罷，也罷。」然後又說了一回閒話，方纔出去。

一時女眷散後，王夫人因問鳳姐：「你今兒怎麼樣？」鳳姐道：「太太只管請回去；我須得先理出一個頭緒來纔回得去呢。」王夫人聽說，便先同邢夫人回去，不在話下。

這裏鳳姐來至三間一所抱廈內坐了，因想：頭一件是人口混雜，遺失東西；二件，事無專管，臨期推委；三件，需用過費，濫支冒領；四件，任無大小，苦樂不均；五件，家人豪縱，有臉者不能服鈐束，無臉者不能上進。此五件實是寧府中風俗。不知鳳姐如何處治，且聽下回分解。

卷十四　林如海捐館揚州城　賈寶玉路謁北靜王

話說寧國府中都總管來陞聞知裏面委請了鳳姐，因傳齊同事人等說道：「如今請了西府裏璉二奶奶管理內事，倘或他來支取東西，或是說話，須要小心伺候。每日大家早來晚散，寧可辛苦這一個月，過後再歇息，不要把老臉面丟了。那是個有名的烈貨，臉酸心硬，一時惱了，不認人的。」眾人都道：「有理。」又有一個笑道：「論理，我們裏面也該得他來整治整治，都忒不像了。」正說著，只見來旺媳婦拿了對牌來領呈文經榜紙札，票上開著數目。眾人連忙讓坐倒茶，一面命人按數取紙；抱著同來旺媳婦一路來至儀門，方交與來旺媳婦自己抱進去了。

鳳姐即命彩明定造冊簿；即時傳了來陞媳婦，要家口花名冊查看；又限明日一早傳齊家人媳婦進府聽差。大概點了一點數目單冊，問了來陞媳婦幾句話，便坐車回家。

至次日卯正二刻，便過來了。那寧國府中婆子媳婦聞得到齊，只見鳳姐與來陞媳婦分派眾人執事，不敢擅入，在窗外打聽。聽見鳳姐和來陞媳婦道：「既託了我，我就說不得要討你們嫌了。我可比不得你們奶奶好性兒，由著你們去。再不要說你們『這府裏原是這麼樣』的話，如今可要依著我行，錯我半點兒，管不得誰是有臉的，誰是沒臉的，一例清白處治。」

說罷，便吩咐彩明念花名冊，按名一個一個叫進來看視，一時看完，又吩咐道：「這二十個分作兩班，一班十個，每日在內單管人客來往倒茶，別事不用他們管。這二十個也分作兩班，每日單管本家親戚茶飯，也不管別事。這四十個人也分作兩班，單在靈前上香添油，掛幔守靈，供飯供茶，隨起舉哀，也不管別事。這四個人專在內茶房收管杯碟茶器，若少了一件，四人分賠。這四個人單管酒飯器皿，少一件也是分賠。這八個人單管收祭禮。這八個單管各處燈油、蠟燭、紙札，我總支了來，交與你八個人，然後按我的定數再往各處分派。這二十個每日輪流各處上夜，照管門戶，監察火燭，打掃地方。這下剩的按房分開，某人守某處，某處所有桌椅古玩起，至於痰盒撣帚，一草一苗，或丟或壞，就問這看守之人賠補。來陞家的每日攬總查看，或有偷懶的，賭錢吃酒打架拌嘴的，立刻來回我。你要徇情，經我查出，三四輩子的老臉，就顧不成了。如今都有了定規，以後那一行亂了，只和那一行說話。素日跟我的人，隨身俱有鐘錶，不論大小事，皆有一定時刻，橫豎你們上房裏也有時辰鐘：卯正二刻我來點卯，巳正吃早飯，凡有領牌回事的，只在午初二刻。戌初燒過黃昏紙，我親到各處查一遍，回來上夜的交明鑰匙。第二日仍是卯正二刻過來。說不得咱們大家辛苦這幾日罷，事完了，你們大爺自然賞你們的。」

說畢，又吩咐按數發與茶葉、油燭、雞毛撣子、笤帚等物，一面又搬取傢伙：桌圍、椅搭、坐褥、氈席、痰盒、腳踏之類，一面交發，一面提筆登記，某人管某處，某人領物件，開得十分清楚。眾人領了去，也都有了投奔，不似先時只揀便宜的做，剩下苦差沒個招攬。各房中也不能趁亂迷失東西。便是人來客往，也都安靜了，不比先前紊亂無頭緒，一切偷安竊取等弊，一概都蠲了。

鳳姐自己威重令行，心中十分得意。因見尤氏犯病，賈珍也過於悲哀，不大進飲食，自己每日從那府中熬了各樣細粥，精美小菜，令人送來勸食。賈珍也另外吩咐每日送上等菜到抱廈內，單與鳳姐。鳳姐不畏勤勞，天天按時刻過來，點卯理事，獨在抱廈內起坐，不與眾妯娌合群，便有眷客來往，也不迎送。

這日乃五七正五日上，那應佛僧正開方破獄，傳燈照亡，參閻君，拘都鬼，延請地藏王，開金橋，引幢幡；那道士們正伏章申表，朝三清，叩玉帝，禪僧們行香，放焰口，拜水懺；又有十二眾青年尼僧，搭繡衣，靸紅鞋，在靈前默誦接引諸咒，十分熱鬧。

那鳳姐知道今日人客不少，寅正便起來梳洗，及收拾完備，更衣盥手，喝了幾口奶子，漱口已畢，正是卯正二刻了。來旺媳婦率領眾人伺候已久。鳳姐出至廳前，上了車，前面一對明角燈，上寫「榮國府」三個大字。來至寧府大門首，門燈朗掛，兩邊一色矗燈，照如白晝，白汪汪穿孝家人兩行侍立。請車至正門上，小廝退去，眾媳婦上來揭起車簾。鳳姐下了車，一手扶著豐兒，兩個媳婦執著手把燈照著，擬擁鳳姐進來。寧府諸媳婦迎著請安。鳳姐款步入會芳園中登仙閣靈前，一見棺材，那眼淚恰似斷綫之珠，滾將下來。院中多少小廝垂手侍立，伺候燒紙。鳳姐吩咐一聲：「供茶燒紙。」只聽一棒鑼鳴，諸樂齊奏，早有人端過一張大圈椅來，放在靈前，鳳姐坐了放聲大哭，於是裏外上下男女都接聲嚎哭。

一時賈珍、尤氏令人勸止，鳳姐方止住。來旺媳婦倒茶漱口畢，鳳姐方起身，別了族中諸人，自入抱廈來，按名查點，各項人數，俱已到齊，只有迎送親客上的一人未到，即令傳來。那人惶恐，鳳姐冷笑道：「原來是你誤了！你比他們有體面，所以不聽我的話。」那人回道：「小的天天都來的早，只有今兒來遲了一步，求奶奶饒過初次。」正說著，只見榮國府中的王興媳婦來了，在前探頭。鳳姐且不發放這人，卻問：「王興媳婦來做什麼？」王興媳婦近前說：「領牌取綫，打車轎網絡。」說著將個帖兒遞上去，鳳姐令彩明念道：「大轎兩頂，小轎四頂，車四輛，共用大小絡子若干根，每根用珠兒綫若干斤。」鳳姐聽了數目相合，便命彩明登記，取榮國對牌擲下。王興家的去了。

鳳姐方欲說話，只見榮國府的四個執事人進來，都是要支取東西領牌的，鳳姐命他們要了帖念過，聽了一共四件，因指兩件道：「這個開銷錯了，再算清了來領。」說著將帖子擲下。那二人掃興而去。

鳳姐因見張材家的在旁，因問：「你有什麼事？」張材家的忙取帖子回道：「就是方纔車轎圍做成，領取裁縫工銀若干兩。」鳳姐聽了，收了帖子，命彩明登記。待王興交過，得了買辦的回押相符，然後與張材家的去領。一面又命念那一件，是為寶玉外書房完竣，支領買紙料糊裱。鳳姐聽了，即命收帖兒登記，待張材家的繳清再發。

鳳姐便說道：「明兒他也來遲了，後兒我也來遲了，將來都沒有人了。本來要饒你，只是我頭一次寬了，下次就難管別人了，不如開發的好。」登時放下臉來，命帶出去打二十板子，眾人見鳳姐動怒，不敢怠慢，拉出去照數打了，進來回覆；鳳姐又擲下寧府對牌：「說與來陞革他一月銀米。」吩咐：「散了罷。」眾人方各自辦事去了。那時被打之人亦含羞飲泣而去。彼時榮寧兩處領牌交牌人往來不絕，鳳姐又一一開發了。於是寧府中人纔知鳳姐利害，自此各兢兢業業，不敢偷安，不在話下。

如今且說寶玉，因見人眾，恐秦鐘受了委曲，遂同他往鳳姐處坐坐，鳳姐正吃飯，見他們來了，笑道：「好長腿子，快上來罷。」寶玉道：「我們偏了。」鳳姐道：「在這邊外頭吃的，還是那邊吃的？」寶玉道：「同那些渾人吃什麼！原是那邊，我還同老太太吃了來的。」說著，一面歸坐。

鳳姐飯畢，就有寧府一個媳婦來領牌，為支取香燈，鳳姐笑道：「我算著你今兒該來支取，想是忘了。要終久忘了，自然是你包出來，都便宜了我。」那媳婦笑道：「何嘗不是忘了，方纔想起來，再遲一步，也領不成了。」說畢，領牌而去。

一時登記交牌。秦鐘因笑道：「你們兩府裏都是這牌，倘別人私造一個，支了銀子去，怎樣？」鳳姐笑道：「依你說，都沒王法了。」寶玉因道：「怎麼咱們家沒人來領牌子支東西？」鳳姐道：「他們來領的時候，你還做夢呢。我且問你，你們多早晚纔念夜書呢？」寶玉道：「巴不得今日就念纔好，只是他們不快給收拾出書房，也是沒法。」鳳姐笑道：「你請我一請，包管就快了。」寶玉道：「你也不中用，他們該做到那裏的時候，自然有了。」鳳姐道：「就是他們做也得要東西，擱不住我不給對牌，是難的。」寶玉聽說，便猴向鳳姐身上立刻要牌，說：「好姐姐，給他們牌，好支東西去收拾。」鳳姐道：「我乏得身上生疼，還擱得住你這揉搓？你放心罷，今兒纔領了裱糊紙去了，他們該要的還等叫去呢，可不傻了？」寶玉不信，鳳姐便叫彩明查冊子與寶玉看了。

正鬧著，人來回：「蘇州去的昭兒來了。」鳳姐急命喚進來。昭兒打千兒請安。鳳姐便問：「回來做什麼的？」昭兒道：「二爺打發回來的。林姑老爺是九月初三巳時沒的。二爺帶了林姑娘同送林姑爺的靈到蘇州，大約趕年底就回來。二爺打發小的來報個信請安，討老太太示下。還瞧瞧奶奶家裏好，叫把大毛衣服帶幾件去。」鳳姐道：「你見過別人了沒有？」昭兒道：「都見過了。」說畢，連忙退出。鳳姐向寶玉笑道：「你林妹妹可在咱們家住長了。」寶玉道：「了不得，想來這幾日他不知哭得怎樣呢。」說著蹙眉長歎。

鳳姐見昭兒回來，因當著人不及細問賈璉，心中自是記掛，待要回去，奈事未了畢，少不得耐到晚上回來，復令昭兒進來，細問一路平安信息。連夜打點大毛衣服，和平兒親自檢點包裹，再細細追想所需何物，一併包裹交付昭兒。又細細吩咐昭兒：「在外好生小心伏侍，不要惹你二爺生氣。時時勸他少吃酒，別勾引他認得混賬女人，——回來打折你的腿！」趕亂完了，天已四更，睡下，不覺早又天明，忙梳洗過寧府來。

那賈珍因見發引日近，親自坐車帶了陰陽司吏，往鐵檻寺來踏看寄靈所在；又一一囑咐住持色空好生預備新鮮陳設，多請名僧，以備接靈使用。色空忙備晚齋，賈珍也無心茶飯，因天晚不及進城，竟在淨室胡亂歇了一夜。次日早，便進城來料理出殯之事；一面又派人先往鐵檻寺，連夜另外修飾停靈之處，並廚茶等項，接靈人口。

鳳姐見發引日期在限，也預先逐細分派料理，一面又派榮府中車轎人從跟王夫人送殯，又顧自己送殯去佔下處。目今正值繕國公誥命亡故，邢王二夫人又去弔祭送殯；西安郡王妃華誕，送壽禮；鎮國公誥命生了長男，預備賀禮；又有胞兄王仁連家眷回南，一面寫家信稟叩父母並帶往之物；又有迎春染疾，每日請醫服藥，看醫生啟帖、症源、藥案……各事冗雜，亦難盡述。又兼發引在邇，因此忙得鳳姐茶飯無心，坐臥不寧。剛到了寧府，榮府的人跟著；既回到榮府，寧府的人又跟著。鳳姐雖然如此之忙，只因素性好勝，惟恐落人褒貶，故費盡精神，籌劃得十分整齊，於是合族中上下無不稱歎。

這日伴宿之夕，裏面兩班小戲並耍百戲的，與親朋等伴宿。尤氏猶臥於內室，一切張羅款待，獨是鳳姐一人周全承應，合族中雖有許多妯娌，也有羞口羞腳的，也有不慣見人的，也有懼貴怯官的，種種之類，俱不及鳳姐舉止大雅，言語典則，因此也不把眾人放在眼裏，揮霍指示，任其所為，旁若無人。一夜中燈明火彩，客送官迎，百般熱鬧，自不用說。至天明吉時，一般六十四名青衣請靈。前面銘旌上大書：「誥封一等寧國公冢孫婦防護內廷紫禁道御前侍衛龍禁尉享強壽賈門秦氏宜人之靈柩。」一應執事陳設，皆係現趕新做出來的，一色光彩奪目。寶珠自行未嫁女之禮，摔喪駕靈，十分哀苦。

那時官客送殯的，有鎮國公牛清之孫現襲一等伯牛繼宗，理國公柳彪之孫現襲一等子柳芳，齊國公陳翼之孫世襲三品威鎮將軍陳瑞文，治國公馬魁之孫世襲三品威遠將軍馬尚，修國公侯曉明之孫世襲一等子侯孝康；繕國公誥命亡故，其孫石光珠守孝不得來。這六家與榮寧二家，當日所稱「八公」的便是。餘者更有南安郡王之孫，西寧郡王之孫，忠靖侯史鼎，平原侯之孫世襲二等男蔣子寧，定城侯之孫世襲二等男兼京營遊擊謝鯤，襄陽侯之孫世襲二等男戚建輝，景田侯之孫五城兵馬司裘良。餘者錦鄉伯公子韓奇、神武將軍公子馮紫英，陳也俊、衛若蘭等，諸王孫公子，不可枚數。堂客也共有十來頂大轎，三四十頂小轎，連家下大小轎車輛，不下百十餘乘。連前面各色執事陳設百耍，浩浩蕩蕩，一帶擺三四里遠。

走不多時，路上彩棚高搭，設席張筵，和音奏樂，俱是各家路祭：第一棚是東平王府的祭，第二棚是南安郡王的祭，第三棚是西寧郡王的祭，第四棚便是北靜郡王的祭。原來這四王，當日惟北靜王功最高，及今子孫猶襲王爵。現今北靜王世榮年未弱冠，生得美秀異常，情性謙和。近聞寧國府冢孫婦告殂，因想當日彼此祖父有相與之情，同難同榮，未以異姓相視，因此不以王位自居，上日也曾探喪上祭，如今又設路奠，命麾下各官在此伺候。自己五更入朝，公事一畢，便換了素服，坐大轎，鳴鑼張傘而來，至棚前落轎，手下各官兩旁擁侍，軍民人眾不得往還。

一時只見寧府大殯浩浩蕩蕩、壓地銀山一般從北而至。早有寧府開路傳事人等報與賈珍，賈珍急命前面住紮，同賈赦賈政三人連忙迎來，以國禮相見。世榮在轎內欠身，含笑答禮，仍以世交稱呼接待，並不自大。賈珍道：「犬婦之喪，累蒙郡駕下臨，蔭生輩何以克當。」世榮笑道：「世交至誼，何出此言？」遂回頭令長府官主祭代奠。賈赦等一旁還禮，復親身來謝恩。世榮十分謙遜，因問賈政道：「那一位是啣玉而誕者？久欲得一見為快，今日一定在此，何不請來。」賈政忙退下，命寶玉更衣，領他前來謁見。那寶玉素聞得世榮是個賢王，且才貌俱全，風流跌宕，不為官俗國體所縛，每思相會，只是父親拘束，不克如願，今見反來叫他，自是喜歡。一面走，一面瞥見那世榮坐在轎內，好個儀表。不知近前又是怎樣，且聽下回分解。

卷十五　王鳳姐弄權鐵檻寺　秦鯨卿得趣饅頭庵

話説寶玉舉目見北靜王世榮頭上戴著淨白簪纓銀翅王帽，穿著江牙海水五爪龍白蟒袍，繫著碧玉紅鞓帶；面如美玉，目似明星，真好秀麗人物。寶玉忙搶上來參見，世榮忙從轎內伸手攙住。見寶玉戴著束髮銀冠，勒著雙龍出海抹額，穿著白蟒箭袖，圍著攢珠銀帶；面若春花，目如點漆。世榮笑道：「名不虛傳，果然如『寶』似『玉』。」問：「啣的那寶貝在那裏？」寶玉見問，連忙從衣內取出，遞與世榮。世榮細細看了，又念了那上頭的字，因問：「果靈驗否？」賈政忙道：「雖如此説，只是未曾試過。」世榮一面極口稱奇，一面理順彩絛，親自與寶玉帶上，又攜手問寶玉幾歲，現讀何書。寶玉一一答應。

世榮見他語言清朗，談吐有致，一面又向賈政笑道：「令郎真乃龍駒鳳雛，非小王在世翁前唐突，將來『雛鳳清於老鳳聲』，未可量也。」賈政陪笑道：「犬子豈敢謬承金獎，賴藩郡餘禎，果如所言，亦蔭生輩之幸矣。」世榮又道：「只是一件，令郎如此資質，想老太夫人自然鍾愛；但吾輩後生，甚不宜溺愛，溺愛則未免荒失了學業。昔小王曾蹈此轍，想令郎亦未必不如是也。若令郎在家難以用功，不妨常到寒第，小王雖不才，卻多蒙海內眾名士凡至都者，未有不垂青目，是以寒第高人頗聚，令郎常去談談會會，則學問可以日進矣。」賈政忙躬身答道：「是。」

世榮又將腕上一串念珠卸下來，遞與寶玉，道：「今日初會，倉卒無敬賀之物，此係聖上所賜蓼苓香念珠一串，權為賀敬之禮。」寶玉連忙接了，回身奉與賈政。賈政與寶玉一齊謝過了。於是賈赦、賈珍等一齊上來請回輿，世榮道：「逝者已登仙界，非碌碌你我塵寰中人也。小王雖上叨天恩，虛邀郡襲，豈可越仙輀而進也？」賈赦等見執意不從，只得告辭謝恩回來，命手下人掩樂停音，將殯過完，方讓北靜王過去。不在話下。

且說寧府送殯，一路熱鬧非常。剛至城門，又有賈赦、賈政、賈珍諸同寅屬下各家祭棚接祭，一一的謝過，然後出城，竟奔鐵檻寺大路而來。彼時賈珍帶著賈蓉來到諸長輩前讓坐轎上馬，因而賈赦一輩的各自上了車轎，賈珍一輩的也將要上馬；鳳姐因記掛著寶玉，怕他在郊外縱性不服家人的話，賈政管不著，惟恐有閃失，因此命小廝來喚他。寶玉只得到他車前。鳳姐笑道：「好兄弟，你是個尊貴人，同女孩兒一般人品，別學他們猴在馬上。下來，咱們姐兒兩個同車，豈不好麼？」寶玉聽說，便下了馬，爬上鳳姐車內，二人說笑前進。

不一時，只見那邊兩騎馬直奔鳳姐車，下馬扶車回道：「這裏有下處，奶奶請歇歇更衣。」鳳姐命請邢王二夫人示下，那二人回說：「太太們說不歇了，叫奶奶自便。」鳳姐便命歇歇再走。小廝帶著轎馬岔出人群，往北而來。寶玉在車內急命請秦相公。那時秦鐘正騎著馬隨他父親的轎，忽見寶玉的小廝跑來請他去打尖，秦鐘遠看這寶玉所騎的馬，搭著鞍籠，隨著鳳姐的車往北而去，便知寶玉同鳳姐一車，自己也帶馬趕上來，同入一莊門內。

那莊農人家，無多房舍，婦女無處迴避；那些村姑莊婦見了鳳姐、寶玉、秦鐘的人品衣服，幾疑天人下降。鳳姐進入茅屋，先命寶玉等出去玩玩。寶玉會意，因同秦鐘帶了小廝們各處遊玩。凡莊家動用之物，俱不曾見過的，寶玉見了，都以為奇，不知何名何用。小廝中有知道的，一一告訴了名目並其用處。寶玉聽了，因點頭道：「怪道古人詩上說：『誰知盤中餐，粒粒皆辛苦。』正為此也。」一面說，一面又到一間房內，見炕上有個紡車，越發以為稀奇。小廝們又告以：「紡綫織布之用。」寶玉便上炕搖轉作耍，只見一個村妝丫頭，約有十七八歲，走來說道：「別弄壞了！」眾小廝忙喝住了，寶玉也住了手，說道：「我因不曾見過，所以試一試玩兒。」那丫頭道：「你們不會，我轉給你瞧。」秦鐘暗拉寶玉道：「此卿大有意趣。」寶玉推他道：「再胡說，我就打了。」說著，只見那丫頭紡起綫來，果然好看。忽聽那邊老婆子叫道：「二丫頭，快過來！」那丫頭丟了紡車，一徑去了。

寶玉悵然無趣。只見鳳姐打發人來叫他兩個進去。鳳姐洗了手，換了衣服，問他換不換，寶玉道：「不換。」也就罷了。僕婦們端上茶食果品來，又倒上香茶來，鳳姐等吃過茶，待他們收拾完備，便起身上車。外面旺兒預備賞封，賞了那莊戶人家，那莊婦人等來謝賞。寶玉留心看時，並不見紡綫之女。走不多遠，卻見這二丫頭懷裏抱了個小孩子，想是他的兄弟，同著幾個小女孩子說笑而來。寶玉情不自禁，然身在車上，只得以目相送。一時電捲風馳，回頭已無蹤跡了。

說笑間，忽已趕上大殯。早以前面法鼓金鐃，幢幡寶蓋，鐵檻寺中僧眾已列路旁。少時到了寺中，另演佛事，重設香壇，安靈於內殿偏室之中，寶珠安理寢室為伴。外面賈珍款待一應親友，也有擾飯的，也有就告辭的，一一謝過乏，從公、侯、伯、子、男，一起一起的，散至未末方散盡了。裏面的堂客皆是鳳姐陪伴接待，先從誥命散起，也到晌午方散完了。只有幾個近親本族，等做過三日道場方去呢。那時邢王二夫人知鳳姐必不能回家，便要進城。王夫人要帶了寶玉同去，寶玉乍到郊外，那裏肯回去？只要跟鳳姐住著，王夫人只得交與鳳姐而去。

原來這鐵檻寺是寧榮二公當日修造的，現今還有香火地畝，以備京中老了人口，在此停靈。其中陰陽兩宅俱是預備妥帖的，好為送靈人口寄居。不想如今後人繁盛，其中貧富不一，或情性參商：有那家業艱難安分的，便住在這裏了；有那有錢有勢尚排場的，只說這裏不方便，一定另外或村莊，或尼庵，尋個下處，為事畢宴退之所。即今秦氏之喪，族中諸人，皆權在鐵檻寺下榻。獨鳳姐嫌不方便，因遣人來和饅頭庵的姑子淨虛說了，騰出兩間房來做下處。原來這饅頭庵就是水月寺，因他廟裏做的饅頭好，就起了這個渾號，離鐵檻寺不遠。

當下和尚工課已完，奠過晚茶，賈珍便命賈蓉請鳳姐歇息。鳳姐見還有幾個妯娌陪著女親，自己便辭了眾人，帶了寶玉秦鐘往水月庵來。原來秦業年邁多病，不能在此，只命秦鐘等待安靈罷，那秦鐘只跟著鳳姐寶玉。一時到了水月庵，淨虛帶領智善智能兩個徒弟出來迎接，大家見過。鳳姐等至淨室更衣淨手畢，因見智能兒越發長高了，模樣越發出息了，因說道：「你們師徒怎麼這些日子也不往我們那裏去？」淨虛道：「可是這幾日都沒有工夫，因胡老爺府裏產了公子，太太送了十兩銀子來這裏，叫請幾位師父念三日『血盆經』，忙得沒個空兒，就沒有來請奶奶的安。」

不言老尼陪著鳳姐，且說秦鐘寶玉二人正在殿上玩耍，因見智能過來，寶玉笑道：「能兒來了。」秦鐘說：「理那東西做什麼？」寶玉笑道：「你別弄鬼！那一日在老太太房裏，一個人沒有，你摟著他做什麼？這會子還哄我。」秦鐘笑道：「這可是沒有的話。」寶玉道：「有沒有也不管你，你只叫住他倒碗茶來我吃，就丟開手。」秦鐘笑道：「這又奇了！你叫他倒去，還怕他不倒？何必要我說呢。」寶玉道：「我叫他倒的是無情意的，不及你叫他倒的是有情意的。」秦鐘只得說道：「能兒倒碗茶來。」那能兒自幼在榮府走動，無人不識，常和寶玉秦鐘玩笑，如今長大了，漸知風月，便看上了秦鐘人物風流，那秦鐘也愛他妍媚，二人雖未上手，卻已情投意合了。智能走去倒了茶來。秦鐘笑說：「給我。」寶玉又叫：「給我！」智能兒抿嘴笑道：「一碗茶也爭，難道我手上有蜜！」寶玉先搶得了，喝著，方要問話，只見智善來叫智能去擺果碟子，一時來請他兩個去吃果茶。他兩個那裏吃這些東西？略坐一坐仍出來玩耍。

鳳姐也略坐片時，便回至淨室歇息，老尼相送。此時眾婆娘媳婦見無事，都陸續散了，自去歇息，跟前不過幾個心腹小婢，老尼便趁機說道：「我有一事，要到府裏求太太，先請奶奶一個示下。」鳳姐問：「何事？」老尼道：「阿彌陀佛！只因當日我先在長安縣善才庵內出家的時節，那時有個施主姓張，是大財主。他有個女兒小名金哥，那年都往我廟裏來進香，不想遇見了長安府太爺的小舅子李衙內。那李衙內一心看上，要娶金哥，打發人來求親，不想金哥已受了原任長安守備的公子的聘定。張家若退親，又怕守備不依，因此說已有了人家。誰知李公子執意要娶他女兒，張家正無計策，兩處為難。不料守備家一知此信，也不問青紅皂白，便來作踐辱罵，說：『一個女兒許幾家人家？』偏不許退定禮，就打官司告狀起來。那家急了，只得著人上京來尋門路，賭氣偏要退定禮。我想如今長安節度雲老爺，與府上相契，可以求太太與老爺說聲，發一封書，求雲老爺和那守備說一聲，不怕他不依。若是肯行，張家連傾家孝順也都情願。」

鳳姐聽了笑道：「這事倒不大，只是太太再不管這樣的事。」老尼道：「太太不管，奶奶可以主張了。」鳳姐笑道：「我也不等銀子使，也不做這樣的事。」淨虛聽了，打去妄想，半晌歎道：「雖如此說，只是張家已知我來求府裏。如今不管這事，張家不知道沒工夫管這事，不希罕他的謝禮，倒像府裏連這點子手段也沒有的一般。」

鳳姐聽了這話，便發了興頭，說道：「你是素日知道我的，從來不信什麼陰司地獄報應的，憑是什麼事，我說要行就行。你叫他拿三千兩銀子來，我就替他出這口氣。」老尼聽說，喜之不勝，忙說：「有，有！這個不難。」鳳姐又道：「我比不得他們扯篷拉縴的圖銀子。這三千兩銀子，不過是給打發去說的小廝們作盤纏，使他賺幾個辛苦錢，我一個錢也不要。便是三萬兩我此刻還拿的出來。」老尼忙答應道：「既如此，奶奶明日就開恩也罷了。」鳳姐道：「你瞧瞧我忙的，那一處少了我？我既應了你，自然快快的了結。」老尼道：「這點子事，在別人跟前，就忙得不知怎麼樣；若是奶奶跟前，再添上些，也不夠奶奶一發揮的。只是俗語說的：『能者多勞。』太太見奶奶大小事都妥帖，越發都推給奶奶了，奶奶也要保重貴體才是。」一路奉承的話，鳳姐越發受用，也不顧勞乏，更攀談起來。

誰想秦鐘趁黑晚無人，來尋智能，剛至後面房中，只見智能獨在那裏洗茶碗。秦鐘便摟著親嘴，智能急得跺腳說：「做什麼！」就要叫喚。秦鐘道：「好人，我已急死了！你今兒再不依我，我就死在這裏。」智能道：「你想怎麼樣？除非等我出這牢坑，離了這些人，纔好呢。」秦鐘道：「這也容易，只是遠水救不得近火。」說著一口吹了燈，滿屋漆黑，將智能抱到炕上，就雲雨起來。那智能百般的掙挫不起，又不好叫的，少不得依了。正在得趣，只見一人進來，將他二人按住，也不出聲，他二人唬得魂飛魄喪。倒是那人「嗤」的一聲笑了，方知是寶玉。秦鐘連忙起來抱怨道：「這算什麼？」寶玉道：「你倒不依？咱們就叫喊起來。」羞得智能趁暗中跑了。寶玉拉著秦鐘出來道：「你可還和我強？」秦鐘笑道：「好人，你只別嚷得眾人知道，你要怎樣我都依你。」寶玉笑道：「這會子也不用說，等一會睡下再細細的算賬。」一時寬衣安歇的時節，鳳姐在裏間，寶玉秦鐘在外間，滿地下皆是家下婆子打鋪坐更。鳳姐因怕「通靈玉」失落，便等寶玉睡下，令人拿來塞在自己枕邊。寶玉不知與秦鐘算何帳目，未見真切，此係疑案，不敢創纂。一宿無語。

至次日一早，便有賈母王夫人打發了人來看寶玉，又命多穿兩件衣服，無事寧可回去。寶玉那裏肯回去？又有秦鐘戀著智能，調唆寶玉求鳳姐再住一天。鳳姐想了一想：喪儀大事雖妥，還有些小事未安排，可以借此再住一日，豈不又在賈珍跟前送了滿情，二則又可以完了淨虛的那件事，三則順了寶玉的心。因有此三益，便向寶玉道：「我的事都完了。你要在這裏逛，少不得越發辛苦了，明兒是一定要走的了。」寶玉聽說，千「姐姐」萬「姐姐」的央求：「只住一日，明兒必回去的。」於是又住了一夜。

鳳姐便命悄悄將昨日老尼之事說與來旺兒，旺兒心中俱已明白，急忙進城，找著主文的相公，假託賈璉所囑，修書一封，連夜往長安縣來。不過百里之遙，兩日工夫，俱已妥協。那節度使名喚雲光，久懸賈府之情，這些小事，豈有不允之理，給了回書，旺兒回來，不在話下。

且說鳳姐等又過了一日，次日方別了老尼，著他三日後往府裏去討信。那秦鐘與智能，百般不忍分離，背地裏多少幽期密約，俱不用細述，只得含恨而別。鳳姐又到鐵檻寺中照望一番。寶珠執意不肯回家，賈珍只得派婦女相伴。且聽下回分解。

且說秦鐘寶玉二人跟著鳳姐自鐵檻寺照應一番，坐車進城，到家見過賈母王夫人等，回到自己房中，一夜無話。至次日，寶玉見收拾了外書房，約定了與秦鐘讀夜書。偏生那秦鐘秉賦最弱，因在郊外受了些風霜，又與智能兒偷期繾綣，未免失於調養，回來時便咳嗽傷風，懶怠進飲食，大有不勝之態，只在家中調養，不能上學，寶玉便掃了興，然亦無法，只得候他病痊再議了。

那鳳姐卻已得了雲光的回信，俱已妥協，老尼達知張家，果然那守備忍氣吞聲，受了前聘之物。誰知愛勢貪財之父母，卻養了一個知義多情的女兒，聞得退了前夫，另許李門，他便一條汗巾悄悄的尋了個自盡。那守備之子聞知金哥自縊，他也是個情種，遂投河而死。可憐張李二家沒趣，真是「人財兩空」。這裏鳳姐卻安享了三千兩，王夫人連一點消息也不知道。自此鳳姐膽識愈壯，以後所作所為，諸如此類，不可勝數。

一日正是賈政的生辰，寧榮二處人丁都齊集慶賀，熱鬧非常，忽有門吏報道：「有六宮都太監夏老爺特來降旨。」唬得賈赦賈政一干人不知何事，忙止了戲文，撤去酒席，擺香案，啟中門跪接。早見都太監夏秉忠乘馬而至，又有許多跟從的內監。那夏太監也不曾負詔捧敕，直至正廳下馬，滿面笑容，走至廳上，南面而立，口內說：「奉特旨：立刻宣賈政入朝，在臨敬殿陛見。」說畢，也不吃茶，便乘馬去了。

賈政等也猜不出是何兆頭，只得即忙更衣入朝。賈母等合家人心俱惶惶不定，不住的使人飛馬來往報信。有兩個時辰，忽見賴大等三四個管家喘吁吁跑進儀門報喜，又說「奉老爺命，速請老太太率領太太等進宮謝恩」等語。

那時賈母心神不定，在大堂廊下佇候，邢王二夫人、尤氏、李紈、鳳姐、迎春姊妹以及薛姨媽等，皆聚在一處打聽信息。賈母又喚進賴大來細問端的，賴大稟道：「小的們只在臨莊門外伺候，裏頭的信息一概不知。後來夏太監出來道喜，說咱們家的大小姐晉封為鳳藻宮尚書，加封賢德妃。後來老爺出來亦如此吩咐小的。如今老爺又往東宮去了，速請老太太們去謝恩。」賈母等聽了方心安，一時皆喜見於面，於是都按品大妝起來。賈母率領邢王二夫人並尤氏，一共四乘大轎，魚貫入朝。賈赦賈珍亦換了朝服，帶領賈薔賈蓉，奉侍賈母前往。

於是寧榮兩處上下內外人等，莫不欣喜，獨有寶玉置若罔聞。你道什麼緣故？原來近日水月庵的智能私逃入城來找秦鐘，不意被秦業知覺，將智能逐去，將秦鐘打了一頓，自己氣得老病發了，三五日光景，嗚呼哀哉了。秦鐘本自怯弱，又帶病未痊，受了笞杖，今見老父氣死，此時悔痛無及，又添了許多病症。因此，寶玉心中悵悵不樂。雖有元春晉封之事，那解得他愁悶？賈母等如何謝恩，如何回家，親友如何來慶賀，寧榮兩府近日如何熱鬧，眾人如何得意，獨他一個皆視有如無，毫不介意。因此眾人嘲他越發呆了。

且喜賈璉與黛玉回來，先遣人來報信，明日就可到家了，寶玉聽了，方略有些喜意。細問原由，方知賈雨村亦進京陛見，皆由王子騰累上薦本，此來候補京缺，與賈璉是同宗弟兄，又與黛玉有師徒之誼，故同路作伴而來。林如海已葬入祖塋了，諸事停妥。賈璉此番進京，若按站而走，本該出月到家，因聞元春喜信，遂晝夜兼程而進，一路俱各平安。寶玉只問了黛玉「平安」二字，餘者也就不在意了。

好容易盼到明日午錯，果報：「璉二爺和林姑娘進府了。」見面時彼此悲喜交集，未免大哭一場，又致慰慶之詞。寶玉心中忖度黛玉，越發出落的超逸了。黛玉又帶了許多書籍來，忙著打掃臥室，安排器具，又將些紙筆等物分送與寶釵、迎春、寶玉等。寶玉又將北靜王所贈蕶苓香串珍重取出來，轉送黛玉。黛玉說：「什麼臭男人拿過的，我不要這東西！」遂擲而不取。寶玉只得收回，暫且無話。

且說賈璉自回家見過眾人，回至房中，正值鳳姐事繁，無片刻閒空，見賈璉遠路歸來，少不得撥冗接待。房內無外人，便笑道：「國舅老爺大喜！國舅老爺一路的風塵辛苦！小的聽見昨日的頭起報馬來報說，今日大駕歸府，略預備了一杯水酒撣塵，不知可賜光謬領否？」賈璉笑道：「豈敢，豈敢！多承，多承。」一面平兒與眾丫鬟參見畢，獻茶。

賈璉遂問別後家中諸事，又謝鳳姐的操持辛苦。鳳姐道：「我那裏管得這些事來！見識又淺，口角又笨，心腸又直率，『人家給個棒槌，我就認作針』。臉又軟，擱不住人家給兩句好話，心裏就慈悲了。況且又沒經過大事，膽子又小，太太略有些不自在，就連覺也睡不著了。我苦辭過幾回，太太又不許，倒說我圖受用，不肯學習。殊不知我是捻著一把汗呢。一句也不敢多說，一步也不敢妄行。你是知道的，咱們家所有的這些管家奶奶，那一個是好纏的？錯一點兒他們就笑話打趣，偏一點兒他們就『指桑說槐』的抱怨；『坐山看虎鬥』，『借刀殺人』，『引風吹火』，『站乾岸兒』，

『推倒油瓶不扶』，都是全掛子的武藝。況且我年紀輕，不壓人，怨不得不放我在眼裏。更可笑那府裏蓉兒媳婦死了，珍大哥再三在太太跟前跪著討情，只要請我幫他幾日；我是再四推辭，太太做情允了，只得從命，依舊被我鬧了個馬仰人翻，更不成個體統，至今珍大哥還抱怨後悔呢。你明兒見了他，好歹描補描補，就說我年紀小，原沒見過世面，誰叫大爺錯委了他。」

說著，只聽外間有人說話，鳳姐便問：「是誰？」平兒進來回道：「姨太太打發了香菱妹子來問我一句話，我已經說了，打發他回去了。」賈璉笑道：「正是呢，我方纔見姨媽去，和一個年輕的小媳婦子撞了個對面，生得好齊整模樣。我疑惑咱家並無此人，說話時問姨媽，方知道是上京買來的小丫頭，名叫什麼『香菱』的，竟與薛大傻子做了房裏的人，開了臉，越發出挑得標致了。那薛大傻子真玷辱了他。」鳳姐道：「哎！往蘇杭走了一趟回來，也該見些世面了，還是這樣眼饞肚飽的。你要愛他，不值什麼，我拿平兒去換了他來如何？那薛老大也是『吃著碗裏瞧著鍋裏』的，這一年來的光景，他為香菱兒不能到手，和姨媽打了多少饑荒。那姨媽看著香菱模樣兒好還是小事，其為人行事，更又比別的女孩子不同，溫柔安靜，差不多的主子姑娘還跟不上他，故此擺酒請客的費事，明堂正道與他做了妾。過了沒半月，也看的沒事人一大堆了。我倒心裏可惜他。」一語未了，二門上小廝傳報：「老爺在大書房等二爺呢。」賈璉聽了，忙忙整衣出去。

這裏鳳姐乃問平兒：「方纔姨媽有什麼事，巴巴兒的打發香菱來？」平兒道：「那裏來的香菱，是我借他暫撒個謊兒。奶奶你說，旺兒嫂子越發連個成算也沒了。」說著，又走至鳳姐身邊，悄悄說道：「奶奶的那利銀遲不送來，早不送來，這會子二爺在家，他偏送這個來了。幸虧我在堂屋裏撞見，不然他走了來回奶奶，二爺少不得要知道，我們二爺那脾氣，油鍋裏的還要撈出來花呢，知道奶奶有了體己，他還不大著膽子花麼？所以我趕著接過來，教我說了他兩句，誰知奶奶偏聽見了。我故此當著二爺面前只說香菱兒來了。」鳳姐聽了笑道：「我說呢，姨媽知道你二爺來了，忽剌巴的反打發個房裏人來了，原來你這蹄子鬧鬼！」

說著賈璉已進來了，鳳姐命擺上酒饌來，夫妻對坐。鳳姐雖善飲，卻不敢任興，只陪侍著。見賈璉的乳母趙嬤嬤走來。賈璉鳳姐忙讓吃酒，令其上炕去。趙嬤嬤執意不肯。平兒等早於炕沿設下一几，又有小腳踏，趙嬤嬤在腳踏上坐了，賈璉向桌上揀兩盤餘饌與他，放在几上自吃。鳳姐又道：「媽媽很嚼不動那個，沒的倒硌了他的牙。」因問平兒道：「早起我說那一碗火腿燉肘子很爛，正好給媽媽吃，你怎麼不拿了去趕著叫他們熱來？」又道：「媽媽，你嘗一嘗你兒子帶來的惠泉酒。」趙嬤嬤道：「我喝呢，奶奶也喝一鍾。怕什麼？只不要過多了就是了。我這會子跑了來，倒也不為酒飯，倒有一件正經事，奶奶好歹記在心裏，疼顧我些罷！我們這爺，只是嘴裏說的好，到了跟前就忘了我們。幸虧我從小兒奶了你這麼大。我也老了，有的是那兩個兒子，你就另眼照看他們些，別人也不敢呲牙兒的。我還再三的求了你幾遍，你答應的倒好，如今還是燥屎。這如今又從天上跑出這樣一件大喜事來，那裏用不著人？所以倒是來和奶奶說是正經。靠著我們爺，只怕我還餓死了呢。」鳳姐笑道：「媽媽，你的兩個奶哥哥都交給我。你從小兒奶的兒子還有什麼不知他那脾氣的？拿著皮肉倒往那不相干的外人身上貼。可見現放著奶哥哥那一個不比人強？你疼顧照看他們，誰敢說個『不』字兒？沒的白便宜了外人。我這話也說錯了，我們看著是『外人』，你卻看著是『內人』一樣呢。」說著，滿屋裏人都笑了。趙嬤嬤也笑個不住，又念佛道：「可是屋子裏跑出青天來了。要說『內人』『外人』這些混賬緣故，我們爺是沒有；不過是臉軟心慈，擱不住人求兩句罷了。」鳳姐笑道：「可不是呢，有『內人』的他纔慈軟呢，他在咱們娘兒們跟前纔是剛硬呢！」趙嬤嬤道：「奶奶說的太盡情了，我也樂了，再吃一杯好酒。從此我們奶奶做了主，我就沒的愁了。」

賈璉此時沒好意思，只是訕笑道：「你們別胡說了，快盛飯來吃，還要往珍大爺那邊去商議事呢。」鳳姐道：「可是，別誤了正事。剛纔老爺叫你說什麼？」賈璉道：「就為省親的事。」鳳姐忙問道：「省親的事竟准了？」賈璉笑道：「雖不十分准，也有八九分了。」鳳姐笑道：「可見當今的隆恩呢！歷來聽書看戲，古時從來未有的。」趙嬤嬤又接口道：「可是呢，我也老糊塗了。我聽見上上下下吵嚷了這些日子，什麼省親不省親，我也不理論他去；如今又說省親，到底是怎麼個緣故？」賈璉道：「如今當今體貼萬人之心，世上至大莫如『孝』字，想來父母兒女之性，皆是一理，不在貴賤上分的。當今自為日夜侍奉太上皇、皇太后，尚不能略盡孝意，因見宮裏嬪妃才人等皆是入宮多年，拋離父母，豈有不思想之理？且父母在家，思想女兒，不能一見，倘因此成疾，亦大傷天和之事，故啟奏上皇、太后，每月逢二六日期，准其椒房眷屬入宮請候省視。於是太上皇、皇太后大喜，深讚當今至孝純仁，體天格物。因此二位老聖人又下旨諭說：椒房眷屬入宮，未免有關國體儀制，母女尚未能愜懷。竟大開方便之恩，特降諭諸椒房貴戚，除二六日入宮之恩外，凡有重宇別院之家，可以駐蹕關防者，不妨啟請內廷鑾輿入其私第，庶可盡骨肉私情，共享天倫之樂事。此旨下了，誰不踴躍感戴？現今周貴妃的父親已在家裏動了工，修蓋省親的別院呢。又有吳貴妃的父親吳天祐家，也往城外踏看地方去了。這豈非有八九分了？」

趙嬤嬤道：「阿彌陀佛！原來如此。這樣說起，咱們家也要預備接大小姐了？」賈璉道：「這何用說？不然這會子忙的是什麼？」鳳姐笑道：「果然如此，我可也見個大世面了。可恨我小幾歲年紀，若早生二三十年，如今這些老人家也不薄我沒見世面了。說起當年太祖皇帝倣舜巡的故事，比一部書還熱鬧，我偏沒造化趕上。」趙嬤嬤道：「嗳喲！那可是千載希逢的！那時候我纔記事兒，咱們賈府正在姑蘇揚州一帶監造海船，修理海塘，只預備接駕一次，把銀子花的像淌海水似的！說起來……」鳳姐忙接道：「我們王府裏也預備過一次。那時我爺爺專管各國進貢朝賀的事，凡有外國人來，都是我們家養活。粵、閩、滇、浙所有的洋船貨物都是我們家的。」

趙嬤嬤道：「那是誰不知道的？如今還有個口號兒呢，說：『東海少了白玉牀，龍王來請江南王。』這說的就是奶奶府上了。如今還有現在江南的甄家，嗳喲喲！好勢派！獨他家接駕四次，若不是我們親眼看見，告訴誰也不信的。別講銀子成了土泥，憑是世上有的，沒有不是堆山積海的。『罪過可惜』四個字竟顧不得了。」鳳姐道：「我常聽見我們太爺說，也是這樣的。豈有不信的？只納罕他家怎麼就這樣富貴呢？」趙嬤嬤道：「告訴奶奶一句話，也不過拿著皇帝家的銀子往皇帝身上使罷了！誰家有那些錢買這個虛熱鬧去？」

正說著，王夫人又打發人來瞧鳳姐吃完了飯不曾。鳳姐便知有事等他，忙忙的吃了飯，漱口要走，又有二門上小廝們回：「東府裏蓉薔二位哥兒來了。」賈璉纔漱了口，平兒捧著盆盥手，見他二人來了，便問：「說什麼話？」鳳姐因亦止步，只聽賈蓉先回說：「我父親打發我來回叔叔：老爺們已經議定了，從東邊一帶，接著東府裏花園起，至西北，丈量了，一共三里半大，可以蓋造省親別院了。已經傳人畫圖樣去，明日就得。叔叔纔回家，未免勞乏，不用過我們那邊去，有話明日一早再請過去面議。」賈璉笑說：「多謝大爺費心，體諒我，就從命不過去了。正經是這個主意，纔省事，蓋造也容易；若採置別的地方去，那更費事，且倒不成體統。你回去說，這樣很好，若老爺們再要改時，全仗大爺諫阻，萬不可另尋地方。明日一早，我給大爺請安去，再議細話。」賈蓉忙應幾個「是」。

賈薔又近前回說：「下姑蘇請聘教習，採買女孩子，置辦樂器行頭等事，大爺派了姪兒，帶領著來管家兩個兒子，還有單聘仁、卜固修兩個清客相公，一同前往，所以命我來見叔叔。」賈璉聽了，將賈薔打量了打量，笑道：「你能夠在行麼？這個事雖不甚大，裏頭卻有藏掖的。」賈薔笑道：「只好學著辦罷了。」

賈蓉在身旁燈影下悄拉鳳姐的衣襟，鳳姐會意，因笑道：「你也太操心了，難道大爺比咱們還不會用人？偏你又怕他不在行了。誰都是在行的？孩子們已長的這麼大了，『沒吃過豬肉，也看見過豬跑』。大爺派他去，原不過是個坐纛旗兒，難道認真的叫他去講價錢會經紀呢！依我說，很好。」賈璉道：「自然是這樣。並不是我要駁回，少不得替他籌算籌算。」因問：「這一項銀子動那一處的？」賈薔道：「剛纔也議到這裏。賴爺爺說，竟不用從京裏帶銀子去，江南甄家還收著我們五萬銀子。明兒寫一封書信會票我們帶去，先支三萬兩，剩二萬存著，等置辦彩燈花燭並各色簾櫳帳幔的使用。」賈璉點頭道：「這個主意好。」鳳姐忙向賈薔道：「既這樣，我有兩個在行妥當人，你就帶他們去辦，這個便宜了你呢。」賈薔忙陪笑道：「正要和嬸娘討兩個人呢，這可巧了。」因問名字。鳳姐便問趙嬤嬤。彼時趙嬤嬤已聽話聽呆了，平兒忙笑推他，纔醒悟過來，忙說：「一個叫趙天樑，一個叫趙天棟。」鳳姐道：「可別忘了，我幹我的去了。」說著便出去了。賈蓉忙跟出來，悄悄的向鳳姐道：「嬸娘要什麼東西，吩咐了開個賬兒給我兄弟帶去，按賬置辦了來。」鳳姐笑道：「別放你娘的屁！我的東西還沒處擱呢，希罕你們鬼鬼祟祟的。」說著，一徑去了。

這裏賈薔也是問賈璉：「要什麼東西？順便織來孝敬。」賈璉笑道：「你別興頭。纔學著辦事，到先學會了這把戲。短了什麼，少不得寫信來告訴你，且不要論到這裏。」說畢，打發他二人去了。接著回事的人不止三四起，賈璉乏了，便傳與二門上，一應不許傳報，俱待明日料理。鳳姐至三更時分方下來安歇。一宿無話。

次早賈璉起來，見過賈赦賈政，便往寧國府中來，合同老管事人等，並幾位世交門下清客相公，審察兩府地方，繕畫省親殿宇，一面參度辦理人丁。自此後，各行匠役齊全，金銀銅錫以及土木磚瓦之物，搬運移送不歇。先令匠役拆寧府會芳園牆垣樓閣，直接入榮府東大院中。榮府東邊所有下人一帶群房已盡拆去。當日寧榮二宅，雖有一條小巷界斷不通，然這小巷亦係私地，並非官道，故可以聯絡。會芳園本是從北牆角下引來一股活水，今亦無煩再引。其山樹木石雖不敷用，賈赦住的乃是榮府舊園，其中竹樹山石以及亭榭欄杆等物，皆可挪就前來。如此兩處又甚近，湊來一處，省許多財力，縱有不敷，所添有限。全虧一個胡老名公，號山子野，一一籌畫起造。

賈政不慣於俗務，只憑賈赦、賈珍、賈璉、賴大、來陞、林之孝、吳新登、詹光、程日興等幾人安插擺佈。堆山鑿池，起樓豎閣，種竹栽花，一應點景，又有山子野制度，下朝閒暇，不過各處看望看望，最要緊處和賈赦等商議商議便罷了。賈赦只在家高臥，有芥豆之事，賈珍等或自去回明，或寫略節，或有話說，便傳呼賈璉賴大等來領命。賈蓉單管打造金銀器皿。賈薔已起身往姑蘇去了。賈珍賴大等又點人丁，開冊籍，監工等事。一筆不能寫到，不過是喧闐熱鬧而已。暫且無話。

且說寶玉近因家中有這等大事，賈政不來問他的書，心中自是暢快；無奈秦鐘之病，日重一日，也著實懸心，不能快樂。這日一早起來，纔梳洗了，意欲回了賈母去望候秦鐘，忽見茗煙在二門照壁前探頭縮腦，寶玉忙出來問他：「做什麼？」茗煙道：「秦相公不中用了！」寶玉聽了，嚇了一跳，忙問道：「我昨兒纔瞧了他還明明白白，怎麼就不中用了？」茗煙道：「我也不知道，剛纔是他家的老頭子特來告訴我的。」寶玉聽了，忙轉身回明賈母，賈母吩咐派妥當人跟去，「到那裏盡一盡同窗之情就回來，不許多耽擱了。」

寶玉忙出來更衣。到外邊，車猶未備，急得滿廳亂轉，一時催促的車到，忙上了車，李貴茗煙等跟隨。來到秦家門首，悄無一人，遂蜂擁至內室，唬得秦鐘的兩個遠房嬸母並幾個弟兄都藏之不迭。

此時秦鐘已發過兩三次昏了，已易簀多時矣。寶玉一見，便不禁失聲。李貴忙勸道：「不可，不可，秦相公是弱症，未免炕上挺扛得骨頭不受用，所以暫且挪下來鬆散些。哥兒如此，豈不反添了他的病？」寶玉聽了，方忍住近前，見秦鐘面如白蠟，合目呼吸，轉展枕上。寶玉忙叫道：「鯨哥！寶玉來了。」連叫了兩三聲，秦鐘不睬。寶玉又叫道：「寶玉來了。」

那秦鐘早已魂魄離身，只剩得一口悠悠餘氣在胸，正見許多鬼判持牌提索來捉他。那秦鐘魂魄那裏肯就去？又記念著家中無人掌著家務，又記掛著智能尚無下落，因此百般求告鬼判。無奈這些鬼判都不肯徇私，反叱咤秦鐘道：「虧你還是讀過書的人，豈不知俗語說的：『閻王叫你三更死，誰敢留人到五更。』我們陰間上下都是鐵面無私的，不比陽間瞻情顧意，有許多關礙處。」

正鬧著，那秦鐘魂魄忽聽見「寶玉來了」四字，便忙又央求道：「列位神差略慈悲，讓我回去，和一個好朋友說一句話，就來了。」眾鬼道：「又是什麼好朋友？」秦鐘道：「不瞞列位，就是榮國公孫子，小名寶玉的。」都判官聽了，先就唬慌起來，忙喝罵鬼使道：「我說你們放了他回去走走罷，你們斷不依我的話，如今等的請出個運旺時盛的人纔罷。」眾鬼見都判如此，也皆忙了手腳，一面又抱怨道：「你老人家先是那等『雷霆火炮』，原來見不得『寶玉』二字。依我們愚見，他是陽，我們是陰，怕他亦無益於我們。」畢竟秦鐘死活如何，且聽下回分解。

卷十七　大觀園試才題對額　榮國府歸省慶元宵

話說秦鐘既死，寶玉痛哭不止，李貴等好容易勸解半日方住，歸時還帶餘哀。賈母幫了幾十兩銀子，外又另備奠儀，寶玉去弔喪。七日後便送殯掩埋了，別無記述。只有寶玉日日感悼，思念不已，然亦無可如何了。又不知過了幾時纔罷。

這日賈珍等來回賈政：「園內工程俱已告竣，大老爺已瞧過了，只等老爺瞧了，或有不妥之處，再行改造，好題匾額對聯的。」賈政聽了，沈思一會，說道：「這匾對倒是一件難事。論禮該請貴妃賜題纔是，然貴妃若不親覩其景，亦難懸擬；若直待貴妃遊幸時再請題，若大景致，若干亭榭，無字標題，任是花柳山水，也斷不能生色。」

眾清客在旁笑答道：「老世翁所見極是。如今我們有個主意：各處匾對斷不可少，亦斷不可定。如今且按其景致，或兩字、三字、四字，虛合其意擬了來，暫且做出燈匾聯懸了，待貴妃遊幸時，再請定名，豈不兩全？」賈政聽了道：「所見不差。我們今日且看看去，只管題了，若妥使用；若不妥，將雨村請來，令他再擬。」眾人笑道：「老爺今日一擬定佳，何必又待雨村。」賈政笑道：「你們不知，我自幼於花鳥山水題詠上就平平；如今上了年紀，且案牘勞煩，於這怡情悅性的文章上更生疏了。縱擬出來，不免迂腐古板，反使花柳園亭因而減色，轉沒意思。」眾清客道：「這也無妨。我們大家看了公擬，各舉所長，優則存之，劣則刪之，未為不可。」賈政道：「此論極是。且喜今日天氣和暖，大家去逛逛。」說著，起身引眾人前往。賈珍先去園中知會眾人。

可巧近日寶玉因思念秦鐘，憂傷不已，賈母常命人帶他到新園中來戲耍。此時亦纔進去，忽見賈珍來了，向他笑道：「你還不快出去，一會兒老爺來了。」寶玉聽了，帶著奶娘小廝們，一溜煙就出園來。方轉過彎，頂頭看見賈政引著眾人來了，躲之不及，只得一旁站了。賈政近因聞得塾師稱讚他專能對對，雖不喜讀書，偏有些歪才，所以此時便命他跟入園中，意欲試他一試。寶玉未知何意，只得隨往。

剛至園門，只見賈珍帶領許多執事旁邊侍立。賈政道：「你且把園門閉了，我們先瞧外面，再進去。」賈珍命人將門關上，賈政先秉正看門，只見正門五間，上面筒瓦泥鰍脊；那門欄窗槅，俱是細雕時新花樣，並無朱粉塗飾；一色水磨群牆，下面白石臺階，鑿成西番花樣。左右一望，皆雪白粉牆，下面虎皮石，隨意亂砌，自成紋理，不落富麗俗套，自是喜歡。遂命開門，只見一帶翠嶂擋在面前。眾清客都道：「好山，好山！」賈政道：「非此一山，一進來園中所有之景悉入目中，則有何趣？」眾人都道：「極是。非胸中大有丘壑，焉能想到這裏。」

說畢，往前一望，見白石崚嶒，或如鬼怪，或似猛獸，縱橫拱立；上面苔蘚斑駁，或藤蘿掩映，其中微露羊腸小徑。賈政道：「我們就從此小徑遊去，回來由那一邊出去，方可遍覽。」說畢，命賈珍前導，自己扶了寶玉，逶迤走進山口。擡頭忽見山上有鏡面白石一塊，正是迎面留題處。賈政回頭笑道：「諸公請看，此處題以何名方妙？」眾人聽說，也有說該題「疊翠」二字的，也有說該題「錦嶂」的，又有說「賽香爐」的，又有說「小終南」的，種種名色，不止十幾個。原來眾客心中，早知賈政要試寶玉的才，故此只將些俗套來敷衍。寶玉也知此意。

賈政聽了，便回頭命寶玉擬來。寶玉道：「嘗聽見古人云：『編新不如述舊，刻古終勝雕今。』況此處並非主山正景，原無可題之處，不過是探景一進步耳。莫如直書古人『曲徑通幽』這舊句在上，倒也大方。」眾人聽了，讚道：「是極，妙極！二世兄天分高，才情遠，不似我們讀腐了書的。」賈政笑道：「不當過獎他。他年小的人，不過以一知充十用，取笑罷了。再俟選擬。」

說著，進入石洞來，只見佳木蘢蔥，奇花爛灼，一帶清流，從花木深處瀉於石隙之下。再進數步，漸向北邊，平坦寬豁，兩邊飛樓插空，雕甍繡檻，皆隱於山坳樹杪之間。俯而視之，但青溪瀉玉，石磴穿雲，白石為欄，環抱池沼，石橋三港，獸面啣吐。橋上有亭。賈政與諸人到亭內坐了，問：「諸公以何題此？」諸人都道：「當日歐陽公《醉翁亭記》有云：『有亭翼然』，就名『翼然』罷。」賈政笑道：「『翼然』雖佳，但此亭壓水而成，還須偏於水題為稱。依我拙裁，歐陽公句：『瀉於兩峰之間』，竟用他這一個『瀉』字。」有一客道：「是極，是極。竟是『瀉玉』二字妙。」賈政拈鬚尋思，因叫寶玉也擬一個來。寶玉回道：「老爺方纔所說已是。但如今追究了去，似乎當日歐陽公題釀泉用一『瀉』字則妥，今日此泉也用『瀉』字，似乎不妥。況此處既為省親別墅，亦當依應制之體，用此等字，亦似粗陋不雅。求再擬蘊藉含蓄者。」賈政笑道：「諸公聽此論何如？方纔眾人編新，你說『不如述古』；如今我們述古，你又說『粗陋不妥』。你且說你的。」寶玉道：「用『瀉玉』二字，則不若『沁芳』二字，豈不新雅？」賈政拈鬚點頭不語。眾人都忙迎合，稱讚寶玉才情不凡。賈政道：「匾上二字容易。再作一副七言對來。」寶玉四顧一望，機上心來，乃念道：

繞堤柳借三篙翠，隔岸花分一脈香。

賈政聽了，點頭微笑。眾人又稱讚個不已。於是出亭過池，一山一石，一花一木，莫不著意觀覽。忽擡頭見前面一帶粉垣，數楹修舍，有千百竿翠竹遮映。眾人都道：「好個所在！」於是大家進入，只見進門便是曲折遊廊，階下石子漫成甬路；上面小小三間房舍，兩明一暗，裏面都是合著地步打的牀几椅案。從裏間房裏，又有一小門，出去卻是後園，有大株梨花並芭蕉，又有兩間小小退步。後院牆下忽開一隙，得泉一派，開溝僅尺許，灌入牆內，繞階緣屋至前院，盤旋竹下而出。賈政笑道：「這一處倒還好；若能月夜坐此窗下讀書，也不枉虛生一世。」說著，便看寶玉，唬得寶玉忙垂了頭，眾人忙用閒話解說。又二客說：「此處的匾該題四個字。」賈政笑問：「那四個字？」一個道是：「淇水遺風。」賈政道：「俗。」又一個道是：「睢園遺跡。」賈政道：「也俗。」賈珍在旁說道：「還是寶兄弟擬一個來。」賈政道：「他未曾作，先要議論人家的好歹，可見就是個輕薄人。」眾客道：「議論得極是，其奈他何。」賈政忙道：「休如此縱了他。」因命他道：「今日任你狂為亂道，先說出議論來，方許你作。方纔眾人說的，可有使得的否？」寶玉見問，便答道：「都似不妥。」賈政冷笑道：「怎麼不妥？」寶玉道：「這是第一處行幸之所，必須頌聖方可。若用四字的匾，又有古人現成的，何必再作？」賈政道：「難道『淇水』、『睢園』不是古人的？」寶玉道：「這太板了。莫若『有鳳來儀』四字。」眾人都鬨然叫妙。賈政點頭道：「畜生，畜生！可謂『管窺蠡測』矣。」因命：「再題一聯來。」寶玉便念道：

寶鼎茶閒煙尚綠，幽窗棋罷指猶涼。

賈政搖頭道：「也未見長。」說畢，引人出來。方欲走時，忽想起一事來，問賈珍道：「這些院落屋宇，並几案桌椅都算有了。還有那些帳幔簾子並陳設玩器古董，可也都是一處一處合式配就的麼？」賈珍回道：「那陳設的東西早已添了許多，自然臨期合式陳設。帳幔簾子，昨日聽見璉兄弟說，還不全。那原是一起工程之時就畫了各處的圖樣，量準尺寸，就打發人辦去的。想必昨日得了一半。」賈政聽了，便知此事不是賈珍的首尾，便叫人去喚賈璉。一時來了。賈政問他：「共有幾種？現今得了幾種？尚欠幾種？」賈璉見問，忙向靴筒內取出靴掖內裝的一個紙摺略節來，看了一看，回道：「妝蟒繡堆、刻絲彈墨，並各色綢綾大小幔子一百二十架，昨日得了八十架，下欠四十架。簾子二百掛，昨俱得了。外有猩猩氈簾二百掛，湘妃竹簾二百掛，金絲藤紅漆竹簾二百掛，黑漆竹簾二百掛，五彩綫絡盤花簾二百掛，每樣得了一半，也不過秋天都全了。椅搭、桌圍、牀裙、杌套，每分一千二百件，也有了。」

一面說，一面走，忽見青山斜阻。轉過山懷中，隱隱露出一帶黃泥牆，牆上皆用稻莖掩護。有幾百枝杏花，如噴火蒸霞一般。裏面數楹茅屋，外面卻是桑、榆、槿、柘，各色樹稚新條，隨其曲折，編就兩溜青籬。籬外山坡之下，有一土井，旁有桔槔轆轤之屬；下面分畦列畝，佳蔬菜花，一望無際。

賈政笑道：「倒是此處有些道理。雖係人力穿鑿，而入目動心，未免勾引起我歸農之意。我們且進去歇息歇息。」說畢，方欲進去，忽見籬門外路旁有一石，亦為留題之所，眾人笑道：「更妙，更妙！此處若懸匾待題，則田舍家風一洗盡矣。立此一碣，又覺許多生色，非范石湖田家之詠不足以盡其妙。」賈政道：「諸公請題。」眾人云：「方纔世兄云：『編新不如述舊。』此處古人已道盡矣，莫若直書『杏花村』為妙。」賈政聽了，笑向賈珍道：「正虧提醒了我。此處都好，只是還少一個酒幌，明日竟做一個來，就依外面村莊的式樣，不必華麗，用竹竿挑在樹梢頭。」賈珍答應了，又回道：「此處竟不必養別樣雀鳥，只養些鵝、鴨、雞之類，纔相稱。」賈政與眾人都說：「妙極。」賈政又向眾人道：「『杏花村』固佳，只是犯了正村名，直待請名方可。」眾客都道：「是呀。如今虛的，卻是何字樣好？」

大家正想，寶玉卻等不得了，也不等賈政的命，便說道：「舊詩有云：『紅杏梢頭掛酒旗。』如今莫若且題以『杏簾在望』四字。」眾人都道：「好個『在望』！又暗合『杏花村』意思。」寶玉冷笑道：「村名若用『杏花』二字，則俗陋不堪了。又有唐人詩云『柴門臨水稻花香』，何不用『稻香村』的妙？」眾人聽了，越發同聲拍手道：「妙！」賈政一聲斷喝：「無知的業障！你能知道幾個古人，能記得幾首舊詩，也敢在老先生前賣弄！方纔那些胡說，也不過是試你的清濁，取笑而已，你就認真了！」

說著，引眾人步入茆堂，裏面紙窗木榻，富貴氣象一洗皆盡。賈政心中自是歡喜，卻瞅寶玉道：「此處如何？」眾人見問，都忙悄悄的推寶玉教他說好。寶玉不聽人言，便應聲道：「不及『有鳳來儀』多矣。」賈政聽了道：「無知的蠢物，你只知朱樓畫棟、惡賴富麗為佳，那裏知道這清幽氣象？終是不讀書之過！」寶玉忙答道：「老爺教訓的固是，但古人嘗云『天然』，此二字不知何意？」

眾人見寶玉牛心，都怪他呆癡不改；今見問「天然」二字，眾人忙道：「別的都明白，如何『天然』反不明白？『天然』者，天之自成，而非人力之所為也。」寶玉道：「卻又來！此處置一田莊，分明是人力造作而成：遠無鄰村，近不負郭，背山山無脈，臨水水無源，高無隱寺之塔，下無通市之橋，峭然孤出，似非大觀，怎似先處有自然之理，得自然之趣？雖種竹引泉，亦不傷穿鑿。古人云『天然圖畫』四字，正畏非其地而強為其地，非其山而強為其山，即百般精巧，終不相宜……」未及說完，賈政氣得喝命：「叉出去！」纔出去，又喝命：「回來！」命：「再題一聯，若不通，一併打嘴！」寶玉只得念道：

新綠漲添浣葛處，好雲香護採芹人。

賈政聽了，搖頭道：「更不好。」一面引人出來，轉過山坡，穿花度柳，撫石依泉，過了荼蘼架，入木香棚，越牡丹亭，度芍藥圃，入薔薇院，來到芭蕉塢，盤簇曲折。忽聞水聲潺潺，出於石洞；上則蘿薜倒垂，下則落花浮蕩。眾人都道：「好景，好景！」賈政道：「諸公題以何名？」眾人道：「再不必擬了，恰恰乎是『武陵源』三字。」賈政笑道：「又落實了，而且陳舊。」眾人笑道：「不然就用『秦人舊舍』四字也罷。」寶玉道：「越發過露了。『秦人舊舍』說避亂之意，如何使得？莫若『蓼汀花漵』四字。」賈政聽了道：「更是胡說。」

於是賈政進了港洞，又問賈珍：「有船無船？」賈珍道：「採蓮船共四隻，座船一隻，如今尚未造成。」賈政笑道：「可惜不得入了。」賈珍道：「從山上盤道也可以進去。」說畢，在前導引，大家攀藤撫樹過去。只見水上落花愈多，其水愈清，溶溶蕩蕩，曲折縈紆。池邊兩行垂柳，雜以桃杏遮天蔽日，真無一些塵土。忽見柳陰中又露出一個折帶朱欄板橋來，度過橋去，諸路可通，便見一所清涼瓦舍，一色水磨磚牆，清瓦花堵。那大主山所分之脈，皆穿牆而過。

賈政道：「此處這一所房子，無味的很。」因而步入門時，忽迎面突出插天的大玲瓏山石來，四面群繞各式石塊，竟把裏面所有房屋悉皆遮住。且一株花木也無，只見許多異草：或有牽藤的，或有引蔓的，或垂山巔，或穿石腳，甚至垂簷繞柱，縈砌盤階，或如翠帶飄飄，或如金繩蟠屈，或實若丹砂，或花如金桂，味香氣馥，非凡花之可比。賈政不禁道：「有趣！只是不大認識。」有的說：「是薜荔藤蘿。」賈政道：「薜荔藤蘿那得有此異香？」寶玉道：「果然不是。這眾草中也有藤蘿薜荔，那香的是杜若蘅蕪，那一種大約是茝蘭，這一種大約是金葛，那一種是金莖草，這一種是玉蕗藤，紅的自然是紫芸，綠的定是青芷。想來那《離騷》《文選》所有的那些異草，有叫作什麼藿蒳薑匯的，也有叫作什麼綸組紫絳的，還有什麼石帆、水松、扶留等樣的，見於左太沖《吳都賦》。又有叫作什麼綠荑的，還有什麼丹椒、蘼蕪、風蓮，見於《蜀都賦》。如今年深歲改，人不能識，故皆象形奪名，漸漸的喚差了，也是有的……」未及說完，賈政喝道：「誰問你來？」唬得寶玉倒退，不敢再說。

賈政因見兩邊俱是超手遊廊，便順著遊廊步入，只見上面五間清廈連著捲棚，四面出廊，綠窗油壁，更比前清雅不同。賈政歎道：「此軒中煮茶操琴，亦不必再焚香矣。此造卻出意外，諸公必有佳作新題，以顏其額，方不負此。」眾人笑道：「莫若『蘭風蕙露』貼切了。」賈政道：「也只好用這四字。其聯云何？」一人道：「我想了一對，大家批削改正。」道是：

麝蘭芳靄斜陽院，杜若香飄明月洲。

眾人道：「妙則妙矣！只是『斜陽』二字不妥。」那人引古詩「蘼蕪滿院泣斜陽」句，眾人云：「頹喪，頹喪！」又一人道：「我也有一聯，諸公評閱評閱。」念道：

三徑香風飄玉蕙，一庭明月照金蘭。

賈政拈鬚沈吟，意欲也題一聯，忽擡頭見寶玉在旁不敢作聲，因喝道：「怎麼你應說話時又不說了？還要等人請教你不成！」寶玉聽了回道：「此處並沒有什麼『蘭麝』、『明月』、『洲渚』之類，若要這樣著跡說來，就題二百聯也不能完。」賈政道：「誰按著你的頭，教你必定說這些字樣呢？」寶玉道：「如此說，則匾上莫若『蘅芷清芬』四字。對聯則是：

吟成豆蔻詩猶豔，睡足荼蘼夢也香。」

賈政笑道：「這是套的『書成蕉葉文猶綠』，不足為奇。」眾人道：「李太白『鳳凰臺』之作，全套『黃鶴樓』。只要套得妙。如今細評起來，方纔這一聯竟比『書成蕉葉』尤覺幽雅活動。」賈政笑道：「豈有此理！」

說著，大家出來，走不多遠，則見崇閣巍峨，層樓高起，面面琳宮合抱，迢迢複道縈紆。青松拂簷，玉蘭繞砌，金輝獸面，彩煥螭頭。賈政道：「這是正殿了。只是太富麗了些。」眾人都道：「要如此方是。雖然貴妃崇尚節儉，然今日之尊，禮儀如此，不為過也。」一面說，一面走，只見正面現出一座玉石牌坊，上面龍蟠螭護，玲瓏鑿就。賈政道：「此處書以何文？」眾人道：「必是『蓬萊仙境』方妙。」賈政搖頭不語。

寶玉見了這個所在，心中忽有所動，尋思起來，倒像在那裏見過的一般，卻一時想不起那年那月日的事了。賈政又命他題詠，寶玉只顧細思前景，全無心於此了。眾人不知其意，只當他受了這半日折磨，精神耗散，才盡詞窮了；再要留難逼迫著了急，或生出事來，倒不便。遂忙都勸賈政道：「罷了，明日再題罷了。」賈政心中也怕賈母不放心，遂冷笑道：「你這畜生，也竟有不能之時了。也罷，限你一日，明日題不來，定不饒你。這是第一要緊處所，要好生作來！」

說著，引人出來，再一觀望，原來自進門至此，纔遊了十之五六。又值人來回，有雨村處遣人回話。賈政笑道：「此數處不能遊了。雖如此，到底從那一邊出去，也可略觀大概。」說著，引客行來，至一大橋，水如晶簾一般奔入。原來這橋便是通外河之閘，引泉而入者。賈政因問：「此閘何名？」寶玉道：「此乃沁芳源之正流，即名『沁芳閘』。」賈政道：「胡說，偏不用『沁芳』二字。」

於是一路行來，或清堂，或茅舍，或堆石為垣，或編花為門，或山下得幽尼佛寺，或林中藏女道丹房，或長廊曲洞，或方廈圓亭，賈政皆不及進去。因半日未嘗歇息，腿酸腳軟，忽又見前面露出一所院落來，賈政道：「到此可要歇息歇息了。」說著一徑引入，繞著碧桃花，穿過竹籬花障編就的月洞門，俄見粉垣環護，綠柳周垂。賈政與眾人進了門，兩邊盡是遊廊相接，院中點襯幾塊山石，一邊種幾本芭蕉，那一邊是一株西府海棠，其勢若傘，絲垂金縷，葩吐丹砂。眾人都道：「好花，好花！海棠也有，從沒見過這樣好的。」賈政道：「這叫作『女兒棠』，乃是外國之種，俗傳出『女兒國』，故花最繁盛，亦荒唐不經之說耳。」眾人道：「畢竟此花不同，『女國』之說，想亦有之。」寶玉云：「大約騷人詠士以此花紅若施脂，弱如扶病，近乎閨閣風度，故以『女兒』命名。世人以訛傳訛，都未免認真了。」眾人都說：「領教，妙解！」

一面說話，一面都在廊下榻上坐了。賈政因道：「想幾個什麼新鮮字來題？」一客道：「『蕉鶴』二字妙。」又一個道：「『崇光泛彩』方妙。」賈政與眾人都道：「好個『崇光泛彩』！」寶玉也道：「妙。」又說：「只是可惜了。」眾人問：「如何可惜？」寶玉道：「此處蕉棠兩植，其意暗蓄『紅』『綠』二字在內，若說一樣，遺漏一樣，便不足取。」賈政道：「依你如何？」寶玉道：「依我，題『紅香綠玉』四字，方兩全其美。」賈政搖頭道：「不好，不好！」

説著，引人進入房內。只見其中收拾得與別處不同，竟分不出間隔來的。原來四面皆是雕空玲瓏木板，或「流雲百蝠」，或「歲寒三友」，或山水人物，或翎毛花卉，或集錦，或博古，或萬福萬壽，各種花樣，皆是名手雕鏤，五彩銷金嵌玉的。一槅一槅，或貯書，或設鼎，或安置筆硯，或供設瓶花，或安放盆景；其槅式樣，或圓，或方，或葵花蕉葉，或連環半壁。真是花團錦簇，玲瓏剔透。倏爾五色紗糊，竟係小窗；倏爾彩綾輕覆，竟如幽戶。且滿牆皆是隨依古董玩器之形摳成的槽子，如琴、劍、懸瓶之類，俱懸於壁，卻都是與壁相平的。眾人都讚：「好精緻！難為怎麼做的！」

原來賈政走了進來，未到兩層，便都迷了舊路，左瞧也有門可通，右瞧也有窗暫隔，及到跟前，又被一架書擋住。回頭又有窗紗明透門徑可行，及至門前，忽見迎面也進來了一起人，與自己的形相一樣，——卻是一架大玻璃鏡。轉過鏡去，一發見門多了。賈珍笑道：「老爺隨我來，從此門出去便是後院，出了後院，倒比先近了。」引著賈政及眾人轉了兩層紗廚，果得一門出去，院中滿架薔薇。轉過花障，則見青溪前阻。眾人咤異：「這水又從何而來？」賈珍遙指道：「原從那閘起流至那洞口，從東北山坳裏引到那村莊裏，又開一道岔口，引至西南上，共總流到這裏，仍舊合在一處，從那牆下出去。」眾人聽了，都道：「神妙之極！」説著，忽見大山阻路，眾人都迷了路，賈珍笑道：「隨我來。」乃在前導引，眾人隨著，由山腳下一轉，便是平坦大路，豁然大門現於面前，眾人都道：「有趣，有趣！搜神奪巧，至於此極！」於是大家出來。

那寶玉一心只記掛著裏邊姊妹們，又不見賈政吩咐，只得跟到書房。賈政忽想起來道：「你還不去，看老太太記念你。難道還逛不足麼？」寶玉方退了出來。至院外，就有跟賈政的小廝上來抱住，說道：「今日虧了老爺喜歡，方纔老太太打發人出來問了幾次，我們回說老爺喜歡；若不然，老太太叫你進去了，就不得展才了。人人都說，你纔那些詩比眾人都強，今兒得了彩頭，該賞我們了。」寶玉笑道：「每人一弔。」眾人道：「誰沒見那一弔錢！把這荷包賞了罷。」說著，一個個都上來解荷包，解扇袋，不容分說，將寶玉所佩之物，盡行解去。又道：「好生送上去罷。」一個個圍繞著，送至賈母門前。那時賈母正等著他，見他來了，知道不曾難為他，心中自是喜歡。

少時襲人倒了茶來，見身邊佩物，一件不存，因笑道：「帶的東西必又是那起沒臉的東西們解了去了。」林黛玉聽說，走過來一瞧，果然一件無存，因向寶玉道：「我給你的那個荷包也給他們了？你明兒再想我的東西，可不能夠了！」說畢，生氣回房，將前日寶玉囑咐他做而未完之香袋，拿起剪子來就鉸。寶玉見他生氣，便忙趕過來，早已剪破了。寶玉曾見過這香袋，雖未完工，卻十分精巧，無故剪了，卻也可氣。因忙把衣領解了，從裏面衣襟上將所繫荷包解了下來，遞與黛玉道：「你瞧瞧，這是什麼東西？我可曾把你的東西給人？」林黛玉見他如此珍重，帶在裏面，可知是怕人拿去之意，因此又自悔莽撞剪了香袋，低著頭一言不發。寶玉道：「你也不用剪，我知你是懶怠給我東西。我連這荷包奉還，何如？」說著擲向他懷中而去。黛玉越發氣得哭了，拿起荷包又剪。寶玉忙回身搶住，笑道：「好妹妹，饒了他罷！」黛玉將剪子一摔，拭淚說道：「你不用和我好一陣歹一陣的，要惱就撂開手。」說著賭氣上牀，面向裏倒下拭淚。禁不住寶玉上來「妹妹」長「妹妹」短賠不是。

前面賈母一片聲找寶玉。眾人回說：「在林姑娘房裏。」賈母聽說道：「好，好，好！讓他姊妹們一處玩玩罷。纔他老子拘了他這半天，讓他開心一會子罷。只別叫他們拌嘴。」眾人答應著。

黛玉被寶玉纏不過，只得起來道：「你的意思不叫我安生，我就離了你。」說著往外就走。寶玉笑道：「你到那裏，我跟到那裏。」一面仍拿著荷包來帶上。黛玉伸手搶道：「你說不要，這會子又帶上，我也替你怪臊的！」說著「嗤」的一聲笑了。寶玉道：「好妹妹，明兒另替我做個香袋兒罷。」黛玉道：「那也瞧我的高興罷了。」

一面說，一面二人出房，到王夫人上房中去了，可巧寶釵亦在那裏。此時王夫人那邊熱鬧非常。原來賈薔已從姑蘇採買了十二個女孩子並聘了教習以及行頭等事來了。那時薛姨媽另遷於東北上一所幽靜房舍居住，將梨香院另行修理了，就令教習在此教演女戲；又另派家中舊曾學過歌唱的眾女人們——如今皆是皤然老嫗，著他們帶領管理。就令賈薔總理其日月出入銀錢等事，以及諸凡大小所需之物料賬目。

又有林之孝家的來回：「採訪聘買得十二個小尼姑、小道姑，都到了，連新做的二十分道袍也有了。外又有一個帶髮修行的，本是蘇州人氏，祖上也是讀書仕宦之家，因自幼多病，買了許多替身，皆不中用，到底這姑娘入了空門，方纔好了，所以帶髮修行。今年十八歲，取名妙玉。如今父母俱已亡故，身邊只有兩個老嬤嬤、一個小丫頭伏侍。文墨也極通，經典也極熟，模樣又極好。因聽說『長安』都中有觀音遺跡，並貝葉遺文，去年隨了師父上來，現在西門外牟尼院住著。他師父精演先天神數，於去冬圓寂了。遺言說他：『不宜回鄉，在此靜候，自有結果。』所以未曾扶靈回去。」王夫人便道：「這樣我們何不接了他來？」林之孝家的回道：「若請他，他說：『侯門公府，必以貴勢壓人，我再不去的。』」王夫人道：「他既是宦家小姐，自然要傲些，就下個請帖請他何妨？」林之孝家的答應著出去，叫書啟相公寫個請帖去請妙玉，次日遣人備車轎去接。不知後來如何，且聽下回分解。

卷十八　皇恩重元妃省父母　天倫樂寶玉呈才藻

話說彼時有人回，工程上等著糊東西的紗綾，請鳳姐去開庫拿紗綾；又有人來回，請鳳姐開庫收金銀器皿。王夫人並上房丫鬟等皆不得空閒。寶釵說：「咱們別在這裏礙手礙腳。」說著，同寶玉等往迎春房中來。

王夫人日日忙亂，直到十月裏纔全備了，監督都交清賬目；各處古董文玩，俱已陳設齊備；採辦鳥雀，自仙鶴、鹿、兔以及雞、鵝等，已買全，交於園中各處飼養；賈薔那邊也演出二十齣雜戲來；一班小尼姑、道姑也都學會念佛經咒。於是賈政方略心安意暢，又請賈母等到園中，色色斟酌，點綴妥當，再無些微不當之處。賈政纔敢題本。本上之日，奉旨：「於明年正月十五日上元之日貴妃省親。」賈府奉了此旨，一發日夜不閒，連年亦不曾好生過的。

轉眼元宵在邇，自正月初八，就有太監出來，先看方向：何處更衣，何處燕坐，何處受禮，何處開宴，何處退息。又有巡察地方總理關防太監，帶了許多小太監來各處關防，擋圍幕；指示賈宅人員何處出入，何處進膳，何處啟事，種種儀注。外面又有工部官員並五城兵馬司打掃街道，攆逐閒人。賈赦等監督匠人紮花燈煙火之類，至十四日，俱已停妥。這一夜，上下通不曾睡。

至十五日五鼓，自賈母等有爵者，俱各按品大妝。大觀園內帳舞蟠龍，簾飛彩鳳，金銀煥彩，珠寶生輝，鼎焚百合之香，瓶插長春之蕊，靜悄悄無一人咳嗽。賈赦等在西街門外，賈母等在榮府大門外。街頭巷口，用圍幕擋嚴。正等得不耐煩，忽見一個太監騎匹馬來了，賈政接著，問其消息。太監云：「早多著呢！未初用晚膳，未正還到寶靈宮拜佛，酉初進大明宮領宴看燈方請旨，只怕戌初纔起身呢。」鳳姐聽了道：「既這樣，老太太與太太且請回房，等到了時候，再來也未為晚。」於是賈母等且自便去了。園中賴鳳姐照料。執事人等，帶領太監們去吃酒飯，一面傳人挑進蠟燭，各處點起燈來。

忽聽外面跑馬之聲不一，有十來個太監，喘吁吁跑來拍手兒。這些太監都會意，知道是來了，各按方向站立。賈赦領合族子弟在西街門外，賈母領合族女眷在大門外迎接，半日靜悄悄的。忽見兩個太監騎馬緩緩而來，至西街門下了馬，將馬趕出圍幕之外，便面西站立。半日又是一對，亦是如此。少時便來了十來對，方聞隱隱鼓樂之聲，一對對龍旌鳳翣，雉羽宮扇，又有銷金提爐，焚著御香；然後一把曲柄七鳳金黃傘過來，便是冠袍帶履。又有執事太監捧著香巾、繡帕、漱盂、拂塵等物。一隊隊過完，後面方是八個太監擡著一頂金頂金黃繡鳳鑾輿，緩緩行來。賈母等連忙跪下，早有太監過來，扶起賈母等，那鑾輿擡入大門、儀門往東一所院落門前，有太監跪請下輿更衣。於是擡輿入門，太監散去，只有昭容、彩嬪等引元春下輿。只見苑內各色花燈爛灼，皆係紗綾紮成，精緻非常。上面有一燈匾，寫著「體仁沐德」四個字。元春入室，更衣出，復上輿進園。只見園中香煙繚繞，花影繽紛，處處燈光相映，時時細樂聲喧，說不盡這太平景象，富貴風流。

卻說賈妃在轎內看了此園內外光景，因點頭歎道：「太奢華過費了！」忽又見太監跪請登舟，賈妃下輿登舟，只見清流一帶，勢若遊龍，兩邊石欄上，皆係水晶玻璃各色風燈，點得如銀光雪浪；上面柳杏諸樹，雖無花葉，卻用各色綢綾紙絹及通草為花，黏於枝上，每一株懸燈萬盞；更兼池中荷荇鳧鷺之屬，亦皆係螺蚌羽毛做就的，諸燈上下爭輝，真是玻璃世界，珠寶乾坤。船上又有各種盆景燈，珠簾繡幕，桂楫蘭橈，自不必說。已而入一石港，港上一面匾燈，明現著「蓼汀花漵」四字。

看官聽說：這「蓼汀花漵」四字及「有鳳來儀」等字，皆係上回賈政偶試寶玉之才，何至便認真用了？想賈府世代詩書，自有一二名手題詠，豈似暴發之家，竟以小兒語搪塞了事呢？只因當日這賈妃未入宮時，自幼亦係賈母教養。後來添了寶玉，賈妃乃長姊，寶玉為幼弟，賈妃念母年將邁，始得此弟，是以獨愛憐之。且同侍賈母，刻未相離。那寶玉未入學之先，三四歲時，已得賈妃口傳教授了幾本書，識了數千字在腹中。雖為姊弟，有如母子。自入宮後，時時帶信出來與父兄說：「千萬好生扶養，不嚴不能成器；過嚴恐生不虞，且致祖母之憂。」眷念之心，刻刻不忘。前日賈政聞塾師讚他盡有才情，故於遊園時聊一試之，雖非名公大筆，卻是本家風味；且使賈妃見之，知愛弟所為，亦不負其平日切望之意。因此故將寶玉所題用了。那日未題完之處，後來又補題了許多。

且說賈妃看了四字，笑道：「『花漵』二字便好，何必『蓼汀』？」侍坐太監聽了，忙下舟登岸，飛傳與賈政，賈政即刻換了。彼時舟臨內岸，去舟上輿，便見琳宮綽約，桂殿巍峨，石牌坊上「天仙寶境」四大字，賈妃命換了「省親別墅」四字。於是進入行宮，只見庭燎繞空，香屑佈地，火樹琪花，金窗玉檻。說不盡簾捲蝦鬚，氈鋪魚獺，鼎飄麝腦之香，屏列雉尾之扇。真是：

金門玉戶神仙府，桂殿蘭宮妃子家。

賈妃乃問：「此殿何無匾額？」隨侍太監跪啟道：「此係正殿，外臣未敢擅擬。」賈妃點頭不語。禮儀太監請昇座受禮，兩階樂起。二太監引賈赦賈政等於月臺下排班上殿，昭容傳諭曰：「免。」乃退出。又引榮國太君及女眷等自東階昇月臺上排班，昭容再諭曰：「免。」於是亦退。

茶三獻，賈妃降座，樂止；退入側室更衣，方備省親車駕出園。至賈母正室，欲行家禮，賈母等俱跪止之。賈妃垂淚，彼此上前廝見，一手挽賈母，一手挽王夫人，三個人滿心皆有許多話，俱說不出，只是嗚咽對泣而已。邢夫人、李紈、王熙鳳、迎春、探春、惜春等，俱在旁垂淚無言。半日，賈妃方忍悲強笑，安慰賈母王夫人道：「當日既送我到那不得見人的去處，好容易今日回家，娘兒們一會不說不笑，反到哭個不了，一會子我去了，又不知多早晚纔能一見！」說到這句，不禁又哽咽起來。邢夫人忙上來勸解。賈母等讓賈妃歸坐，又逐次一一見過，又不免哭泣一番。然後東西兩府執事人等在外廳行禮。其媳婦丫鬟行禮畢。賈妃歎道：「許多親眷，可惜都不能見面。」王夫人啟道：「現有外親薛王氏及寶釵黛玉在外候旨。外眷無職，不敢擅入。」賈妃命請來相見。一時薛姨媽等進來，欲行國禮，命免過，上前各敘闊別。又有賈妃原帶進宮的丫鬟抱琴等叩見，賈母連忙扶起，命入別室款待。執事太監及彩嬪昭容各侍從人等，寧府及賈赦那宅兩處自有人款待，只留三四個小太監答應。母女姊妹，敘些久別情景，及家務私情。

又有賈政至簾外問安，賈妃於內行參等事。又向其父說道：「田舍之家，齏鹽布帛，得遂天倫之樂；今雖富貴，骨肉分離，終無意趣。」賈政亦含淚啟道：「臣草芥寒門，鳩群鴉屬之中，豈意得徵鳳鸞之瑞。今貴人上錫天恩，下昭祖德，此皆山川日月之精奇、祖宗之遠德鍾於一人，幸及政夫婦。且今上體天地生生之大德，垂古今未有之曠恩，雖肝腦塗地，豈能報効於萬一！惟朝乾夕惕，忠於厥職。伏願我君萬歲千秋，乃天下蒼生之福也。貴妃切勿以政夫婦殘年為念，更祈自加珍愛，惟勤慎肅恭以侍上，庶不負上眷顧隆恩也。」賈妃亦囑以「國事宜勤，暇時保養，切勿記念。」賈政又啟：「園中所有亭臺軒館，皆係寶玉所題；如果有一二可寓目者，請即賜名為幸。」元妃聽了寶玉能題，便含笑說道：「果進益了。」賈政退出。元妃因問：「寶玉因何不見？」賈母乃啟道：「無職外男，不敢擅入。」元妃命引進來。小太監引寶玉進來，先行國禮畢，命他近前，攜手攬於懷內，又撫其頭頸笑道：「比先長了好些……」一語未終，淚如雨下。

尤氏鳳姐等上來啟道：「筵宴齊備，請貴妃遊幸。」元妃起身，命寶玉導引，遂同諸人步至園門前。早見燈光之中，諸般羅列，進園先從「有鳳來儀」、「紅香綠玉」、「杏簾在望」、「蘅芷清芬」等處，登樓步閣，涉水緣山，眺覽徘徊。一處處鋪陳不一，一椿椿點綴新奇。賈妃極加獎讚，又勸：「以後不可太奢了，此皆過分。」既而來至正殿，諭免禮歸坐，大開筵宴，賈母等在下相陪，尤氏、李紈、鳳姐等捧羹把盞。

元妃乃命筆硯伺候，親拂羅箋，擇其喜者賜名。題其園之總名曰「大觀園」，正殿匾額云：「顧恩思義」，對聯云：

天地啟宏慈，赤子蒼生同感戴；古今垂曠典，九州萬國被恩榮。

又改題：「有鳳來儀」賜名「瀟湘館」，「紅香綠玉」改作「怡紅快綠」賜名「怡紅院」，「蘅芷清芬」賜名「蘅蕪院」，「杏簾在望」賜名「浣葛山莊」；正樓曰「大觀樓」，東面飛樓曰「綴錦樓」，西面斜樓曰「含芳閣」；更有「蓼風軒」、「藕香榭」、「紫菱洲」、「荇葉渚」等名。又有四字匾額如「梨花春雨」、「桐剪秋風」、「荻蘆夜雪」等名，不可勝紀。又命舊有匾聯不可摘去。於是先題一絕句云：

啣山抱水建來精，多少工夫築始成。天上人間諸景備，芳園應錫「大觀」名。

寫畢，向諸姊妹笑道：「我素乏捷才，且不長於吟詠，姊妹輩素所深知；今夜聊以塞責，不負斯景而已。異日少暇，必補撰『大觀園記』並『省親頌』等文，以記今日之事。妹等亦各題一匾一詩，隨意發揮，不可為我微才所縛。且知寶玉竟能題詠，一發可喜。此中瀟湘館蘅蕪苑二處，我所極愛；次之怡紅院浣葛山莊，此四大處，必得別有章句題詠方妙。前所題之聯雖佳，如今再各賦五言律一首，使我當面試過，方不負我自幼教授之苦心。」寶玉只得答應了，下來自去構思。

迎春、探春、惜春三人中，要算探春又出於姊妹之上，然自忖亦難與薛林爭衡，只得勉強隨眾塞責而已。李紈也勉強湊成一律。賈妃挨次看姊妹們的，寫道是：

曠性怡情（匾額）迎　春

園成景物特精奇，奉命羞題額曠怡。誰信世間有此境，遊來寧不暢神思？

萬象爭輝（匾額）探　春

名園築就勢巍巍，奉命多慚學淺微。精妙一時言不盡，果然萬物有光輝。

文章造化（匾額）惜　春

山水橫拖千里外，樓臺高起五雲中。園修日月光輝裏，景奪文章造化功。

文采風流（匾額）李　紈

秀水明山抱復迴，風流文采勝蓬萊。綠裁歌扇迷芳草，紅襯湘裙舞落梅。
珠玉自應傳盛世，神仙何幸下瑤臺。名園一自邀遊賞，未許凡人到此來。

凝暉鍾瑞（匾額）薛寶釵

芳園築向帝城西，華日祥雲籠罩奇。高柳喜遷鶯出谷，修篁時待鳳來儀。
文風已著宸遊夕，孝化應隆歸省時。睿藻仙才瞻仰處，自慚何敢再為辭？

世外仙源（匾額）林黛玉

宸遊增悅豫，仙境別紅塵。借得山川秀，添來氣象新。
香融金穀酒，花媚玉堂人。何幸邀恩寵，宮車過往頻。

元妃看畢，稱賞一番，又笑道：「終是薛林二妹之作與眾不同，非愚姊妹所及。」原來林黛玉安心今夜大展奇才，將眾人壓倒，不想賈妃只命一匾一詠，倒不好違諭多做，只胡亂作一首五言律應命罷了。

彼時寶玉尚未作完，纔作了「瀟湘館」與「蘅蕪苑」兩首，正作「怡紅院」一首，起稿內有「綠玉春猶捲」一句。寶釵轉眼瞥見，便趁眾人不理論，推他道：「貴人因不喜『紅香綠玉』四字，纔改了『怡紅快綠』；你這會子偏又用『綠玉』二字，豈不是有意和他分馳了？況且蕉葉之典故頗多，再想一個改了罷。」寶玉見寶釵如此說，便拭汗說道：「我這會子總想不起什麼典故出處來。」寶釵笑道：「你只把『綠玉』的『玉』字改作『蠟』字就是了。」寶玉道：「『綠蠟』可有出處？」寶釵悄悄的咂嘴點頭笑道：「虧你今夜不過如此，將來金殿對策，你大約連『趙錢孫李』都忘了呢！唐朝韓翊詠芭蕉詩頭一句：『冷燭無煙綠蠟乾』，都忘了麼？」寶玉聽了，不覺洞開心意，笑道：「該死！眼前現成之句一時竟想不到。姐姐真可謂『一字師』了。從此只叫你師傅，再不叫姐姐了。」寶釵亦悄悄的笑道：「還不快作上去，只姐姐妹妹的。誰是你姐姐？那上頭穿黃袍的纔是你姐姐呢。」一面說笑，因怕他耽延工夫，遂抽身走開了。

寶玉續成了此首，共三首。此時黛玉未得展才，心上不快。因見寶玉構思太苦，走至案旁，知寶玉只少「杏簾在望」一首，因叫他鈔錄前三首，卻自己吟成一律，寫在紙條上，搓成個團子，擲向寶玉跟前。寶玉打開一看，覺比自己作的三首高得十倍，遂忙恭楷謄完呈上。賈妃看是：

有鳳來儀　寶　玉

秀玉初成實，堪宜待鳳凰。竿竿青欲滴，個個綠生涼。

迸砌防階水，穿簾礙鼎香。莫摇分碎影，好夢正初長。

蘅芷清芬

蘅蕪滿靜苑，蘿薜助芬芳。軟襯三春草，柔拖一縷香。

輕煙迷曲徑，冷翠濕衣裳。誰謂「池塘」曲，謝家幽夢長。

怡紅快綠

深庭長日靜，兩兩出嬋娟。綠蠟春猶捲，紅妝夜未眠。

憑欄垂絳袖，倚石護清煙。對立東風裏，主人應解憐。

杏簾在望

杏簾招客飲，在望有山莊。菱荇鵝兒水，桑榆燕子樑。
一畦春韭綠，十里稻花香。盛世無飢餒，何須耕織忙。

賈妃看畢，喜之不盡，說：「果然進益了！」又指「杏簾」一首為四首之冠，遂將「浣葛山莊」改為「稻香村」。又命探春將方纔十數首詩，另以錦箋謄出，令太監傳與外廂。賈政等看了，都稱頌不已。賈政又進《歸省頌》。元春又命以瓊酪金膾等物，賜與寶玉並賈蘭。此時賈蘭尚幼，未諳諸事，只不過隨母依叔行禮而已。

那時賈薔帶領一班女戲子在樓下，正等得不耐煩，只見一個太監飛跑下來，說：「作完了詩了，快拿戲目來！」賈薔忙將戲目呈上，並十二個人的花名冊子。少時，點了四齣戲：第一齣，《豪宴》；第二齣，《乞巧》；第三齣，《仙緣》；第四齣，《離魂》。賈薔忙張羅扮演起來，一個個歌有裂石之音，舞有天魔之態，雖是妝演的形容，卻做盡悲歡情狀。

剛演完了，一個太監執一金盤糕點之屬進來，問：「誰是齡官？」賈薔便知是賜齡官之物，連忙接了，命齡官叩頭。太監又道：「貴妃有諭，說：『齡官極好，再做兩齣戲，不拘那兩齣就是了。』」賈薔忙答應了，因命齡官做《遊園》《驚夢》二齣。齡官自為此二齣原非本角之戲，執意不從，定要做《相約》《相罵》二齣。賈薔扭他不過，只得依他做了。賈妃甚喜，命：「莫難為了這女孩子，好生教習。」額外賞了兩疋宮綢，兩個荷包，並金銀錁子食物之類。然後撤筵，將未到之處，復又遊玩。忽見山環佛寺，忙盥手進去焚香拜佛，又題一匾云：「苦海慈航」；又額外加恩與一班幽尼女道。

少時，太監跪啟：「賜物俱齊，請驗按例行賞。」乃呈上略節。賈妃從頭看了無話，即命照此而行。太監下來，一一發放。原來賈母的是金玉如意各一柄，沈香拐杖一根，伽楠念珠一串，「富貴長春」宮緞四疋，「福壽綿長」宮綢四疋，紫金「筆錠如意」錁十錠，「吉慶有餘」銀錁十錠。邢夫人等二分，只減了如意、拐、珠四樣。賈敬、賈赦、賈政等每分御製新書二部，寶墨二匣，金銀盞各二隻，表禮按前。寶釵黛玉諸姊妹等，每人新書一部，寶硯一方，新樣格式金銀錁二對。寶玉亦同。賈蘭是金銀項圈二個，金銀錁二對。尤氏、李紈、鳳姐等皆金銀錁四錠，表禮四端。另有表禮二十四端，清錢一千串，是賞與賈母王夫人及各姊妹房中奶娘眾丫鬟的。賈珍、賈璉、賈環、賈蓉等皆是表禮一端，金銀錁一對。其餘彩緞百疋，白銀千兩，御酒數瓶，是賜東西兩府及園中管理工程、陳設、答應及司戲、掌燈諸人的。外又有清錢五百串，是賜廚役、優伶、百戲、雜行人等的。

眾人謝恩已畢，執事太監啟道：「時已丑正三刻，請駕回鑾。」賈妃不由得滿眼又滾下淚來，卻又勉強笑著，拉了賈母王夫人的手不忍放，再四叮嚀：「不須記掛，好生保養。如今天恩浩蕩，一月許進內省視一次，見面盡容易的，何必過悲。倘明歲天恩仍許歸省，不可如此奢華糜費了。」賈母等已哭得哽噎難言了。賈妃雖不忍別，奈皇家規矩，違錯不得的，只得忍心上輿去了。這裏諸人好容易將賈母勸住，及王夫人攙扶出園去了。未知如何，下回分解。

話說賈妃回宮，次日見駕謝恩，並回奏歸省之事，龍顏甚悅，又發內帑彩緞金銀等物，以賜賈政及各椒房等員，不必細說。

且說榮寧二府中連日用盡心力，真是人人力倦，各各神疲，又將園中一應陳設動用之物收拾了兩三天方完。第一個鳳姐事多任重，別人或可偷閒躲靜，獨他是不能脫得；二則本性要強，不肯落人褒貶，只扎掙著與無事的人一樣。第一個寶玉是極無事最閒暇的。偏這一早，襲人的母親又親來回過賈母，接襲人家去吃年茶，晚間纔得回來。因此，寶玉只和眾丫頭們擲骰子趕圍棋作戲。正在房內玩得沒興頭，忽見丫頭們來回說：「東府裏珍大爺來請過去看戲，放花燈。」寶玉聽了，便命換衣裳。纔要去時，忽又有賈妃賜出糖蒸酥酪來；寶玉想上次襲人喜吃此物，便命留與襲人了，自己回過賈母，過去看戲。

誰想賈珍這邊唱的是《丁郎認父》、《黃伯央大擺陰魂陣》，更有《孫行者大鬧天宮》、《姜太公斬將封神》等類的戲文。倏爾神鬼亂出，忽又妖魔畢露。內中揚幡過會，號佛行香，鑼鼓喊叫之聲，遠聞巷外。滿街上個個都讚：「好熱鬧戲，別人家斷不能有的。」寶玉見繁華熱鬧到如此不堪的田地，只略坐了一坐，便走往各處閒耍。先是進內去和尤氏並丫頭姬妾說笑了一回，便出二門來。尤氏等仍料他出來看戲，遂也不曾照管。賈珍、賈璉、薛蟠等只顧猜謎行令，百般作樂，縱一時不見他在座，只道在裏邊去了，也不理論。至於跟寶玉的小廝們，那年紀大些的，知寶玉這一來了必是晚間纔散，因此偷空也有會賭錢的，也有往親友家去吃年茶的，或賭或飲，都私自散了，待晚間再來；那些小些的，都鑽進戲房裏瞧熱鬧去了。

寶玉見一個人沒有，因想：「素日這裏有個小書房內曾掛著一軸美人，極畫得得神。今日這般熱鬧，想那裏自然無人，那美人也自然是寂寞的，須得我去望慰他一回。」想著，便往那廂來。剛到窗前，聞得房內呻吟之聲。寶玉倒唬了一跳：「敢是美人活了不成？」乃大著膽子，舐破窗紙，向內一看，那軸美人卻不曾活，卻是茗煙按著一個女孩子，也幹那警幻所訓之事。寶玉禁不住大叫：「了不得！」一腳踹進門去，將那兩個唬開了，抖衣而顫。

茗煙見是寶玉，忙跪下哀求。寶玉道：「青天白日，這是怎麼説！珍大爺知道，你是死是活？」一面看那丫頭，雖不標致倒白淨，些微亦有動人心處，羞得臉紅耳赤，低首無言。寶玉跺腳道：「還不快跑？」一語提醒了那丫頭，飛也似的去了。寶玉又趕出去叫道：「你別怕，我是不告訴人的。」急得茗煙在後叫：「祖宗，這是分明告訴人了！」寶玉因問：「那丫頭十幾歲了？」茗煙道：「不過十六七歲了。」寶玉道：「連他的歲數也不問問，別的自然越發不知了，可見他白認得你了。可憐，可憐！」又問：「名字叫什麼？」茗煙笑道：「若説出名字來話長，真正新鮮奇文。他説他母親養他的時節，做了一個夢，夢得了一疋錦，上面是五色富貴不斷頭的『卍』字花樣，所以他的名字就叫作萬兒。」寶玉聽了笑道：「真也新奇，想必他將來有些造化。」説著，沈思一會。

茗煙因問：「二爺為何不看這樣的好戲？」寶玉道：「看了半日，怪煩的，出來逛逛，就遇見你們了。這會子做什麼呢？」茗煙微微笑道：「這會子沒人知道，我悄悄的引二爺往城外逛去，一會兒再往這裏來，他們就不知道了。」寶玉道：「不好，仔細花子拐了去。且是他們知道了，又鬧大了。不如往近些的地方去，還可就來。」茗煙道：「就近地方誰家可去？這卻難了。」寶玉笑道：「依我的主意，咱們竟找花大姐姐去，瞧他在家做什麼呢。」茗煙笑道：「好，好！倒忘了他家。」又道：「他們知道了，説我引著二爺胡走，要打我呢？」寶玉道：「有我呢。」茗煙聽説，拉了馬，二人從後門就走了。幸而襲人家不遠，不過一半里路程，轉眼已到門前。

茗煙先進去叫襲人之兄花自芳。此時襲人之母接了襲人與幾個外甥女兒幾個姪女兒來家，正吃果茶，聽見外面有人叫「花大哥」，花自芳忙出去看時，見是他主僕兩個，唬得驚疑不定，連忙抱下寶玉來，至院內嚷道：「寶二爺來了！」別人聽見還可，襲人聽了，也不知為何，忙跑出來迎著寶玉，一把拉著問：「你怎麼來了？」寶玉笑道：「我怪悶的，來瞧瞧你做什麼呢。」襲人聽了，纔把心放下來，説道：「你也胡鬧了，可做什麼來呢？」一面又問茗煙：「還有誰跟來？」茗煙笑道：「別人都不知，就只我們兩個。」襲人聽了，復又驚慌説道：「這還了得！倘或撞見了人，或是遇見了老爺，街上人擠馬碰，有個閃失，也是玩得的？你們的膽子比斗還大。都是茗煙調唆的，回去我定告訴嬷嬷們打你。」茗煙撅了嘴道：「二爺罵著打著叫我引了來的，這會子推到我身上。我説別要來罷！不然，我們還去罷。」花自芳忙勸道：「罷了，已是來了，也不用多説了。只是茅簷草舍，又窄又不乾淨，爺怎麼坐呢？」

襲人之母也早迎了出來。襲人拉了寶玉進去。寶玉見房中三五個女孩兒，見他進來，都低了頭，羞臉通紅。花自芳母子兩個恐怕寶玉冷，又讓他上炕，又忙另擺果桌，又忙倒好茶。襲人笑道：「你們不用白忙，我自然知道，果子也不用擺了，不敢亂給東西吃。」一面說，一面將自己的坐褥拿了，鋪在一個杌子上，寶玉坐了；用自己的腳爐墊了腳，向荷包內取出兩個梅花香餅兒來，又將自己的手爐掀開焚上，仍蓋好，放與寶玉懷內；然後將自己的茶杯斟了茶，送與寶玉。彼時他母兄已是忙著齊齊整整的擺上一桌子果品來，襲人見總無可吃之物，因笑道：「既來了，沒有空去的理，好歹嘗一點兒，也是來我家一趟。」說著，便拈了幾個松子瓤，吹去細皮，用手帕托著送與寶玉。

寶玉看見襲人兩眼微紅，粉光融滑，因悄問襲人道：「好好的哭什麼？」襲人笑道：「何嘗哭！纔迷了眼揉的。」因此便遮掩過了。因見寶玉穿著大紅金蟒狐腋箭袖，外罩石青貂裘排穗褂，說道：「你特為往這裏來，又換新衣服，他們就不問你往那裏去的？」寶玉笑道：「原是珍大爺請過去看戲換的。」襲人點頭，又道：「坐一坐就回去罷，這個地方不是你來的。」寶玉笑道：「你就家去纔好呢，我還替你留著好東西呢。」襲人笑道：「悄悄的，叫他們聽著什麼意思。」一面又伸手從寶玉項上將「通靈玉」摘下來，向他姊妹們笑道：「你們見識見識。時常說起來都當稀罕，恨不能一見，今兒可盡力瞧了。再瞧什麼稀罕物兒，也不過是這麼個東西。」說畢，遞與他們傳看了一遍，仍與寶玉掛好，又命他哥哥去僱一乘小轎，或僱一輛小車，送寶玉回去。花自芳道：「有我送去，騎馬也不妨了。」襲人道：「不為不妨，為的是碰見人。」

花自芳忙去僱了一頂小轎來，眾人也不好相留，只得送寶玉出去。襲人又抓些果子與茗煙，又把些錢與他買花炮放，教他：「不可告訴人，連你也有不是。」一面說著，一直送寶玉至門前，看著上轎，放下轎簾。茗煙二人牽馬跟隨。來至寧府街，茗煙命住轎，向花自芳道：「須得我同二爺還到東府裏混一混，纔過去的，不然人家就疑惑了。」花自芳聽說有理，忙將寶玉抱出轎來，送上馬去。寶玉笑道：「倒難為你了。」於是仍進了後門來，俱不在話下。

卻說寶玉自出了門，他房中這些丫鬟們都越性恣意的玩笑，也有趕圍棋的，也有擲骰抹牌的，磕了一地的瓜子皮。偏奶母李嬤嬤拄拐進來請安，瞧瞧寶玉，見寶玉不在家，丫鬟們只顧玩鬧，十分看不過，因歎道：「只從我出去了不大進來，你們越發沒了樣兒了，別的嬤嬤越不敢說你們了。那寶玉是個『丈八的燈臺——照見人家，照不見自己』的，只知嫌人家腌臢，這是他的屋子，由著你們糟蹋，越不成體統了。」

這些丫頭們明知寶玉不講究這些；二則李嬤嬤已是告老解事出去的了，如今管不著他們。因此，只顧玩笑，並不理他。那李嬤嬤還只管問：「寶玉如今一頓吃多少飯？什麼時候睡覺？」丫頭們總胡亂答應，有的說：「好個討厭的老貨！」李嬤嬤又問道：「這蓋碗裏是酥酪，怎不送與我吃？」說畢，拿起就吃。一個丫頭道：「快別動！那是說了給襲人留著的，回來又惹氣了。你老人家自己承認，別帶累我們受氣。」李嬤嬤聽了，又氣又愧，便說道：「我不信他這樣壞了腸子！別說我吃了一碗牛奶，就是再比這個值錢的，也是應該的。難道待襲人比我還重？難道他不想想怎麼長大了？我的血變的奶，吃的長這麼大；如今我吃他一碗牛奶，他就生氣了？我偏吃了，看他怎樣！你們看襲人不知怎樣，那是我手裏調理出來的毛丫頭，什麼阿物兒！」一面說，一面賭氣將酥酪吃盡。又一個丫頭笑道：「他們不會說話，怨不得你老人家生氣。寶玉還送東西孝敬你老人家去，豈有為這個不自在的？」李嬤嬤道：

「你們也不必妝狐媚子哄我，打量上次為茶攆茜雪的事我不知道呢。明兒有了不是，我再來領。」說著，賭氣去了。

少時，寶玉回來，命人去接襲人，只見晴雯躺在牀上不動，寶玉因問：「敢是病了？再不然輸了？」秋紋道：「他倒是贏的。誰知李老太太來了混輸了，他氣得睡去了。」寶玉笑道：「你們別和他一般見識，由他去就是了。」

說著，襲人已來，彼此相見。襲人又問寶玉何處吃飯，多早晚回來，又代母妹問諸同伴姊妹好。一時換衣卸妝。寶玉命取酥酪來，丫鬟們回說：「李奶奶吃了。」寶玉纔要說話，襲人便忙笑說道：「原來是留的這個，多謝費心。前日我吃的時候好吃，吃過了，好肚子疼，鬧得吐了纔好了。他吃了倒好，擱在這裏白糟蹋了。我只想風乾栗子吃，你替我剝栗子，我去鋪牀。」

寶玉聽了，信以為真，方把酥酪丟開，取栗子來，自向燈前檢剝。一面見眾人不在房中，乃笑問襲人道：「今兒那個穿紅的是你什麼人？」襲人道：「那是我兩姨妹子。」寶玉聽了，讚歎了兩聲。襲人道：「歎什麼？我知道你心裏的緣故，想是說，他那裏配穿紅的？」寶玉笑道：「不是，不是。那樣的人不配穿紅的，誰還敢穿？我因為見他實在好得很，怎麼也得他在咱們家就好了。」襲人冷笑道：「我一個人是奴才命罷了，難道連我的親戚都是奴才命不成？定還要揀實在好的丫頭纔往你家來。」寶玉聽了，忙笑道：「你又多心了！我說往咱們家來，必定是奴才不成？說親戚就使不得？」襲人道：「那也搬配不上。」寶玉便不肯再說，只是剝栗子。襲人笑道：「怎麼不言語了？想是我纔冒撞衝犯了你，明兒賭氣花幾兩銀子買他們進來就是了。」寶玉笑道：「你說的話怎麼叫人答言呢？我不過是讚他好，正配生在這深堂大院裏，沒的我們這種濁物倒生在這裏！」襲人道：「他雖沒這造化，倒也是姣生慣養的，我姨父姨娘的寶貝，如今十七歲，各樣的嫁妝都齊備了，明年就出嫁。」

寶玉聽了「出嫁」二字，不禁又「嗐」兩聲。正不自在，又聽襲人歎道：「只從我來這幾年，姊妹們都不得在一處，如今我要回去了，他們又都去了。」寶玉聽這話內有文章，不覺吃一驚，忙丟下栗子，問道：「怎麼，你如今要回去了？」襲人道：「我今兒聽見我媽和哥哥商議，教我再耐煩一年，明年他們上來就贖我出去呢。」寶玉聽了這話，越發忙了，因問：「為什麼要贖你？」襲人道：「這話奇了！我又比不得是你這裏的家生子兒，我一家子都在別處，獨我一個人在這裏，怎麼是個了局？」寶玉道：「我不叫你去也難。」襲人道：「從來沒有這理。便是朝廷宮裏，也有定例，或幾年一選，幾年一入，沒有長遠留下人的理，別說你家！」

寶玉想一想，果然有理，又道：「老太太不放你也難。」襲人道：「為什麼不放？我果然是個最難得的，或者感動了老太太、太太必不放我出去的，設或多給我家幾兩銀子留下，然或有之；其實我也不過是個最平常的人，比我強的多而且多。自我從小兒來跟著老太太，先伏侍了史大姑娘幾年，如今又伏侍了你幾年。如今我們家來贖，正是該叫去的，只怕連身價也不要，就開恩叫我去呢。若說為伏侍得你好，不叫我去，斷然沒有的事。那伏侍得好，分內應當的，不是什麼奇功；我去了仍舊又有好的了，不是沒了我就成不得的。」寶玉聽了這些話，竟是有去的理，無留的理，心裏越發急了，因又道：「雖然如此說，我只一心要留下你，不怕老太太不和你母親說，多多給你母親些銀子，他也不好意思接你了。」襲人道：「我媽自然不敢強。且慢說和他好說，又多給銀子；就便不好和他說，一個錢也不給，安心要強留下我，他也不敢不依。但只是咱們家從沒幹過這倚勢仗貴霸道的事。這比不得別的東西，因為喜歡，加十倍利弄了來給你，那賣的人不得吃虧，可以行得；如今無故平空留下我，於你又無益，反教我們骨肉分離，這件事，老太太、太太斷不肯行的。」寶玉聽了，思忖半晌，乃說道：「依你說來說去，是去定了？」襲人道：「去定了。」寶玉聽了自思道：「誰知這樣一個人，這樣薄情無義呢。」乃歎道：「早知道都是要去的，我就不該弄了來，臨了剩我一個孤鬼兒。」說著便賭氣上牀睡了。

原來襲人在家，聽見他母兄要贖他回去，他就說：「至死也不回去的。」又說：「當日原是你們沒飯吃，就剩我還值幾兩銀子，若不叫你們賣，沒有個看著老子娘餓死的理；如今幸而賣到這個地方，吃穿和主子一樣，又不朝打暮罵。況如今爹雖沒了，你們卻又整理的家成業就，復了元氣。若果然還艱難，把我贖出來，再多掏摸幾個錢，也還罷了，其實又不難了，這會子又贖我做什麼？權當我死了，再不必起贖我的念頭！」因此哭鬧了一陣。

他母兄見他這般堅執，自然必不出來的了。況且原是賣倒的死契，明仗著賈宅是慈善寬厚之家，不過求一求，只怕連身價銀一併賞了還是有的事呢；二則賈府中從不曾作踐下人，只有恩多威少的，且凡老少房中所有親侍的女孩子們，更比待家下眾人不同，平常寒薄人家的小姐也不能那樣尊重的。因此他母子兩個就死心不贖了。次後忽然寶玉去了，他二人又是那般景況，他母子二人心中更明白了，越發一塊石頭落了地，而且是意外之想，彼此放心，再無贖念了。

且說襲人自幼見寶玉性格異常，其淘氣憨頑自是出於眾小兒之外，更有幾件千奇百怪口不能言的毛病兒。近來仗著祖母溺愛，父母亦不能十分嚴緊拘管，更覺放縱弛蕩，任情恣性，最不喜務正。每欲勸時，諒不能聽。今日可巧有贖身之論，故先用騙詞以探其情，以壓其氣，然後好下箴規。今見寶玉默默睡去了，知其情有不忍，氣已餒墮。自己原不想栗子吃，只因怕為酥酪生事，又像那茜雪之茶，是以假要栗子為由，混過寶玉不提就完了。於是命小丫頭子們將栗子拿去吃了，自己來推寶玉。只見寶玉淚痕滿面，襲人便笑道：「這有什麼傷心的？你果然留我，我自然不出去了。」寶玉見這話有因，便說道：「你倒說說，我還要怎麼留你？我自己也難說。」襲人笑道：「咱們素日好處，自不用說。但今日安心留我，不在這上頭。我另說出三件事來，你果然依了我，就是你真心留我了，刀擱在脖子上，我也是不出去的了。」

寶玉忙笑道：「你說，那幾件？我都依你。好姐姐，好親姐姐！別說兩三件，就是兩三百件我也依的。只求你們同看著我，守著我，等我有一日化成了飛灰——飛灰還不好，灰還有形有跡，還有知識——等我化成一股輕煙，風一吹便散了的時候，你們也管不得我，我也顧不得你們了。那時憑我去，我也憑你們愛那裏去就去了。」急得襲人忙握他的嘴，說：「好，好！我正為勸你這些，更說得狠了。」寶玉忙說道：「再不說這話了。」襲人道：「這是頭一件要改的。」寶玉道：「改了，再說你就擰嘴。還有什麼？」

襲人道：「第二件，你真喜讀書也罷，假喜也罷，只在老爺跟前，或在別人跟前，你別只管批駁誚謗，只作出個喜讀書的樣子來，也叫老爺少生些氣，在人前也好說嘴。他心裏想著，我家代代讀書，只從有了你，不承望你不但不喜讀書，已經他心裏又氣又愧了，而且背前面後亂說那些混話。凡讀書上進的人，你就起個名字，叫作『祿蠹』；又說只除『明明德』外無書，都是前人自己不能解聖人之書，便另出己意，混編纂出來的。這些話，怎怨得老爺不氣，不時時打你？叫別人怎麼想你？」

寶玉笑道：「再不說了。那是我小時不知天高地厚，信口胡說，如今再不敢說了。還有什麼？」襲人道：「再不可謗僧毀道，調脂弄粉。還有更要緊的一件事，再不許吃人嘴上擦的胭脂了，與那愛紅的毛病兒。」寶玉道：「都改，都改！再有什麼？快說罷。」襲人道：「再也沒有了，只是百事檢點些，不任意任情的就是了。你若果然都依了，便拿八人轎也擡不出我去了。」寶玉笑道：「你這裏長遠了，不怕沒八人轎你坐。」襲人冷笑道：「這我可不希罕的。有那個福氣，沒有那個道理，縱坐了也沒甚趣。」

二人正說著，只見秋紋走進來，說：「三更天了，該睡了。方纔老太太打發嬤嬤來問，我答應睡了。」寶玉命取錶來看時，果然針已指到亥正，方從新盥漱，寬衣安歇，不在話下。

至次日清晨，襲人起來，便覺身體發重，頭疼目脹，四肢火熱。先時還扎掙得住，次後捱不住，只要睡著，因而和衣躺在炕上。寶玉忙回了賈母，傳醫診視，說道：「不過偶感風寒，吃一兩劑藥疏散疏散就好了。」開方去後，令人取藥來煎好，剛服下去，命他蓋上被窩渥汗，寶玉自去黛玉房中來看視。

彼時黛玉自在牀上歇午，丫鬟們皆出去自便，滿屋內靜悄悄的。寶玉揭起繡綫軟簾，進入裏間，只見黛玉睡在那裏，忙走上來推他道：「好妹妹，纔吃了飯，又睡覺。」將黛玉喚醒。黛玉見是寶玉，因說道：「你且出去逛逛，我前兒鬧了一夜，今兒還沒有歇過來，渾身酸疼。」寶玉道：「酸疼事小，睡出來的病大，我替你解悶兒，混過睏去就好了。」黛玉只合著眼，說道：「我不睏，只略歇歇兒，你且別處去鬧會子再來。」寶玉推他道：「我往那裏去呢，見了別人就怪膩的。」

黛玉聽了，「嗤」的一笑道：「你既要在這裏，那邊去老老實實的坐著，咱們說話兒。」寶玉道：「我也歪著。」黛玉道：「你就歪著。」寶玉道：「沒有枕頭，咱們在一個枕頭上。」黛玉道：「放屁！外面不是枕頭？拿一個來枕著。」寶玉出至外間，看了一看，回來笑道：「那個我不要，也不知是那個腌臢老婆子的。」黛玉聽了，睜開眼，起身笑道：「真真你就是我命中的『天魔星』，請枕這一個！」說著，將自己枕的推與寶玉，又起身將自己的再拿了一個來自己枕了，二人對面方倒下。

黛玉因看見寶玉左邊腮上有鈕扣大小的一塊血漬，便欠身湊近前來，以手撫之細看道：「這又是誰的指甲刮破了？」寶玉倒身，一面躲，一面笑道：「不是刮的，只怕是纔剛替他們淘澄胭脂膏子，濺上了一點兒。」說著，便找手帕子要揩拭。黛玉便用自己的帕子替他揩拭了，口內說道：「你又幹這些事。幹也罷了，必定還要帶出幌子來。便是舅舅看不見，別人看見了，又當奇事新鮮話兒去學舌討好，吹到舅舅耳朵裏，又大家不乾淨惹氣。」

寶玉總未聽見這些話，只聞得一股幽香，卻是從黛玉袖中發出，聞之令人醉魂酥骨。寶玉一把便將黛玉的衣袖拉住，要瞧籠著何物。黛玉笑道：「這等時候誰帶什麼香呢？」寶玉笑道：「既如此，這香是那裏來的？」黛玉道：「連我也不知道，想必是櫃子裏頭的香氣衣服上熏染的，也未可知。」寶玉搖頭道：「未必。這香的氣味奇怪，不是那些香餅子、香毬子、香袋子的香。」黛玉冷笑道：「難道我也有什麼『羅漢』『真人』給我些奇香不成？便是得了奇香，也沒有親哥哥親兄弟弄了花兒、朵兒、霜兒、雪兒替我炮製。我有的是那些俗香罷了。」

寶玉笑道：「凡我說一句，你就拉上這些。不給你個利害也不知道，從今兒可不饒你了！」說著翻身起來，將兩隻手呵了兩口，便伸向黛玉膈肢窩內兩脅下亂撓。黛玉素性觸癢不禁，寶玉兩手伸來亂撓，便笑得喘不過氣來，口裏說：「寶玉！你再鬧，我就惱了。」寶玉方住了手，笑問道：「你還說這些不說了？」黛玉笑道：「再不敢了。」一面理鬢笑道：「我有奇香，你有『暖香』沒有？」

寶玉見問，一時解不來，因問：「什麼『暖香』？」黛玉點頭笑歎道：「蠢才，蠢才！你有玉，人家就有金來配你；人家有『冷香』，你就沒有『暖香』去配？」寶玉方聽出來，寶玉笑道：「方纔求饒，如今更說狠了。」說著又去伸手。黛玉忙笑道：「好哥哥，我可不敢了。」寶玉笑道：「饒便饒你，只把袖子我聞一聞。」說著便拉了袖子籠在面上，聞個不住。黛玉奪了手道：「這可該去了。」寶玉笑道：「要去，不能。咱們斯斯文文的躺著說話兒。」說著復又倒下，黛玉也倒下，用手帕蓋上臉。

寶玉有一搭沒一搭的說些鬼話，黛玉只不理。寶玉問他幾歲上京，路上見何景致古跡，揚州有何遺跡故事，土俗民風，黛玉不答。寶玉只怕他睡出病來，便哄他道：「噯喲！你們揚州衙門裏有一件大故事，你可知道？」黛玉見他說得鄭重，又且正言厲色，只當是真事，因問：「什麼事？」寶玉見問，便忍著笑，順口謅道：「揚州有一座黛山，山上有個林子洞，……」黛玉笑道：「這就扯謊，自來也沒有聽見這山。」寶玉道：「天下山水多著呢，你那裏知道這些不成？等我說完了你再批評。」黛玉道：「你且說。」寶玉又謅道：「林子洞裏原來有一群耗子精。那一年臘月初七日，老耗子昇座議事，說：『明日乃是臘八日，世上人都熬臘八粥，如今我們洞中果品短少，須得趁此打劫些來方好。』乃拔令箭一枝，遣一能幹小耗前去打聽。一時小耗回報：『各處察訪打聽已畢，惟有山下廟裏果米最多。』老耗問：『米有幾樣？果有幾品？』小耗道：『米豆成倉，不可勝記。果品有五種：一紅棗，二栗子，三落花生，四菱角，五香芋。』老耗聽了大喜。即時點耗前去，乃拔令箭，問：『誰去偷米？』一耗便接令去偷米。又拔令箭問：『誰去偷豆？』又一耗接令去偷豆。然後一一的都各領令去了。只剩下香芋一種，因又拔令箭問：『誰去偷香芋？』只見一個極小極弱的小耗應道：『我願去偷香芋。』老耗並眾耗見他這樣，恐不諳練，又恐怯懦無力，都不准他去。小耗道：『我雖年小身弱，卻是法術無邊，口齒伶俐，機謀深遠。此去管比他們偷得還巧呢！』眾耗忙問：『如何得比他們巧呢？』小耗道：『我不學他們直偷，我只搖身一變，也變成個香芋，滾在香芋堆裏，使人看不出，聽不見，卻暗暗的用分身法搬運，漸漸的就搬運盡了。豈不比直偷硬取的巧些？』眾耗聽了，都道：『妙卻妙，只是不知怎麼個變法？你去先變個我們瞧瞧。』小耗聽了，笑道：『這個不難，等我變來。』說畢，搖身說：『變。』竟變了一個最標致美貌的一位小姐。眾耗忙笑說：『變錯了，變錯了！原說變果子的，如何變出小姐來？』小耗現形笑道：『我說你們沒見世面，只認得這果子是香芋，卻不知鹽課林老爺的小姐纔是真正的「香玉」呢。』」

黛玉聽了，翻身爬起來，按著寶玉笑道：「我把你爛了嘴的！我就知道你是編我呢。」說著便擰。寶玉連連央告：「好妹妹，饒我罷，再不敢了！我因為聞見你的香氣，忽然想起這個故典來。」黛玉笑道：「饒罵了人，還說是故典呢。」

一語未了，只見寶釵走來，笑問：「誰說故典呢？我也聽聽。」黛玉忙讓坐，笑道：「你瞧瞧，還有誰？他饒罵了，還說是故典。」寶釵笑道：「原來是寶兄弟！怪不得他。他肚子裏的故典原多。只是可惜一件，凡該用故典之時他偏就忘了。有今日記得的，前兒夜裏的芭蕉詩就該記得。眼面前的倒想不起來，別人冷得那樣，他急得只出汗。這會子偏又有記性了。」黛玉聽了笑道：「阿彌陀佛！到底是我的好姐姐，你一般也遇見對子了。可知一還一報，不爽不錯的。」剛説到這裏，只聽寶玉房中一片聲吵嚷起來。未知何事，下回分解。

卷二十　王熙鳳正言彈妒意　林黛玉俏語謔嬌音

話說寶玉在黛玉房中說「耗子精」，寶釵撞來，諷刺寶玉元宵不知「綠蠟」之典，三人正在房中互相諷刺取笑。那寶玉正恐黛玉飯後貪眠，一時存了食，或夜間走了睏，皆非保養身體之法；幸而寶釵走來，大家談笑，那林黛玉方不欲睡，自已纔放了心。忽聽他房中嚷起來，大家側耳聽了一聽，林黛玉先笑道：「這是你媽媽和襲人叫喚呢。那襲人待他也罷了，你媽媽再要認真排場他，可見老背晦了。」

寶玉忙欲趕過去，寶釵一把拉住道：「你別和你媽媽吵纔是，他老糊塗了，倒要讓他一步兒為是。」寶玉道：「我知道了。」說畢，走來，只見李嬤嬤拄著拐杖，在當地罵襲人：「忘了本的小娼婦！我擡舉你起來，這會子我來了，你大模大樣的躺在炕上，見我也不理一理。一心只想妝狐媚子哄寶玉，哄得寶玉不理我，只聽你們的話。你不過是幾兩銀子買來的毛丫頭，這屋裏你就作耗，如何使得！好不好，拉出去配一個小子，看你還妖精似的哄人不哄！」襲人先道李嬤嬤不過為他躺著生氣，少不得分辯說：「病了，纔出汗，蒙著頭，原沒看見你老人家。」後來聽見他說「哄寶玉」，又說「配小子」，由不得又羞又委屈，禁不住哭起來了。

寶玉雖聽了這些話，也不好怎樣，少不得替他分辯病了吃藥等話，又說：「你不信，只問別的丫頭們。」李嬤嬤聽了這話，越發氣起來了，說道：「你只護著那起狐狸，那裏還認得我了，叫我問誰去？誰不幫著你呢？誰不是襲人拿下馬來的？我都知道那些事。我只和你在老太太、太太跟前去講，把你奶了這麼大，到如今吃不著奶了，把我丟在一旁，逞著丫頭們要我的強！」一面說，一面哭起來。彼時黛玉寶釵等也走過來勸道：「媽媽，你老人家擔待他們些就完了。」李嬤嬤見他二人來了，便訴委曲，將當日吃茶，茜雪出去，與昨日酥酪等事，嘮嘮叨叨說個不了。

可巧鳳姐正在上房算了輸贏賬，聽得後面一片聲嚷動，便知是李嬤嬤老病發了，排揎寶玉的人，正值他今兒輸了錢，遷怒於人，便連忙趕過來，拉了李嬤嬤，笑道：「媽媽別生氣。大節下，老太太剛喜歡了一日，你是個老人家，別人吵嚷，還要你管他們纔是；難道你反不知規矩，在這裏嚷起來，叫老太太生氣不成？你說誰不好，我替你打他。我家裏燒的滾熱的野雞，快跟我來喝酒去。」一面說，一面拉著走，又叫：「豐兒，替你李奶奶拿著拐棍子，擦眼淚的手帕子。」那李嬤嬤腳不沾地，跟了鳳姐兒走了，一面還說：「我也不要這老命了，索性今兒沒了規矩，鬧一場子，討個沒臉，強似受那娼婦的氣！」後面寶釵黛玉見鳳姐兒這般，都拍手笑道：「虧他這一陣風來，把個老婆子撮了去。」

寶玉點頭歎道：「這又不知是那裏的賬，只揀軟的欺負。又不知是那個姑娘得罪了，上在他賬上了……」一句未完，晴雯在旁說道：「誰又不瘋了，得罪他做什麼？既得罪了他，就有本事承任，不犯著帶累別人！」襲人一面哭，一面拉著寶玉道：「為我得罪了一個老奶奶，你這會子又為我得罪這些人，這還不夠我受的，還只是拉扯人。」寶玉見他這般病勢，又添了這些煩惱，連忙忍氣吞聲，安慰他仍舊睡下出汗。又見他湯燒火熱，自己守著他，歪在旁邊勸他：「只養著病，別想那些沒要緊的事生氣。」襲人冷笑道：「要為這些事生氣，屋裏一刻還留得了？但只是天長日久，儘著如此吵鬧，可叫人怎麼樣過呢。你只顧一時為我們得罪了人，他們都記在心裏，遇著坎兒，說得好說不好聽，大家什麼意思？」一面說，一面禁不住流淚，又怕寶玉煩惱，只得又勉強忍著。

一時雜使的老婆子端了二和藥來。寶玉見他纔有汗意，不叫他起來，便自己端著與他就枕上吃了，即令小丫鬟們鋪炕。襲人道：「你吃飯不吃飯，到底老太太、太太跟前坐一會子，和姑娘們玩一會子，再回來。我就靜靜的躺一躺也好。」寶玉聽說，只得依他，去了簪環，看他躺下，自往上房來，同賈母吃飯。飯畢，賈母猶欲同那幾個老管家的嬤嬤鬥牌。寶玉記著襲人，便回至房中，見襲人朦朦睡去。自己要睡，天氣尚早。彼時晴雯、綺霞、秋紋、碧痕都尋熱鬧找鴛鴦琥珀等耍戲去了。見麝月一人在外間房裏燈下抹骨牌。寶玉笑道：「你怎麼不同他們去？」麝月道：「沒有錢。」寶玉道：「牀底下堆著那些，還不夠你輸的？」麝月道：「都玩去了，這屋子交給誰呢？那一個又病了，滿屋裏上頭是燈，下頭是火。那些老婆子們都『老天拔地』，服侍了一天，也該叫他們歇歇；小丫頭們也服侍了一天，這會子還不叫他們玩玩去？所以我在這裏看著。」

寶玉聽了這話，公然又是一個襲人。因笑道：「我在這裏坐著，你放心去罷。」麝月道：「你既在這裏，越發不用去了，咱們兩個說話玩笑豈不好？」寶玉道：「咱們兩個做什麼呢？怪沒意思的。也罷了，早上你說頭癢，這會子沒什麼事，我替你篦頭罷。」麝月聽了便道：「就是這樣。」說著，將文具鏡匣搬將來，卸去釵釧，打開頭髮，寶玉拿了篦子替他一一梳篦。只篦了三五下，見晴雯忙忙走進來取錢，一見了他兩個，便冷笑道：「哦！交杯盞還沒吃，倒上了頭了！」寶玉笑道：「你來，我也替你篦一篦。」晴雯道：「我沒這麼樣大福。」說著，拿了錢，便摔了簾子，出去了。

寶玉在麝月身後，麝月對鏡，二人在鏡內相視。寶玉便向鏡內笑道：「滿屋裏就只是他磨牙。」麝月聽說，忙向鏡中擺手，寶玉會意，忽聽「唿」一聲簾子響，晴雯又跑進來問道：「我怎麼磨牙了？咱們倒得說說。」麝月笑道：「你去你的罷，何苦來問人了。」晴雯笑道：「你又護著！你們那瞞神弄鬼的，我都知道。等我撈回本兒來再說話。」說著，一徑出去了。這裏寶玉通了頭，命麝月悄悄的伏侍他睡下，不肯驚動襲人。一宿無話。

次日清晨起來，襲人已是夜間發了汗，覺得輕省了些，只吃些米湯靜養。寶玉放了心，因飯後走到薛姨媽這邊來閒逛。

彼時正月內，學房中放年學，閨閣中忌針黹，都是閒時，因賈環也過來玩。正遇見寶釵、香菱、鶯兒三個趕圍棋作耍，賈環見了也要玩。寶釵素昔看他也如寶玉，並沒他意；今兒聽他要玩，讓他上來坐了，一處玩。一磊十個錢，頭一回，自己贏了，心中十分歡喜。誰知後來接連輸了幾盤，便有些著急。趕著這盤正該自己擲骰子，若擲個七點便贏，若擲個六點，下該鶯兒，擲三點就輸了。因拿起骰子來狠命一擲，一個坐定了二，那一個亂轉。鶯兒拍著手只叫「幺」，賈環便瞪著眼，「六」、「七」、「八」混叫。那骰子偏生轉出幺來。賈環急了，伸手便抓起骰子，然後就拿錢，說是個六點。鶯兒便說：「明明是個幺。」寶釵見賈環急了，便瞅鶯兒，說道：「越大越沒規矩！難道爺們還賴你？還不放下錢來呢。」鶯兒滿心委屈，見寶釵說，不敢出聲，只得放下錢來，口內嘟囔說：「一個做爺的，還賴我們這幾個錢，連我也不放在眼裏。前兒和寶二爺玩，他輸了那些，也沒著急，下剩的錢還是幾個小丫頭子們一搶，他一笑就罷了。」寶釵不等說完，連忙喝住了。賈環道：「我拿什麼比寶玉？你們怕他，都和他好，都欺負我不是太太養的。」說著便哭。寶釵忙勸他：「好兄弟，快別說這話，人家笑話你。」又罵鶯兒。

正值寶玉走來，見了這般形況，問：「是怎麼了？」賈環不敢則聲。寶釵素知他家規矩：凡做兄弟的怕哥哥。卻不知那寶玉是不要人怕他的。他想著：「兄弟們一併都有父母教訓，何必我多事，反生疏了。況且我是正出，他是庶出，饒這樣看待，還有人背後談論，還禁得轄治了他？」更有個呆意思存在心裏。你道是何呆意？因他自幼姐妹叢中長大，親姊妹有元春探春，叔伯的有迎春惜春，親戚中又有史湘雲、林黛玉、薛寶釵等人，他便料定天地靈淑之氣，只鍾於女子，男兒們不過是些渣滓濁沫而已。因此把一切男子都看成濁物，可有可無。只是父親、伯叔、兄弟之倫，因是聖人遺訓，不敢違忤，只得聽他幾句。所以兄弟之間亦不過盡其大概的情理就罷了，並不想自己是男子，須要為子弟之表率。是以賈環等都不怕他，卻怕賈母，纔讓他三分。

現今寶釵生怕寶玉教訓他，倒沒意思，便連忙替賈環掩飾。寶玉道：「大正月裏，哭什麼？這裏不好，到別處玩去。你天天念書，倒念糊塗了。譬如這件東西不好，橫豎那一件好，就捨了這件取那件。難道你守著這件東西哭會子就好了不成？你原來是取樂的，倒招的自己煩惱，不如快去呢。」賈環聽了，只得回來。

趙姨娘見他這般，因問：「是那裏墊了踹窩來了？」賈環便說：「同寶姐姐玩來著，鶯兒欺負我，賴我的錢，寶玉哥哥攆我來了。」趙姨娘啐道：「誰叫你上高臺盤了？下流沒臉的東西！那裏玩不得？誰叫你跑了去討這沒意思？」正說著，可巧鳳姐在窗外過，都聽在耳內，便隔窗說道：「大正月裏，怎麼了？兄弟們小孩子家，一半點兒錯了，你只教導他，說這樣話做什麼？憑他怎麼去，還有太太老爺管他呢，就大口家啐他？他現是主子，不好，橫豎有教導他的人，與你什麼相干？環兄弟，出來！跟我玩去。」

賈環素日怕鳳姐，比怕王夫人更甚，聽見叫他，忙的出來。趙姨娘也不敢出聲。鳳姐向賈環說道：「你也是個沒氣性的東西！時常說給你：要吃，要喝，要玩，要笑，你愛同那一個姐姐妹妹哥哥嫂子玩，就同那個玩。你總不聽我的話，反叫這些人教得歪心邪意，狐媚子霸道的。自己又不尊重，要往下流裏走，安著壞心，還只怨人家偏心呢。輸了幾個錢，就這麼樣兒！」因問賈環：「你輸了多少錢？」賈環見問，只得諾諾的說道：「輸了一二百錢。」鳳姐道：「虧了你還是爺們，輸了一二百錢就這樣！」回頭叫：「豐兒，去取一吊錢來，姑娘們都在後頭玩呢，把他送了玩去。你明兒再這樣下流狐媚子，我先打了你，再叫人告訴學裏，皮不揭了你的！為你這不尊重，你哥哥恨得牙癢癢，不是我攔著，窩心腳把你的腸子窩出來呢！」喝令：「去罷！」賈環諾諾的，跟了豐兒，得了錢，自去和迎春等玩去，不在話下。

且說寶玉正和寶釵玩笑，忽見人說：「史大姑娘來了。」寶玉聽了，擡身就走，寶釵笑道：「等著，咱們兩個一齊走，瞧瞧他去。」說著，下了炕，同寶玉來至賈母這邊。只見史湘雲大笑大說的，見了他兩個，忙問好廝見。正值林黛玉在旁，因問寶玉：「在那裏來？」寶玉便道：「在寶姐姐家來。」黛玉冷笑道：「我說呢，虧在那裏絆住，不然早就飛了來了。」寶玉道：「只許同你玩，替你解悶兒；不過偶然去他那裏一遭，就說這話。」黛玉道：「好沒意思的話！去不去，管我什麼事？又沒叫你替我解悶兒，可許你從此不理我呢！」說著，便賭氣回房去了。

寶玉忙跟了來，問道：「好好的又生氣了？就是我說錯句話，你到底也還坐在那裏，和別人說笑一會子，又自己來納悶。」黛玉道：「你管我呢！」寶玉笑道：「我自然不敢管你，只是你自己糟蹋壞了身子呢。」黛玉道：「我作踐了我的身子，我死我的，與你何干？」寶玉道：「何苦來，大正月裏，『死』了『活』了的。」黛玉道：「偏說『死』！我這會子就死！你怕死，你長命百歲的如何？」寶玉笑道：「要像只管這樣的鬧，我還怕死呢？倒不如死了乾淨。」黛玉忙道：「正是了，要是這樣鬧，不如死了乾淨！」寶玉道：「我說自家死了乾淨，別要錯聽了賴人。」正說著，寶釵走來，說：「史大妹妹等你呢。」說著，便推寶玉走了。這裏黛玉越發氣悶，只向窗前流淚。

沒兩盞茶時，寶玉仍來了。黛玉見了，越發抽抽噎噎的哭個不住。寶玉見了這樣，知難挽回，打疊起千百樣的款語溫言來勸慰。不料自己未張口，只聽黛玉先說道：「你又來做什麼？死活憑我去罷了！横豎如今有人和你玩，要比我又會念，又會作，又會寫，又會說會笑，又怕你生氣，拉了你去，你又來做什麼？」寶玉聽了，忙上前悄悄的說道：「你這個明白人，難道連『親不隔疏，後不僭先』也不知道？我雖糊塗，卻明白這兩句話。頭一件，咱們是姑舅姊妹，寶姐姐是兩姨姊妹，論親戚也比你疏。第二件，你先來，咱們兩個一桌吃，一牀睡，自小兒一處長大的，他是纔來的，豈有個為他疏你的？」黛玉啐道：「我難道叫你疏他？我成了什麼人了呢？我為的是我的心！」寶玉道：「我也為的是我的心。難道你就知道你的心，不知道我的心不成？」黛玉聽了，低頭不語，半日說道：「你只怨人行動嗔怪你了，你再不知道你慪人難受。就拿今日天氣比，分明今日冷些，怎麼你倒脱了青肷披風呢？」寶玉笑道：「何嘗不穿著？見你一惱，我一暴燥，就脱了。」黛玉歎道：「回來傷了風，又該餓著吵吃的了。」

二人正説著，只見湘雲走來，笑道：「二哥哥，林姐姐，你們天天一處玩，我好容易來了，也不理我一理兒。」黛玉笑道：「偏是咬舌子愛説話，連個『二』哥哥也叫不上來，只是『愛』哥哥『愛』哥哥的。回來趕圍棋兒，又該你鬧『幺愛三』了。」寶玉笑道：「你學慣了，明兒連你還咬起來呢。」湘雲道：「他再不放人一點兒，專挑人的不是。你自己便比世人好，也不犯著見一個打趣一個。我指出一個人來，你敢挑他麼，我就服你。」黛玉便問：「是誰？」湘雲道：「你敢挑寶姐姐的短處，就算你是個好的。」黛玉聽了冷笑道：「我當是誰，原來是他！我那裏敢挑他呢？」寶玉不等説完，忙用話分開。湘雲笑道：「這一輩子我自然比不上你。我只保祐著明兒得一個咬舌兒林姐夫，時時刻刻你可聽『愛』呀『厄』的去，阿彌陀佛，那時纔現在我眼裏呢！」説得眾人一笑，湘雲忙回身跑了。要知端詳，且聽下回分解。

卷二十一　賢襲人嬌嗔箴寶玉　俏平兒軟語救賈璉

話說史湘雲跑了出來，怕林黛玉趕上，寶玉在後忙說：「絆倒了！那裏就趕上了？」林黛玉趕到門前，被寶玉叉手在門框上攔住，笑道：「饒他這一遭兒罷。」林黛玉拉著手說道：「我要饒了雲兒，再不活著！」湘雲見寶玉攔著門，料黛玉不能出來，便立住腳，笑道：「好姐姐，饒我這遭兒罷。」卻值寶釵來在湘雲身背後，也笑道：「我勸你兩個看寶兄弟面上，都撂開手罷。」黛玉道：「我不依。你們是一氣的，都戲弄我不成！」寶玉勸道：「誰敢戲弄你，你不打趣他，他焉敢說你。」四人正難分解，有人來請吃飯，方往前邊來。那天已掌燈時分，王夫人、李紈、鳳姐、迎春、探春、惜春姊妹等，都往賈母這邊來。大家閒話了一回，各自歸寢。湘雲仍往黛玉房中安歇。

寶玉送他二人到房，那天已二更多時，襲人來催了幾次，方回自己房中來睡。次早，天方明時，便披衣靸鞋往黛玉房中來，卻不見紫鵑翠縷二人，只有他姊妹兩個尚臥在衾內。那黛玉嚴嚴密密裹著一幅杏子紅綾被，安穩合目而睡。那史湘雲卻一把青絲，拖於枕畔，被只齊胸，一彎雪白的膀子，撂於被外，又帶著兩個金鐲子。寶玉見了歎道：「睡覺還是不老實！回來風吹了，又嚷肩窩疼了。」一面說，一面輕輕的替他蓋上。林黛玉早已醒了，覺得有人，就猜著定是寶玉，因翻身一看，果不出所料。

因說道：「這早晚就跑過來做什麼？」寶玉說：「這早晚還早呢！你起來瞧瞧。」黛玉道：「你先出去，讓我們起來。」

寶玉出至外間。黛玉起來，叫醒湘雲，二人都穿了衣裳。寶玉又復進來，坐在鏡臺旁邊。只見紫鵑雪雁進來伏侍梳洗。湘雲洗了臉，翠縷便拿殘水要潑，寶玉道：「站著，我趁勢洗了就完了，省得又過去費事。」說著，便走過來，彎腰洗了兩把。紫鵑遞過香皂去，寶玉道：「這盆裏就不少，不用搓了。」再洗了兩把，便要手巾。翠縷道：「還是這個毛病兒，多早晚纔改呢。」

寶玉也不理他，忙忙的要青鹽擦了牙，漱了口，完畢，見湘雲已梳完了頭，便走過來笑道：「好妹妹，替我梳上頭。」湘雲道：「這可不能了。」寶玉笑道：「好妹妹，你先時怎麼替我梳了呢？」湘雲道：「如今我忘了，不會梳呢。」寶玉道：「橫豎我不出門，又不戴冠子、勒子，不過打幾根辮子就完了。」說著，又千「妹妹」萬「妹妹」的央告。湘雲只得扶過他的頭來一一梳篦。在家不戴冠子，並不總角，只將四圍短髮編成小辮，往頂心髮上歸了總，編一根大辮，紅縧結住。自髮頂至辮梢，一路四顆珍珠，下面有金墜腳。湘雲一面編著，一面說道：「這珠子只三顆了，這一顆不是的，我記得是一樣的，怎麼少了一顆？」寶玉道：「丟了一顆。」湘雲道：「必定是外頭去，掉下來，不防被人揀了去，倒便宜他。」黛玉旁邊冷笑道：「也不知是真丟，也不知是給了人鑲什麼戴去了。」寶玉不答，因鏡臺兩邊都是妝奩等物，順手拿起來賞玩，不覺順手拈了胭脂，意欲往口邊送，又怕湘雲說，正猶豫間，湘雲在身後伸過手來，「啪」的一下將胭脂從他手中打落，說道：「不長進的毛病兒，多早晚纔改！」

一語未了，只見襲人進來，見這光景，知是梳洗過了，只得回來自己梳洗。忽見寶釵走來，因問：「寶兄弟那裏去了？」襲人冷笑道：「『寶兄弟』那裏還有在家的工夫！」寶釵聽說，心中明白。又聽襲人歎道：「姊妹們和氣，也有個分寸禮節，也沒個黑家白日鬧的！憑人怎麼勸，都是耳旁風。」寶釵聽了，心中暗忖道：「倒別看錯了這個丫頭，聽他說話，倒有些識見。」寶釵便在炕上坐了，慢慢的閒言中，套問他年紀家鄉等語，留神窺察其言語志量，深可敬愛。

一時寶玉來了，寶釵方出去。寶玉便問襲人道：「怎麼寶姐姐和你說的這麼熱鬧，見我進來就跑了？」問一聲不答，再問時，襲人方道：「你問我麼？我那裏知道你們的原故。」寶玉聽了這話，見他臉上氣色非往日可比，便笑道：「怎麼又動了真氣了？」襲人冷笑道：「我那裏敢動氣？只是你從今別進這屋子了，橫豎有人伏侍你，再不必來支使我。我仍舊還伏侍老太太去。」一面說，一面便在炕上合眼倒下。寶玉見了這般景況，深為駭異，禁不住趕來勸慰，那襲人只管合著眼不理。寶玉無了主意，因見麝月進來，便問道：「你姐姐怎麼了？」麝月道：「我知道麼？問你自己便明白了。」寶玉聽說，呆了一回，自覺無趣，便起身噯道：「不理我罷，我也睡去。」說著，便起身下炕，到自己牀上睡下。

襲人聽他半日無動靜，微微的打鼾，料他睡著，便起來拿一領斗篷來替他蓋上，只聽「唿」的一聲，寶玉便掀過去，仍合目裝睡。襲人明知其意，便點頭冷笑道：「你也不用生氣，從此後，我也只當啞了，再不說你一聲如何？」寶玉禁不住起身問道：「我又怎麼了？你又勸我？你勸也罷了，剛纔又沒勸，我一進來，你就不理我，賭氣睡了。我還摸不著是為什麼，這會子你又說我惱了。我何嘗聽見你勸我的是什麼話兒？」襲人道：「你心裏還不明白？還等我說呢！」

正鬧著，賈母遣人來叫他吃飯，方往前邊來，胡亂吃了幾碗飯，仍回至自己房中。只見襲人睡在外頭炕上，麝月在旁抹骨牌。寶玉素知麝月與襲人親厚，一併連麝月也不理，揭起軟簾，自往裏間來。麝月只得跟進來。寶玉便推他出去，說：「不敢驚動你們。」麝月只得笑著出來，喚兩個小丫頭進來。

寶玉拿一本書，歪著看了半天，因要茶，擡頭只見兩個小丫頭在地下站著，一個大些的，生得十分清秀，寶玉便問：「你叫什麼名字？」那丫頭答道：「叫蕙香。」寶玉又問：「是誰起的這個名字？」蕙香道：「我原叫『芸香』，是花大姐姐改的。」寶玉道：「正經該叫『晦氣』罷咧，什麼『蕙香』呢！」又問：「你姊妹幾個？」蕙香道：「四個。」寶玉道：「你第幾個？」蕙香道：「第四。」寶玉道：「明日就叫『四兒』，不必什麼『蕙』香『蘭』氣的，那一個配比這些花，沒的玷辱了好名好姓的。」一面說，一面命他倒了茶來吃。襲人和麝月在外間聽了半日，抿嘴兒笑。

這一日，寶玉也不出房門，自己悶悶的，只不過拿書解悶，或弄筆墨，也不使喚眾人，只叫四兒答應。誰知這四兒是個乖巧不過的丫頭，見寶玉用他，他便變盡方法籠絡寶玉。至晚飯後，寶玉因吃了兩杯酒，眼餳耳熱之餘，若往日則有襲人等大家嘻笑有興，今日卻冷清清的，一人對燈，好沒興趣。待要趕了他們去，又怕他們得了意，以後越來勸了；若拿出做上人的模樣鎮唬他們，似乎無情太甚。說不得橫了心只當他們死了，橫豎自家也要過的。便權當他們死了，毫無牽掛，反能怡然自悅。因命四兒剪燭烹茶，自己看了一回《南華經》，至外篇《胠篋》一則，其文曰：

故絕聖棄智，大盜乃止；擿玉毀珠，小盜不起。焚符破璽，而民樸鄙；剖斗折衡，而民不爭；殫殘天下之聖法，而民始可與論議。擢亂六律，鑠絕竽瑟，塞瞽曠之耳，而

天下始人含其聰矣；滅文章，散五彩，膠離朱之目，而天下始人含其明矣；毀絕鈎繩，而棄規距，攦工垂之指，而天下始人含其巧矣。

看至此，意趣洋洋，趁著酒興，不禁提筆續曰：

焚花散麝，而閨閣始人含其勸矣；戕寶釵之仙姿，灰黛玉之靈竅，喪滅情意，而閨閣之美惡始相類矣。彼含其勸，則無參商之虞矣；戕其仙姿，無戀愛之心矣；灰其靈竅，無才思之情矣。彼釵、玉、花、麝者，皆張其羅而穴其邃，所以迷眩纏陷天下者也。

續畢，擲筆就寢。頭剛著枕，便忽然睡去，一夜竟不知所之，直至天明方醒。翻身看時，只見襲人和衣睡在衾上。寶玉將昨日的事，已付之度外，便推他說道：「起來好生睡，看凍著了。」

原來襲人見他無曉夜和姊妹廝鬧，若真勸他，料不能改，故用柔情以警之，料他不過半日片刻，仍復好了。不想寶玉日夜竟不回轉，自己反不得主意，直一夜沒好生睡。今忽見寶玉如此，料是他心意回轉，便索性不睬他。寶玉見他不應，便伸手替他解衣，剛解開了鈕子，被襲人將手推開，又自扣了。寶玉無法，只得拉他的手笑道：「你到底怎麼了？」連問幾聲，襲人睜眼說道：「我也不怎麼。你睡醒了，你自過那邊房裏去梳洗，再遲了，就趕不上了。」寶玉道：「我過那裏去？」襲人冷笑道：「你問我，我知道嗎？你愛過那裏去就過那裏去。從今咱們兩個丟開手，省得雞聲鵝鬥，叫別人笑。橫豎那邊膩了過來，這邊又有個什麼『四兒』『五兒』伏侍。我們這起東西，可是『白玷辱了好名好姓』的。」寶玉笑道：「你今兒還記著呢？」襲人道：「一百年還記著呢！比不得你，拿著我的話當耳旁風，夜裏說了，早起就忘了。」寶玉見他嬌嗔滿面，情不可禁，便向枕邊拿起一根玉簪來，一跌兩段，說道：「我再不聽你說，就同這簪一樣。」襲人忙的拾了簪子，說道：「大早起，這是何苦來？聽不聽什麼要緊，也值得這個樣子。」寶玉道：「你那裏知道我心裏急！」襲人笑道：「你也知道著急麼！可知我心裏怎麼樣？快起來洗臉去罷。」說著，二人方起來梳洗。

寶玉往上房去後，誰知黛玉走來，見寶玉不在房中，因翻弄案上書看。可巧便翻出昨兒的《莊子》來，看見寶玉所續之處，不覺又氣又笑，不禁也提筆續一絕云：

無端弄筆是何人？剿襲《南華》莊子文。不悔自家無見識，卻將醜語詆他人！

題畢，也往上房來見賈母，後往王夫人處來。

誰知鳳姐之女大姐兒病了，正亂著請大夫診脈。大夫說：「替夫人奶奶們道喜：姐兒發熱是見喜了，並非別症。」王夫人鳳姐聽了，忙遣人問：「可好不好？」大夫回道：「症雖險，卻順，倒還不妨。預備桑蟲、豬尾要緊。」鳳姐聽了，登時忙將起來：一面打掃房屋，供奉「痘疹娘娘」，一面傳與家人忌煎炒等物，一面命平兒打點鋪蓋衣服與賈璉隔房，一面又拿大紅尺頭與奶子丫頭親近人等裁衣。外面又打掃淨室，款留兩位醫生，輪流斟酌診脈下藥，十二日不放家去。賈璉只得搬出外書房來安歇。鳳姐與平兒都隨王夫人日日供奉「娘娘」。

那賈璉只離了鳳姐，便要尋事，獨寢了兩夜，十分難熬，只得暫將小廝內清俊的選來出火。不想榮國府內有一個極不成材破爛酒頭廚子，名叫多官，人見他懦弱無能，都喚他作「多渾蟲」。因他父母給他娶了一個媳婦，今年方二十歲，也有幾分人材，又兼生性輕薄，最喜拈花惹草。多渾蟲又不理論，只是有酒有肉有錢，便諸事不管了。所以寧榮二府之人，都得入手。因這媳婦妖調異常，輕浮無比，眾人都呼他作「多姑娘兒」。如今賈璉在外熬煎，往日也見過這媳婦，垂涎久了，只是內懼嬌妻，外懼變寵，不曾下得手。那多姑娘兒也有意於賈璉，只恨沒空；今聞賈璉挪在外書房來，他便沒事也要走三四趟去招惹。賈璉似飢鼠一般，少不得和心腹的小廝們計議，多以金帛相許，焉有不允之理，況都和這媳婦是舊友，一說便成。

是夜，多渾蟲醉倒在炕，二鼓人定，賈璉便溜進來相會。一見面，早已神魂失據，也不及情談款敍，便寬衣動作起來。誰知這媳婦有天生的奇趣，一經男子挨身，便覺遍體筋骨癱軟，使男子如臥綿上；更兼淫態浪言，壓倒娼妓。賈璉此時恨不得化在他身上。那媳婦故作浪語，在下說道：「你們女兒出花兒，供著娘娘，你也該忌兩日，倒為我腌臢了身子，快離了我這裏罷。」賈璉一面大動，一面喘吁吁答道：「你就是『娘娘』！那裏還管什麼『娘娘』！」那媳婦越浪起來，賈璉不禁醜態畢露。一時事畢，兩個又盟山誓海，難捨難分。自此後，遂成相契。

一日，大姐毒盡瘢回，十二日後送了「娘娘」，合家祭天祀祖宗，還願焚香，慶賀放賞已畢，賈璉仍復搬進臥室。見了鳳姐，正是俗語云「新婚不如遠別」，更有無限恩愛，自不必細說。

次日早起，鳳姐往上房裏去後，平兒收拾外邊拿進來的衣服鋪蓋，不承望枕套中抖出一綹青絲來，平兒會意，忙藏在袖內，便走至這邊房內，拿出頭髮來，向賈璉笑道：「這是什麼？」賈璉一見，連忙搶上來要奪，平兒便跑，被賈璉一把揪住，按在炕上，從手中來奪。平兒笑道：「你是沒良心的，我好意瞞著他來問你，你倒賭狠！等他回來我告訴了，看你怎麼樣。」賈璉聽說，忙陪笑央求道：「好人，你賞我罷，我再不敢賭狠了。」

一語未了，只聽鳳姐聲音進來，賈璉聽見鬆了不是，搶又不是，只叫：「好人，別叫他知道！」平兒纔起身，鳳姐已走進來，命平兒：「快開匣子，替太太找樣子。」平兒忙答應了，找時，鳳姐見了賈璉，忽然想起來，便問平兒：「前日拿出去的東西都收進來沒有？」平兒道：「收進來了。」鳳姐道：「可少什麼不少？」平兒道：「細細查了，並沒少一件兒。」鳳姐又道：「可多什麼沒有？」平兒笑道：「不少就罷了，怎麼還有得多出來？」鳳姐又笑道：「這半個月，難保乾淨，或者有相厚的丟下的東西戒指、汗巾等物，亦未可定。」一席話，說得賈璉臉都黃了，在鳳姐身背後，只望著平兒殺雞抹脖使眼色，求他遮蓋。平兒只作看不見，因笑道：「怎麼我的心就和奶奶一樣！我就怕有這樣的，留神搜了一搜，竟一點破綻也沒有。奶奶不信，親自搜一搜。」鳳姐笑道：「傻丫頭，他便有這些東西，那裏就叫咱們搜著。」說著，拿了樣子出去了。

平兒指著鼻子，搖著頭兒，笑道：「這件事你該怎麼謝我呢？」喜得賈璉眉開眼笑，跑過來摟著，「心肝腸兒肉兒」亂叫。平兒手裏拿著頭髮，笑道：「這是一輩子的把柄兒。好就好，不好咱們就抖出這個來。」賈璉笑著央告道：「你好生收著罷，千萬可別叫他知道。」口裏說著，瞅他不堤防，一把便搶過來，笑道：「你拿著終是禍胎，不如我燒了，就完了事了。」一面說，一面掖在靴掖子內。平兒咬牙道：「沒良心的，『過了河兒就拆橋』，明兒還想我替你撒謊呢！」

賈璉見他嬌俏動情，便摟著求歡，平兒奪手跑了出來，急得賈璉彎著腰恨道：「死促狹小娼婦兒！一定浪上人的火來，他又跑了。」平兒在窗外笑道：「我浪我的，誰叫你動火？難道圖你受用，叫他知道了，又不代見我呀！」賈璉道：「你不用怕他，等我性子上來，把這『醋罐子』打個稀爛，他纔認得我呢！他防我像防賊似的，只許他同男人說話，不許我和女人說話。我和女人說話，略近些，他就疑惑；他不論小叔子、姪兒、大的、小的，說說笑笑，就不怕我吃醋了。以後我也不許他見人！」平兒道：「他醋你使得，你醋他使不得，他原行的正，走的正，你行動便有壞心，連我也不放心，別說他呀。」賈璉道：「你兩個一口賊氣！都是你們行得是，我凡行動都存壞心。多早晚纔叫你們都死在我手裏呢！」

一句未了，鳳姐走進院來，因見平兒在窗外，就問道：「要說話，怎麼不在屋裏，跑出來隔著窗子，是什麼意思？」賈璉在內接嘴道：「你可問他，倒像屋裏有老虎吃他呢！」平兒道：「屋裏一個人沒有，我在他跟前做什麼？」鳳姐笑道：「正是沒人纔好呢。」平兒聽說，便道：「這話是說我麼？」鳳姐便笑道：「不說你說誰？」平兒道：「別叫我說出好話來了。」說著，也不打簾子，一徑往那邊去了。

鳳姐自掀簾子進來，說道：「平兒丫頭瘋魔了，這蹄子認真要降伏起我來了，仔細你的皮要緊！」賈璉聽了，倒在炕上，拍手笑道：「我竟不知平兒這麼利害，從此倒服了他了。」鳳姐道：「都是你興的他，我只和你算賬就完了。」賈璉聽了啐道：「你兩個不睦，又拿我來墊喘兒，我躲開你們。」鳳姐道：「我看你躲到那裏去。」賈璉道：「我有處去。」說著就走，鳳姐道：「你別走，我有話和你說呢。」不知何事，且聽下回分解。

卷二十二　聽曲文寶玉悟禪機　製燈謎賈政悲讖語

話説賈璉聽鳳姐兒説有話商量，因止步問：「是何話？」鳳姐道：「二十一是薛妹妹的生日，你到底怎麼樣？」賈璉道：「我知道怎麼樣？你連多少大生日都料理過了，這會子倒沒有主意了。」鳳姐道：「大生日是有一定的則例。如今他這生日，大又不是，小又不是，所以和你商量。」賈璉聽了，低頭想了半日，道：「你竟糊塗了！現有比例，那林妹妹就是例。往年怎麼給林妹妹做的，如今也照樣給薛妹妹做就是了。」鳳姐聽了冷笑道：「我難道這個也不知道？我原也這麼想定了。但昨日聽見老太太説，問起大家的年紀生日來，聽見薛大妹妹今年十五歲，雖不是整生日，也算得將笄之年。老太太説要替他做生日，自然與往年給林妹妹的不同了。」賈璉道：「既如此，就比林妹妹的多增些。」鳳姐道：「我也這麼想著，所以討你的口氣。我若私自添了東西，你又怪我不告訴明白你了。」賈璉笑道：「罷，罷！這空頭情我不領；你不盤察我，就夠了，我還怪你？」説著，一徑去了，不在話下。

且説史湘雲住了兩日，因要回去，賈母因説：「等過了你寶姐姐的生日，看了戲，再回去。」史湘雲聽了，只得住下，又一面遣人回去，將自己舊日做的兩件針綫活計取來，為寶釵生辰之儀。

誰想賈母自見寶釵來了，喜他穩重和平，正值他纔過第一個生辰，便自己捐資二十兩，喚了鳳姐來，交與他備酒戲。鳳姐湊趣，笑道：「一個老祖宗，給孩子們作生日，不拘怎樣，誰還敢爭？又辦什麼酒席。既高興，要熱鬧，就說不得自己花費幾兩老庫裏的體己。這早晚找出這霉爛的二十兩銀子來做東，意思還叫我們賠上。果然拿不出來，也罷了；金的、銀的、圓的、扁的，壓塌了箱子底，只是累掯我們。舉眼看看，誰不是你老人家的兒女？難道將來只有寶兄弟頂你老人家上五臺山不成？那些東西只留與他，我們如今雖不配使，也別苦了我們。這個夠酒的？夠戲的？」說得滿屋裏都笑起來。賈母亦笑道：「你們聽聽這嘴！我也算會說的了，怎麼說不過這猴兒？你婆婆也不敢強嘴，你就和我『嘮』啊『嘮』的。」鳳姐笑道：「我婆婆也是一樣的疼寶玉，我也沒處去訴冤，倒說我強嘴！」說著，又引賈母笑了一會。賈母十分喜悅。

到晚上，眾人都在賈母前，定省之餘，大家娘兒姊妹等說笑時，賈母因問寶釵愛聽何戲，愛吃何物。寶釵深知賈母年老人，喜熱鬧戲文，愛吃甜爛之物，便總依賈母素喜者說了一遍，賈母更加喜歡。次日，先送過衣服玩物去，王夫人、鳳姐、黛玉等諸人皆有隨分的，不須細說。

至二十一日，就賈母內院搭了家常小巧戲臺，定了一班新出小戲，昆弋兩腔俱有。就在賈母上房擺了幾席家宴酒席，並無一個外客，只有薛姨媽、史湘雲、寶釵是客，餘者皆是自己人。這日早起，寶玉因不見黛玉，便到他房中來尋。只見黛玉歪在炕上，寶玉笑道：「起來吃飯去，就開戲了，你愛聽那一齣，我好點。」黛玉冷笑道：「你既這樣說，你就特叫一班戲，揀我愛的唱與我聽，這會子犯不上借著光兒問我。」寶玉笑道：「這有什麼難的，明兒就這樣行，也叫他們借著咱們的光兒。」一面說，一面拉他起來，攜手出去。

吃了飯，點戲時，賈母一面先叫寶釵點，寶釵推讓一遍，無法，只得點了一折《西遊記》。賈母自是歡喜。然後便命鳳姐點。鳳姐雖有王夫人在前，但因賈母之命，不敢違拗；且知賈母喜熱鬧，更喜謔笑科諢，便先點了一齣，卻是《劉二當衣》。賈母果真更又喜歡。然後便命黛玉點，黛玉又讓王夫人等先點。賈母道：「今兒原是我特帶著你們取樂，咱們只管咱們的，別理他們。我巴巴的唱戲擺酒，為他們不成？他們在這裏白聽，白吃，已經便宜了，還讓他們點戲呢！」說著，大家都笑。黛玉方點了一齣。然後寶玉、史湘雲、迎春、探春、惜春、李紈等俱各點了，按齣扮演。

至上酒席時，賈母又命寶釵點，寶釵點了一齣《魯智深醉鬧五臺山》。寶玉道：「你只好點這些戲。」寶釵道：「你白聽了這幾年戲，那裏知道這齣戲的好處？排場又好，詞藻更妙。」寶玉道：「我從來怕這些熱鬧戲。」寶釵笑道：「要說這一齣『熱鬧』，還算你不知戲呢。你過來，我告訴你，這一齣戲是一套『北點絳脣』，鏗鏘頓挫，那音律不用說是好的了；只那詞藻中，有一隻『寄生草』，填得極妙，你何曾知道！」寶玉見說得這般好，便湊近來央告：「好姐姐，念與我聽聽。」寶釵便念道：

漫搵英雄淚，相離處士家。謝慈悲，剃度在蓮臺下。沒緣法，轉眼分離乍。赤條條，來去無牽掛。那裏討，煙蓑雨笠捲單行？一任俺，芒鞋破鉢隨緣化！

寶玉聽了，喜得拍膝搖頭，稱賞不已，又讚寶釵無書不知。林黛玉道：「安靜看戲罷！還沒唱《山門》，你就《妝瘋》了。」說得湘雲也笑了。於是大家看戲，到晚方散。

賈母深愛那做小旦的與一個做小丑的，因命人帶進來，細看時，益發可憐見。因問年紀，那小旦纔十一歲，小丑纔九歲，大家歎息了一回。賈母令人另拿些肉果與他兩個，又另賞錢兩弔。鳳姐笑道：「這個孩子扮上活像一個人，你們再看不出。」寶釵心內也知道，卻點點頭不説；寶玉也點了點頭，亦不敢説。史湘雲便接口道：「倒像林姐姐的模樣。」寶玉聽了，忙把湘雲瞅了一眼，使個眼色，眾人聽了這話，留神細看，都笑起來了，説：「果然像得很！」一時散了。

晚間，湘雲便命翠縷把衣包收拾了，翠縷道：「忙什麼？等去的那日包也不遲。」湘雲道：「明早就走，還在這裏做什麼？看人家的嘴臉！」寶玉聽了這話，忙近前説道：「好妹妹，你錯怪了我。林妹妹是個多心的人。別人分明知道，不肯説出來，也皆因怕他惱。誰知你不防頭就説了出來，他豈不惱？我怕你得罪了人，所以纔使眼色。你這會子惱了我，豈不辜負了我？若是別個，那怕他得罪了十個人，與我何干呢！」湘雲摔手道：「你那花言巧語，別望著我説。我也原不如你林妹妹，別人拿他取笑都使得，只我説了就有不是。我原不配説他，他是主子小姐，我是奴才丫頭，得罪了他了。」寶玉急得説道：「我倒是為你為出不是來了。我要有壞心，立刻化成灰，教萬人踐踏！」湘雲道：「大正月裏，少信口胡説這些沒要緊的惡誓散語歪話！説給那些小性兒、行動愛惱人、會轄治你的人聽去！別叫我啐你。」説著，至賈母裏間屋裏，忿忿的躺著去了。

寶玉沒趣，只得又來尋黛玉。誰知纔進門，便被黛玉推出來，將門關了。寶玉又不解何故，在窗外只是低聲叫：「好妹妹。」黛玉總不理他。寶玉悶悶的垂頭不語。襲人早知端的，當此時，再不能勸。

那寶玉只呆呆的站著。黛玉只當他回去了，卻開了門，只見寶玉還站在那裏。黛玉不好再閉門，寶玉因隨進來，問道：「凡事都有個原故，說來，人也不委屈。好好的就惱了，到底是為什麼起？」黛玉冷笑道：「問的我倒好，我也不知為什麼。我原是給你們取笑的？拿著我比戲子，給眾人取笑。」寶玉道：「我並沒有比你，也並沒有笑你，為什麼惱我呢？」黛玉道：「你還要比？你還要笑？你不比不笑，比人家比了笑了的還利害呢！」寶玉聽說，無可分辯。黛玉又道：「這一節還可恕。再者，你為什麼又和雲兒使眼色？這安的是什麼心？莫不是他和我玩，他就自輕自賤了？他是公侯的小姐，我原是貧民家的丫頭。他和我玩，設如我回了口，豈不是他自惹輕賤？你是這個主意不是？你卻也是好心，只是那一個不領你的情，一般也惱了。你又拿我作情，倒說我『小性兒，行動肯惱人』。你又怕他得罪了我，我惱他，與你何干？他得罪了我，又與你何干？」

寶玉聽了，知方纔與湘雲私談，他也聽見了。細想自己原為怕他二人生隙，故在中間調停，不料自己反落了兩處的貶謗，正與前日所看《南華經》內：「巧者勞而智者憂，無能者無所求，蔬食而遨遊，泛若不繫之舟。」又曰：「山木自寇，源泉自盜」等句，因此越想越無趣；再細想來：「如今不過這幾個人，尚不能應酬妥協，將來猶欲何為？」想到其間，也無庸分辯，自己轉身回房。林黛玉見他去了，便知回思無趣，賭氣去了，一言也不曾發，不禁自己越添了氣，便說：「這一去，一輩子也別來了，也別說話！」

那寶玉不理，竟回來，躺在牀上，只是悶嘒咄的。襲人深知原委，不敢就說，只得以他事來解說，因笑道：「今兒看了戲，又勾出幾天戲來。寶姑娘一定要還席呢。」寶玉冷笑道：「他還不還，與我什麼相干？」襲人見這話不似往日口吻，因又笑道：

「這是怎麼說？好好的大正月裏，娘兒們姊妹們都喜喜歡歡，你又怎麼這個行景了？」寶玉冷笑道：「他們娘兒們姊妹們歡喜不歡喜，也與我無干。」襲人笑道：「他們隨和，你也隨和些，豈不喜歡？」寶玉道：「什麼『大家彼此』？他們有『大家彼此』，我只是赤條條無牽掛的。」言及此句，不覺淚下。襲人見此景況，不敢再說。寶玉細想這一句意味，不禁大哭起來，翻身站起來，至案邊，提筆立占一偈云：

你證我證，心證意證。是無有證，斯可云證。無可云證，是立足境。

寫畢，自己雖解悟，又恐人看此不解，因又填一隻「寄生草」，寫在偈後。又念一過，自覺心中無有掛礙，便上牀睡了。

誰知黛玉見寶玉此番果斷而去，假以尋襲人為由，來視動靜。襲人回道：「已經睡了。」黛玉聽了，就欲回去，襲人笑道：「姑娘請站著，有一個字帖兒，瞧瞧是什麼話。」便將寶玉方纔所寫的與黛玉看。黛玉看了，知寶玉為一時感忿而作，不覺可笑可歎。便向襲人道：「作的是個玩意兒，無甚關係。」說畢，便拿了回房去，與湘雲同看。次日，又與寶釵看，寶釵念其詞曰：

無我原非你，從他不解伊。肆行無礙憑來去。茫茫著甚悲愁喜，紛紛說甚親疏密？從前碌碌卻因何？到如今，回頭試想真無趣！

看畢，又看那偈語，又笑道：「這個人悟了。都是我的不是，是我昨兒一支曲子惹出來的。這些道書機鋒，最能移性，明兒認真起來，說些瘋話，存了這個念頭，豈不是從我這一支曲子起？我成了個罪魁了。」說著，便撕了個粉碎，遞與丫頭們，叫：「快燒了。」黛玉笑道：「不該撕了，等我問他。你們跟我來，包管叫他收了這個癡心邪說。」

三人果往寶玉屋裏來。黛玉先笑道：「寶玉，我問你：至貴者『寶』，至堅者『玉』。爾有何貴？爾有何堅？」寶玉竟不能答。二人笑道：「這樣愚鈍，還參禪呢！」湘雲也拍手笑道：「寶哥哥可輸了！」黛玉又道：「你那偈末云，『無可云證，是立足境』，固然好了，只是據我看來，還未盡善。我還續兩句在後。」因念云：「無立足境，方是乾淨。」寶釵道：「實在這方悟徹。當日南宗六祖惠能，初尋師至韶州，聞五祖宏忍在黃梅，他便充役火頭僧。五祖欲求法嗣，令徒弟諸僧各出一偈，上座神秀說道：『身是菩提樹，心如明鏡臺；時時勤拂拭，莫使有塵埃。』彼時惠能在廚房舂米，聽了這偈說道：『美則美矣，了則未了。』因自念一偈曰：『菩提本非樹，明鏡亦非臺；本來無一物，何處染塵埃？』五祖便將衣缽傳他。今兒這偈語亦同此意了。只是方纔這句機鋒，尚未完全了結，這便丟開手不成？」黛玉笑道：「他不能答就算輸了，這會子答上了也不為出奇了。只是以後再不許談禪了。連我們兩個所知所能的，你還不知不能呢，還去參禪呢。」寶玉自己以為覺悟，不想忽被黛玉一問，便不能答；寶釵又比出「語錄」來，此皆素不見他們能者。自己想了一想：「原來他們比我的知覺在先，尚未解悟，我如今何必自尋苦惱。」想畢，便笑道：「誰又參禪，不過是一時的玩話兒罷了。」說罷，四人仍復如舊。

忽然人報娘娘差人送出一個燈謎來，命他們大家去猜，猜後每人也作一個送進去。四人聽說，忙出來至賈母上房，只見一個小太監，拿了一盞四角平頭白紗燈，專為燈謎而製，上面已有了一個，眾人都爭看亂猜。小太監又下諭道：「眾小姐猜著，不要說出來，每人只暗暗的寫了，一齊封送進去，候娘娘自驗是否。」寶釵聽了，近前一看，是一首七言絕句，並無新奇，口中少不得稱讚，只說：「難猜。」故意尋思，其實一見早猜著了。寶玉、黛玉、湘雲、探春四個人也都解了，各自暗暗的寫了。一併將賈環賈蘭等傳來，一齊各揣心機猜了，寫在紙上，然後各人拈一物作成一謎，恭楷寫了，掛於燈上。

太監去了，至晚出來，傳諭道：「前日娘娘所製，俱已猜著，惟二小姐與三爺猜的不是。小姐們作的也都猜了，不知是否？」說著，也將寫的拿出來，也有猜著的，也有猜不著的。太監又將頒賜之物，送與猜著之人，每人一個宮製詩筒，一柄茶筅。獨迎春賈環二人未得，迎春自以為玩笑小事，並不介意，賈環便覺得沒趣。且又聽太監說：「三爺所作這個不通，娘娘也沒猜著，叫我帶回問三爺是個什麼。」眾人聽了，都來看他作的是什麼，寫道：

大哥有角只八個，二哥有角只兩根。大哥只在牀上坐，二哥愛在房上蹲。

眾人看了，大發一笑。賈環只得告訴太監說：「是一個枕頭，一個獸頭。」太監記了，領茶而去。

賈母見元春這般有興，自己一發喜樂，便命速作一架小巧精緻圍屏燈來，設於堂屋，命他姊妹們各自暗暗的作了，寫出來，黏在屏上，然後預備下香茶細果，以及各色玩物，為猜著之賀。賈政朝罷，見賈母高興，況在節間，晚上也來承歡取樂。上面賈母、賈政、寶玉一席，王夫人、寶釵、黛玉、湘雲又一席，迎春、探春、惜春三人又一席，俱在下面。地下婆子丫鬟站滿。李宮裁、王熙鳳二人在裏間又一席。

賈政因不見賈蘭，便問：「怎麼不見蘭哥兒？」地下女人們忙進裏間問李氏，李氏起身笑著回道：「他說方纔老爺並沒去叫他，他不肯來。」婆子回覆了賈政，眾人都笑說：「天生的牛心古怪。」賈政忙遣賈環與兩個婆子將賈蘭喚來，賈母命他在身邊坐了，抓果子與他吃，大家說笑取樂。往常間只有寶玉長談闊論，今日賈政在這裏，便唯唯而已。餘者，湘雲雖係閨閣弱質，卻素喜談論，今日賈政在席，也自鉗口禁語；黛玉本性嬌懶，不肯多話；寶釵原不妄言輕動，便此時亦是坦然自若。故此一席，雖是家常取樂，反見拘束。

賈母亦知因賈政一人在此所致，酒過三巡，便攆賈政去歇息。賈政亦知賈母之意，攆了他去，好讓他姊妹兄弟們取樂，因陪笑道：「今日原聽見老太太這裏大設春燈雅謎，故也備了彩禮酒席，特來入會，何疼孫子孫女之心，便不略賜與兒子半點？」賈母笑道：「你在這裏，他們都不敢說笑，沒的倒叫我悶得慌。你要猜謎，我便說一個你猜，猜不著是要罰的。」賈政忙笑道：「自然受罰。若猜著了，也要領賞呢！」賈母道：「這個自然。」便念道：

猴子身輕站樹梢。——打一果名

賈政已知是荔枝，故意亂猜，罰了許多東西，然後方猜著了，也得了賈母的東西，然後也念一個燈謎與賈母猜，念道：

身自端方，體自堅硬。雖不能言，有言必應。——打一用物

說畢，便悄悄的說與寶玉，寶玉會意，又悄悄的告訴了賈母。賈母想了一想，果然不差，便說：「是硯臺。」賈政笑道：「到底是老太太，一猜就是。」回頭說：「快把賀彩獻上來。」地下婦女答應一聲，大盤小盒，一齊捧上。賈母逐件看去，都是燈節下所用所玩新巧之物，心中甚喜，遂命：「給你老爺斟酒。」寶玉執壺，迎春送酒。賈母因說：「你瞧瞧那屏上，都是他姐兒們作的，再猜一猜我聽。」賈政答應，起身走至屏前，只見第一個是元妃的，寫著道：

能使妖魔膽盡摧，身如束帛氣如雷。一聲震得人方恐，回首相看已化灰。——打一物

賈政道：「這是爆竹呢。」寶玉答道：「是。」賈政又看迎春的，道：

天運人功理不窮，有功無運也難逢。因何鎮日紛紛亂？只為陰陽數不同。——打一用物

賈政道：「是算盤。」迎春笑道：「是。」又往下看，是探春的，道：

階下兒童仰面時，清明妝點最堪宜。遊絲一斷渾無力，莫向東風怨別離。——打一物

賈政道：「好像風箏。」探春道：「是。」賈政再往下看，是黛玉的，道：

朝罷誰攜兩袖煙？琴邊衾裏兩無緣。曉籌不用雞人報，五夜無煩侍女添。
焦首朝朝還暮暮，煎心日日復年年。光陰荏苒須當惜，風雨陰晴任變遷。——打一物

賈政道：「這個莫非是更香？」寶玉代言道：「是。」賈政又看道：

南面而坐，北面而朝，「像憂亦憂，像喜亦喜」。——打一物

賈政道：「好，好！如猜鏡子，妙極！」寶玉笑回道：「是。」賈政道：「這一個卻無名字，是誰作的？」賈母道：「這個大約是寶玉作的。」賈政就不言語。往下再看寶釵的，道是：

有眼無珠腹內空，荷花出水喜相逢。梧桐葉落分離別，恩愛夫妻不到冬。——打一物

賈政看完，心內自忖道：「此物還倒有限。只是小小年紀，作此等言語，更覺不

祥，看來皆非福壽之輩。」想到此處，愈覺煩悶，大有悲戚之狀，只是垂頭沈思。

賈母見賈政如此光景，想到他身體勞乏，又恐拘束了他眾姊妹，不得高興玩耍，即對賈政道：「你竟不必在這裏了，歇著去罷。讓我們再坐一會子，也就散了。」賈政一聞此言，連忙答應幾個「是」，又勉強勸了賈母一回酒，方纔退出去了。回至房中，只是思索，翻來覆去，甚覺悽惋。

這裏賈母見賈政去了，便道：「你們樂一樂罷。」一語未了，只見寶玉跑至圍屏燈前，指手畫腳，信口批評，這個這一句不好，那個破的不恰當，如同開了鎖的猴子一般。黛玉便道：「還像方纔大家坐著，說說笑笑，豈不斯文些兒。」鳳姐自裏間屋裏出來，插口說道：「你這個人，就該老爺每日和你寸步不離方好。剛纔我忘了，為什麼不當著老爺，攛掇叫你作詩謎兒。這會子不怕你不出汗呢！」說的寶玉急了，扯著鳳姐兒廝纏了一會。

賈母又與李宮裁並眾姊妹等說笑了一會子，也覺有些睏倦，聽了聽，已交四鼓了，因命將食物撤去，賞與眾人，隨起身道：「我們安歇罷。明日還是節呢，該當早起。明日晚上再玩罷。」於是眾人散去。且聽下回分解。

卷二十三　西廂記妙詞通戲語　牡丹亭豔曲警芳心

話說賈元春自那日幸大觀園回宮去後，便命將那日所有的題詠，命探春依次鈔錄妥協，自己編次，敍其優劣，又令在大觀園勒石，為千古風流雅事。因此賈政命人各處選拔精工名匠，大觀園磨石鐫字，賈珍率領賈蓉、賈萍等監工。因賈薔又管理著文官等十二個女戲子並行頭等事，不得空閒，因此又將賈菖、賈菱喚來監工。一日湯蠟釘朱，動起手來。這也不在話下。

且說那個玉皇廟並達摩庵兩處，一班的十二個小沙彌並十二個小道士，如今挪出大觀園來，賈政正想發到各廟去分住。不想後街上住的賈芹之母周氏，正打算到賈政這邊謀一個大小事件與兒子管管，也好弄些銀錢使用，可巧聽見這邊有事，便坐車來求鳳姐。鳳姐因見他素日不大拿班作勢的，便依允了。想了幾句話，便回王夫人說：「這些小和尚道士，萬不可打發到別處去，一時娘娘出來，就要應承的。倘或散了，若再用時，可又費事。依我的主意，不如將他們都送到家廟鐵檻寺去，月間不過派一個人拿幾兩銀子去買柴米就是了。說聲用，走去叫一聲就來，一點兒不費事。」王夫人聽了，便商之於賈政。賈政聽了笑道：「倒是提醒了我。就是這樣。」即時喚賈璉。

賈璉正同鳳姐吃飯，一聞呼喚，放下飯便走。鳳姐一把拉住，笑道：「你且站住，聽我說話，若是別的事，我不管；若是為小和尚小道士們的那事，好歹依我這麼著。」如此這般，教了一套話。賈璉笑道：「我不知道，你有本事你説去。」鳳姐聽説，把頭一梗，把筷子一放，腮上帶笑不笑的瞅著賈璉道：「你當真，還是玩話兒？」賈璉笑道：「西廊下五嫂子的兒子芸兒來求了我兩三遭，要件事管管，我應了，叫他等著。好容易出來這件事，你又奪了去。」鳳姐兒笑道：「你放心，園子東北角上，娘娘說了，還叫多多的種松柏樹，樓底下還叫種些花草，等這件事出來，我包管叫芸兒管這工程。」賈璉道：「果然這樣，也倒罷了。只是昨兒晚上，我不過是要改個樣兒，你就扭手扭腳的。」鳳姐聽了，「嗤」的一聲笑了，向賈璉啐了一口，低下頭便吃飯。

賈璉一徑笑著去了。走到前面，見了賈政，果然為小和尚的事，賈璉便依了鳳姐的主意，説道：「看來芹兒倒大大的出息了，這件事，竟交與他去管辦，横豎照在裏頭的規例，每月叫芹兒支領就是了。」賈政原不大理論這些小事，聽賈璉如此説，便依允了。賈璉回至房中告訴鳳姐，鳳姐即命人去告訴周氏，賈芹便來見賈璉夫妻，感謝不盡。鳳姐又作情先支三個月的費用，叫他寫了領字，賈璉批票畫了押，登時發了對牌出去，銀庫上按數發出三個月的供給來，白花花三百兩。賈芹隨手拈了一塊與掌平的人，叫他們「吃了茶罷」。於是命小廝拿了回家，與母親商議。登時，又僱幾輛車子，至榮國府角門前，喚出二十四個人來，坐上車子，一徑往城外鐵檻寺去了。當下無話。

如今且説那賈元春在宮中編《大觀園題詠》之後，忽想起那園中的景致，自從幸過之後，賈政必定敬謹封鎖，不叫人進去，豈不辜負此園？況家中現有幾個能詩會賦的姊妹們，何不命他們進去居住，也不使佳人落魄，花柳無顏。卻又想寶玉自幼在姊妹叢中長大，不比別的兄弟，若不命他進去，又怕冷落了他，恐賈母王夫人心上不喜，須得也命他進去居住方妥。命太監夏忠到榮府下一道諭：「命寶釵等在園中居住，不可封錮，命寶玉也隨進去讀書。」

賈政、王夫人接了諭命，夏忠去後，便回明賈母，遣人進去各處收拾打掃，安設簾幔牀帳。別人聽了，還猶自可，惟寶玉喜之不勝。正和賈母盤算，要這個，要那個，忽見丫鬟來說：「老爺叫寶玉。」寶玉呆了半晌，登時掃了興，臉上轉了色，便拉著賈母，扭的扭股兒糖似的，死也不敢去。賈母只得安慰他道：「好寶貝，你只管去，有我呢，他不敢委屈了你。況你作了這篇好文章，想是娘娘叫你進園去住，他吩咐你幾句話，不過是怕你在裏頭淘氣。他說什麼，你只好生答應著就是了。」一面安慰，一面喚了兩個老嬤嬤來，吩咐：「好生帶了寶玉去，別叫他老子唬著他。」老嬤嬤答應了。

寶玉只得前去，一步挪不了三寸，蹭到這邊來。可巧賈政在王夫人房中商議事情，金釧兒、彩雲、彩鳳、繡鸞、繡鳳等眾丫鬟都廊簷下站著呢，一見寶玉來，都抿著嘴兒笑他。金釧一把拉著寶玉，悄悄的說道：「我這嘴上是纔擦的香漬的胭脂，你這會子可吃不吃了？」彩雲一把推開金釧，笑道：「人家心裏正不自在，你還奚落他。趁這會子喜歡，快進去罷。」寶玉只得挨門進去。原來賈政和王夫人都在裏間呢。趙姨娘打起簾子，寶玉挨身而入，只見賈政和王夫人對坐在炕上說話，地下一溜椅子，迎春、探春、惜春、賈環四人都坐在那裏。一見他進來，惟有探春、惜春和賈環站了起來。

賈政一舉目見寶玉站在跟前，神彩飄逸，秀色奪人；又看見賈環人物委瑣，舉止粗糙；忽又想起賈珠來。再看看王夫人只有這一個親生的兒子，素愛如珍；自己的鬍鬚將已蒼白，因這幾件上，把平日嫌惡寶玉之心，不覺減了八九分。半晌說道：「娘娘吩咐你說，日日在外遊嬉，漸次疏懶，如今叫禁管你同姐妹們在園裏讀書，你可好生用心學習；再不守分安常，你可仔細！」寶玉連連答應了幾個「是」。王夫人便拉他在身邊坐下。他姊弟三人依舊坐下，王夫人摸索著寶玉的脖項說道：「前兒的丸藥都吃完了沒有？」寶玉答應道：「還有一丸。」王夫人說：「明早再取十丸來，天天臨睡時候，叫襲人伏侍你吃了再睡。」寶玉道：「自從太太吩咐了，襲人天天臨睡打發我吃的。」賈政便問道：「誰叫『襲人』？」王夫人道：「是個丫頭。」賈政道：「丫頭不拘叫個什麼罷了，是誰起這樣刁鑽的名字？」王夫人見賈政不自在了，便替寶玉掩飾道：「是老太太起的。」賈政道：「老太太如何曉得這樣的話？一定是寶玉。」寶玉見瞞不過，只得起身回道：「因素日讀詩，曾記古人有句詩云：『花氣襲人知晝暖。』因這丫頭姓『花』，便隨意起的。」王夫人忙向寶玉說道：「你回去改了罷。老爺也不用為這小事生氣。」賈政道：「其實也無妨礙，不用改。只可見寶玉不務正，專在這些濃詞豔詩上作工夫。」說畢，斷喝了一聲：「作孽的畜生，還不出去！」王夫人也忙道：「去罷，去罷！怕老太太等吃飯呢。」

寶玉答應了，慢慢的退出去；向金釧兒笑著伸伸舌頭，帶著兩個老嬤嬤，一溜煙去了。剛至穿堂門前，只見襲人倚門而立，見寶玉平安回來，堆下笑來，問道：「叫你做什麼？」寶玉告訴：「沒有什麼，不過怕我進園淘氣，吩咐吩咐。」一面說，一面回至賈母跟前，回明原委。只見黛玉正在那裏，寶玉便問他：「你住在那一處好？」黛玉正盤算這事，忽見寶玉一問，便笑道：「我心裏想著瀟湘館好，我愛那幾竿竹子，隱著一道曲欄，比別處幽靜。」寶玉聽了，拍手笑道：「正合我的主意！我也要叫你那裏去住，我就住怡紅院。咱們兩個又近，又都清幽。」

二人正計議，就有賈政遣人來回賈母，說：「二月二十二日是好日子，哥兒姐兒們好搬進去的。這幾日內遣人進去分派收拾。」薛寶釵住了蘅蕪院，林黛玉住了瀟湘館，賈迎春住了綴錦樓，探春住了秋爽齋，惜春住了蓼風軒，李紈住了稻香村，寶玉住怡紅院。每一處添兩個老嬤嬤，四個丫頭；除各人奶娘親隨丫頭外，另有專管收拾打掃的。至二十二日，一齊進去，登時園內花招繡帶，柳拂香風，不似前番那等寂寞了。

閒言少敘。且說寶玉自進園來，心滿意足，再無別項可生貪求之心，每日只和姊妹丫鬟們一處，或讀書，或寫字，或彈琴下棋，作畫吟詩，以至描鸞刺鳳，鬥草簪花，低吟悄唱，拆字猜枚，無所不至，倒也十分快意。他曾有幾首四時即事詩，雖不算好，卻是真情真景。

「春夜即事」云：

霞綃雲幄任鋪陳，隔巷蛙聲聽未真。枕上輕寒窗外雨，眼前春色夢中人。
盈盈燭淚因誰泣，點點花愁為我嗔。自是小鬟嬌懶慣，擁衾不耐笑言頻。

「夏夜即事」云：

倦繡佳人幽夢長，金籠鸚鵡喚茶湯。窗明麝月開宮鏡，室靄檀雲品御香。
琥珀杯傾荷露滑，玻璃檻納柳風涼。水亭處處齊紈動，簾捲朱樓罷晚妝。

「秋夜即事」云：

絳芸軒裏絕喧嘩，桂魄流光浸茜紗。苔鎖石紋容睡鶴，井飄桐露濕棲鴉。

抱衾婢至舒金鳳，倚檻人歸落翠花。靜夜不眠因酒渴，沈煙重撥索烹茶。

「冬夜即事」云：

梅魂竹夢已三更，錦罽鸘衾睡未成。松影一庭惟見鶴，梨花滿地不聞鶯。
女奴翠袖詩懷冷，公子金貂酒力輕。卻喜侍兒知試茗，掃將新雪及時烹。

不說寶玉閒吟，且說這幾首詩，當時有一等勢利人，見是榮國府十二三歲的公子作的，鈔錄出來，各處稱頌；再有等輕薄子弟，愛上那風流妖豔之句，也寫在扇頭壁上，不時吟哦賞讚。因此上竟有人來尋詩覓字，倩畫求題的。寶玉一發得意，每日家做這些外務。

誰想靜中生動，忽一日，不自在起來，這也不好，那也不好，出來進去，只是悶悶的。園中那些女孩子，正是混沌世界天真爛熳之時，坐臥不避，嬉笑無心，那裏知寶玉此時的心事？那寶玉心內不自在，便懶在園內，只在外頭鬼混，卻又癡癡的。茗煙見他這樣，因想與他開心，左思右想，皆是寶玉玩煩了的，只有這件，寶玉不曾見過。想畢，便走到書坊內，把那古今小說，並那飛燕、合德、武則天、楊貴妃的「外傳」與那傳奇角本，買了許多來引寶玉。寶玉一看，如得珍寶。茗煙又囑咐道：「不可拿進園去，若叫人知道了，我就『吃不了兜著走』呢。」寶玉那裏肯不拿進去？踟躕再四，單把那文理雅道些的，揀了幾套進去，放在牀頂上，無人時方看；那粗俗過露的，都藏於外面書房內。

那日正當三月中浣，早飯後，寶玉攜了一套《會真記》，走到沁芳閘橋那邊桃花底下一塊石上坐著，展開《會真記》，從頭細看。正看到「落紅成陣」，只見一陣風過，樹上桃花吹下一大斗來，落得滿身滿書滿地皆是花片。寶玉要抖將下來，恐怕腳步踐踏了，只得兜了那花瓣，來至池邊，抖在池內。那花瓣浮在水面，飄飄蕩蕩，竟流出沁芳閘去了。

回來只見地下還有許多花瓣，寶玉正踟躕間，只聽背後有人說道：「你在這裏做什麼？」寶玉一回頭，卻是林黛玉來了：肩上擔著花鋤，花鋤上掛著紗囊，手內拿著花帚。寶玉笑道：「好，好，來把這個花掃起來，撂在那水裏去罷。我纔撂了好些在那裏呢。」黛玉道：「撂在水裏不好，你看這裏的水乾淨，只一流出去，有人家的地方什麼沒有？仍舊把花糟蹋了。那畸角上我有一個花冢，如今把他掃了，裝在這絹袋裏，埋在那裏，日久隨土化了，豈不乾淨。」

寶玉聽了，喜不自禁，笑道：「待我放下書，幫你來收拾。」黛玉道：「什麼書？」寶玉見問，慌得藏之不迭，便說道：「不過是《中庸》《大學》。」黛玉道：「你又在我跟前弄鬼。趁早兒給我瞧瞧，好多著呢。」寶玉道：「妹妹，要論你，我是不怕的。你看了，好歹別告訴別人。真正這是好文章！你若看了，連飯也不想吃呢。」一面說，一面遞了過去。黛玉把花具放下，接書來瞧，從頭看去，越看越愛，不頓飯時，將十六齣俱已看完。但覺詞句警人，餘香滿口。雖看完了，卻只管出神，心內還默默記誦。寶玉笑道：「妹妹，你說好不好？」林黛玉笑道：「果然有趣。」寶玉笑道：「我就是個『多愁多病的身』，你就是那『傾國傾城的貌』。」林黛玉聽了，不覺帶腮連耳通紅，登時豎起兩道似蹙非蹙的眉，瞪了兩隻似睜非睜的眼，桃腮帶怒，薄面含嗔，指著寶玉道：「你這該死的胡說！好好的，把這淫詞豔曲弄了來，說這些混帳話來欺負我。我告訴舅舅、舅母去！」說到「欺負」二字，就把眼圈兒紅了，轉身就走。

寶玉著了忙，向前攔住道：「好妹妹，千萬饒我這一遭，原是我說錯了。若有心欺負你，明兒我掉在池子裏，叫個癩頭黿吃了去，變個大忘八，等你明兒做了『一品夫人』病老歸西的時候，我往你墳上替你駝一輩子碑去。」說的林黛玉「撲嗤」的一聲笑了，一面揉著眼，一面笑道：「一般唬得這麼個調兒，還只管胡說。呸，原來也是個『銀樣蠟槍頭』。」寶玉聽了，笑道：「你說說，你這個呢？我也告訴去。」林黛玉笑道：「你說你會『過目成誦』，難道我就不能『一目十行』麼？」寶玉一面收書，一面笑道：「正經快把花埋了罷，別提那些個了。」二人便收拾落花。

正纔掩埋妥協，只見襲人走來，說道：「那裏沒找到？摸在這裏來。那邊大老爺身上不好，姑娘們都過去請安，老太太叫打發你去呢，快回去換衣服罷。」寶玉聽了，忙拿了書，別了黛玉，同襲人回房換衣不提。

這裏林黛玉見寶玉去了，聽見眾姐妹也不在房中，自己悶悶的。正欲回房，剛走到梨香院牆角外，只聽見牆內笛韻悠揚，歌聲婉轉，林黛玉便知是那十二個女孩子演習戲文。雖未留心去聽，偶然兩句吹到耳內，明明白白一字不落道：「原來是姹紫嫣紅開遍，似這般，都付與斷井頹垣。」林黛玉聽了，倒也十分感慨纏綿，便止步側耳細聽，又唱道是：「良辰美景奈何天，賞心樂事誰家院？」聽了這兩句，不覺點頭自歎，心下自思：「原來戲上也有好文章，可惜世人只知看戲，未必能領略其中的趣味。」想畢，又後悔不該胡想，耽誤了聽曲子。再聽時，恰唱到：「只為你如花美眷，似水流年……」黛玉聽了這兩句，不覺心動神搖。又聽道「你在幽閨自憐」等句，越發如醉如癡，站立不住，便一蹲身坐在一塊山子石上，細嚼「如花美眷，似水流年」八個字的滋味。忽又想起前日見古人詩中有「水流花謝兩無情」之句，再詞中又有「流水落花春去也，天上人間」之句，又兼方纔所見《西廂記》中「花落水流紅，閒愁萬種」之句，都一時想起來，湊聚在一處。仔細忖度，不覺心痛神馳，眼中落淚。正沒個開交，忽覺背後有人擊他一下，及回頭看時，原來是個女子，未知是誰，下回分解。

話說黛玉正在情思縈逗、纏綿固結之時，忽有人從背後擊了他一下，說道：「你做什麼一個人在這裏？」林黛玉唬了一跳，回頭看時，不是別人，卻是香菱。林黛玉道：「你這個傻丫頭，唬我一跳。你這會子打那裏來？」香菱嘻嘻的笑道：「我來尋我們姑娘的，總找不著他；你們紫鵑也找你呢，說璉二奶奶送了什麼茶葉來給你的。回家去坐著罷。」一面說，一面拉著黛玉的手，回瀟湘館來，果然鳳姐送了兩小瓶上用新茶來。林黛玉和香菱坐了，談講些這一個繡的好，那一個刺的精，又下一回棋，看兩句書，香菱便走了，不在話下。

如今且說寶玉因被襲人找回房去，只見鴛鴦歪在牀上看襲人的針綫呢，見寶玉來了，便說道：「你往那裏去了？老太太等著你呢，叫你過那邊請大老爺安去。還不快去換了衣裳走呢！」襲人便進房去取衣服。

寶玉坐在牀沿上，褪了鞋，等靴子穿的工夫，回頭見鴛鴦穿著水紅綾子襖兒，青緞子背心，束著白縐綢汗巾兒，臉向那邊，低著頭看針綫，脖子上帶著扎花領子。寶玉便把臉湊在脖項上，聞那香氣，不住用手摩挲，其白膩不在襲人以下，便猴上身去，涎臉笑道：「好姐姐，把你嘴上的胭脂賞我吃了罷。」一面說，一面扭股糖似的黏在身上。鴛鴦便叫道：「襲人，你出來瞧瞧！你跟他一輩子，也不勸勸他，還是這麼著。」襲人抱了衣服出來，向寶玉道：「左勸也不改，右勸也不改，你到是怎麼樣？你再這麼著，這個地方可也就難住了。」一邊說，一邊催他穿衣服，同鴛鴦往前面來；見過賈母，出至外面，人馬俱已齊備。剛欲上馬，只見賈璉請安回來正下馬，二人對面，彼此問了兩句話，只見旁邊轉過一個人來：「請寶叔安。」

寶玉看時，只見這人生的容長臉兒，長挑身材，年紀只有十八九歲，生得著實斯文清秀，倒也十分面善，只是想不起是那一房的，叫什麼名字。賈璉笑道：「你怎麼發呆，連他也不認得？他是後廊上住的五嫂子的兒子芸兒。」寶玉笑道：「是了，是了，我怎麼就忘了。」因問他：「母親好，這會子什麼勾當？」賈芸指賈璉道：「找二叔說句話。」寶玉笑道：「你倒比先越發出挑了，倒像我的兒子。」賈璉笑道：「好不害臊！人家比你大四五歲呢，就給你作兒子了？」寶玉笑道：「你今年十幾歲？」賈芸道：「十八了。」

原來這賈芸最伶俐乖巧的，聽寶玉說「像他的兒子」，便笑道：「俗話說的好，『搖車兒裏的爺爺，拄拐棍兒的孫子』，雖然年紀大，『山高遮不住太陽』。只從我父親死了，這幾年也沒人照管，若寶叔不嫌姪兒蠢，認作兒子，就是姪兒的造化了。」賈璉笑道：「你聽見了？認了兒子，不是好開交的。」說著，就進去了。寶玉笑道：「明兒你閒了，只管來找我，別和他們鬼鬼祟祟的。這會子我不得閒兒；明日你到書房裏來，和你說天話兒，我帶你園裏玩去。」說著，扳鞍上馬，眾小廝隨往賈赦這邊來。見了賈赦，不過是偶感些風寒。先述了賈母問的話，然後自己請了安，賈赦先站起來回了賈母問的話，便喚人來：「帶進哥兒去太太屋裏坐著。」

寶玉退出來，至後面，到上房，邢夫人見了，先站了起來請過賈母的安，寶玉方請安。邢夫人拉他上炕坐了，方問別人，又命人倒茶。茶未吃完，只見賈琮來問寶玉好。邢夫人道：「那裏找活猴兒去！你那奶媽子死絕了，也不收拾收拾，弄得你黑眉烏嘴的，那裏還像個大家子念書的孩子！」

正說著，只見賈環賈蘭小叔姪兩個也來請安。邢夫人叫他兩個在椅子上坐著。賈環見寶玉同邢夫人坐在一個坐褥上，邢夫人又百般摸索撫弄他，早已心中不自在了，坐不多時，便向賈蘭使個眼色兒要走，賈蘭只得依他，一同起身告辭。寶玉見他們起身，也就要一同回去，邢夫人笑道：「你且坐著，我還和你說話。」寶玉只得坐了。邢夫人向他兩個道：「你們回去，各人替我問各人的母親好罷。你們姑娘姐妹們都在這裏呢，鬧得我頭暈，今兒不留你們吃飯了。」賈環等答應著便出去了。寶玉笑道：「可是姐妹們都過來了，怎麼不見？」邢夫人道：「他們坐了會子，都往後頭不知那屋裏去了。」寶玉說：「大娘說『有話說』，不知是什麼話？」邢夫人笑道：「那裏什麼話，不過叫你等著同姐妹們吃了飯去，還有一個好玩的東西給你帶回去玩兒。」娘兒兩個說著，不覺又晚飯時候，請過眾位姑娘們來，調開桌椅，羅列杯盤，母女姊妹們吃畢了飯，寶玉辭別賈赦，同眾姊妹回家，見過賈母王夫人等，各自回房安歇，不在話下。

且說賈芸進去，見了賈璉，因打聽：「可有什麼事情。」賈璉告訴他說：「前兒倒有一件事情出來，偏生你嬸娘再三求了我，給了賈芹了。他許我說：『明兒園裏還有幾處要栽花木的地方，等這個工程出來，一定給你就是了。』」那賈芸聽了，半晌說道：「既是這樣，我就等著罷。叔叔也不必先在嬸娘跟前提我今兒來打聽的話，到跟前再說也不遲。」賈璉道：「提他做什麼，我那裏有這工夫說閒話呢。明日還要到興邑去走一走，必須當日趕回來方好。你先去等著，後日起更以後，你來討信，早了我不得閒。」說著，便向後面換衣服去了。

賈芸出了榮國府回家，一路思量，想出一個主意來，便一徑往他母舅卜世仁家來。原來卜世仁現開香料鋪，方纔從鋪子裏回來，一見賈芸，便問：「為什麼事來？」賈芸道：「有件事求舅舅幫襯，要用冰片、麝香，好歹舅舅每樣賒四兩給我，八月節按數送了銀子來。」卜世仁冷笑道：「再休提賒欠一事。前日也是我們鋪子裏一個夥計，替他的親戚賒了幾兩銀子的貨，至今總未還上，因此我們大家賠上，立了合同，再不許替親友賒欠，誰要犯了，就罰他二十兩銀子的東道。況且如今這個貨也短，你就拿現銀子到我們這小鋪子裏來買，也還沒有這些，只好倒扁兒去，這是一件。二則你那裏有正經事？不過賒了去又是胡鬧。你只說舅舅見你一遭兒就派你一遭兒不是，你小人家很不知好歹，也要立個主意，賺幾個錢，弄弄穿的吃的，我看著也喜歡。」賈芸笑道：「舅舅說得有理。但我父親沒的時節，我年紀又小，不知事體。後來聽我母親說，都還虧舅舅們在我們家去出主意料理的喪事。難道舅舅是不知道的，還是有一畝地，兩間房子，在我手裏花了不成？『巧媳婦做不出沒米的飯來』，叫我怎麼樣呢？還虧是我呢，要是別個，死皮賴臉的三日兩頭來纏舅舅，要三升米二升豆子的，舅舅也就沒有法兒呢。」

卜世仁道：「我的兒，舅舅要有，還不是該的。我天天和你舅母說，只愁你沒個算計。你但凡立得起來，到你大房裏，就是他們爺兒們見不著，便下個氣和他們的管家或管事的人們嬉和嬉和，也弄個事兒管管。前兒我出城去，碰見你們三房裏的老四，騎著大叫驢，帶著四五輛車，有四五十和尚道士，往家廟裏去了。他那不虧能幹，就有這樣的事到他了？」賈芸聽了嘮叨的不堪，便起身告辭。卜世仁道：「怎麼急得這樣？吃了飯去罷……」一句話尚未說完，只見他娘子說道：「你又糊塗了！說著沒有米，這裏買了半斤麵來下給你吃，這會子還裝胖呢。留下外甥挨餓不成？」卜世仁道：「再買半斤來添上就是了。」他娘子便叫女兒：「銀姐，往對門王奶奶家去問，有錢借二三十個，明日就送來還的。」夫妻兩個說話，那賈芸早說了幾個「不用費事」，去的無影無蹤了。

不言卜家夫婦，且說賈芸賭氣離了母舅家門，一徑回來，心下正自煩惱，一邊想，一邊走，低著頭，不想一頭就碰在一個醉漢身上，把賈芸一把拉住，罵道：「你瞎了眼，碰起我來了！」

賈芸聽聲音像是熟人，仔細一看，原來是緊鄰倪二。這倪二是個潑皮，專放重利債，在賭博場吃飯，專愛喝酒打架。此時正從欠錢人家索債歸來，已在醉鄉，不料賈芸碰了他，就要動手。賈芸叫道：「老二，住手！是我衝撞了你。」倪二一聽他的語音，將醉眼睜開，一看，見是賈芸，忙鬆了手，趔趄著笑道：「原來是賈二爺，這會子那裏去？」賈芸道：「告訴不得你，平白的又討了個沒趣兒。」倪二道：「不妨。有什麼不平的事，告訴我，我替你出氣。這三街六巷，憑他是誰，若得罪了我醉金剛倪二的街鄰，管叫他人離家散！」賈芸道：「老二，你別生氣，聽我告訴你這緣故。」便把卜世仁一段事告訴了倪二。倪二聽了大怒道：「要不是二爺的親戚，我便罵出來。真正氣死我！也罷，你也不必愁，我這裏現有幾兩銀子，你要用只管拿去。我們好街坊，這銀子是不要利錢的。」一頭說，一頭從搭包內掏出一包銀子來。

賈芸心下自思：「倪二素日雖然是潑皮，卻也因人而施，頗有義俠之名。若今日不領他這情，怕他臊了，倒恐不美。不如用了他的，改日加倍還他就是了。」因笑道：「老二，你果然是個好漢，既蒙高情，怎敢不領，回家照例寫了文約送過來便了。」倪二大笑道：「這不過是十五兩三錢銀子，你若要寫文契，我就不借了。」賈芸聽了，一面接銀子，一面笑道：「我便遵命罷了。何必著急！」倪二笑道：「這纔是了。天氣黑了，也不讓茶讓酒了，我還有點事情到那邊去，你竟請回。我還求你帶個信兒與我們家，叫他們閉門睡罷，我不回家去；倘或有事，叫我們女孩兒明兒一早到馬販子王短腿家找我。」一面說，一面趔趄著腳兒去了。不在話下。

且說賈芸偶然碰見了這件事，心下也十分稀罕，想：「那倪二倒果然有些意思，只是怕他一時醉中慷慨，到明日加倍要來，便怎麼處？」忽又想道：「不妨，等那件事成了，可也加倍還的起他。」因走到一個錢舖內，將那銀子稱一稱，分兩不錯，心上越發歡喜。到家先將倪二的話捎與他娘子，方回家來。見他母親自在炕上拈綫，見他進來，便問：「那裏去了一天？」賈芸恐他母親生氣，便不提起卜世仁的事來，只說：「在西府裏等璉二叔的。」問他母親：「吃了飯不曾？」他母親說：「吃了。還留飯在那裏。」叫小丫頭拿過來與他吃。

那天已是掌燈時候，賈芸吃了飯，收拾安歇，一宿無話。次日一早起來，洗了臉，便出南門大街，在香舖買了香麝，便往榮府來。打聽賈璉出了門，賈芸便往後面來。到賈璉院門前，只見幾個小廝，拿著大高的笤帚在那裏掃院子呢。忽見周瑞家的從門裏出來叫小廝們：「先別掃，奶奶出來了。」賈芸忙上去笑道：「二嬸娘那裏去？」周瑞家的道：「老太太叫，想必是裁什麼尺頭。」

正說著，只見一群人簇擁著鳳姐出來了。賈芸深知鳳姐是喜奉承愛排場的，忙把手逼著，恭恭敬敬搶上來請安。鳳姐連正眼也不看，仍往前走，只問他母親好：「怎麼不來我們家逛逛？」賈芸道：「只是身上不好，倒時常記掛著嬸娘，要瞧瞧，總不能來。」鳳姐笑道：「可是你會撒謊！不是我提起，他就不想我了。」賈芸笑道：「姪兒不怕雷打，就敢在長輩跟前撒謊？昨日晚上還提起嬸娘來，說：『嬸娘身子生得單弱，事情又多，虧嬸娘好大精神，竟料理的周周全全。要是差一點兒的，早累的不知怎麼樣了。』」

鳳姐兒聽了，滿臉是笑，由不的止了步，問道：「怎麼好好的，你娘兒兩個在背地裏嚼說起我來？」賈芸道：「有個緣故，只因我有個極好的朋友，家裏有幾個錢，現開香鋪，因他身上捐了個通判，前日選了雲南不知那一府，連家眷一齊去。他這香鋪也不開了，便把貨物攢了一攢，該給人的給人，該賤發的賤發，像這貴重的，都送與親友，所以我得了此冰片、麝香。我就和我母親商量：賤賣了可惜，要送人也沒有人家配使這些香料。因想嬸娘往年間還拿大包的銀子買這東西呢，別說今年貴妃宮中，就是這個端陽節所用，也一定比往常要加上十幾倍，故此孝敬嬸娘。」一面將一個錦匣遞過去。

鳳姐正是辦端陽節的禮須用香料，便命豐兒：「接過芸哥兒的來，送了家去，交給平兒。」因又說道：「看著你這樣知道好歹，怪道你叔叔常提起你來，說你好，說話明白，心裏有見識。」賈芸聽這話入港，便打進一步來，故意問道：「原來叔叔也常提我的？」鳳姐見問，便要告訴給他事情管的話，一想，又恐被他看輕了，只說得了這點兒香料，便混許他管事了。因又止住，且把派他種花木工程的事，都一字不提，隨口說了幾句淡話，便往賈母房裏去了。

賈芸也不好提的，只得回來。因昨日見了寶玉，叫他到外書房等著，故此吃了飯，便又進來，到賈母那邊儀門外綺散齋書房裏來。只見茗煙改名焙茗的並鋤藥兩個小廝下象棋，為奪車正拌嘴呢；還有引泉、掃花、挑雲、伴鶴四五個，在房簷下掏小雀兒玩。賈芸進入院內，把腳一跺，說道：「猴兒們淘氣，我來了。」眾小廝看見了他，都纔散去，賈芸進書房內，便坐在椅子上，問：「寶二爺下來了沒有？」焙茗道：「今日總沒下來。二爺說什麼，我替你哨探哨探去。」說著，便出去了。

這裏賈芸便看字畫古玩。有一頓飯的工夫，還不見來。再看看別的小子，都玩去了。正在煩悶，只聽門前嬌音嫩語的叫了一聲「哥哥」，賈芸往外瞧時，是一個十五六歲的丫頭，生的倒也十分精細乾淨，那丫頭見了賈芸，便抽身要躲了，恰值焙茗走來，見那丫頭在門前，便說道：「好，好，正抓不著個信兒。」賈芸見了焙茗，也就趕出來，問：「怎麼樣？」焙茗道：「等了這一日，也沒個人兒過來。這就是寶二爺房裏的。」因說道：「好姑娘，你進去帶個信兒，就說廊上二爺來了。」

那丫頭聽見，方知是本家的爺們，便不似從前那等迴避，下死眼把賈芸釘了兩眼。聽那賈芸說道：「什麼『廊上』『廊下』的，你只說芸兒就是了。」半晌，那丫頭冷笑道：「依我說，二爺且請回去罷，明日再來。今兒晚上得空兒，我回一聲。」焙茗道：「這是怎麼說？」那丫頭道：「他今兒也沒睡中覺，自然吃的晚飯早，晚上又不下來，難道只是要二爺這裏等著捱餓不成？不如家去，明兒來是正經。就便回來有人帶信，不過口裏答應著，他肯給帶到嗎？」

賈芸聽這丫頭的話，簡便俏麗，待要問他名字，因是寶玉房裏的，又不便問，只得說道：「這話倒是。我明日再來。」說著，便往外去了。焙茗道：「我倒茶去。二爺吃茶再去。」賈芸一面走，一面回頭説：「不吃茶，我還有事呢。」口裏説話，眼睛瞧那丫頭還站在那裏呢。

那賈芸一徑回來。至次日，來至大門前，可巧遇見鳳姐往那邊去請安，纔上了車，見賈芸來，便命人喚住，隔窗子笑道：「芸兒，你竟有膽子在我跟前弄鬼！怪道你送東西給我，原來你有事求我。昨日你叔叔纔告訴我，説你求他。」賈芸笑道：「求叔叔的事，嬸娘別提，我這裏正後悔呢。早知這樣，我一起頭就求嬸娘，這會子早完了，誰承望叔叔竟不能的。」鳳姐笑道：「怪道你那裏沒成兒，昨日又來尋我。」賈芸道：「嬸娘辜負了我的孝心，我並沒有這個意思；若有這意，昨兒還不求嬸娘？如今嬸娘既知道了，我倒要把叔叔丢下，少不得求嬸娘，好歹疼我一點兒。」鳳姐冷笑道：「你們要揀遠路兒走，叫我也難。早告訴我一聲兒，什麼不成了，多大點兒事，耽誤到這會子。那園子裏還要種樹種花，我只想不出個人來，早説不早完了。」賈芸笑道：「這樣明日嬸娘就派我罷。」鳳姐半晌道：「這個我看著不大好，等明年正月裏的煙火燈燭那個大宗兒下來，再派你罷。」賈芸道：「好嬸娘，先把這個派了我罷，果然這件辦的好，再派我那件。」鳳姐笑道：「你倒會拉長綫兒！罷了，若不是你叔叔説，我不管你的事。我不過吃了飯就過來，你到午錯時候來領銀子，後日就進去種花。」説著，命人駕起香車，徑去了。

賈芸喜不自禁。來至綺散齋打聽寶玉，誰知寶玉一早便往北靜王府裏去了。賈芸便呆呆的坐到晌午，打聽鳳姐回來，便寫個領票來領對牌，至院外，命人通報了，彩明走了出來，單要了領票進去，批了銀數、年月，一併連對牌交與賈芸。賈芸接看那批上批著二百兩銀子，心中喜悦，翻身走到銀庫上領了銀子，回家告訴他母親，自是母子俱喜。次日五更，賈芸先找了倪二還了銀子，又拿了五十兩銀子，出西門找到花兒匠方椿家裏去買樹，不在話下。

且說寶玉自這日見了賈芸，曾說過明日著他進來說話，這原是富貴公子的口角，那裏還記在心上，因而便忘懷了。這日晚上，卻從北靜王府裏回來，見過賈母王夫人等，回至園內，換了衣服，正要洗澡，襲人因被薛寶釵煩了去打結子；秋紋碧痕兩個去催水；檀雲又因他母親病了，接了出去；麝月又現在家中病著；還有幾個做粗活聽使喚的丫頭，料是叫他不著，都出去尋夥覓伴的去了。不想這一刻的工夫，只剩了寶玉在房內，偏生的寶玉要吃茶，一連叫了兩三聲，方見兩三個老婆子走進來。寶玉見了，連忙搖手說：「罷，罷！不用了。」老婆子們只得退出。

寶玉見沒丫頭們，只得自己下來，拿了碗，向茶壺去倒茶。只聽背後有人說道：「二爺，仔細燙了手，等我來倒。」一面說，一面走上來接了碗去。寶玉倒唬了一跳，問：「你在那裏來的？忽然來了，唬我一跳。」那丫頭一面遞茶，一面笑著回道：「我在後院裏，纔從裏間後門進來，難道二爺就沒聽見腳步響？」

寶玉一面吃茶，一面仔細打量，那丫頭穿著幾件半新不舊的衣裳，倒是一頭黑鴉鴉的好頭髮，挽著纂兒，容長臉面，細巧身材，卻十分俏麗甜淨。寶玉便笑問道：「你也是我這屋裏的人麼？」那丫頭道：「是的。」寶玉道：「既是這屋裏的，我怎麼不認得？」那丫頭聽說，便冷笑一聲道：「不認得的也多呢！豈止我一個。從來我又不遞茶水拿東西，眼前的事一件也做不著，那裏認得呢。」寶玉道：「你為什麼不做眼前的事？」那丫頭道：「這話我也難說。只是有一句話回二爺：昨日有個什麼芸兒來找二爺，我想二爺不得空兒，便叫焙茗回他，叫他今日早起來，不想二爺又往北府裏去了。」

剛說到這句話，只見秋紋碧痕唏唏哈哈的笑著進來，兩個人共提著一桶水，一手撩衣裳，趔趔趄趄潑潑撒撒的。那丫頭便忙迎出去接。那秋紋碧痕正對抱怨，「你濕了我的衣裳」，那個又說「你踹了我的鞋。」忽見走出一個人來接水，二人看時，不是別人，原來是小紅。二人便都咤異，將水放下，忙進來看時，並沒別人，只有寶玉，便心中俱不自在。只得且預備下洗澡之物，待寶玉脫了衣裳，二人便帶上門出來，走到那邊房內，找著小紅，問他：「方纔在屋裏做什麼？」小紅道：「我何曾在屋裏的？只因我的手帕子不見了，往後頭找去，不想二爺要茶吃，叫姐姐們，一個兒也沒有，是我進去倒了碗茶，姐姐們便來了。」秋紋兜臉啐了一口道：「沒臉面的下流東西！正經叫你催水去，你說有事，倒叫我們去，你可做這個巧宗兒。一里一里的，這不上來了！難道我們倒跟不上你麼？你也拿那鏡子照照，配遞茶遞水不配！」碧痕道：「明兒我說給他們，凡要茶要水拿東西的事，咱們都別動，只叫他去便是了。」秋紋道：「這麼說，還不如我們散了，單讓了他在這屋裏呢。」

二人你一句，我一句，正鬧著，只見有個老嬤嬤進來，傳鳳姐的話說：「明日有人帶花兒匠來種樹，叫你們嚴禁些，衣裳裙子，別混曬混晾的。那土山一帶都攔著圍幕，可別混跑。」秋紋便問：「明日不知是誰帶進匠人來監工？」那老婆子道：「什麼後廊上的芸哥兒。」秋紋碧痕俱不知道，只管混問別的話，那小紅心內明白，知是昨日外書房所見的那人了。

原來這小紅本姓林，小名紅玉，因「玉」字犯了寶玉黛玉的名，便單喚他作「小紅」，原來是府中世僕，他父親現在收管各處田房事務。這紅玉年方十六，進府當差，把他派在怡紅院中，倒也清幽雅靜。不想後來命姊妹及寶玉等進大觀園居住，偏生這一所兒，又被寶玉點了。

這小紅雖然是個不諳事體的丫頭，因他原有三分容貌，心內妄想向上攀高，每每要在寶玉面前現弄現弄。只是寶玉身邊一干人都是伶牙利爪的，那裏插得下手去？不想今日纔有些消息，又遭秋紋等一場惡話，心內早灰了一半。正悶悶的，忽然聽見老嬤嬤說起賈芸來，不覺心中一動，便悶悶回房，睡在牀上，暗暗思量；翻來掉去，正沒個抓尋。忽聽窗外低低的叫道：「小紅，你的手帕子我拾在這裏呢。」小紅聽了，忙走出來看，不是別人，正是賈芸。小紅不覺粉面含羞，問道：「二爺在那裏拾著的？」賈芸笑道：「你過來，我告訴你。」一面說一面就上來拉他。那小紅轉身一跑，卻被門檻絆倒。要知端底，下回分解。

卷二十五　魘魔法叔嫂逢五鬼　通靈玉蒙蔽遇雙真

話說小紅心神恍惚，情思纏綿，忽朦朧睡去，遇見賈芸要拉他，卻回身一跑，被門檻絆了，一唬醒過來，方知是夢。因此翻來覆去，一夜無眠。至次日天明，方纔起來，就有幾個丫頭來會他去打掃房子地面，提洗面水。這小紅也不梳洗，向鏡中胡亂挽了一挽頭髮，洗了手，腰中束一條汗巾，便來打掃房屋。誰知寶玉昨兒見了他，也就留心，若要指名喚他來使用，一則怕襲人等多心，二則又不知他是何情性，因而納悶。早晨起來，也不梳洗，只坐著出神。一時下了窗子，隔著紗屜子，向外看得真切，只見幾個丫頭打掃院子，都擦胭抹粉，插花帶柳的，獨不見昨兒那一個。寶玉便靸了鞋，走出了房門，只裝作看花，東瞧西望。一擡頭，只見西南角上遊廊下欄杆旁有一個人倚在那裏，卻為一株海棠花所遮，看不真切。前進一步仔細一看，正是昨日那個丫頭，在那裏出神。要迎上去，又不好意思。正想著，忽見碧痕來請他洗臉，只得進去了。不在話下。

卻說小紅正自出神，忽見襲人招手叫他，只得走上前來。襲人笑道：「我們的噴壺壞了，你到林姑娘那邊借來一用。」小紅便走向瀟湘館去，到翠煙橋，擡頭一望，只見山坡高處都攔著帷幕，方想起今日有匠役在此種樹。原來遠遠的一簇人在那裏掘土，賈芸正坐在山子石上監工。小紅待要過去，又不敢過去，只得悄悄向瀟湘館，取了噴壺而回，無精打采，自向房內倒著。眾人只說他是身子不快，也不理論。

過了一日，原來次日是王子騰夫人的壽誕，那裏原打發人來請賈母、王夫人的，王夫人見賈母不去，也便不去了。倒是薛姨媽同著鳳姐兒並賈家三個姊妹、寶釵、寶玉，一齊都去了。至晚方回。

王夫人正過薛姨媽房裏坐著，見賈環下了學，命他去鈔《金剛經咒》唪誦。那賈環便來到王夫人炕上坐著，命人點了蠟燭，拿腔作勢的鈔寫。一時又叫彩雲倒茶來，一時又叫玉釧剪蠟花，又說金釧擋了燈亮兒。眾丫鬟們素日厭惡他，都不答理他。只有彩霞還和他合得來，倒了茶與他，因向他悄悄的道：「你安分些罷，何苦討人厭。」賈環把眼一瞅道：「我也知道，你別哄我。如今你和寶玉好，不大理我，我也看出來了。」彩霞咬著牙，向他頭上戳了一指頭，道：「沒良心的！『狗咬呂洞賓——不識好歹。』」

兩人正說著，只見鳳姐同著王夫人都過來了。王夫人便一長一短問他今日是那幾位堂客，戲文好歹，酒席如何。不多時，寶玉也來了，見了王夫人，也規規矩矩說了幾句話，便命人除去了抹額，脫了袍服，拉了靴子，就一頭滾在王夫人懷裏；王夫人便用手摩挲撫弄他，寶玉也扳著王夫人的脖子說長說短。王夫人道：「我的兒，又吃多了酒，臉上滾熱的。你還只是揉搓，一會子鬧上酒來。還不在那裏靜靜的躺一會子去呢。」說著，便叫人拿枕頭。寶玉因就在王夫人身後倒下，又叫彩霞來替他拍著。寶玉便和彩霞說笑，只見彩霞淡淡的不大答理，兩眼只向著賈環。寶玉便拉他的手，說道：「好姐姐，你也理我理兒。」一面說，一面拉他的手。彩霞奪手不肯，便說：「再鬧就嚷了。」

二人正鬧著，原來賈環聽見了，素日原恨寶玉，今見他和彩霞玩耍，心上越發按不下這口氣。因一沈思，計上心來，故作失手，將那一盞油汪汪的蠟燭，向寶玉臉上只一推，只聽寶玉「噯喲」的一聲，滿屋裏人都唬一跳。連忙將地下的矗燈移過來一照，只見寶玉滿臉是油。王夫人又氣又急，一面命人替寶玉擦洗，一面罵賈環。鳳姐三步兩步上炕去替寶玉收拾著，一面說道：「老三還是這樣『毛腳雞』似的，我說你上不得臺盤。趙姨娘平時也該教導教導他。」一句話提醒了王夫人，遂叫過趙姨娘來，罵道：「養出這樣黑心種子來，也不教訓教訓！幾番幾次我都不理論，你們一發得了意了，一發上來了！」那趙姨娘只得忍氣吞聲，也上去幫著他們替寶玉收拾。只見寶玉左邊臉上起了一溜燎泡，幸而沒傷眼睛。王夫人看了，又心疼，又怕賈母問時難以回答，急得又把趙姨娘罵一頓；又安慰了寶玉，一面取了「敗毒散」來敷上。寶玉說：「有些疼，還不妨事。明日老太太問，只說我自己燙的就是了。」鳳姐道：「便說自己燙的，也要罵人不小心，橫豎有一場氣的。」王夫人命人好生送了寶玉回房去。襲人等見了，都慌得了不得。

林黛玉見寶玉出了一天的門，便悶悶的，晚間打發人來問了兩三遍，知道燙了，便親自趕過來，只瞧見寶玉自己拿鏡子照呢，左邊臉上滿滿的敷了一臉藥。黛玉只當十分燙得利害，忙近前瞧瞧，寶玉卻把臉遮了，搖手叫他出去：知他素性好潔，故不要他瞧。黛玉也就罷了，但問他：「疼得怎樣？」寶玉道：「也不很疼，養一兩日就好了。」林黛玉坐了一會回去了。次日，寶玉見了賈母，雖自己承認自己燙的，賈母免不得又把跟從的人罵了一頓。

過了一日，有寶玉寄名的乾娘馬道婆到府裏來，見了寶玉，唬了一大跳，問其緣由，說是燙的，便點頭歎息，一面向寶玉臉上用指頭畫了幾畫，口內嘟嘟囔囔的，又咒誦了一回，說道：「包管好了。這不過是一時飛災。」又向賈母道：「老祖宗，老菩薩，那裏知道那佛經上說的利害，大凡王公卿相人家的子弟，只一生長下來，暗裏便有許多促狹鬼跟著他，得空兒便擰他一下，或掐他一下，或吃飯時打下他的飯碗來，或走著推他一跤，所以往往的那些大家子孫多有長不大的。」賈母聽如此說，便問：「這有什麼佛法解釋沒有呢？」馬道婆便說道：「這個容易，只是多替他做些因果善事，也就罷了。再那經上還說，西方有位大光明普照菩薩，專管照耀陰暗邪祟，若有善男信女虔心供奉者，可以永保兒孫康寧，再無撞客邪祟之災。」賈母道：「倒不知怎麼供奉這位菩薩？」馬道婆說：「也不值什麼，不過除香燭供奉以外，一天多添幾斤香油，點個大海燈。這海燈便是菩薩現身的法象，晝夜不敢息的。」賈母道：「一天一夜也得多少油？我也做個好事。」馬道婆說：「這也不拘多少，隨施主願心。像我家裏就有好幾處的王妃誥命供奉的：南安郡王府裏太妃，他許的願心大，一天是四十八斤油，一斤燈草，那海燈也只比缸略小些；錦鄉侯的誥命次一等，一天不過二十斤油；再有幾家，或十斤、八斤、三斤、五斤的不等，也少不得要替他點。」賈母點頭思忖。馬道婆道：「還有一件，若是為父母尊長的，多捨些不妨；若老祖宗為寶玉，若捨多了，怕哥兒擔不起，反折了福。要捨，大則七斤，小則五斤，也就是了。」賈母道：「既這麼樣，便一日五斤，每月打總兒關了去。」馬道婆道：「阿彌陀佛，慈悲大菩薩！」賈母又叫人來吩咐：「以後寶玉出門，拿幾串錢交給他的小子們，一路施捨與僧道貧苦之人。」

說畢，那道婆便往各房問安閒逛去了。一時來到趙姨娘房裏，二人見過，趙姨娘命小丫頭倒茶給他吃。趙姨娘正黏鞋呢，馬道婆見炕上堆著些零星綢緞，因説：「我正沒有鞋面子，奶奶給我些零碎綢子緞子，不拘顏色，做雙鞋穿罷。」趙姨娘歎口氣道：「你瞧，那裏頭還有塊成樣的麼？就有好東西也到不了我這裏。你不嫌不好，挑兩塊去就是了。」馬道婆便挑了幾塊，掖在懷裏。趙姨娘又問：「前日我打發人送了五百錢去，你可在藥王面前上了供沒有？」馬道婆道：「早已替你上了供了。」趙姨娘歎氣道：「阿彌陀佛！我手裏但凡從容些，也時常來上供，只是『心有餘而力不足』。」馬道婆道：「你只放心，將來熬的環哥大了，得了一官半職，那時你要做多大功德，還怕不能麼？」趙姨娘聽了笑道：「罷，罷！再別提起，如今就是榜樣兒。我們娘兒們跟的上這屋裏那一個兒？寶玉兒還是小孩子家，長得得人意兒，大人偏疼他些兒，也還罷了；我只不服這個主兒！」一面説，一面伸了兩個指頭。馬道婆會意，便問道：「可是璉二奶奶？」趙姨娘唬得忙搖手，起身掀簾子一看，見無人，方回身向道婆説：「了不得，了不得！提起這個主兒，這一分家私要不都叫他搬了娘家去，我也不是個人。」

馬道婆見説，便探他的口氣道：「我還用你説？難道都看不出來。也虧你們心裏也不理論，只憑他去。倒也好。」趙姨娘道：「我的娘！不憑他去，難道誰還敢把他怎麼樣呢？」馬道婆道：「不是我説句造孽的話，你們沒本事！也難怪。明裏不敢怎樣，暗裏也算計了，還等到如今！」趙姨娘聞聽這話裏有話，心內暗暗的歡喜，便説道：「怎麼暗裏算計？我倒有這個心，只是沒這樣的能幹人。你若教給我這法子，我大大的謝你。」馬道婆聽了這話打攏了一處，便又故意説道：「阿彌陀佛！你快休問我，我那裏知道這些事？罪罪過過的。」趙姨娘道：「你又來了。你是最肯濟困扶危的人，難道就眼睜睜的看人家來擺佈死了我們娘兒兩個不成？難道還怕我不謝你麼？」馬道婆聽如此，便笑道：「若說我不忍你們娘兒兩個受別人委屈，還猶可，若說謝，我還想你們什麼東西麼？」趙姨娘聽這話鬆動了些，便說：「你這麼個明白人，怎麼糊塗了？果然法子靈驗，把他兩人絕了，這家私還怕不是我們的。那時候你要什麼不得呢？」馬道婆聽了，低頭半日，說：「那時節事情妥當了，又無憑據，你還理我呢。」趙姨娘說：「這有何難？我攢了幾兩體己，還有些衣服首飾，你先拿幾樣去；我再寫個欠銀文契給你，到那時，我照數給你。」馬道婆道：「使得。」

趙姨娘將一個小丫頭也支開，連忙開了箱櫃，將衣服首飾拿了些出來，並體己散碎銀子，又寫了五十兩一張欠約，遞與馬道婆道：「你先拿去作個供養。」馬道婆見了這些東西，又有欠字，遂不顧青紅皂白，滿口應承，伸手先將銀子拿了，然後收了欠契。向趙姨娘要了張紙，拿剪子鉸了兩個紙人兒，遞與趙姨娘，叫把他二人的年庚，寫在上面；又找了一張藍紙，鉸了五個青面鬼，叫他併在一處，拿針釘了：「我在家中作法，自有效驗的。」說完，忽見王夫人的丫頭進來道：「奶奶可在這裏，太太等你呢。」二人散了，不在話下。

卻說林黛玉因寶玉燙了臉不大出門，倒時常在一處說閒話兒。這日飯後，看了兩篇書，又同紫鵑等做了一會針綫，總悶悶不舒，一同信步出來看庭前纔迸出的新筍。不覺出了院門，來到園中，四望無人，惟見花光鳥語，信步便往怡紅院來。只見幾個丫頭舀水，都在過廊上看畫眉洗澡呢。聽見房內笑聲，原來是李宮裁、鳳姐、寶釵都在這裏。一見他進來，都笑道：「這不又來了兩個。」

黛玉笑道：「今兒齊全，誰下帖子請的？」鳳姐道：「我前日打發人送兩瓶茶葉與姑娘，可還好麼？」黛玉道：「我正忘了，多謝想著。」寶玉道：「我嘗了不好，不知別人嘗了怎麼樣。」寶釵道：「味倒好，只是沒甚顏色。」鳳姐道：「那是暹羅國貢的。我嘗了也不覺甚好，還不如我們常吃的呢。」黛玉道：「我吃著好，不知你們的脾胃是怎樣的？」寶玉道：「你說好，把我的都拿了去吃罷。」鳳姐道：「我那裏還多著的呢。」黛玉道：「我叫丫頭取去。」鳳姐道：「不用，我打發人送來。我明日還有一事求你，一同叫人送來。」

黛玉聽了，笑道：「你們聽聽，這是吃了他家一點子茶葉，就使喚起人來了。」鳳姐笑道：「你既吃了我家的茶，怎麼還不給我們家作媳婦兒？」眾人都大笑不止。黛玉紅了臉，回過頭去，一聲兒不言語。寶釵笑道：「我們二嫂子的詼諧是好的。」黛玉道：「什麼詼諧，不過是貧嘴賤舌的討人厭罷了。」說著又啐了一口。鳳姐道：「你替我家做了媳婦，少些什麼？」指著寶玉道：「你瞧瞧，人物兒配不上？門第兒配不上？根基兒家私配不上？那一點兒玷辱了你？」黛玉起身便走。

寶釵叫道：「顰兒急了，還不回來呢！走了倒沒意思。」說著，站起來拉住。纔至房門，只見趙姨娘和周姨娘兩個人都來瞧寶玉。寶玉與眾人都起身讓坐，獨鳳姐不理。寶釵正欲說話，只見王夫人房裏的丫頭來說：「舅太太來了，請奶奶姑娘們出去呢。」李宮裁連忙同著鳳姐兒走了。趙周兩人也辭了出去。寶玉道：「我不能出去，你們好歹別叫舅母進來。」又說：「林妹妹，你略站一站，與你說句話。」鳳姐聽了，回頭向林黛玉道：「有人叫你說話呢。」便把黛玉往後一推，和李紈一同去了。

這裏寶玉拉了黛玉的手，只是笑，又不說話。黛玉不覺又紅了臉，掙著要走。寶玉道：「噯喲！好頭疼！」黛玉道：「該，阿彌陀佛！」寶玉大叫一聲，將身一跳，離地有三四尺高，口內亂嚷，盡是胡話。黛玉並眾丫鬟都唬慌了，忙報知王夫人與賈母。此時王子騰的夫人也在這裏，都一齊來看。寶玉一發拿刀弄杖，尋死覓活的，鬧得天翻地覆。賈母王夫人一見，唬得抖衣亂戰，「兒」一聲「肉」一聲，放聲大哭。於是驚動了眾人，連賈赦、邢夫人、賈珍、賈政並璉、蓉、芸、萍、薛姨媽、薛蟠並周瑞家的一干家中上下人等並丫鬟媳婦等，都來園內看視，登時亂麻一般。正沒個主意，只見鳳姐手持一把明晃晃的刀，砍進園來，見雞殺雞，見犬殺犬，見了人，瞪著眼就要殺人。眾人一發慌了。周瑞媳婦帶著幾個力大的女人，上去抱住，奪了刀，擡回房中。平兒豐兒等哭的哀天叫地。賈政也心中著忙。當下眾人七言八語，有說送祟的，有說跳神的，有薦玉皇閣張道士捉怪的，整鬧了半日，祈求禱告，百般醫治，並不見好。日落後，王子騰夫人告辭去了。

次日，王子騰也來問候。接著小史侯家、邢夫人弟兄並各親戚都來瞧看，也有送符水的，也有薦僧道的，也有薦醫的。他叔嫂二人，一發糊塗，不省人事，身熱如火，在牀上亂說，到夜裏更甚。因此那些婆子丫鬟不敢上前，故將他叔嫂二人，都搬到王夫人的上房內，著人輪班守視。賈母、王夫人、邢夫人並薛姨媽寸步不離，只圍著哭。

此時賈赦賈政又恐哭壞了賈母，日夜熬油費火，鬧得上下不安。賈赦還各處去尋覓僧道。賈政見不效驗，因阻賈赦道：「兒女之數，總由天命，非人力可強。他二人之病，百般醫治不效，想是天意該如此，也只好由他去。」賈赦不理，仍是百般忙亂。

看看三日光陰，那鳳姐寶玉躺在牀上，連氣息都微了。合家都說沒了指望了，忙的將他二人的後事都治備下了。賈母、王夫人、賈璉、平兒、襲人等更哭的死去活來。只有趙姨娘外面假作憂愁，心中稱願。至第四日早，寶玉忽睜開眼向賈母說道：「從今以後，我可不在你家了，快打發我走罷。」賈母聽見這話，如同摘了心肝一般。趙姨娘在旁勸道：「老太太也不必過於悲痛。哥兒已是不中用了，不如把哥兒的衣服穿好，讓他早些回去，也免他受些苦；只管捨不得他，這口氣不斷，他在那裏，也受罪不安。」這些話沒說完，被賈母照臉啐了一口唾沫，罵道：「爛了舌頭的混賬老婆！怎麼見得不中用了？你願意他死了，有什麼好處？你別做夢！他死了，我只和你們要命。都是你們素日調唆著，逼他念書寫字，把膽子唬破了，見了他老子就像個『避貓鼠兒』一樣。都不是你們這起小婦調唆的？這會子逼死了他，你們就隨了心了。我饒那一個！」一面哭，一面罵。賈政在旁聽見這些話，心裏越發著急，忙喝退了趙姨娘，委宛勸解了一番。忽有人來回：「兩口棺木都做齊了。」賈母聞之，如刀刺心，一發哭著大罵，問：「是誰叫做的棺材？快把做棺材的人拿來打死！」鬧了個天翻地覆。

忽聽見空中隱隱有木魚聲，念了一句「南無解冤解結菩薩！有那人口不利、家宅不安、中邪祟、逢凶險的，我們善能醫治。」賈母王夫人便命人向街上找尋去。原來是一個癩和尚同一個跛道士。那和尚是怎的模樣？但見：

鼻如懸膽兩眉長，目似明星有寶光；破衲芒鞋無住跡，腌臢更有一頭瘡。

那道人是如何模樣？看他時：

一足高來一足低，渾身帶水又拖泥；相逢若問家何處，卻在蓬萊弱水西。

賈政因命人請了進來，問他二人：「在何山修道？」那僧笑道：「長官不消多話，因知府上人口欠安，特來醫治的。」賈政道：「有兩個人中了邪，不知有何方可治？」

那道人笑道：「你家現有希世之寶，可治此病，何須問方！」賈政心中便動了，因道：「小兒生時雖帶了一塊玉來，上面刻著『能除凶邪』，然亦未見靈效。」那僧道：「長官有所不知，那『寶玉』原是靈的，只因為聲色貨利所迷，故此不靈了。你今將此寶取出來，待我持誦持誦，就依舊靈了。」

賈政便向寶玉項上取下那塊玉來，遞與他二人。那和尚擎在掌上，長歎一聲，道：「青埂峰下，別來十三載矣！人世光陰迅速，塵緣未斷，奈何奈何！可羨你當日那段好處：

天不拘兮地不羈，心頭無喜亦無悲；只因鍛煉通靈後，便向人間惹是非。

可惜今日這番經歷呀：

粉漬脂痕汙寶光，房櫳日夜困鴛鴦；沈酣一夢終須醒，冤債償清好散場。」

念畢，又摩弄了一回，說了些瘋話，遞與賈政道：「此物已靈，不可褻瀆，懸於臥室檻上，除自己親人外，不可令陰人衝犯。三十三日之後，包管好了。」賈政忙命人讓茶，那二人已經走了，只得依言而行。

鳳姐寶玉果一日好似一日的，漸漸醒來，知道餓了，賈母王夫人纔放了心。眾姊妹都在外間聽消息，黛玉先念一聲佛，寶釵笑而不言，惜春道：「寶姐姐笑什麼？」寶釵道：「我笑如來佛比人還忙：又要度化眾生；又要保祐人家病痛，都叫他速好；又要管人家的婚姻，叫他成就。你說可忙不忙？可好笑不好笑？」一時林黛玉紅了臉，啐了一口道：「你們都不是好人！再不跟著好人學，只跟著鳳丫頭學的貧嘴。」一面說，一面摭簾子出去了。欲知端詳，下回分解。

卷二十六　蜂腰橋設言傳心事　瀟湘館春睏發幽情

話説寶玉養過了三十三天之後，不但身體強壯，亦且連臉上瘡痕平復，仍回大觀園去。這也不在話下。

且說近日寶玉病的時節，賈芸帶著家下小廝坐更看守，晝夜在這裏；那小紅同眾丫鬟也在這裏守著寶玉，彼此相見多日，都漸漸混熟了。小紅見賈芸手裏拿著手帕子，倒像是自己從前掉的，待要問他，又不好問的。不料那和尚道士來過，用不著一切男人，賈芸仍種樹去了。這件事待放下又放不下，待要問去又怕人猜疑，正是猶豫不決神魂不定之際，忽聽窗外問道：「姐姐在屋裏沒有？」小紅聞聽，在窗眼內望外一看，原來是本院的個小丫頭名叫佳蕙的，因答說：「在家裏呢，你進來罷。」佳蕙聽了跑進來，就坐在牀上，笑道：「我好造化！纔在院子裏洗東西，寶玉叫往林姑娘那裏送茶葉，花大姐姐交給我送去，可巧老太太給林姑娘送錢來，正分給他們的丫頭們呢，見我去了，林姑娘就抓了兩把給我，也不知多少，你替我收著。」便把手帕子打開，把錢倒了出來，小紅就替他一五一十的數了收起。

佳蕙道：「你這一陣子心裏到底覺怎麼樣？依我說，你竟家去住兩日，請一個大夫來瞧瞧，吃兩劑藥，就好了。」小紅道：「那裏的話？好好的，家去做什麼！」佳蕙道：「我想起來了，林姑娘生的弱，時常吃藥，你就和他要些來吃，也是一樣。」

小紅道：「胡說！藥也是混吃的。」佳蕙道：「你這也不是個長法兒，又懶吃懶喝的，終久怎麼樣？」小紅道：「怕什麼，還不如早些死了倒乾淨。」佳蕙道：「好好的，怎麼說這些話？」小紅道：「你那裏知道我心中的事！」

佳蕙點頭，想了一會道：「可也怨不得你。這個地方，本也難站。就像昨兒老太太因寶玉病了這些日子，說伏侍的人都辛苦了，如今身上好了，各處還香了願，叫把跟著的人都按著等兒賞他們。我們算年紀小，上不去，我也不抱怨；像你怎麼也不算在裏頭？我心裏就不服。襲人那怕他得十分兒，也不惱他，原該的。說句良心話，誰還能比他呢？別說他素日殷勤小心，便是不殷勤小心，也拚不得。只可氣晴雯綺霞他們這幾個，都算在上等裏去，仗著老子娘的臉面，眾人倒捧著他去。你說可氣不可氣？」小紅道：「也不犯著氣他們。俗語說的：『千里搭長棚，沒有個不散的筵席。』誰守一輩子呢？不過三年五載，各人幹各人的去了，那時誰還管誰呢？」這兩句話不覺感動了佳蕙心腸，由不得眼圈兒紅了，又不好意思無端的哭，只得勉強笑道：「你這話說的是。昨兒寶玉還說，明兒怎麼樣收拾房子，怎麼樣做衣裳。倒像有幾百年熬煎。」

小紅聽了，冷笑兩聲，方要說話，只見一個未留頭的小丫頭走進來，手裏拿著些花樣子並兩張紙，說道：「這兩個花樣子，叫你描出來呢。」說著，向小紅撂下，回轉身就跑了。小紅向外問道：「到底是誰的？也等不的說完就跑。『誰蒸下饅頭等著你，怕冷了不成？』」那小丫頭在窗外只說得一聲：「是綺大姐姐的。」擡起腳來，「咕咚咕咚」又跑了。小紅便賭氣把那樣子擲在一邊，向抽屜內找筆，找了半天，都是禿了的，因說道：「前兒一枝新筆放在那裏了？怎麼想不起來。」一面說，一面出神，想了一會，方笑道：「是了，前兒晚上鶯兒拿了去了。」便向佳蕙道：「你替我取了來。」佳蕙道：「花大姐姐還等著我替他拿箱子，你自取去罷。」小紅道：「他等著你，你還坐著閒打牙兒？我不叫你取去，他也不等你了。壞透了的小蹄子！」

說著自己便出房來。出了怡紅院，一徑往寶釵院內來。剛至沁芳亭畔，只見寶玉的奶娘李嬤嬤從那邊來。小紅立住，笑問道：「李奶奶，你老人家那裏去了？怎麼打這裏來？」李嬤嬤站住，將手一拍，道：「你說，好好的，又看上了那個什麼『雲哥兒』『雨哥兒』的，這會子逼著我叫了他來。明兒叫上房裏聽見，可又是不好。」小紅笑道：「你老人家當真的就信著他去叫麼？」李嬤嬤道：「可怎麼樣呢？」小紅笑道：「那一個要是知好歹，就回不進來纔是。」李嬤嬤道：「他又不傻，為什麼不進來？」小紅道：「既是進來，你老人家該同他一齊兒來；回來叫他一個人亂碰，可是不好麼！」李嬤嬤道：「我有那門大工夫和他走？不過告訴了他，回來打發個小丫頭子，或是老婆子，帶進他來就完了。」說著拄著拐一徑去了。小紅聽說，便站著出神，且不去取筆。

不多時，只見一個小丫頭跑來，見小紅站在那裏，便問道：「紅姐姐，你在這裏做什麼呢？」小紅擡頭見是小丫頭子墜兒。小紅道：「那裏去？」墜兒道：「叫我帶進芸二爺來。」說著，一徑跑了。這裏小紅剛走至蜂腰橋門前，只見那邊墜兒引著賈芸來了。那賈芸一面走，一面拿眼把小紅一溜；那小紅只裝著和墜兒說話，也把眼去一溜賈芸：四目恰好相對。小紅不覺把臉一紅，一扭身往蘅蕪院去了。不在話下。

這裏賈芸隨著墜兒逶迤來至怡紅院中，墜兒先進去回明了，然後方領賈芸進去。賈芸看時，只見院內略略有幾點山石，種著芭蕉，那邊有兩隻仙鶴，在松樹下剔翎。

一溜迴廊上弔著各色籠子，各色仙禽異鳥。上面小小五間抱廈，一色雕鏤新鮮花樣槅扇，上面懸著一個匾，四個大字，題道是：「怡紅快綠」。賈芸想道：「怪道叫『怡紅院』，原來匾上是這四個字。」正想著，只聽裏面隔著紗窗子笑說道：「快進來罷！我怎麼就忘了你兩三個月。」賈芸聽見是寶玉的聲音，連忙進入房內，擡頭一看，只見金碧輝煌，文章烱爍，卻看不見寶玉在那裏。一回頭，只見左邊立著一架大穿衣鏡，從鏡後轉出兩個一對兒十五六歲的丫頭來，說：「請二爺裏頭屋裏坐。」

賈芸連正眼也不敢看，連忙答應了，又進一道碧紗廚，只見小小一張填漆牀上，懸著大紅銷金撒花帳子。寶玉穿著家常衣服，靸著鞋，倚在牀上，拿著本書；看見他進來，將書擲下，早帶笑立起身來。賈芸忙上前請了安，寶玉讓坐，便在下面一張椅子上坐了。寶玉笑道：「只從那個月見了你，我叫你往書房裏來，誰知接接連連許多事情，就把你忘了。」賈芸笑道：「總是我沒福，偏偏又遇著叔叔欠安。叔叔如今可大安了？」寶玉道：「大好了。我倒聽見說你辛苦了好幾天。」賈芸道：「辛苦也是該當的。叔叔大安了，也是我們一家子的造化。」說著，只見有個丫鬟端了茶來與他，那賈芸口裏和寶玉說話，眼睛卻瞅那丫鬟：細挑身子，容長臉兒，穿著銀紅襖兒，青緞子背心，白綾細褶兒裙子。

那賈芸自從寶玉病了，他在裏頭混了兩天，都把有名人口記了一半；他看見這丫鬟，知道是襲人，他在寶玉房中，比別人不同，如今端了茶來，寶玉又在旁邊坐著，便忙站起來，笑道：「姐姐怎麼替我倒起茶來？我來到叔叔這裏，又不是客，讓我自己倒罷了。」寶玉道：「你只管坐著罷。丫頭們跟前也是這樣。」賈芸笑道：「雖如此說，叔叔房裏姐姐們，我怎麼敢放肆呢。」一面說，一面坐下吃茶。

那寶玉便和他說些沒要緊的散話。又說道誰家的戲子好，誰家的花園好，又告訴他誰家的丫頭標致，誰家的酒席豐盛，又是誰家有奇貨，又是誰家有異物。那賈芸口裏只得順著他說。說了一回，見寶玉有些懶懶的了，便起身告辭。寶玉也不甚留，只說：「你明兒閒了只管來。」仍命小丫頭子墜兒送出去了。

出了怡紅院，賈芸見四顧無人，便腳步慢慢的停著些走，口裏一長一短和墜兒說話。先問他：「幾歲了？名字叫什麼？你父母在那行上？在寶叔房內幾年了？一個月多少錢？共總寶叔房內有幾個女孩子？」那墜兒見問，便一樁樁的都告訴他了。賈芸又道：「剛纔那個和你說話的，他可是叫小紅？」墜兒笑道：「他就叫小紅。你問他做什麼？」賈芸道：「方纔他問你什麼手帕子，我倒揀了一塊。」墜兒聽了笑道：「他問了我好幾遍，可有看見他的帕子的。我那麼大工夫管這些事！今兒他又問我。他說，我替他找著了他還謝我呢。纔在蘅蕪院門口說的，二爺也聽見了，不是我撒謊。好二爺，你既揀了，給我罷；我看他拿什麼謝我。」

原來上月賈芸進來種樹之時，便揀了一塊羅帕，知是這園內的人失落的，但不知是那一個人的，故不敢造次。今聽見小紅問墜兒，知是他的，心內不勝喜幸。又見墜兒追索，心中早得了主意，便向袖內將自己的一塊取了出來，向墜兒笑道：「我給是給你，你若得了他的謝禮，可不許瞞我的。」墜兒滿口裏答應了，接了手帕子，送出賈芸，回來找小紅，不在話下。

如今且說寶玉打發賈芸去後，意思懶懶的，歪在牀上，似有朦朧之態。襲人便走上來，坐在牀沿上推他，說道：「怎麼又要睡覺？你悶得很，出去逛逛不好？」寶玉見說，攜著他的手笑道：「我要去，只是捨不得你。」襲人笑道：「快起來罷！」一面說，一面拉了寶玉起來。寶玉道：「可往那裏去呢？怪膩膩煩煩的。」襲人道：「你出去了就好了。只管這麼葳蕤，越發心裏膩煩了。」

寶玉無精打采，只得依他。晃出了房門，在迴廊上調弄了一回雀兒，出至院外，順著沁芳溪，看了一回金魚。只見那邊山坡上兩隻小鹿箭也似的跑來。寶玉不解何意，正自納悶，只見賈蘭在後面，拿著一張小弓兒追了下來。一見寶玉在前，便站住了，笑道：「二叔叔在家裏呢，我只當出門去了。」寶玉道：「你又淘氣了。好好的射他做什麼？」賈蘭笑道：「這會子不念書，閒著做什麼？所以演習演習騎射。」寶玉道：「把牙磕了，那時候纔不演呢。」

說著，便順腳一徑來至一個院門前，只見鳳尾森森，龍吟細細，卻是瀟湘館。寶玉信步走入，只見湘簾垂地，悄無人聲。走至窗前，覺得一縷幽香，從碧紗窗中暗暗透出。寶玉便將臉貼在紗窗上往裏看時，耳內忽聽得細細的長歎了一聲，道：「『每日家，情思睡昏昏。』」寶玉聽了，不覺心內癢將起來。再看時，只見黛玉在牀上伸懶腰。寶玉在窗外笑道：「為什麼『每日家情思睡昏昏』的？」一面說，一面掀簾子進來了。

黛玉自覺忘情，不覺紅了臉，拿袖子遮了臉，翻身向裏裝睡著了。寶玉纔走上來，要扳他的身子，只見黛玉的奶娘並兩個婆子卻跟了進來，說：「妹妹睡覺呢，等醒來再請罷。」剛說著，黛玉便翻身坐了起來，笑道：「誰睡覺呢？」那兩三個婆子見黛玉起來，便笑道：「我們只當姑娘睡著了。」說著，便叫紫鵑，說：「姑娘醒了，進來伺候。」一面說，一面都去了。黛玉坐在牀上，一面擡手整理鬢髮，一面笑向寶玉道：「人家睡覺，你進來做什麼？」寶玉見他星眼微餳，香腮帶赤，不覺神魂早蕩，一歪身坐在椅子上，笑道：「你纔説什麼？」黛玉道：「我沒説什麼。」寶玉笑道：「給你個榧子吃呢！我都聽見了。」

二人正説話，只見紫鵑進來，寶玉笑道：「紫鵑，把你們的好茶倒碗我吃。」紫鵑道：「那裏有好的呢？要好的只好等襲人來。」黛玉道：「別理他。你先給我舀水去罷。」紫鵑道：「他是客，自然先倒了茶來再舀水去。」説著，倒茶去了。寶玉笑道：「好丫頭，『若共你多情小姐同鴛帳，怎捨得叫你疊被鋪牀？』」黛玉登時撂下臉來説道：「二哥哥你説什麼？」寶玉笑道：「我何嘗説什麼？」黛玉便哭道：「如今新興的，外頭聽了村話來，也説給我聽；看了混賬書，也拿我取笑兒。我成了替爺們解悶兒的。」一面哭，一面下牀來，往外就走。寶玉不知要怎樣，心下慌了，忙趕上來説：「好妹妹，我一時該死，你別告訴去！我再敢説這樣話，嘴上就長個疔，爛了舌頭。」

正説著，只見襲人走來，説道：「快回去穿衣服，老爺叫你呢。」寶玉聽了，不覺打了個焦雷一般，也顧不得別的，疾忙回來穿衣服。出園來，只見焙茗在二門前等著。寶玉問道：「你可知道叫我是為什麼？」焙茗道：「爺快出來罷，橫豎是見去的，到那裏就知道了。」一面説，一面催著寶玉。

轉過大廳，寶玉心裏還自狐疑，只聽牆角邊一陣呵呵大笑，回頭見薛蟠拍著手跳了出來，笑道：「要不説姨父叫你，你那裏肯出來的這麼快！」焙茗也笑著跪下了。寶玉怔了半天，方解過來，是薛蟠哄出他來。薛蟠連忙打恭作揖賠不是，又求：「不要難為了小子，都是我央他去的。」寶玉也無法了，只好笑問道：「你哄我也罷了，怎麼説我父親呢？我告訴姨娘去，評評這個理，可使得麼？」薛蟠忙道：「好兄弟，我原為求你快些出來，就忘了忌諱這句話，改日你要哄我，也説我父親，就完了。」

寶玉道：「噯喲！越發的該死了。」又向焙茗道：「反叛肏的，還跪著做什麼？」焙茗連忙叩頭起來。薛蟠道：「要不是，我也不敢驚動，只因明兒五月初三日，是我的生日，誰知古董行的程日興，他不知那裏尋了來的這麼粗、這麼長、粉脆的鮮藕；這麼大的西瓜；這麼長、這麼大的暹羅國進貢的靈柏香熏的暹羅豬、魚。你說這四樣禮物，可難得不難得？那魚、豬不過貴而難得，這藕和瓜虧他怎麼種出來的。我連忙孝敬了母親，趕著給你們老太太、姨母送了些去。如今留了些，我要自己吃，恐怕折福，左思右想，除我之外，惟你還配吃，所以特請你來。可巧唱曲兒的一個小子又來了，我同你樂一日何如？」

一面說，一面來至他書房裏，只見詹光、程日興、胡斯來、單聘仁等並唱曲兒的都在這裏。見他進來，請安的，問好的，都彼此見過了。吃了茶，薛蟠即命人：「擺酒來。」說猶未了，眾小廝七手八腳擺了半天，方纔停當歸坐。

寶玉果見瓜藕新異，因笑道：「我的壽禮還未送來，倒先擾了。」薛蟠道：「可是呢，你明兒來拜壽，打算送什麼新鮮禮物？」寶玉道：「我沒有什麼送的。若論銀錢穿吃等類的東西，究竟還不是我的；惟有寫一張字，或畫一張畫，這算是我的。」薛蟠笑道：「你提畫兒，我纔想起來了。昨兒我看見人家一本春宮兒，畫的著實好，上頭還有許多的字。我也沒細看，只看落的款，原來是什麼『庚黃』的。真好的了不得！」寶玉聽說，心下猜疑道：「古今字畫也都見過些，那裏有個『庚黃』？」想了半天，不覺笑將起來，命人取過筆來，在手心裏寫了兩個字，又向薛蟠道：「你看真了是『庚黃』麼？」薛蟠道：「怎麼看不真？」寶玉將手一撒與他看道：「可是這兩個字罷？其實與『庚黃』相去不遠。」眾人都看時，原來是「唐寅」兩個字，都笑道：

「想必是這兩字，大爺一時眼花了，也未可知。」薛蟠自覺沒意思，笑道：「誰知他是『糖銀』是『果銀』的。」

正說著，小廝來回：「馮大爺來了。」寶玉便知是神武將軍馮唐之子馮紫英來了。薛蟠等一齊都叫「快請」。說猶未了，只見馮紫英一路說笑，已進來了，眾人忙起席讓坐。馮紫英笑道：「好呀！也不出門了，在家裏高樂罷。」寶玉薛蟠都笑道：「一向少會。老世伯身上康健？」紫英答道：「家父倒也託庇康健，近來家母偶著了些風寒，不好了兩天。」

薛蟠見他面上有些青傷，便笑道：「這臉上，又和誰揮拳來？掛了幌子了！」馮紫英笑道：「從那一遭把仇都尉的兒子打傷了，我記了，再不慪氣，如何又揮拳？這臉上是前日打圍，在鐵網山叫兔鶻梢了一翅膀。」寶玉道：「幾時的話？」紫英道：「三月二十八日去的，前兒也就回來了。」寶玉道：「怪道前兒初三四兒我在沈世兄家赴席不見你呢。我要問，不知怎麼忘了。單你去了，還是老世伯也去了？」紫英道：「可不是家父去，我沒法兒，去罷了。難道我閒瘋了？咱們幾個人吃酒聽唱的不樂，尋那個苦惱去？這一次大不幸之中卻有大幸。」

薛蟠眾人見他吃完了茶，都說道：「且入席，有話慢慢的說。」馮紫英聽說，便立起身來說道：「論理，我該陪飲幾杯纔是，只是今兒有一件大大要緊事，回去還要見家父面回，實不敢領。」薛蟠寶玉眾人那裏肯依，死拉著不放。馮紫英笑道：「這又奇了。你我這些年，那一回有這個道理的？果然不能遵命。若必定叫我領，拿大杯來，我領兩杯就是了。」眾人聽說，只得罷了，薛蟠執壺，寶玉把盞，斟了兩大海。那馮紫英站著，一氣而盡。寶玉道：「你到底把這個『不幸之幸』說完了再走。」

馮紫英笑道：「今兒說的也不盡興，我為這個，還要特治一個東兒，請你們去細談一談；二則還有奉懇之處。」說著撒手就走。薛蟠道：「越發說的人熱剌剌的丟不下，多早晚纔請我們？告訴了也免的人猶豫。」馮紫英道：「多則十日，少則八天。」一面說，一面出門上馬去了。

眾人回來，依席又飲了一回方散。寶玉回至園中，襲人正記掛著他去見賈政，不知是禍是福，只見寶玉醉醺醺回來，因問其原故，寶玉一一向他說了，襲人道：「人家牽腸掛肚的等著，你且高樂去，也到底打發個人來給個信兒。」寶玉道：「我何嘗不要送信兒，因馮世兄來了，就混忘了。」

正說著，只見寶釵走進來，笑道：「偏了我們新鮮東西了！」寶玉笑道：「姐姐家的東西，自然先偏了我們了。」寶釵搖頭笑道：「昨兒哥哥倒特特的請我吃，我不吃，我叫他留著送與別人罷。我知道我的命小福薄，不配吃那個。」說著，丫鬟倒了茶來，吃茶說閒話兒，不在話下。

卻說那黛玉聽見賈政叫了寶玉去了一日不回來，心中也替他憂慮。至晚飯後，聞得寶玉來了，心裏要找他問問是怎麼樣了。一步步行來，見寶釵進寶玉的園內去了，自己也隨後走了來。剛到了沁芳橋，只見各色水禽盡都在池中浴水，也認不出名色來，但見一個個文彩閃灼，好看異常，因而站住，看了一回。再往怡紅院來，門已關了，黛玉即便叩門。

誰知晴雯和碧痕二人正拌了嘴，沒好氣，忽見寶釵來了，那晴雯正把氣移在寶釵身上，正在院內報怨說：「有事沒事，跑了來坐著，叫我們三更半夜的不得睡覺。」忽聽又有人叫門，晴雯越發動了氣，也並不問是誰，便說道：「都睡下了，明兒再來罷！」

黛玉素知丫頭們的情性，他們彼此玩要慣了，恐怕院內的丫頭沒聽見是他的聲音，只當別的丫頭們了，所以不開門，因而又高聲説道：「是我，還不開門麼？」晴雯偏生還沒聽見，便使性子説道：「憑你是誰，二爺吩咐的，一概不許放人進來呢！」黛玉聽了，不覺氣怔在門外，待要高聲問他，逗起氣來，自己又回思一番：「雖説是舅母家如同自己家一樣，到底是客邊。如今父母雙亡，無依無靠，現在他家依棲，如今認真慪氣，也覺沒趣。」一面想，一面又滾下淚珠來了。真是回去不是，站著不是。正沒主意，只聽裏面一陣笑語之聲，細聽一聽，竟是寶玉寶釵二人。黛玉心中越發動了氣，左思右想，忽然想起早起的事來：「必竟是寶玉惱我告他的原故。但只我何嘗告你去了，你也不打聽打聽，就惱我到這步田地！你今兒不叫我進來，難道明兒就不見面了！」越想越覺傷感起來，也不顧蒼苔露冷，花徑風寒，獨立牆角邊花陰之下，悲悲切切，嗚咽起來。

原來這黛玉秉絕代姿容，具稀世俊美，不期這一哭，那附近柳枝花朵上宿鳥棲鴉，一聞此聲，俱「忒楞楞」飛起遠避，不忍再聽。正是：

花魂點點無情緒，鳥夢癡癡何處驚。

因有一首詩道：

顰兒才貌世應稀，獨抱幽芳出繡閨；嗚咽一聲猶未了，落花滿地鳥驚飛。

那林黛玉正自啼哭，忽聽「吱嘍」一聲，院門開處，不知是那一個出來。要知端的，下回分解。

卷二十七　滴翠亭楊妃戲彩蝶　埋香冢飛燕泣殘紅

話說黛玉正自悲泣，忽聽院門響處，只見寶釵出來了，寶玉襲人一群人送了出來。待要上去問著寶玉，又恐當著眾人問羞了寶玉不便，因而閃過一旁，讓寶釵去了，寶玉等進去關了門，方轉過來，尚望著門灑了幾點淚。自覺無味，轉身回來，無精打采的卸了殘妝。

紫鵑雪雁素日知道黛玉的情性：無事悶坐，不是愁眉，便是長歎，且好端端的，不知為了什麼，常常的便自淚不乾的。先時還有人解勸，或怕他思父母，想家鄉，受委屈，用話來寬慰解勸。誰知後來一年一月的，竟是常常如此，把這個樣兒看慣了，也都不理論了。所以也沒人去理，由他悶坐，只管睡覺去了。那林黛玉倚著牀欄杆，兩手抱著膝，眼睛含著淚，好似木雕泥塑的一般，直坐到二更多天，方纔睡了。一宿無話。

至次日乃是四月二十六日，原來這日未時交芒種節。尚古風俗：凡交芒種節的這日，都要設擺各色禮物，祭餞花神，言芒種一過，便是夏日了，眾花皆謝，花神退位，須要餞行。閨中更興這件風俗，所以大觀園中之人，都早起來了。那些女孩子們，或用花瓣柳枝編成轎馬的，或用綾錦紗羅疊成干旄旌幢的，都用彩綫繫了。每一棵樹，每一枝花上，都繫了這些物事。滿園裏繡帶飄飄，花枝招展。更兼這些人打扮得桃羞杏讓，燕妒鶯慚，一時也道不盡。

且説寶釵、迎春、探春、惜春、李紈、鳳姐等並大姐兒、香菱與眾丫鬟們，都在園裏玩耍，獨不見林黛玉，迎春因説道：「林妹妹怎麼不見？好個懶丫頭！這會子還睡覺不成？」寶釵道：「你們等著，等我去鬧了他來。」説著，便丢了眾人，一直往瀟湘館來。正走著，只見文官等十二個女孩子也來了，上來問了好，説了一回閒話。寶釵回身指道：「他們都在那裏呢，你們找他們去；我找林姑娘去，就來。」説著，逶迤往瀟湘館來。忽然擡頭見寶玉進去了，寶釵便站住，低頭想了一想：「寶玉和林黛玉是從小兒一處長大，他兄妹間多有不避嫌疑之處，嘲笑不忌，喜怒無常；況且黛玉素昔猜忌，好弄小性兒的，此刻自己也跟了進去，一則寶玉不便，二則黛玉嫌疑，倒是回來的妙。」想畢，抽身回來。

剛要尋別的姊妹去，忽見面前一雙玉色蝴蝶，大如團扇，一上一下，迎風翩躚，十分有趣。寶釵意欲撲了來玩耍，遂向袖中取出扇子來，向草地下來撲。只見那一雙蝴蝶，忽起忽落，來來往往，將欲過河去了。倒引得寶釵躡手躡腳的，一直跟到池邊滴翠亭上，香汗淋漓，嬌喘細細。寶釵也無心撲了，剛欲回來，只聽那亭裏邊嘁嘁喳喳有人説話。原來這亭子四面俱是遊廊曲欄，蓋在池中水上，四面雕鏤槅子，糊著紙。

寶釵在亭外聽見説話，便煞住腳，往裏細聽，只聽説道：「你瞧這手帕子果然是你丢的那塊，你就拿著；要不是，就還芸二爺去。」又有一人説話：「可不是我那塊！拿來給我罷。」又聽道：「你拿什麼謝我呢？難道白找了來不成？」又答道：「我已經許了謝你，自然是不哄你的。」又聽説道：「我找了來給你，自然謝我；但只是那揀的人，你就不謝他麼？」那一個又說道：「你別胡說。他是個爺們家，揀了我們的東西，自然該還的。叫我拿什麼謝他呢？」又聽說道：「你不謝他，我怎麼回他呢？況且他再三再四的和我說了，若沒謝的，不許我給你呢。」半晌，又聽說道：「也罷，拿我這個給他，算謝他的罷。你要告訴別人呢？須說一個誓。」又聽說道：「我要告訴人，嘴上就長一個疔，日後不得好死！」又聽說道：「噯呀！咱們只顧說話，看有人來悄悄的在外頭聽見。不如把這槅子都推開了，便是人見咱們在這裏，他們只當我們說玩話呢。走到跟前，咱們也看得見，就別說了。」

寶釵外面聽見這話，心中吃驚，想道：「怪道從古至今那些姦淫狗盜的人，心機都不錯。這一開了，見我在這裏，他們豈不臊了？況且說話的語音，大似寶玉房裏紅兒的言語。他素昔眼空心大，是個頭等刁鑽古怪東西，今兒我聽了他的短兒，『人急造反，狗急跳牆』，不但生事，而且我還沒趣。如今便趕著躲了，料也躲不及，少不得要使個『金蟬脫殼』的法子。」猶未想完，只聽「咯吱」一聲，寶釵便故意放重了腳步，笑著叫道：「顰兒！我看你往那裏藏！」一面說，一面故意往前趕。

那亭內的小紅墜兒剛一推窗，只聽寶釵如此說著往前趕，兩個人都唬怔了。寶釵反向他二人笑道：「你們把林姑娘藏在那裏了？」墜兒道：「何曾見林姑娘了？」寶釵道：「我纔在河那邊看著林姑娘在這裏蹲著弄水兒呢。我要悄悄的唬他一跳，還沒有走到跟前，他倒看見我了，朝東一繞，就不見了。別是藏在裏頭了？」一面說，一面故意進去，尋了一尋，抽身就走，口內說道：「一定又鑽在山子洞裏去了。遇見蛇，咬一口也罷了。」一面說，一面走，心中又好笑：「這件事算遮過去了，不知他二人是怎樣？」

誰知小紅聽了寶釵的話，便信以為真，讓寶釵去遠，便拉墜兒道：「了不得了！林姑娘蹲在這裏，一定聽了話去了！」墜兒聽了，也半日不言語。小紅又道：「這可怎麼樣呢？」墜兒道：「便聽見了，管誰筋疼，各人幹各人的就完了。」小紅道：「若是寶姑娘聽見還倒罷了；林姑娘嘴裏又愛刻薄人，心裏又細，他一聽見了，倘或走露了，怎麼樣呢？」

二人正說著，只見文官、香菱、司棋、侍書等上亭子來了。二人只得掩住這話，且和他們玩笑。只見鳳姐兒站在山坡上招手叫，小紅連忙棄了眾人，跑至鳳姐前，堆著笑問：「奶奶使喚做什麼事？」鳳姐打量了一回，見他生得乾淨俏麗，說話知趣，因笑道：「我的丫頭們今兒沒跟進我來。我這會子想起一件事來，要使喚個人出去，不知你能幹不能幹？說的齊全不齊全？」小紅笑道：「奶奶有什麼話，只管吩咐我說去；若說的不齊全，誤了奶奶的事，任憑奶奶責罰就是了。」鳳姐笑道：「你是那位姑娘房裏的？我使你出去，他回來找你，我好替你說。」小紅道：「我是寶二爺房裏的。」鳳姐聽了笑道：「嗳喲！你原來是寶玉房裏的，怪道呢。也罷了，等他問，我替你說。你到我們家告訴你平姐姐，外頭屋裏桌子上汝窯盤子架兒底下放著一卷銀子，那是一百二十兩，給繡匠的工價，等張材家的來，當面秤給他瞧了，再給他拿去。再裏頭牀頭兒上有個小荷包，拿了來。」

小紅聽說，答應著，撤身去了。不多時回來了，只見鳳姐不在這山坡上了，因見司棋從山洞裏出來，站著繫帶子，便趕來問道：「姐姐，不知道二奶奶往那裏去了？」司棋道：「沒理論。」小紅聽了，回身又往四下裏一看，只見那邊探春寶釵在池邊看魚，小紅上來陪笑道：「姑娘們可知道二奶奶剛纔那裏去了？」探春道：「往你大奶奶院裏找去。」

小紅聽了，再往稻香村來，頂頭只見晴雯、綺霞、碧痕、秋紋、麝月、侍書、入畫、鶯兒等一群人來了。晴雯一見小紅，便說道：「你只是瘋罷！院子裏花兒也不澆，雀兒也不餵，茶爐子也不弄，就在外頭逛。」小紅道：「昨兒二爺說了，今兒不用澆花，過一日澆一回罷。我餵雀兒的時候，姐姐還睡覺呢。」碧痕道：「茶爐子呢？」小紅道：「今兒不該我的班兒，有茶沒茶，休問我。」綺霞道：「你聽聽他的嘴！你們別說了，讓他逛罷。」小紅道：「你們再問問，我逛了沒逛？二奶奶纔使喚我說話取東西去的。」說著，將荷包舉給他們看，方沒言語了。大家走開。晴雯冷笑道：「怪道呢！原來爬上高枝兒去了，把我們不放在眼裏了。不知說了一句話半句話，名兒姓兒知道了不曾，就把他興頭的這個樣！這一遭兒半遭兒的算不得什麼；過了後兒，還得聽呵！有本事從今兒出了這園子，長長遠遠的在高枝兒上纔算得。」一面說著去了。

這裏小紅聽說，不便分證，只得忍著氣來找鳳姐兒。到了李氏房中，果見鳳姐在這裏和李氏說話兒呢。小紅上來回道：「平姐姐說，奶奶剛出來了，他就把銀子收起來了；纔張材家的來取，當面秤了給他拿去了。」說著，將荷包遞了上去，又道：「平姐姐叫我來回奶奶：纔旺兒進來討奶奶的示下，好往那家子去的，平姐姐就把那話按著奶奶的主意打發他去了。」鳳姐笑道：「他怎麼按著我的主意打發去了？」小紅道：「平姐姐說：『我們奶奶問這裏奶奶好。原是我們二爺不在家，雖然遲了兩天，只管請奶奶放心。等五奶奶好些，我們奶奶還會了五奶奶來瞧奶奶呢。五奶奶前兒打發了人來說：舅奶奶帶了信來了，問奶奶好，還要和這裏的姑奶奶尋兩丸延年神驗萬金丹；

若有了，奶奶打發人來，只管送在我們奶奶這裏。明兒有人去，就順路給那邊舅奶奶帶去的。』」

話未説完，李氏道：「噯喲喲！這話我就不懂了，什麼『奶奶』『爺爺』的一大堆。」鳳姐笑道：「怨不得你不懂，這是四五門子的話呢。」説著，又向小紅笑道：「好孩子，難為你説的齊全，不像他們扭扭捏捏蚊子似的。嫂子不知道，如今除了我隨手使的這幾個丫頭老婆子之外，我就怕和別人説話。他們必定把一句話拉長了，作兩三截兒，咬文嚼字，拿著腔兒，哼哼唧唧的，急得我冒火，他們那裏知道！先是我們平兒也是這麼著，我就問著他：難道必定裝蚊子哼哼就是美人了？説了幾遭，纔好些了。」李宮裁笑道：「都像你潑辣貨纔好！」鳳姐道：「這一個丫頭就好。方纔這兩遭説話雖不多，聽那口角就很剪斷。」説著，又向小紅笑道：「明兒你伏侍我去罷，我認你作女兒。我一調理，你就出息了。」

小紅聽了，「撲哧」一笑。鳳姐道：「你怎麼笑？你説我年輕，比你能大幾歲，就做你的媽了？你做春夢呢！你打聽打聽，這些人比你大的趕著我叫媽，我還不理他呢！今兒擡舉了你了。」小紅笑道：「我不是笑這個，我笑奶奶認錯了輩數兒了，我媽是奶奶的女兒，這會子又認我作女兒！」鳳姐道：「誰是你媽？」李宮裁笑道：「你原來不認的他？他是林之孝的女兒。」鳳姐聽了，十分咤異，因説道：「哦！是他的丫頭！」又笑道：「林之孝兩口子，都是錐子扎不出一聲兒來的。我成日家説，他們倒是配就了的一對夫妻：一個天聾，一個地啞。那裏承望養出這麼個伶俐丫頭來！你十幾歲了？」小紅道：「十七歲了。」又問名字，小紅道：「原叫『紅玉』，因為重了寶二爺，如今只叫紅兒了。」

鳳姐聽說，將眉一皺，把頭一回，說道：「討人嫌的很！得了『玉』的便宜似的，你也『玉』，我也『玉』。」因說：「嫂子不知道，我和他媽說：『賴大家的如今事多，也不知這府裏誰是誰，你替我好好的挑兩個丫頭我使。』他一般的答應著；他饒不挑，倒把他這女孩子送了別處去。難道跟我必定不好？」李紈笑道：「你可是又多心了。進來在先，你說在後，怎麼怨的他媽？」鳳姐說道：「你這麼著，明兒我和寶玉說，叫他再要人，叫這丫頭跟我去。可不知本人願意不願意？」小紅笑道：「願意不願意，我們也不敢說。只是跟奶奶，我們學些眉眼高低，出入上下，大小的事兒，也得見識見識。」剛說著，只見王夫人的丫頭來請，鳳姐便辭了李宮裁去了。小紅自回怡紅院去，不在話下。

如今且說林黛玉因夜間失寐，次日起來遲了，聞得眾姊妹都在園中作餞花會，恐人笑他癡懶，連忙梳洗了出來。剛到了院中，只見寶玉進門來了便笑道：「好妹妹，你昨兒可告了我了不曾？我懸了一夜心。」黛玉便回頭叫紫鵑道：「把屋子收拾了，下一扇紗屜；看那大燕子回來，把簾子放了下來，拿獅子倚住；燒了香，就把爐罩上。」一面說，一面又往外走。寶玉見他這樣，還認作是昨日晌午的事，那知晚間的這件公案，還打恭作揖的。林黛玉正眼也不看，各自出了院門，一直找別的姊妹去了。寶玉心中納悶，自己猜疑：「看起這樣光景來，不像是為昨兒的事。但只昨日我回來得晚了，又沒有見他，再沒有衝撞他的去處了。」一面想，一面由不得隨後追了來。

只見寶釵探春，正在那邊看鶴舞，見黛玉來了，三個一同站著說話兒。又見寶玉來了，探春便笑道：「寶哥哥，身上好？我整整的三天沒見你了。」寶玉笑道：「妹妹身上好？我前兒還在大嫂子跟前問你呢。」探春道：「寶哥哥，你往這裏來，我和你說話。」寶玉聽說，便跟了他，離了釵玉兩個，到了一棵石榴樹下。

探春因說道：「這幾天，老爺可曾叫你？」寶玉笑道：「沒有叫。」探春道：「昨兒我恍惚聽見說，老爺叫你出去的。」寶玉笑道：「那想是別人聽錯了，並沒叫的。」探春又笑道：「這幾個月，我又攢下有十來弔錢了。你還拿了去，明兒出門逛去的時候，或是好字畫，好輕巧玩意兒，替我帶些來。」寶玉道：「我這麼逛去，城裏城外大廊大廟的逛，也沒見個新奇精緻東西，總不過是那些金、玉、銅、磁器，沒處擱的古董；再就是綢緞、吃食、衣服了。」探春道：「誰要這些。怎麼像你上回買的那柳枝兒編的小籃子，真竹子根兒挖的香盒兒，膠泥垛的風爐兒，這就好了。我喜歡的什麼似的，誰知他們都愛上了，都當寶貝似的搶了去了。」寶玉笑道：「原來要這個。這不值什麼，拿幾百錢出去給小子們，管拉兩車來。」探春道：「小廝們知道什麼？你揀那樸而不俗直而不拙的這些東西，你多多替我帶了來，我還像上回的鞋做一雙你穿，比那雙還加工夫，如何呢？」寶玉笑道：「你提起鞋來，我想起故事來了：一回穿著，可巧遇見了老爺，老爺就不受用，問：『是誰做的？』我那裏敢提三妹妹三個字？我就回說，是前兒我生日舅母給的。老爺聽了是舅母給的，纔不好說什麼的。半日還說：『何苦來！虛耗人力，作踐綾羅，做這樣的東西。』我回來告訴了襲人，襲人說：『這還罷了，趙姨娘氣得抱怨得了不得：正經兄弟，鞋塌拉襪塌拉的，沒人看得見，且做這些東西！』」

探春聽說，登時沉下臉來道：「你說，這話糊塗到什麼田地！怎麼我是該做鞋的人麼？環兒難道沒有分例的？衣裳是衣裳，鞋襪是鞋襪，丫頭老婆一屋子，怎麼抱怨這些話，給誰聽呢！我不過閒著沒事做一雙半雙，愛給那個哥哥兄弟，隨我的心。誰敢管我不成！這也是他瞎氣。」寶玉聽了，點頭笑道：「你不知道，他心裏自然又有個想頭了。」探春聽說，一發動了氣，將頭一扭，說道：「連你也糊塗了！他那想頭，自然是有的，不過是那陰微鄙賤的見識。他只管這麼想，我只管認得老爺太太兩個人，別人我一概不管。就是姊妹弟兄跟前，誰和我好，我就和誰好，什麼偏的、庶的，我也不知道。論理，我不該說他，但他忒昏憒得不像了！還有笑話兒呢：就是上回我給你那錢，替我帶那玩耍的東西，過了兩天，他見了我，也是說沒錢，便怎麼難處，我也不理論。誰知後來丫頭們出去了，他就抱怨起我來，說我攢的錢，為什麼給你使，倒不給環兒使了。我聽見這話，又好笑，又好氣。我就出來往太太跟前去了。」

正說著，只見寶釵那邊笑道：「說完了，來罷。顯見得是哥哥妹妹了，丟下別人，且說體己去。我們聽一句兒就使不得了？」說著，探春寶玉二人方笑著來了。寶玉因不見了林黛玉，便知他躲了別處去了。想了一想：「索性遲兩日，等他的氣息一息再去也罷了。」因低頭看去，許多鳳仙石榴等各色落花，錦重重的落了一地，因歎道：「這是他心裏生了氣，也不收拾這花兒來了。等我送了去，明兒再問著他。」說著，只見寶釵約著他們往外頭去。寶玉道：「我就來。」等他二人去遠，把那花兒兜了起來，登山渡水，過樹穿花，一直奔了那日同林黛玉葬桃花的去處來。

將已到了花冢，猶未轉過山坡，只聽山坡那邊有嗚咽之聲，一面數落著，哭的好不傷心。寶玉心下想道：「這不知是那房裏的丫頭，受了委屈，跑到這個地方來哭。」一面想，一面煞住腳步，聽他哭道是：

花謝花飛飛滿天，紅消香斷有誰憐？遊絲軟繫飄春榭，落絮輕沾撲繡簾。

閨中女兒惜春暮，愁緒滿懷無釋處；手把花鋤出繡簾，忍踏落花來復去。
柳絲榆莢自芳菲，不管桃飄與李飛；桃李明年能再發，明年閨中知有誰？
三月香巢已壘成，樑間燕子太無情！明年花發雖可啄，卻不道人去樑空巢已傾。
一年三百六十日，風刀霜劍嚴相逼；明媚鮮妍能幾時，一朝飄泊難尋覓。
花開易見落難尋，階前悶殺葬花人；獨把花鋤淚暗灑，灑上空枝見血痕。
杜鵑無語正黃昏，荷鋤歸去掩重門；青燈照壁人初睡，冷雨敲窗被未溫。
怪儂底事倍傷神？半為憐春半惱春：憐春忽至惱忽去，至又無言去不聞。
昨宵庭外悲歌發，知是花魂與鳥魂？花魂鳥魂總難留，鳥自無言花自羞；
願奴脅下生雙翼，隨花飛到天盡頭。天盡頭，何處有香丘？
未若錦囊收豔骨，一抔淨土掩風流。質本潔來還潔去，強於汙淖陷渠溝。
爾今死去儂收葬，未卜儂身何日喪？儂今葬花人笑癡，他年葬儂知是誰？
試看春殘花漸落，便是紅顏老死時。一朝春盡紅顏老，花落人亡兩不知！
寶玉聽了，不覺癡倒。要知端詳，下回分解。

卷二十八　蔣玉函情贈茜香羅　薛寶釵羞籠紅麝串

話說林黛玉只因昨夜晴雯不開門一事，錯疑在寶玉身上。次日又可巧遇見餞花之期，正在一腔無明，未曾發洩，又勾起傷春愁思，因把些殘花落瓣去掩埋，由不得感花傷己，哭了幾聲，便隨口念了幾句。不想寶玉在山坡上聽見，先不過點頭感歎；次又聽到「儂今葬花人笑癡，他年葬儂知是誰？……一朝春盡紅顏老，花落人亡兩不知」等句，不覺慟倒山坡上，懷裏兜的落花撒了一地。試想林黛玉的花顏月貌，將來亦到無可尋覓之時，寧不心碎腸斷！既黛玉終歸無可尋覓之時，推之於他人，如寶釵、香菱、襲人等，亦可以到無可尋覓之時矣。寶釵等終歸無可尋覓之時，則自己又安在哉？且自身尚不知何在何往，將來斯處、斯園、斯花、斯柳，又不知當屬誰姓矣。因此一而二，二而三，反覆推求了去，真不知此時此際，如何解釋這段悲傷！正是：

花影不離身左右，鳥聲只在耳東西。

那林黛玉正自傷感，忽聽山坡上也有悲聲，心下想道：「人人都笑我有癡病，難道還有一個癡子不成？」擡頭一看，見是寶玉，黛玉便啐道：「呸！我當是誰，原來是這個狠心短命的……」剛説到「短命」二字，又把口掩住，長歎一聲，自己抽身便走了。

這裏寶玉悲慟了一回，見黛玉去了，便知黛玉看見他，躲開了。自己也覺無味，抖抖土起來，下山尋歸舊路，往怡紅院來。可巧看見黛玉在前頭走，連忙趕上去，說道：「你且站著。我知你不理我，我只說一句話，從今以後，撂開手。」林黛玉回頭見是寶玉，待要不理他，聽他說「只說一句話」，便道：「請說來。」寶玉笑道：「兩句話，說了你聽不聽？」黛玉聽說，回頭就走。寶玉在身後面歎道：「既有今日，何必當初！」

黛玉聽見這話，由不得站住，回頭道：「當初怎麼樣？今日怎麼樣？」寶玉道：「噯！當初姑娘來了，那不是我陪著玩笑？憑我心愛的，姑娘要，就拿去；我愛吃的，聽見姑娘也愛吃，連忙收拾的乾乾淨淨收著，等了姑娘到來。一個桌子上吃飯，一個牀兒上睡覺。丫頭們想不到的，我怕姑娘生氣，替丫頭們都想到。我心裏想著：姊妹們從小兒長大，親也罷，熱也罷，和氣到了兒，纔見得比別人好。如今誰承望姑娘人大心大，不把我放在眼睛裏，倒把外四路兒的什麼『寶姐姐』『鳳姐姐』的放在心坎兒上，倒把我三日不理、四日不見的。我又沒個親兄弟、親妹妹，雖然有兩個，你難道不知道是我隔母的？我也和你是獨出，只怕同我的心一樣，誰知我是白操了這一番心，有冤無處訴！」說著，不覺滴下淚來。

那時黛玉耳內聽了這話，眼內見了這形景，心內不覺灰了大半，也不覺滴下淚來，低頭不語。寶玉見這般形象，遂又說道：「我也知道，我如今不好了；但只任憑著我怎麼不好，萬不敢在妹妹跟前有錯處。便有一二分錯處，你或是教導我，戒我下次，或罵我幾句，打我幾下，我都不灰心。誰知你總不理我，叫我摸不著頭腦，少魂失魄，不知怎麼樣纔是。就是死了，也是個『屈死鬼』。任憑高僧高道懺悔，也不能超脱，還得你申明了原故，我纔得託生呢！」

黛玉聽了這話，不覺將昨晚的事都忘在九霄雲外了，便說道：「你既這麼說，為什麼我去了，你不叫丫頭開門？」寶玉咤異道：「這話從那裏說起？我要是這樣，立刻就死了！」黛玉啐道：「大清早起『死』呀『活』的，也不忌諱。你說有呢就有，沒有就沒有，起什麼誓呢！」寶玉道：「實在沒有見你去，就是寶姐姐坐了一坐，就出來了。」

黛玉想了一想，笑道：「是了。必是你的丫頭們懶怠動，喪聲歪氣的，也是有的。」寶玉道：「想必是這個原故。等我回去問了是誰，教訓教訓他們就好了。」黛玉道：「你的那些姑娘們，也該教訓教訓，只是論理我不該說。今兒得罪了我的事小，倘或明兒『寶姑娘』來，什麼『貝姑娘』來，也得罪了，事情豈不大了。」說著，抿著嘴兒笑。寶玉聽了，又是咬牙，又是笑。

二人正說話，見丫頭來請吃飯，遂都往前頭來了。王夫人見了黛玉，因問道：「大姑娘，你吃那鮑太醫的藥可好些？」黛玉道：「也不過這麼著。老太太還叫我吃王大夫的藥呢。」寶玉道：「太太不知道，林妹妹是內症，先天生的弱，所以禁不住一點兒風寒；不過吃兩劑煎藥，疏散了風寒，還是吃丸藥的好。」王夫人道：「前兒大夫說了個丸藥名字兒，我也忘了。」寶玉道：「我知道那些丸藥，不過叫他吃什麼人參養榮丸。」王夫人道：「不是。」寶玉又道：「八珍益母丸？左歸、右歸？再不就是八味地黃丸？」王夫人道：「都不是。我只記得有個『金剛』兩個字的。」寶玉拍手笑道：「從來沒聽見有個什麼『金剛丸』！若有了『金剛丸』，自然有『菩薩散』了。」說的滿屋裏人都笑了。寶釵抿嘴笑道：「想是天王補心丹。」王夫人笑道：「是這個名兒。如今我也糊塗了。」寶玉道：「太太倒不糊塗，都是叫『金剛』『菩薩』支使糊塗了。」王夫人道：「扯你娘的臊！又欠你老子捶你了。」寶玉笑道：「我老子再不為這個捶我。」

王夫人又道：「既有這個名兒，明兒就叫人買些來吃。」寶玉道：「這些藥都是不中用的。太太給我三百六十兩銀子，我替妹妹配一料丸藥，包管一料不完就好了。」王夫人道：「放屁！什麼藥就這麼貴？」寶玉笑道：「當真的呢。我這個方子比別的不同，那個藥名兒也古怪，一時也說不清，只講那頭胎紫河車，人形帶葉參，三百六十兩不足够，龜大何首烏，千年松根茯苓膽，諸如此類的藥，不算為奇。只在群藥裏算那為君的藥，說起來唬人一跳。前年薛大哥哥求了我一二年，我纔給了他這方子。他拿了方子去，又尋了二三年，花了有上千的銀子，纔配成了。太太不信，只問寶姐姐。」寶釵聽說，笑著搖手兒說道：「我不知道，也沒聽見。你別叫姨娘問我。」王夫人笑道：「到底是寶丫頭好孩子，不撒謊。」寶玉站在當地，聽見如此說，一回身把手一拍，說道：「我說的倒是真話呢，倒說撒謊！」口裏說著，忽一回身，只見林黛玉坐在寶釵身後，抿著嘴笑，用手指頭在臉上畫著羞他。

鳳姐因在裏間房裏，看著人放桌子，聽如此說，便走來笑道：「寶兄弟不是撒謊，這倒是有的。前日薛大爺親自和我來尋珍珠，我問他：『做什麼？』他說：『配藥。』他還抱怨說：『不配也罷了，如今那裏知道這麼費事。』我問：『什麼藥？』他說是寶兄弟的方子，說了許多藥，我也不記得。他又說：『不然，我也買幾顆珍珠了，只是定要頭上戴過的，所以來和妹妹尋。妹妹就沒散的花兒，那上頭拆下來的也使得。過後兒我揀好的再給妹妹穿了來。』我沒法兒，把兩枝珠花兒現拆了給他。

還要一塊三尺長、上用的大紅紗，拿乳鉢乳了合麵子呢。」鳳姐說一句，寶玉念一句佛，說：「太陽在屋子裏呢！」鳳姐說完了，寶玉又道：「太太想，這不過是將就呢。正經按方子，這珍珠寶石定要在古墳裏的，有那古時富貴人家裝裹的頭面拿了來纔好。如今那裏為這個去刨墳掘墓？所以只是活人帶過的，也可以使得。」王夫人聽了道：「阿彌陀佛！不當家花拉的，就是墳裏有，人家死了幾百年，這會子翻屍倒骨的，做了藥也不靈！」

寶玉因向黛玉說道：「你聽見了沒有？難道二姐姐也跟著我撒謊不成？」臉望著林黛玉說，卻拿眼睛瞟著寶釵。林黛玉便拉王夫人道：「舅母聽聽，寶姐姐不替他圓謊，他只問著我。」王夫人也道：「寶玉很會欺負你妹妹。」寶玉笑道：「太太不知道這個原故。寶姐姐先在家裏住著，那薛大哥的事，他也不知道，何況如今在裏頭住著呢？自然是越發不知道了。林妹妹纔在背後，以為是我撒謊，就羞我。」

正說著，見賈母房裏的丫頭找寶玉和林黛玉去吃飯。林黛玉也不叫寶玉，便起身拉了那丫頭走。那丫頭說：「等著寶二爺一塊兒走。」林黛玉道：「他不吃飯，不同咱們走，我先走了。」說著，便出去了。寶玉道：「我今兒還跟著太太吃罷。」王夫人道：「罷，罷！我今兒吃齋，你正經吃你的去罷。」寶玉道：「我也跟著吃齋。」說著，便叫那丫頭：「去罷。」自己跑到桌子上坐了。王夫人向寶釵等笑道：「你們只管吃你們的，由他去罷。」寶釵因笑道：「你正經去罷。吃不吃，陪著林妹妹走一趟，他心裏打緊的不自在呢。」寶玉道：「理他呢，過一會子就好了。」

一時吃過飯，寶玉一則怕賈母記掛著，二則也記掛著林黛玉，忙忙的要茶漱口。探春惜春都笑道：「二哥哥，你成日家忙些什麼？吃飯吃茶也是這麼忙碌碌的。」寶釵笑道：「你叫他快吃了瞧黛玉妹妹去罷，叫他在這裏胡鬧些什麼。」

寶玉吃了茶，便出來，一直往西院來，可巧走到鳳姐兒院前，只見鳳姐在門前站著，蹬著門檻子，拿耳挖子剔牙，看著十來個小廝們挪花盆呢。見寶玉來了，笑道：「你來的好。進來，進來，替我寫幾個字兒。」寶玉只得跟了進來，到了房裏，鳳姐命人取過筆硯紙來，向寶玉道：「大紅妝緞四十疋，蟒緞四十疋，各色上用紗一百疋，金項圈四個。」寶玉道：「這算什麼？又不是賬，又不是禮物，怎麼個寫法？」鳳姐兒道：「你只管寫上，橫豎我自己明白就罷了。」寶玉聽說，只得寫了。

鳳姐一面收起來，一面笑道：「還有句話告訴你，不知依不依？你屋裏有個丫頭叫小紅的，我要叫了來使喚，明兒我再替你挑幾個，可使得麼？」寶玉道：「我屋裏的人也多的很，姐姐喜歡誰，只管叫了來，何必問我？」鳳姐笑道：「既這麼著，我就叫人帶他去了。」寶玉道：「只管帶去。」說著便要走。鳳姐道：「你回來，我還有一句話呢。」寶玉道：「老太太叫我呢，有話等回來罷。」說著，便至賈母這邊，只見都已吃完飯了。賈母因問他：「跟著你娘吃了什麼好的？」寶玉笑道：「也沒什麼好的，我倒多吃了一碗飯。」因問：「林姑娘在那裏？」賈母道：「裏頭屋裏呢。」

寶玉進來，只見地下一個丫頭吹熨斗，炕上兩個丫頭打粉綫，黛玉彎著腰拿剪子裁什麼呢。寶玉走進來，笑道：「哦！這是做什麼呢？纔吃了飯，這麼空著頭，一會子又頭疼了。」黛玉並不理，只管裁他的。有一個丫頭說道：「那塊綢子角兒還不好呢，再熨他一熨。」黛玉便把剪子一撂，說道：「『理他呢，過一會子就好了。』」寶玉聽了，自是納悶。只見寶釵探春等也來了，和賈母說了一回話，寶釵也進來問：「林妹妹做什麼呢？」因見林黛玉裁剪，笑道：「越發能幹了，連裁剪都會了。」黛玉笑道：「這也不過是撒謊哄人罷了。」寶釵笑道：「我告訴你個笑話兒，纔剛為那個藥，我說了個不知道，寶兄弟心裏不受用了。」林黛玉道：「『理他呢，過會子就好了。』」寶玉向寶釵道：「老太太要抹骨牌，正沒人，你抹骨牌去罷。」寶釵聽說，便笑道：「我是為抹骨牌纔來麼？」說著便走了。林黛玉道：「你倒是去罷，這裏有老虎，看吃了你！」說著又裁。寶玉見他不理，只得還陪笑說道：「你也去逛逛，再裁不遲。」黛玉總不理。寶玉便問丫頭們：「這是誰叫他裁的？」黛玉見問丫頭們，便說道：「憑他誰叫我裁，也不管二爺的事！」寶玉方欲說話，只見有人進來回說：「外頭有人請。」寶玉聽了，忙撤身出來。黛玉向外頭說道：「阿彌陀佛！趕你回來，我死了也罷了！」

寶玉出來到外面，只見焙茗說：「馮大爺家請。」寶玉聽了，知道是昨日的話，便說：「要衣裳去。」就自己往書房裏來。焙茗一直到了二門前等人，只見出來了一個老婆子，焙茗上去說道：「寶二爺在書房裏等出門的衣裳，你老人家進去帶個信兒。」那婆子道：「放你娘的屁！倒好，寶二爺如今在園裏住著，跟他的人都在園裏，你又跑了這裏來帶信兒！」焙茗聽了笑道：「罵的是，我也糊塗了！」說著，一徑往東邊二門前來，可巧門上小廝在甬路底下踢毬，焙茗將原故說了，有個小廝跑了進去，半日，纔抱了一個包袱出來，遞與焙茗，回到書房裏。

寶玉換了，命人備馬，只帶著焙茗、鋤藥、雙瑞、壽兒四個小廝去了。一徑到了馮紫英門口，有人報與馮紫英，出來迎接進去。只見薛蟠早已在那裏久候了，還有許多唱曲兒的小廝們，並唱小旦的蔣玉函，錦香院的妓女雲兒。大家都見過了，然後吃茶。

寶玉擎茶笑道：「前兒所言『幸與不幸』之事，我晝夜懸想，今日一聞呼喚即至。」馮紫英笑道：「你們令姑表弟兄倒都心實。前日不過是我的設辭，誠心請你們一飲，恐又推託，故說下這句話。今日一邀即至，誰知都信真了。」說畢，大家一笑。然後擺上酒來，依次坐定。馮紫英先命唱曲兒的小廝過來讓酒，然後命雲兒也來敬。

那薛蟠三杯下肚，不覺忘了情，拉著雲兒的手，笑道：「你把那體己新樣兒的曲子唱個我聽，我吃一罈，如何？」雲兒聽說，只得拿起琵琶來，唱道：

兩個冤家，都難丟下，想著你來又記掛著他。兩個人，形容俊俏都難描畫。想昨宵，幽期私訂在荼蘼架，一個偷情，一個尋拿；拿住了，三曹對案我也無回話。

唱畢，笑道：「你喝一罈子罷了。」薛蟠聽說，笑道：「不值一罈，再唱好的來。」

寶玉笑道：「聽我說來：這麼濫飲，易醉而無味。我先喝一大海，發一個新令，有不遵者，連罰十大海，逐出席外，與人斟酒。」馮紫英蔣玉函等都道：「有理，有理。」寶玉拿起海來，一氣飲盡，說道：「如今要說『悲』『愁』『喜』『樂』四字，卻要說出『女兒』來，還要註明這四個字原故。說完了，喝門杯，酒面要唱一個新鮮時樣曲子，酒底要席上生風一樣東西，或古詩、舊對、《四書》《五經》成語。」薛蟠未等說完，先站起來攔道：「我不來，別算我。這竟是玩弄我呢！」雲兒也站起來，推他坐下，笑道：「怕什麼？這還虧你天天吃酒呢，難道連我也不如？我回來還說呢。說是了，罷；不是了，不過罰上幾杯，那裏就醉死了。你如今一亂令，倒喝十大海，下去斟酒不成？」眾人都拍手道：「妙！」薛蟠聽說無法，只得坐了。聽寶玉說道：「女兒悲，青春已大守空閨；女兒愁，悔教夫婿覓封侯；女兒喜，對鏡晨妝顏色美；

女兒樂，秋千架上春衫薄。」

眾人聽了，都說道：「好！」薛蟠獨揚著臉，搖頭說：「不好，該罰！」眾人問：「如何該罰？」薛蟠道：「他說的我全不懂，怎麼不該罰？」雲兒便擰他一把，笑道：「你悄悄的想你的罷。回來說不出，又該罰了。」於是拿琵琶聽寶玉唱道：

滴不盡相思血淚拋紅豆，開不完春柳春花滿畫樓，睡不穩紗窗風雨黃昏後，忘不了新愁與舊愁，咽不下玉粒金波噎滿喉，照不盡菱花鏡裏形容瘦。展不開的眉頭，捱不明的更漏。呀！恰便似遮不住的青山隱隱，流不斷的綠水悠悠。

唱完，大家齊聲喝彩，獨薛蟠說：「無板。」寶玉飲了門杯，便拈起一片梨來，說道：「『雨打梨花深閉門』。」完了令。

下該馮紫英，說道：「女兒喜，頭胎養了雙生子；女兒樂，私向花園掏蟋蟀；女兒悲，兒夫染病在垂危；女兒愁，大風吹倒梳妝樓。」說畢，端起酒來，唱道：

你是個可人，你是個多情，你是個刁鑽古怪鬼靈精，你是個神仙也不靈。我說的話兒你全不信，只叫你去背地裏細打聽，纔知道我疼你不疼！

唱完，飲了門杯，說道：「『雞聲茅店月』。」令完，下該雲兒。

雲兒便說道：「女兒悲，將來終身倚靠誰？」薛蟠笑道：「我的兒，有你薛大爺在，你怕什麼？」眾人都道：「別混他，別混他！」雲兒又道：「女兒愁，媽媽打罵何時休？」薛蟠道：「前兒我見了你媽，還吩咐他，不叫他打你呢。」眾人都道：「再多言者，罰酒十杯！」薛蟠連忙自己打了一個嘴巴子，說道：「沒耳性，再不許說了。」雲兒又道：「女兒喜，情郎不捨還家裏；女兒樂，住了簫管弄弦索。」說完，便唱道：

豆蔻花開三月三，一個蟲兒往裏鑽；鑽了半日鑽不進去，爬到花兒上打鞦韆。肉兒

小心肝，我不開了，你怎麼鑽？

唱畢，飲了門杯，說道：「『桃之夭夭』。」令完，下該薛蟠。

薛蟠道：「我可要說了：女兒悲……」說了半日，不見說底下的。馮紫英笑道：「悲什麼？快些說。」薛蟠登時急得眼睛鈴鐺一般，便說道：「女兒悲……」又咳嗽了兩聲，方說道：「女兒悲，嫁了個男人是烏龜。」眾人聽了都大笑起來。薛蟠道：「笑什麼？難道我說的不是？一個女兒嫁了漢子，要做忘八，怎麼不傷心呢？」眾人笑得彎腰說道：「你說的是！快說底下的罷。」薛蟠瞪了瞪眼，又說道：「女兒愁……」說了這句，又不言語了。眾人道：「怎麼愁？」薛蟠道：「繡房鑽出個大馬猴。」眾人哈哈笑道：「該罰，該罰！先還可恕，這句更不通。」說著，便要斟酒。寶玉笑道：「押韻就好。」薛蟠道：「令官都准了，你們鬧什麼？」眾人聽說，方罷了。

雲兒笑道：「下兩句越發難說了，我替你說罷。」薛蟠道：「胡說！當真我就沒好的了！聽我說罷：女兒喜，洞房花燭朝慵起。」眾人聽了，都咤異道：「這句何其太雅？」薛蟠道：「女兒樂，一根毤毢往裏戳。」眾人聽了，都回頭說道：「該死，該死！快唱了罷。」薛蟠便唱道：「一個蚊子哼哼哼。」眾人都怔了，說道：「這是個什麼曲兒？」薛蟠還唱道：「兩個蒼蠅嗡嗡嗡。」眾人都道：「罷，罷，罷！」薛蟠道：「愛聽不聽！這是新鮮曲兒，叫作『哼哼韻』兒，你們要懶怠聽，連酒底都免了，我就不唱。」眾人都道：「免了罷，倒別耽誤了別人家。」

於是蔣玉函說道：「女兒悲，丈夫一去不回歸；女兒愁，無錢去打桂花油；女兒喜，燈花並頭結雙蕊；女兒樂，夫唱婦隨真和合。」說畢，唱道：

可喜你天生成百媚姣，恰便似活神仙離碧霄。度青春，年正小；配鸞鳳，真也巧。

呀！看天河正高，聽譙樓鼓敲；剔銀燈，同入鴛幃悄。

唱畢，飲了門杯，笑道：「這詩詞上我倒有限，幸而昨日見了一副對子，只記得這句，可巧席上還有這件東西。」說畢，便乾了酒；拿起一朵木樨來，念道：「『花氣襲人知晝暖』。」

眾人倒都依了，完令。薛蟠又跳了起來喧嚷道：「了不得，了不得！該罰，該罰！這席上並沒有寶貝，你怎麼說起寶貝來？」蔣玉函忙說道：「何曾有寶貝？」薛蟠道：「你還賴呢？你再念來。」蔣玉函只得又念了一遍。薛蟠道：「『襲人』可不是寶貝是什麼？你們不信只問他。」說畢，指著寶玉。寶玉沒好意思起來，說：「薛大哥，你該罰多少？」薛蟠道：「該罰，該罰！」說著，拿起酒來，一飲而盡。馮紫英與蔣玉函等猶問他原故，雲兒便告訴了出來，蔣玉函忙起身陪罪。眾人都道：「不知者不作罪。」

少刻，寶玉出席解手，蔣玉函隨了出來，二人站在廊簷下，蔣玉函又賠不是。寶玉見他嫵媚溫柔，心中十分留戀，便緊緊的搭著他的手，叫他：「閒了往我們那裏去。還有一句話問你，也是你們貴班中，有一個叫琪官兒的，他如今名馳天下，可惜我獨無緣一見。」蔣玉函笑道：「就是我的小名兒。」寶玉聽說，不覺欣然跌足笑道：「有幸，有幸！果然名不虛傳。今兒初會，便怎麼樣呢？」想了一想，向袖中取出扇子，將一個玉玦扇墜解下來，遞與琪官，道：「微物不堪，略表今日之誼。」琪官接了，笑道：「無功受祿，何以克當？也罷，我這裏也得了一件奇物，今日早起方繫上，還是簇新，聊可表我一點親熱之意。」說畢，撩衣將繫小衣兒一條大紅汗巾子解了下來，遞與寶玉，道：「這汗巾子是茜香國女國王所貢之物，夏天繫著肌膚生香，不生汗漬。昨日北靜王給的，今日纔上身。若是別人，我斷不肯相贈。二爺請把自己繫的解下來給我繫著。」寶玉聽說，喜不自禁，連忙接了，將自己一條松花汗巾解下來，遞與琪官。二人方束好，只聽一聲大叫：「我可拿住了！」只見薛蟠跳了出來，拉著二人道：「放著酒不吃，兩個人逃席出來，幹什麼？快拿出來我瞧瞧。」二人都道：「沒有什麼。」薛蟠那裏肯依？還是馮紫英出來，纔解開了。復又歸坐飲酒，至晚方散。

寶玉回至園中，寬衣吃茶，襲人見扇子上的扇墜兒沒了，便問他：「往那裏去了？」寶玉道：「馬上丟了。」睡覺時，只見腰裏一條血點似的大紅汗巾子，襲人便猜了八九分，因說道：「你有了好的繫褲子，把我的那條還我罷。」寶玉聽了，方想起那條汗巾子，原是襲人的，不該給人纔是。心裏後悔，口裏說不出來，只得笑道：「我賠你一條罷。」襲人聽了，點頭歎道：「我就知道又幹這些事！也不該拿我的東西給那起混賬人，也難為你心裏沒個算計兒。」欲再說幾句，又恐慪上他的酒來，少不得也睡了。一宿無話。

至次日天明方纔醒了，只見寶玉笑道：「夜裏失了盜也不曉得，你瞧瞧褲子上。」襲人低頭一看，只見昨日寶玉繫的那條汗巾子，繫在自己腰裏呢，便知是寶玉夜間換了，忙一頓就解下來，說道：「我不希罕這行子，趁早兒拿了去！」寶玉見他如此，只得委婉解勸了一回。襲人無法，只得繫上。過後寶玉出去，終久解下來，擲在個空箱子裏，自己又換了一條繫著。

寶玉並未理論，因問起：「昨日可有什麼事情？」襲人便回說：「二奶奶打發人叫了小紅去了。他原要等你來著，我想什麼要緊，我就做了主，打發他去了。」寶玉道：「很是。我已經知道了，不必等我罷了。」襲人又道：「昨日貴妃打發夏太監出來送了一百二十兩銀子，叫在清虛觀初一到初三打三天平安醮，唱戲獻供，叫珍大爺領著眾位爺們跪香拜佛呢。還有端午兒的節禮也賞了。」說著，命小丫頭來，將昨日的所賜之物取了出來，只見上等宮扇兩柄，紅麝香珠二串，鳳尾羅二端，芙蓉簟一領。

寶玉見了，喜不自勝，問：「別人的也都是這個？」襲人道：「老太太多著一個香玉如意，一個瑪瑙枕。老爺、太太、姨太太的，只多著一個香玉如意。你的同寶姑娘的一樣。林姑娘同二姑娘、三姑娘、四姑娘只單有扇子和數珠兒，別的都沒有。大奶奶、二奶奶他兩個是每人兩疋紗，兩疋羅，兩個香袋兒，兩個錠子藥。」寶玉聽了，笑道：「這是怎麼個原故？怎麼林姑娘的倒不同我的一樣，倒是寶姐姐的同我一樣？別是傳錯了罷？」襲人道：「昨兒拿出來，都是一分一分的寫著籤子，怎麼就錯了！你的是在老太太屋裏的，我去拿了來了。老太太說了，明兒叫你一個五更天進去謝恩呢。」寶玉道：「自然要走一趟。」說著，便叫了紫鵑來：「拿了這個到你們姑娘那裏去，就說是昨兒我得的，愛什麼留下什麼。」紫鵑答應了，拿了去。不一時回來，說：「姑娘說了，昨兒也得了，二爺留著罷。」

寶玉聽說，便命人收了。剛洗了臉出來要往賈母那裏請安去，只見黛玉頂頭來了，寶玉趕上去笑道：「我的東西叫你揀，你怎麼不揀？」黛玉昨兒所惱寶玉的心事，早又丟開，只顧今日的事了，因說道：「我沒這麼大福氣禁受，比不得寶姑娘，什麼『金』什麼『玉』的！我們不過是個草木之人罷了。」寶玉聽他提出「金玉」二字來，不覺心動疑猜，便說道：「除了別人說什麼『金』什麼『玉』，我心裏要有這個想頭，天誅地滅，萬世不得人身！」黛玉聽他這話，便知他心裏動了疑，忙又笑道：「好沒意思，白白的說什麼誓？管你什麼『金』什麼『玉』的呢！」寶玉道：「我心裏的事也難對你說，日後自然明白。除了老太太、老爺、太太這三個人，第四個就是妹妹了。要有第五個人，我也起個誓。」林黛玉道：「你也不用起誓，我很知道，你心裏有『妹妹』，但只是見了『姐姐』，就把『妹妹』忘了。」寶玉道：「那是你多心，我再不是這樣的。」林黛玉道：「昨兒寶丫頭不替你圓謊，你為什麼問著我呢？那要是我，你又不知怎麼樣了。」

正說著，只見寶釵從那邊來了，二人便走開了。寶釵分明看見，只裝看不見，低頭過去了。到了王夫人那裏，坐了一回，然後到了賈母這邊，只見寶玉也在這裏呢。寶釵因往日母親對王夫人等曾提過「金鎖是個和尚給的，等日後有玉的方可結為婚姻」等語，所以總遠著寶玉。昨日見元春所賜的東西，獨他與寶玉一樣，心裏越發沒意思起來。幸虧寶玉被一個林黛玉纏綿住了，心心念念只記掛著林黛玉，並不理論這事。此刻忽見寶玉笑道：「寶姐姐，我瞧瞧你的那香串子？」可巧寶釵左腕上籠著一串，見寶玉問他，少不得褪了下來。

寶釵原生得肌膚豐澤，容易褪不下來，寶玉在旁邊看著雪白的臂膊，不覺動了羨慕之心，暗暗想道：「這個膀子，若長在林姑娘身上，或者還得摸一摸；偏長在他身上，正是恨我沒福。」忽然想起「金玉」一事來，再看看寶釵形容，只見臉若銀盆，眼同水杏；脣不點而紅，眉不畫而翠：比林黛玉另具一種嫵媚風流，不覺就呆了，寶釵褪下串子來遞與他也忘了接。

寶釵見他呆了，自己倒不好意思的，丟下串子，回身纔要走，只見林黛玉蹬著門檻子，嘴裏咬著手帕子笑呢。寶釵道：「你又禁不得風吹，怎麼又站在那風口裏？」

林黛玉笑道：「何曾不是在房裏的。只因聽見天上一聲叫，出來瞧了瞧，原來是個呆雁。」寶釵道：「呆雁在那裏呢？我也瞧瞧。」林黛玉道：「我纔出來，他就『忒兒』一聲飛了。」口裏說著，將手裏絹子一甩，向寶玉臉上甩來，寶玉不知，正打在眼上，「嗳喲」了一聲。要知端的，下回分解。

卷二十九　享福人福深還禱福　多情女情重愈斟情

話說寶玉正自發怔，不想黛玉將手帕子甩了來，正碰在眼睛上，倒唬了一跳，問：「是誰？」林黛玉搖著頭兒笑道：「不敢，是我失了手，因為寶姐姐要看呆雁，我比給他看，不想失了手。」寶玉揉著眼睛，待要說什麼，又不好說的。

一時鳳姐兒來了，因說起初一日在清虛觀打醮的事來，約著寶釵、寶玉、黛玉等看戲去。寶釵笑道：「罷，罷！怪熱的，什麼沒看過的戲，我不去的。」鳳姐道：「他們那裏涼快，兩邊又有樓。咱們要去，我頭幾天先打發人去，把那些道士都趕出去，把樓上打掃了，掛起簾子來，一個閒人不許放進廟去，纔是好呢。我已經回了太太了，你們不去，我自家去。這些日子也悶得很了，家裏唱動戲，我又不得舒舒服服的看。」賈母聽說，就笑道：「既這麼著，我同你去。」鳳姐聽說，笑道：「老祖宗也去，敢是好！可就是我又不得受用了。」賈母道：「到明兒我在正面樓上，你在旁邊樓上，你也不用到我這邊來立規矩，可好不好？」鳳姐笑道：「這就是老祖宗疼我了。」賈母因向寶釵道：「你也去，連你母親也去；長天老日的，在家裏也是睡覺。」寶釵只得答應著。

賈母又打發人去請了薛姨媽，順路告訴王夫人，要帶了他們姊妹去。王夫人因一則身上不好，二則預備元春有人出來，早已回了不去的；聽賈母如此說，笑道：「還是這麼高興。打發人去到園裏告訴，有要逛去的，只管初一跟老太太逛去。」這個話一傳開了，別人還可已，只是那些丫頭們，天天不得出門檻兒，聽了這話，誰不要去！便是各人的主子懶怠去，他也百般的攛掇了去，因此李宮裁等都說去。賈母越發心中喜歡，早已吩咐人去打掃安置，都不必細說。

單表到了初一這一日，榮國府門前車輛紛紛，人馬簇簇，那底下凡執事人等，聞得是貴妃做好事，賈母親自拈香，正是初一日乃月之首日，況是端陽節間，因此凡動用的什物，一色都是齊全的，不同往日。

少時賈母等出來。賈母坐一乘八人大轎，李氏、鳳姐、薛姨媽每人一乘四人轎，寶釵、黛玉二人共坐一輛翠蓋珠纓八寶車，迎春、探春、惜春三人共坐一輛朱輪華蓋車。然後賈母的丫頭鴛鴦、鸚鵡、琥珀、珍珠，黛玉的丫頭紫鵑、雪雁、春纖，寶釵的丫頭鶯兒、文杏，迎春的丫頭司棋、繡橘，探春的丫頭侍書、翠墨，惜春的丫頭入畫、彩屏，薛姨媽的丫頭同喜、同貴，外帶香菱，香菱的丫頭臻兒，李氏的丫頭素雲、碧月，鳳姐兒的丫頭平兒、豐兒、小紅，並王夫人的兩個丫頭金釧、彩雲，也跟了鳳姐兒來。奶子抱著大姐兒，另在一車上。還有兩個丫頭，一共又連上各房的老嬤嬤奶娘，並跟出門的家人媳婦子，黑壓壓的站了一街的車。

賈母等已經坐轎去了多遠，這門前尚未坐完。這個說「我不同你在一處」，那個說「你壓了我們奶奶的包袱」，那邊車上又說「招了我的花兒」，這邊又說「碰了我的扇子」，咭咭呱呱，說笑不絕。周瑞家的走來過去的說道：「姑娘們，這是街上，看人笑話。」說了兩遍，方見好了。

前頭的全副執事擺開，早已到了清虛觀門口。寶玉騎著馬，在賈母轎前。街上人都站在兩邊。將至觀前，只聽鐘鳴鼓響，早有張法官執香披衣，帶領眾道士在路旁迎接。賈母的轎剛至山門以內，見了土地本境城隍各位泥塑聖像，便命住轎。賈珍帶領各子弟上來迎接。鳳姐兒知道鴛鴦等在後面趕不上，賈母自己下了轎，忙要上來攙，可巧有個十二三歲的小道士兒，拿著剪筒，照管剪各處蠟花，正欲得便且藏出去，不想一頭撞在鳳姐兒懷裏，鳳姐便一揚手，照臉一下，把那小孩子打了一個斤斗，罵道：「小野雜種！往那裏跑？」那小道士也不顧拾燭剪，爬起來往外還要跑，正值寶釵等下車，眾婆娘媳婦正圍隨的風雨不透，但見一個小道士滾了出來，都喝聲叫：「拿，拿！打，打！」

賈母聽了，忙問：「是怎麼了？」賈珍忙出來問。鳳姐上去攙住賈母，就回說：「一個小道士兒剪燭花的，沒躲出去，這會子混鑽呢。」賈母聽說，忙道：「快帶了那孩子來，別唬著他。小門小户的孩子，都是嬌生慣養慣了的，那裏見過這個勢派？倘或唬著他，倒怪可憐見兒的，他老子娘豈不疼得慌？」説著，便叫賈珍：「去，好生帶了來。」賈珍只得去拉了那孩子，一手拿著蠟剪，跪在地下亂顫。賈母命賈珍拉起來，叫他：「不要怕。」問他：「幾歲了？」那孩子總説不出話來。賈母還説：「可憐見兒的！」又向賈珍道：「珍哥兒帶他去罷。給他些錢買果子吃，叫人別難為了他。」賈珍答應，領他去了。這裏賈母帶著眾人，一層一層的瞻拜觀玩。外面小廝們見賈母等進入二層山門，忽見賈珍領了一個小道士出來，叫人來帶去，給他幾百錢，不要難為了他。家人聽説，忙上來領了下去。

賈珍站在臺磯上，因問：「管家在那裏？」底下站的小廝們見問，都一齊喝聲説：「叫管家！」登時林之孝一手整理著帽子，跑了來，到賈珍跟前。賈珍道：「雖說這裏地方大，今兒咱們人多，你使的人，你就帶了在這院裏罷；使不著的，打發到那院裏去。把小幺兒們多挑幾個在這二層門上同兩邊的角門上，伺候著要東西傳話。你可知道不知道？今兒姑娘奶奶們都出來，一個閒人也不許到這裏來。」林之孝忙答應：「曉得。」又說了幾個「是」。賈珍道：「去罷。」又問：「怎麼不見蓉兒？」

一聲未了，只見賈蓉從鐘樓裏跑了出來。賈珍道：「你瞧瞧他，我這裏也沒熱，他倒乘涼去了！」喝命家人啐他。那小廝們都知道賈珍素日的性子，違拗不得，便有個小廝上來向賈蓉臉上啐了一口。賈珍還眼向著他，那小廝便問賈蓉道：「爺還不怕熱，哥兒怎麼先乘涼去了？」賈蓉垂著手，一聲不敢說。那賈芸、賈萍、賈芹等聽見了，不但他們慌了，亦且連賈璉、賈㻞、賈瓊等也都忙了，一個一個都從牆根下慢慢的溜下來。賈珍又向賈蓉道：「你站著做什麼？還不騎了馬跑到家裏告訴你娘母子去？老太太同姑娘們都來了，叫他們快來伺候！」賈蓉聽說，忙跑了出來，一疊連聲的要馬，一面抱怨道：「早都不知做什麼的，這會子尋趁我。」一面又罵小子：「捆著手呢麼？馬也拉不來。」要打發小廝去，又恐怕後來對出來，說不得親自走一趟，騎馬去了。

且說賈珍方要抽身進來，只見張道士站在旁邊，陪笑說道：「論理，我不比別人，應該裏頭伺候；只因天氣炎熱，眾位千金都出來了，法官不敢擅入，請爺的示下。恐老太太問，或要隨喜那裏，我只在這裏伺候罷了。」賈珍知道這張道士雖然是當日榮國公的替身，曾經先皇御口親呼為「大幻仙人」，如今現掌「道錄司」印，又是當今封為「終了真人」，現今王公藩鎮都稱為「神仙」，所以不敢輕慢。二則他又常往兩個府裏去，凡夫人小姐都是見的。今見他如此說，便笑道：「咱們自己，你又說起這話來；再多說，我把你這鬍子還揪了你的呢！還不跟我進來。」那張道士呵呵大笑著，跟了賈珍進來。

賈珍到賈母跟前，控身陪笑，說著：「張爺爺進來請安。」賈母聽了，忙道：「攙他來。」賈珍忙去攙過來。那張道士先呵呵笑道：「無量壽佛！老祖宗一向福壽康寧！眾位奶奶小姐納福！一向沒到府裏請安，老太太氣色越發好了。」賈母笑道：「老神仙，你好？」張道士笑道：「託老太太的萬福，小道也還康健。別的倒罷了，只記掛著哥兒，一向身上好？前日四月二十六，我這裏做遮天大王的聖誕，人也來的少，東西也很乾淨，我說請哥兒來逛逛，怎麼說不在家？」賈母說道：「果真不在家。」一面回頭叫寶玉。

誰知寶玉解手去了，纔來，忙忙上前問：「張爺爺好？」張道士也抱住問了好，又向賈母笑道：「哥兒越發發福了。」賈母道：「他外頭好，裏頭弱。又搭著他老子逼著他念書，生生的把個孩子逼出病來了。」張道士道：「前日我在好幾處看見哥兒寫的字，作的詩，都好的了不得。怎麼老爺還抱怨說哥兒不大喜歡念書呢？依小道看來，也就罷了。」又歎道：「我看見哥兒的這個形容身段，言談舉動，怎麼就同當日國公爺一個稿子！」說著，兩眼流下淚來。賈母聽了，也由不得滿臉淚痕，說道：「正是呢！我養了這些兒子孫子，也沒一個像他爺爺的，就只這玉兒像他爺爺。」

那張道士又向賈珍道：「當日國公爺的模樣兒，爺們一輩的不用說了，自然沒趕上；大約連大老爺、二老爺也記不清楚了。」說畢，又呵呵大笑道：「前日在一個人家，看見一位小姐，今年十五歲了，生得倒也好個模樣兒。我想著哥兒也該尋親事了。若論這個小姐模樣兒，聰明智慧，根基家當，倒也配的過。但不知老太太怎麼樣？小道也不敢造次，等請了老太太示下，纔敢向人去張口呢。」賈母道：「上回有個和尚說了，這孩子命裏不該早娶，等再大一大兒再定罷。你如今也訊聽著，不管他根基富貴，只要模樣兒配的上，就來告訴我。便是那家子窮，不過給他幾兩銀子。只是模樣兒，性格兒，難得好的。」

說畢，只見鳳姐兒笑道：「張爺爺，我們丫頭的寄名符兒，你也不換去。前兒虧你還有那麼大臉，打發人和我要鵝黃緞子去！要不給你，又恐怕你那老臉上過不去。」張道士哈哈大笑道：「你瞧，我眼花了！也沒見奶奶在這裏，也沒道謝。寄名符早已有了，前日原想送去的，不知道娘娘來做好事，也就混忘了。還在佛前鎮著。待我取來。」說著，跑到大殿上去，一時拿了一個茶盤，搭著大紅蟒緞經袱子，托出符來。大姐兒的奶子接了符，張道士方欲抱過大姐兒來，只見鳳姐笑道：「你就手裏拿出來罷了，又用個盤子托著。」張道士道：「手裏不乾不淨的，怎麼拿？用盤子潔淨些。」鳳姐笑道：「你只顧拿出盤子，倒唬我一跳，我不說你是為送符，倒像是和我們化佈施來了。」眾人聽說，鬨然一笑，連賈珍也掌不住笑了。賈母回頭道：「猴兒，猴兒！你不怕下割舌地獄？」鳳姐笑道：「我們爺兒們不相干，他怎麼常常的說我該積陰騭，遲了就短命呢？」

張道士也笑道：「我拿出盤子來，一舉兩用，倒不為化佈施，倒要將哥兒的這玉請了下來，托出去給那些遠來的道友並徒子徒孫們見識見識。」賈母道：「既這麼著，你老人家老天拔地的，跑什麼，帶他去瞧了叫他進來，豈不省事？」張道士道：「老太太不知道，看著小道是八十歲的人，託老太太的福，倒還健朗；二則外面的人多氣味難聞，況是個暑熱的天，哥兒受不慣，倘或哥兒中了腌臢氣味，倒值多了。」賈母聽說，便命寶玉摘下「通靈玉」來，放在盤內。那張道士兢兢業業的用蟒袱子墊著，捧了出去。

這裏賈母與眾人各處遊玩一回。方去上樓，只見賈珍回說：「張老爺送了玉來。」剛說著，張道士捧了盤子走到跟前，笑道：「眾人託小道的福，見了哥兒的玉，實在稀罕，都沒什麼敬賀，這是他們各人傳道的法器，都願意為敬賀之禮。哥兒便不稀罕，只留著玩耍賞人罷。」賈母聽說，向盤內看時，只見也有金璜，也有玉玦，或有「事事如意」，或有「歲歲平安」，皆是珠穿寶嵌，玉琢金鏤，共有三五十件。因說道：「你也胡鬧。他們出家人，是那裏來的，何必這樣？這斷不能收。」張道士笑道：「這是他們一點敬意，小道也不能阻擋。老太太若不留下，豈不叫他們看著小道微薄，不像是門下出身了。」賈母聽如此說，方命人接下了。寶玉笑道：「老太太，張爺爺既這麼說，又推辭不得，我要這個也無用，不如叫小子捧了這個，跟著我出去散給窮人罷。」賈母笑道：「這話說的是。」張道士又忙攔道：「哥兒雖要行好，但這些東西雖說不甚稀罕，到底也是幾件器皿。若給了乞丐，一則與他們也無益，二則反倒糟蹋了這些東西。要捨給窮人，何不就散錢與他們？」寶玉聽說，便命：「收下，等晚間拿錢施捨罷。」說畢，張道士方纔退出。

這裏賈母與眾人上了樓，在正面樓上歸坐。鳳姐等上了東樓。眾丫頭等在西樓輪流伺候。賈珍一時來回道：「神前拈了戲，頭一本《白蛇記》。」賈母問：「《白蛇記》是什麼故事？」賈珍道：「漢高祖斬蛇方起首的故事。第二本是《滿牀笏》。」賈母道：「這倒是第二本也還罷了。神佛要這樣，也只得罷了。」又問：「第三本？」賈珍道：「第三本是《南柯夢》。」賈母聽了，便不言語。賈珍退了下來，走至外邊，預備著申表、焚錢糧、開戲，不在話下。

且說寶玉在樓上，坐在賈母旁邊，因叫個小丫頭子，捧著方纔那一盤子賀物，將自己的玉帶上，用手翻弄尋撥，一件一件的挑與賈母看。賈母因看見有個赤金點翠的麒麟，便伸手拿起來，笑道：「這件東西，好像是我看見誰家的孩子也帶著一個的。」寶釵笑道：「史大妹妹有一個，比這個小些。」賈母道：「原來是雲兒有這個。」寶玉道：「他這麼往我們家去住著，我也沒看見。」探春笑道：「寶姐姐有心，不管什麼他都記得。」黛玉冷笑道：「他在別的上頭心還有限，惟有這些人帶的東西上，越發留心。」寶釵聽說，便回頭裝沒聽見。

寶玉聽見史湘雲有這件東西，自己便將那麒麟忙拿起來，揣在懷裏。一面心裏又想到怕人看見他聽是史湘雲有了，他就留著這件，因此，手裏揣著，卻拿眼睛瞟人。只見眾人倒都不理論，惟有林黛玉瞅著他點頭兒，似有讚歎之意。寶玉不覺心裏沒意思起來，又掏出來，瞅著黛玉赸笑道：「這個東西倒好玩，我替你留著，到家穿上你帶。」林黛玉將頭一扭道：「我不稀罕。」寶玉笑道：「你既不稀罕，我少不得就拿著。」說著，又揣了起來。

剛要說話，只見賈珍之妻尤氏和賈蓉續娶的媳婦婆媳兩個來了，見過賈母。賈母道：「你們又來做什麼，我不過沒事來逛逛。」一句話說了，只見人報：「馮將軍家有人來了。」原來馮紫英家聽見賈府在廟裏打醮，連忙預備豬羊、香燭、茶食之類的東西送禮。鳳姐聽了，忙趕過正樓來，拍手笑道：「噯呀！我卻不防這個。只說咱們娘兒們來閒逛逛，人家只當咱們大擺齋壇的來送禮，都是老太太鬧的。這又不得預備賞封兒。」剛說了，只見馮家的兩個管家婆子上樓來了。馮家兩個未去，接著趙侍郎家也有禮來了。於是接二連三，都聽見賈府打醮，女眷都在廟裏，凡一應遠親近友，世家相與，都來送禮。賈母纔後悔起來，說：「又不是什麼正經齋事，我們不過閒逛逛，沒的驚動人。」因此雖看了一天戲，至下午便回來了，次日便懶怠去。鳳姐又說：「『打牆也是動土』，已經驚動了人，今兒樂得還去逛逛。」賈母因昨日見張道士提起寶玉說親的事來，誰知寶玉一日心中不自在，回家來生氣，嗔著張道士與他說了親，口口聲聲說：「從今以後，再不見張道士了。」別人也並不知為什麼原故；二則林黛玉昨日回家，又中了暑，因此二事，賈母便執意不去了。鳳姐見不去，自已帶了人去，也不在話下。

且說寶玉因見林黛玉病了，心裏放不下，飯也懶怠吃，不時來問，林黛玉又怕他有個好歹。因說道：「你只管看你的戲去，在家裏做什麼？」寶玉因昨日張道士提親事，心中大不受用，今聽見林黛玉如此說，心裏因想道：「別人不知道我的心，還可恕，連他也奚落起我來。」因此心中更比往日更煩惱加了百倍。若是別人跟前，斷不能動這肝火，只是黛玉說了這話，倒又比往日別人說這話不同，由不得立刻沈下臉來，說道：「我白認得了你！罷了，罷了！」林黛玉聽說，便冷笑了兩聲道：「白認得了我？那裏像人家有什麼配得上呢。」寶玉聽了，便向前來直問到臉上：「你這麼說，是安心咒我天誅地滅？」林黛玉一時解不過這個話來。寶玉又道：「昨兒還為這個賭了幾回咒，今兒你到底又重我一句！我便『天誅地滅』，你又有什麼益處？」黛玉一聞此言，方想起上日的話來。今日原自已說錯了，又是著急，又是羞愧，便戰戰兢兢的說道：「我要安心咒你，我也『天誅地滅』。何苦來！我知道昨日張道士說親，你怕攔了你的好姻緣，你心裏生氣，來拿我煞性子。」

原來那寶玉自幼生成有一種下流癡病，況從幼時和黛玉耳鬢廝磨，心情相對，及如今稍明時事，又看了那些邪書僻傳，凡遠親近友之家所見的那些閨英闈秀，皆未有稍及林黛玉者，所以早存一段心事，只不好說出來。故每每或喜或怒，變盡法子暗中試探。那林黛玉偏生也是個有些癡病的，也每用假情試探。因你也將真心真意瞞了起來，只用假意，我也將真心真意瞞了起來，只用假意，如此「兩假相逢，終有一真」，其間瑣瑣碎碎，難保不有口角之事。即如此刻，寶玉的心內想的是：「別人不知我的心，還可恕；難道你就不想我的心裏眼裏只有你？你不能為我解煩惱，反來以這話奚落堵噎我，可見我心裏一時一刻白有你，你心裏竟沒我了。」寶玉是這個意思，只口裏說不出來。那林黛玉心裏想著：「你心裏自然有我，雖有『金玉相對』之說，你豈是重這邪說不重我的？我便時常提著『金玉』，你只管了然無聞的，方見得是待我重，無毫髮私心了。如何我只一提『金玉』的事，你就著急？可知你心裏時時有『金玉』的，見我一提，你又怕我多心，故意著急，安心哄我。」

看來兩個人原本是一個心，卻多生了枝葉，反弄成兩個心了。那寶玉心中又想道：「我不管怎麼樣都好，只要你隨意，我便立刻因你死了也情願；你知也罷，不知也罷，只由我的心，那纔是你和我近，不和我遠。」林黛玉心裏又想著：「你只管你，你好，我自好。你何必為我把自己失了？殊不知，你失我也失。可見，你不叫我近你，你竟叫我遠你了。」如此看來，卻都是求近之心，反弄成疏遠之意。此皆他二人素昔所存私心，難以備述。如今只述他們外面的形容。

那寶玉又聽見他說「好姻緣」三個字，越發逆了己意，心裏乾噎，口裏說不出話來；便賭氣向頸上摘下「通靈玉」來，咬咬牙，狠命往地下一摔，道：「什麼勞什子！

我砸了你，就完了事了！」偏生那玉堅硬非常，摔了一下，竟文風不動。寶玉見不破，便回身找東西來砸。黛玉見他如此，早已哭起來，說道：「何苦來，你摔砸那啞吧東西？有砸他的，不如來砸我！」

二人鬧著，紫鵑雪雁等忙解勸。後來見寶玉下死勁砸玉，忙上來奪，又奪不下來。見比往日鬧得大了，少不得去叫襲人。襲人忙趕了來，纔奪了下來。寶玉冷笑道：「我是砸我的東西，與你們什麼相干！」襲人見他臉都氣黃了，眼眉都變了，從來沒氣得這樣，便拉著他的手，笑道：「你和妹妹拌嘴，不犯著砸他；倘砸壞了，叫他心裏臉上怎麼過得去？」林黛玉一行哭著，一行聽了這話，說到自己心坎兒上來，可見寶玉連襲人不如，越發傷心大哭起來。心裏一煩惱，方纔吃的香薷飲解暑湯，便承受不住，「哇」的一聲，都吐了出來。紫鵑忙上來用手帕子接住，登時一口一口的，把塊手帕子吐濕。雪雁忙上來捶。紫鵑道：「雖然生氣，姑娘到底也該保重著。纔吃了藥，好些，這會子因和寶二爺拌嘴，又吐了出來；倘或犯了病，寶二爺怎麼過得去呢？」寶玉聽了這話，說到自己心坎兒上來，可見黛玉不如一紫鵑。又見黛玉臉紅頭脹，一行啼哭，一行氣湊，一行是淚，一行是汗，不勝怯弱。寶玉見了這般，又自己後悔：「方纔不該和他較證，這會子他這樣光景，我又替不了他。」心裏想著，也由不得滴下淚來了。襲人見他兩個哭，由不得守著寶玉也心酸起來；又摸著寶玉的手冰涼，待要勸寶玉不哭罷，一則又恐寶玉有什麼委屈悶在心裏，二則又恐薄了黛玉。不如大家一哭，就丟開手了，因此也流下淚來。紫鵑一面收拾了吐的藥，一面拿扇子替黛玉輕輕的扇著，見三個人都鴉雀無聲，各自哭各自的，也由不得傷起心來，也拿手帕子拭淚。

四個人都無言對泣。一時，襲人勉強笑向寶玉道：「你不看別人的，你看看這玉上穿的穗子，也不該同林姑娘拌嘴。」黛玉聽了，也不顧病，趕來奪過去，順手抓起一把剪子來要剪。襲人紫鵑剛要奪，已經剪了幾段。黛玉哭道：「我也是白効力，他也不稀罕，自有別人替他再穿好的去。」襲人忙接了玉道：「何苦來！這是我纔多嘴的不是了。」寶玉向黛玉道：「你只管剪！我橫豎不帶他，也沒什麼。」

只顧裏頭鬧，誰知那些老婆子們見黛玉大哭大吐，寶玉又砸玉，不知道要鬧到什麼田地，倘或連累了他們，便一齊往前頭回賈母王夫人知道，好不干連了他們。那賈母王夫人見他們忙忙的做一件正經事來告訴，也都不知有了什麼大禍，便一齊進園來瞧他兄妹。急得襲人抱怨紫鵑：「為什麼驚動了老太太、太太？」紫鵑又只當是襲人去告訴的，也抱怨襲人。

那賈母王夫人進來，見寶玉也無言，黛玉也無話，問起來，又沒為什麼事，便將這禍移到襲人紫鵑兩個人身上，說：「為什麼你們不小心伏侍？這會子鬧起來都不管了！」因此將二人連罵帶說，教訓了一頓。二人都沒話，只得聽著。還是賈母帶出寶玉去了，方纔平服。

過了一日，至初三日，乃是薛蟠生日，家裏擺酒唱戲，賈府諸人都去了。寶玉因得罪了黛玉，二人總未見面，心中正自後悔，無精打采的，那裏還有心腸去看戲？因而推病不去。黛玉不過前日中了些暑溽之氣，本無甚大病，聽見他不去，心裏想：「他是好吃酒看戲的，今日反不去，自然是因為昨兒氣著了；再不然他見我不去，他也沒心腸去。只是昨兒千不該，萬不該，鉸了那玉上的穗子。管定他再不帶了，還得我穿了他纔帶。」因而心中十分後悔。

那賈母見他兩個都生氣，只說趁今兒那邊去看戲，他兩個見了，也就完了，不想又都不去。老人家急得抱怨說：「我這老冤家，是那一世裏孽障？偏遇見這麼兩個不省事的小冤家，沒有一天不叫我操心！真是俗語說的，『不是冤家不聚頭』。幾時我閉了眼，斷了這口氣，憑這兩個冤家鬧上天去，我『眼不見，心不煩』，也就罷了。偏又不咽這口氣。」自己抱怨著，也哭了。

這話傳入寶林二人耳內，他二人竟未從聽見過「不是冤家不聚頭」的這句俗語，如今忽然得了這句話，好似參禪的一般，都低著頭細嚼這句話的滋味，都不覺潸然泣下。雖不曾會面，然一個在瀟湘館臨風灑淚，一個在怡紅院對月長吁。卻不是「人居兩地，情發一心」麼。

襲人因勸寶玉道：「千萬不是，都是你的不是。往日家裏小廝們和他的姊妹拌嘴，或是兩口子分爭，你聽見了，還罵小廝們蠢，不能體貼女孩兒們的心腸；今兒你也這麼著了。明兒初五，大節下，你們兩個再這麼仇人似的，老太太越發要生氣，一定弄得不安生。依我勸你，正經下個氣，賠個不是，大家還是照常一樣兒，這麼也好，那麼也好。」寶玉聽了，不知依與不依。要知端詳，下回分解。

卷三十　寶釵借扇機帶雙敲　椿齡畫薔癡及局外

話說林黛玉自與寶玉口角後，也覺後悔，但又無去就他之理，因此日夜悶悶，如有所失。紫鵑度其意，乃勸道：「論前日之事，竟是姑娘太浮躁了些。別人不知那寶玉脾氣，難道咱們也不知道的？為那玉也不是鬧了一遭兩遭了。」黛玉啐道：「你倒來替人派我的不是，我怎麼浮躁了？」紫鵑笑道：「好好的，為什麼剪了那穗子？豈不是寶玉只有三分不是，姑娘倒有七分不是？我看他素日在姑娘身上就好，皆因姑娘小性兒，常要歪派他，纔這麼樣。」

黛玉欲答話，只聽院外叫門，紫鵑聽了一聽，笑道：「這是寶玉的聲音，想必是來賠不是來了。」黛玉聽了，說：「不許開門！」紫鵑道：「姑娘又不是了！這麼熱天，毒日頭地下，曬壞了他，如何使得呢！」口裏說著，便出去開門，果然是寶玉。一面讓他進來，一面笑著說道：「我只當寶二爺再不上我們的門了，誰知道這會子又來了。」寶玉笑道：「你們把極小的事，倒說大了。好好的，為什麼不來？我便死了，魂也要一日來一百遭。妹妹可大好了？」紫鵑道：「身上病好了，只是心裏氣還不大好。」寶玉笑道：「我曉得有什麼氣。」一面說著，一面進來。只見黛玉又在牀上哭。

那黛玉本不曾哭，聽見寶玉來，由不得傷心了，止不住滾下淚來。寶玉笑著走近牀來道：「妹妹身上可大好了？」黛玉只顧拭淚，並不答應。寶玉因便挨在牀沿上坐了，一面笑道：「我知道你不惱我，但只是我不來，叫旁人看見，倒像是咱們又拌了嘴的似的。若等他們來勸咱們，那時節，豈不咱們倒覺生分了？不如這會子，你要打要罵，憑著你怎麼樣，千萬別不理我！」說著，又把「好妹妹」叫了幾十聲。

黛玉心裏原是再不理寶玉的，這會子聽見寶玉說「別叫人知道咱們拌了嘴就生分了似的」這一句話，又可見得比別人原親近，因又掌不住，便哭道：「你也不用來哄我。從今以後，我也不敢親近二爺，權當我去了。」寶玉聽了笑道：「你往那裏去呢？」黛玉道：「我回家去。」寶玉笑道：「我跟了去。」黛玉道：「我死了呢？」寶玉道：「你死了，我做和尚。」黛玉一聞此言，登時把臉放下來，問道：「想是你要死了，胡說的是什麼？你們家倒有幾個親姐姐親妹妹呢，明日都死了，你幾個身子做和尚？明日我倒把這話告訴別人去評評。」

寶玉自知這話說的造次了，後悔不來，登時臉上紅漲，低了頭，不敢則一聲。幸而屋裏沒人。黛玉兩眼直瞪瞪的瞅了他半天，氣得「噯」了一聲，說不出話來。見寶玉逼得臉上紫漲，便咬著牙，用指頭狠命的在他額上戳了一下，「哼」了一聲，咬著牙說道：「你這……」剛說了兩個字，便又歎了一口氣，仍拿起手帕子來擦眼淚。

寶玉心裏原有無限心事，又兼說錯了話，正自後悔；又見黛玉戳他一下，要說也說不出來，自歎自泣，因此自己也有所感，不覺滾下淚來。要用帕子揩拭，不想又忘了帶來，便用衫袖去擦。黛玉雖然哭著，卻一眼看見了他穿著簇新藕合紗衫，竟去拭淚，便一面自己拭著淚，一面回身，將枕上搭的一方綃帕拿起來，向寶玉懷裏一摔，一語不發，仍掩面而泣。寶玉見他摔了帕子來，忙接住拭了淚，又挨近前些，伸手挽了黛玉一隻手，笑道：「我的五臟都碎了，你還只是哭。去罷，我同你往老太太跟前去。」黛玉將手摔道：「誰同你拉拉扯扯的！一天大似一天，還這麼涎皮賴臉的，連個理也不知道。」

一句話沒說完，只聽嚷道：「好了！」寶黛兩個不防，都唬了一跳，回頭看時，只見鳳姐兒跑了進來，笑道：「老太太在那裏抱怨天，抱怨地，只叫我來瞧瞧你們好了沒有。我說：『不用瞧，過不了三天，他們自己就好了。』老太太罵我，說我懶；我來了，果然應了我的話。也沒見你們兩個，有些什麼可拌的，三日好了，兩日惱了，越大越成了孩子了！有這會子拉著手哭的，昨兒為什麼又成了『烏眼雞』呢？還不跟我走，到老太太跟前，叫老人家也放些心。」說著，拉了黛玉就走。

黛玉回頭叫丫頭們，一個也沒有。鳳姐道：「又叫他們做什麼，有我伏侍呢。」一面說，一面拉了就走。寶玉在後面跟著，出了園門，到了賈母跟前，鳳姐笑道：「我說他們不用人費心，自己就會好的，老祖宗不信，一定叫我去說和；我及至到那裏要說和，誰知兩個人倒在一處對賠不是，對笑對說呢！倒像『黃鷹抓住鷂子的腳』，兩個都『扣了環了』。那裏還要人去？」說的滿屋裏都笑起來。

此時寶釵正在這裏，那黛玉只一言不發，挨著賈母坐下。寶玉沒甚說的，便向寶釵笑道：「大哥哥好日子，偏生的又不好了，沒別的禮送，連個頭也不磕去。大哥哥不知我病，倒像我懶，推故不去呢。倘或明兒閒了，姐姐替我分辯分辯。」寶釵笑道：「這也多事。你便要去，也不敢驚動，何況身上不好。弟兄們終日一處，要存這個心，倒生分了。」寶玉又笑道：「姐姐知道體諒我就好了。」又道：「姐姐怎麼不看戲去？」寶釵道：「我怕熱。看了兩齣，熱得很，要走，客又不散；我少不得推身上不好，就來了。」寶玉聽說，由不得臉上沒意思，只得又搭訕笑道：「怪不得他們拿姐姐比楊貴妃，原也體胖怯熱。」寶釵聽說，不由的大怒，待要怎樣，又不好怎樣；回思了一回，臉紅起來，便冷笑了兩聲，說道：「我倒像楊貴妃，只是沒一個好哥哥好兄弟，可以做得楊國忠的！」

二人正說著，可巧小丫頭靚兒因不見了扇子，和寶釵笑道：「必是寶姑娘藏了我的。好姑娘，賞我罷。」寶釵指他道：「你要仔細！我和誰玩過，你來疑我？和你素日嘻皮笑臉的那些姑娘們，你該問他們去。」說的靚兒跑了。寶玉自知又把話說造次了，當著許多人，更比纔在黛玉跟前更不好意思，便急回身，又同別人搭訕去了。

黛玉聽見寶玉奚落寶釵，心中著實得意，纔要搭言，也趁勢取個笑，不想靚兒因找扇子，寶釵又發了兩句話，他便改口說道：「寶姐姐，你聽了兩齣什麼戲？」寶釵因見黛玉面上有得意之態，一定是聽了寶玉方纔奚落之言，遂了他的心願，忽又見問他這話，便笑道：「我看的是李逵罵了宋江，後來又賠不是。」寶玉便笑道：「姐姐通今博古，色色都知道，怎麼連這一齣戲的名兒也不知道，就說了這麼一串。這叫作『負荊請罪』。」寶釵笑道：「原來這叫『負荊請罪』！你們通今博古，纔知道『負荊請罪』，我不知什麼叫『負荊請罪』。」

一句話未說了，寶玉黛玉二人心裏有病，聽了這話，早把臉羞紅了。鳳姐這些上雖不通，但只看他三人形景，便知其意，也笑問道：「這們大熱的天，誰還吃生薑呢？」眾人不解，便說道：「沒有吃生薑的。」鳳姐故意用手摸著腮，咤異道：「既沒人吃生薑，怎麼這樣辣辣的？」寶玉黛玉二人聽見這話，越發不好意思了。寶釵再欲說話，見寶玉十分羞愧，形景改變，也就不好再說，只得一笑收住。別人總未解得他四個人的言語，因此付之一笑。

一時寶釵鳳姐去了，黛玉笑向寶玉道：「你也試著比我利害的人了。誰都像我心拙口夯的，由著人説呢！」寶玉正因寶釵多心，自己沒趣，又見黛玉問著他，越發沒好氣起來。欲待要説兩句，又怕黛玉多心，説不得忍氣，無精打采，一直出來。

誰知目今盛暑之際，又當早飯已過，各處主僕人等多半都因日長神倦，寶玉背著手，到一處，一處鴉雀無聲。從賈母這裏出來，往西走過了穿堂，便是鳳姐的院落。到他院門前，只見院門掩著，知道鳳姐素日的規矩，每到天熱，午間要歇一個時辰的，進去不便，遂進角門，來到王夫人上房內。只見幾個丫頭手裏拿著針綫，卻打盹兒。王夫人在裏間涼牀上睡著，金釧兒坐在旁邊捶腿，也乜斜著眼亂恍。

寶玉輕輕的走到跟前，把他耳上帶的墜子一摘，金釧兒睜眼，見是寶玉。寶玉便悄悄的笑道：「就睏的這麼著？」金釧抿嘴一笑，擺手令他出去，仍合上眼。寶玉見了他，就有些戀戀不捨的，悄悄的探頭瞧瞧王夫人合著眼，便自己向身邊荷包裏帶的香雪潤津丹掏了一丸出來，便向金釧兒口裏一送，金釧兒並不睜眼，只管噙了。寶玉上來，便拉著手，悄悄的笑道：「我和太太討你，咱們在一處吧。」金釧兒不答。寶玉又道：「不然，等太太醒來，我就討。」金釧兒睜開眼，將寶玉一推，笑道：「你忙什麼？『金簪兒掉在井裏頭，有你的只是有你的。』連這句俗語難道也不明白？我告訴你個巧方兒，你往東小院子裏拿環哥兒同彩雲去。」寶玉笑道：「憑他怎麼去罷，我只守著你。」只見王夫人翻身起來，照金釧兒臉上就打了一個嘴巴子，指著罵道：「下作小娼婦！好好爺們，都叫你們教壞了！」寶玉見王夫人起來，早一溜煙去了。這裏金釧兒半邊臉火熱，一聲不敢言語。登時眾丫頭們聽見王夫人醒了，都忙進來。王夫人便叫：「玉釧兒，把你媽叫上來，帶出你姐姐去。」金釧兒聽見，忙跪下哭道：

「我再不敢了！太太要打要罵，只管發落，別叫我出去，就是天恩了。我跟了太太十來年，這會子攆出去，我還見人不見人呢！」

王夫人固然是個寬仁慈厚的人，從來不曾打過丫頭們一下，今忽見金釧兒行此無恥之事，此乃平生最恨者，故氣忿不過，打了一下子，罵了幾句。雖金釧兒苦求，也不肯收留；到底喚了金釧兒之母白老媳婦領了下去。那金釧兒含羞忍辱的出去，不在話下。

且說寶玉見王夫人醒了，自己沒趣，忙進大觀園來。只見赤日當天，樹陰合地，滿耳蟬聲，靜無人語。剛到了薔薇架，只聽見有人哽噎之聲，寶玉心中疑惑，便站住細聽，果然架下那邊有人。此時正是五月，那薔薇花葉茂盛之際，寶玉悄悄的隔著籬笆洞兒一看，只見一個女孩子蹲在花下，手裏拿著根綰頭的簪子在地下摳土，一面悄悄的流淚呢。寶玉心中想道：「難道這也是個癡丫頭，又像顰兒來葬花不成！」因又自笑道：「若真也葬花，可謂『東施傚顰』，不但不為新特，而且更是可厭了。」想畢，便要叫那女子，說：「你不用跟著林姑娘學了。」話未出口，幸而再看時，這女孩子面生，不是個侍兒，倒像是那十二個學戲的女孩子之內一個，卻辨不出他是生、旦、淨、丑那一個角色來。

寶玉忙忙把舌頭一伸，將口掩住，自己想道：「幸而不曾造次，上兩回皆因造次了，顰兒也生氣，寶兒也多心，如今再得罪了他們，越發沒意思了。」一面想，一面又恨認不得這個是誰。再留神細看，只見這女孩子眉蹙春山，眼顰秋水，面薄腰纖，裊裊婷婷，大有林黛玉之態。寶玉早又不忍棄他而去，只管癡看，只見他雖然用金簪畫地，並不是掘土埋花，竟是向土上畫字。寶玉用眼隨著簪子的起落，一直到底，一畫、一點、一勾的看了去，數一數，十八筆，自己又在手心裏用指頭按著他方纔下筆的規矩寫了，猜是個什麼字。寫成一想，原來就是個薔薇花的「薔」字。寶玉想道：「必定是他也要作詩填詞，這會子見這花，因有所感，或者偶成一兩句，一時興至，怕忘，在地下畫著推敲，也未可知。且看他底下再寫什麼。」一面想，一面又看，只見那女孩子還在那裏畫呢。畫來畫去，還是個「薔」字。再看，還是個「薔」字。

裏面的原是早已癡了，畫完一個「薔」又畫一個「薔」，已經畫了有幾十個。外面的不覺也看癡了，兩個眼睛珠兒只管隨著簪子動，心裏卻想：「這女孩子一定有什麼說不出的大心事，纔這麼個形景。外面他既是這個形景，心裏不知怎麼熬煎呢！看他的模樣兒，這般單薄，心裏那裏還擱得住熬煎？可恨我不能替你分些過來。」

伏中陰晴不定，片雲可以致雨，忽然涼風過了，颯颯的落下一陣雨來。寶玉看那女子頭上滴下水來，紗衣裳登時濕了。寶玉想道：「這是下雨了，他這個身子，如何禁得驟雨一激。」因此禁不住便說道：「不用寫了。你看下大雨，身上都濕了。」那女孩子聽說，倒唬了一跳，擡頭一看，只見花外一個人叫他「不要寫下大雨了」，一則寶玉臉面俊秀；二則花葉繁茂，上下俱被枝葉隱住，剛露著半邊臉，那女孩子只當是個丫頭，再不想是寶玉，因笑道：「多謝姐姐提醒了我，難道姐姐在外頭有什麼遮雨的？」一句提醒了寶玉，「噯喲」了一聲，纔覺得渾身冰涼。低頭看看自己身上，也都濕了。說：「不好！」只得一氣跑回怡紅院去了，心裏卻還記掛著那女孩子沒處避雨。

原來明日是端陽節，那文官等十二個女孩子都放了學，進園來各處玩耍，可巧小生寶官正旦玉官兩個女孩子，正在怡紅院和襲人玩笑，被雨阻住，大家把溝堵了，水積在院內，把些綠頭鴨、花鸂鶒、彩鴛鴦，捉的捉，趕的趕，縫了翅膀，放在院內玩耍，將院門關了。襲人等都在遊廊上嘻笑。

寶玉見關著門，便用手扣門，裏面諸人只顧笑，那裏聽見？叫了半日，拍得門山響，裏面方聽見了。料著寶玉這會子再不回來的，襲人笑道：「誰這會子叫門？沒人開去。」寶玉道：「是我。」麝月道：「是寶姑娘的聲音。」晴雯道：「胡說！寶姑娘這會子做什麼來？」襲人道：「讓我隔著門縫兒瞧瞧，可開就開，別叫他淋著回去。」說著，便順著遊廊到門前往外一瞧，只見寶玉淋得「雨打雞」一般。襲人見了，又是著忙，又是可笑，忙開了門，笑著，彎腰拍手道：「那裏知道是爺回來了！你怎麼大雨裏跑了來？」

寶玉一肚子沒好氣，滿心裏要把開門的踢幾腳，方開了門，並不看真是誰，還只當是那些小丫頭們，便擡腿踢在肋上，襲人「噯喲」了一聲。寶玉還罵道：「下流東西們！我素日擔待你們得了意，一點兒也不怕，越發拿著我取笑兒了！」口裏說著，一低頭見是襲人哭了，方知踢錯了。忙笑道：「噯喲，是你來了！踢在那裏了？」襲人從來不曾受過一句大話兒的，今忽見寶玉生氣踢他一下，又當著許多人，又是羞，又是氣，又是疼，真一時置身無地。待要怎麼樣，料著寶玉未必是安心踢他，少不得忍著說道：「沒有踢著，還不換衣裳去！」

寶玉一面進房來解衣，一面笑道：「我長了這麼大，今日是頭一遭兒生氣打人，不想偏生遇見了你！」襲人一面忍痛換衣裳，一面笑道：「我是個起頭兒的人，也不論事大事小，是好是歹，自然也該從我起。但只是別說打了我，明日順了手，也打起別人來。」寶玉道：「我纔也不是安心。」襲人道：「誰說是安心呢！素日開門關門的都是那起小丫頭們的事，他們是憨皮慣了的，早已恨得人牙癢癢，他們也沒個怕懼，你打量是他們，踢一下子唬唬也好。剛纔是我淘氣，不叫開門的。」

說著，那雨已住了，寶官玉官也早去了。襲人只覺肋上疼得心裏發鬧，晚飯也不曾吃。至晚間洗澡脫了衣服，只見肋上青了碗大一塊，自己倒唬了一跳，又不好聲張。一時睡下，夢中作痛，由不得「噯喲」之聲，從睡中哼出。

寶玉雖說不是安心，因見襲人懶懶的，也不安穩。忽夜裏聞得「噯喲」，便知踢重了，自己下牀來，悄悄的秉燈來照。剛到牀前，只見襲人嗽了兩聲，吐出一口痰來，「噯喲」一聲，睜眼見了寶玉，倒唬一跳，道：「做什麼？」寶玉道：「你夢裏『噯喲』，必是踢重了，我瞧瞧。」襲人道：「我頭上發暈，嗓子裏又腥又甜，你倒照一照地下罷。」寶玉聽說，果然持燈向地下一照，只見一口鮮血在地。寶玉慌了，只說：「了不得了！」襲人見了，也就心冷了半截。要知端的，下回分解。

卷三十一　撕扇子作千金一笑　因麒麟伏白首雙星

話説襲人見了自己吐的鮮血在地，也就冷了半截，想著往日常聽人説：「少年吐血，年月不保；縱然命長，終是廢人了。」想起此言，不覺將素日想著後來爭榮誇耀之心，盡皆灰了，眼中不覺的滴下淚來。寶玉見他哭了，也不覺心酸起來，因問道：「你心裏覺著怎麼樣？」襲人勉強笑道：「好好的，覺怎麼樣呢。」

寶玉的意思即刻便要叫人燙黃酒，要山羊血黎峒丸來。襲人拉了他的手，笑道：「你這一鬧不打緊，鬧起多少人來，倒抱怨我輕狂。分明人不知道，倒鬧得人知道了，你也不好，我也不好。正經明日你打發小子問問王太醫去，弄點子藥吃吃就好了。人不知鬼不覺的，可不好？」寶玉聽了有理，也只得罷了；向案上斟了茶來，給襲人漱了口。襲人知寶玉心内也不安穩的，待要不叫他伏侍，他又必不依；二則定要驚動別人，不如且由他去罷：因此倚在榻上，由寶玉去伏侍。一交五更，寶玉也顧不得梳洗，忙穿衣出來，將王濟仁叫來，親自確問。王濟仁問其原故，不過是傷損，便説了個丸藥的名字，怎麼服，怎麼敷。寶玉記了，回園來，依方調治，不在話下。

這日正是端陽佳節，蒲艾簪門，虎符繫臂，午間王夫人治了酒席，請薛家母女等賞午。寶玉見寶釵淡淡的，也不和他説話，自知是昨日的原故。王夫人見寶玉沒精打采，也只當是昨日金釧兒之事，他沒好意思的，越發不理他。林黛玉見寶玉懶懶的，只當是他因為得罪了寶釵的原故，心中不自在，形容也就懶懶的。鳳姐昨日晚間王夫人就告訴了他寶玉金釧的事，知道王夫人不自在，自己如何敢說笑，也就隨著王夫人氣色行事，更覺淡淡的。迎春姐妹見眾人無意思，也都無意思了。因此，大家坐了一坐，就散了。

林黛玉天性喜散不喜聚，他想得也有個道理。他說：「人有聚就有散，聚時歡喜，到散時豈不清冷？既清冷則生感傷，所以不如倒是不聚的好。比如那花開時令人愛慕，謝時便增惆悵，所以倒是不開的好。」故此，人以為歡喜時，他反以為悲。那寶玉的情性只願常聚，生怕一時散了；那花只願常開，生怕一時謝了；只到筵散花謝，雖有萬種悲傷，也就無可如何了。因此今日之筵，大家無興散了，林黛玉倒不覺得，倒是寶玉心中悶悶不樂，回至自己房中，長吁短歎。

偏生晴雯上來換衣服，不防又把扇子失了手，掉在地下，將骨子跌折。寶玉因歎道：「蠢才，蠢才！將來怎麼樣？明日你自己當家立業，難道也是這麼顧前不顧後的？」晴雯冷笑道：「二爺近來氣大得很，行動就給臉子瞧。前日連襲人都打了，今日又來尋我們的不是。要踢要打憑爺去。就是跌了扇子，也是平常的事；先時連那麼樣的玻璃缸、瑪瑙碗，不知弄壞了多少，也沒見個大氣兒。這會子一把扇子就這麼著了。何苦來！嫌我們就打發了我們，再挑好的使。好離好散的倒不好？」

寶玉聽了這些話，氣得渾身亂戰。因此說道：「你不用忙，將來有散的日子！」襲人在那邊早已聽見，忙趕過來，向寶玉道：「好好的，又怎麼了？可是我說的：『一時我不到就有事故兒。』」晴雯聽了冷笑道：「姐姐既會說，就該早來，也省了爺生氣。自古以來，就只是你一個人伏侍爺的，我們原沒伏侍過。因為你伏侍得好，昨日纔捱窩心腳；我們不會伏侍的，明日還不知是個什麼罪呢？」

襲人聽了這話，又是惱，又是愧；待要說幾句話，因見寶玉已經氣得黃了臉，少不得自己忍個性子，推晴雯道：「好妹妹，你出去逛逛，原是我們的不是。」晴雯聽了他說「我們」兩字，自然是他和寶玉了，不覺又添了醋意，冷笑幾聲道：「我倒不知道，你們是誰？別叫我替你們害臊了！便是你們鬼鬼祟祟幹的那事，也瞞不過我去。那裏就稱起『我們』來了！那明公正道，連個姑娘還沒掙上去呢，也不過和我似的，那裏就稱上『我們』了！」襲人羞得臉紫漲起來，想一想，原是自己把話說錯了。寶玉一面說道：「你們氣不忿，我明日偏擡舉他。」襲人忙拉了寶玉的手道：「他一個糊塗人，你和他分證什麼？況且你素日又是有擔待的，比這大的，過去了多少，今日是怎麼了？」晴雯冷笑道：「我原是糊塗人，那裏配和我說話！我不過奴才罷咧。」襲人聽說，道：「姑娘到底是和我拌嘴，是和二爺拌嘴呢？要是心裏惱我，你只和我說，不犯著當著二爺吵；要是惱二爺，不該這麼吵的萬人知道。我纔也不過為了事，進來勸開了，大家保重。姑娘倒尋上我的晦氣！又不像是惱我，又不像是惱二爺，夾槍帶棒，終久是個什麼主意？我就不說，讓你說去。」說著便往外走。寶玉向晴雯道：「你也不用生氣，我也猜著你的心事了。我回太太去，你也大了，打發你出去，可好不好？」晴雯聽了這話，不覺又傷起心來，含淚說道：「我為什麼出去？要嫌我，變著法兒打發我去，也不能夠的。」寶玉道：「我何曾經過這樣吵鬧？一定是你要出去了。不如回太太，打發你去罷。」說著，站起來就要走。

襲人忙回身攔住，笑道：「往那裏去？」寶玉道：「回太太去！」襲人笑道：「好沒意思！認真的去回，你也不怕臊了他？便是他認真要去，也等把這氣下去了，等無事中說話兒回了太太也不遲。這會子急急的當一件正經事去回，豈不叫太太犯疑？」寶玉道：「太太必不犯疑，我只明說是他鬧著要去的。」晴雯哭道：「我多早晚鬧著要去了？饒生了氣，還拿話壓派我。只管去回，我一頭碰死了，也不出這門兒。」寶玉道：「這又奇了。你又不去，你又鬧些什麼？我經不起這吵，不如去了，倒乾淨。」說著，一定要去回。襲人見攔不住，只得跪下了。碧痕、秋紋、麝月等眾丫鬟見吵鬧得利害，都鴉雀無聞的在外頭聽消息，這會子聽見襲人跪下央求，便一齊進來，都跪下了。寶玉忙把襲人拉起來，歎了一聲，在牀上坐下，叫眾人起去。向襲人道：「叫我怎麼樣纔好！這個心使碎了，也沒人知道。」說著，不覺滴下淚來。襲人見寶玉流下淚來，自己也就哭了。

晴雯在旁哭著，方欲說話，只見黛玉進來，便出去了。林黛玉笑道：「大節下，怎麼好好的哭起來？難道是為爭粽子吃，爭惱了不成？」寶玉和襲人「嗤」的一笑。林黛玉道：「二哥哥不告訴我，我不問你也就知道了。」一面說，一面拍著襲人的肩，笑道：「好嫂子，你告訴我，必定是你們兩個拌了嘴。告訴妹妹，替你們和勸和勸。」襲人推他道：「姑娘，你鬧什麼？我們一個丫頭，姑娘只是混說。」黛玉笑道：「你說你是丫頭，我只拿你當嫂子待。」寶玉道：「你何苦來替他招罵名兒。饒這麼著，還有人說閒話，還擱得住你來說這話！」襲人笑道：「林姑娘，你不知道我的心事，除非一口氣不來，死了，倒也罷了。」林黛玉笑道：「你死了，別人不知怎麼樣，我先就哭死了。」寶玉笑道：「你死了，我做和尚去。」襲人道：「你老實些罷！何苦還說這些話。」林黛玉將兩個指頭一伸，抿嘴笑道：「做了兩個和尚了！我從今以後，都記著你做和尚的遭數兒。」寶玉聽了，知道是他點前日的話，自己一笑，也就罷了。

一時黛玉去了，就有人來說：「薛大爺請。」寶玉只得去了，原來是吃酒，不能推辭，只得盡席而散。晚間回來，已帶了幾分酒，踉蹌來至自己院內，只見院中早把乘涼的枕榻設下，榻上有個人睡著。寶玉只當是襲人，一面在榻沿上坐下，一面推他，問道：「疼得好些了？」只見那人翻身起來，說：「何苦來，又招我！」

寶玉一看，原來不是襲人，卻是晴雯。寶玉將他一拉，拉在身旁坐下，笑道：「你的性子越發慣嬌了，早起就是跌了扇子，我不過說了那麼兩句，你就說上那些話。你說我也罷了，襲人好意勸，你又刮拉上他。你自己想想，該不該？」晴雯道：「怪熱的，拉拉扯扯做什麼！叫人來看見像什麼！我這身子也不配坐在這裏。」寶玉笑道：「你既知道不配，為什麼睡著呢？」

晴雯沒的說，「嗤」的又笑了，說道：「你不來使得，你來了就不配了。起來，讓我洗澡去。襲人麝月都洗了澡，我叫了他們來。」寶玉笑道：「我纔又吃了好些酒，還得洗一洗。你既沒有洗，拿了水來，咱們兩個洗。」晴雯搖手笑道：「罷，罷！我不敢惹爺。還記得碧痕打發你洗澡，足有兩三個時辰，也不知道做什麼呢；我們也不好進去的。後來洗完了，進去瞧瞧，地下的水，淹著牀腿，連席子上都汪著水，也不知是怎麼洗了。笑了幾天。我也沒功夫收拾水，你也不用同我洗去。今日也涼快，那會子洗了，這會子可以不用，我倒舀一盆水來你洗洗臉，通通頭。纔鴛鴦送了好些果子來，都湃在那水晶缸裏呢。叫他們打發你吃。」寶玉笑道：「既這麼著，你也不許洗去，只洗洗手，拿果子來吃罷。」晴雯笑道：「我慌張的連扇子還跌折了，那裏還配打發吃果子。倘或再打破盤子，還更了不得呢！」寶玉笑道：「你愛打就打。這些東西，原不過是借人所用，你愛這樣，我愛那樣，各自性情不同；比如那扇子，原是搧的，你要撕著玩，也可以使得，只是不可生氣時拿他出氣；就如杯盤，原是盛東西的，你喜歡聽那一聲響，就故意砸了，也可以使得，只別在生氣時拿他出氣。這就是愛物了。」晴雯聽了，笑道：「既這麼說，你就拿了扇子來我撕。我最喜歡聽撕的。」寶玉聽了，便笑著遞與他。晴雯果然接過來，「嗤」的一聲，撕了兩半。接著又聽「嗤」「嗤」幾聲。寶玉在旁笑著說：「撕得好！再撕響些。」

正說著，只見麝月走過來，笑道：「少做些孽罷！」寶玉趕上來，一把將他手裏的扇子也奪了遞與晴雯。晴雯接了，也撕作幾半子，二人都大笑。麝月道：「這是怎麼說？拿我的東西開心兒。」寶玉笑道：「打開扇子匣子你揀了去，什麼好東西！」麝月道：「既這麼說，就把扇子搬出來，讓他盡力撕豈不好？」寶玉笑道：「你就搬去。」麝月道：「我可不造這樣孽！他沒撕折了手，叫他自己搬去。」晴雯笑著，便倚在牀上，說道：「我也乏了，明日再撕罷。」寶玉笑道：「古人云，『千金難買一笑』，幾把扇子，能值幾何？」一面說著，一面叫襲人。襲人纔換了衣服走出來，小丫頭佳蕙過來拾去破扇，大家乘涼，不消細說。

至次日午間，王夫人、薛寶釵、林黛玉眾姐妹正在賈母房內坐著，就有人回：「史大姑娘來了。」一時，果見史湘雲帶領眾多丫鬟媳婦走進院來。寶釵黛玉等忙迎至階下相見。青年姊妹間，經月不見，一旦相逢，其親密自不消說得。一時進入房中，請安問好，都見過了。賈母因說：「天熱，把外頭的衣服脱脱罷。」史湘雲忙起身寬衣。王夫人因而笑道：「也沒見穿上這些做什麼？」史湘雲笑道：「都是二嬸娘叫穿的，誰願意穿這些。」

寶釵一旁笑道：「姨媽不知道：他穿衣裳，還更愛穿那別人的衣裳，可記得舊年三四月裏，他在這裏住著，把寶兄弟的袍子穿上，靴子也穿上，額子也勒上，猛一瞧，倒像是寶兄弟，就是多兩個墜子。他站在那椅子背後，哄的老太太只是叫：『寶玉，你過來，仔細那上頭掛的燈穗子招下灰來，迷了眼。』他只是笑，也不過去。後來大家忍不住笑了，老太太纔笑了說：『扮作男人好看了。』」林黛玉道：「這算什麼！惟有前年正月裏接了他來，住了沒兩日，下起雪來，老太太和舅母那日想是纔拜了影回來，老太太的一個新新的大紅猩猩氈斗篷放在那，誰知眼不見他就披了，又大又長，他就拿兩個汗巾子攔腰繫上，和丫頭們在後院子撲雪人兒去，一跤栽倒溝跟前，弄了一身泥。」說著，大家想著前情，都笑了。寶釵笑問那周奶媽道：「周媽，你們姑娘還那麼淘氣不淘氣了？」周奶媽也笑了。迎春笑道：「淘氣也罷了，我就嫌他愛說話；也沒見睡在那裏還是咭咭呱呱，笑一陣，說一陣，也不知是那裏來的那些話！」王夫人道：「只怕如今好了。前日有人家來相看，眼見有婆婆家了，還是那麼著？」賈母因問：「今日還是住著，還是家去呢？」周奶媽笑道：「老太太沒有看見，衣裳都帶了來了，可不住兩天。」湘雲問道：「寶玉哥哥不在家麼？」寶釵笑道：「他再不想著別人，只想寶兄弟，兩個人好玩的，這可見還沒改了淘氣。」賈母道：「如今你們大了，別提小名兒了。」

剛說著，只見寶玉來了，笑道：「雲妹妹來了！怎麼前日打發人接你去，不來？」王夫人道：「這裏老太太纔說這一個，他又來提名道姓的了。」林黛玉道：「你哥哥有好東西等著你呢。」湘雲道：「什麼好東西？」寶玉笑道：「你信他！幾日不見，越發高了。」湘雲笑道：「襲人姐姐好？」寶玉道：「好，多謝你想著。」湘雲道：「我給他帶了好東西來了。」說著，拿出手帕子來，挽著一個扢搭。寶玉道：「什麼好的？

你倒不如把前日送來的那絳紋石的戒指兒帶兩個給他。」湘雲笑道：「這是什麼？」說著便打開，眾人看時，果然是上次送來的那絳紋戒指，一包四個。林黛玉笑道：「你們瞧瞧他這個人，前日一般的打發人給我們送來，你就把他的也帶了來，豈不省事？今日巴巴兒的自己帶了來，我當又是什麼新奇東西，原來還是他。真真的是個糊塗人。」史湘雲笑道：「你纔糊塗呢！我把這理說出來，大家評一評誰糊塗。給你們送東西，就是使來的人不用說話，拿進來一看，自然就知是送姑娘們的了，要帶了他們的這東西，須得我告訴來人，這是那一個丫頭的，那是那一個丫頭的。那使來的人明白還好，再糊塗些，丫頭的名字也記不得，混鬧胡說的，反連你們的東西都攪糊塗了。若是打發個女人來還罷了，偏前日又打發小子來，可怎麼說丫頭們的名字呢？還是我來給他們帶來，豈不清白！」說著，把四個戒指放下，說道：「襲人姐姐一個，鴛鴦姐姐一個，金釧兒姐姐一個，平兒姐姐一個；這倒是四個人的，難道小子們也記得這麼清白？」

眾人聽了，都笑道：「果然明白。」寶玉笑道：「還是這麼會說話，不讓人。」林黛玉聽了，冷笑道：「他不會說話，他的『金麒麟』會說話。」一面說著，便起身走了。幸而諸人都不曾聽見，只有薛寶釵抿嘴一笑。寶玉聽見了，倒自己後悔又說錯了話；忽見寶釵一笑，由不得也一笑。寶釵見寶玉笑了，忙起身走開，找了黛玉說笑去了。

賈母因向湘雲道：「吃了茶，歇一歇，瞧瞧你嫂子們去。園裏也涼快，同你姐姐們去逛逛。」湘雲答應了，因將三個戒指包上，歇了一歇，便起身要瞧鳳姐等去。眾奶娘丫頭跟著，到了鳳姐那裏，說笑了一回。出來，便往大觀園來，見過了李宮裁，少坐片時，便往怡紅院來找襲人。因回頭説道：「你們不必跟著，只管瞧你們的朋友親戚去。留下翠縷伏侍就是了。」眾人聽了，自去尋姑覓嫂，單剩下湘雲翠縷兩個。

翠縷道：「這荷花怎麼還不開？」史湘雲道：「時候還沒到呢。」翠縷道：「這也和咱們家池子裏的一樣，也是樓子花。」湘雲道：「他們這個還不如咱們的。」翠縷道：「他們那邊有棵石榴，接連四五枝，真是樓子上起樓子，這也難為他長。」史湘雲道：「花草也是同人一樣，氣脈充足，長得就好。」翠縷把臉一扭，説道：「我不信這話！若説同人一樣，我怎麼不見頭上又長出一個頭來的人？」

湘雲聽了，由不得一笑，説道：「我説你不用説話，你偏好説。這叫人怎麼好答言？天地間都賦陰陽二氣所生，或正或邪，或奇或怪，千變萬化，都是陰陽順逆；就是一生出來，人人罕見的，究竟道理還是一樣。」翠縷道：「這麼説起來，從古至今，開天闢地，都是些陰陽了？」湘雲笑道：「糊塗東西，越説越放屁。什麼『都是些陰陽』！況且『陰』『陽』兩個字，還只是一個字：陽盡了，就成陰，陰盡了，就成陽；不是陰盡了又有一個陽生出來，陽盡了又有個陰生出來。」翠縷道：「這糊塗死我了！什麼是個陰陽，沒影沒形的？我只問姑娘：這陰陽是怎麼個樣兒？」湘雲道：「這陰陽不過是個氣罷了。器物賦了，纔成形質。譬如天是陽，地就是陰；水是陰，火就是陽；日是陽，月就是陰。」翠縷聽了，笑道：「是了，是了！我今日可明白了。怪道人都管著日頭叫『太陽』呢，算命的管著月亮叫什麼『太陰星』，就是這個理了。」湘雲笑道：「阿彌陀佛！剛剛明白了。」翠縷道：「這些東西有陰陽也罷了，難道那些蚊子、虼蚤、蠓蟲兒、花兒、草兒、瓦片兒、磚頭兒，也有陰陽不成？」湘雲道：「怎麼沒有呢！比如那一個樹葉兒，還分陰陽呢，那邊向上朝陽的就是陽，這邊背陰覆下的就是陰。」翠縷聽了，點頭笑道：「原來這樣，我可明白了。只是咱們這手裏的扇子，怎麼是陽，怎麼是陰呢？」湘雲道：「這邊正面就為陽，那反面就為陰。」

翠縷又點頭笑了。還要拿幾件東西要問，因想不起什麼來，猛低頭看見湘雲宮絛上的金麒麟，便提起來，笑道：「姑娘，這個難道也有陰陽？」湘雲道：「走獸飛禽，雄為陽，雌為陰；牝為陰，牡為陽。怎麼沒有呢？」翠縷道：「這是公的，還是母的呢？」湘雲啐道：「什麼『公』的『母』的！又胡說了。」翠縷道：「這也罷了，怎麼東西都有陰陽，咱們人倒沒有陰陽呢？」湘雲沈了臉說道：「下流東西，好生走罷！越問越說出好的來了！」翠縷道：「這有什麼不告訴我的呢？我也知道了，不用難我。」湘雲「撲嗤」的笑道：「你知道什麼？」翠縷道：「姑娘是陽，我就是陰。」湘雲拿手帕子掩著嘴笑起來。翠縷道：「說的是了，就笑得這麼樣？」湘雲道：「很是，很是！」翠縷道：「人家說主子為陽，奴才為陰，我連這個大道理也不懂得？」湘雲笑道：「你很懂得。」

正說著，只見薔薇架下金晃晃的一件東西，湘雲指著問道：「你看那是什麼？」翠縷聽了，忙趕去拾起來，看著笑道：「可分出陰陽來了！」說著，先拿史湘雲的麒麟瞧。史湘雲要他揀的瞧瞧，翠縷只管不放手，笑道：「是件寶貝，姑娘瞧不得！這是從那裏來的？好奇怪！我只從來在這裏沒見人有這個。」湘雲道：「拿來我瞧瞧。」翠縷將手一撒，笑道：「姑娘請看。」湘雲舉目一驗，卻是文彩輝煌的一個金麒麟，比自己佩的又大又有文彩。湘雲伸手擎在掌上，只是默默不語，正自出神，忽見寶玉從那邊來了，笑道：「你兩個在這日頭底下做什麼呢？怎麼不找襲人去呢？」史湘雲連忙將那麒麟藏起，道：「正要去呢，咱們一處走。」說著，大家進入怡紅院來。

襲人正在階下倚檻迎風，忽見湘雲來了，連忙迎下來，攜手笑説一向別情，一面進來歸坐。寶玉因問道：「你該早來，我得了一件好東西，專等你呢。」説著，一面在身上掏上半天，「噯呀」了一聲，便向襲人：「那個東西你收起來了麼？」襲人道：「什麼東西？」寶玉道：「前日得的麒麟。」襲人道：「你天天帶在身上的，怎麼問我？」寶玉聽了，將手一拍，説道：「這可丟了！往那裏找去？」就要起身自己尋去。史湘雲聽了，方知是他遺落的，便笑問道：「你幾時又有個麒麟了？」寶玉道：「前日好容易得的呢！不知多早晚丟了，我也糊塗了。」史湘雲笑道：「幸而是個玩的東西，還是這麼慌張。」説著，將手一撒，笑道：「你瞧瞧，是這個不是？」寶玉一見，由不得歡喜非常。要知歡喜的事，下回分解。

中華書局

紅樓夢

曹雪芹 著

二

卷三十二　訴肺腑心迷活寶玉　含恥辱情烈死金釧

話說寶玉見那麒麟，心中甚是歡喜，便伸手來拿，笑道：「虧你揀著了！你是何時拾的？」史湘雲笑道：「幸而是這個，明日倘或把印也丟了，難道也就罷了不成？」寶玉笑道：「倒是丟了印平常，若丟了這個，我就該死了。」

襲人斟了茶來與史湘雲吃，一面笑道：「大姑娘，我聽前日你大喜呀。」史湘雲紅了臉吃茶，一聲也不答應。襲人笑道：「這會子又害臊了？你還記得十年前，咱們在西邊暖閣上住著，晚上你同我說的話兒？那會子不害臊，這會子怎麼又臊了？」史湘雲笑道：「你還說呢！那會子咱們那麼好，後來我們太太沒了，我家去住了一程子，怎麼就把你派了跟二哥哥；我來了，你就不像先待我了。」襲人笑道：「你還說呢！先『姐姐』長，『姐姐』短哄著我替你梳頭洗臉，做這個，弄那個；如今大了，就拿出小姐的款兒來。你既拿小姐的款，我怎麼敢親近呢？」史湘雲道：「阿彌陀佛，冤枉冤哉！我要這樣，就立刻死了。你瞧瞧，這麼大熱天，我來了，必定趕來先瞧瞧你。你不信，你問縷兒，我在家時時刻刻，那一回不念你幾聲。」

話猶未了，襲人和寶玉都勸道：「說玩話兒，你又認真了。還是這麼性急。」史湘雲道：「你不說你的話咽人，倒說人性急。」一面說，一面打開手帕子，將戒指遞與襲人。襲人感謝不盡，因笑道：「你前日送你姐姐們的，我已得了；今日你親自又送來，可見是沒忘了我。只這個就試出你來了。戒指兒能值多少，可見你的心真。」史湘雲道：「是誰給你的？」襲人道：「是寶姑娘給我的。」湘雲歎道：「我只當林姐姐送你的，原來是寶姐姐給了你。我天天在家裏想著，這些姐姐們，再沒一個比寶姐姐好的。可惜我們不是一個娘養的，我但凡有這麼個親姐姐，就是沒了父母，也沒妨礙的。」說著，眼圈兒就紅了。寶玉道：「罷，罷，罷！不用提起這個話了。」史湘雲道：「提這個便怎麼？我知道你的心病：恐怕你的林妹妹聽見，又嗔我讚了寶姐姐了。可是為這個不是？」襲人在旁「嗤」的一笑，說道：「雲姑娘，你如今大了，越發心直嘴快了。」寶玉笑道：「我說你們這幾個人難說話，果然不錯。」史湘雲道：「好哥哥，你不必說話叫我噁心；只會在我跟前說話，見了你林妹妹，又不知怎麼好了。」

襲人道：「且別說玩話，正有一件事要求你呢。」史湘雲便問：「什麼事？」襲人道：「有一雙鞋，摳了墊心子，我這兩日身上不好，不得做，你可有工夫替我做做？」史湘雲道：「這又奇了。你家放著這些巧人不算，還有什麼針綫上的，裁剪上的，怎麼叫我做起來？你的活計叫人做，誰好意思不做呢？」襲人笑道：「你又糊塗了！你難道不知道：我們這屋裏的針綫，是不要那些針綫上的人做的。」史湘雲聽了，便知是寶玉的鞋，因笑道：「既這麼說，我就替你做做罷。只是一件，你的我纔做，別人的我可不能。」襲人笑道：「又來了！我是個什麼兒，就敢煩你做鞋了。實告訴你：可不是我的，你別管是誰的，橫豎我領情就是了。」史湘雲道：「論理，你的東西也不知煩我做了多少。今日我倒不做的原故，你必定也知道。」襲人道：「我倒也不知道。」史湘雲冷笑道：「前日我聽見把我做的扇套兒拿著和人家比，賭氣又鉸了。我早就聽見了，你還瞞我？這會子又叫我做，我成了你們奴才了。」寶玉忙笑道：「前日的那事本不知是你做的。」襲人也笑道：「他本不知是你做的，是我哄他的話，說是新近外頭有個會做活的，扎的絕出奇的好花兒，我叫他們拿了一個扇套兒試試看好不好，他就信了，拿出去給這個瞧、那個看的。不知怎麼又惹惱了那一位，鉸了兩段。回來他還叫趕著做去，我纔說了是你做的，他後悔的什麼似的。」史湘雲道：「這越發奇了。林姑娘也犯不上生氣，他既會剪，就叫他做。」襲人道：「他可不做呢。饒這麼著，老太太還怕他勞碌著了。大夫又說好生靜養纔好，誰還肯煩他做呢？舊年好一年的工夫，做了個香袋兒；今年半年，還沒見拿針綫呢。」

正說著，有人來回說：「興隆街的大爺來了，老爺叫二爺出去會。」寶玉聽了，便知賈雨村來了，心中好不自在。襲人忙去拿衣服。寶玉一面登著靴子，一面抱怨道：「有老爺和他坐著就罷了，回回定要見我。」史湘雲一邊搖著扇子，笑道：「自然你能會賓接客，老爺纔叫你出去呢。」寶玉道：「那裏是老爺？都是他自己要請我見的。」湘雲笑道：「『主雅客來勤』，自然你有些警動他的好處，他纔要會你。」寶玉道：「罷，罷！我也不稱雅，俗中又俗的一個俗人，並不願同這些人往來。」湘雲笑道：「還是這個情性，改不了。如今大了，你就不願讀書去考舉人進士的，也該常會會這些為官作宰的，談講談講那些仕途經濟的學問，也好將來應酬庶務，日後也有個朋友。沒見你成年家只在我們隊裏攪些什麼？」

寶玉聽了，道：「姑娘請別的屋裏坐坐，我這裏仔細腌臢了你知經濟學問的人！」襲人道：「姑娘快別說這話。上回也是寶姑娘也說過一回，他也不管人臉上過得去過不去，他就『咳』了一聲，拿起腳來走了。這裏寶姑娘的話也沒說完，見他走了，登時羞得臉通紅，說又不是，不說又不是。幸而是寶姑娘，那要是林姑娘，不知又鬧得怎麼樣，哭得怎麼樣呢！提起這些話來，寶姑娘叫人敬重，自己過了一會子去了。我倒過不去，只當他惱了，誰知過後還是照舊一樣，真真是有涵養，心地寬大的。誰知這一個反倒同他生分了。那林姑娘見他賭氣不理，他後來不知賠多少不是呢。」寶玉道：「林姑娘從來說過這些混賬話不曾？若他也說過這些混賬話，我早和他生分了。」襲人和湘雲都點頭笑道：「這原是混賬話？」

原來林黛玉知道史湘雲在這裏，寶玉一定又趕來說麒麟的原故，因心下忖度著，近日寶玉弄來的外傳野史，多半才子佳人，都因小巧玩物上撮合，或有鴛鴦，或有鳳凰，或玉環金珮，或鮫帕鸞絛：皆由小物而遂終身之願。今忽見寶玉亦有麒麟，便恐借此生隙，同史湘雲也做出那些風流佳事來，因而悄悄走來，見機行事，以察二人之意。不想剛走來，正聽見史湘雲說「經濟」一事，寶玉又說：「林妹妹不說這樣混賬話，若說這話，我也同他生分了。」

林黛玉聽了這話，不覺又喜又驚，又悲又歎。所喜者，果然自己眼力不錯，素日認他是個知己，果然是個知己。所驚者，他在人前一片私心稱揚於我，其親熱厚密，竟不避嫌疑。所歎者，你既為我之知己，自然我亦可為你的知己，既你我為知己，則又何必有「金玉」之論呢？既有「金玉」之論，也該你我有之，又何必來一寶釵呢？所悲者，父母早逝，雖有銘心刻骨之言，無人為我主張；況近日每覺神思恍惚，病已漸成，醫者更云：「氣弱血虧，恐致勞怯之症。」我雖為你的知己，但恐不能久待；你縱為我知己，奈我薄命何！想到此間，不禁滾下淚來。待進去相見，自覺無味，便一面拭淚，一面抽身回去了。

這裏寶玉忙忙的穿了衣裳出來，忽見黛玉在前面慢慢的走著，似乎有拭淚之狀，便忙趕著上來笑道：「妹妹往那裏去？怎麽又哭了？又是誰得罪了你？」林黛玉回頭見是寶玉，便勉強笑道：「好好的，我何曾哭了。」寶玉笑道：「你瞧瞧，眼睛上的淚珠兒未乾，還撒謊呢。」一面說，一面禁不住擡起手來，替他拭淚。林黛玉忙向後退了幾步，說道：「你又要死了！做什麽，這麽動手動腳的。」寶玉笑道：「說話忘了情，不覺的動了手，也就顧不得死活。」林黛玉道：「死了倒不值什麽，只是丢下了什麽『金』，又是什麽『麒麟』，可怎麽好呢！」一句話，又把寶玉說急了，趕上來問道：「你還說這話，到底是咒我還是氣我呢？」林黛玉見問，方想起前日的事來，遂自悔自己又說造次了，忙笑道：「你別著急，我原說錯了。這有什麽，筋都疊暴起來，急得一臉汗！」一面說，一面禁不住近前伸手替他拭面上的汗。

寶玉瞅了半天，方說道：「你放心。」黛玉聽了，怔了半天，說道：「我有什麽不放心？我不明白你這話。你倒說說，怎麽放心不放心？」寶玉歎了一口氣，問道：「你果然不明白這話？難道我素日在你身上的心都用錯了？連你的意思若體貼不著，就難怪你天天為我生氣了！」林黛玉道：「果然我不明白放心不放心的話。」寶玉點頭歎道：「好妹妹，你別哄我；果然不明白這話，不但我素日之意白用了，且連你素日待我之意也都辜負了。你皆因多是不放心的原故，纔弄了一身的病。但凡寬慰些，這病也不得一日重似一日。」林黛玉聽了這話，如轟雷掣電，細細思之，竟比自己肺腑中掏出來的還覺懇切，竟有萬句言語，滿心要說，只是半個字也不能吐，卻怔怔的望著他。此時寶玉心中有萬句言詞，不知一時從那一句說起，卻也怔怔的望著黛玉。兩個人怔了半天，林黛玉只「咳」了一聲，兩眼不覺滾下淚來，回身便要走。寶玉忙上前拉住道：「好妹妹，且略站住，我說一句話再走。」黛玉一面拭淚，一面將手推開，說道：「有什麼可說的？你的話我都知道了。」口裏說著，卻頭也不回，竟去了。

寶玉望著只管發起呆來。原來方纔出來慌忙，不曾帶得扇子，襲人怕他熱，忙拿了扇子，趕來送與他；忽擡頭見了林黛玉和他站著，一時黛玉走了，他還站著不動，因而趕上來說道：「你也不帶了扇子去，虧我看見，趕了送來。」寶玉出了神，見襲人和他說話，並未看出是何人來，便一把拉住，說道：「好妹妹，我的這心事，從來也不敢說，今日我膽大說出來，死也甘心！我為你也弄了一身的病，在這裏又不敢告訴人，只好捱著。等你的病好了，只怕我的病纔得好呢。睡裏夢裏也忘不了你！」襲人聽了，嚇得驚疑不止，只叫「神天菩薩，坑死我了！」便推他道：「這是那裏的話，敢是中了邪？還不快去！」寶玉一時醒過來，方知是襲人送扇；寶玉羞得滿面紫漲，奪了扇子，便抽身的跑了。

這裏襲人見他去了，自思方纔之言，一定是因林黛玉而起，如此看來，將來難免不才之事，令人可驚可畏。想到此間，也不覺怔怔的滴下淚來。心下暗度如何處治，方能免此醜禍。

正裁疑間，忽有寶釵從那裏走來，笑道：「大毒日頭地下，出什麼神？」襲人見問，忙笑道：「那兩個雀兒打架，倒也好玩兒，我就看住了。」寶釵道：「寶兄弟這會子穿了衣服，忙忙的那裏去了？我纔看見走過去，倒要叫住問他呢。他如今說話越發沒了經緯，我故此沒叫他，由他過去罷。」襲人道：「老爺叫他出去。」寶釵聽了，忙說道：「噯喲！這麼黃天暑熱的，叫他做什麼？別是想起什麼來，生了氣，叫他出去教訓一場罷？」襲人笑道：「不是這個，想是有客要會。」寶釵笑道：「這個客也沒意思，這麼熱天，不在家裏涼快，還跑些什麼！」襲人笑道：「你可說麼！」

寶釵因而問道：「雲丫頭在你們家做什麼呢？」襲人笑道：「纔說了一會子閒話，你瞧，我前日黏的那雙鞋子，明日求他做去。」寶釵聽見這話，便兩邊回頭，看無人來往，笑道：「你這麼個明白人，怎麼一時半刻的就不會體諒人情？我近來看著雲姑娘的神情，風裏言風裏語的，聽起來，在家裏一點點做不得主。他們家嫌費用大，竟不用那些針綫上的人，差不多兒的東西都是他們娘兒們動手。為什麼這幾次他來了，他和我說話兒，見沒人在跟前，他就說家裏累得很。我再問他兩句家常過日子的話，他就連眼圈兒都紅了，嘴裏含含糊糊，待說不說的。想其形景，自然從小沒爹娘的苦。我看他也不覺的傷起心來。」

襲人見說這話，將手一拍，道：「是了，是了。怪道上月我求他打十根蝴蝶兒結子，過了那些日子，纔打發人送來，還說：『這是粗打的，且在別處將就使罷；要勻淨的，等明日來住著，再好生打罷。』如今聽姑娘這話，想來我們求他，他不好推辭，不知他在家裏怎麼三更半夜的做呢！可是我也糊塗了，早知道是這樣，我也不該求他的。」寶釵道：「上次他告訴我，說在家裏做活做到三更天，若是替別人做一點半點，他家的那些奶奶太太們，還不受用呢。」襲人道：「偏生我們那個牛心左性的小爺，憑著小的大的活計，一概不要家裏這些活計上的人做，我又弄不開這些。」寶釵笑道：「你理他呢！只管叫人做去，就是了。」襲人道：「那裏哄得過他？他纔是認得出來呢。說不得我只好慢慢的累去罷了。」寶釵笑道：「你不必忙，我替你做些何如？」襲人笑道：「當真的？這樣就是我的造化了。晚上我親自過來。」

一句話未了，忽見一個老婆子忙忙走來，說道：「這是那裏說起！金釧兒姑娘好好投井死了！」襲人聽得，唬了一跳，忙問：「那個金釧兒？」那老婆子道：「那裏還有兩個金釧兒呢？就是太太屋裏的。前日不知為什麼攆他出去，在家裏哭天抹淚的，也都不理會他，誰知找不著他，纔有打水的人說：『那東南角上井裏打水，見一個屍首。』趕著叫人打撈起來，誰知是他。他們還只管亂著要救活，那裏中用了？」寶釵道：「這也奇了。」襲人聽說，點頭讚歎，想素日同氣之情，不覺流下淚來。寶釵聽見這話，忙向王夫人處來安慰。這裏襲人回去不提。

卻說寶釵來至王夫人房裏，只見鴉雀無聞，獨有王夫人在裏間房內坐著垂淚。寶釵便不好提這事，只得一旁坐了。王夫人便問：「你從那裏來？」寶釵道：「從園裏來。」王夫人道：「你從園裏來，可曾見你寶兄弟？」寶釵道：「纔倒看見了他，穿著衣服出去了，不知那裏去。」王夫人點頭歎道：「你可知道一樁奇事？金釧兒忽然投井死了！」寶釵見說，道：「怎麼好好的投井？這也奇了。」王夫人道：「原是前日他把我一件東西弄壞了，我一時生氣，打了一下，攆了他下去。我只說氣他幾天，還叫他上來，誰知他這麼氣性大，就投井死了，豈不是我的罪過。」寶釵笑道：「姨娘是慈善人，固然是這樣想；據我看來，他並不是賭氣投井，多半他下去住著，或是在井跟前玩，失了腳掉下去的。他在上頭拘束慣了，這一出去，自然要到各處去玩玩逛逛，豈有這樣大氣的理？縱然有這樣大氣，也不過是個糊塗人，也不為可惜。」王夫人點頭歎道：「這話雖然如此，到底我心不安。」

寶釵笑道：「姨娘也不勞關心，十分過不去，不過多賞他幾兩銀子，發送他，也就盡主僕之情了。」王夫人道：「纔剛我賞了五十兩銀子與他娘，原要還把你姊妹們的新衣服給他裝裹，誰知各丫頭可巧都沒有什麼新做的衣服，只有你林妹妹做生日的兩套。我想你林妹妹那個孩子，素日是個有心的，況且他原也三災八難的，既說了給他過生日，這會子又給人去裝裹，豈不忌諱？因為這麼樣，我纔現叫裁縫趕著做一套給他。要是別的丫頭，賞他幾兩銀子，也就完了。金釧兒雖然是個丫頭，素日在我跟前，比我的女兒也差不多。」口裏説著，不覺流下淚來。寶釵忙道：「姨娘這會子又何用叫裁縫趕去，我前日倒做了兩套，拿來給他，豈不省事？況且他活的時候也穿過我的舊衣服，身量又相對。」王夫人道：「雖然這樣，難道你不忌諱？」寶釵笑道：「姨娘放心，我從來不計較這些。」一面説，一面起身就走。王夫人忙叫了兩個人跟寶姑娘去。

一時寶釵取了衣服回來，只見寶玉在王夫人旁邊坐著垂淚。王夫人正纔説他，因見寶釵來了，就掩住口不説了。寶釵見此景況，察言觀色，早知覺了七八分。於是將衣服交明，王夫人將他母親叫來拿了去。再看下回分解。

卻說王夫人喚上他母親來，拿幾件簪環，當面賞與，又吩咐：「請幾眾僧人念經超度他。」他母親磕頭，謝了出去。

原來寶玉會過雨村回來，聽見了金釧兒含羞自盡，心中早已五內摧傷，進來又被王夫人數說教訓了一番，也無可回說。看見寶釵進來，方得便走出，茫然不知何往，背著手，低著頭，一面感歎，一面慢慢的信步來至廳上。剛轉過屏門，不想對面來了一人，正往裏走，可巧撞了一個滿懷。只聽那人喝一聲：「站住！」寶玉唬了一跳，擡頭看時，不是別人，卻是他父親，早不覺倒抽了一口氣，只得垂手一旁站了。賈政道：「好端端的，你垂頭喪氣嗐些什麼？方纔雨村來了，要見你，那半天纔出來；既出來了，全無一點慷慨揮灑的談吐，仍是葳葳蕤蕤的。我看你臉上一團私慾愁悶氣色，這會子又噯聲歎氣，你那些還不足，還不自在？無故這樣，卻是為何？」寶玉素日雖然口角伶俐，只是此時一心總為金釧兒感傷，恨不得此時也身亡命殞，跟了金釧兒去，如今見他父親說這些話，究竟不曾聽見，只是怔怔的站著。

賈政見他惶悚，應對不似往日，原本無氣的，這一來，倒生了三分氣。方欲說話，忽有回事人來回：「忠順親王府裏有人來，要見老爺。」賈政聽了，心下疑惑，暗暗思忖道：「素日並不與忠順府來往，為什麼今日打發人來？」一面想，一面命：

「快請廳上坐。」急忙進內更衣。出來接見時，卻是忠順府長府官，一面彼此見了禮，歸坐獻茶。未及敘談，那長府官先就說道：「下官此來，並非擅造潭府，皆因奉命而來，有一件事相求。看王爺面上，敢煩老先生做主。不但王爺知情，且連下官輩亦感謝不盡。」

賈政聽了這話，摸不著頭腦，忙陪笑起身問道：「大人既奉王命而來，不知有何見諭？望大人宣明，學生好遵諭承辦。」那長府官冷笑道：「也不必承辦，只用老先生一句話就完了。我們府裏有一個做小旦的琪官，一向好好在府，如今竟三五日不見回去，各處去找，又摸不著他的道路，因此各處察訪。這一城內，十停人倒有八停人都說，他近日和啣玉的那位令郎相與甚厚。下官輩聽了，尊府不比別家，可以擅來索取，因此啟明王爺。王爺亦說：『若是別的戲子呢，一百個也罷了；只是這琪官，隨機應答，謹慎老成，甚合我老人家的心境，斷斷少不得此人。』故此求老先生轉達令郎，請將琪官放回，一則可慰王爺諄諄奉懇之意，二則下官輩也可免操勞求覓之苦。」說畢，忙打一躬。

賈政聽了這話，又驚又氣，即命喚寶玉出來。寶玉也不知是何原故，忙忙趕來，賈政便問：「該死的奴才！你在家不讀書也罷了，怎麼又做出這些無法無天的事來！那琪官現是忠順王爺駕前承奉的人，你是何等草莽，無故引逗他出來，如今禍及於我。」寶玉聽了，唬了一跳，忙回道：「實在不知此事。究竟『琪官』兩個字，不知為何物，況更加以『引逗』二字！」說著便哭。

賈政未及開口，只見那長府官冷笑道：「公子也不必隱飾，或藏在家，或知其下落，早說了出來，我們也不受些辛苦，豈不念公子之德？」寶玉連說：「實在不知。

恐是訛傳，也未見得。」那長府官冷笑兩聲道：「現有證據，必定當著老大人說了出來，公子豈不吃虧？既說不知此人，那紅汗巾子怎得到了公子腰裏？」寶玉聽了這話，不覺轟了魂魄，目瞪口呆，心下自思：「這話他如何得知？他既連這樣機密事都知道了，大約別的瞞他不過，不如打發他去了，免得再說出別的事來。」因說道：「大人既知他的底細，如何連他置買房舍這樣大事倒不曉得了？聽得說，他如今在東郊離城二十里有個什麼紫檀堡，他在那裏置了幾畝田地，幾間房舍。想是在那裏，也未可知。」那長府官聽了，笑道：「這樣說，一定是在那裏。我且去找一回，若有了便罷；若沒有，還要來請教。」說著，便忙忙的告辭走了。

賈政此時氣得目瞪口歪，一面送那官員，一面回頭命寶玉：「不許動！回來有話問你！」一直送那官員去了。纔回身，忽見賈環帶著幾個小廝一陣亂跑，賈政喝命小廝：「給我快打！」賈環見了他父親，嚇得骨軟筋酥，趕忙低頭站住。賈政便問：「你跑什麼？帶著你的那些人都不管你，不知往那裏去，由你野馬一般！」喝叫：「跟上學的人呢？」賈環見他父親甚怒，便乘機說道：「方纔原不曾跑，只因從那井邊一過，那井裏淹死了一個丫頭，我看人頭這樣大，身子這樣粗，泡得實在可怕，所以纔趕著跑了過來。」賈政聽了，驚疑問道：「好端端，誰去跳井？我家從無這樣事情，自祖宗以來，皆是寬柔待下。大約我近年於家務疏懶，自然執事人操克奪之權，致使弄出這暴殄輕生的禍患。若外人知道，祖宗的顏面何在！」喝命：「叫賈璉、賴大來！」

小廝們答應了一聲，方欲去叫，賈環忙上前，拉住賈政袍襟，貼膝跪下，道：「父親不用生氣。此事除太太房裏的人，別人一點也不知道，我聽見我母親說……」

說到這句，便回頭四顧一看；賈政知其意，將眼色一丟，小廝們明白，都往兩邊後面退去。賈環便悄悄說道：「我母親告訴我說，寶玉哥哥前日在太太房裏，拉著太太的丫頭金釧兒，強姦不遂，打了一頓，金釧兒便賭氣投井死了。」話未說完，把個賈政氣得面如金紙，大喝：「拿寶玉來！」一面說，一面便往書房去，喝命：「今日再有人來勸我，我把這冠帶家私一應就交與他與寶玉過去，我免不得做個罪人，把這幾根煩惱鬢毛剃去，尋個乾淨去處自了，也免得上辱先人、下生逆子之罪！」

眾門客僕從見賈政這個形景，便知又是為寶玉了，一個個咬指吐舌，連忙退出。賈政喘吁吁直挺挺的坐在椅子上，滿面淚痕，一疊連聲：「拿寶玉！拿大棍，拿繩捆上！把門都關上！有人傳信到裏頭去，立刻打死！」眾小廝們只得齊聲答應著，有幾個來找寶玉。

那寶玉聽見賈政吩咐他「不許動」，早知凶多吉少；那裏知道賈環又添了許多的話？正在廳上旋轉，怎得個人來往裏頭捎信，偏生沒個人來，連焙茗也不知在那裏。正盼望時，只見一個老媽媽出來，寶玉如得了珍寶，便趕上來拉他，說道：「快進去告訴：老爺要打我呢！快去，快去！要緊，要緊！」寶玉一則急了，說話不明白；二則老婆子偏生又耳聾，不曾聽見是什麼話，把「要緊」二字，只聽作「跳井」二字，便笑道：「跳井讓他跳去，二爺怕什麼？」寶玉見是個聾子，便著急道：「你出去叫我的小廝來罷！」那婆子道：「有什麼不了的事？老早的完了，太太又賞了銀子，怎麼不了事呢？」

寶玉急得手腳正沒抓尋處，只見賈政的小廝走來，逼著他出去了。賈政一見，眼都紅了，也不暇問他在外流蕩優伶，表贈私物，在家荒疏學業，逼淫母婢，只喝命：

「堵起嘴來，著實打死！」小廝們不敢違，只得將寶玉按在櫈上，舉起大板，打了十來下。寶玉自知不能討饒，只是嗚嗚的哭。賈政還嫌打的輕，一腳踢開掌板的，自己奪過板子來，狠命的又打了十幾下。

寶玉生來未經過這樣苦楚，起先覺得打的疼不過，還亂嚷亂哭，後來漸漸氣弱聲嘶，哽咽不出。衆門客見打的不祥了，趕著上來，懇求奪勸。賈政那裏肯聽？說道：「你們問問他幹的勾當，可饒不可饒！素日皆是你們這些人把他釀壞了，到這步田地，還來勸解。明日釀到他弒父弒君，你們纔不勸不成？」

衆人聽這話不好聽，知道氣急了，忙亂著覓人進去給信。王夫人不敢先回賈母，只得忙穿衣出來，也不顧有人沒人，忙忙扶了一個丫頭，趕往書房中來。慌得衆門客小廝等避之不及。賈政方要再打，一見王夫人進來，更加火上澆油，那板子越下去的又狠又快。按寶玉的兩個小廝，忙鬆手走開，寶玉早已動彈不得了。賈政還欲打時，早被王夫人抱住板子。賈政道：「罷了，罷了！今日必定要氣死我纔罷！」王夫人哭道：「寶玉雖然該打，老爺也要保重。且炎暑天氣，老太太身上又不大好，打死寶玉事小，倘或老太太一時不自在了，豈不事大？」賈政冷笑道：「倒休提這話！我養了這不肖的孽障，我已不孝；平昔教訓他一番，又有衆人護持，不如趁今日結果了他的狗命，以絕將來之患！」說著，便要繩來勒死。王夫人連忙抱住哭道：「老爺雖然應當管教兒子，也要看夫妻分上。我如今已五十歲的人，只有這個孽障，必定苦苦的以他為法，我也不敢深勸。今日越發要他死了，豈不是有意絕我？既要勒死他，快拿繩先勒死我，再勒死他。我們娘兒們不如一同死了，在陰司裏也得個倚靠。」說畢，抱住寶玉，放聲大哭起來。

賈政聽了此話，不覺長歎一聲，向椅上坐了，淚如雨下。王夫人抱著寶玉，只見他面白氣弱，底下穿著一條綠紗小衣，一片皆是血跡。禁不住解下汗巾去，由腿看至臀脛，或青或紫，或整或破，竟無一點好處，不覺失聲大哭起「苦命的兒」來。因哭出「苦命兒」來，又想起賈珠來，便叫著賈珠，哭道：「若有你活著，便死一百個，我也不管了。」此時裏面的人聞得王夫人出來，那李宮裁、王熙鳳與迎春姊妹早已出來了。王夫人哭著賈珠的名字，別人還可，惟有李宮裁禁不住也放聲哭了。賈政聽了，那淚更似走珠一般滾了下來。

正沒開交處，忽聽丫鬟來說：「老太太來了。」一句話未了，只聽窗外顫巍巍的聲氣說道：「先打死我，再打死他，豈不乾淨了！」賈政見他母親來了，又急又痛，連忙迎出來。只見賈母扶著丫頭，搖頭喘氣的走來。賈政上前躬身陪笑說道：「大暑熱天，母親有何生氣的自己走來，有話只叫兒子進去吩咐便了。」賈母聽了，便止步喘息，一面厲聲道：「你原來和我說話！我倒有話吩咐，只是我一生沒養個好兒子，卻叫我和誰說去！」

賈政聽這話不像，忙跪下含淚說道：「為兒的教訓兒子，也為的是光宗耀祖。母親這話，我做兒子的如何當得起？」賈母聽說，便啐了一口，說道：「我說了一句話，你就禁不起！你那樣下死手的板子，難道寶玉就禁得起了？你說教訓兒子是光宗耀祖，當日你父親怎麼教訓你來！」說著，也不覺滾下淚來。賈政又陪笑道：「母親也不必傷感，皆是做兒子的一時性急，從此以後，再不打他了。」賈母便冷笑幾聲道：「你也不必和我賭氣，你的兒子，自然你要打就打。想來你也厭煩我們娘兒們，不如我們早離了你，大家乾淨！」說著，便命人：「去看轎！我和你太太、寶玉立刻回南京去。」家下人只得答應著。

賈母又叫王夫人道：「你也不必哭了，如今寶玉年紀小，你疼他；他將來長大，為官作宦的，也未必想著你是他母親了。你如今倒不要疼他，只怕將來還少生一口氣呢！」賈政聽說，忙叩頭說道：「母親如此說，兒子無立足之地了！」賈母冷笑道：「你分明使我無立足之地，你反說起你來！只是我們回去了，你心裏乾淨，看有誰來不許你打。」一面說，一面只命：「快打點行李車輛轎馬回去！」賈政直挺挺跪著，叩頭認罪。

賈母一面說，一面來看寶玉，只見今日這頓打，不比往日，又是心疼，又是生氣，也抱著哭個不了。王夫人與鳳姐等解勸了一會，方漸漸的止住。早有丫鬟媳婦等，上來要攙寶玉，鳳姐便罵：「糊塗東西！也不睜開眼瞧瞧，這個樣兒，如何攙著走得？還不快進去把那藤屜子春櫈擡出來呢！」眾人聽了，連忙進去，果然擡出春櫈來，將寶玉擡放櫈上，隨著賈母王夫人等進去，送至賈母房中。

彼時賈政見賈母怒氣未消，不敢自便，也跟著進來。看看寶玉果然打重了，再看看王夫人一聲「肉」一聲「兒」的哭道：「你替珠兒早死了，留著珠兒，也免你父親生氣，我也不白操這半世的心了。這會子你倘或有個好歹，丟下我，叫我靠那一個？」數落一場，又哭「不爭氣的兒」。賈政聽了，也就灰心自己不該下毒手打到如此地步。先勸賈母，賈母含淚說道：「兒子不好，原是要管的，不該打到這個分兒。你不出去，還在這裏做什麼！難道於心不足，還要眼看著他死了纔去不成？」賈政聽說，方退了出來。

此時薛姨媽同寶釵、香菱、襲人、史湘雲等也都在這裏。襲人滿心委屈，只不好十分使出來。見眾人圍著，灌水的灌水，打扇的打扇，自己插不下手去，便索性走出門，到二門前，命小廝們找了焙茗來細問：「方纔好端端的，為什麼打起來？你也不早來透個信兒！」焙茗急得說：「偏生我沒在跟前，打到中間，我纔聽見了，忙打聽原故，卻是為琪官同金釧姐姐的事。」襲人道：「老爺怎麼知道的？」焙茗道：「那琪官的事，多半是薛大爺素昔吃醋，沒法兒出氣，不知在外頭挑唆了誰來，在老爺跟前下的火。那金釧兒的事，大約是三爺說的，我也是聽見跟老爺的人說。」

襲人聽了這兩件事都對景，心中也就信了八九分，然後回來，只見眾人都替寶玉療治調停完備。賈母命：「好生擡到他房內去。」眾人一聲答應，七手八腳，忙把寶玉送入怡紅院內自己牀上臥好，又亂了半日，眾人漸漸散去，襲人方進前來，經心服侍，問他端的，且聽下回分解。

卷三十四　情中情因情感妹妹　錯裏錯以錯勸哥哥

話說襲人見賈母王夫人等去後，便走來寶玉身邊坐下，含淚問他：「怎麼就打到這步田地？」寶玉歎氣說道：「不過為那些事，問他做什麼！只是下半截疼得很，你瞧瞧，打壞了那裏？」襲人聽說，便輕輕的伸手進去，將中衣脱下，略動一動，寶玉便咬著牙叫「嗳喲」，襲人連忙停住手：如此三四次，纔褪下來了。襲人看時，只見腿上半段青紫，都有四指闊的僵痕高了起來。襲人咬著牙說道：「我的娘！怎麼下這般的狠手！你但凡聽我一句話，也不到得這步地位。幸而沒動筋骨，倘或打出個殘疾來，可叫人怎麼樣呢？」

正說著，只聽丫鬟們說：「寶姑娘來了。」襲人聽見，知道穿不及中衣，便拿了一牀夾紗被，替寶玉蓋了。只見寶釵手裏托著一丸藥走進來，向襲人說道：「晚上把這藥用酒研開，替他敷上，把那淤血的熱毒散開，可以就好了。」說畢，遞與襲人。又問：「這會子可好些？」寶玉一面道謝，說：「好些了。」又讓坐。

寶釵見他睜開眼說話，不像先時，心中也寬慰了好些，便點頭歎道：「早聽人一句話，也不至有今日。別說老太太、太太心疼，就是我們看著，心裏也……」剛說了半句，又忙咽住，自悔說的話太急了，不覺紅了臉，低下頭來。寶玉聽得這話如此親切稠密，大有深意；忽見他又咽住，不往下說，紅了臉，低下頭，只管弄衣帶，那一種嬌羞怯怯，竟難以言語形容，越覺心中感動，將疼痛早已丢在九霄雲外去了。想道：「我不過捱了幾下打，他們一個個就有這些憐惜之態，令人可親可敬。假若我一時竟遭殃橫死，他們還不知何等悲感呢！既是他們這樣，我便一時死了，得他們如此，一生事業，縱然盡付東流，也無足歎惜矣。」正想著，只聽寶釵問襲人道：「怎麼好好的動了氣，就打起來了？」襲人便把焙茗的話說出來了。寶玉原來還不知賈環的話，見襲人說出，方纔知道；因又拉上薛蟠，惟恐寶釵沈心，忙又止住襲人道：「薛大哥從來不這樣的，你們別混猜度。」

寶釵聽說，便知寶玉是怕他多心，用話攔襲人。因心中暗暗想道：「打得這個形象，疼還顧不過來，還這樣細心，怕得罪了人。你既這樣用心，何不在外頭大事上做工夫，老爺也歡喜了，也不能吃這樣虧。你雖然怕我沈心，所以攔襲人的話，難道我就不知我哥哥素日恣心縱慾、毫無防範的那種心性？當日為一個秦鐘，還鬧得天翻地覆，自然如今比先又加利害了。」想畢，因笑道：「你們也不必怨這個怨那個，據我想，到底寶兄弟素日肯和那些人來往，老爺纔生氣。就是我哥哥說話不防頭，一時說出寶兄弟來，也不是有心挑唆：一則也是本來的實話；二則他原不理論這些防嫌小事。襲姑娘從小兒只見過寶兄弟這樣細心人，你何嘗見過我哥哥那天不怕地不怕、心裏有什麼口裏說什麼的人呢？」

襲人因說出薛蟠來，見寶玉攔他的話，早已明白自己說造次了，恐寶釵沒意思；聽寶釵如此說，更覺羞愧無言。寶玉又聽寶釵這番一半是堂皇正大，一半是去己的疑心，更覺比先心動神移。方欲說話時，只見寶釵起身說道：「明日再來看你，好生養著罷。方纔我拿了藥來，交給襲人，晚上敷上，管就好了。」說著，便走出門去。襲人趕著送出院外，説：「姑娘倒費心了。改日寶二爺好了，親自來謝了。」寶釵回頭笑道：「有什麼謝處？你只勸他好生靜養，別胡思亂想的就好。要想什麼吃的玩的，悄悄的往我那裏去取了，不必驚動老太太、太太眾人。倘或吹到老爺耳朵裏，雖然彼時不怎麼樣，將來對景，終是要吃虧的。」説著去了。

襲人抽身回來，心內著實感激寶釵。進來見寶玉沈思默默，似睡非睡的模樣，因而退出房外櫛沐。寶玉默默的躺在牀上，無奈臀上作痛，如針挑刀挖一般，更熱如火炙，略輾轉時，禁不住「噯喲」之聲。那時天色將晚，因見襲人去了，卻有兩三個丫鬟伺候，此時並無呼喚之事，因説道：「你們且去梳洗，等我叫時再來。」眾人聽了，也都退出。

這裏寶玉昏昏默默，只見蔣玉函走了進來，訴説忠順府拿他之事；一時又見金釧兒進來，哭説為他投井之情。寶玉半夢半醒，都不在意。忽又覺有人推他，恍恍惚惚，聽得有人悲切之聲。寶玉從夢中驚醒，睜眼一看，不是別人，卻是林黛玉。猶恐是夢，忙又將身子欠起來，向臉上細細一認，只見他兩個眼睛腫得桃兒一般，滿面淚光，不是黛玉，卻是那個？寶玉還欲看時，怎奈下半截疼痛難禁，支持不住，便「噯喲」一聲，仍舊倒下，歎了一聲，説道：「你又做什麼來？雖然太陽落下去，那地上的餘熱未散，倘又受了暑呢，我雖然捱了打，並不覺疼痛。我這個樣兒是裝出來哄他們，好在外頭佈散與老爺聽。其實是假的，你不可信真。」

此時林黛玉雖不是嚎啕大哭，然越是這等無聲之泣，氣噎喉堵，更覺利害。聽了寶玉這番話，心中雖有萬句言詞，只是不能説得，半日，方抽抽噎噎的説道：「你從此可都改了罷！」寶玉聽説，便長歎一聲道：「你放心，別説這樣話。我便為這些人死了，也是情願的。」

一句話未了，只見院外人說：「二奶奶來了。」林黛玉便知是鳳姐來了，連忙立起身，說道：「我從後院子裏去罷，回來再來。」寶玉一把拉住，道：「這又奇了。好好的怎麼怕起他來？」林黛玉急得跺腳，悄悄的說道：「你瞧瞧我的眼睛，又該他們取笑兒開心了。」寶玉聽說，趕忙的放了手。黛玉三步兩步轉過牀後，剛出了後院，鳳姐從前頭已進來了。問寶玉：「可好些了？想什麼吃？叫人往我那裏取去。」接著薛姨媽又來了。一時賈母又打發了人來。

至掌燈時分，寶玉只喝了兩口湯，便昏昏沈沈的睡去。接著周瑞媳婦、吳新登媳婦、鄭好時媳婦，這幾個有年紀長往來的，聽見寶玉捱了打，也都進來。襲人忙迎出來，悄悄的笑道：「嬸娘們略來遲了一步，二爺睡著了。」說著，一面帶他們到那邊房裏坐了，倒茶與他們吃。那幾個媳婦子都悄悄的坐了一回，向襲人說：「等二爺醒了，你替我們說罷。」

襲人答應了，送他們出去。剛要回來，只見王夫人使個婆子來口稱：「太太叫一個跟二爺的人呢。」襲人見說，想了一想，便回身悄悄的告訴晴雯、麝月、秋紋等人說：「太太叫人，你們好生在房裏，我去了就來。」說畢，同那婆子一徑出了園子，來至上房。

王夫人正坐在涼榻上搖著芭蕉扇子，見他來了，說道：「你不管叫個誰來也罷了，又丟下他來了，誰伏侍他呢？」襲人見說，連忙陪笑回道：「二爺纔睡安穩了，那四五個丫頭，如今也好了，會伏侍二爺了，太太請放心。恐怕太太有什麼話吩咐，打發他們來，一時聽不明白，到耽誤了事。」王夫人道：「也沒甚話，白問問他這會子疼得怎麼樣？」襲人道：「寶姑娘送來的藥，我給二爺敷上了，比先好些了。先疼得躺不穩，這會子都睡沈了，可見好些。」王夫人又問：「吃了什麼沒有？」襲人道：「老太太給的一碗湯，喝了兩口，只嚷乾渴，要吃酸梅湯。我想酸梅是個收斂東西，剛纔捱打，又不許叫喊，自然急得熱毒熱血未免存在心裏，倘或吃下這個去，激在心裏，再弄出大病來，可怎麼樣？因此我勸了半天，纔沒吃。只拿那糖醃的玫瑰鹵子和了，吃了小半碗，嫌吃絮了，不香甜。」王夫人道：「噯喲，你何不早來和我說？前日有人送了幾瓶子香露來，原要給他一點子的，我怕胡糟蹋了，就沒給；既是他嫌那玫瑰膏子絮煩，把這個拿兩瓶子去，一碗水裏，只用挑得一茶匙，就香得了不得呢。」說著，就喚彩雲來：「把前日的那幾瓶香露拿了來。」襲人道：「只拿兩瓶來罷，多也白糟蹋；等不夠，再來取，也是一樣。」

彩雲聽了，去了半日，果然拿了兩瓶來，付與襲人。襲人看時，只見兩個玻璃小瓶，卻有三寸大小，上面螺絲銀蓋，鵝黃箋上寫著「木樨清露」，那一個寫著「玫瑰清露」。襲人笑道：「好尊貴東西！這麼個小瓶兒，能有多少？」王夫人道：「那是進上的，你沒看見鵝黃箋子？你好生替他收著，別糟蹋了。」

襲人答應著，方要走時，王夫人又叫：「站著，我想起一句話來問你。」襲人忙又回來，王夫人見房內無人，便問道：「我恍惚聽見寶玉今日捱打，是環兒在老爺跟前說了什麼話，你可聽見這個話沒有？你要聽見告訴我，我也不吵出來叫人知道是你說的。」襲人道：「我倒沒聽見這話，為二爺霸佔著戲子，人家來和老爺要，為這個打的。」王夫人搖頭說道：「也為這個，還有別的原故。」襲人道：「別的原故，實在不知道了。今日大膽在太太跟前說句不知好歹的話，論理……」說了半截，卻又咽住。王夫人道：「我有什麼生氣的，你只管說來。」襲人道：「太太別生氣，我就說了。」王夫人道：「你說就是了。」襲人道：「論理我們二爺也得老爺教訓教訓，若老爺再不管，不知將來做出什麼事來呢。」

王夫人一聞此言，便合掌念聲「阿彌陀佛」，由不得趕著襲人叫了一聲：「我的兒！虧了你也明白這話，和我的心一樣。我何曾不知管兒子？先時你珠大爺在，我是怎麼樣管他，難道我如今倒不知管兒子了？只是有個原故：如今我想我已經五十歲的人了，通共剩了他一個，他又長得單弱，況且老太太寶貝似的，若管緊了他，倘或再有好歹，或是老太太氣壞了，那時上下不安，豈不倒壞了，所以就縱壞了他。我常常掰著口兒說一陣，勸一陣，哭一陣，彼時他好過，後來還是不相干，端的吃了虧纔罷。設若打壞了，將來我靠誰呢！」說著，由不得滾下淚來。

襲人見王夫人這般悲感，自己也不覺傷了心，陪著落淚。又道：「二爺是太太養的，太太豈不心疼；便是我們做下人的，伏侍一場，大家落個平安，也算是造化了。要這樣起來，連平安都不能了。那一日那一時，我不勸二爺？只是再勸不醒。偏生那些人又肯親近他，也怨不得他這樣，總是我們勸的倒不好了。今日太太提起這話來，我還記掛著一件事，每要來回太太，討太太個主意，只是我怕太太疑心，不但我的話白說了，且連葬身之地都沒了。」王夫人聽了這話內中有因，忙問道：「我的兒！你只管說。近來我因聽見眾人背前面後都誇你，我只說你不過在寶玉身上留心，或是諸人跟前和氣，這些小意思。誰知你方纔和我說的話，全是大道理，正合我的心事。你有什麼，只管說什麼，只別叫別人知道就是了。」襲人道：「我也沒什麼別的說，我只想著討太太一個示下，怎麼變個法兒，以後竟還叫二爺搬出園外來住，就好了。」

王夫人聽了，吃一大驚，忙拉了襲人的手，問道：「寶玉難道和誰作怪了不成？」襲人連忙回道：「太太別多心，並沒有這話。這不過是我的小見識：如今二爺也大了，裏頭姑娘們也大了，況且林姑娘寶姑娘又是兩姨姑表姊妹，雖說是姊妹們，到底是男女之分，日夜一處，起坐不方便，由不得叫人懸心，便是外人看著，也不像大家子的體統。俗語說的好，『沒事常思有事』，世上多少沒頭腦的事，多半因為無心中做出，有心人看見，當作有心事，反說壞了，只是預先不防著斷然不好。二爺素日性格，太太是知道的。他又偏好在我們隊裏鬧，倘或不防，前後錯了一點半點，不論真假，人多口雜，那起小人的嘴，有什麼避諱，心順了，說的比菩薩還好；心不順，就編的連畜生不如。二爺將來倘或有人說好，不過大家直過；設若叫人哼出一聲不是來，我們不用說，粉身碎骨，罪有萬重，都是平常小事，但後來二爺一生的聲名品行，豈不完了？二則太太也難見老爺。俗語又說，『君子防未然』，不如這會子防避的為是。太太事情多，一時固然想不到；我們想不到則可，既想到了，若不回明太太，罪越重了。近來我為這事，日夜懸心，又不好說與人，惟有燈知道罷了。」

王夫人聽了這話，如雷轟電掣的一般，正觸了金釧兒之事，心下越發感愛襲人不盡，忙笑道：「我的兒！你竟有這個心胸，想得這樣周全。我何曾又不想到這裏？只是這幾次有事就忘了。你今日這一番話提醒了我，難為你成全我娘兒兩個聲名體面，真真我竟不知道你這樣好罷了。你且去罷，我自有道理。只是還有一句話，你今既說了這樣的話，我就把他交給你了，好歹留心，保全了他，就是保全了我，我自然不辜負你。」

襲人連聲答應著去了。回來正值寶玉睡醒，襲人回明香露之事，寶玉喜不自禁，即命調來吃，果然香妙非常。因心下記掛著黛玉，滿心裏要打發人去，只是怕襲人，便設一法先使襲人往寶釵那裏去借書。

襲人去了，寶玉便命晴雯來，吩咐道：「你到林姑娘那裏，看看他做什麼呢。他要問我，只說我好了。」晴雯道：「白眉赤眼兒的，做什麼去呢？到底說句話兒，也像一件事。」寶玉道：「沒有什麼可說的。」晴雯道：「若不然或是送件東西，或是取件東西；不然，我去了，怎麼樣搭訕呢？」寶玉想了一想，便伸手拿了兩條手帕子，撂與晴雯，笑道：「也罷，就說我叫你送這個給他去了。」晴雯道：「這又奇了，他要這半新不舊的兩條帕子？他又要惱了，說你打趣他。」寶玉笑道：「你放心，他自然知道。」

晴雯聽了，只得拿了帕子，往瀟湘館來。只見春纖正在欄杆上晾手帕子，見他進來，忙搖手兒說：「睡下了。」晴雯走進來，滿屋漆黑，並未點燈，黛玉已睡在牀上，問：「是誰？」晴雯忙答道：「晴雯。」黛玉道：「做什麼？」晴雯道：「二爺送手帕子來給姑娘。」黛玉聽了，心中發悶，暗想：「做什麼送手帕子來給我？」因問：「這帕子是誰送他的，必定是好的，叫他留著送別人罷，我這會不用這個。」晴雯笑道：「不是新的，就是家常舊的。」黛玉聽了，越發悶住。細心搜求，一時方大悟過來，連忙說：「放下，去罷。」晴雯只得放了，抽身回去；一路盤算，不解何意。

這林黛玉體貼出手帕子的意思來，不覺神魂馳蕩：「寶玉這番苦心能領會我這番苦意，又令我可喜；我這番苦意，不知將來如何，又令我可悲；忽然好好的送兩塊帕子來，若不是領我深意，單看了這帕子，又令我可笑了。再想到私相傳遞，我又可懼；我自己每每好哭，想來也無味，又令我可愧。」如此左思右想，一時五內沸然，由不得餘意纏綿，便命掌燈，也想不起嫌疑避諱等事，研墨蘸筆，便向那兩塊舊帕上寫道：

眼空蓄淚淚空垂，暗灑閒拋卻為誰？尺幅鮫綃勞惠贈，叫人焉得不傷悲！

其　二

拋珠滾玉只偷潸，鎮日無心鎮日閒；枕上袖邊難拂拭，任他點點與斑斑。

其　三

彩綫難收面上珠，湘江舊跡已模糊；窗前亦有千竿竹，不識香痕漬也無？

林黛玉還要往下寫時，覺得渾身火熱，面上作燒，走至鏡臺，揭起錦袱一照，只見腮上通紅，真合壓倒桃花，卻不知病由此萌。一時方上牀睡去，猶拿著帕子思索，不在話下。

卻說襲人來見寶釵，誰知寶釵不在園內，往他母親那裏去了。襲人不便空手回來，等至二更，寶釵方回來。

原來寶釵素知薛蟠情性，心中已有一半疑薛蟠挑唆了人來告寶玉的，誰知又聽襲人說出來，越發信了。究竟襲人是焙茗說的，那焙茗也是私心窺度，並未據實，大家都是一半猜度，一半據實，竟認準是他說的。那薛蟠因素日有這個名聲，其實這一次卻不是他幹的，被人生生的一口咬死是他，有口難分。這日正從外頭吃了酒回來，見過母親，只見寶釵在這裏，說了幾句閒話，因問：「聽見寶兄弟吃了虧，是為什麼？」薛姨媽正為這個不自在，見他問時，便咬著牙道：「不知好歹的冤家，都是你鬧的，你還有臉來問！」薛蟠見說，便怔了，忙問道：「我何嘗鬧什麼？」薛姨媽道：「你還裝腔呢！人人都知道是你說的，還賴呢。」薛蟠道：「人人說我殺了人，也就信了罷？」薛姨媽道：「連你妹妹都知道是你說的，難道他也賴你不成？」寶釵忙勸道：「媽媽和哥哥且別叫喊，消消停停的，就有個青紅皂白了。」向薛蟠道：「是你說的也罷，不是你說的也罷，事情也過去了，不必較正，把小事弄大了。我只勸你，從此以後，少在外頭胡鬧，少管別人的事。天天一處大家胡逛，你是個不防頭的人，過後沒事就罷了，倘或有事，不是你幹的，人人都也疑惑說是你幹的。不用別人，我先就疑惑你。」

薛蟠本是個心直口快的人，見不得這樣藏頭露尾的事；又是寶釵勸他不要逛去，他母親又說他犯舌，寶玉之打，是他治的，早已急得亂跳，賭神發誓的分辯。又罵眾人：「誰這麼編派我？我把那囚攮的牙敲了！分明是為打了寶玉，沒的獻勤兒，拿我來做幌子。難道寶玉是天王？他父親打他一頓，一家子定要鬧幾天！那一回為他不好，姨父打了他兩下子，過後兒老太太不知怎麼知道了，說是珍大哥治的，好好的叫了去罵了一頓。今日越發拉上我了！既拉上我，也不怕；索性進去把寶玉打死了，我替他償命，大家乾淨。」一面嚷，一面找起一根門閂來就跑。慌得薛姨媽拉住罵道：「作死的孽障，你打誰去？你先打我來！」薛蟠的眼急得銅鈴一般，嚷道：「何苦來！又不叫我去，又好好的賴我。將來寶玉活一日，我耽一日的口舌，不如大家死了清淨。」寶釵忙也上前勸道：「你忍耐些兒罷。媽媽急得這個樣兒，你不說來勸，你倒反鬧得這樣。別說是媽媽，便是旁人來勸你，也為你好，倒把你的性子勸上來。」

薛蟠道：「你這會子又說這話。都是你說的！」寶釵道：「你只怨我說，再不怨你那顧前不顧後的形景。」薛蟠道：「你只會怨我顧前不顧後，你怎麼不怨寶玉外頭招風惹草的呢？別説別的，就拿前日琪官兒的事比給你們聽：那琪官兒我們見了十來次，他並未和我説一句親熱話，怎麽前日他見了，連姓名還不知道，就把汗巾子給他？難道這也是我説的不成？」薛姨媽和寶釵急得説道：「還提這個！可不是為這個打他呢！可見是你説的了。」薛蟠道：「真真的氣死人了！賴我説的我不惱，我只為一個寶玉鬧得這麽天翻地覆的。」寶釵道：「誰鬧？你先持刀動仗的鬧起來，倒説別人鬧。」

薛蟠見寶釵説的話句句有理，難以駁正，比母親的話反難回答，因此便要設法拿話堵回他去，就無人敢攔自己的話了；也因正在氣頭上，未曾想話之輕重，便道：「好妹妹，你不用和我鬧，我早知道你的心了，從先媽媽和我説，你這金要揀有玉的纔可配，你留了心，見寶玉有那勞什子，你自然如今行動護著他。」話未説了，把個寶釵氣怔了，拉著薛姨媽哭道：「媽媽，你聽哥哥説的是什麽話！」薛蟠見妹子哭了，便知自己冒撞，便賭氣走到自己房裏安歇不提。

寶釵滿心委屈氣忿，待要怎樣，又怕他母親不安，少不得含淚別了母親，各自回來，到房裏整哭了一夜。次日一早起來，也無心梳洗，胡亂整理，便出來瞧母親。可巧遇見黛玉，獨立在花陰之下，問他：「那裏去？」薛寶釵因説：「家去。」口裏説著，便只管走。黛玉見他無精打采的去了，又見眼上好似有哭泣之狀，大非往日可比，便在後面笑道：「姐姐也自己保重些兒，就是哭出兩缸淚來，也醫不好棒瘡！」不知薛寶釵如何答對，且聽下回分解。

卷三十五　白玉釧親嘗蓮葉羹　黃金鶯巧結梅花絡

話說寶釵分明聽見林黛玉刻薄他，因記掛著母親哥哥，並不回頭，一徑去了。這裏林黛玉還是立於花陰之下，遠遠的卻向怡紅院內望著。只見李宮裁、迎春、探春、惜春並各項人等，都向怡紅院內去過之後，一起一起的散盡了；只不見鳳姐兒來。心裏自己盤算道：「如何他不來瞧寶玉？便是有事纏住了，他必定也是要來打個花胡哨，討老太太、太太的好兒纔是。今兒這早晚不來，必有原故。」一面猜疑，一面擡頭再看時，只見花花簇簇一群人，又向怡紅院內來了。定睛看時，卻是賈母搭著鳳姐兒的手，後頭邢夫人、王夫人，跟著周姨娘並丫頭媳婦等人，都進院去了。

黛玉看了，不覺點頭，想起有父母的好處來，早又淚珠滿面。少頃，只見寶釵薛姨媽等也進去了。忽見紫鵑從背後走來說道：「姑娘吃藥去罷，開水又冷了。」黛玉道：「你到底要怎麼樣？只是催，我吃不吃，與你什麼相干！」紫鵑笑道：「咳嗽的纔好了些，又不吃藥了？如今雖是五月裏，天氣熱，到底也還該小心些。大清早起，在這個潮地方站了半日，也該回去歇息了。」

一句話提醒了黛玉，方覺得有點腿酸，呆了半日，方慢慢的扶著紫鵑，回瀟湘館來。一進院門，只見滿地下竹影參差，苔痕濃淡，不覺又想起《西廂記》中所云「幽僻處可有人行？點蒼苔白露冷冷」二句來，因暗暗的歎道：「雙文雖然命薄，尚有孀母弱弟；今日我黛玉之薄命，一併連孀母弱弟俱無。」想到這裏，又欲滴下淚來，不防廊上的鸚哥，見黛玉來了，「嘎」的一聲，撲了下來，倒嚇了一跳。因說道：「你作死呢，又搧了我一頭灰。」那鸚哥又飛上架去，便叫：「雪雁，快掀簾子，姑娘來了！」黛玉便止住步，以手扣架，道：「添了食水不曾？」那鸚哥便長歎一聲，竟大似黛玉素日吁嗟音韻，接著念道：「儂今葬花人笑癡，他年葬儂知是誰？」黛玉紫鵑聽了，都笑起來。紫鵑笑道：「這都是素日姑娘念的，難為他怎麼記了。」黛玉便命將架摘下來，另掛在月洞窗外的鈎上，於是進了屋子，在月洞窗內坐了。吃畢藥，只見窗外竹影映入紗窗，滿屋內陰陰翠潤，几簟生涼。黛玉無可釋悶，便隔著紗窗，調逗鸚哥作戲，又將素日所喜的詩詞也教與他念。這且不在話下。

且說薛寶釵來至家中，只見母親正梳頭呢，一見他來了，便說道：「你大清早起跑來做什麼？」寶釵道：「我瞧瞧媽媽，身上好不好？昨兒我去了，不知他可又過來鬧了沒有？」一面說，一面在他母親身旁坐了，由不得哭將起來。薛姨媽見他一哭，自己掌不住也就哭了一場，一面又勸他：「我的兒，你別委屈了。你等我處分那孽障！你要有個好歹，我指望那一個來？」薛蟠在外聽見，連忙跑過來，對著寶釵左一個揖，右一個揖，只說：「好妹妹，恕我這次罷！原是我昨兒吃了酒，回來的晚了，路上撞客著了，來家未醒，不知胡說了什麼，連自己也不知道，怨不得你生氣。」

寶釵原是掩面哭的，聽如此說，由不得又好笑了，遂擡頭向地下啐了一口，說道：「你不用做這些象生兒了。我知道你的心裏多嫌我們娘兒兩個，你是變著法兒叫我們離了你就心淨了。」薛蟠聽說，連忙笑道：「妹妹，這從那裏說起？妹妹從來不是這樣多心說歪話的人。」薛姨媽忙又接著道：「你只會聽你妹妹的『歪話』，難道昨兒晚上你說的那些話，就該的不成？當真是你發昏了！」薛蟠道：「媽媽也不必生氣，妹妹也不用煩惱，從今以後，我再不同他們一處吃酒閒逛如何？」寶釵笑道：「這纔明白過來了。」薛姨媽道：「你要有個橫勁，那龍也下蛋了。」薛蟠道：「我若再和他們一處逛，妹妹聽見了，只管啐我，再叫我畜生，不是人，如何？何苦來為我一個人，娘兒兩個天天操心。媽媽為我生氣，還猶可恕；若只管叫妹妹為我操心，我更不是人。如今父親沒了，我不能多孝順媽媽，多疼妹妹，反叫娘母子生氣，妹妹煩惱，連個畜生不如了！」口裏說著，眼睛裏禁不住也滾下淚來。

薛姨媽本不哭了，聽他一說，又弔起傷心來。寶釵勉強笑道：「你鬧夠了，這會子又招著媽媽哭起來了。」薛蟠聽說，忙收了淚，笑道：「我何曾招媽媽哭來？罷，罷，罷！丟下這個別提了，叫香菱來倒茶妹妹吃。」寶釵道：「我也不吃茶，等媽媽洗了手，我們就進去了。」薛蟠道：「妹妹的項圈我瞧瞧，只怕該炸一炸去了。」寶釵道：「黃澄澄的，又炸他做什麼？」薛蟠又道：「妹妹如今也該添補些衣裳了，要什麼顏色花樣，告訴我。」寶釵道：「連那些衣服我還沒穿遍了，又做什麼？」一時薛姨媽換了衣裳，拉著寶釵進去，薛蟠方出去了。

這裏薛姨媽和寶釵進園來看寶玉，到了怡紅院中，只見抱廈裏外迴廊上，許多丫頭老婆站著，便知賈母等都在這裏。母女兩個進來，大家見過了，只見寶玉躺在榻上，薛姨媽問他：「可好些？」寶玉忙欲欠身，口裏答應著：「好些。」又說：「只管驚動姨娘姐姐，我當不起。」薛姨媽忙扶他睡下，又問他：「想什麼，只管告訴我。」寶玉笑道：「我想起來，自然和姨娘要去的。」王夫人又問：「你想什麼吃？回來好給你送來的。」寶玉笑道：「也倒不想什麼吃。倒是那一回做的那小荷葉兒小蓮蓬兒的湯還好些。」鳳姐在旁笑道：「聽聽，口味倒不算高貴，只是太磨牙了。巴巴的想這個吃了。」賈母便一疊連聲的叫：「做去！」鳳姐兒笑道：「老祖宗別急，我想想這模子是誰收著呢？」因回頭吩咐個婆子問管廚房的去要。

那婆子去了半天，來回說：「管廚房的說：『四副湯模子都繳上來了。』」鳳姐聽說，又想了一想，道：「我也記得交上來了，就不記得交給誰了，多半是在茶房裏。」又遣人去問管茶房的，也不曾收。次後還是管金銀器的送來了。

薛姨媽先接過來瞧時，原來是個小匣子，裏面裝著四副銀模子，都有一尺多長，一寸見方。上面鑿著有豆子大小，也有菊花的，也有梅花的，也有蓮蓬的，也有菱角的：共有三四十樣，打的十分精巧。因笑向賈母王夫人道：「你們府上也都想絕了，吃碗湯，還有這些樣子，要不說出來，我見了這個，也不認得這是做什麼用的。」鳳姐兒也不等人說話，便笑道：「姑媽那裏曉得，這是舊年備膳，他們想的法兒，不知弄些什麼麵印出來，借點新荷葉的清香，全仗著好湯，究竟沒意思。誰家常吃他呢？那一回呈樣的，做了一回，他今兒怎麼想起來了。」說著，接過來遞與個婦人：「吩咐廚房裏立刻拿幾隻雞，另外添了東西，做出十碗湯來。」

王夫人道：「要這些做什麼？」鳳姐兒笑道：「有個原故：這一宗東西，家常不大做；今兒寶兄弟提起來了，單做給他吃，老太太、姑媽、太太都不吃，似乎不大好，不如借勢兒弄些大家吃，託賴著連我也嘗個新兒。」賈母聽了，笑道：「猴兒，把你乖的！拿著官中的錢做人情。」說的大家笑了。鳳姐也忙笑道：「這不相干。這個小東道我還孝敬得起。」便回頭吩咐婦人：「說給廚房裏，只管好生添補著做了，在我賬上領銀子。」婆子答應著去了。

寶釵一旁笑道：「我來了這麼幾年，留神看起來，二嫂子憑他怎麼巧，再巧不過老太太去。」賈母聽說，便答道：「我的兒！我如今老了，那裏還巧什麼？當日我像鳳哥兒這麼大年紀，比他還來得呢！他如今雖說不如我們，也就算好了，比你姨娘強遠了。你姨娘可憐見的，不大說話，和木頭似的，在公婆跟前就不獻好兒。鳳兒嘴乖，怎麼怨得人疼他。」寶玉笑道：「若這麼說，不大說話的就不疼了？」賈母道：「不大說話的又有不大說話的可疼之處，嘴乖的也有一宗可嫌的，倒不如不說的好。」寶玉笑道：「這就是了。我說大嫂子倒不大說話呢，老太太也是和鳳姐姐的一樣看待。若說單是會說話的可疼，這些姐妹裏頭也只鳳姐姐和林妹妹可疼了。」賈母道：「提起姊妹，不是我當著姨太太的面奉承，千真萬真，從我們家裏四個女孩兒算起，都不如寶丫頭。」薛姨媽聽說，忙笑道：「這話是老太太說偏了。」王夫人忙又笑道：「老太太時常背地裏和我說寶丫頭好，這倒不是假話。」寶玉勾著賈母，原為要讚林黛玉的，不想反讚起寶釵來，倒也意出望外，便看著寶釵一笑。寶釵早扭過頭去和襲人說話去了。

忽有人來請吃飯，賈母方立起身來，命寶玉：「好生養著罷。」把丫頭們囑咐了一回，方扶著鳳姐兒，讓著薛姨媽，大家出房去了，猶問：「湯好了不曾？」又問薛姨媽等：「想什麼吃，只管告訴我，我有本事叫鳳丫頭弄了來咱們吃。」薛姨媽笑道：「老太太也會慪他的，時常他弄了東西孝敬，究竟又吃不多。」鳳姐兒笑道：「姑媽倒別這樣說。我們老祖宗只是嫌人肉酸，若不嫌人肉酸，早已把我還吃了呢！」

一句話沒說了，引得賈母眾人都哈哈的笑起來。寶玉在屋裏也掌不住笑。襲人笑道：「真真的二奶奶的嘴，怕死人。」寶玉伸手拉著襲人笑道：「你站了這半日，可乏了。」一面說，一面拉他身旁坐下。襲人笑道：「可是又忘了，趁寶姑娘在院子裏，你和他說，煩他們鶯兒來打上幾根絛子。」寶玉笑道：「虧你提起來。」說著，便仰頭向窗外道：「寶姐姐，吃過飯叫鶯兒來，煩他打幾根絛子，可得閒兒？」寶釵聽見，回頭道：「怎麽不得閒兒？一會叫他來就是了。」賈母等尚未聽真，都止步問寶釵。寶釵說明了，賈母便說道：「好孩子，你叫他來替你兄弟打幾根。你要人使，我那裏閒的丫頭多著的呢。你喜歡誰，只管叫來使喚。」薛姨媽寶釵等都笑道：「只管叫他來做就是了，有什麽使喚的去處。他天天也是閒著淘氣。」大家說著，往前正走，忽見湘雲、平兒、香菱等在山石邊掐鳳仙花呢，見了他們走來，都迎上來了。

少頃出至園外，王夫人恐賈母乏了，便欲讓至上房內坐；賈母也覺腳酸，便點頭依允。王夫人便命丫頭忙先去鋪設坐位。那時趙姨娘推病，只有周姨娘與那婆娘丫頭們忙著打簾子，立靠背，鋪褥子。賈母扶著鳳姐兒進來，與薛姨媽分賓主坐了，薛寶釵史湘雲坐在下面。王夫人親捧了茶來，奉與賈母；李宮裁捧與薛姨媽。賈母向王夫人道：「讓他們小妯娌伏侍，你在那裏坐了，好說話兒。」王夫人方向一張小杌子上坐下，便吩咐鳳姐兒道：「老太太的飯，放在這裏，添了東西來。」鳳姐兒答應出去，便命人去賈母那邊告訴。那邊的婆娘們忙往外傳了，丫頭們忙都趕過來，王夫人便命：「請姑娘們去。」請了半天，只有探春惜春兩個來了；迎春身上不耐煩，不吃飯；林黛玉是不消說，十頓飯只好吃五頓，眾人也不著意了。

少頃飯至，眾人調放了桌子，鳳姐兒用手巾裹了一把牙箸，站在地下，笑道：「老祖宗和姨媽不用讓，還聽我說就是了。」賈母笑向薛姨媽道：「我們就是這樣。」薛姨媽笑著應了，於是鳳姐放下四雙箸：上面兩雙是賈母薛姨媽，兩邊是薛寶釵史湘雲的。王夫人李宮裁等都站在地下，看著放菜。鳳姐先忙著要乾淨傢伙來，替寶玉揀菜。

少頃，蓮葉湯來，賈母看過了，王夫人回頭見玉釧兒在那裏，便命玉釧與寶玉送去。鳳姐道：「他一個人拿不去。」可巧鶯兒和同喜兒都來了，寶釵知道他們已吃了飯，便同鶯兒道：「寶二爺正叫你去打絛子，你們兩個一同去罷。」鶯兒答應著，同玉釧兒出來。鶯兒道：「這麼遠，怪熱的，怎麼端了去？」玉釧笑道：「你放心，我自有道理。」說著，便命一個婆子來，將湯飯等類放在一個捧盒裏，命他端了跟著，他兩個卻空著手走。一直到了怡紅院門口，玉釧兒方接了過來，同鶯兒進入房中。襲人、麝月、秋紋三個人正和寶玉玩笑呢，見他兩個來了，都忙起來笑道：「你們兩個來的怎麼碰巧，一齊來了？」一面說，一面接了下來。玉釧便向一張杌子上坐了，鶯兒不敢坐下，襲人便忙端了個腳踏來，鶯兒還不敢坐。寶玉見鶯兒來了，卻倒十分歡喜；見了玉釧兒，便想起他姐姐金釧兒來了，又是傷心，又是慚愧，便把鶯兒丟下，且和玉釧兒說話。襲人見把鶯兒不理，恐鶯兒沒好意思的，又見鶯兒不肯坐，便拉了鶯兒出來，到那邊屋裏去吃茶說話兒去了。

這裏麝月等預備了碗箸，來伺候吃飯。寶玉只是不吃，問玉釧兒道：「你母親身上好？」玉釧兒滿臉怒色，正眼也不看寶玉，半日，方說了一個「好」字。寶玉便覺沒趣，半日，只得又陪笑問道：「誰叫你替我送來的？」玉釧兒道：「不過是奶奶太太們！」寶玉見他還是哭喪著臉，便知他是為金釧兒的原故，待要虛心下氣哄他，又見人多，不好下氣的，因而便尋方法，將人都支出去，然後又陪笑問長問短。那玉釧兒先雖不欲理他，只管見寶玉一些性子也沒有，憑他怎麼喪謗，還是溫存和氣，自己倒不好意思的了，臉上方有三分喜色。

寶玉便笑求他：「好姐姐，你把那湯端了來，我嘗嘗。」玉釧兒道：「我從不會餵人東西，等他們來了再吃。」寶玉笑道：「我不是要你餵我，我因為走不動，你遞給我吃了，你好趕早回去交代了，你好吃飯的。我只管耽誤了時候，你豈不餓壞了。你要懶怠動，我少不得忍了疼下去取來。」說著，便要下牀來，扎掙起來，禁不住「噯喲」之聲。玉釧兒見他這般，忍耐不住，起身說道：「躺下去罷！那世裏造下了業，這會子現世現報，叫我那一個眼睛看得上！」一面說，一面「哧」的一聲又笑了，端過湯來，寶玉笑道：「好姐姐，你要生氣，只管在這裏生罷，見了老太太、太太，可放和氣些。若還這樣，你就要捱罵了。」玉釧兒道：「吃罷，吃罷！不用和我甜嘴蜜舌的，我可不信這樣話！」說著，催寶玉喝了兩口湯，寶玉故意說：「不好吃，不好吃。」玉釧兒道：「阿彌陀佛！這還不好吃，什麼好吃呢！」寶玉道：「一點味兒也沒有，你不信嘗一嘗，就知道了。」玉釧兒果真賭氣嘗了一嘗，寶玉笑道：「這可好吃了！」玉釧兒聽說，方解過他的意思來，原是寶玉哄他吃一口。便說道：「你既說不吃，這會子說好吃，也不給你吃了。」寶玉只管陪笑央求要吃，玉釧兒又不給他，一面又叫人打發吃飯。丫頭方進來時，忽有人來回話，說：「傅二爺家的兩個嬤嬤來請安，來見二爺。」

寶玉聽說，便知是通判傅試家的嬤嬤來了。那傅試原是賈政的門生，原來都賴賈家的名聲得意，賈政也著實看待，與別的門生不同，他那裏常遣人來走動。寶玉素昔最厭勇男蠢婦的，今日卻如何又命這兩個婆子進來？其中原來有個原故：只因那寶玉聞得傅試有個妹子，名喚傅秋芳，也是個瓊閨秀玉，傳說才貌俱全，雖自未親睹，然遐思遙愛之心，十分誠敬；不命他們進來，恐薄了傅秋芳，因此連忙命讓進來。那傅試原是暴發的，因傅秋芳有幾分姿色，聰明過人，那傅試安心仗著妹子，要與豪門貴族結親，不肯輕意許人，所以耽誤到如今。目今傅秋芳已二十三歲，尚未許人。怎奈那些豪門貴族，又嫌他本是窮酸，根基淺薄，不肯求配。那傅試與賈家親密，也自有一段心事。

今日遣來的兩個婆子，偏生是極無知識的，聞得寶玉要見，進來，只剛問了好，說了沒兩句話，那玉釧兒見生人來，也不和寶玉廝鬧了，手裏端著湯，卻只顧聽。寶玉又只顧和婆子說話，一面吃飯，伸手去要湯，兩個人的眼睛都看著人，不想伸猛了手，便將碗撞翻，將湯潑了寶玉手上。玉釧兒倒不曾燙著，嚇了一跳，忙笑道：「這是怎麼了？」慌得丫頭們忙上來接碗。寶玉自己燙了手，倒不覺的，只管問玉釧兒：「燙了那裏了？疼不疼？」玉釧兒和眾人都笑了。玉釧兒道：「你自己燙了，只管問我。」寶玉聽了，方覺自己燙了。眾人上來，連忙收拾。寶玉也不吃飯了，洗手吃茶，又和那兩個婆子說了兩句話，然後兩個婆子告辭出去。晴雯等送至橋邊方回。

那兩個婆子見沒人了，一行走，一行談論，這一個笑道：「怪道有人說他們家寶玉是相貌好，裏頭糊塗，中看不中吃的，果然竟有些呆氣。他自己燙了手，倒問別人疼不疼，這可不是呆子？」那個又笑道：「我前一回來，聽見他家裏許多人抱怨，千真萬真的有些呆氣。大雨淋的水雞似的，他反告訴別人：『下雨了，快避雨去罷。』你說可笑不可笑？時常沒人在跟前，就自哭自笑的；看見燕子就和燕子說話，河裏看見了魚就和魚兒說話，見了明星月亮，他便不是長吁短歎的，就是咕咕噥噥的。且一點剛性也沒有，連那些毛丫頭的氣都受到了。愛惜起東西來，連個綫頭都是好的；糟踢起來，那怕值千值萬的，都不管了。」兩個人一面說，一面走出園來回去，不在話下。

且說襲人見人去了，便攜了鶯兒過來，問寶玉：「打什麼絛子？」寶玉笑向鶯兒道：「纔只顧說話，就忘了你。煩你來，不為別的，替我打幾根絡子。」鶯兒道：「裝什麼的絡子？」寶玉見問，便笑道：「不管裝什麼的，你都每樣打幾個罷。」鶯兒拍手笑道：「這還了得！要這樣，十年也打不完了。」寶玉笑道：「好姐姐，你閒著也沒事，都替我打了罷。」襲人笑道：「那裏一時都打得完？如今先揀要緊的打兩個罷。」鶯兒道：「什麼要緊，不過是扇子，香墜兒，汗巾子。」寶玉道：「汗巾子就好。」鶯兒道：「汗巾子是什麼顏色？」寶玉道：「大紅的。」鶯兒道：「大紅的須是黑絡子纔好看；或是石青的，纔壓得住顏色。」寶玉道：「松花色配什麼？」鶯兒道：「松花配桃紅。」寶玉笑道：「這纔姣豔。再要雅淡之中帶些姣豔。」鶯兒道：「蔥綠柳黃我是最愛的。」寶玉道：「也罷了。也打一條桃紅，再打一條蔥綠。」鶯兒道：「什麼花樣呢？」寶玉道：「也有幾樣花樣？」鶯兒道：「『一炷香』、『朝天櫈』、『象眼塊』、『方勝』、『連環』、『梅花』、『柳葉』。」寶玉道：「前兒你替三姑娘打的那花樣是什麼？」鶯兒道：「是『攢心梅花』。」寶玉道：「就是那樣好。」一面說，一面襲人剛拿了綫來。窗外婆子說：「姑娘們的飯都有了。」寶玉道：「你們吃飯去，快吃了來罷。」襲人笑道：「有客在這裏，我們怎好去的？」鶯兒一面理綫，一面笑道：「這話又打那裏說起？正經快吃了來罷。」襲人等聽說，方去了，只留下兩個小丫頭呼喚。

寶玉一面看鶯兒打絡子，一面說閒話。因問他：「十幾歲了？」鶯兒手裏打著，一面答話：「十五歲了。」寶玉道：「你本姓什麼？」鶯兒道：「姓黃。」寶玉笑道：「這個名姓倒對了，果然是個『黃鶯兒』。」鶯兒笑道：「我的名字本來是兩個字，叫作金鶯，姑娘嫌拗口，只單叫鶯兒，如今就叫開了。」寶玉道：「寶姐姐也就算疼你了。明兒寶姐姐出嫁，少不得是你跟去了。」鶯兒抿嘴一笑。寶玉笑道：「我常常和襲人說，明兒也不知那一個有福的消受你們主兒兩個呢。」鶯兒笑道：「你還不知我們姑娘，有幾樣世上人都沒有的好處呢，模樣兒還在其次。」寶玉見鶯兒姣腔婉轉，語笑如癡，早不勝其情了，那堪更提起寶釵來？便問道：「他好處在那裏？好姐姐告訴我聽。」鶯兒道：「我告訴你，你可不許又告訴他去。」寶玉笑道：「這個自然的。」

正說著，只聽見外頭說道：「怎麼這樣靜悄悄的！」二人回頭看時，不是別人，正是寶釵來了。寶玉忙讓坐。寶釵坐了，因問鶯兒：「打什麼呢？」一面問，一面向他手裏去瞧，纔打了半截。寶釵笑道：「這有什麼趣兒，倒不如打個絡子，把玉絡上呢。」一句話提醒了寶玉，便拍手笑道：「倒是姐姐說得是，我就忘了。只是配個什麼顏色纔好？」寶釵道：「若用雜色斷然使不得，大紅又犯了色，黃的又不起眼，黑的又太暗；等我想個法兒，把那金綫拿來配著黑珠兒綫，一根一根的拈上，打成絡子，那纔好看。」

寶玉聽說，喜之不盡，一疊連聲就叫襲人來取金綫。正值襲人端了兩碗菜走進來，告訴寶玉道：「今兒奇怪，剛纔太太打發人替我送了兩碗菜來。」寶玉笑道：「必定是今兒菜多，送給你們大家吃的。」襲人道：「不是，指名給我送來，還不叫我過去磕頭，這可是奇了。」寶釵笑道：「給你的你就吃去，這有什麼猜疑的。」襲人道：「從來沒有的事，倒叫我不好意思的。」寶釵抿嘴一笑，說道：「這就不好意思了？明兒還有比這個更叫你不好意思的呢。」襲人聽了話內有因，素知寶釵不是輕嘴薄舌奚落人的，自己想起上日王夫人的意思來，便再不提。將菜與寶玉看了，說：「洗了手來拿綫。」說畢，便一直出去了。吃過飯，洗了手進來，拿金綫與鶯兒打絡子。此時寶釵早被薛蟠遣人來請出去了。

這裏寶玉正看著打絡子，忽見邢夫人那邊遣了兩個丫頭送了兩樣果子來與他吃，問他：「可走得了？若走得動，叫哥兒明兒過去散散心，太太著實記掛著呢。」寶玉忙道：「若走得了，必定過來請太太的安去。疼得比先好些，請太太放心罷。」一面叫他兩個坐下，一面又叫：「秋紋來，把纔那果子拿一半送與林姑娘去。」秋紋答應了，剛欲去時，只聽黛玉在院內說話，寶玉忙叫：「快請。」要知端的，且看下回分解。

話說賈母自王夫人處回來，見寶玉一日好一日，心中自是歡喜，因怕將來賈政又叫他，遂命人將賈政的親隨小廝頭兒喚來，吩咐：「他以後倘有會人待客諸樣的事，你老爺要叫寶玉，你不用上來傳話，就回他說我說的：一則打重了，得著實將養幾個月纔走得；二則他的星宿不利，祭了星，不見外人，過了八月，纔許出二門。」那小廝頭兒聽了，領命而去。賈母又命李嬤嬤襲人等來將此話說與寶玉，使他放心。

那寶玉素日本就懶與士大夫諸男人接談，又最厭峨冠禮服賀弔往還等事；今日得了這句話，越發得了意，不但將親戚朋友一概杜絕了，而且連家庭中晨昏定省，一發都隨他的便了，日日只在園中遊玩坐臥，不過每日一清早到賈母王夫人處走走就回來了。卻每日甘心為諸丫頭充役，竟也得十分消閒日月。或如寶釵輩有時見機勸導，反生起氣來，只說：「好好的一個清淨潔白女子，也學的釣名沽譽，入了國賊祿鬼之流。這總是前人無故生事，立意造言，原為引導後世的鬚眉濁物。不想我生不幸，亦且瓊閨繡閣中亦染此風，真真有負天地鍾靈毓秀之德！」眾人見他如此瘋癲，也都不向他說正經話了。獨有林黛玉自幼不曾勸他去立身揚名，所以深敬黛玉。

閒言少述。如今且說王鳳姐自見金釧兒死後，忽見幾家僕人常來孝敬他些東西，又不時的來請安奉承，自己倒生了疑惑，不知何意。這日又見人來孝敬他東西，因晚間無人時，笑問平兒。平兒冷笑道：「奶奶連這個都想不起來了？我猜他們的女兒，都必是太太房裏的丫頭，如今太太房裏有四個大的，一個月一兩銀子的分例，下剩的都是一個月只幾百錢。如今金釧兒死了，必定他們要弄這一兩銀子的巧宗兒呢。」鳳姐聽了，笑道：「是了，是了，倒是你提醒了我。看來這起人也太不知足，錢也賺夠了，苦事情又攤不著，弄個丫頭搪塞身子就罷了，又要想這個。也罷了，他們幾家的錢也不能容易花到我跟前，這可是他們自尋的，送什麼來我就收什麼，橫豎我有主意。」鳳姐兒安下這個心，所以只管耽延著，等那些人把東西送足了，然後乘空方回王夫人。

這日午間，薛姨媽母女兩個與林黛玉等正在王夫人房裏，大家吃西瓜。鳳姐兒得便回王夫人道：「自從玉釧兒的姐姐死了，太太跟前少著一個人，太太或看準了那個丫頭，就吩咐了，下月好發放月錢。」王夫人聽了，想了一想道：「依我說，什麼是例，必定四個五個的？夠使就罷了，竟可以免了罷。」鳳姐笑道：「論理，太太說的也是；只是原是舊例，別人屋裏還有兩個哩，太太倒不按例了。況且省下一兩銀子，也有限的。」王夫人聽了，又想了想，道：「也罷，這個分例只管關了來，不用補人，就把這一兩銀子給他妹妹玉釧兒罷。他姐姐伏侍了我一場，沒個好結果，剩下他妹妹跟著我，吃個雙分子也不為過。」鳳姐答應著，回頭望著玉釧兒笑道：「大喜，大喜。」玉釧兒過來磕了頭。王夫人又問道：「正要問你：如今趙姨娘周姨娘的月例多少？」鳳姐道：「那是定例，每人二兩。趙姨娘有環兄弟的二兩，共是四兩，另外四串錢。」王夫人道：「月月可都按數給他們？」鳳姐見問得奇，忙道：「怎麼不按數給！」王夫人道：「前兒恍惚聽見有人抱怨，說短了一串錢，是什麼原故？」鳳姐忙笑道：「姨娘們的丫頭月例，原是人各一弔錢，從舊年他們外頭商議的，姨娘們每位丫頭，分例減半，人各五百錢。每位兩個丫頭，所以短了一弔錢。這也抱怨不著我，我倒樂得給呢，他們外頭又扣著，我難道添上不成！這個事我不過是接手兒，怎麼來，怎麼去，由不得我做主。我倒說了兩三回，仍舊添上這兩分兒的為是；他們說：『只有這個數。』叫我難再說了。如今我手裏每月連日子都不錯給他們呢，先時在外頭關，那個月不打饑荒？何曾順順溜溜的得過一遭兒。」

王夫人聽說，就停了半晌，又問：「老太太屋裏幾個一兩的？」鳳姐道：「八個。如今只有七個，那一個是襲人。」王夫人道：「這就是了。你寶兄弟也並沒有一兩的丫頭，襲人還算老太太房裏的人？」鳳姐笑道：「襲人還是老太太的人，不過給了寶兄弟使，他這一兩銀子還在老太太的丫頭分例上領。如今說因為襲人是寶玉的人，裁了這一兩銀子，斷乎使不得。若說再添一個人給老太太，這個還可以裁他的。若不裁他的，須得環兄弟屋裏也添上一個，纔公道均勻了。就是晴雯、麝月等七個大丫頭，每月人各月錢一弔，佳蕙等八個小丫頭們，每月人各月錢五百，還是老太太的話，別人如何惱得氣得呢。」薛姨媽笑道：「只聽鳳丫頭的嘴，倒像倒了核桃車子似的，只聽他的賬也清楚，理也公道。」鳳姐笑道：「姑媽，難道我說錯了不成？」薛姨媽笑道：「說的何嘗錯，只是你慢些說，豈不省力！」鳳姐纔要笑，忙又忍住了，聽王夫人示下。王夫人想了半日，向鳳姐道：「明兒挑一個丫頭送去老太太使喚，補襲人，把襲人的一分裁了。把我每月的月例二十兩銀子裏，拿出二兩銀子一弔錢來，給襲人去。以後凡事有趙姨娘周姨娘的，也有襲人的，只是襲人的這一分，都從我的分例上勻出來，不必動官中的就是了。」

鳳姐一一的答應了，笑推薛姨媽道：「姑媽聽見了，我素日說的話何如？今兒果然應了我的話。」薛姨媽道：「早就該如此。模樣兒自然不用說的，他的那一種行事大方，說話見人和氣，裏頭帶著剛硬要強，這個實在難得。」王夫人含淚說道：「你們那裏知道襲人那孩子的好處？比我的寶玉強十倍！寶玉果然是有造化的，能夠得他長長遠遠的伏侍一輩子，也就罷了。」鳳姐道：「既這麼樣，就開了臉，明放他在屋裏豈不好？」王夫人道：「這不好：一則年輕，二則老爺也不許，三則那寶玉見襲人是他丫頭，縱有放縱的事，倒能聽他的勸，如今做了跟前人，那襲人該勸的也不敢十分勸了。如今且混著，等再過二三年再說。」

說畢，鳳姐見無話，便轉身出來，剛至廊簷上，只見有幾個執事的媳婦子正等他回事呢；見他出來，都笑道：「奶奶今兒回什麼事，說了這半天？可不要熱著。」鳳姐把袖子挽了幾挽，跐著那角門的門檻子，笑道：「這裏過堂風，倒涼快，吹一吹再走。」又告訴眾人道：「你們說我回了這半日的話，太太把二百年的事都想起來問我，難道我不說罷？」又冷笑道：「我從今以後，倒要幹幾件刻薄事了。抱怨給太太聽，我也不怕！糊塗油蒙了心、爛了舌頭、不得好死的下作東西們，別做娘的春夢了！明兒一裏腦子扣的日子還有呢。如今裁了丫頭的錢，就抱怨了咱們。也不想想自己，也配使三個丫頭！」一面罵，一面方走了，自去挑人回賈母話去，不在話下。

卻說薛姨媽等這裏吃畢西瓜，又說了一回閒話，各自方散去。寶釵與黛玉等回至園中，寶釵因約黛玉往藕香榭去，黛玉因說：「立刻要洗澡。」便各自散了。寶釵獨自行來，順路進了怡紅院，意欲尋寶玉去談講，以解午倦。不想一入院中，鴉雀無聞，一併連兩隻仙鶴在芭蕉下都睡著了。寶釵便順著遊廊，來至房中，只見外間牀上橫三豎四，都是丫頭們睡覺。轉過十錦槅子，來至寶玉的房內，寶玉在牀上睡著了，襲人坐在身旁，手裏做針綫，旁邊放著一柄白犀麈。

寶釵走近前來，悄悄的笑道：「你也過於小心了，這個屋裏還有蒼蠅蚊子，還拿蠅刷子趕什麼？」襲人不防，猛擡頭見是寶釵，忙放針綫起身，悄悄笑道：「姑娘來了，我倒不防，唬了一跳。姑娘不知道，雖然沒有蒼蠅蚊子，誰知有一種小蟲子，從這紗眼裏鑽進來，人也看不見，只睡著了，咬一口，就像螞蟻叮的。」寶釵道：「怨不得。這屋子後頭又近水，又都是香花兒，這屋子裏頭又香，這種蟲子都是花心裏長的，聞香就撲。」

說著，一面就瞧他手裏的針綫，原來是個白綾紅裏的兜肚，上面扎著鴛鴦戲蓮的花樣，紅蓮綠葉，五色鴛鴦。寶釵道：「噯喲，好鮮亮活計！這是誰的，也值得費這麼大工夫？」襲人向牀上努嘴兒。寶釵笑道：「這麼大了，還帶這個？」襲人笑道：「他原是不帶，所以特特的做的好了，叫他看見，由不得不帶。如今天熱，睡覺都不留神，哄他帶上了，便是夜裏縱蓋不嚴些兒，也就罷了。你說這一個就用了工夫，還沒看見他身上帶的那一個呢。」寶釵笑道：「也虧你耐煩。」襲人道：「今兒做的工夫大了，脖子低的怪酸的。」又笑道：「好姑娘，你略坐一坐，我出去走走就來。」說著，就走了。寶釵只顧看著活計，便不留心，一蹲身，剛剛的也坐在襲人方纔坐的那個所在，因又見那個活計實在可愛，不由的拿起針來，就替他做。

不想林黛玉因遇見史湘雲，約他來與襲人道喜，二人來至院中，見靜悄悄的，湘雲便轉身先到廂房裏去找襲人。林黛玉卻來至窗外，隔著窗紗往裏一看，只見寶玉穿著銀紅紗衫子，隨便睡著在牀上，寶釵坐在身旁做針綫，旁邊放著蠅刷子。

林黛玉見了這個景兒，連忙把身子一藏，手握著嘴，不敢笑出來，招手兒叫湘雲。湘雲一見他這般光景，只當有什麼新聞，忙也來一看，也要笑時，忽然想起寶釵素日待他厚道，便忙掩住口。知道黛玉口裏不讓人，怕他取笑，便忙拉過他來，道：「走罷。我想起襲人來，他說午間要到池子裏去洗衣裳，想必去了，咱們那裏找他去。」黛玉心下明白，冷笑了兩聲，只得隨他走了。

這裏寶釵只剛做了兩三個花瓣，忽見寶玉在夢中喊罵，說：「和尚道士的話如何信得？什麼是『金玉姻緣』？我偏說是『木石姻緣』！」薛寶釵聽了這話，不覺怔了。忽見襲人走進來，笑道：「還沒有醒呢？」寶釵搖頭。襲人又笑道：「我纔碰見林姑娘史大姑娘，他們可曾進來？」寶釵道：「沒見他們進來。」因向襲人笑道：「他們沒告訴你什麼？」襲人紅了臉，笑道：「總不過是他們那些玩話，有什麼正經說的。」寶釵笑道：「今兒他們說的可不是玩話，我正要告訴你呢，你又忙忙的出去了。」

一句話未完，只見鳳姐打發人來叫襲人。寶釵笑道：「就是為那話了。」襲人只得喚起兩個丫頭來，一同寶釵出怡紅院，自往鳳姐這裏來。果然是告訴他這話，又教他與王夫人磕頭，且不必去見賈母，倒把襲人不好意思的。及見過王夫人急忙回來，寶玉已醒了，問起原故，襲人且含糊答應。至夜間人靜，襲人方告訴了。

寶玉喜不自禁，又向他笑道：「我可看你回家去不去了！那一回往家裏走了一趟，回來就說你哥哥要贖你，又說在這裏沒著落，終久算什麼，說那些無情無義的生分話唬我，從今以後我可看誰來敢叫你去？」襲人聽了，便冷笑道：「你倒別這麼說。從此以後，我是太太的人了，我要走，連你也不必告訴，只回了太太便走。」寶玉笑道：「便就算我不好，你回了太太竟去了，叫別人聽見，說我不好，你去了，你也沒意思。」襲人笑道：「有什麼沒意思？難道強盜賊我也跟著罷？再不然，還有一個死呢！人活一百歲，橫豎要死，這一口氣不在，聽不見，看不見，就罷了。」寶玉聽見這話，便忙握他的嘴，說道：「罷，罷，罷！不用你說這些話了。」襲人深知寶玉性情古怪，聽見奉承吉利話，又厭虛而不實；聽了這些盡情實話，又生悲感。便後悔自己冒撞了，連忙笑著，用話截開，只揀那寶玉素日喜歡的春風秋月，再談及粉淡脂紅，然後談到女兒如何好。不覺又談到女兒死，襲人忙掩住口。

寶玉聽至濃快處，見他不說了，便笑道：「人誰不死？只要死的好。那些個鬚眉濁物只知道『文死諫』『武死戰』這二死是大丈夫死名死節，究竟何如不死的好！必定有昏君他方諫，只顧他邀名，猛拚一死，將來置君於何地？必定有刀兵，他方戰，猛拚一死，也只顧圖汗馬之名，將來棄國於何地？所以這皆非正死。」襲人道：「忠臣良將皆出於不得已他纔死。」寶玉道：「那武將不過仗血氣之勇，疏謀少略，他自己無能，送了性命，這難道也是不得已？那文官更不比武官了，他念兩句書，記在心裏，若朝廷少有瑕疵，他就胡談亂諫，只顧他邀忠烈之名；濁氣一湧，即時拚死，這難道也是不得已？還要知道那朝廷是受命於天，他非聖人，那天也斷斷不把這萬幾重任與他了。可知那些死的，都是沽名，並不知大義。比如我此時若果有造化，該死於時的，如今趁你們在，我就死了，再能夠你們哭我的眼淚，流成大河，把我的屍首漂起來，送到那鴉雀不到的幽僻之處，隨風化了，自此再不要託生為人，就是我死的得時了。」襲人忽見說出這些瘋話來，忙說：「睏了。」不理他。那寶玉方合眼睡著。次日也就丟開了。

一日，寶玉因各處遊得膩煩，便想起《牡丹亭》曲子來，自己看了兩遍，猶不愜懷，因聞得梨香院的十二個女孩兒中，有小旦齡官，最是唱的好，因著意出角門來找時，只見寶官、玉官都在院內，見寶玉來了，都笑讓坐。寶玉因問：「齡官在那裏？」都告訴他說：「在他房裏呢。」

寶玉忙至他房內，只見齡官獨自倒在枕上，見他進來，聞風不動。寶玉身旁坐下，又素昔與別的女孩子玩慣了的，只當齡官也同別人一樣，因近前來陪笑，央他起來，唱「裊晴絲」一套。不想齡官見他坐下，忙擡起身來躲避，正色說道：「嗓子啞了，前兒娘娘傳進我們去，我還沒有唱呢。」寶玉見他坐正了，再一細看，原來就是那日薔薇花下畫「薔」字的那一個。又見如此景況，從來未經過這番被人棄厭，自己便訕訕的，紅了臉，只得出來了。寶官等不解何故，因問其所以，寶玉便說了出來。寶官便說道：「只略等一等，薔二爺來了，他叫他唱，是必唱的。」寶玉聽了，心下納悶，因問：「薔哥兒那裏去了？」

寶官道：「纔出去了，一定就是齡官要什麼，他去變弄去了。」

寶玉聽了，以為奇特，少站片時，果見賈薔從外頭來了，手裏提著個雀兒籠子，上面紮著小戲臺，並一個雀兒，興興頭頭往裏來找齡官。見了寶玉，只得站住。寶玉問他：「是個什麼雀兒？會啣旗串戲？」賈薔笑道：「是個玉頂金頭。」寶玉道：「多少錢買的？」賈薔道：「一兩八錢銀子。」一面說，一面讓寶玉坐，自己往齡官房裏來。

寶玉此刻把聽曲子的心都沒了，且要看他和齡官是怎麼樣。只見賈薔進去，笑道：「你來瞧這個玩意兒。」齡官起身問：「是什麼？」賈薔道：「買了雀兒你玩，省得天天悶得無個開心的。我先玩個你看。」說著，便拿些穀子，哄的那個雀兒果然在那戲臺上亂串，啣鬼臉、旗幟。眾女孩子道：「有趣。」獨齡官冷笑了兩聲，賭氣仍睡著去了。賈薔還只管陪笑問他：「好不好？」齡官道：「你們家把好好的人弄了來，關在這牢坑裏，學這個勞什子還不算，你這會子又弄個雀兒來，也偏生幹這個！你分明弄了他來打趣形容我們，還問我『好不好』。」賈薔聽了，不覺忙起來，連忙賭神發誓，又道：「今兒我那裏的脂油蒙了心，費一二兩銀子買他來，原說解悶，就沒想到這上頭。罷，罷！放了生，免你的災病。」說著，果然將那雀兒放了，一頓把那籠子拆了。齡官還說：「那雀兒雖不如人，他也有個老雀兒在窩裏，你拿了他來，弄這個勞什子，也忍得？今兒我咳嗽出兩口血來，太太打發人來找你，叫你請大夫來細問問，你且弄這個來取笑兒。偏是我這沒人管的沒人理的，又偏病。」賈薔聽說，連忙說道：「昨兒晚上我問了大夫，他說：『不相干，吃兩劑藥，後兒再瞧。』誰知今兒又吐了？這會子就請他去。」說著便要請去，齡官又叫：「站住，這會子大毒日頭地下，你賭氣子去請了來我也不瞧。」賈薔聽如此說，只得又站住。

寶玉見了這般景況，不覺癡了，這纔領會過畫「薔」深意。自己站不住，便抽身走了。賈薔一心都在齡官身上，也不顧送人，倒是別的女孩子送了出來。那寶玉一心裁奪盤算，癡癡的回至怡紅院中。正值林黛玉和襲人坐著說話兒呢。寶玉一進來，就和襲人長歎，說道：「我昨兒晚上的話，竟說錯了，怪道老爺說我是『管窺蠡測』。昨夜說，你們的眼淚單葬我，這就錯了。我竟不能全得了。從此後，只是各人得各人的眼淚罷了。」襲人只道昨夜不過是些玩話，已經忘了，不想寶玉又提起來，便笑道：「你可真真有些瘋了。」寶玉默然不對。自此深悟人生情緣，各有分定，只是每每暗傷：「不知將來葬我灑淚者為誰？」

且說林黛玉當下見寶玉如此形象，便知是又從那裏著了魔來，也不便多問，因說道：「我纔在舅母跟前，聽見說，明兒是薛姨媽的生日，叫我順便來問你出去不出去。你打發人前頭說一聲去。」寶玉道：「上回連大老爺的生日我也沒去，這會子我又去，倘或碰見了人呢？我一概都不去。這麼怪熱的，又穿衣裳，我不去，姨媽也未必惱。」襲人忙道：「這是什麼話？他比不得大老爺。這裏又住的近，又是親戚，你不去，豈不叫他思量？你怕熱，只清早起來，到那裏磕個頭、吃鍾茶再來，豈不好看？」寶玉尚未說話，黛玉便先笑道：「你看著人家趕蚊子的分上，也該去走走。」寶玉不解，忙問：「怎麼趕蚊子？」襲人便將昨日睡覺無人作伴，寶姑娘坐了一坐的話，說了出來。寶玉聽了，忙說：「不該！我怎麼睡著了？就褻瀆了他。」一面又說：「明日必去。」

正說著，忽見史湘雲穿得齊齊整整走來，辭說家裏打發人來接他。寶玉黛玉聽說，忙站起來讓坐，史湘雲也不坐，寶黛兩個只得送他至前面。那史湘雲只是眼淚汪汪的，見有他家人在跟前，又不敢十分委屈。少時寶釵趕來，愈覺繾綣難捨。還是寶釵心內明白，他家裏人若回去告訴了他嬸娘，待他家去，又恐怕受氣，因此，倒催他走了。眾人送至二門前，寶玉還要往外送他，倒是史湘雲攔住了。一時，回身又叫寶玉到跟前，悄悄的囑咐道：「便是老太太想不起我來，你時常提著，好等老太太打發人接我去。」寶玉連連答應了；眼看著他上車去了，大家方纔進來。要知端的，且看下回分解。

卷三十七　秋爽齋偶結海棠社　蘅蕪院夜擬菊花題

話說史湘雲回家後，寶玉等仍不過在園中嬉遊吟詠不提。且說賈政自元妃歸省之後，居官更加勤慎，以期仰答皇恩。皇上見他人品端方，風聲清肅，雖非科第出身，卻是書香世代，因特將他點了學差，也無非是選拔真才之意。這賈政只得奉了旨，擇於八月二十日起身。是日拜別過宗祠及賈母，便起身而去。寶玉等如何送行，以及賈政出差外面諸事，不及細述。

單表寶玉自賈政起身之後，每日在園中任意縱性遊蕩，真把光陰虛度，歲月空添。這日甚覺無聊，便往賈母王夫人處來混了一混，仍舊進園來了。剛換了衣裳，只見翠墨進來，手裏拿著一幅花箋，送與他。寶玉因道：「可是我忘了，要瞧瞧三妹妹去的，可好些了？你偏走來。」翠墨道：「姑娘好了，今兒也不吃藥了，不過是涼著一點兒。」

寶玉聽說，便展開花箋看時，上面寫道：

妹探謹啟

二兄文几：前夕新霽，月色如洗，因惜清景難逢，未忍就臥，漏已三轉，猶徘徊桐檻之下，竟為風露所欺，致獲採薪之患。昨親勞撫囑，已復遣侍兒問切，兼以鮮荔並真卿墨跡見賜，抑何惠愛之深耶！今因伏几處默，忽思歷來古人，處名攻利敵之場，猶置北山滴水之區，遠招近揖，投轄攀轅，務結二三同志，盤桓其中，或豎詞壇，或開吟社，雖因一時之偶興，每成千古之佳談。妹雖不才，幸叨陪泉石之間，兼慕薛林雅調。風庭月榭，惜未宴及詩人；簾杏溪桃，或可醉飛吟盞。孰謂雄才蓮社，獨許鬚眉；不教雅會東山，讓余脂粉耶？若蒙造雪而來，敢請掃花以俟。謹啟。

寶玉看了，不覺喜得拍手笑道：「倒是三妹妹高雅，我如今就去商議。」一面說，一面就走，翠墨跟在後面。剛到了沁芳亭，只見園中後門上值日的婆子手裏拿著一個字帖兒走來，見了寶玉，便迎上去，口內說道：「芸哥兒請安，在後門等著呢。這是叫我送來的。」寶玉打開看時，寫道：

不肖男　芸恭請

父親大人萬福金安：男思自蒙天恩，認於膝下，日夜思一孝順，竟無可孝順之處。前因買辦花草，上託大人洪福，竟認得許多花兒匠，並認得許多名園。前因忽見有白海棠一種，不可多得，故變盡方法，只弄得兩盆。 大人若視男是親男一般，便留下賞玩。因天氣暑熱，恐園中姑娘們不便，故不敢面見。奉書恭啟，並叩台安。男芸跪書。

寶玉看了，笑問道：「獨他來了，還有什麼人？」婆子道：「還有兩盆花兒。」寶玉道：「你出去說：我知道了，難為他想著。你就把花兒送到我屋裏去就是了。」一面說，一面同翠墨往秋爽齋來，只見寶釵、黛玉、迎春、惜春已都在那裏了。

眾人見他進來，都大笑說：「又來了一個。」探春笑道：「我不算俗，偶然起了個念頭，寫了幾個帖兒試一試，誰知一招皆到。」寶玉笑道：「可惜遲了，早該起個社的。」黛玉說道：「此時還不算遲，也沒什麼可惜；但是你們只管起社，可別算我，我是不敢的。」迎春笑道：「你不敢，誰還敢呢？」寶玉道：「這是一件正經大事，大家鼓舞起來，不要你謙我讓的；各有主意，只管説出來，大家評論。寶姐姐也出個主意，林妹妹也説句話兒。」寶釵道：「你忙什麼，人還不全呢。」一語未了，李紈也來了，進門笑道：「雅的很呀！要起詩社，我自舉我掌壇。前兒春天，我原有這個意思的，我想了一想，我又不會作詩，瞎鬧些什麼！因而也忘了，就沒有説，既是三妹妹高興，我就幫著你作興起來。」

黛玉道：「既然定要起詩社，咱們就是詩翁了，先把這些『姐妹叔嫂』的字樣改了，纔不俗。」李紈道：「極是！何不起個別號，彼此稱呼倒雅。我是定了『稻香老農』，再無人佔的。」探春笑道：「我就是『秋爽居士』罷。」寶玉道：「『居士』『主人』，到底不確，又累贅。這裏梧桐芭蕉盡有，或指桐蕉起個倒好。」探春笑道：「有了，我是喜芭蕉的，就稱『蕉下客』罷。」眾人都道：「別致有趣。」

黛玉笑道：「你們快牽了他去，燉了肉脯子來吃酒。」眾人不解，黛玉笑道：「莊子云『蕉葉覆鹿』，他自稱『蕉下客』，可不是一隻鹿麽？快做了鹿脯來！」眾人聽了，都笑起來。探春因笑道：「你別忙使巧話來罵人，我已替你想了個極當的美號了。」又向眾人道：「當日娥皇女英灑淚在竹上成斑，故今斑竹又名湘妃竹；如今他住的是瀟湘館，他又愛哭，將來他那竹子想來也是要變成斑竹的，以後都叫他作『瀟湘妃子』就完了。」大家聽説，都拍手叫妙。黛玉低了頭，也不言語。李紈笑道：「我替薛大妹妹也早已想了個好的，也只三個字。」眾人忙問：「是什麼？」李紈道：「我是封他為『蘅蕪君』，不知你們以為如何？」探春道：「這個封號極好。」

寶玉道：「我呢？你們也替我想一個。」寶釵笑道：「你的號早有了，『無事忙』三字恰當得很。」李紈道：「你還是你的舊號『絳洞花主』就是了。」寶玉笑道：「小時候幹的營生，還提他做什麼。」探春道：「你的號多得很，又起什麼？我們愛叫你什麼，你就答應著就是了。」寶釵道：「還得我送你個號罷，有最俗的一個號，卻於你最當。天下難得的是富貴，又難得的是閒散，這兩樣再不能兼有，不想你兼有了，就叫你『富貴閒人』也罷了。」寶玉笑道：「當不起，當不起！倒是隨你們混叫去罷。」

李紈道：「二姑娘，四姑娘，起個什麼？」迎春道：「我們又不大會詩，白起個號做什麼！」探春道：「雖如此，也起個纔是。」寶釵道：「他住的是紫菱洲，就叫他『菱洲』；四丫頭住藕香榭，就叫他『藕榭』就完了。」

李紈道：「就是這樣好。但序齒我大，你們都要依我的主意，管教說了，大家合意。我們七個人起社，我和二姑娘四姑娘都不會作詩，須得讓出我們三個人去。我們三個人各分一件事。」探春笑道：「已有了號，還只管這樣稱呼，不如不有了。以後錯了，也要立個罰約纔好。」李紈道：「立定了社，再定罰約。我那裏地方大，竟在我那裏作社。我雖不能作詩，這些詩人竟不厭俗，容我做個東道主人，我自然也清雅起來了；若是要推我做社長，我一個社長，自然不夠，必要再請兩位副社長，就請菱洲藕榭二位學究來，一位出題限韻，一位謄錄監場。亦不可拘定了我們三個不作，若遇見容易些的題目韻腳，我們也隨便作一首，你們四個卻是要限定的。若如此便起，若不依我，我也不敢附驥了。」

迎春惜春本性懶於詩詞，又有薛林在前，聽了這話，便深合已意，二人皆說：「是極。」探春等也知此意，見他二人悅服，也不好強，只得依了。因笑道：「這話罷了。只是自想好笑：好好的我起了個主意，反叫你們三個來管起我來了。」寶玉道：「既這樣，咱們就往稻香村去。」李紈道：「都是你忙。今日不過商議了，等我再請。」

寶釵道：「也要議定幾日一會纔好。」探春道：「若只管會多，又沒趣了。一月之中，只可兩三次。」寶釵說道：「一月只要兩次就夠了。擬定日期，風雨無阻。除這兩日外，倘有高興的，他情願加一社的，或請到他那裏去，或附就了來，亦可使得，豈不活潑有趣？」眾人都道：「這個主意最好。」

探春道：「這原係我起的意，我須得先做個東道主人，方不負我這興。」李紈道：「既這樣說，明日你就先開一社如何？」探春道：「明日不如今日，就是此刻好。你就出題，菱洲限韻，藕榭監場。」迎春道：「依我說，也不必隨一人出題限韻，竟是拈鬮公道。」李紈道：「方纔我來時，看見他們擡進兩盆白海棠來，倒是好花。你們何不就詠起他來？」迎春道：「都還未賞，先倒作詩？」寶釵道：「不過是白海棠，又何必定要見了纔作。古人的詩賦，也不過都是寄興寓情耳；要等見了作，如今也沒這些詩了。」

迎春道：「既如此，待我限韻。」說著，走到書架前，抽出一本詩來，隨手一揭，這首詩竟是一首七言律，遞與眾人看了，都該作七言律。迎春掩了詩，又向一個小丫頭道：「你隨口說個字來。」那丫頭正倚門立著，便說了個「門」字，迎春笑道：「就是『門』字韻，『十三元』了。這頭一個韻定要『門』字。」說著又要了韻牌匣子過來，抽出「十三元」一屜，又命那小丫頭隨手拿四塊。那丫頭便拿了「盆」「魂」「痕」「昏」四塊來。

寶玉道：「這『盆』『門』兩個字不大好作呢！」侍書一樣預備下四分紙筆，便都悄然各自思索起來。獨黛玉或撫弄梧桐，或看秋色，或又和丫鬟們嘲笑。迎春又命丫鬟點了一枝「夢甜香」。原來這「夢甜香」只有三寸來長，有燈草粗細，以其易燼，故以此為限；如香燼未成，便要受罰。

一時探春便先有了，自己提筆寫出，又改抹了一回，遞與迎春。因問寶釵：「蘅蕪君，你可有了？」寶釵道：「有卻有了，只是不好。」寶玉背著手在迴廊上踱來踱去，因向黛玉說道：「你聽他們都有了。」黛玉道：「你別管我。」寶玉又見寶釵已謄寫出來。因說道：「了不得！香只剩了一寸了，我纔有了四句。」又向黛玉道：「香要完了，只管蹲在那潮地下做什麼？」黛玉也不理。寶玉道：「我可顧不得你了，好歹也寫出來罷。」說著，也走在案前寫了。

李紈道：「我們要看詩了。若看完了還不交卷，是必罰的。」寶玉道：「稻香老農雖不善作，卻善看，又最公道，你就評閱優劣，我們都服的。」眾人都道：「自然。」於是先看探春的稿上寫道：

詠白海棠

斜陽寒草帶重門，苔翠盈鋪雨後盆。玉是精神難比潔，雪為肌骨易銷魂。
芳心一點嬌無力，倩影三更月有痕。莫謂縞仙能羽化，多情伴我詠黃昏。

大家看了，稱賞一回，又看寶釵的道：

珍重芳姿晝掩門，自攜手甕灌苔盆。胭脂洗出秋階影，冰雪招來露砌魂。
淡極始知花更豔，愁多焉得玉無痕？欲償白帝宜清潔，不語婷婷日又昏。

李紈笑道：「到底是蘅蕪君。」說著，又看寶玉的道：

秋容淺淡映重門，七節攢成雪滿盆。出浴太真冰作影，捧心西子玉為魂。
曉風不散愁千點，宿雨還添淚一痕。獨倚畫欄如有意，清砧怨笛送黃昏。

大家看了，寶玉說探春的好。李紈終要推寶釵：「這詩有身分。」因又催黛玉。

黛玉道：「你們都有了？」說著，提筆一揮而就，擲與眾人。李紈等看他寫道：

半捲湘簾半掩門，碾冰為土玉為盆。

看了這句，寶玉先喝起彩來，只說：「從何處想來！」又看下面道：

偷來梨蕊三分白，借得梅花一縷魂。

眾人看了，也都不禁叫好，說：「果然比別人又是一樣心腸。」又看下面道：

月窟仙人縫縞袂，秋閨怨女拭啼痕。嬌羞默默同誰訴？倦倚西風夜已昏。

眾人看了，都道：「是這首為上。」李紈道：「若論風流別致，自是這首；若論含蓄渾厚，終讓蘅稿。」探春道：「這評得有理，瀟湘妃子當居第二。」李紈道：「怡紅公子是壓尾，你服不服？」寶玉道：「我的那首原不好，這評得最公。」又笑道：「只是蘅瀟二首，還要斟酌。」李紈道：「原是依我評論，不與你們相干，再有多說者必罰。」

寶玉聽說，只得罷了。李紈道：「從此後，我定於每月初二、十六這兩日開社；出題限韻，都要依我。這其間你們有高興的，只管另擇日子補開，那怕一個月每天都開社，我也不管。只是到了初二、十六這兩日，是必往我那裏去。」寶玉道：「到底要起個社名纔是。」探春道：「俗了又不好，忒新了刁鑽古怪也不好，可巧纔是海棠詩開端，就叫個『海棠詩社』罷。雖然俗些，因真有此事，也就不礙了。」說畢，大家又商議了一回，略用些酒果，方各自散去。也有回家的，也有往賈母王夫人處去的。當下無話。

且說襲人因見寶玉看了字帖兒，便慌慌張張同翠墨去了，也不知何事；後來又見後門上婆子送了兩盆海棠花來，襲人問：「那裏來的？」婆子們便將前番原故說了。

襲人聽說，便命他們擺好，讓他們在下房裏坐了，自己走到房內，稱了六錢銀子封好，又拿了三百錢走來，都遞與那兩個婆子，道：「這銀子賞那擡花兒的小子們。這錢你們打酒喝罷。」那婆子們站起來，眉開眼笑，千恩萬謝的不肯受；見襲人執意不收，方領了。襲人又道：「後門上外頭可有該班的小子們？」婆子忙應道：「天天有四個，原預備裏頭差使的。姑娘有什麼差使？我們吩咐去。」襲人笑道：「我有什麼差使？今兒寶二爺要打發人到小侯爺家與史大姑娘送東西去，可巧你們來了，順便出去叫後門上小子們僱輛車來，回來你們就往這裏拿錢，不用叫他們往前頭混碰去。」婆子答應著去了。

襲人回至房中，拿碟子盛東西與湘雲送去，卻見槅子上碟槽空著，因回頭見晴雯、秋紋、麝月等都在一處做針黹，襲人問道：「這一個纏絲白瑪瑙碟子那裏去了？」眾人見問，你看我，我看你，都想不起來。半日，晴雯笑道：「給三姑娘送荔枝去的，還沒送來呢。」襲人道：「家常送東西的傢伙多，巴巴兒的拿這個去。」晴雯道：「我何嘗不是這樣說，這個碟子配上鮮荔枝纔好看。我送去，三姑娘也見了，說好看，連碟子放著，就沒帶來。你再瞧，那槅子儘上頭的一對聯珠瓶還沒收來呢。」

秋紋笑道：「提起這瓶來，我又想起笑話來了。我們寶二爺說聲孝心一動，也孝敬到二十分。那日見園裏桂花，折了兩枝，原是自己要插瓶的，忽然想起來，說：『這是自己園裏纔開的新鮮花，不敢自己先玩。』巴巴的把那一對瓶拿下來，親自灌水插好了，叫個人拿著，親自送一瓶進老太太，又進一瓶與太太。誰知他孝心一動，連跟的人都得了福了。可巧那日是我拿去的，老太太見了這樣，喜得無可不可，見人就說：『到底是寶玉孝順我，連一枝花兒也想的到。別人還只抱怨我疼他。』你們知道，老太太素日不大同我說話，有些不入他老人家的眼；那日竟叫人拿幾百錢給我，說我『可憐見的，生的單弱』。這可是再想不到的福氣。幾百錢是小事，難得這個臉面。及至到了太太那裏，太太正和二奶奶趙姨奶奶好些人翻箱子，找太太當日年輕的顏色衣裳，不知要給那一個，一見了，連衣裳也不找了，且看花兒。又有二奶奶在旁邊湊趣兒，誇寶二爺又是怎麼孝敬，又是怎麼知好歹，有的沒的，說了兩車話；當著眾人，太太臉上又增了光，堵了眾人的嘴。太太越發喜歡了，現成的衣裳，就賞了我兩件。衣裳也是小事，年年橫豎也得，卻不像這個彩頭。」

晴雯笑道：「呸！好沒見世面的小蹄子！那是把好的給了人，挑剩下的纔給你，你還充有臉呢。」秋紋道：「憑他給誰剩的，到底是太太的恩典。」晴雯道：「要是我，我就不要。若是給別人剩的給我，也罷了；一樣這屋裏的人，難道誰又比誰高貴些？把好的給他，剩的纔給我，我寧可不要，衝撞了太太，我也不受這口軟氣。」秋紋忙問道：「給這屋裏誰的？我因為前日病了幾天，家去了，不知是給誰的。好姐姐，你告訴我知道。」晴雯道：「我告訴了你，難道你這會退還太太去不成？」秋紋笑道：「胡說！我白聽了喜歡喜歡，那怕給這屋裏的狗剩下的，我只領太太的恩典，也不去管別的事。」眾人聽了都笑道：「罵的巧，可不是給了那西洋花點子哈巴兒了。」襲人笑道：「你們這起爛了嘴的！得了空就拿我取笑打牙兒，一個個不知怎麼死呢！」秋紋笑道：「原來姐姐得了，我實在不知道。我陪個不是罷。」

襲人笑道：「少輕狂罷，你們誰取了碟子來是正經。」麝月道：「那瓶也該得空收來了。老太太屋裏還罷了，太太屋裏人多手雜，別人還可已，趙姨奶奶一夥的人見是這屋裏的東西，又該使黑心弄壞了纔罷。太太也不大管這些，不如早些收來是正經。」晴雯聽説，便擲下針黹，道：「這話倒是，等我取去。」秋紋道：「還是我取去罷，你取你的碟子去。」晴雯道：「我偏取一遭兒去。是巧宗兒，你們都得了，難道不許我得一遭兒？」麝月笑道：「統共秋丫頭得了一遭兒衣裳，那裏今兒又巧，你也遇見找衣裳不成？」晴雯冷笑道：「雖然碰不見衣裳，或者太太看見我勤謹，一個月也把太太的公費裏，分出二兩銀子來給我，也定不得。」説著，又笑道：「你們別和我裝神弄鬼的，什麼事我不知道！」一面説，一面往外跑了。

秋紋也同他出來，自去探春那裏取了碟子來，襲人打點齊備東西，叫過本處的一個老宋媽媽來，向他説道：「你先好生梳洗了，換了出門的衣裳來，如今打發你與史大姑娘送東西去。」宋嬤嬤道：「姑娘只管交給我，有話説與我，我收拾了，就好一順去。」襲人聽説，便端過兩個小攝絲盒子來，先揭開一個，裏面裝的是紅菱、雞頭兩樣鮮果；又揭開那一個，是一碟子桂花糖蒸的新栗粉糕。又説道：「這都是今年咱們這裏園裏新結的果子，寶二爺送來與姑娘嘗嘗。再前日姑娘説這瑪瑙碟子好，姑娘就留下玩罷。這絹包兒裏頭是姑娘上日叫我做的活計，姑娘別嫌粗糙，將就著用罷。替我們請安，替二爺問好，就是了。」宋嬤嬤道：「寶二爺不知還有什麼説的，姑娘再問問去，回來別又説忘了。」襲人因問秋紋：「方纔可是在三姑娘那裏麼？」秋紋道：「他們都在那裏商議起什麼詩社呢，又是作詩；想來沒話，你只管去罷。」宋嬤嬤聽了，便拿東西出去，穿戴了，襲人又囑咐他：「你從後門去，有小子和車等著呢。」宋嬤嬤去了，不在話下。

一時寶玉回來，先忙著看了一回海棠，至屋內告訴襲人起詩社的事，襲人也把打發宋嬤嬤與史湘雲送東西去的話告訴了寶玉。寶玉聽了，拍手道：「偏忘了他！我自覺心裏有件事，只是想不起來，虧你提起來，正要請他去。這詩社裏若少了他，還有個什麼意思。」襲人勸道：「什麼要緊，不過玩意兒。他比不得你們自在，家裏又做不得主兒。告訴他，他要來，又由不得他；若不來，他又牽腸掛肚的，沒的叫他不受用。」寶玉道：「不妨事，我回老太太，打發人接他去。」正說著，宋嬤嬤已經回來道生受，與襲人道乏，又說：「問二爺做什麼呢，我說：『和姑娘們起什麼詩社作詩呢。』史姑娘道，他們作詩，也不告訴他去。急得了不得。」寶玉聽了，轉身便往賈母處來，立逼著叫人接去。賈母因說：「今兒天晚了，明日一早去。」寶玉只得罷了，回來悶悶的。

次日一早，便又往賈母處來催逼人接去。直到午後，史湘雲纔來了，寶玉方放了心。見面時，就把始末原由告訴他，又要與他詩看。李紈等因說道：「且別給他看，先說與他韻腳。他後來的，先罰他和了詩，若好，就請入社；若不好，還要罰他一個東道再說。」湘雲笑道：「你們忘了請我，我還要罰你們呢！就拿韻來，我雖不能，只得勉強出醜。容我入社，掃地焚香，我也情願。」眾人見他這般有趣，越發喜歡，都埋怨：「昨日怎麼忘了他。」遂忙告訴他詩韻。

史湘雲一心興頭，等不得推敲刪改，一面只管和人說著話，心內早已和成，即用隨便的紙筆錄出，先笑說道：「我卻依韻和了兩首，好歹我都不知，不過應命而已。」說著，遞與眾人。眾人道：「我們四首也算想絕了，再一首也不能了，你倒弄了兩首，那裏有許多話說？必要重了我們的。」一面說，一面看時，只見那兩首詩寫道：

其　一

神仙昨日降都門，種得藍田玉一盆。自是霜娥偏愛冷，非關倩女欲離魂。

秋陰捧出何方雪？雨漬添來隔宿痕。卻喜詩人吟不倦，豈令寂寞度朝昏？

其　二

蘅芷階通蘿薜門，也宜牆角也宜盆。花因喜潔難尋偶，人為悲秋易斷魂。
玉燭滴乾風裏淚，晶簾隔破月中痕。幽情欲向嫦娥訴，無那虛廊月色昏！

眾人看一句，驚訝一句，看到了，讚到了，都說：「這個不枉作了海棠詩，真該要起『海棠社』了。」史湘雲道：「明日先罰我個東道，就讓我先邀一社，可使得？」眾人道：「這更妙了。」因又將昨日的詩與他評論了一回。

至晚，寶釵將湘雲邀往蘅蕪院去安歇。湘雲燈下計議如何設東擬題，寶釵聽他說了半日，皆不妥當，因向他說道：「既開社，便要做東。雖然是個玩意兒，也要瞻前顧後；又要自己便宜，又要不得罪了人，然後方大家有趣。你家裏你又做不得主，一個月統共那幾吊錢，你還不夠使；這會子又幹這沒要緊的事，你嬸娘聽見了一發抱怨你了。況且你都拿出來，做這個東也不夠。難道為這個家去要不成？還是和這裏要呢？」

一席話提醒了湘雲，倒躊躕起來。寶釵道：「這個我已經有個主意。我們當舖裏有一個夥計，他家田裏出的好螃蟹，前兒送了幾個來。現在這裏的人，從老太太起，連上屋裏的人，有多一半都是愛吃螃蟹的，前日姨娘還說，要請老太太在園裏賞桂花吃螃蟹。因為有事，還沒有請。你如今且把詩社別提起，只普統一請，等他們散了，咱們有多少詩作不得的？我和我哥哥說，要他幾簍極肥極大的螃蟹來，再往舖子裏取上幾罈好酒來，再備四五桌果碟，豈不又省事，又大家熱鬧？」湘雲聽了，心中自是感服，極讚：「想的周到！」寶釵又笑道：「我是一片真心為你的話，你千萬別多心，想著我小看了你，咱們兩個就白好了。你若不多心，我就好叫他們辦去。」湘雲忙笑道：「好姐姐，你這樣說，倒多心待我了。我憑他怎麼胡塗，連個好歹也不知，還成個人哩！我若不把姐姐當親姐姐一樣看待，上回那些家常煩難事，也不肯盡情告訴你了。」寶釵聽說，使喚一個婆子來：「出去和大爺說，照前日的大螃蟹要幾簍來，明日飯後請老太太、姨娘賞桂花。你說：大爺好歹別忘了，我今兒已經請下了人了。」那婆子出去說明，回來無話。

這裏寶釵又向湘雲道：「詩題也不要過於新巧了。你看古人中，那裏有那些刁鑽古怪的題目和那極險的韻？若題目過於新巧，韻過於險，再不得好詩，終是小家子氣。詩固然怕說熟話，然亦不可過於求生；只要頭一件立意清新，措詞就不俗了。究竟這也算不得什麼，還是紡績針黹是你我的本等。一時閒了，倒是於身心有益的書看幾章是正經。」

湘雲只答應著，因笑道：「我如今心裏想著，昨日作了海棠詩，我如今要作個菊花詩如何？」寶釵道：「菊花倒也合景，只是前人太多了。」湘雲道：「我也是如此想著，恐怕落套。」寶釵想了一想，說道：「有了，如今以菊花為賓，以人為主，竟擬出幾個題目來，都要兩個字：一個虛字，一個實字；實字就用『菊』字，虛字便用通用門的。如此，又是詠菊，又是賦事，前人也沒很作，也不能落套。賦景詠物兩關著，又新鮮又大方。」湘雲笑道：「這卻很好，只是不知用何等虛字纔好？你先想一個我聽聽。」寶釵想了一想，笑道：「『菊夢』就好。」湘雲笑道：「果然好。我也有一個，『菊影』可使得？」寶釵道：「也罷了，只是也有人作過。若題目多，這個也搭的上。我又有了一個。」湘雲道：「快說出來。」寶釵道：「『問菊』如何？」湘雲拍案叫：「妙！」因接說道：「我也有了，『訪菊』如何？」寶釵也讚：「有趣。」因說道：「索性擬出十個來，寫上再來。」

說著，二人研墨蘸筆，湘雲便寫，寶釵便念，一時湊了十個。湘雲看了一遍，又笑道：「十個還不成幅，爽性湊成十二個，便全了，也如人家的字畫冊頁一樣。」寶釵聽說，又想了兩個，一共湊成十二個，說道：「既這樣，一發編出他個次序先後來。」湘雲道：「如此更妙，竟弄成個『菊譜』了。」寶釵道：「起首是『憶菊』；憶之不得，故訪，第二是『訪菊』；訪之既得，便種，第三是『種菊』；種既盛開，故相對而賞，第四是『對菊』；相對而興有餘，故折來供瓶為玩，第五是『供菊』；既供而不吟，亦覺菊無彩色，第六便是『詠菊』；既入詞章，不可以不供筆墨，第七便是『畫菊』；既為畫菊，如是碌碌，究竟不知菊有何妙處，不禁有所問，第八便是『問菊』；菊如何解語，使人狂喜不禁，第九竟是『簪菊』；如此人事雖盡，猶有菊之可詠者，『菊影』『菊夢』二首，續在第十、第十一；末卷便以『殘菊』總收前題之感。這便是三秋的妙景妙事都有了。」

湘雲依言將題錄出，又看了一回，又問：「該限何韻？」寶釵道：「我平生最不喜限韻，分明有好詩，何苦為韻所縛。咱們別學那小家派，只出題，不拘韻。原為大家偶得了好句取樂，並不為以此難人。」

湘雲道：「這話很是。這樣，大家的詩還進一層。但只咱們五個人，這十二個題目，難道每人作十二首不成？」寶釵道：「那也太難人了。將這題目謄好，都要七言律詩，明日貼在牆上，他們看了，誰能那一個，就作那一個。有力量者十二首都作也可；不能的作一首也可。高才捷足者為尊。若十二首已全，便不許他趕著又作，罰他便完了。」湘雲道：「這也罷了。」二人商議妥貼，方纔息燈安寢。要知端的，且聽下回分解。

卷三十八　林瀟湘魁奪菊花詩　薛蘅蕪諷和螃蟹詠

話説寶釵湘雲計議已定，一宿無話。湘雲次日便請賈母等賞桂花。賈母等都説道：「倒是他有興頭，須要擾他這雅興。」至午，果然賈母帶了王夫人鳳姐，兼請薛姨媽等進園來。賈母因問：「那一處好？」王夫人道：「憑老太太愛在那一處，就在那一處。」鳳姐道：「藕香榭已經擺下了，那山坡下兩棵桂花開的又好，河裏水又碧清，坐在河當中亭子上不敞亮，看著水，眼也清亮。」賈母聽了，説：「這話很是。」説著，引了眾人往藕香榭來。原來這藕香榭蓋在池中，四面有窗，左右有迴廊，亦是跨水接峰，後面又有曲折橋。眾人上了竹橋，鳳姐忙上來攙著賈母，口裏説道：「老祖宗只管邁大步走，不相干，這竹子橋規矩是『咯吱咯吱』的。」

一時進入榭中，只見欄杆外另放著兩張竹案，一個上面設著杯箸酒具，一個上頭設著茶筅茶具各色盞碟。那邊有兩三個丫頭煽風爐煮茶，這一邊另外幾個丫頭也煽風爐燙酒呢。賈母忙笑問：「這茶想的很好，且是地方東西都乾淨。」湘雲笑道：「這是寶姐姐幫著我預備的。」賈母道：「我説這個孩子細緻，凡事想的妥當。」一面説，一面又看見柱子上掛的黑漆嵌蚌的對子，命湘雲念道：

芙蓉影破歸蘭槳，菱藕香深瀉竹橋。

賈母聽了，又抬頭看匾，因回頭向薛姨媽道：「我先小時，家裏也有這麼一個亭子，叫作什麼枕霞閣。我那時也只像他姐妹們這麼大年紀，同姊妹們天天玩去。那日誰知我失了腳掉下去，幾乎沒淹死，好容易救了上來，到底被那木釘碰破了頭，如今這鬢角上那指頭頂兒大一塊窩兒，就是那碰破的。眾人都怕經了水，又怕冒了風，都說了不得了，誰知竟好了。」鳳姐不等人說，先笑道：「那時要活不得，如今這麼大福可叫誰享呢？可知老祖宗從小兒的福壽就不小，神差鬼使，碰出那個窩兒來，好盛福壽的。壽星老兒頭上原是一個窩兒，因為萬福萬壽盛滿了，所以倒凸高出些來了。」

未及說完，賈母與眾人都笑軟了。賈母笑道：「這猴兒慣得了不得了，只管拿我也取笑兒起來，恨得我撕你那油嘴。」鳳姐道：「回來吃螃蟹，恐積了冷在心裏，討老祖宗笑一笑開心，一高興多吃兩個，也無妨了。」賈母笑道：「明日叫你日夜跟著我，我倒常笑笑，覺得開心，不許回家去。」王夫人笑道：「老太太因為喜歡他，纔慣得他這樣；還這樣說，他明日越發無理了。」賈母笑道：「我倒喜歡他這樣，況且他又不是那真不知高低的孩子。家常沒人，娘兒們原該這樣，橫豎禮體不錯就罷了，沒的倒叫他們神鬼似的做什麼。」

說著，一齊進入亭子。獻過茶，鳳姐忙著安放杯箸，上面一桌：賈母、薛姨媽、寶釵、黛玉、寶玉。東邊一桌：湘雲、王夫人、迎春、探春、惜春。西邊靠門一小桌：李紈和鳳姐，虛設坐位，二人皆不敢坐，只在賈母王夫人兩桌上伺候。鳳姐吩咐：「螃蟹不可多拿來，仍舊放在蒸籠裏，拿十個來，吃了再拿。」一面又要水洗了手，站在賈母跟前剝蟹肉。頭次讓薛姨媽，薛姨媽道：「我自己掰著吃香甜，不用人讓。」鳳姐便奉與賈母；二次的便與寶玉。又說：「把酒燙得滾熱的拿來。」又命小丫頭們去取菊花葉兒桂花蕊熏的綠豆麪子，預備洗手。史湘雲陪著吃了一個，便下座來讓人，又出至外頭，命人盛兩盤子與趙姨娘送去。又見鳳姐走來道：「你不慣張羅，你吃你的去，我先替你張羅，等散了，我再吃。」湘雲不肯，又命人在那邊廊上擺了兩席，讓鴛鴦、琥珀、彩霞、彩雲、平兒去坐。鴛鴦因向鳳姐笑道：「二奶奶在這裏伺候，我可吃去了。」鳳姐兒道：「你們只管去，都交給我就是了。」說著，史湘雲仍入了席。

鳳姐和李紈也胡亂應了個景兒。鳳姐仍舊下來張羅，一時出至廊上，鴛鴦等正吃得高興，見他來了，鴛鴦等站起來道：「奶奶又出來做什麼？讓我們也受用一會子。」鳳姐笑道：「鴛鴦丫頭越發壞了，我替你當差，倒不領情，還抱怨我，還不快斟一鍾酒來我喝呢！」鴛鴦笑著，忙斟了一杯酒，送至鳳姐脣邊，鳳姐一挺脖子吃了。琥珀彩霞二人，也斟上一杯，送至鳳姐脣邊，那鳳姐也吃了。平兒早剔了一殼黃子送來，鳳姐道：「多倒些薑醋。」一回也吃了，笑道：「你們坐著吃罷，我可去了。」鴛鴦笑道：「好沒臉！吃我們的東西。」鳳姐兒笑道：「你少和我作怪，你知道你璉二爺愛上了你，要和老太太討了你做小老婆呢。」鴛鴦紅了臉道：「啐！這也是做奶奶說出來的話。我不拿腥手抹你一臉算不得！」說著，站起來就要抹。鳳姐兒道：「好姐姐，饒我這一遭兒罷。」琥珀笑道：「鴛丫頭要去了，平丫頭還饒他？你們看看，他沒有吃了兩個螃蟹，倒喝了一碟子醋呢！」

平兒手裏正剝了個滿黃螃蟹，聽如此奚落他，便拿著螃蟹照琥珀臉上來抹，口內笑罵：「我把你這嚼舌根的小蹄子！」琥珀也笑著往旁邊一躲。平兒使空了，往前一撞，正恰恰的抹在鳳姐腮上。鳳姐正和鴛鴦嘲笑，不防嚇了一跳，「噯喲」了一聲，眾人掌不住都哈哈的大笑起來。鳳姐也禁不住笑罵道：「死娼婦！吃離了眼了，混抹你娘的。」平兒忙趕過來替他擦了，親自去端水。鴛鴦道：「阿彌陀佛！這纔是現報呢。」

賈母那邊聽見，一疊連聲問：「見了什麼了，這樣樂？告訴我們也笑笑。」鴛鴦等忙高聲笑回道：「二奶奶來搶螃蟹吃，平兒惱了，抹了他主子一臉螃蟹黃子，主子奴才打架呢！」賈母和王夫人等聽了，也笑起來。賈母笑道：「你們看他可憐見兒的，那小腿子、臍子，給他點子吃，也完了。」鴛鴦等笑著答應了，高聲的說道：「這滿桌子的腿子，二奶奶只管吃就是了。」鳳姐洗了臉，走來又伏侍賈母等吃了一回。

黛玉弱，不敢多吃，只吃了一點夾子肉，就下來了。賈母一時也不吃了。大家方散，都洗了手。也有看花的，也有弄水看魚的，遊玩了一回。王夫人因問賈母，說：「這裏風大，纔又吃了螃蟹，老太太還是回房去歇歇罷了。若高興，明日再來逛逛。」賈母聽了，笑道：「正是呢。我怕你們高興，我走了，又怕掃了你們的興；既這麼說，咱們就都去罷。」回頭囑咐湘雲：「別讓你寶哥哥林姐姐多吃了。」湘雲答應著。又囑咐湘雲寶釵二人說：「你兩個也別多吃。那東西雖好吃，不是什麼好的，吃多了肚子疼。」

二人忙應著，送出園外，仍舊回來，命將殘席收拾了另擺。寶玉道：「也不用擺，咱們且作詩。把那大團圓桌子放在當中，酒菜都放著，也不必拘定坐位，有愛吃的去吃，大家散坐，豈不便宜？」寶釵道：「這話極是。」湘雲道：「雖如此說，還有別人。」因又命另擺一桌，揀了熱螃蟹來，請襲人、紫鵑、司棋、侍書、入畫、鶯兒、翠墨等一處共坐。山坡桂樹底下鋪下兩條花毯，命支應的婆子並小丫頭等也都坐了，只管隨意吃喝，等使喚再來。

湘雲便取了詩題，用針綰在牆上，眾人看了，都說：「新奇，只怕作不出來。」湘雲又把不限韻的緣故說了一番，寶玉道：「這纔是正理，我也最不喜限韻。」黛玉因不大吃酒，又不吃螃蟹，自命人掇了一個繡墩，倚欄坐著，拿著釣杆釣魚。寶釵手裏拿著一枝桂花，玩了一回，俯在窗檻上，掐了桂蕊，擲在水面，引得游魚浮上來唼喋。湘雲出一回神，又讓一回襲人等，又招呼山坡下的眾人只管放量吃。探春和李紈惜春正立在垂柳陰中看鷗鷺。迎春又獨在花陰下，拿著花針兒穿茉莉花。寶玉又看了一回黛玉釣魚；一回又俯在寶釵旁邊說笑兩句；一回又看襲人等吃螃蟹，自己也陪他飲兩口酒，襲人又剝一殼肉給他吃。黛玉放下釣杆，走至座間，拿起那烏銀梅花自斟壺來，揀了一個小小的海棠凍石蕉葉杯，丫頭看見，知他要飲酒，忙著走上來斟，黛玉道：「你們只管吃去，讓我自己斟纔有趣兒。」說著，便斟了半盞，看時，卻是黃酒，因說道：「我吃了一點子螃蟹，覺得心口微微的疼，須得熱熱的吃口燒酒。」寶玉忙接道：「有燒酒。」便命將那合歡花浸的酒燙一壺來。

黛玉也只吃了一口，便放下了。寶釵也走過來，另拿了一隻杯來，也飲了一口放下，便蘸筆至牆上把頭一個「憶菊」勾了，底下又贅一個「蘅」字。寶玉忙道：「好姐姐，第二個我已有了四句了，你讓我作罷。」寶釵笑道：「我好容易有了一首，你就忙的這樣。」黛玉也不說話，接過筆來把第八個「問菊」也勾了，接著把第十一個「菊夢」也勾了，也贅上了一個「瀟」字。寶玉也拿起筆來將第二個「訪菊」也勾了，也贅上一個「絳」字。探春起來看著道：「竟沒人作『簪菊』？讓我作。」又指著寶玉笑道：「纔宣過，總不許帶出閨閣字樣來，你可要留神。」說著，只見湘雲走來，將第四第五「對菊」「供菊」一連兩個都勾了，也贅上一個「湘」字。探春道：「你也該起個號。」湘雲笑道：「我們家裏如今雖有幾處軒館，我又不住著，借了來也沒趣。」寶釵笑道：「方纔老太太說，你們家裏也有一個水亭，叫作枕霞閣，難道不是你的？如今雖沒了，你到底是舊主人。」眾人都道：「有理。」寶玉不待湘雲動手，便代將「湘」字抹了，改了一個「霞」字。

沒有頓飯工夫，十二題已全，各自謄出來，都交與迎春，另拿了一張雪浪箋過來，一併謄錄出來，某人作的，底下贅明某人的號。李紈等從頭看道：

憶菊　蘅蕪君

悵望西風抱悶思，蓼紅葦白斷腸時。空籬舊圃秋無跡，冷月清霜夢有知。
念念心隨歸雁遠，寥寥坐聽晚砧遲。誰憐我為黃花瘦，慰語重陽會有期。

訪菊　怡紅公子

閒趁霜晴試一遊，酒杯藥盞莫淹留。霜前月下誰家種，檻外籬邊何處秋？
蠟屐遠來情得得，冷吟不盡興悠悠。黃花若解憐詩客，休負今朝掛仗頭。

種菊　怡紅公子

攜鋤秋圃自移來，籬畔庭前處處栽。昨夜不期經雨活，今朝猶喜帶霜開。
冷吟秋色詩千首，醉酹寒香酒一杯。泉溉泥封勤護惜，好和井徑絕塵埃。

對菊　枕霞舊友

別圃移來貴比金，一叢淺淡一叢深。蕭疏籬畔科頭坐，清冷香中抱膝吟。

數去更無君傲世，看來惟有我知音。秋光荏苒休孤負，相對原宜惜寸陰。

供菊　枕霞舊友

彈琴酌酒喜堪儔，几案婷婷點綴幽。隔坐香分三徑露，拋書人對一枝秋。
霜清紙帳來新夢，圃冷斜陽憶舊遊。傲世也因同氣味，春風桃李未淹留。

詠菊　瀟湘妃子

無賴詩魔昏曉侵，繞籬欹石自沈音。毫端蘊秀臨霜寫，口角噙香對月吟。
滿紙自憐題素怨，片言誰解訴秋心？一從陶令評章後，千古高風說到今。

畫菊　蘅蕪君

詩餘戲筆不知狂，豈是丹青費較量。聚葉潑成千點墨，攢花染出幾痕霜。
淡濃神會風前影，跳脫秋生腕底香。莫認東籬閒採掇，粘屏聊以慰重陽。

問菊　瀟湘妃子

欲訊秋情眾莫知，喃喃負手扣東籬。孤標傲世偕誰隱，一樣開花為底遲？
圃露庭霜何寂寞，雁歸蛩病可相思？莫言舉世無談者，解語何妨話片時。

簪菊　蕉下客

瓶供籬栽日日忙，折來休認鏡中妝。長安公子因花癖，彭澤先生是酒狂。
短鬢冷沾三徑露，葛巾香染九秋霜。高情不入時人眼，拍手憑他笑路旁。

菊影　枕霞舊友

秋光疊疊復重重，潛度偷移三徑中。窗隔疏燈描遠近，籬篩破月鎖玲瓏。
寒芳留照魂應駐，霜印傳神夢也空。珍重暗香踏碎處，憑誰醉眼認朦朧。

菊夢　瀟湘妃子

籬畔秋酣一覺清，和雲伴月不分明。登仙非慕莊生蝶，憶舊還尋陶令盟。
睡去依依隨雁斷，驚回故故惱蛩鳴。醒時幽怨同誰訴，衰草寒煙無限情。

殘菊　蕉下客

露凝霜重漸傾欹，宴賞纔過小雪時。蒂有餘香金淡泊，枝無全葉翠離披。
半牀落月蛩聲切，萬里寒雲雁陣遲。明歲秋分知再會，暫時分手莫相思。

眾人看一首，讚一首，彼此稱揚不絕。李紈笑道：「等我從公評來，通篇看來，各人有各人的警句，今日公評：『詠菊』第一，『問菊』第二，『菊夢』第三，題目新，詩也新，立意更新了，只得要推瀟湘妃子為魁了。然後『簪菊』、『對菊』、『供菊』、『畫菊』、『憶菊』次之。」寶玉聽說，喜得拍手叫道：「極是，極公！」黛玉道：「我那個也不好，到底傷於纖巧些。」李紈道：「巧的卻好，不露堆砌生硬。」黛玉道：「據我看來，頭一句好的是『圃冷斜陽憶舊遊』，這句背面傅粉；『拋書人對一枝秋』，已經妙絕，將供菊說完，沒處再說，故翻回來想到未折未供之先，意思深遠。」李紈笑道：「固如此說，你的『口角噙香』一句也敵得過了。」探春又道：「到底要算蘅蕪君沈著，『秋無跡』，『夢有知』，把個『憶』字竟烘染出來了。」寶釵笑道：「你的『短鬢冷沾』，『葛巾香染』，也就把簪菊形容得一個縫兒也沒了。」湘雲笑道：「『偕誰隱』，『為底遲』，直直把個菊花問得無言可對。」李紈笑道：「你那『科頭坐』，『抱膝吟』，竟一時也捨不得別開，菊花有知，也必膩煩了。」說的大家都笑了。

寶玉笑道：「我又落第。難道『誰家種』，『何處秋』，『蠟屐遠來』，『冷吟不盡』，都不是訪不成？『昨夜雨』，『今朝霜』，都不是種不成？但恨敵不上『口角噙香對月吟』、『清冷香中抱膝吟』、『短鬢』、『葛巾』、『金淡泊』、『翠離披』、『秋無跡』、『夢有知』這幾句罷了。」又道：「明日閒了，我一個人作出十二首來。」李紈道：「你的也好，只是不及這幾句新巧就是了。」大家又評了一回，復又要了熱螃蟹來，就在大圓桌上吃了一回。

寶玉笑道：「今日持螯賞桂，亦不可無詩，我已吟成，誰還敢作？」說著，便忙洗了手，提筆寫出，眾人看道：

持螯更喜桂陰涼，潑醋擂薑興欲狂。饕餮王孫應有酒，横行公子竟無腸。
臍間積冷饞忘忌，指上沾腥洗尚香。原為世人美口腹，坡仙曾笑一生忙。

黛玉笑道：「這樣的詩，一時要一百首也有。」寶玉笑道：「你這會子才力已盡，不說不能作了，還貶人家。」黛玉聽了，並不答應，略一仰首微吟，提起筆來一揮，已有了一首。眾人看道：

鐵甲長戈死未忘，堆盤色相喜先嘗。螯封嫩玉雙雙滿，殼凸紅脂塊塊香。
多肉更憐卿八足，助情誰勸我千觴？對兹佳品酬佳節，桂拂清香菊帶霜。

寶玉看了，正喝彩，黛玉便一把撕了，命人燒去，因笑道：「我作的不及你的，我燒了他；你那個很好，比方纔的菊花詩還好，你留著他給人看。」

寶釵笑道：「我也勉強了一首，未必好，寫出來取笑兒罷。」說著，也寫了出來，大家看時，寫道：

桂靄桐陰坐舉觴，長安涎口盼重陽。眼前道路無經緯，皮裏春秋空黑黃。
看到這裏，眾人不禁叫絕。寶玉道：「罵得痛快！我的詩也該燒了。」看底下道：
酒未滌腥還用菊，性防積冷定須薑。於今落釜成何益，月浦空餘禾黍香。
眾人看畢，都說：「這是食蟹絕唱。這些小題目，原要寓大意思，纔算是大才。
只是諷刺世人太毒了些。」說著，只見平兒復進園來。不知做什麼，且聽下回分解。

卷三十九　村老老是信口開河　情哥哥偏尋根究底

話説眾人見平兒來了，都説：「你們奶奶做什麼呢，怎麼不來了？」平兒笑道：「他那裏得空兒來？因為説沒好生吃得，又不得來，所以叫我來問還有沒有，叫我要幾個，拿了家去吃罷。」湘雲道：「有，多著呢。」忙命人拿盒子裝了十個極大的，平兒道：「多拿幾個團臍的。」眾人又拉平兒坐，平兒不肯，李紈拉著他笑道：「偏要你坐。」拉著他身旁坐下，端了一杯酒，送到他嘴邊，平兒忙喝了一口，就要走，李紈道：「偏不許你去。顯見得你只有鳳丫頭，就不聽我的話了。」説著，又命嬤嬤們：「先送了盒子去，就説我留下平兒了。」那婆子一時拿了盒子回來，説：「二奶奶説，叫奶奶和姑娘們別笑話要嘴吃。這個盒子裏，方纔舅太太那裏送來的菱粉糕和雞油捲兒，給奶奶姑娘們吃的。」又向平兒道：「説使喚你來，你就貪住玩，不去了，勸你少喝一鍾兒罷。」平兒笑道：「多喝了，又把我怎麼樣？」一面説，一面只管喝，又吃螃蟹。李紈攬著他笑道：「可惜這麼個好體面模樣兒，命卻平常，只落得屋裏使喚。不知道的人，誰不拿你當作奶奶太太看？」

平兒一面和寶釵湘雲等吃喝著，一面回頭笑道：「奶奶，別這樣摸的我怪癢癢的。」李氏道：「噯喲！這硬的是什麼？」平兒道：「是鑰匙。」李氏道：「有什麼要緊的東西怕人偷了去，卻帶在身上？我成日家和人説笑：有個唐僧取經，就有個白馬來馱著他；劉智遠打天下，就有個瓜精來送盔甲；有個鳳丫頭，就有個你！你就是你奶奶的一把總鑰匙，還要這鑰匙做什麼？」平兒笑道：「奶奶吃了酒，又拿我來打趣著取笑兒了。」

寶釵笑道：「這倒是真話。我們沒事評論起來，你們這幾個，都是百個裏頭挑不出一個來的。妙在各人有各人的好處。」李紈道：「大小都有個天理，比如老太太屋裏，要沒那個鴛鴦，如何使得？從太太起，那一個敢駁老太太的回，他現敢駁回，偏老太太只聽他一個人的話。老太太的那些穿帶的，別人不記得，他都記得。要不是他經管著，不知叫人誆騙了多少去呢。那孩子心也公道，雖然這樣，倒常替人上好話兒，還倒不倚勢欺人的。」惜春笑道：「老太太昨日還說呢，他比我們還強呢。」平兒道：「那原是個好的，我們那裏比得上他？」寶玉道：「太太屋裏的彩霞，是個老實人。」探春道：「可不是，外頭『老實』，心裏可有數兒。太太是那麼『佛爺』似的，事情上不留心，他都知道。凡一應事，卻是他提著太太行，連老爺在家出外去的一應大小事，他都知道，太太忘了，他背後告訴太太。」

李紈道：「那也罷了。」指著寶玉道：「這一個小爺屋裏，要不是襲人，你們度量到個什麼田地？鳳丫頭就是個楚霸王，也得兩隻膀子好舉千斤鼎，他不是這丫頭，他就得這麼周到了？」平兒道：「先時賠了四個丫頭來，死的死，去的去，只剩下我一個孤鬼兒了。」李紈道：「你倒是有造化的，鳳丫頭也是有造化的。想當初珠大爺在日，何曾也沒兩個人？你們看，我還是那容不下人的？天天只見他兩個不自在，所以你珠大爺一沒了，趁年輕我都打發了。若有一個好的守得住，我到底有個膀臂了。」說著不覺眼圈兒紅了。眾人都道：「這又何必傷心，不如散了倒好。」說著，便都洗了手，大家約著往賈母王夫人處問安。眾婆子丫頭打掃亭子，收洗杯盤。襲人便和平兒一同往前去。

襲人因讓平兒到房裏坐坐，再吃一鍾茶。平兒回說：「不吃茶了，再來罷。」一面說，一面便要出去。襲人又叫住，問道：「這個月的月錢，連老太太、太太還沒放呢，是為什麼？」平兒見問，忙轉身至襲人跟前，又見方近無人，悄悄說道：「你快別問，橫豎再遲兩天就放了。」襲人笑道：「這是為什麼，唬得你這個樣兒？」平兒悄聲告訴他道：「這個月的月錢，我們奶奶早已支了，放給人使呢。等別處利錢收了來，湊齊了纔放呢。因為是你，我纔告訴你，可不許告訴一個人去。」襲人笑道：「他難道還短錢使？還沒個足厭？何苦還操這心？」平兒笑道：「何曾不是呢。他這幾年，只拿著這一項銀子翻出有幾百來了。他的公費月例又使不著，十兩八兩零碎攢了，又放出去，只他這體己利錢，一年不到，上千的銀子呢。」襲人笑道：「拿著我們的錢，你們主子奴才賺利錢，哄的我們呆等。」平兒道：「你又說沒良心的話！你難道還少錢使？」襲人道：「我雖不少，只是我也沒地方使去，就只預備我們那一個。」平兒道：「你倘若有緊要事用銀錢使時，我那裏還有幾兩銀子，你先拿來使，明日我扣下你的就是了。」襲人道：「此時也用不著，怕一時要用起來不夠了，我打發人去取就是了。」

平兒答應著，一逕出了園門，只見鳳姐那邊打發人來找平兒，說：「奶奶有事等你。」平兒道：「有什麼事，這麼要緊？我為大奶奶拉扯住說話兒，我又不逃了，這麼連三接四的叫人來找！」那丫頭說道：「你去不去由你，犯不上惱我，你自己敢與奶奶說去。」

平兒啐了一口，急忙走來，只見鳳姐兒不在房裏，忽見上回來打抽豐的那劉老老和板兒又來了，坐在那邊屋裏，還有張材家的周瑞家的陪著；又有兩三個丫頭在地下倒口袋裏的棗子、倭瓜並些野菜。眾人見他進來，都忙站起來了。劉老老因上次來過，知道平兒的身分，忙跳下地來，問：「姑娘好？」又說：「家裏都問好。早要來請姑奶奶的安，看姑娘來的，因為莊家忙。好容易今年多打了兩石糧食，瓜果菜蔬也豐盛，這是頭一起摘下來的，並沒敢賣呢，留的尖兒，孝敬姑奶奶、姑娘們嘗嘗。姑娘們天天山珍海味的，也吃膩了，吃個野菜兒，也算我們的窮心。」平兒忙道：「多謝費心。」又讓坐，自己坐了，又讓：「張嬸子周大娘坐。」命小丫頭子：「倒茶去。」周瑞張材兩家的因笑道：「姑娘今日臉上有些春色，眼圈兒都紅了。」平兒笑道：「可不是，我原是不吃的，大奶奶和姑娘們只是拉著死灌，不得已喝了兩鍾，臉就紅了。」張材家的笑道：「我倒想著要吃呢，又沒人讓我。明日再有人請姑娘，可帶了我去罷。」說著，大家都笑了。

周瑞家的道：「早起我就看見那螃蟹了，一斤只好秤兩個三個，這麼兩三大簍，想是有七八十斤呢。」周瑞家的又道：「若是上上下下，只怕還不夠。」平兒道：「那裏都吃？不過都是有名兒的吃兩個子。那些散眾，也有摸得著，也有摸不著的。」劉老老道：「這樣螃蟹，今年就值五分一斤，十斤五錢，五五二兩五，三五一十五，再搭上酒菜，一共倒有二十多兩銀子。阿彌陀佛！這一頓的錢，夠我們莊家人過一年的了。」

平兒因問：「想是見過奶奶了？」劉老老道：「見過了，叫我們等著呢。」說著，又往窗外看天氣，說道：「天好早晚了，我們也去罷，別出不去城，纔是饑荒呢。」

周瑞家的道：「這話倒是，我替你瞧瞧去。」說著，一徑去了，半日方來，笑道：「可是你老的福來了。竟投了這兩個人的緣了。」平兒等問：「怎麼樣？」周瑞家的笑道：「二奶奶在老太太跟前呢，我原是悄悄的告訴二奶奶：『劉老老要家去呢，怕晚了趕不出城去。』二奶奶說：『大遠的，難為他扛了些東西來，晚了就住一夜，明日再去。』這可不是投上二奶奶的緣了？這也罷了，偏生老太太又聽見了，問：『劉老老是誰？』二奶奶便回明白了。老太太又說：『我正想個積古的老人家說話兒，請了來我見一見。』這可不是想不到的投上緣了？」說著，催劉老老下來前去。劉老老道：「我這生象兒，怎好見的？好嫂子，你就說我去了罷。」平兒忙道：「你快去罷，不相干的。我們老太太最是惜老憐貧的，比不得那個狂三詐四的那些人。想是你怯上，我和周大娘送你去。」說著，同周瑞家的引了劉老老往賈母這邊來。

二門口該班的小廝們見了平兒出來，都站了起來，有兩個又跑上來，趕著平兒叫「姑娘」。平兒問道：「又說什麼？」那小廝笑道：「這會子也好早晚了，我媽病著，等我去請大夫。好姑娘，我討半日假，可使得？」平兒道：「你們倒好，都商議定了，一天一個，告假又不回奶奶，只和我胡纏。前日住兒去了，二爺偏生叫他，叫不著，我應起來了，還說我作了情。你今日又來了。」周瑞家的道：「當真的他媽病了，姑娘也替他應著，放了他罷。」平兒道：「明日一早來。聽著，我還要使你呢，再睡的日頭曬著屁股再來！你這一去，帶個信兒給旺兒，就說奶奶的話，問著他那剩的利錢，明日若不交來，奶奶不要了，爽性送他使罷。」那小廝歡天喜地，答應去了。

平兒等來至賈母房中，彼時大觀園中姊妹們都在賈母前承奉，劉老老進去，只見滿屋裏珠圍翠繞、花枝招展的，並不知都係何人。只見一張榻上，獨歪著一位老婆婆，身後坐著一個紗羅裹的美人一般的小丫鬟，在那裏捶腿。鳳姐兒站著正說笑。劉老老便知是賈母了，忙上來，陪著笑，福了幾福，口裏說：「請老壽星安。」賈母亦忙欠身問好，又命周瑞家的端過椅子來坐著。那板兒仍是怯人，不知問候。賈母道：「老親家，你今年多大年紀了？」劉老老忙起身答道：「我今年七十五了。」賈母向眾人道：「這麼大年紀了，還這麼硬朗，比我大好幾歲呢。我要到這麼年紀，還不知怎麼動不得呢。」劉老老笑道：「我們生來是受苦的人，老太太生來是享福的，若我們也這樣，那些莊家活也沒人做了。」賈母道：「眼睛牙齒都還好？」劉老老道：「都還好，就是今年左邊的槽牙活動了。」賈母道：「我老了，都不中用了，眼也花，耳也聾，記性也沒了。你們這些老親戚，我都記不得了。親戚們來了，我怕人笑我，我都不會。不過嚼得動的吃兩口，睡一覺；悶了時，和這些孫子孫女兒玩笑一回就完了。」劉老老笑道：「這正是老太太的福了。我們想這麼著不能。」賈母道：「什麼『福』，不過是老廢物罷了。」說的大家都笑了。

賈母又笑道：「我纔聽見鳳哥兒說，你帶好些瓜菜兒，我叫他快收拾去了。我正想個地裏現結的瓜兒菜兒吃，外頭買的不像你們地裏的好吃。」劉老老笑道：「這是野意兒，不過吃個新鮮。依我們，倒想魚肉吃，只是吃不起。」賈母又道：「今日既認著了親，別空空的就去，不嫌我這裏，就住一兩天再去。我們也有個園子，園子裏頭也有果子，你明日也嘗嘗，帶些家去，也算是看親戚一趟。」鳳姐兒見賈母喜歡，也忙留道：「我們這裏雖不比你們的場院大，空屋子還有兩間，你住兩天，把你們那裏的新聞故事兒，說些與我們老太太聽聽。」賈母笑道：「鳳丫頭，別拿他取笑兒，他是屯裏人，老實，那裏擱得住你打趣？」說著，又命人去先抓果子與板兒吃。板兒見人多了，又不敢吃。賈母又命拿些錢給他，叫小幺兒們帶他外頭玩去。劉老老吃了茶，便把些鄉村中所見所聞的事情說與賈母聽，賈母越發得了趣味。

正說著，鳳姐兒便命人請劉老老吃晚飯，賈母又將自己的菜揀了幾樣，命人送過去與劉老老吃。鳳姐知道合了賈母的心，吃了飯便又打發過來。鴛鴦忙命老婆子帶了劉老老去洗了澡，自己去挑了兩件隨常的衣服，命給劉老老換上。那劉老老那裏見過這般行事？忙換了衣裳出來，坐在賈母榻前，又搜尋些話出來說。彼時寶玉姊妹們也都在這裏坐著，他們何曾聽見過這些話，自覺比那些瞽目先生說的書還好聽。

那劉老老雖是個村野人，卻生來的有些見識，況且年紀老了，世情上經歷過的，見頭一個賈母高興，第二件這些哥兒姐兒們都愛聽，便沒話也編出些話來講。因說道：「我們村莊上種地種菜，每年每日，春夏秋冬，風裏雨裏，那裏有個坐著的空兒？天天都是在那地頭上做歇馬涼亭，什麼奇奇怪怪的事不見呢。就像去年冬天，接連下了幾天雪，地下壓了三四尺深，我那日起得早，還沒出房門，只聽外頭柴草響，我想著必定有人偷柴草來了，我巴著窗眼兒一瞧，卻不是我們村莊上的人。」賈母道：「必定是過路的客人們冷了，見現成的柴，抽些烤火去，也是有的。」劉老老笑道：「也並不是客人，所以說來奇怪。老壽星當個什麼人？原來是一個十七八歲極標致的一個小姑娘，梳著溜油光的頭，穿著大紅襖兒，白綾子裙兒……」剛說到這裏，忽聽外面人吵嚷起來，又說：「不相干的，別唬著老太太。」賈母等聽了，忙問：「怎麼了？」丫鬟回說：「南院馬棚子裏走了火了，不相干，已經救下去了。」賈母最膽小的，聽了這話，忙起身扶了人出至廊上來瞧，只見東南上火光猶亮。賈母唬得口內念佛，又忙命人去火神跟前燒香，王夫人等也忙都過來請安，又回說：「已經救下去了，老太太請進房去罷。」賈母足足的看火光熄了，方領眾人進來。

寶玉且忙問劉老老：「那女孩兒大雪地裏做什麼抽柴草？倘或凍出病來呢？」賈母道：「都是纔說抽柴草，惹出火來了，你還問呢。別說這個了，再說別的罷。」寶玉聽說，心內雖不樂，也只得罷了。劉老老便又想了一遍，說道：「我們莊子東邊莊上有個老奶奶子，今年九十多歲了，他天天吃齋念佛，誰知就感動了觀音菩薩，夜裏來託夢，說：『你這麼虔心，原本你該絕後的，如今奏了玉皇，給你個孫子。』原來這老奶奶只有一個兒子，這兒子也只一個兒子，好容易養到十七八歲上，死了，哭的什麼兒似的。落後，果然又生了一個，今年纔十三四歲，長得粉團兒一般，聰明伶俐非常。可見這些神佛是有的。」

這一席話，暗合了賈母王夫人的心事，連王夫人也都聽住了。寶玉心中只記掛著抽柴的故事，因悶得心中籌畫。探春因問他：「昨日擾了史大妹妹，咱們回去商議著邀一社，又還了席，也請老太太賞菊花何如？」寶玉笑道：「老太太說了，還要擺酒還史妹妹的席，叫咱們作陪呢。等吃了老太太的，咱們再請不遲。」探春道：「越往前去越冷了，老太太未必高興。」寶玉道：「老太太又喜歡下雨下雪的，不如咱們等下頭場雪，請老太太賞雪豈不好？咱們雪下吟詩，也更有趣了。」黛玉忙笑道：「咱們雪下吟詩，依我說，還不如弄一捆柴火，雪下抽柴，還更有趣兒呢！」說著，寶釵等都笑了。寶玉瞅了他一眼，也不答話。

一時散了，背地裏寶玉到底拉了劉老老，細問：「那女孩兒是誰？」劉老老只得編了告訴他，道：「那原是我們莊北沿兒地埂子上，有一個小祠堂裏，供的不是神佛，當先有個什麼老爺……」說著，又想名姓。寶玉道：「不拘什麼名姓，也不必想了，只說原故就是了。」劉老老道：「這老爺沒有兒子，只有一位小姐，名叫若玉小姐，知書兒識字，老爺太太愛如珍寶。可惜這若玉小姐生到十七歲，一病死了。」寶玉聽了，跌足歎惜，又問：「後來怎麼樣？」劉老老道：「因為老爺太太思念不盡，便蓋了這祠堂，塑了這若玉小姐的像，派了人燒香撥火。如今日久年深的，人也沒了，廟也爛了，那像也就成了精。」寶玉忙道：「不是成精，規矩這樣人是雖死不死的。」劉老老道：「阿彌陀佛！原來如此。不是哥兒說，我們都當他成了精。他時常變了人出來各村莊店道上閒逛。我纔說抽柴火的，就是他了。我們村莊上的人還商量著要打了這塑像平了廟呢。」寶玉忙道：「快別如此，若平了廟，罪過不小。」劉老老道：「幸虧哥兒告訴我，我明日回去，攔住他們就是了。」寶玉道：「我們老太太、太太都是善人，就是合家大小，也都好善喜捨，最愛修廟塑神的。我明日作一個疏頭，替你化些佈施，你就作香頭，攢了錢，把這廟修蓋，再裝塑了泥像，每月給你香火錢燒香，好不好？」劉老老道：「若這樣時，我託那小姐的福，也有幾個錢使了。」

寶玉又問他地名莊名，來往遠近，坐落何方，劉老老便順口謅了出來。寶玉信以為真，回至房中，盤算了一夜，次日一早，便出來給了焙茗幾百錢，按著劉老老說的方向地名，著焙茗去先踏看明白，回來再作主意。

那焙茗去後，寶玉左等也不來，右等也不來，急得熱鍋上的蚰蜒一般。好容易等到日落，方見焙茗興興頭頭的回來了，寶玉忙問：「可找著了？」焙茗笑道：「爺聽得不明白，叫我好找！那地名坐落，不似爺說的一樣，所以找了一日，找到東北角田埂子上，纔有一個破廟。」寶玉聽說，喜得眉開眼笑，忙說道：「劉老老有年紀的人，一時錯記了，也是有的。你且說你見的。」焙茗道：「那廟門都倒也朝南開，也是稀破的。我找的正沒好氣，一見這個，我就可好了。連忙進去，一看泥胎，唬得我又跑出來了，活像真的一般。」寶玉喜得笑道：「他能變化人了，自然有些生氣。」焙茗拍手道：「那裏是什麼女孩兒？竟是一位青臉紅髮的瘟神爺！」寶玉聽了，啐了一口，罵道：「真是一個無用的殺材，這點子事也幹不來！」焙茗道：「爺又不知看了什麼書，或者聽了誰的混話，信真了，把這件沒頭腦的事，派我去碰頭，怎麼說我沒用呢？」寶玉見他急了，忙撫慰他道：「你別急，改日閒了，你再找去。若是他哄我們呢，自然沒了；若竟是有的，你豈不也積了陰騭？我必重重的賞你呢。」

說著，只見二門上的小廝來說：「老太太房裏的姑娘們站在二門口找二爺呢。」不知找他有何言語，下回分解。

卷四十　史太君兩宴大觀園　金鴛鴦三宣牙牌令

話說寶玉聽了，忙進來看時，只見琥珀站在屏風跟前，說：「快去罷，立等你說話呢。」寶玉來至上房，只見賈母正和王夫人眾姐妹商議給史湘雲還席。寶玉因說：「我有個主意：既沒有外客，吃的東西也別定了樣數，誰素日愛吃的，揀樣兒做幾樣。也不必按桌席，每人跟前擺一張高几，各人愛吃的東西一兩樣，再一個十錦攢心盒子，自斟壺，豈不別致？」賈母聽了，說：「很是。」即命人傳與廚房：「明日就揀我們愛吃的東西做了，按著人數，再裝了盒子來。早飯也擺在園裏吃。」商議之間，早又掌燈，一夕無話。

次日清早起來，可喜這日天氣清朗。李紈清晨起來，看著老婆子丫頭們掃那些落葉，並擦抹桌椅，預備茶酒器皿；只見豐兒帶了劉老老板兒進來，說：「大奶奶倒忙得緊。」李紈笑道：「我說你昨日去不成，只忙著要去。」劉老老笑道：「老太太留下我，叫我也熱鬧一天去。」豐兒拿了幾把大小鑰匙，說道：「我們奶奶說了：外頭的高几恐不夠使，不如開了樓，把那收的拿下來使一天罷。奶奶原該親自來的，因和太太說話呢，請大奶奶開了，帶著人搬罷。」李氏便命素雲接了鑰匙，又命婆子出去，把二門上小廝叫幾個來，李氏站在大觀樓下，往上看著，命人上去開了綴錦閣，一張一張的往下擡。小廝、老婆子、丫頭一齊動手，擡了二十多張下來。李紈道：「好生著，別慌慌張張鬼趕著似的，仔細碰了牙子。」又回頭向劉老老笑道：「老老也上去瞧瞧。」劉老老聽說，巴不得一聲兒，拉了板兒登梯上去，進裏面，只見烏壓壓的，堆著些圍屏、桌、椅、大小花燈之類，雖不大認得，只見五彩炫耀，各有奇妙。念了幾聲佛，便下來了。然後鎖上門，一齊纔下來。李紈道：「恐怕老太太高興，越發把船上划子、篙、槳、遮陽幔子，都搬了下來預備著。」眾人答應，又復開了門，色色的搬了下來。命小廝傳駕娘們，到船塢裏撐出兩隻船來。

正亂著，只見賈母已帶了一群人進來了，李紈忙迎上去，笑道：「老太太高興，倒進來了；我只當還沒梳頭呢，纔掐了菊花要送去。」一面說，一面碧月早已捧過一個大荷葉式的翡翠盤子來，裏面養著各色折枝菊花，賈母便揀了一朵大紅的簪了鬢上；因回頭看見了劉老老，忙笑道：「過來帶花兒。」一語未完，鳳姐兒便拉過劉老老來，笑道：「讓我打扮你。」說著，把一盤子花，橫三豎四的插了一頭。賈母和眾人笑得不住。劉老老笑道：「我這頭也不知修了什麼福，今兒這樣體面起來。」眾人笑道：「你還不拔下來摔到他臉上呢，把你打扮的成了老妖精了。」劉老老笑道：「我雖老了，年輕時也風流，愛個花粉兒的，今兒老風流纔好。」

說話間，已來至沁芳亭上，丫鬟們抱了一個大錦褥子來，鋪在欄杆榻板上，賈母倚欄坐下，命劉老老也坐在旁邊，因問他：「這園子好不好？」劉老老念佛說道：「我們鄉下人，到了年下，都上城來買畫兒貼，時常閒了，大家都說：『怎麼得也到畫兒上逛逛。』想著那個畫兒也不過是假的，那裏有這個真地方？誰知我今兒進這園裏一瞧，竟比那畫兒還強十倍！怎麼得有人也照著這個園子畫一張，我帶了家去給他們見見，死了也得好處。」賈母聽說，指著惜春笑道：「你瞧我這個小孫女兒，他就會畫；

等明兒叫他畫一張如何？」劉老老聽了，喜得忙跑過來，拉著惜春說道：「我的姑娘！你這麼大年紀兒，又這麼個好模樣兒，還有這個能幹，必是個神仙託生的罷？」

賈母少歇一回，自然領著劉老老都見識見識，先到了瀟湘館。一進門，只見兩邊翠竹夾路，土地下蒼苔佈滿，中間羊腸一條石子漫的路。劉老老讓出來與賈母眾人走，自己卻走土地。琥珀拉他道：「老老，你上來走，仔細青苔滑倒了。」劉老老道：「不相干的，我們走熟了的，姑娘們只管走罷。可惜你們的繡鞋，必沾了泥。」他只顧上頭和人說話，不防腳底下果踩滑了，「咕咚」一交跌倒，眾人都拍手呵呵的笑。賈母笑罵道：「小蹄子們！還不攙起來，只站著笑。」說話時，劉老老已爬了起來，自己也笑了，說道：「纔說嘴，就打了嘴。」賈母問他：「可扭了腰了不曾？叫丫頭們搥一搥。」劉老老道：「那裏說的我這麼姣嫩了，那一天不跌兩個子？都要搥起來，還了得呢。」

紫鵑早打起湘簾，賈母等進來坐下，黛玉親自用小茶盤捧了一蓋碗茶來，奉與賈母。王夫人道：「我們不吃茶，姑娘不用倒了。」林黛玉聽說，便命丫頭把自己窗下常坐的一張椅子挪到下手，請王夫人坐了。劉老老因見窗下案上設著筆硯，又見書架上磊著滿滿的書，劉老老道：「這必定是那位哥兒的書房了？」賈母笑指黛玉道：「這是我這外孫女兒的屋子。」劉老老留神打量了林黛玉一番，方笑道：「這那裏像個小姐的繡房？竟比那上等的書房還好。」

賈母因問：「寶玉怎麼不見？」眾丫頭們答道：「在池子裏船上呢。」賈母道：「誰又預備下船了？」李紈忙回說：「纔開樓拿的。我恐怕老太太高興，就預備下了。」賈母聽了，方欲說話時，有人回說：「姨太太來了。」賈母等剛站起來，只見薛姨媽早進來了，一面歸坐，笑道：「今兒老太太高興，這早晚就來了。」賈母笑道：「我纔說，來遲了的要罰他，不想姨太太就來遲了。」說笑一回。

賈母因見窗上紗顏色舊了，便和王夫人說道：「這個紗新糊上好看，過了後來就不翠了。這個院子裏頭又沒有個桃杏樹，這竹子已是綠的，再拿這綠紗糊上，反不配。我記得咱們先有四五樣顏色糊窗的紗呢，明兒給他把這窗上的換了。」鳳姐兒忙道：「昨兒我開庫房，看見大板箱裏還有好幾疋銀紅蟬翼紗，也有各樣折枝花樣的，也有流雲蝙蝠花樣的，也有百蝶穿花花樣的，顏色又鮮，紗又輕軟，我竟沒見這個樣的。拿了兩疋出來，做兩牀綿紗被，想來一定是好的。」賈母聽了笑道：「呸！人人都說你沒有不經過不見過的，連這個紗還不能認得呢，明兒還說嘴。」薛姨媽等都笑說：「憑他怎麼經過見過，如何敢比老太太呢。老太太何不教導了他，連我們也聽聽。」鳳姐兒也笑說：「好祖宗！教給我罷。」

賈母笑向薛姨媽眾人道：「那個紗，比你們的年紀還大呢。怪不得他認作蟬翼紗，原也有些像。不知道的，都認作蟬翼紗。正經名字叫『軟煙羅』。」鳳姐兒道：「這個名兒也好聽，只是我這麼大了，紗羅也見過幾百樣，從沒聽見過這個名色。」賈母笑道：「你能活了多大？見過幾樣東西？就說嘴來了。那個軟煙羅只有四樣顏色：一樣雨過天青，一樣秋香色，一樣松綠的，一樣就是銀紅的。若是做了帳子，糊了窗屜，遠遠的看著，就似煙霧一樣，所以叫作『軟煙羅』，那銀紅的又叫作『霞影紗』。如今上用的府紗，也沒有這樣軟厚輕密的了。」薛姨媽笑道：「別說鳳丫頭沒見，連我也沒聽見過。」

鳳姐兒一面說話，早命人取了一疋來了，賈母說：「可不是這個！先時原不過是糊窗屜，後來我們拿這個做被做帳子試試，也竟好。明日就找出幾疋來，拿銀紅的替他糊窗子。」鳳姐答應著。眾人看了，都稱讚不已。劉老老也覷著眼看，口裏不住的念佛，說道：「我們想做衣裳也不能，拿著糊窗子豈不可惜？」賈母道：「倒是做衣裳不好看。」鳳姐忙把自己身上穿的一件大紅綿紗襖的襟子拉出來，向賈母薛姨媽道：「看我的這襖兒。」賈母薛姨媽都說：「這也是上好的了，這是如今上用內造的，竟比不上這個。」鳳姐兒道：「這個薄片子還說是內造上用呢，竟連這個官用的也比不上了。」賈母道：「再找一找，只怕還有；若有時，都拿出來，送這劉親家兩疋。有雨過天青的，我做一個帳子掛上。剩的配上裏子，做些個夾背心子給丫頭們穿，白收著霉壞了。」鳳姐兒忙答應了，仍命人送去。

賈母便笑道：「這屋裏窄，再往別處逛去罷。」劉老老笑道：「人人都說，『大家子住大房』，昨兒見了老太太正房，配上大箱、大櫃、大桌子、大牀，果然威武。那櫃子比我們一間房子還大，還高。怪道後院子裏有個梯子，我想又不上房曬東西，預備這梯子做什麼？後來我想起來，定是為開頂櫃取放東西，離了那梯子怎麼得上去呢？如今又見了這小屋子，更比大的越發齊整了；滿屋裏東西都只好看，都可不知叫什麼。我越看越捨不得離了這裏。」鳳姐道：「還有好的呢，我都帶你去瞧瞧。」

說著，一徑離了瀟湘館，遠遠望見池中一群人在那裏撐船。賈母道：「他們既備下船，咱們就坐一回。」說著，向紫菱洲蓼溆一帶走來。未至池前，只見幾個婆子手裏都捧著一色攝絲戧金五彩大盒子走來，鳳姐忙問王夫人：「早飯在那裏擺？」王夫人道：「問老太太在那裏就在那裏罷了。」賈母聽說，便回頭說：「你三妹妹那裏好，你就帶了人擺去，我們從這裏坐了船去。」

鳳姐兒聽說，便回身同了李紈、探春、鴛鴦、琥珀帶著端飯的人等，抄著近路到了秋爽齋，就在曉翠堂上調開桌案。鴛鴦笑道：「天天咱們說外頭老爺們吃酒吃飯，都有個湊趣兒的，拿他取笑兒。咱們今兒也得一個女清客了。」李紈是個厚道人，聽了不解；鳳姐兒卻知說的是劉老老了，也笑說道：「咱們今兒就拿他取個笑兒。」二人便如此這般商議。李紈笑勸道：「你們一點好事也不做，又不是個小孩兒，還這麼淘氣，仔細老太太說。」鴛鴦笑道：「很不與大奶奶相干，有我呢。」

正說著，只見賈母等來了，各自隨便坐下，先有丫鬟端過兩盤茶來。大家吃畢，鳳姐手裏拿著西洋布手巾，裹著一把烏木三鑲銀箸，按席擺下。賈母因說：「把那一張小楠木桌子擡過來，讓劉親家挨著我這邊坐。」眾人聽說，忙擡了過來。鳳姐一面遞眼色與鴛鴦，鴛鴦便忙拉劉老老出去，悄悄的囑咐了劉老老一席話，又說：「這是我們家的規矩，若錯了，我們就笑話呢。」

調停已畢，然後歸坐。薛姨媽是吃過飯來的，不吃，只坐在一邊吃茶。賈母帶著寶玉、湘雲、黛玉、寶釵一桌，王夫人帶著迎春姐妹三人一桌，劉老老挨著賈母一桌。賈母素日吃飯，皆有小丫鬟在旁邊拿著漱盂、麈尾、巾帕之物，如今鴛鴦是不當這差的了，今日偏接過麈尾來拂著。丫鬟們知他要撮弄劉老老，便躲開讓他。鴛鴦一面侍立，一面遞眼色。劉老老道：「姑娘放心。」

那劉老老入了坐，拿起箸來，沈甸甸的不伏手。原是鳳姐和鴛鴦商議定了，單拿了一雙老年四楞象牙鑲金的筷子與劉老老。劉老老見了，說道：「這叉巴子，比我們那裏的鐵鍬還沈，那裏拿的動他？」說的眾人都笑起來。只見一個媳婦端了一個盒子站在當地，一個丫鬟上來揭去盒蓋，裏面盛著兩碗菜，李紈端了一碗放在賈母桌上，鳳姐偏揀了一碗鴿子蛋放在劉老老桌上。

賈母這邊說聲「請」，劉老老便站起身來，高聲說道：「老劉，老劉，食量大如牛，吃個老母豬不擡頭！」自己卻鼓著腮幫子不語。眾人先還發怔，後來一聽，上上下下都哈哈大笑起來。湘雲掌不住，一口茶都噴了出來。林黛玉笑岔了氣，伏著桌子只叫「噯喲！」寶玉滾到賈母懷裏，賈母笑得摟著叫「心肝」。王夫人笑得用手指著鳳姐兒，卻說不出話來。薛姨媽也掌不住，口裏的茶噴了探春一裙子。探春手裏的茶碗都合在迎春身上。惜春離了坐位，拉著他的奶母，叫「揉一揉腸子」。地下無一個不彎腰屈背，也有躲出去蹲著笑去的，也有忍著笑上來替他姐妹換衣裳的。獨有鳳姐鴛鴦二人掌著，還只管讓劉老老。劉老老拿起箸來，只覺不聽使，又道：「這裏的雞兒也俊，下的這蛋也小巧，怪俊的。我且得一個兒。」眾人方住了笑，聽見這話，又笑起來。賈母笑得眼淚出來，只忍不住，琥珀在後捶著。賈母笑道：「這定是鳳丫頭促狹鬼兒鬧的！快別信他的話了。」那劉老老正誇雞蛋小巧，鳳姐兒笑道：「一兩銀子一個呢，你快嘗嘗罷，冷了就不好吃了。」劉老老便伸筷子要夾，那裏夾的起來？滿碗裏鬧了一陣，好容易撮起一個來，纔伸著脖子要吃，偏又滑下來，滾在地下，忙放下筷子，要親自去揀，早有地下的人揀了出去了。劉老老歎道：「一兩銀子也沒聽見個響聲兒就沒了。」

眾人已沒心吃飯，都看著他取笑。賈母又說：「誰這會子又把那個筷子拿了出來，又不請客擺大筵席。都是鳳丫頭支使的，還不換了呢。」地下的人原不曾預備這牙箸，本是鳳姐同鴛鴦拿了來的，聽如此說，忙收了過去，也照樣換上一雙烏木鑲銀的。劉老老道：「去了金的，又是銀的，到底不及俺們那個伏手。」鳳姐兒道：「菜裏若有毒，這銀子下去了就試的出來。」劉老老道：「這個菜裏有毒，我們那些都成了砒霜了。那怕毒死了，也要吃盡了。」賈母見他如此有趣，吃的又香甜，把自己的菜也都端過來與他吃。又命一個老嬤嬤來，將各樣的菜給板兒夾在碗上。

一時吃畢，賈母等都往探春臥室中去閒話，這裏收拾殘桌，又放了一桌。劉老老看著李紈與鳳姐兒對坐著吃飯，歎道：「別的罷了，我只愛你們家這行事。怪道說『禮出大家』。」鳳姐兒忙笑道：「你可別多心，纔剛不過大家取樂兒。」一言未了，鴛鴦也進來笑道：「老老別惱，我給你老人家賠個不是。」劉老老笑道：「姑娘說那裏話？咱們哄著老太太開個心兒，可有什麼惱的！你先囑咐我，我就明白了，不過大家取個笑兒。我要心裏惱，也就不說了。」鴛鴦便罵人：「為什麼不倒茶給老老吃？」劉老老忙道：「纔剛那個嫂子倒了茶來，我吃過了，姑娘也該用飯了。」鳳姐兒便拉鴛鴦坐下道：「你和我們吃罷，省得回來又鬧。」鴛鴦便坐下了，婆子們添上碗箸來，三人吃畢。

劉老老笑道：「我看你們這些人，都只吃這一點兒就完了，虧你們也不餓。怪道風兒都吹的倒。」鴛鴦便問：「今兒剩的不少，都那裏去了？」婆子們道：「都還沒散呢，在這裏等著，一齊散與他們吃。」鴛鴦道：「他們吃不了這些，挑兩碗給二奶奶屋裏平丫頭送去。」鳳姐道：「他早吃了飯了，不用給他。」鴛鴦道：「他吃不了，餵你的貓。」婆子聽了，忙揀了兩樣，拿盒子送去。鴛鴦道：「素雲那裏去了？」李紈道：「他們都在這裏一處吃，又找他做什麼？」鴛鴦道：「這就罷了。」鳳姐道：「襲人不在這裏，你倒是叫人送兩樣給他去。」鴛鴦聽說，便命人也送兩樣去。鴛鴦又問婆子們：「回來吃酒的攢盒，可裝上了？」婆子道：「想必還得一會子。」鴛鴦道：「催著些兒。」婆子答應了。

鳳姐等來至探春房中，只見他娘兒們正說笑。探春素喜闊朗，這三間屋子並不曾隔斷，當地放著一張花梨大理石大案，案上磊著各種名人法帖，並數十方寶硯，各色筆筒，筆海內插的筆如樹林一般。那一邊設著斗大的一個汝窯花囊。插著滿滿的一囊水晶毬的白菊。西牆上當中掛著一大幅米襄陽「煙雨圖」。左右掛著一副對聯，乃是顏魯公墨跡。其聯云：

煙霞閒骨格，泉石野生涯。

案上設著大鼎，左邊紫檀架上放著一個大官窯的大盤，盤內盛著數十個嬌黃玲瓏大佛手；右邊洋漆架上懸著一個白玉比目磬，旁邊掛著小槌。

那板兒略熟了些，便要摘那槌子要擊，丫鬟們忙攔住他。他又要那佛手吃，探春揀了一個與他，說：「玩罷，吃不得的。」東邊便設著臥榻拔步牀，上懸著蔥綠雙繡花卉草蟲的紗帳。板兒又跑來看，說：「這是蟈蟈，這是螞蚱。」劉老老忙打了他一巴掌，道：「下作黃子！沒乾沒淨的亂鬧。倒叫你進來瞧瞧，就上臉了。」打的板兒哭起來，眾人忙勸解方罷。

賈母因隔著紗窗後往院內看了一回，因說：「後廊簷下的梧桐也好了，只是細些。」正說話，忽一陣風過，隱隱聽得鼓樂之聲。賈母問：「是誰家娶親呢？這裏臨街倒近。」王夫人等笑回道：「街上的那裏聽得見？這是咱們的那十來個女孩子們演習吹打呢。」賈母便笑道：「既他們演，何不叫他們進來演習，他們也逛一逛，咱們可又樂了。」鳳姐聽說，忙命人出去叫來，又一回吩咐擺下條桌，鋪上紅氈子。賈母道：「就鋪排在藕香榭的水亭子上，借著水音更好聽。回來咱們就在綴錦閣底下吃酒，又寬闊，又聽的近。」眾人都說：「那裏好。」賈母向薛姨媽笑道：「咱們走罷，他們姊妹們都不大喜歡人來，生怕腌臢了屋子。咱們別沒眼色，正經坐回子船，喝酒去。」說著，大家起身便走。探春笑道：「這是那裏的話？求著老太太、姨媽、太太來坐坐還不能呢。」賈母笑道：「我的這三丫頭卻好，只有兩個玉兒可惡；回來吃醉了，咱們偏往他們屋裏鬧去。」

說著，眾人都笑了，一齊出來。走不多遠，已到了荇葉渚。那姑蘇選來的幾個駕娘，早把兩隻棠木舫撐來，眾人扶了賈母，王夫人、薛姨媽、劉老老、鴛鴦、玉釧兒上了這一隻船，落後李紈也跟上去。鳳姐也上去，立在船頭上，也要撐船。賈母在艙內道：「這不是玩的！雖不是河裏，也有好深的，你快給我進來。」鳳姐笑道：「怕什麼！老祖宗只管放心。」說著，便一篙點開，到了池當中；船小人多，鳳姐只覺亂愰，忙把篙子遞與駕娘，方蹲下去。

然後迎春姊妹等並寶玉上了那隻，隨後跟來。其餘老嬤嬤眾丫鬟俱沿河隨行。寶玉道：「這些破荷葉可恨，怎麼還不叫人來拔去？」寶釵笑道：「今年這幾日，何曾饒了這園子閒了一閒，天天逛，那裏還有叫人來收拾的工夫？」林黛玉道：「我最不喜歡李義山的詩，只喜他這一句：『留得殘荷聽雨聲。』偏你們又不留著殘荷了。」寶玉道：「果然好句，以後咱們別叫拔去了。」

說著，已到了花漵的蘿港之下，覺得陰森透骨，兩灘上衰草殘菱，更助秋興。賈母因見岸上的清廈曠朗，便問：「這是薛姑娘的屋子不是？」眾人道：「是。」賈母忙命攏岸，順著雲步石梯上去，一同進了蘅蕪院，只覺異香撲鼻。那些奇草仙藤，愈冷愈蒼翠，都結了實，似珊瑚豆子一般，累垂可愛。及進了房屋，雪洞一般，一色的玩器全無。案上止有一個土定瓶，中供著數枝菊花，並兩部書、茶奩、茶杯而已；牀上只弔著青紗帳幔，衾褥也十分樸素。賈母歎道：「這孩子太老實了。你沒有陳設，何妨和你姨娘要些？我也不理論，也沒想到。你們的東西，自然在家裏沒帶了來。」說著，命鴛鴦去取些古董來，又嗔著鳳姐兒：「不送些玩器來與你妹妹，這樣小器。」王夫人鳳姐等都笑回說：「他自己不要的。我們原送了來，都退回去了。」薛姨媽也笑說道：「他在家裏也不大弄這些東西。」

賈母搖頭道：「使不得。雖然他省事，倘來一個親戚，看著不像；二則年輕的姑娘們，屋裏這樣素淨，也忌諱。我們這老婆子，越發該住馬圈去了。你們聽那些書上戲上說的小姐們的繡房，精緻的還了得呢！他們姊妹們雖不敢比那些小姐們，也不要很離了格兒。有現成的東西，為什麼不擺？若很愛素淨，少幾樣倒使得。我最會收拾屋子的，如今老了，沒這閒心了。他們姐妹們也還學著收拾的好，只怕俗氣，有好東西也擺壞了。我看他們還不俗。如今等我替你收拾，包管又大方又素淨。我的體己兩件，收到如今，沒給寶玉看見過，若經了他的眼，也沒了。」說著，叫過鴛鴦來，吩咐道：「你把那石頭盆景兒和那架紗照屏，還有個墨煙凍石鼎這三樣擺在這案上就夠了。再把那水墨字畫白綾帳子拿來，把這帳子也換了。」鴛鴦答應著，笑道：「這些東西都擱在東樓上的，不知那個箱子裏，還得慢慢找去，明兒再拿去也罷了。」賈母道：「明日後日，都使得，只別忘了。」說著，坐了一回，方出來，一徑來至綴錦閣下。文官等上來請過安，因問：「演習何曲？」賈母道：「只揀你們熟的演習幾套罷。」文官等下來，往藕香榭去不提。

這裏鳳姐兒已帶著人擺設齊整，上面左右兩張榻，榻上都鋪著錦茵蓉簟，每一榻前兩張雕漆几，也有海棠式的，也有梅花式的，也有荷葉式的，也有葵花式的，也有方的，有圓的，其式不一。一個上面放著爐瓶一分，攢盒一個。上面二榻四几，是賈母薛姨媽；下面一椅兩几，是王夫人的。餘者都是一椅一几。東邊劉老老，劉老老之下便是王夫人。西邊便是史湘雲，第二便是寶釵，第三便是黛玉，第四迎春、探春、惜春挨次下去，寶玉在末。李紈鳳姐二人之几設於三層檻內，二層紗櫥之外。攢盒式樣，亦隨几之式樣。每人一把烏銀洋鏨自斟壺，一個十錦琺瑯杯。

大家坐定，賈母先笑道：「咱們先吃兩杯，今日也行一個令，纔有意思。」薛姨媽笑說道：「老太太自然有好酒令，我們如何會呢！安心要我們醉了，我們都多吃兩杯就有了。」賈母笑道：「姨太太今兒也過謙起來，想是厭我老了。」薛姨媽笑道：「不是謙，只怕行不上來，倒是笑話了。」王夫人忙笑道：「便說不上來，只多吃了一杯酒，醉了睡覺去，還有誰笑話咱們不成。」薛姨媽點頭笑道：「依令。老太太到底吃一杯令酒纔是。」賈母笑道：「這個自然。」說著便吃了一杯。

鳳姐兒忙走至當地，笑道：「既行令，還叫鴛鴦姐姐來行更好。」眾人都知賈母所行之令，必得鴛鴦提著，故聽了這話，都說：「很是。」鳳姐便拉了鴛鴦過來。王夫人笑道：「既在令內，沒有站著的理。」回頭命小丫頭子：「端一張椅子，放在你二位奶奶的席上。」鴛鴦也半推半就，謝了坐，便坐下，也吃了一鍾酒，笑道：「酒令大如軍令，不論尊卑，惟我是主，違了我的話，是要受罰的。」王夫人等都笑道：「一定如此，快些說。」鴛鴦未開口，劉老老便下席，擺手道：「別這樣捉弄人，我家去了。」眾人都笑道：「這卻使不得。」鴛鴦喝令小丫頭子們：「拉上席去！」小丫頭子們也笑著，果然拉入席中。劉老老只叫：「饒了我罷！」鴛鴦道：「再多言的罰一壺。」

劉老老方住了。

鴛鴦道：「如今我説骨牌副兒，從老太太起，順領下去，至劉老老止。比如我説一副兒，將這三張牌拆開，先説頭一張，次説第二張，説完了，合成這一副兒的名字。無論詩詞歌賦，成語俗話，比上一句，都要合韻。錯了的罰一杯。」衆人笑道：「這個令好，就説出來。」

鴛鴦道：「有了一副了。左邊是張『天』。」賈母道：「頭上有青天。」衆人道：「好！」鴛鴦道：「當中是個五合六。」賈母道：「六橋梅花香徹骨。」鴛鴦道：「剩了一張六合幺。」賈母道：「一輪紅日出雲霄。」鴛鴦道：「湊成便是個『蓬頭鬼』。」賈母道：「這鬼抱住鍾馗腿。」説完，大家笑著喝彩。賈母飲了一杯。

鴛鴦又道：「又有一副了。左邊是個『大長五』。」薛姨媽道：「梅花朵朵風前舞。」鴛鴦道：「右邊是個『大五長』。」薛姨媽道：「十月梅花嶺上香。」鴛鴦道：「當中『二五』是雜七。」薛姨媽道：「織女牛郎會七夕。」鴛鴦道：「湊成『二郎遊五嶽』。」薛姨媽道：「世人不及神仙樂。」説完，大家稱賞，飲了酒。

鴛鴦又道：「有了一副了。左邊『長幺』兩點明。」湘雲道：「雙懸日月照乾坤。」鴛鴦道：「右邊『長幺』兩點明。」湘雲道：「閒花落地聽無聲。」鴛鴦道：「中間還得『幺四』來。」湘雲道：「日邊紅杏倚雲栽。」鴛鴦道：「湊成一個『櫻桃九熟』。」湘雲道：「御園卻被鳥啣出。」説完，飲了一杯。

鴛鴦道：「有了一副了。左邊是『長三』。」寶釵道：「雙雙燕子語樑間。」鴛鴦道：「右邊是『三長』。」寶釵道：「水荇牽風翠帶長。」鴛鴦道：「當中『三六』九點在。」寶釵道：「三山半落青天外。」鴛鴦道：「湊成『鐵鎖練孤舟』。」寶釵道：「處處風波處處愁。」說完飲畢。

鴛鴦又道：「左邊一個『天』。」黛玉道：「良辰美景奈何天。」寶釵聽了，回頭看著他，黛玉只顧怕罰，也不理論。鴛鴦道：「中間『錦屏』顏色俏。」黛玉道：「紗窗也沒有紅娘報。」鴛鴦道：「剩了『二六』八點齊。」黛玉道：「雙瞻玉座引朝儀。」鴛鴦道：「湊成『籃子』好採花。」黛玉道：「仙杖香挑芍藥花。」說完，飲了一口。

鴛鴦道：「左邊『四五』成花九。」迎春道：「桃花帶雨濃。」眾人笑道：「該罰！錯了韻，而且又不像。」迎春笑著，飲了一口。

原是鳳姐和鴛鴦都要聽劉老老的笑話，故意都命說錯，都罰了。至王夫人，鴛鴦代說了一個，下便該劉老老。劉老老道：「我們莊家閒了，也常會幾個人弄這個，可不如這麼說的好聽。少不得我也試一試。」眾人都笑道：「容易說的，你只管說，不相干。」鴛鴦笑道：「左邊『大四』是個『人』。」劉老老聽了，想了半日，說道：「是個莊家人罷！」眾人哄堂笑了。賈母笑道：「說的好，就是這樣說。」劉老老也笑道：「我們莊家人不過是現成的本色，眾位姑娘姐姐別笑。」鴛鴦道：「中間『三四』綠配紅。」劉老老道：「大火燒了毛毛蟲。」眾人笑道：「這是有的，還說你的本色。」鴛鴦笑道：「右邊『幺四』真好看。」劉老老道：「一個蘿蔔一頭蒜。」眾人又笑了。鴛鴦笑道：「湊成便是『一枝花』。」劉老老兩隻手比著，說道：「花兒落了結個大倭瓜。」眾人大笑起來。只聽外面亂嚷嚷的，何事，且聽下回分解。

卷四十一　賈寶玉品茶櫳翠庵　劉老老醉臥怡紅院

話說劉老老兩隻手比著說道：「花兒落了結個大倭瓜。」眾人聽了，哄堂大笑起來。於是吃過門杯，因又鬥趣，笑道：「今兒實說罷，我的手腳子粗，又喝了酒，仔細失手打了這磁杯；有木頭的杯取個來，我便失了手，掉了地下，也無礙。」眾人聽了又笑起來。鳳姐兒聽如此說，便忙笑道：「果真要木頭的，我就取了來，可有一句話先說下：這木頭的可比不得磁的，他都是一套，定要吃遍一套方使得。」劉老老聽了，心下㦸蘊道：「我方纔不過是趣話取笑兒，誰知他果真竟有，我時常在鄉紳大家也赴過席，金杯銀杯倒都也見過，從沒見有木頭杯的。哦，是了，想必是小孩子們使的木碗兒，不過誆我多喝兩碗；別管他，橫豎這酒蜜水兒似的，多喝點子也無妨。」想畢，便說：「取來再商量。」

鳳姐乃命豐兒：「前面裏間書架子上，有十個竹根套杯，取來。」豐兒聽了，纔要去取，鴛鴦笑道：「我知道，你那十個杯還小；況且你纔說木頭的，這會子又拿了竹根的來，倒不好看。不如把我們那裏的黃楊根子整刓的十個大套杯拿來，灌他十下子。」鳳姐兒笑道：「更好了。」鴛鴦果命人取來。劉老老一看，又驚又喜：驚的是一連十個挨次大小分下來，那大的足足的似個小盆子，極小的還有手裏的杯子兩個大；喜得是雕鏤奇絕，一色山水樹木人物，並有草字以及圖印。因忙說道：「拿了那小的來就是了。」鳳姐兒笑道：「這個杯，沒有這大量的，所以沒人敢使他。老老既要，好容易找出來，必定要挨次吃一遍，纔使得。」劉老老嚇得忙道：「這個不敢。好姑奶奶，饒了我罷。」賈母、薛姨媽、王夫人知道他有年紀的人，禁不起，忙笑道：「說是說，笑是笑，不可多吃了，只吃這頭一杯罷。」劉老老道：「阿彌陀佛！我還是小杯吃罷，把這大杯收著，我帶了家去，慢慢的吃罷。」說的眾人又笑起來。

鴛鴦無法，只得命人滿斟了一大杯，劉老老兩手捧著喝。賈母、薛姨媽都道：「慢些，不要嗆了。」薛姨媽又命鳳姐兒佈個菜。鳳姐笑道：「老老要吃什麼，說出名兒來，我夾了餵你。」劉老老道：「我知道什麼名兒，樣樣都是好的。」賈母笑道：「把茄鮝夾些餵他。」鳳姐兒聽說，依言夾些茄鮝，送入劉老老口中，因笑道：「你們天天吃茄子，也嘗嘗我們這茄子，弄得來可口不可口。」劉老老笑道：「別哄我了，茄子跑出這個味兒了。我們也不用種糧食，只種茄子了。」眾人笑道：「真是茄子，我們再不哄你。」劉老老咤異道：「真是茄子？我白吃了半日。姑奶奶再餵我些，這一口細嚼嚼。」鳳姐兒果又夾了些放入他口內。劉老老細嚼了半日，笑道：「雖有一點茄子香，只是還不像是茄子。告訴我是個什麼法子弄的，我也弄著吃去。」鳳姐兒笑道：「這也不難：你把纔下來的茄子，把皮刨了，只要淨肉，切成碎釘子，用雞油炸了，再用雞肉脯子合香菌、新筍、蘑菇、五香豆腐乾子、各色乾果子，都切成釘兒，拿雞湯煨乾，將香油一收，外加糟油一拌，盛在磁罐子裏，封嚴；要吃時拿出來，用炒的雞瓜子一拌，就是了。」

劉老老聽了，搖頭吐舌說：「我的佛祖！倒得十來隻雞來配他，怪道這個味兒！」一面笑，一面慢慢的吃完了酒，還只管細玩那杯子。鳳姐兒笑道：「還是不足興，再吃一杯罷？」劉老老忙道：「了不得，那就醉死了，我因為愛這樣兒好看，虧他怎麼做來。」鴛鴦笑道：「酒吃完了，到底這杯子是什麼木頭的？」劉老老笑道：「怨不得姑娘不認得，你們在這金門繡户的，如何認得木頭？我們成日家和樹林子做街坊，睏了枕著他睡，乏了靠著他坐，荒年間餓了還吃他；眼睛裏天天見他，耳朵裏天天聽他，嘴兒裏天天説他，所以好歹真假，我是認得的，讓我認一認。」一面説，一面細細端詳了半日，道：「你們這樣人家，斷沒有那賤東西；那容易得的木頭，你們也不收著了。我掂著這麼體沈，斷乎不是楊木，一定是黃松做的。」

衆人聽了，鬨堂大笑起來。只見一個婆子走來，請問賈母説：「姑娘們都到了藕香榭，請示下，就演罷，還是再等一回子？」賈母忙笑道：「可是倒忘了他們，就叫他們演罷。」那個婆子答應去了，不一時，只聽得簫管悠揚，笙笛並發。正值風清氣爽之時，那樂聲穿林度水而來，自然使人神怡心曠。寶玉先禁不住，拿起壺來斟了一杯，一口飲盡，復又斟上；纔要飲，只見王夫人也要飲，命人換暖酒，寶玉連忙將自己的杯捧了過來，送到王夫人口邊，王夫人便就他手内吃了兩口。一時暖酒來了，寶玉仍歸舊坐。王夫人提了暖壺下席來，衆人都出了席，薛姨媽也站起來，賈母忙命李鳳二人接過壺來：「讓你姑媽坐了，大家纔便。」王夫人見如此説，方將壺遞與鳳姐兒，自己歸坐。賈母笑道：「大家吃上兩杯，今日著實有趣。」説著，擎杯讓薛姨媽，又向湘雲寶釵道：「你姐妹兩個也吃一杯。你林妹妹不大會吃，也別饒他。」説著，自己也乾了。湘雲、寶釵、黛玉也都吃了。

當下劉老老聽見這般音樂，且又有了酒，越發喜得手舞足蹈起來。寶玉因下席過來，向黛玉笑道：「你瞧劉老老的樣子。」黛玉笑道：「當日聖樂一奏，百獸率舞，如今纔一牛耳。」眾姐妹都笑了。須臾樂止，薛姨媽笑道：「大家的酒也都有了，且出去散散再坐罷。」賈母也正要散散，於是大家出席，都隨著賈母遊玩。賈母因要帶著劉老老散悶，遂攜了劉老老至山前樹下，盤桓了半晌，又說給他這是什麼樹，這是什麼石，這是什麼花。劉老老一一領會，又向賈母道：「誰知城裏不但人尊貴，連雀兒也是尊貴的。偏這雀兒到了你們這裏，他也變俊了，也會說話了。」眾人不解，因問：「什麼雀兒變俊了會說話？」劉老老道：「那廊上金架子上站的綠毛紅嘴是鸚哥兒，我是認得的。那籠子裏的黑老鴰子，又長出鳳頭兒來，也會說話呢。」眾人聽了又都笑將起來。

一時只見丫頭們來請用點心，賈母道：「吃了兩杯酒，倒也不餓，也罷，就拿了這裏來，大家隨便吃些罷。」丫頭聽說，便去抬了兩張几來，又端了兩個小捧盒。揭開看時，每個盒內兩樣。這盒內是兩樣蒸食：一樣是藕粉桂花糖糕，一樣是松瓤鵝油捲。那盒內是兩樣炸的：一樣是只有一寸來大的小餃兒。賈母因問：「什麼餡子？」婆子們忙回：「是螃蟹的。」賈母聽了，皺眉說道：「這會子油膩膩的，誰吃這個！」又看那一樣是奶油炸的各色小麵果，也不喜歡，因讓薛姨媽吃，薛姨媽只揀了塊糕；賈母揀了一個捲子，只嘗了一嘗，剩的半個，遞與丫頭了。

劉老老因見那小麵果子都玲瓏剔透，各式各樣，又揀了一朵牡丹花樣的，笑道：「我們鄉裏最巧的姐兒們，剪子也不能鉸出這麼個紙的來。我又愛吃，又捨不得吃，包些家去給他們做花樣子去倒好。」眾人都笑了。賈母笑道：「家去我送你一磁罐子，你先趁熱吃這個罷。」別人不過揀各人愛吃的揀了一兩樣就算了，劉老老原不曾吃過這些東西，且都做的小巧，不顯堆垛的，他和板兒每樣吃了些，就去了半盤子。剩的，鳳姐又命攢了兩盤，並一個攢盒，與文官等吃去。忽見奶子抱了大姐兒來，大家哄他玩了一會，那大姐兒因抱著一個大柚子玩，忽見板兒抱著一個佛手，大姐便要，丫鬟哄他取去，大姐兒等不得，便哭了。眾人忙把柚子給了板兒，將板兒的佛手哄過來與他纔罷。那板兒因玩了半日佛手，此刻又兩手抓著些果子吃，又忽見這個柚子又香又圓，更覺好玩，且當毬踢著玩去，也就不要佛手了。

當下賈母等吃過了茶，又帶了劉老老至櫳翠庵來。妙玉忙接了進去。眾人至院中，見花木繁盛，賈母笑道：「倒底是他們修行人，沒事常常修理，比別處越發好看。」一面說，一面便往東禪堂來。妙玉笑往裏讓，賈母道：「我們纔都吃了酒肉，你這裏頭有菩薩，衝了罪過。我們這裏坐坐，把你的好茶拿來，我們吃一杯就去了。」寶玉留神看他是怎麼行事。只見妙玉親自捧了一個海棠花式雕漆填金「雲龍獻壽」的小茶盤，裏面放一個成窯五彩小蓋鍾，捧與賈母。賈母道：「我不吃六安茶。」妙玉笑說：「知道。這是『老君眉』。」賈母接了，又問：「是什麼水？」妙玉道：「是舊年蠲的雨水。」賈母便吃了半盞，笑著遞與劉老老，說：「你嘗嘗這個茶。」劉老老便一口吃盡，笑道：「好是好，就是淡些，再熬濃些更好了。」賈母眾人都笑起來。然後眾人都是一色的官窯脫胎填白蓋碗。

那妙玉便把寶釵黛玉的衣襟一拉，二人隨他出去。寶玉悄悄的隨後跟了來。只見妙玉讓他二人在耳房內，寶釵便坐在榻上，黛玉便坐在妙玉的蒲團上。妙玉自向風爐上煽滾了水，另泡了一壺茶。寶玉便走了進來，笑道：「偏你們吃體己茶呢。」二人都笑道：「你又趕了來撤茶吃，這裏並沒你吃的。」妙玉剛要去取杯，只見道婆收了上面茶盞來，妙玉忙命：「將那成窯的茶杯別收了，擱在外頭去罷。」寶玉會意，知為劉老老吃了，他嫌腌臢，不要了。又見妙玉另拿出兩隻杯來，一個旁邊有一耳，杯上鐫著「瓝瓟斝」三個隸字，後有一行小真字，是「王愷珍玩」，又有「宋元豐五年四月眉山蘇軾見於秘府」一行小字。妙玉斟了一斝遞與寶釵。那一隻形似鉢而小，也有三個垂珠篆字，鐫著「點犀𫮃」。妙玉斟了一𫮃與黛玉。仍將前番自己常日吃茶的那隻綠玉斗來斟與寶玉。寶玉笑道：「常言『世法平等』，他兩個就用那樣古玩奇珍，我就是個俗器了？」妙玉道：「這是俗器？不是我說狂話，只怕你家裏未必找的出這麼一個俗器來呢。」寶玉笑道：「俗話說：『隨鄉入鄉』，到了你這裏，自然把這金珠玉寶一概貶為俗器了。」

妙玉聽如此說，十分歡喜，遂又尋出一隻九曲十環一百二十節蟠虬整雕竹根的一個大盞出來，笑道：「就剩了這一個，你可吃的了這一海？」寶玉喜得忙道：「吃的了。」妙玉笑道：「你雖吃的了，也沒這些茶你糟蹋。豈不聞『一杯為品，二杯即是解渴的蠢物，三杯便是飲驢了』。你吃這一海，更成什麼？」說的寶釵、黛玉、寶玉都笑了。妙玉執壺，只向海內斟了約有一杯，寶玉細細吃了，果覺輕淳無比，賞讚不絕。妙玉正色道：「你這遭吃茶，是託他兩個的福，獨你來了，我是不能給你吃的。」寶玉笑道：「我深知道，我也不領你的情，只謝他二人便了。」妙玉聽了，方說：「這話明白。」黛玉因問：「這也是舊年的雨水？」妙玉冷笑道：「你這麼個人，竟是大俗人，連水也嘗不出來。這是五年前我在玄墓蟠香寺住著，收的梅花上的雪，統共得了那一鬼臉青的花甕一甕，總捨不得吃，埋在地下，今年夏天纔開了。我只吃過一回，這是第二回了。你怎麼嘗不出來？隔年蠲的雨水，那有這樣清淳？如何吃得。」黛玉知他天性怪僻，不好多話，亦不好多坐，吃過茶，便約著寶釵走了出來。

寶玉和妙玉陪笑道：「那茶杯雖然腌臢了，白撂了豈不可惜？依我說，不如就給了那貧婆子罷，他賣了也可以度日。你道使得麼？」妙玉聽了，想了一想，點頭說道：「這也罷了。幸而那杯子是我沒吃過的，若是我吃過的，我就砸碎了也不能給他。你要給他，我也不管，你只交給他，快拿了去罷。」寶玉道：「自然如此，你那裏和他說話去？越發連你都腌臢了。只交與我就是了。」妙玉便命人拿來，遞與寶玉。寶玉接了，又道：「等我們出去了，我叫幾個小幺兒來河裏打幾桶水來洗地如何？」妙玉笑道：「這更好了。只是你囑咐他們，擡了水，只擱在山門外頭牆根下，別進門來。」寶玉道：「這是自然的。」說著，便袖著那杯，遞給賈母房中的小丫頭子拿著，說：「明日劉老老家去，給他帶去罷。」交代明白，賈母已經出來要回去，妙玉亦不甚留，送出山門，回身便將門閉了，不在話下。

且說賈母因覺身上乏倦，便命王夫人和迎春姊妹陪了薛姨媽去吃酒，自己便往稻香村來歇息。鳳姐忙命人將小竹椅擡來，賈母坐上，兩個婆子擡起，鳳姐李紈和眾丫頭婆子圍隨去了，不在話下。這裏薛姨媽也就辭出。王夫人打發文官等出去，將攢盒散與眾丫頭們吃去，自己便也乘空歇著，隨便歪在方纔賈母坐的榻上，命一個小丫頭放下簾子來，又命搥著腿，吩咐他：「老太太那裏有信，你就叫我。」說著也歪著睡著了。寶玉湘雲等看著丫頭們將攢盒擱在山石上，也有坐在山石上的，也有坐在草地下的，也有靠著樹的，也有傍著水的，倒也十分熱鬧。一時又見鴛鴦來了，要帶著劉老老逛，眾人也都跟著取笑。

一時來至省親別墅的牌坊底下，劉老老道：「噯呀！這裏還有大廟呢。」說著，便爬下磕頭。眾人笑彎了腰。劉老老道：「笑什麼？這牌樓上字我都認得。我們那裏這樣的廟宇最多，都是這樣的牌坊，那字就是廟的名字。」眾人笑道：「你認得這是什麼廟？」劉老老便擡頭指那字道：「這不是『玉皇寶殿』四字？」眾人笑得拍手打掌，還要拿他取笑。劉老老覺得腹內一陣亂響，忙的拉著一個丫頭，要了兩張紙，就解衣。眾人又是笑，又忙喝他：「這裏使不得！」忙命一個婆子，帶了東北角上去了。那婆子指與他地方，便樂得走開去歇息。

那劉老老因喝了些酒，他脾氣不與黃酒相宜，且吃了許多油膩飲食發渴，多喝了幾碗茶，不免通瀉起來，蹲了半日方完。及出廁來，酒被風吹，且年邁之人，蹲了半天，忽一起身，只覺眼花頭暈，辨不出路徑，四顧一望，皆是樹木山石，樓臺房舍，卻不知那一處是往那一路去的了，只得順著一條石子路，慢慢的走來。及至到了房舍跟前，又找不著門，再找了半日，忽見一帶竹籬。劉老老心中自忖道：「這裏也有扁豆架子？」一面想，一面順著花障走了來，得了一個月洞門，進去，只見迎面一帶水池，只有七八尺寬，石頭砌岸，裏面碧波清水，流往那邊去了，上面有一塊白石，橫架在上面。劉老老便渡過石去，順著石子甬路走去。轉了兩個彎子，只見有個房門，於是進了房門，便見迎面一個女孩兒，滿面含笑迎出來。劉老老忙笑道：「姑娘們把我丟下了，叫我碰頭碰到這裏來。」說了，只覺那女孩兒不答，劉老老便趕來拉他的手，「咕咚」一聲，便撞到板壁上，把頭碰得生疼。細瞧了一瞧，原來是一幅畫兒。劉老老自忖道：「原來畫兒有這樣凸出來的。」一面想，一面看，一面又用手摸去，卻是一色平的，點頭歎了兩聲。一轉身，方得了一個小門，門上掛著蔥綠撒花軟簾。

劉老老掀簾進去，擡頭一看，只見四面牆壁，玲瓏剔透，琴劍瓶爐，皆貼在牆上；錦籠紗罩，金彩珠光，連地下踩的磚皆是碧綠鑿花，竟越發把眼花了，找門出去，那裏有門？左一架書，右一架屏。剛從屏後得了一個門，只見一個老婆子也從外面迎了他進來。劉老老咤異，心中恍惚，莫非是他親家母？因連忙問道：「你想是見我這幾日沒家去，虧你找我來。那位姑娘帶你進來的？」又見他戴著滿頭花，劉老老笑道：「你好沒見世面！見這園裏的花好，你就沒死活戴了一頭。」說著，那老婆子只是笑，也不答言。便心中忽然想起：「常聽見富貴人家有一種穿衣鏡，這別是我在鏡子裏頭嗎？」想畢，伸手一抹，再細一看，可不是四面雕空紫檀板壁，將這鏡子嵌在中間。因說：「這已經攔住如何走出去呢？」一面說，一面只管用手摸。這鏡子原是西洋機括，可以開合，不意劉老老亂摸之間，其力巧合，便撞開了消息，掩過鏡子，露出門來。劉老老又驚又喜，遂走出來，忽見有一副最精緻的牀帳。他此時又帶了七八分的酒，又走乏了，便一屁股坐在牀上，只說歇歇，不承望身不由己，便前仰後合的，朦朧著兩眼，一歪身，就睡熟在牀上。

且說眾人等他不見，板兒沒了他老老，急得哭了。眾人都笑道：「別是掉在茅廁裏了？快叫人去瞧瞧。」因命兩個婆子去找。回來說：「沒有。」眾人各處搜尋不見，襲人战掇道：「一定他醉了，迷了路，順著這一條路往我們後院子裏去了。若進了花障子，到後門進去，雖然碰頭，還有小丫頭子們知道；若不進花障子去，再往西南上去，若繞出去還好，若繞不出去，可夠他繞一會子好的。我且瞧瞧去。」一面說著，一面回來。進了怡紅院，便叫人，誰知那幾個在房裏的小丫頭已偷空玩去了。

襲人一直進了房門，轉過集錦槅子，就聽得鼾齁如雷，忙進來，只聞見酒屁臭氣滿屋。一瞧，只見劉老老扎手舞腳的仰臥在牀上。襲人這一驚不小，慌忙的趕上來將他沒死沒活的推醒。那劉老老驚醒，睜眼見襲人，連忙爬起來，道：「姑娘，我該死了！我失錯並沒弄腌臢了牀。」一面說，一面用手去撣。襲人恐驚動了人，被寶玉知道了，只向他搖手，不叫他說話。忙將當地大鼎內貯了三四把百合香，仍用罩子罩上。所喜不曾嘔吐。忙悄悄的笑道：「不相干，有我呢。你隨我出來。」劉老老答應著，跟了襲人，出至小丫頭子們房中，命他坐下，向他道：「你說醉倒在山子石上，打了個盹兒。」劉老老答應：「是。」又與他兩碗茶吃，方覺酒醒了。因問道：「這是那個小姐的繡房？這樣精緻。我就像到了天宮裏的一樣。」襲人微微笑道：「這個麼，是寶二爺的臥室。」那劉老老嚇得不敢作聲。襲人帶他從前面出去，見了眾人，只說：「他在草地下睡著了，帶了他來的。」眾人都不理會，也就罷了。

一時賈母醒了，就在稻香村擺晚飯。賈母因覺懶懶的，也沒吃飯，便坐了竹椅小敞轎，回至房中歇息，命鳳姐兒等去吃飯。他姊妹方復進園來。未知如何，且看下回分解。

卷四十二　蘅蕪君蘭言解疑癖　瀟湘子雅謔補餘音

話說他姊妹復進園來，吃過飯，大家散出，都無別話。

且說劉老老帶著板兒，先來見鳳姐兒，說：「明日一早定要家去了。雖然住了兩三天，日子卻不多，把古往今來沒見過的，沒吃過的，沒聽見的，都經驗了。難得老太太和姑奶奶並那些小姐們，連各房裏的姑娘們，都這樣憐貧惜老，照看我。我這一回去，沒別的報答，惟有請些高香，天天給你們念佛，保祐你們長命百歲的，就算我的心了。」鳳姐兒笑道：「你別喜歡，都是為你，老太太也被風吹病了，睡著不舒服；我們大姐兒也著了涼，在那裏發熱呢。」劉老老聽了，忙歎道：「老太太有年紀的，不慣十分勞乏的。」鳳姐兒道：「從來沒像昨兒高興。往常也進園子逛去，不過到一兩處坐坐就來了。昨兒因為你在這裏，要叫都逛逛，一個園子倒走了多半個。大姐兒因為我找你去，太太遞了一塊糕給他，誰知風地裏吃了，就發起熱來。」劉老老道：「大姐兒只怕不大進園子。生地方兒，小人兒家，原不該去，比不得我們的孩子，會走了，那個墳圈子裏不跑去。一則風撲了也是有的；二則只怕他身上乾淨，眼睛又淨，或是遇見什麼神了。依我說，給他瞧瞧祟書本子，仔細撞客著。」

一語提醒了鳳姐兒，便叫平兒拿出《玉匣記》來，著彩明來念。彩明翻了一回，念道：「八月二十五日病者，東南方得遇花神。用五色紙錢四十張，向東南方四十步送之大吉。」鳳姐兒笑道：「果然不錯，園子裏頭可不是花神！只怕老太太也是遇見了。」一面命人請兩分紙錢來，著兩個人來，一個與賈母送祟，一個與大姐兒送祟。果見大姐兒安穩睡了。

鳳姐兒笑道：「到底是你們有年紀的經歷的多。我們大姐兒時常肯病，也不知是什麼原故。」劉老老道：「這也有的。富貴人家養的孩子都嬌嫩，自然禁不得一些兒委屈。再他小人兒家，過於尊貴了，也禁不起。以後姑奶奶倒少疼他些就好了。」鳳姐兒道：「這也有理。我想起來，他還沒個名字，你就給他起個名字，借借你的壽；二則你們是莊家人，不怕你惱，到底貧苦些，你貧苦人起個名字，只怕壓的住他。」劉老老聽說，便想了一想，笑道：「不知他是幾時生的？」鳳姐兒道：「正是生的日子不好呢，可巧是七月初七日。」劉老老忙笑道：「這個正好，就叫作巧姐兒好。這個叫作『以毒攻毒，以火攻火』的法子。姑奶奶定依我這名字，必然長命百歲。日後大了，各人成家立業，或一時有不遂心的事，必然遇難成祥，逢凶化吉，都從這『巧』字兒來。」

鳳姐兒聽了，自是歡喜，忙謝道：「只保祐他應了你的話就好了。」說著，叫平兒來吩咐道：「明兒咱們有事，恐怕不得閒兒；你這空兒閒著，把送老老的東西打點了，他明兒一早就好走得便宜了。」劉老老道：「不敢多破費了。已經遭擾了幾日，又拿著走，越發心裏不安起來。」鳳姐兒道：「也沒有什麼，不過隨常的東西。好也罷，歹也罷，帶了去，你們街坊鄰舍看著也熱鬧些，也是上城一次。」

說著只見平兒走來說：「老老過這邊瞧瞧。」劉老老忙跟了平兒到那邊屋裏，只見堆著半炕東西。平兒一一的拿與他瞧著，又說道：「這是昨日你要的青紗一疋，奶奶另外送你一個實地月白紗做裏子。這是兩個繭綢，做襖兒裙子都好。這包袱裏是兩疋綢子，年下做件衣裳穿。這是一盒各樣內造點心，也有你吃過的，也有沒吃過的，拿去擺碟子請客，比你們買的強些。這兩條口袋是你昨日裝瓜果子的，如今這一個裏頭裝了兩斗御田粳米，熬粥是難得的；這一條裏是園子裏的果子和各樣乾果子。這一包是八兩銀子。這都是我們奶奶的。這兩包每包五十兩，共是一百兩，是太太給的，叫你拿去，或者做個小本買賣，或者置幾畝地，以後再別求親靠友的。」說著又悄悄笑道：「這兩件襖兒和兩條裙子，還有四塊包頭，一包絨綫，可是我送老老的。那衣裳雖是舊的，我也沒大很穿，你要棄嫌，我就不敢說了。」

平兒說一樣，劉老老就念一句佛，已經念了幾千佛了；又見平兒也送他這些東西，又如此謙遜，忙笑道：「姑娘說那裏話？這樣好東西，我還棄嫌！我便有銀子，沒處買這樣的去呢。只是我怪臊的，收了又不好；不收又辜負了姑娘的心。」平兒笑道：「休說外話，咱們都是自己，我纔這樣。你放心收了罷，我還和你要東西呢。到年下，你只把你們曬的那個灰條菜乾子和豇豆、扁豆、茄子、葫蘆條兒，各樣乾菜帶些來，我們這裏上上下下都愛吃，這個就算了，別的一概不要，別罔費了心。」劉老老千恩萬謝的答應了。平兒道：「你只管睡你的去，我替你收拾妥當了，就放在這裏，明兒一早打發小廝們雇輛車裝上，不用你費一點心的。」劉老老越發感激不盡，過來又千恩萬謝的辭了鳳姐兒，過賈母這邊睡了一夜。次早梳洗了，就要告辭。因賈母欠安，眾人都過來請安，出去傳請大夫。一時婆子回：「大夫來了。」老嬤嬤請賈母進幔子去坐，賈母道：「我也老了，那裏養不出那阿物兒來？還怕他不成！不用放幔子，就這樣瞧罷。」眾婆子聽了，便拿過一張小桌子來，放下一個小枕頭，便命人請。

一時只見賈珍、賈璉、賈蓉三個人將王太醫領來。王太醫不敢走甬路，只走旁階，跟著賈珍到了臺階上，早有兩個婆子在兩邊打起簾子，兩個婆子在前引導進去，又見寶玉迎了出來。只見賈母穿著青縐綢一斗珠的羊皮褂子，端坐在榻上；兩邊四個未留頭的小丫鬟，都拿著蠅刷漱盂等物；又有五六個老嬤嬤雁翅擺在兩邊；碧紗櫥後，隱隱約約有許多穿紅著綠、戴寶插金的人。王太醫便不敢擡頭，忙上來請了安。賈母見他穿著六品服色，便知是御醫了，含笑問：「供奉好？」因問賈珍：「這位供奉貴姓？」賈珍等忙回：「姓王。」賈母笑道：「當日太醫院正堂有個王君效，好脈息。」王太醫忙躬身低頭含笑，因說：「那是晚生家叔祖。」賈母聽了笑道：「原來這樣，也算是世交了。」一面說，一面慢慢的伸手放在小枕頭上。嬤嬤端著一張小杌子，放在小桌前面，略偏些。王太醫便屈一膝坐下，歪著頭診了半日，又診了那只手，忙欠身低頭退出。賈母笑說：「勞動了。珍兒讓出去，好生看茶。」

賈珍、賈璉等忙答應了幾個「是」，復領王太醫到外書房中。王太醫說：「太夫人並無別症，偶感一點風寒，究竟不用吃藥，不過略清淡些，常暖著一點兒，就好了。如今寫個方子在這裏，若老人家愛吃，便按方煎一劑吃；若懶怠吃，也就罷了。」說著，吃茶，寫了方子。剛要告辭，只見奶子抱了大姐兒出來，笑說：「王老爺也瞧瞧我們姐兒。」王太醫聽說，忙起身就奶子懷中，左手托著大姐兒的手，右手診了一診，又摸了一摸頭，又叫伸出舌頭來瞧瞧，笑道：「我說著姐兒又罵我了，只是要清清淨淨的餓兩頓就好了。不必吃煎藥，我送點丸藥來，臨睡時用薑湯研開吃下去就是了。」說畢，告辭而去。賈珍等拿了藥方來回明賈母原故，將藥方放在案上出去，不在話下。這裏王夫人和李紈、鳳姐兒、寶釵姐妹等，見大夫出去，方從櫥後出來。王夫人略坐一坐，也回房去了。

劉老老見無事，方上來和賈母告辭。賈母說：「閒了再來。」又命鴛鴦來：「好生打發劉老老出去。我身上不好，不能送你。」劉老老道了謝，又作辭，方同鴛鴦出來。到了下房，鴛鴦指炕上一個包袱說道：「這是老太太的幾件衣裳，都是往年間生日節下眾人孝敬的。老太太從不穿人家做的，收著也可惜，卻是一次也沒穿過的，昨日叫我拿出兩套兒送你帶去，或送人，或自己家裏穿罷。別見笑，這盒子裏是你要的麵果子。這包兒裏是你前兒說的藥，梅花點舌丹也有，紫金錠也有，活絡丹也有，催生保命丹也有：每一樣是一張方子包著，總包在裏頭了。這是兩個荷包，帶著玩罷。」說著，便抽開繫子，掏出兩個「筆錠如意」的錁子來與他瞧，又笑道：「荷包拿去，這個留下給我罷。」

劉老老已喜出望外，早又念了幾千佛，聽鴛鴦如此說，便說道：「姑娘只管留下罷了。」鴛鴦見他信以為真，笑著仍與他裝上，說道：「哄你玩呢，我有好些呢。留著年下給小孩子們罷。」說著，只見一個小丫頭拿著個成窯鍾子來，遞給劉老老，說：「這是寶二爺給你的。」劉老老道：「這是那裏說起？我那一世修來的，今兒這樣。」說著便接了過來。鴛鴦道：「前兒我叫你洗澡，換的衣裳是我的，你不棄嫌，我還有幾件也送你罷。」劉老老又忙道謝。鴛鴦果然又拿出幾件來，給他包好。劉老老又要到園中辭謝寶玉和眾姊妹王夫人等去，鴛鴦道：「不用去了。他們這會子也不見人，回來我替你說罷。閒了再來。」又命了一個老婆子，吩咐他：「二門上叫兩個小廝來，幫著老老拿了東西送去。」婆子答應了。又和劉老老到了鳳姐兒那邊，一併拿了東西，在角門上命小廝們搬了出去，直送劉老老上車去了，不在話下。

且說寶釵等吃過早飯，又往賈母處問安，回園至分路之處，寶釵便叫黛玉道：「顰兒，跟我來，有一句話問你。」黛玉便同了寶釵來至蘅蕪院中，進了房，寶釵便坐了，笑道：「你跪下，我要審你。」黛玉不解何故，因笑道：「你瞧，寶丫頭瘋了！審問我什麼？」寶釵冷笑道：「好個千金小姐！好個不出閨門的女孩兒！滿嘴裏說的是什麼？你只實說便罷。」黛玉不解，只管發笑，心裏也不免疑惑起來，口裏只說：「我何曾說什麼？你不過要捏我的錯兒罷了。你倒說出來我聽聽。」寶釵笑道：「你還裝憨兒。昨兒行酒令，你說的是什麼？我竟不知是那裏來的。」黛玉一想，方想起來昨兒失於檢點，那《牡丹亭》《西廂記》說了兩句，不覺紅了臉，便上來摟著寶釵笑道：「好姐姐，原是我不知道，隨口說的。你教給我，再不說了。」寶釵笑道：「我也不知道，聽你說的怪生的，所以請教你。」黛玉道：「好姐姐，你別說與別人，我以後再不說了。」

寶釵見他羞得滿臉飛紅，滿口央告，便不肯再往下追問，因拉他坐下吃茶，款款的告訴他道：「你當我是誰？我也是個淘氣的，從小兒七八歲上，也夠個人纏的。我們家也算是個讀書人家，祖父手裏也極愛藏書。先時人口多，姊妹弟兄也在一處，都怕看正經書。弟兄們也有愛詩的，也有愛詞的，諸如這些《西廂記》《琵琶》以及《元人百種》，無所不有。他們背著我們偷看，我們也背著他們偷看。後來大人知道了，打的打，罵的罵，燒的燒，丟開了。所以咱們女孩兒家不認字的倒好。男人們讀書不明理，尚且不如不讀書的好，何況你我？連作詩寫字等事，這也不是你我分內之事，究竟也不是男人分內之事。男人們讀書明理，輔國治民，這更好了，只是如今並聽不見有這樣的人，讀了書，倒更壞了。這並不是書誤了他，可惜他把書糟蹋了，所以竟不如耕種買賣，倒沒有什麼大害處。至於你我，只該做些針綫紡績的事纔是，偏又認得幾個字，既認得了字，不過揀那正經書看也罷了，最怕見些雜書，移了性情，就不可救了。」一席話，說的黛玉垂頭吃茶，心下暗服，只有答應「是」的一字。忽見素雲進來說：「我們奶奶請二位姑娘商議要緊的事呢。二姑娘、三姑娘、四姑娘、史姑娘、寶二爺，都等著呢。」寶釵道：「又是什麼事？」黛玉道：「咱們到了那裏就知道了。」說著，便和寶釵往稻香村來，果見衆人都在那裏。

李紈見了他兩個，笑道：「社還沒起，就有脫滑兒的了，四丫頭要告一年的假呢。」黛玉笑道：「都是老太太昨兒一句話，又叫他畫什麼園子圖兒，惹得他樂得告假了。」探春笑道：「也別怪老太太，都是劉老老一句話。」黛玉忙笑接道：「可是呢，都是他的一句話。他是那一門子的老老？直叫他是個『母蝗蟲』就是了。」說著，大家都笑起來。寶釵笑道：「世上的話，到了鳳丫頭嘴裏也就盡了。幸而鳳丫頭不認得字，不大通，不過一概是市俗取笑。更有顰兒這促狹嘴，他用《春秋》的法子，把市俗的粗話，撮其要，刪其繁，再加潤色，比方出來，一句是一句。這『母蝗蟲』三字，把昨兒那些形景都現出來了。虧他想的倒也快。」衆人聽了，都笑道：「你這一註解，也就不在他兩個以下了。」

李紈道：「我請你們大家商議，給他多少日子的假？我給了他一個月的假，他嫌少，你們怎麼說？」黛玉道：「論理，一年也不多，這園子蓋纔蓋了一年，如今要畫，自然得二年的工夫呢。又要研墨，又要蘸筆，又要鋪紙，又要著顏色，又要……」剛說到這裏，黛玉也自掌不住，笑道：「又要照著這樣兒慢慢的畫，可不得二年的工夫？」眾人聽了，都拍手笑個不住。寶釵笑道：「有趣！最妙落後一句是『慢慢的畫』。他可不畫去，怎麼就有了呢？所以昨兒那些笑話兒雖然可笑，回想是沒味的。你們細想，顰兒這幾句話，雖沒什麼，回想卻有滋味。我倒笑得動不得了。」惜春道：「都是寶姐姐讚的他越發逞強，這會子又拿我取笑兒。」黛玉忙拉他笑道：「我且問你，還是單畫這園子呢，還是連我們眾人都畫在上頭呢？」惜春道：「原是只畫這園子的。昨兒老太太又說：『單畫園子，成個房樣子了。』叫連人都畫上，就像行樂似的纔好。我又不會這工細樓臺，又不會畫人物，又不好駁回，正為這個為難呢。」黛玉道：「人物還容易，你草蟲上不能。」李紈道：「你又說不通的話了。這個上頭那裏又用的著草蟲？或者翎毛倒要點綴一兩樣。」黛玉笑道：「別的草蟲不畫罷了，昨兒的『母蝗蟲』不畫上，豈不缺了典！」眾人聽了，又都笑起來。黛玉一面笑得兩手捧著胸口，一面說道：「你快畫罷，我連題跋都有了，起了名字，就叫作『攜蝗大嚼圖』。」

眾人聽了，越發鬨然大笑的前仰後合。只聽「咕咚」一聲響，不知什麼倒了，急忙看，原來是湘雲伏在椅子背兒上，那椅子原不曾放穩，被他全身伏著背子大笑，他又不防，兩下裏錯了筍，向東一歪，連人帶椅子都歪倒了。幸有板壁擋住，不曾落地。眾人一見，越發笑個不住。寶玉忙趕上去扶住了起來，方漸漸止了笑。寶玉和黛玉使個眼色兒，黛玉會意，便走至裏間，將鏡袱揭起，照了照，只見兩鬢略鬆了些，忙開了李紈的妝奩，拿出抿子來，對鏡抿了兩抿，仍舊收拾好了，方出來指著李紈道：「這是叫你帶著我們做針綫、教道理呢，你反招了我們來大玩大笑的。」李紈笑道：「你們聽他這刁話。他領著頭兒鬧，引著人笑了，倒賴我的不是。真真恨得我只保祐你明兒得一個利害婆婆，再得幾個千刁萬惡的大姑子、小姑子，試試你那會子還這麼刁不刁了。」

黛玉早紅了臉，拉著寶釵說：「咱們放他一年的假罷。」寶釵道：「我有一句公道話，你們聽聽。藕丫頭雖會畫，不過是幾筆寫意；如今畫這園子，非離了肚子裏頭有些丘壑的，如何成畫？這園子卻是像畫兒一般，山石樹木，樓閣房屋，遠近疏密，也不多，也不少，恰恰的是這樣。你若照樣兒往紙上一畫，是必不能討好的。這要看紙的地步遠近，該多該少，分主分賓，該添的要添，該藏該減的要藏要減，該露的要露，這一起了稿子，再端詳斟酌，方成一幅圖樣。第二件，這些樓臺房舍，是必要界劃的。一點兒不留神，欄杆也歪了，柱子也塌了，門窗也倒豎過來，階砌也離了縫，甚至桌子擠到牆裏頭去，花盆放在簾子上來，豈不倒成了一張笑話兒了。第三，要安插人物，也要有疏密，有高低。衣褶裙帶，指手足步，最是要緊；一筆不細，不是腫了手，就是瘸了腳，染臉撕髮，倒是小事。依我看來，竟難的很。如今一年的假也太多，一月的假也太少，竟給他半年的假；再派了寶兄弟幫著他。並不是為寶兄弟知道教著他畫，——那就更誤了事；為的是有不知道的，或難安插的，寶兄弟好拿出去問問那會畫的相公們，就容易了。」

寶玉聽了，先喜得說：「這話極是。詹子亮的工細樓臺就極好，程日興的美人是絕技，如今就問他們去。」寶釵道：「我說你是『無事忙』，說了一聲，你就問他去，也等著商議定了再去。如今且說拿什麼畫？」寶玉道：「家裏有雪浪紙，又大，又托墨。」寶釵冷笑道：「我說你不中用！那雪浪紙，寫字，畫寫意畫兒，或是會山水的畫南宋山水，托墨，禁得皴染；拿了畫這個，又不托色，又難烘，畫也不好，紙也可惜。我教給你一個法子：原先蓋這園子就有一張細緻圖樣，雖是畫工描的，那地步方向是不錯的。你和太太要了出來，也比著那紙大小，和鳳丫頭要一塊重絹，交給外邊相公們，叫他照著這圖樣刪補著立了稿子，添了人物，就是了。就是配著些青綠顏色，並泥金泥銀，也得他們配去。你們也得另攏上風爐子，預備化膠、出膠、洗筆。還得一個粉油大案，鋪上氈子。你們那些碟子也不全，筆也不全，都從新再弄一分兒纔好。」

惜春道：「我何曾有這些畫器？不過隨手的筆畫畫罷了。就是顏色，只有赭石、廣花、藤黃、胭脂這四樣。再有不過是兩支著色的筆就完了。」寶釵道：「你何不早說？這些東西我卻還有，只是你用不著，給你也白放著。如今我且替你收著，等你用著這個的時候我送你些。也只可留著畫扇子，若畫這大幅的，也就可惜了。今兒替你開個單子，照著單子和老太太要去。你們也未必知道的全，我說著，寶兄弟寫。」寶玉早已預備下筆硯了，原怕記不清白，要寫了記著，聽寶釵如此說，喜得提筆起來靜聽。寶釵說道：「頭號排筆四支，二號排筆四支，三號排筆四支，大染四支，中染四支，小染四支，大南蟹爪十支，小蟹爪十支，鬚眉十支，大著色二十支，小著色二十支，開面十支，柳條二十支，箭頭朱四兩，南赭四兩，石黃四兩，石青四兩，石綠四兩，管黃四兩，廣花八兩，鉛粉四匣，胭脂十帖，大赤飛金二百帖，青金二百帖，廣勻膠四兩，淨礬四兩，礬絹的膠礬在外，別管他們，只把絹交出去，叫他們礬去。這些顏色，咱們淘澄飛跌著，又玩了，又使了，包你一輩子都夠使了。再要頂細絹籮四個，粗籮二個，擔筆四支，大小乳鉢四個，大粗碗二十個，五寸碟子十個，三寸粗白碟子二十個，風爐兩個，沙鍋大小四個，新磁缸二口，新水桶四隻，一尺長白布口袋四個，浮炭二十斤，柳木炭一二斤，三屜木箱一個，實地紗一丈，生薑二兩，醬半斤。」黛玉忙笑道：「鐵鍋一口，鐵鏟一個。」

寶釵道：「這做什麼？」黛玉道：「你要生薑和醬這些作料，我替你要鐵鍋來，好炒顏色吃啊。」眾人都笑起來。寶釵笑道：「顰兒，你知道什麼！那粗磁碟子保不住不上火烤，不拿薑汁子和醬預先抹在底子上烤過，一經了火，是要炸的。」眾人聽說，都道：「原來如此。」黛玉又看了一回單子，笑著拉探春，悄悄的道：「你瞧瞧，畫個畫兒，又要起這些水缸箱子來，想必糊塗了，把他的嫁妝單子也寫上了。」探春聽了，笑個不住，說道：「寶姐姐，你還不擰他的嘴？你問問他編派你的話。」寶釵笑道：「不用問，『狗嘴裏還有象牙不成』！」一面說，一面走上來，把黛玉按在炕上，便要擰他的臉。黛玉笑著，忙央告道：「好姐姐，饒了我罷！顰兒年紀小，只知說，不知道輕重，做姐姐的教導我。姐姐不饒我，我還求誰去呢？」眾人不知話內有因，都笑道：「說的好可憐見兒的，連我們也軟了，饒了他罷。」

寶釵原是和他玩的，忽聽他又拉扯上前番說他胡看雜書的話，便不好再和他鬧了，放起他來。黛玉笑道：「到底是姐姐，要是我，再不饒人的。」寶釵笑指他道：「怪不得老太太疼你，眾人愛你；今兒我也怪疼你的了。過來，我替你把頭髮攏攏罷。」黛玉果然轉過身來，寶釵用手攏上去，寶玉在旁看著，只覺更好，不覺後悔：「不該令他抿上鬢去，也該留著，此時叫他替他抿上去。」正自胡想，只見寶釵說道：「寫完了，明兒回老太太去。若家裏有的就罷；若沒有的，就拿些錢去買了來，我幫著你們配。」寶玉忙收了單子。

大家又說了一回閒話。至晚飯後，又往賈母處來請安。賈母原沒有大病，不過是勞乏了，兼著了些涼，溫存了一日，又吃了一兩劑藥，發散了發散，至晚也就好了。不知次日又有何話，下回分解。

卷四十三　閒取樂偶攢金慶壽　不了情暫撮土為香

話説王夫人因見賈母那日在大觀園不過著了些風寒，不是什麼大病，請醫生吃了兩劑藥也就好了，命鳳姐來，吩咐他預備給賈政帶送東西。正商議著，只見賈母打發人來叫，王夫人忙引著鳳姐兒過來。王夫人又請問：「這會子可又覺大安些？」賈母道：「今日可大好了。方纔你們送來野雞崽子湯，我嘗了一嘗，倒有味兒，又吃了兩塊肉，心裏很受用。」王夫人笑道：「這是鳳丫頭孝敬老太太的，算他的孝心虔，不枉了素日老太太疼他。」賈母點頭笑道：「難為他想著。若是還有生的，再炸上兩塊，鹹浸浸的，喝粥有味兒。那湯雖好，就只不對稀飯。」鳳姐聽了，連忙答應，命人去廚房傳話。

這裏賈母又向王夫人笑道：「我打發人找你來，不為別的。初二日是鳳丫頭的生日，上兩年我原早想著替他做生日，偏到跟前又有大事，就混過去了。今年人又齊全，料著又沒事，咱們大家好生樂一日。」王夫人笑道：「我也想著呢。既是老太太高興，何不就商議定了？」賈母笑道：「想我往年不拘誰做生日，都是各自送各自的禮，這個也俗了，也覺太生分似的。今兒我出個新法子，又不生分，又可取樂。」王夫人忙道：「老太太怎麼想著好，就是怎麼樣行。」賈母笑道：「我想著，咱們也學那小家子，大家湊分子，多少儘著這錢去辦。你道好不好？」王夫人道：「這個很好，但不知怎麼湊法？」

賈母聽說，一發高興起來，忙遣人去請薛姨媽邢夫人等，又叫請姑娘們並寶玉，那府裏賈珍的媳婦並賴大家的，及有些頭臉管事的媳婦也都叫了來。眾丫頭婆子見賈母十分高興，也都高興，忙忙的各自分頭去請的請，傳的傳。沒頓飯的工夫，老的、少的、上的、下的，烏壓壓擠了一屋子。只薛姨媽和賈母對坐，邢夫人王夫人只坐在房門前兩張椅子上，寶釵姊妹等五六個人坐在炕上，寶玉坐在賈母懷前，底下滿滿的站了一地。賈母忙命拿幾張小杌子來，給賴大母親等幾個高年有體面的嬤嬤坐了。賈府風俗：年高伏侍過父母的家人，比年輕的主子還有體面，所以尤氏鳳姐兒等只管地下站著，那賴大的母親等三四個老嬤嬤告了罪，都坐在小杌子上了。

賈母笑著把方纔一席話說與眾人聽了。眾人誰不湊這趣兒；再也有和鳳姐兒好，有情願這樣的；也有畏懼鳳姐兒，巴不得奉承的：況且都是拿得出來的，所以一聞此言，都欣然應諾。賈母先道：「我出二十兩。」薛姨媽笑道：「我隨著老太太，也是二十兩。」邢夫人王夫人笑道：「我們不敢和老太太並肩，自然矮一等，每人十六兩罷了。」尤氏李紈也笑道：「我們自然又矮一等，每人十二兩罷。」賈母忙和李紈道：「你寡婦失業的，那裏還拉你出這個錢，我替你出了罷。」鳳姐忙笑道：「老太太別高興，且算一算賬再攬事。老太太身上已有兩分呢，這會子又替大嫂子出十六兩，說著高興，一會子回想又心疼了。過後兒又說：『都是為鳳丫頭花了錢。』使個巧法子，哄著我拿出三四倍子來暗裏補上，我還做夢呢。」說的眾人都笑了。賈母笑道：「依你怎麼樣呢？」鳳姐笑道：「生日沒到，我這會子已經折受的不受用了。我一個錢也不出，驚動這些人，實在不安，不如大嫂子這分我替他出了罷。我到那一日多吃些東西，就享了福了。」邢夫人等聽了，都說：「很是。」賈母方允了。

鳳姐兒又笑道：「我還有一句話呢，我想老祖宗自己二十兩，又有林妹妹寶兄弟的兩分子；姨媽自己二十兩，又有寶妹妹的一分子：這倒也公道。只是二位太太每位十六兩，自己又少，又不替人出，這有些不公道。老祖宗吃了虧了。」賈母聽了，呵呵大笑道：「到底是我的鳳丫頭向著我，這說的很是。要不是你，我叫他們又哄了去了。」鳳姐笑道：「老祖宗只把他哥兒兩個交給兩位太太，一位佔一個罷，派每位替出一分就是了。」賈母忙說：「這很公道，就是這樣。」賴大的母親忙站起來笑道：「這可反了！我替二位太太生氣。在那邊是兒子媳婦，在這邊是內姪女兒，倒不向著婆婆姑姑，倒向著別人，這兒媳婦倒成了陌路人，『內』姪女兒竟成了『外』姪女兒了。」說的賈母與眾人都大笑起來了。賴大之母因又問道：「少奶奶們十二兩，我們自然也該矮一等了。」賈母聽說，道：「這使不得，你們雖該矮一等，我知道你們這幾個都是財主，位雖低些，錢卻比他們多的。你們和他們一例纔使得。」眾嬤嬤聽了，連忙答應。賈母又道：「姑娘們不過應個景兒，每人照一個月的月例就是了。」又回頭叫：「鴛鴦，來，你們也湊幾個人，商議湊了來。」鴛鴦答應著，去不多時，帶了平兒、襲人、彩霞等，還有幾個丫頭來，也有二兩的，也有一兩的。

賈母因問平兒：「你難道不替你主子做生日，還入在這裏頭？」平兒笑道：「我那個私自另外的有了，這是公中的，也該出一分。」賈母笑道：「這纔是好孩子。」鳳姐又笑道：「上下都全了。還有二位姨奶奶，他出不出，也問一聲兒。盡到他們是理，不然，他們只當小看了他們了。」賈母聽說，忙說：「可是呢，怎麼倒忘了他們？只怕他們不得閒兒，叫一個丫頭問問去。」說著，早有丫頭去了。半日回來說道：「每位也出二兩。」賈母喜道：「拿筆硯來算明，共記多少。」尤氏因悄罵鳳姐道：「我把你這沒足夠的小蹄子！這麼些婆婆嬸子來湊銀子給你做生日，你還不足，又拉上兩個苦瓠子做什麼？」鳳姐也悄笑道：「你少胡說！一會子離了這裏，我纔和你算帳。他們兩個為什麼苦呢？有了錢，也是白填還別人，不如拘了來，咱們樂。」

說著，早已合算了，共湊了一百五十兩有餘。賈母道：「一天戲酒用不了。」尤氏道：「既不請客，酒席又不多，兩三日的用度都夠了。頭等，戲不用錢，省在這上頭。」賈母道：「鳳丫頭說那一班好，就傳那一班。」鳳姐道：「咱們家的班子都聽熟了，倒是花幾個錢叫一班來聽聽罷。」賈母道：「這件事我交給珍哥媳婦了，越發叫鳳丫頭別操一點心，受用一日纔算。」尤氏答應著，又說了一回話，都知賈母乏了，纔漸漸的散出來。

尤氏等送出邢夫人王夫人二人散去，他往鳳姐房裏來，商議怎麼辦生日的話。鳳姐兒道：「你不用問我，你只看老太太的眼色兒行事就完了。」尤氏笑道：「你這阿物兒，也忒行了大運了。我當有什麼事叫我們去，原來單為這個。出了錢不算，還要我操心。你怎麼謝我？」鳳姐笑道：「別扯臊！我又沒叫你來，謝你什麼！你怕操心，你這會子就回老太太去，再派一個就是了。」尤氏笑道：「你瞧他，興的這個樣兒！我勸你收著些兒好，太滿了就出來了。」二人又說了一回方散。

次日，將銀子送到寧國府來，尤氏方纔起來梳洗，因問：「是誰送過來的？」丫頭們回說：「林媽。」尤氏便命：「叫了他來。」丫頭們走至下房，叫了林之孝家的過來。尤氏命他腳踏上坐了，一面忙著梳洗，一面問他：「這一包銀子共多少？」林之孝家的回說：「這是我們底下人的銀子，湊了先送過來。老太太和太太們的還沒有呢。」正說著，丫頭們回說：「那府裏太太和姨太太打發人送分子來了。」尤氏笑罵道：「小蹄子！專會記得這些沒要緊的話。昨兒不過老太太一時高興，故意的要學那小家子湊分子，你們就記得，到了你們嘴裏當正經的說，還不快接了進來，好生待茶，再打發他們去。」丫頭們笑著忙接銀子進來，一共兩封，連寶釵、黛玉的都有了。尤氏問：「還少誰的？」林之孝家的道：「還少老太太、太太、姑娘們的，我們底下姑娘們的。」尤氏道：「還有你們大奶奶的呢？」林之孝家的道：「奶奶過去，這銀子都從二奶奶手裏發，一共都有了。」

說著，尤氏梳洗了，命人伺候車輛。一時來至榮府，先來見鳳姐，只見鳳姐已將銀子封好，正要送去。尤氏問：「都齊了麼？」鳳姐笑道：「都有了。快拿去罷，丢了我不管。」尤氏笑道：「我有些信不及，倒要當面點一點。」說著，果然按數一點，只沒有李紈的一分。尤氏笑道：「我說你鬧鬼呢！怎麼你大嫂子的沒有？」鳳姐笑道：「那麼些還不夠？就短一分兒也罷了。等不夠了，我再找給你。」尤氏道：「昨兒你在人跟前做人，今兒又來和我賴，這個斷然不依你！我只和老太太要去。」鳳姐笑道：「我看你利害，明兒有了事，我也『丁是丁，卯是卯』的，你也別抱怨。」尤氏笑道：「你一股兒不給也罷，不看你素日孝敬我，我本來依你麼？」說著，把平兒的一分子拿了出來，說道：「平兒，來，把你的收了去，等不夠了，我替你添上。」平兒會意，笑說道：「奶奶先使著，若剩了下來，再賞我一樣。」尤氏笑道：「只許你主子作弊，就不許我作情兒？」平兒只得收了。

尤氏又道：「我看著你主子這麼細緻，弄這些錢，那裏使去？使不了，明兒帶了棺材裏使去。」一面說著，一面又往賈母處來。先請了安，大概說了兩句話，便走到鴛鴦房中，和鴛鴦商議，只聽鴛鴦的主意行事，何以討賈母喜歡。二人計議妥當。尤氏臨走時，也把鴛鴦的二兩銀子還他，說：「這還使不了呢。」說著，一徑出來，又至王夫人跟前說了一回話，因王夫人進了佛堂，把彩雲的一分也還了他。鳳姐兒不在跟前，一時把周趙二人的也還了。他兩個還不敢收，尤氏道：「你們可憐見的，那裏有這些閒錢？鳳丫頭便知道了，有我應著呢。」二人聽說，千恩萬謝的收了。

轉眼已是九月初二日，園中人都打聽得尤氏辦得十分熱鬧，不但有戲，連耍百戲並說書的女先兒全有，都打點著取樂玩耍。李紈又向眾姐妹道：「今兒是正經社日，可別忘了。寶玉也不來，想必他只圖熱鬧，把清雅就丟了。」說著，便命丫頭：「去瞧做什麼呢，快請了來。」丫頭去了半日，回說：「花大姐姐說：『今兒一早就出門去了。』」眾人聽了都咤異，說：「再沒有出門之理。這丫頭糊塗，不知說話。」因又命翠墨去。一時翠墨回來，說：「可不真出門了。說有個朋友死了，出去探喪去了。」探春道：「斷然沒有的事。憑他什麼，再沒有今日出門之理。你叫襲人來，我問他。」

剛說著，只見襲人走來，李紈等都說道：「今兒憑他有什麼事，也不該出門：頭一件，你二奶奶的生日，老太太都這麼高興，兩府上下眾人來湊熱鬧，他倒走了？第二件，又是頭一社的正日子，他也不告假，就私自去了！」襲人歎道：「昨兒晚上就說了，今兒一早有要緊的事，到北靜王府裏去，就趕回來的，勸他不要去，他必不依。今兒一早起來，又要素衣裳穿，想必是北靜王府的要緊姬妾沒了，也未可知。」李紈等道：「若果如此，也該去走走，只是也該回來了。」說著，大家又商議：「咱們只管作詩，等他來罰他。」剛說著，只見賈母已打發人來請，便都往前頭去了。襲人回明寶玉的事，賈母不樂，便命人接去。

原來寶玉心裏有件心事，於頭一日就吩咐焙茗：「明日一早出門，備兩匹馬在後門口等著，不要別一個跟著。說給李貴，我往北府裏去了。倘或要有人找，叫他攔住不用找，只說北府裏留下了，橫豎就來的。」焙茗也摸不著頭腦，只得依言說了；今兒一早，果然備了兩匹馬，在園後門等著。天亮了，只見寶玉遍體純素，從角門出來，一語不發，跨上馬，一彎腰，順著街就顛下去了。焙茗也只得跨上馬，加鞭趕上，在後面忙問：「往那裏去？」寶玉道：「這條路是往那裏去的？」焙茗道：「這是出北門的大道，出去了冷清清，沒有可玩的。」寶玉聽說，點頭道：「正要冷清清的地方好。」說著，越發加了兩鞭，那馬早已轉了兩個彎子，出了城門。

焙茗越發不得主意，只得緊緊的跟著。一氣跑了七八里路出來，人煙漸漸稀少，寶玉方勒住馬，回頭問焙茗道：「這裏可有賣香的？」焙茗道：「香倒有，不知是那一樣？」寶玉想道：「別的香不好，須得檀、芸、降三樣。」焙茗笑道：「這三樣可難得。」寶玉為難。焙茗見他為難，因問道：「要香做什麼使？我見二爺時常有的小荷包兒有散香，何不找一找？」一句提醒了寶玉，便回手——衣襟上掛著個荷包——摸了一摸，竟有兩星沈速，心內歡喜：「只是不恭些。」再想：「自己親身帶的，倒比買的又好些。」於是又問爐炭，焙茗道：「這可罷了，荒郊野外，那裏有？既用這些，何不早說，帶了來，豈不便宜？」寶玉道：「糊塗東西！若可帶了來，又不這樣沒命的跑了。」

焙茗想了半日，笑道：「我得了個主意，不知二爺心下如何？我想來二爺不止用這個呢，只怕還要用別的，這也不是事；如今我們就往前再走二里地，就是水仙庵了。」寶玉聽了，忙問：「水仙庵就在這裏？更好了！我們就去。」說著就加鞭前行，一面回頭向焙茗道：「這水仙庵的姑子長往咱們家去，這一去到那裏和他借香爐使使，他自然是肯的。」焙茗道：「別説是咱們家的香火，就是平白不認識的廟裏，和他借，他也不敢駁回。只是一件，我常見二爺最厭這水仙庵的，如何今兒又這樣喜歡了？」寶玉道：「我素日最恨俗人不知原故混供神，混蓋廟。這都是當日有錢的老公們和那些有錢的愚婦們，聽見有個神，就蓋起廟來供著，也不知那神是何人，因聽些野史小説，便信真了。比如這水仙庵裏面，因供的是洛神，故名水仙庵。殊不知古來並沒有個洛神，那原是曹子建的謊話，誰知這起愚人就塑了像供著。今兒卻合我的心事，故借他一用。」

説著早已來至門前。那老姑子見寶玉來了，事出意外，竟像天上掉下個活龍來的一般，忙上來問好，命老道來接馬。寶玉進去，也不拜洛神之像，卻只管賞鑒；雖是泥塑的，卻真有那「翩若驚鴻，婉若游龍」之態，「荷出綠波，日映朝霞」之姿。寶玉不覺滴下淚來。老姑子獻了茶，寶玉因和他借香爐燒香。那姑子去了半日，連香供紙馬都預備了來。寶玉一概不用。命焙茗捧著爐，出至後園中，揀一塊乾淨地方兒，竟揀不出。焙茗道：「那井臺上如何？」寶玉點頭。一齊來至井臺上，將爐放下，焙茗站過一旁。

寶玉掏出香來焚上，含淚施了半禮，回身命收了去。焙茗答應，且不收，忙爬下磕了幾個頭，口內祝道：「我焙茗跟二爺這幾年，二爺的心事，我沒有不知道的，只有今兒這一祭祀，沒有告訴我，我也不敢問。只是受祭的陰魂，雖不知名姓，想來自然是那人間有一、天上無雙的極聰敏極清雅的一位姐姐妹妹了。二爺的心事不能出口，讓我代祝你：你若有靈有聖，我們二爺這樣想著你，你也時常來望候望候二爺，未嘗不可；你在陰間，保祐二爺來生也變個女孩兒，和你們一處玩耍，豈不兩下裏都有趣了。」説畢，又磕了幾個頭，纔爬起來。寶玉聽他沒説完，便掌不住笑了。因踢他道：「休胡説，看人聽見笑話。」焙茗起來，收過香爐，和寶玉走著，因道：「我已經和姑子説了，二爺還沒用飯，叫他收拾了些東西，二爺勉強吃些。我知道今兒裏頭大排筵宴，熱鬧非常，二爺為此纔躲了來的。橫豎在這裏清淨一天，也就盡樂了；要不吃東西，斷使不得。」寶玉道：「戲酒既不吃，這隨便的吃些何妨。」焙茗道：「這纔是。還有一説，咱們來了，必有人不放心。若沒有人不放心，便晚晚進城何妨？若有人不放心，二爺須得進城回家去纔是。第一老太太、太太也放了心；第二禮也盡了，不過如此。就是家去了，看戲吃酒，也並不是爺有意，原不過陪著父母盡孝道。若單為了這個，不顧老太太、太太懸心，就是方纔那受祭的陰魂也不安生。二爺想，我這話如何？」寶玉笑道：「你的意思我猜著了：你想著只你一個跟了我出來，回來你怕擔不是，所以拿這大題目來勸我。我纔來了，不過為盡個禮，再去吃酒看戲，並沒説一日不進城。這已完了心願，趕著進城，大家放心豈不兩盡其道。」焙茗道：「這更好。」説著二人來至禪堂，果然那姑子收拾了一桌素菜。

寶玉胡亂吃了些，焙茗也吃了，二人便上馬，仍回舊路。焙茗在後面，只囑咐：「二爺好生騎著。這馬總沒大騎，手提緊著些。」一面説著，早已進了城，仍從後門進去，忙忙來至怡紅院中。襲人等都不在屋中，只有幾個老婆子看屋子，見他來了，都喜得眉開眼笑，道：「阿彌陀佛，可來了！沒把花姑娘急瘋了呢！上頭正坐席呢，二爺快去罷。」寶玉聽説，忙將素衣脱了，自己找了顏色吉服換上，便問道：「都在什麼地方坐席呢？」老婆子們回道：「在新蓋的大花廳上呢。」

寶玉聽了，一徑往花廳上來，耳內早隱隱聞得簫管歌吹之聲。剛到穿堂那邊，只見玉釧兒獨坐在廊簷下垂淚，一見寶玉來了，便長出了一口氣，咂著嘴兒說道：「噯，鳳凰來了！快進去罷。再一會子不來，可就都反了。」寶玉陪笑道：「你猜我往那裏去了？」玉釧兒把身一扭，也不理他，只管拭淚。寶玉只得怏怏的進去了，到了花廳上，見了賈母王夫人等，眾人真如得了「鳳凰」一般。賈母先問道：「你往那裏去了，這早晚纔來？還不給你姐姐行禮去呢！」因笑著又向鳳姐兒道：「你兄弟不知好歹。就有要緊的事，怎麼也不說一聲兒，就私自跑了，這還了得！明兒再這樣，等你老子回家，必告訴他打你。」鳳姐兒笑著道：「行禮倒是小事，寶兄弟明兒斷不可不言語一聲兒，也不傳人跟著，就出去。街上車馬多，頭一件叫人不放心；再，也不像咱們這樣人家出門的規矩。」

這裏賈母又罵跟的人：「為什麼都聽他的話，說往那裏去就去了，也不回一聲兒！」一面又問他：「到底是往那裏去了？可吃了些什麼沒有？唬著了沒有？」寶玉只回說：「北靜王的一個愛妾沒了，今日給他道惱去。我見他哭的那樣，不好撇下他就回來，所以多等了會子。」賈母道：「以後再私自出門，不先告訴我，一定叫你老子打你。」寶玉連忙答應著。賈母又要打跟的人，眾人又勸道：「老太太也不必生氣了，他已經答應不敢了，況且回來又沒事，大家該放心樂一會子了。」

賈母先不放心，自然著急發狠，今見寶玉回來，喜且有餘，那裏還恨，也就不提了。還怕他不受用，或者別處沒吃飯，路上著了驚恐，反又百般的哄他。襲人早已過來伏侍，大家仍舊看戲。當日演的是《荊釵記》，賈母薛姨媽等都看得心酸落淚，也有笑的，也有罵的。要知端底，下回分解。

卷四十四　變生不測鳳姐潑醋　喜出望外平兒理妝

話說眾人看演《荊釵記》，寶玉和姊妹一處坐著，林黛玉因看到《男祭》這齣上，便和寶釵說道：「這王十朋也不通的很，不管在那裏祭一祭罷了，必定跑到江邊上來做什麼！俗語說，『睹物思人』，天下的水總歸一源，不拘那裏的水舀一碗，看著哭去，也就盡情了。」寶釵不答。寶玉回頭要熱酒敬鳳姐。原來賈母說，今日不比往日，定要教鳳姐痛樂一日；本自己懶怠坐席，只在裏間屋裏榻上歪著，和薛姨媽看戲，隨心愛吃的揀幾樣放在小几上，隨意吃著說話兒。將自己兩桌席面，賞那沒有席面的大小丫頭並那應著差聽差的婦人等，命他們在窗外廊簷下，也只管坐著隨意吃喝，不必拘禮。王夫人和邢夫人在地下高桌上坐著，外面幾席是他們姊妹們坐。賈母不時吩咐尤氏等：「讓鳳丫頭坐上面，你們好生替我待東，難為他一年到頭辛苦。」尤氏答應了，又笑回道：「他說坐不慣首席，坐在上頭，橫不是豎不是的，酒也不肯吃。」賈母聽了，笑著：「你不會，等我親自讓他去。」鳳姐兒忙也進來笑說：「老祖宗別信他們的話，我吃了好幾鍾了。」賈母笑著，命尤氏：「快拉他出去，按在椅子上，你們都輪流敬他；他再不吃，我當真的就親自去了。」

尤氏聽說，忙笑著又拉他出來坐下，命人拿了臺盞，斟了酒，笑道：「一年到頭，難為你孝順老太太、太太和我。我今兒沒什麼疼你的，親自斟酒。我的乖乖，你在我手裏喝一口罷。」鳳姐兒笑道：「你要安心孝敬我，跪下，我就喝。」尤氏笑道：「說的你不知是誰！我告訴你說罷，好容易今兒這一遭，過了後兒，知道還得像今兒這樣的不得了？趁著盡力灌兩鍾子罷。」鳳姐兒見推不過，只得喝了兩鍾。接著眾姐妹也來，鳳姐也只得每人的喝一口。賴大媽媽見賈母尚且這等高興，也少不得來湊趣兒，領著些嬤嬤們也來敬酒。鳳姐兒也難推脫，只得喝了兩口。鴛鴦等也都來敬，鳳姐兒真不能了，忙央告道：「好姐姐們，饒了我罷，我明兒再喝罷。」鴛鴦笑道：「真個的，我們是沒臉的了？就是我們在太太跟前，太太還賞個臉兒呢。往常倒有些體面，今兒當著這些人，倒做起主子的款兒來了。我原不該來，不喝，我們就走。」說著真個回去了。鳳姐兒忙忙拉住，笑道：「好姐姐，我喝就是了。」說著拿過酒來，滿滿的斟了一杯喝乾，鴛鴦方笑了散去。

然後又入席，鳳姐兒自覺酒沈了，心裏突突的往上撞，要往家去歇歇，只見那要百戲的上來，便和尤氏說：「預備賞錢，我要洗洗臉去。」尤氏點頭，鳳姐兒瞅人不防，便出了席，往房門後簷下走來。平兒留心，也忙跟了來，鳳姐便扶著他。纔至穿廊下，只見他房裏的一個小丫頭子，正在那裏站著，見他兩個來了，回身就跑。鳳姐兒便疑心忙叫；那丫頭先只裝聽不見，無奈後面連聲兒叫，也只得回來。鳳姐兒越發起了疑心，忙和平兒進了穿廊，叫那小丫頭子也進來，把槅扇開了，鳳姐坐在小院子的臺階上，命那丫頭子跪了，喝命平兒：「叫兩個二門上的小廝來，拿繩子鞭子，把眼睛裏沒主子的小蹄子打爛了！」

那小丫頭子已經嚇得魂飛魄散，哭著只管碰頭求饒。鳳姐兒問道：「我又不是鬼，你見了我，不識規矩站住，怎麼倒往前跑？」小丫頭子哭道：「我原沒看見奶奶來，我又記掛著屋裏無人，所以跑了。」鳳姐兒道：「屋裏既沒人，誰叫你又來的？你便沒看見，我和平兒在後頭扯著脖子叫了你十來聲，越叫越跑。離的又不遠，你聾子不成？你還和我強嘴！」說著，便揚手一掌，打在臉上，打的那小丫頭子一栽；這邊臉上又一下，登時小丫頭子兩腮紫脹起來。平兒忙勸：「奶奶仔細手疼。」鳳姐便說：「你再打著問他跑什麼。他再不說，把嘴撕爛了他的！」

那小丫頭子先還強嘴，後來聽見鳳姐兒要燒了紅烙鐵來烙嘴，方哭道：「二爺在家裏，打發我來這裏瞧著奶奶的，要見奶奶散了，先叫我送信去的。不承望奶奶這會子就來。」鳳姐兒見話中有文章，便又問道：「叫你瞧著我做什麼？難道怕我家去不成？必有別的原故，快告訴我，我從此以後疼你。你要不細說，立刻拿刀子來割你的肉！」說著，回頭向頭上拔下一根簪子來，向那丫頭嘴上亂戳，嚇得那丫頭一行躲，一行哭求道：「我告訴奶奶，可別說我說的。」平兒一旁勸，一面催他，叫他快說。丫頭便說道：「二爺也是纔來，來了就開箱子，拿了兩塊銀子，還有兩支簪子，兩疋緞子，叫我悄悄的送與鮑二的老婆去，叫他進來。他收了東西，就往咱們屋裏來了。二爺叫我瞧著奶奶，底下的事，我就不知道了。」

鳳姐聽了，已氣得渾身發軟，忙立起身來，一徑來家。剛至院門，只見有一個小丫頭在門前探頭兒，一見了鳳姐，也縮頭就跑。鳳姐兒提著名字喝住，那丫頭本來伶俐，見躲不過了，越發的跑了出來，笑道：「我正要告訴奶奶去呢，可巧奶奶來了。」鳳姐道：「告訴我什麼？」那丫頭便說：「二爺在家……」這般如此，將方纔的話也說了一遍。鳳姐啐道：「你早做什麼了？這會子我看見你了，你來推乾淨兒！」說著，揚手一下，打的那丫頭一個趔趄，便躡腳兒走了。

鳳姐來至窗前，往裏聽時，只聽裏頭說笑道：「多早晚你那閻王老婆死了就好了。」賈璉道：「他死了，再娶一個也這樣，又怎麼樣呢？」那婦人道：「他死了，你倒是把平兒扶了正，只怕還好些。」賈璉道：「如今連平兒他也不叫我沾一沾了。平兒也是一肚子委屈，不敢說。我命裏怎麼就該犯了『夜叉星』！」鳳姐聽了，氣得渾身亂戰。又聽他們都讚平兒，便疑平兒素日背地裏自然也有怨語了。那酒越發湧上來了，也並不忖奪，回身把平兒先打兩下。一腳踢開了門進去，也不容分說，抓著鮑二家的撕打一頓。又怕賈璉走出去，便堵著門站著罵道：「好娼婦！你偷主子漢子，還要治死主子老婆！平兒，過來！你們娼婦們一條藤兒多嫌著我，外面兒你哄我！」說著，又把平兒打了幾下。打的平兒有冤無處訴，只氣得乾哭。罵道：「你們做這些沒臉的事，好好的又拉上我做什麼！」說著，也把鮑二家的撕打起來。

賈璉也因吃多了酒，進來高興，未曾做得機密，一見鳳姐來了，已沒了主意。又見平兒也鬧起來，把酒也氣上來了。鳳姐兒打鮑二家的，他已又氣又愧，只不好說的；今見平兒也打，便上來踢罵道：「好娼婦！你也動手打人！」平兒氣怯，忙住了手，哭道：「你們背地裏說話，為什麼拉我呢？」鳳姐見平兒怕賈璉，越發氣了，又趕上來打著平兒，偏叫打鮑二家的。平兒急了，便跑出來找刀子要尋死。外面眾婆子丫頭忙攔住解勸。這裏鳳姐見平兒尋死去，便一頭撞在賈璉懷裏，叫道：「你們一條藤兒害我，被我聽見，倒都唬起我來。你也勒死我罷！」賈璉氣得牆上拔出劍來，說道：「不用尋死，我真急了，一齊殺了，我償了命，大家乾淨！」正鬧得不開交，只見尤氏等一群人來了，說：「這是怎麼說？纔好好的，就鬧起來。」賈璉見了人，越發「倚酒三分醉」，逞起威風來，故意要殺鳳姐兒。鳳姐兒見人來了，便不似先前那般潑了，丟下眾人，便哭著往賈母那邊跑。

此時戲已散了，鳳姐跑到賈母跟前，爬在賈母懷裏，只說：「老祖宗救我！璉二爺要殺我呢。」賈母、邢夫人、王夫人等忙問：「怎麼了？」鳳姐兒哭道：「我纔家去換衣裳，不防璉二爺在家和人說話，我只當是有客來了，唬得我不敢進去；在窗戶外頭聽了一聽，原來是鮑二家的媳婦，商議說我利害，要拿毒藥給我吃了，治死我，把平兒扶了正。我原生了氣，又不敢和他吵，原打了平兒兩下，問他為什麼害我。他臊了，就要殺我。」賈母聽了，都信以為真，說：「這還了得！快拿了那下流種子來！」

一語未完，只見賈璉拿著劍趕來，後面許多人跟著。賈璉明仗著賈母素昔疼他們，連母親嬸母也無礙，故逞強鬧了來。邢夫人王夫人見了，氣得忙攔住罵道：「這下流東西！你越發反了，老太太在這裏呢！」賈璉乜斜著眼道：「都是老太太慣的他，他纔這樣。連我也罵起來了！」邢夫人氣得奪下劍來，只管喝他：「快出去！」那賈璉撒嬌撒癡，涎言涎語的，還只亂說。賈母氣得說道：「我知道你不把我們放在眼裏，叫人把他老子叫來，看他去不去？」賈璉聽見這話，方趔趄著腳兒出去了。賭氣也不往家去，便往外書房來。

這裏邢夫人王夫人也說鳳姐，賈母道：「什麼要緊的事！小孩子們年輕，饞嘴貓兒似的，那裏保的住不這麼著？從小兒是人都打這麼過的。都是我的不是，叫你多吃了兩口酒，又吃起醋來了。」說的眾人都笑了。賈母又道：「你放心，明兒我叫他來，替你賠不是，你今兒別過去臊著他。」因又罵：「平兒那蹄子，素日我倒看他好，怎麼暗地裏這麼壞！」尤氏等笑道：「平兒沒有不是，是鳳姐拿著人家出氣。兩口子不好，對打，都拿著平兒煞性子；平兒委屈的什麼兒似的，老太太還罵人家。」賈母道：「原來這樣。我說那孩子倒不像那狐媚魘道的。既這麼著，可憐見的，白受他的氣。」因叫：「琥珀，來，你去告訴平兒，就說我的話：我知道他受了委屈，明兒我叫他主子來替他賠不是。今兒是他主子的好日子，不許他胡惱。」

原來平兒早被李紈拉入大觀園去了。平兒哭的哽噎難言，寶釵勸道：「你是個明白人，你們奶奶素日何等待你，今兒不過他多吃了一口酒，他可不拿你出氣，難道拿別人出氣不成？別人又笑話他是假的了。」正說著，只見琥珀走來，說了賈母的話，平兒自覺面上有了光輝，方纔漸漸的好了，也不往前頭來。寶釵等歇息了一回，方來看賈母鳳姐。

寶玉便讓了平兒到怡紅院中來，襲人忙接著，笑道：「我先原要讓你的，只因大奶奶和姑娘們都讓你，我就不好讓的了。」平兒也陪笑說：「多謝。」因又說道：「好好兒的，從那裏說起！無緣無故白受了一場氣。」襲人笑道：「二奶奶素日待你好，這不過是一時氣急了。」平兒道：「二奶奶倒沒說的，只是那娼婦治的我，他又偏拿我湊趣兒！還有我們那糊塗爺，倒打我。」說著，便又委屈，禁不住淚流下來。寶玉忙勸道：「好姐姐，別傷心，我替他兩個賠個不是罷。」平兒笑道：「與你什麼相干？」寶玉笑道：「我們兄弟姊妹都一樣。他們得罪了人，我替他賠個不是，也是應該的。」又道：「可惜這新衣裳也沾了，這裏有你花妹妹的衣裳，何不換了下來，拿些個燒酒噴了，熨一熨，把頭也另梳一梳。」一面說，一面吩咐了小丫頭子們：「舀洗臉水，燒熨斗來。」

平兒素昔只聞人說寶玉專能和女孩們接交，寶玉素日因平兒是賈璉的愛妾，又是鳳姐兒的心腹，故不肯和他廝近，因不能盡心，也常為恨事。平兒如今見他這般，心中也暗暗的敁敠：「果然話不虛傳，色色想的周到。」又見襲人特特的開了箱子，拿出兩件不大穿的衣服，忙來洗了臉；寶玉一旁笑勸道：「姐姐還該擦上些脂粉，不然，倒像是和鳳姐姐賭氣了似的。況且又是他的好日子，而且老太太又打發了人來安慰你。」平兒聽了有理，便去找粉，只不見粉。寶玉忙走至妝台前，將一個宣窯磁盒揭開，裏面盛著一排十根玉簪花棒兒，拈了一根，遞與平兒，又笑說道：「這不是鉛粉，這是紫茉莉花種研碎了，對上料製的。」平兒倒在掌上看時，果見輕、白、紅、香，四樣俱美；撲在面上，也容易勻淨，且能潤澤，不像別的粉澀滯。然後看見胭脂，也不是一張，卻是一個小小的白玉盒子，裏面盛著一盒，如玫瑰膏子一樣。寶玉笑道：「那市上賣的胭脂不乾淨，顏色也薄，這是上好的胭脂擰出汁子來，淘澄淨了，配了花露蒸成的。只要細簪子挑一點兒，抹在脣上，足夠了；用一點水化開，抹在手心裏，就夠拍臉的了。」平兒依言妝飾，果見鮮豔異常，且又甜香滿頰。寶玉又將盆內開的一支並蒂秋蕙用竹剪刀鉸了下來，替他簪在鬢上。忽見李紈打發丫頭來喚他，方忙忙的去了。

寶玉因自來從不曾在平兒前盡過心，且平兒又是個極聰明、極清俊的上等女孩兒，比不得那起俗拙蠢物，深為怨恨。今日是金釧兒生日，故一日不樂。不想落後鬧出這件事來，竟得在平兒前稍盡片心，也算今生意中不想之樂。因歪在牀上，心內怡然自得。忽又思及：「賈璉惟知以淫樂悅己，並不知作養脂粉。」又思：「平兒並無父母兄弟姊妹，獨自一人，供應賈璉夫婦二人，賈璉之俗，鳳姐之威，他竟能周全妥貼，今兒還遭荼毒，也就薄命的很了。」想到此間，便又傷感起來。復又起身，見方纔的衣裳上噴的酒已半乾，便拿熨斗熨了，疊好；見他的手帕子忘去，上面猶有淚痕，又擱在盆中，洗了晾上。又喜又悲，悶了一回，也往稻香村來。說一回閒話，掌燈後方散。

平兒就在李紈處歇了一夜，鳳姐兒只跟著賈母睡。賈璉晚間歸房，冷清清的，又不好去叫，只得胡亂睡了一夜。次日醒了，想昨日之事，大沒意思，後悔不來。邢夫人惦記著昨日賈璉醉了，忙一早過來，叫了賈璉過賈母這邊來。賈璉只得忍愧前來，在賈母面前跪下。賈母問他：「怎麼了？」賈璉忙陪笑說：「昨兒原是吃了酒，驚了老太太的駕，今兒來領罪。」賈母啐道：「下流東西！灌了黃湯，不說安分守己的挺屍去，倒打起老婆來了！鳳丫頭成日家說嘴，霸王似的一個人，昨兒唬得可憐。要不是我，你要傷了他的命，這會子怎麼樣？」賈璉一肚子的委屈，不敢分辯，只認不是。賈母又道：「鳳丫頭和平兒還不是個美人胎子？你還不足？成日家偷雞摸狗，腥的臭的，都拉了你屋裏去。為這起娼婦打老婆，又打屋裏的人，你還虧是大家子的公子出身，活打了嘴了。你若眼睛裏有我，你起來，我饒了你，乖乖的替你媳婦賠個不是兒，拉了他家去，我就喜歡了。要不然，你只管出去，我也不敢受你的跪。」

賈璉聽如此說，又見鳳姐兒站在那邊，也不盛妝，哭得眼睛腫著，也不施脂粉，黃黃臉兒，比往常更覺可憐可愛，想著：「不如賠了不是，彼此也好了，又討老太太的喜歡。」想畢，便笑道：「老太太的話我不敢不依，只是越發縱了他了。」賈母笑道：「胡說！我知道他最有禮的，再不會衝撞人。他日後得罪了你，我自然也做主，叫你降伏就是了。」

賈璉聽說，爬起來，便與鳳姐兒作了一個揖，笑道：「原是我的不是，二奶奶別生氣了。」滿屋裏的人都笑了。賈母笑道：「鳳丫頭，不許惱了。再惱，我就惱了。」

說著，又命人去叫了平兒來，命鳳姐兒和賈璉安慰平兒。賈璉見了平兒，越發顧不得了，所謂「妻不如妾」，聽賈母一說，便趕上來說道：「姑娘昨日受了屈了，都是我的不是；奶奶得罪了你，也是因我而起。我賠了不是不算外，還替你奶奶賠個不是。」說著，也作了一個揖，引得賈母笑了，鳳姐兒也笑了。

賈母又命鳳姐來安慰平兒，平兒忙走上來給鳳姐兒磕頭，說：「奶奶的千秋，我惹了奶奶生氣，是我該死。」鳳姐兒正自愧悔昨日酒吃多了，不念素日之情，浮躁起來，聽了旁人話，無故給平兒沒臉；今反見他如此，又是慚愧，又是心酸，忙一把拉起來，落下淚來。平兒道：「我伏侍了奶奶這麼幾年，也沒彈我一指甲；就是昨兒打我，我也不怨奶奶，都是那娼婦治的，怨不得奶奶生氣。」說著，也滴下淚來了。賈母便命人：「將他三人送回房去。有一個再提此話，即刻來回我，我不管是誰，拿拐棍子給他一頓。」三個人從新給賈母、邢王二位夫人磕了頭，老嬤嬤答應了，送他三人回去。

至房中，鳳姐兒見無人，方說道：「我怎麼像個閻王，又像夜叉？那娼婦咒我死，你也幫著咒我。千日不好，也有一日好。可憐我熬的連個混賬女人也不如了，我還有什麼臉來過這個日子。」說著，又哭了。賈璉道：「你還不足？你細想想，昨兒誰的不是多？今兒當著人，還是我跪了一跪，又賠不是，你也爭足了光了。這會子還嘮叨，難道你還叫我替你跪下纔罷？太要足了強，也不是好事。」說的鳳姐兒無言可對。平兒「嗤」的一聲又笑了。賈璉也笑道：「又好了！真真的我也沒法了。」

正說著，只見一個媳婦來回說：「鮑二媳婦弔死了。」賈璉鳳姐兒都吃了一驚。鳳姐忙收了怯色，反喝道：「死了罷了！有什麼大驚小怪的！」一時只見林之孝家的進來，悄回鳳姐道：「鮑二媳婦吊死了，他娘家的親戚要告呢。」鳳姐兒冷笑道：「這倒好了，我正想要打官司呢！」林之孝家的道：「我纔和眾人勸了他們，又威嚇了一陣，又許了他幾個錢，也就依了。」鳳姐兒道：「我沒一個錢。有錢也不給，只管叫他告去。也不許勸他，也不用鎮嚇他，只管讓他告去。他告不成，我還問他個『以屍詐訛』呢！」林之孝家的正在為難，見賈璉和他使眼色兒，心下明白，便出來等著。賈璉道：「我出去瞧瞧，看是怎麼樣。」鳳姐兒道：「不許給他錢。」

賈璉一徑出來，和林之孝來商議，著人去做好做歹，許了二百兩發送纔罷。賈璉生恐有變，又命人去和王子騰說了，將番役仵作人等叫幾名來，幫著辦喪事。那些人見了如此，縱要復辦，亦不敢辦，只得忍氣吞聲罷了。賈璉又命林之孝將那二百銀子入在流年賬上，分別添補，開消過去。又體己給鮑二些銀兩，安慰他說：「另日再挑個好媳婦給你。」鮑二又有體面，又有銀子，有何不依，便仍然奉承賈璉，不在話下。

裏面鳳姐心中雖不安，面上只管佯不理論，因屋中無人，便和平兒笑道：「我昨兒多喝了一口酒，你別埋怨。打了那裏？讓我瞧瞧。」平兒道：「也沒打重。」只聽得說：「奶奶姑娘都進來了。」要知後來端底，且看下回分解。

卷四十五　金蘭契互剖金蘭語　風雨夕悶製風雨詞

話說鳳姐兒正撫恤平兒，忽見眾姐妹進來，忙讓坐了，平兒斟上茶來。鳳姐兒笑道：「今兒來的這些人，倒像下帖子請了來的。」探春先笑道：「我們有兩件事：一件是我的，一件是四妹妹的，還夾著老太太的話。」鳳姐兒笑道：「有什麼事，這麼要緊？」探春笑道：「我們起了個詩社，頭一社就不齊全，眾人臉軟，所以就亂了例了。我想必得你去做個『監社御史』，鐵面無私纔好。再四妹妹為畫園子，用的東西這般那般不全，回了老太太，老太太說：『只怕後頭樓底下還有當年剩下的，找一找。若有呢，拿出來；若沒有，叫人買去。』」

鳳姐兒笑道：「我又不會作什麼『濕』的『乾』的，要我吃東西去不成？」探春道：「你雖不會作，也不要你作；你只監察著我們裏頭有偷安怠惰的，該怎麼樣罰他就是了。」鳳姐兒笑道：「你們別哄我，我猜著了：那裏是請我做『監察御史』！分明是叫我做個進錢的『銅商』。你們弄什麼社，必是要輪流做東道的；你們的錢不夠花，想出這個法子來勾了我去，好和我要錢，可是這個主意？」說的眾人都笑道：「你卻猜著了。」李紈笑道：「真真你是個水晶心肝玻璃人兒。」鳳姐笑道：「虧你是個大嫂子呢！姑娘們原叫你帶著念書，學規矩、針綫，俱要教導他們的，這會子起詩社，能用幾個錢？你就不管了！老太太、太太罷了，原是老封君，你一個月十兩銀子的月錢，比我們多兩倍子。老太太、太太還說你『寡婦失業』的，可憐，不夠用，又有個小子，足足的又添了十兩銀子，和老太太、太太平等；又給你園子裏的地，各人取租子；年終分年例，你又是上上分兒。你娘兒們主子奴才共總沒有十個人，吃的穿的仍舊是大官中的。通共算起來，也有四五百銀子。這會子你就每年拿出一二百兩來陪著他們玩玩，能有幾年呢？他們明兒出了閣，難道還要你賠不成？這會子你怕花錢，挑唆他們來鬧我，我樂得去吃一個河涸海乾，我還不知道呢！」

李紈笑道：「你們聽聽，我說了一句，他就說了兩車無賴的話，真真泥腿市俗，專會打細算盤、分金掰兩的。你這個東西，虧了還託生在詩書大宦人家做小姐，又是這麼出了嫁，還是這麼著；若生在貧寒小門小户人家，做了小子丫頭，還不知怎麼下作呢！天下人都被你算計了去！昨兒還打平兒，虧你伸的出手來！那黃湯難道灌喪了狗肚子裏去了？氣得我只要替平兒打抱不平兒。忖奪了半日，好容易『狗長尾巴尖兒』的好日子，又怕老太太心裏不受用，因此沒來。究竟氣還不平。你今兒倒招我來了，給平兒拾鞋還不要呢！你們兩個，很該換一個過兒纔是。」說得眾人都笑了。

鳳姐忙笑道：「哦，我知道了！竟不是為詩為畫來找我，竟是為平兒報仇來了。我竟不知道平兒有你這一位仗腰子的人，可知就像有鬼拉著我的手似的，從今我也不敢打他了。平姑娘，過來，我當著你大奶奶、姑娘們替你賠個不是，擔待我『酒後無德』罷！」說著眾人都笑了。李紈笑問平兒道：「如何？我說必要給你爭爭氣纔罷。」平兒笑道：「雖如此，奶奶們取笑，我可禁不起呢。」李紈道：「什麼『禁得起』『禁不起』，有我呢！快拿鑰匙叫你主子開門找東西去罷。」鳳姐兒笑道：「好嫂子，你且同他們回園子裏去。纔要把這米賬和他們算一算，那邊大太太又打發人來叫，又不知有什麼話說，須得過去走一走。還有你們年下添補的衣服，打點給人做去呢。」李紈笑道：「這些事情我都不管，你只把我的事完了，我好歇著去，省得這些姑娘小姐鬧我。」鳳姐兒忙笑道：「好嫂子，賞我一點空兒，你是最疼我的，怎麼今兒為平兒就不疼我了？往常你還勸我說：『事情雖多，也該保全身子，檢點著偷空兒歇歇。』你今兒倒反逼起我的命來了。況且誤了別人年下的衣裳無礙，他姐兒們的要誤了，卻是你的責任。老太太豈不怪你不管閒事，連一句現成的話也不說；我寧可自己落不是，也不敢累你呀。」

李紈笑道：「你們聽聽，說得好不好？把他會說話的！我且問你，這詩社到底管不管？」鳳姐兒笑道：「這是什麼話？我不入社花幾個錢，我不成了大觀園的反叛了麼？還想在這裏吃飯不成？明日一早就到任，下馬拜了印，先放下五十兩銀子給你們慢慢的做會社東道，過後幾天，我又不作詩作文，只不過是個大俗人罷了。『監察』也罷，不『監察』也罷，有了錢了，愁著你們還不攆出我來！」說的眾人又都笑起來。

鳳姐兒道：「過會子我開了樓房，凡有這些東西，叫人搬出來你們看，若使得，留著使，若少什麼，照你們單子，我叫人替你們買去就是了，畫絹我就裁出來。那圖樣沒有在太太跟前，還在那邊珍大爺那裏。說給你們，省了太太那邊碰釘子去。我去打發人取了來，一併叫人連絹交給相公們礬去，如何？」李紈點頭笑道：「這難為你。果然這樣還罷了。既如此，咱們家去罷；等著他不送了去，再來鬧他。」說著便帶了他姐妹們就走。鳳姐兒道：「這些事再沒別人，都是寶玉生出來的。」李紈聽了，忙回身笑道：「正是為寶玉來，反忘了他，頭一社是他誤了。我們臉軟，你說該怎麼罰他？」鳳姐想了一想，說道：「沒有別的法子，只叫他把你們各人屋子裏的地罰他掃一遍纔好。」

眾人都笑道：「這話不差。」說著，纔要回去，只見一個小丫頭扶了賴嬤嬤進來。鳳姐兒等忙站起來，笑道：「大娘坐下。」又都向他道喜。賴嬤嬤向炕沿上坐了，笑道：「我也喜，主子們也喜，若不是主子們的恩典，我這喜從何來？昨兒奶奶又打發彩哥賞東西，我孫子在門上朝上磕了頭了。」李紈笑道：「多早晚上任去？」賴嬤嬤歎道：「我那裏管他們？由他們去罷！前兒在家裏給我磕頭，我沒好話，我說：『哥兒，別說你是官了，橫行霸道的。你今年活了三十歲，雖然是人家奴才，一落娘胎胞，主子的恩典，放你出來，上託著主子的洪福，下託著你老子娘，也是公子哥兒似的，讀書寫字，也是丫頭、老婆、奶子捧鳳凰似的，長了這麼大，你那裏知道那「奴才」兩字是怎麼寫？只知道享福，也不知你爺爺和你老子受的那苦惱，熬了兩三輩子，好容易掙出你這個東西，從小兒三災八難的，花的銀子照樣打出你這個銀人兒來了。到二十歲上，又蒙主子的恩典，許你捐了前程在身上。你看那正根正苗，忍飢挨餓的，要多少？你一個奴才秧子，仔細折了福！如今樂了十年，不知怎麼弄神弄鬼，求了主子，又選出來。縣官雖小，事情卻大，為那一處的官，就是那一方的父母，你不安分守己，盡忠報國，孝敬主子，只怕天也不容你！』」

李紈鳳姐兒都笑道：「你也多慮。我們看他也就好。先那幾年，還進來了兩次，這有好幾年沒來了，年下生日，只見他的名字就罷了。前兒給老太太、太太磕頭來，在老太太那院裏，見他又穿著新官的服色，倒越發的威武了，比先時也胖了。他這一得了官，正該你樂呢，反倒愁起這些來！他不好，還有他的父母呢，你只受用你的就完了。閒時坐個轎子進來，和老太太鬥鬥牌，說說話兒，誰好意思的委屈了你。家去一般也是樓房廈廳，誰不敬你，自然也是老封君似的了。」

平兒斟上茶來，賴嬤嬤忙站起來道：「姑娘，不管叫那孩子倒來罷了，又生受你。」說著，一面吃茶，一面又道：「奶奶不知道。這小孩子們，全要管的嚴，饒這麼嚴，他們還偷空兒鬧個亂子來，叫大人操心。知道的，說小孩子們淘氣；不知道的，人家就說仗著財勢欺人，連主子名聲也不好。恨得我沒法兒，常把他老子叫了來罵一頓，纔好些。」因又指寶玉道：「不怕你嫌我，如今老爺不過這麼管你一管，老太太就護在頭裏；當日老爺小時，討你爺爺打，誰沒看見的。老爺小時，何曾像你這麼天不怕地不怕的呢！還有那邊大老爺，雖然淘氣，也沒像你這扎窩子的樣兒，也是天天打。還有東府裏你珍大哥哥的爺爺，那纔是『火上澆油』的性子，說聲惱了，什麼兒子，竟是審賊！如今我眼裏看著，耳朵裏聽著，那珍大爺管兒子，倒也像當日老祖宗的規矩，只是著三不著兩的。他自己也不管一管自己，這些兄弟姪兒怎麼怨的不怕他？你心裏明白，喜歡我說；不明白，嘴裏不好意思，心裏不知怎麼罵我呢。」

說著，只見賴大家的來了，接著周瑞家的張材家的都進來回事情。鳳姐兒笑道：「媳婦來接婆婆來了。」賴大家的笑道：「不是接他老人家來的，倒是打聽打聽奶奶姑娘們賞臉不賞臉？」賴嬤嬤聽了，笑道：「可是我糊塗了！正經說的話俱不說，且說『陳穀子，爛芝麻』的。因為我們小子選了出來，眾親友要給他賀喜，少不得家裏擺個酒。我想擺一日酒，請這個不請那個，也不是；又想了一想，託主子的洪福，想不到的這麼榮耀光彩，就傾了家，我也願意的。因此吩咐了他老子連擺三日酒：頭一日，在我們破花園子裏擺幾席酒，一臺戲，請老太太、太太們、奶奶、姑娘們去散一日悶；外頭大廳上一臺戲，幾席酒，請老爺們、爺們增增光；第二日再請親友；第三日再把我們兩府裏的伴兒請一請。熱鬧三天，也是託著主子的洪福一場，光輝光輝。」

李紈鳳姐兒都笑道：「多早晚的日子？我們必去，只怕老太太高興要去，也定不得。」賴大家的忙道：「擇的日子是十四，只看我們奶奶的老臉罷了。」鳳姐兒笑道：「別人我不知道，我是一定去的。先說下，我可沒有賀禮，也不知道放賞的，吃了一走，可別笑話。」賴大家的笑道：「奶奶說那裏話？奶奶一喜歡，賞我們三二萬銀子就有了。」賴嬤嬤笑道：「我纔去請老太太，老太太也說去，可算我這臉還好。」說畢，叮嚀了一回，方起身要走，因看見周瑞家的，便想起一事來，因說道：「可是還有一句話問奶奶：這周嫂子的兒子，犯了什麼不是，攆了他不用？」鳳姐兒聽了，笑道：「正是我要告訴你媳婦兒呢。事情多，也忘了。賴嫂子回去說給你老頭子，兩府裏不許收留他兒子，叫他各人去罷。」

賴大家的只得答應著。周瑞家的忙跪下央求。賴嬤嬤忙道：「什麼事？說給我評評。」鳳姐兒道：「前兒我的生日，裏頭還沒吃酒，他小子先醉了。老娘那邊送了禮來，他不在外頭張羅，倒坐著罵人，禮也不送進來。兩個女人進來了，他纔帶領小幺兒們往裏擡。小幺兒們倒好好的，他拿的一盒子倒失了手，撒了一院子饅頭。人去了，我打發彩明去說他，他倒罵了彩明一頓。這樣無法無天的忘八羔子，還不攆了做什麼！」賴嬤嬤道：「我當什麼事情，原來為這個。奶奶聽我說：他有不是，打他罵他，使他改過就是了；攆了出去，斷乎使不得。他又比不得是咱們家的家生子兒，他現是太太的陪房；奶奶只顧攆了他，太太臉上不好看。依我說，奶奶教導他幾板子，以戒下次，仍舊留著纔是。不看他娘，也看太太。」鳳姐兒聽了，便向賴大家的說道：「既這樣，明兒叫了他來，打他四十棍，以後不許他吃酒。」賴大家的答應了。

周瑞家的纔磕頭起來；又要與賴嬤嬤磕頭，賴大家的拉著方罷。然後他三人去了。李紈等也就回園中來。至晚，果然鳳姐命人找了許多舊收的畫具出來，送至園中。寶釵等選了一回，各色東西，可用的只有一半。將那一半開了單，與鳳姐兒去照樣置買，不必細說。

一日，外面礬了絹，起了稿子進來，寶玉每日便在惜春那邊幫忙，探春、李紈、迎春、寶釵等也都往那裏來閒坐，一則觀畫，二則便於會面。寶釵因見天氣涼爽，夜復漸長，遂至母親房中商議，打點些針綫來。日間至賈母處王夫人處兩次省候，不免又承色陪坐；閒時園中姐妹處也要不時閒話一回，故日間不大得閒，每夜燈下女工，必至三更方寢。

黛玉每歲至春分、秋分之後，必犯舊疾；今秋又遇著賈母高興，多遊玩了兩次，未免過勞了神，近日又復嗽起來，覺得比往常又重，所以總不出門，只在自己房中將養。有時悶了，又盼個姐妹來說些閒話排遣；及至寶釵等來望候他，說不得三五句話，又厭煩了。眾人都體諒他病中，且素日形體姣弱，禁不得一些委屈，所以他接待不周，禮數疏忽，也都不責他。

這日，寶釵來望他，因說起這病症來，寶釵道：「這裏走的幾個太醫，雖都還好，只是你吃他們的藥，總不見效，不如再請一個高手的人來瞧一瞧，治好了豈不好？每年間鬧一春一夏，又不老，又不小，成什麼，也不是個常法兒。」黛玉道：「不中用。我知道我的病是不能好的了。且別說病，只論好的時候我是怎麼個形景兒，就可知了。」寶釵點頭道：「可正是這話。古人說，『食穀者生』，你素日吃的竟不能添養精神氣血，也不是好事。」黛玉歎道：「『生死有命，富貴在天』，也不是人力可強求的。今年比往年反覺又重了些似的。」說話之間，已咳嗽了兩三次。

寶釵道：「昨兒我看你那藥方上，人參肉桂覺得太多了。雖說益氣補神，也不宜太熱。依我說：先以平肝養胃為要。肝火一平，不能克土，胃氣無病，飲食就可以養人了。每日早起，拿上等燕窩一兩，冰糖五錢，用銀吊子熬出粥來，若吃慣了，比藥還強，最是滋陰補氣的。」黛玉歎道：「你素日待人，固然是極好的，然我最是個多心的人，只當你有心藏奸。從前日你說看雜書不好，又勸我那些好話，竟大感激你。往日竟是我錯了，實在誤到如今。細細算來，我母親去世的時候，又無姐妹兄弟，我長了今年十五歲，竟沒一個人像你前日的話教導我。怪不得雲丫頭說你好，我往日見他讚你，我還不受用，昨兒我親自經過，纔知道了。比如你說了那個，我再不輕放過你的；你竟不介意，反勸我那些話，可知我竟自誤了。若不是前日看出來，今日這話，再不對你說。你方纔叫我吃燕窩粥的話，雖然燕窩易得，但只我因身子不好了，每年犯了這病，也沒什麼要緊的去處。請大夫，熬藥，人參，肉桂，已經鬧了個天翻地覆了，這會子我又興出新文來，熬什麼燕窩粥，老太太、太太、鳳姐姐，這三個人便沒話說，那些底下老婆子丫頭們，未免嫌我太多事了。你看這裏這些人，因見老太太多疼了寶玉和鳳姐姐兩個，他們尚虎視眈眈，背地裏言三語四的，何況於我？況我又不是正經主子，原是無依無靠投奔了來的，他們已經多嫌著我呢；如今我還不知進退，何苦叫他們咒我？」

寶釵道：「這樣說，我也是和你一樣。」黛玉道：「你如何比我？你又有母親，又有哥哥；這裏又有買賣地土，家裏又仍舊有房有地。你不過親戚的情分，白住在這裏，一應大小事情，又不沾他們一文半個，要走就走了。我是一無所有，吃穿用度，一草一木，皆是和他們家的姑娘一樣，那起小人豈有不多嫌的？」寶釵笑道：「將來也不過多費得一副嫁妝罷了，如今也愁不到那裏。」黛玉聽了，不覺紅了臉，笑道：「人家纔拿你當個正經人，把心裏煩難告訴你聽，你反拿我取笑兒。」寶釵笑道：「雖是取笑兒，卻也是真話。你放心，我在這裏一日，我與你消遣一日。你有什麼委屈煩難，只管告訴我，我能解的，自然替你解。我雖有個哥哥，你也是知道的；只有個母親，比你略強些。咱們也算同病相憐。你也是個明白人，何必作『司馬牛之歎』？你纔說的也是，『多一事不如省一事』。我明日家去，和媽媽說了，只怕燕窩我們家裏還有，與你送幾兩。每日叫丫頭們就熬了，又便宜，又不驚師動眾的。」黛玉忙笑道：「東西是小，難得你多情如此。」寶釵道：「這有什麼放在嘴裏的！只愁我人人跟前失於應候罷了。這會子只怕你煩了，我且去了。」黛玉道：「晚上再來和我說句話兒。」寶釵答應著便去了，不在話下。

　　這裏黛玉喝了兩口稀粥，仍歪在牀上。不想日未落時，天就變了，淅淅瀝瀝下起雨來。秋霖脈脈，陰晴不定，那天漸漸的黃昏，且陰的沈黑，兼著那雨滴竹梢，更覺淒涼。知寶釵不能來，便在燈下隨便拿了一本書，卻是《樂府雜稿》，有《秋閨怨》、《別離怨》等詞。黛玉不覺心有所感，亦不禁發於章句，遂成《代別離》一首，擬《春江花月夜》之格，乃名其詞曰「秋窗風雨夕」。詞曰：

　　秋花慘澹秋草黃，耿耿秋燈秋夜長。已覺秋窗秋不盡，那堪風雨助淒涼！
　　助秋風雨來何速？驚破秋窗秋夢續。抱得秋情不忍眠，自向秋屏挑淚燭。
　　淚燭搖搖爇短檠，牽愁照眼動離情。誰家秋院無風入？何處秋窗無雨聲？
　　羅衾不奈秋風力，殘漏聲催秋雨急。連宵脈脈復颼颼，燈前似伴離人泣。

寒煙小院轉蕭條，疏竹虛窗時滴瀝。不知風雨幾時休，已教淚灑窗紗濕。

吟罷擱筆，方欲安寢，丫鬟報說：「寶二爺來了。」一語未盡，只見寶玉頭上戴著大箬笠，身上披著蓑衣，黛玉不覺笑道：「那裏來的這麼個漁翁？」寶玉忙問：「今兒好？吃藥了沒有？今兒一日吃了多少飯？」一面說，一面摘了笠，脫了蓑，忙一手舉起燈來，一手遮著燈兒，向黛玉臉上照了一照，覷著瞧了一瞧，笑道：「今兒氣色好了些。」

黛玉看他脫了蓑衣，裏面只穿半舊紅綾短襖，繫著綠汗巾子，膝上露出綠綢撒花褲子，底下是掐金滿繡的綿紗襪子，靸著蝴蝶落花鞋。黛玉問道：「上頭怕雨，底下這鞋襪子是不怕雨的？也倒乾淨。」寶玉笑道：「我這一套是全的。有一雙棠木屐，纔穿了來，脫在廊簷下了。」

黛玉又看那蓑衣斗笠不是尋常市賣的，十分細緻輕巧，因說道：「是什麼草編的？怪道穿上不像那刺蝟似的。」寶玉道：「這三樣都是北靜王送的。他閒常下雨時，在家裏也是這樣。你喜歡這個，我也弄一套來送你。別的都罷了，惟有這斗笠有趣：上頭這頂兒是活的，冬天下雪，戴上帽子，就把竹信子抽了去，拿下頂子來，只剩了這個圈子；下雪時，男女都帶得。我送你一頂，冬天下雪戴。」黛玉笑道：「我不要他，戴上那個，成了畫兒上畫的和戲上扮的漁婆兒了。」及說了出來，方想起來這話忒與方纔說寶玉的話相連了，後悔不迭，羞的臉飛紅，伏在桌上，嗽個不住。

寶玉卻不留心，因見案上有詩，遂拿起來看了一遍，又不覺叫好。黛玉聽了，忙起來奪在手內，燈上燒了。寶玉笑道：「我已記熟了。」黛玉道：「我要歇了，你請去罷，明日再來。」寶玉聽了，回手向懷內掏出一個核桃大的金錶來，瞧了一瞧，那針已指到戌末亥初之間，忙又揣了，說道：「原該歇了，又攪得你勞了半日神。」說著，披蓑戴笠出去了，又翻身進來，問道：「你想什麼吃？你告訴我，我明兒一早回老太太，豈不比老婆子們說的明白？」黛玉笑道：「等我夜裏想著了，明日一早告訴你。你聽，雨越發緊了，快去罷。可有人跟沒有？」兩個婆子答應：「有人，外面拿著傘點著燈籠呢。」黛玉笑道：「這個天點燈籠？」寶玉道：「不相干，是羊角的，不怕雨。」

黛玉聽說，回手向書架上把個玻璃繡毬燈拿了下來，命點一枝小蠟來，遞與寶玉，道：「這個又比那個亮，正是雨裏點的。」寶玉道：「我也有這麼一個，怕他們失腳滑倒了打破了，所以沒點來。」黛玉道：「跌了燈值錢呢，是跌了人值錢？你又穿不慣木屐子。那燈籠命他們前頭點著；這個又輕巧又亮，原是雨裏自己拿著的。你自己手裏拿著這個，豈不好？明兒再送來。就失了手也有限的，怎麼忽然又變出這『剖腹藏珠』的脾氣來！」寶玉聽了，隨過來接了。前頭兩個婆子打著傘，拿著羊角燈，後頭還有兩個小丫鬟打著傘。寶玉便將這個燈遞給一個小丫頭捧著，寶玉扶著他的肩，一徑去了。

就有蘅蕪院一個婆子，也打著傘，提著燈，送了一大包燕窩來，還有一包子潔粉梅片雪花洋糖。說道：「這比買的強。我們姑娘說：『姑娘先吃著，完了再送來。』」黛玉回說：「費心。」命他：「外頭坐了吃茶。」婆子笑道：「不吃茶了，我還有事呢。」黛玉笑道：「我也知道你們忙。如今天又涼，夜又長，越發該會個夜局，痛賭兩場了。」婆子笑道：「不瞞姑娘說，今年我大沾光兒了。橫豎每夜有幾個上夜的人，誤了更又不好，不如會個夜局，又坐了更，又解了悶。今兒又是我的頭家，如今園門關了，就該上場兒了。」黛玉聽了，笑道：「難為你。誤了你的發財，冒雨送來。」命人：「給他幾百錢，打些酒吃，避避雨氣。」那婆子笑道：「又破費姑娘賞酒吃。」說著，磕了一個頭，外面接了錢，打傘去了。

紫鵑收起燕窩，然後移燈下簾，伏侍黛玉睡下。黛玉自在枕上感念寶釵，一時又羨他有母有兄；一回又想寶玉素昔和睦，終有嫌疑；又聽見窗外竹梢蕉葉之上，雨聲淅瀝，清寒透幕，不覺又滴下淚來。直到四更方漸漸的睡熟了。暫且無話。要知端的，且看下回分解。

卷四十六　尷尬人難免尷尬事　鴛鴦女誓絕鴛鴦偶

話説黛玉直到四更將闌，方漸漸的睡去，暫且無話。

如今且説鳳姐兒因見邢夫人叫他，不知何事，忙另穿戴了一番，坐車過來。邢夫人將房內人遣出，悄向鳳姐兒道：「叫你來不為別的，有一件為難的事，老爺託我，我不得主意，先和你商議：老爺因看上了老太太屋裏的鴛鴦，要他在房裏，叫我和老太太討去。我想這倒是平常有的事，就是怕老太太不給，你可有法子辦這件事麼？」鳳姐兒聽了，忙道：「依我説，竟別碰這個釘子去。老太太離了鴛鴦，飯也吃不下去的，那裏就捨得了？況且平日説起閒話來，老太太常説老爺：『如今上了年紀，做什麼左一個小老婆右一個小老婆，放在屋裏？耽誤了人家，放著身子不保養，官兒也不好生做去，成日和小老婆喝酒。』太太聽聽，很喜歡咱們老爺麼？這會子迴避還恐迴避不及，反倒『拿草棍兒戳老虎的鼻子眼兒去』了。太太別惱，我是不敢去的。明放著不中用，而且反招出沒意思來。老爺如今上了年紀，行事不免有點兒背晦，太太勸勸纔是。比不得年輕，做這些事無礙。如今兄弟、姪兒、兒子、孫子一大群，還這麼鬧起來，怎麼見人呢？」邢夫人冷笑道：「大家子三房四妾的也多，偏咱們就使不得？我勸了也未必依。就是老太太心愛的丫頭，這麼鬍子蒼白了又做了官的一個大兒子，要了做房裏人，也未必好駁回的。我叫了你來，不過商議商議，你先派上了一篇的不是。也有叫你去的理？自然是我說去。你倒說我不勸，你還是不知道那性子的，勸不成，先和我惱了。」

鳳姐知道邢夫人稟性愚弱，只知承順賈赦以自保，次則婪取財貨為自得；家下一應大小事務，俱由賈赦擺佈，凡出入銀錢事，一經他手，便剋扣異常，以賈赦浪費為名，「須得我就中儉省，方可償補。」兒女奴僕，一人不靠，一言不聽的。如今又聽邢夫人如此的話，便知他又弄左性，勸了不中用，連忙陪笑說道：「太太這話說的極是。我能活了多大，知道什麼輕重？想來父母跟前，別說一個丫頭，就是那麼大的一個活寶貝，不給老爺給誰？背地裏的話，那裏信的？我竟是個呆子。拿著二爺說起，或有日得了不是，老爺太太恨得那樣，恨不得立刻拿來一下子打死；及至見了面，也罷了，依舊拿著老爺太太心愛的東西賞他。如今老太太待老爺，自然也是那樣了。依我說，老太太今兒喜歡，要討，今兒就討去。我先過去哄著老太太，等太太過去了，我搭訕著走開，把屋子裏的人我也帶開，太太好和老太太說，給了更好，不給也沒妨礙，眾人也不得知道。」

邢夫人見他這般說，便又喜歡起來，又告訴他道：「我的主意先不和老太太說。老太太說不給，這事便死了；我心裏想著先悄悄的和鴛鴦說。他雖害臊，我細細的告訴了他，他自然不言語，就妥了；那時再和老太太說。老太太雖不依，擱不住他願意。常言『人去不中留』，自然這就妥了。」鳳姐兒笑道：「到底是太太有智謀；這是千妥萬妥。別說是鴛鴦，憑他是誰，那一個不想巴高望上、不想出頭的？放著半個主子不做，倒願意做丫頭，將來配個小子，就完了呢！」邢夫人笑道：「正是這個話了。別說鴛鴦，就是那些執事的大丫頭，誰不願意這樣呢？你先過去，別露一點風聲，我吃了晚飯就過來。」

鳳姐兒暗想：「鴛鴦素昔是個極有心胸識見的丫頭，雖如此說，保不嚴他願意不願意。我先過去了，太太後過去，他要依了，便沒得話說；倘或不依，太太是多疑的人，只怕疑我走了風聲，使他拿腔作勢的。那時太太又見應了我的話，羞惱變成怒，拿我出起氣來，倒沒意思。不如同著一齊過去了，他依也罷，不依也罷，就疑不到我身上了。」想畢，因笑道：「纔我臨來，舅母那邊送了兩籠子鵪鶉，我吩咐他們炸了，原要趕太太晚飯上送過來的。我纔進大門時，見小子們擡車，說：『太太的車拔了縫，拿去收拾去了。』不如這會子坐了我的車，一齊過去倒好。」邢夫人聽了，便命人來換衣服。鳳姐忙著伏侍了一回，娘兒兩個坐車過來。鳳姐兒又說道：「太太過老太太那裏去，我若跟了去，老太太若問起我過來做什麼的，倒不好；不如太太先去，我脱了衣裳再來。」

邢夫人聽了有理，便自往賈母處來和賈母説了一回閒話，便出來，假託往王夫人房裏去，從後房門出去，打鴛鴦的臥房門前過，只見鴛鴦正坐在那裏做針綫，見了邢夫人，站起來。邢夫人笑道：「做什麼呢？我看看，你扎的花兒越發好了。」一面說，一面便進來接他手內的針綫，看了一看，只管讚好。放下針綫，又渾身打量。只見他穿著半新的藕色綾襖，青緞掐牙背心，下面水綠裙子；蜂腰削背，鴨蛋臉，烏油頭髮，高高的鼻子，兩邊腮上微微的幾點雀瘢。

鴛鴦見這般看他，自己倒不好意思起來，心裏便覺咤異，因笑問道：「太太，這會子不早不晚的過來做什麼？」邢夫人使個眼色兒，跟的人退出。邢夫人便坐下，拉著鴛鴦的手，笑道：「我特來給你道喜來的。」鴛鴦聽了，心中已猜著三分，不覺紅了臉，低了頭，不發一言。聽邢夫人道：「你知道，老爺跟前竟沒有個可靠的人，心裏再要買一個，又怕那些牙子家出來的，不乾不淨；也不知道毛病兒，買了來三日兩日，又弄鬼掉猴的。因滿府裏要挑一個家生女兒，又沒個好的：不是模樣兒不好，就是性子不好；有了這個好處，沒了那個好處。因此常冷眼選了半年，這些女孩子裏頭，就只你是個尖兒：模樣兒，行事做人，溫柔可靠，一概是齊全的。意思要和老太太討了你去，收在屋裏。你不比外頭新買新討的，你這一進去了，就開了臉，就封你作姨娘，又體面，又尊貴。你又是個要強的人，俗語說的，『金子還是金子換』，誰知竟被老爺看中了。你如今這一來，可遂了素日心高智大的願了；又堵一堵那些嫌你的人的嘴。跟了我回老太太去！」說著，拉了他的手就要走。

鴛鴦紅了臉，奪手不行。邢夫人知他害臊，便又說道：「這有什麼臊處？你又不用說話，只跟著我就是了。」鴛鴦只低頭不動身。邢夫人見他這般，便又說道：「難道你還不願意不成？若果然不願意，可真是個傻丫頭了。放著主子奶奶不做，倒願意做丫頭！三年兩年，不過配上個小子，還是奴才。你跟我們去，你知道我的性子又好，又不是那不容人的人，老爺待你們又好。過一年半載，生個一男半女，你就和我並肩了。家裏的人，你要使喚誰，誰還不動？現成主子不做去，錯過了機會，後悔就遲了。」鴛鴦只管低頭，仍是不語。邢夫人又道：「你這麼個爽快人，怎麼又這樣積稔起來？有什麼不稱心之處，只管說與我；我管保你遂心如意就是了。」鴛鴦仍不語。邢夫人又笑道：「想必你有老子娘，你自己不肯說話，怕臊，你等他們問你呢？這也是理。讓我問他們去，叫他們來問你，有話只管告訴他們。」說畢，便往鳳姐兒房中來。

鳳姐兒早換了衣服，因房內無人，便將此話告訴了平兒。平兒也搖頭笑道：「據我看來，未必妥當。平常我們背著人說起話來，聽他那個主意，未必是肯的。也只說著看罷了。」鳳姐兒道：「太太必來這屋裏商議；依了還可，要是不依，白討個沒趣兒。當著你們，豈不臉上不好看。你說給他們炸些鵪鶉，再有什麼配幾樣，預備吃飯。你且別處逛逛去，估量著走了，你再來。」平兒聽說，照樣傳與婆子們，便逍遙自在的園子裏來。

這裏鴛鴦見邢夫人去了，必到鳳姐房裏商議去了，還必定有人來問他的，不如躲了這裏，因找了琥珀，道：「老太太要問我，只說我病了，沒吃早飯，往園子裏逛逛就來。」琥珀答應了。鴛鴦也往園子裏來，各處遊玩。不想正遇見平兒。平兒見無人，便笑道：「新姨娘來了！」鴛鴦聽了，便紅了臉，說道：「怪道，你們串通一氣來算計我！等著我和你主子鬧去就是了。」平兒見鴛鴦滿臉惱意，自悔失言，便拉到楓樹底下，坐在一塊石上，越發把方纔鳳姐過去回來所有的形景言詞，始末原由，告訴於他。鴛鴦紅了臉，向平兒冷笑道：「只是咱們好，比如襲人、琥珀、素雲、紫鵑、彩霞、玉釧、麝月、翠墨，跟了史姑娘去的翠縷，死了的可人和金釧，去了的茜雪，連上你我，這十來個人，從小兒什麼話兒不說，什麼事兒不做？這如今因都大了，各自幹各自的去了，我心裏仍是照舊，有話有事，並不瞞你們。這話我先放在你心裏，且別和二奶奶說：別說大老爺要我做小老婆，就是太太這會子死了，他三媒六聘的娶我去做大老婆，我也不能去！」

平兒方欲說話，只聽山石背後哈哈的笑道：「好個沒臉的丫頭，虧你不怕牙磣！」二人聽了，不覺吃了一驚，忙起身向山後找尋，不是別個，卻是襲人，笑著走了出來。問：「什麼事情？告訴我。」說著，三人坐在石上。平兒又把方纔的話說與襲人，襲人聽了，說道：「這話，論理不該我們說：這個大老爺，真真太好色了！略平頭正臉的，他就不能放手了。」平兒道：「你既不願意，我教你個法兒。」鴛鴦道：「什麼法兒？」平兒笑道：「你只和老太太說，就說已經給了璉二爺了，大老爺就不好要了。」鴛鴦啐道：「什麼東西！你還說呢！前兒你主子不是這麼混說？誰知應到今兒了。」襲人笑道：「他兩個都不願意，依我說，就和老太太說，叫老太太就說把你已經許了寶二爺了；大老爺也就死了心了。」鴛鴦又是氣，又是臊，又是急，罵道：「兩個壞蹄子，再不得好死的！人家有為難的事，拿著你們當作正經人，告訴你們，與我排解排解，饒不管，你們倒替換著取笑兒。你們自以為都有了結果了，將來都是做姨娘的！據我看來，天底下的事，未必都那麼遂心如意的。你們且收著些兒罷，別忒樂過了頭兒！」

二人見他急了，忙陪笑道：「好姐姐，別多心，咱們從小兒都是親姊妹一般，不過無人處偶然取個笑兒。你的主意告訴我們知道，也好放心。」鴛鴦道：「什麼主意！我只不去就完了。」平兒搖頭道：「你不去，未必得干休。大老爺的性子，你是知道的。雖然你是老太太房裏的人，此刻不敢把你怎麼樣，難道你跟老太太一輩子不成？也要出去的。那時落了他的手，倒不好了。」鴛鴦冷笑道：「老太太在一日，我一日不離這裏；若是老太太歸西去了，他橫豎還有三年的孝呢，沒個娘纔死了，他先弄小老婆的！等過了三年，知道又是怎麼個光景兒呢？那時再說。縱到了至急為難，我剪了頭髮做姑子去；不然，還有一死。一輩子不嫁男人，又怎麼樣？樂得乾淨呢！」平兒襲人笑道：「真個這蹄子沒了臉，越發信口兒都說出來了！」鴛鴦道：「事到如此，臊一回子怎麼樣？你們不信，慢慢的看著就是了！太太纔説了，找我老子娘去。我看他南京找去！」平兒道：「你的父母都在南京看房子，沒上來，終久也尋的著；現在還有你哥哥嫂子在這裏。可惜你是這裏的家生女兒，不如我們兩個只單在這裏。」鴛鴦道：「家生女兒怎麼樣？『牛不喝水強按頭』？我不願意，難道殺我的老子娘不成！」

正説著，只見他嫂子從那邊走來。襲人道：「他們當時找不著你的爹娘，一定和你嫂子説了。」鴛鴦道：「這個娼婦，專管是個『六國販駱駝』的，聽了這話，他有個不奉承去的！」説話之間，已來到跟前。他嫂子笑道：「那裏沒有找到，姑娘跑了這裏來！你跟了我來，我和你説話。」平兒襲人都忙讓坐。他嫂子只説：「姑娘們請坐，找我們姑娘説句話。」襲人平兒都裝不知道，笑説：「什麼這麼忙？我們這裏猜謎兒呢，等猜了這個再去。」鴛鴦道：「什麼話？你説罷。」他嫂子笑道：「你跟我來，到那裏告訴你，橫豎有好話兒。」鴛鴦道：「可是太太和你説的那話？」他嫂子笑道：「姑娘既知道，還奈何我！快來！我細細的告訴你，可是天大的喜事！」

鴛鴦聽説，立起身來，照他嫂子臉上下死勁啐了一口，指著罵道：「你快夾著你那屄嘴，離了這裏，好多著呢！什麼『好話』？又是什麼『喜事』？怪道成日家羨慕人家的丫頭做了小老婆，一家子都仗著他橫行霸道的，一家子都成了小老婆了！看得眼熱了，也把我送在火坑裏去。我若得臉呢，你們外頭橫行霸道，自己就封了自己是舅爺；我若不得臉，敗了時，你們把忘八脖子一縮，生死由我去！」一面罵，一面哭。平兒襲人攔著勸他。他嫂子臉上下不來，因説道：「願意不願意，你也好説，犯不著拉三扯四的。俗語説的好：『當著矮人，別説矮話。』姑娘罵我，我不敢還言；這二位姑娘並沒惹著你，『小老婆』長，『小老婆』短，人家臉上怎麼過得去？」襲人平兒忙道：「你倒別說這話，他也並不是說我們，你倒別拉三扯四的。你聽見那位太太、太爺們封了我們做小老婆？況且我們兩個也沒有爹、娘、哥哥、兄弟在這門子裏仗著我們橫行霸道的。他罵的人自由他罵去，我們犯不著多心！」鴛鴦道：「他見我罵了他，他臊了，沒的蓋臉，又拿話調唆你們兩個。幸虧你們兩個明白，原是我急了，也沒分別出來，他就挑出這個空兒來。」他嫂子自覺沒趣，賭氣去了。

鴛鴦氣得還罵，平兒襲人勸他一回，方罷了。平兒因問襲人道：「你在那裏藏著做什麼？我們竟沒有看見你。」襲人道：「我因為往四姑娘房裏看我們寶二爺去的，誰知遲了一步，說是家去了。我疑惑怎麼沒遇見呢，想要往林姑娘家找去，又遇見他的人，說也沒去。我這裏正疑惑是出園子去了，可巧你從那裏來了。我一閃，你也沒看見。後來他又來了，我從這樹後頭走到山子石後，我卻見你兩個說話來了，誰知你們四個眼睛沒見我……」一語未了，又聽身後笑道：「四個眼睛沒見你？你們六個眼睛還沒見我呢！」三人嚇了一跳，回身一看，不是別人，正是寶玉。襲人先笑道：「叫我好找，你在那裏來著？」寶玉笑道：「我從四妹妹那裏出來，迎頭看見你走來了，我就知道是找我去的，我就藏起來了哄你。看你揚著頭過去了，進了院子，又出來了，逢人就問，我在那裏好笑。只等你到了跟前，嚇你一跳的。後來見你也藏藏躲躲的，我就知道也是要哄人了。我探頭往前看了一看，卻是他們兩個，所以我就繞到你身後。你出去，我也躲在你躲的那裏了。」平兒笑道：「咱們再往後找找去罷，只怕還找出兩個人來，也未可知。」寶玉笑道：「這可再沒有了。」鴛鴦已知這話俱被寶玉聽了，只伏在石頭上裝睡。寶玉推他笑道：「這石頭上冷，咱們回屋裏去睡，豈不好？」說著，拉起鴛鴦來。又忙讓平兒來家吃茶，和襲人都勸鴛鴦走，鴛鴦方立起身來。四個竟往怡紅院來。寶玉將方纔的話俱已聽見，心中著實替鴛鴦不快，只默默的歪在牀上，任他三人在外間說笑。

那邊邢夫人因問鳳姐兒鴛鴦的父親，鳳姐因說：「他爹的名字叫金彩，兩口子都在南京看房子，不大上來。他哥哥文翔現在是老太太的買辦。他嫂子也是老太太那邊漿洗上的頭兒。」邢夫人便命人叫了他嫂子金文翔的媳婦來，細細說與他。金家媳婦自是喜歡，興興頭頭去找鴛鴦，指望一說必妥；不想被鴛鴦搶白了一頓，又被襲人平兒說了幾句，羞惱回來，便對邢夫人說：「不中用，他罵了我一場。」因鳳姐兒在旁，不敢提平兒，說：「襲人也幫著搶白我，說了我許多不知好歹的話，回不得主子的。太太和老爺商議再買罷。諒那小蹄子也沒有這麼大福，我們也沒有這麼大造化。」邢夫人聽了，說道：「又與襲人什麼相干？他們如何知道的？」又問：「還有誰在跟前？」金家的道：「還有平姑娘。」鳳姐兒忙道：「你不該拿嘴巴子把他打回來？我一出了門子，他就逛去了；回家來，連一個影兒也摸不著他！他必定也幫著說什麼來著？」金家的道：「平姑娘倒沒在跟前，遠遠的看著倒像是他，可也不真切。不過是我自忖度。」

鳳姐便命人去：「快找了他來，告訴我家來了，太太也在這裏，叫他來幫個忙兒！」豐兒忙上來回道：「林姑娘打發了人下請字兒，請了三四次，他纔去了；奶奶一進門，我就叫他去的。林姑娘說：『告訴奶奶，我煩他有事呢。』」鳳姐兒聽了方罷，故意的還說：「天天煩他！有什麼事情？」邢夫人無計，吃了飯回家，晚間告訴了賈赦。賈赦想了一想，即刻叫賈璉來，說：「南京的房子還有人看著，不止一家，即刻叫上金彩來。」賈璉回道：「上次南京信來，金彩已經得了痰迷心竅，那邊連棺材銀子都賞了，不知如今是死是活，即便活著，人事不知，叫來無用。他老婆子又是個聾子。」賈赦聽了，喝了一聲，又罵：「混帳！沒天理的囚攮的！偏你這麼知道！還不離了我這裏！」唬得賈璉退出。一時又叫傳金文翔。賈璉在外書房伺候著，又不敢家去，又不敢見他父親，只得聽著。一時金文翔來了，小幺兒們直帶入二門裏去，隔了四五頓飯的工夫，纔出來去了。賈璉暫且不敢打聽，隔了一會，又打聽賈赦睡了，方纔過來。至晚間，鳳姐兒告訴他，方纔明白。

且說鴛鴦一夜沒睡，至次日，他哥哥回賈母，接他家去逛逛，賈母允了，叫他家去。鴛鴦意欲不去，只怕賈母疑心，只得勉強出來。他哥哥只得將賈赦的話說與他，又許他怎麼體面，又怎麼當家做姨娘，鴛鴦只咬定牙不願意。他哥哥無法，少不得回去回覆了賈赦。賈赦怒起來，因說道：「我說與你，叫你女人向他說去，就說我的話：『自古嫦娥愛少年。』他必定嫌我老了，大約他戀著少爺們，多半是看上了寶玉，只怕也有賈璉。若有此心，叫他早早歇了，我要他不來，以後誰敢收他？這是一件。第二件，想著老太太疼他，將來外邊聘個正頭夫妻去。叫他細想：憑他嫁到了誰家，也難出我的手心；除非他死了，或是終身不嫁男人，我就服了他！若不然時叫他趁早回心轉意，有多少好處。」賈赦說一句，金文翔應一聲「是」。賈赦道：「你別哄我，明兒我還打發你太太過去問鴛鴦。你們說了，他不依，便沒你們的不是；若問他，他再依了，仔細你們的腦袋！」金文翔忙應了又應，退出回家，也等不得告訴他女人轉說，竟自己對面說了這話，把個鴛鴦氣得無話可回，想了一想，便說道：「我便願意去，也須得你們帶了我回聲老太太去。」他哥嫂只當回想過來，都喜之不盡，他嫂子即刻帶了他上來見賈母。

可巧王夫人、薛姨媽、李紈、鳳姐兒、寶釵等姊妹並外頭的幾個執事有頭臉的媳婦，都在賈母跟前湊趣兒呢。鴛鴦看見，忙拉了他嫂子，到賈母跟前跪下，一面哭，一面說，把邢夫人怎麼來說，園子裏嫂子又如何說，今兒他哥哥又如何說，「因為不依，方纔大老爺越發說我『戀著寶玉』，不然，要等著往外聘，憑我到天上，這一輩子也跳不出他的手心去，終久要報仇。我是橫了心的，當著眾人在這裏，我這一輩子，別說是寶玉，就是『寶金』、『寶銀』、『寶天王』、『寶皇帝』，橫豎不嫁人就完了！就是老太太逼著我，一刀子抹死了，也不能從命！伏侍老太太歸了西，我也不跟著我老子娘哥哥去，或是尋死，或是剪了頭髮當姑子去！若說我不是真心，暫且拿話支吾，這不是天地鬼神、日頭月亮照著，嗓子裏頭長疔！」原來這鴛鴦一進來時，便袖內帶了一把剪子，一面說著，一面回手打開頭髮就鉸。眾婆子丫鬟看見，忙來拉住，已剪下半綹來了。眾人看時，幸而他的頭髮極多，鉸得不透，連忙替他挽上。

賈母聽了，氣得渾身打戰，口內只說：「我通共剩了這麼一個可靠的人，他們還要來算計！」因見王夫人在旁，便向王夫人道：「你們原來都是哄我的！外頭孝順，暗地裏盤算我。有好東西也來要，有好人也來要。剩了這個毛丫頭，見我待他好了，你們自然氣不過，弄開了他，好擺弄我！」王夫人忙站起來，不敢還一言。薛姨媽見連王夫人怪上，反不好勸的了；李紈一聽見鴛鴦這話，早帶了姊妹們出去。探春有心的人，想王夫人雖有委屈，如何敢辯；薛姨媽現是親姊妹，自然也不好辯；寶釵也不便為姨母辯；李紈、鳳姐、寶玉一發不敢辯：這正用著女孩兒之時，迎春老實，惜春小，因此，窗外聽了一聽，便走進來，陪笑向賈母道：「這事與太太什麼相干？老太太想一想，也有大伯子的事，小嬸子如何知道？」

話未說完，賈母笑道：「可是我老糊塗了！姨太太別笑話我。你這個姐姐，他極孝順我，不像我那大太太，一味怕老爺，婆婆跟前不過應景兒。可是我委屈了他。」薛姨媽只答應「是」，又說：「老太太偏心，多疼小兒子媳婦，也是有的。」賈母道：「不偏心！」因又說：「寶玉，我錯怪了你娘，你怎麼也不提我，看著你娘受委屈？」寶玉笑道：「我偏著母親說大爺大娘不成？通共一個不是，我母親要不認，卻推誰去？我倒要認是我的不是，老太太又不信！」賈母笑道：「這也有理。你快給你娘跪下，你說：太太別委屈了，老太太有年紀了，看著寶玉罷。」寶玉聽了，忙走過來，便跪下要說；王夫人忙笑著拉起他來，說：「快起來，斷乎使不得，難道替老太太給我賠不是不成？」寶玉聽說，忙站起來。

賈母又笑道：「鳳姐兒也不提我！」鳳姐笑道：「我倒不派老太太的不是，老太太倒尋上我了？」賈母聽了，與眾人都笑道：「這可奇了！倒要聽聽這『不是』。」鳳姐道：「誰叫老太太會調理人？調理得水蔥兒似的，怎麼怨得人要？我幸虧是孫子媳婦，我若是孫子，我早要了，還等到這會子呢！」賈母笑道：「這倒是我的不是了？」鳳姐笑道：「自然是老太太的不是了。」賈母笑道：「這樣，我也不要了，你帶了去罷。」鳳姐兒道：「等著修了這輩子，來生託生男人，我再要罷。」賈母笑道：「你帶了去，給璉兒放在屋裏，看你那沒臉的公公還要不要了！」鳳姐兒道：「璉兒不配，就只配我和平兒這一對『燒糊了的捲子』，和他混罷。」說得眾人都笑起來了。

丫頭回說：「大太太來了。」王夫人忙迎了出去。要知端的，再聽下回分解。

卷四十七　呆霸王調情遭苦打　冷郎君懼禍走他鄉

話説王夫人聽見邢夫人來了，連忙迎了出去。邢夫人猶不知賈母已知鴛鴦之事，正還又來打聽信息，進了院門，早有幾個婆子悄悄的回了他，他纔知道。待要回去，裏面已知；又見王夫人接了出來，少不得進來，先與賈母請安。賈母一聲兒不言語。自己也覺得愧悔。鳳姐兒早指一事迴避了。鴛鴦也自回房去生氣。薛姨媽王夫人等恐礙著邢夫人的臉面，也都漸漸退了。邢夫人且不敢出去。

賈母見無人，方説道：「我聽見你替你老爺説媒來了。你倒也『三從四德』的。只是這賢慧也太過了！你們如今也是孫子兒子滿眼了，你還怕他使性子。我聞得你還由著你老爺的那性兒鬧。」邢夫人滿面通紅，回道：「我勸過幾次不依。老太太還有什麼不知道的呢，我也是不得已兒。」賈母道：「他逼著你殺人，你也殺去？如今你也想想：你兄弟媳婦，本來老實，又生得多病多痰，上上下下，那不是他操心？你一個媳婦，雖然幫著，也是天天『丢下爬兒弄掃帚』。凡百事情，我如今自己減了，他們兩個就有些不到的去處，有鴛鴦那孩子還心細些，我的事情，他還想著一點子：該要的，他就要了來；該添什麼，他就趁空兒告訴他們添了。鴛鴦再不這樣，他娘兒兩個，裏頭外頭，大的小的，那裏不忽略一件半件？我如今反倒自己操心去不成？還是天天盤算，和他們要東要西去？我這屋裏，有的沒有的，剩了他一個，年紀也大些，我凡做事的脾氣性格兒，他還知道些。他二則也還投主子的緣法，他也並不指著我和那位太太要衣裳去，又和那位奶奶要銀子去。所以這幾年，一應事情，他說什麼，從你小嬸和你媳婦起，至家下大大小小，沒有不信的。所以不單我得靠，連你小嬸、媳婦也都省心。我有了這麼個人，就是媳婦、孫子媳婦想不到的，我也不得缺了，也沒氣可生了。這會子，他去了，你們又弄什麼人來我使？你們就弄他那麼個真珠的人來，不會說話也無用。我正要打發人和你老爺說去，他要什麼人，我這裏有錢，叫他只管一萬八千的買去就是；要這個丫頭，不能！留下他伏侍我幾年，就比他日夜伏侍我盡了孝的一樣。你來的也巧，就去說，更妥當了。」說畢，命人來：「請了姨太太你姑娘們來；纔高興說個話兒，怎麼又都散了！」

丫頭忙答應找去了。眾人趕忙的又來。只有薛姨媽向那丫鬟道：「我纔來了，又做什麼去？你就說我睡了。」那丫頭道：「好親親的姨太太，姨祖宗！我們老太太生氣呢！你老人家不去，沒個開交了。只當疼我們罷！你老人家怕走，我背了你老人家去。」薛姨媽笑道：「小鬼頭兒！你怕些什麼！不過罵幾句就完了。」說著，只得和這小丫頭子走來。賈母忙讓坐，又笑道：「咱們鬥牌罷？姨太太的牌也生，咱們一處坐著，別叫鳳姐兒混了我們去。」薛姨媽笑道：「正是呢！老太太替我看著些兒。就是咱們娘兒四個鬥呢，還是添一兩個人呢？」王夫人笑道：「可不只四個人。」鳳姐兒道：「再添一個人，熱鬧些。」賈母道：「叫鴛鴦來，叫他在這下手裏坐著，姨太太的眼花了，咱們兩個的牌，都叫他看著些兒。」鳳姐笑了一聲，向探春道：「你們知書識字的，倒不學算命？」探春道：「這又奇了，這會子你不打點精神贏老太太幾個錢，又想算命？」鳳姐兒道：「我正要算算今兒該輸多少，我還想贏呢？你瞧瞧，場兒沒上，左右都埋伏下了。」說得賈母薛姨媽都笑起來。

一時鴛鴦來了，便坐在賈母下首。鴛鴦之下，便是鳳姐兒。鋪下紅氈，洗牌告幺，五人起牌，鬥了一回。鴛鴦見賈母的牌已十成，只等一張二餅，便遞了暗號兒與鳳姐兒。鳳姐兒正該發牌，便故意躊躇了半晌，笑道：「我這一張牌定在姨媽手裏扣著呢，我若不發這一張牌，再頂不下來的。」薛姨媽道：「我手裏並沒有你的牌。」鳳姐兒道：「我回來是要查的。」薛姨媽道：「你只管查。你且發下來，我瞧瞧是張什麼。」鳳姐兒便送在薛姨媽跟前，薛姨媽一看，是個二餅，便笑道：「我倒不稀罕他，只怕老太太滿了。」鳳姐聽了，忙笑道：「我發錯了。」賈母笑得已擲下牌來，說：「你敢拿回去！誰叫你錯的不成？」鳳姐兒道：「可是我要算一算命呢！這是自己發的，也怨不得人了。」賈母笑道：「可是你自己打著你那嘴，問著你自己纔是。」又向薛姨媽笑道：「我不是小氣愛贏錢，原是個彩頭兒。」薛姨媽笑道：「我們可不是這樣想，那裏有那樣糊塗人，說老太太愛錢呢？」

鳳姐兒正數著錢，聽了這話，忙又把錢穿上了，向眾人笑道：「夠了我的了。竟不為贏錢，單為贏彩頭兒。我到底小氣，輸了就數錢；快收起來罷。」賈母規矩是鴛鴦代洗牌的，因和薛姨媽說笑。不見鴛鴦動手。賈母道：「你怎麼惱了，連牌也不替我洗？」鴛鴦拿起牌來笑道：「奶奶不給錢。」賈母道：「他不給錢，那是他交運了。」便命小丫頭子：「把他那一弔錢都拿過來！」小丫頭子真就拿了，擱在賈母旁邊。鳳姐兒笑道：「賞我罷！照數兒給就是了。」薛姨媽笑道：「果然鳳姐兒小器，不過玩兒罷了。」

鳳姐兒聽說，便站起來，拉住薛姨媽，回頭指著賈母素日放錢的一個木箱子，笑道：「姨媽瞧瞧，那個裏頭不知玩了我多少去了！這一弔錢玩不了半個時辰，那裏頭的錢就招手兒叫他了。只等把這一弔也叫進去了，牌也不用鬥了，老祖宗氣也平了，又有正經事差我辦去了。」話未說完，引得賈母眾人笑個不住。正說著，偏平兒怕錢不夠，又送了一弔來。鳳姐兒道：「不用放在我跟前，也放在老太太的那一處罷：一齊叫進去，倒省事，不用做兩次，叫箱子裏的錢費事。」賈母笑得手裏的牌撒了一桌子，推著鴛鴦，叫：「快撕他的嘴！」

平兒依言，放下錢，也笑了一回，方回來。至院門前，遇見賈璉，問他：「太太在那裏呢？老爺叫我請過去呢。」平兒忙笑道：「在老太太跟前站了這半日，還沒動呢。趁早兒丟開手罷。老太太生了半日氣，這會子，虧二奶奶湊了半日的趣兒，纔略好了些。」賈璉道：「我過去，只說討老太太示下，十四往賴大家去不去，好預備轎子的。又請了太太，又湊了趣兒，豈不好。」平兒笑道：「依我說，你竟別過去罷。合家子，連太太寶玉都有了不是，這會子你又填限去了。」賈璉道：「已經完了，難道還找補不成？況且與我又無干；二則老爺親自吩咐我請太太的，這會子我打發了人去，倘或知道了，正沒好氣呢，指著這個拿我出氣罷。」說著就走。平兒見他說的有理，也就跟了過來。

賈璉到了堂屋裏，便把腳步放輕了，往裏間探頭，只見邢夫人站在那裏。鳳姐兒眼尖，先瞧見了，便使眼色兒，不命他進來，又使眼色與邢夫人。邢夫人不便就走，只得倒了一碗茶來，放在賈母跟前。賈母一回身，賈璉不防，便沒躲過。賈母便問：「外頭是誰？倒像個小子一伸頭的似的。」鳳姐兒忙起身說：「我也恍惚看見有一個人影兒。」一面說，一面起身出來。賈璉忙進去，陪笑道：「打聽老太太十四可出門？

好預備轎子。」賈母道：「既這麼樣，怎麼不進來，又做鬼做神的？」賈璉陪笑道：「見老太太玩牌，不敢驚動，不過叫媳婦出來問問。」賈母道：「就忙到這一時！等他家去，你問他多少問不得？那一遭兒你這麼小心來著？又不知是來做耳報神的，也不知是來做探子的，鬼鬼祟祟，倒唬我一跳。什麼好下流種子！你媳婦和我玩牌呢，還有半日的空兒，你家去再和那趙二家的商量治你媳婦去罷。」說著，眾人都笑了。鴛鴦笑道：「鮑二家的，老祖宗又拉上趙二家的去。」賈母也笑道：「可是，我那裏記得什麼『抱』著『背』著的，提起這些事來，不由我不生氣。我進了這門子，做重孫媳婦起，到如今，我也有個重孫子媳婦了，連頭帶尾五十四年，憑著大驚大險、千奇百怪的事，也經了些，從沒經過這些事。還不離了我這裏呢！」

賈璉一聲兒不敢說，忙退了出來。平兒在窗外站著，悄悄笑道：「我說你不聽，到底碰在網裏了。」正說著，只見邢夫人也出來。賈璉道：「都是老爺鬧的，如今都擱在我和太太身上。」邢夫人道：「我把你這沒孝心的種子！人家還替老子死呢；白說了幾句，你就抱怨天、抱怨地了。你還不好好的呢，這幾日生氣，仔細他捶你。」賈璉道：「太太快過去罷，叫我來請了好半日了。」說著，送他母親出來，過那邊去。

邢夫人將方纔的話只略說了幾句，賈赦無法，又且含愧，自此便告了病，且不敢見賈母，只打發邢夫人及賈璉每日過去請安。只得又各處遣人購求尋覓，終久費了八百兩銀子，買了一個十七歲女孩子來，名喚嫣紅，收在屋裏，不在話下。

這裏鬥了半日牌，吃晚飯纔罷。此一二日間無話。

轉眼到了十四，黑早，賴大的媳婦又進來請。賈母高興，便帶了王夫人薛姨媽及寶玉姊妹等，至賴大花園中坐了半日。那花園雖不及大觀園，卻也十分齊整寬闊，泉石林木，樓臺亭軒，也有好幾處動人的。外面大廳上，薛蟠、賈珍、賈璉、賈蓉並幾個近族的都來了。那賴大家內，也請了幾個現任的官長並幾個大家子弟作陪。因其中有個柳湘蓮，薛蟠自上次會過了一次，已念念不忘，又打聽他最喜串戲，且都串的是生旦風月戲文，不免錯會了意，誤認他做了風月子弟，正要與他相交，恨沒有個引進，這日可巧遇見，樂得無可不可。且賈珍等也慕他的名，酒蓋住了臉，就求他串了兩齣戲。下來，移席和他一處坐著，問長問短，說東說西。

那柳湘蓮原係世家子弟，讀書不成，父母早喪，素性爽俠，不拘細事，酷好耍槍舞劍，賭博吃酒，以致眠花臥柳，吹笛彈箏，無所不為。因他年紀又輕，生得又美，不知他身分的人，都誤認作優伶一類。

那賴大之子賴尚榮，與他素昔交好，故今日請來做陪。不想酒後別人猶可，獨薛蟠又犯了舊病。心中早已不快，得便意欲走開完事，無奈賴尚榮又說：「方纔寶二爺又囑咐我：纔一進門，雖見了，只是人多不好說話，叫我囑咐你，散的時候別走，他還有話說呢。你既一定要去，等我叫出他來，你兩個見了再走，與我無干。」說著，便命小廝們：「到裏頭，找一個老婆子，悄悄告訴，請出寶二爺來。」那小廝去了，沒一杯茶時，果見寶玉出來了。賴尚榮向寶玉笑道：「好叔叔，把他交給你，我張羅人去了。」說著，已經去了。

寶玉便拉了柳湘蓮到廳側書房中坐下，問他：「這幾日可到秦鐘的墳上去了？」湘蓮道：「怎麼不去？前日我們幾個放鷹去，離他墳上還有二里，我想今年夏天雨水勤，恐怕他的墳站不住，我背著眾人走到那裏去瞧了一瞧，略又動了一點子；回家來就便弄了幾百錢，第三日一早出去，僱了兩個人，收拾好了。」寶玉說：「怪道呢。

上月我們大觀園的池子裏頭結了蓮蓬，我摘了十個，叫焙茗出去，到墳上供他去。回來我也問他：『可被雨沖壞了沒有？』他說：『不但沒沖，更比上回新了些。』我想著，必是這幾個朋友新收拾了。我只恨我天天圈在家裏，一點兒做不得主，行動就有人知道，不是這個攔，就是那個勸的，能說不能行。雖然有錢，又不由我使。」柳湘蓮道：「這個事也用不著你操心，外頭有我，你只心裏有了就是了。眼前十月初一日，我已經打點下上墳的花消。你知道，我一貧如洗，家裏是沒的積聚的；縱有幾個錢來，隨手就光的。不如趁空兒留下這一分，省得到了跟前扎煞手。」寶玉道：「我也正為這個，要打發焙茗找你，你又不大在家，知道你天天萍蹤浪跡，沒個一定的去處。」柳湘蓮道：「你也不用找我，這個事也不過各盡其道。眼前我還要出門去走走，外頭逛逛，三年五載再回來。」寶玉聽了，忙問：「這是為何？」柳湘蓮冷笑道：「我的心事，等到跟前，你自然知道。我如今要別過了。」寶玉道：「好容易會著，晚上同散，豈不好？」湘蓮道：「你那令姨表兄，還是那樣；再坐著，未免有事，不如我迴避了倒好。」寶玉想一想，說道：「既是這麼樣，倒是迴避他為是。只是你要果真遠行，必須先告訴我一聲，千萬別悄悄的去了。」說著，便滴下淚來。

柳湘蓮說道：「自然要辭你去；你只別和別人說就是了。」說著，就站起來要走；又道：「你就進去罷，不必送我。」一面說，一面出了書房。剛至大門前，早遇見薛蟠在那裏亂叫：「誰放了小柳兒走了？」柳湘蓮聽了，火星亂迸，恨不得一拳打死；復思酒後揮拳，又礙著賴尚榮的臉面，只得忍了又忍。薛蟠忽見他走出來，如得了珍寶，忙趔趄著走上去，一把拉住，笑道：「我的兄弟！你往那裏去了？」湘蓮道：「走走就來。」薛蟠笑道：「你一去都沒了興頭了，好歹坐一坐，就算疼我了。憑你什麼要緊的事，交給哥哥，只別忙。你有這個哥哥，你要做官發財都容易。」

湘蓮見他如此不堪，心中又恨又愧，早生一計，拉他到避淨處，笑道：「你真心和我好，還是假心和我好呢？」薛蟠聽見這話，喜得心癢難撓，乜斜著眼，笑道：「好兄弟，你怎麼問起我這樣話來？我要是假心，立刻死在眼前！」湘蓮道：「既如此，這裏不便；等坐一坐，我先走，你隨後出來，跟到我下處，咱們索性喝一夜酒。我那裏還有兩個絕好的孩子，從沒出門的。你可連一個跟的人也不用帶，到了那裏，伏侍人都是現成的。」薛蟠聽如此說，喜得酒醒了一半，說：「果然如此？」湘蓮笑道：「如何！人拿真心待你，你倒不信了！」薛蟠忙笑道：「我又不是呆子，怎麼有個不信的呢！既如此，我又不認得，你先去了，我在那裏找你？」湘蓮道：「我這下處在北門外頭，你可捨得家，城外住一夜去？」薛蟠道：「有了你，我還要家做什麼？」湘蓮道：「既如此，我在北門外頭橋上等你。咱們席上且吃酒去。你看我走了之後，你再走，他們就不留神了。」薛蟠聽了，連忙答應道：「是。」二人復又入席，飲了一回。那薛蟠難熬，只拿眼看湘蓮，心內越想越樂，左一壺，右一壺，並不用人讓，自己便吃了又吃，不覺酒有八九分了。

湘蓮便起身出來，瞅人不防，出至門外，命小廝杏奴：「先家去罷，我到城外就來。」說畢，已跨馬直出北門，橋上等候薛蟠。一頓飯的工夫，只見薛蟠騎著一匹大馬，遠遠的趕了來，張著嘴，瞪著眼，頭似撥浪鼓一般，不住左右亂瞧。及至從湘蓮馬前過去，只顧往遠處瞧，不曾留心近處。湘蓮又笑又恨；他便也撒馬隨後跟來。薛蟠往前看時，漸漸人煙稀少，便又圈馬回來；再不想一回頭見了湘蓮，如獲奇珍，忙笑道：「我說你是個再不失信的。」湘蓮笑道：「快往前走，仔細人看見跟了來，就不好了。」說著，先就撒馬前去。薛蟠也就緊緊跟來。

湘蓮見前面人煙已稀，且有一帶葦塘，便下馬，將馬拴在樹上，向薛蟠笑道：「你下來，咱們先設個誓，日後要變了心，告訴人去的，便應誓。」薛蟠笑道：「這話有理。」連忙下了馬，也拴在樹上，便跪下說道：「我要日久變心，告訴人去的，天誅地滅……」一言未了，只聽「鏜」的一聲，背後好似鐵錘砸下來，只覺得一陣黑，滿眼金星亂迸，身不由己，便倒下了。湘蓮走上來瞧瞧，知道他是個不慣捱打的，只使了三分氣力，向他臉上拍了幾下，登時便「開了果子鋪」。薛蟠先還要扎掙起身，又被湘蓮用腳尖點了一點，仍舊跌倒。口內說道：「原來是兩家情願，你不依，只管好說，為什麼哄出我來打我？」一面說，一面亂罵。湘蓮道：「我把你這瞎了眼的，你認認柳大爺是誰！你不說哀求，你還傷我！我打死你也無益，只給你個利害罷！」說著，便取了馬鞭過來，從背後至脛，打了三四十下。

薛蟠的酒早已醒了大半，覺得疼痛難禁，不禁有「噯喲」之聲。湘蓮冷笑道：「也只如此！我只當你是不怕打的。」一面說，一面又把薛蟠的左腿拉起來，向葦中濘泥處拉了幾步，滾得滿身泥水，又問道：「你可認得我了？」薛蟠不應，只伏著哼哼。湘蓮又擲下鞭子，用拳頭向他身上擂了幾下，薛蟠便亂滾亂叫，說：「肋條折了！我知道你是正經人，因為我錯聽了旁人的話了。」湘蓮道：「不用拉旁人，你只說現在的。」薛蟠道：「現在也沒什麼說的。不過你是個正經人，我錯了。」湘蓮道：「還要說軟些，纔饒你。」薛蟠哼哼的道：「好兄弟。」湘蓮便又一拳；薛蟠「噯」了一聲，道：「好哥哥。」湘蓮又連兩拳；薛蟠忙「噯喲」叫道：「好老爺，饒了我這沒眼睛的瞎子罷！從今以後，我敬你怕你了。」湘蓮道：「你把那水喝兩口。」

薛蟠一面聽了，一面皺眉道：「這水實在腌臢，怎麼喝得下去！」湘蓮舉拳就打；薛蟠忙道：「我喝……我喝……」說著，只得俯頭向葦根下喝了一口，猶未咽下去，只聽「哇」的一聲，把方纔吃的東西都吐了出來。湘蓮道：「好腌臢東西，你快吃完了，饒你。」薛蟠聽了，叩頭不迭，說：「好歹積陰功饒我罷！這至死不能吃的。」湘蓮道：「這樣氣息，倒熏壞了我！」說著，丟下了薛蟠，便牽馬認鐙去了。這裏薛蟠見他已去，方放下心來，後悔自己不該誤認了人。待要扎掙起來，無奈遍體疼痛難禁。

誰知賈珍等席上忽不見了他兩個，各處尋找不見。有人說：「恍惚出北門去了。」薛蟠的小廝素日是懼他的，他吩咐了不許跟去，誰敢找去？後來還是賈珍不放心，命賈蓉帶著小廝們尋蹤問跡的，直找出北門，下橋二里多路，忽見葦坑旁邊薛蟠的馬拴在那裏。眾人都道：「好了，有馬必有人！」一齊來至馬前，只聽葦中有人呻吟。大家忙走來一看，只見薛蟠的衣衫零碎，面目腫破，沒頭沒臉，遍身內外，滾得似個泥母豬一般。賈蓉心內已猜著八九了，忙下馬命人攙了起來，笑道：「薛大叔天天調情，今日調到葦子坑裏，必定是龍王爺也愛上你風流，要你招駙馬去，你就碰到龍犄角上了！」薛蟠羞得沒地縫兒鑽進去，那裏爬得上馬去？賈蓉命人趕到關廂裏僱了一乘小轎子，薛蟠坐了，一齊進城。賈蓉還要擡往賴家去赴席，薛蟠百般苦告，央及他不用告訴人，賈蓉方依允了，讓他各自回家。賈蓉仍往賴家回覆賈珍並方纔的形景。賈珍也知湘蓮所打，也笑道：「他須得吃個虧纔好！」至晚散了，便來問候。薛蟠自在臥房將養，推病不見。

賈母等回來，各自歸家時，薛姨媽與寶釵見香菱哭得眼睛腫了，問起原故，忙來瞧薛蟠時，臉上身上雖見傷痕，並未傷筋動骨。薛姨媽又是心疼，又是發恨，罵一回薛蟠，又罵一回柳湘蓮，意欲告訴王夫人，遣人尋拿柳湘蓮。寶釵忙勸道：「這不是什麼大事，不過他們一處吃酒，酒後反臉常情。誰醉了，多捱幾下子打，也是有的。況且咱們家的無法無天，人所共知。媽媽不過是心疼的原故。要出氣也容易：等三五天，哥哥好了，出得去的時候，那邊珍大爺璉二爺這干人，也未必白丟開了，自然備個東道，叫了那個人來，當著眾人替哥哥賠不是認罪就是了。如今媽媽先當件大事，告訴眾人，倒顯的媽媽偏心溺愛，縱容他生事招人，今兒偶然吃了一次虧，媽媽就這樣興師動眾，倚著親戚之勢，欺壓常人。」薛姨媽聽了道：「我的兒，到底是你想的到，我一時氣糊塗了。」寶釵笑道：「這纔好呢。他又不怕媽媽，又不聽人勸，一天縱似一天；吃過兩三個虧，他也罷了。」

薛蟠睡在炕上，痛罵湘蓮，又命小廝去拆他的房子，打死他，和他打官司。薛姨媽喝住小廝們，只說：「柳湘蓮一時酒後放肆，如今酒醒，後悔不及，懼罪逃走了。」薛蟠聽見如此說了，要知端的，且聽下回分解。

話說薛蟠聽見如此說了，氣方漸平。三五日後，疼痛雖癒，傷痕未平，只裝病在家，愧見親友。展眼已到十月，因有各舖面夥計內有算年賬要回家的，少不得家裏治酒餞行。內有一個張德輝，自幼在薛蟠當舖內攬總，家內也有了二三千金的過活，今歲也要回家，明春方來，因說起：「今年紙札香料短少，明年必是貴的。明年先打發大小兒上來，當舖裏照管照管；趕端陽前，我順路就販些紙札香扇來賣。除去關稅花消，亦可以剩得幾倍利息。」薛蟠聽了，心下忖度：「如今我捱了打，正難見人，想著要躲避一年半載，又沒處去躲，天天裝病，也不是事。況且我長了這麼大，文不文，武不武，雖說做買賣，究竟戥子、算盤，從沒拿過；地土風俗，遠近道路，又不知道。不如也打點幾個本錢，和張德輝逛一年來。賺錢也罷，不賺錢也罷，且躲躲羞去。二則逛逛山水，也是好的。」心內主意已定，至酒席散後，便和氣平心與張德輝說知，命他等一二日，一同前往。

晚間薛蟠告訴他母親，薛姨媽聽了，雖是歡喜，但又恐他在外生事，花了本錢倒是末事。因此不叫他去，只說：「你好歹守著我，我還能放心些。況且也不用這買賣，等不著這幾百銀子用。」薛蟠主意已定，那裏肯依。只說：「天天又說我不知世務，這個也不知，那個也不學；如今我發狠把那些沒要緊的都斷了，如今要成人立事，學習買賣，又不准我了，叫我怎麼樣呢？我又不是個丫頭，把我關在家裏，何日是個了手？況且那張德輝又是個有年紀的，咱們和他是世家，我同他，怎麼得有錯？我就有一時半刻不好的去處，他自然說我勸我，就是東西貴賤行情，他是知道的，自然色色問他，何等順利，倒不叫我去，過兩日，我不告訴家裏，私自打點了走，明年發了財回來，纔知道我呢！」說畢，賭氣睡覺去了。

薛姨媽聽他如此說，因和寶釵商議。寶釵笑道：「哥哥果然要經歷正事，倒也罷了；只是他在家裏說著好聽，到了外頭，舊病復發，難拘束他了，但也愁不得許多。他若是真改了，是他一生的福；若不改，媽媽也不能又有別的法子。一半盡人力，一半聽天罷了。這麼大人了，若只管怕他不知世路，出不得門，幹不得事，今年關在家裏，明年還是這個樣兒。他既說得名正言順，媽媽就打量著丟了一千、八百銀子，竟交與他試一試。橫豎有夥計幫著他，也未必好意思哄騙他的。二則他出去了，左右沒了助興的人，又沒有倚仗的人，到了外頭，誰還怕誰，有了的吃，沒了的餓著，舉眼無靠，他見了這樣，只怕比在家裏省了事也未可知。」薛姨媽聽了，思忖半晌道：「倒是你說的是。花兩個錢，叫他學些乖來，也值。」商議已定，一宿無話。

至次日，薛姨媽命人請了張德輝來，在書房中，命薛蟠款待酒飯，自己在後廊下，隔著窗子，千言萬語囑託張德輝照管照管。張德輝滿口應承；吃過飯告辭，又回說：「十四日是上好出行日期，大世兄即刻打點行李，僱下騾子，十四日一早就長行了。」薛蟠喜之不盡，將此話告訴薛姨媽。薛姨媽便和寶釵香菱並兩個年老的嬤嬤，連日打點行裝，派下薛蟠之奶公老蒼頭一名，當年諳事舊僕二名，外有薛蟠隨身常使小廝二名：主僕一共六人，僱了三輛大車，單拉行李使物，又僱了四個長行騾子。薛蟠自騎一匹家內養的鐵青大走騾，外備一匹坐馬。諸事完畢，薛姨媽寶釵等連夜勸戒之言，自不必備說。至十三日，薛蟠先去辭了他母舅，然後過來辭了賈宅諸人，賈珍等未免又有餞行之說，也不必細述。至十四日一早，薛姨媽寶釵等直同薛蟠出了儀門，母女兩個，四隻眼看他去了，方回來。

薛姨媽上京帶來的家人不過四五房，並兩三個老嬤嬤小丫頭，今跟了薛蟠一去，外面只剩了一兩個男子，因此薛姨媽即日到書房，將一應陳設玩器並簾帳等物，盡行搬了進來收貯，命兩個跟去男子之妻，一並也進來睡覺。又命香菱將他屋裏也收拾嚴緊，「將門鎖了，晚間和我去睡。」寶釵道：「媽媽既有這些人作伴，不如叫菱姐姐和我作伴去，我們園裏又空，夜長了，我每夜做活，越多一個人，豈不越好？」薛姨媽笑道：「正是，我忘了，原該叫他同你去纔是。我前日還和你哥哥說：文杏又小，到三不著兩的；鶯兒一個人，不夠伏侍的。還要買一個丫頭來你使。」寶釵道：「買的不知底裏，倘或走了眼，花了錢事小，沒的淘氣。倒是慢慢打聽著，有知道來歷的，買個還罷了。」一面說，一面命香菱收拾了衾褥妝奩，命一個老嬤嬤並臻兒送至蘅蕪院去，然後寶釵和香菱纔同回園中來。

香菱向寶釵道：「我原要和太太說的，等大爺去了，我和姑娘作伴去。我又恐怕太太多心，說我貪著園裏來玩，誰知你竟說了。」寶釵笑道：「我知道你心裏羨慕這園子不是一日兩日的了，只是沒個空兒。就每日來一趟，慌慌張張的，也沒趣兒。所以趁著機會，越發住上一年，我也多個作伴的，你也遂了你的心。」香菱笑道：「好姑娘！趁著這個工夫，你教給我作詩罷！」寶釵笑道：「我說你『得隴望蜀』呢。我勸你且緩一緩，今兒頭一日進來，先出園東角門，從老太太起，各處各人，你都瞧瞧，問候一聲兒，也不必特意告訴他們搬進園來。若有提起因由兒的，你只帶口說我帶了你進來作伴兒就完了。回來進了園，再到各姑娘房裏走走。」

香菱應著纔要走時，只見平兒忙忙的走來。香菱忙問了好，平兒只得陪笑相問。寶釵因向平兒笑道：「我今兒把他帶了來作伴兒，正要回你奶奶一聲兒。」平兒笑道：「姑娘說的是那裏的話？我竟沒話答言了。」寶釵道：「這纔是正理。『店房有個主人，廟裏有個住持。』雖不是大事，到底告訴一聲，就是園裏坐更上夜的人，知道添了他兩個，也好關門候户的了。你回去就告訴一聲罷，我不打發人說去了。」

平兒答應著，因又向香菱道：「你既來了，也不拜一拜街坊鄰舍去？」寶釵笑道：「我正叫他去呢。」平兒道：「你且不必往我們家去，二爺病了在家裏呢。」香菱答應著去了，先從賈母處來，不在話下。

且說平兒見香菱去了，便拉寶釵悄說道：「姑娘可聽見我們的新文了？」寶釵道：「我沒聽見新文。因連日打發我哥哥出門，所以你們這裏的事，一概不知道；連姊妹們這兩天沒見。」平兒笑道：「老爺把二爺打了個動不得，難道姑娘就沒聽見？」寶釵道：「早起恍惚聽見了一句，也信不真。我也正要瞧你奶奶去呢，不想你來。又是為了什麼打他？」平兒咬牙罵道：「都是那什麼賈雨村，半路途中那裏來的餓不死的野雜種！認了不到十年，生了多少事出來。今年春天，老爺不知在那個地方看見幾把舊扇子，回家來，看家裏所有收著的這些好扇子，都不中用了，立刻叫人各處搜求。誰知就有個不知死的冤家，混號兒都叫他作石頭呆子，窮的連飯也沒的吃，偏他家就有二十把舊扇子，死也不肯拿出大門來。二爺好容易煩了多少情，見了這個人，說之再三，他把二爺請了到他家裏坐著，拿出這扇子來，略瞧了一瞧，據二爺說，原是不能再得的，全是湘妃、棕竹、麋鹿、玉竹的，皆是古人寫畫真跡。回來告訴了老爺，便叫買他的，要多少銀子給他多少。偏那石呆子說：『我餓死凍死，一千銀子一把，我也不賣。』老爺沒法了，天天罵二爺沒能為。已經許他五百銀子，先兑銀子，後拿扇子，他只是不賣，只說：『要扇子先要我的命！』姑娘想想，這有什麼法子？誰知那雨村沒天理的聽見了，便設了法子，訛他拖欠官銀，拿他到了衙門裏去，說：『所欠官銀，變賣家產賠補。』把這扇子抄了來，作了官價，送了來。那石呆子如今不知是死是活。老爺問著二爺說：『人家怎麼弄了來了？』二爺只說了一句：『為這點子小事弄得人家傾家敗產，也不算什麼能為。』老爺聽了就生了氣，說二爺拿話堵老爺。因此這是第一件大的。這幾日，還有幾件小的，我也記不清，所以都湊在一處，就打起來了。也沒拉倒用板子棍子，就站著，不知他拿了什麼，混打了一頓，臉上打破了兩處。我們聽見姨太太這裏有一種藥，上棒瘡的，姑娘尋一丸給我呢。」寶釵聽了，忙命鶯兒去找了兩丸來與平兒。寶釵道：「既這樣，你去替我問候罷，我就不去了。」平兒向寶釵答應著去了，不在話下。

且說香菱見了眾人之後，吃過晚飯，寶釵等都往賈母處去了，自己便往瀟湘館中來。此時黛玉已好了大半了，見香菱也進園來住，自是歡喜。香菱因笑道：「我這一進來了，也得空兒，好歹教給我作詩，就是我的造化了！」黛玉笑道：「既要學作詩，你就拜我為師，我雖不通，大略也還教得起你。」香菱笑道：「果然這樣，我就拜你為師，你可不許膩煩的。」黛玉道：「什麼難事，也值得去學？不過是起、承、轉、合，當中承、轉，是兩副對子，平聲的對仄聲，虛的對實的，實的對虛的。若是果有了奇句，連平仄虛實不對都使得的。」香菱笑道：「怪道我常弄本舊詩，偷空兒看一兩首，又有對得極工的，又有不對的。又聽見說，『一三五不論，二四六分明。』看古人的詩上，亦有順的，亦有二四六上錯了的。所以天天疑惑。如今聽你一說，原來這些規矩，竟是沒事的，只要詞句新奇為上。」黛玉道：「正是這個道理。詞句究竟還是末事，第一是立意要緊，若意趣真了，連詞句不用修飾，自是好的：這叫作『不以詞害意』。」

香菱笑道：「我只愛陸放翁詩：『重簾不捲留香久，古硯微凹聚墨多。』說得真切有趣。」黛玉道：「斷不可看這樣的詩。你們因不知詩，所以見了這淺近的就愛；一入了這個格局，再學不出來的。你只聽我說，你若真心要學，我這裏有《王摩詰全集》，你且把他的五言律一百首細心揣摩透熟了，然後再讀一百二十首老杜的七言律，次之再李青蓮的七言絕句讀一二百首；肚子裏先有了這三個人做了底子，然後再把陶淵明、應、劉、謝、阮、庾、鮑等人的一看，你又是這樣一個極聰明伶俐的人，不用一年工夫，不愁不是詩翁了。」香菱聽了，笑道：「既這樣，好姑娘，你就把這書給我拿出來，我帶回去，夜裏念幾首也是好的。」黛玉聽說，便命紫鵑將王右丞的五言律拿來，遞與香菱，道：「你只看有紅圈的，都是我選的，有一首念一首；不明白的，問你姑娘；或者遇見我，我講與你就是了。」香菱拿了詩，回至蘅蕪院中，諸事不管，只向燈下一首一首的讀起來。寶釵連催他數次睡覺，他也不睡。寶釵見他這般苦心，只得隨他去了。

一日，黛玉方梳洗完了，只見香菱笑吟吟的送了書來，又要換杜律。黛玉笑道：「共記得多少首？」香菱笑道：「凡紅圈選的，我盡讀了。」黛玉道：「可領略了些沒有？」香菱笑道：「我倒領略了些，只不知是不是；說給你聽聽。」黛玉笑道：「正要講究討論，方能長進。你且說來我聽聽。」香菱笑道：「據我看來，詩的好處，有口裏說不出來的意思，想去卻是必真的；有似乎無理的，想去竟是有理有情的。」黛玉笑道：「這話有了些意思，但不知你從何處見得？」香菱笑道：「我看他《塞上》一首，內一聯云：『大漠孤煙直，長河落日圓。』想來煙如何直？日自然是圓的。這『直』字似無理，『圓』字似太俗。合上書一想，倒像是見了這景的。若說再找兩個字換這兩個，竟再找不出兩個字來。再還有：『日落江湖白，潮來天地青。』這『白』『青』兩個字，也似無理。想來，必得這兩個字纔形容的盡；念在嘴裏，到像有幾千斤重的一個橄欖似的。還有：『渡頭餘落日，墟裏上孤煙。』這『餘』字合『上』字，難為他怎麼想來！我們那年上京來，那日下晚便挽住船，岸上又沒有人，只有幾棵樹，遠遠的幾家人家做晚飯，那個煙竟是青碧連雲。誰知我昨兒晚上看了這兩句，倒像我又到了那個地方去了。」

正說著，寶玉和探春來了，都入座聽他講詩。寶玉笑道：「既是這樣，也不用看詩，『會心處不在遠』，聽你說了這兩句，可知『三昧』你已得了。」黛玉笑道：「你說他這『上孤煙』好，你還不知他這一句還是套了前人的來。我給你這一句瞧瞧，更比這個淡而現成。」說著，便把陶淵明的「曖曖遠人村，依依墟裏煙」翻了出來，遞與香菱。香菱瞧了，點頭歎賞，笑道：「原來『上』字是從『依依』兩個字上化出來的！」寶玉大笑道：「你已得了，不用再講，要再講，倒學離了。你就作起來，必是好的。」探春笑道：「明兒我補一個柬來，請你入社。」香菱笑道：「姑娘何苦打趣我！我不過是心裏羨慕，纔學這個玩罷了。」探春黛玉都笑道：「誰不是玩？難道我們是認真作詩呢！若說我們真成了詩，出了這園子，把人的牙還笑掉了呢！」寶玉道：

「這也算自暴自棄了。前日我在外頭和相公們商畫兒，他們聽見咱們起詩社，求我把稿子給他們瞧瞧，我就寫了幾首給他們看看，誰不是真心歎服？他們鈔了刻去了。」探春黛玉忙問道：「這是真話麼？」寶玉笑道：「說謊的是那架上鸚哥。」黛玉探春聽說，都道：「你真真胡鬧！且別說那不成詩；便成詩，我們的筆墨，也不該傳到外頭去！」寶玉道：「這怕什麼？古來閨閣中筆墨不要傳出去，如今也沒人知道了。」

說著，只見惜春打發了入畫來請寶玉。寶玉方去了。香菱又逼著換出杜律，又央黛玉探春二人：「出個題目，讓我謅去；謅了來，替我改正。」黛玉道：「昨夜的月最好，我正要謅一首，未謅成；你就作一首來。『十四寒』的韻，由你愛用那幾個字去。」香菱聽了，喜得拿著詩回來，又苦思一回，作兩句詩；又捨不得杜詩，又讀兩首：如此茶飯無心，坐臥不定。寶釵道：「何苦自尋煩惱？都是顰兒引得你，我和他算賬去。你本來呆頭呆腦的，再添上這個，越發弄成個呆子了。」香菱笑道：「好姑娘，別混我。」一面說，一面作了一首，先與寶釵看了，笑道：「這個不好，不是這個作法。你別怕臊，只管拿了給他瞧去，看他是怎麼說。」香菱聽了，便拿了詩找黛玉，黛玉看時，只見寫道是：

月桂中天夜色寒，清光皎皎影團團。詩人助興常思玩，野客添愁不忍觀。
翡翠樓邊懸玉鏡，珍珠簾外掛冰盤。良宵何用燒銀燭，晴彩輝煌映畫欄。

黛玉笑道：「意思卻有，只是措詞不雅：皆因你看的詩少，被他縛住了。把這首詩丟開，再作一首。只管放開膽子去作。」

香菱聽了，默默的回來，越發連房也不進去，只在池邊樹下，或坐在山石上出神，或蹲在地下摳地，來往的人都咤異。李紈、寶釵、探春、寶玉等聽得此言，都遠遠的站在山坡上瞧著他笑。只見他皺一回眉，又自己含笑一回。寶釵笑道：「這個人定是瘋了！昨夜嘟嘟噥噥，直鬧到五更纔睡下；沒一頓飯的工夫，天就亮了，我就聽見他起來了，忙忙碌碌梳了頭，就找顰兒去。一回來了，呆了一日，作了一首又不好，自然這會子另作呢。」寶玉笑道：「這正是『地靈人傑』，老天生人，再不虛賦情性的。我們成日歎說：可惜他這麼個人竟俗了，誰知到底有今日！可見天地至公。」寶釵聽了，笑道：「你能夠像他這苦心就好了，學什麼有個不成的？」寶玉不答。

只見香菱興興頭頭的，又往黛玉那邊來了。探春笑道：「咱們跟了去，看他有些意思沒有。」說著，一齊都往瀟湘館來。只見黛玉正拿著詩和他講究。眾人因問黛玉：「作的如何？」黛玉道：「自然算難為他了；只是還不好。這一首過於穿鑿了，還得另作。」眾人因要詩看時，只見作道是：

非銀非水映窗寒，試看晴空護玉盤。淡淡梅花香欲染，絲絲柳帶露初乾。
只疑殘粉塗金砌，恍若輕霜抹玉欄。夢醒西樓人跡絕，餘容猶可隔簾看。

寶釵笑道：「不像吟月了，月字底下添一個『色』字，倒還使得。你看句句倒像是月色。這也罷了，原是詩從胡說來，再遲幾天就好了。」香菱自為這首詩妙絕，聽如此說，自己又掃了興，不肯丟開手，便要思索起來。因見他姊妹們說笑，便自己走至階下竹前，挖心搜膽的，耳不旁聽，目不別視。一時探春隔窗笑說道：「菱姑娘，你閒閒罷。」香菱怔怔答道：「『閒』字是『十五刪』的，錯了韻了。」眾人聽了，不覺大笑起來。寶釵道：「可真詩魔了。都是顰兒引得他！」黛玉笑道：「聖人說：『誨人不倦』，他又來問我，我豈有不說的理！」

李紈笑道：「咱們拉了他往四姑娘屋裏去，引他瞧瞧畫兒，叫他醒一醒纔好。」說著，真個出來拉他過藕香榭，至暖香塢中。惜春正乏倦，在牀上歪著睡午覺，畫繒立在壁間，用紗罩著。眾人喚醒了惜春，揭紗看時，十停方有了三停。見畫上有幾個美人，因指香菱道：「凡會作詩的，都畫在上頭，你快學罷。」說著，玩笑了一回，各自散去。

香菱滿心中正是想詩，至晚間，對燈出了一回神，至三更以後，上牀躺下，兩眼睜睜直到五更，方纔朦朧睡去了。一時天亮，寶釵醒了，聽了一聽，他安穩睡了，心下想：「他翻騰了一夜，不知可作成了？這會子乏了，且別叫他。」正想著，只見香菱從夢中笑道：「可是有了，難道這一首還不好？」寶釵聽了，又是可歎，又是可笑。連忙喚醒了他，問他：「得了什麼？你這誠心，都通了仙了。學不成詩，弄出病來呢！」一面說，一面梳洗了，和姊妹往賈母處來。原來香菱苦志學詩，精血誠聚，日間不能作出，忽於夢中得了八句，梳洗已畢，便忙寫出，來到沁芳亭，只見李紈與眾姊妹方從王夫人處回來，寶釵正告訴他們，說他夢中作詩，說夢話。眾人正笑，擡頭見他來了，就都爭著要詩看。要知端的，且看下回分解。

卷四十九　琉璃世界白雪紅梅　脂粉香娃割腥啖膻

話說香菱見眾人正說笑他，便迎上去，笑道：「你們看這首詩：若使得，我便還學；若還不好，我就死了這作詩的心了。」說著，把詩遞與黛玉及眾人看時，只見寫道是：

精華欲掩料應難，影自娟娟魄自寒。一片砧敲千里白，半輪雞唱五更殘。
綠蓑江上秋聞笛，紅袖樓頭夜倚欄。博得嫦娥應自問：何緣不使永團圞？

眾人看了，笑道：「這首不但好，而且新巧有意趣。可知俗語說：『天下無難事，只怕有心人。』社裏一定請你了。」香菱聽了，心下不信，料著是他們哄自己的話，還只管問黛玉寶釵等。

正說之間，只見幾個小丫頭並老婆子忙忙的走來，都笑道：「來了好些姑娘奶奶們，我們都不認得；奶奶姑娘們快認親去。」李紈笑道：「這是那裏的話？你到底說明白了，是誰的親戚？」那婆子丫頭都笑道：「奶奶的兩位妹子都來了；還有一位姑娘，說是薛大姑娘的妹子；還有一位爺，說是薛大爺的兄弟。我這會子請姨太太去呢！奶奶和姑娘們先上去罷！」說著，一徑去了。寶釵笑道：「我們薛蝌和他妹子來了不成？」李紈笑道：「或者我嬸娘又上京來了，怎麼他們都湊在一處？這可是奇事。」

大家來至王夫人上房，只見黑壓壓的一地。又有邢夫人的嫂子，帶了女兒岫煙進京來投邢夫人的，可巧鳳姐之兄王仁也正進京，兩親家一處搭幫來了。走至半路泊船時，遇見李紈寡嬸，帶著兩個女兒，長名李紋，次名李綺，也上京，大家敘起來，又是親戚，因此三家一路同行。後有薛蟠之從弟薛蝌，因當年父親在京時，已將胞妹薛寶琴許配都中梅翰林之子為婚，正欲進京發嫁，聞得王仁進京，他也隨後帶了妹子趕來：所以今日會齊了來訪投各人親戚。

於是大家見禮敘過，賈母王夫人都歡喜非常。賈母因笑道：「怪道昨日晚上燈花爆了又爆，結了又結，原來應到今日。」一面敘些家常，收了帶來的禮物，一面命留酒飯。鳳姐兒自不必說，忙上加忙；李紈寶釵自然和嬸母姊妹敘離別之情。黛玉見了，先是歡喜，後想起眾人皆有親眷，獨自己孤單無倚，不免又去垂淚。寶玉深知其情，十分勸慰了一番方罷。

然後寶玉忙忙來至怡紅院中，向襲人、麝月、晴雯笑道：「你們還不快著看去！誰知寶姐姐的親哥哥是那個樣子，他這叔伯兄弟，形容舉止，另是個樣子；倒像是寶姐姐的同胞兄弟似的。更奇在你們成日家只說寶姐姐是絕色的人物，你們如今瞧見他這妹子，還有大嫂子的兩個妹子，我竟形容不出來了。老天，老天！你有多少精華靈秀，生出這些人上之人來！可知我『井底之蛙』，成日家只說現在的這幾個人是有一無二的；誰知不必遠尋，就是本地風光，一個賽似一個。如今我又長了一層學問了。除了這幾個，難道還有幾個不成？」一面說，一面自笑。襲人見他又有些魔意，便不肯去瞧。晴雯等早去瞧了一遍回來，帶笑向襲人說道：「你快瞧瞧去！大太太一個姪女兒，寶姑娘一個妹妹，大奶奶兩個妹妹，倒像一把子四根水葱兒。」

一語未了，只見探春也笑著進來找寶玉，因說：「咱們詩社可興旺了。」寶玉笑道：「正是呢。這是一高興起詩社，鬼使神差來了這些人。但只一件，不知他們可學過作詩不曾？」探春道：「我纔都問了問，雖是他們自謙，看其光景，沒有不會的。便是不會，也沒難處，你看香菱就知道了。」晴雯笑道：「他們裏頭，薛大姑娘的妹妹更好。三姑娘看著怎麼樣？」探春道：「果然的。據我看來，連他姐姐並這些人總不及他。」襲人聽了，又是咤異，又笑道：「這也奇了，還從那裏再尋好的去呢？我倒要瞧瞧去。」探春道：「老太太一見了，喜歡得無可不可的，已經逼著咱們太太認了乾女孩兒了。老太太要養活，纔剛已經定了。」寶玉喜得忙問：「這話果然麼？」探春道：「我幾時說過謊？」又笑道：「老太太有了這個好孫女兒，就忘了你這孫子了。」寶玉笑道：「這倒不妨，原該多疼女孩兒些是正理。明兒十六，咱們可該起社了。」探春道：「林丫頭剛起來了，二姐姐又病了，終是七上八下的。」寶玉道：「二姐姐又不大作詩，沒有他又何妨？」探春道：「索性等幾天，等他們新來的混熟了，咱們邀上他們，豈不好？這會子，大嫂子寶姐姐心裏自然沒有詩興的。況且湘雲沒來，顰兒纔好了，人都不合式；不如等著雲丫頭來了，這幾個新的也熟了，顰兒也大好了，大嫂子和寶姐姐心也閒了，香菱詩也長進了：如此邀一滿社，豈不好？咱們兩個，如今且往老太太那裏去聽聽，除寶姐姐的妹妹不算外，他一定是在咱們家住定了的。倘或那三個要不在咱們這裏住，咱們央告著老太太留下他們，也在園子裏住了，咱們豈不多添幾個人，越發有趣了。」寶玉聽了，喜得眉開眼笑，忙說道：「倒是你明白；我終久是個糊塗心腸，空喜歡了一會子，卻想不到這上頭。」說著，兄妹兩個，一齊往賈母處來。果然王夫人已認了薛寶琴作乾女兒，賈母喜歡非常，不命往園中住，晚上跟著賈母一處安寢。薛蝌自向薛蟠書房中住下了。賈母和邢夫人說：「你姪女兒也不必家去了，園裏住幾天，逛逛再去。」

邢夫人兄嫂家中原艱難，這一上京，原仗的是邢夫人與他們治房舍，幫盤纏，聽如此說，豈不願意。邢夫人便將邢岫煙交與鳳姐兒。鳳姐兒算著園中姊妹多，性情不一，且又不便另設一處，莫若送到迎春一處去，倘日後邢岫煙有些不遂意的事，縱然邢夫人知道了，與自己無干。從此後，若邢岫煙家去住的日期不算，若在大觀園住到一個月上，鳳姐兒亦照迎春分例，送一分與岫煙。鳳姐兒冷眼敁敪岫煙心性行為，竟不像邢夫人及他的父母一樣，卻是個極溫厚可疼的人。因此鳳姐兒反憐他家貧命苦，比別的姊妹多疼他些。邢夫人倒不大理論了。賈母王夫人等因素喜李紈賢慧，且年輕守節，令人敬服，今見他寡嬸來了，便不肯叫他外頭去住。那嬸母雖十分不肯，無奈賈母執意不從，只得帶著李紋李綺在稻香村住下了。當下安插既定，誰知忠靖侯史鼎又遷委了外省大員，不日要帶家眷去上任，賈母因捨不得湘雲，便留下他了，接到家中。原要命鳳姐兒另設一處與他住，史湘雲執意不肯，只要和寶釵一處住，因此也就罷了。

此時大觀園中，比先又熱鬧了多少：李紈為首，餘者迎春、探春、惜春、寶釵、黛玉、湘雲、李紋、李綺、寶琴、邢岫煙，再添上鳳姐兒和寶玉，一共十三人。敘起年庚，除李紈年紀最長，鳳姐兒次之，餘者皆不過十五六七歲，大半同年異月，連他們自己也不能記清誰長誰幼；並賈母王夫人及家中婆子丫頭也不能細細分清，不過是「姐」「妹」「兄」「弟」四個字，隨便亂叫。

如今香菱正滿心滿意只想作詩，又不敢十分羅唆寶釵，可巧來了個史湘雲，那史湘雲極愛說話的，那裏禁得香菱又請教他談詩？越發高了興，沒晝沒夜高談闊論起來。寶釵因笑道：「我實在聒噪得受不得了。一個女孩兒家，只管拿著詩做正經事講起來，叫有學問的人聽了反笑話，說不守本分。一個香菱沒鬧清，又添上你這個話口袋子，滿口裏說的是什麼：怎麼是『杜工部之沈鬱，韋蘇州之淡雅』，又怎麼是『溫八叉之綺靡，李義山之隱僻』。癡癡顛顛，那裏還像兩個女兒家呢？」說得香菱湘雲二人都笑起來。

正說著，只見寶琴來了，披了一領斗篷，金翠輝煌，不知何物。寶釵忙問：「這是那裏的？」寶琴笑道：「因下雪珠兒，老太太找了這一件給我的。」香菱上來瞧道：「怪道這麼好看，原來是孔雀毛織的。」湘雲笑道：「那裏是孔雀毛？就是野鴨子頭上的毛做的。可見老太太疼你了：這麼樣疼寶玉，也沒給他穿。」寶釵笑道：「真真俗語說的，『各人有各人的緣法』，我也再想不到他這會子來；既來了，又有老太太這麼疼他。」湘雲道：「你除了在老太太跟前，就在園裏：來這兩處，只管玩笑吃喝。到了太太屋裏，若太太在屋裏，只管和太太說笑，多坐一回無妨；若太太不在屋裏，你別進去，那屋裏人多心壞，都是害咱們的。」說得寶釵、寶琴、香菱、鶯兒等都笑了。寶釵笑道：「說你沒心卻有心，雖然有心，到底嘴太直了。我們這琴兒，今兒你竟認他作親妹妹罷。」湘雲又瞅了寶琴笑道：「這一件衣裳也只配他穿，別人穿了實在不配。」

正說著，只見琥珀走來，笑道：「老太太說了：叫寶姑娘別管緊了琴姑娘，他還小呢，讓他愛怎麼樣就由他怎麼樣，他要什麼東西只管要，別多心。」寶釵忙起身答應了，又推寶琴笑道：「你也不知是那裏來的這段福氣！你倒去罷，仔細我們委屈了你。我就不信，我那些兒不如你。」說話之間，寶玉黛玉進來了，寶釵猶自嘲笑。湘雲因笑道：「寶姐姐，你這話雖是玩，卻有人真心是這樣想呢。」琥珀笑道：「真心惱的再沒別人，就只是他。」口裏說，手指著寶玉。寶釵湘雲都笑道：「他倒不是這樣人。」琥珀又笑道：「不是他，就是他。」說著，又指黛玉。湘雲便不作聲。寶釵笑道：「更不是了。我的妹妹和他的妹妹一樣，他喜歡得比我還甚呢；他那裏還惱？你信雲兒混說，他的那嘴有什麼正經。」

寶玉素昔深知黛玉有些小性兒，尚不知近日黛玉和寶釵之事，正恐賈母疼寶琴，他心中不自在；今兒湘雲如此說了，寶釵又如此答，再審度黛玉聲色，亦不似往日，果然與寶釵之說相符，心中甚是不解。因想：「他兩個素日不是這樣的；如今看來，竟更比他人好了十倍。」一時又見林黛玉趕著寶琴叫「妹妹」，並不提名道姓，直似親姊妹一般。那寶琴年輕心熱，且本性聰敏，自幼讀書識字，今在賈府住了兩日，大概人物已知；又見眾姊妹都不是那輕薄脂粉，且又和姐姐皆和氣，故也不肯怠慢。其中又見林黛玉是個出類拔萃的，便更與黛玉親敬異常。寶玉看著，只是暗暗的納罕。

一時寶釵姊妹往薛姨媽房內去後，湘雲往賈母處來，林黛玉回房歇著，寶玉便找了黛玉來，笑道：「我雖看了《西廂記》，也曾有明白的幾句說了取笑，你還曾惱過；如今想來，竟有一句不解，我念出來，你講講我聽。」黛玉聽了，便知有文章，因笑道：「你念出來我聽聽。」寶玉笑道：「那『鬧簡』上有一句說得最好，『是幾時孟光接了梁鴻案？』這五個字不過是現成的典，難為他『是幾時』三個虛字，問得有趣。是幾時接了？你說說我聽聽。」黛玉聽了，禁不住也笑起來，因笑道：「這原問得好。他也問得好，你也問得好。」寶玉道：「先時你只疑我，如今你也沒的說了。」

黛玉笑道：「誰知他竟真是個好人，我素日只當他藏奸。」因把說錯了酒令，寶釵怎樣說他，連送燕窩，病中所談之事，細細的告訴寶玉，寶玉方知原故。因笑道：「我說呢，正納悶『是幾時孟光接了梁鴻案』，原來是從『小孩兒家口沒遮攔』上就接了案了。」

黛玉因又說起寶琴來，想起自己沒有姊妹，不免又哭了。寶玉忙勸道：「這又自尋煩惱了。你瞧瞧，今年比舊年越發瘦了。你還不保養，每天好好的，你必是自尋煩惱，哭一會子，纔算完了這一天的事。」黛玉拭淚道：「近來我自覺心酸，眼淚卻像比舊年少了些的。心裏只管酸痛，眼淚卻不多。」寶玉道：「這是你哭慣了，心裏疑惑，豈有眼淚會少的！」

正說著，只見他屋裏的小丫頭子送了猩猩氈斗篷來，又說：「大奶奶纔打發人來說：下了雪，要商議明日請人作詩呢。」一語未了，只見李紈的丫頭走來請黛玉。寶玉便邀著黛玉同往稻香村來。黛玉換上掐金挖雲紅香羊皮小靴，罩了一件大紅羽縐面白狐狸皮的鶴氅，繫一條青金閃綠雙環四合如意絛，上罩了雪帽，二人一齊踏雪行來，只見眾姊妹都在那裏；都是一色大紅猩猩氈與羽毛緞斗篷，獨李紈穿一件哆羅呢對襟褂子，薛寶釵穿一件蓮青斗紋錦上添花洋綫番羓絲的鶴氅。邢岫煙仍是家常舊衣，並沒避雨之衣。一時史湘雲來了，穿著賈母與他的一件貂鼠腦袋面子、大毛黑灰鼠裏子、裏外發燒大褂子；頭上帶著一頂挖雲鵝黃片金裏大紅猩猩氈昭君套，又圍著大貂鼠風領。黛玉先笑道：「你們瞧瞧，孫行者來了。他一般的拿著雪褂子，故意妝出個小騷達子樣兒來。」湘雲笑道：「你們瞧我裏頭打扮的。」一面說，一面脫了褂子，只見他裏頭穿著一件半新的靠色三廂領袖秋香色盤金五色繡龍窄褃小袖掩衿銀鼠短襖，裏面短短的一件水紅妝緞狐肷褶子，腰裏緊緊束著一條蝴蝶結子長穗五色宮縧，腳下也穿著鹿皮小靴：越顯得蜂腰猿背，鶴勢螂形。眾人都笑道：「偏他只愛打扮成個小子的樣兒，原比他打扮女兒更俏麗了些。」

湘雲笑道：「快商議作詩！我聽聽是誰的東家？」李紈道：「我的主意。想來昨兒的正日已自過了，再等正日又太遠，可巧又下雪，不如咱們大家湊個社，又給他們接風，又可以作詩。你們意思怎麼樣？」寶玉先道：「這話很是，只是今日晚了，若到明日晴了，又無趣。」眾人都道：「這雪未必晴，縱晴了，這一夜下的也夠賞了。」李紈道：「我這裏雖然好，又不如蘆雪亭好。這已經打發人籠地炕去了，咱們大家擁爐作詩。老太太想來未必高興。況且咱們小玩意兒，單給鳳丫頭個信兒就是了。你們每人一兩銀子就夠了，送到我這裏來。」指著香菱、寶琴、李紋、李綺、岫煙：「五個不算外，咱們裏頭二丫頭病了不算，四丫頭告了假也不算，你們四分子送了來，我包管五六兩銀子也盡夠了。」寶釵等一齊應諾。因又擬題限韻，李紈笑道：「我心裏早已定了。等到了明日臨期，橫豎知道。」說畢，大家又閒話了一回，方往賈母處來，當日無話。

到了次日一早，寶玉因心裏記掛著這事，一夜沒好生得睡，天亮了就爬起來，掀起帳子一看，雖然門窗尚掩，只是窗上光輝奪目，心內早躊躇起來，埋怨定是晴了，日光已出。一面忙起來揭起窗屜，從玻璃窗內往外一看，原來不是日光，竟是一夜雪下的將有一尺多厚，天上仍是搓綿扯絮一般。寶玉此時歡喜非常，忙喚起人來，盥漱已畢，只穿一件茄色哆羅呢狐狸皮襖，罩一件海龍小鷹膀褂子，束了腰，披上玉針蓑，帶了金藤笠，登上沙棠屐，忙忙的往蘆雪亭來。出了院門，四顧一望，並無二色，遠遠的是青松翠竹，自己卻似裝在玻璃盆內一般。於是走至山坡之下，順著山腳，剛轉過去，已聞得一股寒香撲鼻，回頭一看，卻是妙玉那邊櫳翠庵中有十數枝紅梅，如胭脂一般，映著雪色，分外顯得精神，好不有趣。

寶玉便立住，細細的賞玩了一回方走。只見蜂腰板橋上一個人打著傘走來，是李紈打發了請鳳姐兒去的人。寶玉來至蘆雪亭，只見丫頭婆子正在那裏掃雪開徑。原來這蘆雪亭蓋在一個傍山臨水河灘之上，一帶幾間茅簷土壁，横籬竹牖，推窗便可垂釣，四面皆是蘆葦掩覆，一條去徑，逶迤穿蘆度葦過去，便是藕香榭的竹橋了。眾丫頭婆子見他披蓑帶笠而來，都笑道：「我們纔說正少一個漁翁，如今果然全了。姑娘們吃了飯纔來呢！你也太性急了。」寶玉聽了，只得回來。剛至沁芳亭，見探春正從秋爽齋出來，圍著大紅猩猩氈的斗篷，帶著觀音兜，扶著個小丫頭，後面一個婦人打著一把青綢油傘。寶玉知道他往賈母處去，遂立在亭邊；等他來到，二人一同出園前去。

寶琴正在裏間房內梳洗更衣。一時眾姐妹來齊，寶玉只嚷餓了，連連催飯。好容易等擺上飯時，頭一樣菜是牛乳蒸羊羔，賈母便說：「這是我們有年紀人的藥，沒見天日的東西，可惜你們小孩子吃不得。今兒另外有新鮮鹿肉，你們等著吃罷。」眾人答應了。寶玉卻等不得，只拿茶泡了一碗飯，就著野雞爪子，忙忙的爬拉完了。賈母道：「我知道你們今兒又有事情，連飯也不顧吃。」就叫：「留著鹿肉與他晚上吃罷。」鳳姐兒忙說：「還有呢，吃殘了的倒罷了。」湘雲便和寶玉計較道：「有新鹿肉，不如咱們要一塊，自己拿了園裏弄著，又吃又玩。」寶玉聽了，真和鳳姐要一塊，命婆子送入園去。

一時，大家散後，進園齊往蘆雪亭來，聽李紈出題限韻。獨不見湘雲寶玉二人。黛玉道：「他兩個再到不得一處；要到了一處，生出多少事來。這會子一定算計那塊鹿肉去了。」正說著，只見李嬸娘也走來看熱鬧，因問李紈道：「怎麼那一個帶玉的哥兒和那一個掛金麒麟的姐兒，那樣乾淨清秀，又不少吃的，他兩個在那裏商議著要吃生肉呢，說的有來有去的。我只不信，肉也生吃得的？」眾人聽了，都笑道：「了不得！快拿他兩個來。」黛玉笑道：「這可是雲丫頭鬧的。我的卦再不錯。」李紈即忙出來，找著他兩個，說道：「你們兩個要吃生的，我送你們到老太太那裏吃去，那怕一隻生鹿，撐病了不與我相干。這麼大雪，怪冷的，快替我作詩去罷。」寶玉忙笑道：「沒有的事！我們燒著吃呢。」李紈道：「這還罷了。」只見老婆子們拿了鐵爐、鐵叉、鐵絲蒙來，李紈道：「仔細，割了手不許哭！」說著，方進去了。

那邊鳳姐打發了平兒回覆不能來，為發放年例正忙。湘雲見了平兒，那裏肯放？平兒也是個好玩的，素日跟著鳳姐兒無所不至，見如此有趣，樂得玩笑，因而退去手上的鐲子，三個人圍著火，平兒便要先燒三塊吃。那邊寶釵黛玉平素看慣了，不以為異；寶琴等及李嬸娘深為罕事。探春和李紈等已議定了題韻。探春笑道：「你們聞，香氣這裏都聞見了，我也吃去。」說著，也找了他們來。李紈也隨來，說：「客已齊了，你們還吃不夠？」湘雲一面吃，又一面說道：「我吃這個方愛吃酒，吃了酒纔有詩。若不是這鹿肉，今兒斷不能作詩。」說著，只見寶琴披著鳧靨裘，站在那裏笑。湘雲笑道：「傻子！你來嘗嘗！」寶琴笑道：「怪腌臢的。」寶釵笑道：「你嘗嘗去，好吃得很呢！你林姐姐弱，吃了不消化；不然，他也愛吃。」寶琴聽了，便過去吃了一塊，果然好吃，便也吃起來。

一時鳳姐兒打發小丫頭來叫平兒。平兒說：「史姑娘拉著我呢，你先去罷。」小丫頭去了。一時，只見鳳姐兒也披了斗篷走來，笑道：「吃這樣好東西，也不告訴我！」說著，也湊在一處吃起來。黛玉笑道：「那裏找這一群花子去！罷了，罷了！今日蘆雪亭遭劫，生生被雲丫頭作踐了。我為蘆雪亭一大哭。」湘雲冷笑道：「你知道什麼！『是真名士自風流』，你們都是假清高，最可厭的。我們這會子腥的羶的大吃大嚼，回來卻是錦心繡口。」寶釵笑道：「你回來若作的不好了，把那肉掏出來，就把這雪壓的蘆葦子揌上些，以完此劫！」

說著，吃畢，洗了一回手。平兒帶鐲子時，卻少了一個，左右前後亂找了一番，蹤跡全無。眾人都咤異。鳳姐兒笑道：「我知道這鐲子的去向。你們只管作詩去，我們也不用找，只管前頭去，不出三日，包管就有了。」說著又問：「你們今兒作什麼詩？老太太說了，離年又近了，正月裏還該作些燈謎兒大家玩笑。」眾人聽了，都笑道：「可是呢，倒忘了。如今趕著作幾個好的，預備著正月裏玩。」說著，一齊來至地炕屋內，只見杯盤果菜俱已擺齊了，牆上已貼出詩題、韻腳、格式來了。寶玉湘雲二人忙看時，只見題目是：「『即景聯句』，五言排律一首，限『二蕭』韻。」後面尚未列次序。李紈道：「我不大會作詩，我只起三句罷，然後誰先得了誰先聯。」寶釵道：「到底分個次序。」要知端的，且看下回分解。

話說薛寶釵道：「倒底分個次序，讓我寫出來。」說著，便令眾人拈鬮為序。起首恰是李氏，然後按次各各開出。鳳姐兒道：「既這樣說，我也說一句在上頭。」眾人都笑起來了，說：「這樣更妙了。」寶釵將「稻香老農」之上補了一個「鳳」字，李紈又將題目講與他聽。

鳳姐兒想了半日，笑道：「你們別笑話我，我只有了一句粗話，可是五個字的；下剩的我就不知道了。」眾人都笑道：「越是粗話越好。你說了，就只管幹正事去罷。」鳳姐兒笑道：「想下雪必颳北風，昨夜聽見一夜的北風，我有一句，這一句就是『一夜北風緊』。使得使不得，我就不管了。」眾人聽說，都相視笑道：「這句雖粗，不見底下的，這正是會作詩的起法，不但好，而且留了寫不盡的多少地步與後人。就是這句為首，稻香老農快寫上，續下去。」鳳姐兒和李嬸娘平兒又吃了兩杯酒，自去了。

這裏李紈就寫了：

一夜北風緊，

自己聯道：

開門雪尚飄。入泥憐潔白，

香菱道：
匝地惜瓊瑤。有意榮枯草，
探春道：
無心飾萎苗。價高村釀熟，
李綺道：
年稔府粱饒。葭動灰飛管，
李紋道：
陽回斗轉杓。寒山已失翠，
岫煙道：
凍浦不生潮。易掛疏枝柳，
湘雲道：
難堆破葉蕉。麝煤融寶鼎，
寶琴道：
綺袖籠金貂。光守窗前鏡，
黛玉道：
香黏壁上椒。斜風仍故故，
寶玉道：
清夢轉聊聊。何處梅花笛？
寶釵道：
誰家碧玉簫。鼇愁坤軸陷，

李紈笑道：「我替你們看熱酒去罷。」寶釵命寶琴續聯，只見湘雲起來道：

龍門陣雲銷。野岸回孤棹，

寶琴也聯道：

吟鞭指灞橋。賜裘憐撫戍，

湘雲那裏肯讓人？且別人也不如他敏捷，都看他揚眉挺身的說道：

加絮念征徭。坳垤審夷險，

寶釵連聲讚好，也便聯道：

枝柯怕動搖。皚皚輕趁步，

黛玉忙聯道：

剪剪舞隨腰。苦茗成新賞，

一面說，一面推寶玉，命他聯。寶玉正看寶琴、寶釵、黛玉三人共戰湘雲，十分有趣，那裏還顧得聯詩？今見黛玉推他，方聯道：

孤松訂久要。泥鴻從印跡，

寶琴接著聯道：

林斧或聞樵。伏象千峰凸，

湘雲忙聯道：

盤蛇一徑遙。花緣經冷結，

寶釵與眾人又都讚好，探春聯道：

色豈畏霜凋。深院驚寒雀，

湘雲正渴了，忙忙的吃茶，已被岫煙搶著聯道：

空山泣老鴉。階墀隨上下，

湘雲忙丟了茶杯，聯道：

池水任浮漂。照耀臨清曉，

黛玉忙聯道：

繽紛入永宵。誠忘三尺冷，

湘雲忙笑聯道：

瑞釋九重焦。僵臥誰相問，

寶琴也忙笑聯道：

狂遊客喜招。天機斷縞帶，

湘雲又忙道：

海市失鮫綃。

黛玉不容他道出，接著便道：

寂寞封臺榭，

湘雲忙聯道：

清貧懷簞瓢。

寶琴也不容情，也忙道：

烹茶水漸沸，

湘雲見這般，自為得趣，又是笑，又忙聯道：

煮酒葉難燒。

黛玉也笑道：

沒帚山僧掃，
寶琴也笑道：
埋琴稚子挑。
湘雲笑彎了腰，忙念了一句，眾人問道：「到底說的是什麼？」湘雲道：
石樓閒睡鶴，
黛玉笑得握著胸口，高聲嚷道：
錦罽暖親貓。
寶琴也忙笑道：
月窟翻銀浪，
湘雲忙聯道：
霞城隱赤標。
黛玉忙笑道：
沁梅香可嚼，
寶釵笑稱：「好句！」也忙聯道：
淋竹醉堪調。
寶琴也忙道：
或濕鴛鴦帶，
湘雲忙聯道：
時凝翡翠翹。
黛玉又忙道：

無風仍脈脈，

寶琴又忙笑聯道：

不雨亦瀟瀟。

湘雲伏著，已笑軟了。眾人看他三人對搶，也都不顧作詩，看著也只是笑。黛玉還推他往下聯，又道：「你也有才盡力窮之時。我聽聽，還有什麼舌頭嚼了？」湘雲只伏在寶釵懷裏，笑個不住。寶釵推他起來，道：「你有本事，把『二蕭』的韻全用完了，我纔服你。」湘雲起身笑道：「我也不是作詩，竟是搶命呢！」眾人笑道：「倒是你自己說罷。」探春早已料定沒有自己聯的了，便早寫出來，因說：「還沒收住呢。」李紋聽了，接過來，便聯了一句道：

欲誌今朝樂，

李綺收了一句道：

憑詩祝舜堯。

李紈道：「夠了，夠了！雖沒作完了韻，騰挪的字，若生扭了，倒不好了。」說著大家來細細評論一回，獨湘雲的多，都笑道：「這都是那塊鹿肉的功勞。」李紈笑道：「逐句評去，卻還一氣，只是寶玉又落了第了。」寶玉笑道：「我原不會聯句，只好擔待我罷。」李紈笑道：「也沒有社社擔待的：又說『韻險』了，又整誤了，又『不會聯句』，今日必罰你。我纔看見櫳翠庵的紅梅有趣，我要折一枝來插瓶，可厭妙玉為人，我不理他，如今罰你取一枝來，插著玩兒。」眾人都道：「這罰的又雅又有趣。」寶玉也樂為，答應著就要走，湘雲黛玉一齊說道：「外頭冷得很，你且吃杯熱酒再去。」於是湘雲早執起壺來。黛玉遞了一個大杯，滿斟了一杯，湘雲笑道：「你吃了我們這酒，要取不來，加倍罰你！」寶玉忙吃了一杯，冒雪而去。

李紈命人好好跟著，黛玉忙攔說：「不必，有了人，反不得了。」李紈點頭道：「是。」一面命丫鬟將一個美女聳肩瓶拿來，貯了水，準備插梅，因又笑道：「回來該吟紅梅了。」湘雲忙道：「我先作一首。」寶釵笑道：「今日斷不容你再作了！你都搶了去，別人都閒著也沒趣。回來罰寶玉。他說不會聯句，如今就叫他自己作去。」黛玉笑道：「這話很是。我還有主意：方纔聯句不夠，莫若揀那聯得少的人作紅梅詩。」寶釵笑道：「這話是極。方纔邢李三位屈才，且又是客；琴兒和顰兒雲兒他們搶了許多，我們一概都別作，只他們三人作纔是。」李紈因說：「綺兒也不大會作，還是讓琴妹妹罷。」寶釵只得依允。又道：「就用『紅梅花』三個字作韻，每人一首七言律：邢大妹妹作『紅』字，你們李大妹妹作『梅』字，琴兒作『花』字。」李紈道：「饒過寶玉去，我不服。」湘雲忙道：「有個好題目命他作。」眾人問：「何題？」湘雲道：「命他就作『訪妙玉乞紅梅』，豈不有趣？」眾人聽了，都說：「有趣。」

一語未了，只見寶玉笑欣欣擎了一枝紅梅進來。眾丫鬟忙已接過，插入瓶內。眾人都過來賞玩。寶玉笑道：「你們如今賞罷，也不知費了我多少精神呢！」說著，探春早又遞過一鍾暖酒來。眾丫鬟上來接了蓑笠撣雪，各人房中丫鬟都添送衣服來；襲人也遣人送了半舊的狐腋褂來。李紈命人將那蒸的大芋頭盛了一盤，又將朱橘、黃橙、橄欖等物盛了兩盤，命人帶與襲人去。湘雲且告訴寶玉方纔的詩題，又催寶玉快作。寶玉道：「好姐姐好妹妹們，讓我自已用韻罷，別限韻了。」眾人都說：「隨你作去罷。」

一面說，一面大家看梅花。原來這一枝梅花只有二尺來高，旁有一枝，縱橫而出，約有二三尺長，其間小枝分歧，或如蟠螭，或如僵蚓，或孤削如筆，或密聚如林，真乃花吐胭脂，香欺蘭蕙。各各稱賞。誰知岫煙、李紋、寶琴三人都已吟成，各自寫了出來，眾人便依「紅」「梅」「花」三字之序看去，寫道：

賦得紅梅花　邢岫煙

桃未芳菲杏未紅，衝寒先喜笑東風。魂飛庾嶺春難辨，霞隔羅浮夢未通。
綠萼添妝融寶炬，縞仙扶醉跨殘虹。看來豈是尋常色，濃淡由他冰雪中。

又　李紋

白梅懶賦賦紅梅，逞豔先迎醉眼開。凍臉有痕皆是血，酸心無恨亦成灰。
誤吞丹藥移真骨，偷下瑤池脫舊胎。江北江南春燦爛，寄言蜂蝶漫疑猜。

又　寶琴

疏是枝條豔是花，春妝兒女競奢華。閒庭曲檻無餘雪，流水空山有落霞。
幽夢冷隨紅袖笛，遊仙香泛絳河槎。前身定是瑤臺種，無復相疑色相差。

眾人看了，都笑著稱讚了一回，又指末一首更好。寶玉見寶琴年紀最小，才又敏捷；黛玉湘雲二人斟了一小杯酒，齊賀寶琴。寶釵笑道：「三首各有好處。你們兩個天天捉弄厭了我，如今又捉弄他來了。」李紈又問寶玉：「你可有了？」寶玉忙道：「我倒有了，纔一看見這三首，又唬忘了，等我再想。」湘雲聽說，便拿了一支銅火箸擊著手爐，笑道：「我擊了，若鼓絕不成，又要罰的。」寶玉笑道：「我已有了。」黛玉提起筆來，笑道：「你念我寫。」湘雲便擊了一下，笑道：「一鼓絕。」寶玉笑道：「有了，你寫罷。」眾人聽他念道：

酒未開樽句未裁，

黛玉寫了，搖頭笑道：「起得平平。」湘雲又道：「快著！」寶玉笑道：

尋春問臘到蓬萊。

黛玉湘雲都點頭笑道：「有些意思了。」寶玉又道：

不求大士瓶中露，為乞孀娥檻外梅。

黛玉寫了，搖頭說：「小巧而已。」湘雲將手又敲了一下，寶玉笑道：

入世冷挑紅雪去，離塵香割紫雲來。槎枒誰惜詩肩瘦，衣上猶沾佛院苔。

黛玉寫畢，湘雲大家纔評論時，只見幾個丫鬟跑進來道：「老太太來了！」眾人忙迎出來，大家又笑道：「怎麼這等高興！」說著，遠遠見賈母圍了大斗篷，帶著灰鼠暖兜，坐著小竹轎，打著青綢油傘，鴛鴦琥珀等五六個丫鬟，每人都是打著傘，擁轎而來。李紈等忙往上迎。賈母命人止住，說：「只站在那裏就是了。」來至跟前，賈母笑道：「我瞞著你太太和鳳丫頭來了。大雪地下，我坐著這個無妨，沒的叫他娘兒們踩雪。」眾人忙一面上前接斗篷，攙扶著，一面答應著。

賈母來至室中，先笑道：「好俊梅花！你們也會樂，我也不饒你們。」說著，李紈早命人拿了一個大狼皮褥子來，鋪在當中。賈母坐了，因笑道：「你們只管照舊玩笑吃喝。我因為天短了，不敢睡中覺，抹了一會牌，想起你們來了，我也來湊個趣兒。」李紈早又捧過手爐來。探春另拿了一副杯箸來，親自斟了暖酒，奉給賈母。賈母便飲了一口，問：「那個盤子是什麼東西？」眾人忙捧了過來，回說：「是糟鵪鶉。」賈母道：「這倒罷了，撕一點子腿兒來。」李紈忙答應了，要水洗手，親自來撕。賈母道：「你們仍舊坐下說笑，我聽著纔喜歡。」又命李紈：「你也只管坐下，就如同我沒來的一樣纔好；不然，我就走了。」眾人聽了，方纔依次坐下，只李紈挪到儘下邊。賈母因問：「你們做什麼玩呢？」眾人便說：「作詩呢。」賈母道：「有作詩的，不如作些燈謎兒，大家正月裏好玩。」眾人答應。

說笑了一會，賈母便說：「這裏潮濕，你們別久坐，仔細著了涼。倒是你四妹妹那裏暖和，我們到那裏瞧瞧他的畫兒，趕年可能有了不能。」眾人笑道：「那裏能年下就有了？只怕明年端陽纔有呢。」賈母道：「這還了得！他竟比蓋這園子還費工夫了。」說著，仍坐了竹椅轎，大家圍隨，過了藕香榭，穿入一條夾道，東西兩邊皆是過街門，門樓上裏外都嵌著石頭匾，如今進的是西門，向外的匾上鑿著「穿雲」二字，向裏的鑿著「度月」兩字。來至堂中，進了向南的正門，賈母下了轎，惜春已接了出來。從裏面遊廊過去，便是惜春臥房，門斗上有「暖香塢」三字，早有幾個人打起猩紅氈簾，已覺溫香拂臉。大家進入房中，賈母並不歸坐，只問惜春：「畫到那裏？」惜春因笑回：「天氣寒冷了，膠性皆凝澀不潤，畫了恐不好看，故此收起來了。」賈母笑道：「我年下就要的，你別託懶兒，快拿出來給我快畫！」

一語未了，忽見鳳姐披著紫羯絨褂笑嘻嘻的來了，口內說道：「老祖宗今兒也不告訴人，私自就來了，叫我好找！」賈母見他來了，心中喜歡，道：「我怕你們凍著了，所以不許人告訴你們去。你真是個鬼靈精兒，到底找了我來。論禮，孝敬也不在這上頭。」鳳姐兒笑道：「我那裏是孝敬的心找了來？我因為到了老祖宗那裏，鴉沒雀靜的，問小丫頭子們，他又不肯叫我找到園裏來。我正疑惑，忽然又來了兩三個姑子，我心裏纔明白了：那姑子必是來送年疏或要年例香例銀子，老祖宗年下的事也多，一定是躲債來了。我趕忙問了那姑子，果然不錯。我連忙把年例給了他們去了。

如今來回老祖宗，債主兒已去了，不用躲著了。已預備下稀嫩的野雞，請用晚飯去罷；再遲一回就老了。」

他一行說，眾人一行笑。鳳姐兒也不等賈母說話，便命人擡過轎來，賈母笑著挽了鳳姐兒的手，仍上了轎，帶著眾人，說笑出了夾道東門，一看，四面粉妝銀砌。忽見寶琴披著鳧靨裘，站在山坡背後遙等；身後一個丫鬟，抱著一瓶紅梅。眾人都笑道：「怪道少了兩個，他卻在這裏等著，也弄梅花去了。」賈母喜得忙笑道：「你們瞧，這雪坡兒上，配上他這個人物兒，又是這件衣裳，後頭又是這梅花，像個什麼？」眾人都笑道：「就像老太太屋裏掛的仇十洲畫的『豔雪圖』。」賈母搖頭笑道：「那畫的那裏有這件衣裳？人也不能這樣好！」

一語未了，只見寶琴身後又轉出一個穿大紅猩猩氈的人來。賈母道：「那又是那個女孩兒？」眾人笑道：「我們都在這裏，那是寶玉。」賈母笑道：「我的眼越發花了。」說話之間，來至跟前，可不是寶玉和寶琴兩個！寶玉笑向寶釵黛玉等道：「我纔又到了櫳翠庵，妙玉竟每人送你們一枝梅花，我已經打發人送去了。」眾人都笑說：「多謝你費心。」

說話之間，已出了園門，來至賈母房中，吃畢飯，大家又說笑了一回。忽見薛姨媽也來了，說：「好大雪，一日也沒過來望候老太太。今日老太太倒不高興？正該賞雪纔是。」賈母笑道：「何曾不高興了！我找了他們姊妹去玩了一會子。」薛姨媽笑道：「昨日晚上我原想著今日要和我們姨太太借一日園子，擺兩桌粗酒，請老太太賞雪的；又見老太太安息的早，我聞得寶兒說：『老太太心上不大爽。』因此今日也不敢驚動。早知如此，我竟該請了纔是呢。」賈母笑道：「這纔是十月，是頭場雪，往後下雪的日子多著呢，再破費姨太太不遲。」薛姨媽笑道：「果然如此，算我的孝心虔了。」

鳳姐兒笑道：「姨媽仔細忘了，如今現秤五十兩銀子來，交給我收著，一下雪，我就預備下酒：姨媽也不用操心，也不得忘了。」賈母笑道：「既這麼說，姨太太給他五十兩銀子收著，我和他每人分二十五兩，到下雪的日子，我裝心裏不快，混過去了。姨太太更不用操心，我和鳳姐倒得實惠。」鳳姐將手一拍，笑道：「妙極了！這和我的主意一樣。」眾人都笑了。賈母笑道：「呸！沒臉的，就順著竿子爬上來了！你不說：姨太太是客，在咱們家受屈，我們該請姨太太纔是，那裏有破費姨太太的理？不這樣說呢，還有臉先要五十兩銀子，真不害臊！」鳳姐笑道：「我們老祖宗最是有眼色的，試一試姨媽：若鬆呢，拿出五十兩來，就和我分；這會子估量著不中用了，翻過來拿我作法子，說出這些大方話來。如今我也不和姨媽要銀子了，我竟替姨媽出銀子，治了酒，請老太太吃了，我另外再封五十兩銀子孝敬老祖宗，算是罰我包攬閒事，這可好不好？」話未說完，眾人已笑倒在炕上。

賈母因又說及寶琴雪下折梅，比畫兒上還好；又細問他的年庚八字並家內景況。薛姨媽度其意思，大約是要與他求配。薛姨媽心中因也遂意，只是已許過梅家了，因賈母尚未說明，自己也不好擬定，遂半吐半露告訴賈母道：「可惜了，這孩子沒福！前年他父親就沒了。他從小兒見的世面倒多，跟他父親四山五嶽都走遍了。他父親好樂的，各處因有買賣，帶了家眷，這一省逛一年，明年又到那一省逛半年，所以天下十停走了有五六停了。那年在這裏，把他許了梅翰林的兒子，偏第二年他父親就辭世了。如今他母親又是痰症。」鳳姐兒也不等說完，便嗐聲跺腳的說：「偏不巧，我正要做個媒呢，又已經許了人家。」賈母笑道：「你要給誰説媒？」鳳姐兒笑道：「老祖宗別管。心裏看準了，他們兩個是一對。如今已許了人，説也無益，不如不説罷了。」賈母也知鳳姐兒之意，聽見已有人家，也就不提了。大家又閒話了一會方散。一宿無話。

次日雪晴。飯後，賈母又吩咐惜春：「不管冷暖，你只畫去；趕到年下，十分不能，便罷了。第一要緊把昨兒琴兒和丫頭、梅花，照樣一筆別錯快快添上。」惜春聽了，雖是為難的事，只得應了。一時眾人都來看他如何畫。惜春只是出神。李紈因笑向眾人道：「讓他自己想去，咱們且説話兒。昨兒老太太只叫作燈謎兒，回到家和綺兒紋兒睡不著，我就編了兩個《四書》的。他兩個每人也編了兩個。」

眾人聽了，都笑道：「這倒該作的。先説了，我們猜猜。」李紈笑道：「『觀音未有世家傳』，打《四書》一句。」湘雲接著就説道：「『在止於至善』。」寶釵笑道：「你也想一想『世家傳』三個字的意思再猜。」李紈笑道：「再想。」黛玉笑道：「我猜罷。可是『雖善無徵』？」眾人都笑道：「這句是了。」李紈又道：「『一池青草草何名』。」湘雲又忙道：「這一定是『蒲蘆也』。再不是不成？」李紈笑道：「這難為你猜。紋兒的是『水向石邊流出冷』，打一古人名。」探春笑著問道：「可是山濤？」李紈道：「是。」李紈又道：「綺兒是個『螢』字，打一個字。」眾人猜了半日，寶琴道：「這個意思卻深，不知可是花草的『花』字？」李綺笑道：「恰是了。」眾人道：「螢與花何干？」黛玉笑道：「妙得很！螢可不是草化的？」眾人會意，都笑了，説：「好。」

寶釵道：「這些雖好，不合老太太的意；不如作些淺近的物兒，大家雅俗共賞纔好。」眾人都道：「也要做些淺近的俗物纔是。」湘雲想了一想，笑道：「我編了一支

『點絳脣』，卻真是個俗物，你們猜猜。」說著，便念道：

溪壑分離，紅塵遊戲，真何趣？名利猶虛，後事終難繼。

眾人都不解，想了半日，也有猜是和尚的，也有猜是道士的，也猜是偶戲人的。寶玉笑了半日道：「都不是。我猜著了，必定是耍的猴兒。」湘雲笑道：「正是這個了。」眾人道：「前頭都好，末後一句怎麼樣解？」湘雲道：「那一個耍的猴兒不是剁了尾巴去的？」眾人聽了，都笑起來，說：「偏他編個謎兒也是刁鑽古怪的。」

李紈道：「昨日姨媽說，琴妹妹見得世面多，走的道路也多，你正該編謎兒。況且你的詩又好，為什麼不編幾個兒我們猜一猜？」寶琴聽了，點頭含笑，自去尋思。寶釵也有一個，念道：

鏤檀鐫梓一層層，豈係良工堆砌成？雖是半天風雨過，何曾聞得梵鈴聲？

眾人猜時，寶玉也有一個，念道：

天上人間兩渺茫，琅玕節過謹堤防。鸞音鶴信須凝睇，好把唏噓答上蒼。

黛玉也有了一個，念道：

騄駬何勞縛紫繩？馳城逐塹勢猙獰。主人指示風雲動，鼇背三山獨立名。

探春也有了一個，方欲念時，寶琴走來，笑道：「從小兒所走的地方的古跡不少，我如今揀了十個地方古跡，作了十首『懷古詩』；詩雖粗鄙，卻懷往事，又暗隱俗物十件，姐姐們請猜一猜。」眾人聽了，都說：「這倒巧，何不寫出來大家一看？」要知端的，且看下回分解。

卷五十一　薛小妹新編懷古詩　胡庸醫亂用虎狼藥

話說眾人聞得寶琴將素昔所經過各省內古跡為題，作了十首懷古絕句，內隱十物，皆說：「這自然新巧。」都爭著看時，只見寫道是：

赤壁懷古

赤壁沈埋水不流，徒留名姓載空舟。喧闐一炬悲風冷，無限英魂在內遊。

交趾懷古

銅柱金城振紀綱，聲傳海外播戎羌。馬援自是功勞大，鐵笛無煩說子房。

鍾山懷古

名利何曾伴汝身，無端被詔出凡塵。牽連大抵難休絕，莫怨他人嘲笑頻。

淮陰懷古

壯士須防惡犬欺，三齊位定蓋棺時。寄言世俗休輕鄙，一飯之恩死也知。

廣陵懷古

蟬噪鴉棲轉眼過，隋堤風景近如何？只緣佔盡風流號，惹得紛紛口舌多。

桃葉渡懷古
衰草閒花映淺池，桃枝桃葉總分離。六朝梁棟多如許，小照空懸壁上題。
青冢懷古
黑水茫茫咽不流，冰絃撥盡曲中愁。漢家制度誠堪笑，樗櫟應慚萬古羞。
馬嵬懷古
寂寞脂痕積汗光，溫柔一旦付東洋。只因遺得風流跡，此日衣裳尚有香。
蒲東寺懷古
小紅骨賤一身輕，私掖偷攜強撮成。雖被夫人時吊起，已經勾引彼同行。
梅花觀懷古
不在梅邊在柳邊，個中誰拾畫嬋娟？團圓莫憶春香到，一別西風又一年。

眾人看了，都稱奇妙。寶釵先說道：「前八首都是史鑒上有據的；後二首卻無考，我們也不大懂得，不如另作兩首為是。」黛玉忙攔道：「這寶姐姐也忒『膠柱鼓瑟』、矯揉造作了。兩首雖於史鑒上無考，咱們雖不曾看這些外傳，不知底裏，難道咱們連兩本戲也沒見過不成？那三歲的孩子也知道，何況咱們？」探春便道：「這話正是了。」李紈又道：「況且他原走到這個地方的。這兩件事雖無考，古往今來，以訛傳訛，好事者竟故意的弄出這古跡來以愚人。比如那年上京的時節，便是關夫子的墳，倒見了三四處。關夫子一身事業，皆是有據的，如何又有許多的墳？自然是後來人敬愛他生前為人，只怕從這敬愛上穿鑿出來，也是有的。及至看《廣輿記》上，不止關夫子的墳多，自古來有名望的人，那墳就不少。無考的古跡更多。如今這兩首詩雖無考，凡說書唱戲，甚至於求的籤上都有。老少男女，俗語口頭，人人皆知皆說的。況且又並不是看了《西廂記》、《牡丹亭》的詞曲，怕看了邪書了。這也無妨，只管留著。」寶釵聽說，方罷了。大家猜了一回，皆不是的。

冬日天短，覺得又是吃晚飯的時候，一齊往前頭來吃晚飯。因有人回王夫人說：「襲人的哥哥花自芳，在外頭回進來說，他母親病重了，想他女孩兒。他來求恩典，接襲人家去走走。」王夫人聽了，便說：「人家母女一場，豈有不許他去的！」一面就叫了鳳姐來告訴了，命他酌量辦理。

鳳姐兒答應了，回至房中，便命周瑞家的去告訴襲人原故。吩咐周瑞家的：「再將跟著出門的媳婦傳一個，你們兩個人，再帶兩個小丫頭子，跟了襲人去。分頭派四個有年紀跟車的。要一輛大車，你們帶著坐；一輛小車，給丫頭們坐。」周瑞家的答應了，纔要去，鳳姐又道：「那襲人是個省事的，你告訴說我的話：叫他穿幾件顏色好衣裳，大大的包一包袱衣裳拿著，包袱也要好好的，手爐也拿好的。臨走時，叫他先到這裏來我瞧。」周瑞家的答應去了。

半日，果見襲人穿戴了，兩個丫頭與周瑞家的拿著手爐與衣包。鳳姐看襲人頭上戴著幾枝金釵珠釧，倒也華麗；又看身上穿著桃紅百花刻絲銀鼠襖，葱綠盤金彩繡綿裙，外面穿著青緞灰鼠褂。鳳姐笑道：「這三件衣裳都是老太太的，賞了你，倒是好的；但這褂子太素了些，如今穿著也冷，你該穿一件大毛的。」襲人笑道：「太太就給了這灰鼠的，還有一件銀鼠的。說趕年下再給大毛的呢。」鳳姐笑道：「我倒有一件大毛的，我嫌風毛兒出不好了，正要改去，也罷，先給你穿去罷。等年下太太給你做的時節，我再改罷。只當你還我的一樣。」眾人都笑道：「奶奶慣會說這話。成年家大手大腳的，替太太不知背地裏賠墊了多少東西，真真賠的是說不出來的，那裏又和太太算去？偏這會子又說這小氣話取笑兒來了。」鳳姐兒笑道：「太太那裏想的到這些，究竟這又不是正經事。再不照管，也是大家的體面；說不得我自己吃些虧，把眾人打扮體統了；寧可我得個好名兒也罷了：一個一個『燒糊了的捲子』似的，人先笑話我，說我當家倒把人弄出個花子來了。」眾人聽了，都歎說：「誰似奶奶這樣聖明！在上體貼太太，在下又疼顧下人。」

一面說，一面只見鳳姐命平兒將昨日那件石青刻絲八團天馬皮褂子拿出來，與了襲人。又看包袱，只得一個彈墨花綾水紅綢裏的夾包袱，裏面只見包著兩件半舊綿襖與皮褂子。鳳姐又命平兒把一個玉色綢裏的哆羅呢包袱拿出來，又命包上一件雪褂子。平兒走去拿了出來：一件是件舊大紅猩猩氈的，一件是半舊大紅羽緞的。襲人道：「一件就當不起了。」平兒笑道：「你拿這猩猩氈的。把這件順手帶出來，叫人給邢大姑娘送去。昨兒那麼大雪，人人都穿著不是猩猩氈、就是羽緞的，十來件大紅衣裳，映著大雪，好不齊整！只有他穿著那幾件舊衣服，越發顯的拱肩縮背，好不可憐見的。如今把這件給他罷。」

鳳姐笑道：「我的東西，他私自就要給人。我一個還花不夠，再添上你提著，更好了！」眾人笑道：「這都是奶奶素日孝敬太太，疼愛下人；要是奶奶素日是小氣的，只以東西為事，不顧下人的，姑娘那裏敢這樣？」鳳姐笑道：「所以知道我的心的，也就是他還知三分罷了。」說著，又囑咐襲人道：「你媽要好了就罷；要不中用了，只管住下，打發人來回我，我再另打發人給你送鋪蓋去。可別使他們的鋪蓋和梳頭的傢伙。」又吩咐周瑞家的道：「你們自然是知道這裏的規矩的，也不用我吩咐了。」周瑞家的答應：「都知道：我們這去到那裏，總叫他們的人迴避。若住下，必是另要一兩間內房的。」說著，跟了襲人出去，又吩咐小廝預備燈籠，遂坐車往花自芳家來，不在話下。

這裏鳳姐又將怡紅院的嬤嬤喚了兩個來，吩咐道：「襲人只怕不來家了。你們素日知道那個大丫頭知好歹，派出來在寶玉屋裏上夜。你們也好生照管著，別由著寶玉胡鬧。」兩個嬤嬤答應著去了，一時來回說：「派了晴雯和麝月在屋裏，我們四個人原是輪流著帶管上夜的。」鳳姐聽了點頭，又說道：「晚上催他早睡，早上催他早起。」老嬤嬤們答應了，自回園去。

一時果有周瑞家的帶了信回鳳姐，說：「襲人之母業已停牀，不能回來。」鳳姐回明了王夫人，一面著人往大觀園去取他的鋪蓋妝奩。寶玉看著晴雯麝月二人打點妥當，送去之後，晴雯麝月皆卸罷殘妝，脫換過裙襖。晴雯只在熏籠上圍坐，麝月笑道：「你今兒別裝小姐了，我勸你也動一動兒。」晴雯道：「等你們都去淨了，我再動不遲。有你們一日，我且受用一日。」麝月笑道：「好姐姐，我鋪牀，你把那穿衣鏡的套子放下來，上頭的划子划上。你的身量比我高些。」說著，便去與寶玉鋪牀。晴雯「嗐」了一聲，笑道：「人家纔坐暖和了，你就來鬧。」

此時寶玉正坐著納悶，想襲人之母不知是死是活，忽聽見晴雯如此說，便自己起身出去，放下鏡套，划上消息。進來笑道：「你們暖和罷，我都弄完了。」晴雯笑道：「終久暖和不成，我又想起來，湯婆子還沒拿來呢。」麝月道：「這難為你想著！他素日又不要湯壺，咱們那熏籠上又暖和，比不得那屋裏炕冷，今兒可以不用。」寶玉笑道：「你們兩個都在那上頭睡了，我這外邊沒個人，我怪怕的，一夜也睡不著。」晴雯道：「我是在這裏睡的，麝月，你叫他往外邊睡去。」說話之間，天已一更，麝月早已放下簾幔，移燈炷香，伏侍寶玉臥下，二人方睡。晴雯自在熏籠上，麝月便在暖閣外邊。

至三更以後，寶玉睡夢之中，便叫襲人。叫了兩聲，無人答應，自己醒了，方想起襲人不在家，自己也好笑起來。晴雯已醒，因喚麝月道：「連我都醒了，他守在旁邊還不知道，真是挺死屍呢？」麝月翻身打個哈什，笑道：「他叫襲人，與我什麼相干！」因問：「做什麼？」寶玉說：「要吃茶。」麝月忙起來，單穿著紅綢小綿襖兒。寶玉道：「披了我的皮襖再去，仔細冷著。」麝月聽說，回手便把寶玉披著起來的一件貂頦滿襟暖襖披上，下去向盆內洗洗手，先倒了一鍾溫水，拿了大漱盂，寶玉漱了口，然後纔向茶桶上取了茶碗，先用溫水過了，向暖壺中倒了半碗茶，遞與寶玉吃了；自己也漱了一漱，吃了半碗。晴雯笑道：「好妹妹，也賞我一口兒呢！」麝月笑道：「越發上臉兒了。」晴雯道：「好妹妹，明兒晚上你別動，我伏侍你一夜，如何？」麝月聽說，只得也伏侍他漱了口，倒了半碗茶，與他吃了。麝月笑道：「你們兩個別睡，說著話兒，我出去走走回來。」晴雯笑道：「外頭有個鬼等著呢。」寶玉道：「外頭自然有大月亮的。我們說著話，你只管去。」一面說，一面便嗽了兩聲。

麝月便開了後房門，揭起氈簾一看，果然好月色。晴雯等他出去，便欲唬他玩耍，仗著素日比別人氣壯，不畏寒冷，也不披衣，只穿著小襖，便躡手躡腳的下了熏籠，隨後出來。寶玉勸道：「罷呀，凍著不是玩的！」晴雯只擺手，隨後出了屋門，只見月光如水。忽聽一陣微風，只覺侵肌透骨，不禁毛骨悚然。心下自思道：「怪道人說熱身子不可被風吹，這一冷果然利害。」一面正要唬他，只聽寶玉在內高聲說道：「晴雯出來了！」晴雯忙回身進來，笑道：「那裏就唬死了他了？偏你慣會這麼蠍蠍螫螫老婆子樣兒！」寶玉笑道：「倒不為唬壞了他，頭一件你凍著也不好；二則他不防，不免一喊，倘若驚醒了別人，不說咱們是玩意兒，倒反說：『襲人纔去了一夜，你們就見神見鬼的。』你來把我這邊的被掖一掖罷。」晴雯聽說，便上來掖了一掖，伸手進去，就渥一渥。寶玉笑道：「好冷手！我說看凍著。」一面又見晴雯兩腮如胭脂一般，用手摸一摸，也覺冰冷。寶玉道：「快進被來渥渥罷。」

一語未了，只聽「咯噔」的一聲門響，麝月慌慌張張的笑著進來，說著笑道：「唬我一跳好的！黑影子裏，山子石後頭，只見一個人蹲著；我纔要叫喊，原來是那個大錦雞，見了人，一飛飛到亮處來，我纔見了。若冒冒失失一嚷，倒鬧起人來。」一面說，一面洗手；又笑道：「說晴雯出去了？我怎麼沒見？一定是要唬我去了。」寶玉笑道：「這不是他？在這裏渥著呢！我若不嚷得快，可是倒唬一跳。」晴雯笑道：「也不用我唬去，這小蹄子已經自驚自怪的了。」一面說，一面仍回自己被中去。麝月道：「你就這麼『跑解馬』的打扮兒，伶伶俐俐的出去了不成？」寶玉笑道：「可不就是這麼出去了。」麝月道：「你死不揀好日子！你出去白站一站，把皮不凍破了你的！」說著又將火盆上的銅罩揭起，拿灰鍬重將熟炭埋了一埋，拈了兩塊速香放上，仍舊罩了。至屏後，重剔亮了燈，方纔睡下。

晴雯因方纔一冷，如今又一暖，不覺打了兩個噴嚏。寶玉歎道：「如何？到底傷了風了。」麝月笑道：「他早起就嚷不受用，一日也沒吃碗正經飯，他這會子不說保養著些，還要捉弄人；明兒病了，叫他自作自受的。」寶玉問道：「頭上可熱？」晴雯嗽了兩聲，說道：「不相干，那裏這麼嬌嫩起來了！」說著，只聽外間房內槅上的自鳴鐘「當當」的兩聲，外間值宿的老嬤嬤嗽了兩聲，因說道：「姑娘們睡罷，明兒再說笑罷。」寶玉方悄悄的笑道：「咱們別說話了，看又惹他們說話。」說著，方大家睡了。

至次日起來，晴雯果覺有些鼻塞聲重，懶怠動彈。寶玉道：「快不要聲張！太太知道了，又叫你搬了家去養息。家裏縱好，到底冷些，不如在這裏。你就在裏間屋裏躺著，我叫人請了大夫，悄悄的從後門進來瞧瞧就是了。」晴雯道：「雖如此說，你到底要告訴大奶奶一聲兒；不然，一時大夫來了，人問起來，怎麼說呢？」寶玉聽了有理，便喚一個老嬤嬤來，吩咐道：「你回大奶奶去，就說晴雯白冷著了些，不是什麼大病。襲人又不在家，他若家去養病，這裏更沒有人了。傳一個大夫，悄悄的從後門進來瞧瞧，別回太太了。」老嬤嬤去了，半日來回說：「大奶奶知道了，說：兩劑藥好了便罷；若不好時，還是出去的為是。如今時氣不好，沾染了別人事小，姑娘們的身子要緊。」晴雯睡在暖閣裏，只管咳嗽，聽了這話，氣得嚷道：「我那裏就害瘟病了？生怕招了人！我離了這裏，看你們這一輩子都別頭疼腦熱的！」說著，便真要起來。寶玉忙按他，笑道：「別生氣，這原是他的責任，生恐太太知道了說他。不過白說一句。你素昔又愛生氣，如今肝火自然又盛了。」

正說時，人回：「大夫來了。」寶玉便走過來，避在書架後面，只見兩三個後門口的老婆子帶了一個太醫進來。這裏的丫頭都迴避了，有三四個老嬤嬤，放下暖閣上的大紅繡幔，晴雯從幔中單伸出手去。那太醫見這隻手上有兩根指甲，足有二三寸長，尚有金鳳仙花染的通紅的痕跡，便回過頭來。有一個老嬤嬤忙拿了一塊手帕掩了。那太醫方診了一回脈，起身到外間，向嬤嬤們說道：「小姐的症是外感內滯。近日時氣不好，竟算是個小傷寒。幸虧是小姐，素日飲食有限，風寒也不大，不過是氣血原弱，偶然沾染了些，吃兩劑藥疏散疏散就好了。」說著，便又隨婆子們出去。

彼時李紈已遣人知會過後門上的人及各處丫鬟迴避，太醫只見了園中景致，並不曾見一個女子。一時出了園門，就在守園門的小廝們的班房內坐了，開了藥方。老嬤嬤道：「老爺且別去，我們小爺囉嗦，恐怕還有話問。」那太醫忙道：「方纔不是小姐，是位爺不成？那屋子竟是繡房，又是放下幔子來瞧的，如何是位爺呢？」老嬤嬤笑道：「我的老爺，怪道小子纔說今兒請了一位新太醫來了，真不知我們家的事。那屋子是我們小哥兒的，那人是屋裏的丫頭，倒是個大姐；那裏的小姐的繡房？小姐病了，你那麼容易就進去了！」說著，拿了藥方進去了。

寶玉看時，上面有紫蘇、桔梗、防風、荊芥等藥，後面又有枳實、麻黃。寶玉道：「該死，該死！他拿著女孩兒們也像我們一樣的治，如何使得！憑他有什麼內滯，這枳實、麻黃如何禁得。誰請了來的？快打發他去罷！再請一個熟的來罷。」老嬤嬤道：「用藥好不好，我們不知道。如今再叫小廝去請王太醫去倒容易，只是這個大夫又不是告訴總管房請的，這馬錢是要給他的。」寶玉道：「給他多少？」婆子道：「少不好看，也得一兩銀子，纔是我們這樣門户的禮。」寶玉道：「王太醫來了，給他多少？」婆子笑道：「王太醫和張太醫每常來了，也並沒個給錢的，不過每年四節，一大躉兒送禮；那是一定的年例。這個人新來了一次，須得給他一兩銀子。」

寶玉聽說，就命麝月去取銀子。麝月道：「花大姐姐還不知擱在那裏呢？」寶玉道：「我常見他在那小螺甸櫃子裏拿錢，我和你找去。」說著，二人來至襲人堆東西的房內，開了螺甸櫃子，上一槅都是些筆墨、扇子、香餅、各色荷包、汗巾等類的東西；下一槅卻有幾串錢。於是開了抽屜，纔看見一個小笸籮內放著幾塊銀子，倒也有一桿戥子。麝月便拿了一塊銀子，提起戥子來問寶玉：「那是一兩的星兒？」寶玉笑道：「你問的我有趣兒，你倒成了是纔來的了！」麝月也笑了，又要去問人。寶玉道：「揀那大的給他一塊就是了。又不做買賣，算這些做什麼！」麝月聽了，便放下戥子，揀了一塊，掂了一掂笑道：「這一塊只怕是一兩了。寧可多些好，別少了叫那窮小子笑話：不說咱們不認得戥子，倒說咱們有心小氣似的。」那婆子站在門口笑道：「那是五兩的錠子夾了半個，這一塊至少還有二兩呢！這會子又沒夾剪，姑娘收了這塊，揀一塊小些的。」麝月早關了櫃子出來，笑道：「誰又找去，多些你拿了去完了！」寶玉道：「你只快叫焙茗再請個大夫去就是了。」婆子接了銀子，自去料理。

一時焙茗果請了王太醫來，先診了脈，後說病症，也與前相仿。只是方子上果沒有枳實、麻黃等藥，倒有當歸、陳皮、白芍等藥。那分兩較先也減了些。寶玉喜道：「這纔是女孩兒們的藥。雖疏散，也不可太過。舊年我病了，卻是傷寒，內裏飲食停滯，他瞧了，還說我禁不起麻黃、石膏、枳實等狼虎藥。我和你們就如秋天芸兒進我的那纔開的白海棠似的；我禁不起的藥，你們如何經得起？比如人家墳裏的大楊樹，看著枝葉茂盛，都是空心子的。」麝月笑道：「野墳裏只有楊樹，難道就沒有松柏不成？最討人嫌的是楊樹，那麼大樹，只一點子葉子；沒一點風兒，他也是亂響。你偏要比他，你也太下流了。」寶玉笑道：「松柏不敢比，連孔夫子都說『歲寒然後知松柏之後凋』呢。可知這兩件東西高雅，不害臊的纔拿他混比呢。」

說著，只見老婆子取了藥來。寶玉命把煎藥的銀吊子找了出來，就命在火盆上煎。晴雯因說：「正經給他們茶房裏煎去！弄得這屋裏藥氣，如何使得？」寶玉道：「藥氣比一切的花香還香得雅呢！神仙採藥燒藥，再者高人逸士採藥治藥，最妙的一件東西！這屋裏我正想各色都齊了，就只少藥香，如今恰全了。」一面說，一面早命人煨上。又囑咐麝月打點些東西，叫個老嬷嬷去看襲人，勸他少哭。一一妥當，方過前邊來賈母王夫人處問安吃飯。

正值鳳姐兒和賈母王夫人商議說：「天又短，又冷，不如以後大嫂子帶著姑娘們在園子裏吃飯；等天暖和了，再來回的跑，也不妨。」王夫人笑道：「這也是好主意。颳風下雪倒便宜。吃東西受了冷氣也不好；空心走來，一肚子冷氣，壓上些東西也不好。不如園子後門裏頭的五間大房子，橫豎有女人們上夜的，挑兩個廚子女人在那裏單給他姊妹弄飯。新鮮菜蔬是有分例的，在總管房裏支了去，或要錢、要東西。那些野雞獐狍各樣野味，分些給他們就是了。」賈母道：「我也正想著呢，就怕又添廚房多事些。」鳳姐道：「並不多事：一樣的分例，這裏添了，那裏減了。就便多費些事，小姑娘們受了冷氣，別人還可，第一，林妹妹如何禁得住？就連寶玉兄弟也禁不住。況兼眾位姑娘都不是結實身子。」鳳姐說畢，未知賈母何言，且聽下回分解。

卷五十二　俏平兒情掩蝦鬚鐲　勇晴雯病補雀毛裘

話說賈母道：「正是這個了。上次我要說這話，我見你們大事多，如今又添出些事來，你們固然不敢抱怨，未免想著我只顧疼這些小孫子孫女兒們，就不體貼你們這當家人了。你既這麼說出來，便好了。」因此時薛姨媽李嬸娘都在座，邢夫人及尤氏等也都過來請安，還未過去，賈母因向王夫人等說道：「今日我纔說這話，素日我不說：一則怕逞了鳳丫頭的臉，二則眾人不服。今日你們都在這裏，都是經過妯娌姑嫂的，還有他這樣想得到的沒有？」薛姨媽、李嬸娘、尤氏齊笑說：「真個少有。別人不過是禮上面子情兒，實在他是真疼小姑子小叔子。就是老太太跟前，也是真孝順。」賈母點頭歎道：「我雖疼他，我又怕他太伶俐了，也不是好事。」鳳姐兒忙笑道：「這話老祖宗說差了。世人都說：『太伶俐聰明怕活不長。』世人都說，世人都信，獨老祖宗不當說，不當信：老祖宗只有伶俐聰明過我十倍的，怎麼如今這麼福壽雙全的？只怕我明兒還勝老祖宗一倍呢。我活一千歲後，等老祖宗歸了西，我纔死呢。」賈母笑道：「眾人都死了，單剩咱們兩個老妖精，有什麼意思。」說得眾人都笑了。

寶玉因惦記著晴雯等事，便先回園裏來。到了屋中，藥香滿室，一人不見，只有晴雯獨臥於炕上，臉上燒的飛紅。又摸了一摸，只覺燙手；忙又向爐上將手烘暖，伸進被去摸了一摸身上，也是火熱。因說道：「別人去了也罷，麝月秋紋也這樣無情，各自去了？」晴雯道：「秋紋是我攆了他去吃飯的，麝月是方纔平兒來找他出去了。兩個人鬼鬼祟祟的，不知說什麼。必是說我病了不出去。」寶玉道：「平兒不是那樣人。況且他並不知你病特來瞧你，想來一定是找麝月來說話，偶然見你病了，隨口說特瞧你的病，這也是人情乖覺取和兒的常事，便不出去，有不是，與他何干？你們素日又好，斷不肯為這無干的事傷和氣。」晴雯道：「這話也是，只是疑他為什麼忽然又瞞起我來。」

寶玉笑道：「等我從後門出去，到那窗根下聽聽說些什麼，來告訴你。」說著，果從後門出去，至窗下潛聽。麝月悄悄問道：「你怎麼就得了的？」平兒道：「那日彼時洗手時不見了，二奶奶就不許吵嚷；出了園子，即刻就傳給園裏各處的媽媽們，小心訪查。我們只疑惑邢姑娘的丫頭，本來又窮，只怕小孩子家沒見過，拿了起來是有的，再不料定是你們這裏的。幸而二奶奶沒有在屋裏，你們這裏的宋媽去了，拿著這支鐲子，說是小丫頭墜兒偷起來的，被他看見，來回二奶奶的。我趕忙接了鐲子。想了一想：寶玉是偏在你們身上留心用意、爭勝要強的，那一年有一個良兒偷玉，剛冷了這二年，閒時還常有人提起來趁願；這會子又跑出一個偷金子的來了，而且更偷到街坊家去了！偏是他這樣，偏是他的人打嘴。所以我倒忙叮嚀宋媽千萬別告訴寶玉，只當沒有這事，總別和一個人提起。第二件，老太太、太太聽了生氣。三則襲人和你們也不好看。所以我回二奶奶，只說：『我往大奶奶那裏去來著，誰知鐲子褪了口，丟在草根底下，雪深了，沒看見。今兒雪化盡了，黃澄澄的映著日頭，還在那裏呢；我就揀了起來。』二奶奶也就信了，所以我來告訴你們。

你們以後防著他些，別使喚他到別處去。等襲人回來，你們商議著，變個法子打發出去就完了。」麝月道：「這小娼婦也見過些東西，怎麼這麼眼淺？」平兒道：「究竟這鐲子能多重！原是二奶奶的，說這叫作『蝦鬚鐲』；倒是這顆珠子重了。晴雯那蹄子是塊爆炭，要告訴了他，他是忍不住的，一時氣上來，或打或罵，仍舊嚷出來，所以單告訴你留心就是了。」說著，便作辭而去。

寶玉聽了，又喜，又氣，又歎。喜的是平兒竟能體貼自己的心；氣的是墜兒小竊；歎的是墜兒那樣伶俐，做出這醜事來。因而回至房中，把平兒之話一長一短告訴了晴雯，又說：「他說你是個要強的，如今病了，聽了這話，越發要添病的，等好了再告訴你。」晴雯聽了，果然氣得蛾眉倒蹙，鳳眼圓睜，即時就叫墜兒。寶玉忙勸道：「這一喊出來，豈不辜負了平兒待你我的心呢？不如領他這個情，過後打發他出去，就完了。」晴雯道：「雖如此說，只是這氣如何忍得住？」寶玉道：「這有什麼氣的？你只養病就是了。」

晴雯服了藥，至晚間又服了二和，夜間雖有些汗，還未見效，仍是發燒頭疼鼻塞聲重。次日，王太醫又來診視，另加減湯劑。雖然稍減了燒，仍是頭疼。寶玉便命麝月：「取鼻煙來，給他聞些，痛打幾個噎噴，就通快了。」麝月果真去取了一個金鑲雙金星玻璃小扁盒兒來，遞與寶玉。寶玉便揭開盒蓋，裏面是個西洋琺瑯的黃髮赤身女子，兩肋又有肉翅，裏面盛著些真正上等洋煙。晴雯只顧看畫兒，寶玉道：「聞些，走了氣就不好了。」晴雯聽說，忙用指甲挑了些，抽入鼻中；不見怎麼。便又多挑了些抽入。忽覺鼻中一股酸辣，透入囟門，接連打了五六個噎噴，眼淚鼻涕，登時齊流，晴雯忙收了盒子，笑道：「了不得，辣！快拿紙來！」早有小丫頭子遞過一搭子細紙，晴雯便一張一張的拿來醒鼻子。寶玉笑問：「如何？」晴雯笑道：「果然通快些。只是太陽還疼。」寶玉笑道：「越發盡用西洋藥治一治，只怕就好了。」說著，便命麝月：「往二奶奶要去，就說我說了：姐姐那裏常有那西洋貼頭疼的膏子藥，叫作『依弗哪』，我尋一點兒。」

麝月答應去了，半日，果然拿了半節來。便去找了一塊紅緞子角兒，鉸了兩塊指頂大的圓式，將那藥烤和了，用簪挺攤上。晴雯自拿著一面靶兒鏡子貼在兩太陽上。麝月笑道：「病得蓬頭鬼一樣，如今貼了這個，倒俏皮了！二奶奶貼慣了，倒不大顯。」說畢，又向寶玉道：「二奶奶說了：明日是舅老爺的生日，太太說了叫你去呢。明兒穿什麼衣裳？今兒晚上好打點齊備了，省得明兒早起費手。」寶玉道：「什麼順手就是什麼罷了。一年鬧生日也鬧不清！」說著，便起身出房，往惜春房中去看畫兒。剛到院門外邊，忽見寶琴小丫頭名小螺的從那邊過去，寶玉忙趕上問：「那裏去？」小螺笑道：「我們二位姑娘都在林姑娘房裏呢，我如今也往那裏去。」

寶玉聽了，轉步也便同他往瀟湘館來。不但寶釵姊妹在此，且連邢岫煙也在那裏。四人團坐在熏籠上敍家常。紫鵑倒坐在暖閣裏，臨窗做針綫。一見他來，都笑說：「又來了一個！沒了你的坐處了。」寶玉笑道：「好一幅『冬閨集豔圖』！可惜我遲來了一步，橫豎這屋子比各屋子暖，這椅子坐著並不冷。」說著，便坐在黛玉常坐的搭著灰鼠椅搭的一張椅上。因見暖閣之中有一玉石條盆，裏面攢三聚五栽著一盆單瓣水仙，寶玉便極口讚道：「好花！這屋子越暖，這花香得越濃。怎麼昨兒沒見？」黛玉笑道：「這是你家的大總管賴大奶奶送薛二姑娘的兩盆水仙、兩盆臘梅：他送了我一盆水仙，送了雲丫頭一盆臘梅。我原不要的，又恐辜負了他的心。你若要，我轉送你如何？」寶玉道：「我屋裏卻有兩盆，只是不及這個。琴妹妹送你的，如何又轉送人，這個斷斷使不得。」黛玉道：「我一日藥弔子不離火，我竟是藥培著呢，哪裏還擱的住花香來熏？越發弱了。況且這屋子裏一股藥香，反把這花香攪壞了。不如你擡了去，這花兒倒清淨了，沒什麼雜味來攪他。」寶玉笑道：「我屋裏今兒也有個病人煎藥呢。你怎麼知道的？」黛玉笑道：「這說奇了。我原是無心話，誰知你屋裏的事？你不早來聽古記兒，這會子來了，自驚自怪的。」

寶玉笑道：「咱們明兒下一社又有了題目了：就詠水仙、臘梅。」黛玉聽了，笑道：「罷，罷！再不敢作詩了。作一回，罰一回，沒的怪羞的。」說著，便兩手握起臉來。寶玉笑道：「何苦來！又打趣我做什麼？我還不怕臊呢，你倒握起臉來了。」寶釵因笑道：「下次我邀一社，四個詩題，四個詞題。每人四首詩，四首詞。頭一個詩題『詠太極圖』，限『一先』的韻，五言排律；要把『一先』的韻都用盡了，一個不許剩。」寶琴笑道：「這一說，可知姐姐不是真心起社了，這分明是難人。若論起來，也強扭的出來，不過顛來倒去，弄些《易經》上的話生填，究竟有何趣味！我八歲的時節，跟我父親到西海沿上買洋貨，誰知有個真真國的女孩子，纔十五歲，那臉面就和那西洋畫上的美人一樣，也披著黃頭髮，打著聯垂，滿頭帶著都是瑪瑙、珊瑚、貓兒眼、祖母綠，身上穿著金絲織的鎖子甲，洋錦襖袖；帶著倭刀，也是鑲金嵌寶的。實在畫兒上也沒他那麼好看。有人說他通中國的詩書，會講『五經』，能作詩填詞，因此我父親央煩了一位通官，煩他寫了一張字，就寫他作的詩。」

眾人都稱奇道異。寶玉忙笑道：「好妹妹，你拿出來我們瞧瞧。」寶琴笑道：「在南京收著呢，此時那裏去取？」寶玉聽了，大失所望，便說：「沒福得見這世面！」黛玉笑拉寶琴道：「你別哄我們：我知道你這一來，你的這些東西，未必放在家裏，自然都是要帶上來的。這會子又扯謊，說沒帶來。他們雖信，我是不信的。」寶琴便紅了臉，低頭微笑不答。寶釵笑道：「偏這顰兒慣說這些話，你就伶俐的太過餘了。」黛玉笑道：「帶了來，就給我們見識見識也罷了。」寶釵笑道：「箱子籠子一大堆，還沒理清，知道在那個裏頭呢，等過日收拾清了找出來，大家再看就是了。」又向寶琴道：「你若記得，何不念念我們聽聽？」寶琴答道：「記得他作的五言律一首，若論外國的女子，也就難為他了。」寶釵道：「你且別念，等我把雲兒叫了來，也叫他聽聽。」說著，便叫小螺來，吩咐道：「你到我那裏去，就說我們這裏有一個外國的美人來了，作的好詩，請你這『詩瘋子』來瞧去；再把我們『詩呆子』也帶來。」

小螺笑著去了。半日，只聽湘雲笑問：「那一個外國的美人來了？」一頭說，一頭走，和香菱來了。眾人笑道：「人未見形，先已聞聲。」寶琴等讓坐，遂把方纔的話重訴了一遍。湘雲笑道：「快念來聽聽。」寶琴因念道：

昨夜朱樓夢，今宵水國吟。島雲蒸大海，嵐氣接叢林。
月本無今古，情緣自淺深。漢南春歷歷，焉得不關心？

眾人聽了，都道：「難為他！竟比我們中國人還強。」一語未了，只見麝月走來，說：「太太打發了人來告訴二爺，明兒一早往舅舅那裏去，就說太太身上不大好，不得親身來。」寶玉忙站起來答應道：「是。」因問寶釵寶琴：「你們二位可去？」寶釵道：「我們不去。昨兒單送了禮去了。」大家說了一回方散。

寶玉因讓諸姊妹先行，自己在後面，黛玉便又叫住他，問道：「襲人到底多早晚回來？」寶玉道：「自然等送了殯纔來呢。」黛玉還有話說，又不能出口，出了一回神，便說道：「你去罷。」寶玉也覺心裏有許多話，只是口裏不知要說什麼，想了一想，也笑道：「明兒再說罷。」一面下臺階，低頭正欲邁步，復又忙回身問道：「如今夜越發長了，你一夜咳嗽幾次？醒幾遍？」黛玉道：「昨兒夜裏好了，只嗽了兩遍；卻只睡了四更一個更次，就再不能睡了。」寶玉又笑道：「正是有句要緊的話，這會子纔想起來。」一面說，一面便挨近身來，悄悄道：「我想寶姐姐送你的燕窩……」一語未了，只見趙姨娘走進來瞧黛玉，問：「姑娘這幾天可好了？」黛玉便知他從探春處來，從門前過，順路的人情，忙陪笑讓坐，說：「難得姨娘想著，怪冷的，親自走來。」又忙命倒茶，一面又使眼色給寶玉。寶玉會意，便走了出來。正值吃晚飯時，見了王夫人，又囑咐他早去。寶玉回來，看晴雯吃了藥。此夕寶玉便不命晴雯挪出暖閣來，自己便在晴雯外邊。又命將熏籠擡至暖閣前，麝月便在熏籠上睡。一宿無話。

至次日，天未明，晴雯便叫醒麝月道：「你也該醒了，只是睡不夠！你出去叫人給他預備茶水，我叫醒他就是了。」麝月忙披衣起來道：「咱們叫他起來，穿好衣裳，擡過這火箱去，再叫他們進來。老媽媽們已經說過，不叫他在這屋裏，怕過了病氣；如今他們見咱們擠在一處，又該嘮叨了。」晴雯道：「我也是這麼說。」二人纔叫時，寶玉已醒了，忙起身披衣。麝月先叫進小丫頭子來收拾妥了，纔命秋紋等進來，一同伏侍。寶玉梳洗畢，麝月道：「天又陰陰的，只怕有雪，穿一套氈子的罷。」寶玉點頭，即時換了衣服。小丫頭便用小茶盤捧了一蓋碗建蓮紅棗湯來，寶玉喝了兩口；麝月又捧過一小碟法製紫薑來，寶玉噙了一塊；又囑咐了晴雯一回，便忙往賈母處來。

賈母猶未起來，知道寶玉出門，便開了屋門，命寶玉進去。寶玉見賈母身後寶琴面向裏睡著未醒。賈母見寶玉身上穿著荔支色哆羅呢的箭袖，大紅猩猩氈盤金彩繡石青妝緞沿邊的排穗褂。賈母道：「下雪呢麼？」寶玉道：「天陰著，還沒下呢！」賈母便命鴛鴦來：「把昨兒那一件孔雀毛的氅衣給他罷。」鴛鴦答應走去，果取了一件來。寶玉看時，金翠輝煌，碧彩閃灼，又不似寶琴所披之鳧靨裘。只聽賈母笑道：「這叫作『雀金呢』，這是俄羅斯國拿孔雀毛拈了綫織的。前兒那件野鴨子的，給了你小妹妹，這件給你罷。」寶玉磕了一個頭，便披在身上。賈母笑道：「你先給你娘瞧瞧去再去。」

寶玉答應了，便出來，只見鴛鴦站在地下揉眼睛。因自那日鴛鴦發誓絕婚之後，他總不和寶玉說話，寶玉正自日夜不安，此時見他又要迴避，寶玉便上來笑道：「好姐姐，你瞧瞧，我穿著這個好不好？」鴛鴦一摔手，便進賈母房中來了。寶玉只得到了王夫人房中，與王夫人看了，然後又回至園中，與晴雯麝月看過，來回覆賈母說：「太太看了，只說可惜了的，叫我仔細穿，別糟蹋了。」賈母道：「就剩了這一件，你糟蹋了也再沒了。這會子特給你做這個，也是沒有的事。」說著，又囑咐：「不許多吃酒，早些回來。」寶玉應了幾個「是」。

老嬤嬤跟至廳上，只見寶玉的奶兄李貴和王榮、張若錦、趙亦華、錢啟、周瑞六個人，帶著焙茗、伴鶴、鋤藥、掃紅四個小廝，背著衣包，拿著坐褥，攏著一匹雕鞍彩轡的白馬，早已伺候多時了。老嬤嬤又囑咐他們些話，六個人連應了幾個「是」，忙捧鞍墜鐙，寶玉慢慢的上了馬，李貴王和榮攏著嚼環，錢啟周瑞二人在前引導，張若錦趙亦華在兩邊，緊貼寶玉身後。寶玉在馬上笑道：「周哥，錢哥，咱們打這角門走罷，省了到老爺的書房門口，又下來。」周瑞側身笑道：「老爺不在書房裏，天天鎖著，爺可以不用下來罷了。」寶玉笑道：「雖鎖著，也要下來的。」錢啟李貴都笑道：「爺說的是。便託懶不下來，倘或遇見賴大爺林二爺，雖不好說爺，也要勸兩句。所有的不是，都派在我們身上，又說我們不教給爺禮了。」周瑞錢啟便一直出角門來。

正說話時，頂頭見賴大進來，寶玉忙攏住馬，意欲下來。賴大忙上來抱住腿。寶玉便在鐙上站起來，笑著，攜手說了幾句話。接著又見個小廝帶著二三十人，拿著掃帚簸箕進來，見了寶玉，都順牆垂手立住，獨為首的小廝打了個千兒，說：「請爺安。」寶玉不知名姓，只微笑點點頭兒。馬已過去，那人方帶人去了。於是出了角門。外有李貴等六人的小廝並幾個馬伕，早預備下十來匹馬專候，一出角門，李貴等各上馬前引，一陣煙去了，不在話下。

這裏晴雯吃了藥，仍不見病退，急得亂罵大夫，說：「只會騙人的錢，一劑好藥也不給人吃。」麝月笑勸他道：「你太性急了，俗語說：『病來如山倒，病去如抽絲。』又不是老君的仙丹，那有這樣靈藥？你只靜養幾天，自然好了。你越急越著手。」晴雯又罵小丫頭子們：「那裏攢沙去了！瞅著我病了，都大膽子走了。明兒我好了，一個一個的纔揭了你們的皮呢！」唬得小丫頭子定兒忙進來問：「姑娘做什麼？」晴雯道：「別人都死了，就剩了你不成？」說著，只見墜兒也蹭了進來。晴雯道：「你瞧瞧這小蹄子，不問他還不來呢。這裏又放月錢了，又散果子了，你該跑在頭裏了。你往前些，我是老虎，吃了你！」墜兒只得往前湊了幾步，晴雯便冷不防，欠身一把將他的手抓住，向枕邊拿起一丈青，向他手上亂戳，口內罵道：「要這爪子做什麼？拈不得針，拿不動綫，只會偷嘴吃。眼皮子又淺，爪子又輕，打嘴現世的，不如戳爛了！」墜兒疼得亂喊。麝月忙拉開，按著晴雯躺下，道：「你纔出了汗，又作死。等你好了，要打多少打不得？這會子鬧什麼！」

晴雯便命人叫宋嬤嬤進來，說道：「寶二爺纔告訴了我，叫我告訴你們，墜兒很懶，寶二爺當面使他，他撥嘴兒不動，連襲人使他，他也背地罵他。今兒務必打發他出去，明兒寶二爺親自回太太就是了。」宋嬤嬤聽了，心下便知鐲子事發，因笑道：「雖如此說，也等花姑娘回來，知道了，再打發他。」晴雯說：「寶二爺今兒千叮嚀萬囑咐的，什麼『花姑娘』『草姑娘』的，我們自然有道理。你只依我的話，快叫他家的人來領他出去。」麝月道：「這也罷了。早也是去，晚也是去，早帶了去，早清淨一日。」

宋嬤嬤聽了，只得出去，喚了他母親來，打點了他的東西。又見了晴雯等，說道：「姑娘們怎麼了，你姪女兒不好，你們教導他，怎麼攆出去？也到底給我們留個臉兒。」晴雯道：「這話只等寶玉來問他，與我們無干。」那媳婦冷笑道：「我有膽子問他去！他那一件事不是聽姑娘們的調停？他縱依了，姑娘們不依，也未必中用。比如方纔說話，雖背地裏，姑娘就直叫他的名字；在姑娘們就使得，在我們就成了野人了。」

晴雯聽說，越發急紅了臉，說道：「我叫了他的名字了，你在老太太、太太跟前告我去；說我野，也攆出我去！」麝月道：「嫂子，你只管帶了人出去，有話再說。這個地方豈有你叫喊講禮的？你見誰和我們講過禮？別說嫂子你，就是賴大奶奶林大娘也得擔待我們三分。便是叫名字，從小兒直到如今，都是老太太吩咐過的，你們也知道的：恐怕難養活，巴巴的寫了他的小名兒各處貼著，叫萬人叫去，為的是好養活，連挑水挑糞花子都叫得，何況我們！連昨兒林大娘叫了一聲『爺』，老太太還說呢。此是一件。二則我們這些人，常回老太太、太太的話去，可不叫著名回話，難道也稱『爺』？那一日不把『寶玉』兩字叫二百遍，偏嫂子又來挑這個了！過一天嫂子閒了，在老太太、太太跟前聽聽，我們當著面兒叫他，就知道了。嫂子原也不得在老太太、太太跟前當些體統差使，成年家只在三門外頭混，怪不得不知道我們裏頭的規矩。這裏不是嫂子久站的，再一會，不用我們說話，就有人來問你了。有什麼分證的話，且帶了他去，你回了林大娘，叫他來找二爺說話。家裏上千的人，他也跑來，我也跑來，我們認人問姓還認不清呢！」說著，便叫小丫頭子：「拿了擦地的布來擦地！」那媳婦聽了，無言可對，亦不敢久站，賭氣帶了墜兒就走。宋嬤嬤忙道：「怪道你這嫂子不知規矩：你女兒在屋裏一場，臨去時也給姑娘們磕個頭。沒有別的謝禮，他們也不希罕，不過磕個頭盡心罷咧，怎麼說走就走？」墜兒聽了，只得翻身進來，給他兩個磕頭，又找秋紋等。他們也並不睬他。那媳婦嗐聲歎氣，口不敢言，抱恨而去。

晴雯方纔又閃了風，著了氣，反覺更不好了。翻騰至掌燈，剛安靜了些，只見寶玉回來，進門就嗐聲頓足。麝月忙問原故，寶玉道：「今兒老太太歡歡喜喜的給了這件褂子，誰知不防，後襟子上燒了一塊，幸而天晚了，老太太、太太都不理論。」一面脱下來，麝月瞧時，果然有指頂大的燒眼，說：「這必定是手爐裏的火迸上了。這不值什麼，趕著叫人悄悄拿出去叫個能幹織補匠人織上就是了。」說著，便用包袱包了，叫了一個嬷嬷送出去，說：「趕天亮就有纔好，千萬別給老太太、太太知道！」婆子去了半日，仍舊拿回來，說：「不但織補匠，能幹裁縫、繡匠並做女工的，問了，都不認的這是什麼，都不敢攬。」麝月道：「這怎麼樣呢？明兒不穿也罷了。」寶玉道：「明兒是正日子，老太太、太太說了，還叫穿這個去呢！偏頭一日就燒了，豈不掃興！」

晴雯聽了半日，忍不住，翻身說道：「拿來我瞧瞧罷！沒那福氣穿就罷了。」說著，便遞與晴雯，又移過燈來，細瞧了一瞧。晴雯道：「這是孔雀金綫的。如今咱們也拿孔雀金綫，就像界綫似的界密了，只怕還可混的過去。」麝月笑道：「孔雀綫現成的，但這裏除你，還有誰會界綫？」晴雯道：「說不的我掙命罷了！」寶玉忙道：「這如何使得！纔好了些，如何做得活。」晴雯道：「不用你蠍蠍螫螫的，我自知道。」一面說，一面坐起來，挽了一挽頭髮，披了衣裳，只覺頭重身輕，滿眼金星亂迸，實實掌不住。待不做，又怕寶玉著急，少不得狠命咬牙捱著。便命麝月只幫著拈綫。晴雯先拿了一根比一比，笑道：「這雖不很像，若補上也不很顯。」寶玉道：「這就很好，那裏又找俄羅斯國的裁縫去。」晴雯先將裏子拆開，用茶杯口大小一個竹弓釘繃在背面，再將破口四邊用金刀刮的散鬆鬆的，然後用針縫了兩條，分出經緯，亦如界綫之法，先界出地子來，後依本紋來回織補。補兩針，又看看；織補不上三五針，便伏在枕上歇一會。寶玉在旁，一時又問：「吃些滾水不吃？」一時又命：「歇一歇。」一時又拿一件灰鼠斗篷替他披在背上，一時又拿個枕頭與他靠著：急得晴雯央道：「小祖宗，你只管睡罷，再熬上半夜，明兒眼睛摳摟了，那可怎麼好！」

寶玉見他著急，只得胡亂睡下；仍睡不著。一時只聽自鳴鐘已敲了四下，剛剛補完；又用小牙刷慢慢的剔出氄毛來。麝月道：「這就很好，若不留心，再看不出的。」寶玉忙要了瞧瞧，笑說：「真真一樣了。」晴雯已嗽了幾陣，好容易補完了，說了一聲：「補雖補了，到底不像，我也再不能了！」「噯喲」了一聲，便身不由主倒下了。要知端的，且看下回分解。

卷五十三　寧國府除夕祭宗祠　榮國府元宵開夜宴

話說寶玉見晴雯將雀金裘補完，已使得力盡神危，忙命小丫頭子來替他捶著，彼此捶打了一會。歇下沒一頓飯的工夫，天已大亮；且不出門，只叫：「快請大夫。」一時王大夫來了，診了脈，疑惑說道：「昨日已好了些，今日如何反虛浮微縮起來，敢是吃多了飲食？不然就是勞了神思。外感卻倒輕了；這汗後失了調養，非同小可。」一面說，一面出去開了藥方進來。寶玉看時，已將疏散驅邪諸藥減去，倒添了茯苓、地黃、當歸等益神養血之劑。寶玉一面忙命人煎去，一面歎說：「這怎麼處！倘或有個好歹，都是我的罪孽。」晴雯睡在枕上，嗐道：「好二爺！你幹你的去罷，那裏就得了癆病了呢。」

寶玉無奈，只得去了。至下半天，說身上不好，就回來了。晴雯此症雖重，幸虧他素昔是個使力不使心的，再者素常飲食清淡，飢飽無傷。這賈宅中的秘法：無論上下，只一略有些傷風咳嗽，總以淨餓為主，次則服藥調養。故於前一日病時，就餓了兩三日，又謹慎服藥調養，如今雖勞碌了些，又加倍培養了幾日，便漸漸的好了。近日園中姐妹皆各在房中吃飯，炊爨飲食甚便，寶玉自能要湯要羹調停，不必細說。

襲人送母殯後，業已回來，麝月便將墜兒一事，並晴雯攆逐出去、也曾回過寶玉等語，一一的告訴襲人。襲人也沒說別的，只說：「太性急了。」只因李紈亦因時氣感冒；邢夫人正害火眼，迎春岫煙皆過去朝夕侍藥；李紈之兄又接了李嬸娘、李綺家去住幾日；寶玉又見襲人常常思母含悲，晴雯又未大癒：因此詩社一事，皆未有人作興，便空了幾社。當下已是臘月，離年日近，王夫人與鳳姐兒治辦年事。王子騰昇了九省都檢點，賈雨村補授了大司馬，協理軍機，參贊朝政，不題。

且說賈珍那邊開了宗祠，著人打掃，收拾供器，請神主；又打掃上房，以備懸供遺真影像。此時榮寧二府，內外上下，皆是忙忙碌碌。這日，寧府中尤氏正起來，同賈蓉之妻打點送賈母這邊的針綫禮物，正值丫頭捧了一茶盤押歲錁子進來，回說：「興兒回奶奶：前兒那一包碎金子，共是一百五十三兩六錢七分，裏頭成色不等，總傾了二百二十個錁子。」說著遞上去。尤氏看了一看，只見也有梅花式的，也有海棠式的，也有「筆錠如意」的，也有「八寶聯春」的。尤氏命：「收拾起來，叫興兒將銀錁子快快交了進來。」丫鬟答應去了。

一時賈珍進來吃飯，賈蓉之妻迴避了。賈珍因問尤氏：「咱們春祭的恩賞可領了不曾？」尤氏道：「今兒我打發蓉兒關去了。」賈珍道：「咱們家雖不等這幾兩銀子使，多少是皇上天恩。早關了來，給那邊老太太送過去，置辦祖宗的供，上領皇上的恩，下則是託祖宗的福。咱們那怕用一萬銀子供祖宗，到底不如這個有體面，又是沾恩錫福。除咱們這麼一二家之外，那些世襲窮官兒家，若不仗著這銀子，拿什麼上供過年？真正皇恩浩蕩，想得周到。」尤氏道：「正是這話。」

二人正說著，只見人回：「哥兒來了。」賈珍便命：「叫他進來。」只見賈蓉捧了一個小黃布口袋進來。賈珍道：「怎麼去了這一日？」賈蓉陪笑回說：「今兒不在禮部關領了，又在光祿寺庫上。因又到了光祿寺，纔領下來了。光祿寺官兒們都說，問父親好，多日不見，都著實想念。」賈珍笑道：「他們那裏是想我？這又到了年下了，不是想我的東西，就是想我的戲酒了。」一面說，一面瞧那黃布口袋，上有封條，就是「皇恩永錫」四個大字；那一邊又有禮部祠祭司的印記。一行小字，道是：「寧國公賈演，榮國公賈法，恩賜永遠春祭賞共二分，淨折銀若干兩，某年月日，龍禁尉候補侍衛賈蓉當堂領訖。值年寺丞某人。」下面一個朱筆花押。

賈珍看了，吃過飯，盥漱畢，換了靴帽，命賈蓉捧著銀子跟了來。回過賈母王夫人，又至這邊，回過賈赦邢夫人，方回家去，取出銀子，命將口袋向宗祠大爐內焚了。又命賈蓉道：「你去問問你那邊二嬸娘，正月裏請吃年酒的日子擬了沒有？若擬定了，叫書房裏明白開了單子來，咱們再請時，就不能重複了。舊年不留神，重了幾家；人家不說咱們不留心，倒像兩家商議定了，送虛情怕費事的一樣。」賈蓉忙答應去了。一時，拿了請人吃年酒的日期單子來了。賈珍看了，命：「交給賴昇去看了，請人別重了這上頭的日子。」因在廳上看著小廝們擡圍屏，擦抹几案金銀供器。

只見小廝手裏拿著一個稟帖，並一篇賬目，回說：「黑山村烏莊頭來了。」賈珍道：「這個老砍頭的，今兒纔來。」賈蓉接過稟帖和賬目，忙展開捧著，賈珍倒背著兩手，向賈蓉手內看去。那紅稟上寫著：「門下莊頭烏進孝叩請爺奶奶萬福金安，並公子小姐金安。新春大喜大福，榮貴平安，加官進祿，萬事如意。」賈珍笑道：「莊家人有些意思。」賈蓉也忙笑道：「別看文法，只取個吉利兒罷。」一面忙展開單子看時，只見上面寫著：

大鹿三十隻，獐子五十隻，狍子五十隻，暹豬二十個，湯豬二十個，龍豬二十個，野豬二十個，家臘豬二十個，野羊二十個，青羊二十個，家湯羊二十個，家風羊二十個，鱘鰉魚二百個，各色雜魚二百斤，活雞、鴨、鵝各二百隻，風雞、鴨、鵝二百隻，野雞野貓各二百對，熊掌二十對，鹿筋二十斤，海參五十斤，鹿舌五十條，牛舌五十條，蟶乾二十斤，榛、松、桃、杏瓤各二口袋，大對蝦五十對，乾蝦二百斤，銀霜炭上等選用一千斤，中等二千斤，柴炭三萬斤，御田胭脂米二擔，碧糯五十斛，白糯五十斛，粉粳五十斛，雜色粱穀各五十斛，下用常米一千擔，各色乾菜一車，外賣粱穀牲口各項折銀二千五百兩。外門下孝敬哥兒玩意兒：活鹿兩對，白兔四對，黑兔四對，活錦雞兩對，西洋鴨兩對。

賈珍看完，說：「帶進他來。」一時只見烏進孝進來，只在院內磕頭請安。賈珍命人拉起他來，笑說：「你還硬朗？」烏進孝笑道：「不瞞爺說，小的走慣了，不來也悶得慌。他們可不是都願意來見見天子腳下世面？他們到底年輕，怕路上有閃失，再過幾年就可以放心了。」賈珍道：「你走了幾日？」烏進孝道：「回爺的話：今年雪大，外頭都是四五尺深的雪，前日忽然一暖一化，路上竟難走的很，耽擱了幾日。雖走了一個月零兩日，日子有限，怕爺心焦，可不趕著來了。」

賈珍道：「我說呢，怎麼今兒纔來。我纔看那單子上，今年你這老貨又來打擂臺來了。」烏進孝忙進前兩步回道：「回爺說：今年年成實在不好。從三月下雨，接連著直到八月，竟沒有一連晴過五六日；九月一場碗大的雹子，方近二三百里地方，連人帶房，並牲口糧食，打傷了上千上萬的，所以纔這樣。小的並不敢說謊。」賈珍皺眉道：「我算定你至少也有五千銀子來，這夠做什麼的！如今你們一共只剩了八九個莊子，今年倒有兩處報了旱潦，你們又打擂臺，真真是叫別過年了。」烏進孝道：「爺的這地方還算好呢！我兄弟離我那裏只一百多地，竟又大差了。他現管著那府八處莊地，比爺這邊多著幾倍，今年也是這些東西，不過二三千兩銀子，也是有饑荒打呢。」賈珍道：「正是呢。我這邊倒可已，沒什麼外項大事，不過是一年的費用。我受用些就費些，我受些委屈就省些。再者年例送人請人，我把臉皮厚些，也就完了。比不得那府裏，這幾年添了許多花錢的事，一定不可免是要花的，卻又不添些銀子產業。這一二年裏賠了許多，不和你們要，找誰去！」

烏進孝笑道：「那府裏如今雖添了事，有去有來。娘娘和萬歲爺豈不賞呢？」賈珍聽了，笑向賈蓉等道：「你們聽聽，他說的可笑不可笑？」賈蓉等忙笑道：「你們山坳海沿子上的人，那裏知道這道理。娘娘難道把皇上的庫給我們不成！他心裏縱有這心，他不能做主。豈有不賞之禮，按時按節，不過是些彩緞、古董、玩意兒。就是賞，也不過一百兩金子，纔值一千多兩銀子，夠什麼？這二年，那一年不賠出幾千兩銀子來！頭一年，省親連蓋花園子，你算算那一注花了多少，就知道了。再二年，再省一回親，只怕就精窮了。」賈珍笑道：「所以他們莊客老實人，『外明不知裏暗的事』，『黃柏木作了磬槌子，——外頭體面裏頭苦。』」賈蓉又說又笑向賈珍道：「果真那府裏窮了，前兒我聽見二嬸娘和鴛鴦悄悄商議，要偷老太太的東西去當銀子呢。」賈珍笑道：「那又是鳳姑娘的鬼，那裏就窮到如此？他必定是見去路大了，實在賠得很了，不知又要省那一項的錢，先設出這法子來，使人知道，說窮到如此了。我心裏卻有個算盤，還不至此田地。」說著，便命人帶了烏進孝出去，好生待他，不在話下。

這裏賈珍吩咐將方纔各物留出供祖宗的來，將各樣取了些，命賈蓉送過榮府裏去，然後自己留了家中所用的，餘者派出等第，一分一分的堆在月臺底下；命人將族中子姪喚來，分給他們。接著榮國府也送了許多供祖之物及與賈珍之物。賈珍看著收拾完備供器，靸著鞋，披著一件猞猁猻大皮襖，命人在廳柱下石階上太陽中，鋪了一個大狼皮褥子負暄，閒看各子弟們來領取年物。因見賈芹亦來領物，賈珍叫他過來，說道：「你做什麼也來了，誰叫你來的？」賈芹垂手回說：「聽見大爺這裏叫我們領東西，我沒等人去就來了。」賈珍道：「我這東西，原是給你那些閒著無事沒進益的叔叔兄弟們的，那二年你閒著，我也給過你的。你如今在那府裏管事，家廟裏管和尚道士們，一月又有你的分例外，這些和尚的分例銀錢都從你手裏過，你還來取這個來，太也貪了！你自己瞧瞧，你穿的可像個手裏使錢辦事的？先前你說沒進益，如今又怎麼了？比先倒不像了。」賈芹道：「我家裏原人口多，費用大。」賈珍冷笑道：「你又支吾我，你在家廟裏幹的事，打量我不知道呢！你到了那裏，自然是爺了，沒人敢抗違你。你手裏又有了錢，離著我們又遠，你就為王稱霸起來，夜夜招聚匪類賭錢，養老婆小子。這會子花得這個形象，你還敢領東西來？領不成東西，領一頓馱水棍去纔罷！等過了年，我必和你二叔說，叫回你來。」賈芹紅了臉，不敢答言。人回：「北府王爺送了對聯荷包來了。」賈珍聽說，忙命賈蓉：「出去款待，只說我不在家。」賈蓉去了。這裏賈珍攆走賈芹，看著領完東西，回屋與尤氏吃畢晚飯，一宿無話。至次日更忙，不必細說。

已到了臘月二十九日了，各色齊備，兩府中都換了門神、聯對、掛牌，新油了桃符，煥然一新。寧國府從大門、儀門、大廳、暖閣、內廳、內三門、內儀門並內塞門，直到正堂，一路正門大開，兩邊階下一色朱紅大高燭，點的兩條金龍一般。次日由賈母有封誥者，皆按品級著朝服，先坐八人大轎，帶領眾人進宮朝賀行禮。領宴畢回來，便到寧府暖閣下轎。諸子弟有未隨入朝者，皆在寧府門前排班伺候，然後引入宗祠。

且說寶琴是初次進賈祠觀看，一面細細留神，打量這宗祠：原來寧府西邊另一個院子，黑油柵欄內五間大門，上面懸一匾，寫著是「賈氏宗祠」四個字，旁書「特晉爵太傅前翰林掌院事王希獻書」，兩邊有一副長聯，寫道：

肝腦塗地，兆姓賴保育之恩；功名貫天，百代仰烝嘗之盛。

也是王太傅所書。進入院中，白石甬路，兩邊皆是蒼松翠柏，月臺上設著古銅鼎彝等器。抱廈前面懸一塊九龍金匾，寫道：「星輝輔弼」。乃先皇御筆。兩邊一副對聯，寫道是：

勳業有光昭日月；功名無間及兒孫。

也是御筆。五間正殿前，懸一塊鬧龍填青匾，寫道是：「慎終追遠」。旁邊一副對聯，寫道是：

以後兒孫承福德；至今黎庶念榮寧。

俱是御筆。裏邊燈燭輝煌，錦幛繡幕，雖列著些神主，卻看不真。只見賈府人分了昭穆，排班立定。賈敬主祭，賈赦陪祭，賈珍獻爵，賈璉賈琮獻帛，寶玉捧香，賈菖賈菱展拜墊，守焚池。青衣樂奏，三獻爵，興拜畢，焚帛，奠酒。禮畢，樂止，退出。眾人圍隨賈母至正堂上。影前錦帳高掛，彩屏張護，香燭輝煌；上面正房中，懸著寧榮二祖遺像，皆是披蟒腰玉；兩邊還有幾軸列祖遺像。

賈荇賈芷等從內儀門挨次列站，直到正堂廊下；檻外方是賈敬賈赦，檻內是各女眷。眾家人小廝皆在儀門之外。每一道菜至，傳至儀門，賈荇賈芷等便接了，按次傳至階下賈敬手中。賈蓉係長房長孫，獨他隨女眷在檻裏，每賈敬捧菜至，傳於賈蓉，賈蓉便傳於他媳婦，又傳於鳳姐尤氏諸人，直傳至供桌前，方傳與王夫人；王夫人傳與賈母，賈母方捧放在桌上。邢夫人在供桌之西，東向立，同賈母供放。直至將菜飯湯點酒茶傳完，賈蓉方退出，歸入賈芹階位之首。當時凡從「文」旁之名者，賈敬為首；下則從「玉」者，賈珍為首；再下從「草頭」者，賈蓉為首，左昭右穆，男東女西；俟賈母拈香下拜，眾人方一齊跪下，將五間大廳，三間抱廈，內外廊簷，階上階下，兩丹墀內，花團錦簇，塞的無一些空地。鴉雀無聞，只聽鏗鏘叮噹，金鈴玉珮微微搖曳之聲，並起跪靴履颯沓之響。

一時禮畢，賈敬賈赦等便忙退出至榮府，專候與賈母行禮。尤氏上房地下，鋪滿紅氈，當地放著象鼻三足泥鰍流金琺瑯大火盆，正面炕上鋪著新猩紅氈，設著大紅彩繡「雲龍捧壽」的靠背、引枕、坐褥，外另有黑狐皮的袱子，搭在上面；大白狐皮坐褥。請賈母上去坐了。兩邊又鋪皮褥，讓賈母一輩的兩三個妯娌坐了。這邊橫頭排插之後小炕上，也鋪了皮褥，讓邢夫人等坐了。地下兩面相對十二張雕漆椅上，都是一色灰鼠椅搭小褥，每一張椅下一個大銅腳爐，讓寶琴等姐妹坐。尤氏用茶盤親捧茶與賈母，賈蓉媳婦捧與眾老祖母，然後尤氏又捧與邢夫人等，賈蓉媳婦又捧與眾姊妹。鳳姐李紈等只在地下伺候。

茶畢，邢夫人等便先起身來侍賈母吃茶。賈母與年老妯娌們閒話了兩三句，便命看轎，鳳姐兒忙上去攙起來。尤氏笑回說：「已經預備下老太太的晚飯。每年都不肯賞些體面，用過晚飯再過去。果然我們就不濟鳳丫頭不成？」鳳姐兒攙著賈母笑道：「老祖宗走罷。咱們家去吃去，別理他。」賈母笑道：「你這裏供著祖宗，忙得什麼兒似的，那裏還擱得住我鬧？況且我每年不吃，你們也要送去的；不如還送了來，我吃不了，留著明兒再吃，豈不多吃些？」說得眾人都笑了。又吩咐他：「好生派妥當人夜裏坐著看香火，不是大意得的。」尤氏答應了。一面走出來，至暖閣前，尤氏等閃過屏風，小廝們纔領轎伕，請了轎出大門。尤氏亦隨邢夫人等同至榮府。這裏轎出大門，這一條街上，東一邊設立著寧國公的儀仗執事樂器，來往行人皆屏退不從此過。

一時來至榮府，也是大門正門一直開到裏頭。如今便不在暖閣下轎了，過了大廳，轉彎向西，至賈母這邊正廳上下轎。眾人圍隨同至賈母正室之中，亦是錦裀繡屏，煥然一新。當地火盆內焚著松柏香、百合草。賈母歸了坐，老嬤嬤來回：「老太太們來行禮。」賈母忙起身要迎，只見兩三個老妯娌已進來了。大家挽手笑了一回，讓了一回，吃茶去後，賈母只送至內儀門便回來。歸了正坐，賈敬賈赦等領了諸子弟進來，賈母笑道：「一年家難為你們，不行禮罷。」一面男一起，女一起，一起一起俱行過了禮；左右設下交椅，然後又按長幼挨次歸坐受禮。兩府男女、小廝、丫鬟，亦按差役上、中、下行禮畢。然後散了押歲錢並荷包金銀錁等物。擺上合歡宴來，男東女西歸坐，獻屠蘇酒、合歡湯、吉祥果、如意糕畢。賈母起身，進內間更衣，眾人方各散出。那晚各處佛堂灶王前焚香上供。王夫人正房院內設著天地紙馬香供。大觀園正門上挑著角燈，兩旁高照，各處皆有路燈。上下人等，打扮得花團錦簇。一夜人聲雜沓，語笑喧闐，爆竹起火，絡繹不絕。

至次日五鼓，賈母等人按品大妝，擺全副執事進宮朝賀，兼祝元春千秋。領宴回來，又至寧府祭過列祖，方回來。受禮畢，便換衣歇息。所有賀節來的親友，一概不會，只和薛姨媽李嬸娘二人說話取便，或同寶玉寶釵等姊妹趕圍棋摸牌作戲。王夫人與鳳姐天天忙著請人吃年酒，那邊廳上與院內皆是戲酒，親友絡繹不絕。一連忙了七八日，纔完了，早又元宵將近，寧榮二府皆張燈結彩。十一日是賈赦請賈母等，次日賈珍又請賈母，王夫人和鳳姐兒也連日被人請去吃年酒，不能勝記。

至十五這一晚上，賈母便在大花廳上命擺幾席酒，定一班小戲，滿掛各色花燈，帶領榮寧二府各子姪孫男孫媳等家宴。賈敬素不飲酒茹葷，因此不去請他，十七日祀祖已完，他便出城修養；就是這幾日在家，也只靜室默處，一概無聞，不在話下。賈赦領了賈母之賞，告辭而去。賈母知他在此不便，也隨他去了。賈赦到家中，與眾門客賞燈吃酒，笙歌聒耳，錦繡盈眸，其取樂與這裏不同。

這裏賈母花廳之上擺了十來席，再席旁邊設一几，几上設爐瓶三事，焚著御賜百合宮香；又有八寸來長、四五寸寬、二三寸高，點綴著山石的小盆景，俱是新鮮花卉；又有小洋漆茶盤放著舊窯十錦小茶杯，又有紫檀雕嵌的大紗透繡花草詩字的纓絡。各色舊窯小瓶中，都點綴著「歲寒三友」、「玉堂富貴」等鮮花。上面兩席是李嬸娘薛姨媽坐，東邊單設一席，乃是雕夔龍護屏矮足短榻，靠背、引枕、皮褥俱全。榻上設一個輕巧洋漆描金小几，几上放著茶碗、漱盂、洋巾之類，又有一個眼鏡匣子。

賈母歪在榻上，與眾人說笑一回，又取眼鏡向戲臺上照一回，又說：「恕我老了骨頭疼，容我放肆些，歪著相陪罷。」又命琥珀坐在榻上，拿著美人拳捶腿。榻下並不擺席面，只一張高几，設著高架纓絡、花瓶、香爐等物，外另設一小高桌，擺著杯箸。旁邊一席，命寶琴、湘雲、黛玉、寶玉四人坐著。每饌果菜來，先捧給賈母看，喜則留在小桌上，嘗一嘗，仍撤了放在席上，只算他四人跟著賈母坐。下面方是邢夫人王夫人之位；下邊便是尤氏、李紈、鳳姐、賈蓉之妻；西邊便是寶釵、李紋、李綺、岫煙、迎春姊妹等。

兩邊大樑上掛著聯三聚五玻璃彩穗燈，每席前豎著倒垂荷葉一柄，柄上有彩燭插著。這荷葉乃是洋鏨琺瑯活信，可以扭轉向外，將燈影逼住，照著看戲，分外真切。窗槅門戶，一齊摘下，全掛彩穗各種宮燈。廊簷內外及兩邊遊廊罩棚，將羊角、玻璃、戳紗、料絲、或繡、或畫、或絹、或紙諸燈掛滿。廊上幾席，便是賈珍、賈璉、賈環、賈琮、賈蓉、賈芹、賈芸、賈菖、賈菱等。賈母也曾差人去請眾族中男女，奈他們有年老的，懶於熱鬧；有家內沒有人，又有疾病淹留，欲來竟不能來；有一等妒富愧貧，不肯來的；更有憎畏鳳姐之為人，賭氣不來的；更有羞手羞腳，不慣見人，不敢來的。因此族中雖多，女眷來者，不過賈藍之母婁氏帶了賈藍來，男人只有賈芹、賈芸、賈菖、賈菱四個，現在鳳姐麾下辦事的來了。當下人雖不全，在家庭小宴，也算熱鬧的了。

當下又有林之孝之妻，帶了六個媳婦，擡了三張炕桌，每一張上搭著一條紅氈，放著選淨一般大新出局的銅錢，用大紅繩串穿著，每二人搭一張，共三張。林之孝家的叫將那兩張擺至薛姨媽李嬸娘的席下，將一張送至賈母榻下。賈母便說：「放在當地罷。」這媳婦素知規矩，放下桌子，一併將錢都打開，將紅繩抽去，堆在桌上。

此時正唱《西樓．樓會》，這齣將終，于叔夜賭氣去了。那文豹便發科諢道：「你賭氣去了。恰好今日正月十五，榮國府中老祖宗家宴，待我騎了這馬，趕進去討些果子吃，是要緊的。」說畢，引得賈母等都笑了。薛姨媽等都說：「好個鬼頭孩子，可憐見的！」鳳姐便說：「這孩子纔九歲了。」賈母笑說：「難為他說得巧！」說了一個「賞」字，早有三個媳婦已經手下預備下小笸籮，聽見一個「賞」字，走上去，將桌上散堆錢，每人撮了一笸籮，走出來，向戲臺說：「老祖宗，姨太太、親家太太賞文豹買果子吃的。」說畢，向臺一撒，只聽「豁啷啷」，滿臺的錢響。賈珍賈璉已命小廝們擡大笸籮的錢預備。未知怎生賞去，且聽下回分解。

卻說賈珍賈璉暗暗預備下大笸籮的錢，聽見賈母說賞，忙命小廝們快撒錢，只聽滿臺錢響，賈母大悅。二人遂起身，小廝們忙將一把新暖銀壺捧來，遞與賈璉手內，隨了賈珍趨至裏面。賈珍先到李嬸娘席上，躬身取下杯來，回身，賈璉忙斟了一盞；然後便至薛姨媽席上，也斟了。二人忙起身笑說：「二位爺請坐著罷了，何必多禮。」於是除邢王二夫人，滿席都離了席，也俱垂手旁侍。賈珍等至賈母榻前，因榻矮，二人便屈膝跪了：賈珍在前捧杯，賈璉在後捧壺。雖只二人捧酒，那賈琮弟兄等卻也是排班，按序一溜隨著他二人進來；見他二人跪下，都一溜跪下。寶玉也忙跪下。湘雲悄推他，笑道：「你這會子又幫著跪下做什麼？有這樣，你也去斟一巡酒豈不好？」寶玉悄笑道：「再等一會再斟去。」說著，等他二人斟完，起來，又與邢王二夫人斟過了。賈珍笑說：「妹妹們怎麼樣呢？」賈母等都說道：「你們去罷，他們倒便宜些。」說了，賈珍等方退出。

當下天未二鼓，戲演的是《八義觀燈》八齣，正在熱鬧之際。寶玉因下席往外走。賈母問：「往那裏去？外頭炮仗利害，仔細天上掉下火紙來燒著。」寶玉笑回說：「不往遠去，只出去就來。」賈母命婆子們：「好生跟著。」於是寶玉出來，只有麝月秋紋幾個小丫頭隨著。賈母因說：「襲人怎麼不見？他如今也有些拿大了，單支使小女孩兒出來。」王夫人忙起身笑回道：「他媽前日沒了，因有熱孝，不便前頭來。」賈母點頭，又笑道：「跟主子，卻講不起這孝與不孝。若是他還跟我，難道這會子也不在這裏？這些竟成了例了。」鳳姐兒忙過來笑回道：「今晚便沒孝，那園子裏頭也須得看著燈燭花炮，最是擔險的。這裏一唱戲，園子裏的誰不來偷瞧瞧，他還細心，各處照看。況且這一散後，寶兄弟回去睡覺，各色都是齊全的。若他再來了，眾人又不經心，散了回去，鋪蓋也是冷的，茶水也不齊全，便各色都不便宜，所以我叫他不用來。老祖宗要叫他來，我就叫他就是了。」

賈母聽了這話，忙說：「你這話很是，比我想得周到，快別叫他了。但只他媽幾時沒了，我怎麼不知道？」鳳姐兒笑道：「前兒襲人去親自回老太太的，怎麼倒忘了？」賈母想了想，笑道：「想起來了。我的記性竟平常了。」眾人都笑說：「老太太那裏記得這些事。」賈母因又歎道：「我想著他從小兒伏侍我一場，又伏侍了雲兒，末後給了個魔王，與他魔了這好幾年。他又不是咱們家根生土長的奴才，沒受過咱們什麼大恩典；他娘沒了，我想著要給他幾兩銀子發送他娘，也就忘了。」鳳姐兒道：「前兒太太賞了他四十兩銀子，就是了。」賈母聽說，點頭道：「這還罷了。正好前兒鴛鴦的娘也死了，我想他老子娘都在南邊，我也沒叫他家去守孝。如今他兩處全禮，何不叫他二人一處作伴去。」又命婆子拿些果子菜饌點心之類與他二人吃去。琥珀笑道：「還等這會子，他早就去了。」說著，大家又吃酒看戲。

且說寶玉一徑來至園中，眾婆子見他回房，便不跟去，只坐在園門裏茶房內烤火，和管茶的女人偷空飲酒鬥牌。寶玉至院中，雖是燈光燦爛，卻無人聲。麝月道：「他們都睡了不成？咱們悄悄進去唬他們一跳。」於是大家躡足潛蹤，進了鏡壁一看，只見襲人和一個人對歪在地炕上，那一頭有三兩個老嬤嬤打盹。寶玉只當他兩個睡著了，纔要進去，忽聽鴛鴦歎了一聲，說道：「天下事可知難定。論理，你單身在這裏，父母在外頭，每年他們東去西來，沒個定準，想來你是再不能送終的人；偏生今年就死在這裏，你倒出去送了終。」襲人道：「正是，我也想不到能夠看著父母殯殮。回了太太，又賞了四十兩銀子，這倒也算養我一場，我也不敢妄想了。」寶玉聽了，忙轉身悄向麝月等道：「誰知他也來了。我這一進去，他又賭氣走了，不如咱們回去罷，讓他兩個清清淨淨的說一回。襲人正一個悶著，幸他來得好。」說著，仍悄悄出來。寶玉便走過山石之後去，站著撩衣。麝月秋紋皆站住，背過臉去，口內笑說：「蹲下再解小衣，仔細風吹了肚子。」後面兩個小丫頭知是小解，忙先出去茶房內預備水去了。

這裏寶玉剛過來，只見兩個媳婦迎面來了，又問：「是誰？」秋紋道：「寶玉在這裏呢，大呼小叫，仔細嚇著罷。」那媳婦們忙笑道：「我們不知，大節下來惹禍了。姑娘們可連日辛苦了！」說著，已到跟前。麝月等問：「手裏拿著什麼？」媳婦道：「是老太太賞金花二位姑娘吃的。」秋紋笑道：「外頭唱的是《八義》，沒唱《混元盒》，那裏又跑出『金花娘娘』來了。」寶玉命：「揭起來我瞧瞧。」秋紋麝月忙上去將兩個盒子揭開，兩個媳婦忙蹲下身子。寶玉看了兩個盒內都是席上所有的上等果品茶點，點了一點頭就走。麝月等忙胡亂擲了盒蓋跟上來。寶玉笑道：「這兩個女人倒和氣，會說話。他們天天乏了，倒說你們連日辛苦；倒不是那矜功自伐的。」麝月道：「這兩個就好；那不知理的是太不知理。」寶玉道：「你們是明白人，擔待他們是粗夯可憐的人就完了。」一面說，一面就走出了園門。

那幾個婆子，雖吃酒鬥牌，卻不住出來打探，見寶玉出來，也都跟上。到了花廳後廊上，只見那兩個小丫頭，一個捧著個小盆，又一個搭著手巾，又拿著漚子小壺兒，在那裏久等。秋紋先忙伸手向盆內試了試，說道：「你越大越粗心了，那裏弄得這冷水？」小丫頭笑道：「姑娘瞧瞧，這個天，我怕水冷，倒的是滾水，這還冷了。」正說著，可巧見一個老婆子提著一壺滾水走來，小丫頭便說：「好奶奶，過來給我倒上些。」那婆子道：「姐姐，這是老太太泡茶的，勸你走去舀了罷，那裏就走大了腳呢。」秋紋道：「憑你是誰的，你不給我，管把老太太的茶弔子倒了洗手！」那婆子回頭見了秋紋，忙提起壺來倒了些。秋紋道：「夠了，你這麼大年紀，也沒見識，誰不知是老太太的！要不著的就敢要了！」婆子笑道：「我眼花了，沒認出這姑娘來。」寶玉洗了手，那小丫頭子拿小壺兒倒了漚子在他手內，寶玉洗了手。秋紋麝月也趁熱水洗了一回，跟進寶玉來。

寶玉便要了一壺暖酒，也從李嬸娘斟起。他二人也笑讓坐。賈母便說：「他小人家兒，讓他斟去；大家倒要乾過這杯。」說著，便自己乾了。邢王二夫人也忙乾了，薛姨媽李嬸娘也只得乾了。賈母又命寶玉道：「你連姐姐妹妹的一齊斟上，不許亂斟，都要叫他乾了。」寶玉聽說，答應著，一一按次斟上了。至黛玉前，偏他不飲，拿起杯來，放在寶玉脣邊。寶玉一氣飲乾，黛玉笑說：「多謝。」寶玉替他斟上一杯。鳳姐兒便笑道：「寶玉別喝冷酒，仔細手顫，明兒寫不的字，拉不的弓。」寶玉道：「沒有吃冷酒。」鳳姐兒笑道：「我知道沒有，不過白囑咐你。」然後寶玉將裏面斟完，只除賈蓉之妻是命丫鬟們斟的；復出至廊下，又給賈珍等斟了。坐了一回，方進來，仍歸舊坐。一時上湯之後，又接著獻元宵。賈母便命：「將戲暫歇，小孩子們可憐見的，也給他們些滾湯熱菜的吃了再唱。」又命將各樣果子元宵等物拿些與他們吃。

一時歇了戲，便有婆子帶了兩個門下常走的女先兒進來，放了兩張杌子在那一邊，賈母命他們坐了，將弦子琵琶遞過去。賈母便問李薛二人：「聽什麼書？」他二人都回說：「不拘什麼都好。」賈母便問：「近來可又添些什麼新書？」兩個女先兒回說：「倒有一段新書，是殘唐五代的故事。」賈母問是何名，女先兒回說：「這叫作《鳳求鸞》。」賈母道：「這個名字倒好，不知因什麼起的？你先說大概，若好再說。」女先兒道：「這書上乃是說殘唐之時，有一位鄉紳，本是金陵人氏，名喚王忠，曾做兩朝宰輔，如今告老還家，膝下只有一位公子，名喚王熙鳳。」眾人聽了，笑將起來。賈母笑道：「這不重了我們鳳丫頭了。」媳婦忙上去推他說：「是二奶奶的名字，少混說。」賈母道：「你只管說罷。」女先兒忙笑著站起來說：「我們該死了！不知是奶奶的諱。」鳳姐兒笑道：「怕什麼！你說罷。重名重姓的多著呢。」女先兒又說道：「那年王老爺打發了王公子上京趕考，那日遇了大雨，到了一個莊子上避雨。誰知這莊上也有個鄉紳，姓李，與王老爺是世交，便留下這公子住在書房裏。這李鄉紳膝下無兒，只有一位千金小姐。這小姐芳名叫作雛鸞，琴棋書畫，無所不通。」

賈母忙道：「怪道叫作《鳳求鸞》。不用說了，我已經猜著了：自然是王熙鳳要求這雛鸞小姐為妻了。」女先兒笑道：「老祖宗原來聽過這回書。」眾人都道：「老太太什麼沒聽見過！就是沒聽見，也猜著了。」賈母笑道：「這些書就是一套子，左不過是些佳人才子，最沒趣兒。把人家女兒說得這麼壞，還說是『佳人』，編的連影兒也沒有了。開口都是鄉紳門第，父親不是尚書，就是宰相。一個小姐，必是愛如珍寶。這小姐必是通文知禮，無所不曉，竟是『絕代佳人』，只見了一個清俊男人，不管是親是友，想起他的『終身大事』來，父母也忘了，書也忘了，鬼不成鬼，賊不成賊，那一點兒像個佳人？就是滿腹文章，做出這樣事來，也算不得是佳人了。比如一個男人家，滿腹的文章，去做賊，難道那王法就看他是個才子，就不入賊情一案了不成？可知那編書的是自己堵自己的嘴。再者：既說是世宦書香大家小姐，都知禮讀書，連夫人都知書識禮，就是告老還家，自然大家人口奶奶丫鬟伏侍小姐的人也不少，怎麼這些書上，凡有這樣的事，就只小姐和緊跟的一個丫頭？你們自想想，那些人都是管做什麼的，可是前言不答後語不是？」

眾人聽了，都笑說：「老太太這一說，是謊都批出來了。」賈母笑道：「有個原故：編這樣書的人，有一等妒人家富貴的，或者有求不遂心，所以編出來糟蹋人家。再有一等人，他自己看了這些書，看邪了，想著得一個佳人纔好，所以編出來取樂兒。何嘗他知道那世宦讀書家的道理！別說那書上那些世宦書禮大家，如今眼下拿著咱們這中等人家說起，也沒那樣的事。別叫他謅掉了下巴胳了罷！所以我們從不許說這些書，連丫頭們也不懂這些話。這幾年我老了，他們姊妹們住的遠，我偶然悶了，說幾句聽聽，他們一來，就忙著止住了。」李薛二人都笑說：「這正是大家子的規矩。連我們家也沒有這些雜話叫孩子們聽見。」

鳳姐兒走上來斟酒，笑道：「罷，罷！酒冷了，老祖宗喝一口潤潤嗓子再辯謊。這一回就叫作『辯謊記』，就出在本朝，本地，本年，本月，本日，本時。老祖宗『一張口難說兩家話』，『花開兩朵，各表一枝』，『是真是謊且不表，再整觀燈看戲的人』。老祖宗且讓這二位親戚吃杯酒、看兩齣戲著，再從逐朝話言掰起，如何？」一面說，一面斟酒，一面笑。未說完，眾人俱已笑倒了。兩個女先兒也笑個不住，都說：「奶奶好剛口！奶奶要一說書，真連我們吃飯的地方都沒了。」

薛姨媽笑道：「你少興頭些！外頭有人，比不得往常。」鳳姐兒笑道：「外頭只有一位珍大哥哥，我們還是論哥哥妹妹，從小兒一處淘氣淘了這麼大。這幾年因做了親，我如今立了多少規矩了。便不是從小兒兄妹，只論大伯子小嬸兒，那《二十四孝》上『斑衣戲彩』，他們不能來戲彩引老祖宗笑一笑，我這裏好容易引得老祖宗笑一笑，多吃了一點東西，大家喜歡，都該謝我纔是，難道反笑我不成？」賈母笑道：「可是這兩日我竟沒有痛痛的笑一場，倒是虧他纔一路說，笑得我這裏痛快了些，我再吃鍾酒。」吃著酒，又命寶玉：「來敬你姐姐一杯。」鳳姐兒笑道：「不用他敬，我討老祖宗的壽罷。」說著便將賈母的杯拿起來，將半杯剩酒吃了，將杯遞與丫鬟，另將溫水浸的杯換一個上來。於是各席上的都撤去，另將溫水浸著的代換，斟了新酒上來，然後歸坐。

女先兒回說：「老祖宗不聽這書，或者彈一套曲子聽聽罷。」賈母道：「你們兩個對一套『將軍令』罷。」二人聽說，忙合弦按調撥弄起來。賈母因問：「天有幾更了？」眾婆子忙回：「三更了。」賈母道：「怪道寒浸浸起來。」早有眾人丫鬟拿了添換的衣裳送來。王夫人起身陪笑說道：「老太太不如挪進暖閣裏地炕上，倒也罷了。這二位親戚也不是外人，我們陪著就是了。」賈母聽說，笑道：「既這樣說，不如大家都挪進去，豈不暖和？」王夫人道：「恐裏頭坐下不。」賈母道：「我有道理：如今也不用這些桌子，只用兩三張併起來，大家坐在一處，擠著，又親熱，又暖和。」眾人都道：「這纔有趣兒。」

說著，便起了席。眾媳婦忙撤去殘席，裏面直順併了三張大桌，又添換了果饌擺好。賈母便說：「都別拘禮，聽我分派你們就坐纔好。」說著，便讓薛李正面上坐，自己西向坐了，叫寶琴、黛玉、湘雲三人皆緊依左右坐下，向寶玉說：「你挨著你太太。」於是邢夫人王夫人之中夾著寶玉。寶釵等姐妹在西邊；挨次下去，便是婁氏帶著賈藍；尤氏李紈夾著賈蘭；下面橫頭便是賈蓉之妻。賈母便說：「珍阿哥帶著你兄弟們去罷，我也就睡了。」賈珍等忙答應，又都進來聽吩咐。賈母道：「快去罷，不用進來。纔坐好了，又都起來。你快歇著罷，明兒還有大事呢。」賈珍忙答應了，又笑道：「留下蓉兒斟酒纔是。」賈母笑道：「正是，忘了他。」賈珍應了一個「是」，便轉身帶領賈璉等出來。二人自是歡喜，便命人將賈琮賈璜各自送回家去，便約了賈璉去追歡買笑，不在話下。

這裏賈母笑道：「我正想著，雖然這些人取樂，必得重孫一對雙全的在席上纔好。蓉兒這可全了。蓉兒！和你媳婦坐在一處，倒也團圓了。」因有家人媳婦呈上戲單，賈母笑道：「我們娘兒們正說得興頭，又要吵起來。況且那孩子們熬夜，怪冷的。也罷，且叫他們歇歇，把咱們的女孩子們叫他來，就在這臺上唱兩齣罷，也給他們瞧瞧。」媳婦子們聽了，答應出來，忙的一面著人往大觀園去傳人，一面二門口去傳小廝們伺候。小廝們忙至戲房，將班中所有大人一概帶出，只留下小孩子們。一時，梨香院的教習帶了文官等十二人從遊廊角門出來，婆子們抱著幾個軟包，因不及擡箱，料著賈母愛聽的三五齣戲的彩衣包了來。婆子們帶了文官等進去見過，只垂手站著。

賈母笑道：「大正月裏，你師父也不放你們出來逛逛？你們如今唱什麼？纔剛八齣《八義》，鬧得我頭疼，咱們清淡些好。你瞧瞧，薛姨太太，這李親家太太，都是有戲的人家，不知聽過多少好戲的；這些姑娘們都比咱們家的姑娘見過好戲，聽過好曲子。如今這小戲子又是那有名玩戲的人家的班子，雖是小孩子，卻比大班子還強。咱們好歹別落了褒貶！少不得弄個新樣兒的：叫芳官唱一齣《尋夢》，只用簫和笙笛，餘者一概不用。」文官笑道：「老祖宗説的是。我們的戲，自然不能入姨太太和親家太太姑娘們的眼；不過聽我們一個發脱口齒，再聽個喉嚨罷了。」賈母笑道：「正是這話了。」李嬸娘薛姨媽喜的笑道：「好個靈透孩子！你也跟著老太太打趣我們！」賈母笑道：「我們這原是隨便的玩意兒，又不出去做買賣，所以竟不大合時。」説著，又叫葵官：「唱一齣《惠明下書》，也不用抹臉。只用這兩齣，叫他們二位太太聽個助意兒罷了。若省了一點兒力，我可不依。」

文官等聽了出來，忙去扮演上臺，先是「尋夢」，次是「下書」。衆人鴉雀無聞。薛姨媽笑道：「實在戲也看過幾百班，從沒見過只用簫管的。」賈母道：「先有，只是像方纔《西樓·楚江情》一支，多有小生吹簫合的。這合大套的實在少。這也在人講究罷了，這算什麼出奇？」指湘雲道：「我像他這麼大的時候兒，他爺爺有一班小戲，偏有一個彈琴的，湊了《西廂記》的《聽琴》，《玉簪記》的《琴挑》，《續琵琶》的《胡笳十八拍》，竟成了真的了。比這個更如何？」衆人都道：「那更難得了。」賈母於是叫過媳婦們來，吩咐文官等叫他們吹彈一套「燈月圓」。媳婦們領命而去。

當下賈蓉夫妻二人捧酒一巡。鳳姐兒因賈母十分高興，便笑道：「趁著女先兒們在這裏，不如咱們傳梅，行一套『春喜上眉梢』的令，如何？」賈母笑道：「這是個好令，正對時景。」忙命人取了黑漆銅釘花腔令鼓來，與女先兒們擊著。席上取了一枝紅梅，賈母笑道：「到了誰手裏住了鼓，吃一杯，也要説些什麼纔好。」鳳姐兒笑道：「依我說，誰像老祖宗要什麼有什麼呢。我們這不會的，豈不沒意思。依我說，也要雅俗共賞。不如誰住了，誰說個笑話兒罷。」眾人聽了，都知道他素日善說笑話，最是肚內有無限新鮮趣令；今兒如此說，不但在席的諸人喜歡，連地下伏侍的老小人等無不歡喜。那小丫頭子們都忙去找姐姐喚妹妹的，告訴他們：「快來聽，二奶奶又說笑話兒了。」眾丫頭子們便擠了一屋子。

於是戲完樂罷，賈母將些湯細點果與文官等吃去，便命響鼓。那女先兒們都是慣熟的，或緊或慢，或如殘漏之滴，或如迸豆之急，或如驚馬之馳，或如疾電之光，忽然暗其鼓聲，那梅方遞至賈母手中，鼓聲恰住，大家哈哈大笑。賈蓉忙上來斟了一杯，眾人都笑道：「自然老太太先喜了，我們纔託賴些喜。」賈母笑道：「這酒也罷了，只是這笑話兒倒有些難說。」眾人都說：「老太太的比鳳姑娘說的還好，賞一個，我們也笑一笑。」賈母笑道：「並沒有新鮮招笑兒的，少不得老臉皮厚的說一個罷。」因說道：「一家子養了十個兒子，娶了十房媳婦兒。惟有第十房媳婦兒聰明伶俐、心巧嘴乖，公婆最疼，成日家說那九個不孝順，這九個媳婦兒委屈，便商議說『咱們九個心裏孝順，只是不像那小蹄子兒嘴巧，所以公公婆婆只說他好。這委屈向誰訴去？』有主意的說道：『咱們明兒到閻王廟去燒香，和閻王爺說去，問他一問：叫我們託生為人，怎麼單單給那小蹄子兒一張乖嘴，我們都入了夯嘴裏頭。』那八個聽了，都喜歡說：『這個主意不錯。』第二日，便都往閻王廟裏來燒香。九個都在供桌底下睡著了。九個魂專等閻王駕到。左等不來，右等也不到。正著急，只見孫行者駕著觔斗雲來了，看見九個魂，便要拿金箍棒打來。唬得九個魂忙跪下央求。孫行者問起原故來，九個人忙細細的告訴了他。孫行者聽了，把腳一跺，歎了一口氣道：『這原故幸虧遇見我，等著閻王來了，他也不得知道。』九個人聽了，就求說：『大聖發個慈悲，我們就好了。』孫行者笑道：『卻也不難，那日你們妯娌十個託生時，可巧我到閻王那裏去，因為撒了一泡尿在地下，你那個小嬸兒便吃了。你們如今要伶俐嘴乖，有的是尿，再撒泡你們吃就是了。』」

說畢，大家都笑起來。鳳姐兒笑道：「好的呀！幸而我們都是夯嘴夯腮的，不然，也就吃了猴兒尿了。」尤氏婁氏都笑向李紈道：「咱們這裏頭誰是吃過猴兒尿的，別裝沒事人兒。」薛姨媽笑道：「笑話兒在對景就發笑。」說著，又擊起鼓來。小丫頭子們只要聽鳳姐兒的笑話，便悄悄的和女先兒說明，以咳嗽為記。須臾傳至兩遍，剛到了鳳姐兒手裏，小丫頭子們故意咳嗽，女先兒便住了。眾人齊笑道：「這可拿住他了。快吃了酒，說一個好的罷。別太逗人笑得腸子疼。」

鳳姐兒想一想，笑道：「一家子也是過正月節，合家賞燈吃酒，真真的熱鬧非常。祖婆婆、太婆婆、媳婦、孫子媳婦、重孫子媳婦、親孫子媳婦、姪孫子、重孫子、灰孫子、滴里搭拉的孫子、孫女兒、外孫女兒、姨表孫女兒、姑表孫女兒，……嗳喲喲，真好熱鬧！」眾人聽他說著，已經笑了，都說：「聽這數貧嘴的，又不知要編派那一個呢！」尤氏笑道：「你要招我，我可撕你的嘴。」鳳姐兒起身拍手笑道：「人家這裏費力，你們緊著混，我就不說了。」賈母笑道：「你說你的，底下怎麼樣？」鳳姐兒想了一想，笑道：「底下就團團的坐了一屋子，吃了一夜酒，就散了。」

眾人見他正言厲色的說了，也都再無有別話，怔怔的還等往下說，只覺他冰冷無味的就住了。史湘雲看了他半日。鳳姐兒笑道：「再說一個過正月節的：幾個人拿著房子大的炮仗往城外放去，引了上萬的人跟著瞧去。有一個性急的人等不得，就偷著拿香點著。只見『噗哧』的一聲，眾人鬨然一笑，都散了。這擡炮仗的人抱怨賣炮仗的捍的不結實，沒等放就散了。」湘雲道：「難道本人沒聽見？」鳳姐兒道：「本人原是個聾子。」眾人聽說，想了一回，不覺失聲都大笑起來。又想著先前那一個沒完的，問他道：「先那一個到底怎麼樣？也該說完了。」鳳姐兒將桌子一拍，道：「好羅唆！到了第二日是十六日，年也完了，節也完了，我看人忙著收東西還鬧不清，那裏還知道底下事了？」眾人聽說，復又笑起來。鳳姐兒笑道：「外頭已經四更多了，依我說：老祖宗也乏了，咱們也該『聾子放炮仗——散了』罷。」尤氏等用手帕握著嘴，笑得前仰後合，指他說道：「這個東西真會數貧嘴。」賈母笑道：「真真這鳳丫頭，越發貧嘴了。」

一面說，一面吩咐道：「他提起炮仗來，咱們也把煙火放了，解解酒。」賈蓉聽了，忙出去，帶著小廝們，就在院子內安下屏架，將煙火設弔齊備。這煙火俱係各處進貢之物，雖不甚大，卻極精緻，各色故事俱全，夾著各色花炮。黛玉稟氣虛弱，不禁「劈拍」之聲，賈母便摟他在懷內。薛姨媽便摟湘雲，湘雲笑道：「我不怕。」寶釵笑道：「他專愛自己放大炮仗，還怕這個呢。」王夫人便將寶玉摟入懷內。鳳姐笑道：「我們是沒人疼的。」尤氏笑道：「有我呢，我摟著你。你這會子又撒嬌兒了，聽見放炮仗，就像『吃了蜜蜂兒屎』的，今兒又輕狂了。」鳳姐兒笑道：「等散了，咱們園子裏放去。我比小廝們還放得好呢。」

說話之間，外面一色色的放了又放。又有許多「滿天星」「九龍入雲」「平地一聲雷」「飛天十響」之類的零星小炮仗。放罷，然後又命小戲子打了一回「蓮花落」，撒得滿臺的錢，那些孩子們滿臺的搶錢取樂。上湯時，賈母說：「夜長，覺得有些餓了。」鳳姐忙回說：「有預備的鴨子肉粥。」賈母道：「我吃些清淡的罷。」鳳姐兒忙道：「也有棗兒熬的粳米粥，預備太太們吃齋的。」賈母道：「倒是這個還罷了。」說著，已經撤去殘席，內外另設各種精緻小菜。大家隨意吃了些，用過漱口茶，方散。

十七日一早，又過寧府行禮，伺候掩了祠門，收過影像，方回來。此日便是薛姨媽家請吃年酒。賈母連日覺得身上乏了，坐了半日，回來了。自十八日以後，親友來請，或來赴席的，賈母一概不會，有邢夫人、王夫人、鳳姐三人料理。連寶玉只除王子騰家去了，餘者亦皆不去，只說是賈母留下解悶，閒言不提。

當下元宵已過，鳳姐突然小產了，合家驚慌。要知端的，且聽下回分解。

且說榮府中剛將年事忙過，鳳姐兒因年內年外操勞太過，一時不及檢點，便小月了，不能理事，天天兩三個太醫用藥。鳳姐兒自恃強壯，雖不出門，然籌畫計算，想起什麼事來，便命平兒去回王夫人。任人諫勸，他只不聽。王夫人便覺失了膀臂，一人能有多少精神？凡有了大事，便自己主張；將家中瑣碎之事，一應都暫令李紈協理。李紈本是個尚德不尚才的，未免逞縱了下人，王夫人便命探春合同李紈裁處，只說過了一月，鳳姐將息好了，仍交與他。誰知鳳姐稟賦氣血不足，兼年幼不知保養，平生爭強鬥智，心力更虧，故雖係小月，竟著實虧虛下來。一月之後，又添了下紅之症。他雖不肯說出來，眾人看他面目黃瘦，便知失於調養。王夫人只令他好生服藥調養，不令他操心。他自己也怕成了大症，遺笑於人，便想偷空調養，恨不得一時復舊如常。誰知服藥調養，直到三月間，纔漸漸的起復過來，下紅也漸漸止了，此是後話。

如今且說王夫人見他如此，探春與李紈暫難謝事，園中人多，又恐失於照管，特請了寶釵來，託他各處小心。因囑咐他：「老婆子們不中用，得空兒吃酒鬥牌，白日裏睡覺，夜裏鬥牌，我都知道的。鳳丫頭在外頭，他們還有個怕懼，如今他們又該取便了。好孩子，你還是個妥當人。你兄弟妹妹們又小，我又沒工夫，你替我辛苦兩天，照看照看。凡有想不到的事，你來告訴我，別等老太太問出來，我沒話回。那些人不好了，你只管說；他們不聽，你來回我。別弄出大事來纔好。」寶釵聽說，只得答應了。

時屆季春，黛玉又犯了咳嗽；湘雲又因時氣所感，亦病臥於蘅蕪院，一天醫藥不斷。探春同李紈相住間隔，二人近日同事，不比往年，來往回話人等亦甚不便，故二人議定，每日早晨，皆到園門口南邊的三間小花廳上去會齊辦事；吃過早飯，於午錯方回。這三間廳，原係預備省親之時眾執事太監起坐之處，故省親以後，也用不著了，每日只有婆子們上夜。如今天已和暖，不用十分修飾，只不過略略的陳設了，便可他二人起坐。這廳上也有一處匾，題著「補仁諭德」四字；家下俗呼皆只叫「議事廳兒」。如今他二人每日卯正至此，午正方散，凡一應執事的媳婦等來往回話者，絡繹不絕。眾人先聽見李紈獨辦，各各心中暗喜，以為李紈素日是個厚道多恩無罰的，自然比鳳姐兒好搪塞；便添了一個探春，都想著不過是個未出閨閣的年輕小姐，且素日也最平和恬淡，因此都不在意，比鳳姐兒前便懈怠了許多。只三四日後，幾件事過手，漸覺探春精細處不讓鳳姐，只不過是言語安靜、性情和順而已。

可巧連日有王公侯伯世襲官員十幾處，皆係榮寧非親即世交之家，或有昇遷，或有黜降，或有婚喪紅白等事，王夫人賀弔迎送，應酬不暇，前邊更無人照管。他二人便一日皆在廳上起坐，寶釵便一日在上房監察，至王夫人回方散。每於夜間針綫暇時，臨寢之先，坐了轎，帶領園中上夜人等，各處巡察一次：他三人如此一理，更覺比鳳姐兒當權時倒更謹慎了些。因而裏外下人，都暗中抱怨說：「剛剛的倒了一個『巡海夜叉』，又添了三個『鎮山太歲』，越發連夜裏偷著吃酒玩的工夫都沒了。」

這日王夫人正是往錦鄉侯府去赴席，李紈與探春，早已梳洗，伺候出門去後，回至廳上坐了，剛吃茶時，只見吳新登的媳婦進來回説：「趙姨娘的兄弟趙國基昨日出了事，已回過老太太、太太，説知道了，叫回姑娘來。」説畢，便垂手旁侍，再不言語。彼時來回話者不少，都打聽他二人辦事如何：若辦得妥當，大家則安個畏懼之心；若少有嫌隙不當之處，不但不畏服，一出二門，還説出許多笑話來取笑。吳新登的媳婦心中已有主意：若是鳳姐前，他便早已獻勤，説出許多主意、又查出許多舊例來，任鳳姐揀擇施行；如今他藐視李紈老實、探春是年輕的姑娘，所以只説出這一句話來，試他二人有何主見。探春便問李紈，李紈想了一想，便道：「前日襲人的媽死了，聽見説賞銀四十兩，這也賞他四十兩罷了。」吳新登的媳婦聽了，忙答應了個「是」，接了對牌就走。探春道：「你且回來。」吳新登家的只得回來。探春道：「你且別支銀子。我且問你：那幾年老太太屋裏的幾位老姨奶奶，也有家裏的，也有外頭的，有兩個分別。家裏的若死了人是賞多少？外頭的死了人是賞多少？你且説兩個我們聽聽。」

一問，吳新登家的便都忘了，忙陪笑回説道：「這也不是什麼大事，賞多賞少，誰還敢爭不成？」探春笑道：「這話胡鬧。依我説，賞一百倒好。若不按理，別説你們笑話，明兒也難見你二奶奶。」吳新登家的笑道：「既這麼説，我查舊賬去；此時卻不記得。」探春笑道：「你辦事辦老了的，還不記得，倒來難我們。你素日回你二奶奶，也現查去？若有這道理，鳳姐姐還不算利害，也就算是寬厚了。還不快找了來我瞧。再遲一日，不説你們粗心，倒像我們沒主意了。」吳新登家的滿面通紅，忙轉身出來。眾媳婦們都伸舌頭。這裏又回別的事。一時吳家的取了舊賬來，探春看時，兩個家裏的賞過皆二十四兩，兩個外頭的皆賞過四十兩。外還有兩個外頭的：一個賞過一百兩，一個賞過六十兩。這兩筆底下皆有原故：一個是隔省遷父母之柩，外賞六十兩；一個是現買葬地，外賞二十兩。探春便遞與李紈看了，探春便說：「給他二十兩銀子，把這賬留下我們細看。」吳新登家的去了。

忽見趙姨娘進來，李紈探春忙讓坐，趙姨娘開口便說道：「這屋裏的人，都踹下我的頭去還罷了，姑娘，你也想一想，該替我出氣纔是。」一面說，一面便眼淚鼻涕哭起來。探春忙道：「姨娘這話說誰，我竟不懂。誰踹姨娘的頭？說出來，我替姨娘出氣。」趙姨娘道：「姑娘現踹我，我告訴誰去！」探春聽說，忙站起來說道：「我並不敢。」李紈也忙站起來勸。趙姨娘道：「你們請坐下，聽我說。我這屋裏熬油似的熬了這麼大年紀，又有你兄弟，這會子連襲人都不如了，我還有什麼臉？連你也沒臉面，別說是我呀！」

探春笑道：「原來為這個。我說我並不敢犯法違禮。」一面便坐了，拿賬翻與趙姨娘瞧，又念與他聽；又說道：「這是祖宗手裏舊規矩，人人都依著，偏我改了不成？這也不但襲人，將來環兒收了外頭的，自然也是同襲人一樣。這原不是什麼爭大爭小的事，講不到有臉沒臉的話上。他是太太的奴才，我是按照舊規矩辦。說辦的好，領祖宗的恩典，太太的恩典；若說辦的不勻，那是他糊塗不知福，也只好憑他抱怨去。太太連房子賞了人，我有什麼有臉之處；一文不賞，我也沒什麼沒臉之處。依我說，太太不在家，姨娘安靜些，養神罷了，何苦只要操心。太太滿心疼我，因姨娘每每生事，幾次寒心。我但凡是個男人，可以出得去，我必早走了，立一番事業，那時自有我一番道理；偏我是女孩兒家，一句多話也沒我亂說的。太太滿心裏都知道，如今因看我重，纔叫我照管家務。還沒有做一件好事，姨娘倒先來作踐我。倘或太太知道了，怕我為難，不叫我管，那纔正經沒臉呢，連姨娘真也沒臉了！」一面說，一面不禁滾下淚來。

趙姨娘沒了別話答對，便說道：「太太疼你，你越發拉扯拉扯我們。你只顧討太太的疼，就把我們忘了。」探春道：「我怎麼忘了？叫我怎麼拉扯？這也問他們各人，那一個主子不疼出力得用的人？那一個好人用人拉扯的？」李紈在旁只管勸說：「姨娘別生氣，也怨不得姑娘。他滿心裏要拉扯，口裏怎麼說的出來？」探春忙道：「這大嫂子也糊塗了。我拉扯誰？誰家姑娘們拉扯奴才了？他們的好歹，你們該知道，與我什麼相干。」趙姨娘氣得問道：「誰叫你拉扯別人去了？你不當家，我也不來問你。你如今現在說一是一，說二是二。如今你舅舅死了，你多給了二三十兩銀子，難道太太就不依你？分明太太是好太太，都是你們尖酸刻薄，可惜太太有恩無處使。姑娘放心，這也使不著你的銀子！明日等出了閣，我還想你額外照看趙家呢。如今沒有長翎毛兒就忘了根本，只『揀高枝兒飛』去了。」

探春沒聽完，已氣得臉白氣噎，抽抽咽咽的一面哭一面問道：「誰是我舅舅？我舅舅年下纔昇了九省檢點，那裏又跑出一個舅舅來？我倒素昔按禮尊敬，越發敬出這些親戚來了。既這麼說，每日環兒出去，為什麼趙國基又站起來，又跟他上學？為什麼不拿出舅舅的款來？何苦來，誰不知道我是姨娘養的，必要過兩三個月尋出由頭來，徹底來翻騰一陣，怕人不知道，故意表白表白。也不知道是誰給誰沒臉？幸虧我還明白，但凡糊塗不知禮的，早急了！」李紈急得只管勸，趙姨娘只管還嘮叨。

忽聽有人說：「二奶奶打發平姑娘說話來了。」趙姨娘聽說，方把嘴止住。只見平兒走來，趙姨娘忙陪笑讓坐，又忙問：「你奶奶好些？我正要瞧去，就只沒得空兒。」李紈見平兒進來，因問他：「來做什麼？」平兒笑道：「奶奶說：趙姨奶奶的兄弟沒了，恐怕奶奶和姑娘不知有舊例。若照常例，只得二十兩；如今請姑娘裁度著，再添些也使得。」探春早已拭去淚痕，忙說道：「又好好的添什麼，誰又是『二十四個月養的』？不然，也是出兵放馬、背著主子逃出命來過的人不成？你主子真個倒巧：叫我開了例，他做好人，拿著太太不心疼的錢，樂得做人情。你告訴他：我不敢添減混出主意。他添他施恩，等他好了出來，愛怎麼添怎麼添！」平兒一來時，已明白了對半；今聽這話，越發會意。見探春有怒色，便不敢以往日喜樂之時相待，只一邊垂手默侍。

時值寶釵也從上房中來，探春等忙起身讓坐，未及開言，又有一個媳婦進來回事，因探春纔哭了，便有三四個小丫鬟捧了臉盆、巾帕、靶鏡等物來。此時探春因盤膝坐在矮板榻上，那捧盆丫鬟走至跟前，便雙膝跪下，高捧臉盆；那兩個丫鬟也都在旁屈膝捧著巾帕並靶鏡脂粉之飾。平兒見侍書不在這裏，便忙上來與探春挽袖卸鐲，又接過一條大手巾來，將探春面前衣襟掩了，探春方伸手向臉盆中盥沐。媳婦便回道：「奶奶，姑娘：家學裏支環爺和蘭哥兒一年的公費。」平兒先道：「你忙什麼？你睜著眼看見姑娘洗臉，你不出去伺候著，倒先說話來。二奶奶跟前，你也這樣沒眼色來著？姑娘雖恩寬，我去回了二奶奶，只說你們眼裏都沒姑娘，你們都吃了虧，可別怨我！」唬得那個媳婦忙陪笑說：「我粗心了。」一面說，一面忙退出去。

探春一面勻臉，一面向平兒冷笑道：「你遲了一步，沒見還有可笑的。連吳姐姐這麼個辦老了事的也不查清楚了就來混我們。幸虧我們問他，他竟有臉說『忘了』。

我說他回二奶奶事也忘了再找去？我料著你主子未必有耐性兒等他去找。」平兒笑道：「他有這麼一次，包管腿上的筋早折了兩根。姑娘別信他們。那是他們瞅著大奶奶是個菩薩，姑娘又是靦腆小姐，固然是託懶來混。」說著，又向門外說道：「你們只管撒野，等奶奶大安了，咱們再說。」門外的眾媳婦都笑道：「姑娘，你是個最明白的人，俗語說：『一人作罪一人當。』我們並不敢欺蔽主子。如今主子是嬌客，若認真惹惱了，死無葬身之地！」平兒冷笑道：「你們明白就好了。」又陪笑向探春道：「姑娘知道，二奶奶本來事多，那裏照看得這些？保不住不忽略。俗語說：『旁觀者清。』這幾年姑娘冷眼看著，或有該添該減的去處，二奶奶沒行到，姑娘竟一添減：頭一件，與太太有益；第二件，也不枉姑娘待我們奶奶的情義了。」話未說完，寶釵李紈皆笑道：「好丫頭，真怨不得鳳丫頭偏疼他！本來無可添減之事，如今聽你一說，倒要找出兩件來斟酌斟酌，不辜負你這話。」探春笑道：「我一肚子氣，正要拿他奶奶出氣去，偏他碰了來，說了這些話，叫我也沒了主意了。」一面說，一面叫進方纔那媳婦來問：「環爺和蘭哥家學裏這一年的銀子，是做那一項用的？」那媳婦便回說：「一年學裏吃點心或者買紙筆，每位有八兩銀子的使用。」探春道：「凡爺們的使用，都是各屋裏支月錢的：環哥的是姨娘領二兩；寶玉的，老太太屋裏襲人領二兩；蘭哥兒是大奶奶屋裏領：怎麼學裏每人多這八兩？原來上學去的是為這八兩銀子！從今日起，把這一項蠲了。平兒回去，告訴你奶奶，說我的話，把這一條務必免了。」平兒笑道：「早就該免。舊年奶奶原說要免的，因年下忙，就忘了。」

那媳婦只得答應著去了。就有大觀園中媳婦捧了飯盒子來，侍書素雲早已擡過一張小飯桌來，平兒也忙著上菜，探春笑道：「你說完了話，幹你的去罷，在這裏又忙什麼？」平兒笑道：「我原沒事的，二奶奶打發了我來，一則說話，二則恐這裏人不方便，原是叫我幫著妹妹們伏侍奶奶姑娘的。」探春因問：「寶姑娘的怎麼不端來一處吃？」丫鬟們聽說，忙出至簷外，命媳婦們去說：「寶姑娘如今在廳上一處吃，叫他們把飯送了這裏來。」探春聽說，便高聲說道：「你別混支使人！那都是辦大事的管家娘子們，你們支使他要飯要茶的，連個高低都不知道！平兒這裏站著，叫他叫去。」

平兒忙答應了一聲出來。那些媳婦們都悄悄的拉住笑道：「那裏用姑娘去叫，我們已有人叫去了。」一面說，一面用手帕撣石磯上，說：「姑娘站了半天，乏了，這太陽地裏且歇歇。」平兒便坐了。又有茶房裏的兩個婆子拿了個坐褥鋪下，說：「石頭冷，這是極乾淨的，姑娘將就坐一坐兒罷。」平兒忙陪笑道：「多謝。」一個又捧了一碗精緻新茶出來，也悄悄笑說：「這不是我們常用的茶，原是伺候姑娘們的，姑娘且潤一潤罷。」平兒忙欠身接了，因指眾媳婦悄悄說道：「你們太鬧得不像了。他是個姑娘家，不肯發威動怒，這是他尊重，你們就藐視欺負他。果然招他動了大氣，不過說他一個粗糙就完了，你們就現吃不了的虧！他撒個嬌，太太也得讓他一二分，二奶奶也不敢怎樣。你們就這麼大膽子小看他，可是雞蛋往石頭上碰！」眾人都忙道：「我們何嘗敢大膽了，都是趙姨娘鬧的！」平兒也悄悄的道：「罷了，好奶奶們，『牆倒眾人推』，那趙姨奶奶原有些顛倒，『著三不著兩』，有了事都賴他。你們素日那眼裏沒人，心術利害，我這幾年難道還不知道！二奶奶若是略差一點兒的，早被你們這些奶奶們治倒了。饒這麼著，得一點空兒，還要難他一難！好幾次沒落了你們的口聲。眾人都道他利害，你們都怕他，惟我知道他心裏也就不算不怕你們的。前日我們還議論到這裏：每不能依頭順尾，必有兩場氣生。那三姑娘雖是個姑娘，你們都橫看了他。二奶奶在這些大姑子小姑子裏頭，也就只單怕他五分。你們這會子倒不把他放在眼裏了！」

　正說著，只見秋紋走來，眾媳婦忙趕著問好，又說：「姑娘也且歇一歇，裏頭擺飯呢。等撤下桌子來，再回話去。」秋紋笑道：「我比不得你們，我那裏等得！」說著，便直要上廳去。平兒忙叫：「快回來！」秋紋回頭，見了平兒，笑道：「你又在這裏充什麼『外圍子的防護』？」一面回身便坐在平兒褥上。平兒悄問：「回什麼？」秋紋道：「問一問寶玉的月錢，我們的月錢，多早晚纔領？」平兒道：「這什麼大事！你快回去告訴襲人，說我的話：憑有什麼事，今日都別回。若回一件，管駁一件；回一百件，管駁一百件！」秋紋聽了，忙問：「這是為什麼？」平兒與眾媳婦等都忙告訴他原故；又說：「正要找幾處利害事與有體面的人來開例，作法子鎮壓，與眾人作榜樣呢。何苦你們先來碰在這釘子上？你這一去說了，他們若拿你們也作一二件榜樣，又礙著老太太、太太；若不拿著你們做一二件，人家又說：『偏一個向一個，仗著老太太、太太威勢的就怕，不敢惹，只拿著軟的做鼻子頭。』你聽聽罷，二奶奶的事，他還要駁兩件，纔壓得眾人口聲呢！」

　秋紋聽了，伸了伸舌頭，笑道：「幸而平姐姐在這裏，沒得臊一鼻子灰，趁早知會他們去。」說著，便起身走了。接著寶釵的飯至，平兒忙進來伏侍。那時趙姨娘已去，三人在板牀上吃飯，寶釵面南，探春面西，李紈面東。眾媳婦皆在廊下靜候，裏頭只有他們緊跟常侍的丫鬟伺候，別人一概不敢擅入。這些媳婦們都悄悄的議論說：「大家省事罷！別安著沒良心的主意。連吳大娘纔都討了沒意思，咱們又是什麼有臉的！」都一邊悄議，等飯完回事。只覺裏面鴉雀無聞，並不聞碗箸之響。

一時，只見一個丫頭將簾櫳高揭，又有兩個將桌擡出。茶房內有三個丫鬟，捧著三個沐盆兒。見飯桌已出，三人便進去了。一回又捧出沐盆並漱盂來，方有侍書、素雲、鶯兒三個人，每人用茶盤捧了三蓋碗茶進去。一時等他三人出來，侍書命小丫頭子：「好生伺候著，我們吃飯來換你們，可又別偷坐著去。」眾媳婦們方慢慢的安分回事，不敢如先前輕慢疏忽了。探春氣方漸平，因向平兒道：「我有一件大事，早要和你奶奶商議，如今可巧想起來。你吃了飯快來。寶姑娘也在這裏，咱們四個人商議了，再細細的問你奶奶可行可止。」

平兒答應回去。鳳姐因問：「為何去這半日？」平兒便笑著將方纔的原故細細說與他聽了。鳳姐兒笑道：「好，好，好！好個三姑娘！我說不錯。只可惜他命薄，沒託生在太太肚裏。」平兒笑道：「奶奶也說糊塗話了。他便不是太太養的，難道誰敢小看他，不與別的一樣看待麼？」鳳姐歎道：「你那裏知道？雖然庶出一樣，女兒卻比不得男人，將來攀親時，如今有一種輕狂人，先要打聽姑娘是正出是庶出，多有為庶出不要的。殊不知，別說庶出，便是我們的丫頭，比人家的小姐還強呢！將來不知那個沒造化的，為挑庶正誤了事呢；也不知那個有造化的，不挑庶正的得了去。」說著，又向平兒笑道：「你知道我這幾年生了多少省儉的法子，一家子大約也沒個背地裏不恨我的。我如今也是『騎上老虎』了，雖然看破些，無奈一時也難寬放。二則家裏出去的多，進來的少，凡百大小事兒，仍是照著老祖宗手裏的規矩，卻一年進的產業，又不及先時多；省儉了，外人又笑話，老太太、太太也受委屈，家下也抱怨刻薄。若不趁早兒料理省儉之計，再幾年就都賠盡了。」

平兒道：「可不是這話！將來還有三四位姑娘，還有兩三個小爺們，一位老太太，這幾件大事未完呢。」鳳姐兒笑道：「我也慮到這裏，倒也夠了。寶玉和林妹妹，他兩個一娶一嫁，可以使不著官中錢，老太太自有體己拿出來。二姑娘是大老爺那邊的，也不算。剩了三四個，滿破著每人花上一萬銀子。環哥娶親有限，花上三千銀子；若不夠，那裏省一抿子也就夠了。老太太的事出來，一應都是全了的，不過零星雜項使費些，滿破三五千兩。如今再儉省些，陸續就夠了。只怕如今平空再生出一兩件事來，可就了不得了。咱們且別慮後事，你且吃了飯，快聽他們商議什麼。這正碰了我的機會，我正愁沒個膀臂，雖有個寶玉，他又不是這裏頭的貨，縱收伏了他，也不中用。大奶奶是個佛爺，也不中用。二姑娘更不中用，亦且不是這屋裏的人。四姑娘小呢，蘭小子更小；環兒更是個燎毛的小凍貓子，只等有熱灶火坑讓他鑽去罷，真真一個娘肚子裏跑出這樣天懸地隔的兩個人來，我想到那裏就不服！再者林丫頭和寶姑娘他兩個人倒好，偏又都是親戚，又不好管咱們家務事。況且一個是美人燈兒，風吹吹就壞了；一個是拿定了主意，『不干己事不張口，一問搖頭三不知』，也難十分去問他。倒只剩了三姑娘一個，心裏嘴裏都也來得，又是咱家的正人，太太又疼他，雖然臉上淡淡的，皆因是趙姨娘那老東西鬧的，心裏卻是和寶玉一樣呢。比不得環兒，實在令人難疼，要依我的性子，早攆出去了！如今他既有這主意，正該和他協同，大家做個膀臂，我也不孤不獨了。按正禮天理良心上論，咱們有他這一個人幫著，咱們也省些心，於太太的事也有益。若按私心藏奸上論，我也太行毒了，也該抽回退步，回頭看看；再要窮追苦克，人恨極了，他們笑裏藏刀，咱們兩個纔四個眼睛兩個心，一時不防，倒弄壞了。趁著緊溜之中，他出頭一料理，眾人就把往日咱們的恨暫可解了。還有一件，我雖知你極明白，恐怕你心裏挽不過來，如今囑咐你：他雖是姑娘家，心裏卻事事明白，不過是言語謹慎。他又比我知書識字，更利害一層了。如今俗語說：『擒賊必先擒王。』他如今要作法開端，一定是先拿我開端，倘或他要駁我的事，你可別分辯，你只越恭敬越說駁的是纔好。千萬別想著怕我沒臉，和他一強，就不好了。」

平兒不等說完，便笑道：「你太把人看糊塗了！我纔已經行在先了，這會子纔囑咐我！」鳳姐兒笑道：「我是恐怕你心裏眼裏只有了我、一概沒有他人之故，不得不囑咐；既已行在先，更比我明白了。這不是你又急了，滿嘴裏『你』呀『我』的起來了！」平兒道：「偏說『你』！你不依，這不是嘴巴子，再打一頓。難道這臉上還沒嘗過的不成！」鳳姐兒笑道：「你這小蹄子兒，要掂多少過兒纔罷。你看我病的這個樣兒，還來慪我呢！過來坐下，橫豎沒人來，咱們一處吃飯是正經。」

說著，豐兒等三四個小丫頭子進來，放小炕桌。鳳姐只吃燕窩粥，兩碟子精緻小菜，每日分例菜已暫減去。豐兒便將平兒的四樣分例菜端至桌上，與平兒盛了飯來。平兒屈一膝於炕沿之上，半身猶立於炕下，陪著鳳姐兒吃了飯，伏侍漱口畢，吩咐了豐兒些話，方往探春處來。只見院中寂靜，人已散出。要知端的，且聽下回分解。

卷五十六　敏探春興利除宿弊　賢寶釵小惠全大體

話說平兒陪著鳳姐兒吃了飯，伏侍盥漱畢，方往探春處來，只見院中寂靜，只有丫鬟婆子，諸內壼近人在窗外聽候。平兒進入廳中，他姊妹姑嫂三人正議論些家務，說的便是年內賴大家請吃酒，他家花園中事故。見他來了，探春便命他腳踏上坐了，因說道：「我想的事，不為別的，只想著我們一月所用的頭油脂粉又是二兩的事。我想我們一月已有了二兩月銀，丫頭們又另有月錢，可不是又同剛纔學裏的八兩一樣重重疊疊？這事雖小，錢有限，看起來也不妥當，你奶奶怎麼就沒想到這個呢？」

平兒笑道：「這有個原故：姑娘們所用的這些東西，自然該有分例，每月每處買辦買了，令女人們交送我們收管，不過預備姑娘們使用就罷了；沒有個我們天天各人拿著錢，找人買這些去的。所以外頭買辦總領了去，按月使女人按房交給我們。至於姑娘們每月的這二兩，原不是為買這些的，為的是一時當家的奶奶太太，或不在家，或不得閒，姑娘們偶然要個錢使，省得找人去。這不過是恐怕姑娘們受委屈意思。如今我冷眼看著，各屋裏我們的姐妹都是現拿錢買這些東西的，竟有了一半子。我就疑惑不是買辦脫了空，就是買的不是正經貨。」探春李紈都笑道：「你也留心看出來了。脫空是沒有的，只是遲些日子；催急了，不知那裏弄些來，不過是個名兒，其實使不得，依然還得現買。就用二兩銀子，另叫別人的奶媽子的弟兄兒子買來，方纔使得，若使官中的人去，依然是那一樣的，不知他們是什麼法子？」平兒便笑道：「買辦買的是那樣，別人買了好的來，買辦的也不依他，又說他使壞心，要奪他的買辦了。所以他們寧可得罪了裏頭，不肯得罪了外頭辦事的。若是姑娘們使了奶媽子們，他們也就不敢說閒話了。」探春道：「因此我心裏不自在，饒費兩起兒錢，東西又白丟一半，不如竟把買辦的這一項每月蠲了為是。此是第一件事。第二件，年裏往賴大家去，你也去的，你看他那小園子，比咱們這個如何？」平兒笑道：「還沒有咱們這一半大，樹木花草也少多著呢。」探春道：「我因和他們家的女孩兒說閒話兒，他說這園子除他們帶的花兒，吃的筍菜魚蝦，一年還有人包了去，年終足有二百兩銀子剩。從那日，我纔知道一個破荷葉，一根枯草根子，都是值錢的。」

寶釵笑道：「真真膏粱紈絝之談。你們雖是千金，原不知道這些事，但只你們也都念過書，識過字的，竟沒看見過朱夫子有一篇「不自棄」的文麼？」探春笑道：「雖也看過，不過是勉人自勵，虛比浮詞，那裏都真有的？」寶釵道：「朱子都有了虛比浮詞了？那句句都是有的。你纔辦了兩天事，就利慾熏心，把朱子都看虛浮了。你再出去，見了那些利弊大事，越發連孔子也都看虛了呢！」探春笑道：「你這樣一個通人，竟沒看見姬子書？當日姬子有云：『登利祿之場，處運籌之界者，窮堯舜之詞，背孔孟之道，……』」寶釵笑道：「底下一句呢？」探春笑道：「如今斷章取意，念出底下一句，我自己罵我自己不成？」寶釵道：「天下沒有不可用的東西，既可用，便值錢。難為你是個聰明人，這大節目正事竟沒經歷。」李紈笑道：「叫人家來了，又不說正事，你們且對講學問！」寶釵道：「學問中便是正事。若不拿學問提著，便都流入市俗去了。」

三人取笑了一回，便仍談正事。探春又接說道：「咱們這個園子，只算比他們的多一半，加一倍算起來，一年就有四百銀子的利息。若此時也出脫生發銀子，自然小器，不是咱們這樣人家的事；若派出兩個一定的人來，既有許多值錢之物，一味任人作踐，也似乎暴殄天物。不如在園子裏所有的老媽媽中，揀出幾個本分老成，能知園圃的，派他們收拾料理。也不必要他們交租納稅，只問他們一年可以孝敬些什麼。一則園子有專定之人修理花木，自然一年好似一年的，也不用臨時忙亂；二則也不致作踐，白辜負了東西；三則老媽媽們也可借此小補，不枉年日家在園中辛苦；四則也可以省了這些花兒匠、山子匠並打掃人等的工費：將此有餘，以補不足，未為不可。」寶釵正在地下看壁上的字畫，聽如此說，便點頭笑道：「善哉，三年之內，無饑饉矣。」李紈道：「好主意。果然這麼行，太太必喜歡。省錢事小，園子有人打掃，專司其職，又許他去賣錢，使之以權，動之以利，再無不盡職的了。」平兒道：「這件事須得姑娘說出來。我們奶奶雖有此心，未必好出口。此刻姑娘們在園裏住著，不能多弄些玩意兒陪襯，反叫人去監管修理，圖省錢，這話斷不好出口。」

寶釵忙走過來，摸著他的臉笑道：「你張開嘴，我瞧瞧你的牙齒舌頭是什麼做的？從早起來，到這會子，你說了這些話，一套一個樣子，也不奉承三姑娘，也不說你們奶奶才短想不到；三姑娘說一套話出來，你就有一套話回奉，總是三姑娘想得到的，你們奶奶也想到了，只是必有個不可辦的原故，這會子又是因姑娘們住的園子，不好因省錢令人去監管。你們想想這話，要果真交與人弄錢去的，那人自然是一枝花也不許掐，一個果子也不許動了，姑娘們分中，自然是不敢講究，天天和小姑娘們就吵不清。他這遠愁近慮，不抗不卑，他們奶奶便不是和咱們好，聽他這一番話，也必要自愧的變好了。」探春笑道：「我早起一肚子氣，聽他來了，忽然想起他主子來：素日當家，使出來的好撒野的人，我見了他更生氣了。誰知他來了，避貓鼠兒似的，站了半日，怪可憐的。接著又說了那些話，不說他主子待我好，倒說『不枉姑娘待我們奶奶素日的情意了』，這一句話，不但沒了氣，我倒愧了，又傷起心來。我細想：我一個女孩兒家，自己還鬧得沒人疼沒人顧的，我那裏還有好處去待人。」口內說到這裏，不免又流下淚來。

李紈等見他說的懇切，又想他素日趙姨娘每生誹謗，在王夫人跟前，亦為趙姨娘所累，也都不免流下淚來，都忙勸他：「趁今日清淨，大家商議兩件興利剔弊的事情，也不枉太太委託一場。又提這沒要緊的事做什麼！」平兒忙道：「我已明白了。姑娘竟說，誰好，竟一派人，就完了。」探春道：「雖如此說，也須得回你奶奶一聲。我們這裏搜剔小利，已經不當，皆因你奶奶是個明白人，我纔這樣行；若是糊塗多歪多妒的，我也不肯，倒像抓他的乖一般了。豈可不商議了行的？」平兒笑道：「既這樣，我去告訴一聲兒。」說著去了；半日方回來，笑道：「我說是白走一趟。這樣好事，奶奶豈有不依的！」

探春聽了，便和李紈命人將園中所有婆子的名單要來，大家參度，大概定了幾個人。又將他們一齊傳來，李紈大概告訴與他們。眾人聽了，無不願意。也有說：「那片竹子單交給我，一年工夫，明年又是一片。除了家裏吃的筍，一年還可交些錢糧。」這一個說：「那一片稻地交給我，一年這些玩的大小雀鳥的糧食，不必動官中錢糧，我還可以交錢糧。」探春纔要說話，人回：「大夫來了，進園瞧史姑娘去。」眾婆子只得去領大夫。平兒忙說：「單你們，有一百也不成個體統。難道沒有兩個管事的頭腦帶進大夫來？」回事的那人說：「有吳大娘和單大娘，他兩個在西南角上聚錦門等著呢。」平兒聽說，方罷了。

眾婆子去後，探春問寶釵：「如何？」寶釵笑答道：「幸於始者怠於終，善其辭者嗜其利。」探春聽了，點頭稱讚，便向冊上指出幾個來與他三人看。平兒忙去取筆硯來。他三人說道：「這一個老祝媽，是個妥當的，況他老頭子和他兒子，代代都是管打掃竹子，如今竟把這所有的竹子交與他。這一個老田媽，本是種莊家的，稻香村一帶，凡有菜蔬稻稗之類，雖是玩意兒，不必認真大治大耕，也須得他去再細細按時加些植養，豈不更好？」探春又笑道：「可惜蘅蕪院和怡紅院這兩處大地方，竟沒有出息之物！」李紈忙笑道：「蘅蕪院裏更利害！如今香料舖並大市大廟賣的各處香料香草兒，都不是這些東西？算起來，比別的利息更大！怡紅院別說別的，單只說春夏二季的玫瑰花，共下多少花朵兒，還有一帶籬笆上的薔薇、月季、寶相、金銀花、藤花，這幾色草花，乾了賣到茶葉舖藥舖去，也值好些錢。」探春笑道：「原來如此，只是弄香草的沒有在行的人。」平兒忙笑道：「跟寶姑娘的鶯兒他媽，就是會弄這個的。上回他還採了些曬乾了，編成花籃葫蘆給我玩呢。姑娘倒忘了不成？」寶釵笑道：「我纔讚你，你倒來捉弄我了。」三人都咤異問道：「這是為何？」寶釵道：「斷斷使不得。你們這裏多少得用的人，一個個閒著沒事辦，這會子我又弄個人來，叫那起人連我也看小了。我倒替你們想出一個人來：怡紅院有個老葉媽，他就是焙茗的娘，那是個誠實老人家；他又和我們鶯兒媽極好。不如把這事交與葉媽，他有不知的，不必咱們說給他，就找鶯兒的娘去商量了。那怕葉媽全不管，竟交與那一個，這是他們私情兒，有人說閒話，也就怨不到咱們身上。如此一行，你們辦得又至公道，於事又甚妥。」李紈平兒都道：「是極。」探春笑道：「雖如此，只怕他們見利忘義呢。」平兒笑道：「不相干。前日鶯兒還認了葉媽做乾娘，請吃飯吃酒，兩家和厚得很呢。」探春聽了，方罷了。又共斟酌出幾人來，俱是他四人素昔冷眼取中的，用筆圈出。

一時婆子們來回：「大夫已去。」將藥方送上去，三人看了，一面遣人送出外邊去取藥，監派調服；一面探春與李紈明示諸人：某人管某處，「按四季，除家中定例用多少外，餘者任憑你們採取了去取利，年終算賬。」探春笑道：「我又想起一件事：若年終算賬，歸錢時，自然歸到賬房，仍是上頭又添一層管主，還在他們手心裏，又剝一層皮。這如今我們興出這事來，派了你們，已是跨過他們的頭去了，心裏有氣，只說不出來；你們年終去歸賬，他還不捉弄你們等什麼？再者，這一年間，管什麼的，主子有一全分，他們就得半分，這是每常的舊規，人所共知的。如今這園子是我的新創，竟別入他們的手，每年歸賬，竟歸到裏頭來纔好。」寶釵笑道：「依我說，裏頭也不用歸賬，這個多了，那個少了，倒多了事。不如問他們誰領這一分的，他就攬一宗事去。不過是園裏的人動用。我替你們算出來了，有限的幾宗事，不過是頭油、胭脂、香、紙，每一位姑娘，幾個丫頭，都是有定例的；再者各處笤帚、簸箕、撣子，並大小禽鳥、鹿、兔吃的糧食。不過這幾樣。都是他們包了去，不用賬房去領錢。你算算，就省下多少來？」平兒笑道：「這幾宗雖小，一年通共算了，也省得下四百兩銀子。」

寶釵笑道：「卻又來！一年四百，二年八百兩，打租的房子也能多買幾間，薄沙地也可以添幾畝了。雖然還有敷餘，但他們既辛苦了一年，也要叫他們剩些，黏補自家。雖是興利節用為綱，然亦不可太嗇，總再省上二三百銀子，失了大體統，也不像。所以如此一行，外頭賬房裏一年少出四五百銀子，也不覺的很艱嗇了；他們裏頭卻也得些小補；這些沒營生的媽媽們，也寬裕了；園子裏花木，也可以每年滋長繁盛；如此你們也得了可使之物，這庶幾不失大體。若一味要省時，那裏不搜尋出幾個錢來？凡有些餘利的，一概入了官中，那時裏外怨聲載道，豈不失了你們這樣人家的大體？如今這園裏幾十個老媽媽們，若只給了這個，那剩的也必抱怨不公；我纔說的他們只供給這個幾樣，也未免太寬裕了。一年竟除這個之外，他每人不論有餘無餘，只叫他拿出若干弔錢來，大家湊齊，單散與這些園中的媽媽們。他們雖不料理這些，卻日夜也自在園中照看；當差之人，關門閉户，起早睡晚，大雨大雪，姑娘們出入，擡轎子，撐船，拉冰牀，一應粗重活計，都是他們的差使：一年在園裏辛苦到頭，這園內既有出息，也是分內該沾帶些的。還有一句至小的話，越發說破了，你們只顧了自己寬裕，不分與他們些，他們雖不敢明怨，心裏卻都不服，只用假公濟私的，多摘你們幾個果子，多掐幾枝花兒，你們有冤還沒處訴呢。他們也沾帶些利息，你們有照顧不到的，他們就替你們照顧了。」

眾婆子聽了這個議論，又去了賬房受轄制，又不與鳳姐兒去算賬，一年不過多拿出若干弔錢來，各各歡喜異常，都齊聲說：「願意。強如出去被他們揉搓著，還得拿出錢來呢！」那不得管地的，聽了每年終無故得錢，也都喜歡起來，口內說：「他們辛苦收拾，是該剩些錢黏補的；我們怎麼好『穩吃三注』呢？」寶釵笑道：「媽媽們也別推辭了，這原是分內應當的。你們只要日夜辛苦些，別躲懶縱放人吃酒賭錢就是了；不然，我也不該管這事。你們也知道，我姨娘親口囑託我三五回，說：「大奶奶如今又不得閒，別的姑娘又小，託我照看照看。我若不依，分明是叫姨娘操心。我們太太又多病，家務也忙，我原是個閒人，便是街坊鄰居，也要個幫忙的，何況是姨娘託我？講不起眾人嫌我。倘或我只顧沽名釣譽的，那時酒醉賭輸了，再生出事來，我怎麼見姨娘？你們那時後悔也遲了，就連你們素昔的老臉也都丟了。這些姑娘們，這麼一所大花園，都是你們照管，皆因看得你們是三四代的老媽媽，最是循規蹈矩，原該大家齊心顧些體統。你們反縱放別人，任意吃酒賭博。姨娘聽見了，教訓一場猶可，倘若被那幾個管家娘子聽見了，他們也不用回姨娘，竟教導你們一場，你們這年老的反受了小的教訓，雖是他們是管家，管得著你們，何如自己存些體統，他們如何得來作踐呢！所以我如今替你們想出這個額外的進益來，也為的是大家齊心，把這園裏周全得謹謹慎慎的，使那些有權執事的看見這般嚴肅謹慎，且不用他們操心，他們心裏豈不敬服？也不枉替你們籌畫些進益了。你們去細細想想這話。」眾人都歡喜說：「姑娘說得很是。從此姑娘奶奶只管放心。姑娘奶奶這樣疼顧我們，我們再要不體上情，天地也不容了！」

剛說著，只見林之孝家的進來，說：「江南甄府裏家眷昨日到京，今日進宮朝賀，此刻先遣人來送禮請安。」說著便將禮單送上去。探春接了，看道是：「上用的妝緞蟒緞十二疋。上用雜色緞十二疋。上用各色紗十二疋。上用宮綢十二疋。宮用各色緞紗綢綾二十四疋。」李紈探春看過，說：「用上等封兒賞他。」因又命人去回了賈母。賈母命人叫李紈、探春、寶釵等都過來，將禮物看了。李紈收過一邊，吩咐內庫上人說：「等太太回來看了再收。」賈母因說：「這甄家又不與別家相同。上等封兒賞男人。只怕展眼又打發女人來請安，預備下尺頭。」一語未了，果然人回：「甄府四個女人來請安。」

賈母聽了，忙命人帶進來。那四個人都是四十往上年紀，穿戴之物皆比主子不大差別。請安問好畢，賈母便命拿了四個腳踏來。他四人謝了坐，寶釵等坐了，方都坐下。賈母便問：「多早晚進京的？」四人忙起身回說：「昨兒進的京，今兒太太帶了姑娘進宮請安去了，所以叫女人們來請安，問候姑娘們。」賈母笑問道：「這些年沒進京，也不想到就來。」四人也都笑回道：「正是。今年是奉旨喚進京的。」賈母問道：「家眷都來了？」四人回說：「老太太和哥兒、兩位小姐，並別位太太，都沒來；就只太太帶了三姑娘來了。」賈母道：「有人家沒有？」四人道：「還沒有呢。」賈母笑道：「你們大姑娘和二姑娘，這兩家，都和我們家甚好。」四人笑道：「正是。每年姑娘們有信回來說，全虧府上照看。」賈母笑道：「什麼『照看』？原是世交，又是老親，原應當的。你們二姑娘更好，不自尊大，所以我們纔走的親密。」四人笑道：「這是老太太過謙了。」

賈母又問：「你這哥兒也跟著你們老太太？」四人回說：「也跟著老太太呢。」賈母道：「幾歲了？」又問：「上學不曾？」四人笑說：「今年十三歲。因長得齊整，老太太很疼，自幼淘氣異常，天天逃學，老爺太太也不便十分管教。」賈母笑道：「也不成了我們家的了！你這哥兒叫什麼名字？」四人道：「因老太太當作寶貝一樣，他又生得白，老太太便叫作『寶玉』。」賈母笑向李紈道：「偏也叫個『寶玉』！」李紈等忙欠身笑道：「從古至今，同時隔代，重名的很多。」四人也笑道：「起了這小名兒之後，我們上下都疑惑，不知那位親友家也倒是曾有一個的，只是這十來年沒進京來，卻記不真了。」賈母笑道：「那就是我的孫子。人來！」眾媳婦丫頭答應了一聲，走近幾步，賈母笑道：「園裏把咱們的寶玉叫了來，給這四個管家娘子瞧瞧，比他們的寶玉如何？」

眾媳婦聽了，忙去了，半刻，圍了寶玉進來。四人一見，忙起身笑道：「唬了我們一跳！若是我們不進府來，倘若別處遇見，還只當我們的寶玉後趕著也進了京呢！」一面說，一面都上來拉他的手，問長問短。寶玉也笑問個好。賈母笑道：「比你們的長得如何？」李紈等笑道：「四位媽媽纔一說，可知是模樣兒相仿了。」賈母笑道：「那有這樣巧事？大家子孩子們，再養得嬌嫩，除了臉上有殘疾十分醜的，大概看去都是一樣齊整，這也沒有什麼怪處。」四人笑道：「如今看來，模樣是一樣！據老太太說，淘氣也一樣；我們看來，這位哥兒，性情卻比我們的好些。」賈母忙問：「怎見得？」四人笑道：「方纔我們拉哥兒的手說話，便知道了。若是我們那一個，只說我們糊塗。慢說拉手，他的東西，我們略動一動，也不依。所使喚的人，都是女孩子們……」

四人未說完，李紈姊妹等禁不住都失聲笑出來。賈母也笑道：「我們這會子也打發人去見了你們寶玉，若拉他的手，他也自然勉強忍耐著。不知你我這樣人家的孩子，憑他們有什麼刁鑽古怪的毛病，見了外人，必是要還出正經禮數來的。若他不還正經禮數，也斷不容他刁鑽去了。就是大人溺愛的，也因為他一則生得得人意兒；二則見人禮數，竟比大人行出來的更不錯，使人見了可愛可憐，背地裏所以纔縱得一點子。若一味他只管沒裏沒外，不與大人爭光，憑他生得怎樣，也是該打死的。」四人聽了，都笑說：「老太太這話正是。雖然我們寶玉淘氣古怪，有時見了客，規矩禮數，比大人還有趣，所以無人見了不愛，只說：『為什麼還打他？』殊不知他在家裏無法無天，大人想不到的話偏會說，想不到的事偏會行，所以老爺太太恨得無法。就是任性，也是小孩子的常情；胡亂花費，也是公子哥兒的常情；怕上學，也是小孩子的常情，都還治得過來。第一，天生下來這一種刁鑽古怪的脾氣，如何使得。」一語未完，人回：「太太回來了。」王夫人進來，問過安，他四人請了安，大概說了兩句，賈母便命：「歇歇去罷。」王夫人親捧過茶，方退出去。四人告辭了賈母，便往王夫人處來，說了一會子家務，打發他們回去，不必細說。

這裏賈母喜得逢人便告訴：也有一個寶玉，也都一般行景。眾人都想著：天下的世宦大家，同名的這也很多，祖母溺愛孫子也是常事，不是什麼罕事，皆不介意。獨寶玉是個迂闊呆公子的心性，自為是那四人承悅賈母之詞；後至園中去看湘雲病去，史湘雲因說他：「你放心鬧罷，先還『單絲不成綫，獨樹不成林』，如今有了個對子。鬧急了，再打狠了，你好逃到南京找那一個去。」寶玉道：「那裏的謊話，你也信了，偏又有寶玉了？」湘雲道：「怎麼列國有個藺相如，漢朝又有個司馬相如呢？」寶玉笑道：「這也罷了，偏又模樣兒也一樣，這是沒有的事！」湘雲道：「怎麼匡人看見孔子，只當是陽貨呢？」寶玉笑道：「孔子陽貨雖同貌，卻不同名；藺與司馬雖同名，而又不同貌；偏我和他就兩樣俱同不成？」湘雲沒了話答對，因笑道：「你只會胡攪，我也不和你分證。有也罷，沒也罷，與我無干。」說著，便睡下了。

寶玉心中便又疑惑起來：「若說必無，也似必有；若說必有，又並無目睹。」心中悶悶，回至房中榻上，默默盤算，不覺昏昏睡去，竟到一座花園之內。寶玉咤異道：「除了我們大觀園，竟又有這一個園子？」正疑惑間，忽然那邊來了幾個女孩兒，都是丫鬟，寶玉又咤異道：「除了鴛鴦、襲人、平兒之外，也竟還有這一干人？」

只見那些丫鬟笑道：「寶玉怎麼跑到這裏來？」寶玉只當是說他，忙來陪笑說道：「因我偶步到此，不知是那位世交的花園？姐姐們帶我逛逛。」眾丫鬟都笑道：「原來不是咱們家的寶玉！他生得也還乾淨，嘴兒也倒乖覺。」寶玉聽了，忙道：「姐姐們這裏，也竟還有個寶玉？」丫鬟們忙道：「『寶玉』二字，我們家是奉老太太、太太之命，為保祐他延年消災，我們叫他，他聽見喜歡；你是那裏遠方來的小廝，也亂叫起來！仔細你的臭肉，不打爛了你的！」又一個丫鬟笑道：「咱們快走罷，別叫寶玉看見。」又說：「同這臭小子說了話，把咱們熏臭了！」說著，一徑去了。

寶玉納悶道：「從來沒有人如此荼毒我，他們如何竟這樣的，莫不真也有我這樣一個人不成？」一面想，一面順步早到了一所院內。寶玉咤異道：「除了怡紅院，也竟還有這麼一個院落？」忽上了臺階，進入屋內，只見榻上有一個人臥著，那邊有幾個女兒做針綫，或有嬉笑玩耍的。只見榻上那個少年歎了一聲，一個丫鬟笑問道：「寶玉，你不睡，又歎什麼？想必為你妹妹病了，你又胡愁亂恨呢。」

寶玉聽說，心下也便吃驚，只見榻上少年說道：「我聽見老太太說，『長安』都中也有個寶玉，和我一樣的性情，我只不信。我纔做了一個夢兒，竟夢中到了都中一個花園子裏頭，遇見幾個姐姐，都叫我臭小廝，不理我。好容易找到他房裏，偏他睡覺，空有皮囊，真性不知往那裏去了。」寶玉聽說，忙說道：「我因找寶玉來到這裏，原來你就是寶玉？」榻上的忙下來拉住，笑道：「原來你就是寶玉！這可不是夢裏了。」寶玉道：「這如何是夢？真而又真的！」一語未了，只見人來說：「老爺叫寶玉。」唬得二人皆慌了。一個寶玉就走，一個便忙叫：「寶玉快回來，寶玉快回來！」

襲人在旁聽他夢中自喚，忙推醒他，笑問道：「寶玉在那裏？」此時寶玉雖醒，神意尚恍惚，因向門外指說：「纔去了不遠。」襲人笑道：「那是你夢迷了。你揉眼細瞧，是鏡子裏照的你的影兒。」寶玉向前瞧了一瞧，原是那嵌的大鏡對面相照，自己也笑了。早有丫鬟捧過漱盂茶鹵來漱了口。麝月道：「怪道老太太常囑咐說：『小人兒屋裏不可多有鏡子，人小魂不全，有鏡子照多了，睡覺驚恐做胡夢。』如今倒在大鏡子那裏安了一張牀！有時放下鏡套還好；往前去，天熱睏倦，那裏想得到放他？比如方纔就忘了，自然先躺下照著影兒玩來著，一時合上眼，自然是胡夢顛倒的；不然，如何叫起自己的名字來呢？不如明日挪進牀來是正經。」

一語未了，只見王夫人遣人來叫寶玉，不知有何話說，且聽下回分解。

卷五十七　慧紫鵑情辭試莽玉　慈姨媽愛語慰癡顰

話說寶玉聽王夫人喚他，忙至前邊來，原來是王夫人要帶他拜甄夫人去。寶玉自是歡喜，忙去換衣服，跟了王夫人到那裏。見其家形景，自與榮寧不甚差別，或有一二稍盛者。細問，果有一寶玉。甄夫人留席，竟一日方回。寶玉方信。因晚間回家來，王夫人又吩咐預備上等的席面，定名班大戲，請過甄夫人母女。後二日，他母女便不作辭，回任去了，無話。

這日寶玉因見湘雲漸癒，然後去看黛玉。正值黛玉纔歇午覺，寶玉不敢驚動，因紫鵑正在迴廊上手裏做針綫，便上來問他：「昨日夜裏咳嗽的可好了？」紫鵑道：「好些了。」寶玉笑道：「阿彌陀佛！寧可好了罷。」紫鵑笑道：「你也念起佛來，真是新聞！」寶玉笑道：「所謂『病急亂投醫』了。」一面說，一面見他穿著彈墨綾薄綿襖，外面只穿著青緞夾背心，寶玉便伸手向他身上抹了一抹，說道：「穿這樣單薄，還在風口裏坐著，時氣又不好，你再病了，越發難了。」紫鵑便說道：「從此咱們只可說話，別動手動腳的：一年大，二年小的，叫人看著不尊重。打緊的那起混賬行子們背地裏說你；你總不留心，還自管和小時一般行為，如何使得。姑娘常常吩咐我們，不叫和你說笑。你近來瞧他，遠著你還恐遠不及呢。」說著，便起身攜了針綫進別的房裏去了。

寶玉見了這般景況，心中像澆了一盆冷水一般，只瞅著竹子發了一回呆。因祝媽正在那裏刨土種竹，掃竹葉子，頓覺一時魂魄失守，隨便坐在一塊山石上出神，不覺滴下淚來。直呆了一頓飯的工夫，千思萬想，總不知如何是可。偶值雪雁從王夫人房中取了人參來，從此經過，忽扭頭看見桃花樹下石上一人，手托著腮頰，正出神呢：不是別人，卻是寶玉。雪雁疑惑道：「怪冷的，他一個人在這裏做什麼？春天凡有殘疾的人肯犯病，敢是他也犯了呆病了？」一邊想，一邊便走過來，蹲下來笑道：「你在這裏做什麼呢？」寶玉忽見了雪雁，便說道：「你又做什麼來找我？你難道不是女兒？他既防嫌，不許你們理我，你又來尋我，倘被人看見，豈不又生口舌？你快家去罷。」

雪雁聽了，只當是他又受了黛玉的委屈，只得回至房中。黛玉未醒，將人參交給紫鵑。紫鵑因問他：「太太做什麼呢？」雪雁道：「也睡中覺呢，所以等了這半日。姐姐，你聽笑話兒：我因等太太的工夫，和玉釧兒姐姐坐在下房裏說話兒，誰知趙姨奶奶招手兒叫我。我只當有什麼話說，原來他和太太告了假，出去給他兄弟伴宿坐夜，明日送殯去。跟他的小丫頭子小吉祥兒沒衣裳，要借我的月白綾子襖兒。我想：他們一般也有兩件子的，往這地方去，恐怕弄壞了，自己的捨不得穿，故此借別人的。借我的，弄壞了也是小事，只是我想他素日有什麼好處到咱們跟前，所以我說：我的衣裳簪環，都是姑娘叫紫鵑姐姐收著呢。如今先得去告訴他，還得回姑娘，費多少事，別誤了你老人家出門，不如再轉借罷。」紫鵑笑道：「你這個小東西兒，倒也巧。你不借給他，你推我和姑娘身上，好叫人怨不著你。他這會子就去呀，還是等明日一早纔去呢？」雪雁道：「這會子就去的，只怕此時已去了。」紫鵑點頭。雪雁道：「姑娘還沒醒呢，是誰給了寶玉氣受？坐在那裏哭呢！」紫鵑聽了，忙問：「在那裏？」雪雁道：「在沁芳亭後頭桃花底下呢。」

紫鵑聽說，忙放下針綫，又囑咐雪雁：「好生聽叫。若問我，答應我就來。」說著，便出了瀟湘館，一徑來尋寶玉。走至寶玉跟前，含笑說道：「我不過說了那麼句話，為的是大家好，你就一氣，跑了這風地裏來哭，弄出病來還了得！」寶玉忙笑道：「誰賭氣了！我因為聽你說得有理，我想你們既這樣說，自然別人也是這樣說，將來漸漸的都不理我了，我所以想到這裏，自己傷起心來了。」紫鵑也便挨他坐著。寶玉笑道：「方纔對面說話，你尚走開，這會子如何又來挨著我坐著？」紫鵑道：「你都忘了？幾日前，你們姊妹兩個正說話，趙姨娘一頭走了進來，我纔聽見他不在家，所以我來問你。正是前日你和他纔說了一句『燕窩』，就歇住了，總沒提起，我正想著問你。」寶玉道：「也沒什麼要緊，不過我想著寶姐姐也是客中，既吃燕窩，又不可間斷，若只管和他要，也太託實。雖不便和太太要，我已經在老太太跟前略露了個風聲，只怕老太太和鳳姐姐說了。我告訴他的，竟沒告訴完。如今我聽見一日給你們一兩燕窩，這也就完了。」紫鵑道：「原來是你說了，這又多謝你費心。我們正疑惑，老太太怎麼忽然想起來叫人每一日送一兩燕窩來呢？這就是了。」寶玉笑道：「這要天天吃慣了，吃上三二年就好了。」紫鵑道：「在這裏吃慣了，明年家去，那裏有這閒錢吃這個。」

寶玉聽了，吃了一驚，忙問：「誰家去？」紫鵑道：「妹妹回蘇州去。」寶玉笑道：「你又說白話。蘇州雖是原籍，因沒了姑母，無人照看，纔接了來的；明年回去找誰？可見你扯謊。」紫鵑冷笑道：「你太看小了人。你們賈家獨是大族，人口多的；除了你家，別人只得一父一母，房族中真個再無人了不成？我們姑娘來時，原是老太太心疼他年小，雖有叔伯，不如親父母，故此接來住幾年。大了該出閣時，自然要送還林家的，終不成林家女兒在你賈家一世不成？林家雖貧到沒飯吃，也是世代書香人家，斷不肯將他家的人丟與親戚，落的恥笑，所以早則明年春天，遲則秋天，這裏縱不送去，林家亦必有人來接的。前日夜裏姑娘和我說了，叫我告訴你，將從前小時玩的東西，有他送你的，叫你都打點出來還他；他也將你送他的打點在那裏呢。」寶玉聽了，便如頭頂上響了一個焦雷一般。紫鵑看他怎麼回答，等了半天，見他只不作聲，纔要再問，只見晴雯找來，說：「老太太叫你呢。誰知在這裏。」紫鵑笑道：「他這裏問姑娘的病症，我告訴了他半日，他只不信，你倒拉他去罷。」說著，自己便走回房去了。

晴雯見他呆呆的，一頭熱汗，滿臉紫脹，忙拉他的手一直到怡紅院中。襲人見了這般，慌起來了，只說時氣所感，熱身被風撲了。無奈寶玉發熱事猶小可，更覺兩個眼珠兒直直的起來；口角邊津液流出，皆不知覺；給他個枕頭，他便睡下；扶他起來，他便坐著；倒了茶來，他便吃茶。眾人見了這樣，一時忙亂起來，又不敢造次去回賈母，先要差人去請李嬤嬤來。一時李嬤嬤來了，看了半日；問他幾句話，也無回答；用手向他脈上摸了摸，嘴唇人中上著力掐了兩下，掐得指印如許來深，竟也不覺疼。李嬤嬤只說了一聲：「可了不得了！」「呀」的一聲，便摟頭放聲大哭起來。急得襲人忙拉他說：「你老人家瞧瞧可怕不怕，且告訴我們，去回老太太、太太去。你老人家怎麼先哭起來？」李嬤嬤捶牀倒枕說：「這可不中用了！我白操了一世的心了！」

襲人因他年老多知，所以請他來看；如今見他這般一說，都信以為實，也哭起來了。晴雯便告訴襲人方纔如此這般，襲人聽了，便忙到瀟湘館來，見紫鵑正伏侍黛玉吃藥，也顧不得什麼，便走上來問紫鵑道：「你纔和我們寶玉說了些什麼話？你瞧瞧他去！你回老太太去，我也不管了！」說著，便坐在椅上。黛玉忽見襲人滿面急怒，又有淚痕，舉止大變，更不免也著了忙，因問：「怎麼了？」襲人定了一回，哭道：「不知紫鵑姑奶奶說了些什麼話，那個呆子眼也直了，手腳也冷了，話也不說了，李嬤嬤掐著也不疼了，已死了大半個了！連嬤嬤都說不中用了，那裏放聲大哭，只怕這會子都死了！」

黛玉聽此言，李嬤嬤乃久經老嫗，說不中用了，可知必不中用，「哇」的一聲，將所服之藥，一口嘔出，抖腸搜肺、炙胃扇肝的，啞聲大嗽了幾陣：一時面紅髮亂，目腫筋浮，喘的擡不起頭來。紫鵑忙上來捶背，黛玉伏枕喘息了半晌，推紫鵑道：「你不用捶！你竟拿繩子來勒死我，是正經。」紫鵑哭道：「我並沒說什麼，不過是說了幾句玩話，他就認真了。」襲人道：「你還不知道他那傻子，每每玩話認了真。」黛玉道：「你說了什麼話？趁早兒去解說，他只怕就醒過來了。」紫鵑聽說，忙下牀，同襲人到了怡紅院。誰知賈母王夫人等已都在那裏了。賈母一見了紫鵑，便眼內出火，罵道：「你這小蹄子，和他說了什麼？」紫鵑忙道：「並沒敢說什麼，不過說幾句玩語。」誰知寶玉見了紫鵑，方「噯呀」了一聲，哭出來了。眾人一見，都放下心來。賈母便拉住紫鵑，只當他得罪了寶玉，所以拉紫鵑命他賠罪。誰知寶玉一把拉住紫鵑，死也不放，說：「要去連我帶了去。」

眾人不解，細問起來，方知紫鵑說要回蘇州去，一句玩話引出來的。賈母流淚道：「我當有什麼要緊大事，原來是這句玩話。」又向紫鵑道：「你這孩子，素日是個伶俐聰敏的，你又知道他有個呆根子，平白的哄他做什麼？」薛姨媽勸道：「寶玉本來心實，可巧林姑娘又是從小兒來的，他姊妹兩個一處長得這麼大，比別的姊妹更不同。這會子熱剌剌的說一個去，別說他是個實心的傻孩子，便是冷心腸的大人，也要傷心。這並不是什麼大病，老太太和姨太太只管萬安，吃一兩劑藥就好了。」

正說著，人回：「林之孝家的，賴大家的，都來瞧哥兒來了。」賈母道：「難為他們想著，叫他們來瞧瞧。」寶玉聽了一個「林」字，便滿牀鬧起來，說：「了不得了，林家的人接他們來了，快打出去罷！」賈母聽了，也忙說：「打出去罷。」又忙安慰說：「那不是林家的人，林家的人都死絕了，沒人來接他的，你只放心罷！」寶玉哭道：「憑他是誰，除了林妹妹，都不許姓林的！」賈母道：「沒姓林的來，凡姓林的都打出去了。」一面吩咐眾人：「以後別叫林之孝家的進園來，你們也別說『林』字，孩子們，你們聽了我這一句話罷！」眾人忙答應，又不敢笑。一時寶玉又一眼看見了十錦槅子上陳設的一雙金西洋自行船，便指著亂說：「那不是接他們來的船來了？灣在那裏呢！」賈母忙命拿下來。襲人忙拿下來。寶玉伸手要，襲人遞過去，寶玉便掖在被中，笑道：「這可去不成了！」一面說，一面死拉著紫鵑不放。

一時人回：「大夫來了。」賈母忙命：「快進來。」王夫人、薛姨媽、寶釵等暫避入裏間。賈母便端坐在寶玉身旁。王太醫進來，見許多的人，忙上去請了賈母的安，拿了寶玉的手，診了一回。那紫鵑少不得低了頭，王太醫也不解何意，起身說道：「世兄這症，乃是急痛迷心。古人曾云：『痰迷有別：有氣血虧柔飲食不能鎔化痰迷者，有怒惱中痰急而迷者，有急痛壅塞者。』此亦痰迷之症，係急痛所致，不過一時壅蔽，較諸痰迷似輕。」賈母道：「你只說怕不怕，誰同你背藥書呢！」王太醫忙躬身笑道：「不妨，不妨。」賈母道：「果真不妨？」王太醫道：「實在不妨。都在晚生身上。」賈母道：「既如此，請到外面坐，開藥方。吃好了，我另外預備好謝禮，叫他親自捧了，送去磕頭；若耽誤了，我打發人去拆了太醫院的大堂。」王太醫只躬身陪笑說：「不敢，不敢。」他原聽了說：「另具上等謝禮命寶玉去磕頭」，故滿口說「不敢」，竟未聽見賈母後來說「拆太醫院」之戲語，猶說「不敢」，賈母與眾人反倒笑了。

一時按方煎藥，藥來服下，果覺比先安靜。無奈寶玉只不肯放紫鵑，只說：「他去了，便是要回蘇州去了。」賈母王夫人無法，只得命紫鵑守著他，另將琥珀去伏侍黛玉。黛玉不時遣雪雁來探消息。這晚間寶玉稍安，賈母王夫人等方回去了，一夜還遣人來問信幾次。李奶媽帶宋媽等幾個年老人用心看守，紫鵑、襲人、晴雯等日夜相伴。有時寶玉睡去，必從夢中驚醒，不是哭了，說黛玉已去，便是說有人來接。每一驚時，必得紫鵑安慰一番方罷。彼時賈母又命將祛邪守靈丹及開竅通神散各樣上方秘製諸藥，按方飲服，次日又服了王太醫藥，漸次好了起來。寶玉心下明白，因恐紫鵑回去，倒故意作出佯狂之態。紫鵑自那日也著實後悔，如今日夜辛苦，並沒有怨意。襲人等皆心安神定，因向紫鵑笑道：「都是你鬧的，還得你來治。也沒見我們這位呆子，『聽見風就是雨』，往後怎麼好。」暫且按下。

且說此時湘雲之症已癒，天天過來瞧看，見寶玉明白了，便將他病中狂態形容與他瞧，引得寶玉自己伏枕而笑：原來他起先那樣，竟是不知的；如今聽人說，還不信。無人時，紫鵑在側，寶玉又拉他的手，問道：「你為什麼唬我？」紫鵑道：「不過是哄你玩的，你就認真。」寶玉道：「你說得那樣有情有理，如何是玩話呢？」紫鵑笑道：「那些玩話，都是我編的。林家實沒了人口；縱有，也是極遠的族中，也都不在蘇州住，各省流寓不定。縱有人來接，老太太也必不放去的。」寶玉道：「便老太太放去，我也不依！」紫鵑笑道：「果真的不依？只怕是口裏的話。你如今也大了，連親也定下了，過二三年再娶了親，你眼睛裏還有誰了。」

寶玉聽了，又驚問：「誰定了親，定了誰？」紫鵑笑道：「年裏我就聽見老太太說要定了琴姑娘呢；不然，那麼疼他？」寶玉笑道：「人人只說我傻，你比我更傻！不過是句玩話，他已經許給梅翰林家了。果然定下了他，我還是這個形景了？先是我發誓賭咒，砸這勞什子，你都沒勸過嗎？我病的剛剛的這幾日纔好了，你又來慪我！」一面說，一面咬牙切齒的，又說道：「我只願這會子立刻我死了，把心迸出來，你們瞧見了，然後連皮帶骨，一概都化成一股灰，再化成一股煙，一陣大風，吹得四面八方，都登時散了，這纔好！」一面說，一面又滾下淚來。紫鵑忙上來握他的嘴，替他擦眼淚；又忙笑解釋道：「你不用著急。這原是我心裏著急，故來試你。」

寶玉聽了，更又咤異，問道：「你又著什麼急？」紫鵑笑道：「你知道，我並不是林家的人，我也和襲人鴛鴦是一夥的，偏把我給了林姑娘使，偏生他又和我極好，比他蘇州帶來的還好十倍，一時一刻，我們兩個離不開。我如今心裏卻愁他倘或要去了，我必要跟了他去的。我是合家在這裏，我若不去，辜負了我們素日的情長；若去，又棄了本家。所以我疑惑，故說出這謊話來問你，誰知你就傻鬧起來。」寶玉笑道：「原來是愁這個，所以你是傻子！從此後再別愁了。我告訴你一句打躉兒的話：活著，咱們一處活著；不活著，咱們一處化灰，化煙。如何？」

紫鵑聽了，心下暗暗籌畫。忽有人回：「環爺蘭哥兒問候。」寶玉道：「就說難為他們，我纔睡了，不必進來。」婆子答應去了。紫鵑笑道：「你也好了，該放我回去瞧瞧我們那一個去了。」寶玉道：「正是這話。我昨夜就要叫你去的，偏又忘了。

我已經大好了，你就去罷。」紫鵑聽說，方打疊鋪蓋妝奩之類。寶玉笑道：「我看見你文具裏頭有兩三面鏡子，你把那面小菱花的給我留下罷。我擱在枕頭旁邊，照著好睡，明日出門帶著也輕巧。」紫鵑聽說，只得與他留下。先命人將東西送過去，然後別了眾人，自回瀟湘館來。

黛玉近日聞得寶玉如此形景，未免又添些病症，多哭幾場。今兒紫鵑來了，問其原故，已知大癒，仍遣琥珀去伏侍賈母。夜間人靜後，紫鵑已寬衣臥下之時，悄向黛玉笑道：「寶玉的心倒實，聽見咱們去，就那樣起來。」黛玉不答。紫鵑停了半晌，自言自語的說道：「一動不如一靜，我們這裏就算好人家，別的都容易，最難得的是從小兒一處長大，脾氣情性都彼此知道的了。」黛玉啐道：「你這幾天還不乏，趁這會子不歇一歇，還嚼什麼蛆！」紫鵑笑道：「倒不是白嚼蛆，我倒是一片真心為姑娘。替你愁了這幾年了：無父母無兄弟，誰是知冷知熱的人？趁早兒，老太太還明白硬朗的時節，作定了大事要緊。俗語說：『老健春寒秋後熱。』倘或老太太一時有個好歹，那時雖也完事，只怕耽誤了時光，還不得趁心如意呢。公子王孫雖多，那一個不是三房五妾，今日朝東，明日朝西？娶一個天仙來，也不過三夜五夜，也就撂在脖子後頭了。甚至於憐新棄舊，反目成仇的。若娘家有人有勢的，還好些；若姑娘這樣的人，有老太太一日還好，一日若沒了老太太，也只是憑人去欺負罷了。所以說，拿主意要緊。姑娘是個明白人，豈不聞俗語說的『萬兩黃金容易得，知心一個也難求』！」黛玉聽了，便說道：「這丫頭今日可瘋了，怎麼去了幾日，忽然變了一個人？我明日必回老太太，退回你去，我不敢要你了。」紫鵑笑道：「我說的是好話，不過叫你心裏留神，並沒叫你去為非作歹。何苦回老太太，叫我吃了虧，又有什麼好處？」說著，竟自己睡了。黛玉聽了這話，口內雖如此說，心內未嘗不傷感。待他睡了，便直哭了一夜，至天明，方打了一個盹兒。次日，勉強盥漱了，吃了些燕窩粥。便有賈母等親來看視了，又囑咐了許多話。

目今是薛姨媽的生日，自賈母起，諸人皆有祝賀之禮，黛玉也只得備了兩色針綫送去。是日也定了一班小戲，請賈母與王夫人等。獨有寶玉與黛玉二人不曾去得。至晚散時，賈母等順路又瞧了他二人一遍，方回房去。次日，薛姨媽家又命薛蝌陪諸夥計吃了一天酒，連忙了三四天，方纔完結。因薛姨媽看見邢岫煙生得端雅穩重，且家道貧寒，是個釵荊裙布的女兒，便欲說與薛蟠為妻。因薛蟠素昔行止浮奢，又恐糟蹋了人家女兒，正在躊躇之際，忽想起薛蝌未娶，看他二人，恰是一對天生地設的夫妻，因謀之於鳳姐兒。鳳姐兒笑道：「姑媽素知我們太太有些左性的，這事等我慢謀。」

因賈母去瞧鳳姐兒時，鳳姐兒便和賈母說：「薛姨媽有一件事求老祖宗，只是不好啟齒的。」賈母忙問：「何事？」鳳姐便將求親一事說了。賈母笑道：「這有什麼不好啟齒，這是極好的好事，等我和你婆婆說了，怕他不依？」因回房來，即刻就命人來請了邢夫人過來，硬作保山。邢夫人想了一想：薛家根基不錯，且現今大富；薛蝌生得又好；且賈母又作保山。將計就計，便應了。

賈母十分喜歡，忙命人請了薛姨媽來，二人見了，自然有許多謙辭。邢夫人即刻命人去告訴邢忠夫婦。他夫婦原是此來投靠邢夫人的，如何不依，早極口的說：「妙極。」賈母笑道：「我最愛管閒事，今日又管成了一件事，不知得多少謝媒錢？」薛姨媽笑道：「這是自然的。縱擡了整萬銀子來，只怕不稀罕。但只一件，老太太既是做媒，還得一位主親纔好。」賈母笑道：「別的沒有，我們家折腿爛手的人還有兩個。」說著，便命人去叫過尤氏婆媳二人來。賈母告訴他原故，彼此忙都道喜。賈母吩咐道：「咱們家的規矩，你是盡知的，從沒有兩親家『爭禮爭面』的。如今你算替我在當中料理，不可太省，也不可太費，把他兩家的事周全了回我。」尤氏忙答應了。薛姨媽喜之不盡，回家命寫了請帖，補送過寧府。尤氏深知邢夫人性情，本不欲管，無奈賈母親自囑咐，只得應了。惟忖度邢夫人之意行事。薛姨媽是個無可無不可的人，倒還易說。這且不在話下。

如今薛姨媽既定了邢岫煙為媳，合宅皆知。邢夫人本欲接出岫煙去住，賈母因說：「這又何妨？兩個孩子又不能見面，就是姨太太和他一個大姑子，一個小姑子，又何妨？況且都是女孩兒，正好親近些呢。」邢夫人方罷。那薛蝌岫煙二人，前次途中，曾有一面之遇，大約二人心中皆如意，只是那岫煙未免比先時拘泥了些，不好與寶釵姐妹共處閒談；又兼湘雲是個愛取笑的，更覺不好意思。幸他是個知書達禮的，雖是女兒，還不是那種佯羞詐鬼、一味輕薄造作之輩。

寶釵自那日見他起，想他家業貧寒；二則別人的父母皆是年高有德之人，獨他的父母偏是酒糟透了的人，於女兒分中平常；邢夫人也不過是臉面之情，亦非真心疼愛；且岫煙為人雅重，迎春是個老實人，連他自己尚未照管齊全，如何能管到他身上，凡閨閣中家常一應需用之物，或有虧乏，無人照管，他又不與人張口。寶釵倒暗中每相體貼接濟，也不敢與邢夫人知道，也恐怕是多心閒話之故。如今卻是眾人意料之外奇緣作成這門親事。岫煙心中先取中寶釵，有時仍與寶釵閒話，寶釵仍以姊妹相呼。

這日寶釵因來瞧黛玉，恰值岫煙也來瞧黛玉，二人在半路相遇，寶釵含笑喚他到跟前，二人同走。至一塊石壁後，寶釵笑問道：「這天還冷的很，你怎麼倒全換了夾的了？」岫煙見問，低頭不答。寶釵便知道又有了原故，因又笑問道：「必定是這個月的月錢又沒得？鳳姐姐如今也這樣沒心沒計了。」岫煙道：「他倒想著不錯日子給的。因姑媽打發人和我說道：一個月用不了二兩銀子，叫我省一兩給爹媽送出去；要使什麼，橫豎有二姐姐的東西，能著些搭著就使了。姐姐想：二姐姐是個老實人，也不大留心。我使他的東西，他雖不說什麼，他那些媽媽丫頭，那一個是省事的？那一個是嘴裏不尖的？我雖在那屋裏，卻不敢很使喚他們。過三天五天，我倒得拿些錢出來，給他們打酒買點心吃纔好。因此，一月二兩銀子還不夠使，如今又去了一兩。前日我悄悄的把棉衣服叫人當了幾弔錢盤纏。」寶釵聽了，愁歎道：「偏梅家又合家在任上，後年纔進來。若是在這裏，琴兒過去了，好再商議你這事，離了這裏就完了。如今不完了他妹妹的事，也斷不敢先娶親的。如今倒是一件難事。再遲兩年，我又怕你熬煎出病來。等我和媽媽再商議。」

寶釵又指他裙上一個璧玉珮問道：「這是誰給你的？」岫煙道：「這是三姐姐給的。」寶釵點頭道：「他見人人皆有，獨你一個沒有，怕人笑話，故此送一個，這是他聰明細緻之處。」岫煙又問：「姐姐此時那裏去？」寶釵道：「我到瀟湘館去。你且回去，把那當票子叫丫頭送來我那裏，悄悄的取出來，晚上再悄悄的送給你去，早晚好穿；不然，風閃著還了得！但不知當在那裏了？」岫煙道：「叫作什麼恒舒，是鼓樓西大街的。」寶釵笑道：「這鬧在一家去了！夥計們倘或知道了，好說『人沒過來，衣裳先到了』。」岫煙聽說，便知是他家的本錢，也不答，紅了臉一笑，二人走開。

寶釵就往瀟湘館來，恰正值他母親也來瞧黛玉，正說閒話呢。寶釵笑道：「媽媽多早晚來的？我竟不知道。」薛姨媽道：「我這幾日忙，總沒來瞧瞧寶玉和他，所以今日瞧他兩人。都也好了。」黛玉忙讓寶釵坐了，因向寶釵道：「天下的事，真是人想不到的。拿著姨媽和大舅母說起，怎麼又作一門親家。」薛姨媽道：「我的兒，你們女孩兒家那裏知道？自古道：『千里姻緣一綫牽。』管姻緣的有一位月下老人，預先註定，暗裏只用一根紅絲，把這兩個人的腳絆住，憑你兩家那怕隔著海國呢，若有姻緣的，終久有機會作了夫婦。這一件事，都是出人意料之外。憑父母本人都願意了，或是年年在一處，以為是定了的親事，若是月下老人不用紅綫拴的，再不能到一處。比如你姐妹兩個的婚姻，此刻也不知在眼前，也不知在山南海北呢！」寶釵道：「惟有媽媽說動話拉上我們！」一面說，一面伏在母親懷裏，笑說：「咱們走罷。」黛玉就笑道：「你瞧！這麼大了，離了姨媽，他就是個最老到的；見了姨媽，他就撒嬌兒。」薛姨媽將手摩弄著寶釵，向黛玉歎道：「你這姐姐，就和鳳哥兒在老太太跟前一樣：著了正經事，就有話和他商量；沒有了事，幸虧他開我的心。我見了他這樣，有多少愁不散的。」

黛玉聽說，流淚歎道：「他偏在這裏這樣，分明是氣我沒娘的人，故意來刺我的眼！」寶釵笑道：「媽媽，你瞧他這輕狂樣兒，倒說我撒嬌兒！」薛姨媽道：「也怨不得他傷心，可憐沒父母，到底沒個親人。」又摩挲黛玉，笑道：「好孩子，別哭。你見我疼你姐姐，你傷心，你知我心裏更疼你呢！你姐姐雖沒父親，到底有我，有親哥哥，這就比你強了。我常和你姐姐說，心裏很疼你，只是外頭不好帶出來的。你這裏人多嘴雜，說好話的人少，說歹話的人多：不說你無依靠，為人做人可配人疼；只說我們看老太太疼你了，我們也『泆上水』去了。」黛玉笑道：「姨媽既這麼說，我明日就認姨媽做娘。姨媽若是棄嫌，便是假意疼我。」薛姨媽道：「你不厭我，就認了。」寶釵忙道：「認不得的。」黛玉道：「怎麼認不得？」寶釵笑道：「我且問你：我哥哥還沒定親事，為什麼反將邢妹妹先說與我兄弟了？是什麼道理？」黛玉道：「他不在家，或是屬相生日不對，所以先說與兄弟了。」寶釵笑道：「不是這樣。我哥哥已經相準了，只等來家就放定，也不必提出人來。我說你認不得娘，你細想去！」說著，便和他母親擠眼兒發笑。

黛玉聽了，便一頭伏在薛姨媽身上，說道：「姨媽不打他，我不依！」薛姨媽摟著他笑道：「你別信你姐姐的話，他是和你玩呢。」寶釵笑道：「真個媽媽明日和老太太求了，聘作媳婦，豈不比外頭尋的好？」黛玉便攏上來要抓他，口內笑說：「你越發瘋了！」薛姨媽忙笑勸，用手分開方罷。又向寶釵道：「連邢姑娘我還怕你哥哥糟蹋了他，所以給你兄弟，別說這孩子，我也斷不肯給他。前日老太太要把你妹妹說給寶玉，偏生又有了人家；不然，倒是門子好親事。前日我說定了邢姑娘，老太太還取笑說：『我原要說他的人，誰知他的人沒到手，倒被他說了我們一個去了。』雖是玩話，細想來倒也有些意思。我想寶琴雖有了人家，我雖無人可給，難道一句話也不說？我想你寶兄弟，老太太那樣疼他，他又生得那樣，若要外頭說去，老太太斷不中意，不如把你林妹妹定與他，豈不四角俱全？」

黛玉先還怔怔的聽，後來見說到自己身上，便啐了寶釵一口，紅了臉，拉著寶釵笑道：「我只打你！為什麼招出姨媽這些老沒正經的話來？」寶釵笑道：「這可奇了！媽媽說你，為什麼打我？」紫鵑忙跑來笑道：「姨太太既有這主意，為什麼不和老太太說去？」薛姨媽笑道：「這孩子急什麼！想必催著姑娘出了閣，你也要早些尋一個小女婿子去了。」紫鵑也紅了臉，笑道：「姨太太真個以老賣老的！」說著便轉身去了。黛玉先罵：「又與你這蹄子什麼相干！」後來見了這樣，也笑道：「阿彌陀佛！該，該，該！也臊了一鼻子灰去了！」薛姨媽母女及婆子丫鬟都笑起來。

一語未了，忽見湘雲走來，手裏拿著一張當票，口內笑道：「這是什麼賬篇子？」黛玉瞧了，不認得。地下婆子都笑道：「這可是一件好東西！這個乖不是白教的。」寶釵忙一把接了看時，正是岫煙纔說的當票子，忙摺了起來。薛姨媽忙說：「那必是那個媽媽的當票子失落了，回來急得他們找。那裏得的？」湘雲道：「什麼『當票子』？」眾人笑道：「真真是個呆子，連當票子也不知道！」薛姨媽歎道：「怨不得他，真真是侯門千金，而且又小，那裏知道這個？那裏去看這個？就是家下人有這個，他如何得見？別笑他是呆子，若給你們家的姑娘看了，也都成了呆子。」眾婆子笑道：「林姑娘方纔也不認得。別說姑娘們，就如寶玉，倒是外頭常走出去的，只怕也還沒見過呢。」薛姨媽忙將原故講明，湘雲黛玉二人聽了，方笑道：「這人也太會想錢了！姨媽家當舖也有這個不成？」眾人笑道：「這更呆了！『天下老鴰一般黑』，豈有兩樣的。」薛姨媽因又問：「是那裏拾的？」湘雲方欲說時，寶釵忙說：「是一張死了沒用的，不知是那年勾了賬的。香菱拿著哄他們玩的。」薛姨媽聽了此話是真，也就不問了。

一時人來回：「那府裏大奶奶過來請姨太太說話呢。」薛姨媽起身去了。這裏屋內無人時，寶釵方問湘雲：「何處拾的？」湘雲笑道：「我見你令弟媳的丫頭篆兒悄悄的遞與鶯兒，鶯兒便隨手夾在書裏，只當我沒看見。我等他們出去了，我偷著看，竟不認得，知道你們都在這裏，所以拿來大家認認。」黛玉忙問：「怎麼他也當衣裳不成？既當了，怎麼又給你？」

寶釵見問，不好隱瞞他兩個，便將方纔之事，都告訴了他二人。黛玉便說：「免死狐悲，物傷其類。」不免也要感歎起來了。史湘雲聽了，便動了氣，說：「等我問著二姐姐去！我罵那起老婆子丫頭一頓，給你們出氣，何如？」說著，便要走出去，寶釵忙一把拉住，笑道：「你又發瘋了，還不給我坐下呢！」黛玉笑道：「你要是個男人，出去打一個抱不平兒；你又充什麼荊軻、聶政？真真好笑。」湘雲道：「既不叫問他去，明日也可把他接到咱們院裏一處住去，豈不是好？」寶釵笑道：「明日再商量。」說著，人報：「三姑娘四姑娘來了。」三人聽說，忙掩了口，不提此事。要知端詳，且聽下回分解。

卷五十八　杏子陰假鳳泣虛凰　茜紗窗真情揆癡理

話說他三人因見探春等進來，忙將此話掩住不提。探春等問候過，大家說笑了一回方散。

誰知上回所表的那位老太妃已薨，凡誥命等皆入朝隨班，按爵守制；敕諭天下，凡有爵之家，一年內不得筵宴音樂，庶民皆三月不得婚姻。賈母婆媳祖孫等俱每日入朝隨祭，至未正以後方回。在大偏宮二十一日後，方請靈入先陵，地名孝慈縣。這陵離都來往得十來日之功，如今請靈至此，還要停放數日，方入地宮，故得一月光景。寧府賈珍夫妻二人，也少不得是要去的：兩府無人，因此大家計議，家中無主，便報了「尤氏產育」，將他騰挪出來，協理寧榮兩處事體。

因託了薛姨媽在園內照管他姊妹丫鬟，薛姨媽只得也挪進園來。因寶釵處有湘雲香菱，李紈處目今李嬸母雖去，然有時來往，三五日不定，賈母又將寶琴送與他去照管；迎春處有岫煙；探春因家務冗雜，且不時有趙姨娘與賈環嘈聒，甚不方便；惜春處房屋狹小。況賈母又千叮嚀萬囑咐託他照管林黛玉，薛姨媽素昔也最憐愛他的，今既巧遇這事，便挪至瀟湘館來和黛玉同房，一應藥餌飲食，十分經心。黛玉感戴不盡，以後便亦如寶釵之稱呼，連寶釵前亦直以「姐姐」呼之，寶琴前直以「妹妹」呼之，儼似同胞共出，較諸人更似親切。賈母見如此，也十分喜悅放心。薛姨媽只不過照管他姊妹，禁約得丫鬟輩；一應家中大小事務也不肯多口。尤氏雖天天過來，也不過應名點卯，亦不肯亂作威福。且他家內上下，也只剩他一人料理；再者，每日還要照管賈母王夫人的下處一應所需飲饌鋪設之物，所以也甚操勞。

當下榮寧兩處主人既如此不暇，並兩處執事人等，或有跟隨著入朝的，或有朝外照理下處事務的，又有先踩踏下處的，也都各各忙亂。因此兩處下人無了正經頭緒，也都偷安，或乘隙結黨，與權暫執事者竊弄威福。榮府只留得賴大並幾個管家照管外務。這賴大手下常用幾個人已去，雖另委人，都是些生的，只覺不順手。且他們無知，或賺騙無節，或呈告無據，或舉薦無因，種種不善，在在生事，也難備述。

又見各官宦家，凡養優伶男女者，一概蠲免遣發，尤氏等便議定，待王夫人回家回明，也欲遣發十二個女孩子。又說：「這些人原是買的，如今雖不學唱，盡可留著使喚，只令其教習們自去也罷了。」王夫人因說：「這學戲的倒比不得使喚的，他們也是好人家的女兒，因無能，賣了做這事，裝丑弄鬼的幾年，如今有這機會，不如給他們幾兩銀子盤費，各自去罷。當日祖宗手裏都是有這例的。咱們如今損陰壞德，而且還小器。如今雖有幾個老的還在，那是他們各有原故，不肯回去的，所以纔留下使喚的，大了配了我們家裏小廝們了。」尤氏道：「如今我們也去問他十二個，有願意回去的，就帶了信兒，叫他父母來親自領回去，給他們幾兩銀子盤纏，方妥；倘若不叫上他的親人來，只怕有混賬人冒名領出去，又轉賣了，豈不辜負了這恩典？若有不願意回去的，就留下。」王夫人笑道：「這話妥當。」

尤氏等遣人告訴了鳳姐兒，一面說與總理房中，每教習給銀八兩，令其自便。凡梨香院一應物件，查清記冊收明，派人上夜。將十二個女孩子叫來，當面細問，倒有一多半不願意回家的：也說父母雖有，他只以賣我們姊妹為事，這一去還被他賣了；也有父母已亡，或被叔伯兄弟所賣的；也有說無人可投的；也有說戀恩不捨的。所願去者止四五人。王夫人聽了，只得留下。將去者四五人皆令其乾娘領回家去，單等他親父母來領；將不願去者，分散在園中使喚。賈母便留下文官自使，將正旦芳官指與寶玉，將小旦蕊官送了寶釵，將小生藕官指與了黛玉，將大花面葵官送了湘雲，將小花面荳官送了寶琴，將老外艾官指與了探春，尤氏便討了老旦茄官去：當下各得其所，就如那倦鳥出籠，每日園中遊戲。眾人皆知他們不能針黹，不慣使用，皆不大責備。其中或有一二個知事的，愁將來無應時之技，亦將本技丟開，便學起針黹紡績女工諸務。

一日正是朝中大祭，賈母等五更便去了。下處用些點心小食，然後入朝。早膳已畢，方退至下處歇息。用過早飯，略歇片刻，復入朝侍中晚二祭，方出至下處歇息。用過晚飯方回家。可巧這下處乃是一個大官的家廟，乃比丘尼焚修，房舍極多極淨，東西二院，榮府便賃了東院；北靜王府便賃了西院，太妃少妃每日晏息，見賈母等在東院，彼此同出同入，都有照應。外面諸事不消細述。

且說大觀園內，因賈母王夫人天天不在家內，又送靈去一月方回，各丫鬟婆子，皆有閒空，多在園內遊玩，更又將梨香院內伏侍的眾婆子一概撤回，並散在園內聽使，更覺園內人多了幾十個。因文官等一干人，或心性高傲，或倚勢凌下，或揀衣挑食，或口角鋒芒，大概不安分守己者多，因此眾婆子含怨，只是口中不敢與他們分爭；如今散了學，大家趁了願；也有丟開手的；也有心地狹窄猶懷舊怨的，因將眾人皆分在各房名下，不敢來廝侵。

可巧這日乃是清明之日，賈璉已備下年例祭祀，帶領賈環、賈琮、賈蘭三人去往鐵檻寺祭柩燒紙；寧府賈蓉也同族中人各辦祭祀前往。因寶玉病未大癒，故不曾去得。飯後發倦，襲人因說：「天氣甚好，你且出去逛逛，省得丟下粥碗就睡，存在心裏。」寶玉聽說，只得拄了一支杖，靸著鞋，走出院來。因近日將園中分與眾婆子料理，各司各業，皆在忙時：也有修竹的，也有剷樹的，也有栽花的，也有種豆的，池中間又有駕娘們行著船夾泥的，種藕的。湘雲、香菱、寶琴與些丫鬟等都坐在山石上瞧他們取樂。寶玉也慢慢行來。湘雲見了他來，忙笑說：「快把這船打出去！他們是接林妹妹的。」眾人都笑起來。寶玉紅了臉，也笑道：「人家的病，誰是好意的，你也形容著取笑兒。」湘雲笑道：「病也比人家另一樣，原招笑兒，反說起人來。」說著，寶玉便也坐下，看著眾人忙亂了一回。湘雲因說：「這裏有風，石頭上又冷，坐坐去罷。」

寶玉也正要去瞧黛玉，起身拄拐，辭了他們，從沁芳橋一帶堤上走來。只見柳垂金綫，桃吐丹霞，山石之後，一株大杏樹，花已全落，葉稠陰翠，上面已結了豆子大小的許多小杏。寶玉因想道：「纔病了幾天，竟把杏花辜負了！不覺到『綠葉成陰子滿枝』了！」因此仰望杏子不捨。又想起邢岫煙已擇了夫婿一事：雖說男女大事，不可不行，但未免又少了一個好女兒，不過二年，便也要「綠葉成陰子滿枝」了；再過幾日，這杏樹子落枝空，再幾年，岫煙也不免烏髮如銀，紅顏似縞了。因此，不免傷心，只管對杏歎息。正悲歎時，忽有一個雀兒飛來，落於枝上亂啼。寶玉又發了呆性了，心下想道：「這雀兒必定是杏花正開時他曾來過，今見無花空有葉，故也亂啼。這聲韻必是啼哭之聲，可恨公冶長不在眼前，不能問他。但不知明年再發時，這個雀兒可還記得飛到這裏來與杏花一會不能？」

正自胡思間，忽見一股火光，從山石那邊發出，將雀兒驚飛，寶玉吃了一驚，又聽外邊有人喊道：「藕官，你要死！怎麼弄些紙錢進來燒？我回奶奶們去，仔細你的肉！」寶玉聽了，益發疑惑起來，忙轉過山石看時，只見藕官滿面淚痕，蹲在那裏，手內還拿著火，守著些紙錢灰作悲。寶玉忙問道：「你與誰燒紙錢？快不要在這裏燒！你或是為父母兄弟，你告訴我名姓，外頭去叫小廝們，打了包袱寫上名姓去燒。」藕官見了寶玉，只不做一聲，寶玉數問不答。忽見一個婆子惡狠狠的走來拉藕官，口內說道：「我已經回了奶奶們，奶奶們氣得了不得！」藕官聽了，終是孩氣，怕辱沒了沒臉，便不肯去。婆子道：「我說你們別太興頭過餘了，如今還比得你們在外頭亂鬧呢！這是尺寸地方兒。」指著寶玉道：「連我們的爺還守規矩呢，你是什麼阿物兒，跑來胡鬧！怕也不中用，跟我快走罷！」寶玉忙道：「他並沒燒紙錢，原是林姑娘叫他燒那爛字紙的，你沒看真，反錯告了他。」

藕官正沒了主意，見了寶玉，也正添了畏懼；忽聽他反替遮掩，心內轉憂成喜，也便硬著口說道：「你很看真是紙錢子麼？我燒的是林姑娘寫壞的字紙。」那婆子便彎腰向紙灰中揀出不曾化盡的遺紙在手內，說道：「你還嘴硬？有證又有憑，只和你廳上講去。」說著，拉了袖子，拽著要走。寶玉忙拉藕官，又用拄杖隔開那婆子的手，說道：「你只管拿了回去，實告訴你，我昨夜做了一夢，夢見杏花神和我要一掛白錢，不可叫本房人燒，另叫生人替燒，我的病就好得快了，所以我請了白錢，巴巴的煩他來替我燒了。我今日纔能起來，偏你又看見了。這會子又不好了，都是你衝了！還要告他去？藕官，你只管見他們去，就依著這話說。」藕官聽了，越得主意，反拉著要走。那婆子忙丟下紙錢，陪笑央告寶玉，說道：「我原不知道，若回太太，我這人豈不完了？」寶玉道：「你也不許再回，我便不說。」婆子道：「我已經回了，原叫我帶他。只好說他被林姑娘叫去了。」寶玉點頭應允，婆子自去。

這裏寶玉細問藕官：「為誰燒紙？必非父母兄弟，定有私自的情理。」藕官因方纔護庇之情，心中感激，知他是自己一流人物，況再難隱瞞，便含淚說道：「我這事，除了你屋裏的芳官和寶姑娘的蕊官，並沒第三個人知道。今日忽然被你撞見，這意思，少不得也告訴了你，只不許再對一人言講。」又哭道：「我也不便和你面說，你只回去，背人悄悄問芳官就知道了。」說畢，怏怏而去。寶玉聽了，心下納悶，只得踱到瀟湘館瞧黛玉，越發瘦得可憐，問起來，比往日大好了些。黛玉見他也比先大瘦了，想起往日之事，不免流下淚來，些微談了一談，便催寶玉去歇息調養。寶玉只得回來。因惦記著要問芳官原委，偏有湘雲香菱來了，正和襲人芳官一處說笑，不好叫他，恐人又盤詰，只得耐著。

一時芳官又跟了他乾娘去洗頭，他乾娘偏又先叫他親女兒洗過纔叫芳官洗。芳官見了這般，便說他偏心：「把你女兒的剩水給我洗。我一個月的月錢都是你拿著，沾我的光不算，反倒給我剩東剩西的！」他乾娘羞惱變成怒，便罵他：「不識抬舉的東西！怪不得人人都說戲子沒一個好纏的，憑你什麼好的，入了這一行，都學壞了。這一點子小崽子，也挑幺挑六，鹹嘴淡舌，咬群的騾子似的！」娘兒兩個吵起來。

襲人忙打發人去說：「少亂嚷！瞅著老太太不在家，一個個連句安靜話也都不說了。」晴雯因說：「這是芳官不省事，不知狂的什麼？也不過是會兩齣戲，倒像殺了賊王、擒過反叛來的！」襲人道：「『一個巴掌拍不響』，老的也太不公些，小的也太可惡些。」寶玉道：「怨不得芳官！自古說：『物不平則鳴。』他失親少眷的在這裏，沒人照看；賺了他的錢，又作踐他，如何怪得！」又向襲人說：「他到底一月多少錢？以後不如你收了過來照管他，豈不省事？」襲人道：「我要照看他，那裏不照看了？又要他那幾個錢纔照看他？沒的招人罵去了。」說著，便起身至那屋裏，取了一瓶花露油、雞蛋、香皂、頭繩之類，叫了一個婆子來：「送給芳官去，叫他另要水自洗，不要吵鬧了。」他乾娘越發羞愧，便說芳官：「沒良心！只說我剋扣你的錢！」便向他身上拍了幾下，芳官便哭起來。寶玉便走出來，襲人忙勸：「做什麼？我去說他。」晴雯忙先過來，指他乾娘說道：「你這麼大年紀，太不懂事！你不給他好好的洗，我們纔給他東西。你自己不臊，還有臉打他！他要是還在學裏學藝，你也敢打他不成？」那婆子便說：「『一日叫娘，終身是母。』他排揎我，我就打得！」

襲人喚麝月道：「我不會和人拌嘴，晴雯性太急，你快過去震嚇他兩句。」麝月聽了，忙過來說道：「你且別嚷，我且問你：別說我們這一處，你看滿園子裏，誰在主子屋裏教導過女兒的？就是你的親女兒，既經分了房，有了主子，自有主子打罵；再者，大些的姑娘姐姐們也可以打得罵得，誰許你老子娘又半中間管起閒事來了！都這樣管，又要叫他們跟著我們學什麼？越老越沒了規矩！你見前日墜兒的媽來吵，你如今也來跟他學！你們放心，因連日這個病那個病，再老太太又不得閒，所以我也沒有去回。等兩日咱們去痛回一回，大家把這威風煞一煞兒纔好呢！況且寶玉纔好了些，連我們也不敢說話，你反打得人狼號鬼哭的！上頭出了幾日門，你們就無法無天的，眼珠子裏就沒了人了。再兩天，你們就該打我們了。他不要你這乾娘，怕糞草埋了他不成？」

寶玉恨得拿拄杖打著門檻子說道：「這些老婆子都是鐵心石腸似的，真是大奇事！不能照看，反倒折挫他們。地久天長，如何是好？」晴雯道：「什麼『如何是好』？都攆了出去，不要這些『中看不中吃的』！」那婆子羞愧難當，一言不發。那芳官只穿著海棠紅的小綿襖，底下綠綢灑花夾褲，敞著褲腿，一頭烏油似的頭髮披在腦後，哭得淚人一般。麝月笑道：「把個鶯鶯小姐反弄成纔拷打完的紅娘了！這會子又不妝扮了，還是這麼著？」晴雯因走過去拉了他，替他洗淨了髮，用手巾擰乾，鬆鬆的挽了一個慵妝髻；命他穿了衣服，過這邊來。

接著司內廚的婆子來問：「晚飯有了，可送不送？」小丫頭聽了，進來問襲人。襲人笑道：「方纔胡吵了一陣，也沒留心聽得，幾下鐘了？」晴雯道：「這勞什子又不知怎麼了，又得去收拾！」說著，拿過錶來瞧了一瞧，說道：「再略等半鍾茶的工夫就是了。」小丫頭去了。麝月笑道：「提起淘氣來，芳官也該打兩下兒，昨日是他擺弄了那墜子半日，就壞了。」說話之間，便將食具打點現成。一時小丫頭子捧了盒子進來站住，晴雯麝月揭開看時，還是這四樣小菜。晴雯笑道：「已經好了，還不給兩樣清淡菜吃！這稀飯鹹菜鬧到多早晚？」一面擺好，一面又看那盒中，卻有一碗火腿鮮筍湯，忙端了放在寶玉跟前。寶玉便就桌上喝了一口，說道：「好湯！」眾人都笑道：「菩薩，能幾日沒見葷腥兒，饞得這樣起來？」一面說，一面端起來，輕輕用口吹著。因見芳官在側，便遞與芳官，說道：「你也學些服侍，別一味傻玩傻睡。口兒輕著些，別吹上唾沫星兒。」芳官依言果吹了幾口，甚妥。他乾娘也端飯在門外伺候，向裏忙跑進來，笑道：「他不老成，仔細打了碗，等我吹罷。」一面說，一面就接。

晴雯忙喊道：「快出去！你讓他砸了碗，也輪不到你吹！你什麼空兒跑到裏槅兒來了？」一面又罵小丫頭們：「瞎了眼的！他不知道，你們也該說給他！」小丫頭們都說：「我們攆他不出去，說他又不信，如今帶累我們受氣，這是何苦呢！你可信了？我們到的地方兒，有你到的一半兒，那一半兒是你到不去的呢！何況又跑到我們到不去的地方兒還不算，又去伸手動嘴的了。」一面說，一面推他出去。階下幾個等空盒傢伙的婆子見他出來，都笑道：「嫂子也沒有『用鏡子照一照』，就進去了！」羞得那婆子又恨又氣，只得忍耐下去了。芳官吹了幾口，寶玉笑道：「你嘗嘗，好了沒有？」芳官當是玩話，只是笑著看襲人等。襲人道：「你就嘗一口何妨？」晴雯笑道：「你瞧我嘗。」說著便喝一口。芳官見如此，他便嘗了一口，說：「好了。」遞與寶玉，喝了半碗，吃了幾片筍，又吃了半碗粥，就罷了。眾人便收出去。小丫頭捧沐盆，漱盥畢，襲人等去吃飯。寶玉使個眼色與芳官，芳官本來伶俐，又學了幾年戲，何事不知。便裝肚子疼，不吃飯了。襲人道：「既不吃，在屋裏作伴兒。把粥留下，你餓了再吃。」說著去了。

寶玉將方纔見藕官，如何謊言護庇，如何藕官叫我問你，細細的告訴一遍，又問：「他祭的果係何人？」芳官聽了，眼圈兒一紅，又歎一口氣，道：「這事說來，藕官兒也是胡鬧。」寶玉忙問：「如何？」芳官道：「他祭的就是死了的藥官兒。」寶玉道：「他們兩個也算朋友，也是應當的。」芳官道：「那裏又是什麼朋友哩？那都是傻想頭，他是小生，藥官是小旦，往常時，他們扮作兩口兒，每日唱戲的時候，都裝著那麼親熱，一來二去，兩個人就裝糊塗了，倒像真的一樣兒。後來兩個竟是你疼我，我愛你。藥官兒一死，他就哭的死去活來的，到如今不忘，所以每節燒紙。後來補了蕊官，我們見他也是那樣，就問他：『為什麼得了新的就把舊的忘了？』他說：『不是忘了。比如人家男人死了女人，也有再娶的，只是不把死的丟過不提就是有情分了。』你說他是傻不是呢？」

寶玉聽了這呆話，獨合了他的呆性，不覺又喜又悲，又稱奇道絕。拉著芳官囑咐道：「既如此說，我有一句話囑咐你，須得你告訴他：以後斷不可燒紙，逢時按節，只備一爐香，一心虔誠，就能感應了。我那案上也只設著一個爐，我有心事，不論日期，時常焚香；隨便新茶新水，就供一盞；或有鮮花鮮果，甚至葷腥素菜都可。只在敬心，不在虛名。以後快命他不可再燒紙！」芳官聽了，便答應著；一時吃過粥。便有人回：「老太太回來了。」要知端的，且看下回分解。

卷五十九　柳葉渚邊嗔鶯叱燕　絳芸軒裏召將飛符

話說寶玉聞聽賈母等回來，隨多添了一件衣服，拄了杖前邊來，都見過了。賈母等因每日辛苦，都要早些歇息，一宿無話。次日五更，又往朝中去。離送靈日不遠，鴛鴦、琥珀、翡翠、玻璃四人，都忙著打點賈母之物；玉釧、彩雲、彩霞皆打點王夫人之物；當面查點與跟隨的管事媳婦們。跟隨的一共大小六個丫鬟，十個老婆媳婦子，男人不算。連日收拾馱轎器械。鴛鴦與玉釧兒皆不隨去，只看屋子。一面先幾日預備帳幔鋪陳之物，先有四五個媳婦並幾個男子領了出來，坐了幾輛車繞道，先至下處，鋪陳安插等候。

臨日，賈母帶著賈蓉媳婦坐一乘馱轎，王夫人在後，亦坐一乘馱轎；賈珍騎馬，率領眾家丁圍護；又有幾輛大車，與婆子丫鬟等坐，並放些隨換的衣包等件。是日薛姨媽尤氏率領諸人直送至大門外方回。賈璉恐路上不便，一面打發他父母起身，趕上了賈母王夫人馱轎，自己也隨後帶領家丁押後跟來。

榮府內，賴大添派人丁上夜，將兩處廳院都關了，一應出入人等皆走西邊小角門；日落時，便命關了儀門，不放人出入；園中前後東西角門亦皆關鎖，只留王夫人大房之後常係他姊妹出入之門，東邊通薛姨媽的角門：這兩門因在裏院，不必關鎖；裏面鴛鴦和玉釧兒也將上房關了，自領丫鬟婆子下房去歇；每日林之孝家的帶領十來個老婆子上夜，穿堂內又添了許多小廝打更：已安插得十分妥當。

一日清曉，寶釵春睏已醒，搴帷下榻，微覺輕寒，及啟户視之，見院中土潤苔青：原來五更時落了幾點微雨。於是喚起湘雲等人來。一面梳洗，湘雲因說兩腮作癢，恐又犯了杏斑癬，因問寶釵要些薔薇硝擦。寶釵道：「前日剩的都給了妹子了。」因說：「顰兒配了許多，我正要要他些來，因今年竟沒發癢，就忘了。」因命鶯兒去取些來。鶯兒應了纔去時，蕊官便說：「我同你去，順便瞧瞧藕官。」說著一徑同鶯兒出了蘅蕪院。二人你言我語，一面行走，一面說笑，不覺到了柳葉渚。順著柳堤走來，因見葉纔點碧，絲若垂金，鶯兒便笑道：「你會拿這柳條子編東西不會？」蕊官笑道：「編什麼東西？」鶯兒道：「什麼編不得？玩的，使的，都可。等我摘些下來，帶著這葉子編一個花籃，採了各色花兒放在裏頭，纔是好玩呢！」說著，且不去取硝，且伸手採了許多嫩條，命蕊官拿著，他卻一行走，一行編花籃。隨路見花便採一二枝，編出一個玲瓏過樑的籃子。枝上自有本來翠葉滿佈，將花放上，卻也別致有趣。喜得蕊官笑說：「好姐姐，給了我罷！」鶯兒道：「這一個咱們送林姑娘，回來咱們再多採些，編幾個大家玩。」說著，來至瀟湘館中。

黛玉也正晨妝，見了這籃子，便笑說：「這個新鮮花籃是誰編的？」鶯兒說：「我編了，送與姑娘玩的。」黛玉接了，笑道：「怪道人人讚你的手巧，這玩意兒卻也別致。」一面瞧了，一面便叫紫鵑掛在那裏。鶯兒又問候薛姨媽，方和黛玉要硝。黛玉忙命紫鵑去包了一包，遞與鶯兒。黛玉又說道：「我好了，今日要出去逛逛；你回去說與姐姐，不用過來問候媽了，也不敢勞他過來，我梳了頭，同媽都往你那裏去吃飯，大家熱鬧些。」

鶯兒答應了出來，便到紫鵑房中找蕊官。只見蕊官卻與藕官二人正說得高興，不能相捨，鶯兒便笑說：「姑娘也去呢，藕官先同去等著，豈不是好？」紫鵑聽見如此說，便也說道：「這話倒很是。他這裏淘氣的可厭。」一面說，一面便將黛玉的匙箸用了一塊洋巾包了，交與藕官道：「你先帶了這個去，也算一趟差了。」藕官接了，笑嘻嘻同他二人出來，一徑順著柳堤走來。鶯兒便又採些柳條，索性坐在山石上編起來；又命蕊官先送了硝去再來。他二人只顧愛看他編，那裏捨得去？鶯兒只管催，說：「你們再不去，我就不編了。」藕官便說：「同你去了，再快回來。」二人方去了。

這裏鶯兒正編，只見何媽的女兒春燕走來，笑問：「姐姐編什麼呢？」正說著，蕊官藕官也到了，春燕便向藕官道：「前日你到底燒了什麼紙？被我姨媽看見了，要告你沒告成，倒被寶玉賴了他好些不是，氣得他一五一十告訴我媽。你們在外頭二三年了，積了些什麼仇恨，如今還不解開？」藕官冷笑道：「有什麼仇恨？他們不知足，反怨我們了。在外頭這兩年，不知賺了我們多少東西。你說說，可有的沒的？」

春燕笑道：「他是我的姨媽，也不好向著外人反說他的。怨不得寶玉說：『女孩兒未出嫁是顆無價寶珠，出了嫁不知怎麼就變出許多不好的毛病兒來；再老了，更不是珠子，竟是魚眼睛了！分明一個人，怎麼變出三樣來。』這話雖是混賬話，想起來真不錯。別人不知道，只說我媽和姨媽，他老姐兒兩個，如今越老了，越把錢看得真了。先是老姐兒兩個在家抱怨沒個差使進益；幸虧有了這園子，把我挑進來，可巧把我分到怡紅院。家裏省了我一個人的費用不算外，每月還有四五百錢的餘剩，這也還說不夠。後來老姐兒兩個都派到梨香院去照看他們，藕官認了我姨媽，芳官認了我媽，這幾年著實寬綽了。如今挪進來，也算撂開手了，還只無厭。你說好笑不好笑？

接著我媽和芳官又吵了一場，又要給寶玉吹湯，討個沒趣兒。幸虧園裏的人多，沒人記得清楚誰是誰的親故；要有人記得，我們一家子，叫人家看著什麼意思呢！你這會子又跑了來弄這個。這一帶地方上的東西，都是我姑媽管著，他一得了這地，每日起早睡晚，自己辛苦了還不算，每日逼著我們來照看，生怕有人糟蹋，我又怕誤了我的差使；如今我們進來了，老姑嫂兩個照看得謹謹慎慎，一根草也不許人亂動，你還掐這些好花兒，又折他的嫩樹枝子，他們即刻就來，仔細他們抱怨。」鶯兒道：「別人折掐使不得，獨我使得。自從分了地基之後，各房裏每日皆有分例的，不用算；單算花草玩意兒，誰管什麼，每日誰就把各房裏姑娘丫頭戴的，必要各色送些折枝去，另有插瓶的。惟有我們姑娘說了：『一概不用送，等要什麼再和你要。』究竟總沒要過一次。我今便掐些，他們也不好意思說的。」

一言未了，他姑媽果然拄了拐杖走來，鶯兒春燕等忙讓坐。那婆子見採了許多嫩柳，又見藕官等採了許多鮮花，心裏便不受用；看著鶯兒編弄，又不好說什麼，便說春燕道：「我叫你來照看照看，你就貪著玩不去了，倘或叫起你來，你又說我使你了。拿我作隱身草兒，你來樂！」春燕道：「你老人家又使我，又怕，這會子反說我，難道把我劈八瓣子不成？」鶯兒笑道：「姑媽，你別信小燕兒的話，這都是他摘下來，煩我給他編，我攆他，他不去。」春燕笑道：「你可少玩兒！你只顧玩，他老人家就認真的。」

那婆子本是愚夯之輩，兼之年邁昏眊，惟利是命，一概情面不管；正心疼肝斷，無計可施，聽鶯兒如此說，便倚老賣老，拿起拄杖向春燕身上擊了幾下，罵道：「小蹄子，我說著你，你還和我強嘴兒呢！你媽恨得牙癢癢，要撕你的肉吃呢，你還和我梆子似的！」打得春燕又愧又急，因哭道：「鶯兒姐姐玩話，你就認真打我！我媽為什麼恨我？又沒燒糊了洗臉水，有什麼不是？」鶯兒本是玩話，忽見婆子認真動了氣，忙上前拉住，笑道：「我纔是玩話，你老人家打他，這不是臊我了嗎？」那婆子道：「姑娘，你別管我們的事，難道為姑娘這裏不許我們管孩子不成？」鶯兒聽這般蠢話，便賭氣紅了臉，撒了手，冷笑道：「你要管，那一刻管不得？偏我說了一句玩話，就管他了？我看你管去！」說著便坐下，仍編柳籃子。

偏又春燕的娘出來找他，喊道：「你不來舀水，在那裏做什麼？」這婆子便接聲兒道：「你來瞧瞧！你女孩兒連我也不服了，在這裏排揎我呢！」那婆子一面走過來，說：「姑奶奶又怎麼了？我們丫頭眼裏沒娘罷了，連姑媽也沒了不成？」鶯兒見他娘來了，只得又說原故。他姑媽那裏容人說話，便將石上的花柳與他娘瞧，道：「你瞧瞧，你女孩兒這麼大孩子玩的！他領著人糟蹋我，我怎麼說人？」他娘也正為芳官之氣未平，又恨春燕不遂他的心，便走上來打了個耳刮子，罵道：「小娼婦，你能上了幾年臺盤，你也跟著那起輕薄浪小婦學！怎麼就管不得你們了？乾的我管不得，你是我自己生出來的，難道也不敢管你不成？既是你們這起蹄子到得去的地方我到不去，你就死在那裏伺候，又跑出來浪漢子！」一面又抓起柳條子來，直送到他臉上，問道：「這叫作什麼，這編的是你娘的什麼？」鶯兒忙道：「那是我編的，你別『指桑罵槐』的！」

那婆子深妒襲人晴雯一干人，早知道凡房中大些的丫鬟，都比他們有些體統權勢，凡見了這一干人，心中又畏又讓，未免又氣又恨，亦且遷怒於眾；復又看見了藕官，又是他姐姐的冤家：四處湊成一股怨氣。那春燕啼哭著往怡紅院去了。他娘又恐問他為何哭，怕他又說出來，又要受晴雯等的氣，不免趕著來喊道：「你回來！我告訴你再去。」春燕那裏肯回來，急得他娘跑了去要拉他。春燕回頭看見，便也往前飛跑。他娘只顧趕他，不防腳下被青苔滑倒。引得鶯兒三個人都反笑了。鶯兒賭氣將花柳皆擲於河中，自回房去。這裏把個婆子心疼得只念佛，又罵：「促狹小蹄子！糟蹋了花兒，雷也是要劈的！」自己且掐花與各房送去。

卻說春燕一直跑入院中，頂頭遇見襲人往黛玉處問安去，春燕便一把抱住襲人說：「姑娘救我，我媽又打我呢！」襲人見他娘來了，不免生氣，便說道：「三日兩頭，打了乾的打親的，還是賣弄你女孩兒多？還是認真不知王法？」這婆子來了幾日，見襲人不言不語，是好性兒的，便說道：「姑娘，你不知道，別管我們的閒事，都是你們縱的，還管什麼？」說著，便又趕著打。襲人氣得轉身進來，見麝月正在海棠下晾手巾，聽如此喊鬧，便說：「姐姐別管，看他怎麼！」一面使眼色與春燕。春燕便會意，直奔了寶玉去。眾人都笑道：「這可是從來沒有的事今兒都鬧出來了。」麝月向婆子道：「你再略煞一煞氣兒，難道這些人的臉面，和你討一個情還討不出來不成？」

那婆子見他女兒奔到寶玉身邊去，又見寶玉拉了春燕的手，說：「你別怕，有我呢！」春燕一行哭，一行將方纔鶯兒等事都說出來。寶玉越發急起來，說：「你只在這裏鬧也罷了，怎麼連親戚也都得罪起來！」麝月又向婆子及眾人道：「怨不得這嫂子說我們管不著他們的事，我們雖無知，錯管了。如今請出一個管得著的人來管一管，嫂子就心服口服，也知道規矩了。」便回頭命小丫頭子：「去把平兒給我叫來，平兒不得閒，就把林大娘叫了來。」那小丫頭子應了便走。眾媳婦上來笑說：「嫂子快求姑娘們叫回那孩子來罷。平姑娘來了，可就不好了！」那婆子說道：「憑是那個姑娘來了，也要評個理。沒有見個娘管女孩兒，大家管著娘的！」眾人笑道：「你當是那個平姑娘？是二奶奶屋裏的平姑娘！他有情麼，說你兩句；他一翻臉，嫂子，你『吃不了兜著走』！」

說著，只見那個小丫頭回來說：「平姑娘正有事呢，問我做什麼，我告訴了他。他說，既這樣，且攆出他去，告訴林大娘，在角門打四十板子就是了。」那婆子聽見如此說了，嚇得淚流滿面，央告襲人等說：「好容易我進來了！況且我是寡婦家，沒有壞心，一心在裏頭伏侍姑娘們。我這一去，不知苦到什麼地步！」襲人見他如此說，又心軟了，便說：「你既要在這裏，又不守規矩，又不聽話，又亂打人，那裏弄你這個不曉事的人來！天天鬥口齒，也叫人笑話。」晴雯道：「理他呢！打發他去了正經。那裏那麼大工夫和他對嘴對舌的。」那婆子又央眾人道：「我雖錯了，姑娘們吩咐了，以後改過。姑娘們那不是行好積德。」一面又央告春燕：「原是為打你起的，饒沒打成你，我如今反受了罪。好孩子，你好歹替我求求罷！」寶玉見如此可憐，便命留下：「不許再鬧！再鬧，一定打了攆出去。」那婆子一一謝過下去。

只見平兒走來，問係何事，襲人等忙說：「已完了，不必再提。」平兒笑道：「『得饒人處且饒人』，得將就的就省些事罷。但只聽得各屋大小人等都作起反來了，一處不了又一處，叫我不知管那一處是。」襲人笑道：「我只說我們這裏反了，原來還有幾處。」平兒笑道：「這算什麼事！這三四日的工夫，一共大小出了八九件呢，——比這裏的還大。可氣，可笑！」不知平兒說出何事，且聽下回分解。

卷六十　茉莉粉替去薔薇硝　玫瑰露引出茯苓霜

話説襲人因問平兒：「何事這等忙亂？」平兒笑道：「都是世人想不到的，説來也好笑。等過幾日告訴你，如今沒頭緒呢，且也不得閒兒。」一語未了，只見李紈的丫鬟來了，説：「平姐姐可在這裏！奶奶等你，你怎麼不去了？」平兒忙轉身出來，口內笑説：「來了，來了！」襲人等笑道：「他奶奶病了，他又成了『香餑餑』了，都搶不到手。」平兒去了不提。

這裏寶玉便叫春燕：「你跟了你媽去，到寶姑娘房裏，給鶯兒句好話兒聽聽，也不可白得罪了他。」春燕答應了，和他媽出去。寶玉又隔窗説道：「不可當著寶姑娘説，仔細反叫鶯兒受教導。」娘兒兩個應了出來，一邊走著，一面説閒話兒。春燕因向他娘道：「我素日勸你老人家，再不信。何苦鬧出沒趣來纔罷！」他娘笑道：「小蹄子，你走罷！俗語説：『不經一事，不長一智。』我如今知道了，你又該來支問著我了！」春燕笑道：「媽，你若好生安分守己，在這屋裏長久了，自有許多好處。我且告訴你句話。寶玉常説：這屋裏的人，無論家裏外頭的，一應我們這些人，他都要回太太全放出去，與本人父母自便呢。你只説這一件，可好不好？」他娘聽説，喜得忙問：「這話果真？」春燕道：「誰可撒謊做什麼？」婆子聽了，便念佛不絕。

當下來至蘅蕪院中，正值寶釵、黛玉、薛姨媽等吃飯。鶯兒自去泡茶。春燕便和他媽一徑到鶯兒前，陪笑說：「方纔言語冒撞，姑娘莫嗔莫怪！特來陪罪。」鶯兒也笑了，讓他坐，又倒茶；他娘兒兩個說有事，便作辭回來。忽見蕊官趕出，叫：「媽媽，姐姐，略站一站。」一面走上，遞了一個紙包兒與他們，說是薔薇硝，與芳官去擦臉。春燕笑道：「你們也太小氣了，還怕那裏沒這個給他？巴巴兒的又弄一包給他去。」蕊官道：「他是他的，我送的是我送的，姐姐千萬帶回去罷！」春燕只得接了。娘兒兩個回來，正值賈環賈琮二人來問候寶玉，也纔進去。春燕便向他娘說：「只我進去罷，你老人家不用去。」他娘聽了。自此百依百隨的，不敢倔強了。

春燕進來，寶玉知道回覆了，便先點頭。春燕知意，便不再說一語，略站了一站，便轉身出來，使眼色與芳官。芳官出來，春燕方悄悄的說與他蕊官之事，並與了他硝。寶玉並無與琮環可談之語，因笑問芳官：「手裏是什麼？」芳官便忙遞與寶玉瞧，又說：「是擦春癬的薔薇硝。」寶玉笑道：「難為他想得到。」賈環聽了，便伸著頭瞧了一瞧，又聞得一股清香，便彎腰向靴筒內掏出一張紙來，托著笑道：「好哥哥，給我一半兒！」寶玉只得要給他。芳官心中因是蕊官之贈，不肯給別人，連忙攔住，笑說道：「別動這個，我另拿些來。」寶玉會意，忙笑道：「且包上拿去。」

芳官接了這個，自去收好，便從奩中去尋自己常使的。啟奩看時，盒內已空，心中疑惑：「早上還剩了些，如何就沒了？」因問人時，都說不知。麝月便說：「這會子且忙著問這個！不過是這屋裏人一時短了使了，你不管拿些什麼給他們，那裏看得出來？快打發他們去了，咱們好吃飯。」芳官聽說，便將些茉莉粉包了一包拿來。賈環見了，喜得就伸手來接，芳官便忙向炕上一擲。賈環見了，也只得向炕上拾了，揣在懷內，方作辭而去。

原來賈政不在家，且王夫人等又不在家，賈環連日也便裝病逃學。如今得了硝，興興頭頭來找彩雲，正值彩雲和趙姨娘閒談，賈環笑嘻嘻向彩雲道：「我也得了一包好的，送你擦臉。你常說薔薇硝擦癬比外頭買的銀硝強，你看看，是這個不是？」彩雲打開一看，「嗤」的一笑，說道：「你是和誰要來的？」賈環便將方纔之事說了一遍。彩雲笑道：「這是他們哄你這鄉老兒呢！這不是硝，這是茉莉粉。」賈環看了一看，果見比先的帶些紅色，聞聞也是噴香，因笑道：「這是好的，硝粉一樣，留著擦罷，橫豎比外頭買的高便好。」彩雲只得收了。趙姨娘便說：「有好的給你？誰叫你要去了？怎麼怨他們耍你！依我，拿了去照臉摔給他去。趁著這會子，撞屍的撞屍去了，挺牀的挺牀，吵一齣子，大家別心淨，也算是報報仇。莫不成兩個月之後，還找出這個渣兒來問你不成？就問你，你也有話說。寶玉是哥哥，不敢衝撞他罷了，難道他屋裏的貓兒狗兒也不敢去問問？」賈環聽了，便低了頭。彩雲忙說：「這又是何苦來！不管怎麼，忍耐些罷了。」趙姨娘道：「你也別管，橫豎與你無干。趁著抓住了理，罵那些浪娼婦們一頓，也是好的。」又指賈環道：「呸！你這下流沒剛性的，也只好受這些毛丫頭的氣！平白我說你一句兒，或無心中錯拿了一件東西給你，你倒會扭頭暴筋、瞪著眼，摔娘；這會子被那起毛崽子耍弄，倒就罷了。你明日還想這些家裏人怕你呢！你沒有什麼本事，我也替你恨！」

賈環聽了，不免又愧又急，又不敢去，只摔手說道：「你這麼會說，你又不敢去。支使了我去鬧，他們倘或往學裏告去，我捱了打，你敢自不疼的！遭遭兒調唆我去，鬧出事來，我捱了打罵，你一般也低了頭。這會子又調唆我和毛丫頭們去鬧！你不怕三姐姐，你敢去，我就服你！」一句話戳了他娘的肺，便嚷道：「我腸子裏爬出來的，我再怕了，這屋裏越發有得活了！」一面說，一面拿了那包子，便飛也似的往園中去了。彩雲死勸不住，只得躲入別房。賈環便也躲出儀門，自去玩耍。

趙姨娘直進園子，正是一頭火，頂頭遇見藕官的乾娘夏婆子走來，瞧見趙姨娘氣得眼紅面青的走來，因問：「姨奶奶，那裏去？」趙姨娘拍著手道：「你瞧瞧！這屋裏連三日兩日進來唱戲的小粉頭們都三般兩樣，掂人的分量，放小菜兒了。要是別一個我還不惱，若叫這些小娼婦捉弄了，還成了什麼了！」夏婆子聽了，正中己懷，忙問：「因什麼事？」趙姨娘遂將以粉作硝、輕侮賈環之事說了一回。夏婆子道：「我的奶奶，你今日纔知道？這算什麼事！連昨日這個地方，他們私自燒紙錢，寶玉還攔在頭裏。人家還沒拿進個什麼兒來，就說使不得，不乾不淨的東西忌諱，這燒紙倒不忌諱？你想一想：這屋裏除了太太，誰還大似你？你自己掌不起！但凡掌的起來，誰還不怕你老人家？如今我想：趁這幾個小粉頭兒都不是正經貨，就得罪他們，也有限的。快把這兩件事抓著理，紮個筏子，我幫著你作證見。你老人家把威風也抖一抖，以後也好爭別的。就是奶奶姑娘們，也不好為那起小粉頭子說你老人家的不是。」趙姨娘聽了這話，越發有理，便說：「燒紙的事我不知道，你細細告訴我。」夏婆子便將前事一一的說了。又說：「你只管說去，倘或鬧起來，還有我們幫著你呢。」趙姨娘聽了，越發得了意，仗著膽子，便一徑到了怡紅院中。

可巧寶玉往黛玉那裏去了，芳官正與襲人等吃飯，見趙姨娘來了，忙都起身讓：「姨奶奶吃飯。什麼事情這等忙？」趙姨娘也不答話，走上來，便將粉照芳官臉上摔來，手指著芳官罵道：「小娼婦養的！你是我們家銀子錢買了來學戲的，不過娼婦粉頭之流，我家裏下三等奴才也比你高貴些！你都會『看人下菜碟兒』！寶玉要給東西，你攔在頭裏，莫不是要了你的了？拿這個哄他，你只當他不認得呢！好不好，他們是手足，都是一樣的主子，那裏有你小看他的？」

芳官那裏禁得住這話，一行哭，一行便說：「沒了硝，我纔把這個給他的；要說沒了，又怕不信。難道這不是好的？我便學戲，也沒往外頭唱去。我一個女孩兒家，知道什麼『粉頭』『麵頭』的！姨奶奶犯不著來罵我，我又不是姨奶奶家買的。『梅香拜把子——都是奴才』罷咧！這是何苦來呢！」襲人忙拉他說：「休胡說！」趙姨娘氣得發怔，便上來打了兩個耳刮子，襲人等忙上來拉勸，說：「姨奶奶不要和他小孩子一般見識，等我們說他。」芳官捱了兩下打，那裏肯依？便打滾撒潑的哭鬧起來；口內便說：「你打的著我麼？你照照你那模樣兒再動手！我叫你打了去，也不用活著了！」撞在他懷中叫他打。眾人一面勸，一面拉。晴雯悄拉襲人說：「不用管他們，讓他們鬧去，看怎麼開交。如今亂為王了，什麼你也來打，我也來打，都這樣起來，還了得呢！」外面跟趙姨娘來的一干人聽見如此，心中各各趁願，都念佛說：「也有今日！」又有那一干懷怨的老婆子，見打了芳官，也都趁願。

當下藕官蕊官等正在一處玩，湘雲的大花面葵官，寶琴的荳官，兩個聽見此信，忙找著他兩個說：「芳官被人欺負，咱們也沒趣兒，須得大家破著大鬧一場，方爭的過氣來。」四人終是小孩子心性，只顧他們情分上義憤，便不顧別的，一齊跑入怡紅院中。荳官先就照著趙姨娘撞了一頭，幾乎不曾將趙姨娘撞了一跤。那三個也便擁上來，放聲大哭，手撕頭撞，把個趙姨娘裹住。晴雯等一面笑，一面假意去拉。急得襲人拉起這個，又跑了那個，口內只說：「你們要死啊！有委屈只管好說，這樣沒道理，還了得了！」趙姨娘反沒了主意，只好亂罵。蕊官藕官兩個一邊一個，抱住左右手；葵官荳官前後頭頂住，只說：「你打死我們四個就罷！」芳官直挺挺躺在地下，哭得死過去。

正沒開交，誰知晴雯早遣春燕回了探春，當下尤氏、李紈、探春三人帶著平兒與眾媳婦走將來，忙把四個喝住。問起原故來，趙姨娘氣得瞪著眼、粗了筋，一五一十，說個不清。尤李兩個不答言，只喝禁他四人。探春便歎氣說道：「這是什麼大事！姨娘太肯動氣了。我正有一句話，要請姨娘商議，怪道丫頭們說不知在那裏，原來在這裏生氣呢！姨娘快同我來。」尤氏李紈都笑說：「請姨娘到廳上來，咱們商量。」

趙姨娘無法，只得同他三人出來，口內猶說長說短。探春便說：「那些小丫頭子們原是玩意兒，喜歡呢，和他玩玩笑笑；不喜歡，可以不理他就是了。他不好了，如同貓兒狗兒抓咬了一下子，可恕就恕；不恕時，也只該叫管家媳婦們，說給他去責罰。何苦自不尊重，大吆小喝，也失了體統。你瞧周姨娘，怎麼沒人欺他、他也不尋人去？我勸姨娘且回房去煞煞性兒，別聽那說瞎話的混賬人調唆，惹人笑話自己呆，白給人家做活。心裏有二十分的氣，也忍耐這幾天，等太太回來，自然料理。」一席話說得趙姨娘閉口無言，只得回房去了。

這裏探春氣得和李紈尤氏說：「這麼大年紀，行出來的事總不叫人敬服！這是什麼意思，也值得吵一吵，並不留體統！耳朵又軟，心裏又沒有算計，這又是那起沒臉面的奴才們調唆的，作弄出個呆人，替他們出氣！」越想越氣，因命人：「查是誰調唆的！」媳婦們只得答應著出來，相視而笑，都說是：「大海裏那裏撈針去？」只得將趙姨娘的人並園中人喚來盤詰，都說：「不知道。」眾人也無法，只得回探春：「一時難查，慢慢的訪。凡有口舌不妥的，一總來回了責罰。」

探春氣漸漸平服，方罷。可巧艾官便悄悄的回探春說：「都是夏媽素日和這芳官不對，每每的造出些事來。前日賴藕官燒紙，幸虧是寶二爺自己應了，他纔沒話。今日我與姑娘送手巾去，看見他和姨奶奶在一處說了半天，嘁嘁喳喳的，見了我來，纔走開了。」探春聽了，雖知情弊，亦料定他們皆一黨，本皆淘氣異常，便只答應，也不肯據此為證。

誰知夏婆的外孫女兒小蟬兒，便是探春處當差的，時常與房中丫鬟們買東西，眾女孩兒都待他好。這日飯後，探春正上廳理事，翠墨在家看屋子，因命小蟬出去叫小幺兒買糕去。小蟬便笑說：「我纔掃了個大院子，腰腿生疼的，你叫別的人去罷。」翠墨笑說：「我又叫誰去？你趁早兒去，我告訴你一句好話：你到後門順路告訴你老娘，防著些兒。」說著，便將艾官告他老娘的話告訴了他。小蟬聽說，忙接了錢，道：「這個小蹄子也要捉弄人，等我告訴去。」說著，便起身出來。至後門邊，只見廚房內此刻手閒之時，都坐在臺階上說閒話呢，夏婆亦在其內。小蟬便命一個婆子出去買糕，他且一行罵，一行說，將方纔的話告訴了夏婆子。夏婆子聽了，又氣又怕，便欲去找艾官問他；又要往探春前去訴冤。小蟬忙攔住說：「你老人家去怎麼說呢？這話怎麼知道的？可又叨蹬不好了，說給你老人家防著就是了，那裏忙在一時兒？」

正說著，忽見芳官走來，扒著院門，笑向廚房中柳家媳婦說道：「柳嬸子，寶二爺說了：晚飯的素菜，要一樣涼涼的酸酸的東西，只不要擱上香油弄膩了。」柳家的笑道：「知道。今兒怎麼又打發你來告訴這麼句要緊的話呢？你不嫌腌臢，進來逛逛。」芳官纔進來，忽有一個婆子，手裏托了一碟子糕來。芳官戲說：「誰買的熱糕？

我先嘗一塊兒。」小蟬一手接了，道：「這是人家買的，你們還希罕這個！」柳家的見了，忙笑道：「芳姑娘，你愛吃這個，我這裏有纔買下給你姐姐吃的，他沒有吃，還收在那裏，乾乾淨淨沒動的。」說著，便拿了一碟子出來，遞與芳官，又說：「你等我替你燉口好茶來。」一面進去現通開火燉茶。芳官便拿著那糕，舉到小蟬臉上，說：「誰希罕吃你那糕！這個不是糕不成？我不過說著玩罷了，你給我磕頭，我還不吃呢！」說著，便把手內的糕掰了一塊，擲著逗雀兒玩，口內笑說道：「柳嬸子，你別心疼，我回來買二斤給你。」小蟬氣得怔怔的瞅著說道：「雷公老爺也有眼睛，怎麼不打這作孽的人！」眾人都說道：「姑娘們罷喲！天天見了就咕唧。」有幾個伶透的，見他們拌起嘴來了，又怕生事，都拿起腳來各自走開。當下小蟬也不敢十分說話，一面咕噥著去了。

這裏柳家的見人散了，忙出來和芳官說：「前日那話說了沒有？」芳官道：「說了。等一兩天，再提這事。偏那趙不死的又和我鬧了一場。前日那玫瑰露，姐姐吃了沒有？他到底可好些？」柳家的道：「可不都吃了！他愛得什麼似的，又不好和你再要。」芳官道：「不值什麼，等我再要些來給他就是了。」

原來柳家的有個女孩兒，年纔十六歲，雖是廚役之女，卻生得人物與平、襲、鴛、紫相類。因他排行第五，便叫他五兒。因素有弱疾，故沒得差使。近因柳家的見寶玉房中丫鬟，差輕人多，且又聞寶玉將來都要放他們，故如今要送到那裏去應名。正無路頭，可巧這柳家的是梨香院的差使，他最小意殷勤，伏侍得芳官一干人，比別的乾娘還好，芳官等待他也極好。如今便和芳官說了，央芳官去和寶玉說。寶玉雖是依允，只是近日病著，又有事，尚未得說。

前言少述，且說當下芳官回至怡紅院中，回覆了寶玉。這裏寶玉正為趙姨娘吵鬧，心中不悅，說又不是，不說又不是，只等吵完了，打聽著探春勸了他去後，方又勸了芳官一陣，因使他到廚房說話去。今見他回來，又說還要些玫瑰露與柳五兒吃去，寶玉忙道：「有著呢，我又不大吃，你都給他吃去罷。」說著，命襲人取出來。見瓶中也不多，遂連瓶與了芳官。

芳官便自攜了瓶與他去。正值柳家的帶進他女兒來散悶，在那邊畸角子一帶地方逛了一回，便回到廚房內，正吃茶歇腳兒。見芳官拿了一個五寸來高的小玻璃瓶來，迎亮照著，裏面有半瓶胭脂一般的汁子，還當是寶玉吃的西洋葡萄酒。母女兩個忙說：「快拿鏇子燙滾了水，你且坐下。」芳官笑道：「就剩了這些，連瓶子給你罷。」五兒聽說，方知是玫瑰露，忙接了，又謝芳官。因說道：「今日好些，進來逛逛。這後邊一帶，也沒有什麼意思，不過是些大石頭大樹和房子後牆，正經好景致也沒看見。」芳官道：「你為什麼不往前去？」柳家的道：「我沒叫他往前去：姑娘們也不認得他，倘有不對眼的人看見了，又是一番口舌。明日託你攜帶他，有了房頭兒，怕沒人帶著逛呢！只怕逛膩了的日子還有呢！」芳官聽了，笑道：「怕什麼？有我呢！」柳家的忙道：「噯喲喲！我的姑娘！我們的頭皮兒薄，比不得你們。」說著，又倒了茶來。芳官那裏吃這茶？只漱了一口便走了。柳家的說：「我這裏佔著手呢，五丫頭送送。」

五兒便送出來，因見無人，又拉著芳官說道：「我的話到底說了沒有？」芳官笑道：「難道哄你不成？我聽見屋裏正經還少兩個人的窩兒，並沒補上：一個是小紅的，璉二奶奶要了去，還沒給人來；一個是墜兒的，也沒補。如今要你一個也不算過分。皆因平兒每每和襲人說：『凡有動人動錢的事，得挨的且挨一日。如今三姑娘正要拿人作筏子呢。』連他屋裏的事都駁了兩三件，如今正要尋我們屋裏的事沒尋著，何苦來往網裏碰去？倘或說些話駁了，那時候老了，倒難再回轉。且等冷一冷兒，老太太、太太心閒了，憑是天大的事，先和老的兒一說，沒有不成的！」五兒道：「雖如此說，我卻性兒急，等不得了。趁如今挑上了：頭宗，給我媽爭口氣，也不枉養我一場；二宗，我添了月錢，家裏又從容些；三宗，我開開心，只怕這病就好了。便是請大夫吃藥，也省了家裏的錢。」芳官說：「你的話我都知道了，你只管放心。」說畢，芳官自去了。

單表五兒回來，與他娘深謝芳官之情。他娘因說：「再不承望得了這些東西，雖然是個尊貴物兒，卻是吃多了也動熱，竟把這個倒些送個人去，也是大情。」五兒問：「送誰？」他娘道：「送你姑舅兄弟一點兒，他那熱病，也想這些東西吃。我倒半盞給他去。」五兒聽了，半日沒言語，隨他媽倒了半盞去，將剩的連瓶便放在傢伙廚內。五兒冷笑道：「依我說，竟不給他也罷了。倘或有人盤問起來，倒又是一場是非。」他娘道：「那裏怕起這些來，還了得！我們辛辛苦苦的，裏頭賺些東西，也是應當的。難道是做賊偷的不成？」說著，不聽，一徑去了，直至外邊他哥哥家中。他姪兒正躺著。一見這個，他哥哥、嫂子、姪兒，無不歡喜。現從井上取了涼水，吃了一碗，心中爽快，頭目清涼。剩的半盞，用紙蓋著，放在桌上。

可巧又有家中幾個小廝，同他姪兒素日相好的伴兒，走來看他的病，內中有一個叫作錢槐，是趙姨娘之內親。他父母現在庫上管賬，他本身又派跟賈環上學。因他手頭寬裕，尚未娶親，素日看上柳家的五兒標致，一心和父母說了，娶他為妻。也曾央中保媒人，再四求告。柳家父母卻也情願，爭奈五兒執意不從，雖未明言，卻已中止，他父母未敢應允。近日又想往園內去，越發將此事丟開，只等三五年後放出時，自向外邊擇婿了。錢槐家中人見如此，也就罷了。爭奈錢槐不得五兒，心中又氣又愧，發恨定要弄取成配，方了此願。今日也同人來看望柳氏的姪兒，不期柳家的在內。

柳家的見一群人來了，內中有錢槐，便推說不得閒，起身走了。他哥哥嫂子忙說：「姑媽怎麼不喝茶就走？倒難為姑媽記掛著。」柳家的因笑道：「只怕裏面傳飯。再閒了，出來瞧姪兒罷。」他嫂子因向抽屜內取了一個紙包兒出來，拿在手內，送了柳家的出來，至牆角邊，遞與柳家的，又笑道：「這是你哥哥昨日在門上該班兒，誰知這五日的班兒，一個外財沒發，只有昨日有廣東的官兒來拜，送了上頭兩小簍子茯苓霜，餘外給了門上人一簍作門禮，你哥哥分了這些。昨兒晚上，我打開看了看，怪俊，雪白的。說拿人奶和了，每日早起吃一鍾，最補人的。沒人奶就用牛奶；再不得就是滾白水也好。我們想著正是外甥女兒吃得的，上半天原打發小丫頭子送了家去，他說鎖著門，連外甥女兒也進去了。本來我要瞧瞧他去，給他帶了去的，又想著主子們不在家，各處嚴緊，我又沒什麼差使，跑什麼？況且這兩日風聞得裏頭家反作亂的，倘或沾帶了，倒值多了。姑媽來的正好，親自帶去罷。」

柳氏道了生受，作別回來。剛走到角門前，只見一個小幺兒笑道：「你老人家那裏去了？裏頭三次兩趟叫人傳呢，叫我們三四個人各處都找到了。你老人家從那裏來了？這條路又不是家去的路，我倒要疑心起來了。」那柳家的笑道：「好小猴兒崽子！你也和我胡說起來了！回來問你。」要知端的，下回分解。

卷六十一　投鼠忌器寶玉瞞贓　判冤決獄平兒行權

話説那柳家的聽了這小幺兒一席話，笑道：「好猴兒崽子，你親嬸子找野老兒去了，你豈不多得一個叔叔？有什麼疑的！不要討我把你頭上的榪子蓋揪下來，還不開門讓我進去呢！」小廝且不推門，且又拉著笑道：「好嬸子！你這一進去，好歹偷幾個杏兒出來賞我吃。我這裏老等。你要忘了，日後半夜三更打酒買油的，我不給你老人家開門，也不答應你，隨你乾叫去。」柳氏啐道：「發了昏的！今年還比往年？把這些東西都分給了眾媽媽了。一個個的不像抓破了臉的！人打樹底下一過，兩眼就像那黧雞似的，還動他的果子！可是你舅母姨娘兩三個親戚都管著，怎不和他們要去，倒和我來要？這可是『倉老鼠問老鴰去借糧，守著的沒有，飛著的倒有』！」小廝笑道：「噯喲喲，沒有罷了，説上這些閒話！我看你老人家，從今以後，就用不著我了？就是姐姐有了好地方，將來呼喚我們的日子多著呢！只要我們多答應他些就有了。」柳氏聽了笑道：「你這個小猴兒精又搗鬼了，你姐姐有什麼好地方了？」那小廝笑道：「不用哄我了，早已知道了。單是你們有內牽，難道我們就沒有內牽不成？我雖在這裏聽差，裏頭卻也有兩個姐姐，成個體統的。什麼事瞞了我們！」

正説著，只聽門內又有老婆子向外叫：「小猴兒，快傳你柳嬸子去罷，再不來，可就誤了。」柳家的聽了，不顧和那小廝説話，忙推門進去，笑説：「不必忙，我來了。」一面來至廚房，雖有幾個同伴的人，他們都不敢自專，單等他來調停分派，一面問眾人：「五丫頭那裏去了？」眾人都說：「纔往茶房裏找他們姐妹去了。」

柳家的聽了，便將茯苓霜擱起，且按著房頭分派菜饌。忽見迎春房裏小丫頭蓮花兒走來說：「司棋姐姐說：要碗雞蛋，燉得嫩嫩的。」柳家的道：「就是這一樣兒尊貴。不知怎麼，今年雞蛋短的很，十個錢一個還找不出來。昨日上頭給親戚家送粥米去，四五個買辦出去，好容易纔湊了二千個來，我那裏找去？你說給他，改日吃罷。」蓮花兒道：「前日要吃豆腐，你弄了些餿的，叫他說了我一頓；今日要雞蛋又沒有了！什麼好東西？我就不信連雞蛋都沒有了，別叫我翻出來。」一面說，一面真個走來，揭起菜箱一看，只見裏面果有十來個雞蛋，說道：「這不是？你就這麼利害！吃的是主子分給我們的分例，你為什麼心疼？又不是你下的蛋，怕人吃了。」

柳家的忙丟了手裏的活計，便上來說道：「你少滿嘴裏混唚！你媽纔下蛋呢！通共留下這幾個，預備菜上的澆頭，姑娘們不要，還不肯做上去呢，預備遇急兒的。你們吃了，倘或一聲要起來，沒有好的，連雞蛋都沒了。你們深宅大院，『水來伸手，飯來張口』，只知雞蛋是平常物件，那裏知道外頭買賣的行市呢。別說這個，有一年連草棍子還沒了的日子還有呢。我勸他們，細米白飯，每日肥雞大鴨子，將就些兒也罷了。吃膩了腸子，天天又鬧起故事來了。雞蛋、豆腐，又是什麼麵筋、醬蘿蔔炸兒，敢自倒換口味。只是我又不是答應你們的，一處要一樣，就是十來樣；我倒不用伺候頭層主子，只預備你們二層主子了。」

蓮花兒聽了，便紅了臉，喊道：「誰天天要你什麼來，你說上這兩車子話！叫你來，不是為便宜，卻為什麼？前日春燕來說，晴雯姐姐要吃蘆蒿，你怎麼忙得還問肉炒雞炒？春燕說葷的不好，纔另叫你炒個麵筋兒，少擱油纔好，你忙得倒說自己『發昏』，趕著洗手炒了，『狗顛屁股兒』似的，親捧了去；今日反倒拿我作筏子，說我給眾人聽。」

柳家的忙道：「阿彌陀佛，這些人眼見的。不要說前日一次，就從舊年以來，凡各房裏，偶然間不論姑娘姐兒們，要添一樣半樣，誰不是先拿了錢來另買另添？有的沒的，名聲好聽。算著連姑娘帶姐兒們四五十人，一日也只管要兩隻雞，兩隻鴨子，一二十斤肉，一弔錢的菜蔬，你們算算，夠做什麼的？連本項兩頓飯還撐持不住，還擱得住這個點這樣，那個點那樣，買來的又不吃，又要別的去。既這樣，不如回了太太，多添些分例，也像大廚房裏預備老太太的飯，把天下所有的菜蔬，用水牌寫了，天天轉著吃，到一個月現算倒好。連前日三姑娘和寶姑娘偶然商量了要吃個油鹽炒豆芽兒來，現打發個姐兒拿著五百錢給我，我倒笑起來了，說：『二位姑娘就是大肚子彌勒佛，也吃不了五百錢的。這二三十個錢的事，還備得起。』趕著我送回錢去，到底不收，說賞我打酒吃，又說：『如今廚房在裏頭，保不住屋裏的人不去叨蹬。一鹽一醬，那不是錢買的？你不給又不好，給了你又沒得賠，你拿著這個錢，權當還了他們素日叨蹬的東西窩兒。』這就是明白體下的姑娘，我們心裏，只替他念佛。沒得趙姨奶奶聽了，又氣不忿，反說太便宜了我，隔不了十天，也打發個小丫頭子來尋這樣，尋那樣，我倒好笑起來。你們竟成了例，不是這個，就是那個，我那裏有這些賠的？」

正亂時，只見司棋又打發人來催蓮花兒，說他：「死在這裏？怎麼就不回去？」蓮花兒賭氣回來，便添了一篇話，告訴了司棋。司棋聽了，不免心頭起火，此刻伺候迎春飯罷，帶了小丫頭們走來，見了許多人正吃飯，見他來得勢頭不好，都忙起身陪笑讓坐。司棋便喝命小丫頭子動手：「凡箱櫃所有的菜蔬，只管扔出去餵狗，大家賺不成！」小丫頭子們巴不得一聲，七手八腳搶上去，一頓亂翻亂擲，慌得眾人一面拉勸，一面央告司棋說：「姑娘別誤聽了小孩子的話，柳嫂子有八個頭，也不敢得罪姑娘。說雞蛋難買是真。我們纔也說他不知好歹，憑是什麼東西，也少不得變法兒去。他已經悟過來了，連忙蒸上了。姑娘不信，瞧那火上。」司棋被眾人一頓好言語，方將氣勸得漸平了。小丫頭子們也沒得摔完東西，便拉開了。司棋連說帶罵，鬧了一回，方被眾人勸去。柳家的只好摔碗丟盤，自己咕唧了一回，蒸了一碗雞蛋，令人送去。司棋全潑了地下。那人回來，也不敢說，恐又生事。

柳家的打發他女兒喝了一回湯，吃了半碗粥，又將茯苓霜一節說了。五兒聽罷，便心下要分些贈芳官，遂用紙另包了一半，趁黃昏人稀之時，自己花遮柳隱的來找芳官。且喜無人盤問，一徑到了怡紅院門首，不好進去，只在一簇玫瑰花前站立，遠遠的望著。有一盞茶時候，可巧春燕出來，忙上前叫住。春燕不知是那一個，到跟前方看真切，因問：「做什麼？」五兒笑道：「你叫出芳官來，我和他說話。」春燕悄笑道：「姐姐太性急了。橫豎等十來日就來了，只管找他做什麼？方纔使了他往前頭去了，你且等他一等。不然，有什麼話告訴我，等我告訴他；恐怕你等不得，只怕關了園門。」五兒便將茯苓霜遞與春燕，又說：「這是茯苓霜。」如何吃，如何補益，「我得了些送他的，轉煩你遞與他就是了。」說畢，便走回來。

正走蓼漵一帶，忽迎見林之孝家的帶著幾個婆子走來，五兒藏躲不及，只得上來問好。林家的問道：「我聽見你病了，怎麼跑到這裏來？」五兒陪笑說道：「因這兩日好些，跟我媽進來散散悶。纔因我媽使我到怡紅院送傢伙去。」林之孝家的說道：「這話岔了。方纔我見你媽出去，我纔關門。既是你媽使了你去，他如何不告訴我說你在這裏呢，竟出去讓我關門，是何主意？可是你撒謊。」五兒聽了，沒話回答，只說：「原是我媽一早教我去取的，我忘了，挨到這時，我纔想起來了。只怕我媽錯認我先去了，所以沒和大娘説得。」

林之孝家的聽他詞鈍意虛，又因近日玉釧兒說那邊正房內失落了東西，幾個丫頭對賴，沒主兒，心下便起了疑。可巧小蟬蓮花兒並幾個媳婦子走來，見了這事，便説道：「林奶奶倒要審審他。這兩日他往這裏頭跑得不像，鬼鬼祟祟的，不知幹些什麼事。」小蟬又道：「正是。昨日玉釧姐姐說：『太太耳房裏的櫃子開了，少了好些零碎東西。』璉二奶奶打發平姑娘和玉釧姐姐要些玫瑰露，誰知也少了一罐子，不是尋露還不知道呢！」蓮花兒笑道：「這我沒聽見。今日我倒看見一個露瓶子。」林之孝家的正因這事沒主兒，每日鳳姐兒使平兒催逼他，一聽此言，忙問：「在那裏？」蓮花兒便説：「在他們廚房裏呢。」林之孝家的聽了，忙命打了燈籠，帶著眾人來尋。五兒急得便説：「那原是寶二爺屋裏的芳官給我的。」林之孝家的便説：「不管你『方官』『圓官』，現有贓證，我只呈報了，憑你主子前辯去！」一面說，一面進入廚房，蓮花兒帶著，取出露瓶。恐還偷有別物，又細細搜了一遍，又得了一包茯苓霜，一併拿了，帶了五兒來回李紈與探春。

那時李紈正因蘭兒病了，不理事務，只命去見探春。探春已歸房，人回進去，丫鬟們都在院內納涼，探春在內盥沐，只有待書回進去，半日出來說：「姑娘知道了，叫你們找平兒回二奶奶去。」林之孝家的只得領出來，到鳳姐那邊，先找著平兒進去回了鳳姐。鳳姐方纔睡下，聽見此事，便吩咐：「將他娘打四十板子，攆出去，永不許進二門；把五兒打四十板子，立刻交給莊子上，或賣或配人。」

平兒聽了出來，依言吩咐了林之孝家的。五兒嚇得哭哭啼啼，給平兒跪著，細訴芳官之事。平兒道：「這也不難，等明日問了芳官，便知真假。但這茯苓霜，前日人送了來，還等老太太、太太回來看了纔敢打動，這不該偷了去。」五兒見問，忙又將他舅舅送的一節說了出來。平兒聽了，笑道：「這樣說，你竟是個平白無辜之人，拿你來頂缸的。此時天晚，奶奶纔進了藥歇下，不便為這點子小事去絮叨。如今且將他交給上夜的人看守一夜，等明日我回了奶奶，再作道理。」林之孝家的不敢違拗，只得帶出來，交與上夜的媳婦們看守，自己便去了。

這裏五兒被人軟禁起來，一步不敢多走。又兼眾媳婦也有勸他說：「不該做這沒行止的事。」也有抱怨說：「正經更還坐不上來，又弄個賊來給我們看守，倘或眼不見尋了死，或逃走了，都是我們的不是。」又有素日一干與柳家不睦的人，見了這般，十分趁願，都來奚落嘲戲他。這五兒心內又氣又委屈，竟無處可訴；且本來怯弱有病，這一夜思茶無茶，思水無水，思睡無衾枕，嗚嗚咽咽，直哭了一夜。

誰知和他母女不和的那些人，巴不得一時就攆他出門去。生恐次日有變，大家先起了個清早，都悄悄的來買轉平兒，送了些東西，一面又奉承他辦事簡斷，一面又講述他母親素日許多不好處。平兒一一的都應著，打發他們去了，卻悄悄的來訪襲人，問他可果真芳官給他玫瑰露了。襲人便說：「露卻是給了芳官，芳官轉給何人，我卻不知。」襲人於是又問芳官，芳官聽了，唬了一跳，忙應是自己送他的。芳官便又告訴了寶玉，寶玉也慌了，說：「露雖有了，若勾起茯苓霜來，他自然也實供。若聽見了是他舅舅門上得的，他舅舅又有了不是，豈不是人家的好意，反被咱們陷害了。」

因忙和平兒計議：「露的事雖完了，然這霜也是有不是的。好姐姐，你只叫他也說是芳官給他的，就完了。」平兒笑道：「雖如此，只是他昨晚已經同人說是他舅舅給的了，如何又說你給的？況且那邊所丟之霜，正沒主兒，如今有贓證的白放了，又去找誰？誰還肯認？眾人也未必心服。」晴雯走來，笑道：「太太那邊的露，再無別人，分明是彩雲偷了給環哥兒去了，你們可瞎亂說。」

平兒笑道：「誰不知這個原故，但今玉釧兒急得哭，悄悄問著他，他要應了，玉釧也罷了，大家也就混著不問了，難道我們好意兜攬這事不成？可恨彩雲不但不應，他還擠玉釧兒，說他偷了去了。兩個人『窩裏炮』，先吵得合府皆知，我們如何裝沒事人，少不得要查的。殊不知告失盜的就是賊，又沒贓證，怎麼說他？」寶玉道：「也罷。這件事，我也應起來，就說是我要嚇他們玩的，悄悄的偷了太太的來了，兩件事就都完了。」襲人道：「也倒是一件陰騭事，保全人的賊名兒。只是太太聽見，又說你小孩子氣，不知好歹了。」平兒笑道：「也倒是小事。如今便從趙姨娘屋裏起了贓來也容易，我只怕又傷著一個好人的體面。別人都不要管，只這一個人，豈不又生氣。我可憐的是他，不肯為『打老鼠傷了玉瓶』。」說著，把三個指頭一伸。

襲人等聽說，便知他說的是探春，大家都忙說：「可是這話，竟是我們這裏應起來的為是。」平兒又笑道：「也須得把彩雲和玉釧兒兩個孽障叫了來，問準了他方好。不然，他們得了意，不說為這個，倒像我沒有本事，問不出來；就是這裏完事，他們以後越發偷的偷不管的不管了。」襲人等笑道：「正是，也要你留個地步。」

平兒便命一個人叫了他兩個來，說道：「不用慌，賊已有了。」玉釧兒先問：「賊在那裏？」平兒道：「現在二奶奶屋裏呢，問他什麼應什麼。我心裏明白，知道不是他偷的，可憐他害怕，都承認了。這裏寶二爺不過意，要替他認一半。我待要說出來，但只是這做賊的，素日又是和我好的一個姐妹；竊主卻是平常，裏面又傷了一個好人的體面，因此為難。少不得央求寶二爺應了，大家無事。如今反要問你們兩個，還是怎樣：要從此以後，大家小心存體面，這便求寶二爺應了；若不然，我就回了二奶奶，不要冤屈了人。」彩雲聽了，不覺紅了臉，一時羞惡之心感發，便說道：「姐姐放心。也不用冤屈好人，我說了罷，傷體面，偷東西，原是趙姨奶奶央告我再三，我拿了些與環哥兒是情真。連太太在家我們還拿過，各人去送人，也是常有的。我原說嚷過兩天就罷了；如今既冤屈了好人，我心也不忍。姐姐竟帶了我回奶奶去，一概應了完事。」

眾人聽了這話，一個個都咤異他竟這樣有肝膽。寶玉忙笑道：「彩雲姐姐果然是個正經人。如今也不用你應，我只說我悄悄的偷的嚇你們玩，如今鬧出事來，我原該承認。我只求姐姐們以後省些事，大家就好了。」彩雲道：「我幹的事，為什麼叫你應，死活我該去受。」平兒襲人忙道：「不是這樣說，你一應了，未免又叨登出趙姨奶奶來，那時三姑娘聽了，豈不又生氣。竟不如寶二爺應了，大家無事；且除這幾個人，皆不得知道，這樣何等的乾淨！但只以後千萬大家小心些就是了。要拿什麼，好歹等太太到家；那怕連房子給了人，我們就沒干係了。」彩雲聽了，低頭想了想，方依允。

於是大家商議妥貼，平兒帶了他兩個並芳官來至上夜房中，叫了五兒，將茯苓霜一節也悄悄的教他說係芳官所贈，五兒感謝不盡。平兒帶他們來至自己這邊，已見林之孝家的帶領了幾個媳婦，押解著柳家的等夠多時。林之孝家的又向平兒說：「今日一早押了他來，恐園裏沒有人伺候姑娘們飯，我暫且將秦顯的女人派了去伺候姑娘們的飯呢。」平兒道：「秦顯的女人是誰？我不大相熟。」林之孝家的道：「他是園裏南角子上夜的，白日裏沒什麼事，所以姑娘不大認識。高高兒的孤拐，大大的眼睛，最乾淨爽利的。」玉釧兒道：「是了。姐姐，你怎麼忘了？他是跟二姑娘的司棋的嬸子。司棋的父親雖是大老爺那邊的人，他這叔叔卻是咱們這邊的。」

平兒聽了，方想起來，笑道：「哦！你早說是他，我就明白了。」又笑道：「也太派急了些。如今這事，八下裏水落石出了，連前日太太屋裏丟的，也有了主兒，是寶玉那日過來和這兩個孽障不知道要什麼的，偏這兩個孽障慪他玩，說：『太太不在家，不敢拿。』寶玉便瞅著他兩個不堤防時節，自己進去拿了些個什麼出來。這兩個孽障不知道，就唬慌了。如今寶玉聽見帶累了別人，方細細的告訴了我，拿出東西來我瞧，一件不差。那茯苓霜也是寶玉外頭得了的，也曾賞過許多人。不獨園內人有，連媽媽子們討了出去給親戚們吃，又轉送人。襲人也曾給過芳官一流的人。他們私情，各自來往，也是常事。前日那兩簍還擺在議事廳上，好好的原封沒動，怎麼就混賴起人來。等我回了奶奶再說。」說畢，抽身進了臥房，將此事照前言回了鳳姐兒一遍。

鳳姐兒道：「雖如此說，但寶玉為人，不管青紅皂白，愛兜攬事情。別人再求求他去，他又擱不住人兩句好話，給他個炭簍子帶上，什麼事他不應承。咱們若信了，將來若大事也如此，如何治人。還要細細的追求纔是。依我的主意，把太太屋裏的丫頭都拿來，雖不便擅加拷打，只叫他們墊著磁瓦子跪在太陽地下，茶飯也不用給他們吃，一日不說跪一日，便是鐵打的，一日也管招了。」又道：「『蒼蠅不抱沒縫兒的雞蛋』，雖然這柳家的沒偷，到底有些影兒，人纔說他。雖不加賊刑，也革出不用。

朝廷原有掛誤的，到底不算委屈了他。」平兒道：「何苦來操這心！『得放手時須放手』，什麼大不了的事，樂得施恩呢。依我說，縱在這屋裏操上一百分心，終久是回那邊屋裏去的，沒的結些小人仇恨，使人含恨抱怨。況且自己又三災八難的，好容易懷了一個哥兒，到了六七個月還掉了，焉知不是素日操勞太過，氣惱傷著的。如今趁早兒見一半不見一半的，也倒罷了。」一席話說得鳳姐兒倒笑了，道：「隨你們罷！沒的慪氣。」平兒笑道：「這不是正經話！」說畢，轉身出來，一一發放。要知端的，下回分解。

中華書局

紅樓夢

曹雪芹 著

三

卷六十二　憨湘雲醉眠芍藥茵　呆香菱情解石榴裙

話說平兒出來吩咐林之孝家的道：「『大事化為小事，小事化為沒事』，方是興旺之家。若是一點子小事便揚鈴打鼓，亂折騰起來，不成道理。如今將他母女帶回，照舊去當差，將秦顯家的仍舊追回。再不必提此事，只是每日小心巡察要緊。」說畢，起身走了。柳家的母女忙向上磕頭。林家的就帶回園中，回了李紈探春，二人都說：「知道了，寧可無事，很好。」

司棋等人空興頭了一陣。那秦顯家的好容易等了這個空子鑽了來，只興頭了半天。在廚房內正亂接收傢伙、米糧、煤炭等物，又查出許多虧空來，說：「粳米短了兩擔，常用米又多支了一個月的，炭也欠著額數。」一面又打點送林之孝的禮，悄悄的備了一簍炭，一擔粳米在外邊，就遣人送到林家去了；又打點送賬房兒的禮；又備幾樣菜蔬請幾位同事的人，說：「我來了，全仗你們列位扶持。自今以後，都是一家人了，我有照顧不到的，好歹大家照顧些。」

正亂著，忽有人來說：「你看完了這一頓早飯，就出去罷。柳嫂兒原無事，如今還交與他管了。」秦顯家的聽了，轟去了魂魄，垂頭喪氣，登時偃旗息鼓，捲包而去。送人之物，白白去了許多，自己倒要折變了賠補虧空。連司棋都氣了個直眉瞪眼，無計挽回，只得罷了。

趙姨娘正因彩雲私贈了許多東西，被玉釧兒吵出，生恐查問出來，每日捏著一把汗，偷偷的打聽信兒。忽見彩雲來告訴說：「都是寶玉應了，從此無事。」趙姨娘方把心放下來。誰知賈環聽如此說，便起了疑心，將彩雲凡私贈之物都拿了出來，照著彩雲臉上摔了來，說：「你這『兩面三刀』的東西！我不希罕。你不和寶玉好，他怎麼肯替你應？你既有擔當給了我，原該不與一個人知道；如今你既然告訴了他，我再要這個，也沒趣兒。」

彩雲見如此，急得賭咒發誓，至於哭了。百般解說，賈環執意不信，說：「不看你素日，我索性去告訴二嫂子，就說你偷來給我，我不敢要。你細想去罷！」說畢，摔手出去了。急得趙姨娘罵：「沒造化的種子！這是怎麼說！」氣得彩雲哭了個淚乾腸斷，趙姨娘百般的安慰他：「好孩子，他辜負了你的心，我橫豎看得真。我收起來，過兩日，他自然回轉過來了。」說著，便要收東西。彩雲賭氣一頓捲包起來，趁人不見，來至園中，都撇在河內，順水沉的沉漂的漂了。自己氣得夜間在被內暗哭了一夜。

當下又值寶玉生日已到。原來寶琴也是這日，二人相同。王夫人不在家，也不曾像往年熱鬧，只有張道士送了四樣禮，換的寄名符兒；還有幾處僧尼廟的和尚姑子送了供尖兒，並壽星、紙馬、疏頭，並本宮星官、值年太歲、周歲換的鎖兒。家中常走的男女，先日來上壽。王子騰那邊，仍是一套衣服，一雙鞋襪，一百壽桃，一百束上用銀絲掛麵。薛姨媽處減一半。其餘家中尤氏仍是一雙鞋襪；鳳姐兒是一個宮製四面扣合荷包，裏面裝一個金壽星，一件波斯國的玩器。各廟中遣人去放堂捨錢。又另有寶琴之禮，不能備述。姊妹中皆隨便，或有一扇的，或有一字的，或有一畫的，或有一詩的，聊為應景兒而已。

這日，寶玉清晨起來，梳洗已畢，冠帶起來，至前廳院中，已有李貴等四個人在那裏設下天地香燭。寶玉炷了香，行了禮，奠茶燒紙後，便至寧府中宗祠祖先堂兩處行畢了禮。出至月臺上，又朝上遙拜過賈母、賈政、王夫人等。一順到尤氏上房，行過禮，坐了一回，方回榮府。先至薛姨媽處，再三拉著，然後又見過薛蝌，讓一回，方進園來。晴雯麝月二人跟隨，小丫頭夾著氈子，從李氏起，一一挨著，比自己長的房中到過；復出二門，至四個奶媽家，讓了一回，方進來。雖眾人要行禮，也不曾受。回至房中，襲人等只都來說一聲就是了：王夫人有言，不令年輕人受禮，恐折了福壽，故此皆不磕頭。

一時賈環賈蘭來了，襲人連忙拉住，坐了一坐，便去了。寶玉笑道：「走乏了！」便歪在牀上。方吃了半盞茶，只聽外頭咭咭呱呱，一群丫頭，笑了進來，原來是翠墨、小螺、翠縷、入畫，邢岫煙的丫頭篆兒，並奶子抱著巧姐兒，彩鸞、繡鸞八九個人，都抱著紅氈子笑著進來，說：「拜壽的擠破了門了，快拿麵來我們吃！」剛進來時，探春、湘雲、寶琴、岫煙、惜春也都來了。寶玉忙迎出來，笑說：「不敢起動。快預備好茶！」進入房中，不免推讓一回，大家歸坐。

襲人等捧過茶來，纔吃了一口，平兒也打扮得花枝招展的來了。寶玉忙迎出來，笑說：「我方纔到鳳姐姐門上，回進去，說不能見我；我又打發人進去讓姐姐的。」平兒笑道：「我正打發你姐姐梳頭，不得出來回你。後來聽見又說讓我，我那裏禁當得起？所以特給二爺來磕頭。」寶玉笑道：「我也禁當不起。」襲人早在外間安了座，讓他坐。平兒便拜下去，寶玉作揖不迭；平兒便跪下去，寶玉也忙還跪下，襲人連忙攙起來；又拜了一拜，寶玉又還了一揖。襲人笑推寶玉：「你再作揖。」寶玉道：「已經完了，怎麼又作揖？」襲人笑道：「這是他來給你拜壽，今日也是他的生日，你也該給他拜壽。」寶玉喜得忙作揖，笑道：「原來今日也是姐姐的好日子。」平兒趕著也還了禮。湘雲拉寶琴岫煙說：「你們四個人對拜壽，直拜一天纔是。」探春忙問：「原來邢妹妹也是今日？我怎麼就忘了。」忙命丫頭：「去告訴二奶奶，趕著補了一分禮，與琴姑娘的一樣，送到二姑娘屋裏去。」丫頭答應著去了。岫煙見湘雲直口說出來，少不得要到各房去讓讓。

探春笑道：「倒有些意思，一年十二個月，月月有幾個生日。人多了，便這等巧。也有三個一日的，兩個一日的。大年初一也不白過，大姐姐佔了去，怨不得他福大，生日比別人就佔先。又是太祖太爺的生日冥壽。過了燈節，就是老太太和寶姐姐，他們娘兒兩個遇的巧。三月初一是太太的，初九是璉二哥哥。二月沒人。」襲人道：「二月十二是林姑娘，怎麼沒人？只不是咱家的人。」探春笑道：「你看我這個記性兒。」寶玉笑指襲人道：「他和林妹妹是一日，他所以記得。」探春笑道：「原來你兩個倒是一日？每年連頭也不給我們磕一個！平兒的生日，我們也不知道，這也纔知道的。」平兒笑道：「我們是那牌兒名上的人，生日也沒拜壽的福，又沒受禮的職分，可吵嚷什麼，可不悄悄兒的就過去了嗎？今日他又偏吵出來了。等姑娘回房，我再行禮去罷。」探春笑道：「也不敢驚動。只是今日倒要替你過個生日，我心裏纔過得去。」寶玉湘雲等一齊都說：「很是。」探春便吩咐了丫頭：「去告訴他奶奶，說我們大家說了，今日一天不放平兒出去，我們也大家湊了分子過生日呢。」

丫頭笑著去了，半日回來說：「二奶奶說了，多謝姑娘們給他臉。不知過生日給他些什麼吃，只別忘了二奶奶，就不來絮聒他了。」眾人都笑了。探春因說道：「可巧今日裏頭廚房不預備飯，一應下面弄菜，都是外頭收拾，咱們就湊了錢，叫柳家的來領了去，只在咱們裏頭收拾倒好。」眾人都說：「很好。」探春一面遣人去請李紈、寶釵、黛玉，一面遣人去傳柳家的進來，吩咐他內廚房中快收拾兩桌酒席。柳家的不知何意，因說：「外廚房都預備了。」探春笑道：「你原來不知道，今日是平姑娘的好日子，外頭預備的是上頭的，這如今我們私下又湊了分子，單為平姑娘預備兩桌請他。你只管揀新巧的菜蔬預備了來，開了賬，我那裏領錢。」柳家的笑道：「今日又是平姑娘的千秋？我們竟不知道。」說著，便向平兒磕頭，慌得平兒拉起他來。柳家的忙去預備酒席。

這裏探春又邀了寶玉，同到廳上去吃麵，等到李紈寶釵一齊來全，又遣人去請薛姨媽與黛玉。因天氣和暖，黛玉之疾漸癒，故也來了。花團錦簇，擠了一廳的人。誰知薛蝌又送了巾扇香帛四色壽禮與寶玉，寶玉於是過去陪他吃麵。兩家皆辦了壽酒，互相酬送，彼此同領。至午間，寶玉又陪薛蝌吃了兩杯酒。寶釵帶了寶琴過來與薛蝌行禮，把盞畢，寶釵因囑咐薛蝌：「家裏的酒也不用送過那邊去，這虛套竟收了。你只請夥計們吃罷。我們和寶兄弟進去，還要待人去呢，也不能陪你了。」薛蝌忙說：「姐姐兄弟只管請，只怕夥計們也就好來了。」

寶玉忙又告過罪，方同他姊妹回來。一進角門，寶釵便命婆子將門鎖上，把鑰匙要了，自己拿著。寶玉忙說：「這一道門何必關？又沒多的人走，況且姨娘、姐姐、妹妹都在裏頭，倘或要家去取什麼，豈不費事？」寶釵笑道：「小心沒過逾的。你們那邊，這幾日七事八事，竟沒有我們那邊的人，可知是這門關得有功效了。若是開著，保不住那起人圖順腳走近路，從這裏走，攔誰的是？不如鎖了，連媽媽和我也禁著些，大家別走。縱有了事，就賴不著這邊的人了。」寶玉笑道：「原來姐姐也知道我們那邊近日丟了東西？」寶釵笑道：「你只知道玫瑰露和茯苓霜兩件，乃因人而及物；若不是裏頭有人，你是連這兩件還不知道呢。殊不知還有幾件比這兩件大的呢。若以後叨蹬不出來，是大家的造化；若叨蹬出來了，不知裏頭連累多少人呢。你也是不管事的人，我纔告訴你。平兒是個明白人，我前日也告訴了他，皆因他奶奶不在外頭，所以使他明白了。若不犯出來，大家落得丟開手；若犯出來，他心裏已有了稿兒，自有頭緒，就冤屈不著平人了。你只聽我說，以後留神小心就是了。這話也不可告訴第二個人。」

說著，來到沁芳亭邊，只見襲人、香菱、侍書、晴雯、麝月、芳官、蕊官、藕官十來個人，都在那裏看魚玩呢，見他們來了，都說：「芍藥欄裏預備下了，快去上席罷。」寶釵等隨攜了他們，同到芍藥欄中紅香圃三間小敞廳內，連尤氏已請過來了，諸人都在那裏，只沒平兒。原來平兒出去，有賴、林諸家送了禮來，連三接四，上中下三等家人，拜壽送禮的不少。平兒忙著打發賞錢道謝，一面又色色的回明了鳳姐兒，不過留下幾樣；也有不受的，也有受下即刻賞與人的。忙了一回，又直等鳳姐兒吃過麵，方換了衣裳，往園裏來。剛進了園，就有幾個丫鬟來找他，一同到了紅香圃中。只見筵開玳瑁，褥設芙蓉。眾人都笑說：「壽星全了。」上面四座，定要讓他們四個人坐。四人皆不肯。

薛姨媽說：「我老天拔地，不合你們的群兒，我倒拘的慌，不如我到廳上隨便躺躺去倒好。我又吃不下什麼去，又不大吃酒，這裏讓他們，倒便宜。」尤氏等執意不從。寶釵道：「這也罷了，倒是讓媽媽在廳上歪著自如些。有愛吃的送些過去，倒自在了。且前頭沒人在那裏，又可照看了。」探春笑道：「既這樣，恭敬不如從命。」因大家送到議事廳上，眼看著命小丫頭們鋪了一個錦褥並靠背引枕之類，又囑咐：「好生給姨太太捶腿。要茶要水，別推三拉四的。回來送了東西來，姨太太吃了，賞你們吃。只別離了這裏。」小丫頭子們都答應了。

探春等方回來。終久讓寶琴岫煙二人在上，平兒面西坐，寶玉面東坐。探春又接了鴛鴦來，二人並肩對面相陪。西邊一桌，寶釵、黛玉、湘雲、迎春、惜春依序，一面又拉了香菱、玉釧兒二人打橫。三桌上尤氏、李紈，又拉了襲人、彩雲陪坐。四桌上便是紫鵑、鶯兒、晴雯、小螺、司棋等人圍坐。

當下探春等還要把盞，寶琴等四人都說：「這一鬧，一日也坐不成了。」方纔罷了。兩個女先兒，要彈詞上壽。眾人都說：「我們沒人聽那些野話，你廳上去，說給姨太太解悶兒去罷。」一面又將各色吃食揀了，命人送與薛姨媽去。寶玉便說：「雅坐無趣，須要行令纔好。」眾人中有說行這個令好，又有那個說行那個令纔好。黛玉道：「依我說，拿了筆硯，將各色令都寫了，拈成鬮兒，咱們抓出那個來就是那個。」眾人都道：「妙極！」即命拿了一副筆硯花箋。香菱近日學了詩，又天天學寫字，見了筆硯，便巴不得連忙起來，說：「我寫。」

眾人想了一回，共得十來個，念著，香菱一一寫了，搓成鬮兒，擲在一個瓶中。探春便命平兒拈，平兒向內攪了一攪，用箸夾了一個出來，打開一看，上寫著「射覆」二字。寶釵笑道：「把個令祖宗拈出來了！射覆從古有的，如今失了傳；這是後纂的，比一切的令都難。這裏頭倒有一半是不會的，不如毀了，另拈一個雅俗共賞的。」探春笑道：「既拈了出來，如何再毀？如今再拈一個，若是雅俗共賞的，便叫他們行去，咱們行這一個。」說著，又叫襲人拈了一個，卻是「拇戰」。

湘雲先笑著說：「這個簡斷爽利，合了我的脾氣。我不行這個射覆，沒的垂頭喪氣悶人，我只猜拳去了。」探春道：「惟有他亂令，寶姐姐快罰他一鍾！」寶釵不容分說，便灌了湘雲一杯。探春道：「我吃一杯，我是令官；也不用宣，只聽我分派。取了令骰令盆來，從琴妹妹擲起，挨著擲下去，對了點的二人射覆。」寶琴一擲，是個「三」。岫煙寶玉等皆擲的不對，直到香菱方擲了個「三」。寶琴笑道：「只好室內生春，若說到外頭去，可太沒頭緒了。」探春道：「自然。三次不中者罰一杯。你覆他射。」

寶琴想了一想，說了個「老」字。香菱原生於這令，一時想不到，滿室滿席都不見有與「老」字相連的成語。湘雲先聽了，便也亂看，忽見門斗上貼著「紅香圃」三個字，便知寶琴覆的是「吾不如老圃」的「圃」字；見香菱射不著，眾人擊鼓又催，便悄悄的拉香菱，教他說「藥」字。黛玉偏看見了，說：「快罰他！又在那裏傳遞呢！」鬧得眾人都知道了，忙又罰了一杯。恨得湘雲拿筷子敲黛玉的手。於是罰了香菱一杯。下則寶釵和探春對了點子，探春便覆了一「人」字，寶釵笑道：「這個『人』字泛得很。」探春笑道：「添一個字，兩覆一射，也不泛了。」說著，便又說了一個「窗」字。寶釵一想，因見席上有雞，便猜著他是用「雞窗」「雞人」二典了，因射了一個「塒」字。探春知他射著，用了「雞棲於塒」的典，二人一笑，各飲一口門杯。

湘雲等不得，早和寶玉「三」「五」亂叫，猜起拳來。那邊尤氏和鴛鴦隔著席，也「七」「八」亂叫，搳起拳來。平兒襲人也作了一對，叮叮噹噹，只聽得腕上鐲子響。一時，湘雲贏了寶玉，襲人贏了平兒，二人限酒底酒面。湘雲便說：「酒面要一句古文，一句舊詩，一句骨牌名，一句曲牌名，還要一句時憲書上有的話，共總成一句話。酒底要關人事的果菜名。」眾人聽了，都說：「惟有他的令比人嘮叨，倒也有些意思。」便催寶玉快說。寶玉笑道：「誰說過這個！也等想一想兒。」黛玉便道：「你多喝一鍾，我替你說。」寶玉真個喝了酒。聽黛玉說道：

落霞與孤鶩齊飛，風急江天過雁哀，卻是一隻折腳雁，叫得人九迴腸，這是鴻雁來賓。

說得大家笑了。眾人說：「這一串子倒有些意思！」黛玉又拈了一個榛瓤，說酒底道：

榛子非關隔院砧，何來萬戶搗衣聲？

令完，鴛鴦襲人等皆說的是一句俗話，都帶一個「壽」字，不須多贅。

大家輪流亂了一陣。這上面湘雲又和寶琴對了手，李紈和岫煙對了點子。李紈便覆了一個「瓢」字，岫煙便射了一個「綠」字，二人會意，各飲一口。湘雲的拳卻輸了，請酒面酒底。寶琴笑道：「請君入甕。」大家笑起來，說：「這個典用得當。」湘雲便說道：

奔騰澎湃，江間波浪兼天湧，須要鐵索纜孤舟，既遇著一江風，不宜出行。

說得眾人都笑了，說：「好個謅斷了腸子的！怪道他出這個令，故意惹人笑。」又催他：「快說酒底兒。」湘雲吃了酒，夾了一塊鴨肉，呷口酒，忽見碗內有半個鴨頭，遂夾出來吃腦子。眾人催他：「別只顧吃，你到底快說了。」湘雲便用箸子舉著說道：

這鴨頭不是那丫頭，頭上那有桂花油。

眾人越發笑起來，引得晴雯小螺等一干人都走過來說：「雲姑娘會開心兒，拿著我們取笑兒，快罰一杯纔罷！怎見得我們就該擦桂花油的？倒得每人給瓶子桂花油擦擦。」黛玉笑道：「他倒有心給你們一瓶子油，又怕掛誤著打竊盜官司。」眾人不理論，寶玉卻明白，忙低了頭。彩雲心裏有病，不覺的紅了臉。寶釵忙暗暗的瞅了黛玉一眼。黛玉自悔失言，原是打趣寶玉的，就忘了趣了彩雲了。自悔不及，忙一頓的行令猜拳岔開了。

底下寶玉可巧和寶釵對了點子，寶釵便覆了一個「寶」字，寶玉想了一想，便知是寶釵作戲，指著自己的通靈玉說的，便笑道：「姐姐拿我作雅謔，我卻射著了。說出來姐姐別惱，就是姐姐的諱，『釵』字就是了。」眾人道：「怎麼解？」寶玉道：「他說『寶』，底下自然是『玉』字了；我射『釵』字，舊詩曾有『敲斷玉釵紅燭冷』，豈不射著了？」湘雲說道：「這用時事卻使不得，兩個人都該罰。」香菱道：「不止時事，這也是有出處的。」湘雲道：「『寶玉』二字並無出處，不過是春聯上或有之，詩書紀載並無，算不得。」香菱道：「前日我讀岑嘉州五言律，現有一句，說，『此鄉多寶玉』，怎麼你倒忘了？後來又讀李義山七言絕句，又有一句，『寶釵無日不生塵』。我還笑說：他兩個名字都原來在唐詩上呢。」眾人笑說：「這可問住了，快罰一杯！」湘雲無話，只得飲了。

大家又該對點搳拳，這些人因賈母王夫人不在家，沒了管束，便任意取樂，呼三喝四，喊七叫八，滿廳中紅飛翠舞，玉動珠搖，真是十分熱鬧。玩了一回，大家方起席散了。卻忽然不見了湘雲，只當他外頭自便就來，誰知越等越沒了影兒。使人各處去找，那裏找得著。

接著林之孝家的同著幾個老婆子來，一則恐有正事呼喚，二則恐丫鬟們年輕，趁王夫人不在家，不服探春等約束，恣意痛飲，失了體統，故來請問有事無事。探春見他們來了，便知其意，忙笑道：「你們又不放心，來查我們來了。我們並沒有多吃酒，不過是大家玩笑，將酒作引子。媽媽們別耽心。」李紈尤氏也都笑說：「你們歇著去罷，我們也不敢叫他們多吃了。」林之孝家的等人笑說：「我們知道。連老太太讓姑娘們吃酒，姑娘們還不肯吃呢，何況太太們不在家，自然玩罷了。我們怕有事，來打聽打聽。二則天長了，姑娘們玩一會子，還該點補些小食兒。素日又不大吃雜項東西，如今吃一兩杯酒，若不多吃些東西，怕受傷。」探春笑道：「媽媽說的是，我們也正要吃呢。」回頭命取點心來。兩旁丫鬟們齊聲答應了，忙去傳點心。探春又笑讓：「你們歇著去，或是姨媽那裏說話兒去。我們即刻打發人送酒你們吃去。」林之孝家的等人笑回：「不敢領了。」又站了一回，方退了出來。平兒摸著臉笑道：「我的臉都熱了，也不好意思見他們。依我說，竟收了罷，別惹他們再來，倒沒意思了。」探春笑道：「不相干，橫豎咱們不認真喝酒，就罷了。」

正說著，只見一個小丫頭笑嘻嘻的走來，說：「姑娘們快瞧雲姑娘，吃醉了圖涼快，在山子後頭一塊青石板磴上睡著了。」眾人聽說，都笑道：「快別吵嚷。」說著，都走來看時，果見湘雲臥於山石僻處一個石磴子上，業經香夢沈酣，四面芍藥花飛了一身，滿頭臉衣襟上皆是紅香散亂；手中的扇子在地下，也半被落花埋了，一群蜜蜂蝴蝶鬧嚷嚷的圍著；又用鮫帕包了一包芍藥花瓣枕著。眾人看了，又是愛，又是笑，忙上來推喚攙扶。湘雲口內猶作睡語說酒令，嘟嘟囔囔說：「泉香酒洌……醉扶歸，宜會親友。」眾人笑推他說道：「快醒醒兒，吃飯去，這潮磴上還睡出病來呢。」

湘雲慢啟秋波，見了眾人，又低頭看了一看自己，方知是醉了。原是納涼避靜的，不覺因多罰了兩杯酒，嬌裊不勝，便睡著了，心中反覺自愧。早有小丫頭端了一盆洗臉水，兩個捧著鏡奩。眾人等著他。便在石磴上重新勻了臉，攏了鬢，連忙起身，同著來至紅香圃中。又吃了兩杯濃茶，探春忙命將醒酒石拿來，給他啣在口內，一時又命他吃了些酸湯，方纔覺得好了些。

當下又選了幾樣果菜與鳳姐兒送去，鳳姐兒也送了幾樣來。寶釵等吃過點心，大家也有坐的，也有立的，也有在外觀花的，也有倚欄看魚的，各自取便，說笑不一。探春便和寶琴下棋，寶釵岫煙觀局。黛玉和寶玉在一簇花下唧唧噥噥，不知說些什麼。只見林之孝家的和一群女人，帶了一個媳婦進來。那媳婦愁眉淚眼，也不敢進廳來，到階下便朝上跪下磕頭。探春因一塊棋受了敵，算來算去，總得了兩個眼，便折了官著兒，兩眼只瞅著棋盤，一隻手伸在盒內，只管抓棋子作想。林之孝家的站了半天。因回頭要茶時，纔看見，問：「什麼事？」林之孝家的便指那媳婦說：「這是四姑娘屋裏小丫頭彩兒的娘，現是園內伺候的人。嘴很不好，纔是我聽見了，問著他，他說的話也不敢回姑娘，竟要攆出去纔是。」探春道：「怎麼不回大奶奶？」林之孝家的道：「方纔大奶奶往廳上姨太太處去，頂頭看見，我已回明白了，叫回姑娘來。」探春道：「怎麼不回二奶奶？」平兒道：「不回去也罷，我回去說一聲就是了。」探春點頭，仍又下棋。這裏林之孝家的帶了那人出去，不提。

黛玉和寶玉二人站在花下，遙遙盼望。黛玉便說道：「你家三丫頭倒是個乖人，雖然叫他管些事，倒也一步不肯多走。差不多的人，就早作起威福來了。」寶玉道：「你不知道呢，你病著時，他幹了幾件事。這園子也分了人管，如今多掐一根草也不能了。又蠲了幾件事，單拿我和鳳姐姐做筏子。最是心裏有算計的人，豈止乖呢！」黛玉道：「要這樣纔好。咱們也太費了。我雖不管事，心裏每常閒了，替他們一算，出的多，進的少，如今若不省儉，必致後手不接。」寶玉笑道：「憑他怎麼後手不接，也不短了咱們四個人的。」黛玉聽了，轉身就往廳上尋寶釵說笑去了。

寶玉正欲走時，只見襲人走來，手內捧著一個小連環洋漆茶盤，裏面可式放著兩鍾新茶，因問：「他往那裏去了？我見你兩個半日沒吃茶，巴巴的倒了兩鍾來，他又走了。」寶玉道：「那不是他？你給他送去。」說著，自拿了一鍾。襲人便送了那鍾去，偏和寶釵在一處，只得一鍾茶，便說：「那位喝時那位先接了，我再倒去。」寶釵笑道：「我倒不喝，只要一口漱漱就是了。」說著，先拿起來，喝了一口，剩了半杯，遞在黛玉手內。襲人笑說：「我再倒去。」黛玉笑道：「你知道我這病，大夫不許多吃茶，這半鍾儘夠了，難為你想的到。」說畢飲乾，將杯放下。襲人又來接寶玉的。寶玉因問：「這半日不見芳官，他在那裏呢？」襲人四顧一瞧，說：「纔在這裏，幾個人鬥草玩，這會子不見了。」

寶玉聽說，便忙回至房中，果見芳官面向裏睡在牀上。寶玉推他說道：「快別睡覺，咱們外頭玩去。一會子好吃飯。」芳官道：「你們吃酒，不理我，叫我悶了半日，可不來睡覺罷了。」寶玉拉了他起來，笑道：「咱們晚上家裏再吃，回來我叫襲人姐姐帶了你桌上吃飯，何如？」芳官道：「藕官蕊官都不上去，單我在那裏，也不好。我也不慣吃那個麪條子，早起也沒好生吃，纔剛餓了，我已告訴了柳嬸子，先給我做一碗湯，盛半碗粳米飯送來，我這裏吃了就完事。若是晚上吃酒，不許叫人管著我，我要盡力吃夠了纔罷。我先在家裏，吃二三斤好惠泉酒呢；如今學了這勞什子，他們說怕壞嗓子，這幾年也沒聞見。趁今日，我可是要開齋了。」寶玉道：「這個容易。」

說著，只見柳家的果遣人送了一個盒子來。春燕接著，揭開看時，裏面是一碗蝦丸雞皮湯，又是一碗酒釀清蒸鴨子，一碟醃的胭脂鵝脯，還有一碟四個奶油松瓤捲酥，並一大碗熱騰騰碧瑩瑩綠畦香稻粳米飯。春燕放在案上，走來安小菜碗箸，過來撥了一碗飯。芳官便說：「油膩膩的，誰吃這些東西！」只將湯泡飯吃了一碗，揀了兩塊醃鵝，就不吃了。寶玉聞著，倒覺比往常之味又勝些似的，遂吃了一個捲酥，又命春燕也撥了半碗飯，泡湯一吃，十分香甜可口。春燕和芳官都笑了。

吃畢，春燕便將剩的要交回。寶玉道：「你吃了罷，若不夠，再要些來。」春燕道：「不用要，這就夠了。方纔麝月姐姐拿了兩盤子點心給我們吃了，我再吃了這個，儘夠了，不用再吃了。」說著，便站在桌旁，一頓吃了，又留下兩個捲酥，說：「這個留著給我媽吃。晚上要吃酒，給我兩碗酒吃就是了。」寶玉笑道：「你也愛吃酒？等著咱們晚上痛喝一陣。你襲人姐姐和晴雯姐姐的量也好，也要喝，只是每日不好意思，趁今日大家開齋。還有件事，想著囑咐你，竟忘了，此刻纔想起來，以後芳官全要你照看他，他或有不到處，你提他。襲人照顧不過這些人來。」春燕道：「我都知道，不用你操心。但只五兒的事怎麼樣？」寶玉道：「你和柳家的說去，明兒直叫他進來罷，等我告訴他們一聲就完了。」芳官聽了，笑道：「這倒是正經事。」春燕又叫兩個小丫頭進來，伏侍洗手倒茶。自己收了傢伙，交與婆子，也洗手，便去找柳家的，不在話下。

寶玉便出來，仍往紅香圃尋眾姊妹。芳官在後，拿著巾扇。剛出了院門，只見襲人晴雯二人攜手回來。寶玉問：「你們做什麼？」襲人道：「擺下飯了，等你吃飯呢。」寶玉便笑著將方纔吃飯的一節，告訴了他兩個。襲人笑道：「我說你是貓兒食。雖然如此，也該上去陪他們，多少應個景兒。」晴雯用手指戳在芳官額上，說道：「你就是狐媚子！什麼空兒，跑了去吃飯，兩個怎麼約下了？也不告訴我們一聲兒。」襲人笑道：「不過是誤打誤撞的遇見，說約下，可是沒有的事。」晴雯道：「既這麼著，要我們無用，明日我們都走了，讓芳官一個人，就夠使了。」襲人笑道：「我們都去了使得，你卻去不得。」晴雯道：「惟有我是第一個要去，又懶，又夯，性子又不好，又沒用。」襲人笑道：「倘或那孔雀褂子襟再燒了窟窿，你去了，誰可會補呢？你倒別和我拿三搬四的，我煩你做個什麼，把你懶的『横針不拈，豎綫不動』。一般也不是我的私活煩你，橫豎都是他的，你就都不肯做。怎麼我去了幾天，你病得七死八活，一夜連命也不顧，給他做了出來，這又是什麼原故？你到底說話呀！怎麼裝憨兒，和我笑？那也當不了什麼。」晴雯笑著啐了一口。大家說著，來至廳上。薛姨媽也來了，依序坐下吃飯。寶玉只用茶泡了半碗飯，應景而已。

一時吃畢，大家吃茶閒話，又隨便玩笑。外面小螺和香菱、芳官、蕊官、藕官、荳官等四五個人，滿園玩了一回，大家採了些花草來，兜著坐在花草堆裏鬥草。這一個說：「我有觀音柳。」那一個說：「我有羅漢松。」那一個又說：「我有君子竹。」這一個又說：「我有美人蕉。」這個又說：「我有星星翠。」那個又說：「我有月月紅。」這個又說：「我有《牡丹亭》上的牡丹花。」那個又說：「我有《琵琶記》裏的枇杷果。」荳官便說：「我有姊妹花。」眾人沒了，香菱便說：「我有夫妻蕙。」荳官說：「從沒聽見有個『夫妻蕙』。」香菱道：「一個剪兒一個花兒叫作『蘭』，一個剪兒幾個花兒叫作『蕙』。上下結花的為『兄弟蕙』，並頭結花的為『夫妻蕙』。我這枝並頭的，怎麼不是『夫妻蕙』？」荳官沒的說了，便起身笑道：「依你說，要是這兩枝一大一小，就是『老子兒子蕙』了。若是兩枝背面開的，就是『仇人蕙』了。你漢子去了大半年，你想他了，便拉扯著蕙上也有了夫妻了，好不害羞！」

香菱聽了，紅了臉，忙要起身擰他，笑罵道：「我把你這個爛了嘴的小蹄子！滿口裏放屁胡說。」荳官見他要站起來，怎肯容他，便連忙伏身將他壓住，回頭笑著央告蕊官等：「來幫著我擰他這張嘴！」兩個人滾在地下。眾人拍手笑說：「了不得了！那是一窪子水，可惜汙了他的新裙子。」荳官回頭看了一看，果見旁邊有一汪積雨，香菱的半條裙子都汙濕了，自己不好意思，忙奪手跑了。眾人笑個不住，怕香菱拿他們出氣，也都笑著一鬨而散。

香菱起身，低頭一瞧，見那裙上猶滴滴點點流下綠水來。正恨罵不絕，可巧寶玉見他們鬥草，也尋了些草花來湊戲，忽見眾人跑了，只剩了香菱一個，低頭弄裙，因問：「怎麼散了？」香菱便說：「我有一枝夫妻蕙，他們不知道，反說我謅，因此鬧起來，把我的新裙子也糟蹋了。」寶玉笑道：「你有夫妻蕙，我這裏倒有一枝並蒂菱。」口內說著，手裏真個拈著一枝並蒂菱花，又拈了那枝夫妻蕙在手內。香菱道：「什麼夫妻不夫妻，並蒂不並蒂！你瞧瞧這裙子。」寶玉便低頭一瞧，「嗳呀」了一聲，說：「怎麼就拉在泥裏了？可惜！這石榴紅綾，最不禁染。」香菱道：「這是前日琴姑娘帶了來的，姑娘做了一條，我做了一條，今日纔上身。」寶玉跌腳歎道：「若你們家，一日糟蹋這麼一件，也不值什麼。只是頭一件，既係琴姑娘帶來的，你和寶姐姐每人纔一件，他的尚好，你的先弄壞了，豈不辜負他的心。二則，姨媽老人家的嘴碎，饒這麼樣，我還聽見常說你們不知過日子，只會糟蹋東西，不知惜福呢。這叫姨媽看見了，又說個不清。」香菱聽了這話，卻碰在心坎兒上，反倒喜歡起來，因笑道：「就是這話。我雖有幾條新裙子，都不合這一樣；若有一樣的，趕著換了，也就好了，過後再說。」

寶玉道：「你快休動，只站著方好；不然連小衣、膝褲、鞋面都要弄上泥水了。我有主意：襲人上月做了一條和這個一模一樣的。他因有孝，如今也不穿，竟送了你換下這個來，何如？」香菱笑著搖頭說：「不好。倘或他們聽見了，倒不好。」寶玉道：「這怕什麼。等他孝滿了，他愛什麼，難道不許你送他別的不成？你若這樣，不是你素日為人了。況且不是瞞人的事，只管告訴寶姐姐也可。只不過怕姨媽老人家生氣罷了。」香菱想了一想有理，點頭笑道：「就是這樣罷了，別辜負了你的心。等著你，千萬叫他親自送來纔好！」寶玉聽了，喜歡非常，答應了，忙忙的回來，一壁低頭心下暗想：「可惜這麼一個人，沒父母，連自己本姓也忘了，被人拐出來，偏又賣與這個霸王。」因又想起：「上月平兒也是意外，想不到的；今日更是意外之意外的事了。」一面胡思亂想，來至房中，拉了襲人，細細告訴了他原故。

香菱之為人，無人不憐愛的；襲人又本是個手中撒漫的，況與香菱相好，一聞此信，忙就開箱取了出來，折好，隨了寶玉來尋香菱。見他還站在那裏等呢。襲人笑道：「我說你太淘氣了，總要淘出個故事來纔罷。」香菱紅了臉，笑說：「多謝姐姐了，誰知那起促狹鬼使的黑心！」說著，接了裙子，展開一看，果然和自己的一樣；又命寶玉背過臉去，自己向內解下來，將這條繫上。襲人道：「把這腌臢了的交與我拿回去，收拾了，給你送來。你若拿回去，看見了，又是要問的。」香菱道：「好姐姐，你拿去，不拘給那個妹妹罷，我有了這個，不要他了。」襲人道：「你倒大方得很。」香菱忙又拜了兩拜，道謝襲人。一面襲人拿了那條泥汙了的裙子就走。

香菱見寶玉蹲在地下，將方纔夫妻蕙與並蒂菱用樹枝兒挖了一個坑，先抓些落花來鋪墊了，將這菱蕙安放上，又將些落花來掩了，方撮土掩埋平伏。香菱拉他的手笑道：「這又叫作什麼？怪道人人說你慣會鬼鬼祟祟使人肉麻呢。你瞧瞧，你這手弄得泥汙苔滑的，還不快洗去！」寶玉笑著，方起身走了去洗手。香菱也自走開。

二人已走了數步，香菱復轉身回來，叫住寶玉。寶玉不知有何說話，扎煞著兩隻泥手，笑嘻嘻的轉來，問：「做什麼？」香菱紅了臉，只管笑，嘴裏卻要說什麼，又說不出口來。因那邊他的小丫頭臻兒走來說：「二姑娘等你說話呢。」香菱臉又一紅，方向寶玉道：「裙子的事，可別和你哥哥說就完了。」說畢，即轉身走了。寶玉笑道：「可不是我瘋了，往虎口裏探頭兒去呢！」說著，也回去了。不知端詳，下回分解。

卷六十三　壽怡紅群芳開夜宴　死金丹獨豔理親喪

話說寶玉回至房中洗手，因與襲人商議：「晚間吃酒，大家取樂，不可拘泥。如今吃什麼好，早說給他們備辦去。」襲人笑道：「你放心，我和晴雯、麝月、秋紋四個人，每人五錢銀子，共是二兩；芳官、碧痕、春燕、四兒四個人，每人三錢銀子，他們告假的不算：共是三兩二錢銀子，早已交給了柳嫂子，預備四十碟果子。我和平兒說了，已經擡了一罎好紹興酒，藏在那邊了。我們八個人，單替你做生日。」寶玉聽了，喜得忙說：「他們是那裏的錢，不該叫他們出纔是。」晴雯道：「他們沒錢，難道我們是有錢的？這原是各人的心，那怕他偷的呢，只管領他的情就是了。」

寶玉聽了，笑說：「你說的是。」襲人笑道：「你這個人，一天不捱他兩句硬話村你，你再過不去。」晴雯笑道：「你如今也學壞了，專會調三窩四。」說著，大家都笑了。寶玉說：「關了院門罷。」襲人笑道：「怪不得人說你是『無事忙』！這會子關了門，人倒疑惑起來，索性再等一等。」寶玉點頭，因說：「我出去走走。四兒舀水去，春燕一個跟我來罷。」說著，走至外邊，因見無人，便問五兒之事。春燕道：「我纔告訴了柳嫂子，他倒喜歡得很；只是五兒那夜受了委屈煩惱，回去又氣病了，那裏來得？只等好了罷。」寶玉聽了，未免後悔長歎，因又問：「這事襲人知道不知道？」春燕道：「我沒告訴，不知芳官可說了不曾？」寶玉道：「我卻沒告訴過他。也罷，等我告訴他就是了。」說畢，復走進來，故意洗手。

已是掌燈時分，聽得院門前有一群人進來。大家隔窗悄視，果見林之孝家的和幾個管事的女人走來，前頭一人提著大燈籠。晴雯悄笑道：「他們查上夜的人來了。這一出去，咱們就好關門了。」只見怡紅院凡上夜的人，都迎了出去。林之孝家的看了不少，又吩咐：「別耍錢吃酒，放倒頭睡到大天亮。我聽見是不依的。」眾人都笑說：「那裏有這麼大膽子的人。」林之孝家的又問：「寶二爺睡下了沒有？」眾人都回：「不知道。」襲人忙推寶玉，寶玉靸了鞋，便迎出來，笑道：「我還沒睡呢。媽媽進來歇歇。」又叫：「襲人，倒茶來。」林之孝家的忙進來，笑說：「還沒睡呢？如今天長夜短了，該早些睡，明日方起得早；不然，到了明日起遲了，人家笑話，不是個讀書上學的公子了，倒像那起挑腳漢了。」說畢，又笑。寶玉忙笑道：「媽媽說得是。我每日都睡得早，媽媽每日進來，可都是我不知道的，已經睡了。今日因吃了麪，怕停食，所以多玩一回。」林之孝家的又向襲人等笑說：「該沏些普洱茶吃。」襲人晴雯二人忙說：「沏了一茶缸子女兒茶，已經吃過兩碗了。大娘也嘗一碗，都是現成的。」

說著，晴雯便倒了來。林家的站起接了，又笑道：「這些時，我聽見二爺嘴裏都換了字眼，趕著這幾位大姑娘們竟叫起名字來。雖然在這屋裏，到底是老太太、太太的人，還該嘴裏尊重些纔是。若一時半刻偶然叫一聲使得；若只管順口叫起來，怕以後兄弟姪兒照樣，便惹人笑話這家子的人眼裏沒有長輩了。」寶玉笑道：「媽媽說的是。我不過是一時半刻偶然叫一句是有的。」襲人晴雯都笑說：「這可別委屈了他。直到如今，他可『姐姐』沒離了嘴，不過玩的時候叫一聲半聲名字。若當著人，卻是和先一樣。」林之孝家的笑道：「這纔好呢，這纔是讀書知禮的。越自己謙遜，越尊重，別說是三五代的陳人，現從老太太、太太屋裏撥過來的，便是老太太、太太屋裏的貓兒狗兒，輕易也傷不得他。這纔是受過調教的公子行事。」說畢，吃了茶，便說：「請安歇罷，我們走了。」寶玉還說：「再歇歇。」那林之孝家的已帶了眾人又查別處去了。

這裏晴雯等忙命關了門，進來笑說：「這位奶奶那裏吃了一杯來了？嘮三叨四的，又排場了我們一頓去了。」麝月笑道：「他也不是好意的，少不得也要常提著些兒，也堤防著怕走了大褶兒的意思。」說著，一面擺上酒果。襲人道：「不用高桌，咱們把那張花梨圓炕桌子放在炕上坐，又寬綽，又便宜。」說著，大家果然擡來。麝月和四兒那邊去搬果子，用兩個大茶盤，做四五次方搬運了來。兩個老婆子蹲在外面火盆上篩酒。

寶玉說：「天熱，咱們都脫了大衣裳纔好。」眾人笑道：「你要脫，你脫，我們還要輪流安席呢。」寶玉笑道：「這一安席，就要到五更天了。知道我最怕這些俗套，在外人跟前，不得已的。這會子還慪我，就不好了。」眾人聽了，都說：「依你。」於是先不上坐，且忙著卸妝寬衣。一時將正妝卸去，頭上只隨便挽著纂兒，身上皆是長裙短襖。寶玉只穿著大紅綿紗小襖兒，下面綠綾彈墨夾褲，散著褲腳，繫著一條汗巾，靠著一個各色玫瑰芍藥花瓣裝的玉色夾紗新枕頭，和芳官兩個先搳拳。當時芳官滿口嚷熱，只穿著一件玉色紅青駝絨三色緞子拼的水田小夾襖，束著一條柳綠汗巾；底下是水紅灑花夾褲，也散著褲腿；頭上齊額編著一圈小辮，總歸至頂心，結一根粗辮，拖在腦後；右耳根內只塞著米粒大小的一個小玉塞子，左耳上單一個白果大小的硬紅鑲金大墜子：越顯得面如滿月猶白，眼似秋水還清。引得眾人笑說：「他兩個倒像一對雙生的弟兄。」

襲人等一一斟上酒來，說：「且等一等再搳拳，雖不安席，在我們每人手裏吃一口罷了。」於是襲人為先，端在脣上，吃了一口，其餘依次下去，一一吃過，大家方團圓坐了。春燕四兒因炕沿坐不下，便端了兩張椅子，近炕放下。那四十個碟子，皆是一色白彩定窯的，不過只有小茶碟大，裏面不過是山南海北乾鮮水陸的酒饌果菜。

寶玉因說：「咱們也該行個令纔好。」襲人道：「斯文些纔好，別大呼小叫，叫人聽見；二則我們不識字，可不要那些文的。」麝月笑道：「拿骰子咱們搶紅罷。」寶玉道：「沒趣，不好。咱們占花名兒好。」晴雯笑道：「正是，早已想弄這個玩意兒。」襲人道：「這個玩意雖好，人少了沒趣。」春燕笑道：「依我說，咱們竟悄悄的把寶姑娘、雲姑娘、林姑娘請了來，玩一會子，到二更天再睡不遲。」襲人道：「又開門闔户的鬧，倘或遇見巡夜的問。」寶玉道：「怕什麼，咱們三姑娘也吃酒，再請他一聲纔好。還有琴姑娘。」眾人都道：「琴姑娘罷了，他在大奶奶屋裏，叨蹬的大發了。」寶玉道：「怕什麼！你們就快請去。」

春燕四兒都巴不得一聲，二人忙命開門，分頭去請。晴雯、麝月、襲人三人又說：「他兩個去請，只怕寶林兩個不肯來，須得我們請去，死活拉他來。」於是襲人晴雯忙又命老婆子打個燈籠，二人又去。果然寶釵說：「夜深了。」黛玉說：「身上不好。」他二人再三央求：「好歹給我們一點體面，略坐坐再來。」眾人聽了，卻也歡喜，因想不請李紈，倘或被他知道了，倒不好，便命翠墨同了春燕也再三的請了李紈和寶琴二人，會齊，先後都到了怡紅院中；襲人又死活拉了香菱來。炕上又併了一張桌子，方坐開了。寶玉忙說：「林妹妹怕冷，過這邊靠板壁坐。」又拿了個靠背墊著些。襲人等都端了椅子在炕沿下陪著。黛玉卻離桌遠遠的靠著靠背，因笑向寶釵、李紈、探春等道：「你們日日說人家夜飲聚賭，今日我們自己也如此，以後怎麼說人！」李紈笑道：「有何妨礙？一年之中，不過生日節間如此，並沒夜夜如此，這倒也不怕。」

說著，晴雯拿了一個竹雕的籤筒來，裏面裝著象牙花名籤子，搖了一搖，放在當中。又取過骰子來，盛在盒內，搖了一搖，揭開一看，裏面是六點，數至寶釵。寶釵便笑道：「我先抓，不知抓出個什麼來！」說著將筒搖了一搖，伸手掣出一籤，大家一看，只見籤上畫著一枝牡丹，題著「豔冠群芳」四字，下面又有鐫的小字，一句唐詩，道是：

任是無情也動人。

又註著：「在席共賀一杯。此為群芳之冠，隨意命人，不拘詩詞雅謔，或新曲一支為賀。」眾人都笑說：「巧得很！你也原配牡丹花。」說著大家共賀了一杯，寶釵吃過，便笑說：「芳官唱一隻我們聽罷。」芳官道：「既這樣，大家吃了門杯好聽。」於是大家吃酒，芳官便唱：「壽筵開處風光好……」眾人都道：「快打回去！這會子很不用你來上壽。揀你極好的唱來。」芳官只得細細的唱了一支《賞花時》：「翠鳳翎毛紮帚叉，閒踏天門掃落花……」纔罷。

寶玉卻只管拿著那籤，口內顛來倒去念「任是無情也動人」，聽了這曲子，眼看著芳官不語。湘雲忙一手奪了，擲與寶釵，寶釵又擲了一個十六點，數到探春。探春笑道：「還不知得個什麼！」伸手掣了一根出來，自己一瞧，便擲在桌上，紅了臉，笑道：「這東西，不該行這令。這原是外頭男人們行的令，許多混賬話在上頭。」眾人不解，襲人等忙拾了起來，眾人看上面是一枝杏花，那紅字寫著「瑤池仙品」四字，詩云：

日邊紅杏倚雲栽。

註云：「得此籤者，必得貴婿，大家恭賀一杯，共同飲一杯。」眾人笑說道：「我們說是什麼呢！這籤原是閨閣中取笑的，除了這兩三根有這話的，並無雜話，這有何妨？我們家已有了王妃，難道你也是王妃不成？大喜，大喜！」說著大家來敬，探春那裏肯飲，卻被史湘雲、香菱、李紈等三四個人，強死強活，灌了一鍾纔罷。探春只命：「蠲了這個，再行別的。」眾人斷不肯依。湘雲拿著他的手，強擲了個十九點出來，便該李氏掣。

李氏搖了一搖，掣出一根來，一看笑道：「好極！你們瞧瞧這勞什子，竟有些意思。」眾人瞧那籤上，畫著一枝老梅，是寫著「霜曉寒姿」四字，那一面舊詩是：

竹籬茅舍自甘心。

註云：「自飲一杯，下家擲骰。」李紈笑道：「真有趣，你們擲去罷，我只自吃一杯，不問你們的廢興。」說著便吃酒，將骰過與黛玉。黛玉一擲是十八點，便該湘雲掣。湘雲笑著，揎拳擄袖的，伸手掣了一根出來，大家看時，一面畫著一枝海棠，題著「香夢沉酣」四字，那面詩道是：

只恐夜深花睡去。

黛玉笑道：「『夜深』二字改『石涼』兩個字。」眾人便知他打趣白日間湘雲醉眠的事，都笑了。湘雲笑指那自行船與黛玉看，又說：「快坐上那船家去罷，別多說了！」眾人都笑了。因看註云：「既云香夢沉酣，掣此籤者，不便飲酒，只令上下兩家各飲一杯。」湘雲拍手笑道：「阿彌陀佛，真真好籤！」恰好黛玉是上家，寶玉是下家，二人斟了兩杯，只得要飲。寶玉先飲了半杯，瞅人不見，遞與芳官，芳官即便端起來，一仰脖喝了。黛玉只管和人說話，將酒全折在漱盂內了。

湘雲便抓起骰子來一擲個九點，數去該麝月。麝月便掣了一根出來，大家看時，上面是一枝荼蘼花，題著「韶華勝極」四字，那邊寫著一句舊詩，道是：

開到荼蘼花事了。

註云：「在席各飲三杯送春。」麝月問：「怎麼講？」寶玉皺眉，忙將籤藏了，說：「咱們且喝酒。」說著，大家吃了三口，以充三杯之數。麝月一擲個十點，該香菱。香菱便掣了一根並蒂花，題著「聯春繞瑞」，那面寫著一句舊詩，道是：

連理枝頭花正開。

註云：「共賀掣者三杯，大家陪飲一杯。」香菱便又擲了個六點，該黛玉。黛玉默默的想道：「不知還有什麼好的被我掣著方好。」一面伸手取了一根，只見上面畫著一枝芙蓉花，題著「風露清愁」四字，那面一句舊詩，道是：

莫怨東風當自嗟。

註云：「自飲一杯，牡丹陪飲一杯。」眾人笑說：「這個好極！除了他，別人不配作芙蓉。」黛玉也自笑了，於是飲了酒，便擲了個二十點，該著襲人。襲人便伸手取了一根出來，卻是一枝桃花，題著「武陵別景」四字，那一面寫著舊詩，道是：

桃紅又見一年春。

註云：「杏花陪一盞，坐中同庚者陪一盞，同姓者陪一盞。」眾人笑道：「這一回熱鬧有趣。」大家算來：香菱、晴雯、寶釵三人皆與他同庚，黛玉與他同辰，只無同姓者。芳官忙道：「我也姓花，我也陪他一鍾。」於是大家斟了酒，黛玉因向探春笑道：「命中該招貴婿的，你是杏花，快喝了，我們好喝。」探春笑道：「這是什麼話，大嫂子順手給他一巴掌！」李紈笑道：「人家不得貴婿，反捱打，我也不忍的。」眾人都笑了。

襲人纔要擲，只聽有人叫門，老婆子忙出去問時，原來是薛姨媽打發人來了接黛玉的。眾人因問：「幾更了？」人回：「二更以後了，鐘打過十一下了。」寶玉猶不信，要過錶來瞧了一瞧，已是子初二刻十分了，黛玉便起身說：「我可掌不住了，回去還要吃藥哩。」眾人說：「也都該散了。」襲人寶玉等還要留著眾人，李紈探春等都說：「夜太深了不像，這已是破格了。」襲人道：「既如此，每位再吃一杯再走。」說著，晴雯等已都斟滿了酒。每人吃了，都命點燈。

襲人等都送過沁芳亭河那邊，方回來。關了門，大家復又行起令來。襲人等又用大鍾斟了幾鍾，用盤子攢了各樣果菜與地下的老媽媽們吃。彼此有了三分酒，便揎拳贏唱小曲兒。那天已四更時分，老媽媽們一面明吃，一面暗偷，酒缸已罄，眾人聽了，方收拾盥漱睡覺。芳官吃得兩腮胭脂一般，眉梢眼角，添了許多丰韻，身子圖不得，便睡在襲人身上，說：「姐姐，我心跳得很。」襲人笑道：「誰叫你盡力灌呢！」春燕四兒也圖不得，早睡了，晴雯還只管叫。寶玉道：「不用叫了，咱們且胡亂歇一歇。」自己便枕了那紅香枕，身子一歪，就睡著了。襲人見芳官醉得很，恐鬧他唾酒，只得輕輕起來，就將芳官扶在寶玉之側，由他睡了，自己卻在對面榻上倒下。大家黑甜一覺，不知所之。

及至天明，襲人睜眼一看，只見天色晶明，忙說：「可遲了！」向對面牀上瞧了一瞧，只見芳官頭枕著炕沿上，睡猶未醒，連忙起來叫他，寶玉已翻身醒了，笑道：「可遲了！」因又推芳官起身。那芳官坐起來，猶發怔揉眼睛。襲人笑道：「不害羞！你吃醉了，怎麼也不揀地方兒，亂挺下了？」芳官聽了，瞧一瞧，方知是和寶玉同榻，忙笑得下地來說：「我怎麼吃得不知道了！」寶玉笑道：「我竟也不知道了。若知道，給你臉上抹些黑墨。」

說著，丫頭進來，伺候梳洗。寶玉笑道：「昨日有擾，今日晚上我還席。」襲人笑道：「罷，罷，罷！今日可別鬧了，再鬧就有人說話了。」寶玉道：「怕什麼，不過纔兩次罷了。咱們也算會吃酒的了，那一罈子酒怎麼就吃光了。正在有趣，偏又沒了。」襲人笑道：「原要這樣纔有趣。必致興盡了，反無後味。昨日都好上來了，晴雯連臊也忘了，我記得他還唱了一個曲兒。」四兒笑道：「姐姐忘了，連姐姐還唱了一個呢。在席的誰沒唱過？」眾人聽了，俱紅了臉，用兩手握著，笑個不住。

忽見平兒笑嘻嘻的走來，說：「我親自來請昨日在席的人，今日我還東，短一個也使不得。」眾人忙讓坐吃茶。晴雯笑道：「可惜昨夜沒他。」平兒忙問：「你們夜裏做什麼來？」襲人便說：「告訴不得你。昨日夜裏熱鬧非常，連往日老太太、太太帶著眾人玩，也不及昨日這一玩。一罈酒我們都鼓搗光了，一個個喝得把臊都丟了，又都唱起來。四更多天，纔橫三豎四的打了一個盹兒。」平兒笑道：「好！白和我要了酒來，也不請我，還說著給我聽，氣我。」晴雯道：「今日他還席，必自來請你的，等著罷。」平兒笑問道：「『他』是誰，誰是『他』？」晴雯聽了，把臉飛紅了，趕著打，笑說道：「偏你這耳朵尖，聽得真。」平兒笑道：「呸，不害臊的丫頭！這會子有事，不和你說，我幹事去了，回來再打發人來請。一個不到，我是打上門來的。」寶玉等忙留他，已經去了。

這裏寶玉梳洗了，正吃茶，忽然一眼看見硯臺底下壓著一張紙，因說道：「你們這麼隨便混壓東西，也不好。」襲人晴雯等忙問：「又怎麼了，誰又有了不是了？」寶玉指道：「硯臺下是什麼？一定又是那位的樣子，忘記收的。」晴雯忙啟硯拿了出來，卻是一張字帖兒，遞與寶玉看時，原來是一張粉紅箋紙，上面寫著：「檻外人妙玉恭肅遙叩芳辰。」寶玉看畢，直跳了起來，忙問：「是誰接了來的？也不告訴。」襲人晴雯等見了這般，不知當是那個要緊的人來的帖子，忙一齊問：「昨日是誰接下了一個帖子？」四兒忙跑進來，笑說：「昨日妙玉並沒親來，只打發個媽媽送來，我就擱在這裏，誰知一頓酒喝的就忘了。」眾人聽了道：「我當是誰，大驚小怪！這也不值得。」

寶玉忙命：「快拿紙來。」當下拿了紙，研了墨，看他下著「檻外人」三字，自己竟不知回帖上回個什麼字樣纔相敵，只管提筆出神，半天仍沒主意。因又想：「若問寶釵去，他必又批評怪誕，不如問黛玉去。」想罷，袖了帖兒，徑來尋黛玉。剛過了沁芳亭，忽見岫煙顫顫巍巍的迎面走來，寶玉忙問：「姐姐那裏去？」岫煙笑道：「我找妙玉說話。」寶玉聽了咤異，說道：「他為人孤癖，不合時宜，萬人不入他的目。原來他推重姐姐，竟知姐姐不是我們一流俗人。」岫煙笑道：「他也未必真心重我，但我和他做過十年的鄰居，只一牆之隔。他在蟠香寺修煉，我家原寒素，賃房居住，就賃了他的廟裏房子，住了十年，無事到他廟裏去作伴。我所認得的字，都是承他所授。我和他又是貧賤之交，又有半師之分。因我們投親去了，聞得他因不合時宜，權勢不容，竟投到這裏來。如今又天緣湊合，我們得遇，舊情竟未改易，承他青目，更勝當日。」

寶玉聽了，恍如聽了焦雷一般，喜得笑道：「怪道姐姐舉止言談，超然如野鶴閒雲，原本有來歷。我正因他的一件事為難，要請教別人去。如今遇見姐姐，真是天緣湊合，求姐姐指教。」說著便將拜帖取與岫煙看。岫煙笑道：「他這脾氣竟不能改，竟是生成這等放誕詭僻了。從來沒見拜帖上下別號的，這可是俗語說的『僧不僧，俗不俗，女不女，男不男』，成個什麼理數！」寶玉聽說，忙笑道：「姐姐不知道，他原不在這些人中算，他原是世人意外之人，因取了我是個些微有知識的，方給我這帖子。我因不知回什麼字樣纔好，竟沒了主意，正要去問林妹妹，可巧遇見了姐姐。」

岫煙聽了寶玉這話，且只管用眼上下細細打量了半日，方笑道：「怪道俗語說的『聞名不如見面』，又怪不得妙玉竟下這帖子給你，又怪不得上年竟給你那些梅花。既連他這樣，少不得我告訴你原故。他常說：『古人中自漢、晉、五代、唐、宋以來，皆無好詩，只有兩句好，說道：「縱有千年鐵門檻，終須一個土饅頭。」』所以他自稱『檻外之人』。又常讚：『文是莊子的好。』故又或稱為『畸人』。他若帖子上是自稱『畸人』的，你就還他個『世人』。『畸人』者，他自稱是畸零之人；你謙自己乃世人擾擾之人，他便喜了。如今他自稱『檻外之人』，是自謂蹈於『鐵檻』之外了，故你如今只下『檻內人』，便合了他的心了。」寶玉聽了，如醍醐灌頂，「噯喲」了一聲，方笑道：「怪道我們家廟說是『鐵檻寺』呢！原來有這一說。姐姐就請，讓我去寫回帖。」岫煙聽了，便自往櫳翠庵來。寶玉回房，寫了帖子，上面只寫「檻內人寶玉熏沐謹拜」幾字，親自拿了到櫳翠庵，只隔門縫兒投進去，便回來了。

因飯後平兒還席，說紅香圃太熱，便在榆蔭堂中擺了幾席新酒佳餚。可喜尤氏又帶了珮鳳偕鸞二妾過來遊玩，這二妾亦是青年姣憨女子，不常過來的，今既入了這園，再遇見湘雲、香菱、芳、蕊一干女子，所謂「方以類聚，物以群分」，二語不錯，只見他們說笑不了，也不管尤氏在那裏，只憑丫鬟們去服役，且同眾人一一的遊玩。

閒言少述，且說當下眾人都在榆蔭堂中，以酒為名，大家玩笑，命女先兒擊鼓。平兒採了一枝芍藥，大家約二十來人，傳花為令，熱鬧了一回。因人回說：「甄家有兩個女人送東西來了。」探春和李紈尤氏三人出去議事廳相見。這裏眾人且出來散一散。珮鳳偕鸞兩個去打鞦韆玩耍，寶玉便說：「你兩個上去，讓我送。」慌得珮鳳說：「罷了，別替我們鬧亂子！」

忽見東府裏幾個人，慌慌張張跑來，說：「老爺殯天了。」眾人聽了，嚇了一大跳，忙都說：「好好的並無疾病，怎麼就沒了？」家人說：「老爺天天修煉，定是功成圓滿，昇仙去了。」尤氏一聞此言，又見賈珍父子並賈璉等皆不在家，一時竟沒個著己的男子來，未免忙了。只得忙卸了妝飾，命人先到元真觀將所有的道士都鎖了起來，等大爺來家審問；一面忙忙坐車，帶了賴昇一干老人媳婦出城。又請大夫看視，到底係何病症。

大夫們見人已死，何處診脈來？素知賈敬導氣之術，總屬虛誕，更至參星禮斗，守庚申，服靈砂等，妄作虛為，過於勞神費力，反因此傷了性命的。如今雖死，腹中堅硬似鐵，面皮嘴脣，燒得紫絳皺裂，便向媳婦回說：「係道教中吞金服砂，燒脹而歿。」眾道士慌得回道：「原是秘製的丹砂吃壞了事，小道們也曾勸說：『功夫未到，且服不得。』不承望老爺於今夜守庚申時，悄悄的服了下去，便昇仙去了。這是虔心得道，已出苦海，脱去皮囊了。」

尤氏也不便聽，只命鎖著，等賈珍來發放，且命人飛馬報信。一面看視裏面窄狹，不能停放，横竪也不能進城的，忙裝裹好了，用軟轎擡至鐵檻寺來停放。掐指算來，至早也得半月的工夫，賈珍方能來到，目今天氣炎熱，實不能相待，遂自行主持，命天文生擇了日期入殮。壽木早年已經備下，寄在此廟的，甚是便宜。三日後，便破孝開弔，一面且做起道場來。因那邊榮府中鳳姐兒出不來，李紈又照顧姐妹，寶玉不識事體，只得將外頭事務，暫託了幾個家中二等管事人。賈𤨏、賈珖、賈珩、賈瓔、賈菖、賈菱等各有執事。尤氏不能回家，便將他繼母接來，在寧府看家。這繼母只得將兩個未出嫁的女孩兒帶來，一併住著，纔放心。

且說賈珍聞了此信，急忙告假，並賈蓉是有職人員。禮部見當今隆敦孝弟，不敢自專，具本請旨。原來天子極是仁孝過天的，且更隆重功臣之裔，一見此本，便詔問賈敬何職，禮部代奏：「係進士出身，祖職已蔭其子賈珍。賈敬因年邁多疾，常養靜於都城之外元真觀，今因疾歿於觀中。其子珍，其孫蓉，現因國喪，隨駕在此，故乞假歸殮。」天子聽了，忙下額外恩旨曰：「賈敬雖無功於國，念彼祖父之忠，追賜五品之職，令其子孫扶柩由北下門入都，恩賜私第殯殮，任子孫盡喪，禮畢扶柩回籍。外著光祿寺按上例賜祭，朝中由王公以下，准其祭弔。欽此。」此旨一下，不但賈府中人謝恩，連朝中所有大臣，皆高呼稱頌不絕。

賈珍父子星夜馳回。半路中又見賈𤨏賈珖二人領家丁飛騎而來，看見賈珍，一齊滚鞍下馬請安。賈珍忙問：「做什麼？」賈𤨏回說：「嫂子恐哥哥和姪兒來了，老太太路上無人，叫我們兩個來護送老太太的。」賈珍聽了，讚聲不絕。又問：「家中如何料理？」賈瑞等便將如何拿了道士，如何挪至家廟，怕家內無人，接了親家母和兩個姨奶奶在上房住著，賈蓉當下也下了馬，聽見兩個姨娘來了，喜得笑容滿面。賈珍忙說了幾聲「妥當」，加鞭便走。店也不投，連夜換馬飛馳。

一日到了都門，先奔入鐵檻寺，那天已是四更天氣，坐更的聞知，忙喝起眾人來。賈珍下了馬，和賈蓉放聲大哭，從大門外便跪爬進來，至棺前稽顙泣血，直哭到天亮，喉嚨都哭啞了方住。尤氏等都一齊見過，賈珍父子忙按禮換了凶服，在棺前俯伏。無奈自要理事，竟不能目不視物，耳不聞聲，少不得減了些悲戚，好指揮眾人。因將恩旨備述給眾親友聽了，一面先打發賈蓉家中來，料理停靈之事。

賈蓉巴不得一聲兒，便先騎馬跑來，到家忙命前廳收桌椅，下槅扇，掛孝幔子，門前起鼓手棚、牌樓等事。又忙著進來看外祖母、兩個姨娘。原來尤老安人年高喜睡，常常歪著；他二姨娘三姨娘都和丫頭們做活計，見他來了，都道煩惱。賈蓉且嘻嘻的望他二姨娘笑說：「二姨娘，你又來了？我父親正想你呢。」尤二姐紅了臉，罵道：「好蓉小子！我過兩日不罵你幾句，你就過不得了，越發連個體統都沒了！還虧你是大家公子哥兒，每日念書學禮的，越發連那小家子的也跟不上！」說著順手拿起一個熨斗來，兜頭就打，嚇得賈蓉抱著頭，滾到懷裏告饒。尤三姐便轉過臉去，說道：「等姐姐來家再告訴他。」

賈蓉忙笑著跪在炕上求饒，因又和他二姨娘搶砂仁吃。那二姐兒嚼了一嘴渣子，吐了他一臉，賈蓉用舌頭都䑛著吃了。眾丫頭看不過，都笑說：「熱孝在身上，老娘纔睡了覺。他兩個雖小，到底是姨娘家。你太眼裏沒有奶奶了。回來告訴爺，你吃不了兜著走！」賈蓉撇下他姨娘，便抱著那丫頭親嘴，說：「我的心肝！你說的是。咱們饞他們兩個。」丫頭們忙推他，恨得罵：「短命鬼！你一般有老婆丫頭，只和我們鬧。知道的說是玩，不知道的人，再遇見那樣髒心爛肺的愛多管閒事嚼舌頭的人，吵嚷到那府裏，背地嚼舌，說咱們這邊混賬。」賈蓉笑道：「各門另户，誰管誰的事？都夠使的了。從古至今，連漢朝和唐朝，人還說『髒唐臭漢』，何況咱們這宗人家！誰家沒風流事？別叫我說出來。連那邊大老爺這麼利害，璉二叔還和那小姨娘不乾淨呢。鳳嬸子那樣剛強，瑞大叔還想他的賬。那一件瞞了我！」賈蓉只管信口開河，胡言亂道，三姐兒沈了臉，早下炕進裏間屋裏，叫醒尤老娘。

這裏賈蓉見他老娘醒了，忙去請安問好。又說：「老祖宗勞心，又難為兩位姨娘受委屈，我們爺兒們感激不盡。惟有等事完了，我們合家大小登門磕頭去。」尤老安人點頭道：「我的兒，倒是你會說話，親戚們原是該的。」又問：「你父親好？幾時得了信趕到的？」賈蓉笑道：「剛纔趕到的，先打發我瞧你老人家來了，好歹求你老人家事完了再去。」說著，又和他二姨娘擠眼兒。尤二姐便悄悄咬牙罵道：「很會嚼舌頭的猴兒崽子，留下我們，給你爹做媽不成！」

賈蓉又與尤老娘道：「放心罷，我父親每日為兩位姨娘操心，要尋兩個有根基又富貴又年輕又俏皮的兩位姨父，好聘嫁這二位姨娘。這幾年總沒揀著，可巧前日路上纔相準了一個。」尤老娘只當是真話，忙問：「是誰家的？」尤二姐丢了活計，一頭笑，一頭趕著打，說：「媽媽，別信這混賬孩子的話！」三姐兒道：「蓉兒，你說是說，別只管嘴裏這麼不清不渾的！」說著，人來回話，說：「事已完了，請哥兒出去看了，回爺的話去呢。」那賈蓉方笑嘻嘻的出來。不知如何，且看下回分解。

卷六十四　幽淑女悲題五美吟　浪蕩子情遺九龍珮

話說賈蓉見家中諸事已妥，連忙趕至寺中，回明賈珍。於是連夜分派各項執事人役，並預備一切應用幡槓等物，擇於初四日卯時請靈柩進城；一面使人知會諸位親友。是日喪儀焜耀，賓客如雲，自鐵檻寺至寧府，夾路看的何止數萬人。內中有嗟歎的，也有羨慕的，又有一等「半瓶醋」的讀書人，說是喪禮與其奢易，莫若儉戚的，一路紛紛議論不一。至未申時方到，將靈柩停放正堂之內，供奠舉哀已畢，親友漸次散回，只剩族中人分理迎賓送客等事。近親只有邢舅太爺相伴未去。

賈珍賈蓉此時為禮法所拘，不免在靈旁藉草枕塊，恨苦居喪；人散後，仍乘空尋他小姨子們廝混。寶玉亦每日在寧府穿孝，至晚人散，方回園裏。鳳姐身體未癒，雖不能時常在此，或遇開壇誦經親友上祭之日，亦扎掙過來相幫尤氏料理。

一日，供畢早飯，因此時天氣尚長，賈珍等連日勞倦，不免在靈旁假寐。寶玉見無客至，遂欲回家看視黛玉，因先回至怡紅院中。進入門來，只見院中寂靜無人，有幾個老婆子與小丫頭們在迴廊下取便乘涼，也有睡臥的，也有坐著打盹的。寶玉也不去驚動。只有四兒看見，連忙上前來打簾子。將掀起時，只見芳官自內帶笑跑出，幾乎與寶玉撞個滿懷。一見寶玉，方含笑站著，說道：「你怎麼來了？你快與我攔住晴雯，他要打我呢。」一語未了，只聽得屋裏唏嚠嘩喇的亂響，不知是何物撒了一地。

隨後晴雯趕來罵道：「我看你這小蹄子往那裏去，輸了不叫打。寶玉不在家，我看你有誰來救你。」寶玉連忙帶笑攔住，道：「你妹子小，不知怎麼得罪了你，看我的分上，饒他罷。」

晴雯也不想寶玉此時回來，乍一見，不覺好笑，遂笑說道：「芳官竟是個狐狸精變的，竟是會拘神遣將的，符咒也沒有這樣快！」又笑道：「就是你真請了神來，我也不怕。」遂奪手仍要捉拿芳官，芳官早已藏在寶玉身後，寶玉遂一手拉了晴雯，一手攜了芳官，進入屋內。看時，只見西邊炕上麝月、秋紋、碧痕、春燕等正在那裏抓子兒贏瓜子兒呢。卻是芳官輸與晴雯，芳官不肯叫打，跑了出去，晴雯因趕芳官，將懷內的子兒撒了一地。寶玉歡喜道：「如此長天，我不在家，正怕你們寂寞，吃了飯睡覺，睡出病來；大家尋件事玩笑消遣甚好。」因不見襲人，又問道：「你襲人姐姐呢？」晴雯道：「襲人麼？越發道學了，獨自個在屋裏面壁呢。這好一會我們沒進去，不知他做什麼呢，一些聲氣也聽不見。你快瞧瞧去罷！或者此時參悟了，也不可定。」

寶玉聽說，一面笑，一面走至裏間，只見襲人坐在近窗牀上，手中拿著一根灰色縧子，正在那裏打結子呢，見寶玉進來，連忙站起，笑道：「晴雯這東西，編派我什麼呢？我因要趕著打完了這結子，沒工夫和他們瞎鬧，因哄他道：『你們玩去罷。趁著二爺不在家，我要在這裏靜坐一坐，養一養神。』他就編派了我這些混話，什麼『面壁了』『參禪了』的。等一會我不撕他那嘴。」

寶玉笑著，挨近襲人坐下，瞧他打結子，問道：「這麼長天，你也該歇息歇息，或和他們玩笑，要不瞧瞧林妹妹去也好。怪熱的打這個，那裏使？」襲人道：「我見你帶的扇套，還是那年東府裏蓉大奶奶的事情上做的。那個青東西，除族中或親友家夏天有喪事纔帶得著，一年遇著帶一兩遭，平常又不犯做；如今那府裏有事，這是要過去天天帶的，所以我趕著另作一個，等打完了結子，給你換下那舊的來。你雖然不講究這個，要叫老太太回來看見，又該說我們躲懶，連你的穿帶之物都不經心了。」寶玉笑道：「這真難為你想的到。只是也不可過於趕，熱著了，倒是大事。」

說著，芳官早托了一杯涼水內新湃的茶來。因寶玉素昔秉賦柔脆，雖暑月不敢用冰，只以新汲井水，將茶連壺浸在盆內，不時更換，取其涼意而已。寶玉就芳官手內吃了半盞，遂向襲人道：「我來時，已吩咐了焙茗，若珍大哥那邊有要緊的客來時，叫他即刻送信；若無要緊的事，我就不過去了。」說畢，遂出了房門，又回頭向碧痕等道：「如有事，往林姑娘處來找我。」

於是一徑往瀟湘館來看黛玉。將過了沁芳橋，只見雪雁領著兩個老婆子，手中都拿著菱藕瓜果之類。寶玉忙問雪雁道：「你們姑娘從來不吃這些涼東西，拿這些瓜果何用？不是要請那位姑娘奶奶麼？」雪雁笑道：「我告訴你，可不許你對姑娘說去。」寶玉點頭應允。雪雁便命兩個婆子：「先將瓜果送去，交與紫鵑姐姐，他要問我，你就說我做什麼呢，就來。」那婆子答應著去了。雪雁方說道：「我們姑娘這兩日方覺身上好些了，今日飯後，三姑娘來會著要瞧二奶奶去，姑娘也沒去，又不知想起了什麼來，自己哭了一回，提筆寫了好些，不知是詩是詞。叫我傳瓜果去時，又聽叫紫鵑將屋內擺著的小琴桌上的陳設搬下來，將桌子挪在外間當地；又叫將那龍文鼎放在桌上，等瓜果來時聽用。若說是請人呢，不犯先忙著把個爐擺出來；若說點香呢，我們姑娘素日屋內除擺新鮮花果木瓜之類，又不大喜熏衣服。就是點香，也當點在常坐臥之處。難道是老婆子們把屋子熏臭了，要拿香熏熏不成？究竟連我也不知何故。」說畢，便連忙的去了。

寶玉這裏，不由的低頭心內細想道：「據雪雁說來，必有原故。若是同那一位姊妹們閒坐，亦不必如此先設饌具，或者是姑爹姑媽的忌辰？但我記得每年到此日期，老太太都吩咐另外整理餚饌送去林妹妹私祭，此時已過。大約必是七月，因為瓜果之節，家家都上秋季的墳，林妹妹有感於心，所以在私室自己奠祭，取《禮記》『春秋薦其時食』之意，也未可定。但我此刻走去，見他傷感，必極力勸解，又怕他煩惱鬱結於心；若竟不去，又恐他過於傷感，無人勸止：兩件皆足致疾。莫若先到鳳姐姐處一看，在彼稍坐即回。如若見林妹妹傷感，再設法開解。既不至使其過悲，哀痛稍申，亦不至抑鬱致病。」

想畢，遂出了園門，一徑到鳳姐處來。正有許多執事婆子們回事畢，紛紛散出，鳳姐兒正倚著門和平兒說話呢。一見了寶玉，笑道：「你回來了麼。我纔吩咐了林之孝家的，叫他使人告訴跟你的小廝，若沒什麼事，趁便請你回來歇息歇息。再者那裏人多，你那裏禁得住那些氣味。不想恰好你倒來了。」寶玉笑道：「多謝姐姐記掛。我也因今日沒事，又見姐姐這兩日沒往那府裏去，不知身上可大癒否，所以回來看視看視。」鳳姐道：「左右也不過是這樣，三日好，兩日不好的。老太太、太太不在家，這些大娘們，噯，那一個是安分的？每日不是打架，就是拌嘴，連賭博偷盜的事情都鬧出來了兩三件了。雖說有三姑娘幫著辦理，他又是個沒出閣的姑娘，也有叫他知道得的，也有往他說不得的事，也只好強扎掙著罷了。總不得心靜一會兒！別說想病好，求其不添，也就罷了。」

寶玉道：「姐姐雖如此說，姐姐還要保重身體，少操些心纔是。」說畢，又說了些閒話，別了鳳姐，一直往園中走來。進了瀟湘館院門看時，只見爐裊殘煙，奠餘玉醴，紫鵑正看著人往裏收桌子，搬陳設呢。寶玉便知已經奠祭完了，走入屋內，只見黛玉面向裏歪著，病體懨懨，大有不勝之態。紫鵑連忙說道：「寶二爺來了。」黛玉方慢慢的起來，含笑讓坐。寶玉道：「妹妹這兩天可大好些了？氣色倒覺靜些，只是為何又傷心了？」黛玉道：「可是你沒的說了，好好的，我多早晚又傷心了？」寶玉笑道：「妹妹臉上現有淚痕，如何還哄我呢。只是我想妹妹素日本來多病，凡事當各自寬解，不可過作無益之悲。若作踐壞了身子，使我……」剛說到這裏，覺得以下的話有些難說，連忙咽住。只因他雖說和黛玉一處長大，情投意合，又願同生死，卻是只心中領會，從來未曾當面說出，況兼黛玉心多，每每說話造次，得罪了他。今日原為的是來勸解，不想把話又說造次了，接不下去，心中一急，又怕黛玉惱他；又想一想自己的心，實在的是為好，因而轉念為悲，早已滾下淚來。黛玉起先原惱寶玉說話不論輕重，如今見此光景，心有所感，本來素昔愛哭，此時亦不免無言對泣。

卻說紫鵑端了茶來，打量二人又為何事口角，因說道：「姑娘身上纔好些，寶二爺又來慪氣了。到底是怎麼樣？」寶玉一面拭淚，笑道：「誰敢慪妹妹了？」一面搭訕著起來閒步，只見硯臺底下微露一紙角，不禁伸手拿起。黛玉忙要起身來奪，已被寶玉揣在懷內，笑央道：「好妹妹，賞我看看罷。」黛玉道：「不管什麼，來了就混翻。」

一語未了，只見寶釵走來，笑道：「寶兄弟要看什麼？」寶玉因未見上面是何言詞，又不知黛玉心中如何，未敢造次回答，卻望著黛玉笑。黛玉一面讓寶釵坐，一面笑道：「我曾見古史中有才色的女子，終身遭際，令人可欣、可羨、可悲、可歎者甚多，今日飯後無事，因欲擇出數人，胡亂湊幾首詩，以寄感慨，可巧探丫頭來會我瞧鳳姐姐去，我也身上懶懶的，沒同他去，纔將作了五首，一時睏倦起來，撂在那裏，不想二爺來了，就瞧見了。其實給他看也倒沒有什麼，但只我嫌他是不是的寫給人看去。」寶玉忙道：「我多早晚給人看來呢？昨日那把扇子，原是我愛那幾首白海棠的詩，所以我自己用小楷寫了，不過為的是拿在手中看著便易。我豈不知閨閣中詩詞字跡是輕易往外傳誦不得的？自從你說了我，總沒拿出園子去。」寶釵道：「林妹妹這慮的也是。你既寫在扇子上，偶然忘記了，拿在書房裏去，被相公們看見了，豈有不問是誰作的呢。倘或傳揚開了，反為不美。自古道『女子無才便是德』，總以貞靜為主，女工還是第二件。其餘詩詞，不過是閨中遊戲，原可以會，可以不會。咱們這樣人家的姑娘，倒不要這些才華的名譽。」因又笑向黛玉道：「拿出來給我看看無妨，只不叫寶兄弟拿出去就是了。」黛玉笑道：「既如此說，連你也可以不必看了。」又指著寶玉笑道：「他早已搶了去了。」寶玉聽了，方自懷內取出，湊至寶釵身旁，一同細看。只見寫道：

西　施

一代傾城逐浪花，吳宮空自憶兒家；傚顰莫笑東村女，頭白溪邊尚浣紗。

虞　姬

腸斷烏啼夜嘯風，虞兮幽恨對重瞳；黥彭甘受他年醢，飲劍何如楚帳中？

明　妃

絕豔驚人出漢宮，紅顏命薄古今同；君王縱使輕顏色，予奪權何畀畫工？

綠　珠

瓦礫明珠一例拋，何曾石尉重嬌嬈？都緣頑福前生造，更有同歸慰寂寥。

紅　拂

長劍雄談態自殊，美人巨眼識窮途；尸居餘氣楊公幕，豈得羈縻女丈夫？

寶玉看了，讚不絕口，又說道：「妹妹這詩，恰好只作了五首，何不就命曰『五美吟』？」於是不容分說，便提筆寫在後面。寶釵亦說道：「作詩不論何題，只要善翻古人之意。若要隨人腳蹤走去，縱使字句精工，已落第二藝，究竟算不得好詩。即如前人所詠昭君之詩甚多，有悲挽昭君的，有怨恨延壽的，又有譏漢帝不能使畫工圖貌賢臣而畫美人的，紛紛不一。後來王荊公復有『意態由來畫不成，當時枉殺毛延壽』，永叔有『耳目所見尚如此，萬里安能制夷狄』：二詩俱能各出己見，不與人同。今日林妹妹這五首詩，亦可謂命意新奇，別開生面了。」

仍欲往下說時，只見有人回道：「璉二爺回來了。適纔外間傳說，往東府裏去了好一會了，想必就回來的。」寶玉聽了，連忙起身，迎至大門以內等待，恰好賈璉自外下馬進來，於是寶玉先迎著賈璉跪下，口中給賈母王夫人等請了安，又給賈璉請了安。二人攜手走進來。只見李紈、鳳姐、寶釵、黛玉、迎、探、惜等早在中堂等候，相見已畢。因聽賈璉說道：「老太太明日一早到家，一路身體甚好。今日先打發了我來回家看視，明日五更，仍要出城迎接。」說畢，眾人又問了些路途的景況。因賈璉是遠歸，遂大家別過，讓賈璉回房歇息。一宿晚景，不必細述。

至次日飯時前後，果見賈母王夫人等到來。眾人接見已畢，略坐了一坐，吃了一杯茶，便領了王夫人等人過寧府中來，只聽見裏面哭聲震天，卻是賈赦賈璉送賈母到家，即過這邊來了。當下賈母進入裏面，早有賈赦賈璉率領族中人哭著迎了出來。他父子一邊一個，挽了賈母，走至靈前，又有賈珍賈蓉跪著，撲入賈母懷中痛哭。賈母暮年人，見此光景，亦摟了珍蓉等痛哭不已。賈赦賈璉在旁苦勸，方略略止住。又轉至靈右，見了尤氏婆媳，不免又相持大痛一場。哭畢，眾人方上前，一一請安問好。

賈珍因賈母纔回家來，未得歇息，坐在此間看著，未免要傷心，遂再三的勸；賈母不得已，方回來了。果然年邁的人，禁不住風霜傷感，至夜間便覺頭悶心酸，鼻塞聲重，連忙請了醫生來診脈下藥，足足的忙亂了半夜一日。幸而發散的快，未曾傳經，至三更天，些須發了點汗，脈靜身涼，大家方放了心。至次日，仍服藥調理。又過了數日，乃賈敬送殯之期，賈母猶未大癒，遂留寶玉在家侍奉。鳳姐因未曾甚好，亦未去。其餘賈赦、賈璉、邢夫人、王夫人等，率領家人僕婦，都送至鐵檻寺，至晚方回。賈珍尤氏並賈蓉仍在寺中守靈，等過百日後，方扶柩回籍。家中仍託尤老娘並二姐兒三姐兒照管。

卻說賈璉素日既聞尤氏姐妹之名，恨無緣得見；近因賈敬停靈在家，每日與二姐兒三姐兒相認已熟，不禁動了垂涎之意。況知與賈珍賈蓉等素日有聚麀之誚，因而乘機百般撩撥，眉目傳情。那三姐兒卻只是淡淡相對，只有二姐兒也十分有意，但只是眼目眾多，無從下手。賈璉又怕賈珍吃醋，不敢輕動，只好二人心領神會而已。此時出殯以後，賈珍家下人少，除尤老娘帶領二姐兒三姐兒並幾個粗使的丫鬟老婆子在正室居住外，其餘婢妾都隨在寺中；外面僕婦，不過晚間巡更，日間看守門户，白日無事，亦不進裏面去。所以賈璉便欲趁此時下手，遂託相伴賈珍為名，亦在寺中住宿；又時常借著替賈珍料理家務，不時至寧府中來勾搭二姐兒。

一日有小管家俞祿來回賈珍道：「前者所用棚槓孝布並請槓人青衣，共使銀一千一百十兩，除給銀五百兩外，仍欠六百零十兩。昨日兩處買賣人俱來催討，奴才特來討爺的示下。」賈珍道：「你且向庫上領去就是了，這又何必來回我。」俞祿道：「昨日已曾上庫上去領，但只是老爺賓天以後，各處支領甚多，所剩還要預備百日道場及廟中用度，此時竟不能發給，所以奴才今日特來回爺，或者爺內庫裏暫且發給，或者挪借何項，吩咐了，奴才好辦。」賈珍笑道：「你還當是先呢，有銀子放著不使。你無論那裏借了給他罷。」俞祿笑回道：「若說一二百，奴才還可巴結；這五六百，奴才一時那裏辦得來？」賈珍想了一回，向賈蓉道：「你問你娘去，昨日出殯以後，有江南甄家送來打祭銀五百兩，未曾交到庫上去，家裏再找找，湊齊了，給他去罷。」賈蓉答應了，連忙過這邊來，回了尤氏，復轉來回他父親道：「昨日那項銀子已使了二百兩，下剩的三百兩，令人送至家中，交與老娘收了。」賈珍道：「既然如此，你就帶了他去，向你老娘要了出來，交給他。再也瞧瞧家中有事無事，問你兩個姨娘好。下剩的，俞祿先借了添上罷。」

賈蓉與俞祿答應了，方欲退出，只見賈璉走了進來，俞祿忙上前請了安，賈璉便問：「何事？」賈珍一一告訴了。賈璉心中想道：「趁此機會，正可至寧府尋二姐兒。」一面遂說道：「這有多大事，何必向人借去？昨日我方得了一項銀子，還沒有使呢，莫若給他添上，豈不省事？」賈珍道：「如此甚好，你就吩咐了蓉兒，一併令他取去。」賈璉忙道：「這必得我親自取去。再我這幾日沒回家了，還要給老太太、老爺、太太們請請安去；到大哥那邊查查家人們有無生事，再也給親家太太請請安。」賈珍笑道：「只是又勞動你，我心裏倒不安。」賈璉也笑道：「自家兄弟，這有何妨呢？」賈珍又吩咐賈蓉道：「你跟了你叔叔去，也到那邊給老太太、老爺、太太們請安，說我和你娘都請安。打聽打聽老太太身上可大安了，還服藥呢沒有。」

賈蓉一一答應了，跟隨賈璉出來，帶了幾個小廝，騎上馬，一同進城。在路叔姪閒話，賈璉有心，便提到尤二姐，因誇說如何標致，如何做人好：「舉止大方，言語溫柔，無一處不令人可敬可愛。人人都說你嬸子好，據我看，那裏及你二姨兒一零兒呢！」賈蓉揣知其意，便笑道：「叔叔既這麼愛他，我給叔叔做媒，說了做二房何如？」賈璉笑道：「你這是玩話，還是正經話？」賈蓉道：「我說的是當真的話。」賈璉又笑道：「敢自好，只是怕你嬸子不依；再也怕你老娘不願意。況且我聽見說你二姨兒已有了人家了。」賈蓉道：「這都無妨。我二姨兒三姨兒，都不是我老爺養的，原是我老娘帶了來的。聽見說，我老娘在那一家時，就把我二姨兒許給皇糧莊頭張家，指腹為婚。後來張家遭了官司，敗落了，我老娘又自那家嫁了出來，如今這十數年，兩家音信不通。我老娘時常抱怨，要給他家退婚。我父親也要將姨兒轉聘，只等有了好人家，不過令人找著張家，給他十幾兩銀子，寫上一張退婚的字兒。想張家窮極了的人，見了銀子，有什麼不依的。再他也知道咱們這樣的人家，也不怕他不依。又是叔叔這樣人說了做二房，我管保我老娘和我父親都願意。倒只是嬸子那裏卻難。」

賈璉聽到這裏，心花都開了，那裏還有什麼話說，只是一味呆笑而已。賈蓉又想了一想，笑道：「叔叔若有膽量，依我的主意，管保無妨，不過多花幾個錢。」賈璉忙道：「好孩子，你有什麼主意，只管說給我聽聽。」賈蓉道：「叔叔回家，一點聲色也別露。等我回明了我父親，向我老娘說妥，然後在咱們府後方近左右，買上一所房子及應用傢伙，再撥兩窩子家人過去服侍，擇了日子，人不知，鬼不覺，娶了過去，囑咐家人不許走漏風聲，嬸子在裏面住著，深宅大院，那裏就得知道了？叔叔兩下裏住著，過個一年半載，即或鬧出來，不過挨上老爺一頓罵。叔叔只說嬸子總不生育，原是為子嗣起見，所以私自在外面作成此事。就是嬸子，見『生米做成熟飯』，也只得罷了。再求一求老太太，沒有不完的事。」

自古道「慾令智昏」。賈璉只顧貪圖二姐美色，聽了賈蓉一篇話，遂為計出萬全，將現今身上有服，並停妻再娶，嚴父妒妻，種種不妥之處，皆置之度外了。卻不知賈蓉亦非好意：素日因同他姨娘有情，只因賈珍在內，不能暢意；如今若是賈璉娶了，少不得在外居住，趁賈璉不在時，好去鬼混之意。賈璉那裏思想及此？遂向賈蓉致謝道：「好姪兒！你果然能夠說成了，我買兩個絕色的丫頭謝你。」說著，已至寧府門首，賈蓉說道：「叔叔進去向我老娘要出銀子來，就交給俞祿罷。我先給老太太請安去。」賈璉含笑點頭道：「老太太跟前，別說我和你一同來的。」賈蓉說：「知道。」又附耳向賈璉道：「今日要遇見二姨兒，可別性急了，鬧出事來，往後倒難辦了。」賈璉笑道：「少胡說！你快去罷。我在這裏等你。」於是賈蓉自去給賈母請安。

賈璉進入寧府，早有家人頭兒率領家人等請安，一路圍隨至廳上，賈璉一一的問了些話，不過塞責而已，便命家人散去，獨自往裏面走來。原來賈璉賈珍素日親密，又是弟兄，本無可避忌之人，自來是不等通報的。於是走至上房，早有廊下伺候的老婆子打起簾子讓賈璉進去。賈璉進入房中一看，只見南邊炕上只有尤二姐帶著兩個丫鬟一處做活，卻不見尤老娘與三姐兒。賈璉忙上前問好相見。尤二姐含笑讓坐，便靠東邊排插兒坐下。賈璉仍將上首讓與二姐兒，說了幾句見面情兒，便笑問道：「親家太太和三妹妹那裏去了？怎麼不見？」尤二姐笑道：「纔有事往後頭去了，也就來的。」此時伺候的丫鬟因倒茶去，無人在跟前，賈璉不住的拿眼瞟著二姐兒。二姐兒低了頭，只含笑不理。賈璉又不敢造次動手動腳，因見二姐兒手中拿著一條拴著荷包的絹子擺弄，便搭訕著，往腰裏摸了摸，說道：「檳榔荷包也忘記了帶了來，妹妹有檳榔，賞我一口吃。」二姐道：「檳榔倒有，就只是我的檳榔從來不給人吃。」

賈璉便笑著，欲近身來拿。二姐兒怕有人來看見不雅，便連忙一笑，撂了過來。賈璉接在手中，都倒了出來，揀了半塊吃剩下的，撂在口中吃了，又將剩下的都揣了起來。剛要把荷包親身送過去，只見兩個丫鬟倒了茶來。賈璉一面接了茶吃茶，一面暗將自己帶的一個漢玉九龍珮解了下來，拴在手絹上，趁丫鬟回頭時，仍撂了過去。二姐兒亦不去拿，只裝看不見，坐著吃茶。只聽後面一陣簾子響，卻是尤老娘三姐兒帶著兩個小丫鬟自後面走來。賈璉送目與二姐兒，令其拾取，這尤二姐亦只是不理。賈璉不知二姐兒何意，甚是著急，只得迎上來與尤老娘三姐兒相見。一面又回頭看二姐兒時，只見二姐兒笑著，沒事人似的；再又看一看，絹子已不知那裏去了，賈璉方放了心。

於是大家歸坐後敘了些閒話。賈璉說道：「大嬸子說，前日有一包銀子交給親家太太收起來了，今日因要還人，大哥令我來取，再也看看家裏有事無事。」尤老娘聽了，連忙使二姐兒拿鑰匙去取銀子。這裏賈璉又說道：「我也要給親家太太請請安，瞧瞧二位妹妹。親家太太臉面倒好，只是二位妹妹在我們家裏受委屈。」尤老娘笑道：「咱們都是至親骨肉，說那裏的話？在家裏也是住著，在這裏也是住著。不瞞二爺說，我們家裏，自從先夫去世，家計也著實艱難了，全虧了這裏姑爺幫助。如今姑爺家裏有了這樣大事，我們不能別的出力，白看一看家，還有什麼委屈了的呢？」

正說著，二姐兒已取了銀子來，交與尤老娘；老娘便遞與賈璉。賈璉叫一個小丫頭叫了一個老婆子來，吩咐他道：「你把這個交給俞祿，叫他拿過那邊去等我。」老婆子答應了出去。只聽得院內是賈蓉的聲音說話。須臾進來，給他老娘姨娘請了安，又向賈璉笑道：「纔剛老爺還問叔叔呢，說是有什麼事情要使喚，原要使人到廟裏去叫，我回老爺說，『叔叔就來』。老爺還吩咐我，路上遇著叔叔，叫快去呢。」

賈璉聽了，忙要起身，又聽賈蓉和他老娘說道：「那一次我和老太太說的，我父親要給二姨兒說的姨父，就和我這叔叔的面貌身量差不多兒。老太太說好不好？」一面說著，又悄悄的用手指著賈璉，和他二姨兒努嘴。二姐兒倒不好意思說什麼，只見三姐兒似笑非笑、似惱非惱的罵道：「壞透了的小猴兒崽子！沒了你娘的說了！多早晚我纔撕他那嘴呢！」賈蓉早笑著跑了出去，賈璉也笑著辭了出來。走至廳上，又吩咐了家人們，不可要錢吃酒等話；又悄悄的央賈蓉，回去急速和他父親說。一面便帶了俞祿過來，將銀子添足，交給他拿去。一面給賈赦請安，又給賈母去請安，不提。

卻說賈蓉見俞祿跟了賈璉去取銀子，自己無事，便仍回至裏面，和他兩個姨娘嘲戲一回，方起身。至晚到寺，見了賈珍，回道：「銀子已竟交給俞祿了。老太太已大癒了，如今已經不服藥了。」說畢，又趁便將路上賈璉要娶尤二姐做二房之意說了，又說如何在外面置房子住，不使鳳姐知道，「此時總不過為的是子嗣艱難起見，為的是二姨兒是見過的，親上做親，比別處不知道的人家說了來的好。所以二叔再三央我對父親說。」只不說是他自己的主意。

賈珍想了想，笑道：「其實倒也罷了，只不知你二姨娘心中願意不願意。明日你先去和你老娘商量，叫你老娘問準了你二姨娘，再作定奪。」於是又教了賈蓉一篇話，便走過來，將此事告訴了尤氏。尤氏卻知此事不妥，因而極力勸止。無奈賈珍主意已定，素日又是順從慣了的，況且他與二姐兒本非一母，不便深管，因而也只得由他們鬧去了。

至次日一早，果然賈蓉復進城來見他老娘，將他父親之意說了，又添上許多話，說賈璉做人如何好，目今鳳姐身子有病，已是不能好的了，暫且買了房子，在外面住著，過個一年半載，只等鳳姐一死，便接了二姨兒進去做正室。又說他父親此時如何聘，賈璉那邊如何娶，如何接了你老人家養老，往後三姨兒也是那邊應了替聘，說得天花亂墜，不由得尤老娘不肯。況且素日全虧賈珍周濟，此時又是賈珍做主替聘，而且妝奩不用自己置買；賈璉又是青年公子，強勝張家，遂忙過來與二姐兒商議。二姐兒又是水性人兒，在先已和姐夫不妥，又常怨恨當時錯許張華，致使後來終身失所，今見賈璉有情，況是姐夫將他聘嫁，有何不肯？也便點頭依允。當下回覆了。

賈蓉回了他父親，次日命人請了賈璉到寺中來，賈珍當面告訴了他尤老娘應允之事。賈璉自是喜出望外，感謝賈珍賈蓉父子不盡。於是二人商量著，使人看房子，打首飾，給二姐兒置買妝奩，及新房中應用牀帳等物。不過幾日，早將諸事辦妥，已於寧榮街後二里遠近小花枝巷內買定一所房子，共二十餘間；又買了兩個小丫鬟。只是府裏家人不敢擅動，外頭買人又怕不知心腹，走漏了風聲，忽然想起家人鮑二來。當初因和他女人偷情，被鳳姐兒打鬧了一陣，含羞弔死了，賈璉給了二百銀子，叫他另娶一個。那鮑二向來卻就和廚子多渾蟲的媳婦多姑娘有一手兒，後來多渾蟲酒癆死了，這多姑娘兒見鮑二手裏從容了，便嫁了鮑二。況且這多姑娘兒原也和賈璉好的，此時都搬出外頭住著。賈璉一時想起來，便叫了他兩口兒到新房子裏來，預備二姐兒過來時伏侍。那鮑二兩口子聽見這個巧宗兒，如何不來呢？

再說張華之祖，原當皇糧莊頭，後來死去，至張華父親時，仍充此役。因與尤老娘前夫相好，所以將張華與尤二姐指腹為婚。後來不料遭了官司，敗落了家產，弄得衣食不周，那裏還娶得起媳婦呢？尤老娘又自那家嫁了出來，兩家有十數年音信不通。今被賈府家人喚至，逼他與二姐兒退婚，心中雖不願意，無奈懼怕賈珍等勢焰，不敢不依，只得寫了一張退婚文約。尤老娘與了二十兩銀子，兩家退親不提。

這裏賈璉等見諸事已妥，遂擇了初三黃道吉日，以便迎娶二姐兒過門。下回分解。

話說賈璉、賈珍、賈蓉等三人商議，事事妥貼，至初二日，先將尤老娘和三姐兒送入新房。尤老娘看了一看，雖不似賈蓉口內之言，倒也十分齊備，母女二人，已算稱了心願。鮑二兩口子見了，如一盆火兒，趕著尤老娘一口一聲叫「老娘」，又或是「老太太」；趕著三姐兒叫「三姨兒」，或是「姨娘」。至次日五更天，一乘素轎，將二姐兒擡來，各色香燭紙馬，並鋪蓋以及酒飯，早已預備得十分妥當。一時，賈璉素服坐了小轎來了，拜過了天地，焚了紙馬。那尤老娘見了二姐兒身上頭上，煥然一新，不似在家模樣，十分得意。攙入洞房。是夜賈璉同他顛鸞倒鳳，百般恩愛，不消細說。

那賈璉越看越愛，越瞧越喜，不知要怎麼奉承這二姐兒纔過得去，乃命鮑二等人不許提三說二，直以「奶奶」稱之；自己也稱「奶奶」，竟將鳳姐一筆勾倒。有時回家，只說在東府有事。鳳姐因知他和賈珍好，有事相商，也不疑心。家下人雖多，都也不管這些事。便有那遊手好閒、專打聽小事的人，也都去奉承賈璉，乘機討些便宜，誰肯去露風。於是賈璉深感賈珍不盡。賈璉一月出十五兩銀子，作天天的供給。若不來時，他母女三人一處吃飯；若賈璉來，他夫妻二人一處吃，他母女便回房自吃。賈璉又將自己積年所有的體己，一併搬來與二姐兒收著；又將鳳姐兒素日之為人行事，枕邊衾裏，盡情告訴了他。只等一死，便接他進去。二姐兒聽了，自然是願意的了。當下十來個人，倒也過起日子來，十分豐足。

眼見已是兩月光景，這日賈珍在鐵檻寺做完佛事，晚間回家時，與他姊妹久別，竟要去探望探望。先命小廝去打聽賈璉在與不在。小廝回來，說：「不在那裏。」賈珍歡喜，將家人一概先遣回去，只留兩個心腹小童牽馬。一時，到了新房子裏，已是掌燈時候，悄悄進去。兩個小廝將馬拴在圈內，自往下房去聽候。賈珍進來，屋裏纔點燈，先看過尤氏母女，然後二姐兒出來相見。賈珍見了二姐兒，滿臉的笑容，一面吃茶，一面笑說：「我做的保山如何？要錯過了，打著燈籠還沒處尋，過日你姐姐還備禮來瞧你們呢。」

說話之間，二姐兒已命人預備下酒饌，關起門來。都是一家人，原無避諱。那鮑二來請安，賈珍便說：「你還是個有良心的，所以二爺叫你來伏侍。日後自有大用你之處，不可在外頭吃酒生事，我自然賞你。倘或這裏短了什麼，你二爺事多，那裏人雜，你只管去回我。我們弟兄，不比別人。」鮑二答應道：「小的知道。若小的不盡心，除非不要這腦袋了。」賈珍笑著點頭道：「要你知道就好。」當下四人一處吃酒。二姐兒此時恐怕賈璉一時走來，彼此不雅，吃了兩鍾酒便推故往那邊去了。賈珍此時也無可奈何，只得看著二姐兒自去。剩下尤老娘和三姐兒相陪。那三姐兒雖向來也和賈珍偶有戲言，但不似他姐姐那樣隨和兒，所以賈珍雖有垂涎之意，卻也不肯造次了，致討沒趣。況且尤老娘在旁邊陪著，賈珍也不好意思太露輕薄。

卻說跟的兩個小廝，都在廚下和鮑二飲酒，那鮑二的女人多姑娘兒上灶。忽見兩個丫頭也走了來，嘲笑要吃酒，鮑二因說：「姐兒們不在上頭伏侍，也偷著來了；一時叫起來沒人，又有事。」他女人罵道：「糊塗渾嗆了的忘八！你撞喪那黃湯罷。撞喪醉了，夾著你那腦袋挺你的屍去！叫不叫，與你什麼相干！一應有我承當呢。風啊雨的，橫豎淋不到你頭上來。」

這鮑二原因妻子之力，在賈璉前十分有臉；近日他女人越發在二姐兒跟前殷勤服侍，他便自己除賺錢吃酒之外，一概不管，一聽他女人吩咐，百依百隨。當下又吃夠了，便去睡覺。這裏女人陪著這些丫鬟小廝吃酒，又和那幾個小廝們打牙撂嘴兒的玩笑，討他們的好，準備在賈珍前討好兒。四人正在吃得高興，忽聽見扣門的聲兒，鮑二的女人忙出來開門看時，見是賈璉下馬，問有事無事。鮑二女人便悄悄的告訴他說：「大爺在這裏西院裏呢。」賈璉聽了，便至臥房。見尤二姐和兩個小丫頭在房中，見他來了，臉上卻有些訕訕的。賈璉反推不知，只命：「快拿酒來。咱們吃兩杯好睡覺，我今日乏了。」二姐兒忙忙陪笑，接衣捧茶，問長問短，賈璉喜得心癢難受。一時，鮑二的女人端上酒來，二人對飲，兩個小丫頭在地下伏侍。

賈璉的心腹小童隆兒拴馬去，瞧見有了一匹馬，細瞧一瞧，知是賈珍的，心下會意，也來廚下。只見喜兒壽兒兩個正在那裏坐著吃酒，見他來了，也都會意，笑道：「你這會子來得巧。我們因趕不上爺的馬，恐怕犯夜，往這裏來借個地方兒睡一夜。」隆兒便笑道：「我是二爺使我送月銀的。交給了奶奶，我也不回去了。」鮑二的女人便道：「咱們這裏有的是炕，為什麼不大家睡呢？」喜兒便說：「我們吃多了，你來吃一鍾。」

隆兒纔坐下，端起酒來，忽聽馬棚內鬧將起來。原來二馬同槽，不能相容，互蹶蹄起來。隆兒等慌得忙放下酒杯，出來喝馬，好容易喝住，另拴好了進來。鮑二的女人笑說：「你三人就在這裏罷，茶也現成了，我可去了。」說著帶門出去。這裏喜兒喝了幾杯，已是楞子眼了。隆兒壽兒關了門，回頭見喜兒直挺挺的仰臥炕上，二人便推他說：「好兄弟，起來好生睡。只顧你一個人舒服，我們就苦了。」那喜兒便說道：「咱們今兒可要公公道道貼一爐子燒餅了。」隆兒壽兒見他醉了，也不便多說，只得吹了燈，將就臥下。

二姐聽見馬鬧，心下著實不安，只管用言語混亂賈璉。那賈璉吃了幾杯，春興發作，便命收了酒果，掩門寬衣。尤二姐只穿著大紅小襖，散挽烏雲，滿臉春色，比白日更增了顏色。賈璉摟著他笑道：「人人都說我們那夜叉婆整齊，如今我看來，給你拾鞋也不要。」二姐兒道：「我雖標致，卻無品行，看來到底是不標致的好。」賈璉忙說：「如何說這話？我卻不懂。」尤二姐滴淚說道：「你們拿我做糊塗人待，什麼事我不知道？我如今和你做了兩個月夫妻，日子雖淺，我也知你不是糊塗人。我生是你的人，死是你的鬼，如今既做了夫妻，終身我靠你，豈敢瞞藏一字，我算是有倚有靠了。將來我妹子卻如何結果？據我看來，這個形景兒，恐非長策，要作長久之計方可。」

賈璉聽了，笑道：「你且放心，我不是那拈酸吃醋的人。你前頭的事，我都知道了，你不必驚慌。如今你跟了我來，大哥跟前自然倒要拘起形跡來了。依我的主意，不如叫三姨兒也和大哥成了好事，彼此兩無拘束，索性大家做個通家之好。你的意思怎麼樣？」尤二姐一面拭淚，一面說道：「雖然你有這個好意，頭一件，三妹妹脾氣不好；第二件，也怕大爺臉上下不來。」賈璉道：「這個無妨。我這會子就過去，索性破了例。」說著走了，便至西院中來，只見窗內燈燭輝煌。賈璉便推門進去，說：「大爺在這裏呢，兄弟來請安。」

賈珍聽是賈璉的聲音，倒唬了一跳，見賈璉進來，不覺羞慚滿面，尤老娘也覺不好意思。賈璉笑道：「何必做如此景象，咱們弟兄，從前是如何樣來？大哥為我操心，我今日粉身碎骨，感激不盡。大哥若多心，我倒不安了。從此以後，還求大哥照常方好；不然兄弟寧可絕後，再不敢到此處來了。」說著便要跪下。慌得賈珍連忙攙起，只說：「兄弟怎麼說，我無不領命。」賈璉忙命人：「看酒來，我和大哥吃兩杯。」因又笑嘻嘻向三姐兒道：「三妹妹為何不和大哥吃個雙鍾兒？我也敬一杯，給大哥和三妹妹道喜。」

三姐兒聽了這話，就跳起來，站在炕上，指著賈璉冷笑道：「你不用和我『花馬掉嘴』的，咱們『清水下雜麵，你吃我看』。『提著影戲人子上場兒，好歹別戳破這層紙兒。』你別糊塗油蒙了心，打量我們不知道你府上的事呢！這會子花了幾個臭錢，你們哥兒倆，拿著我們姊妹兩個權當粉頭來取樂兒，你們就打錯了算盤了。我也知道你那老婆太難纏，如今把我姐姐拐了來做了二房，『偷來的鑼鼓兒打不得』。我也要會會那鳳奶奶去，看他是幾個腦袋？幾隻手？若大家好，取和兒便罷；倘若有一點叫人過不去，我有本事先把你兩個的牛黃狗寶掏出來，再和那潑婦拚了這條命！喝酒怕什麼？咱們就喝！」說著，自己拿起壺來，斟了一杯，自己先喝了半盞，揪過賈璉來就灌，說：「我倒不曾和你哥哥吃過，今日倒要和你吃一吃，咱們也親近親近。」唬得賈璉酒都醒了。賈珍也不承望尤三姐這等拉得下臉來。兄弟兩個本是風流場中要慣的，不想今日反被這個閨女一席話說得不能搭言。

尤三姐看了這樣，越發一疊聲又叫：「將姐姐請來！要樂，咱們四個大家一處樂。俗語說的，『便宜不過當家』，你們是哥哥兄弟，我們是姐姐妹妹，又不是外人，只管上來！」尤二姐反不好意思起來。賈珍得便就要溜，尤三姐兒那裏肯放？賈珍此時反後悔，不承望他是這種人，與賈璉反不好輕薄起來。

這三姐索性卸了妝飾，脫了大衣服，鬆鬆的挽個纂兒；身上只穿著大紅襖兒，半掩半開，故意露出蔥綠抹胸，一痕雪脯；底下綠褲紅鞋，鮮豔奪目。忽起忽坐，忽喜忽嗔，沒半刻斯文。兩個墜子就和打鞦韆一般，燈光之下越顯得柳眉籠翠，檀口含丹。本是一雙秋水眼，再吃了幾杯酒，越發橫波入鬢，轉盼流光。真把那珍璉二人弄得欲近不敢，欲遠不捨，迷離恍惚，落魄垂涎。再加方纔一席話，直將二人禁住。弟兄兩個竟全然無一點兒能為，別說調情鬥口，竟連一句響亮話都沒了。尤三姐自己高談闊論，任意揮霍，村俗流言，灑落一陣，由著性兒拿他弟兄二人嘲笑取樂。一時，他的酒足興盡，更不容他弟兄多坐，竟攆了出去，自己關門睡去了。

自此後，或略有丫鬟婆子不到之處，便將賈珍、賈璉、賈蓉三個厲言痛罵，說他爺兒三個誆騙他寡婦孤女。賈珍回去之後，也不敢輕易再來。那三姐兒有時高興，又命小廝來找。及至到了這裏，也只好隨他的便，乾瞅著罷了。

看官聽說：這尤三姐天生脾氣，和人異樣詭僻。只因他的模樣兒風流標致，他又偏愛打扮得出色，另式另樣，做出許多萬人不及的風情體態來。那些男子們，別說賈珍賈璉這樣風流公子，便是一班老到人，鐵石心腸，看見了這般光景，也要動心的。及至到他跟前，他那一種輕狂豪爽、目中無人的光景，早又把人的一團高興逼住，不敢動手動腳。所以賈珍向來和二姐兒無所不至，漸漸的厭了，卻一心註定在三姐兒身上，便把二姐兒樂得讓給賈璉，自己卻和三姐兒捏合。偏那三姐一般和他玩笑，別有一種令人不敢招惹的光景。他母親和二姐兒也曾十分相勸，他反說：「姐姐糊塗！咱們金玉一般的人，白叫這兩個現世寶沾汙了去，也算無能！而且他家現放著個極利害的女人，如今瞞著，自然是好的，倘或一日他知道了，豈肯干休？勢必有一場大鬧。你二人不知誰生誰死，這如何便當作安身樂業的去處？」他母女聽他這話，料著難勸，也只得罷了。那尤三姐兒天天挑揀穿吃，打了銀的，又要金的；有了珠子，又要寶石；吃著肥鵝，又宰肥鴨。或不趁心，連桌一推；衣裳不如意，不論綾緞新整，便用剪刀剪碎，撕一條，罵一句。究竟賈珍等何曾隨意了一日，反花了許多昧心錢。

賈璉來了，只在二姐房內，心中也漸漸的悔上來了。無奈二姐兒倒是個多情人，以為賈璉是終身之主了，凡事倒還知疼著熱。若論溫柔和順，卻較著鳳姐還有些體度；就論起那標致來，以及言談行事，也不減於鳳姐。但已經失了腳，有了一個「淫」字，憑他什麼好處也不算了。偏這賈璉又說：「誰人無錯，知過必改就好。」故不提已往之淫，只取現今之善。便如膠似漆，一心一計，誓同生死，那裏還有鳳平二人在意了？二姐在枕邊衾內，也常勸賈璉說：「你和珍大爺商議商議，揀個相熟的，把三丫頭聘了罷；留著他不是常法子，終久要生事故。」賈璉道：「前日我也曾回大哥的，他只是捨不得。我還說，『就是塊肥羊肉，無奈燙的慌；玫瑰花兒可愛，刺多扎手。咱們未必降得住，正經揀個人聘了罷。』他只意意思思的就丟開手了。你叫我有什麼法兒？」二姐兒道：「你放心。咱們明日先勸三丫頭，他肯了，讓他自己鬧去；鬧得無法，少不得聘他。」賈璉聽了，說：「這話極是。」

至次日，二姐兒另備了酒，賈璉也不出門，至午間，特請他妹妹過來與他母親上坐。三姐兒便知其意，剛斟上酒，也不用他姐姐開口，便先滴淚說道：「姐姐今日請我，自然有一番大道理要說；但只我也不是糊塗人，也不用絮絮叨叨的，從前的事情我已盡知，說也無益。既如今姐姐也得了好處安身，媽媽也有了安身之處，我也要自尋歸結去，方是正禮。但終身大事，一生至一死，非同兒戲。向來人家看著咱們娘兒們微息，都安著不知什麼心。我所以破著沒臉，人家纔不敢欺負。這如今要辦正事，不是我女孩兒家沒羞恥，必得我揀一個素日可心如意的人，方跟他。若憑你們揀擇，雖是有錢有勢的，我心裏進不去，白過了這一世。」賈璉笑道：「這也容易。憑你說是誰，就是誰。一應彩禮，都有我們置辦，母親也不用操心。」三姐兒道：「姐姐橫豎知道，不用我說。」賈璉笑問二姐兒：「是誰？」二姐兒一時想不起來。賈璉料定必是此人無移了，便拍手笑道：「我知道這人了。果然好眼力。」二姐兒笑道：「是誰？」賈璉笑道：「別人他如何進得去，一定是寶玉。」二姐兒與尤老娘聽了，也以為必然是寶玉了。三姐兒便啐了一口，說：「我們有姐妹十個，也嫁你弟兄十個不成？難道除了你家，天下就沒有好男人了不成？」眾人聽了都咤異：「除了他，還有那一個？」三姐兒道：「別只在眼前想，姐姐只在五年前想，就是了。」

正說著，忽見賈璉的心腹小廝興兒走來請賈璉，說：「老爺那邊緊等著叫爺呢。小的答應往舅老爺那邊去了，小的連忙來請。」賈璉又忙問：「昨日家裏問我來著麼？」興兒說：「小的回奶奶：爺在家廟裏和珍大爺商議做百日的事，只怕不能來。」賈璉忙命拉馬，隆兒跟隨去了，留下興兒答應人。尤二姐便要了兩碟菜來，命拿大杯斟了酒，就命興兒在炕沿下站著吃，一長一短，向他說話兒，問道：「家裏奶奶多大年紀？怎麼個利害的樣子？老太太多大年紀？姑娘幾個？」各樣家常等話。

興兒笑嘻嘻的，在炕沿下，一頭吃，一頭將榮府之事備細告訴他母女。又說：「我是二門上該班的人。我們共是兩班，一班四個，共是八個人。有幾個是奶奶的心腹，有幾個是爺的心腹。奶奶的心腹，我們不敢惹；爺的心腹，奶奶卻敢惹。提起來，我們奶奶的事，告訴不得奶奶。他心裏歹毒，口裏尖快。我們二爺也算是個好的，那裏見得他？倒是跟前平姑娘，為人很好，雖然和奶奶一氣，他倒背著奶奶常做些好事。小的們有了不是，奶奶是容不過的，只求求他去就完了。如今合家大小，除了老太太、太太兩個，沒有不恨他的，只不過面子情兒怕他。皆因他一時看得人都不及他，只一味哄著老太太、太太兩個人喜歡。他說一是一，說二是二，沒人敢攔他。又恨不得把銀子錢省了下來，堆成山，好叫老太太、太太說他會過日子，殊不知苦了下人，他討好兒。或有好事，他就不等別人去說，他先抓尖兒；或有不好的事，或他自己錯了，他便一縮頭，推到別人身上來，他還在旁邊撥火兒。如今連他正經婆婆太太都嫌了，說他『雀兒揀著旺處飛』，『黑母雞一窩兒』，自家的事不管，倒替人家去瞎張羅。要不是老太太在頭裏，早叫過他去了。」

尤二姐笑道：「你背著他這等說他，將來你又不知怎樣說我呢。我又差他一層兒，越發有的說了。」興兒忙跪下說道：「奶奶要這樣說，小的不怕雷劈嗎？但凡小的要有造化，起先娶奶奶時，若得了這樣的人，小的們也少挨些打罵，也少提心弔膽的。如今跟爺的幾個人，誰不是背前背後稱揚奶奶盛德憐下？我們商量著叫二爺要出來，情願來伺候奶奶呢。」尤二姐笑道：「你這小猾賊兒，還不起來！說句玩話兒，就唬得這個樣兒。你們做什麼往這裏來，我還要找了你奶奶去呢。」興兒連忙搖手，說：「奶奶千萬不要去，我告訴奶奶，一輩子別見他纔好！『嘴甜心苦，兩面三刀』，『上頭笑著，腳底下就使絆子』，『明是一盆火，暗是一把刀』，都佔全了。只怕三姨兒的這張嘴還說不過他呢！奶奶這樣斯文良善人，那裏是他的對手？」

尤氏笑道：「我只以理待他，他敢怎麼樣我！」興兒道：「不是小的喝了酒，放肆胡說，奶奶便用著禮讓，他看見奶奶比他標致，又比他得人心兒，他就肯善罷干休了？人家是醋罐子，他是醋缸、醋甕。凡丫頭們，二爺多看一眼，他有本事當著爺打個爛羊頭似的。雖然平姑娘在屋裏，大約一年間，兩個有一次在一處，他還要嘴裏掂十來個過兒呢。氣得平姑娘性子上來，哭鬧一陣，說：『又不是我自己尋來的，你逼著我，我原不願意，又說我反了。這會子又這樣！』他一般的也罷了，倒央告平姑娘。」尤二姐笑道：「可是撒謊！這樣一個夜叉，怎麼反怕屋裏的人呢？」興兒道：「就是俗語說的：『三人擡不過一個理字去』了。這平姑娘原是他自幼兒的丫頭，陪了過來一共四個，死的，嫁的，只剩下這個心腹，收了屋裏。一則顯他的賢良，二則又拴爺的心。那平姑娘又是個正經人，從不會挑三窩四的，倒一味忠心赤膽伏侍他，所以纔容下了。」

尤二姐笑道：「原來如此。但只我聽見你們還有一位寡婦奶奶和幾位姑娘，他這樣利害，這些人如何依他？」興兒拍手笑道：「原來奶奶不知道！我們家這位寡婦奶奶，第一個善德人，從不管事的，只教姑娘們看書寫字，針綫道理，這是他的事情。前日因為他病了，這大奶奶暫管了幾日事，總是按著老例兒行，不像他那麼多事逞才的。我們大姑娘，不用說，是好的了。二姑娘混名兒叫『二木頭』。三姑娘的混名兒叫『玫瑰花兒』，又紅又香，無人不愛，只是有刺扎手，可惜不是太太養的，『老鴰窩裏出鳳凰』。四姑娘小，正經是珍大爺的親妹子，太太抱過來的，養了這麼大，也是一位不管事的。奶奶不知道，我們家的姑娘們不算外，還有兩位姑娘，真是天下少有。一位是我們姑太太的女孩兒，姓林；一位是姨太太的女孩兒，姓薛。這兩位姑娘都是美人一樣，又都知書識字的。或出門上車，或在園子裏遇見，我們連氣兒也不敢出。」尤二姐笑道：「你們家規矩大，小孩子進得去，遇見姑娘們，原該遠遠的藏躲著，敢出什麼氣兒呢。」興兒搖手，道：「不是那麼不敢出氣兒，是怕這氣兒大了，吹倒了林姑娘；氣兒暖了，又吹化了薛姑娘！」說得滿屋裏都笑了。

要知尤三姐要嫁何人，下回分解。

卷六十六　情小妹恥情歸地府　冷二郎一冷入空門

話說興兒說怕吹倒了林姑娘，吹化了薛姑娘，大家都笑了。那鮑二家的打他一下子，笑道：「原有些真，到了你嘴裏，越發沒了譜兒了。你倒不像跟二爺的人，這些話倒像是寶玉的人。」

尤二姐纔要又問，忽見尤三姐笑問道：「可是你們家那寶玉，除了上學，他做些什麼？」興兒笑道：「三姨兒別問他，說起來，三姨兒也未必信。他長了這麼大，獨他沒有上過正經學。我們家從祖宗直到二爺，誰不是學裏的師老爺嚴嚴的管著念書？偏他不愛念書，是老太太的寶貝。老爺先還管，如今也不敢管了。成天家瘋瘋癲癲的，說話人也不懂，幹的事人也不知。外頭人人看著好清俊模樣兒，心裏自然是聰明的，誰知裏頭更糊塗，見了人，一句話也沒有。所有的好處，雖沒上過學，倒難為他認得幾個字。每日又不習文，又不學武，又怕見人，只愛在丫頭群兒裏鬧。再者，也沒個剛氣兒，有一遭見了我們，喜歡時，沒上沒下，大家亂玩一陣；不喜歡，各自走了，他也不理人。我們坐著臥著，見了他也不理他，他也不責備。因此，沒人怕他，只管隨便，都過得去。」

尤三姐笑道：「主子寬了，你們又這樣；嚴了，又抱怨。可知你們難纏。」尤二姐道：「我們看他倒好，原來這樣。可惜了兒的一個好胎子。」尤三姐道：「姐姐信他胡說？咱們也不是見過一面兩面的，行事言談吃喝，原有些女兒氣的，自然是天天只在裏頭慣了的。若說糊塗，那些兒糊塗？姐姐記得穿孝時，咱們同在一處，那日正是和尚們進來繞棺，咱們都在那裏站著，他只站在頭裏擋著人。人說他不知禮，又沒眼色。過後他沒悄悄的告訴咱們說：『姐姐們不知道：我並不是沒眼色；想和尚們那樣腌臢，只恐怕氣味熏了姐姐們。』接著他吃茶，姐姐又要茶，那個老婆子就拿了他的碗去倒，他趕忙說：『我吃腌臢了的，另洗了再斟來。』這兩件上，我冷眼看去，原來他在女孩兒跟前，不管什麼都過得去，只不大合外人的式，所以他們不知道。」尤二姐聽說，笑道：「依你說，你兩個已是情投意合了。竟把你許了他，豈不好？」三姐見有興兒，不便說話，只低了頭磕瓜子兒。興兒笑道：「若論模樣兒行為，倒是一對兒好人！只是他已經有了人了，只是沒有露形兒，將來準是林姑娘定了的。因林姑娘多病，二則都還小，所以還沒辦呢。再過三二年，老太太便一開言，那是再無不準的了。」

大家正說話，只見隆兒又來了，說：「老爺有事，是件機密大事，要遣二爺往平安州去。不過三五日就起身，來回得十五六天的工夫。今日不能來了，請老奶奶早和二姨兒定了那件事。明日爺來，好做定奪。」說著帶了興兒，也回去了。這裏尤二姐命掩了門，早睡下了，盤問他妹子一夜。

至次日午後，賈璉方來了。尤二姐因勸他，說：「既有正事，何必忙忙又來，千萬別為我誤事。」賈璉道：「也沒什麼事，只是偏偏的又出來了一件遠差。出了月兒就起身，得半月工夫纔來。」尤二姐道：「既如此，你只管放心前去，這裏一應不用你記掛。三妹妹他從不會朝更暮改的。他已擇定了人，你只要依他就是了。」賈璉忙問：「是誰？」二姐笑道：「這人此刻不在這裏，不知多早晚纔來。也難為他的眼力。他自己說了，這人一年不來，他等一年；十年不來，等十年；若這人死了，再不來了，他情願剃了頭當姑子去，吃常齋念佛，再不嫁人。」賈璉問：「到底是誰，這樣動他的心？」二姐兒笑道：「說來話長。五年前，我們老娘家做生日，媽媽和我們到那裏給老娘拜壽，他家請了一起玩戲的人，也都是好人家子弟。裏頭有個裝小生的，叫作柳湘蓮，如今要是他纔嫁。舊年聞得這人惹了禍逃走了，不知回來了不曾？」賈璉聽了道：「怪道呢！我說是個什麼人，原來是他！果然眼力不錯。你不知道，那柳老二那樣一個標致人，最是冷面冷心的，差不多的人，他都無情無義。他最和寶玉合得來。去年因打了薛呆子，他不好意思見我們的，不知那裏去了，一向沒來。聽見有人說來了，不知是真是假，一問寶玉的小廝們，就知道了。倘或不來時，他是萍蹤浪跡，知道幾年纔來，豈不白耽擱了？」二姐道：「我們這三丫頭，說的出來，幹的出來。他怎樣說，只依他便了。」

二人正說之間，只見三姐走來說道：「姐夫，你也不知道我們是什麼人！今日和你說罷，你只放心，我們不是那心口兩樣的人，說什麼是什麼。若有了姓柳的來，我便嫁他。從今日起，我吃齋念佛，伏侍母親，等來了，嫁了他去；若一百年不來，我自己修行去了。」說著將頭上一根玉簪拔下來，磕作兩段，說：「一句不真，就和這簪子一樣！」說著，回房去了，真個竟「非禮不動，非禮不言」起來。

賈璉無了法，只得和二姐商議了一回家務，復回家與鳳姐商議起身之事。一面著人問焙茗，焙茗說：「竟不知道。大約沒來，若來了，必是我知道的。」一面又問他的街坊，也說沒來。賈璉只得回覆了二姐兒。至起身之日已近，前兩天便說起身，卻先往二姐兒這邊來住兩夜，從這裏再悄悄的長行。果見三姐兒竟像又換了一個人的似的；又見二姐兒持家勤慎，自是不消記掛。

是日，一早出城，竟奔平安州大道，曉行夜住，渴飲飢餐。方走了三日，那日正走之間，頂頭來了一群馱子，內中一夥，主僕十來匹馬。走的近了，一看時，不是別人，就是薛蟠和柳湘蓮來了。賈璉深為奇怪，忙伸馬迎了上來，大家一齊相見，說些別後寒溫，便入一酒店歇下，共敘談敘談。賈璉因笑道：「鬧過之後，我們忙著請你兩個和解，誰知柳二弟蹤跡全無。怎麼你們兩個今日倒在一處了？」薛蟠笑道：「天下竟有這樣奇事：我和夥計販了貨物，自春天起身，往回裏走，一路平安。誰知前日到了平安州地面，遇見一夥強盜，已將東西劫去。不想柳二弟從那邊來了，方把賊人趕散，奪回貨物，還救了我們的性命。我謝他又不受，所以我們結拜了生死弟兄，如今一路進京。從此後，我們是親弟兄一般。到前面岔口上分路，他就分路往南二百里，有他一個姑媽，他去望候望候。我先進京去安置了我的事，然後給他尋一所房子，尋一門好親事，大家過起來。」賈璉聽了道：「原來如此，倒好，只是我們白懸了幾日心。」又說道：「方纔說起給柳二弟提親，我正有一門好親事，堪配二弟。」說著，便將自己娶尤氏，如今又要發嫁小姨子一節，說了出來，只不說尤三姐自擇之語。又囑薛蟠：「且不可告訴家裏。等生了兒子，自然是知道的。」

薛蟠聽了大喜，說：「早該如此。這都是舍表妹之過。」湘蓮忙笑說：「你又忘情了，還不住口！」薛蟠忙止住不語，便說：「既是這等，這門親事定要做的。」湘蓮道：「我本有願，定要一個絕色的女子。如今既是貴昆仲高誼，顧不得許多了，任憑定奪，我無不從命。」賈璉笑道：「如今口說無憑，等柳二弟一見，便知我這內娣的品貌，是古今有一無二的了。」湘蓮聽了大喜，說：「既如此說，等弟探過姑母，不過月中，就進京的，那時再定，如何？」賈璉笑道：「你我一言為定。只是我信不過二弟，你是萍蹤浪跡，倘然去了不來，豈不誤了人家一輩子的大事？須得留一個定禮。」湘蓮道：「大丈夫豈有失信之理。小弟素係寒貧，況且客中，那裏能有定禮。」薛蟠道：「我這裏現成，就備一分，二哥帶去。」賈璉道：「也不用金銀珠寶，須是柳二弟親身自有的東西，不論貴賤，不過帶去取信耳。」湘蓮道：「既如此說，弟無別物，囊中還有一把『鴛鴦劍』，乃弟家中傳代之寶，弟也不敢擅用，只是隨身收藏著，二哥就請拿去為定。弟縱係水流花落之性，亦斷不捨此劍。」說畢，大家又飲了幾杯，方各自上馬，作別起程去了。

且說賈璉一日到了平安州，見了節度，完了公事，因又囑咐他十月前後務要還來一次。賈璉領命，次日連忙取路回家，先到尤二姐那邊。且說二姐兒操持家務，十分謹肅，每日關門閉户，一點外事不聞。那三姐兒果是個斬釘截鐵之人，每日侍奉母親之餘，只和姐姐一處做些活計，雖賈珍趁賈璉不在家，也來鬼混了兩次，無奈二姐兒只不兜攬，推故不見。那三姐兒的脾氣，賈珍早已領過教的，那裏還敢招惹他去？所以蹤跡一發疏闊了。

卻說這日賈璉進門，看見二姐兒三姐兒這般景況，喜之不盡，深念二姐兒之德。大家敘些寒溫，賈璉便將路遇柳湘蓮一事說了一回，又將「鴛鴦劍」取出，遞與三姐兒。三姐兒看時，上面龍吞夔護，珠寶晶熒；及至拿出來看時，裏面卻是兩把合體的，一把上面鏨一「鴛」字，一把上面鏨一「鴦」字，冷颼颼，明亮亮，如兩痕秋水一般。三姐兒喜出望外，連忙收了，掛在自己繡房牀上，每日望著劍，自喜終身有靠。賈璉住了兩天，回去覆了父命，回家合宅相見。那時鳳姐已大癒，出來理事行走了。賈璉又將此事告訴了賈珍。賈珍因近日又搭上了新相知，二則正惱他姐妹們無情，把這事丟過了，全不在心上，任憑賈璉裁奪；只怕賈璉獨力不能，少不得又給他幾十兩銀子。賈璉拿來，交與二姐兒，預備妝奩。

誰知八月內湘蓮方進了京，先來拜見薛姨媽。又遇見薛蟠，方知薛蟠不慣風霜，不服水土，一進京時，便病倒在家，請醫調治。聽見湘蓮來了，請入臥室相見。薛姨媽也不念舊事，只感救命之恩。母子們十分稱謝。又說起親事一節，凡一應東西皆置辦妥當，只等擇日。柳湘蓮也感激不盡。

次日，又來見寶玉。二人相會，如魚得水。湘蓮因問賈璉偷娶二房之事。寶玉笑道：「我聽見焙茗說，我卻未見。我也不敢多管。我又聽見焙茗說，璉二哥哥著實問你，不知有何話說。」湘蓮就將路上所有之事，一概告訴寶玉。寶玉笑道：「大喜，大喜！難得這個標致人，果然是個古今絕色，堪配你之為人。」湘蓮道：「既是這樣，他那少了人物，如何只想到我？況且我又素日不甚和他相厚，也關切不至於此。路上忙忙的就那樣再三要求定下，難道女家反趕著男家不成？我自己疑惑起來，後悔不該留下這劍作定。所以後來想起你來，可以細細問了底裏纔好。」寶玉道：「你原是個精細人，如何既許了定禮又疑惑起來？你原說只要一個絕色的，如今既得了個絕色的，便罷了，何必再疑？」湘蓮道：「你既不知他來歷，如何又知是絕色？」寶玉道：「他是珍大嫂子的繼母帶來的兩位妹子。我在那裏和他們混了一個月，怎麼不知？真真一對尤物，他又姓尤。」

湘蓮聽了，跌足道：「這事不好，斷乎做不得！你們東府裏，除了那兩個石頭獅子乾淨罷了！」寶玉聽說，紅了臉。湘蓮自慚失言，連忙作揖，說：「我該死胡說！你好歹告訴我，他品行如何？」寶玉笑道：「你既深知，又來問我做什麼？連我也未必乾淨了。」湘蓮笑道：「原是我自己一時忘情，好歹別多心。」寶玉笑道：「何必再提，這倒似有心了。」湘蓮作揖告辭出來，心中想著要找薛蟠，一則他病著，二則他又浮躁，不如去要回定禮。主意已定，便一徑來找賈璉。

賈璉正在新房中，聞湘蓮來了，喜之不盡，忙迎出來，讓到內堂，與尤老娘相見。湘蓮只作揖，稱「老伯母」，自稱「晚生」，賈璉聽了詫異。吃茶之間，湘蓮便說：「客中偶然忙促，誰知家姑母於四月訂了弟婦，使弟無言可回。要從了二哥，背了姑母，似不合理。若係金帛之定，弟不敢索取；但此劍係祖父所遺，請仍賜回為幸。」賈璉聽了，心中自是不自在，便道：「二弟，這話你說錯了。定者，定也；原怕反悔，所以為定。豈有婚姻之事，出入隨意的？這個斷乎使不得。」湘蓮笑說：「如此說，弟願領責領罰，然此事斷不敢從命。」賈璉還要饒舌。湘蓮便起身說：「請兄外座一敘，此處不便。」那尤三姐在房明明聽見。好容易等了他來，今忽見反悔，便知他在賈府中聽了什麼話來，把自己也當作淫奔無恥之流，不屑為妻。今若容他出去和賈璉說退親，料那賈璉不但無法可處，就是爭辯起來，自己也無趣味。一聽賈璉要同他出去，連忙摘下劍來，將一股雌鋒隱在肘後，出來便說：「你們也不必出去再議，還你的定禮！」一面淚如雨下，左手將劍並鞘送與湘蓮，右手回肘，只往項上一橫，可憐：

揉碎桃花紅滿地，玉山傾倒再難扶！

當下唬得眾人急救不迭。尤老娘一面嚎哭，一面大罵湘蓮。賈璉揪住湘蓮，命人捆了送官。二姐兒忙止淚，反勸賈璉：「人家並沒威逼他，是他自尋短見，你便送他到官，又有何益？反覺生事出醜。不如放他去罷。」賈璉此時也沒了主意，便放了手，命湘蓮快去。湘蓮反不動身，拉下手絹，拭淚道：「我並不知是這等剛烈人，真真可敬！是我沒福消受。」大哭一場，等買了棺木，眼看著入殮，又撫棺大哭一場，方告辭而去。出門正無所之，昏昏默默，自想方纔之事：「原來這樣標致人，又這等剛烈！」自悔不及，信步行來，也不自知了。

正走之間，只聽得隱隱一陣環珮之聲，尤三姐從那邊來了，一手捧著鴛鴦劍，一手捧著一卷冊子，向湘蓮哭道：「妾癡情待君五年，不期君果『冷心冷面』，妾以死報此癡情。妾今奉警幻仙姑之命，前往太虛幻境，修註案中所有一干情鬼。妾不忍相別，故來一會，從此再不能相見矣。」說畢，又向湘蓮灑了幾點眼淚，便要告辭而行。湘蓮不捨，忙欲上來拉住問時，那尤三姐一摔手，便自去了。這裏柳湘蓮放聲大哭，不覺自夢中哭醒，似夢非夢，睜眼看時，竟是一座破廟，旁邊坐著一個瘸腿道士捕蝨。湘蓮便起身稽首相問：「此係何方？仙師何號？」道士笑道：「連我也不知道此係何方，我係何人。不過暫來歇腳而已。」柳湘蓮聽了，冷然如寒冰侵骨。掣出那股雄劍來，將萬根煩惱絲，一揮而盡，便隨那道士，不知往那裏去了。要知端的，且看下回分解。

卷六十七　見土儀顰卿思故里　聞秘事鳳姐訊家童

話説尤三姐自盡之後，尤老娘和二姐兒、賈珍、賈璉等，俱不勝悲慟，自不必説，忙令人盛殮，送往城外埋葬。柳湘蓮見尤三姐身亡，癡情眷戀，卻被道人數句冷言，打破迷關，竟自截髮出家，跟隨瘋道人飄然而去，不知何往。暫且不表。

且説薛姨媽聞知湘蓮已説定了尤三姐為妻，心中甚喜，正是高高興興，要打算替他買房子，治傢伙，擇吉迎娶，以報他救命之恩。忽有家中小廝吵嚷：「三姐兒自盡了。」被小丫頭們聽見，告知薛姨媽。薛姨媽不知為何，心甚歎息。正在猜疑，寶釵從園裏過來，薛姨媽便對寶釵説道：「我的兒，你聽見了沒有？你珍大嫂子的妹妹三姑娘，他不是已經許定給你哥哥的義弟柳湘蓮了麼！不知為什麼自刎了。那柳湘蓮也不知往那裏去了，真正奇怪的事，叫人意想不到！」寶釵聽了，並不在意，便説道：「俗語説的好：『天有不測風雲，人有旦夕禍福。』這也是他們前生命定。前日媽媽為他救了哥哥，商量著替他料理，如今已經死的死了，走的走了，依我説，也只好由他罷了。媽媽也不必為他們傷感了。倒是自從哥哥打江南回來了一二十日，販了來的貨物，想來也該發完了。那同伴去的夥計們辛辛苦苦的回來幾個月了，媽媽和哥哥商議商議，也該請一請，酬謝酬謝纔是。別叫人家看著無理似的。」

母女正説話間，見薛蟠自外而入，眼中尚有淚痕，一進門來，便向他母親拍手説道：「媽媽可知道柳二哥尤三姐的事麼？」薛姨媽說：「我纔聽見說，正在這裏和你妹妹說這件公案呢。」薛蟠道：「媽媽可聽見說柳湘蓮跟著一個道士出了家了麼？」薛姨媽道：「這越發奇了！怎麼柳相公那樣一個年輕的聰明人，一時糊塗就跟著道士去了呢。我想你們好了一場，他又無父母兄弟，隻身一人在此，你該各處找找他纔是。靠那道士，能往那裏遠去，左不過是在這方近左右的廟裏寺裏罷了。」薛蟠說：「何嘗不是呢。我一聽見這個信兒，就連忙帶了小廝們在各處尋找，連一個影兒也沒有。又去問人，都說沒看見。」薛姨媽說：「你既找尋過，沒有，也算把你做朋友的心盡了。焉知他這一出家，不是得了好處去呢。只是你如今也該張羅張羅買賣；二則把你自己娶媳婦應辦的事情，倒早些料理料理。咱們家沒人，俗語說的，『夯雀兒先飛』，省得臨時丟三落四的不齊全，令人笑話。再者，你妹妹纔說你也回家半個多月了，想貨物也該發完了，同你去的夥計們，也該擺桌酒，給他們道道乏纔是。人家陪著你走了二三千里的程途，受了四五個月的辛苦，而且在路上又替你擔了多少的驚怕沈重。」薛蟠聽說，便道：「媽媽說的很是。倒是妹妹想得周到，我也這樣想著，只因這些日子為各處發貨，鬧得腦袋都大了。又為柳二哥的事忙了這幾日，反倒落了一個空，白張羅了一會子，倒把正經事都誤了。要不然，定了明兒後兒下帖兒請罷。」薛姨媽道：「由你辦去罷。」

話猶未了，外面小廝進來回說：「管總的張大爺差人送了兩箱子東西來，說：『這是爺各自買的，不在貨賬裏面。本要早送來，因貨物箱子壓著，沒得拿；昨兒貨物發完了，所以今日纔送來了。』」一面說，一面又見兩個小廝搬進了兩個夾板夾的大棱箱。薛蟠一見，說：「噯喲，可是我怎麼就糊塗到這步田地了！特特的給媽和妹妹帶來的東西，都忘了，沒拿了家裏來，還是夥計送了來了。」寶釵說：「虧你說還是『特特的帶來』的，纔放了一二十天，若不是『特特的帶來』，大約要放到年底下纔送來呢。我看你也諸事太不留心了。」薛蟠笑道：「想是在路上叫人把魂嚇掉了，還沒歸竅呢。」

說著，大家笑了一回，便向小丫頭說：「出去告訴小廝們，東西收下，叫他們回去罷。」薛姨媽和寶釵因問：「到底是什麼東西，這樣捆著綁著的？」薛蟠便命叫兩個小廝進來，解了繩子，去了夾板，開了鎖看時，這一箱都是綢緞綾錦洋貨等家常應用之物。薛蟠笑著道：「那一箱是給妹妹帶的。」親自來開。母女二人看時，卻是些筆、墨、紙、硯，各色箋紙，香袋、香珠、扇子、扇墜、花粉、胭脂等物；外有虎丘帶來的自行人、酒令兒，水銀灌的打金斗小小子，沙子燈，一齣一齣的泥人兒的戲，用青紗罩的匣子裝著；又有在虎丘山上泥捏的薛蟠的小像，與薛蟠毫無相差。寶釵見了，別的都不理論，倒是薛蟠的小像，拿著細細看了一看，又看看他哥哥，不禁笑起來了。因叫鶯兒帶著幾個老婆子，將這些東西連箱子送到園裏去。又和母親哥哥說了一回閒話兒，纔回園子裏去了。這裏薛姨媽將箱子裏的東西取出，一分一分的打點清楚，叫同喜送給賈母並王夫人等處，不提。

且說寶釵到了自己房中，將那些玩意兒一件一件的過了目，除了自己留用之外，一分一分配合妥當：也有送筆、墨、紙、硯的；也有送香袋、扇子、香墜的；也有送脂粉、頭油的；有單送玩意兒的。只有黛玉的比別人不同，且又加厚一倍。一一打點完畢，使鶯兒同著一個老婆子，跟著送往各處。

這邊姊妹諸人都收了東西，賞賜來使，說：「見面再謝。」惟有黛玉看見他家鄉之物，反自觸物傷情，想起：「父母雙亡，又無兄弟，寄居親戚家中，那裏有人也給我帶些土物？」想到這裏，不覺的又傷起心來了。紫鵑深知黛玉心腸，但也不敢說破，只在一旁勸道：「姑娘的身子多病，早晚服藥，這兩日看著比那些日子略好些，雖說精神長了一點兒，還算不得十分大好。今兒寶姑娘送來的這些東西，可見寶姑娘素日看得姑娘很重，姑娘看著該喜歡纔是，為什麼反倒傷起心來。這不是寶姑娘送東西來，倒叫姑娘煩惱了不成？就是寶姑娘聽見，反覺臉上不好看。再者，這裏老太太們為姑娘的病體，千方百計請好大夫配藥診治，也為是姑娘的病好。這如今纔好些，又這樣哭哭啼啼，豈不是自己糟蹋了自己身子，叫老太太看著添了愁煩了麼？況且姑娘這病，原是素日憂慮過度，傷了血氣。姑娘的千金貴體，也別自己看輕了。」

紫鵑正在這裏勸解，只聽見小丫頭子在院內說：「寶二爺來了。」紫鵑忙說：「請二爺進來罷。」只見寶玉進房來了。黛玉讓坐畢，寶玉見黛玉淚痕滿面，便問：「妹妹，又是誰氣著你了？」黛玉勉強笑道：「誰生什麼氣。」旁邊紫鵑將嘴向牀後桌上一努。寶玉會意，往那裏一瞧，見堆著許多東西，就知道是寶釵送來的，便取笑說道：「那裏這些東西？不是妹妹要開雜貨鋪啊？」黛玉也不答言。紫鵑笑著道：「二爺還提東西呢！因寶姑娘送了些東西來，姑娘一看，就傷起心來了。我正在這裏勸解，恰好二爺來得很巧，替我們勸勸。」

寶玉明知黛玉是這個原故，卻也不敢提頭兒，只得笑說道：「你們姑娘的原故，想來不為別的，必是寶姑娘送來的東西少，所以生氣傷心。妹妹，你放心，等我明年叫人往江南去，與你多多的帶兩船來，省得你淌眼抹淚的。」黛玉聽了這些話，也知寶玉是為自己開心，也不好推，也不好任，因說道：「我任憑怎麼沒見世面，也到不了這步田地，因送的東西少，就生氣傷心。我又不是兩三歲的小孩子，你也忒把人看得小氣了。我有我的原故，你那裏知道？」說著，眼淚又流下來了。寶玉忙走到牀前，挨著黛玉坐下，將那些東西一件一件拿起來，擺弄著細瞧，故意問這是什麼，叫什麼名字？那是什麼做的，這樣齊整？這是什麼，要他做什麼使用？又說這一件可以擺在面前；又說那一件可以放在條桌上，當古董兒倒好呢。一味的將些沒要緊的話來廝混。黛玉見寶玉如此，自己心裏倒過不去，便說：「你不用在這裏混攪了，咱們到寶姐姐那邊去罷。」寶玉巴不得黛玉出去散散悶，解了悲痛，便道：「寶姐姐送咱們東西，咱們原該謝謝去。」黛玉道：「自家姊妹，這倒不必；只是到他那邊，薛大哥回來了，必然告訴他些南邊的古跡兒，我去聽聽，只當回了家鄉一趟的。」說著，眼圈兒又紅了。寶玉便站著等他。黛玉只得同他出來，往寶釵那裏去了。

且說薛蟠聽了母親之言，急下了請帖，辦了酒席。次日，請了四位夥計，俱已到齊，不免說些販賣賬目發貨之事。不一時，上席讓坐，薛蟠挨次斟了酒，薛姨媽又使人出來致意。大家喝著酒說閒話兒，內中一個道：「今日這席上短兩個好朋友。」眾人齊問：「是誰？」那人道：「還有誰，就是賈府上的璉二爺和大爺的盟弟柳二爺。」大家果然都想起來，問著薛蟠道：「怎麼不請璉二爺和柳二爺來？」薛蟠聞言，把眉一皺，歎口氣道：「璉二爺又往平安州去了，頭兩天就起了身的。那柳二爺竟別提起，真是天下頭一件奇事！什麼是『柳二爺』，如今不知那裏做『柳道爺』去了。」眾人都咤異道：「這是怎麼說？」

薛蟠便把湘蓮前後事體說了一遍。眾人聽了，越發駭異，因說道：「怪不得前日在我們店裏，彷彷彿彿也聽見人吵嚷說：『有一個道士，三言兩語，把一個人度了去了。』又說：『一陣風颳了去了。』只不知是誰。我們正發貨，那裏有閒工夫打聽這個事去，到如今還是似信不信的，誰知就是柳二爺呢！早知是他，我們大家也該勸勸他纔是。任他怎麼著，也不叫他去。」內中一個道：「別是這麼著罷？」眾人問：「怎麼樣？」那人道：「柳二爺那樣個伶俐人，未必是真跟了道士去罷。他原會些武藝，又有力量，或看破那道士的妖術邪法，特意跟他去，在背地擺佈他，也未可知。」薛蟠道：「果然如此，倒也罷了。世上這些妖言惑眾的人，怎麼沒人治他一下子！」眾人道：「那時難道你知道了也沒找尋他去？」薛蟠說：「城裏城外，那裏沒有找到？不怕你們笑話，我找不著他，還哭了一場呢。」言畢，只是長吁短歎，無精打采的，不像往日高興。眾夥計見他這樣光景，自然不便久坐，不過隨便喝了幾杯酒，吃了飯，大家散了。

且說寶玉同著黛玉到寶釵處來，寶玉見了寶釵，便說道：「大哥哥辛辛苦苦的帶了東西來，姐姐留著使罷，又送我們。」寶釵笑道：「原不是什麼好東西，不過是遠路帶來的土物兒，大家看著新鮮些就是了。」黛玉道：「這些東西，我們小時候倒不理會，如今看見，真是新鮮物兒了。」寶釵因笑道：「妹妹知道，這就是俗語說的『物離鄉貴』，其實可算什麼呢。」寶玉聽了這話，正對了黛玉方纔的心事，連忙拿話岔道：「明年好歹大哥哥再去時，替我們多帶些來。」黛玉瞅了他一眼，便道：「你要，你只管說，不必拉扯上人。姐姐，你瞧，寶哥哥不是給姐姐來道謝，竟又要定下明年的東西來了。」說的寶釵寶玉都笑了。

三個人又閒話了一回，因提起黛玉的病來，寶釵勸了一回，因說道：「妹妹若覺著身上不爽快，倒要自己勉強扎掙著出來，各處走走逛逛，散散心，比在屋裏悶坐著到底好些。我那兩日，不是覺著發懶、渾身發熱，只是要歪著，也因為時氣不好，怕病，因此尋些事情，自己混著。這兩日纔覺著好些了。」黛玉道：「姐姐說的何嘗不是，我也是這麼想著呢。」大家又坐了一會子方散。寶玉仍把黛玉送至瀟湘館門首，纔各自回去了。

且說趙姨娘因見寶釵送了賈環些東西，心中甚是喜歡，想道：「怨不得別人都說那寶丫頭好，會做人，很大方。如今看起來，果然不錯！他哥哥能帶了多少東西來？他挨門兒送到，並不遺漏一處，也不露出誰薄誰厚。連我們這樣沒時運的，他都想到了；若是那林丫頭，他把我們娘兒們正眼也不瞧，那裏還肯送我們東西？」一面想，一面把那些東西翻來覆去的擺弄，瞧看一回。忽然想到寶釵係王夫人的親戚，為何不到王夫人跟前賣個好兒呢。自己便蠍蠍螫螫的，拿著東西，走至王夫人房中，站在旁邊，陪笑說道：「這是寶姑娘纔剛給環哥兒的。難為寶姑娘這麼年輕的人，想得這麼周到，真是大户人家的姑娘，又展樣，又大方。怎麼叫人不敬服呢！怪不得老太太和太太成日家都誇他疼他。我也不敢自專就收起來，特拿來給太太瞧瞧，太太也喜歡喜歡。」王夫人聽了，早知道來意了。又見他說的不倫不類，也不便不理他，說道：「你只管收了去給環哥玩罷。」趙姨娘來時，興興頭頭，誰知抹了一鼻子灰，滿心生氣，又不敢露出來，只得訕訕的出來了。到了自己房中，將東西丢在一邊，嘴裏咕咕噥噥，自言自語道：「這個又算了個什麼兒呢？」一面坐著各自生了一回悶氣。

卻說鶯兒帶著老婆子們送東西回來，回覆了寶釵，將眾人道謝的話並賞賜的銀錢都回完了，那老婆子便出去了。鶯兒走近前來一步，挨著寶釵，悄悄的說道：「剛纔我到璉二奶奶那邊，看見二奶奶一臉的怒氣。我送下東西出來時，悄悄的問小紅，說：『剛纔二奶奶從老太太屋裏回來，不似往日歡天喜地的，叫了平兒去，唧唧咕咕的不知說了些什麼。』看那個光景，倒像有什麼大事的似的。姑娘沒聽見那邊老太太有什麼事？」寶釵聽了，也自己納悶，想不出鳳姐是為什麼有氣，便道：「各人家有各人的事，咱們那裏管得？你去倒茶去罷。」鶯兒於是出來，自己倒茶不提。

且說寶玉送了黛玉回來，想著黛玉的孤苦，不免也替他傷感起來，因要將這話告訴襲人。進來時，卻只有麝月秋紋在房中，因問：「你襲人姐姐那裏去了？」麝月道：「左不過在這幾個院裏，那裏就丟了他，一時不見就這樣找。」寶玉笑著道：「不是怕丟了他。因我方纔到林姑娘那邊，見林姑娘又正傷心呢。問起來，卻是為寶姐姐送了他東西，他看見是他家鄉的土物，不免對景傷情。我要告訴你襲人姐姐，叫他閒時過去勸勸。」正說著，晴雯進來了，因問寶玉道：「你回來了！你又要叫勸誰？」寶玉將方纔的話說了一遍。晴雯道：「襲人姐姐纔出去，聽見他說要到璉二奶奶那邊去。保不住還到林姑娘那裏。」寶玉聽了，便不言語。秋紋倒了茶來，寶玉漱了一口，遞給小丫頭子，心中著實不自在，就隨便歪在牀上。

卻說襲人因寶玉出門，自己做了回活計，忽想起鳳姐身上不好，這幾日也沒有過去看看，況聞賈璉出門，正好大家說說話兒，便告訴晴雯：「好生在屋裏，別都出去了，叫二爺回來抓不著人。」晴雯道：「嗳喲，這屋裏單你一個人記掛著他，我們都是白閒著，混飯吃的！」

襲人笑著，也不答言，就走了。剛來到沁芳橋畔，那時正是夏末秋初，池中蓮藕，新殘相間，紅綠離披。襲人走著，沿堤看玩了一回，猛擡頭，看見那邊葡萄架底下，有人拿著撣子，在那裏撣什麼呢。走到跟前，卻是老祝媽。那老婆子見了襲人，便笑嘻嘻的迎上來，説道：「姑娘怎麼今日得工夫出來逛逛？」襲人道：「可不是。我要到璉二奶奶家瞧瞧去。你在這裏做什麼呢？」那婆子道：「我在這裏趕蜜蜂兒。今年三伏裏雨水少，這果子樹上都有蟲子，把果子吃得疤瘌流星的，掉了好些下來。姑娘還不知道呢，這馬蜂最可惡的，一嘟嚕上，只咬破三兩個兒，那破的水滴到好的上頭，連這一嘟嚕都是要爛的。姑娘，你瞧，咱們説話的空兒沒趕，就落上許多了。」襲人道：「你就是不住手的趕，也趕不了許多。你倒是告訴買辦，叫他多多做些小冷布口袋兒，一嘟嚕套上一個，又透風，又不糟蹋。」

婆子笑道：「倒是姑娘説得是。我今年纔管上，那裏知道這個巧法兒呢。」因又笑著説道：「今年果子雖糟蹋了些，味兒倒好，不信摘一個姑娘嘗嘗。」襲人正色道：「這那裏使得？不但沒熟吃不得，就是熟了，上頭還沒有供鮮，咱們倒先吃了。你是府裏使老了的，難道連這個規矩都不懂了？」老祝媽忙笑道：「姑娘説得是。我見姑娘很喜歡，我纔敢這麼説，可就把規矩錯了。我可是老糊塗了。」襲人道：「這也沒有什麼，只是你們有年紀的老奶奶們，別先領著頭兒這麼著就好了。」

説著，遂一徑出了園門，來到鳳姐這邊。一到院裏，只聽鳳姐説道：「天理良心！我在這屋裏熬得越發成了賊了。」襲人聽見這話，知道有原故了，又不好回來，又不好進去，遂把腳步放重些，隔著窗子問道：「平姐姐在家裏呢麼？」平兒忙答應著迎出來。襲人便問：「二奶奶也在家裏呢麼？身上可大安了？」説著，已走進來。

鳳姐裝著在牀上歪著呢。見襲人進來，也笑著站起來，説：「好些了，叫你惦著。怎麼這幾日不過我們這邊坐坐？」襲人道：「奶奶身上欠安，本該天天過來請安纔是。但只怕奶奶身上不爽快，倒要靜靜兒的歇歇兒，我們來了，倒吵得奶奶煩。」

鳳姐笑道：「煩是沒的話。倒是寶兄弟屋裏雖然人多，也就靠著你一個照看他，也實在的離不開。我常聽見平兒告訴我說，你背地裏還惦著我，常常問我。這就是你盡心了。」一面說著，叫平兒挪了張杌子放在牀旁邊，讓襲人坐下。豐兒端進茶來。襲人欠身道：「妹妹坐著罷。」一面說閒話兒。只見一個小丫頭子在外間屋裏，悄悄的和平兒說：「旺兒來了，在二門上伺候著呢。」又聽見平兒也悄悄的道：「知道了。叫他先去，回來再來，別在門口兒站著。」襲人知他們有事，又說了兩句話，便起身要走。鳳姐道：「閒來坐坐，說說話兒，我倒開心。」因命：「平兒，送送你妹妹。」平兒答應著，送出來。只見兩三個小丫頭子都在那裏，屏聲息氣，齊齊的伺候著。襲人不知何事，便自去了。

卻說平兒送出襲人，進來回道：「旺兒纔來了，因襲人在這裏，我叫他先到外頭等等兒。這會子還是立刻叫他呢，還是等著？請奶奶的示下。」鳳姐道：「叫他來！」平兒忙叫小丫頭去傳旺兒進來。這裏鳳姐又問平兒：「你到底是怎麼聽見說的？」平兒道：「就是頭裏那小丫頭子的話。他說他在二門裏頭，聽見外頭兩個小廝說：『這個新二奶奶比咱們舊二奶奶還俊呢，脾氣兒也好。』不知是旺兒是誰，吆喝了兩個一頓，說：『什麼新奶奶舊奶奶的，還不快悄悄兒的呢！叫裏頭知道了，把你的舌頭還割了呢。』」平兒正說著，只見一個小丫頭進來，回說：「旺兒在外頭伺候著呢。」鳳姐聽了，冷笑了一聲，說：「叫他進來！」那小丫頭出來說：「奶奶叫呢。」旺兒連忙答應著進來。

旺兒請了安，在外間門口垂手侍立。鳳姐兒道：「你過來，我問你話。」旺兒纔走到裏間門旁站著。鳳姐兒道：「你二爺在外頭弄了人，你知道不知道？」旺兒又打著千兒，回道：「奴才天天在二門上聽差事，如何能知道二爺外頭的事呢。」鳳姐冷笑道：「你自然『不知道』！你要知道，你怎麼攔人呢。」旺兒見這話，知道剛纔的話已經走了風了，料著瞞不過，便又跪回道：「奴才實在不知，就是頭裏興兒和喜兒兩個人在那裏混說，奴才吆喝了他們兩句。內中深情底裏，奴才不知道，不敢妄回。求奶奶問興兒，他是常跟二爺出門的。」鳳姐兒聽了，下死勁啐了一口，罵道：「你們這一起沒良心的混賬忘八崽子！都是一條藤兒，打量我不知道呢！先去給我把興兒那個忘八崽子叫了來，你也不許走。問明白了他，回來再問你。好，好，好！這纔是我使出來的好人呢。」那旺兒只得連聲答應幾個「是」，磕了個頭，爬起來出去，去叫興兒。

卻說興兒正在賬房兒裏和小廝們玩呢，聽見說「二奶奶叫」，先唬了一跳，卻也想不到是這件事發作了，連忙跟著旺兒進來。旺兒先進去，回說：「興兒來了。」鳳姐兒厲聲道：「叫他！」那興兒聽見這個聲音兒，早已沒了主意了，只得乍著膽子進來。鳳姐兒一見便說：「好小子啊！你和你爺辦的好事啊！你只實說罷。」興兒一聞此言，又看見鳳姐兒氣色，及兩邊丫頭們的光景，早唬軟了，不覺跪下，只是磕頭。鳳姐兒道：「論起這事來，我也聽見說不與你相干，但只你不早來回我知道，這就是你的不是了。你要實說了，我還饒你；再有一字虛言，你先摸摸你腔子上幾個腦袋瓜子！」興兒戰兢兢的朝上磕頭道：「奶奶問的是什麼事，奴才和爺辦壞了？」鳳姐聽了，一腔火都發作起來，喝命：「打嘴巴！」旺兒過來纔要打時，鳳姐兒罵道：「什麼糊塗忘八崽子！叫他自己打，用你打嗎！一會子你再各人打你那嘴巴子還不遲呢。」那興兒真個自己左右開弓，打了自己十幾個嘴巴。鳳姐兒喝聲「站住」，問道：「你二爺外頭娶了什麼『新奶奶』『舊奶奶』的事，你大概不知道啊！」興兒見說出這件事來，越發著了慌，連忙把帽子抓下來，在磚地上咕咚咕咚碰得頭山響，口裏說道：「只求奶奶超生，奴才再不敢撒一個字兒的謊。」鳳姐道：「快說！」

興兒直蹶蹶的跪起來回道：「這事頭裏奴才也不知道。就是這一天，東府裏大老爺送了殯，俞祿往珍大爺廟裏去領銀子，二爺同著蓉哥兒到了東府裏，道兒上，爺兒兩個說起珍大奶奶那邊的二位姨奶奶來，二爺誇他好，蓉哥兒哄著二爺，說把二姨奶奶說給二爺……」鳳姐聽到這裏，使勁啐道：「呸！沒臉的忘八蛋！他是你那一門子的姨奶奶？」興兒忙又磕頭說：「奴才該死！」往上瞅著，不敢言語。鳳姐兒道：「完了嗎？怎麼不說了？」興兒方纔又回道：「奶奶恕奴才，奴才纔敢回。」鳳姐啐道：「放你媽的屁！這還什麼『恕』不『恕』了。你好生給我往下說，好多著呢！」興兒又回道：「二爺聽見這個話，就喜歡了。後來奴才也不知道怎麼就弄真了。」鳳姐微微冷笑道：「這個自然麼，你可那裏知道呢！你知道的只怕都煩了呢！——是了，說底下的罷。」興兒回道：「後來就是蓉哥兒給二爺找了房子。」鳳姐忙問道：「如今房子在那裏？」興兒道：「就在府後頭。」鳳姐兒道：「哦！」回頭瞅著平兒，道：「咱們都是死人哪。你聽聽！」平兒也不敢作聲。興兒又回道：「珍大爺那邊給了張家不知多少銀子，那張家就不問了。」鳳姐道：「這裏頭怎麼又扯拉上什麼張家李家咧呢？」興兒回道：「奶奶不知道。這二奶奶……」剛說到這裏，又自己打了個嘴巴，把鳳姐兒倒慪笑了，兩邊的丫頭也都抿嘴兒笑。興兒想了想，說道：「那珍大奶奶的妹子……」鳳姐兒接著道：「怎麼樣？快說呀！」興兒道：「那珍大奶奶的妹子原來從小兒有人家的，姓張，叫什麼張華，如今窮得待好討飯。珍大爺許了他銀子，他就退了親了。」

鳳姐兒聽到這裏，點了點頭兒，回頭便望丫頭們說道：「你們都聽見了？小忘八崽子，頭裏他還說他不知道呢！」興兒又回道：「後來二爺纔叫人裱糊了房子，娶過來了。」鳳姐道：「打那裏娶過來的？」興兒回道：「就在他老娘家擡過來的。」鳳姐道：「好罷咧！」又問：「沒人送親麼？」興兒道：「就是蓉哥兒，還有幾個丫頭老婆子們，沒別人。」鳳姐道：「你大奶奶沒來嗎？」興兒道：「過了兩天，大奶奶纔拿了些東西來瞧的。」鳳姐兒笑了一笑，回頭向平兒道：「怪道那兩天二爺稱讚大奶奶不離嘴呢！」掉過臉來，又問興兒：「誰伏侍呢？自然是你了。」興兒趕著碰頭，不言語。鳳姐又問：「前頭那些日子，說給那府裏辦事，想來辦的就是這個了？」興兒回道：「也有辦事的時候，也有往新房子裏去的時候。」鳳姐又問道：「誰和他住著呢？」興兒道：「他母親和他妹子。昨兒他妹子各人抹了脖子了。」鳳姐道：「這又為什麼？」

興兒隨將柳湘蓮的事說了一遍。鳳姐道：「這個人還算造化高，省了當那出名兒的忘八。」因又問道：「沒了別的事了麼？」興兒道：「別的事奴才不知道。奴才剛纔說的，字字是實，沒一字虛假，奶奶問出來，只管打死奴才，奴才也無怨的。」鳳姐低了一回頭，便又指著興兒說道：「你這個猴兒崽子，就該打死！這有什麼瞞著我的？你想著瞞了我，就在你那糊塗爺跟前討了好兒了，你新奶奶好疼你。我不看你剛纔還有點怕懼兒，不敢撒謊，我把你的腿不給你砸折了呢。」說著，喝聲：「起去！」

興兒磕了個頭，纔爬起來，退到外間門口，不敢就走。鳳姐道：「過來，我還有話呢。」興兒趕忙垂手敬聽。鳳姐道：「你忙什麼，新奶奶等著賞你什麼呢？」興兒也不敢擡頭。鳳姐道：「你從今日不許過去。我什麼時候叫你，你什麼時候到。遲一步兒，你試試！出去罷。」興兒忙答應幾個「是」，退出門來。鳳姐又叫道：「興兒！」興兒趕忙答應回來。鳳姐道：「快出去告訴你二爺去，是不是啊？」興兒回道：「奴才不敢。」鳳姐道：「你出去提一個字兒，提防你的皮！」興兒連忙答應著，纔出去了。鳳姐又叫：「旺兒呢？」旺兒連忙答應著過來。鳳姐把眼直瞪瞪的瞅了兩三句話的工夫，纔說道：「好旺兒，很好，去罷！外頭有人提一個字兒，全在你身上！」旺兒答應著，也慢慢的退出去了。鳳姐便叫：「倒茶。」小丫頭子們會意，都出去了。

這裏鳳姐纔和平兒說：「你都聽見了？這纔好呢。」平兒也不敢答言，只好陪笑兒。鳳姐越想越氣，歪在枕上，只是出神。忽然眉頭一皺，計上心來，便叫：「平兒，來！」平兒連忙答應過來。鳳姐道：「我想這件事，竟該這麼著纔好，也不必等你二爺回來再商議了。」未知鳳姐如何辦理，下回分解。

卷六十八　苦尤娘賺入大觀園　酸鳳姐大鬧寧國府

話說賈璉起身去後，偏值平安節度巡邊在外，約一個月方回，賈璉未得確信，只得住在下處等候。及至回來相見，將事辦妥，回程已是將近兩個月的限了。誰知鳳姐早已心下算定，只待賈璉前腳走了，回來便傳各色匠役，收拾東廂房三間，照依自己正室一樣，裝飾陳設。至十四日，便回明賈母王夫人，說十五日一早要到姑子廟進香去。只帶了平兒、豐兒、周瑞媳婦、旺兒媳婦四人。未曾上車，便將原故告訴了眾人，又吩咐眾男人，素衣素蓋，一徑前來。興兒引路，一直到了門前扣門。鮑二家的開了，興兒笑道：「快回二奶奶去，大奶奶來了。」

鮑二家的聽了這句，頂樑骨走了真魂，忙飛跑進去，報與尤二姐。尤二姐雖也一驚，但已來了，只得以禮相見，於是忙整理衣裳，迎了出來。至門前，鳳姐方下了車進來，尤二姐一看，只見頭上都是素白銀器，身上月白緞子襖，青緞子掐銀綫的褂子，白綾素裙；眉彎柳葉，高弔兩梢，目橫丹鳳，神凝三角：俏麗若三春之桃，清素若九秋之菊。周瑞旺兒二女人攙進院來。尤二姐陪笑，忙迎上來拜見，張口便叫「姐姐」，說：「今兒實在不知姐姐下降，不曾遠接，求姐姐寬恕。」說著便拜下去。鳳姐忙陪笑還禮不迭，趕著拉了二姐兒的手，同入房中。

鳳姐上坐，尤二姐忙命丫頭拿褥子，便行禮，說：「妹子年輕，一從到了這裏，諸事都是家母和家姐商議主張。今日有幸相會，若姐姐不棄寒微，凡事求姐姐的指教，情願傾心吐膽，只伏侍姐姐。」說著便行下禮去。鳳姐忙下座還禮，口內忙說：「皆因我也年輕，向來總是婦人的見識，一味的只勸二爺保重，別在外邊眠花宿柳，恐怕叫太爺太太耽心。這都是你我的癡心，誰知二爺倒錯會了我的意。若是外頭包佔人家姐妹的，瞞著家裏也罷了；如今娶了妹妹做二房，這樣正經大事，也是人家大禮，卻不曾和我說。我也勸過二爺，早辦這件事，果然生個一男半女，連我後來都有靠。不想二爺反以我為那等妒忌不堪的人，私自辦了，真真叫我有冤沒處訴。我的這個心，惟有天地可表。頭十天頭裏，我就風聞著知道了，只怕二爺又錯想了，遂不敢先說；目今可巧二爺走了，所以我親自過來拜見，還求妹妹體諒我的苦心，起動大駕，挪到家中，你我姐妹同居同處，彼此合心合意的諫勸二爺，謹慎世務，保養身子，這纔是大禮呢。要是妹妹在外頭，我在裏頭，妹妹白想想，我心裏怎麼過得去呢？再者叫外人聽著，不但我的名聲不好聽，就是妹妹的名兒也不雅。況且二爺的名聲，更是要緊的，倒是談論咱們姐兒們還是小事。至如那起下人小人之言，未免見我素昔持家太嚴，背地裏加減些話，也是常情。妹妹想，自古說的：『當家人，惡水缸。』我要真有不容人的地方兒，上頭三層公婆，當中有好幾位姐姐、妹妹、妯娌們，怎麼容得我到今兒？就是今兒二爺私娶妹妹，在外頭住著，我自然不願意見妹妹，我如何還肯來呢？拿著我們平兒說起，我還勸著二爺收他呢。這都是天地神佛不忍我叫這些小人們糟蹋，所以纔叫我知道了。我如今來求妹妹，進去和我一樣兒，住的、使的、穿的、帶的，你我總是一樣兒。妹妹這樣伶透人，若肯真心幫我，我也得個膀臂。不但那起小人，堵了他們的嘴；就是二爺，回來一見，他也從今後悔，我並不是那種吃醋調歪的人。你我三人，更加和氣。所以妹妹還是我的大恩人呢。要是妹妹不和我去，我也願意搬出來陪著妹妹住，只求妹妹在二爺跟前替我好言方便方便，留我個站腳的地方兒，就叫我伏侍妹妹梳頭洗臉，我也是願意的。」說著，便嗚嗚咽咽，哭將起來。

尤二姐見了這般，也不免滴下淚來。二人對見了禮，分序坐下。平兒忙也上來要見禮。尤二姐見他打扮不凡，舉止品貌不俗，料定是平兒，連忙親身攙住，只叫：「妹子快別這麼著，你我是一樣的人。」鳳姐忙也起身笑說：「折死了他！妹妹只管受禮，他原是咱們的丫頭。以後快別如此。」說著，又命周瑞家的從包袱裏取出四疋上色尺頭，四對金珠簪環，為拜見禮。尤二姐忙拜受了。二人吃茶，對訴以往之事。鳳姐口內全是自怨自錯：「怨不得別人，如今只求妹妹疼我。」

尤二姐見了這般，便認作他是個極好的人，小人不遂心，誹謗主子，亦是常理，故傾心吐膽，敘了一回，竟把鳳姐認為知己。又見周瑞家的等媳婦在旁邊稱揚鳳姐素日許多善政，只是吃虧心太癡了，反惹人怨。又說：「已經預備了房屋，奶奶進去，一看便知。」尤氏心中早已要進去同住方好，今又見如此，豈有不允之理，便說：「原該跟了姐姐去，只是這裏怎麼樣？」鳳姐兒道：「這有何難，妹妹的箱籠細軟，只管著小廝搬了進去。這些粗夯貨，要他無用，還叫人看著。妹妹說誰妥當，就叫誰在這裏。」二姐忙說：「今日既遇見姐姐，這一進去，凡事只憑姐姐料理。我也來的日子淺，也不曾當過家，世事不明白，如何敢做主？這幾件箱櫃拿進去罷。我也沒有什麼東西，那也不過是二爺的。」

鳳姐聽了，便命周瑞家的記清，好生看管著，擡到東廂房去。於是催著尤二姐急忙穿戴了，二人攜手上車，又同坐一處，又悄悄的告訴他：「我們家的規矩大。這事老太太、太太一概不知，倘或知道二爺孝中娶你，管把他打死了。如今且別見老太太、太太。我們有一個花園子極大，姊妹們住著，容易沒人去的。你這一去，且在園子裏住兩天，等我設個法子，回明白了，那時再見方妥。」尤二姐道：「任憑姐姐裁處。」那些跟車的小厮們皆是預先說明的，如今不進大門，只奔後門來。下了車，趕散眾人，鳳姐便帶了尤氏進了大觀園的後門，來到李紈處相見了。

彼時大觀園中十停人已有九停人知道了。今忽見鳳姐帶了進來，引動眾人來看問。尤二姐一一見過。眾人見了他標致和悦，無不稱揚。鳳姐一一的吩咐了眾人：「都不許在外走了風聲，若老太太、太太知道，我先叫你們死！」園中婆子丫頭都素懼鳳姐的，又係賈璉國孝家孝中所行之事，知道關係非常，都不管這事。鳳姐悄悄的求李紈收養幾日，「等回明了，我們自然過去的。」李紈見鳳姐那邊已收拾房屋，況在服中不好倡揚，自是正理，只得收下權住。鳳姐又便去將他的丫頭一概退出，又將自己的一個丫頭送他使喚，暗暗吩咐他園中媳婦們：「好生照看著他。若有走失逃亡，一概和你們算賬！」自己又去暗中行事，不提。且說合家之人，都暗暗的納罕，說：「看他如何這等賢慧起來了？」那尤二姐得了這個所在，又見園中姊妹個個相好，倒也安心樂業的，自為得所。

誰知三日之後，丫頭善姐便有些不服使喚起來。尤二姐因說：「沒了頭油了，你去回一聲大奶奶，拿些個來。」善姐兒便道：「二奶奶，你怎麼不知好歹，沒眼色？我們奶奶，天天承應了老太太，又要承應這邊太太，那邊太太。這些姑娘妯娌們，上下幾百男女，天天起來，都等他的話。一日少說，大事也有一二十件，小事還有三五十件。外頭的從娘娘算起，以至王公侯伯家，多少人情，家裏又有這些親友的調度。銀子上千錢上萬，一日都從他一個手一個心一個嘴裏調度，那裏為這點子小事去煩瑣他？我勸你能著些兒罷。咱們又不是明媒正娶來的。這是他亙古少有一個賢良人，纔這樣待你。若差些兒的人，聽見了這話，吵嚷起來，把你丟在外，死不死，活不活，你又敢怎麼樣呢？」

一席話，説得尤氏垂了頭。自為有這一説，少不得將就些罷了。那善姐漸漸的連飯也怕端來與他吃，或早一頓，晚一頓，所拿來的東西，皆是剩的。尤二姐説過兩次，他反瞪著眼叫喚起來。尤二姐又怕人笑他不安本分，少不得忍著。隔上五日八日，見鳳姐一面，那鳳姐卻是和容悦色，滿嘴裏「好妹妹」不離口。又説：「倘有下人不到之處，你降不住他們，只管告訴我，我打他們。」又罵丫頭媳婦説：「我深知你們軟的欺，硬的怕，背著我的眼，還怕誰？倘或二奶奶告訴我一個『不』字，我要你們的命！」二姐見他這般好心，「既有他，我又何必多事？下人不知好歹是常情。我若告了他們，受了委屈，反叫人説我不賢良。」因此，反替他們遮掩。

鳳姐一面使旺兒在外打聽這尤二姐的底細，皆已深知，果然已有了婆家的，女婿現在纔十九歲，成日在外賭博，不理世業，家私花盡，父母攆他出來，現在賭錢場存身。父親得了尤婆子二十兩銀子，退了親的，這女婿尚不知道，原來這小夥子名叫張華。鳳姐都一一盡知原委，便封了二十兩銀子與旺兒，悄悄命他將張華勾來養活，「著他寫一張狀子，只要往有司衙門中告去，就告璉二爺國孝家孝的裏頭，背旨瞞親，仗財依勢，強逼退親，停妻再娶。」這張華也深知利害，先不敢造次。旺兒回了鳳姐。鳳姐氣得罵道：「真是他娘的話！怨不得俗語説，『癩狗扶不上牆』的。你細細說給他：『就告我們家謀反也沒事的。』不過是借他一鬧，大家沒臉；若告大了，我這裏自然能夠平服的。」旺兒領命，只得細說與張華。鳳姐又吩咐旺兒：「他若告了你，你就和他對詞去。」如此如此，「我自有道理。」旺兒聽了有他做主，便又命張華狀子上添上自己，說：「你只告我來旺的過付，一應調唆二爺做的。」張華便得了主意，和旺兒商議定了，寫一張狀子，次日便往都察院處喊了冤。

察院坐堂，看狀子是告賈璉的事，上面有「家人旺兒一人」，只得遣人去賈府傳旺兒來對詞。青衣不敢擅入，只命人帶信。那旺兒正等著此事，不用人帶信，早在這條街上等候，見了青衣，反迎上去，笑道：「起動眾位弟兄，必是兄弟的事犯了。說不得，快來套上。」眾青衣不敢，只說：「好哥哥，你去罷，別鬧了。」於是來至堂前跪下。察院命將狀子與他看。旺兒故意看了一遍，碰頭說道：「這事小的盡知的，主人實有此事。但這張華素與小的有仇，故意拉小的在內，其中還有人，求老爺再問。」張華碰頭道：「雖還有人，小的不敢告他，所以只告他下人。」旺兒故意的說：「糊塗東西！還不快說出來！這是朝廷公堂上，憑是主子，也要說出來。」張華便說出賈蓉來。察院聽了無法，只得去傳賈蓉。

鳳姐又差了慶兒暗中打聽告了起來，便忙將王信喚來，告訴他此事，命他託察院，只要虛張聲勢，驚唬而已，又拿了三百銀子與他去打點。是夜，王信到了察院私宅，安了根子。那察院深知原委，收了贓銀。次日回堂，只說張華無賴，因拖欠了賈府銀兩，妄捏虛詞，誣賴良人。都察院素與王子騰相好，王信也只到家說了一聲，況是賈府之人，巴不得了事，便也不提此事，且都收下，只傳賈蓉對詞。

且說賈蓉等正忙著賈璉之事，忽有人來報信，說：「有人告你們。」如此如此，這般這般，「快作道理。」賈蓉慌忙來回賈珍。賈珍說：「我卻早防著這一著。倒難為他這麼大膽子。」即刻封了二百銀子，著人去打點察院；又命家人去對詞。正商議間，又報：「西府二奶奶來了。」賈珍聽了這話，倒吃了一驚，忙要同賈蓉藏躲，不想鳳姐已經進來了，說：「好大哥哥，帶著兄弟們幹的好事！」賈蓉忙請安。鳳姐拉了他就進來。賈珍還笑說：「好生伺候你嬸娘，吩咐他們殺牲口備飯。」說著，忙命備馬，躲往別處去了。

這裏鳳姐帶著賈蓉，走來上房。尤氏也迎了出來，見鳳姐氣色不善，忙說：「什麼事情，這等忙？」鳳姐照臉一口唾沫，啐道：「你尤家的丫頭沒人要了，偷著只往賈家送！難道賈家的人都是好的，普天下死絕了男人了？你就願意給，也要三媒六證，大家說明，成個體統纔是。你痰迷了心，脂油蒙了竅！國孝、家孝，兩重在身，就把個人送來了。這會子被人告我們，連官場中都知道我利害、吃醋。如今指名提我，要休我。我到了你家，幹錯了什麼不是，你這等害我？或是老太太、太太有了話在你心裏，使你們做這個圈套要擠我出去。如今咱們兩個一同去見官，分證明白，回來咱們公同請了合族中人，大家覿面說個明白，給我休書，我就走！」一面說，一面大哭，拉著尤氏，只要去見官。急得賈蓉跪在地下碰頭，只求：「嬸娘息怒。」鳳姐一面又罵賈蓉：「天打雷劈、五鬼分屍的沒良心的種子！不知天有多高，地有多厚，成日家調三窩四，幹出這些沒臉面、沒王法、敗家破業的營生。你死了的娘，陰靈兒也不容你！祖宗也不容你！還敢來勸我！」一面罵著，揚手就打。唬得賈蓉忙碰頭說道：「嬸娘別動氣，只求嬸娘別看這一時，姪兒千日的不好，還有一日的好。實在嬸娘氣不平，何用嬸娘打，讓我自己打，嬸娘只別生氣。」說著，就自己舉手，左右開弖，自己打了一頓嘴巴子。又自己問著自己説：「以後可還再顧三不顧四的不了？以後還單聽叔叔的話、不聽嬸娘的話不了？嬸娘是怎麼樣待你？你這樣沒天理、沒良心的！」眾人又要勸，又要笑，又不敢笑。

鳳姐兒滾到尤氏懷裏，嚎天動地，大放悲聲，只説：「給你兄弟娶親，我不惱。為什麼使他違旨背親，把混賬名兒給我背著？咱們只去見官，省得捕快皂隸來拿。再者，咱們過去，只見了老太太、太太和眾族人等，大家公議了，我既不賢良，又不容男人買妾，只給我一紙休書，我即刻就走！你妹妹，我也親身接了來家，生怕老太太、太太生氣，也不敢回，現在三茶六飯，金奴銀婢的住在園裏。我這裏趕著收拾房子，和我一樣的，只等老太太知道了。原説下接過來大家安分守己的，我也不提舊事了。誰知又是有了人家的。不知你們幹的什麼事，我一概又不知道。如今告我，我昨日急了，縱然我出去見官，也丟的是你賈家的臉，少不得偷把太太的五百兩銀子去打點。如今把我的人還鎖在那裏。」説了又哭，哭了又罵。後來又放聲大哭起「祖宗爺娘」來，又要尋死撞頭。把個尤氏揉搓成一個麵團兒，衣服上全是眼淚鼻涕，並無別話，只罵賈蓉：「混賬種子，和你老子做的好事！我當初就説使不得。」

鳳姐兒聽説這話，哭著，搬著尤氏的臉，問道：「你發昏了？你的嘴裏難道有茄子塞著？不就是他們給你嚼子啣上了？為什麼你不來告訴我去？你若告訴了我，這會子不平安了？怎麼得驚官動府，鬧到這步田地，你這會子還怨他們！自古説『妻賢夫禍少』，『表壯不如裏壯』，你但凡是個好的，他們怎敢鬧出這些事來！你又沒才幹，又沒口齒，鋸了嘴子的葫蘆，就只會一味瞎小心，應賢良的名兒。」説著，啐了幾口。尤氏也哭道：「何曾不是這樣，你不信，問問跟的人，我何曾不勸的？也要他們聽。叫我怎麼樣的呢，怨不得妹妹生氣，我只好聽著罷了。」眾姬妾丫頭媳婦等已是黑壓壓跪了一地，陪笑求說：「二奶奶最聖明的。雖是我們奶奶的不是，奶奶也作踐夠了，當著奴才們。奶奶們素日何等的好來？如今還求奶奶給留點臉兒。」

說著，捧上茶來。鳳姐也摔了。一回止了哭，挽頭髮。又喝罵賈蓉：「出去請你父親來，我對面問他！問親大爺的孝纔五七，姪兒娶親，這個禮，我竟不知道，我問問也好學著，日後教導你們。」賈蓉只跪著磕頭，說：「這事原不與父母相干，都是姪兒一時吃了屎，調唆著叔叔做的。我父親也並不知道。嬸娘若鬧起來了，姪兒也是個死；只求嬸娘責罰姪兒，姪兒謹領。這官司還求嬸娘料理，姪兒竟不能幹這大事。嬸娘是何等樣人，豈不知俗語說的『胳膊折了，在袖子裏』。姪兒糊塗死了，既做了不肖的事，就和那貓兒狗兒一般，少不得還要嬸娘費心費力，將外頭的事壓住了纔好。只當嬸娘有這個不孝的兒子，就惹了禍，少不得委屈還要疼他呢。」說著，又磕頭不絕。

鳳姐兒見了賈蓉這般，心裏早軟了，只是礙著眾人面前，又難改過口來，因歎了一口氣，一面拉起來，一面拭淚向尤氏道：「嫂子也別惱我，我是年輕不知事的人，一聽見有人告訴了，把我嚇昏了，不知方纔怎麼得罪了嫂子，可是蓉兒說的，『胳膊折了，往袖子裏藏』，少不得嫂子要體諒我。還得嫂子在哥哥跟前替說，先把這官司按下去纔好。」尤氏賈蓉一齊都說：「嬸娘放心，橫豎一點兒連累不著叔叔。嬸娘方纔說用過了五百兩銀子，少不得我們娘兒們打點五百兩銀子，與嬸娘送過去，好補上，豈有叫嬸娘又添上虧空的？越發我們該死了！但還有一件，老太太、太太們跟前，嬸娘還要周全方便，別提這些話纔好。」

鳳姐又冷笑道：「你們饒壓著我的頭幹了事，這會子反哄著我替你們周全。我就是個傻子，也傻不到如此。嫂子的兄弟，是我的什麼人？嫂子既怕他絕了後，我難道不更比嫂子更怕絕後？嫂子的妹子，就和我的妹子一樣，我一聽見這話，連夜喜歡得連覺也睡不成，趕著傳人收拾了屋子，就要接進來同住；倒是奴才小人的見識，他們倒說：『奶奶太性急，若是我們的主意，先回了老太太、太太，看是怎麼樣，再收拾房子去接也不遲。』我聽了這話，叫我要打要罵的，纔不言語了。誰知偏不稱我的意，偏偏的打嘴，半空裏又跑出一個張華來告了一狀。我聽見了，嚇得兩夜沒合眼兒，又不敢聲張，只得求人去打聽這張華是什麼人，這樣大膽。打聽了兩日，誰知是個無賴的花子。小子們說：『原是二奶奶許了他的。他如今急了，凍死餓死，也是個死；現在有這個理他抓住，縱然死了，死得倒比凍死餓死還值些。怎麼怨得他告呢？這事原是爺做事太急了。國孝一層罪，家孝一層罪，背著父母私娶一層罪，停妻再娶一層罪。俗語說，「拚著一身剮，敢把皇帝拉下馬」，他窮瘋了的人，什麼事做不出來？況且他又拿著這滿理，不告等請不成？』嫂子說，我就是個韓信、張良，聽了這話，也把智謀嚇回去了。你兄弟又不在家，又沒個人商量，少不得拿錢去墊補。誰知越使錢越叫人拿住刀靶兒，越發來訛。我是『耗子尾巴上長瘡，多少膿血兒』。所以又急又氣，少不得來找嫂子……」尤氏賈蓉不等說完，都說：「不必操心，自然要料理的。」賈蓉又道：「那張華不過是窮急，故捨了命纔告咱們；如今想了一個法兒：竟許他些銀子，只叫他應個妄告不實之罪，咱們替他打點完了官司，他出來時，再給他些銀子就完了。」鳳姐兒咂著嘴兒笑道：「難為你想！怨不得你顧一不顧二的，做出這些事來。原來你竟是這麼個糊塗東西，我往日錯看了你了！若你說的這話，他暫且依了，且打出官司來，又得了銀子，眼前自然了事。這些人既是無賴的小人，銀子到手，三天五天，一光了，他又來找事訛詐，再要叨蹬起來，咱們雖不怕，終久耽心。擱不住他說：既沒毛病，為什麼反給他銀子？」

賈蓉原是個明白人，聽如此一說，便笑道：「我還有個主意，『來是是非人，去是是非者』，這事還得我了纔好。如今我竟問張華個主意，或是他定要人？或是他願意了事，得錢再娶？他若說一定要人，少不得我去勸我二姨娘，叫他出來，仍嫁他去；若說要錢，我們這裏少不得給他。」鳳姐兒忙道：「雖如此說，我斷捨不得你姨娘出去，我也斷不肯使他出去。他要出去了，咱們家的臉在那裏呢？依我說，只寧可多給錢為是。」賈蓉深知鳳姐兒口雖如此，心卻是巴不得只要本人出來，他卻做賢良人。如今怎麼說，且只好怎麼依。

鳳姐兒歡喜了，又說：「外頭好處了，家裏終久怎麼樣？你也同我過去回明了老太太、太太纔是。」尤氏又慌了，拉鳳姐兒討主意，如何撒謊纔好。鳳姐冷笑道：「既沒這本事，誰叫你幹這樣事？這會子這個腔兒，我又看不上。待要不出個主意，我又是個心慈面軟的人，憑人撮弄我，我還是一片傻心腸兒，說不得讓我應起來。如今你們只別露面，我只領了你妹妹去給老太太、太太們磕頭，只說原係你妹妹我看上了很好，正因我不大生長，原說買兩個人放在屋裏的；今既見了你妹妹很好，而且又是親上做親的，我願意娶來做二房。皆因家中父母姊妹親近一概死了，日子又難，不能度日，若等百日之後，無奈無家無業，實在難等。就算我的主意，接了進來，已經廂房收拾了出來，暫且住著，等滿了孝再圓房兒。仗著我這不害臊的臉，死活賴去，有了不是，也尋不著你們了。你們娘兒兩個想想，可使得？」尤氏賈蓉一齊笑說：「到底是嬸娘寬洪大量，足智多謀。等事妥了，少不得我們娘兒們過去拜謝。」鳳姐兒道：「罷呀！還説什麼拜謝不拜謝。」又指著賈蓉道：「今日我纔知道你了！」説著，把臉卻一紅，眼圈兒也紅了，似有多少委屈的光景。賈蓉忙陪笑道：「罷了！嬸娘少不得饒恕我這一次。」説著，忙又跪下。鳳姐兒扭過臉去不理他，賈蓉纔笑著起來了。

這裏尤氏忙命丫頭們舀水，取妝奩，伏侍鳳姐兒梳洗了，趕忙又命預備晚飯。鳳姐兒執意要回去，尤氏攔著道：「今日二嬸子要這麼走了，我們什麼臉還過那邊去呢？」賈蓉旁邊笑著勸道：「好嬸娘，親嬸娘！以後蓉兒要不真心孝順你老人家，天打雷劈！」鳳姐瞅了他一眼，啐道：「誰信你這……」説到這裏，又咽住了。一面老婆丫頭們擺上酒菜來，尤氏親自遞酒佈菜。賈蓉又跪著敬了一鍾酒。鳳姐便和尤氏吃了飯。丫頭們遞了漱口茶，又捧上茶來。鳳姐喝了兩口，便起身回去。賈蓉親身送過來，纔回去了。

且説鳳姐進園中，將此事告訴尤二姐，又説，我怎麼操心，又怎麼打聽，須得如此如此，方保得眾人無罪，「少不得咱們按著這個法兒來纔好。」不知鳳姐又變出什麼法兒來，且聽下回分解。

卷六十九　弄小巧用借劍殺人　覺大限吞生金自逝

話說尤二姐聽了，又感激不盡，只得跟了他來。尤氏那邊怎好不過來呢，少不得也過來，跟著鳳姐去回，方是大禮。鳳姐笑說：「你只別說話，等我去說。」尤氏道：「這個自然。但有了不是，往你身上推就是了。」說著，大家先至賈母房中。

正值賈母和園中姐妹們說笑解悶，忽見鳳姐帶了一個標致小媳婦進來，忙覷著眼瞧說：「這是誰家的孩子？好可憐見兒的。」鳳姐上來笑道：「老祖宗倒細細的看看，好不好？」說著，忙拉二姐兒說：「這是太婆婆，快磕頭。」二姐兒忙行了大禮，展拜起來。又指著眾姊妹說，這是某人某人：「你先認了，太太瞧過了，再見禮。」二姐兒聽了，一一又從新故意的問過，垂頭站在旁邊。賈母上下瞧了一遍，因又笑問：「你姓什麼？今年十幾歲了？」鳳姐忙又笑說：「老祖宗且別問，只說比我俊不俊。」賈母又帶上了眼鏡，命鴛鴦琥珀：「把那孩子拉過來，我瞧瞧肉皮兒。」眾人都抿著嘴兒笑著，推他上去。賈母細瞧了一遍，又命琥珀：「拿出他的手來我瞧瞧。」賈母瞧畢，摘下眼鏡來，笑說道：「竟是個齊全孩子，我看比你還俊些呢。」

鳳姐聽說，笑著，忙跪下將尤氏那邊所編之話，一五一十，細細的說了一遍，「少不得老祖宗發慈心，先許他進來住，一年後再圓房。」賈母聽了道：「這有什麼不是？既你這樣賢良，很好，只是一年後方可圓得房。」鳳姐聽了，叩頭起來，又求賈母：「著兩個女人，一同帶去見太太們，說是老祖宗的主意。」賈母依允，遂使二人帶去，見了邢夫人等。王夫人正因他風聲不雅，深為憂慮；見他今行此事，豈有不樂之理。於是尤二姐自此見了天日，挪到廂房居住。

鳳姐一面使人暗暗調唆張華，只叫他要原妻，這裏還有許多陪送外，還給他銀子安家過活。張華原無膽無心告賈家的，後來又見賈蓉打發了人對詞，那人原說的：「張華先退了親，我們原是親戚，接到家裏住著是真，並無娶之說。皆因張華拖欠我們的債務，追索不給，方誣賴小的主兒。」那個察院都和賈王兩處有瓜葛，況又受了賄，只說張華無賴，以窮訛詐，狀子也不收，打了一頓趕出來。慶兒在外，替張華打點，也沒打重，又調唆張華，說：「這親原是你家定的，你只要親事，官必還斷給你。」於是又告。王信那邊又透了消息與察院。察院便批：「張華借欠賈宅之銀，令其限內按數交還；其所定之親，仍令其有力時娶回。」又傳了他父親來，當堂批准。他父親亦係慶兒說明，樂得人財兩進，便去賈家領人。

鳳姐一面嚇得來回賈母說，如此這般：「都是珍大嫂子幹事不明，那家並沒退准，惹人告了，如此官斷。」賈母聽了，忙喚尤氏過來，說他做事不妥：「既你妹子從小與人指腹為婚，又沒退斷，使人告了，這是什麼事？」尤氏聽了，只得說：「他連銀子都收了，怎麼沒准？」鳳姐在旁說：「張華的口供上現說沒見銀子，也沒見人去。他老子又說：『原是親家說過一次，並沒應准。親家死了，你們就接進去做二房。』如此沒有對證話，只好由他去混說。幸而璉二爺不在家，不曾圓房，這還無妨；只是人已來了，怎好送回去？豈不傷臉！」賈母道：「又沒圓房，沒的強佔人家有夫之人，名聲也不好，不如送給他去。那裏尋不出好人來？」尤二姐聽了，又回賈母說：「我母親實於某年某月某日，給了他二十兩銀子退准的。他因窮極了告，又翻了口。我姐姐原沒錯辦。」賈母聽了，便說：「可見刁民難惹。既這樣，鳳丫頭去料理料理。」

鳳姐聽了，無法，只得應著回來，只命人去找賈蓉。賈蓉深知鳳姐之意，若要使張華領回，成何體統？便回了賈珍，暗暗遣人去說張華：「你如今既有許多銀子，何必定要原人。若只管執定主意，豈不怕爺們一怒，尋出一個由頭，你死無葬身之地。你有了銀子，回家去，什麼好人尋不出來。你若走呢，還賞你些路費。」張華聽了，心中想了一想：「這倒是好主意。」和父母商議已定，約共也得了有百金，父子次日起了五更，便回原籍去了。

賈蓉打聽得真了，來回了賈母鳳姐，說：「張華父子妄告不實，懼罪逃走，官府亦知此情，也不追究，大事完畢。」鳳姐聽了，心中一想：「若必定著張華帶回二姐兒去，未免賈璉回來，再花幾個錢包佔住，不怕張華不依；還是二姐兒不去，自己拉絆著還妥當，且再作道理。只是張華此去，不知何往，倘或他再將此事告訴了別人，或日後再尋出這由頭來翻案，豈不是自己害了自己。原先不該如此將刀靶付給外人去的。」因此，悔之不迭。復又想了一個主意出來，悄命旺兒遣人尋著了他，或訛他做賊，和他打官司，將他治死，或暗使人算計，務將張華治死，方剪草除根，保住自己的名譽。

旺兒領命出來，回家細想：「人已走了完事，何必如此大作？人命關天，非同兒戲。我且哄過他去，再作道理。」因此在外躲了幾日，回來告訴鳳姐，只說「張華因有幾兩銀子在身上，逃去第三日，在京口地界，五更天，已被截路打悶棍的打死了。

他老子唬死在店房，在那裏驗屍掩埋。」鳳姐聽了不信，說：「你要撒謊，我再使人打聽出來，敲你的牙！」自此，方丟過不究。鳳姐和尤二姐和美非常，竟比親姊妹還勝幾倍。

那賈璉一日事畢回來，先到了新房中，已經靜悄悄的關鎖，只有一個看房子的老頭兒。賈璉問起原故，老頭子細說原委，賈璉只在鐙中跺足。少不得來見賈赦與邢夫人，將所完之事回明。賈赦十分歡喜，說他中用，賞了他一百兩銀子，又將房中一個十七歲的丫鬟名喚秋桐賞他為妾。賈璉叩頭領去，喜之不盡。見了賈母合家眾人，回來見了鳳姐，未免臉上有些愧色。誰知鳳姐反不似往日容顏，同尤二姐一同出來，敘了寒溫。賈璉將秋桐之事說了，未免臉上有些得意驕矜之色。鳳姐聽了，忙命兩個媳婦坐車在那邊接了來。心中一刺未除，又平空添了一刺，說不得且吞聲忍氣，將好顏面換出來遮飾。一面又命擺酒接風，一面帶了秋桐來見賈母與王夫人等。賈璉心中也暗暗的納罕。

且說鳳姐在家，外面待尤二姐自不必說的，只是心中又懷別意，無人處，只和尤二姐說：「妹妹的聲名很不好聽，連老太太、太太們都知道了，說妹妹在家做女孩兒就不乾淨，又和姐夫來往太密，『沒人要的，你揀了來。還不休了，再尋好的』。我聽見這話氣得什麼兒似的。後來打聽是誰說的，又查不出來。這日久天長，這些奴才們跟前，怎麼說嘴？我反弄了魚頭來拆。」說了兩遍，自己先氣病了，茶飯也不吃。除了平兒，眾丫頭媳婦無不言三語四，指桑說槐，暗相譏刺。

且說秋桐自以為係賈赦之賜，無人僭他的，連鳳姐平兒皆不放在眼裏，豈容那先姦後娶、沒漢子要的婦女？鳳姐聽了暗樂。自從裝病，便不和尤二姐吃飯，每日只命人端了菜飯到他房中去吃，那茶飯都係不堪之物。平兒看不過，自拿錢出來弄菜與他吃；或是有時只說和他園中去玩，在園中廚內另做了湯水與他吃。也無人敢回鳳姐。只有秋桐撞見了，便去說舌，告訴鳳姐說：「奶奶名聲，生是平兒弄壞了的。這樣好菜好飯，浪著不吃，卻往園裏去偷吃。」鳳姐聽了，罵平兒說：「人家養貓拿耗子，我的貓只倒咬雞！」平兒不敢多說，自此也要遠著了，又暗恨秋桐。

園中姊妹一干人暗為二姐耽心。雖都不敢多言，卻也可憐。每常無人處，說起話來，尤二姐淌眼抹淚，又不敢抱怨鳳姐兒，因無一點壞形。賈璉來家時，見了鳳姐賢良，也便不留心。況素昔見賈赦姬妾丫鬟最多，賈璉每懷不軌之心，只未敢下手；今日天緣湊巧，竟把秋桐賞了他，真是一對烈火乾柴，如膠投漆，燕爾新婚，連日那裏拆得開？賈璉在二姐身上之心，也漸漸淡了，只有秋桐一人是命。鳳姐雖恨秋桐，且喜借他先可發脫二姐，用「借刀殺人」之法，「坐山觀虎鬥」，等秋桐殺了尤二姐，自己再殺秋桐。主意一定，沒人處，常又私勸秋桐說：「你年輕不知事。他現是二房奶奶，你爺心坎兒上的人，我還讓他三分，你去硬碰他，豈不是自尋其死？」

那秋桐聽了這話，越發惱了，天天大口亂罵，說：「奶奶是軟弱人，那等賢慧，我卻做不來。奶奶把素日的威風，怎麼都沒了？奶奶寬洪大量，我卻眼裏揉不下沙子去。讓我和這娼婦做一回，他纔知道呢！」鳳姐兒在屋裏，只裝不敢出聲兒。氣得尤二姐在房裏哭泣，連飯也不吃，又不敢告訴賈璉。次日，賈母見他眼睛紅紅的腫了，問他，又不敢說。秋桐正是抓乖賣俏之時，他便悄悄的告訴賈母王夫人等說：「他專會作死，好好的，成天喪聲嚎氣。背地裏咒二奶奶和我早死了，好和二爺一心一計的過。」賈母聽了，便說：「人太生嬌俏了，可知心就嫉妒了。鳳丫頭倒好意待他，他倒這樣爭鋒吃醋，可知是個賤骨頭。」因此，漸次便不大喜歡。眾人見賈母不喜，不免又往上踐踏起來。弄得這尤二姐要死不能，要生不得。還是虧了平兒時常背著鳳姐與他排解。

那尤二姐原是「花為腸肚，雪作肌膚」的人，如何經得這般折磨？不過受了一月的暗氣，便懨懨得了一病，四肢懶動，茶飯不進，漸次黃瘦下去。夜來合上眼，只見他妹妹手捧鴛鴦寶劍，前來說：「姐姐，你為人一生心癡意軟，終久吃了虧。休信那妒婦花言巧語，外作賢良，內藏奸滑。他發恨定要弄你一死方罷。若妹子在世，斷不肯令你進來；就是進來，亦不容他這樣。此亦係理數應然，只因你前生淫奔不才，使人家喪倫敗行，故有此報。你速依我，將此劍斬了那妒婦，一同歸至警幻案下，聽其發落。不然，你則白白的喪命，且無人憐惜。」尤二姐哭道：「妹妹，我一生品行既虧，今日之報，既係當然，何必又生殺戮之寃。」三姐兒聽了，長歎而去。尤二姐驚醒，卻是一夢。等賈璉來看時，因無人在側，便哭著和賈璉說：「我這病不能好了。我來了半年，腹中已有身孕，但不能預知男女。倘老天可憐，生了下來還可；若不然，我的命還不能保，何況於他。」賈璉亦哭說：「你只放心，我請名人來醫治。」於是出去，即刻請醫生。

誰知王太醫此時也病了，亦謀幹了軍前効力，回來好討蔭封的。小廝們走去，便仍舊請了那年給晴雯看病的太醫胡君榮來。診視了，說是經水不調，全要大補。賈璉便說：「已是三月庚信不行，又常嘔酸，恐是胎氣。」胡君榮聽了，復又命老婆子請出手來，再看了半日，說：「若論胎氣，肝脈自應洪大；然木盛則生火，經水不調，亦皆因肝木所致。醫生要大膽，須得請奶奶將金面略露一露，醫生觀看氣色，方敢下藥。」賈璉無法，只得命將帳子掀起一縫。尤二姐露出臉來。胡君榮一見，早已魂飛天外，那裏還能辨氣色？一時掩了帳子，賈璉陪他出來，問是如何。胡太醫道：「不是胎氣，只是瘀血凝結。如今只以下瘀通經要緊。」於是寫了一方，作辭而去。

賈璉令人送了藥禮，抓了藥來，調服下去。只半夜光景，尤二姐腹痛不止，誰知竟將一個已成形的男胎打了下來。於是血行不止，二姐就昏迷過去。賈璉聞知，大罵胡君榮。一面遣人再去請醫調治，一面命人去找胡君榮。胡君榮聽了，早已捲包逃走。這裏太醫便說：「本來血氣虧弱，受胎以來，想是著了些氣惱，鬱結於中。這位先生誤用虎狼之劑，如今大人元氣，十傷八九，一時難保就癒。煎丸二藥並行，還要一些閒言閒事不聞，庶可望好。」說畢而去，也開了個煎藥方子並調元散鬱的丸藥方子去了。急得賈璉便查：「誰請的姓胡的來！」一時查出，便打了個半死。

鳳姐比賈璉更急十倍，只說：「咱們命中無子，好容易有了一個，遇見這樣沒本事的大夫來。」於是天地前燒香禮拜，自己通誠禱告，說：「我情願有病，只求尤氏妹子身體大癒，再得懷胎，生一男子，我願吃常齋念佛。」賈璉眾人見了，無不稱讚。賈璉與秋桐在一處。鳳姐又做湯做水的著人送與二姐，又叫人出去算命打卦，偏算命的回來又說：「係屬兔的陰人衝犯了。」大家算將起來，只有秋桐一人屬兔，說他衝的。

秋桐見賈璉請醫調治，打人罵狗，為二姐十分盡心，他心中早浸了一缸醋在內了；今又聽見如此，說他衝了，鳳姐兒又勸他說：「你暫且別處躲幾日再來。」秋桐便氣得哭罵道：「理那起餓不死的雜種，混嚼舌根！我和他『井水不犯河水』，怎麼就衝了他？好個『愛八哥兒』！在外頭什麼人不見，偏來了就衝了。我還要問問他呢，到底是那裏來的孩子？他不過哄我們那個棉花耳朵的爺罷了。縱有孩子，也不知張姓王姓的。奶奶希罕那雜種羔子，我不喜歡！誰不會養！一年半載養一個，倒還是一點攙雜沒有的呢！」眾人又要笑，又不敢笑。

可巧邢夫人過來請安，秋桐便告訴邢夫人說：「二爺二奶奶要攆我回去，我沒了安身之處，太太好歹開恩。」邢夫人聽說，便數落了鳳姐兒一陣，又罵賈璉：「不知好歹的種子！憑他怎樣，是你父親給的，為個外來的攆他，連老子都沒了。」說著，賭氣去了。秋桐更又得意，越發走到窗户根底下，大罵起來。尤二姐聽了，不免更添煩惱。晚間，賈璉在秋桐房中歇了，鳳姐已睡，平兒過尤二姐那邊來勸慰了一番，尤二姐哭訴了一回。平兒又囑咐了幾句，夜已深了，方去安息。

這裏尤二姐心中自思：「病已成勢，日無所養，反有所傷，料定必不能好。況胎已經打下，無甚懸心，何必受這些零氣？不如一死，倒還乾淨。常聽見人說『生金子可以墜死』，豈不比上吊自刎又乾淨。」想畢，扎掙起來，打開箱子，找出一塊生金，也不知多重。哭了一回，外邊將近五更天氣，那二姐咬牙狠命，便吞入口中，幾次直脖，方咽了下去。於是趕忙將衣裳首飾穿戴齊整，上炕躺下。當下人不知，鬼不覺。

到第二日早晨，丫鬟媳婦們見他不叫人，樂得自已梳洗。鳳姐秋桐都上去了。平兒看不過，說丫頭們：「就只配沒人心的打著罵著使也罷了，一個病人，也不知可憐可憐。他雖好性兒，你們也該拿出個樣兒來，別太過逾了，『牆倒眾人推』。」丫鬟聽了，急推房門進來看時，卻穿戴得齊齊整整，死在炕上。於是方嚇慌了，喊叫起來。平兒進來瞧見，不禁大哭。眾人雖素昔懼怕鳳姐，然想二姐兒實在溫和憐下，如今死去，誰不傷心落淚，只不敢與鳳姐看見。

當下合宅皆知。賈璉進來，摟屍大哭不止。鳳姐也假意哭道：「狠心的妹妹！你怎麼丟下我去了，辜負了我的心！」尤氏賈蓉等也都來哭了一場，勸住賈璉。賈璉便回了王夫人，討了梨香院，停放五日，挪到鐵檻寺去。王夫人依允。賈璉忙命人去往梨香院收拾停靈，將二姐兒擡上去，用衾單蓋了，八個小廝和八個媳婦圍隨，擡往梨香院來。那裏已請下天文生，擇定明日寅時入殮大吉；五日出不得，七日方可。賈璉道：「竟是七日。因家叔家兄皆在外，小喪不敢久停。」天文生應諾，寫了殃榜而去。寶玉一早過來，陪哭一場。眾族人也都來了。賈璉忙進去找鳳姐，要銀子治辦喪禮。

鳳姐兒見擡了出去，推有病，回：「老太太、太太說我病著，忌三房，不許我去，我因此也不出來穿孝。」且往大觀園中來，繞過群山，至北界牆根下，往外聽了一言半語，回來又回賈母說如此這般。賈母道：「信他胡說！誰家癆病死的孩子不燒了，也認真開喪破土起來。既是二房一場，也是夫妻情分，停五七日，擡出來，或一燒，或亂葬埂上埋了完事。」鳳姐笑道：「可是這話，我又不敢勸他。」

正說著，丫鬟來請鳳姐，說：「二爺在家，等著奶奶拿銀子呢。」鳳姐兒只得來了，便問他：「什麼銀子？家裏近日艱難，你還不知道？咱們的月例，一月趕不上一月。昨兒我把兩個金項圈當了三百銀，用剩了還有二十幾兩，你要就拿去。」說著，命平兒拿了出來，遞與賈璉，指著賈母有話，又去了。恨得賈璉無話可說，只得開了尤氏箱籠，去拿自己體己。及開了箱櫃，一點無存，只有些折簪爛花，並幾件半新不舊的綢絹衣裳，都是尤二姐素日穿的，不禁又傷心哭了。想著他死得不分明，又不敢說。只得自己用個包袱，一齊包了，也不用小廝丫鬟來拿，自己提著來燒。

平兒又是傷心，又是好笑，忙將二百兩一包碎銀子偷了出來，悄遞與賈璉，說：

「你別言語纔好，你要哭，外頭有多少哭不得？又跑了這裏來點眼。」賈璉便說道：「你說得是。」接了銀子，又將一條汗巾遞與平兒，說：「這是他家常繫的，你好生替我收著，做個念心兒。」平兒只得接了，自己收去。賈璉有了銀子，命人買板進來，連夜趕造，一面分派了人口守靈。晚上自己也不進去，只在這裏伴宿。要知端的，下回分解。

卷七十　林黛玉重建桃花社　史湘雲偶填柳絮詞

話說賈璉自在梨香院伴宿七日夜，天天僧道不斷做佛事。賈母喚了他去，吩咐不許送往家廟中，賈璉無法，只得又和時覺說了，就在尤三姐之上點了一個穴，破土埋葬。那日送殯，只不過族中人與王姓夫婦、尤氏婆媳而已。鳳姐一應不管，只憑他自去辦理。

又因年近歲逼，諸事煩雜不算外，又有林之孝開了一個人單子來回：共有八個二十五歲的單身小廝，應該娶妻成房的，等裏面有該放的丫頭，好求指配。鳳姐看了，先來問賈母和王夫人。大家商議，雖有幾個應該發配的，奈各人皆有緣故：第一個鴛鴦，發誓不去。自那日之後，一向未與寶玉說話，也不盛妝濃飾。眾人見他志堅，也不好相強。第二個琥珀，現又有病，這次不能了。彩雲因近日和賈環分崩，也染了無醫之症。只有鳳姐兒和李紈房中粗使的大丫頭發出去了。其餘年紀未足，令他們外頭自娶去了。

原來這一向因鳳姐兒病了，李紈探春料理家務，不得閒暇，接著過年過節，許多雜事，竟將詩社擱起。如今仲春天氣，雖得了工夫，爭奈寶玉因柳湘蓮遁跡空門，又聞得尤三姐自刎，尤二姐被鳳姐逼死，又兼柳五兒自那夜監禁之後，病越重了。連連接接，閒愁胡恨，一重不了一重添，弄得情色若癡，話言常亂，似染怔忡之病。慌得襲人等又不敢回賈母，只百般逗他玩笑。

這日清晨方醒，只聽得外間屋內咭咭呱呱，笑聲不斷。襲人因笑說：「你快出去拉拉罷，晴雯和麝月兩個人按住芳官那裏隔肢呢。」寶玉聽了，忙披上灰鼠長襖出來一瞧，只見他三人被褥尚未疊起，大衣也未穿：那晴雯只穿著蔥綠杭綢小襖，紅綢子小衣兒，披著頭髮，騎在芳官身上。麝月是紅綾抹胸，披著一身舊衣，在那裏抓芳官的肋肢。芳官卻仰在炕上，穿著撒花緊身兒，紅褲綠襪，兩腳亂蹬，笑得喘不過氣來。寶玉忙笑說：「兩個大的欺負一個小的，等我來撓你們。」說著也上牀來隔肢晴雯。晴雯觸癢，笑得忙丟下芳官，來和寶玉對抓，芳官趁勢將晴雯按倒。襲人看他四人滾在一處，倒好笑，因說道：「仔細凍著了，可不是玩的。都穿上衣裳罷！」

忽見碧月進來說：「昨兒晚上，奶奶在這裏把塊絹子忘了，不知可在這裏沒有？」春燕忙應道：「有。我在地下撿起來，不知是那一位的，纔洗了，剛晾著，還沒有乾呢。」碧月見他四人亂滾，因笑道：「倒是你們這裏熱鬧，大清早起就咭咭呱呱的玩到一處。」寶玉笑道：「你們那裏人也不少，怎麼不玩？」碧月道：「我們奶奶不玩，把兩個姨娘和姑娘也都拘住了。如今琴姑娘跟了老太太前頭去，更冷冷清清的了。兩個姨娘到明年冬天，也都家去了，那纔更冷清呢。你瞧瞧，寶姑娘那裏出去了一個香菱，就像短了多少人似的，把個雲姑娘落了單了。」

正說著，見湘雲又打發了翠縷來說：「請二爺快出去瞧好詩。」寶玉聽了，忙梳洗出來，果見黛玉、寶釵、湘雲、寶琴、探春，都在那裏，手裏拿著一篇詩看。見他來時，都笑道：「這會子還不起來！咱們的詩社散了一年，也沒有一個人作興作興。如今正是初春時節，萬物更新，正該鼓舞另立起來纔好。」湘雲笑道：「一起詩社時是秋天，就不應發達的。如今卻好萬物逢春，咱們重新整理起這個社來，自然要有生趣兒。況這首『桃花詩』又好，就把海棠社改作桃花社，豈不大妙？」寶玉聽著點頭，說：「很好。」且忙著要詩看。眾人都又說：「咱們此時就訪稻香老農去，大家議定好起社。」說著，一齊站起來，都往稻香村來。寶玉一壁走，一壁看，寫著是：

桃花行

桃花簾外東風軟，桃花簾內晨妝懶；
簾外桃花簾內人，人與桃花隔不遠。
東風有意揭簾櫳，花欲窺人簾不捲。
桃花簾外開仍舊，簾中人比桃花瘦；
花解憐人花也愁，隔簾消息風吹透。
風透簾櫳花滿庭，庭前春色倍傷情；
閒苔院落門空掩，斜日欄杆人自憑。
憑欄人向東風泣，茜裙偷傍桃花立；
桃花桃葉亂紛紛，花綻新紅葉凝碧。
樹樹煙封一萬株，烘樓照壁紅模糊。
天機燒破鴛鴦錦，春酣欲醒移珊枕；
侍女金盆進水來，香泉飲蘸胭脂冷。
胭脂鮮豔何相類，花之顏色人之淚；
若將人淚比桃花，淚自長流花自媚。
淚眼觀花淚易乾，淚乾春盡花憔悴。

憔悴花遮憔悴人，花飛人倦易黃昏；
一聲杜宇春歸盡，寂寞簾櫳空月痕！

寶玉看了，並不稱讚，癡癡呆呆，竟要滾下淚來，又怕眾人看見，忙自己拭了。因問：「你們怎麼得來？」寶琴笑道：「你猜是誰作的？」寶玉笑道：「自然是瀟湘子的稿子。」寶琴笑道：「現是我作的呢。」寶玉笑道：「我不信。這聲調口氣，迥乎不像。」寶琴笑道：「所以你不通，難道杜工部首首都作『叢菊兩開他日淚』之句不成！一般的也有『紅綻雨肥梅』『水荇牽風翠帶長』等語。」寶玉笑道：「固然如此，但我知道姐姐斷不許妹妹有此傷悼語句，妹妹本有此才，卻也斷不肯作的。比不得林妹妹曾經離喪，作此哀音。」眾人聽說，都笑了。

已至稻香村中，將詩與李紈看了，自不必說，稱賞不已。說起詩社，大家議定：明日乃三月初二日，就起社，便改「海棠社」為「桃花社」，黛玉為社主。明日飯後，齊集瀟湘館。因又大家擬題。黛玉便說：「大家就要『桃花詩』一百韻。」寶釵道：「使不得。古來『桃花詩』最多，縱作了，必落套，比不得你這一首古風。須得再擬。」正說著，人回：「舅太太來了，請姑娘們出去請安。」因此大家都往前頭來見王子騰的夫人，陪著說話。飯畢，又陪著入園中來遊玩一遍，至晚飯後掌燈方去。

次日乃是探春的壽日，元春早打發了兩個小太監，送了幾件玩器。合家皆有壽禮，自不必細說。飯後，探春換了禮服，各處行禮。黛玉笑向眾人道：「我這一社開的又不巧了，偏忘了這兩日是他的生日。雖不擺酒唱戲，少不得都要陪他在老太太、太太跟前玩笑一日，如何能得閒空兒。」因此，改至初五。

這日，眾姊妹皆在房中侍早膳畢，便有賈政書信到了。寶玉請安，將請賈母的安稟拆開，念與賈母聽，上面不過是請安的話，說六月準進京等語。其餘家信事物之帖，自有賈璉和王夫人開讀。眾人聽說六七月回京，都喜之不盡。偏生這日王子騰之女許與保寧侯之子為妻，擇於五月間過門，鳳姐兒又忙著張羅，常三五日不在家。這日，王子騰的夫人又來接鳳姐兒，一併請眾甥男甥女樂一日。賈母和王夫人命寶玉、探春、林黛玉、寶釵四人同鳳姐去。眾人不敢違拗，只得回房去，另妝飾了起來。五人去了一日，掌燈方回。

寶玉進入怡紅院，歇了半刻，襲人便乘機見景勸他收一收心，閒時把書理一理，預備著。寶玉屈指算一算，說：「還早呢。」襲人道：「書還是第二件，到那時縱然你有了書，你的字寫的在那裏呢？」寶玉笑道：「我時常也有寫了的好些，難道都沒收著？」襲人道：「何曾沒收著？你昨兒不在家，我就拿出來，統共數了一數，纔有五百六十幾篇，這三四年的工夫，難道只有這幾張字不成！依我說，明日起，把別的心先都收了起來，天天快臨幾張字補上。雖不能按日都有，也要大概看得過去。」寶玉聽了，忙著自己又親檢了一遍，實在搪塞不過，便說：「明日為始，一天寫一百字纔好。」說話時，大家睡下。

至次日起來，梳洗了，便在窗下恭楷臨帖。賈母因不見他，只當病了，忙使人來問。寶玉方去請安，便說：「寫字之故，因此出來遲了。」賈母聽說，十分歡喜，就吩咐他：「以後只管寫字念書，不用出來也使得。你去回你太太知道。」寶玉聽說，便往王夫人房中來說明。王夫人便道：「『臨陣磨槍』，也不中用。有這會子著急，天天寫寫念念，有多少完不了的。這一趕，又趕出病來纔罷。」寶玉回說：「不妨事。」寶釵探春等都笑說：「太太不用著急。書雖替不得他，字卻替得的，我們每日每人臨一篇給他，搪塞過這一步兒去就完了。一則老爺不生氣，二則他也急不出病來。」王夫人聽說，喜之不盡。

原來黛玉聞得賈政回家，必問寶玉的功課，寶玉一向分心，到臨期自然要吃虧。因自己只裝不耐煩，把詩社更不提起。探春寶釵二人，每日也臨一篇楷書字與寶玉。寶玉自己每日也加功，或寫二百三百不拘。至三月下旬，便將字又積了許多。這日正算著再得五十篇，也就搪得過了。誰知紫鵑走來，送了一卷東西，寶玉拆開看時，卻是一色去油紙上臨的鍾王蠅頭小楷，字跡且與自己十分相類。喜得寶玉和紫鵑作了一個揖，又親自來道謝。接著湘雲寶琴二人也都臨了幾篇相送。湊成雖不足功課，亦可搪塞了。寶玉放了心，於是將應讀之書，又溫理過幾次。正是天天用功，可巧近海一帶海嘯，又糟蹋了幾處生民，地方官題本奏聞，奉旨就著賈政順路查看賑濟回來。如此算去，至七月底方回。寶玉聽了，便把書字又丟過一邊，仍是照舊遊蕩。

時值暮春之際，湘雲無聊，因見柳花飄舞，便偶成一小令，調寄《如夢令》。其詞曰：

豈是繡絨纔吐，捲起半簾香霧。纖手自拈來，空使鵑啼燕妒。且住，且住！莫使春光別去。

自己作了，心中得意，便用一條紙兒寫好，給寶釵看了，又來找黛玉。黛玉看畢，笑道：「好新鮮，有趣兒，我卻不能。」湘雲說道：「咱們這幾社總沒有填詞，你明日何不起社填詞，豈不新鮮些。」黛玉聽了，偶然興動，便說：「這話也倒是。」湘雲道：「咱們趁今日天氣好，為什麼不就是今日？」黛玉道：「也使得。」說著，一面吩咐預備了幾色果點，一面就打發人分頭去請。

這裏二人便擬了「柳絮」為題，又限出幾個調來，寫了黏在壁上。眾人來看時：「以柳絮為題，限各色小調。」又都看了湘雲的，稱賞了一回。寶玉笑道：「這詞上我倒平常，少不得也要胡謅起來。」於是大家拈鬮。寶釵炷了一支「夢甜香」，大家思索起來。一時，黛玉有了，寫完。接著寶琴也忙寫出來。寶釵笑道：「我已有了。瞧了你們的，再看我的。」探春笑道：「今兒這香怎麼這樣快！我纔有了半首。」因又問寶玉：「你可有了？」寶玉雖作了些，自己嫌不好，又都抹了，要另作；回頭看，香已盡了。李紈等笑道：「寶玉又輸了。蕉丫頭的呢？」探春聽說，便寫出來。眾人看時，上面卻只半首《南柯子》，寫道是：

空掛纖纖縷，徒垂絡絡絲。也難綰繫也難羈，一任東西南北各分離。

李紈笑道：「這卻也好，何不再續上？」寶玉見香沒了，情願認輸，不肯勉強塞責，將筆擱下，來瞧這半首。見沒完時，反倒動了興，乃提筆續道：

落去君休惜，飛來我自知。鶯愁蝶倦晚芳時，縱是明春再見——隔年期！

眾人笑道：「正經你分內的又不能，這卻偏有了。縱然好，也算不得。」說著，看黛玉的，是一闋《唐多令》：

粉墮百花洲，香殘燕子樓。一團團逐隊成毬。漂泊亦如人命薄，空繾綣，說風流！草木也知愁，韶華竟白頭。歎今生誰捨誰收？嫁與東風春不管，憑爾去，忍淹留。

眾人看了，俱點頭感歎說：「太作悲了！好是果然好的。」因又看寶琴的《西江月》：

漢苑零星有限，隋堤點綴無窮。三春事業付東風，明月梅花一夢。　幾處落紅庭院，誰家香雪簾櫳？江南江北一般同，偏是離人恨重。

眾人都笑說：「到底是他的聲調悲壯。『幾處』『誰家』兩句最妙。」寶釵笑道：「總不免過於喪敗。我想，柳絮原是一件輕薄無根的東西，依我的主意，偏要把他說好了，纔不落套。所以我謅了一首來，未必合你們的意思。」眾人笑道：「不要太謙，自然是好的，我們賞鑑賞鑑。」因看這一闋《臨江仙》道：

白玉堂前春解舞，東風捲得均勻。

湘雲先笑道：「好一個『東風捲得均勻』！這一句就出人之上了。」

蜂圍蝶陣亂紛紛。幾曾隨逝水，豈必委芳塵？　萬縷千絲終不改，任他隨聚隨分。韶華休笑本無根，好風憑藉力，送我上青雲！

眾人拍案叫絕，都說：「果然翻得好！自然這首為尊。纏綿悲戚，讓瀟湘子；情致嫵媚，卻是枕霞；小薛與蕉客，今日落第，要受罰的。」寶琴笑道：「我們自然受罰，但不知交白卷子的，又怎麼罰？」李紈道：「不用忙，這定要重重的罰他，下次為例。」

一語未了，只聽窗外竹子上一聲響，恰似窗屜子倒了一般，眾人嚇了一跳。丫鬟們出去瞧時，簾外丫頭子們回道：「一個大蝴蝶風箏，掛在竹梢上了。」眾丫鬟笑道：「好一個齊整風箏！不知是誰家放的，斷了綫。咱們拿下他來。」寶玉等聽了，也都出來看時，寶玉笑道：「我認得這風箏，這是大老爺那院裏嫣紅姑娘放的。拿下來給他送過去罷。」紫鵑笑道：「難道天下沒有一樣的風箏，單他有這個不成？二爺也太死心眼兒了。我不管，我且拿起來。」探春笑道：「紫鵑也太小器了，你們一般有，這會子拾人走了的，也不嫌個忌諱？」黛玉笑道：「可是呢。把咱們的拿出來，咱們也放放晦氣。」

丫頭們聽見放風箏，巴不得一聲兒，七手八腳，都忙著拿出來，也有美人兒的，也有沙雁兒的。丫頭們搬高墩，捆剪子股兒，一面撥起籰子來。寶釵等立在院門前，命丫頭們在院外敞地下放去。寶琴笑道：「你這個不好看，不如三姐姐的一個軟翅子大鳳凰好。」寶釵回頭向翠墨笑道：「你去把你們的拿來也放放。」寶玉又興頭起來，也打發個小丫頭子家去，說：「把昨日賴大娘送的那個大魚取來。」小丫頭去了半天，空手回來，笑道：「晴雯姑娘昨兒放走了。」寶玉道：「我還沒放一遭兒呢。」探春笑道：「橫豎是給你放晦氣罷了。」寶玉道：「再把大螃蟹拿來罷。」丫頭去了，同了幾個人，扛了一個美人並籰子來，回說：「襲姑娘說：昨兒把螃蟹給了三爺了，這一個是林大娘纔送來的，放這一個罷。」寶玉細看了一回，只見這美人做得十分精細，心中歡喜，便叫：「放起來！」

此時探春的也取了來了，丫頭們在那山坡上已放起來。寶琴叫丫頭放起一個大蝙蝠來，寶釵也放起個一連七個大雁來，獨有寶玉的美人兒，再放不起來。寶玉說丫頭們不會放，自己放了半天，只起房高，便落下來了，急得寶玉頭上的汗都出來了。眾人又笑，寶玉恨得擲在地下，指著風箏說道：「要不是個美人，我一頓腳跺個稀爛！」黛玉笑道：「那是頂綫不好，拿去叫人換好了，就好放了。再取一個來放罷。」

寶玉等大家都仰面看天上，這幾個風箏起在空中。一時風緊，眾丫頭都用手帕墊手。黛玉果見風力緊大，過去將籰子一鬆，只聽得一陣「豁喇喇」響，登時綫盡，風箏隨風去了。黛玉因讓眾人來放，眾人都說：「林姑娘的病根兒都放了去了，咱們大家都放了罷。」於是丫頭們拿過一把剪子來，鉸斷了綫，那風箏都飄飄颻颻的隨風而去。一時只有雞蛋大，一展眼只剩下一點黑星兒，一會兒就不見了。眾人仰面說道：

「有趣，有趣！」説著，有丫頭來請吃飯，大家方散。

從此寶玉的工課也不敢像先竟撂在脖子後頭了。有時寫寫字，有時念念書，悶了也出來和姐妹們玩笑半天，或往瀟湘館去閒話一回。眾姐妹都知他工課虧欠，大家自去吟詩取樂，或講習針黹之事，也不肯去招他。便是黛玉更怕賈政回來寶玉受氣，每每推睡，不大兜攬他。寶玉也只得在自己屋裏，隨便用些工課。

展眼間已是夏末秋初。一日，賈母處兩個小丫頭，匆匆忙忙來叫寶玉。不知何事，下回分解。

卷七十一　嫌隙人有心生嫌隙　鴛鴦女無意遇鴛鴦

話說賈母處兩個丫頭，匆匆忙忙來找寶玉，口裏說道：「二爺快跟著我們走罷，老爺家來了。」寶玉聽了，又喜又愁，只得忙忙換了衣服，前來請安。賈政正在賈母房中，連衣服未換，看見寶玉進來請安，心中自是歡喜，卻又有些傷感之意。又敘了些任上的事情，賈母便說：「你也乏了，歇歇去罷。」賈政忙站起來，笑著答應了個「是」，又略站著說了幾句話，纔退出來。寶玉等也都跟過來。賈政自然問問他的工課，也就散了。

原來賈政回京覆命，因是學差，故不敢先到家中。珍、璉、寶玉頭一天便迎出一站去；接見了，賈政先請了賈母的安，便命都回家伺候。次日面聖，諸事完畢，纔回家來。又蒙恩賜假一月，在家歇息。因年景漸老，事重身衰，又近因在外幾年，骨肉離異，今得宴然復聚，自覺喜幸不盡，一應大小事務，一概亦付之度外，只是看書，悶了便與清客們下棋吃酒，或日間在裏邊，母子夫妻，共敘天倫之樂。

因今歲八月初三日乃賈母八旬大慶，又因親友全來，恐筵宴排設不開，便早同賈赦及賈璉等商議，議定於七月二十八日起，至八月初五日止，寧榮兩處，齊開筵宴。寧國府中單請官客，榮國府中單請堂客。大觀園中，收拾出綴錦閣並嘉蔭堂等幾處大地方來，做退居。二十八日請皇親、駙馬、王公、諸王、郡主、王妃、公主、國君、太君、夫人等，二十九日便是閣府督鎮及誥命等，三十日便是諸官長及誥命並遠近親友及堂客。初一日是賈赦的家宴，初二日是賈政，初三日是賈珍賈璉，初四日是賈府中合族長幼大小共湊家宴，初五日是賴大林之孝等家下管事人等共湊一日。

自七月上旬，送壽禮者便絡繹不絕。禮部奉旨：欽賜金玉如意一柄，彩緞四端，金玉杯各四件，帑銀五百兩。元春又命太監送出金壽星一尊，沈香拐一支，伽楠珠一串，福壽香一盒，金錠一對，銀錠四對，彩緞十二疋，玉杯四隻。餘者自親王駙馬以及大小文武官員家，凡所來往者，莫不有禮，不能勝記。堂屋內設下大桌案，鋪了紅氈，將凡有精細之物都擺上，請賈母過目。先一二日，還高興過來瞧瞧，後來煩了，也不過目，只說：「叫鳳丫頭收了，改日閒了再瞧。」

至二十八日，兩府中俱懸燈結彩，屏開鸞鳳，褥設芙蓉；笙簫鼓樂之音，通衢越巷。寧府中，本日只有北靜王、南安郡王、永昌駙馬、樂善郡王並幾位世交公侯蔭襲；榮府中，南安王太妃、北靜王妃並世交公侯誥命。賈母等皆是按品大妝迎接。大家廝見，先請至大觀園內嘉蔭堂，茶畢更衣，方出至榮慶堂上拜壽入席。大家謙遜半日，方纔入座。上面兩席是南北王妃，下面依序，便是眾公侯命婦。左邊下手一席，陪客是錦鄉侯誥命與臨昌伯誥命；右邊下手是賈母主位。邢夫人王夫人帶領尤氏鳳姐並族中幾個媳婦，兩溜雁翅，站在賈母身後侍立。林之孝賴大家的帶領眾媳婦，都在竹簾外面，伺候上菜上酒；周瑞家的帶領幾個丫鬟，在圍屏後伺候呼喚。凡跟來的人，早又有人款待，別處去了。

一時參了場，臺下一色十二個未留髮的小丫頭，都是小廝打扮，垂手伺候。須臾，一個捧了戲單至階下，先遞與回事的媳婦；這媳婦接了，纔遞與林之孝家的；林之孝家的用小茶盤托上，挨身入簾來，遞與尤氏的侍妾珮鳳；珮鳳接了，纔奉與尤氏；尤氏托著，走至上席，南安太妃謙讓了一回，點了一齣吉慶戲文，然後又讓北靜王妃，也點了一齣；眾人又讓了一回，命隨便揀好的唱罷。

少時，菜已四獻，湯始一道，跟來各家的放了賞，大家便更衣復入園來，另獻好茶。南安太妃因問寶玉，賈母笑道：「今日幾處廟裏念『保安延壽經』，他跪經去了。」又問眾小姐們，賈母笑道：「他們姊妹們病的病，弱的弱，見人靦腆，所以叫他們給我看屋子去了。有的是小戲子，傳了一班在那邊廳上陪著他姨娘家姊妹們也看戲呢。」南安太妃笑道：「既這樣，叫人請來。」賈母回頭命了鳳姐兒：「去把史、薛、林四位姑娘帶來。再只叫你三妹妹陪著來罷。」鳳姐答應了，來至賈母這邊，只見他姊妹們正吃果子看戲，寶玉也纔從廟裏跪經回來。鳳姐說了，寶釵姊妹與黛玉湘雲五人來至園中，見了大眾，俱請安問好。內中也有見過的，還有一兩家不曾見過的，都齊聲誇讚不絕。其中湘雲最熟，南安太妃因笑道：「你在這裏，聽見我來了還不出來，還等請去。我明兒和你叔叔算賬。」因一手拉著探春，一手拉著寶釵，問：「十幾歲了？」又連聲誇讚，因又鬆了他兩個，又拉著黛玉寶琴，也著實細看，極誇一回，又笑道：「都是好的！不知叫我誇那一個的是。」早有人將備用禮物打點出幾分來：金玉戒指各五個，腕香珠五串。南安太妃笑道：「你姊妹們別笑話，留著賞丫頭們罷。」五人忙拜謝過。北靜王妃也有五樣禮物。餘者不必細說。

吃了茶，園中略逛了一逛，賈母等因又讓入席。南安太妃便告辭，說：「身上不快，今日若不來，實在使不得。因此，恕我竟先要告別了。」賈母等聽說，也不便強留，大家又讓了一回，送至園門，坐轎而去。接著北靜王妃略坐了一坐，也就告辭了。餘者也有終席的，也有不終席的。賈母勞乏了一日，次日便不見人，一應都是邢夫人款待。有那些世家子弟拜壽的，只到廳上行禮，賈赦、賈政、賈珍還禮，看待至寧府坐席，不在話下。

這幾日，尤氏晚間也不回那府去，白日間待客，晚間陪賈母玩笑，又幫著鳳姐料理出入大小器皿，以及收放禮物。晚間在園內李氏房中歇宿。這日晚間伏侍過賈母晚飯後，賈母因說：「你們乏了，我也乏了，早些尋一點子吃的，歇歇去罷。明兒還要起早呢。」尤氏答應著，退了出去，到鳳姐兒房裏來吃飯。鳳姐兒在樓上看著人收送來的圍屏呢，只有平兒在房裏，與鳳姐疊衣服。尤氏想起二姐兒在時，多承平兒照應，便點著頭兒，說道：「好丫頭！你這樣好心兒，難為你在這裏熬。」平兒把眼圈一紅，拿別話岔過去。尤氏因笑問道：「你們奶奶吃了飯了沒有？」平兒笑道：「吃飯豈不請奶奶去的。」尤氏笑道：「既這樣，我別處找吃的去罷，餓得我受不得了。」說著，就走。平兒忙笑道：「奶奶請回來，這裏有點心，且點補些兒，回來再吃飯。」尤氏笑道：「你們忙得這樣，我園裏和他姊妹鬧去。」一面說，一面就走。平兒留不住，只得罷了。

且說尤氏一徑來至園中，只見園中正門與各處角門仍未關好，猶弔著各色彩燈，因回頭命小丫頭叫該班的女人。那丫鬟走入班房中，竟沒一個人影，回來回了尤氏，尤氏便命傳管家的女人。這丫頭應了便出去，到二門外鹿頂內，乃是管事的女人議事取齊之所。到了這裏，只有兩個婆子分果菜吃。因問：「那一位管事的奶奶在這裏？東府裏的奶奶立等一位奶奶，有話吩咐。」這兩個婆子只顧分菜果，又聽見是東府裏的奶奶，不大在心上，因就回說：「管家奶奶們纔散了。」小丫頭道：「既散了，你們家裏傳他去。」婆子道：「我們只管看屋子，不管傳人；姑娘要傳人，再派傳人的去。」小丫頭聽了道：「噯喲，這可反了！怎麼你們不傳去？你哄新來的，怎麼哄起我來了！素日你們不傳，誰傳去？這會子打聽了體己信兒，或是賞了那位管家奶奶的東西，你們爭著狗顛屁股兒的傳去了，不知誰是誰呢。璉二奶奶要傳，你們也敢這麼回？」這婆子，一則吃了酒，二則被這丫頭揭著弊病，便羞惱成怒了，因回口道：「扯你的臊！我們的事傳不傳，不與你相干。你未從揭挑我們，你想想你那老子娘，在那邊管家爺們跟前，比我們還更會溜呢。各門各户的，你有本事排揎你們那邊的人去。我們這邊，你離著還遠些呢！」丫頭聽了，氣白了臉，因説道：「好，好，這話説得好！」一面轉身進來回話。

尤氏已早進園來。因遇見了襲人、寶琴、湘雲三人，同著地藏庵的兩個姑子，正説故事玩笑，尤氏因説：「餓了。」先到怡紅院，襲人裝了幾樣葷素點心出來，與尤氏吃。那小丫頭子一徑找了來，氣狠狠的把方纔的話都説了出來。尤氏聽了，冷笑道：「這是兩個什麼人？」兩個姑子笑推這丫頭道：「你這姑娘好氣性大！那糊塗老媽媽們的話，你也不該來回纔是。咱們奶奶萬金之體，勞乏了幾日，黃湯辣水沒吃，咱們只有哄他歡喜的，説這些話做什麼？」襲人也忙笑拉他出去，説：「好妹子！你且出去歇歇，我打發人叫他們去。」尤氏道：「你不要叫人，你去就叫這兩個婆子來，到那邊把他們家的鳳姐叫來。」襲人笑道：「我請去。」尤氏笑道：「偏不要你。」兩個姑子忙立起身來笑説：「奶奶素日寬洪大量，今日老祖宗千秋，奶奶生氣，豈不惹人議論。」寶琴湘雲二人也都笑勸，尤氏道：「不為老太太的千秋，我一定不依！且放著就是了。」

說話之間，襲人早又遣了一個丫頭去到園門外找人。可巧遇見周瑞家的，這小丫頭子就把這話告訴他了。周瑞家的雖不管事，因他素日仗著王夫人的陪房，原有些體面，心性乖滑，專慣各處獻勤討好，所以各房主人都喜歡他。他今日聽了這話，忙跑入怡紅院，一面飛走，一面說：「可了不得！氣壞了奶奶了。偏我不在跟前！且打他們幾個耳刮子，再等過了這幾天算賬。」

尤氏見了他，也便笑道：「周姐姐，你來，有個理你說說。這早晚園門還大開著，明燈蠟燭，出入的人又雜，倘有不防的事，如何使得？因此，叫該班的人吹燈關門。誰知一個人牙兒也沒有。」周瑞家的道：「這還了得！前兒二奶奶還吩咐過的，今兒就沒了人。過了這幾日，必要打幾個纔好。」尤氏又說小丫頭子的話，周瑞家的說：「奶奶不要生氣。等過了事，我告訴管事的，打他個臭死，只問他們誰說『各門各户』的話。我已經叫他們吹燈關門呢。奶奶也別生氣了。」正亂著，只見鳳姐兒打發人來請吃飯。尤氏道：「我也不餓了，纔吃了幾個餑餑，請你奶奶自己吃罷。」

一時，周瑞家的出去，便把方纔之事回了鳳姐，鳳姐便命：「將那兩個的名字記上，等過了這幾日，捆了送到那府裏，憑大奶奶開發，或是打，或是開恩，隨他就完了，什麼大事。」周瑞家的聽了，巴不得一聲，素日因與這幾個人不睦，出來了便命一個小廝到林之孝家去傳鳳姐的話，立刻叫林之孝家的進來見大奶奶；一面又傳人立刻捆起這兩個婆子來，交到馬圈裏，派人看守。

林之孝家的不知什麼事，忙坐車進來，先見鳳姐。至二門上，傳進話去，丫頭們出來說：「奶奶纔歇下了。大奶奶在園內，叫大娘見見大奶奶就是了。」林之孝家的只得進園來到稻香村，丫鬟們回進去。尤氏聽了，反過不去，忙喚進他來，因笑向他道：「我不過為找人找不著，因問你；你既去了，也不是什麼大事，誰又把你叫進來？倒要你白跑一趟。不大的事，已經撂過手了。」林之孝家的也笑回道：「二奶奶打發人傳我，說奶奶有話吩咐。」尤氏道：「大約周姐姐說的。你家去歇著罷，沒有什麼大事。」李紈又要說原故，尤氏反攔住了。

林之孝家的見如此，只得便回身出園去。可巧遇見趙姨娘，因笑說：「噯喲喲，我的嫂子！這會子還不家去歇歇，跑什麼？」林之孝家的便笑說：「何曾不家去！」如此這般進來了。趙姨娘便說：「這事也值一個屁！開恩呢，就不理論；心窄些兒，也不過打幾下就完了。也值得叫你進來！你快歇歇去，我也不留你吃茶了。」

說畢，林之孝家的出來，到了側門前，就有纔兩個婆子的女兒上來哭著求情。林之孝家的笑道：「你這孩子好糊塗！誰叫他好喝酒混說話？惹出事來，連我也不知道。二奶奶打發人捆他，連我還有不是呢，我替誰討情去？」這兩個小丫頭子纔七、八歲，原不識事，只管啼哭求告。纏得林之孝家的沒法，因說道：「糊塗東西！你放著門路不去求，卻纏我來。你姐姐現給了那邊太太作陪房費大娘的兒子，你過去告訴你姐姐，叫親家娘和太太一說，什麼完不了的？」一語提醒了這一個，那一個還求。林之孝家的啐道：「糊塗攮的！他過去一說，自然都完了。沒有單放他媽，又打你媽的禮。」說畢上車去了。

這一個小丫頭子，果然過來告訴了他姐姐，和費婆子說了。這費婆子原是個大不安靜的，便隔牆大罵一陣，便走了來求邢夫人，說他親家「與大奶奶的小丫頭白鬥了兩句話，周瑞家的挑唆了二奶奶，現捆在馬圈裏，等過兩日還要打呢。求太太和二奶奶說聲，饒他一次罷」。邢夫人自為要鴛鴦討了沒意思，賈母冷淡了他；且前日南安太妃來，賈母又單令探春出來，自己心內早已怨忿；又有在側一干小人，心內嫉妒，挾怨鳳姐，便調唆得邢夫人著實憎惡鳳姐。如今又聽了如此一篇話，也不說長短。

至次日一早，見過賈母，眾族人到齊，開戲。賈母高興，又今日都是自己族中子姪輩，只便妝出來堂上受禮。當中獨設一榻，引枕、靠背、腳踏俱全，自己歪在榻上。榻之前後左右，皆是一色的矮凳。寶釵、寶琴、黛玉、湘雲、迎春、探春、惜春姊妹等圍繞。因賈㻞之母也帶了女兒喜鸞，賈瓊之母也帶了女兒四姐兒，還有幾房的孫女兒，大小共有二十來個，賈母獨見喜鸞四姐兒生得又好，說話行事與眾不同，心中歡喜，便叫他兩個也坐在榻前。寶玉卻在榻上，與賈母捶腿。首席便是薛姨媽，下邊兩溜順著房頭輩數下去。簾外兩廊，都是族中男客，也依次而坐。先是那女客一起一起行禮，後是男客行禮。賈母歪在榻上，只命人說：「免了罷。」然後賴大等帶領眾家人，從儀門直跪至大廳上磕頭。禮畢，又是眾家下媳婦。然後各房丫頭。足鬧了兩三頓飯時。然後又擡了許多雀籠來，在那當院中放了生。賈赦等焚過天地壽星紙，方開戲飲酒。直到歇了中臺，賈母方進來歇息，命他們取便，因命鳳姐留下喜鸞四姐兒玩兩日再去。鳳姐兒出來，便和他母親說。他兩個母親素日承鳳姐的照顧，願意在園內玩笑，至晚便不回去了。

邢夫人直至晚間散時，當著眾人，陪笑和鳳姐求情說：「我昨日晚上聽見二奶奶生氣，打發周管家的娘子捆了兩個老婆子，可也不知犯了什麼罪，論理，我不該討情。我想老太太好日子，發狠的還要捨錢捨米，周貧濟老，咱們先倒折磨起老人家來了。便不看我的臉，權且看老太太，暫且竟放了他們罷。」說畢，上車去了。

鳳姐聽了這話，又當著眾人，又羞又氣，一時找尋不著頭腦，逼得臉紫脹，回頭向賴大家的等冷笑道：「這是那裏的話？昨兒因為這裏的人得罪了那府裏的大嫂子，我怕大嫂子多心，所以儘讓他發放，並不為得罪了我。這又是誰的耳報神這麼快。」王夫人因問：「為什麼事？」鳳姐兒笑將昨日的事說了。尤氏也笑道：「連我並不知道，你原也太多事了。」鳳姐兒道：「我為你臉上過不去，所以等你開發，不過是個禮。就如我在你那裏，有人得罪了我，你自然送了來儘我。憑他是什麼好奴才，到底錯不過這個禮去。這又不知誰過去，沒的獻勤兒，這也當作一件事情去說。」王夫人道：「你太太說得是。就是珍阿哥媳婦，也不是外人，也不用這些虛禮。老太太的千秋要緊，放了他們為是。」說著，回頭便命人去放了那兩個婆子。

鳳姐由不得越想越氣越愧，不覺的一陣心灰，落下淚來。因賭氣回房哭泣，又不使人知覺；偏是賈母打發了琥珀來叫，立等說話。琥珀見了，咤異道：「好好的，這是什麼原故？那裏立等你呢。」鳳姐聽了，忙擦乾了淚，洗面另施了脂粉，方同琥珀過來。賈母因問道：「前兒這些人家送禮來的，共有幾家有圍屏？」鳳姐兒道：「共有十六家。有十二架大的，四家小的炕屏。內中只有甄家一架大屏，十二扇大紅緞子刻絲『滿牀笏』、一面泥金『百壽圖』是頭等。還有粵海將軍鄔家一架玻璃的還罷了。」賈母道：「既這樣，這兩架別動，好生擱著，我要送人的。」鳳姐兒答應了。

鴛鴦忽過來向鳳姐臉上細瞧，引得賈母問：「你不認得他？只管瞧什麼？」鴛鴦笑道：「我看他的眼腫腫的，所以我咤異。」賈母便叫近來，也細看著。鳳姐笑道：「纔覺得發癢，揉腫了些。」鴛鴦笑道：「別又是受了誰的氣了罷？」鳳姐笑道：「誰敢給我氣受？便受了氣，老太太好日子，我也不敢哭的。」賈母道：「正是呢。我正要吃飯，你在這裏打發我吃，剩下的，你和珍兒媳婦吃了。你兩個在這裏幫著兩個師父，替我揀佛豆兒，你們也積積壽。前兒你姊妹們和寶玉都揀了，如今也叫你們揀揀，別說我偏心。」

說話時，先擺上一桌素的來，兩個姑子吃。然後擺上葷的，賈母吃畢，擡出外間。尤氏鳳姐二人正吃著，賈母又叫把喜鸞四姐兒二人叫來，跟他二人吃畢，洗了手，點上香，捧上一升豆子來。兩個姑子先念了佛偈，然後一個一個的揀在一個笸籮內，明日煮熟了，令人在十字街結壽緣。賈母歪著，聽兩個姑子說些因果。鴛鴦早已聽見琥珀說鳳姐哭之一事，又和平兒前打聽得原故，晚間人散時，便回說：「二奶奶還是哭的，那邊大太太當著人給二奶奶沒臉。」賈母因問：「為什麼原故？」鴛鴦便將原故說了。賈母道：「這纔是鳳丫頭知禮處。難道為我的生日，由著奴才們把一族中的主子都得罪了，也不管罷！這是大太太素日沒好氣，不敢發作，所以今兒拿著這個作法，明是當著眾人給鳳姐兒沒臉罷了。」正說著，只見寶琴來了，也就不說了。

賈母忽想起留下的喜姐兒四姐兒，叫人吩咐園中婆子們：「要和家裏的姑娘一樣照應，倘有人小看了他們，我聽見可不饒！」婆子答應了，方要走時，鴛鴦道：「我說去罷，他們那裏聽他的話。」說著，便一徑往園裏來。先到稻香村中，李紈與尤氏都不在這裏。問丫鬟們，都說：「在三姑娘那裏呢。」鴛鴦回身，又來至曉翠堂，果見那園中人都在那裏說笑，見他來了，都笑說：「你這會子又跑到這裏做什麼？」又讓他坐。鴛鴦笑道：「不許我逛逛麼？」於是把方纔的話說了一遍。李紈忙起身聽了，即刻就叫人把各處的頭兒喚了一個來，令他們傳與諸人知道，不在話下。

這裏尤氏笑道：「老太太也太想的到。實在我們年輕力壯的人，捆上十個也趕不上。」李紈道：「鳳丫頭仗著鬼聰明，還離腳蹤兒不遠，咱們是不能的了。」鴛鴦道：

「罷喲！還提『鳳丫頭』『虎丫頭』呢。他的為人，也可憐見兒的。雖然這幾年沒有在老太太、太太跟前有個錯縫兒，暗裏也不知得罪了多少人。總而言之，為人是難做的：若太老實了，沒有個機變，公婆又嫌太老實了，家裏人也不怕；若有些機變，未免又『治一經損一經』。如今咱們家更好，新出來的這些底下字號的奶奶們，一個個心滿意足，都不知道要怎樣纔好，少有不得意，不是背地裏嚼舌根，就是挑三窩四的。我怕老太太生氣，一點兒也不肯說；不然，我告訴出來，大家別過太平日子。這不是我當著三姑娘說：老太太偏疼寶玉，有人背地怨言還罷了，算是偏心；如今老太太偏疼你，我聽著也是不好。這可笑不可笑？」探春笑道：「糊塗人多，那裏較量得許多？我說，倒不如小人家，雖然寒素些，倒是天天娘兒們歡天喜地，大家快樂。我們這樣人家，人都看著我們不知千金萬金，何等快樂，殊不知這裏說不出來的煩難，更利害。」

寶玉道：「誰都像三妹妹好多心多事。我常勸你，總別聽那些俗語，想那些俗事，只管安富尊榮纔是。比不得我們，沒這清福，應該混鬧的。」尤氏道：「誰都像你是一心無掛礙，只知道和姊妹們玩笑，餓了吃，睏了睡，再過幾年，不過是這樣，一點後事也不慮。」寶玉笑道：「我能夠和姊妹們過一日，是一日，死了就完了，什麼後事不後事。」李紈等都笑道：「這可又是胡說了。就算你是個沒出息的，終老在這裏，難道他姊妹們都不出門的？」尤氏笑道：「怨不得人都說他是假長了一個胎子，究竟是個又傻又呆的。」寶玉笑道：「人事莫定，誰死誰活。倘或我在今日明日、今年明年死了，也算是隨心一輩子了。」眾人不等說完，便說：「可是又瘋了，別和他說話纔好。若和他說話，不是呆話，就是瘋話。」喜鸞因笑道：「二哥哥，你別這樣說，等這裏姐姐們果然都出了門，橫豎老太太、太太也寂寞，我來和你作伴兒。」李紈尤氏等都笑道：「姑娘也別說呆話，難道你是不出門的，這話哄誰？」說得喜鸞也低了頭。當下已起更時分，大家各自歸房安歇，不提。

且說鴛鴦一徑回來，剛至園門前，只見角門虛掩，猶未上門。此時園內無人來往，只有該班的房內燈光掩映，微月半天。鴛鴦又不曾有伴，也不曾提燈，獨自一個，腳步又輕，所以該班的人皆不理會。偏要小解，因下了甬路，找微草處走動，行至一塊湘山石後大桂樹底下來。剛轉至石後，只聽一陣衣衫響，嚇了一驚不小。定睛一看，只見是兩個人在那裏，見他來了，便想往樹叢石後藏躲。鴛鴦眼尖，趁著半明的月色，早看見一個穿紅裙子梳鬅頭、高大豐壯身材的，是迎春房裏司棋。鴛鴦只當他和別的女孩子也在此方便，見自己來了，故意藏躲，嚇著玩耍，因便笑叫道：「司棋，你不快出來，嚇著我，我就喊起來，當賊拿了。這麼大丫頭，也沒個黑家白日只是玩不夠。」

這本是鴛鴦戲語，叫他出來。誰知他賊人膽虛，只當鴛鴦已看見他的首尾了，生恐叫喊出來，使眾人知覺，更不好；且素日鴛鴦又和自己親厚，不比別人，便從樹後跑出來，一把拉住鴛鴦，便雙膝跪下，只說：「好姐姐，千萬別嚷！」鴛鴦反不知他為什麼，忙拉他起來，問道：「這是怎麼說？」司棋只不言語，拿手帕拭淚。鴛鴦越發不解，再瞧了一瞧，又有一個人影兒，恍惚像個小廝，心下便猜著了八九分，自己反羞得心跳耳熱，又怕起來。因定了一會，忙悄問：「那一個是誰？」司棋又跪下道：「是我姑舅兄弟。」鴛鴦啐了一口，卻羞得一句話也說不出來。司棋又回頭悄叫道：「你不用藏著，姐姐已經看見了，快出來磕頭。」那小廝聽了，只得也從樹後跑出來，磕頭如搗蒜。鴛鴦忙要回身，司棋拉住苦求，哭道：「我們的性命，都在姐姐身上，只求姐姐超生我們罷！」鴛鴦道：「你不用多說了，快叫他去罷，橫豎我不告訴人就是了。你這是怎麼說呢！」

一語未了，只聽角門上有人說道：「金姑娘已經出去了，角門上鎖罷。」鴛鴦正被司棋拉住，不得脫身，聽見如此說，便忙著接聲道：「我在這裏有事，且略等等兒我出來了。」司棋聽了，只得鬆手，讓他去了。要知端的，下回分解。

且說鴛鴦出了角門，臉上猶熱，心內突突的亂跳，真是意外之事，因想：「這事非常，若說出來，姦盜相連，關係人命，還保不住帶累旁人。橫豎與自己無干，且藏在心內，不說與人知道。」回房覆了賈母的命，大家安息不提。

且說司棋因從小兒和他姑表兄弟一處玩笑，起初時小兒戲言，便都訂下將來不娶不嫁；近年大了，彼此又出落得品貌風流，常時司棋回家時，二人眉來眼去，舊情不斷，只不能入手。又彼此生怕父母不從，二人便設法，彼此裏外買囑園內老婆子們，留門看道，今日趁亂，方從外進來。初次入港，雖未成雙，卻也海誓山盟，私傳表記，已有無限風情。忽被鴛鴦驚散，那小廝早穿花度柳，從角門出去了。

司棋一夜不曾睡著，又後悔不來。至次日見了鴛鴦，自是臉上一紅一白，百般過不去，心內懷著鬼胎，茶飯無心，起坐恍惚。捱了兩日，竟不聽見有動靜，方略放下了心。這日晚間，忽有個婆子來悄悄告訴道：「你兄弟竟逃走了，三四天沒上家，如今打發人四處找他呢。」司棋聽了，又急又氣又傷心，因想道：「縱然鬧出來，也該死在一處。真真男人沒情意，先就走了。」因此，又添了一層氣，次日便覺心內不快，支持不住，一頭躺倒，懨懨的成了病了。

鴛鴦聞知那邊無故走了一個小廝，園內司棋病重，要往外挪，心下料定是二人懼罪之故，生怕我説出來。因此，自己反過意不去，指著來望候司棋，支出人去，反自己賭咒發誓，與司棋説：「我若告訴一個人，立刻現死現報！你只管放心養病，別白糟蹋了小命兒。」司棋一把拉住，哭道：「我的姐姐，咱們從小兒耳鬢廝磨，你不曾拿我當外人待，我也不敢怠慢了你。如今我雖一著走錯，你若果然不告訴一個人，你就是我的親娘一樣。從此後，我活一日，是你給我一日。我的病要好了，把你立個長生牌位，我天天燒香磕頭，保祐你一輩子福壽雙全的。我若死了時，變驢變狗報答你。倘或咱們散了，以後遇見，我自有報答的去處。」一面説，一面哭。這一席話，反把鴛鴦説得心酸，也哭起來了。因點頭道：「你也是自家要作死喲！我做什麼管你這些事壞你的名兒，我白去獻勤兒？況且這事我也不便開口向人説，你只放心。從此養好了，可要安分守己的，再別胡行亂鬧了。」司棋在枕上點首不絕。

鴛鴦又安慰了他一番，方出來。因知賈璉不在家中，又因這兩日鳳姐兒聲色怠惰了些，不似往日一樣，便順路來問候。剛進入鳳姐院中，二門上的人見是他來，便站立待他進去。鴛鴦來至堂屋，只見平兒從裏頭出來，見了他來，便忙上來悄聲笑道：「纔吃了一口飯，歇了午覺了。你且這屋裏略坐坐。」鴛鴦聽了，只得同平兒到東邊房裏來。小丫頭倒了茶來。鴛鴦悄問道：「你奶奶這兩日是怎麼了？我近來看著他懶懶的。」平兒見問，因房內無人，便歎道：「他這懶懶的，也不止今日了，這有一月之先，便是這樣的。這幾日忙亂了幾天，又受了些閒氣，從新又勾起來；這兩日比先又添了些病，所以支不住，便露出馬腳來了。」鴛鴦道：「既這樣，怎麼不早請大夫治？」平兒歎道：「我的姐姐，你還不知道他那脾氣的，別説請大夫來吃藥；我看不過，白問一聲『身上覺怎麼樣』，他就動了氣，反説我咒他病了。饒這樣，天天還是察三訪四。自己再不看破些且養身子。」鴛鴦道：「雖然如此，到底該請大夫來瞧瞧是什麼病，也都好放心。」平兒歎道：「說起病來，據我看，也不是什麼小症候。」鴛鴦忙道：「是什麼病呢？」平兒見問，又往前湊了一湊，向耳邊說道：「只從上月行了經之後，這一個月，竟瀝瀝淅淅的沒有止住。這可是大病不是？」鴛鴦聽了忙答應道：「嗳喲！依這麼說，可不成了『血山崩』了嗎？」平兒忙啐了一口，又悄笑道：「你個女孩兒家，這是怎麼說，你倒會咒人的！」鴛鴦見說，不禁紅了臉，又悄笑道：「究竟我也不知什麼是崩不崩的。你倒忘了不成，先我姐姐不是害這病死了。我也不知是什麼病，因無心中聽見媽和親家媽說，我還納悶，後來聽見原故，纔明白了一二分。」

二人正說著，只見小丫頭向平兒道：「方纔朱大娘又來了。我們回了他：『奶奶纔歇午覺。』他往太太上頭去了。」平兒聽了點頭。鴛鴦問：「那一個朱大娘？」平兒道：「就是官媒婆朱嫂子。因有個什麼孫大人來和咱們求親，所以他這兩日天天弄個帖子來，鬧得人怪煩的。」一語未了，小丫頭跑來說：「二爺進來了。」說話之間，賈璉已走至堂屋門口，平兒忙迎出來。賈璉見平兒在東屋裏，便也過這間房內來，走至門前，忽見鴛鴦坐在炕上，便煞住腳，笑道：「鴛鴦姐姐，今兒貴腳幸踏賤地。」鴛鴦只坐著，笑道：「來請爺奶奶的安，偏又不在家的不在家，睡覺的睡覺。」賈璉笑道：「姐姐一年到頭辛苦，伏侍老太太，我還沒看你去，那裏還敢勞動來看我們。」又說：「巧得很。我纔要找姐姐去，因為穿著這袍子熱，先來換了夾袍子，再過去找姐姐去，不想老天爺可憐，省我走這一趟。」一面說，一面在椅子上坐下。

鴛鴦因問：「又有什麼說的？」賈璉未語先笑，道：「因有一件事竟忘了，只怕姐姐還記得：上年老太太生日，曾有一個外路和尚來孝敬一個臘油凍的佛手，因老太太愛，就即刻拿過來擺著了。因前日老太太生日，我看古董賬，還有一筆在這賬上，卻不知此時這件著落在何處。古董房裏的人也回過了我兩次，等我問準了，好註上一筆。所以我問姐姐，如今還是老太太擺著呢，還是交到誰手裏去了呢？」鴛鴦聽說，便說道：「老太太擺了幾日，厭煩了，就給你們奶奶了。你這會子又問我來了！我連日子還記得，還是我打發了老王家的送來。你忘了，或是問你們奶奶和平兒。」平兒正拿衣服，聽見如此說，忙出來回說：「交過來了，現在樓上放著呢。奶奶已經打發人去說過，他們發昏沒記上，又來叨蹬這些沒要緊的事。」賈璉聽說，笑道：「既然給了你奶奶，我怎麼不知道，你們就昧下了。」平兒道：「奶奶告訴二爺，二爺還要送人，奶奶不肯，好容易留下的。這會子自己忘了，倒說我們昧下。那是什麼好東西！比那強十倍的，也沒昧下一遭兒，這會子就愛上那不值錢的咧！」

賈璉垂頭含笑，想了想，拍手道：「我如今竟糊塗了！丟三忘四，惹人抱怨，竟大不像先了。」鴛鴦笑道：「也怨不得。事情又多，口舌又雜，你再喝上兩鍾酒，那裏記得許多。」一面說，一面起身要走。賈璉忙也立起身來，說道：「好姐姐，略坐一坐兒，兄弟還有一事相求。」說著，便罵小丫頭：「怎麼不沏好茶來！快拿乾淨蓋碗，把昨日進上的新茶沏一碗來。」說著，向鴛鴦道：「這兩日，因老太太千秋，所有的幾千兩都使了。幾處房租、地租，統在九月纔得，這會子竟接不上。明兒又要送南安府裏的禮，又要預備娘娘的重陽節，還有幾家紅白大禮，至少還得三二千兩銀子用，一時難去支借。俗語說的好：『求人不如求己。』說不得，姐姐擔個不是，暫且把老太太查不著的金銀傢伙，偷著運出一箱子來，暫押千數兩銀子，支騰過去。不上半月的光景，銀子來了，我就贖了交還，斷不能叫姐姐落不是。」

鴛鴦聽了，笑道：「你倒會變法兒！虧你怎麼想了。」賈璉笑道：「不是我撒謊，若論除了姐姐，也還有人手裏管得起千數兩銀子，只是他們為人，都不如你明白有膽量。我和他們一說，反嚇住了他們。所以我『寧撞金鐘一下，不打鐃鈸三千』。」一語未了，賈母那邊小丫頭子忙忙走來找鴛鴦，說：「老太太找姐姐。這半日，我那裏沒找到！卻在這裏。」鴛鴦聽說，忙的去見賈母。

賈璉見他去了，只得回來瞧鳳姐。誰知鳳姐已醒了，聽他和鴛鴦借當，自己不能答話，只躺在榻上。聽見鴛鴦去了，賈璉進來，鳳姐因問道：「他可應準了？」賈璉笑道：「雖未應準，卻有幾分成了。須得你再去和他說一說，就十分成了。」鳳姐笑道：「我不管這些事。倘或說準了，這會子說著好聽，到了有錢的時節，你就丢在脖子後頭了，誰和你打饑荒去？倘或老太太知道了，倒把我這幾年的臉面都丢了。」賈璉笑道：「好人，你若說定了，我謝你。」鳳姐笑道：「你謝我什麼呢？」賈璉笑道：「你說要什麼就有什麼。」

平兒一旁笑道：「奶奶倒不要別的。剛纔正說要做一件什麼事，恰少一二百銀子使，不如借了來，奶奶拿這麼一二百銀子，豈不兩全其美。」鳳姐笑道：「幸虧提起我來。就是這樣也罷了。」賈璉笑道：「你們也太狠了！你們這會子別說一千兩的當頭，就是現銀子，要三五千，只怕也難不倒。我不和你們借就罷了，這會子煩你說一句話，還要個利錢，真真了不得。」鳳姐聽了，翻身起來說道：「我三千五千，不是賺得你的。如今裏裏外外上上下下，背著嚼說我的不少了，就短了你來說了，可知『沒家親引不出外鬼來』。我們看著你家什麼石崇鄧通？把我王家的縫子掃一掃，就夠你們一輩子過的了。說出來的話也不害臊！現有對證：把太太和我的嫁妝細看看，比一比，我們那一樣是配不上你們的。」賈璉笑道：「說句玩話兒就急了。這有什麼這樣的，你要使一二百兩銀子值什麼，多的沒有，這還能夠。先拿進來，你使了，再說去，如何？」鳳姐道：「我又不等著『啣口墊背』，忙什麼呢。」賈璉道：「何苦來，不犯著這樣肝火盛。」

鳳姐聽了，又笑起來，「不是我著急，你說的話戳人的心。我因為想著後日是尤二姐的周年，我們好了一場，雖不能別的，到底給他上個墳，燒張紙，也是姊妹一場。他雖沒個兒女留下，也別要『前人灑土，迷了後人的眼』纔是。」賈璉半晌方道：「難為你想得周全。」鳳姐一語倒把賈璉說沒了話，低頭打算，說：「既是後日纔用，若明日得了這個，你隨便使多少就是了。」

一語未了，只見旺兒媳婦走進來。鳳姐便問：「可成了沒有？」旺兒媳婦道：「竟不中用。我說須得奶奶做主就成了。」賈璉便問：「又是什麼事？」鳳姐兒見問，便說道：「不是什麼大事。旺兒有個小子，今年十七歲了，還沒娶媳婦兒，因要求太太房裏的彩霞，不知太太心裏怎麼樣。前日太太見彩霞大了，二則又多病多災的，因此開恩，打發他出去了，給他老子隨便自己擇女婿去罷。因此，旺兒媳婦來求我。我想他兩家也就算門當户對了，一說去，自然成的。誰知他這會子來了，說不中用。」賈璉道：「這是什麼大事，比彩霞好的多著呢。」旺兒家的便笑道：「爺雖如此說，連他家還看不起我們，別人越發看不起我們了。好容易相看準一個媳婦兒，我只說求爺奶奶的恩典，替作成了，奶奶又說他必是肯的。我就煩了人過去試一試，誰知白討了個沒趣兒。若論那孩子，倒好，據我素日合意兒試他，心裏沒有什麼說的，只是他老子娘兩個老東西，太心高了些。」

一語戳動了鳳姐和賈璉，鳳姐因見賈璉在此，且不作一聲，只看賈璉的光景。賈璉心中有事，那裏把這點事放在心裏？待要不管，只是看著鳳姐兒的陪房，且素日出過力的，臉上實在過不去，因說：「什麼大事？只管咕咕唧唧的。你放心且去，我明日做媒，打發兩個有體面的人，一面說，一面帶著定禮去，就說是我的主意。他十分不依，叫他來見我。」旺兒家的看著鳳姐，鳳姐便努嘴兒。旺兒家的會意，忙爬下就給賈璉磕頭謝恩。這賈璉忙道：「你只管給你姑娘磕頭。我雖如此說了這樣行，到底也得你姑娘打發人叫他女人上來，和他好說更好些；不然，太霸道了，日後你們兩親家也難走動。」鳳姐忙道：「連你還這樣開恩操心呢，我反倒袖手旁觀不成。旺兒家的，你聽見了，這事說了，你也忙忙的給我完了事來，說給你男人，外頭所有的賬目，一概趕今年年底收了進來，少一個錢也不依。我的名聲不好，再放一年，都要生吃了我呢。」

旺兒媳婦笑道：「奶奶也太膽小了。誰敢議論奶奶，若收了時，我也是一場癡心白使了。」鳳姐道：「我真個還等錢做什麼，不過為的是日用，出的多，進的少。這屋裏有的沒的，我和你姑爺一月的月錢，再連上四個丫頭的月錢，通共一二十兩銀子，還不夠三五天使用的呢。若不是我千湊萬挪的，早不知過到什麼破窯裏去了。如今倒落了一個放賬的名兒。既這樣，我就收了回來。我比誰不會花錢？咱們以後就坐著花，到多早晚，就是多早晚。這不是樣兒：前兒老太太生日，太太急了兩個月，想不出法兒來，還是我提了一句，後樓上現有些沒要緊的大銅錫傢伙，四五箱子，拿出去弄了三百銀子，纔把太太遮羞禮兒搪過去了。我是你們知道的，那一個金自鳴鐘賣了五百六十兩銀子，沒有半個月，大事小事沒十件，白填在裏頭。今兒外頭也短住了，不知是誰的主意，搜尋上老太太了。明兒再過一年，便搜尋到頭面衣服，可就好了！」旺兒媳婦笑道：「那一位太太奶奶的頭面衣服折變了不夠過一輩子的？只是不肯罷了。」鳳姐道：「不是我說沒能耐的話，要像這樣，我竟不能了。昨兒晚上，忽然做了一個夢，說來可笑，夢見一個人，雖然面善，卻又不知名姓，找我說，娘娘打發他來，要一百疋錦。我問他是那一位娘娘，他說的又不是咱們的娘娘。我就不肯給他，他就來奪。正奪著，就醒了。」旺兒家的笑道：「這是奶奶日間操心，常應候宮裏的事。」

一語未了，人回：「夏太監打發了一個小內家來說話。」賈璉聽了，忙皺眉道：「又是什麼話？一年他們也搬夠了。」鳳姐道：「你藏起來，等我見他，若是小事，罷了；若是大事，我自有回話。」賈璉便躲入內套間去。這裏鳳姐命人帶進小太監來，讓他椅上坐了吃茶，因問何事。那小太監便說：「夏爺爺因今兒偶見一所房子，如今竟短二百兩銀子，打發我來問舅奶奶家裏，有現成的銀子暫借一二百，這一兩日就送來。」鳳姐兒聽了，笑道：「什麼是送來？有的是銀子，只管先兌了去。改日等我們短了，再借去也是一樣。」小太監道：「夏爺爺還說：上兩回還有那一千二百兩銀子沒送來，等今年年底下，自然一齊都送了過來。」鳳姐笑道：「你夏爺爺好小氣。這也值得放在心裏？我說一句話，不怕他多心，若都這麼記清了還我們，不知要還多少了。只怕我們沒有，若有，只管拿去。」因叫旺兒媳婦來，「出去不管那裏先支二百銀來。」旺兒媳婦會意，因笑道：「我纔因別處支不動，纔來和奶奶支的。」鳳姐道：「你們只會裏頭來要錢；叫你們外頭弄去，就不能了。」說著，叫平兒：「把我那兩個金項圈拿出去，暫且押四百兩銀子。」

平兒答應去了，果然拿了一個錦盒子來，裏面兩個錦袱包著，打開時，一個金累絲攢珠的，那珍珠都有蓮子大小；一個點翠嵌寶石的，兩個都與宮中之物不離上下。一時拿去，果然拿了四百兩銀子來。鳳姐命與小太監打疊一半，那一半與了旺兒媳婦，命他拿去辦八月中秋的節。那小太監便告辭了，鳳姐命人替他拿著銀子，送出大門去了。這裏賈璉出來，笑道：「這一起外祟，何日是了！」鳳姐笑道：「剛說著，就來了一股子。」賈璉道：「昨兒周太監來，張口一千兩，我略慢應了些，他不自在。將來得罪人之處不少。這會子再發個三二百萬的財就好了。」一面說，一面平兒伏侍鳳姐另洗了臉，更衣往賈母處伺候晚飯。

這裏賈璉出來，剛至外書房，忽見林之孝走來。賈璉因問何事。林之孝說道：「方纔聽得雨村降了，卻不知因何事。只怕未必真。」賈璉道：「真不真，他那官兒未必保的長。只怕將來有事，咱們寧可疏遠著他好。」林之孝道：「何嘗不是，只是一時難以疏遠。如今東府大爺和他更好，老爺又喜歡他，時常來往，那個不知？」賈璉道：「橫豎不和他謀事，也不相干。你去再打聽真了，是為什麼。」

林之孝答應了，卻不動身，坐在椅子上再說閒話，因又說起家道艱難，便趁勢說：「人口太眾了。不如揀個空日，回明老太太老爺，把這些出過力的老家人，用不著的，開恩放幾家出去。一則他們各有營運，二則家裏一年也省口糧月錢。再者，裏頭的姑娘也太多。俗語說，『一時比不得一時』，如今說不得先時的例了，少不得大家委屈些，該使八個使六個，使四個的使兩個。若各房算起來，一年也可以省許多月米月錢。況且裏頭的女孩子們，一半都大了，也該配人的配人，成了房，豈不又滋生出人來。」賈璉道：「我也這樣想，只是老爺纔回家來，多少大事未回，那裏議到這個上頭。前兒官媒拿了個庚帖子來求親，太太還說老爺纔來家，每日歡天喜地的說『骨肉完聚』，忽然提起這事，恐老爺又傷心，所以且不叫提起。」林之孝道：「這也是正理，太太想得周到。」賈璉道：「正是，提起這話，我想起一件事來：我們旺兒的小子，要說太太屋裏的彩霞，他昨兒求我，我想，什麼大事，不管誰去說一聲去，就說我的話。」

林之孝答應了，半晌，笑道：「依我說，二爺竟別管這件事。旺兒的那小子，雖然年輕，在外吃酒賭錢，無所不至。雖說都是奴才，到底是一輩子的事。彩霞這孩子，這幾年我雖沒見，聽見說，越發出挑得好了，何苦來白糟蹋一個人。」賈璉道：「他小兒子原會吃酒不成人麼？這樣，那裏還給他老婆？且給他一頓棍，鎖起來，再問他老子娘。」林之孝笑道：「何必在這一時。那是我錯了，等他再生事，我們自然回爺處治，如今且恕他。」賈璉不語。一時林之孝出去。

晚間，鳳姐已命人喚了彩霞之母來說媒。那彩霞之母，滿心縱不願意，見鳳姐自和他說，何等體面，便心不由己的滿口應了出去。鳳姐又問賈璉：「可說了沒有？」賈璉因說：「我原要說的，打聽得他小兒子大不成人，故還不曾說。若果然不成人，且管教他兩日，再給他老婆不遲。」鳳姐笑道：「我們王家的人，連我還不中你們的意，何況奴才呢！我已經和他娘說了，他娘已經歡天喜地，難道又叫進他來，不要了不成？」賈璉道：「你說了，又何必退？明日說給他老子，好生管他就是了。」這裏說話，不提。

且說彩霞因前日出去等父母擇人，心中雖與賈環有舊，尚未作準。今日又見旺兒每每來求親，早聞得旺兒之子酗酒賭博，而且容顏醜陋，不能如意。自此，心中越發懊惱，惟恐旺兒仗勢作成，終身不遂，未免心中急躁。至晚間，悄命他妹子小霞進二門來找趙姨娘，問個端的。趙姨娘素日深與彩霞好，巴不得與了賈環，方有個膀臂，不承望王夫人又放了出去。每每調唆賈環去討，一則賈環羞口難開，二則賈環也不在意，不過是個丫頭，他去了，將來自然還有，遂遷延住不說，意思便丟開了手。無奈趙姨娘又不捨，又見他妹子來問，是晚得空，便先求了賈政。賈政說道：「且忙什麼！等他們再念一二年書，再放人不遲。我已經看中了兩個丫頭，一個與寶玉，一個給環兒。只是年紀還小，又怕他們誤了念書，再等一二年再提。」趙姨娘還要說話，只聽外面一聲響，不知何物，大家吃了一驚。未知如何，下回分解。

卷七十三　癡丫頭誤拾繡春囊　懦小姐不問累金鳳

話說那趙姨娘和賈政說話，忽聽外面一聲響，不知何物，忙問時，原來是外間窗屜不曾扣好，滑了屈戌，掉下來。趙姨娘罵了丫頭幾句，自己帶領丫鬟上好，方進來打發賈政安歇，不在話下。

卻說怡紅院中，寶玉方纔睡下，丫鬟們正欲各散安歇，忽聽有人來敲院門。老婆子開了，見是趙姨娘房內的丫頭，名喚小鵲的；問他做什麼事，小鵲不答，直往房內來找寶玉。只見寶玉纔睡下，晴雯等猶在牀邊坐著，大家玩笑，見他來了，都問：「什麼事，這時候又跑來做什麼？」小鵲笑向寶玉道：「我來告訴你一個信兒，方纔我們奶奶，咕咕唧唧，在老爺前不知說了你些個什麼，我只聽見『寶玉』二字。我來告訴你，仔細明兒老爺向你說話，著實留神。」說著，回身去了。襲人命人留他吃茶，因怕關門，遂一直去了。

這裏寶玉知道趙姨娘心術不端，和自己仇人似的，又不知他說些什麼，聽了便如孫大聖聽見了「緊箍咒」一般，登時四肢五內，一齊皆不自在起來。想來想去，別無他法，且理熟了書，預備明兒盤考，只能書不舛錯，便有他事，也可搪塞。一面想罷，忙披衣起來要讀書。心中又自後悔：「這些日子，只說不提了，偏又丢生，早知該天天好歹溫習些的。」如今打算打算，肚子裏現可背誦的，不過只有《學》、

《庸》、《二論》還背得出來。至上本《孟子》，就有一半是夾生的，若憑空提一句，斷不能背的；至下《孟子》，就有大半生的。算起《五經》來，因近來作詩，常把《五經》集些，雖不甚熟，還可塞責的。別的雖不記得，素日賈政幸未叫讀的，縱不知，也還不妨。至於古文，這是那幾年所讀過的幾篇《左傳》、《國策》、《公羊》、《穀梁》、漢、唐等文，這幾年未曾讀得，不過一時之興，隨看隨忘，未曾下過苦功，如何記得？這是更難塞責的。更有時文八股一道，因平素深惡此道，原非聖賢之製撰，焉能闡發聖賢之奧，不過是後人餌名釣祿之階。雖賈政當日起身，選了百十篇命他讀的，不過是後人的時文，偶見其中一二股內，或承起之中，有作得精緻，或流蕩，或遊戲，或悲感，稍能動性者，偶爾一讀，不過供一時之興趣，究竟何曾成篇潛心玩索？如今若溫習這個，又恐明日盤究那個。若溫習那個，又恐盤駁這個。一夜之工，亦不能全然溫習。因此，越添了焦躁。自己讀書，不知緊要，卻累著一房丫鬟們都不能睡。襲人等在旁剪燭斟茶，那些小的都睏倦起來，前仰後合。晴雯罵道：「什麼蹄子！一個個黑家白日挺屍挺不夠，偶然一次睡遲了些，就裝出這個腔調兒來了。再這樣，我拿針扎你們兩下子！」

話猶未了，只聽外間「咕咚」一聲。急忙看時，原來是一個小丫頭坐著打盹，一頭撞到壁上了，從夢中驚醒，卻正是晴雯說這話之時，他怔怔的只當是晴雯打了他一下，遂哭著央說道：「好姐姐，我再不敢了。」眾人都發起笑來。寶玉忙勸道：「饒他罷。原該叫他們睡去。你們也該替換著睡。」襲人道：「小祖宗，你只顧你的罷！統共這一夜的工夫，你把心暫且用在這幾本書上，等過了這一關，由你再張羅別的，也不算誤了什麼。」寶玉聽他說得懇切，只得又讀幾句。麝月斟了一杯茶來潤舌，寶玉接茶吃了。因見麝月只穿著短襖，解了裙子，寶玉道：「夜靜了，冷，到底穿一件大衣裳纔是。」麝月笑指著書道：「你暫且把我們忘了，且把心對著他些罷。」話猶未了，只聽春燕秋紋從後房門跑進來，口內喊說：「不好了，一個人從牆上跳下來了！」眾人聽說，忙問：「在那裏？」即喝起人來，各處尋找。

晴雯因見寶玉讀書苦惱，勞費一夜神思，明日也未必妥當，心下正要替寶玉想出一個主意來，好脫此難。忽然逢著這一驚，便生計向寶玉道：「趁這個機會，快裝病，只說嚇著了。」正中寶玉心懷。因叫起上夜人等來，打著燈籠，各處搜尋，並無蹤跡，都說：「小姑娘們想是睡花了眼出去，風搖的樹枝兒，錯認了人。」晴雯便道：「別放屁！你們查得不嚴，怕耽不是，還拿這話來支吾。剛纔並不是一個人見的，寶玉和我們出去有事，大家親見的。如今寶玉嚇得顏色都變了，滿身發熱，我如今還要上房裏取安魂丸藥去；太太問起來，是要回明白的，難道依你說就罷了不成。」眾人聽了，嚇得不敢則聲，只得又各處去找。晴雯和秋紋二人果出去要藥，故意鬧得眾人皆知寶玉著了驚，嚇病了。王夫人聽了，忙命人來看視給藥，又吩咐各上夜人仔細搜查；又一面叫查二門外鄰園牆上夜的小廝們。於是園內燈籠火把，直鬧了一夜。至五更天，就傳管家的細看查訪。

賈母聞知寶玉被嚇，細問原由，不敢再隱，只得回明。賈母道：「我不料道有此事。如今各處上夜人都不小心還是小事，只怕他們就是賊，也未可知。」當下邢夫人並尤氏等都過來請安，李紈鳳姐及姊妹等皆陪侍，聽賈母如此說，都默然無所答。獨探春出位笑道：「近因鳳姐姐身子不好幾日，園裏的人，比先放肆許多。先前不過是大家偷著一時半刻，或夜裏坐更時，三四個人聚在一處，或擲骰，或鬥牌，小小的玩意，不過為熬睏起見。邇來漸次放誕，竟開了賭局，甚有頭家局主，或三十吊五十吊的大輸贏。半月前竟有爭鬥相打之事。」賈母聽了，忙說：「你既知道，為何不早回我們來？」探春道：「我因想著太太事多，且連日不自在，所以沒回，只告訴大嫂子和管事的人們，戒飭過幾次，近日好些。」賈母忙道：「你姑娘家，如何知道這裏頭的利害，你自為賭錢常事，不過怕起爭論。殊不知夜間既要錢，就保不住不吃酒；既吃酒，就未免門户任意開鎖，或買東西。其中夜靜人稀，趁便藏賊引盜，何等事做不出來。況且園內你姊妹們起居所伴者，皆係丫頭媳婦們，賢愚混雜，賊盜事小，倘有別事，略沾帶些，關係非小！這事豈可輕恕。」

探春聽說，便默然歸坐。鳳姐雖未大癒，精神未嘗稍減，今見賈母如此說，便忙道：「偏生我又病了。」遂回頭命人速傳林之孝家的等總理家事的四個媳婦到來，當著賈母申飭了一頓。賈母命：「即刻查了頭家賭家來，有人出首者賞，隱情不告者罰。」林之孝家的等見賈母動怒，誰敢徇私，忙去園內傳齊，又一一盤查。雖然大家賴一回，終不免水落石出。查得大頭家三人，小頭家八人，聚賭者統共二十多人，都帶來見賈母，跪在院內，磕響頭求饒。賈母先問大頭家名姓，和錢之多少。原來這大頭家，一個是林之孝家的兩姨親家，一個是園內廚房內柳家媳婦之妹，一個是迎春之乳母。這是三個為首的，餘者不能多記。賈母便命將骰子紙牌一併燒毀，所有的錢入官，分散與眾人；將為首者每人打四十大板，攆出去，總不許再入；從者每人打二十板，革去三月月錢，撥入圊廁行內。又將林之孝家的申飭了一番。

林之孝家的見他的親戚又與他打嘴，自己也覺沒趣；迎春在坐也覺沒意思。黛玉、寶釵、探春等見迎春的乳母如此，也是「物傷其類」的意思，遂都起身笑向賈母討情，說：「這個奶奶，素日原不玩的，不知怎麽，也偶然高興；求看二姐姐面上，饒過這次罷。」賈母道：「你們不知道！大約這些奶子們，一個個仗著奶過哥兒姐兒，原比別人有些體面，他們就生事，比別人更可惡，專管調唆主子，護短偏向。我都是經過的。况且要拿一個作法，恰好果然就遇見了一個。你們別管，我自有道理。」寶釵等聽說，只得罷了。

一時，賈母歇晌，大家散出；都知賈母生氣，皆不敢回家，只得在此暫候。尤氏到鳳姐兒處來閒話了一回，因他也不自在，只得園內去閒談。邢夫人在王夫人處坐了一回，也要到園內走走。剛至園門前，只見賈母房內的小丫頭子名喚傻大姐的，笑嘻嘻走來，手內拿著個花紅柳綠的東西，低頭瞧著只管走，不防迎頭撞見邢夫人，擡頭看見，方纔站住。邢夫人因說：「這傻丫頭，又得個什麽愛巴物兒，這樣歡喜？拿來我瞧瞧。」

原來這傻大姐年方十四五歲，是新挑上來的，與賈母這邊專做粗活。因他生得體肥面闊，兩隻大腳，做粗活爽利簡捷，且心性愚頑，一無知識，出言可以發笑，賈母歡喜，便起名為「傻大姐」。若有錯失，也不苛責他。無事時，便入園內來玩耍。正往山石背後掏促織去，忽見一個五彩繡香囊，上面繡的並非花鳥等物，一面却是兩個人，赤條條的相抱，一面是幾個字。這癡丫頭原不認得是春意兒，心下打量：「敢是兩個妖精打架？不就是兩口子打架呢。」左右猜解不來，正要拿去與賈母看呢，所以笑嘻嘻走回。忽見邢夫人如此說，便笑道：「太太真個說的巧，真是個愛巴物兒！太太瞧一瞧。」說著，便送過去。邢夫人接來一看，嚇得連忙死緊攥住，忙問：「你是那裏得的？」傻大姐道：「我掏促織兒，在山子石後頭揀的。」邢夫人道：「快別告訴人，這不是好東西，連你也要打死呢。因你素日是個傻丫頭，以後再別提了。」這傻大姐聽了，反嚇得黃了臉，說：「再不敢了。」磕了頭，呆呆而去。

邢夫人回頭看時，都是些女孩兒，不便遞與他們，自己便塞在袖裏。心內十分罕異，揣摩此物從何而來，且不形於聲色，且到迎春房裏。迎春正因他乳母獲罪，心中不自在，忽報母親來了，遂接入。奉茶畢，邢夫人因說道：「你這麼大了，你那奶媽子行此事，你也不說說他；如今別人都好好的，偏咱們的人做出這事來，什麼意思。」迎春低頭弄衣帶，半晌答道：「我說他兩次，他不聽，也叫我無法兒。況且他是媽媽，只有他說我的，沒有我說他的。」邢夫人道：「胡說！你不好了，他原該說；如今他犯了法，你就該拿出姑娘的身分來。他敢不依，你就回我去纔是。如今直等外人共知，這可是什麼意思！再者，放頭兒，還只怕他巧語花言的和你借貸些簪環衣服做本錢。你這心活面軟，未必不周濟他些。若被他騙了去，我是一個錢沒有的，看你明日怎麼過節。」迎春不語，只低著頭。邢夫人見他這般，因冷笑道：「你是大老爺跟前的人養的，這裏探丫頭是二老爺跟前的人養的，出身一樣，你娘比趙姨娘強十分，你也該比探丫頭強纔是。怎麼你反不及他一半！倒是我無兒女的一生乾淨，也不能惹人笑話。」人回：「璉二奶奶來了。」邢夫人聽了，冷笑兩聲，命人出去說：「請他自己養病，我這裏不用他伺候。」接著又有探事的小丫頭來報說：「老太太醒了。」邢夫人方起身往前邊來。

迎春送至院外方回。繡橘因說道：「如何？前兒我回姑娘：『那一個攢珠累金鳳，竟不知那裏去了。』回了姑娘，竟不問一聲兒。我說：『必是老奶奶拿去，當了銀子，放頭兒的。』姑娘不信，只說：『司棋收著。』叫問司棋，司棋雖病，心裏卻明白，說：『沒有收起來，還在書架上匣內放著，預備八月十五要戴呢。』姑娘該叫人去問老奶奶一聲。」迎春道：「何用問，那自然是他拿了去摘了肩兒了。我只說他悄悄的拿了出去，不過一時半晌，仍舊悄悄的放在裏頭，誰知他就忘了。今日偏又鬧出來，問他也無益。」繡橘道：「何曾是忘記！他是試準了姑娘的性格，所以纔這樣。如今我有個主意：走到二奶奶房裏，將此事回了，他或著人要，他或省事拿幾吊錢來替他贖了。如何？」迎春忙道：「罷，罷，罷！省事些好。寧可沒有了，又何必生事。」繡橘道：「姑娘怎這樣軟弱？都要省起事來，將來連姑娘還騙了去！我竟去的是。」說著便走。迎春便不言語，只好由他。

誰知迎春的乳母之媳玉柱兒媳婦為他婆婆得罪，來求迎春去討情，他們正說金鳳一事，且不進去。也因素日迎春懦弱，他們都不放在心上；如今見繡橘立意去回鳳姐，又看這事脫不過去，只得進來，陪笑先向繡橘說：「姑娘，你別去生事。姑娘的金絲鳳，原是我們老奶奶老糊塗了，輸了幾個錢，沒的撈梢，所以借去，不想今日弄出事來。雖然這樣，到底主子的東西，我們不敢遲誤，終久是要贖的。如今還要求姑娘看著從小兒吃奶的情分，常往老太太那邊去討一個情，救出他來纔好。」迎春便說道：「好嫂子，你趁早打了這妄想。要等我去說情兒，等到明年，也是不中用的。方纔連寶姐姐林妹妹大夥兒說情，老太太還不依，何況是我一個人。我自己臊還臊不過來，還去討臊去！」繡橘便說：「贖金鳳是一件事，說情是一件事，別絞在一處。難道姑娘不去說情，你就不賠了不成？嫂子且取了金鳳來再說。」

玉柱兒家的聽見迎春如此拒絕他，繡橘的話又鋒利，無可回答，一時臉上過不去，也明欺迎春素日好性兒，乃向繡橘發話道：「姑娘，你別太張勢了。你滿家子算一算，誰的媽媽奶奶不仗著主子哥兒姐兒多得些意，偏咱們就這樣『丁是丁，卯是卯』的，只許你們偷偷摸摸的哄騙了去。自從邢姑娘來了，太太吩咐一個月儉省一兩銀子來與舅太太去，這裏饒添了邢姑娘的使費，反少了一兩銀子。時常短了這個，少了那個，那不是我們供給，誰又要去？不過大家將就些罷了。算到今日，少說也有三十兩了。我們這一向的錢，豈不白填了限呢。」繡橘不待說完，便啐了一口，道：「做什麼你白填了三十兩，我且和你算算賬，姑娘要了些什麼東西？」

迎春聽了這媳婦發邢夫人之私意，忙止道：「罷，罷，罷！不能拿了金鳳來，你不必拉三扯四亂嚷。我也不要那鳳了。便是太太問時，我只說丟了，也妨礙不著你什麼，你出去歇息歇息倒好。」一面叫繡橘倒茶來。繡橘又氣又急，因說道：「姑娘雖不怕，我們是做什麼的？把姑娘的東西丟了，他倒賴說姑娘使了他們的錢，這如今竟要準折起來。倘或太太問姑娘為什麼使了這些錢，敢是我們就中取勢？這還了得！」一行說，一行就哭了。司棋聽不過，只得勉強過來，幫著繡橘，問著那媳婦。迎春勸止不住，自拿了一本《太上感應篇》去看。

三人正沒開交，可巧寶釵、黛玉、寶琴、探春等，因恐迎春今日不自在，都約著來安慰。他們走至院中，聽見幾個人講究，探春從紗窗內一看，只見迎春倚在牀上看書，若有不聞之狀，探春也笑了。小丫頭們忙打起簾子報道：「姑娘們來了。」迎春放下書起身。那媳婦見有人來，且又有探春在內，不勸自止了，遂趁便就走。探春坐下，便問：「剛纔誰在這裏說話？倒像拌嘴似的。」迎春笑道：「沒有什麼，左不過他們小題大做罷了。何必問他。」探春笑道：「我纔聽見什麼『金鳳』，又是什麼『沒有錢，只和我們奴才要』。誰和奴才要錢了？難道姐姐和奴才要錢不成？」司棋繡橘道：「姑娘說得是了，姑娘何曾和他要什麼了？」探春笑道：「姐姐既沒有和他要，必定是我們和他們要了不成！你叫他進來，我倒要問問他。」迎春笑道：「這話又可笑。你們又無沾礙，何必如此？」探春道：「這倒不然。我和姐姐一樣，姐姐的事和我一般。他說姐姐，即是說我；我那邊有人怨我，姐姐聽見，也是和怨姐姐一樣。咱們是主子，自然不理論那些錢財小事，只知想起什麼要什麼，也是有的事。但不知金累絲鳳因何又夾在裏頭？」

那玉柱媳婦生恐繡橘等告出他來，遂忙進來用話掩飾。探春深知其意，因笑道：「你們所以糊塗。如今你奶奶已得了不是，趁此求二奶奶，把方纔的錢未曾散人的拿出些來贖取就完了。比不得沒鬧出來，大家都藏著留臉面；如今既是沒了臉，趁此時，總有十個罪也只一人受罰，沒有砍兩顆頭的理。你依我說，竟是和二奶奶趁便說去。在這裏大聲小氣，如何使得。」這媳婦被探春說出真病，也無可賴了，只不敢往鳳姐處自首。探春笑道：「我不聽見便罷；既聽見，少不得替你們分解分解。」

誰知探春早使了眼色與侍書，侍書出去了。這裏正說話，忽見平兒進來。寶琴拍手笑道：「三姐姐敢是有驅神召將的符術？」黛玉笑道：「這倒不是道家玄術，倒是用兵最精的所謂『守如處女，出如脫兔』，『出其不備』的妙策。」二人取笑，寶釵便使眼色與二人，遂以別話岔開。探春見平兒來了，遂問：「你奶奶可好些了？真是病糊塗了，事事都不在心上，叫我們受這樣委屈。」平兒忙道：「誰敢給姑娘氣受？姑娘吩咐我。」那玉柱兒媳婦方慌了手腳，遂上來趕著平兒叫：「姑娘坐下，讓我說原故，姑娘請聽。」平兒正色道：「姑娘這裏說話，也有你混插口的理！你但凡知禮，只該在外頭伺侍。也有外頭的媳婦們無故到姑娘房裏來的？」繡橘道：「你不知我們這屋裏是沒禮的，誰愛來就來！」平兒道：「都是你們不是！姑娘好性兒，你們就該打出去，然後再回太太去纔是。」

杻兒媳婦見平兒出了言，紅了臉，方退出去。探春接著道：「我且告訴你，若是別人得罪了我，倒還罷了；如今這杻兒媳婦和他婆婆，仗著是嬤嬤，又瞅著二姐姐好性兒，私自拿了首飾去賭錢，而且還捏造假賬，逼著去討情，和這兩個丫頭在臥房裏大嚷大叫，二姐姐竟不能轄治。所以我看不過，纔請你來問一聲：還是他本是天外的人，不知道理？還是有誰主使他如此，先把二姐姐制伏了，然後就要治我和四姑娘了？」平兒忙陪笑道：「姑娘怎麼今日說出這話來？我們奶奶如何擔得起！」探春冷笑道：「俗語說的，『物傷其類，齒竭脣亡』，我自然有些驚心。」平兒問迎春道：「若論此事，本好處的；但只他是姑娘的奶嫂，姑娘怎麼樣為是？」

當下迎春只和寶釵看《感應篇》故事，究竟連探春之話也不曾聞得，忽見平兒如此說，仍笑道：「問我，我也沒什麼法子。他們的不是，自作自受，我也不能討情，我也不去加責就是了。至於私自拿去的東西，送來我收下；不送來，我也不要了。太太們要來問我，可以隱瞞遮飾得過去，是他的造化；若瞞不住，我也沒法兒，沒有個為他們反欺枉太太們的理，少不得直說。你們若說我好性兒，沒個決斷，有好主意可以八面周全，不叫太太們生氣，任憑你們處治，我也不管。」眾人聽了，都好笑起來。黛玉笑道：「真是『虎狼屯於階陛，尚談因果』。若使二姐姐是個男人，一家上下這些人，又如何裁治他們？」迎春笑道：「正是，多少男人，尚且如此，何況我呢。」一語未了，只聽又有一人來了。不知是誰，下回分解。

卷七十四　惑奸讒抄檢大觀園　避嫌隙杜絕寧國府

話說平兒聽迎春說了，正自好笑，忽見寶玉也來了。原來管廚房柳家媳婦的妹子，也因放頭開賭得了不是。因這園中有素與柳家的不好的，便又告出柳家的來，說他和妹子是夥計，賺了平分。因此鳳姐要治柳家之罪。那柳家的聽得此信，便慌了手腳，因思素與怡紅院的人最為深厚，故走來悄悄的央求晴雯芳官等人，轉告訴了寶玉。寶玉因思內中迎春的嬤嬤也現有此罪，不若來約同迎春去討情，比自己獨去單為柳家的說情又更妥當，故此前來。忽見許多人在此，見他來時，都問道：「你的病可好了，跑來做什麼？」寶玉不便說出討情一事，只說：「來看二姐姐。」當下眾人也不在意，且說些閒話。

平兒便出去辦「累金鳳」一事。那玉柱兒媳婦緊跟在後，口內百般央求，只說：「姑娘好歹口內超生，我橫豎去贖了來。」平兒笑道：「你遲也贖，早也贖，『既有今日，何必當初』。你的意思『得過就過』，既是這樣，我也不好意思告人，趁早兒取了來，交與我送去，一字不提。」玉柱兒媳婦聽說，方放下心來，就拜謝，又說：「姑娘自去貴幹，趕晚贖了來，先回了姑娘，再送去，如何？」平兒道：「趕晚不來，可別怨我。」說畢，二人方分路各自散了。

平兒到房，鳳姐問他：「三姑娘叫你做什麼？」平兒笑道：「三姑娘怕奶奶生氣，叫我勸著奶奶些，問奶奶這兩天可吃些什麼？」鳳姐笑道：「倒是他還記掛我。剛纔又出來了一件事：有人來告柳二媳婦和他妹子通同開局，凡妹子所為，都是他做主。我想，你素日肯勸我『多一事不如省一事，自己保養保養也是好的』。我因聽不進去，果然應了，先把太太得罪了，而且反賺了一場病。如今我也看破了，隨他們鬧去罷，橫豎還有許多人呢。我白操一會子心，倒惹得萬人咒罵，不如且自家養養病；就是病好了，我也會做好好先生，得樂且樂，得笑且笑，一概是非都憑他們去罷。所以我只答應著知道了。」平兒笑道：「奶奶果然如此，那就是我們的造化了。」

一語未了，只見賈璉進來，拍手歎氣道：「好好的又生事！前兒我和鴛鴦借當，那邊太太怎麼知道了。纔剛太太叫過我去，叫我不管那裏先借二百銀子，做八月十五節下使用。我回沒處借，太太就說：『你沒有錢就有地方挪移，我白和你商量，你就搪塞我，你就沒地方兒！前兒一千銀子的當是那裏的？連老太太的東西你都有神通弄出來，這會二百銀子你就這樣難。虧我沒和別人說去。』我想太太分明不短，何苦來又尋事奈何人。」鳳姐兒道：「那日並沒個外人，誰走了這個消息？」平兒聽了，也細想那日有誰在此，想了半日，笑道：「是了。那日說話時沒人，但晚上送東西來的時節，老太太那邊傻大姐的娘可巧來送漿洗衣服，他在下房裏坐了一會子，看見一大箱子東西，自然要問，必是小丫頭們不知道，說出來了，也未可知。」因此便喚了幾個小丫頭來問：「那日誰告訴傻大姐的娘了？」眾小丫頭慌了，都跪下賭神發誓說：「自來也沒敢多說一句話。有人凡問什麼，都答應不知道，這事如何敢說。」

鳳姐詳情度理，說：「他們必不敢多說一句話，倒別委屈了他們。如今把這事靠後，且把太太打發了去要緊。寧可咱們短些，又別討沒意思。」因叫平兒：「把我的金首飾再去押二百銀子來，送去完事。」賈璉道：「越發多押二百，咱們也要使呢。」鳳姐道：「很不必，我沒處使。這不知還指那一項贖呢！」平兒拿了去，吩咐旺兒媳婦領去，不一時，拿了銀子來，賈璉親自送去，不在話下。

這裏鳳姐和平兒猜疑走風的人：「反叫鴛鴦受累，豈不是咱們過失。」正在胡想，人報：「太太來了。」鳳姐聽了咤異，不知何事，遂與平兒等忙迎出來。只見王夫人氣色更變，只帶一個貼己小丫頭走來，一語不發，走至裏間坐下。鳳姐忙捧茶，因陪笑問道：「太太今日高興，到這裏逛逛？」王夫人喝命：「平兒出去！」平兒見了這般，不知怎麼了，忙應了一聲，帶著眾小丫頭一齊出去，在房門外站住。越發將房門掩了，自己坐在臺階上，所有的人一個不許進去。

鳳姐也著了慌，不知有何事。只見王夫人含著淚，從袖裏擲出一個香袋來，說：「你瞧！」鳳姐忙拾起一看，見是十錦春意香袋，也嚇了一跳，忙問：「太太從那裏得來？」王夫人見問，越發淚如雨下，顫聲說道：「我從那裏得來？我天天坐在井裏，想你是個細心人，所以我纔偷空兒，誰知你也和我一樣。這樣東西，大天白日，明擺在園裏山石上，被老太太的丫頭拾著，不虧你婆婆看見，早已送到老太太跟前去了。我且問你：這個東西如何丟在那裏？」

鳳姐聽得，也更了顏色，忙問：「太太怎麼知道是我的？」王夫人又哭又歎道：「你反問我！你想，一家子除了你們小夫小妻，餘者老婆子們，要這個何用？女孩子們是從那裏得來？自然是那璉兒不長進下流種子那裏弄來的。你們又和氣，當作一件玩意兒；年輕的人，兒女閨房私意是有的，你還和我賴！幸而園內上下人還不解事，尚未揀得，倘或丫頭們揀著，你姊妹看見，這還了得。不然，有那小丫頭們揀著出去，說是園內揀的，外人知道，這性命臉面要也不要？」

鳳姐聽說，又急又愧，登時紫脹了面皮，便挨著炕沿雙膝跪下，也含淚訴道：「太太說的固然有理，我也不敢辯我並無這樣東西，但其中還要求太太細想：這香袋兒是外頭仿著內工繡的，帶連穗子一概是市賣的東西，我雖年輕不尊重，也不肯要這樣東西。再者，這也不是常帶著的，我縱然有，也只好在私處擱著，焉肯在身上常帶，各處逛去？況且又在園裏去，個個姊妹，我們多肯拉拉扯扯，倘或露出來，不但在姊妹前看見，就是奴才看見，我有什麼意思？三則論主子內，我是年輕媳婦，算起來，奴才比我更年輕的又不止一個了。況且他們也常在園走動，焉知不是他們掉的？再者，除我常在園裏，還有那邊太太常帶過幾個小姨娘來，嫣紅翠雲那幾個人，也都是年輕的人，他們更該有這個了。還有那邊珍大嫂子，他也不算很老，也常帶過珮鳳他們來，又焉知又不是他們的？況且園內丫頭太多，保不住都是正經的。或者年紀大些的，知道了人事，一刻查問不到，偷了出去，或借著因由，和二門上小幺兒們打牙撂嘴兒，外頭得了來的，也未可知。不但我沒此事，就連平兒，我也可以下保的。太太請細想。」

王夫人聽了這一席話，很近情理，因歎道：「你起來。我也知道你是大家子的姑娘出身，不至這樣輕薄，不過我氣激你的話。但只如今，且怎麼處？你婆婆纔打發人封了這個給我瞧，把我氣了個死。」鳳姐道：「太太快別生氣。若被眾人覺察了，保不定老太太不知道。且平心靜氣，暗暗訪察，纔能得這個實在；縱然訪不著，外人也不能知道。如今惟有趁著賭錢的因由革了許多人這空兒，把周瑞媳婦旺兒媳婦等四五個貼近不能走話的人，安插在園裏，以查賭為由。再如今他們的丫頭也太多了，保不住人大心大，生事作耗，等鬧出來，反悔之不及。如今若無故裁革，不但姑娘們委屈煩惱，就連太太和我也過不去。不如趁此機會，以後凡年紀大些的，或有些咬牙難纏的，拿個錯兒攆出去，配了人。一則保的住沒有別事，二則也可省些用度。太太想我這話如何？」王夫人歎道：「你說的何嘗不是，但從公細想，你這幾個姊妹，每人只有兩三個丫頭像人，餘者竟是小鬼兒似的，如今再去了，不但我心裏不忍，只怕老太太未必就依。雖然艱難，也還窮不至此。我雖沒受過大榮華，比你們是強些，如今寧可省我些，別委屈了他們。你如今且叫人傳周瑞家的等人進來，就吩咐他們快快暗訪這事要緊。」鳳姐即喚平兒進來，吩咐出去。

一時，周瑞家的與吳興家的、鄭華家的、來旺家的、來喜家的現在五家陪房進來。王夫人正嫌人少，不能勘察，忽見邢夫人的陪房王善保家的走來，正是方纔是他送香袋來的。王夫人向來看視邢夫人之得力心腹人等，原無二意，今見他來打聽此事，便向他說：「你去回了太太，也進園來照管照管，比別人強些。」王善保家的因素日進園去，那些丫鬟們不大趨奉他，他心裏不自在，要尋他們的故事又尋不著，恰好生出這件事來，以為得了把柄；又聽王夫人委託他，正碰在心坎上，道：「這個容易。不是奴才多話，論理這事該早嚴緊些的。太太也不大往園裏去，這些女孩子們，一個個倒像受了封誥似的，他們就成了千金小姐了。鬧下天來，誰敢哼一聲兒。不然，就調唆姑娘們，說欺負了姑娘們了，誰還耽得起。」王夫人道：「這也有的常情，跟姑娘們的丫頭比別的嬌貴些。」王善保家的道：「別的還罷了，太太不知，頭一個是寶玉屋裏的晴雯那丫頭，仗著他生得模樣兒比別人標致些，又生了一張巧嘴，天天打扮得像個西施樣子，在人跟前能說慣道，抓尖要強。一句話不投機，他就立起兩隻眼睛來罵人。妖妖調調，大不成個體統。」

王夫人聽了這話，猛然觸動往事，便問鳳姐道：「上次我們跟了老太太進園逛去，有一個水蛇腰、削肩膀兒、眉眼又有些像你林妹妹的，正在那裏罵小丫頭。我心裏很看不上那狂樣子，因同老太太走，我不曾説得；後來要問是誰，又偏忘了。今日對了檻兒，這丫頭想必就是他了。」鳳姐道：「若論這些丫頭們，共總比起來，都沒晴雯生得好。論舉止言語，他原輕薄些。方纔太太説的倒很像她，我也忘了那日的事，不敢亂説。」

王善保家的便道：「不用這樣，此刻不難叫了他來，太太瞧瞧。」王夫人道：「寶玉房裏常見我的，只有襲人麝月，這兩個笨笨的倒好。要有這個，他自然不敢來見我的。我一生最嫌這樣的人，且又出來這個事。好好的寶玉，倘或叫這蹄子勾引壞了，那還了得！」因叫自己的丫頭來，吩咐他道：「你去，只説我有話問他，留下襲人麝月伏侍寶玉，不必來；有一個晴雯最伶俐，叫他即刻快來。你不許和他説什麼。」小丫頭答應了，走入怡紅院，正值晴雯身上不自在，睡中覺纔起來，正發悶，聽如此説，只得隨了他來。

素日晴雯不敢出頭，因連日不自在，並沒十分妝飾，自為無礙。及到了鳳姐房中，王夫人一見他釵嚲鬢鬆，衫垂帶褪，大有春睡捧心之態；而且形容面貌恰是上月的那人，不覺勾起方纔的火來。王夫人便冷笑道：「好個美人兒！真像個『病西施』了。你天天作這輕狂樣兒給誰看？你幹的事，打量我不知道呢！我且放著你，自然明兒揭你的皮！寶玉今日可好些？」

晴雯一聽如此説，心內大異，便知有人暗算了他，雖然著惱，只不敢作聲。他本是個聰明過頂的人，見問寶玉可好些，他便不肯以實話答應，忙跪下回道：「我不大到寶玉房裏去，又不常和寶玉在一處，好歹我不能知；那都是襲人和麝月兩個人的事，太太問他們。」王夫人道：「這就該打嘴！你難道是死人，要你們做什麼！」晴雯道：「我原是跟老太太的人，因老太太説園裏空大人少，寶玉害怕，所以撥了我去外間屋裏上夜，不過看屋子。我原回過我笨，不能伏侍，老太太罵了我：『又不叫你管他的事，要伶俐的做什麼。』我聽了，不敢不去，纔去的。不過十天半月之內，寶玉叫著了，答應幾句話，就散了。至於寶玉的飲食起居，上一層有老奶奶老媽媽們，下一層有襲人、麝月、秋紋幾個人。我閒著還要做老太太屋裏的針綫，所以寶玉的事，竟不曾留心。太太既怪，從此後我留心就是了。」

王夫人信以為實了，忙説：「阿彌陀佛！你不近寶玉，是我的造化，竟不勞你費心。既是老太太給寶玉的，我明兒回了老太太，再攆你。」因向王善保家的道：「你們進去，好生防他幾日，不許他在寶玉屋裏睡覺，等我回過老太太，再處治他。」喝聲：「出去！站在這裏，我看不上這浪樣兒！誰許你這樣花紅柳綠的妝扮！」晴雯只得出來，這氣非同小可，一出門，便拿手帕子握臉，一頭走，一頭哭，直哭到園內去。

這裏王夫人向鳳姐等自怨道：「這幾年我越發精神短了，照顧不到。這樣妖精似的東西，竟沒看見。只怕這樣的還有，明日倒得查查。」鳳姐見王夫人盛怒之際，又因王善保家的是邢夫人的耳目，常時調唆得邢夫人生事，縱有千百樣言語，此刻也不敢説，只低頭答應著。王善保家的道：「太太且請息怒。這些小事，只交與奴才。如今要查這個是極容易的，等到晚上園門關了的時節，內外不通風，我們竟給他們個冷不防，帶著人到各處丫頭們房裏搜尋。想來誰有這個，斷不單有這個，自然還有別的；那時翻出別的來，自然這個也是他的了。」王夫人道：「這話倒是。若不如此，斷乎不能明白。」因問鳳姐：「如何？」鳳姐只得答應說：「太太說是，就行罷了。」王夫人道：「這主意很是。不然一年也查不出來。」

於是大家商議已定，至晚飯後，待賈母安寢了，寶釵等入園時，王家的便請了鳳姐一併進園，喝命將角門皆上鎖，便從上夜的婆子處來抄揀起，不過抄揀些多餘攢下蠟燭燈油等物。王善保家的道：「這也是贓，不許動的，等明日回過太太再動。」於是先就到怡紅院中，喝命關門。當下寶玉正因晴雯不自在，忽見這一干人來，不知為何，直撲了丫頭們的房門去，因迎出鳳姐來，問是何故。鳳姐道：「丟了一件要緊的東西，因大家混賴，恐怕有丫頭們偷了，所以大家都查一查去疑兒。」一面說，一面坐下吃茶。

王家的等搜了一回，又細問：「這幾個箱子是誰的？」都叫本人來親自打開。襲人因見晴雯這樣，必有異事，又見這番抄揀，只得自己先出來打開了箱子並匣子，任其搜揀一番，不過平常通用之物。隨放下，又搜別人的，挨次都一一搜過。到晴雯的箱子，因問：「是誰的？怎麼不打開叫搜？」襲人方欲代晴雯開時，只見晴雯挽著頭髮闖進來，「豁啷」一聲，將箱子掀開，兩手提著底子，往地下一翻，將所有之物盡都倒出來。王善保家的也覺沒趣兒，便紫脹了臉，說道：「姑娘，你別生氣。我們並非私自就來的，原是奉太太的命來搜察；你們叫翻呢，我們就翻一翻，不叫翻，我們還許回太太去呢。那用急得這個樣子！」晴雯聽了這話，越發火上澆油，便指著他的臉說道：「你說你是太太打發來的，我還是老太太打發來的呢！太太那邊的人我也都見過，就只沒看見你這麼個有頭有臉大管事的奶奶！」

鳳姐見晴雯說話鋒利尖酸，心中甚喜，卻礙著邢夫人的臉，忙喝住晴雯。那王善保家的又羞又氣，剛要還言，鳳姐道：「媽媽，你也不必和他們一般見識，你且細細搜你的；咱們還到各處走走呢，再遲了，走了風，我可擔不起。」王善保家的只得咬咬牙，且忍了這口氣，細細的看了一看，也無甚私弊之物，回了鳳姐，要別處去，鳳姐道：「你可細細的查，若這一番查不出來，難回話的。」眾人都道：「盡都細翻了，沒有什麼差錯東西；雖有幾樣男人物件，都是小孩子東西，想是寶玉的舊物，沒甚關係的。」

鳳姐聽了，笑道：「既然如此，咱們就走，再瞧別處去。」說著，一徑出來，向王善保家的道：「我有一句話，不知是不是：要抄揀只抄揀咱們家的人，薛大姑娘屋裏斷乎抄揀不得的。」王善保家的笑道：「這個自然，豈有抄起親戚家來的。」鳳姐點頭道：「我也這樣說呢。」一頭說，一頭到了瀟湘館內。黛玉已睡了，忽報這些人來，不知為甚事，纔要起來，只見鳳姐已走進來，忙按住他不叫起來，只說：「睡著罷，我們就走的。」這邊且說些閒話。

那王善保家的帶了眾人，到了丫鬟房中，也一一開箱倒籠抄揀了一番。因從紫鵑房中搜出兩副寶玉往常換下來的寄名符兒，一副束帶上的帔帶，兩個荷包並扇套，套內有扇子，打開看時，皆是寶玉往日手內曾拿過的。王善保家的自為得了意，遂忙請鳳姐過來驗視，又說：「這些東西從那裏來的？」鳳姐笑道：「寶玉和他們從小兒在一處混了幾年，這自然是寶玉的舊東西。況且這符兒和扇子，都是老太太和太太常見的；媽媽不信，咱們只管拿了去。」王家的忙笑道：「二奶奶既知道就是了。」鳳姐道：「這也不是什麼稀罕事，撂下再往別處去是正經。」紫鵑笑道：「直到如今，我們兩下裏的賬也算不清，要問這一個，連我也忘了是那年月日有的了。」

這裏鳳姐和王善保家的又到探春院內，誰知早有人報與探春了。探春也就猜著必有原故，所以引出這等醜態來，遂命眾丫鬟秉燭開門而待。一時眾人來了，探春故問：「何事？」鳳姐笑道：「因丟了一件東西，連日訪察不出人來，恐怕旁人賴這些女孩子們，所以大家搜一搜，使人去疑兒，倒是洗淨他們的好法子。」探春笑道：「我們的丫頭，自然都是些賊，我就是頭一個窩主。既如此，先來搜我的箱櫃，他們所偷了來的，都交給我藏著呢。」說著，便命丫鬟們把箱一齊打開，將鏡奩、妝盒、衾袱、衣包若大若小之物，一齊打開，請鳳姐去抄閱。鳳姐陪笑道：「我不過是奉太太的命來，妹妹別錯怪了我。」因命丫鬟們：「快快給姑娘關上。」

平兒豐兒等先忙著替侍書等關的關，收的收。探春道：「我的東西，倒許你們搜閱；要想搜我的丫頭，這卻不能。我原比眾人歹毒，凡丫頭所有的東西，我都知道，都在我這裏間收著，一針一綫，他們也沒得收藏。要搜，所以只來搜我。你們不依，只管去回太太，只說我違背了太太，該怎麼處治，我去自領。你們別忙，自然你們抄的日子有呢！你們今日早起不是議論甄家，自己盼著好好的抄家，果然今日真抄了。咱們也漸漸的來了。可知這樣大族人家，若從外頭殺來，一時是殺不死的，這可是古人說的，『百足之蟲，死而不僵』，必須先從家裏自殺自滅起來，纔能一敗塗地呢！」說著，不覺流下淚來。

鳳姐只看著眾媳婦們。周瑞家的便道：「既是女孩子的東西全在這裏，奶奶且請到別處去罷，也讓姑娘好安寢。」鳳姐便起身告辭。探春道：「可細細搜明白了？若明日再來，我就不依了。」鳳姐笑道：「既然丫頭們的東西都在這裏，就不必搜了。」探春冷笑道：「你果然倒乖。連我的包袱都打開了，還說沒翻。明日敢說我護著丫頭們，不許你們翻了。你趁早說明，若還要翻，不妨再翻一遍。」鳳姐知道探春素日與眾不同的，只得陪笑道：「已經連你的東西都搜察明白了。」探春又問眾人：「你們也都搜明白了沒有？」周瑞家的等都陪笑說：「都明白了。」

那王善保家的本是個心內沒成算的人，素日雖聞探春的名，他想眾人沒眼色沒膽量罷了，那裏一個姑娘就這樣利害起來；況且又是庶出，他敢怎麼著。自己又仗著是邢夫人的陪房，連王夫人尚另眼相待，何況別人？只當是探春認真單惱鳳姐，與他們無干，他便要趁勢作臉，因越眾向前，拉起探春的衣襟故意一掀，嘻嘻的笑道：「連姑娘身上我都翻了，果然沒有什麼。」鳳姐見他這樣，忙說：「媽媽走罷，別瘋瘋癲癲的。」

一語未了，只聽「啪」的一聲，王家的臉上早著了探春一巴掌。探春登時大怒，指著王家的問道：「你是什麼東西，敢來拉扯我的衣裳！我不過看著太太的面上，你又有幾歲年紀，叫你一聲『媽媽』；你就狗仗人勢，天天作耗，在我們跟前逞臉。如今越發了不得了，你索性望我動手動腳的了！你打量我是同你們姑娘那麼好性兒，由著你們欺負，你就錯了主意了！你來搜檢東西我不惱，你不該拿我取笑兒！」說著，便親自要解鈕子，拉著鳳姐兒細細的翻：「省得你們叫奴才來翻我。」

鳳姐平兒等都忙與探春理裙整袂，口內喝著王善保家的說：「媽媽吃兩口酒，就瘋瘋癲癲起來，前兒把太太也衝撞了。快出去，別再討臉了。」又忙勸探春：「好姑娘，別生氣。他算什麼，姑娘氣著倒值多了。」探春冷笑道：「我但凡有氣，早一頭碰死了！不然，怎麽許奴才來我身上搜賊贓呢。明兒一早，先回過老太太、太太，再過去給大娘賠禮。該怎麽著，我去領！」

那王善保家的討了個沒臉，趕忙躲出窗外，只說：「罷了，罷了！這也是頭一遭捱打。我明兒回了太太，仍回老娘家去罷，這個老命還要他做什麽！」探春喝命丫鬟：「你們聽見他說話，還等我和他拌嘴去不成？」侍書聽說，便出去說道：「媽媽，你知點好歹兒，省一句兒罷。你果然回老娘家去，倒是我們的造化了；只怕你捨不得去！你去了，叫誰討主子的好兒，調唆著察考姑娘，折磨我們呢！」鳳姐笑道：「好丫頭！真是有其主必有其僕。」探春冷笑道：「我們做賊的人，嘴裏都有三言兩語的；就只不會背地裏調唆主子。」平兒忙也陪笑解勸，一面又拉了侍書進來。周瑞家的等人勸了一番，鳳姐直待伏侍探春睡下，方帶著人往對過暖香塢來。

彼時李紈猶病在牀上，他與惜春是緊鄰，又和探春相近，故順路先到這兩處。因李紈纔吃了藥睡著，不好驚動，只到丫鬟們房中，一一的搜了一遍，也沒有什麽東西，遂到惜春房中來。因惜春年少，尚未識事，嚇得不知當有什麽事故，鳳姐少不得安慰他。誰知竟在入畫箱中尋出一大包銀錁子來，約共三四十個，為察姦情，反得賊贓。又有一副玉帶版子，並一包男人的靴襪等物。鳳姐也黃了臉，因問：「是那裏來的？」入畫只得跪下哭訴真情，說：「這是珍大爺賞我哥哥的。因我們老子娘都在南方，如今只跟著叔叔過日子；我叔叔嬸子只要吃酒賭錢，我哥哥怕交給他們又花了，所以每常得了，悄悄的煩老媽媽帶進來，叫我收著的。」

惜春膽小，見了這個，也害怕說：「我竟不知道，這還了得！二嫂子要打他，好歹帶他出去打罷，我聽不慣的。」鳳姐笑道：「若果真呢，也倒可恕，只是不該私自傳送進來。這個可以傳遞，怕什麼不可傳遞。這倒是傳遞人的不是了。若這話不真，倘是偷來的，你可就別想活了。」入畫跪哭道：「我不敢撒謊，奶奶只管明日問我們奶奶和大爺去，若說不是賞的，就拿我和我哥哥一同打死無怨。」鳳姐道：「這個自然要問的。只是真賞的，也有不是，誰許你私自傳送東西的！你且說是誰接應，我就饒你。下次萬萬不可。」惜春道：「嫂子別饒他，這裏人多，若不管了他，那些大的聽見了，又不知怎麼樣呢。嫂子若依他，我也不依。」鳳姐道：「素日我看他還使得。誰沒有一個錯，只這一次，二次再犯，二罪俱罰。但不知傳遞是誰？」惜春道：「若說傳遞，再無別個，必是後門上的張媽。他常和這些丫頭鬼鬼祟祟的，這些丫頭們也都肯照顧他。」

鳳姐聽說，便命人記下，將東西且交給周瑞家的暫且拿著，等明日對明再議。誰知那老張媽原和王善保家有親，近因王善保家的在邢夫人跟前做了心腹人，便把親戚和伴兒們都看不到眼裏了。後來張家的氣不平，鬥了兩次口，彼此都不說話了。如今王家的聽見是他傳遞，碰在他心坎兒上，更兼剛纔捱了探春的打，受了侍書的氣，沒處發洩，聽見張家的這事，因攛掇鳳姐道：「這傳東西的事關係更大。想來那些東西，自然也是傳遞進來的，奶奶倒不可不問。」鳳姐兒道：「我知道，不用你說。」於是別了惜春，方往迎春房內去。

迎春已經睡著了，丫鬟們也纔要睡，眾人扣門，半日纔開。鳳姐吩咐：「不必驚動姑娘。」遂往丫鬟們房裏來。因司棋是王善保家的外孫女兒，鳳姐要看王家的可藏私不藏私，遂留神看他搜檢。先從別人箱子起，皆無別物；及到了司棋箱中，隨意掏了一回，王善保家的說：「也沒有什麼東西。」纔要關箱時，周瑞家的道：「這是什麼話？有沒有，總要一樣看看纔公道。」說著，便伸手掣出一雙男子的綿襪並一雙緞鞋，又有一個小包袱，打開看時，裏面是一個同心如意，並一個字帖兒。一總遞與鳳姐，鳳姐因理家常久，每每看帖看賬，也頗識得幾個字了。那帖是大紅雙喜箋，便看上面寫道：

上月你來家後，父母已察覺你我之意。但姑娘未出閣，尚不能完你我之心願。若園內可以相見，你可託張媽給一信息。若得在園內一見，倒比來家好說話。千萬，千萬！再所賜香珠二串，今已查收外，特寄香袋一個，略表我心。千萬收好。表弟潘又安拜具。

鳳姐看罷，不怒而反樂，別人並不識字。王善保家的素日並不知道他姑表姊弟有這一節風流故事，見了這鞋襪，心內已是有些毛病，又見有一紅帖，鳳姐看著又笑，他便說道：「必是他們寫的賬目不成字，所以奶奶見笑。」鳳姐笑道：「正是這個賬竟算不過來。你是司棋的老娘，他表弟也該姓王，怎麼又姓潘呢？」王善保家的見問得奇怪，只得勉強告道：「司棋的姑媽給了潘家，所以他姑表弟兄姓潘。上次逃走了的潘又安，就是他。」鳳姐笑道：「這就是了。」因說：「我念給你聽聽。」說著，從頭念了一遍，大家都唬一跳。這王家的一心只要拿人的錯兒，不想反拿住了他外孫女兒，又氣又臊。周瑞家的四人聽見鳳姐兒念了，都吐舌頭，搖頭兒。周瑞家的道：「王大媽聽見了？這是明明白白，再沒得話說了。這如今怎麼樣呢？」

王家的只恨無地縫兒可鑽。鳳姐只瞅著他，抿著嘴兒嘻嘻的笑，向周瑞家的道：「這倒也好。不用他老娘操一點心兒，鴉雀不聞，就給他們弄了個好女婿來了。」周瑞家的也笑著湊趣兒，王家的無處煞氣，只好打著自己的臉罵道：「老不死的娼婦，怎麼造下孽了！說嘴打嘴，現世現報。」眾人見他如此，要笑又不敢笑，也有趁願的，也有心中感動報應不爽的。鳳姐見司棋低頭不語，也並無畏懼慚愧之意，倒覺可異。料此時夜深，且不必盤問，只怕他夜間自尋短志，遂喚兩個婆子監守，且帶了人，拿了贓證，回來歇息，等待明日料理。

誰知夜裏下面淋血不止，次日便覺身體十分軟弱起來，遂掌不住，請醫診視，開方立案，說要保重而去。老嬤嬤們拿了方子，回過王夫人，不免又添一番愁悶，遂將司棋之事暫且擱起。

可巧這日尤氏來看鳳姐，坐了一回，又看李紈等。忽見惜春遣人來請，尤氏到他房中，惜春便將昨夜之事細細告訴了，又命人將入畫的東西一概要來與尤氏過目。尤氏道：「實是你哥哥賞他哥哥的，只不該私自傳送，如今官鹽反成了私鹽了。」因罵入畫：「糊塗東西！」惜春道：「你們管教不嚴，反罵丫頭。這些姊妹，獨我的丫頭沒臉，我如何去見人。昨兒叫鳳姐姐帶了他去，又不肯；今日嫂子來的恰好，快帶了他去。或打，或殺，或賣，我一概不管。」入畫聽說，跪地哀求，百般苦告。尤氏和奶媽等人也都十分解說：「他不過一時糊塗，下次再不敢的。看他從小兒伏侍一場。」

誰知惜春年幼，天性孤僻，任人怎說，只是咬定牙，斷乎不肯留著。更又說道：「不但不要入畫，如今我也大了，連我也不便往你們那邊去了。況且近日聞得多少議論，我若再去，連我也編派。」尤氏道：「誰敢議論什麼？又有什麼可議論的！姑娘是誰，我們是誰。姑娘既聽見人議論我們，就該問著他纔是。」惜春冷笑道：「你這話問著我倒好。我一個姑娘家，只好躲是非的，我反尋是非，成個什麼人了！況且古人說得好，『善惡生死，父子不能有所勖助』，何況你我二人之間。我只能保住自己就夠了。以後你們有事，好歹別累我。」

尤氏聽了，又氣又好笑，因向地下眾人道：「怪道人人都說四姑娘年輕糊塗，我只不信。你們聽這些話，無原無故，又沒輕重，真真的叫人寒心。」眾人都勸說道：「姑娘年輕，奶奶自然該吃些虧的。」惜春冷笑道：「我雖年輕，這話卻不年輕。你們不看書，不識字，所以都是呆子，倒說我糊塗。」尤氏道：「你是狀元，第一個才子。我們糊塗人，不如你明白！」惜春道：「據你這話就不明白，狀元難道沒有糊塗的？可知你們這些人都是世俗之見，那裏眼裏識得出真假、心裏分得出好歹來？你們要看真人，總在最初一步的心上看起，纔能明白呢！」尤氏笑道：「好！纔是才子，這會子又做大和尚，又講起參悟來了。」惜春道：「我也不是什麼參悟。我看如今人一概也都是入畫一般，沒有什麼大說頭兒。」尤氏道：「可知你真是個心冷嘴冷的人。」惜春道：「怎麼我不冷？我清清白白的一個人，為什麼叫你們帶累壞了！」

尤氏心內原有病，怕說這些話。聽說有人議論，已是心中羞惱，只是今日惜春分中，不好發作，忍耐了大半天。今見惜春又說這話，因按捺不住，便問道：「怎麼就帶累了你？你的丫頭的不是，無故說我；我倒忍了這半日，你倒越發得了意，只管說這些話。你是千金小姐，我們以後就不親近你，仔細帶累了小姐的美名兒。即刻就叫人將入畫帶了過去！」說著，便賭氣起身去了。惜春道：「你這一去了，若果然不來，倒也省了口舌是非，大家倒還乾淨。」尤氏也不答應，一徑往前邊去了。未知後事如何，下回分解。

卷七十五　開夜宴異兆發悲音　賞中秋新詞得佳讖

話說尤氏從惜春處賭氣出來，正欲往王夫人處去，跟從的老嬤嬤們因悄悄的道：「回奶奶，且別往上房去。纔有甄家的幾個人來，還有些東西，不知是做什麼機密事。奶奶這一去，恐怕不便。」尤氏聽了道：「昨日聽見你老爺說，看見鈔報上，甄家犯了罪，現今抄沒家私，調取進京治罪。怎麼又有人來？」老嬤嬤道：「正是呢。纔來了幾個女人，氣色不成氣色，慌慌張張的，想必有什麼瞞人的事。」

尤氏聽了，便不往前去，仍往李紈這邊來了。恰好太醫纔診了脈去。李紈近日也覺精爽了些，擁衾倚枕，坐在牀上，正欲人來說些閒話。因見尤氏進來，不似方纔和藹，只呆呆的坐著，李紈因問道：「你過來了，可吃些東西？只怕餓了。」命素雲：「瞧有什麼新鮮點心拿來。」尤氏忙止道：「不必，不必。你這一向病著，那裏有什麼新鮮東西。況且我也不餓。」李紈道：「昨日人家送來的好茶麵子，倒是對碗來你喝罷。」說畢，便吩咐去對茶。

尤氏出神無語。跟來的丫頭媳婦們因問：「奶奶今日中晌尚未洗臉，這會子趁便可淨一淨好？」尤氏點頭。李紈忙命素雲來取自己妝奩。素雲又將自己脂粉拿來，笑道：「我們奶奶就少這個。奶奶不嫌腌臢，能著用些。」李紈道：「我雖沒有，你就該往姑娘們那裏取去，怎麼公然拿出你的來？幸而是他，若是別人，豈不惱呢？」尤氏笑道：「這有何妨。」說著，一面洗臉。丫頭只彎腰捧著臉盆。李紈道：「怎麼這樣沒規矩？」那丫頭趕著跪下。尤氏笑道：「我們家下大小的人，只會講外面假禮假體面，究竟做出來的事都夠使的了。」李紈聽如此說，便知他已知道昨夜的事，因笑道：「你這話有因。誰做事究竟夠使的了？」尤氏道：「你倒問我！你敢是病著死過去了？」

一語未了，只見人報：「寶姑娘來。」二人忙說「快請」時，寶釵已走進來。尤氏忙擦臉起身讓坐，因問：「怎麼一個人忽然走進來，別的姊妹都不見？」寶釵道：「正是，我也沒有見他們。只因今日我們奶奶身上不自在，家裏兩個女人也都因時症未起炕，別的靠不得，我今兒要出去陪著老人家夜裏作伴。要去回老太太、太太，我想又不是什麼大事，且不用提，等好了，我橫豎進來的。所以來告訴大嫂子一聲。」李紈聽說，只看著尤氏笑，尤氏也看著李紈笑。

一時，尤氏盥洗已畢，大家吃麵茶。李紈因笑著向寶釵道：「既這樣，且打發人去請姨娘的安，問是何病。我也病著，不能親自來的。好妹妹，你去只管去，我且打發人去到你那裏去看屋子。你好歹住一兩天還進來，別叫我落不是。」寶釵笑道：「落什麼不是呢？也是人之常情，你又不曾賣放了賊。依我的主意，也不必添人過去，竟把雲丫頭請了來，你和他住一兩日，豈不省事。」尤氏道：「可是史大妹妹往那裏去了？」寶釵道：「我纔打發他們找你們探丫頭去了，叫他同到這裏來，我也明白告訴他。」

正說著，果然報：「雲姑娘和三姑娘來了。」大家讓坐已畢，寶釵便說要出去一事。探春道：「很好。不但姨媽好了還來，就便好了不來也使得。」尤氏笑道：「這話奇怪！怎麼撵起親戚來了？」探春冷笑道：「正是呢，有別人撵的，不如我先撵。親戚們好，也不在必要死住著纔好。咱們倒是一家子親骨肉呢，一個個不像烏眼雞似的？恨不得你吃了我，我吃了你！」尤氏忙笑道：「我今兒是那裏來的晦氣，偏都碰著你姊妹們氣頭上了。」探春道：「誰叫你趁熱灶火來了！」因問：「誰又得罪了你呢？」因又尋思道：「鳳丫頭也不犯和你慪氣，卻是誰呢？」尤氏只含糊答應。

探春知他畏事，不肯多言，因笑道：「你別裝老實了。除了朝廷治罪，沒有砍頭的，你不必唬得這個樣兒。告訴你罷，我昨日把王善保家那老婆子打了，我還頂著罪呢。也不過背地裏說我些閒話，難道也還打我一頓不成！」寶釵忙問：「因何又打他？」探春悉把昨夜的事一一都說了出來。尤氏見探春已經說了出來，便把惜春方纔的事也說了出來。探春道：「這是他向來的脾氣，孤介太過，我們再扭不過他的。」又告訴他們說：「今日一早不見動靜，打聽了鳳丫頭病著，就打發人四下打聽王善保家的是怎樣。回來告訴我說：『王善保家的捱了一頓打，嗔著他多事。』」尤氏李紈道：「這倒也是正禮。」探春冷笑道：「這種遮人眼目兒的事，誰不會做？且再瞧就是了。」尤氏李紈皆默無所答。一時，丫頭們來請用飯，湘雲寶釵回房打點衣衫，不在話下。

尤氏辭了李紈，往賈母這邊來。賈母歪在榻上，王夫人正說甄家因何獲罪，如今抄沒了家產，來京治罪等話。賈母聽了，心中甚不自在。恰好見他姊妹來了，因問：「從那裏來的？可知鳳姐兒妯娌兩個病著，今日怎麼樣？」尤氏等忙回道：「今日都好些。」賈母點頭歎道：「咱們別管人家的事，且商量咱們八月十五賞月是正經。」王夫人笑道：「已預備下了，不知老太太揀那裏好？只是園裏恐夜晚風涼。」賈母笑道：

「多穿兩件衣服何妨，那裏正是賞月的地方，豈可倒不去的。」

說話之間，媳婦們擡過飯桌，王夫人尤氏等忙上來放箸捧飯。賈母見自己幾色菜已擺完，另有兩大捧盒內，盛了幾色菜，便是各房孝敬的舊規矩。賈母說：「我吩咐過幾次，蠲了罷，都不聽，也只罷了。」王夫人笑道：「不過都是家常東西。今日我吃齋，沒有別的。那些麵筋豆腐，老太太又不甚愛吃，只揀了一樣椒油蓴齏醬來。」賈母笑道：「我倒也想這個吃。」鴛鴦聽說，便將碟子挪在跟前。寶琴一一的讓了，方歸坐。賈母便命探春來同吃，探春也都讓過了，便和寶琴對面坐下。侍書忙去取了碗箸。鴛鴦又指那幾樣菜道：「這兩樣看不出是什麼東西來，是大老爺孝敬的。這一碗是雞髓筍，是外頭老爺送上來的。」一面說，一面就將這碗筍送至桌上。賈母略嘗了兩點，便命：「將那幾樣著人都送回去，就說我吃了。以後不必天天送，我想吃什麼，自然著人來要。」媳婦們答應著仍送過去，不在話下。

賈母因問：「拿稀飯來吃些罷。」尤氏早捧過一碗來，說是紅稻米粥。賈母接來吃了半碗，便吩咐：「將這粥送給鳳姐兒吃去。」又指著這一盤果子：「獨給平兒吃去。」又向尤氏道：「我吃了，你就來吃了罷。」尤氏答應著，待賈母漱口洗手畢，賈母便下地，和王夫人說閒話行食。尤氏告坐吃飯。賈母又命鴛鴦等來陪吃。賈母見尤氏吃的仍是白米飯，因問說：「怎麼不盛我的飯？」丫頭們回道：「老太太的飯完了。今日添了一位姑娘，所以短了些。」鴛鴦道：「如今都是『可著頭做帽子』了，要一點兒富餘也不能的。」王夫人忙回道：「這一二年旱澇不定，莊上的米都不能按數交的。這幾樣細米更艱難，所以都是可著吃的做。」賈母笑道：「正是『巧媳婦做不出沒米兒粥來』。」眾人都笑起來。鴛鴦一面回頭向門外伺候媳婦們道：「既這樣，你們就去把三姑娘的飯拿來添上，也是一樣。」尤氏笑道：「我這個就夠了，也不用去取。」鴛鴦道：「你夠了，我不會吃的？」媳婦們聽說，方忙著取去了。

一時，王夫人也去用飯。這裏尤氏直陪賈母說話取笑到起更的時候，賈母說：「你也過去罷。」尤氏方告辭出來。走至二門外，上了車，眾媳婦放下簾子來，四個小廝拉出來，套上牲口，幾個媳婦帶著小丫頭子們先走，到那邊大門口等著去了。這裏送的丫鬟們也回來了。

尤氏在車內，因見自己門首兩邊獅子下，放著四五輛大車，便知係來赴賭之人，向小丫頭銀蝶兒道：「你看，坐車的是這些，騎馬的又不知有幾個呢！」說著進府，已到了廳上。賈蓉媳婦帶了丫鬟媳婦，也都秉著羊角手罩接了出來。尤氏笑道：「成日家我要偷著瞧瞧他們賭錢，也沒得便，今日倒巧，順便打他們窗戶跟前走過去。」眾媳婦答應著，提燈引路。又有一個先去悄悄的知會伏侍的小廝們，不許失驚打怪。於是尤氏一行人悄悄的來至窗下，只聽裏面稱三讚四要笑之音雖多，又兼有恨五罵六忿怨之聲亦不少。

原來賈珍近因居喪，不得遊玩，無聊之極，便生了個破悶的法子。日間以習射為由，請了幾位世家弟兄及諸富貴親友來較射，因說：「白白的只管亂射終是無益，不但不能長進，且壞了式樣；必須立了罰約，賭個利物，大家纔有勉力之心。」因此，天香樓下箭道內立了鵠子，皆約定每日早飯後時射鵠子。賈珍不好出名，便命賈蓉做局家。這些都是少年，正是鬥雞走狗、問柳評花的一干遊俠紈絝。因此，大家議定，每日輪流做晚飯之主，天天宰豬割羊，屠鵝殺鴨，好似「臨潼鬥寶」的一般，都要賣弄自己家裏的好廚役，好烹調。

不到半月工夫，賈政等聽見這般，不知就裏，反說：「這纔是正理，文既誤了，武也當習，況在武蔭之屬。」遂也令寶玉、賈環、賈琮、賈蘭等四人，於飯後過來，跟著賈珍習射一回，方許回去。賈珍志不在此，再過幾日，便漸次以歇肩養力為由，晚間或抹骨牌，賭個酒東兒，至後漸次至錢。如今三四個月的光景，竟一日一日賭勝於射了，公然鬥葉擲骰，放頭開局，大賭起來。家下人借此各有些利益，巴不得如此，所以竟成了局勢。外人皆不知一字。近日邢夫人的胞弟邢德全也酷好如此，所以也在其中；又有薛蟠，頭一個慣喜送錢與人的，見此豈不快樂。這邢德全雖係邢夫人的胞弟，卻居心行事大不相同。他只知吃酒賭錢、眠花宿柳為樂；手中濫漫使錢，待人無心，因此都叫他「傻大舅」。薛蟠早已出名的「呆大爺」。今日二人湊在一處，都愛搶快，便又會了兩家，在外間炕上搶快。又有幾個在當地下大桌子上趕羊。裏間又有一起斯文些的抹骨牌，打天九。此間伏侍的小廝都是十五歲以下的孩子。此是前話。

且說尤氏潛至窗外偷看，其中有兩個陪酒的小幺兒，都打扮得粉妝錦飾。今日薛蟠又擲輸了，正沒好氣，幸而後手裏漸漸翻過來了。除了沖賬的，反贏了好些，心中自是興頭起來。賈珍道：「且打住，吃了東西再來。」因問：「那兩處怎麼樣。」裏頭打天九趕老羊的未清，先擺下一桌，賈珍陪著吃。薛蟠興頭了，便摟著一個小幺兒喝酒，又命將酒去敬傻大舅。傻大舅輸家，沒心腸，喝了兩碗，便有些醉意，嗔著陪酒的小幺兒只趕贏家不理輸家了，因罵道：「你們這起兔子，真是些沒良心的忘八羔子！天天在一處，誰的恩你們不沾？只不過這會子輸了幾兩銀子，你們就這麼三六九等兒的了。難道從此以後再沒有求著我的事了？」眾人見他帶酒，那些輸家不便言語，只抿著嘴兒笑。那些贏家忙說：「大舅罵的很是。這小狗攮的們都是這個風俗兒。」因笑道：「還不給舅太爺斟酒呢！」兩個小孩子都是演就的圈套，忙都跪下奉酒，扶著傻大舅的腿，一面撒嬌兒說道：「你老人家別生氣，看著我們兩個小孩子罷。我們師父教的，不論遠近厚薄，只看一時有錢的就親近。你老人家不信，回來大大的下一注，贏了，白瞧瞧我們兩個是什麼光景兒。」說的眾人都笑了。這傻大舅掌不住也笑了，一面伸手接過酒來，一面說道：「我要不看著你們兩個素日怪可憐見兒的，我這一腳把你們兩個的小蛋黃子踢出來。」說著，把腿一擡。兩個孩子趁勢兒爬起來，越發撒嬌撒癡，拿著灑花絹子，托了傻大舅的手，把那鍾酒灌在傻大舅嘴裏。傻大舅哈哈的笑著，一揚脖兒，把一鍾酒都乾了，因擰了那孩子的臉一下兒，笑說道：「我這會子看著又怪心疼的了！」說著，忽然想起舊事來，乃拍案對賈珍說道：「昨日我和你令伯母慪氣，你可知道麼？」賈珍道：「不曾聽見。」邢大舅歎道：「就為錢這件東西！老賢甥，你不知我們邢家的底裏。我們老太太去世時，我還小呢，世事不知。他姊妹三個人，只有你令伯母居長。他出閣時，把家私都帶了過來了。如今你二姨兒也出了閣了，他家裏也很艱窘。你三姨兒尚在家裏。一應用度，都是這裏陪房王善保家的掌管。我就是來要幾個錢，也並不是要賈府裏的家私，我邢家的家私也就夠我花了。無奈竟不得到手，你們就欺負我沒錢！」賈珍見他酒醉，外人聽見不雅，忙用話解勸。

外面尤氏等聽得十分真切，乃悄向銀蝶兒等笑說：「你聽見了，這是北院裏大太太的兄弟抱怨他呢。可見他親兄弟還是這樣，就怨不得這些人了。」因還要聽時，正值趕老羊的那些人也歇住了，要酒。有一個人問道：「方纔是誰得罪了舅太爺？我們竟沒聽明白。且告訴我們，評評理。」邢德全便把兩個陪酒的孩子不理的話說了一遍。那人接過來就說：「可惱！怨不得舅太爺生氣。我問你，舅太爺不過輸了幾個錢罷咧，並沒有輸掉了毬毛，怎麼你們就不理他了？」說著，大家都笑起來。邢德全也噴了一地飯，說：「你這個東西，行不動兒就撒村搗怪的！」尤氏在外面聽了這話，悄悄的啐了一口，罵道：「你聽聽，這一起沒廉恥的小挺刀的！再灌喪了黃湯，還不知唚出些什麼新樣兒的來呢。」一面便進去卸妝安歇。至四更時，賈珍方散，往珮鳳房裏去了。

次日起來，就有人回：「西瓜月餅都全了，只待分派送人。」賈珍吩咐珮鳳道：「你請奶奶看著送罷，我還有別的事呢。」珮鳳答應去了，回了尤氏，一一分派，遣人送去。一時，珮鳳來說：「爺問奶奶今兒出門不出門？說咱們是孝家，十五過不得節；今兒晚上倒好，可以大家應個景兒。」尤氏道：「我倒不願意出門呢。那邊珠大奶奶又病了，璉二奶奶也躺下了，我再不去，越發沒個人了。」珮鳳道：「爺說，奶奶出門，好歹早些回來，叫我跟了奶奶去呢。」尤氏道：「既這麼樣，快些吃了，我好走。」珮鳳道：「爺說早飯在外頭吃，請奶奶自己吃罷。」尤氏問道：「今日外頭有誰？」珮鳳道：「聽見外頭有兩個南京新來的，倒不知是誰。」說畢，吃飯更衣，尤氏等仍過榮府來，至晚方回去。

果然賈珍煮了一口豬，燒了一腔羊，備了一桌菜蔬果品，在會芳園叢綠堂中，帶領妻子姬妾，先吃過晚飯，然後擺上酒，開懷作樂賞月。將一更時分，真是風清月朗，銀河微隱。賈珍因命珮鳳等四個人也都入席，下面一溜坐下，猜枚搳拳。飲了一回，賈珍有了幾分酒，高興起來，便命取了一支紫竹簫來，命珮鳳吹簫，文花唱曲，喉清韻雅，甚令人魄散魂消。唱罷，復又行令。那天將有三更時分，賈珍酒已八分，大家正添衣喝茶、換盞更酌之際，忽聽那邊牆下有人長歎之聲。大家明明聽見，都毛髮竦然。賈珍忙厲聲叱問：「誰在那邊？」連問幾聲，無人答應。尤氏道：「必是牆外邊家裏人，也未可知。」賈珍道：「胡說！這牆四面皆無下人的房子，況且那邊又緊靠著祠堂，焉得有人。」

一語未了，只聽得一陣風聲，竟過牆去了。恍惚聞得祠堂內槅扇開闔之聲，只覺得風氣森森，比先更覺悽慘起來。看那月色時，也淡淡的，不似先前明朗，眾人都覺毛髮倒豎。賈珍酒已嚇醒了一半，只比別人掌得住些，心裏也十分警畏，便大沒興頭。勉強又坐了一會，也就歸房安歇去了。次日一早起來，乃是十五日，帶領眾子姪開祠行朔望之禮。細察祠內，都仍是照舊好好的，並無怪異之跡。賈珍自為醉後自怪，也不提此事。禮畢，仍舊閉上門，看著鎖禁起來。

賈珍夫妻，至晚飯後，方過榮府來。只見賈赦賈政都在賈母房裏坐著説閒話兒，與賈母取笑呢。賈璉、寶玉、賈環、賈蘭皆在地下侍立。賈珍來了，都一一見過，説了兩句話，賈珍方在挨門小杌子上告了坐，側著身子坐下。賈母笑問道：「這兩日，你寶兄弟的箭如何了？」賈珍忙起身笑道：「大長進了，不但式樣好，而且弓也長了一個勁。」賈母道：「這也夠了，且別貪力，仔細努傷著。」賈珍忙答應了幾個「是」。賈母又道：「你昨日送來的月餅好，西瓜看著倒好，打開卻也罷了。」賈珍答應：「月餅是新來的一個專做點心的廚子，我試了試，果然好，纔敢做了孝敬來的。西瓜往年都還可以，不知今年怎麼就不好了。」賈政道：「大約今年雨水太勤之過。」賈母笑道：「此時月亮已上來了，咱們且去上香。」説著，便起身扶著寶玉的肩，帶領眾人，齊往園中來。

當下園子正門俱已大開，掛著羊角燈。嘉蔭堂月臺上，焚著斗香，秉著燭，陳設著瓜果月餅等物。邢夫人等皆在裏面久候。真是月明燈彩，人氣香煙，晶豔氤氳，不可形狀。地下鋪著拜氈錦褥。賈母盥手上香，拜畢，於是大家皆拜過。賈母便說：「賞月在山上最好。」因命在那山上的大花廳上去。眾人聽說，就忙著在那裏鋪設，賈母且在嘉蔭堂中吃茶少歇，說些閒話。

一時，人回：「都齊備了。」賈母方扶著人上山來。王夫人等因回說：「恐石上苔滑，還是坐竹椅上去。」賈母道：「天天打掃，況且極平穩的寬路，何必不疏散疏散筋骨。」於是賈赦賈政等在前引導，又有兩個老婆子秉著兩把羊角手罩，鴛鴦、琥珀、尤氏等貼身攙扶，邢夫人等在後圍隨，從下逶迤不過百餘步，到了主山峰脊上，便是這座敞廳。因在山之高脊，故名曰凸碧山莊。廳前平臺上列下桌椅，又用一架大圍屏隔做兩間。凡桌椅形式皆是圓的，特取團圓之意。上面居中，賈母坐下，左邊賈赦、賈珍、賈璉、賈蓉，右邊賈政、寶玉、賈環、賈蘭，團團圍坐，只坐了半桌，下面還有半桌餘空。賈母笑道：「常日倒還不覺人少，今日看來，究竟咱們的人也甚少，算不得什麼。想當年過的日子，今夜男女三四十個，何等熱鬧。今日又這樣，太少了，如今叫女孩兒們來坐那邊罷。」於是令人向圍屏後邢夫人等席上將迎春、探春、惜春三個請過來。賈璉寶玉等一齊出坐，先儘他姊妹坐了，然後在下依次坐定。

賈母便命折一枝桂花來，命一媳婦在屏後擊鼓傳花，若花在手中，飲酒一杯，罰說笑話一個。於是先從賈母起，次賈赦，一一接過。鼓聲兩轉，恰恰在賈政手中住了，只得飲了酒。眾姊妹弟兄都你悄悄的扯我一下，我暗暗的又揑你一把，都含笑心裏想著，倒要聽是何笑話兒。

賈政見賈母歡喜，只得承歡。方欲說時，賈母又笑道：「若說得不笑了，還要罰。」賈政笑道：「只得一個，若不說笑了，也只好願罰。」賈母道：「你就說這一個。」賈政因說道：「一家子一個人，最怕老婆。」只說了這一句，大家都笑了。因從沒聽見賈政說過，所以纔笑，賈母笑道：「這必是好的。」賈政笑道：「若好，老太太先多吃一杯。」賈母笑道：「使得。」賈赦連忙捧杯，賈政執壺，斟了一杯。賈赦仍舊遞給賈政，賈赦旁邊侍立。賈政捧上，安放在賈母面前，賈母飲了一口。賈赦賈政退回本位。於是賈政又說道：「這個怕老婆的人，從不敢多走一步。偏是那日是八月十五，到街上買東西，便見了幾個朋友，死活拉到家裏去吃酒。不想吃醉了，便在朋友家睡著。第二日醒了，後悔不及，只得來家賠罪。他老婆正洗腳，說：『既是這樣，你替我舔舔就饒你。』這男人只得給他舔，未免噁心要吐。他老婆便惱了，要打，說：『你這樣輕狂！』唬得他男人忙跪下求，說：『並不是奶奶的腳腌臢，只因昨兒喝多了黃酒，又吃了月餅餡子，所以今日有些作酸呢。』」說得賈母和眾人都笑了。賈政忙又斟了一杯送與賈母。賈母笑道：「既這樣，快叫人取燒酒來，別叫你們有媳婦的人受累。」眾人又都笑起來。

於是又擊鼓，便從賈政傳起，可巧傳到寶玉手中鼓止。寶玉因賈政在坐，早已踧踖不安，偏又在他手中，因想：「說笑話，倘或說不好了，又說沒口才；若說好了，又說正經的不會，只慣貧嘴，更有不是，不如不說好。」乃起身辭道：「我不能說笑話，求限別的罷。」賈政道：「既這樣，限一個『秋』字，就即景作一首詩。好便賞你；若不好，明日仔細。」賈母忙道：「好好的行令，如何又作詩？」賈政陪笑道：

「他能的。」賈母聽說：「既這樣，就作，快命人取紙筆來。」賈政道：「只不許用這些『水』『晶』『冰』『玉』『銀』『彩』『光』『明』『素』等堆砌字樣。要另出主見，試試你這幾年情思。」寶玉聽了，碰在心坎兒上，遂立想了四句，向紙上寫了，呈與賈政看。賈政看了，點頭不語。賈母見這般，知無甚不好，便問：「怎麼樣？」賈政因欲賈母喜歡，便說：「難為他。只是不肯念書，到底詞句不雅。」賈母道：「這就罷了。就該獎勵，以後越發上心了。」賈政道：「正是。」因回頭命個老嬤嬤出去，「吩咐小廝們，把我海南帶來的扇子取來給兩把與寶玉。」寶玉磕了一個頭，仍復歸坐行令。當下賈蘭見獎勵寶玉，他便出席，也作一首，呈與賈政看。賈政看了，喜不自勝。遂並講與賈母聽時，賈母也十分歡喜，也忙令賈政賞他。

於是大家歸坐，復行起令來。這次賈赦手內住了，只得吃了酒，說笑話，因說道：「一家子一個兒子，最孝順，偏生母親病了，各處求醫不得，便請了一個針灸的婆子來。這婆子原不知道脈理，只說是心火，一針就好了。這兒子慌了，便問：『心見鐵就死，如何針得？』婆子道：『不用針心，只針肋條就是了。』兒子道：『肋條離心遠著呢，怎麼就好了呢？』婆子道：『不妨事。你不知天下做父母的偏心的多著呢！』」眾人聽說，都笑起來。賈母也只得吃半杯酒，半日笑道：「我也得這婆子針一針就好了。」賈赦聽說，自知出言冒撞，賈母疑心，忙起身笑與賈母把盞，以別言解釋。

賈母亦不好再提，且行令，不料這花卻在賈環手裏。賈環近日讀書稍進，亦好外務。今見寶玉作詩受獎，他便技癢，只當著賈政，不敢造次。如今可巧花在手中，便也索紙筆來，立就一絕，呈與賈政。賈政看了，亦覺罕異，只見詞句中終帶著不樂讀書之意，遂不悦道：「可見是弟兄了。發言吐意，總屬邪派。古人中有『二難』，你兩個也可以稱『二難』了。就只不是那一個『難』字，卻是作『難以教訓』『難』字講纔好。哥哥是公然溫飛卿自居，如今兄弟又自為曹唐再世了。」説得眾人都笑了。賈赦道：「拿詩來我瞧。」便連聲讚好，道：「這詩據我看，甚是有氣骨。想來咱們這樣人家，原不必寒窗螢火，只要讀些書，比人略明白些，可以做得官時，就跑不了一個官兒的。何必多費了工夫，反弄出書呆子來。所以我愛他這詩，竟不失咱們侯門的氣概。」因回頭吩咐人去取自己的許多玩物來賞賜與他，因又拍著賈環的腦袋笑道：「以後就這樣作去，這世襲的前程就跑不了你襲了。」

賈政聽説，忙勸説：「不過他胡謅如此，那裏就論到後事了。」説著，便斟了酒，又行了一回令。賈母便説：「你們去罷。自然外頭還有相公們候著，也不可輕忽了他們。況且二更多了，你們散了，再讓姑娘們多樂一回子，好歇著了。」賈政等聽了，方止令起身。大家公進了一杯酒，纔帶著子姪們出去了。要知端的，下回分解。

話説賈赦賈政帶領賈珍等散去，不提。且説賈母這裏命將圍屏撤去，兩席併作一席。衆媳婦另行擦桌整果，更杯洗箸，陳設一番。賈母等都添了衣，盥漱吃茶，方又坐下，團團圍繞。賈母看時，寶釵姊妹二人不在坐內，知他家去圓月；且李紈鳳姐二人又病。少了這四個人，便覺冷清了好些。賈母因笑道：「往年你老爺們不在家，咱們越發請過姨太太來，大家賞月，卻十分熱鬧。忽一時想起你老爺來，又不免想到母子夫妻兒女不能一處，也都沒興。及至今年，你老爺來了，正該大家團圓取樂，又不便請他們娘兒們來説笑説笑。況且他們今年又添了兩口人，也難丟了他們跑到這裏來。偏又把鳳丫頭病了，有他一個人來説説笑笑，還抵得十個人的空兒：可見天下事總難十全。」説畢，不覺長歎一聲，隨命：「拿大杯來斟熱酒。」王夫人笑道：「今日得母子團圓，自比往年有趣。往年娘兒們雖多，終不似今年骨肉齊全的好。」賈母笑道：「正是為此，所以我纔高興，拿大杯吃酒。你們也換大杯纔是。」邢夫人等只得換上大杯來。因夜深體乏，且不能勝酒，未免都有些倦意。無奈賈母興猶未闌，只得陪飲。賈母又命將氈毯鋪在階上，命將月餅、西瓜、果品等類都叫搬下去，令丫頭媳婦們也都一一圍坐賞月。

賈母因見月至天中，比先越發精彩可愛，因説：「如此好月，不可不聞笛。」因命又將十番上女子傳來，賈母道：「音樂多了，反失雅致，只用吹笛的遠遠的吹起來，就夠了。」說畢，剛纔去吹時，只見跟邢夫人的媳婦走來向邢夫人說了兩句話，賈母便問：「什麼事？」邢夫人便回說：「方纔大老爺出去，被石頭絆了一下，歪了腿。」賈母聽說，忙命兩個婆子快看去，又命邢夫人快去。邢夫人遂告辭起身。賈母便又說：「珍哥媳婦也趁著便兒就家去罷，我也就睡了。」尤氏笑道：「我今日不回去了，定要和老祖宗吃一夜。」賈母笑道：「使不得。你們小夫妻家，今夜不要團團圓圓，如何為我耽擱了。」尤氏紅了臉，笑道：「老祖宗說的我們太不堪了。我們雖是年輕，已經是二十來年的夫妻，也奔四十歲的人了。況且孝服未滿，陪著老太太玩一夜是正理。」賈母聽說，笑道：「這話很是。我倒也忘了孝未滿。可憐你公公已死了二年多了，可是我倒忘了，該罰我一大杯。既這樣，你就別去，竟陪著我罷。叫蓉兒媳婦送去，就順便回去罷。」尤氏說了，賈蓉媳婦答應著，送出邢夫人，一同至大門，各自上車回去。不在話下。

這裏眾人賞了一回桂花，又入席換暖酒來。正說著閒話，猛不防那壁廂桂花樹下，嗚咽悠揚，吹出笛聲來。趁著這明月清風，天空地靜，真令人煩心頓釋，萬慮齊除，肅然危坐，默然相賞。聽約兩盞茶時，方纔止住，大家稱讚不已。於是遂又斟上暖酒來，賈母笑道：「果然好聽麼？」眾人笑道：「實在可聽！我們也想不到這樣。須得老太太帶領著，我們也得開些心兒。」賈母道：「這還不大好，須得揀那曲譜越慢的吹來越好聽。」便命斟一大杯酒，送給吹笛之人，慢慢的吃了，再細細的吹一套來。媳婦們答應了，方送去，只見方纔看賈赦的兩個婆子回來說：「瞧了。右腳面上白腫了些，如今調服了藥，疼得好些了，也無甚大關係。」賈母點頭歎道：「我也太操心。打緊説我偏心，我反這樣。」

說著，鴛鴦拿巾兜與大斗篷來，說：「夜深了，恐露水下了，風吹了頭。坐坐也該歇了。」賈母道：「偏今兒高興，你又來催。難道我醉了不成，偏到天亮！」因命再斟酒來，一面戴上兜巾，披了斗篷，大家陪著又飲，說些笑話。只聽桂花陰裏又發出一縷笛音來，果然比先越發淒涼，大家都寂然而坐。夜靜月明，眾人不禁傷感，忙轉身陪笑發語解釋，又命換酒止笛。尤氏笑說道：「我也就學了一個笑話，說與老太太解解悶。」賈母勉強笑道：「這樣更好，快說來我聽。」尤氏乃說道：「一家子養了四個兒子：大兒子只一個眼睛，二兒子只一個耳朵，三兒子只一個鼻子眼，四兒子倒都齊全，偏又是個啞吧。」

正說到這裏，只見席上賈母已朦朧雙眼，似有睡去之態。尤氏方住了，忙和王夫人輕輕叫請。賈母睜眼笑道：「我不睏，白閉閉眼養神。你們只管說，我聽著呢。」王夫人等道：「夜已深了，風露也大，請老太太安歇罷了。明日再賞，十六月色也好。」賈母道：「什麼時候？」王夫人笑道：「已交四更。他們姊妹們熬不過，都去睡了。」賈母聽說，細看了一看，果然都散了，只有探春一人在此。賈母笑道：「也罷。你們也熬不慣；況且弱的弱，病的病，去了倒省心。只是三丫頭可憐，尚還等著。你也去罷，我們散了。」說著，便起身，吃了一口清茶，便坐竹椅小轎，兩個婆子搭起，眾人圍隨，出園去了，不在話下。

這裏眾媳婦收拾杯盤，卻少了個細茶杯，各處尋覓不見，又問眾人：「必是失手打了。撂在那裏，告訴我，拿了磁瓦去交收，是證見，不然，又說偷起來了。」眾人都說：「沒有打碎，只怕跟姑娘的人打了，也未可知。你細想想，或問問他們去。」

一語提醒了那媳婦，笑道：「是了。那一會記得是翠縷拿著的，我去問他。」說著便去找時，剛到了甬道，就遇見紫鵑和翠縷來了。翠縷便問道：「老太太散了？可知我們姑娘那裏去了？」這媳婦道：「我來問你，一個茶鍾那裏去了，你倒問我要姑娘。」翠縷笑道：「我因倒茶給姑娘吃的，展眼回頭，就連姑娘也沒了。」那媳婦道：「太太纔說，都睡覺去了。你不知那裏玩去了，還不知道呢。」翠縷和紫鵑道：「斷乎沒有悄悄睡去之理，只怕在那裏走了一走。如今老太太走了，趕過前邊送去，也未可知，我們且往前邊找去。有了姑娘，自然你的茶鍾也有了。你明日一早再找罷，有什麼忙的。」媳婦笑道：「有了下落，就不必忙了，明兒和你要罷。」說畢，回去查收傢伙。這裏紫鵑和翠縷便往賈母處來，不在話下。

原來黛玉和湘雲二人並未去睡，只因黛玉見賈府中許多人賞月，賈母猶歎人少，又想寶釵姊妹家去，母女弟兄自去賞月，不覺對景感懷，自去倚欄垂淚。寶玉近因晴雯病勢甚重，諸務無心，王夫人再四遣他去睡，他也便去了。探春又因近日家事惱著，無心遊玩；雖有迎春惜春二人，偏又素日不大甚合。所以只剩湘雲一人寬慰他。因說：「你是個明白人，還不自己保養。可恨寶姐姐琴妹妹，天天說親道熱，早已說今年中秋要大家一處賞月，必要起詩社，大家聯句；到今日，便棄了咱們，自己賞月去了。社也散了，詩也不作了。倒是他們父子叔姪縱橫起來。你可知宋太祖說得好：『臥榻之側，豈容他人酣睡。』他們不來，咱們兩個竟聯起句來，明日羞他們一羞。」

黛玉見他這般勸慰，也不肯負他的豪興，因笑道：「你看這裏這等人聲嘈雜，有何詩興。」湘雲笑道：「這山上賞月雖好，總不及近水賞月更妙。你知道這山坡底下就是池沼，山凹裏近水一個所在，就是凹晶館。可知當日蓋這園子，就有學問。這山之高處，就叫凸碧；山之低窪近水處，就叫凹晶。這『凸』『凹』二字，歷來用的人最少，如今直用作軒館之名，更覺新鮮，不落窠臼。可知這兩處，一上一下，一明一暗，一高一矮，一山一水，竟是特因玩月而設此處。有愛那山高月小的，便往這裏來；有愛那皓月清波的，便往那裏去。只是這兩個字俗念作『窪』『拱』二音，便説俗了，不大見用。只陸放翁用了一個『凹』字，『古硯微凹聚墨多』，還有人批他俗，豈不可笑？」黛玉道：「也不只放翁纔用，古人中用者太多。如《青苔賦》，東方朔《神異經》，以至《畫記》上云『張僧繇畫一乘寺』的故事，不可勝舉。只是今日不知，誤作俗字用了。實和你説罷，這兩個字，還是我擬的呢。因那年試寶玉，寶玉擬了未妥，我們擬寫出來，送與大姐姐瞧了，他又帶出來，命給舅舅瞧過，所以都用了。如今咱們就往凹晶館去。」

說著，二人同下山坡，只一轉彎就是。池沼上一帶竹欄相接，直通著那邊藕香榭的路徑。只有兩個婆子上夜，因知在凸碧山莊賞月，與他們無干，早已息燈睡了。黛玉湘雲見息了燈，都笑道：「倒是他們睡了好，咱們就在捲篷底下賞這水月，何如？」

二人遂在兩個竹墩上坐下，只見天上一輪皓月，池中一個月影，上下爭輝，如置身於晶宮鮫室之內。微風一過，粼粼然池面皺碧疊紋，真令人神氣清爽。湘雲笑道：「怎麼得這會子上船吃酒倒好。要是我家裏這樣，我就立刻坐船了。」黛玉道：「正是古人常説的：『事若求全何所樂。』據我説，這也罷了，偏要坐船起來？」湘雲笑道：「得隴望蜀，人之常情。」

正説間，只聽笛韻悠揚起來。黛玉笑道：「今日老太太、太太高興了，這笛子吹得有趣，倒是助咱們的興趣了。咱兩個都愛五言，就還是五言排律罷。」湘雲道：「限何韻？」黛玉笑道：「咱們數這個欄杆上的直棍，這頭到那頭為止，他是第幾根，就是第幾韻。」湘雲笑道：「這倒別致。」於是二人起身，便從頭數至盡頭，止得十三根。湘雲道：「偏又是『十三元』了。這個韻，可用的少，作排律，只怕牽強不能押韻呢。少不得你先起一句罷了。」黛玉笑道：「倒要試試咱們誰強誰弱，只是沒有紙筆記。」湘雲道：「明兒再寫，只怕這一點聰明還有。」黛玉道：「我先起一句現成的俗語罷。」因念道：

三五中秋夕，

湘雲想了一想，道：

清遊擬上元。撒天箕斗燦，

黛玉笑道：

匝地管絃繁。幾處狂飛盞？

湘雲笑道：「這一句『幾處狂飛盞』有些意思，這倒要對得好呢。」想了一想，笑道：

誰家不啟軒。輕寒風剪剪，

黛玉道：「好對！比我的卻好。只是這句又說俗話了，就該加勁說了去纔是。」湘雲笑道：「詩多韻險，也要鋪陳些纔是。總有好的，且留在後頭。」黛玉笑道：「到後頭沒有好的，我看你羞不羞。」因聯道：

良夜景暄暄。爭餅嘲黃髮，

湘雲笑道：「這句不好，杜撰，用俗事來難我了。」黛玉笑道：「我說你不曾見過書呢，『吃餅』是舊典。《唐書》《唐志》，你看了來再說。」湘雲笑道：「這也難不倒，我也有了。」因聯道：

分瓜笑綠媛。香新榮玉桂，

黛玉道：「這可是實實你的杜撰了。」湘雲笑道：「明日咱們對查了出來，大家看看，這會子別耽擱工夫。」黛玉笑道：「雖如此，下句也不好，不犯又用『玉桂』『金蘭』等字樣來塞責。」因聯道：

色健茂金萱。蠟燭輝瓊宴，

湘雲笑道：「『金萱』二字，便宜了你，省了多少力。這樣現成的韻，被你得了，只不犯著替他們頌聖去。況且下句你也是塞責了。」黛玉笑道：「你不說『玉桂』，我難道強對個『金萱』罷？再也要鋪陳些富麗，方是即景之實事。」湘雲只得又聯道：

觥籌亂綺園。分曹尊一令，

黛玉笑道：「下句好，只難對些。」因想了一想，聯道：

射覆聽三宣。骰彩紅成點，

湘雲笑道：「『三宣』有趣，竟化俗成雅了。只是下句又說上骰子。」少不得聯道：

傳花鼓濫喧。晴光搖院宇，

黛玉笑道：「對得卻好。下句又溜了，只管拿些風月來塞責。」湘雲道：「究竟沒說到月上，也要點綴點綴，方不落題。」黛玉道：「且姑存之，明日再斟酌。」因聯道：

素彩接乾坤。賞罰無賓主，

湘雲道：「又說到他們做什麼，不如說咱們。」因聯道：

吟詩序仲昆。構思時倚檻，
黛玉道：「這可以入上你我了。」因聯道：
擬句或依門。酒盡情猶在，
湘雲說道：「這時候了。」乃聯道：
更殘樂已諼。漸聞語笑寂，
黛玉說道：「這時候，可知一步難似一步了。」因聯道：
空剩雪霜痕。階露團朝菌，
湘雲道：「這一句怎麼叶韻，讓我想想。」因起身負手想了一想，笑道：「夠了。幸而想出一個字來，不然，幾乎敗了。」因聯道：
庭煙斂夕棔。秋湍瀉石髓，
黛玉聽了，不禁也起身叫妙，說：「這促狹鬼！果然留下好的。這會子方說『棔』字，虧你想得出。」湘雲道：「幸而昨日看《歷朝文選》，見了這個字，我不知是何樹，因要查一查。寶姐姐說：『不用查，這就是如今俗叫作「朝開夜合」的。』我信不及，到底查了一查，果然不錯。看來寶姐姐知道的竟多。」黛玉笑道：「『棔』字用在此時更恰，也還罷了。只是『秋湍』一句，虧你好想！只這一句，別的都要抹倒。我少不得打起精神來對這一句，只是再不能似這一句了。」因想了一想道：
風葉聚雲根。寶婺情孤潔，
湘雲道：「這對得也還好。只是這一句，你也溜了，幸而是景中情，不單用『寶婺』來塞責。」因聯道：
銀蟾氣吐吞。藥催靈兔搗，

黛玉不語點頭，半日遂念道：

人向廣寒奔。犯斗邀牛女，

湘雲也望月點首，聯道：

乘槎訪帝孫。盈虛輪莫定，

黛玉道：「對句不好，合掌。下句推開一步，倒還是『急脈緩灸法』。」因又聯道：

晦朔魄空存。壺漏聲將涸，

湘雲方欲聯時，黛玉指池中黑影與湘雲看道：「你看那河裏，怎麼像個人到黑影裏去了，敢是個鬼？」湘雲笑道：「可是又見鬼了。我是不怕鬼的，等我打他一下。」因彎腰拾了一塊小石片，向那池中打去，只聽打得水響，一個大圓圈將月影激蕩，散而復聚者幾次。只聽那黑影裏「嘎」的一聲，卻飛起一個白鶴來，直往藕香榭去了。黛玉笑道：「原是他，猛然想不到，反嚇了一跳。」湘雲笑道：「正是這個鶴有趣，倒助了我了。」因聯道：

窗燈焰已昏。寒塘渡鶴影，

黛玉聽了，又叫好，又跺足，說：「了不得，這鶴真是助他的了！這一句更比『秋湍』不同，叫我對什麼纔好？『影』字只有一個『魂』字可對，況且『寒塘渡鶴』，何等自然，何等現成，何等有景，且又新鮮，我竟要擱筆了。」湘雲笑道：「大家細想就有了，不然，就放著明日再聯也可。」黛玉只看天，不理他，半日，猛然笑道：「你不必撈嘴，我也有了，你聽聽。」因對道：

冷月葬詩魂。

湘雲拍手讚道：「果然好極，非此不能對。好個『葬詩魂』！」因又歎道：「詩固新奇，只是太頹喪了些。你現病著，不該作此過於淒清奇譎之語。」黛玉笑道：「不如此，如何壓倒你。只為用工在這一句了。」

一語未了，只見欄外山石後轉出一個人來，笑道：「好詩，好詩！果然太悲涼了，不必再往下作。若底下只這樣去，反不顯這兩句了，倒弄得堆砌牽強。」二人不防，倒嚇了一跳。細看時不是別人，卻是妙玉。二人皆咤異，因問：「你如何到了這裏？」妙玉笑道：「我聽見你們大家賞月，又吹得好笛，我也出來玩賞這清池皓月。順腳走到這裏，忽聽見你們兩個吟詩，更覺清雅異常，故此就聽住了。只是方纔我聽見這一首中，有幾句雖好，只是過於頹敗悽楚。此亦關人之氣數而有，所以我出來止住。如今老太太都早已散了，滿園的人想俱已睡熟了，你兩個的丫頭還不知在那裏找你們呢。你們也不怕冷了？快同我來，到我那裏去吃杯茶，只怕就天亮了。」黛玉笑道：「誰知道就這個時候了。」

三人遂一同來至櫳翠庵中。只見龕焰猶青，爐香未燼，幾個老嬤嬤也都睡了，只有小丫頭在蒲團上垂頭打盹。妙玉喚他起來現烹茶。忽聽扣門之聲，小丫鬟忙去開門看時，卻是紫鵑翠縷與幾個老嬤嬤，來找他姊妹兩個。進來見他們正吃茶，因都笑道：「叫我們好找！一個園裏走遍了，連姨太太那裏都找到了。那小亭裏找時，可巧那裏上夜的正睡醒了。我們問他們，他們說：『方纔亭外頭棚下兩個人說話，後來又添了一個人，聽見說，大家往庵裏去。』我們就知道是這裏了。」

妙玉忙命丫鬟引他們到那邊去坐著歇息吃茶，自卻取了筆硯紙墨出來，將方纔的詩，命他二人念著，遂從頭寫出來。黛玉見他今日十分高興，便笑道：「從來沒見你這樣高興，我也不敢唐突請教。這還可以見教否？若不堪時，便就燒了；若或可改，即請改正改正。」妙玉笑道：「也不敢妄評。只是這纔有二十二韻。我意思想著你二位警句已出，再續時，倒恐後力不加。我竟要續貂，又恐有玷。」黛玉從沒見妙玉作過詩，今見他高興如此，忙說：「果然如此，我們雖不好，亦可以帶好了。」妙玉道：「如今收結，到底還歸到本來面目上去。若只管丟了真情真事，且去搜奇檢怪，一則失了咱們的閨閣面目，二則也與題目無涉了。」林史二人皆道：「極是。」妙玉提筆，一揮而就，遞與他二人，道：「休要見笑。依我必須如此，方翻轉過來。雖前頭有悽楚之句，亦無甚礙了。」二人接了看時，只見他續道：

香篆銷金鼎，冰脂膩玉盆。
簫增嫠婦泣，衾倩侍兒溫。
空帳悲金鳳，閒屏投彩鴛。
露濃苔更滑，霜重竹難捫。
猶步縈紆沼，還登寂歷原。
石奇神鬼縛，木怪虎狼蹲。
贔屭朝光透，罘罳曉露屯。
振林千樹鳥，啼谷一聲猿。
歧熟焉忘徑？泉知不問源。
鐘鳴櫳翠寺，雞唱稻香村。
有興悲何極？無愁意豈煩？
芳情只自遣，雅趣向誰言！

徹旦休云倦，烹茶更細論。

後書「右中秋夜大觀園即景聯句三十五韻」。

黛玉湘雲二人稱讚不已，說：「可見我們天天是捨近求遠，現有這樣詩人在此，卻天天去紙上談兵。」妙玉笑道：「明日再潤色。此時已天明了，到底也歇息歇息纔是。」林史二人聽說，便起身告辭，帶領了丫鬟出來。妙玉送至門外，看他們去遠，方掩門進來，不在話下。

這裏翠縷向湘雲道：「大奶奶那裏還有人等著咱們睡去呢。如今還是那裏去好？」湘雲笑道：「你順路告訴他們，叫他們睡罷。我這一去，未免驚動病人，不如鬧林姑娘去罷。」說著，大家走至瀟湘館中，有一半人已睡去。二人進去，方卸妝寬衣，盥洗已畢，方上牀安歇。紫鵑放下綃帳，移燈掩門出去。

誰知湘雲有擇席之病，雖在枕上，只是睡不著。黛玉又是個心血不足，常常失眠的，今日又錯過睏頭，自然也是睡不著。二人在枕上翻來覆去。黛玉因問道：「怎麼還睡不著？」湘雲微笑道：「我有個擇席的病，況且走了睏，只好躺躺兒罷；你怎麼也睡不著？」黛玉歎道：「我這睡不著，也並非一日了。大約一年之中，通共也只好睡十夜滿足的覺。」湘雲道：「你這病就怪不得了。」要知端底，下回分解。

卷七十七　俏丫鬟抱屈夭風流　美優伶斬情歸水月

話說王夫人見中秋已過，鳳姐病也比先減了，雖未大癒，然亦可以出入行走得了，仍命大夫每日診脈服藥，又開了丸藥方來，配調經養榮丸。因用上等人參二兩，王夫人取時，翻尋了半日，只向小匣內尋了幾枝簪挺粗細的。王夫人看了嫌不好，命再找去，又找了一大包鬚沫出來。王夫人焦躁道：「用不著偏有，但用著了，再找不著。成日家我叫你們查一查，都歸攏一處，你們自不聽，就隨手混撂。」彩雲道：「想是沒了，就只有這個。上次那邊的太太來尋了去了。」王夫人道：「沒有的話，你再細找找。」彩雲只得又去找尋，拿了幾包藥材來，說：「我們不認得這個，請太太自看。除了這個沒有了。」

王夫人打開看時，也都忘了，不知都是什麼，並沒有一支人參。因一面遣人去問鳳姐有無，鳳姐來說：「也只有些參膏。蘆鬚雖有幾根，也不是上好的，每日還要煎藥裏用呢。」王夫人聽了，只得向邢夫人那裏問去。說道：「因上次沒了，纔往這裏來尋，早已用完了。」王夫人沒法，只得親身過來請問賈母。賈母忙命鴛鴦取出當日餘的來，竟還有一大包，皆有手指頭粗細不等，遂秤了二兩與王夫人。王夫人出來，交與周瑞家的拿去，令小廝送與醫生家去；又命將那幾包不能辨的藥也帶了去，命醫生認了，各包記號上。

一時，周瑞家的又拿進來，說：「這幾樣都各包記號上名字了。但那一包人參，固然是上好的，只是年代太陳。這東西比別的大不同，憑是怎樣好的，只過一百年後，就自己成了灰了。如今這個雖未成灰，然已成了糟朽爛木，也沒有力量的了。請太太收了這個，倒不拘粗細，多少再換些新的倒好。」王夫人聽了，低頭不語，半日纔說：「這可沒法了，只好去買二兩來罷。」也無心看那些，只命：「都收了罷。」因問周瑞家的：「你就去說給外頭人們，揀好的換二兩來。倘或一時老太太問你們，只說用的是老太太的，不必多說。」

周瑞家的方纔要去時，寶釵因在坐，乃笑道：「姨娘且住。如今外頭人參都沒有好的，雖有全枝，他們也必截作兩三段，鑲嵌上蘆泡鬚枝，攙勻了好賣，看不得粗細。我們鋪子裏常與參行交易，如今我去和媽媽說了，哥哥去託個夥計過去和參行裏要他二兩原枝來，不妨咱們多使幾兩銀子，也得了好的。」王夫人笑道：「倒是你明白。但只還得你親自走一趟，纔能明白。」

於是寶釵去了，半日回來，說：「已遣人去，趕晚就有回音的。明日一早去配也不遲。」王夫人自是喜悅，因說道：「『賣油的娘子水梳頭』，自來家裏有的，給人多少。這會子輪到自己用，反倒各處尋去。」說畢長歎。寶釵笑道：「這東西雖然值錢，總不過是藥，原該濟眾散人纔是。咱們比不得那沒見世面的人家，得了這個，就珍藏密斂的。」王夫人點頭道：「你這話也是。」一時寶釵去後，因見無別人在室，遂喚周瑞家的，問：「前日園中搜檢的事情，可得下落？」

周瑞家的是已和鳳姐商議停妥，一字不隱，遂回明王夫人。王夫人吃了一驚，想到司棋係迎春丫頭，乃係那邊的人，只得令人去回邢氏。周瑞家的回道：「前日那邊太太嗔著王善保家的多事，打了幾個嘴巴子，如今他也裝病在家，不肯出頭了。況且又是他外孫女兒，自己打了嘴，他只好裝個忘了，日久平服了再說。如今我們過去回時，恐怕又多心，倒像似咱們多事的。不如直把司棋帶過去，一併連贓證與那邊太太瞧了，不過打一頓配了人，再指個丫頭來，豈不省事？如今白告訴去，那邊太太再推三阻四的，又說：『既這樣，你太太就該料理，又來說什麼。』豈不倒耽擱了？倘或那丫頭瞅空兒尋了死，反不好了。如今看了兩三天，都有些偷懶，倘一時不到，豈不倒弄出事來。」王夫人想了一想，說：「這也倒是。快辦了這一件，再辦咱們家的那些妖精。」

周瑞家的聽說，會齊了那邊幾個媳婦，先到迎春房裏回明迎春。迎春聽了，含淚似有不捨之意。因前夜之事，丫頭們悄悄說了原故，雖數年之情難捨，但事關風化，亦無可如何了。那司棋也曾求了迎春，實指望能救，只是迎春語言遲慢，耳軟心活，是不能做主的。司棋見了這般，知不能免，因跪著哭道：「姑娘好狠心！哄了我這兩日，如今怎麼連一句話也沒有？」周瑞家的說道：「你還要姑娘留你不成？便留下，你也難見園裏的人了。依我們的好話，快快收了這樣子，倒是人不知鬼不覺的去罷，大家體面些。」

迎春手裏拿著一本書，正看呢，聽了這話，書也不看，話也不答，只管扭著身子，呆呆的坐著。周瑞家的又催道：「這麼大女兒，自己做的，還不知道？把姑娘都帶的不好看，你還敢緊著纏磨他！」迎春聽了，方發話道：「你瞧入畫也是幾年的，怎麼說去就去了？自然不止你兩個，想這園裏凡大的都要去呢。依我說，將來總有一散，不如各人去罷。」周瑞家的道：「所以到底是姑娘明白。明兒還有打發的人呢，你放心罷。」

司棋無法，只得含淚與迎春磕頭，和眾人告別。又向迎春耳邊說：「好歹打聽我受罪，替我說個情兒，就是主僕一場！」迎春亦含淚答應：「放心。」於是周瑞家的等人，帶了司棋出去；又有兩個婆子，將司棋所有的東西，都與他拿著。走了沒幾步，只見後頭繡橘趕來，一面也擦著淚，一面遞與司棋一個絹包，說：「這是姑娘給你的。主僕一場，如今一旦分離，這個與你做個想念罷。」司棋接了，不覺得更哭起來了，又和繡橘哭了一回。周瑞家的不耐煩，只管催促，二人只得散了。司棋因又哭告道：「嬸子大娘們，好歹略徇個情兒，如今且歇一歇，讓我到相好姊妹跟前辭一辭，也是這幾年我們相好一場。」

周瑞家的等人皆各有事，做這些事，便是不得已了；況且又深恨他們素日大樣，如今那裏工夫聽他的話？因冷笑道：「我勸你去罷，別拉拉扯扯的了。我們還有正經事呢。誰是你一個衣胞裏爬出來的，辭他們做什麼？你不過挨一會是一會，難道算了不成！依我說，快走罷。」一面說，一面總不住腳，直帶到後角門出去。司棋無奈，又不敢再說，只得跟著出來。

可巧正值寶玉從外頭進來，一見帶了司棋出去，又見後面又抱著些東西，料著此去再不能來了。因聞得上夜之事，又晴雯的病亦因那日加重，細問晴雯，又不說是為何。今見司棋亦走，不覺如喪魂魄，因忙攔住問道：「那裏去？」周瑞家的等皆知寶玉素昔行為，又恐嘮叨誤事，因笑道：「不干你事，快念書去罷。」寶玉笑道：「姐姐們且站一站，我有道理。」周瑞家的便道：「太太吩咐不許少挨時刻，又有什麼道理。我們只知道太太的話，管不得許多。」司棋見了寶玉，因拉住哭道：「他們做不得主，好歹求求太太去。」寶玉不禁也傷心，含淚說道：「我不知你做了什麼大事，晴雯也氣病著，如今你又要去了，這卻怎麼著好。」周瑞家的發躁向司棋道：「你如今不是副小姐了，若不聽說，我就打得你了。別想往日有姑娘護著，任你們作耗。越說著，還不好好的走！如今有了小爺見面，又拉拉扯扯，成何體統！」那幾個婦人不由分說，拉著司棋便出去了。寶玉又恐他們去告舌，恨得只瞪著他們。看已走遠了，方指著恨道：「奇怪，奇怪！怎麼這些人，只一嫁了漢子，染了男人的氣味，就這樣混賬起來，比男人更可殺了！」守園門的婆子聽了，也不禁好笑起來，因問道：「這樣說，凡女兒個個是好的了，女人個個是壞的了？」寶玉點頭道：「不錯，不錯！」

正說著，只見幾個老婆子走來，忙說道：「你們小心傳齊了伺候著，此刻太太親自到園裏查人呢。」又吩咐：「快叫怡紅院晴雯姑娘的哥嫂來，在這裏等著，領出他妹子去。」因又笑道：「阿彌陀佛！今日天睜了眼，把這個禍害妖精退送了，大家清靜些。」寶玉一聞得王夫人進來親查，便料到晴雯也保不住了，早飛也似的趕了去，所以後來趁願之話，竟未聽見。

寶玉及到了怡紅院，只見一群人在那裏。王夫人在屋裏坐著，一臉怒色，見寶玉也不理。晴雯四五日水米不曾沾牙，如今現在炕上拉了下來，蓬頭垢面，兩個女人攙架起來去了。王夫人吩咐：「把他貼身的衣服撂出去，餘者留下，給好的丫頭們穿。」又命：「把這裏所有的丫頭們都叫來！」一一過目。

原來王夫人惟怕丫頭們教壞了寶玉，乃從襲人起以至於極小的粗活小丫頭們，個個親自看了一遍。因問：「誰是和寶玉一日的生日？」本人不敢答應，李嬤嬤指道：「這一個蕙香，又叫作四兒的，是同寶玉一日生日的。」王夫人細看了一看，雖比不上晴雯一半，卻有幾分水秀，視其行止，聰明皆露在外面，且也打扮得不同。王夫人冷笑道：「這也是個沒廉恥的貨！他背地裏說的同日生日就是夫妻，這可是你說的？打量我隔得遠，都不知道呢！可知我身子雖不大來，我的心耳神意時時都在這裏。難道我統共一個寶玉，就白放心憑你們勾引壞了不成？」這個四兒見王夫人說著他素日和寶玉的私語，不禁紅了臉，低頭垂淚。王夫人即命：「也快把他家人叫來，領出去配人。」又問：「那芳官呢？」芳官只得過來。王夫人道：「唱戲的女孩子，自然更是狐狸精了！上次放你們，你們又不願去，可就該安分守己纔是；你就成精鼓搗起來，調唆寶玉，無所不為。」芳官笑辯道：「並不敢調唆什麼。」王夫人笑道：「你還強嘴。你連你乾娘都壓倒了，豈止別人！」因喝命：「喚他乾娘來領去！就賞他外頭找個女婿罷。他的東西，一概給他。」吩咐：「上年凡有姑娘分的唱戲女孩兒們，一概不許留在園裏，都令其各人乾娘帶出，自行聘嫁。」一語傳出，這些乾娘皆感恩趁願不盡，都約齊與王夫人磕頭領去。

王夫人又滿屋裏搜檢寶玉之物。凡略有眼生之物，一併命收捲起來，拿到自己房裏去了。因說：「這纔乾淨，省得旁人口舌。」又吩咐襲人麝月等人：「你們小心！往後再有一點分外之事，我一概不饒。因叫人查看了，今年不宜遷挪，暫且捱過今年，明年一併給我仍舊搬出去，纔心淨。」說畢，茶也不吃，遂帶領眾人，又往別處去閱人。暫且說不到後文。

如今且說寶玉只道王夫人不過來搜檢搜檢，無甚大事，誰知竟這樣雷嗔電怒的來了。所責之事，皆係平日私語，一字不爽，料必不能挽回的。雖心下恨不能一死，但王夫人盛怒之際，自不敢多言。一直跟送王夫人到沁芳亭，王夫人命：「回去好生念念那書！仔細明兒問你，纔已發下狠了。」

寶玉聽如此説，纔回來，一路打算：「誰這樣犯舌？況這裏事也無人知道，如何就都説著了？」一面想，一面進來，只見襲人在那裏垂淚。且去了第一等的人，豈不傷心？便倒在牀上大哭起來。襲人知他心裏别的猶可，獨有晴雯是第一件大事，乃勸道：「哭也不中用。你起來，我告訴你，晴雯已經好了，他這一家去，倒心淨養幾天。你果然捨不得他，等太太氣消了，你再求老太太，慢慢的叫進來，也不難。太太不過偶然聽了别人的閒話，在氣頭上罷了。」寶玉道：「我究竟不知晴雯犯了什麼滔天大罪！」襲人道：「太太只嫌他生得太好了，未免輕狂些。太太是深知這樣美人似的人，心裏是不能安靜的，所以很嫌他，像我們這粗粗笨笨的倒好。」寶玉道：「美人似的，心裏就不安靜麼？你那裏知道，古來美人安靜的多著呢！這也罷了，咱們私自玩話，怎麼也知道了？又沒外人走風，這可奇怪了。」襲人道：「你有什麼忌諱的？一時高興，你就不管有人沒人了。我也曾使過眼色，也曾遞過暗號，被那人知道了，你還不覺。」寶玉道：「怎麼人人的不是，太太都知道了，單不挑出你和麝月秋紋來？」

襲人聽了這話，心内一動，低頭半日，無可回答，因便笑道：「正是呢。若論我們，也有玩笑不留心的去處，怎麼太太竟忘了？想是還有别的事，等完了，再發放我們，也未可知。」寶玉笑道：「你是頭一個出了名的至善至賢的人，他兩個又是你陶冶教育的，焉得有什麼該罰之處！只是芳官尚小，過於伶俐些，未免倚強壓倒了人，惹人厭。四兒是我誤了他，還是那年我和你拌嘴的那日起，叫上來做細活的，衆人見我待他好，未免奪了地位，也是有的，故有今日。只是晴雯，也是和你們一樣從小兒在老太太屋裏過來的，雖生得比人強，也沒什麼妨礙著誰的去處；就只是他的性情爽利，口角鋒芒，竟也沒見他得罪了那一個。可是你說的，想是他過於生得好了，反被這個好帶累了。」說畢，復又哭起來。

襲人細揣此話，直是寶玉有疑他之意，竟不好再勸，因歎道：「天知道罷了。此時也查不出人來了，白哭一會子，也無益了。」寶玉冷笑道：「原是想他自幼嬌生慣養的，何嘗受過一日委屈，如今是一盆纔透出嫩箭的蘭花送到豬圈裏去一般。況又是一身重病，裏頭一肚子悶氣。他又沒有親爹熱娘，只有一個醉泥鰍姑舅哥哥。他這一去，那裏還等得一月半月？再不能見一面兩面的了！」說著，越發心痛起來。

襲人笑道：「可是你『自許州官放火，不許百姓點燈』。我們偶說一句妨礙的話，你就說不吉利，你如今好好的咒他，就該的了！」寶玉道：「我不是妄口咒人，今年春天已有兆頭的。」襲人忙問：「何兆？」寶玉道：「這階下好好的一株海棠花，竟無故死了半邊，我就知道有壞事，果然應在他身上。」襲人聽了，又笑起來，說：「我要不說，又掌不住，你也太婆婆媽媽的了。這樣的話，怎麼是你讀書的人說的。」寶玉歎道：「你們那裏知道，不但草木，凡天下有情有理的東西，也和人一樣，得了知己，便極有靈驗的。若用大題目比，就像孔子廟前檜樹、墳前的蓍草，諸葛祠前的柏樹，岳武穆墳前的松樹：這都是堂堂正大之氣，千古不磨之物。世亂，他就枯乾了；世治，他就茂盛了，凡千年枯了又生的幾次。這不是應兆麼？若是小題目比，就像楊太真沈香亭的木芍藥，端正樓的相思樹，王昭君墳上的長青草，難道不也有靈驗？所以這海棠亦是應著人生的。」

襲人聽了這篇癡話，又可笑，又可歎，因笑道：「真真的這話越發說上我的氣來了。那晴雯是個什麼東西，就費這樣心思，比出這些正經人來！還有一說，他總好，也越不過我的次序去。就是這海棠，也該先來比我，也還輪不到他。想是我要死的了。」寶玉聽說，忙掩他的嘴，勸道：「這是何苦！一個未清，你又這樣起來。罷了，再別提這事，別弄得去了三個，又饒上一個。」襲人聽說，心下暗喜道：「若不如此，也沒個了局。」

寶玉又道：「我還有一句話要和你商量，不知你肯不肯，現在他的東西，是『瞞上不瞞下』，悄悄的送還他去。再或有咱們常日積攢下的錢，拿幾弔出去，給他養病，也是你姊妹好了一場。」襲人聽了，笑道：「你太把我看得忒小器又沒人心了。這話還等你說，我纔把他的衣裳各物已打點下了，放在那裏。如今白日裏，人多眼雜，又恐生事，且等到晚上，悄悄的叫宋媽給他拿去。我還有攢下的幾弔錢，也給他去。」寶玉聽了，點點頭兒。襲人笑道：「我原是久已『出名的賢人』，連這一點子好名還不會買去不成！」寶玉聽了他方纔說的，又陪笑撫慰他，怕他寒了心。晚間，果遣宋媽送去。

寶玉將一切人穩住，便獨自得便，到園子後角門，央一個老婆子帶他到晴雯家去。先這婆子百般不肯，只說怕人知道，「回了太太，我還吃飯不吃飯！」無奈寶玉死活央告，又許他些錢，那個婆子方帶了他去。

卻說這晴雯當日係賴大買的。還有個姑舅哥哥，叫作吳貴，人都叫他貴兒。那時晴雯纔得十歲，時常賴嬤嬤帶進來，賈母見了喜歡，故此賴嬤嬤就孝敬了賈母。過了幾年，賴大又給他姑舅哥哥娶了一房媳婦。誰知貴兒一味膽小老實，那媳婦卻倒伶俐，又兼有幾分姿色，看著貴兒無能為，便每日家打扮得妖妖調調，兩隻眼兒水汪汪的，招惹得賴大家人如蠅逐臭，漸漸做出些風流勾當來。那時晴雯已在寶玉房中，他便央及了晴雯，轉求鳳姐，和賴大家的要過來。目今兩口兒就在園子後角門外居住，伺候園中買辦雜差。

這晴雯一時被攆出來，住在他家。那媳婦那裏有心腸照管？吃了飯，便自去串門子，只剩下晴雯一人在外間屋內爬著。寶玉命那婆子在外瞭望，他獨掀起布簾進來，一眼就看見晴雯睡在一領蘆席上，幸而被褥還是舊日鋪蓋的，心內不知自己怎麼纔好，因上來含淚伸手，輕輕拉他，悄喚兩聲。當下晴雯又因著了風，又受了哥嫂的歹話，病上加病，嗽了一日，纔朦朧睡了。忽聞有人喚他，強展雙眸，一見是寶玉，又驚又喜，又悲又痛，一把死攥住他的手。哽咽了半日，方說道：「我只道不得見你了。」接著便嗽個不住。寶玉也只有哽咽之分。晴雯道：「阿彌陀佛！你來的好，且把那茶倒半碗我喝。渴了半日，叫半個人也叫不著。」寶玉聽說，忙拭淚問：「茶在那裏？」晴雯道：「在爐臺上。」寶玉看時，雖有個黑煤烏嘴的弔子，也不像個茶壺。只得桌上去拿了一個碗，未到手內，先聞得油羶之氣。寶玉只得拿了來，先拿些水洗了兩次，復用自己的絹子拭了，聞了聞，還有些氣味，沒奈何，提起壺來斟了半碗，看時，絳紅的，也不大像茶。晴雯扶枕道：「快給我喝一口罷！這就是茶了。那裏比得咱們的茶呢！」寶玉聽說，先自己嘗了一嘗，並無茶味，鹹澀不堪，只得遞與晴雯。只見晴雯如得了甘露一般，一氣都灌下去了。

寶玉看著，眼中淚直流下來，連自己的身子都不知為何物了，一面問道：「你有什麼說的，趁著沒人，告訴我。」晴雯嗚咽道：「有什麼可說的！不過是挨一刻是一刻，挨一日是一日。我已知橫豎不過三五日的光景，我就好回去了。只是一件，我死也不甘心：我雖生得比別人好些，並沒有私情勾引你，怎麼一口死咬定了我是個『狐狸精』！我今日既擔了虛名，況且沒了遠限，不是我說一句後悔的話，早知如此，我當日……」說到這裏，氣往上咽，便說不出來，兩手已經冰涼。寶玉又痛，又急，又害怕。便歪在席上，一隻手攥著他的手，一隻手輕輕的給他捶打著。又不敢大聲的叫，真真萬箭攢心。

兩三句話時，晴雯纔哭出來。寶玉拉著他的手，只覺瘦如枯柴，腕上猶戴著四個銀鐲。因哭道：「除下來，等好了再戴上去罷。」又說：「這一病好了，又傷好些。」晴雯拭淚，把那手用力拳回，擱在口邊，狠命一咬，只聽「咯吱」一聲，把兩根蔥管一般的指甲，齊根咬下，拉了寶玉的手，將指甲擱在他手中；又回手扎掙著，連揪帶脫，在被窩內，將貼身穿著的一件舊紅綾小襖兒脫下，遞給寶玉。不想虛弱透了的人，那裏禁得這麼抖摟，早喘成一處了。

寶玉見他這般，已經會意，連忙解開外衣，將自己的襖兒褪下來，蓋在他身上，卻把這件穿上；不及扣鈕子，只用外頭衣服掩了。剛繫腰時，只見晴雯睜眼道：「你扶起我來坐坐。」寶玉只得扶他。那裏扶得起，好容易欠起半身，晴雯伸手把寶玉的襖兒往自己身上拉。寶玉連忙給他披上，拖著肐膊，伸上袖子，輕輕放倒，然後將他的指甲裝在荷包裏。晴雯哭道：「你去罷！這裏腌臢，你那裏受得，你的身子要緊。今日這一來，我就死了，也不枉擔了虛名。」

一語未完，只見他嫂子笑嘻嘻掀簾進來道：「好呀！你兩個的話，我已都聽見了。」又向寶玉道：「你一個做主子的，跑到下人房裏來做什麼？看著我年輕長得俊，你敢只是來調戲我麼？」寶玉聽見，嚇得忙陪笑央及道：「好姐姐，快別大聲的。他伏侍我一場，我私自來瞧瞧他。」那媳婦兒點著頭兒，笑道：「怨不得人家都說你有情有義兒的。」便一手拉了寶玉進裏間來，笑道：「你要不叫我嚷，這也容易，你只是依我一件事。」說著，便自己坐在炕沿上，把寶玉拉在懷中，緊緊的將兩條腿夾住。

寶玉那裏見過這個，心內早突突的跳起來了，急得滿面紅脹，身上亂戰，又羞又愧，又怕又惱，只說：「好姐姐，別鬧。」那媳婦乜斜了眼兒，笑道：「呸！成日家聽見你在女孩兒們身上做工夫，怎麼今兒個就發起赸來了？」寶玉紅了臉，笑道：「姐姐撒開手，有話咱們慢慢兒的說。外頭有老媽媽聽見，什麼意思呢？」那媳婦那裏肯放，笑道：「我早進來了，已經叫那老婆子去到園門口兒等著呢。我等什麼兒似的，今日纔等著你了。你要不依我，我就嚷起來。叫裏頭太太聽見了，我看你怎麼樣！你這麼個人，只這麼大膽子兒。我剛纔進來了好一會子，在窗下細聽，屋內只你兩個人，我只道有些個體己話兒。這樣看起來，你們兩個人竟還是各不相擾兒呢。我可不能像他那麼傻。」說著，就要動手。寶玉急得死往外拽。

正鬧著，只聽窗外有人問道：「晴雯姐姐在這裏住呢不是？」那媳婦子也嚇了一跳，連忙放了寶玉。這寶玉已經嚇怔了，聽不出聲音。外邊晴雯聽見他嫂子纏磨寶玉，又急，又臊，又氣，一陣虛火上攻，早昏暈過去。那媳婦連忙答應著，出來看，不是別人，卻是柳五兒和他母親兩個，抱著一個包袱，柳家的拿著幾弔錢。悄悄的問那媳婦道：「這是裏頭襲姑娘叫拿出來給你們姑娘的。他在那屋裏呢？」那媳婦兒笑道：「就是這個屋子，那裏還有屋子。」

那柳家的領著五兒，剛進門來，只見一個人影兒往屋裏一閃。柳家的素知這媳婦子不妥，只打量是他的私人。看見晴雯睡著了，連忙放下，帶著五兒便往外走。誰知五兒眼尖，早已見是寶玉，便問他母親道：「頭裏不是襲人姐姐那裏悄悄兒的找寶二爺呢嗎？」柳家的道：「噯喲！可是忘了。方纔老宋媽說：『見寶二爺出角門來了。門上還有人等著，要關園門呢。』」因回頭問那媳婦兒，那媳婦兒自己心虛，便道：「寶二爺那裏肯到我們這屋裏來？」柳家的聽說，便要走。這寶玉一則怕關了門，二則怕那媳婦子進來又纏，也顧不得什麼了，連忙掀了簾子出來道：「柳嫂子，你等等我，一路兒走。」柳家的聽了，倒唬了一大跳，說：「我的爺，你怎麼跑了這裏來了？」那寶玉也不答言，一直飛走。那柳五兒道：「媽，你快叫住寶二爺不用忙，仔細冒冒失失，被人碰見倒不好。況且纔出來時，襲人姐姐已經打發人留了門了。」說著，趕忙同他媽來趕寶玉。這裏晴雯的嫂子乾瞅著，把個妙人兒走了。

卻說寶玉跑進角門，纔把心放下來，還是突突亂跳。又怕五兒關在外頭，眼巴巴瞅著他母女也進來了。遠遠聽見裏邊嬷嬷們正查人，若再遲一步就關了園門了。寶玉進入園中，且喜無人知道，到了自己房內，告訴襲人，只說在薛姨媽家去的，也就罷了。一時鋪牀，襲人不得不問：「今日怎麼睡？」寶玉道：「不管怎麼睡罷了。」原來這一二年間，襲人因王夫人看重了他，越發自要尊重，凡背人之處，或夜晚之間，總不與寶玉狎暱，較先小時反倒疏遠了。雖無大事辦理，然一應針錢，並寶玉及諸小丫頭出入銀錢衣履什物等事，也甚煩瑣；且有吐血之症，故近來夜間總不與寶玉同房。寶玉夜間膽小，醒了便要喚人，因晴雯睡臥警醒，故夜間一應茶水，起坐呼喚之事，悉皆委他一人，所以寶玉外牀只是晴雯睡著。他今去了，襲人只得將自己鋪蓋搬來，鋪設牀外。

寶玉發了一晚上的呆。襲人催他睡下，然後自睡。只聽寶玉在枕上長吁短歎，覆去翻來，直至三更以後方漸漸安頓了。襲人方放心，也就矇矓睡著。沒半盞茶時，只聽寶玉叫：「晴雯。」襲人忙連聲答應，問：「做什麼？」寶玉因要茶吃。襲人倒了茶來，寶玉乃笑道：「我近來叫慣了他，卻忘了是你。」襲人笑道：「他乍來，你也曾睡夢中叫我的，以後纔改了。」說著，大家又睡下。寶玉又翻轉了一個更次，至五更方睡去時，只見晴雯從外走來，仍是往日形景，進來向寶玉道：「你們好生過罷，我從此就別過了。」說畢，翻身就走。寶玉忙叫時，又將襲人叫醒。襲人還只當他慣了口亂叫，卻見寶玉哭了，說道：「晴雯死了。」襲人笑道：「這是那裏話！叫人聽著，什麼意思。」寶玉那裏肯聽？恨不得一時亮了就遣人去問信。

及至亮時，就有王夫人房裏小丫頭叫開前角門，傳王夫人的話：「『即時叫起寶玉，快洗臉，換了衣裳快來，因今兒有人請老爺賞秋菊，老爺因喜歡他前兒作的詩好，故此要帶他們去。』這都是太太的話兒，你們快告訴去，立逼他快來，老爺在上屋裏等他們吃麵茶呢。環哥兒已來了，快快兒的去罷。我去叫蘭哥兒去了。」裏面的婆子聽一句，應一句，一面扣著鈕子，一面開門。襲人聽得叩門，便知有事，一面命人問時，自己已起來了。聽得這話，忙催人來舀了洗臉水，催寶玉起來梳洗，他自去取衣。因思跟賈政出門，便不肯拿出十分出色的新鮮衣服來，只揀那三等成色的來。寶玉此時已無法，只得忙忙前來。果然賈政在那裏吃茶，十分喜悅。寶玉請了早安，賈環賈蘭二人也都見過。賈政命坐吃茶，向環蘭二人道：「寶玉讀書不及你兩個，論題聯和詩這種聰明，你們皆不及他。今日此去，未免叫你們作詩，寶玉須隨便助他們兩個。」

王夫人自來不曾聽見這等考語，真是意外之喜。一時，候他父子去了，方欲過賈母那邊來時，就有芳官等三個乾娘走來，回說：「芳官自前日蒙太太的恩典賞了出去，他就瘋了似的，茶飯都不吃，勾引上藕官蕊官，三個人尋死覓活，只要鉸了頭髮做尼姑去。我只當是小孩子家，一時出去不慣也是有的，不過隔兩日就好了。誰知越鬧越兇，打罵著也不怕。實在沒法，所以來求太太，或是依他們去做尼姑去，或教導他們一頓，賞給別人做女孩兒去罷。我們沒這福。」王夫人聽了道：「胡說！那裏由得他們起來，佛門也是輕易進去的麼？每人打一頓給他們，看還鬧不鬧！」

當下因八月十五日，各廟內上供去，皆有各廟內的尼姑來送供尖，因曾留下水月庵的智通與地藏庵的圓信住下未回，聽得此信，就想拐兩個女孩子去做活使喚，都向王夫人說：「府上到底是善人家，因太太好善，所以感應得這些小姑娘們皆如此。雖然說『佛門輕易難入』，也要知道『佛法平等』，我佛立願，原度一切眾生。如今兩三個姑娘既然無父母，家鄉又遠，他們既經了這富貴，又想從小命苦入了風流行次，將來知道終身怎麼樣，所以『苦海回頭』，立意出家，修修來世，也是他們的高意。太太倒不要阻了善念。」

王夫人原是個善人，起先聽見這話，諒係小孩子不遂心的話，將來熬不得清淨，反致獲罪。今聽了這兩個拐子的話，大近情理；且近日家中多故，又有邢夫人遣人過來知會，明日接迎春家去住兩日，以備人家相看；且又有官媒來求說探春等，心緒正煩，那裏著意在這些小事？既聽此言，便笑答道：「你兩個既這等說，你們就帶了做徒弟去，如何？」二姑子聽了，念一聲佛道：「善哉，善哉！若如此，可是老人家的陰德不小。」說畢，便稽首拜謝。王夫人道：「既這樣，你們問他去。若果真心，即上來當著我拜了師父去罷。」

這三個女人聽了出去，果然將他三人帶來。王夫人問之再三，他三人已立定主意，遂與兩個姑子叩了頭，又拜辭了王夫人。王夫人見他們意皆決斷，知不可強了，反倒傷心可憐，忙命人來取了些東西來賞了他們，又送了兩個姑子些禮物。從此芳官跟了水月庵的智通，蕊官藕官二人跟了地藏庵圓信，各自出家去了。要知後事，下回分解。

卷七十八　老學士閒徵姽嫿詞　癡公子杜撰芙蓉誄

話說兩個尼姑領了芳官等去後，王夫人便往賈母處來。見賈母喜歡，便趁便回道：「寶玉屋裏有個晴雯，那個丫頭也大了，而且一年之間病不離身；我常見他比別人分外淘氣，也懶；前日又病倒了十幾天，叫大夫瞧，說是女兒癆，所以我就趕著叫他下去了。若養好了，也不用叫他進來，就賞他家配人去也罷了。再那幾個學戲的女孩子，我也做主放了。一則他們都會戲，口裏沒輕沒重只會混說，女孩兒們聽了，如何使得？二則他們唱會子戲，白放了他們，也是應該的。況丫頭們也太多，若說不夠使，再挑上幾個來，也是一樣。」

賈母聽了，點頭道：「這是正理，我也正想著如此。但晴雯那丫頭，我看他甚好，言談針綫都不及他，將來還可以給寶玉使喚的。誰知變了。」王夫人笑道：「老太太挑中的人原不錯，只是他命裏沒造化，所以得了這個病。俗語又說：『女大十八變。』況且有本事的人，未免就有些調歪。老太太還有什麼不曾經歷過的？三年前，我也就留心這件事，先只取中了他。我留心看去，他色色比人強，只是不大沈重。知大體，莫若襲人第一。雖說賢妻美妾，也要性情和順，舉止沈重的更好些。襲人的模樣雖比晴雯次一等，然放在房裏，也算是一二等的。況且行事大方，心地老實，這幾年從未同著寶玉淘氣。凡寶玉十分胡鬧的事，他只有死勸的。因此，品擇了二年，一點不錯了，我悄悄的把他丫頭的月錢止住，我的月分銀子裏批出二兩銀子來給他。不過使他自己知道，越發小心効好之意。且沒有明說，一則寶玉年紀尚小，老爺知道了，又恐說耽誤了書；二則寶玉自以為自己跟前的人，不敢勸他說他，反倒縱性起來。所以直到今日，纔回明老太太。」賈母聽了，笑道：「原來這樣，如此更好了。襲人本來從小兒不言不語，我只說是『沒嘴的葫蘆』。既是你深知，豈有大錯誤的。」王夫人又回今日賈政如何誇獎，如何帶他們逛去。賈母聽了，更加喜悅。

一時，只見迎春妝扮了前來告辭過去。鳳姐也來請早安，伺候早飯。又說笑一回，賈母歇晌，王夫人便喚了鳳姐，問他丸藥可曾配來。鳳姐道：「還不曾呢，如今還是吃湯藥。太太只管放心，我已大好了。」王夫人見他精神復初，也就信了，因告訴攆逐晴雯等事。又說：「寶丫頭怎麼私自回家去了，你們都不知道？我前兒順路都查了一查。誰知蘭小子的這一個新進來的奶子也十分的妖調，也不喜歡他。我說與你大嫂子了，好不好，叫他各自去罷。我因問你大嫂子：『寶丫頭出去，難道你不知道不成？』他說是告訴了他的，不兩三日，等姨媽病好了就進來。姨媽究竟沒甚大病，不過是咳嗽腰疼，年年是如此的。他這去的必有原故，敢是有人得罪了他不成？那孩子心重，親戚們住一場，別得罪了人，反不好了。」鳳姐笑道：「誰可好好的得罪著他？」王夫人道：「別是寶玉有嘴無心，從來沒個忌諱，高了興，信嘴胡說，也是有的。」鳳姐笑道：「這可是太太過於操心了。若說他，出門去幹正經事，說正經話去，卻像傻子；若只叫他進來，在這些姊妹跟前，以至於大小的丫頭跟前，最有仁讓，又恐怕得罪了人，那是再不得有人惱他的。我想薛妹妹此去必為著前夜搜檢眾丫頭的原故。他自然為信不及園裏的人，他又是親戚，現也有丫頭老婆在內，我們又不好去搜撿了，恐我們疑他，所以多了這個心，自己迴避了。也是應該避嫌疑的。」

王夫人聽了這話不錯，自己遂低頭一想，便命人去請了寶釵來，分晰前日的事，以解他的疑心，又仍命他進來照舊居住。寶釵陪笑道：「我原要早出去的，因姨媽有許多大事，所以不便來說。可巧前日媽媽又不好了，家裏兩個靠得的女人又病，所以我趁便去了。姨媽今日既已知道了，我正好回明，就從今日辭了，好搬東西。」王夫人鳳姐都笑道：「你太固執了。正經再搬進來為是，休為沒要緊的事反疏遠了親戚。」寶釵笑道：「這話說得太重了，並沒為什麼事要出去。我為的是媽媽近來神思比先大減，而且夜晚沒有得靠的人，統共只我一二人；二則如今我哥哥眼看娶嫂子，多少針綫活計，並家裏一切動用器皿，尚有未齊備的，我也須得幫著媽媽去料理料理。姨媽和鳳姐姐都知道我們家的事，不是我撒謊。再者，自我在園裏，東南上小角門子就常開著，原是為我走的，保不住出入的人圖省走路，也從那裏走。又沒個人盤查，設若從那裏弄出事來，豈不兩礙。而且我進園裏來睡，原不是什麼大事。因前幾年年紀都小，且家裏沒事，在外頭不如進來，姊妹們在一處玩笑做針綫，都比在外頭一人悶坐好些。如今彼此都大了，況姨娘這邊歷年皆遇不遂心之事，所以那園子裏，倘有一時照顧不到的，皆有關係。惟有少幾個人，就可以少操些心了。所以今日不但我決意辭去，此外還要勸姨娘，如今該減省的就減省些，也不為失了大家的體統。據我看，園裏的這一項費用也竟可以免的，說不得當日的話。姨娘深知我家的，難道我家當日也是這樣零落不成？」鳳姐聽了這篇話，便向王夫人笑道：「這話依我竟不必強他。」王夫人點頭道：「我也無可回答，只好隨你的便罷了。」

說話之間，只見寶玉已回來了，因說：「老爺還未散，恐天黑了，所以先叫我們回來了。」王夫人忙問：「今日可丟了醜了沒有？」寶玉笑道：「不但不丟醜，拐了許多東西來。」接著就有老婆子們從二門上小廝手內接進東西來。王夫人一看時，只見扇子三把，扇墜三個，筆墨共六匣，香珠三串，玉絛環三個。寶玉說道：「這是梅翰林送的，那是楊侍郎送的，這是李員外送的，每人一分。」說著，又向懷中取出一個檀香小護身佛來，說：「這是慶國公單給我的。」王夫人又問在席何人，作何詩詞。說畢，只將寶玉一分令人拿著，同寶玉、環、蘭前來見賈母。賈母看了，喜歡不盡，不免又問些話。無奈寶玉一心記著晴雯，答應完了，便說：「騎馬顛了，骨頭疼。」賈母便說：「快回房去，換了衣服，疏散疏散就好了，不許睡。」寶玉聽了，便忙進園來。

當下麝月秋紋已帶了兩個丫頭來等候，見寶玉辭了賈母出來，秋紋便將墨筆等物拿著，隨寶玉進園來。寶玉滿口裏說：「好熱！」一壁走，一面便摘冠解帶，將外面的大衣服都脫下來，麝月拿著，只穿著一件松花綾子夾襖，襟內露出血點般大紅褲子來，秋紋見這條紅褲是晴雯針綫，因歎道：「真是『物在人亡』了。」麝月將秋紋拉了一把，笑道：「這褲子配著松花色襖兒、石青靴子，越顯出靛青的頭、雪白的臉來了。」寶玉在前，只裝沒聽見，又走了兩步，便止步道：「我要走一走，這怎麼好？」麝月道：「大白日裏，還怕什麼？還怕丟了你不成！」因命兩個小丫頭跟著，「我們送了這些東西去再來。」寶玉道：「好姐姐，等一等我再去。」麝月道：「我們去了就來。兩個人手裏都有東西，倒像擺執事的，一個捧著文房四寶，一個捧著冠袍帶履，成個什麼樣子！」

寶玉聽了，正中心懷，便讓他二人去了。他便帶了兩個小丫頭到一塊山子石後頭，悄問他二人道：「自我去了，你襲人姐姐打發人去瞧晴雯姐姐沒有？」這一個答道：「打發宋媽瞧去了。」寶玉道：「回來說什麼？」小丫頭道：「回來說，晴雯姐姐直著脖子叫了一夜，今日早起，就閉了眼，住了口，世事不知，只有倒氣的分兒了。」寶玉忙道：「一夜叫的是誰？」小丫頭道：「一夜叫的是娘。」寶玉拭淚道：「還叫誰？」小丫頭道：「沒有聽見叫別人了。」寶玉道：「你糊塗，想必沒有聽真。」

旁邊那一個小丫頭最伶俐，聽寶玉如此說，便上來說：「真個他糊塗。」又向寶玉說：「不但我聽得真切，我還親自偷著看去的。」寶玉聽說，忙問：「怎麼又親自看去？」小丫頭道：「我因想，晴雯姐姐素日與別人不同，待我們極好。如今他雖受了委屈出去，我們不能別的法子救他，只親去瞧瞧，也不枉素日疼我們一場。就是人知道了，回了太太，打我們一頓，也是願受的。所以我拚著一頓打，偷著出去瞧了一瞧。誰知他平生為人聰明，至死不變，見我去了，便睜開眼拉我的手問：『寶玉那去了？』我告訴他了。他歎了一口氣，說：『不能見了。』我就說：『姐姐何不等一等他回來見一面？』他就笑道：『你們不知道，我不是死，如今天上少了一位花神，玉皇爺命我去管花兒。我如今在未正二刻就上任去了，寶玉須得未正三刻纔到家，只少得一刻兒的工夫，不能見面。世上凡有該死的人，閻王勾取了去，是差些個小鬼來捉人魂魄。若要遲延一時半刻，不過燒些紙錢，澆些漿飯，那鬼只顧搶錢去了，該死的人就可少待個工夫。我這如今是天上的神仙來召請，豈可捱得時刻？』我聽了這話，竟不大信。及進來到屋裏，留神看時辰表，果然是未正二刻，他咽了氣；正三刻上，就有人來叫我們，說你來了。」寶玉忙道：「你不認得字，所以不知道，這原是有的。不但花有一花神，還有總花神。但他不知做總花神去了，還是單管一樣花神？」這丫頭聽了，一時謅不來。恰好這是八月時節，園中池上芙蓉正開，這丫頭便見景生情，忙答道：「我已曾問他：『是管什麽花的神？告訴我們，日後也好供養的。』他說：『你只可告訴寶玉一人，除他之外，不可泄了天機。』就告訴我說，他是專管芙蓉花的。」

寶玉聽了這話，不但不為怪，亦且去悲生喜，便回過頭來看著那芙蓉笑道：「此花也須得這樣一個人去主管。我就料定，他那樣的人必有一番事業。雖然超生苦海，從此再不能相見了，免不得傷感思念。」因又想：「雖然臨終未見，如今且去靈前一拜，也算盡這五六年的情意。」想畢，忙至房中，正值麝月秋紋找來。

寶玉又自穿戴了，只說去看黛玉，遂一人出園，往前次看望之處來，意為停柩在內。誰知他哥嫂見他一咽氣，便回了進去，希圖早些得幾兩發送例銀。王夫人聞知，便命賞了十兩銀子，又命：「即刻送到外頭焚化了罷，女子癆死的，斷不可留！」他哥嫂聽了這話，一面得銀，一面催人立刻入殮，擡往城外化人廠上去了。剩的衣裳簪環，約有三四百金之數，他哥嫂自收了，為後日之計。二人將門鎖上，一同送殯去了。

寶玉走來，撲了一個空，站了半天，並無別法，只得復身進入園中。及回至房中，甚覺無味，因順路來找黛玉，不在房中，問其何往，丫鬟們回說：「往寶姑娘那裏去了。」寶玉又至蘅蕪院中，只見寂靜無人，房內搬得空空落落，不覺吃一大驚，纔想起前日彷彿聽見寶釵要搬出去，只因這兩日工課忙，就混忘了。這時看見如此，纔知道果然搬出。怔了半天，因轉念一想：「不如還是和襲人廝混，再與黛玉相伴。只這兩三個人，只怕還是同死同歸。」想畢，仍往瀟湘館來，偏黛玉還未回來。正在不知所之，忽見王夫人的丫頭進來找他，說：「老爺回來了，找你呢，又得了好題目了。快走，快走。」寶玉聽了，只得跟了出來。到王夫人房中，他父親已出去了，王夫人命人送寶玉至書房中。

彼時賈政正與眾幕友們談論尋秋之勝，又說：「臨散時，忽談及一事，最是千古佳談，『風流儁逸，忠義感慨』，八字皆備。倒是個好題目，大家要作一首挽詞。」眾幕賓聽了，都請教：「係何等妙事？」賈政乃道：「當日曾有一位王爵，封曰恒王，出鎮青州。這恒王最喜女色，且公餘好武，因選了許多美女，日習武事，令眾美女學習戰攻鬥伐之事。內中有個姓林行四的，姿色既佳，且武藝更精，皆呼為林四娘。恒王最得意，遂超拔林四娘統轄諸姬，又呼為姽嫿將軍。」眾清客都稱：「妙極神奇。竟以『姽嫿』下加『將軍』二字，反更覺嫵媚風流，真絕世奇文也！想這恒王也是千古第一風流人物了。」

賈政笑道：「這話自然如此。但更有可奇可歎之事。」眾清客都驚問道：「不知底下有何等奇事？」賈政道：「誰知次年便有『黃巾』『赤眉』一干流賊餘黨，復又烏合，搶掠山左一帶。恒王意為犬羊之輩，不足大舉，因輕騎進剿。不意賊眾詭譎，兩戰不勝，恒王遂被眾賊所戮。於是青州城內，文武官員，各各皆謂：『王尚不勝，你我何為？』遂將有獻城之舉。林四娘得聞凶信，遂聚集眾女將，發令說道：『你我皆向蒙王恩，戴天履地不能報其萬一。今王既殞身國患，我意亦當殞身於下。爾等有願隨者，即同我前往；不願者，亦早自散去。』眾女將聽他這樣，都一齊說：『願意！』於是林四娘帶領眾人，連夜出城，直殺至賊營。裏頭眾賊不防，也被斬殺了幾個首賊。後來大家見是不過幾個女人，料不能濟事，遂回戈倒兵，奮力一陣，把林四娘等一個不曾留下，倒作成了這林四娘的一片忠義之志。後來報至中都，天子百官無不歎息。想其朝中自然又有人去剿滅，天兵一到化為烏有，不必深論。只就林四娘一節，眾位聽了，可羨不可羨？」眾幕友都歎道：「實在可羨可奇！實是個妙題，原該大家挽一挽纔是。」

說著，早有人取了筆硯，按賈政口中之言，稍加改易了幾個字，便成了一篇短序，遞與賈政看了。賈政道：「不過如此。他們那裏已有原序。昨日因又奉恩旨，著察覈前代以來應加褒獎而遺落未經奏請各項人等，無論僧尼、乞丐、女婦人等，有一事可嘉，即行匯送履歷至禮部，備請恩獎。所以他這原序也送往禮部去了。大家聽了這新聞，所以都要作一首《姽嫿詞》，以誌其忠義。」眾人聽了，都又笑道：「這原該如此。只是更可羨者，本朝皆係千古未有之曠典，可謂『聖朝無闕事』了。」賈政點頭道：「正是。」

說話間，寶玉、賈環、賈蘭俱起身來看了題目。賈政命他三人各弔一首，誰先作成者賞，佳者額外加賞。賈環賈蘭二人近日當著許多人皆作過幾首了，膽量愈壯。今看了題目，遂自去思索。一時，賈蘭先有了，賈環生恐落後，也就有了。二人皆已錄出，寶玉尚自出神。賈政與眾人且看他二人的二首。賈蘭的是一首七言絕句，寫道是：

姽嫿將軍林四娘，玉為肌骨鐵為腸。
捐軀自報恆王後，此日青州土尚香。

眾幕賓看了，便皆大讚：「小哥兒十三歲的人，就如此，可知家學淵深，真不誣矣。」賈政笑道：「稚子口角，也還難為他。」又看賈環的，是首五言律，寫道是：

紅粉不知愁，將軍意未休。

掩啼離繡幕，抱恨出青州。
自謂酬王德，誰能復寇仇？
好題忠義墓，千古獨風流。

眾人道：「更佳！到底大幾歲年紀，立意又自不同。」賈政道：「倒還不甚大錯，終不懇切。」眾人道：「這就罷了。三爺纔大不多幾歲，俱在未冠之時。如此用心作去，再過幾年，怕不是大阮小阮了麼。」賈政笑道：「過獎了。只是不肯讀書的過失。」因問寶玉。眾人道：「二爺細心鏤刻，定又是風流悲感，不同此等的了。」

寶玉笑道：「這個題目似不稱近體，須得古體，或歌或行，長篇一首，方能懇切。」眾人聽了，都立起身來，點頭拍手道：「我說他立意不同！每一題到手，必先度其體格宜與不宜，這便是老手妙法。這題目名曰《姽嫿詞》，且既有了序，此必是長篇歌行，方合體式。或擬溫八叉《擊甌歌》，或擬李長吉《會稽歌》，或擬白樂天《長恨歌》，或擬詠古詞，半敘半詠，流利飄逸，始能盡妙。」賈政聽說，也合了主意，遂自提筆向紙上要寫。又向寶玉笑道：「如此甚好。你念，我寫。若不好了，我捶你的肉。誰許你先大言不慚的！」寶玉只得念了一句道：

恆王好武兼好色，

賈政寫了看時，搖頭道：「粗鄙。」一幕友道：「要這樣方古，究竟不粗。且看他底下的。」賈政道：「姑存之。」寶玉又道：

遂教美女習騎射；穠歌豔舞不成歡，列陣挽戈為自得。

賈政寫出，眾人都道：「只這第三句便古樸老健，極妙。這第四句平敘，也最得體。」賈政道：「休謬加獎譽，且看轉的如何。」寶玉念道：

眼前不見塵沙起，將軍俏影紅燈裏。

眾人聽了這兩句，便都叫：「妙！好個『不見塵沙起』！又承了一句『俏影紅燈裏』，用字用句，皆入神化了。」寶玉道：

叱咤時聞口舌香，霜矛雪劍嬌難舉。

眾人聽了更拍手笑道：「越發畫出來了。當日敢是寶公也在坐，見其嬌而且聞其香？不然，何體貼至此。」寶玉笑道：「閨閣習武，任其勇悍，怎似男人？不問而可知嬌怯之形了。」賈政道：「還不快續！這又有你說嘴的了。」寶玉只得又想了一想，念道：

丁香結子芙蓉絛，

眾人都道：「轉『蕭』韻更妙，這纔流利飄逸。而且這句子也綺靡秀媚得妙。」賈政寫了，道：「這一句不好，已有過了『口舌香』、『嬌難舉』，何必又如此？這是力量不加，故又弄出這些堆砌貨來搪塞。」寶玉笑道：「長歌也須得要些詞藻點綴點綴；不然，便覺蕭索。」賈政道：「你只顧說那些，這一句底下如何轉至武事呢？若再多說兩句，豈不蛇足了。」寶玉道：「如此，底下一句兜轉煞住，想也使得。」賈政冷笑道：「你有多大本領？上頭說了一句大開門的散話，如今又要一句連轉帶煞，豈不心有餘而力不足呢？」寶玉聽了，垂頭想了一想，說了一句道：

不繫明珠繫寶刀。

忙問：「這一句可還使得？」眾人拍案叫絕。賈政笑道：「且放著，再續。」寶玉道：「使得，我便一氣連下去了；若使不得，索性塗了，我再想別的意思出來，再另措詞。」賈政聽了，便喝道：「多話！不好了再作，便作十篇百篇，還怕辛苦了不成！」寶玉聽說，只得想了一會，便念道：

戰罷夜闌心力怯，脂痕粉漬汙鮫綃。

賈政道：「這又是一段了。底下怎麼樣？」寶玉道：

明年流寇走山東，強吞虎豹勢如蜂；

眾人道：「好個『走』字！便見得高低了。且通句轉得也不板。」寶玉又念道：

王率天兵思剿滅，一戰再戰不成功；

腥風吹折隴中麥，日照旌旗虎帳空。

青山寂寂水澌澌，正是恆王戰死時；

雨淋白骨血染草，月冷黃昏鬼守屍。

眾人都道：「妙極，妙極！佈置、敘事，詞藻，無不盡美。且看如何至四娘，必另有妙轉奇句。」寶玉又念道：

紛紛將士只保身，青州眼見皆灰塵；

不期忠義明閨閣，憤起恆王得意人。

眾人都道：「鋪敘得委婉。」賈政道：「太多了，底下只怕累贅呢。」寶玉又道：

恆王得意數誰行，姽嫿將軍林四娘；

號令秦姬驅趙女，穠桃豔李臨疆場。

繡鞍有淚春愁重，鐵甲無聲夜氣涼；

勝負自難先預定，誓盟生死報前王。

賊勢猖獗不可敵，柳折花殘血凝碧；

馬踐胭脂骨髓香，魂依城郭家鄉隔。

星馳時報入京師，誰家兒女不傷悲！
天子驚慌愁失守，此時文武皆垂首。
何事文武立朝綱，不及閨中林四娘！
我為四娘長歎息，歌成餘意尚彷徨。

念畢，眾人都大讚不止。又從頭看了一遍。賈政笑道：「雖說了幾句，到底不大懇切。」因說：「去罷。」三人如放了赦的一般，一齊出來，各自回房。

眾人皆無別話，不過至晚安歇而已。獨有寶玉，一心悽楚，回至園中，猛見池上芙蓉，想起小丫鬟說晴雯做了芙蓉之神，不覺又喜歡起來，乃看著芙蓉，嗟歎了一會。忽又想起：「死後並未至靈前一祭，如今何不在芙蓉前一祭，豈不盡了禮？」想畢，便欲行禮。忽又止道：「雖如此，亦不可太草率了，須得衣冠整齊，奠儀周備，方為誠敬。」想了一想：「古人云，『潢汙行潦，荇藻苹蘩之賤，可以羞王公，薦鬼神。』原不在物之貴賤，只在心之誠敬而已。然非自作一篇誄文，這一段悽慘酸楚，竟無處可以發洩了。」因用晴雯素日所喜之冰鮫縠一幅，楷字寫成，名曰《芙蓉女兒誄》，前序後歌；又備了晴雯素喜的四樣吃食。於是黃昏人靜之時，命那小丫頭捧至芙蓉前，先行禮畢，將那誄文即掛於芙蓉枝上，乃泣涕念曰：

維太平不易之元，蓉桂競芳之月，無可奈何之日，怡紅院濁玉，謹以群花之蕊、冰鮫之縠、沁芳之泉、楓露之茗：四者雖微，聊以達誠申信，乃致祭於白帝宮中撫司秋豔芙蓉女兒之前曰：

竊思女兒自臨人世，迄今凡十有六載。其先之鄉籍姓氏，湮淪而莫能考者久矣。而玉得於衾枕櫛沐之間，棲息宴遊之夕，親暱狎褻，相與共處者，僅五年八月有奇。憶女曩生之昔，其為質則金玉不足喻其貴，其為體則冰雪不足喻其潔，其為神則星日不足喻其精，其為貌則花月不足喻其色。姊娣悉慕媖嫻，嫗媼咸仰慧德。孰料鳩鴆惡其高，鷹鷙翻遭罦罬；薋葹妒其臭，茝蘭竟被芟葅！花原自怯，豈奈狂飆？柳本多愁，何禁驟雨？偶遭蠱蠆之讒，遂抱膏肓之疚。故櫻脣紅褪，韻吐呻吟；杏臉香枯，色陳顑頷。諑謠謑詬，出自屏帷；荊棘蓬榛，蔓延窗戶。既懷幽沈於不盡，復含罔屈於無窮。高標見嫉，閨闈恨比長沙；貞烈遭危，巾幗慘於雁塞。自蓄辛酸，誰憐夭折？仙雲既散，芳趾難尋。洲迷聚窟，何來卻死之香？海失靈槎，不獲回生之藥。眉黛煙青，昨猶我畫；指環玉冷，今倩誰溫？鼎爐之剩藥猶存，襟淚之餘痕尚漬。鏡分鸞影，愁開麝月之奩；梳化龍飛，哀折檀雲之齒。委金鈿於草莽，拾翠盒於塵埃。樓空鳷鵲，徒懸七夕之針；帶斷鴛鴦，誰續五絲之縷？況乃金天屬節，白帝司時；孤衾有夢，空室無人。桐階月暗，芳魂與倩影同消；蓉帳香殘，嬌喘共細腰俱絕。連天衰草，豈獨蒹葭；匝地悲聲，無非蟋蟀。露階晚砌，穿簾不度寒砧；雨荔秋垣，隔院希聞怨笛。芳名未泯，簷前鸚鵡猶呼；豔質將亡，檻外海棠預萎。捉迷屏後，蓮瓣無聲；鬥草庭前，蘭芳枉待。拋殘繡綫，銀箋彩袖誰裁？褶斷冰絲，金斗御香未熨。昨承嚴命，既趨車而遠陟芳園；今犯慈威，復拄杖而遣拋孤柩。及聞蕙棺被燹，頓違共穴之情；石槨成災，愧逮同灰之誚。爾乃西風古寺，淹滯青燐；落日荒丘，零星白骨。楸榆颯颯，蓬艾蕭蕭。隔霧壙以啼猿，繞煙塍而泣鬼。豈道紅綃帳裏，公子情深；始信黃土隴中，女兒命薄！汝南淚血，斑斑灑向西風；梓澤餘衷，默默訴憑冷月。嗚呼！固鬼蜮之為災，豈神靈之有妒？箝詖奴之口，討豈從寬？剖悍婦之心，忿猶未釋！在卿之塵緣雖淺，而玉之鄙意尤深。因蓄惓惓之思，不禁諄諄之問。始知上帝垂旌，花宮待詔，生儕蘭蕙，死轄芙蓉。聽小婢之言，似涉無稽；據濁玉之思，深為有據。何也？昔葉法善攝魂以撰碑，李長吉被詔而為記，事雖殊其理則一也。故相物以配才，苟非其人，惡乃濫乎？始信上帝委託權衡，可謂至洽至協，庶不負其所秉賦也。因希其不昧之靈，或陟降於茲，特不揣鄙俗之詞，有汙慧聽。乃歌而招之曰：

天何如是之蒼蒼兮，乘玉虬以遊乎穹窿耶？
地何如是之茫茫兮，駕瑤象以降乎泉壤耶？
望繖蓋之陸離兮，抑箕尾之光耶？
列羽葆而為前導兮，衛危虛於旁耶？
驅豐隆以為庇從兮，望舒月以臨耶？
聽車軌而伊軋兮，御鸞鷖以征耶？
聞馥郁而飄然兮，紉蘅杜以為珮耶？
爛裙裾之爍爍兮，鏤明月以為璫耶？
借葳蕤而成壇畤兮，檠蓮焰以燭蘭膏耶？
文瓠瓟以為觶斝兮，灑醽醁以浮桂醑耶？
瞻雲氣而凝眄兮，彷彿有所覘耶？
俯波痕而屬耳兮，恍惚有所聞耶？
期汗漫而無際兮，捐棄予於塵埃耶？
倩風廉之為余驅車兮，冀聯轡而攜歸耶？
余中心為之慨然兮，徒噭噭而何為耶？
卿偃然而長寢兮，豈天運之變於斯耶？

既窀穸且安穩兮，反其真而又奚化耶？

余猶桎梏而懸附兮，靈格余以嗟來耶？

來兮止兮，卿其來耶？

若夫鴻蒙而居，寂靜以處，雖臨於茲，余亦莫睹。搴煙蘿而為步障，列蒼蒲而森行伍。警柳眼之貪眠，釋蓮心之味苦。素女約於桂巖，宓妃迎於蘭渚。弄玉吹笙，寒簧擊敔。徵嵩嶽之妃，啟驪山之姥。龜呈洛浦之靈，獸作咸池之舞。潛赤水兮龍吟，集珠林兮鳳翥。爰格爰誠，匪簠匪簋。發軔乎霞城，還旌乎元圃，既顯微而若逋，復氤氳而倏阻。離合兮煙雲，空蒙兮霧雨。塵霾斂兮星高，溪山麗兮月午。何心意之怦怦，若寤寐之栩栩？余乃欷歔悵怏，泣涕彷徨。人語兮寂歷，天籟兮篔簹。鳥驚散而飛，魚唼喋以響。誌哀兮是禱，成禮兮期祥。嗚呼哀哉！尚饗！

讀畢，遂焚帛奠茗，依依不捨。小丫鬟催至再四，方纔回身。忽聽山石之後有一人笑道：「且請留步。」二人聽了，不覺大驚。那小丫鬟回頭一看，卻是個人影兒從芙蓉花裏走出來，他便大叫：「不好，有鬼！晴雯真來顯魂了！」唬得寶玉也忙看時，究竟是人是鬼，下回分解。

卷七十九　薛文龍悔娶河東吼　賈迎春誤嫁中山狼

話説寶玉纔祭完了晴雯，只聽花陰中有個人聲，倒唬了一跳。細看不是別人，卻是黛玉，滿面含笑，口內説道：「好新奇的祭文！可與《曹娥碑》並傳了。」寶玉聽了，不覺紅了臉，笑答道：「我想著世上這些祭文，都過於爛熟了，所以改個新樣。原不過是我一時的玩意兒，誰知被你聽見了。有什麼大使不得的，何不改削改削。」

黛玉道：「原稿在那裏？倒要細細的看看。長篇大論，不知説的是什麼，只聽見中間兩句，什麼『紅綃帳裏，公子情深；黃土隴中，女兒命薄』。這一聯意思卻好，只是『紅綃帳裏』未免俗濫些。放著現成的真事，為什麼不用？」寶玉忙問：「什麼現成的真事？」黛玉笑道：「咱們如今都係霞影紗糊的窗槅，何不説『茜紗窗下，公子多情』呢？」寶玉聽了，不禁跌腳笑道：「好極，好極！到底是你想得出，説得出。可知天下古今現成的好景好事儘多，只是我們愚人想不出來罷了。但只一件，雖然這一改新妙之極，卻是你在這裏住著還可以，我實不敢當。」説著，又連説「不敢」。

黛玉笑道：「何妨。我的窗即可為你之窗，何必如此分晰，也太生疏了。古人異姓陌路，尚然『肥馬輕裘，敝之無憾』，何況咱們。」寶玉笑道：「論交道，不在『肥馬輕裘』，即『黃金白璧』，亦不當『錙銖較量』。倒是這唐突閨閣上頭，卻萬萬使不得的。如今我索性將『公子』『女兒』改去，竟算是你誄他的倒妙。況且素日你又待他甚厚，所以寧可棄了這一篇文，萬不可棄這『茜紗』新句。莫若改作『茜紗窗下，小姐多情；黃土隴中，丫鬟薄命』。如此一改，雖與我不涉，我也愜懷。」黛玉笑道：「他又不是我的丫頭，何用此語。況且『小姐』『丫鬟』，亦不典雅。等得紫鵑死了，我再如此說，還不算遲。」寶玉聽了笑道：「這是何苦，又咒他。」黛玉笑道：「是你要咒的，並不是我說的。」寶玉道：「我又有了，這一改可極妥當了。莫若說『茜紗窗下，我本無緣；黃土隴中，卿何薄命！』」

黛玉聽了，陡然變色，雖有無限狐疑，外面卻不肯露出，反連忙含笑點頭稱妙，說：「果然改得好。再不必亂改了，快去幹正經事罷。剛纔太太打發人叫你，說明兒一早過大舅母那邊去。你二姐姐已有人家求準了，所以叫你們過去呢。」寶玉拍手道：「何必如此忙？我身上也不大好，明兒還未必能去呢。」黛玉道：「又來了！我勸你把脾氣改改罷。一年大，二年小，……」一面說話，一面咳嗽起來。寶玉忙道：「這裏風冷，咱們只顧站著，涼著了可不是玩的，快回去罷。」黛玉道：「我也家去歇息了，明兒再見罷。」說著，便自取路去了。寶玉只得悶悶的轉步，忽想起黛玉無人隨伴，忙命小丫頭子跟送回去。自己到了怡紅院中，果有王夫人打發嬤嬤們來，吩咐他明日一早過賈赦這邊來，與方纔黛玉之言相對。

原來賈赦已將迎春許與孫家了。這孫家乃是大同府人氏，祖上係軍官出身，乃當日寧榮府中之門生，算來亦係至交。如今孫家只有一人在京，現襲指揮之職，此人名喚孫紹祖，生得相貌魁梧，體格健壯，弓馬嫻熟，應酬權變，年紀未滿三十，且又家資饒富，現在兵部候缺提昇。因未曾娶妻，賈赦見是世交子姪，且人品家當都相稱合，遂擇為東牀姣婿。亦曾回明賈母，賈母心中卻不十分願意，但想兒女之事，自有天意，況且他親父主張，何必出頭多事？因此，只說「知道了」三字，餘不多及。賈政又深惡孫家，雖是世交，不過是他祖父當日希慕榮寧之勢，有不能了結之事，纔拜在門下的，並非詩禮名族之裔。因此，倒勸諫過兩次，無奈賈赦不聽，也只得罷了。

寶玉卻未曾會過這孫紹祖一面的，次日只得過去，聊以塞責。只聽見那娶親的日子甚近，不過今年，就要過門的。又見邢夫人等回了賈母，將迎春接出大觀園去，越發掃興，每每癡癡呆呆的不知作何消遣。又聽說要陪四個丫頭過去，更又跌足道：「從今後這世上又少了五個清淨人了！」因此，天天到紫菱洲一帶地方，徘徊瞻顧，見其軒窗寂寞，屏帳翛然，不過只有幾個該班上夜的老嫗。再看那岸上的蓼花葦葉，也都覺搖搖落落，似有追憶故人之態，迥非素常逞妍鬥色可比。所以情不自禁，乃信口吟成一歌曰：

池塘一夜秋風冷，吹散芰荷紅玉影；蓼花菱葉不勝悲，重露繁霜壓纖梗。
不聞永晝敲棋聲，燕泥點點汙棋枰；古人惜別憐朋友，況我今當手足情！

寶玉方纔吟罷，忽聞背後有人笑道：「你又發什麼呆呢？」寶玉回頭忙看是誰，原來是香菱。寶玉忙轉身笑問道：「我的姐姐，你這會子跑到這裏來做什麼？許多日子也不進來逛逛。」香菱拍手笑嘻嘻的說道：「我何曾不要來。如今你哥哥回來了，那裏比先時自由自在的了。剛纔我們太太使人找你鳳姐姐去，竟沒有找著，說往園子裏來了。我聽見這個話，我就討了這個差，進來找他。遇見他的丫頭，說在稻香村呢。如今我往稻香村去，誰知又遇見了你。我還要問你，襲人姐姐這幾日可好？怎麼忽然把個晴雯姐姐也沒了，到底是什麼病？二姑娘搬出去的好快！你瞧瞧，這地方一時間就空落落的了。」寶玉只有一味答應；又讓他同到怡紅院去吃茶。香菱道：

「此刻竟不能，等找著璉二奶奶說完了正經事，再來。」寶玉道：「什麼正經事，這般忙？」香菱道：「為你哥哥娶嫂子的事，所以要緊。」寶玉道：「正是。說的到底是那一家的？只聽見吵嚷了這半年，今兒又說張家的好，明兒又要李家的，後兒又議論王家的。這些人家的女兒，他也不知造了什麼罪，叫人家好端端的議論。」香菱道：「如今定了，可以不用拉扯別家了。」寶玉忙問道：「定了誰家的？」香菱道：「因你哥哥上次出門時，順路到了個親戚家去。這門親原是老親，且又和我們是同在戶部掛名行商，也是數一數二的大門戶。前日說起來時，你們兩府都也知道的：合京城裏，上自王侯，下至買賣人，都稱他家是『桂花夏家』。」寶玉忙笑道：「如何又稱為『桂花夏家』？」香菱道：「本姓夏，非常的富貴。其餘田地不用說，單有幾十頃地種著桂花；凡這『長安』，那城裏城外桂花局，俱是他家的；連宮裏一應陳設盆景亦是他家貢奉，因此纔有這個混號。如今太爺也沒了，只有老奶奶帶著一個親生的姑娘過活，也並沒有哥兒弟兄，可惜他竟一門盡絕了後。」

寶玉忙道：「咱們也別管他絕後不絕後，只是這姑娘可好？你們大爺怎麼就中意了？」香菱笑道：「一則是天緣，二來是『情人眼裏出西施』。當年時又通家來往，從小兒都在一處玩過。敘親是姑舅兄妹，又沒嫌疑。雖離了這幾年，前兒一到他家，夏奶奶又是沒兒子的，一見了你哥哥出落得這樣，又是哭，又是笑，竟比見了兒子還勝。又令他兄妹們相見，誰知這姑娘出落得花朵似的了，在家裏也讀書寫字，所以你哥哥當時就一心看準了。連當鋪裏老夥計們一群人，遭擾了人家三四日。他們還留多住幾天，好容易苦辭，纔放回家來。你哥哥一進門，就咕咕唧唧求我們太太去求親。我們太太原是見過的，又且門當戶對，也依了。和這裏姨太太鳳姑娘商議了，打發人去一説，就成了。只是娶的日子太急，所以我們忙亂得很。我也巴不得早些過來，又添了一個作詩的人了。」寶玉冷笑道：「雖如此説，但只我倒替你擔心慮後呢。」香菱道：「這是什麼話？我倒不懂了。」寶玉笑道：「這有什麼不懂的，只怕再有個人來，薛大哥就不肯疼你了。」香菱聽了，不覺紅了臉，正色道：「這是怎麼説！素日咱們都是厮擡厮敬，今日忽然提起這些事來，怪不得人人都説你是個親近不得的人。」一面説，一面轉身走了。

寶玉見他這樣，便悵然如有所失，呆呆的站了半日，只得無精打采還入怡紅院來。一夜不曾安睡，種種不寧。次日便懶進飲食，身體發熱。也因近日抄檢大觀園、逐司棋、別迎春、悲晴雯等羞辱驚恐悲悽所致，兼以風寒外感，遂致成疾，臥牀不起。賈母聽得如此，天天親來看視。王夫人心中自悔，不合因晴雯過於逼責了他。心中雖如此，臉上卻不露出，只吩咐眾奶娘等好生伏侍看守。一日兩次帶進醫生來診脈下藥。一月之後，方纔漸漸的痊癒。好生保養過百日，方許動葷腥油麪，方可出門行走。

這百日內，院門前皆不許到，只在房中玩笑。四五十日後，就把他拘得火星亂迸，那裏忍耐得住。雖百般設法，無奈賈母王夫人執意不從，也只得罷了。因此，和些丫鬟們無所不至，恣意玩笑。又聽得薛蟠那裏擺酒唱戲，熱鬧非常，已娶親入門。聞得這夏家小姐十分俊俏，也略通文翰，寶玉恨不得就過去一見纔好。再過些時，又聞得迎春出了閣。寶玉思及當時姊妹，耳鬢厮磨，從今一別，縱得相逢，必不得似先前這等親熱了。眼前又不能去一望，真令人悽惶不盡。少不得潛心忍耐，暫同這些丫鬟們厮鬧釋悶，幸免賈政責備逼迫讀書之難。這百日內，只不曾拆毀了怡紅院，和這些丫頭們無法無天，凡世上所無之事，都玩要出來，如今且不消細說。

且說香菱自那日搶白了寶玉之後，自為寶玉有意唐突：「從此倒要遠避他些纔好。」因此，以後連大觀園也不輕易進來了。日日忙亂著，薛蟠娶過親，自為得了護身符，自己身上分去責任，到底比這樣安靜些；二則又知是個有才有貌的佳人，自然是典雅和平的。因此，心中盼過門的日子，比薛蟠還急十倍。好容易盼得一日娶過了門，他便十分殷勤小心伏侍。

原來這夏家小姐今年方十七歲，生得亦頗有姿色，亦頗識得幾個字。若論心裏的丘壑涇渭，頗步熙鳳的後塵。只吃虧了一件，從小時，父親去世的早，又無同胞兄弟，寡母獨守此女，嬌養溺愛，不啻珍寶，凡女兒一舉一動，他母親皆百依百順，因此未免釀成個盜蹠的情性，自己尊若菩薩，他人穢如糞土；外具花柳之姿，內秉風雷之性。在家中和丫鬟們使性賭氣、輕罵重打的。今日出了閣，自為要做當家的奶奶，比不得做女兒時靦腆溫柔，須要拿出威風來，纔鈐壓得住人；況且見薛蟠氣質剛硬，舉止驕奢，若不趁熱灶一氣炮製，將來必不能自豎旗幟矣。又見有香菱這等一個才貌俱全的愛妾在室，越發添了那「宋太祖滅南唐」之意。因他家多桂花，小名就叫作金桂。他在家時，不許人口中帶出「金」「桂」二字，凡有不留心誤道出一字者，他便定要苦打重罰纔罷。他因想「桂花」二字是禁止不住的，須得另換一名，想桂花曾有廣寒嫦娥之說，便將桂花改為「嫦娥花」，又寓自己身分如此。薛蟠本是個憐新棄舊的人，且是有酒膽無飯力的，如今得了這一個妻子，正在新鮮興頭上，凡事未免儘讓他些。那夏金桂見是這般形景，便也試著一步緊似一步。一月之中，二人氣概都還相平；至兩月之後，便覺薛蟠的氣概漸次的低矮了下去。

一日，薛蟠酒後，不知要行何事，先與金桂商議，金桂執意不從。薛蟠便忍不住，便發了幾句話兒，賭氣自行了。金桂便哭得如醉人一般，茶湯不進，裝起病來，請醫療治。醫生又說：「氣血相逆，當進寬胸順氣之劑。」薛姨媽恨得罵了薛蟠一頓，說：「如今娶了親，眼前抱兒子了，還是這麼胡鬧！人家鳳凰似的，好容易養了一個女兒，比花朵兒還輕巧，原看的你是個人物，纔給你做老婆。你不說收了心，安分守己，一心一計，和和氣氣的過日子，還是這樣胡鬧，喝了黃湯，折磨人家。這會子花錢吃藥白遭心！」

一席話，說得薛蟠後悔不迭，反來安慰金桂。金桂見婆婆如此說，越發得了意，更裝出些張致來，不理薛蟠。薛蟠沒了主意，惟有自軟而已。好容易十天半月之後，纔漸漸的哄轉過金桂的心來。自此，便加一倍小心，氣概不免又矮了半截下來。那金桂見丈夫旗纛漸倒，婆婆良善，也就漸漸的持戈試馬。先前不過挾制薛蟠，後來倚姣作媚，將及薛姨媽，後將至寶釵。寶釵久察其不軌之心，每每隨機應變，暗以言語彈壓其志；金桂知其不可犯，便欲尋隙，苦得無隙可乘，倒只好曲意俯就。

一日，金桂無事，因和香菱閒談，問香菱家鄉父母。香菱皆答忘記，金桂便不悅，說有意欺瞞了他。因問：「『香菱』二字是誰起的？」香菱便答道：「姑娘起的。」金桂冷笑道：「人人都說姑娘通，只這一個名字就不通。」香菱忙笑道：「奶奶若說姑娘不通，奶奶沒合姑娘講究過。說起來，他的學問，連咱們姨老爺常時還誇的呢！」欲知金桂說出何話，且聽下回分解。

卷八十　美香菱屈受貪夫棒　王道士胡謅妒婦方

話說金桂聽了，將脖項一扭，嘴脣一撇，鼻孔裏「哧哧」兩聲，冷笑道：「菱角花開，誰見香來？若是菱角香了，正經那些香花放在那裏？可是不通之極！」香菱道：「不獨菱花香，就連荷葉蓮蓬，都是有一股清香的。但他原不是花香可比，若靜日靜夜，或清早半夜，細領略了去，那一股清香比是花都好聞呢。就連菱角、雞頭、葦葉、蘆根，得了風露，那一股清香，也是令人心神爽快的。」金桂道：「依你說，這蘭花桂花，倒香得不好了？」香菱說到熱鬧頭上，忘了忌諱，便接口道：「蘭花桂花的香，又非別的香可比。」

一句未完，金桂的丫鬟名喚寶蟾的，忙指著香菱的臉說道：「你可要死！你怎麼叫起姑娘的名字來！」香菱猛省了，反不好意思，忙陪笑說：「一時順了嘴，奶奶別計較。」金桂笑道：「這有什麼，你也太小心了。但只是我想這個『香』字到底不妥，意思要換一個字，不知你服不服？」香菱笑道：「奶奶說那裏話，此刻連我一身一體俱是奶奶的，何得換一個名字反問我服不服，叫我如何當得起！奶奶說那一個字好，就用那一個。」金桂冷笑道：「你雖說得是，只怕姑娘多心。」香菱笑道：「奶奶原來不知：當日買了我時，原是老太太使喚的，故此姑娘起了這個名字。後來伏侍了爺，就與姑娘無涉了。如今又有了奶奶，越發不與姑娘相干。且姑娘又是極明白的人，如何惱得這些呢。」金桂道：「既這樣說，『香』字竟不如『秋』字妥當。菱角菱花皆盛於秋，豈不比香字有來歷些。」香菱笑道：「就依奶奶這樣罷了。」自此後遂改了「秋」字，寶釵亦不在意。

只因薛蟠是天性「得隴望蜀」的，如今娶了金桂，又見金桂的丫頭寶蟾有三分姿色，舉止輕浮可愛，便時常要茶要水的，故意撩逗他。寶蟾雖亦解事，只是怕金桂，不敢造次，且看金桂的眼色。金桂亦覺察其意，想著：「正要擺佈香菱，無處尋隙，如今他既看上寶蟾，我且捨出寶蟾與他，他一定就和香菱疏遠了。我再乘他疏遠之時，擺佈了香菱；那時寶蟾原是我的人，也就好處了。」打定了主意，伺機而發。

這日，薛蟠晚間微醺，又命寶蟾倒茶來吃。薛蟠接碗時，故意捏他的手；寶蟾又喬裝躲閃，連忙縮手。兩下失誤，「豁啷」一聲，茶碗落地，潑了一身一地的茶。薛蟠不好意思，佯說寶蟾不好生拿著。寶蟾說：「姑爺不好生接。」金桂冷笑道：「兩個人的腔調兒都夠使的了，別打量誰是傻子。」薛蟠低頭微笑不語，寶蟾紅了臉出去。

一時，安歇之時，金桂便故意的攆薛蟠別處去睡：「省得得了饞癆似的。」薛蟠只是笑。金桂道：「要做什麼和我說，別偷偷摸摸的，不中用。」薛蟠聽了，仗著酒蓋臉，就勢跪在被上，拉著金桂笑道：「好姐姐，你若把寶蟾賞了我，你要怎樣就怎樣。你要活人腦子，也弄來給你。」金桂笑道：「這話好不通。你愛誰，說明了，就收在房裏，省得別人看著不雅。我可要什麼呢！」薛蟠得了這話，喜得稱謝不盡。是夜，曲盡丈夫之道，竭力奉承金桂。次日也不出門，只在家中廝鬧，越發放大了膽了。

至午後，金桂故意出去，讓個空兒與他二人，薛蟠便拉拉扯扯的起來。寶蟾心裏也知八九了，也就半推半就。正要入港，誰知金桂是有心等候的，料著在難分之際，便叫小丫頭小捨兒過來。原來這小丫頭也是金桂在家使喚的，因他自小時父母雙亡，無人看管，便大家叫他作小捨兒，專做些粗活。金桂如今有意，獨喚他來吩咐道：「你去告訴秋菱，到我屋裏將我的絹子取來，不必說我說的。」小捨兒聽了，一徑去尋著秋菱，說：「菱姑娘，奶奶的絹子忘記在屋裏了，你去取了來，送上去，豈不好？」

秋菱正因金桂近日每每挫折他，不知何意，百般竭力挽回，聽了這話，忙走往房裏來取，不防正遇見他二人推就之際，一頭撞了進去，自己倒羞得耳面通紅，轉身迴避不及。薛蟠自為是過了明路的，除了金桂，無人可怕，所以連門也不掩。這會秋菱撞來，故雖不十分在意，無奈寶蟾素日最是說嘴要強的，今既遇了秋菱，便恨無地可入，忙推開薛蟠，一徑跑了，口內還怨恨不絕的說他強姦力逼。薛蟠好容易哄得上手，卻被秋菱打散，不免一腔的興頭，變作了一腔的惡怒，都在秋菱身上，不容分說，趕出來，啐了兩口，罵道：「死娼婦！你這會子做什麼來撞屍遊魂？」秋菱料事不好，三步兩步，早已跑了。薛蟠再來找寶蟾，已無蹤跡了。於是只恨得罵秋菱。至晚飯後，已吃得醺醺然，洗澡時，不防水略熱了些燙了腳，便說秋菱有意害他，他赤條精光，趕著秋菱踢打了兩下。秋菱雖未受過這氣苦，既到了此時，也說不得了，只好自悲自怨，各自走開。

彼時金桂已暗和寶蟾說明，今夜令薛蟠在秋菱房中去成親，命秋菱過來陪自己安睡。先是秋菱不肯，金桂說他嫌腌臢了，再必是圖安逸，怕夜裏勞動伏侍。又罵說：「你沒見世面的主子，見一個愛一個，把我的人霸佔了去，又不叫你來，到底是什麼主意？想必是逼死我就罷了。」薛蟠聽了這話，又怕鬧黃了寶蟾之事，忙又趕來罵秋菱：「不識擡舉！再不去就要打了。」秋菱無奈，只得抱了鋪蓋來，金桂命他在地下鋪著睡，秋菱只得依命。剛睡下，便叫倒茶，一時又要捶腿：如是者，一夜七八次，總不使其安逸穩臥片時。那薛蟠得了寶蟾，如獲珍寶，一概都置之不顧。恨得金桂暗暗的發恨道：「且叫你樂幾天，等我慢慢的擺弄了他，那時可別怨我！」一面隱忍，一面設計擺佈秋菱。

半月光景，忽又裝起病來，只說心痛難忍，四肢不能轉動，療治不效。眾人都說是秋菱氣的。鬧了兩天，忽又從金桂枕頭內抖出個紙人來，上面寫著金桂的年庚八字，有五根針釘在心窩並肋肢骨縫等處。

於是，眾人當作新聞，先報與薛姨媽。薛姨媽先忙手忙腳的；薛蟠自然更亂起來，立刻要拷打眾人。金桂道：「何必冤枉眾人？大約是寶蟾的鎮魔法兒。」薛蟠道：「他這些時並沒多空兒在你房裏，何苦賴好人？」金桂冷笑道：「除了他還有誰，莫不是我自己害自己不成！雖有別人，如何敢進我的房呢？」薛蟠道：「秋菱如今是天天跟著你，他自然知道，先拷問他就知道了。」金桂冷笑道：「拷問誰，誰肯認？依我說，竟裝個不知道，大家丟開手罷了。橫豎治死我，也沒什麼要緊，樂得再娶好的。若據良心上說，左不是你三個多嫌我！」一面說著，一面痛哭起來。

薛蟠更被這些話激怒，順手抓起一根門閂來，一徑搶步，找著秋菱，不容分說，便劈頭劈臉渾身打起來，一口只咬定是秋菱所施。秋菱叫屈，薛姨媽跑來禁喝道：「不問明白就打起人來了。這丫頭伏侍這幾年，那一年不小心？他豈肯如今做這沒良心的事！你且問個清渾皂白，再動粗鹵。」金桂聽見他婆婆如此說，怕薛蟠心軟意活了，便發聲浪氣大哭起來，說：「這半個多月，把我的寶蟾霸佔了去，不容進我的房，惟有秋菱跟著我睡。我要拷問寶蟾，你又護在頭裏，你這會子又賭氣打他去。治死我，再揀那富貴的標致的娶來就是了，何苦做出這些把戲來！」薛蟠聽了這些話，越發著了急。

薛姨媽聽見金桂句句挾制著兒子，百般惡賴的樣子，十分可恨。無奈兒子偏不硬氣，已是被他挾制軟慣了。如今又勾搭上丫頭，被他說霸佔了去，自己還要佔溫柔讓夫之禮。這魘魔法究竟不知誰做的？正是俗語說的好，「清官難斷家務事」，此時正是公婆難斷牀幃的事了。因沒法，只得賭氣喝薛蟠，說：「不爭氣的孽障，狗也比你體面些！誰知你三不知的把陪房丫頭也摸索上了，叫老婆說霸佔了丫頭，什麼臉出去見人！也不知誰使的法子，也不問清就打人。我知道你是個得新棄舊的東西，白辜負了當日的心。他既不好，你也不許打。我即刻叫人牙子來賣了他，你就心淨了。」氣著，又命：「秋菱，收拾了東西，跟我來。」一面叫人：「去！快叫個人牙子來，多少賣幾兩銀子，拔去肉中刺、眼中釘，大家過太平日子。」

薛蟠見母親動了氣，早已低了頭。金桂聽了這話，便隔著窗子，往外哭道：「你老人家只管賣人，不必說著一個、拉著一個的。我們很是那吃醋拈酸容不得下人的不成？怎麼『拔去肉中刺、眼中釘』？是誰的釘，誰的刺？但凡多嫌著他，也不肯把我的丫鬟也收在房裏了。」薛姨媽聽說，氣得身戰氣咽，道：「這是誰家的規矩？婆婆在這裏說話，媳婦隔著窗子拌嘴。虧你是舊人家的女兒！滿嘴裏大呼小喊，說的是什麼！」薛蟠急得跺腳，說：「罷喲，罷喲！看人家聽見笑話。」金桂意謂一不做，二不休，越發喊起來了，說：「我不怕人笑話！你的小老婆治害我，我倒怕人笑話了？

再不然，留下他，賣了我！誰還不知道薛家有錢，行動拿錢墊人；又有好親戚，挾制著別人。你不趁早施為，還等什麼？嫌我不好，誰叫你們瞎了眼，三求四告的，跑了我們家做什麼去了！」一面哭喊，一面自己拍打。薛蟠急得說又不好，勸又不好，打又不好，央告又不好，只是出入噯聲歎氣，抱怨說：「運氣不好。」

當下薛姨媽被寶釵勸進去了，只命人來賣香菱。寶釵笑道：「咱們家只知買人，並不知賣人之說，媽媽可是氣糊塗了。倘或叫人聽見，豈不笑話。哥哥嫂子嫌他不好，留著我使喚，我正也沒人呢。」薛姨媽道：「留下他還是惹氣，不如打發了他乾淨。」寶釵笑道：「他跟著我也是一樣，橫豎不叫他到前頭去。從此，斷絕了他那裏，也與賣了的一樣。」香菱早已跑到薛姨媽跟前，痛哭哀求，不願出去，情願跟姑娘。薛姨媽只得罷了。自此以後，香菱果跟隨寶釵去了，把前面路徑竟自斷絕。雖然如此，終不免對月傷悲，挑燈自歎。雖然在薛蟠房中幾年，皆因血分中有病，是以並無胎孕。今復加以氣怒傷肝，內外折挫不堪，竟釀成乾血之症，日漸羸瘦，飲食懶進，請醫服藥不效。

那時金桂又吵鬧了數次。薛蟠有時仗著酒膽，挺撞過兩次，持棍欲打，那金桂便遞身叫打；這裏持刀欲殺時，便伸著脖項。薛蟠也實不能下手，只得亂了一陣罷了。如今已成習慣自然，反使金桂越長威風，又漸次辱嗔寶蟾。寶蟾比不得香菱，正是個烈火乾柴，既和薛蟠情投意合，便把金桂放在腦後。近見金桂又作踐他，他便不肯低服半點。先是一衝一撞的拌嘴；後來金桂氣急，甚至於罵，再至於打。他雖不敢還手，便也撒潑打滾，尋死覓活，晝則刀剪，夜則繩索，無所不鬧。薛蟠一身難以兩顧，惟徘徊觀望，十分鬧得無法，便出門躲著。金桂不發作性氣，有時歡喜，便糾聚人來鬥牌擲骰行樂。又生平最喜啃骨頭，每日務要殺雞鴨，將肉賞人吃，只單是油炸的焦骨頭下酒。吃得不耐煩，便肆行海罵，說：「有別的忘八粉頭樂的，我為什麼不樂！」薛家母女總不去理他，惟暗裏落淚。薛蟠亦無別法，惟悔恨不該娶這「攪家精」，都是一時沒了主意。於是寧榮二府之人，上上下下，無有不知，無有不歎者。

此時寶玉已過了百日，出門行走，亦曾過來，見過金桂：「舉止形容，也不怪厲，一般是鮮花嫩柳，與眾姊妹不差上下，焉得這等情性？可為奇事。」因此，心中納悶。這日，與王夫人請安去，又正遇見迎春奶娘來家請安，說起孫紹祖甚屬不端：「姑娘惟有背地裏淌眼淚，只要接了來家，散蕩兩日。」王夫人因說：「我正要這兩日接他去，只是七事八事的都不遂心，所以就忘了。前日寶玉去了，回來也曾說過的。明日是個好日子，就接他去。」

正說時，賈母打發人來找寶玉，說：「明兒一早往天齊廟還願去。」寶玉如今巴不得各處去逛逛，聽見如此，喜得一夜不曾合眼。次日一早，梳洗穿戴已畢，隨了兩三個老嬤嬤，坐車出西城門外天齊廟燒香還願。這廟裏已於昨日預備停妥的。寶玉天性怯懦，不敢近猙獰神鬼之像，是以忙忙的焚過紙馬錢糧，即便退至道院歇息。

一時吃飯畢，眾嬤嬤和李貴等圍隨寶玉到各處玩耍了一回，寶玉睏倦，復回至淨室安歇。眾嬤嬤生恐他睡著了，便請了當家的老王道士來陪他說話兒。這老道士專在江湖上賣藥，弄些海上方治病射利，廟外現掛著招牌，丸散膏藥，色色俱備。亦常在寧榮二府走動慣熟，都與他起了個混號，喚他作「王一貼」：言他膏藥靈驗，一貼病除。當下王一貼進來。寶玉正歪在炕上想睡，看見王一貼進來，笑道：「來得好。王師傅你極會說笑話兒的，說一個與我們大家聽聽。」王一貼笑道：「正是呢，哥兒別睡，仔細肚子裏麵筋作怪。」說著，滿屋裏的都笑了。

寶玉也笑著起身整衣。王一貼命徒弟們：「快沏好茶來。」焙茗道：「我們爺不吃你的茶，坐在這屋裏還嫌膏藥氣息呢。」王一貼笑道：「不當家花拉的，膏藥從不拿進屋裏來的。知道二爺今日必來，三五日頭裏就拿香熏的了。」寶玉道：「可是呢，天天只聽見說你的膏藥好，到底治什麼病？」王一貼道：「若問我的膏藥，說來話長，其中細底，一言難盡：共藥一百二十味，君臣相濟，溫涼兼用。內則調元補氣，養榮衛，開胃口，寧神定魄，去寒去暑，化食化痰；外則和血脈，舒筋絡，去死生新，去風散毒。其效如神，貼過便知。」寶玉道：「我不信一張膏藥就治這些病，我且問你，倒有一種病，可也貼得好麼？」王一貼道：「百病千災無不立效；若不效，二爺只管揪鬍子，打我這老臉，拆我這廟，何如？只說出病源來。」寶玉道：「你猜，若猜得著，便貼得好了。」王一貼聽了，尋思一會，笑道：「這倒難猜，只怕膏藥有些不美了。」寶玉命他坐在身邊，王一貼心動，便笑著悄悄的說道：「我可猜著了！想是二爺如今有了房中的事情，要滋助的藥，可是不是？」

話猶未完，焙茗先喝道：「該死，打嘴！」寶玉猶未解，忙問：「他說什麼？」焙茗道：「信他胡說！」唬得王一貼不等再問，只說：「二爺明說了罷。」寶玉道：「我問你，可有貼女人的妒病的方子沒有？」王一貼聽了，拍手笑道：「這可罷了，不但說沒有方子，就是聽也沒有聽見過。」寶玉笑道：「這樣還算不得什麼。」王一貼又忙道：「這貼妒的膏藥倒沒經過，有一種湯藥或者可醫，只是慢些兒，不能立刻見效的。」寶玉道：「什麼湯，怎樣吃法？」王一貼道：「這叫作『療妒湯』：用極好的秋梨一個，二錢冰糖，一錢陳皮，水三碗，梨熟為度。每日清晨吃這一個梨，吃來吃去就好了。」寶玉道：「這也不值什麼。只怕未必見效。」王一貼道：「一劑不效，吃十劑；今日不效，明日再吃；今年不效，明年再吃。橫豎這三味藥都是潤肺開胃不傷人的，甜絲絲的，又止咳嗽，又好吃。吃過一百歲，人橫豎是要死的，死了還妒什麼！那時就見效了。」說著，寶玉焙茗都大笑不止，罵：「油嘴的牛頭。」王一貼道：「不過是閒著解午盹罷了，有什麼關係。說笑了你們就值錢。告訴你們說：連膏藥也是假的。我有真藥，我還吃了做神仙呢。有真的跑到這裏來混？」正說著，吉時已到，請寶玉出去奠酒，焚化錢糧，散福。功課完畢，寶玉方進城回家。

那時迎春已來家好半日，孫家婆娘媳婦等人已待晚飯，打發回家去了。迎春方哭哭啼啼，在王夫人房中訴委屈，說：「孫紹祖一味好色，好賭，酗酒，家中所有的媳婦丫頭，將及淫遍。略勸過兩三次，便罵我是『醋汁子老婆擰出來的』。又說老爺曾收著五千銀子，不該使了他的。如今他來要了兩三次不得，便指著我的臉說道：『你別和我充夫人娘子，你老子使了我五千銀子，把你準折賣給我的。好不好，打你一頓，攆你到下房睡去！當日有你爺爺在時，希冀上我們的富貴，趕著相與的。論理，我和你父親是一輩，如今壓著我的頭，晚了一輩，不該做了這門親，倒沒的叫人看著趕勢利似的。』」一行說，一行哭得嗚嗚咽咽，連王夫人並眾姊妹無不落淚。王夫人只得用言解勸，說：「已是遇見不曉事的人，可怎麼樣呢。想當日你叔叔也曾勸過大老爺，不叫作這門親的；大老爺執意不聽，一心情願，到底做不好了。我的兒！這也是你的命。」迎春哭道：「我不信我的命就這麼苦！從小兒沒有娘，幸而過嬸娘這邊來，過了幾年淨心日子，如今偏又是這麼個結果！」

王夫人一面勸，一面問他隨意要在那裏安歇。迎春道：「乍乍的離了姊妹們，只是眠思夢想；二則還記掛著我的屋子，還得在園裏住得三五天，死也甘心了。不知下次來還可得住不得住了呢！」王夫人忙勸道：「快休亂說。年輕的夫妻們，鬥牙鬥齒，也是泛泛人的常事，何必說這些喪話。」仍命人忙忙的收拾紫菱洲房屋，命姊妹們陪伴著解釋。又吩咐寶玉：「不許在老太太跟前走漏一些風聲，倘或老太太知道了這些事，都是你說的。」寶玉唯唯的聽命。迎春是夕仍在舊館安歇，眾姊妹丫鬟等更加親熱異常。一連住了三日，纔往邢夫人那邊去，先辭過賈母及王夫人，然後與眾姊妹分別，各皆悲傷不捨，還是王夫人薛姨媽等安慰勸釋，方止住了，過那邊去。又在邢夫人處住了兩日，就有孫家的人來接去，迎春雖不願去，無奈孫紹祖之惡，勉強忍情，作辭去了。邢夫人本不在意，也不問其夫妻和睦、家務煩難，只面情塞責而已。

要知後事，下回分解。

且說迎春歸去之後，邢夫人像沒有這事。倒是王夫人撫養了一場，卻甚實傷感，在房中自己歎息了一回。只見寶玉走來請安，看見王夫人臉上似有淚痕，也不敢坐，只在旁邊站著。王夫人叫他坐下，寶玉纔挨上炕來，就在王夫人身旁坐了。王夫人見他呆呆的瞅著，似有欲言不言的光景，便道：「你又為什麼這樣呆呆的？」寶玉道：「並不為什麼。只是昨兒聽見二姐姐這種光景，我實在替他受不得。雖不敢告訴老太太，卻這兩夜只是睡不著。我想咱們這樣人家的姑娘，那裏受得這樣的委屈？況且二姐姐是個最懦弱的人，向來不會和人拌嘴，偏偏兒的遇見這樣沒人心的東西，竟一點兒不知道女人的苦處。」說著，幾乎滴下淚來。王夫人道：「這也是沒法兒的事。俗語說的：『嫁出去的女孩兒，潑出去的水。』叫我能怎麼樣呢？」寶玉道：「我昨兒夜裏倒想了一個主意：咱們索性回明了老太太，把二姐姐接回來，還叫他紫菱洲住著，仍舊我們姐妹弟兄們一塊兒吃，一塊兒玩，省得受孫家那混賬行子的氣。等他來接，咱們硬不叫他去。由他接一百回，咱們留一百回。只說是老太太的主意。這個豈不好呢？」

王夫人聽了，又好笑，又好惱，說道：「你又發了呆氣了，混說的是什麼！大凡做了女孩兒，終久是要出門子的。嫁到人家去，娘家那裏顧得？也只好看他自己的命運，碰得好就好，碰得不好也就沒法兒。你難道沒聽見人說，『嫁雞隨雞，嫁狗隨狗』，那裏個個都像你大姐姐做娘娘呢？況且你二姐姐是新媳婦，孫姑爺也還是年輕的人，各人有各人的脾氣，新來乍到，自然要有些扭別的。過幾年，大家摸著脾氣兒，生兒長女以後，那就好了。你斷斷不許在老太太跟前說起半個字。我知道了，是不依你的。快去幹你的去罷，不要在這裏混說。」說得寶玉也不敢作聲，坐了一回，無精打采的出來了。憋著一肚子悶氣，無處可泄，走到園中，一徑往瀟湘館來。剛進了門，便放聲大哭起來。

黛玉正在梳洗纔畢，見寶玉這個光景，倒嚇了一跳，問：「是怎麼了？和誰慪了氣了？」一連問幾聲。寶玉低著頭，伏在桌子上，嗚嗚咽咽，哭得說不出話來。黛玉便在椅子上怔怔的瞅著他，一會子問道：「到底是別人和你慪了氣了，還是我得罪了你呢？」寶玉搖手道：「都不是，都不是！」黛玉道：「那麼著，為什麼這麼傷起心來？」寶玉道：「我只想著，咱們大家越早些死的越好，活著真真沒有趣兒。」黛玉聽了這話，更覺驚訝，道：「這是什麼話，你真正發了瘋了不成？」寶玉道：「也並不是我發瘋。我告訴你，你也不能不傷心。前兒二姐姐回來的樣子和那些話，你也都聽見看見了。我想人到了大的時候，為什麼要嫁？嫁出去，受人家這般苦楚！還記得咱們初結海棠社的時候，大家吟詩做東道，那時候何等熱鬧！如今寶姐姐家去了，連香菱也不能過來，二姐姐又出了門子了，幾個知心知意的人都不在一處，弄得這樣光景！我原打算去告訴老太太接二姐姐回來，誰知太太不依，倒說我呆、混說。我又不敢言語。這不多幾時，你瞧瞧，園中光景已經大變了；若再過幾年，又不知怎麼樣了。故此，越想不由人不心裏難受起來。」黛玉聽了這番言語，把頭漸漸的低了下去，身子漸漸的退至炕上，一言不發，歎了口氣，便向裏躺下去了。

紫鵑剛拿進茶來，見他兩個這樣，正在納悶，只見襲人來了，進來看見寶玉，便道：「二爺在這裏呢麼？老太太那裏叫呢。我估量著二爺就是在這裏。」黛玉聽見是襲人，便欠身起來讓坐。黛玉的兩個眼圈兒已經哭得通紅了。寶玉看見，道：「妹妹，我剛纔說的，不過是些呆話，你也不用傷心。你要想我的話時，身子更要保重纔好。你歇歇兒罷。老太太那邊叫我，我看看去就來。」說著，往外走了。襲人悄問黛玉道：「你兩個人又為什麼？」黛玉道：「他為他二姐姐傷心；我是剛纔眼睛發癢，揉的，並不為什麼。」襲人也不言語，忙跟了寶玉出來，各自散了。寶玉來到賈母那邊，賈母卻已經歇晌，只得回到怡紅院。

到了午後，寶玉睡了中覺起來，甚覺無聊，隨手拿了一本書看。襲人見他看書，忙去沏茶伺候。誰知寶玉拿的那本書卻是《古樂府》，隨手翻來，正看見曹孟德「對酒當歌，人生幾何」一首，不覺刺心。因放下這一本，又拿一本看時，卻是晉文，翻了幾頁，忽然把書掩上，托著腮，只管癡癡的坐著。襲人倒了茶來，見他這般光景，便道：「你為什麼又不看了？」寶玉也不答言，接過茶來，喝了一口，便放下了。襲人一時摸不著頭腦，也只管站在旁邊，呆呆的看著他。忽見寶玉站起來，嘴裏咕咕噥噥的說道：「好一個『放浪形骸之外』！」襲人聽了，又好笑，又不敢問他，只得勸道：「你若不愛看這些書，不如還到園裏逛逛，也省得悶出毛病來。」

那寶玉只管口中答應，只管出著神，往外走了。一時，走到沁芳亭，但見蕭疏景象，人去房空。又來至蘅蕪院，更是香草依然，門窗掩閉。轉過藕香榭來，遠遠的只見幾個人在蓼漵一帶欄杆上靠著，有幾個小丫頭蹲在地下找東西。寶玉輕輕的走在假山背後聽著。只聽一個說道：「看他洑上來不洑上來。」好似李紋的語音。一個笑道：

「好！下去了。我知道他不上來的。」這個卻是探春的聲音。一個又道：「是了。姐姐，你別動，只管等著，他橫豎上來。」一個又說：「上來了。」這兩個是李綺邢岫煙的聲兒。

寶玉忍不住，拾了一塊小磚頭兒，往那水裏一撂，「咕咚」一聲，四個人都嚇了一跳，驚訝道：「這是誰這麼促狹？唬了我們一跳。」寶玉笑著從山子後直跳出來，笑道：「你們好樂啊，怎麼不叫我一聲兒？」探春道：「我就知道再不是別人，必是二哥哥這樣淘氣。沒什麼說的，你好好兒的賠我們的魚罷！剛纔一個魚上來，剛剛兒的要釣著，叫你唬跑了。」寶玉笑道：「你們在這裏玩，竟不找我，我還要罰你們呢。」大家笑了一回。寶玉道：「咱們大家今兒釣魚，占占誰的運氣好。看誰釣得著，就是他今年的運氣好；釣不著，就是他今年運氣不好。咱們誰先釣？」探春便讓李紋，李紋不肯。探春笑道：「這樣就是我先釣。」回頭向寶玉說道：「二哥哥，你再趕走了我的魚，我可不依了。」寶玉道：「頭裏原是我要唬你們玩，這會子你只管釣罷。」

探春把絲繩拋下，沒十來句話的工夫，就有一個楊葉竄兒吞著鉤子，把漂兒墜下去。探春把竿一挑，往地下一撩，卻是活迸的。侍書在滿地上亂抓，兩手捧著擱在小磁罎內，清水養著。探春把釣竿遞與李紋。李紋也把釣竿垂下，但覺絲兒一動，忙挑起來，卻是個空鉤子。又垂下去半晌，鉤絲一動，又挑起來，還是空鉤子。李紋把那鉤子拿上來一瞧，原來往裏鉤了。李紋笑道：「怪不得釣不著！」忙叫素雲把鉤子敲好了，換上新蟲子，上邊貼好了葦片兒。垂下去一會兒，見葦片直沈下去，急忙提起來，倒是一個二寸長的鯽瓜兒。李紋笑著道：「寶哥哥釣罷。」寶玉道：「索性三妹妹和邢妹妹釣了我再釣。」岫煙卻不答言。只見李綺道：「寶哥哥先釣罷。」說著，水面上起了一個泡兒。探春道：「不必儘著讓了。你看那魚都在三妹妹那邊呢，還是三妹妹快著釣罷。」李綺笑著接了釣竿兒，果然沈下去就釣了一個。然後岫煙也釣著了一個，隨將竿子仍舊遞給探春，探春纔遞與寶玉。寶玉道：「我是要做姜太公的。」便走下石磯，坐在池邊釣起來。豈知那水裏的魚，看見人影兒，都躲到別處去了。寶玉掄著釣竿等了半天，那釣絲兒動也不動。剛有一個魚兒在水邊吐沫，寶玉把竿子一晃，又唬走了，急得寶玉道：「我最是個性兒急的人，他偏性兒慢，這可怎麼樣呢？好魚兒，快來罷！你也成全成全我呢。」說得四人都笑了。一言未了，只見釣絲微微一動。寶玉喜得滿懷，用力往上一兜，把釣竿往石上一碰，折作兩段，絲也振斷了，鈎子也不知往那裏去了。眾人越發笑起來。探春道：「再沒見像你這樣鹵人！」

正說著，只見麝月慌慌張張的跑來說：「二爺，老太太醒了，叫你快去呢。」五個人都唬了一跳。探春便問麝月道：「老太太叫二爺什麼事？」麝月道：「我也不知道。就只聽見說是什麼鬧破了，叫寶玉來問；還要叫璉二奶奶一塊兒查問呢。」嚇得寶玉發了一回呆，說道：「不知又是那個丫頭遭了瘟了。」探春道：「不知什麼事，二哥哥你快去。有什麼信兒，先叫麝月來告訴我們一聲兒。」說著，便同李紋、李綺、岫煙走了。

寶玉走到賈母房中，只見王夫人陪著賈母摸牌。寶玉看見無事，纔把心放下了一半。賈母見他進來，便問道：「你前年那一次大病的時候，後來虧了一個瘋和尚和個瘸道士治好了的。那會子病裏，你覺得是怎麼樣？」寶玉想了一回，道：「我記得得病的時候兒，好好的站著，倒像背地裏有人把我攔頭一棍，疼得眼睛前頭漆黑，看見滿屋子裏都是些青面獠牙、拿刀舉棒的惡鬼。躺在炕上，覺著腦袋上加了幾個腦箍似的。以後便疼得任什麼不知道了。到好的時候，又記得堂屋裏一片金光，直照到我房裏來，那些鬼都跑著躲避，便不見了。我的頭也不疼了，心上也就清楚了。」賈母告訴王夫人道：「這個樣兒也就差不多了。」

說著鳳姐也進來了。見了賈母，又回身見過了王夫人，說道：「老祖宗要問我什麼？」賈母道：「你前年害了邪病，你還記得怎麼樣？」鳳姐兒笑道：「我也全不記得。但覺自己身子不由自主，倒像有些鬼怪，拉拉扯扯，要我殺人纔好。有什麼拿什麼，見什麼殺什麼，自己原覺很乏，只是不能住手。」賈母道：「好的時候還記得麼？」鳳姐道：「好的時候好像空中有人說了幾句話似的，卻不記得說什麼來著。」賈母道：「這麼看起來，竟是他了。他姐兒兩個病中的光景和纔說的一樣。這老東西竟這樣壞心，寶玉枉認了他做乾媽！倒是這個和尚道人，阿彌陀佛！纔是救寶玉性命的，只是沒有報答他。」鳳姐道：「怎麼老太太想起我們的病來呢？」賈母道：「你問你太太去，我懶怠說。」

王夫人道：「纔剛老爺進來，說起寶玉的乾媽，竟是個混賬東西，邪魔外道的。如今鬧破了，被錦衣府拿住送入刑部監，要問死罪的了。前幾天被人告發的。那個人叫作什麼潘三保，有一所房子，賣與斜對過當鋪裏。這房子加了幾倍價錢，潘三保還要加，當鋪裏那裏還肯？潘三保便買囑了這老東西——因他常到當鋪裏去，那當鋪裏人的內眷都與他好的——他就使了個法兒，叫人家的內人便得了邪病，家翻宅亂起來。他又去說，這個病他能治，就用些神馬紙錢燒獻了，果然見效。他又向人家內眷們要了十幾兩銀子。豈知老佛爺有眼，應該敗露了。這一天急要回去，掉了一個絹包兒，當鋪裏人撿起來一看，裏頭有許多紙人，還有四丸子很香的香。正咤異著呢，那老東西倒回來找這絹包兒。這裏的人就把他拿住。身邊一搜，搜出一個匣子，裏面有象牙刻的一男一女，不穿衣服，光著身子的兩個魔王，還有七根朱紅繡花針。立時送到錦衣府去，問出許多官員家大户太太姑娘們的隱情事來，所以知會了營裏，把他家中一抄，抄出好些泥塑的煞神，幾匣子鬧香。炕背後空屋子裏掛著一盞七星燈，燈下有幾個草人，有頭上戴著腦箍的，有胸前穿著釘子的，有項上拴著鎖子的。櫃子裏無數紙人兒。底下幾篇小賬，上面記著某家驗過，應找銀若干。得人家油錢香分也不計其數。」鳳姐道：「咱們的病一準是他。我記得咱們病後，那老妖精向趙姨娘處來過幾次，要向趙姨娘討銀子，見了我，便臉上變貌變色，兩眼黧雞似的。我當初還猜疑了幾遍，總不知什麼原故。如今說起來，卻原來都是有因的。但只我在這裏當家，自然惹人恨怨，怪不得人治我。寶玉可和人有什麼仇呢？忍得下這樣毒手！」賈母道：「焉知不因我疼寶玉，不疼環兒，竟給你們種了毒了呢。」王夫人道：「這老貨已經問了罪，決不好叫他來對證。沒有對證，趙姨娘那裏肯認賬？事情又大，鬧出來，外面也不雅。等他自作自受，少不得要自己敗露的。」賈母道：「你這話說的也是。這樣事，沒有對證，也難作準。只是佛爺菩薩看得真，他們姐兒兩個，如今又比誰不濟了呢？罷了，過去的事，鳳哥兒也不必提了。今日你和你太太都在我這邊吃了晚飯再過去罷。」遂叫鴛鴦琥珀等傳飯。鳳姐趕忙笑道：「怎麼老祖宗倒操起心來？」王夫人也笑了。只見外頭幾個媳婦伺候。鳳姐連忙告訴小丫頭子傳飯：「我和太太都跟著老太太吃。」正說著，只見玉釧兒走來對王夫人道：「老爺要找一件什麼東西，請太太伺候了老太太的飯完了，自己去找一找呢。」賈母道：「你去罷，保不住你老爺有要緊的事。」

王夫人答應著，便留下鳳姐兒伺候，自己退了出來，回至房中，和賈政說了些閒話，把東西找了出來。賈政便問道：「迎兒已經回去了，他在孫家怎麼樣？」王夫人道：「迎丫頭一肚子眼淚，說孫姑爺兇橫得了不得。」因把迎春的話述了一遍。賈政歎道：「我原知不是對頭。無奈大老爺已說定了，教我也沒法。不過迎丫頭受些委屈罷了。」王夫人道：「這還是新媳婦，只指望他以後好了好。」說著，「嗤」的一笑。賈政道：「笑什麼？」王夫人道：「我笑寶玉今兒早起，特特的到這屋裏來，說的都是些孩子話。」賈政道：「他說什麼？」王夫人把寶玉的言語笑述了一遍。賈政也忍不住的笑，因又說道：「你提寶玉，我正想起一件事來。這小孩子天天放在園裏，也不是事。生女兒不得濟，還是別人家的人；生兒若不濟事，關係非淺。前日倒有人和我提起一位先生來，學問人品都是極好的，也是南邊人。但我想南邊先生，性情最是和平。咱們城裏的孩子，個個踢天弄井，鬼聰明倒是有的，可以搪塞就搪塞過去了；膽子又大，先生再要不肯給沒臉，一日哄哥兒似的，沒的白耽誤了。所以老輩子不肯請外頭的先生，只在本家擇出有年紀再有點學問的請來掌家塾。如今儒大太爺雖學問也只中平，但還彈壓得住這些小孩子們，不至以顢頇了事。我想寶玉閒著總不好，不如仍舊叫他家塾中讀書去罷了。」王夫人道：「老爺說的很是。自從老爺外任去了，他又常病，竟耽擱了好幾年。如今且在家學裏溫習溫習，也是好的。」賈政點頭，又說些閒話，不提。

且說寶玉次日起來，梳洗已畢，早有小廝們傳進話來，說：「老爺叫二爺說話。」寶玉忙整理了衣服，來至賈政書房中，請了安，站著。賈政道：「你近來作些什麼功課？雖有幾篇字，也算不得什麼。我看你近來的光景，越發比頭幾年散蕩了；況且每每聽見你推病，不肯念書。如今可大好了？我還聽見你天天在園子裏和姐妹們玩玩笑笑，甚至和那些丫頭們混鬧，把自己的正經事總丢在腦袋後頭。就是作得幾句詩詞，也並不怎麼樣，有什麼稀罕處？比如應試選舉，到底以文章為主。你這上頭倒沒有一點兒工夫。我可囑咐你：自今日起，再不許作詩作對的了，單要習學八股文章。限你一年，若毫無長進，你也不用念書了，我也不願有你這樣的兒子了。」遂叫李貴來，說：「明兒一早，傳焙茗跟了寶玉去收拾應念的書籍，一齊拿過來我看看。親自送他到家學裏去。」喝命寶玉：「去罷！明日起早來見我。」

寶玉聽了，半日竟無一言可答，因回到怡紅院來。襲人正在著急聽信，見說取書，倒也喜歡。獨是寶玉要人即刻送信與賈母，欲叫攔阻。賈母得信，便命人叫過寶玉來，告訴他說：「只管放心先去，別叫你老子生氣。有什麼難為你，有我呢。」寶玉沒法，只得回來，囑咐了丫頭們：「明日早早叫我，老爺要等著送我到家學裏去呢。」襲人等答應了，同麝月兩個倒替著醒了一夜。

次日一早，襲人便叫醒寶玉，梳洗了，換了衣服，打發小丫頭子傳了焙茗在二門上伺候，拿著書籍等物。襲人又催了兩遍，寶玉只得出來，過賈政書房中來，先打聽老爺過來了沒有。書房中小廝答應：「方纔一位清客相公請老爺回話，裏邊說：『梳洗呢。』命清客相公出去候著去了。」寶玉聽了，心裏稍稍安頓，連忙到賈政這邊來。恰好賈政著人來叫，寶玉便跟著進去。賈政不免又囑咐幾句話，帶了寶玉，上了車，焙茗拿著書籍，一直到家塾中來。

早有人先搶一步，回代儒說：「老爺來了。」代儒站起身來，賈政早已走入，向代儒請了安。代儒拉著手問了好，又問：「老太太近日安麼？」寶玉過來也請了安。

賈政站著，請代儒坐了，然後坐下。賈政道：「我今日自己送他來，因要求託一番。這孩子年紀也不小了，到底要學個成人的舉業，纔是終身立身成名之事。如今他在家中，只是和些孩子們混鬧。雖懂得幾句詩詞，也是胡謅亂道的；就是好了，也不過是風雲月露，與一生的正事毫無關涉。」代儒道：「我看他相貌也還體面，靈性也還去得，為什麼不念書，只是心野貪玩？詩詞一道，不是學不得的，只要發達了以後，再學還不遲呢。」賈政道：「原是如此。目今只求叫他讀書、講書、作文章。倘或不聽教訓，還求太爺認真的管教管教他，纔不至有名無實的，白耽誤了他的一世。」說畢，站起來，又作了一個揖，然後說了些閒話，纔辭了出去。代儒送至門首，說：「老太太前替我問好請安罷。」賈政答應著，自己上車去了。

代儒回身進來，看見寶玉在西南角靠窗户擺著一張花梨小桌，右邊堆下兩套舊書，薄薄兒的一本文章，叫焙茗將紙墨筆硯都擱在抽屜裏藏著。代儒道：「寶玉，我聽見說你前兒有病，如今可大好了？」寶玉站起來道：「大好了。」代儒道：「如今論起來，你可也該用功了。你父親望你成人，懇切得很。你且把從前念過的書，打頭兒理一遍。每日早起理書，飯後寫字，晌午講書，念幾遍文章就是了。」寶玉答應了個「是」，回身坐下時，不免四面一看。見昔時金榮輩不見了幾個，又添了幾個小學生，都是些粗俗異常的。忽然想起秦鐘來，如今沒有一個作得伴、說句知心話兒的，心上悽然不樂；卻不敢作聲，只是悶著看書。代儒告訴寶玉道：「今日頭一天，早些放你家去罷。明日要講書了。但是你又不是很愚夯的，明日我倒要你先講一兩章書我聽，試試你近來的工課何如，我纔曉得你到怎麼個分兒上頭。」說得寶玉心中亂跳。欲知明日聽解何如，且聽下回分解。

卷八十二　老學究講義警頑心　病瀟湘癡魂驚惡夢

話説寶玉下學回來，見了賈母。賈母笑道：「好了，如今野馬上了籠頭了。去罷，見見你老爺回來，散散兒去罷。」寶玉答應著，去見賈政。賈政道：「這早晚就下了學了麼？師父給你定了工課沒有？」寶玉道：「定了。早起理書，飯後寫字，晌午講書念文章。」賈政聽了，點點頭兒，因道：「去罷，還到老太太那邊陪著坐坐去。你也該學些人功道理，別一味的貪玩。晚上早些睡，天天上學，早些起來。你聽見了？」

寶玉連忙答應幾個「是」，退出來，忙忙又去見王夫人，又到賈母那邊打了個照面兒，趕著出來，恨不得一走就走到瀟湘館纔好。剛進門口，便拍著手笑道：「我依舊回來了。」猛可裏倒唬了黛玉一跳。紫鵑打起簾子，寶玉進來坐下。黛玉道：「我恍惚聽見你念書去了，這麼早就回來了？」寶玉道：「嗳呀，了不得！我今兒不是被老爺叫了念書去了麼？心上倒像沒有和你們見面的日子了。好容易熬了一天，這會子瞧見你們，竟如死而復生的一樣。真真古人説，『一日三秋』，這話再不錯的。」黛玉道：「你上頭去過了沒有？」寶玉道：「都去過了。」黛玉道：「別處呢？」寶玉道：「沒有。」黛玉道：「你也該瞧瞧他們去。」寶玉道：「我這會子懶怠動了，只和妹妹坐著，説一會子話兒罷。老爺還叫早睡早起，只好明兒再瞧他們去了。」黛玉道：

「你坐坐兒，可是正該歇歇兒去了。」寶玉道：「我那裏是乏，只是悶得慌。這會子咱們坐著，纔把悶散了，你又催起我來。」黛玉微微的一笑，因叫紫鵑：「把我的龍井茶給二爺沏一碗。二爺如今念書了，比不得頭裏。」紫鵑笑著答應，去拿茶葉，叫小丫頭子沏茶。寶玉接著說道：「還提什麼念書，我最厭這些道學話。更可笑的，是八股文章，拿他誆功名，混飯吃，也罷了，還要說『代聖賢立言』。好些的，不過拿些經書湊搭湊搭還罷了；更有一種可笑的，肚子裏原沒有什麼，東拉西扯，弄得牛鬼蛇神，還自以為博奧。這那裏是闡發聖賢的道理？目下老爺口口聲聲叫我學這個，我又不敢違拗，你這會子還提念書呢！」黛玉道：「我們女孩兒家雖然不要這個，但小時跟著你們雨村先生念書，也曾看過。內中也有近情近理的，也有清微淡遠的。那時候雖不大懂，也覺得好，不可一概抹倒。況且你要取功名，這個也清貴些。」寶玉聽到這裏，覺得不甚入耳，因想：「黛玉從來不是這樣人，怎麼也這樣勢慾熏心起來？」又不敢在他跟前駁回，只在鼻子眼裏笑了一聲。

正說著，忽聽外面兩個人說話，卻是秋紋和紫鵑。只聽秋紋道：「襲人姐姐叫我老太太那裏接去，誰知卻在這裏！」紫鵑道：「我們這裏纔沏了茶，索性讓他喝了再去。」說著，二人一齊進來。寶玉和秋紋笑道：「我就過去。又勞動你來找。」秋紋未及答言，只見紫鵑道：「你快喝了茶去罷，人家都想了一天了。」秋紋啐道：「呸，好混賬丫頭！」說得大家都笑了。寶玉起身，纔辭了出來。黛玉送到屋門口兒，紫鵑在臺階下站著，寶玉出去，纔回房裏來。

卻說寶玉回到怡紅院中，進了屋子，只見襲人從裏間迎出來，便問：「回來了麼？」秋紋應道：「二爺早來了，在林姑娘那邊來著。」寶玉道：「今日有事沒有？」

襲人道：「事卻沒有。方纔太太叫鴛鴦姐姐來吩咐我們：如今老爺發狠叫你念書，如有丫鬟們再敢和你玩笑，都要照著晴雯司棋的例辦。我想伏侍你一場，賺了這些言語，也沒什麼趣兒。」說著，便傷起心來。寶玉忙道：「好姐姐，你放心。我只好生念書，太太再不說你們了。我今兒晚上還要看書，明日師父叫我講書呢。我要使喚，橫豎有麝月秋紋呢，你歇歇去罷。」襲人道：「你要真肯念書，我們伏侍你也是歡喜的。」寶玉聽得了，趕忙吃了晚飯，就叫點燈，把念過的《四書》翻出來，只是從何處看起？翻了一本看去，章章裏頭，似乎明白；細按起來，卻不很明白。看著小註，又看講章。鬧到梆子下來了，自己想道：「我在詩詞上覺得很容易，在這個上頭竟沒頭腦。」便坐著呆呆的呆想。襲人道：「歇歇罷。作工夫也不在這一時的。」寶玉嘴裏只管胡亂答應。麝月襲人纔伏侍他睡下，兩個纔也睡了。及至睡醒一覺，聽得寶玉炕上還是翻來覆去。襲人道：「你還醒著呢麼？你倒別混想了，養養神，明兒好念書。」寶玉道：「我也是這樣想，只是睡不著，你來給我揭去一層被。」襲人道：「天氣不熱，別揭罷。」寶玉道：「我心裏煩躁得很。」自把被窩褪下來。襲人忙爬起來按住，把手去他頭上一摸，覺得微微有些發燒。襲人道：「你別動了，有些發燒了。」寶玉道：「可不是。」襲人道：「這是怎麼說呢！」寶玉道：「不怕，是我心煩的原故，你別吵嚷。省得老爺知道了，必說我裝病逃學；不然，怎麼病得這樣巧。明兒好了，原到學裏去，就完事了。」襲人也覺得可憐，說道：「我靠著你睡罷。」便和寶玉捶了一回脊樑，不知不覺，大家都睡著了。

直到紅日高昇，方纔起來。寶玉道：「不好了，晚了！」急忙梳洗畢，問了安，就往學裏來了。代儒已經變著臉，說：「怪不得你老爺生氣，說你沒出息。第二天你就懶惰。這是什麼時候纔來？」寶玉把昨兒發燒的話說了一遍，方過去了，原舊念書。

到了下晚，代儒道：「寶玉，有一章書，你來講講。」寶玉過來一看，卻是「後生可畏」章。寶玉心上說：「這還好，幸虧不是《學》《庸》。」問道：「怎麼講呢？」代儒道：「你把節旨句子細細兒講來。」寶玉把這章先朗朗的念了一遍，說：「這章書是聖人勉勵後生，教他及時努力，不要弄到……」說到這裏，擡頭向代儒一瞧。代儒覺得了，笑了一笑道：「你只管說，講書是沒有什麼避忌的。《禮記》上說：『臨文不諱。』只管說，『不要弄到』什麼？」寶玉道：「不要弄到老大無成。先將『可畏』二字激發後生的志氣，後把『不足畏』三字警惕後生的將來。」說罷，看著代儒。代儒道：「也還罷了。串講呢？」寶玉道：「聖人說：人生少時，心思才力，樣樣聰明能幹，實在是可怕的，那裏料得定他後來的日子不像我的今日？若是悠悠忽忽，到了四十歲，又到五十歲，既不能夠發達，這種人，雖是他後生時像個有用的，到了那個時候，這一輩子就沒有人怕他了。」代儒笑道：「你方纔節旨講的倒清楚，只是句子裏有些孩子氣。『無聞』二字，不是不能發達做官的話。『聞』是實在自己能夠明理見道，就不做官也是有聞了；不然，古聖賢有遁世不見知的，豈不是不做官的人，難道也是無聞麼？『不足畏』是使人料得定，方與『焉知』的『知』字對針，不是『怕』的字眼。要從這裏看出，方能入細。你懂得不懂得？」寶玉道：「懂得了。」代儒道：「還有一章，你也講一講。」代儒往前揭了一篇，指給寶玉。寶玉看是，「吾未見好德如好色者也」。寶玉覺得這一章卻有些刺心，便陪笑道：「這句話沒有什麼講頭。」代儒道：「胡說！譬如場中出了這個題目，也說沒有作頭麼？」寶玉不得已，講道：

「是聖人看見人不肯好德，見了色，便好得了不得，殊不想德是性中本有的東西，人偏都不肯好他。至於那個色呢，雖也是從先天中帶來，無人不好的，但是德乃天理，色是人慾，人那裏肯把天理好得像人慾似的？孔子雖是歎息的話，又是望人回轉來的意思。並且見得人就有好德的，好得終是浮淺，直要像色一樣的好起來，那纔是真好呢。」代儒道：「這也講的罷了。我有句話問你：你既懂得聖人的話，為什麼正犯著這兩件病？我雖不在家中，你們老爺也不曾告訴我，其實你的毛病，我卻盡知的。做一個人，怎麼不望長進？你這回兒正是『後生可畏』的時候。『有聞』，『不足畏』，全在你自己做去了。我如今限你一個月，把念過的舊書全要理清。再念一個月文章，以後我要出題目叫你作文章了。如若懈怠，我是斷乎不依的。自古道：『成人不自在，自在不成人。』你好生記著我的話。」寶玉答應了，也只得天天按著功課幹去，不提。

且說寶玉上學之後，怡紅院中甚覺清淨閒暇，襲人倒可做些活計，拿著針綫要繡個檳榔包兒。想著如今寶玉有了功課，丫頭們可也沒有饑荒了，早要如此，晴雯何至弄到沒有結果？兔死狐悲，不覺滴下淚來。忽又想到自己終身，本不是寶玉的正配，原是偏房。寶玉的為人，卻還拿得住；只怕娶了一個利害的，自己便是尤二姐香菱的後身。素來看著賈母王夫人光景，及鳳姐兒往往露出話來，自然是黛玉無疑了。那黛玉就是個多心人。想到此際，臉紅心熱，拿著針不知戳到那裏去了。便把活計放下，走到黛玉處去探探他的口氣。

黛玉正在那裏看書，見是襲人，欠身讓坐。襲人也連忙迎上來問：「姑娘這幾天身子可大好了？」黛玉道：「那裏能夠？不過略硬朗些。你在家裏做什麼呢？」襲人道：「如今寶二爺上了學，房中一點事兒沒有，因此來瞧瞧姑娘，說說話兒。」

說著，紫鵑拿茶來。襲人忙站起來道：「妹妹坐著罷。」因又笑道：「我前兒聽見秋紋說，妹妹背地裏說我們什麼來著？」紫鵑也笑道：「姐姐信他的話！我說寶二爺上了學，寶姑娘又隔斷了，連香菱也不過來，自然是悶的。」襲人道：「你還提香菱呢，這纔苦呢，撞著這位『太歲奶奶』，難為他怎麼過！」把手伸著兩個指頭，道：「說起來，比他還利害，連外頭的臉面都不顧了。」黛玉接著道：「他也夠受了，尤二姑娘怎麼死了！」襲人道：「可不是，想來都是一個人，不過名分裏頭差些，何苦這樣毒？外面名聲也不好聽。」黛玉從不聞襲人背地裏說人，今聽此話有因，便說道：「這也難說。但凡家庭之事，不是東風壓了西風，就是西風壓了東風。」襲人道：「做了旁邊人，心裏先怯了，那裏倒敢去欺負人呢。」

說著，只見一個婆子在院裏問道：「這裏是林姑娘的屋子麼？那位姐姐在這裏呢？」雪雁出來一看，模模糊糊認得是薛姨媽那邊的人，便問道：「做什麼？」婆子道：「我們姑娘打發來給這裏林姑娘送東西的。」雪雁道：「略等等兒。」雪雁進來回了黛玉，黛玉便叫領他進來。那婆子進來，請了安，且不說送什麼，只是覷著眼瞧黛玉。看得黛玉臉上倒不好意思起來，因問道：「寶姑娘叫你來送什麼？」婆子方笑著回道：「我們姑娘叫給姑娘送了一瓶兒蜜餞荔枝來。」回頭又瞧見襲人，便問道：「這位姑娘，不是寶二爺屋裏的花姑娘麼？」襲人笑道：「媽媽怎麼認得我？」婆子笑道：「我們只在太太屋裏看屋子，不大跟太太姑娘出門，所以姑娘們都不大認得。姑娘們碰著到我們那邊去，我們都模糊記得。」說著，將一個瓶兒遞給雪雁，又回頭看看黛玉，因笑著向襲人道：「怨不得我們太太說：這林姑娘和你們寶二爺是一對兒。原來真是天仙似的！」襲人見他說話造次，連忙岔道：「媽媽，你乏了，坐坐吃茶罷。」那婆子笑嘻嘻的道：「我們那裏忙呢，都張羅琴姑娘的事呢。姑娘還有兩瓶荔枝，叫給寶二爺送去。」說著，顫顫巍巍，告辭出去。

黛玉雖惱這婆子方纔冒撞，但因是寶釵使來的，也不好怎麼樣他，等他出了屋門，纔說一聲道：「給你們姑娘道費心。」那老婆子還只管嘴裏咕咕噥噥的說：「這樣好模樣兒，除了寶玉，什麼人擎受得起。」黛玉只裝沒聽見。襲人笑道：「怎麼人到了老來，就是混說白道的，叫人聽著又生氣，又好笑。」一時雪雁拿過瓶子來給黛玉看，黛玉道：「我懶怠吃，拿了擱起去罷。」又說了一回話，襲人纔去了。

一時，晚妝將卸，黛玉進了套間，猛擡頭看見了荔枝瓶，不禁想起日間老婆子的一番混話，甚是刺心。當此黃昏人靜，千愁萬緒堆上心來，想起：「自己身子不牢，年紀又大了，看寶玉的光景，心裏雖沒別人，但是老太太舅母又不見有半點意思，深恨父母在時，何不早定了這頭婚姻。」又轉念一想道：「倘若父母在時，別處定了婚姻，怎能夠似寶玉這般人材心地？不如此時尚有可圖。」心內一上一下，輾轉纏綿，竟像轆轤一般。歎了一回氣，掉了幾點淚，無情無緒，和衣倒下。

不知不覺，只見小丫頭走來說道：「外面雨村賈老爺請姑娘。」黛玉道：「我雖跟他讀過書，卻不比男學生，要見我做什麼？況且他和舅舅往來，從未提起，我也不便見的。」因叫小丫頭回覆：「身上有病，不能出來，與我請安道謝就是了。」小丫頭道：「只怕要與姑娘道喜，南京還有人來接。」說著，又見鳳姐同邢夫人、王夫人、寶釵等都來笑道：「我們一來道喜，二來送行。」黛玉慌道：「你們說什麼話？」鳳姐道：「你還裝什麼呆？你難道不知道：林姑爺昇了湖北的糧道，娶了一位繼母，十分合心合意；如今想著你撂在這裏，不成事體，因託了賈雨村做媒，將你許了你繼母的什麼親戚，還說是續弦，所以著人到這裏來接你回去。大約一到家中，就要過去的。都是你繼母做主。怕的是道兒上沒有照應，還叫你璉二哥哥送去。」說得黛玉一身冷汗。

黛玉又恍惚父親果在那裏做官的樣子。心上急著，硬說道：「沒有的事，都是鳳姐姐混鬧。」只見邢夫人向王夫人使個眼色兒：「他還不信呢，咱們走罷。」黛玉含著淚道：「二位舅母坐坐去。」眾人不言語，都冷笑而去。黛玉此時心中乾急，又說不出來，哽哽咽咽；恍惚又是和賈母在一處的似的，心中想道：「此事惟求老太太，或還可救。」於是兩腿跪下去，抱著賈母的腰說道：「老太太救我！我南邊是死也不去的。況且有了繼母，又不是我的親娘，我是情願跟著老太太一塊兒的。」但見老太太呆著臉兒笑道：「這個不干我事。」黛玉哭道：「老太太，這是什麼事呢。」老太太道：「續弦也好，倒多一副妝奩。」黛玉哭道：「我若在老太太跟前，決不使這裏分外的閒錢，只求老太太救我。」賈母道：「不中用了。做了女人，總是要出嫁的。你孩子家，不知道。在此地終非了局。」黛玉道：「我在這裏，情願自己做個奴婢過活，自做自吃，也是願意。只求老太太做主。」老太太總不言語，黛玉抱著賈母的腰哭道：「老太太，你向來最是慈悲的，又最疼我的，到了緊急的時候，怎麼全不管？不要說我是你的外孫女兒，是隔了一層了；我的娘是你的親生女兒，看我娘分上，也該護庇些。」說著，撞在懷裏痛哭。聽見賈母道：「鴛鴦，你來送姑娘出去歇歇，我倒被他鬧乏了。」黛玉情知不是路了，求去無用，不如尋個自盡，站起來往外就走。深痛自己沒有親娘，便是外祖母與舅母姊妹們，平時何等待得好，可見都是假的。

又一想：「今日怎麼獨不見寶玉？或見一面，看他還有法兒。」便見寶玉站在面前，笑嘻嘻的說：「妹妹大喜呀！」黛玉聽了這一句話，越發急了，也顧不得什麼了，把寶玉緊緊拉住，說：「好，寶玉，我今日纔知道你是個無情無義的人了！」寶玉道：「我怎麼無情無義？你既有了人家兒，咱們各自幹各自的了。」黛玉越聽越氣，越沒了主意，只得拉著寶玉哭道：「好哥哥，你叫我跟了誰去？」寶玉道：「你要不去，就在這裏住著。你原是許了我的，所以你纔到我們這裏來。我待你是怎麼樣的？你也想想。」黛玉恍惚又像果曾許過寶玉的，心內忽又轉悲作喜，問寶玉道：「我是死活打定主意的了，你到底叫我去不去？」寶玉道：「我說叫你住下。你不信我的話，你就瞧瞧我的心！」說著，就拿著一把小刀子往胸口上一劃，只見鮮血直流。黛玉嚇得魂飛魄散，忙用手握著寶玉的心窩，哭道：「你怎麼做出這個事來？你先來殺了我罷！」寶玉道：「不怕，我拿我的心給你瞧。」還把手在劃開的地方兒亂抓。黛玉又顫又哭，又怕人撞破，抱住寶玉痛哭。寶玉道：「不好了，我的心沒有了，活不得了！」說著，眼睛往上一翻，「咕咚」就倒了。黛玉拚命放聲大哭。只聽見紫鵑叫道：「姑娘，姑娘！怎麼魘住了？快醒醒兒，脫了衣服睡罷。」

黛玉一翻身，卻原來是一場惡夢，喉間猶是哽咽，心上還是亂跳，枕頭上已經濕透，肩背身心但覺冰冷，想了一回，「父親死得久了，與寶玉尚未放定，這是從那裏說起？」又想夢中光景，無倚無靠，再真把寶玉死了，那可怎麼樣好？一時痛定思痛，神魂俱亂。又哭了一回，遍身微微的出了一點兒汗。扎掙起來，把外罩大襖脫了，叫紫鵑蓋好了被窩，又躺下去。翻來覆去，那裏睡得著？只聽得外面淅淅颯颯，又像風聲，又像雨聲。又停了一會子，又聽得遠遠的吆呼聲兒，卻是紫鵑已在那裏睡著，鼻息出入之聲。自己扎掙著爬起來，圍著被坐了一會，覺得窗縫裏透進一縷涼風來，吹得寒毛直豎，便又躺下。正要蒙矓睡去，聽得竹枝上不知有多少家雀兒的聲兒，啾啾唧唧，叫個不住。那窗上的紙，隔著屜子，漸漸的透進清光來。

黛玉此時已醒得雙眸炯炯，一會兒咳嗽起來，連紫鵑都咳嗽醒了。紫鵑道：「姑娘，你還沒睡著麼？又咳嗽起來了。想是著了風了，這會兒窗户紙發清了，也待好亮起來了。歇歇兒罷，養養神，別儘著想長想短的了。」黛玉道：「我何嘗不要睡？只是睡不著。你睡你的罷。」說了，又嗽起來。紫鵑見黛玉這般光景，心中也自傷感，睡不著了。聽見黛玉又嗽，連忙起來，捧著痰盒。這時天已亮了。黛玉道：「你不睡了麼？」紫鵑笑道：「天都亮了，還睡什麼呢？」黛玉道：「既這樣，你就把痰盒兒換了罷。」

紫鵑答應著，忙出來換了一個痰盒兒，將手裏的這個盒兒放在桌上，開了套間門出來，仍舊帶上門，放下撒花軟簾，出來叫醒雪雁。開了屋門去倒那盒子時，只見滿盒子痰，痰中好些血星，唬了紫鵑一跳，不覺失聲道：「噯喲，這還了得！」黛玉裏面接著問：「是什麼？」紫鵑自知失言，連忙改説道：「手裏一滑，幾乎撂了痰盒子。」黛玉道：「不是盒子裏的痰有了什麼？」紫鵑道：「沒有什麼。」説著這句話時，心中一酸，那眼淚直流下來，聲兒早已岔了。

黛玉因為喉間有些甜腥，早自疑惑；方纔聽見紫鵑在外邊咤異，這會子又聽見紫鵑説話聲音帶著悲慘的光景，心中覺了八九分，便叫紫鵑：「進來罷，外頭看冷著。」紫鵑答應了一聲，這一聲更比頭裏悽慘，竟是鼻中酸楚之音。黛玉聽了，涼了半截。看紫鵑推門進來時，尚拿手帕拭眼。黛玉道：「大清早起，好好的為什麼哭？」紫鵑勉強笑道：「誰哭來？早起起來，眼睛裏有些不舒服。姑娘今夜大概比往常醒的時候更大罷？我聽見咳嗽了大半夜。」黛玉道：「可不是！越要睡，越睡不著。」紫鵑道：「姑娘身上不大好，依我說，還得自己開解著些。身子是根本，俗語說的：『留得青山在，依舊有柴燒。』況這裏自老太太、太太起，那個不疼姑娘？」只這一句話，又勾起黛玉的夢來，覺得心裏一撞，眼中一黑，神色俱變。紫鵑連忙端著痰盒，雪雁捶起脊樑，半日纔吐出一口痰來，痰中一縷紫血，簌簌亂跳。紫鵑雪雁臉都嚇黃了。兩個旁邊守著，黛玉便昏昏躺下。紫鵑看著不好，連忙努嘴叫雪雁叫人去。

雪雁纔出屋門，只見翠縷翠墨兩個人笑嘻嘻的走來。翠縷便道：「林姑娘怎麼這早晚還不出門？我們姑娘和三姑娘都在四姑娘屋裏，講究四姑娘畫的那張園子景兒呢。」雪雁連忙擺手兒。翠縷翠墨二人倒都嚇了一跳，說：「這是什麼原故？」雪雁將方纔的事一一告訴他二人。二人都吐了吐舌頭兒，說：「這可不是玩的！你們怎麼不告訴老太太去？這還了得！你們怎麼這麼糊塗。」雪雁道：「我這裏纔要去，你們就來了。」

正說著，只聽紫鵑叫道：「誰在外頭說話？姑娘問呢。」三個人連忙一齊進來。翠縷翠墨見黛玉蓋著被，躺在牀上，見了他二人，便說道：「誰告訴你們了，你們這樣大驚小怪的？」翠墨道：「我們姑娘和雲姑娘纔都在四姑娘屋裏，講究四姑娘畫的那張園子圖兒，叫我們來請姑娘來。不知姑娘身上又欠安了。」黛玉道：「也不是什麼大病，不過覺得身子略軟些，躺躺兒就起來了。你們回去告訴三姑娘和雲姑娘，飯後若無事，倒是請他們來這裏坐坐罷。寶二爺沒到你們那邊去？」二人答道：「沒有。」翠墨又道：「寶二爺這兩天上了學了，老爺天天要查功課，那裏還能像從前那麼亂跑呢。」黛玉聽了，默然不言。二人又略站了一回，都悄悄的退出來了。

且說探春湘雲正在惜春那邊評論惜春所畫「大觀園圖」，說這個多一點，那個少一點；這個太疏，那個太密。大家又議著題詩，著人去請黛玉商議。正說著，忽見翠縷翠墨二人回來，神色匆忙。湘雲便先問道：「林姑娘怎麼不來？」翠縷道：「林姑娘昨日夜裏又犯了病了，咳嗽了一夜。我們聽見雪雁說，吐了一盒子痰血。」探春聽了，咤異道：「這話真麼？」翠縷道：「怎麼不真？」翠墨道：「我們剛纔進去去瞧了瞧，顏色不成顏色，說話兒的氣力兒都微了。」湘雲道：「不好的這麼著，怎麼還能說話呢？」探春道：「怎麼你這麼糊塗！不能說話，不是已經……」說到這裏，卻咽住了。惜春道：「林姐姐那樣一個聰明人，我看他總有些瞧不破，一點半點兒都要認起真來，天下事那裏有多少真的呢？」探春道：「既這麼著，咱們都過去看看。倘若病得利害，咱們好過去告訴大嫂子，回老太太，傳大夫進來瞧瞧，也得個主意。」湘雲道：「正是這樣。」惜春道：「姐姐們先去，我回來再過去。」

於是探春湘雲扶了小丫頭，都到瀟湘館來。進入房中，黛玉見他二人，不免又傷心起來。因又轉念，想起夢中，「連老太太尚且如此，何況他們。況且我不請他們，他們還不來呢！」心裏雖是如此，臉上卻礙不過去，只得勉強令紫鵑扶起，口中讓坐。探春湘雲都坐在牀沿上，一頭一個；看了黛玉這般光景，也自傷感。探春便道：「姐姐怎麼身上又不舒服了？」黛玉道：「也沒什麼要緊，只是身子軟得很。」紫鵑在黛玉身後，偷偷的用手指那痰盒兒。湘雲到底年輕，性情又兼直爽，伸手便把痰盒拿起來看。不看則已，看了嚇得驚疑不止，說：「這是姐姐吐的？這還了得！」初時黛玉昏昏沈沈，吐了也沒細看；此時見湘雲這麼說，回頭看時，自己早已灰了一半。探春見湘雲冒失，連忙解説道：「這不過是肺火上炎，帶出一半點來，也是常事。偏是雲丫頭，不拘什麼，就這樣蠍蠍螫螫的！」湘雲紅了臉，自悔失言。

探春見黛玉精神短少，似有煩倦之意，連忙起身說道：「姐姐靜靜的養養神罷。我們回來再瞧你。」黛玉道：「累你二位惦著。」探春又囑咐紫鵑：「好生留神伏侍姑娘。」紫鵑答應著。探春纔要走，只聽外面一個人嚷起來。未知是誰，下回分解。

卷八十三　省宮闈賈元妃染恙　鬧閨閫薛寶釵吞聲

話說探春湘雲纔要走時，忽聽外面一個人嚷道：「你這不成人的小蹄子！你是個什麼東西，來這園子裏頭混攪！」黛玉聽了，大叫一聲道：「這裏住不得了！」一手指著窗外，兩眼反插上去。原來黛玉住在大觀園中，雖靠著賈母疼愛，然在別人身上，凡事終是寸步留心。聽見窗外老婆子這樣罵著，在別人呢，一句是貼不上的，竟像專罵著自己的。自思一個千金小姐，只因沒了爹娘，不知何人指使這老婆子來這般辱罵，那裏委屈得來！因此，肝腸崩裂，哭暈去了。紫鵑只是哭叫：「姑娘怎麼樣了？快醒轉來罷。」探春也叫了一回。半晌，黛玉回過這口氣，還說不出話來，那只手仍向窗外指著。

探春會意，開門出去，看見老婆子手中拿著拐棍，趕著一個不乾不淨的毛丫頭道：「我是為照管這園中的花果樹木，來到這裏，你做什麼來了？等我家去，打你一個知道。」這丫頭扭著頭，把一個指頭探在嘴裏，瞅著老婆子笑。探春罵道：「你們這些人，如今越發沒了王法了，這裏是你罵人的地方兒嗎！」老婆子見是探春，連忙陪著笑臉兒說道：「剛纔是我的外孫女兒，看見我來了，他就跟了來。我怕他鬧，所以纔吆喝他回去，那裏敢在這裏罵人呢。」探春道：「不用多說了，快給我都出去。這裏林姑娘身上不大好，還不快去麼！」老婆子答應了幾個「是」，說著，一扭身去了，那丫頭也就跑了。

探春回來，看見湘雲拉著黛玉的手只管哭，紫鵑一手抱著黛玉，一手給黛玉揉胸口，黛玉的眼睛方漸漸的轉過來了。探春笑道：「想是聽見老婆子的話，你疑了心了麼？」黛玉只搖搖頭兒。探春道：「他是罵他外孫女兒；我纔剛也聽見了。這種東西説話，再沒有一點道理的。他們懂得什麼避諱。」黛玉聽了，點點頭兒，拉著探春的手道：「妹妹。」叫了一聲，又不言語了。探春又道：「你別心煩。我來看你，是姊妹們應該的。你又少人伏侍。只要你安心肯吃藥，心上把喜歡事兒想想，能夠一天一天的硬朗起來，大家依舊結社作詩，豈不好呢。」湘雲道：「可是三姐姐説的，那麼著不樂？」黛玉哽咽道：「你們只顧要我喜歡，可憐我那裏趕得上這日子？只怕不能夠了！」探春道：「你這話説得太過了。誰沒個病兒災兒的，那裏就想到這裏來了？你好生歇歇兒罷。我們到老太太那邊，回來再看你。你要什麼東西，只管叫紫鵑告訴我。」黛玉流淚道：「好妹妹，你到老太太那裏，只説我請安，身上略有點不好，不是什麼大病，也不用老太太煩心的。」探春答應道：「我知道，你只管養著罷。」説著，纔同湘雲出去了。

這裏紫鵑扶著黛玉躺在牀上，地下諸事，自有雪雁照料，自己只守著旁邊看著黛玉，又是心酸，又不敢哭泣。那黛玉閉著眼躺了半晌，那裏睡得著！覺得園裏頭平日只見寂寞，如今躺在牀上，偏聽得風聲，蟲鳴聲，鳥語聲，人走的腳步響聲，又像遠遠的孩子們啼哭聲，一陣一陣的聒噪得煩躁起來，因叫紫鵑放下帳子來。雪雁捧了一碗燕窩湯，遞與紫鵑。紫鵑隔著帳子，輕輕問道：「姑娘，喝一口湯罷？」黛玉微微應了一聲，紫鵑復將湯遞給雪雁，自己上來，攙扶黛玉坐起，然後接過湯來，擱在脣邊試了一試，一手摟著黛玉肩臂，一手端著湯送到唇邊。黛玉微微睜眼喝了兩三口，便搖搖頭兒不喝了。紫鵑仍將碗遞給雪雁，輕輕扶黛玉睡下。

靜了一時，略覺安頓，只聽窗外悄悄問道：「紫鵑妹妹在家麼？」雪雁連忙出來，見是襲人，因悄悄說道：「姐姐屋裏坐著。」襲人也便悄悄問道：「姑娘怎麼著？」一面走，一面雪雁告訴夜間及方纔之事。襲人聽了這話，也唬怔了，因說道：「怪道剛纔翠縷到我們那邊說你們姑娘病了，唬得寶二爺連忙打發我來，看看是怎麼樣。」

正說著，只見紫鵑從裏間掀起簾子，望外看見襲人，點頭兒叫他。襲人輕輕走過來，問道：「姑娘睡著了嗎？」紫鵑點點頭兒，問道：「姐姐纔聽見說了？」襲人也點點頭兒，蹙著眉道：「終久怎麼樣好呢？那一位昨夜也把我唬了個半死兒。」紫鵑忙問：「怎麼了？」襲人道：「昨日晚上睡覺，還是好好兒的。誰知半夜裏，一疊連聲的嚷起心疼來，嘴裏胡說白道，只說好像刀子割了去的似的。直鬧到打亮梆子以後纔好些了。你說唬人不唬人？今日不能上學，還要請大夫來吃藥呢。」

正說著，只聽黛玉在帳子裏又咳嗽起來，紫鵑連忙過來捧痰盒兒接痰。黛玉微微睜眼問道：「你和誰說話呢？」紫鵑道：「襲人姐姐來瞧姑娘來了。」說著，襲人已走到牀前。黛玉命紫鵑扶起，一手指著牀邊，讓襲人坐下。襲人側身坐了，連忙陪著笑勸道：「姑娘倒還是躺著罷。」黛玉道：「不妨，你們快別這樣大驚小怪的。剛纔是說誰半夜裏心疼起來？」襲人道：「是寶二爺偶然魘住了，不是認真怎麼樣。」黛玉會意，知道是襲人怕自己又懸心的原故，又感激，又傷心，因趁勢問道：「既是魘住了，不聽見他還說什麼？」襲人道：「也沒說什麼。」黛玉點點頭兒，遲了半日，歎了一聲，纔說道：「你們別告訴寶二爺說我不好，看耽擱了他的工夫，又叫老爺生氣。」襲人答應了，又勸道：「姑娘，還是躺躺歇歇罷。」黛玉點頭，命紫鵑扶著歪下。襲人不免坐在旁邊，又寬慰了幾句，然後告辭。回到怡紅院，只說黛玉身上略覺不受用，也沒什麼大病。寶玉纔放了心。

且說探春湘雲出了瀟湘館，一路往賈母這邊來。探春因囑咐湘雲道：「妹妹回來見了老太太，別像剛纔那樣冒冒失失的了。」湘雲點頭笑道：「知道了。我頭裏是叫他唬得忘了神了。」說著，已到賈母那邊，探春因提起黛玉的病來。賈母聽了，自是心煩，因說道：「偏是這兩個『玉』兒多病多災的。林丫頭一來二去的大了，他這個身子也要緊。我看那孩子太是個心細。」眾人也不敢答言。賈母便向鴛鴦道：「你告訴他們，明兒大夫來瞧了寶玉，就叫他到林姑娘那屋裏去。」鴛鴦答應著出來，告訴了婆子們。婆子們自去傳話。這裏探春湘雲就跟著賈母吃了晚飯，然後同回園中去，不提。

到了次日，大夫來了。瞧了寶玉，不過說飲食不調，著了點兒風邪，沒大要緊，疏散疏散就好了。這裏王夫人鳳姐等，一面遣人拿了方子回賈母；一面使人到瀟湘館，告訴說：「大夫就過來。」紫鵑答應了，連忙給黛玉蓋好被窩，放下帳子，雪雁趕著收拾房裏的東西。

一時，賈璉陪著大夫進來了，便說道：「這位老爺是常來的，姑娘們不用迴避。」老婆子打起簾子，賈璉讓著，進入房中坐下。賈璉道：「紫鵑姐姐，你先把姑娘的病勢向王老爺說說。」王大夫道：「且慢說。等我診了脈，聽我說了，看是對不對。若有不合的地方，姑娘們再告訴我。」紫鵑便向帳中扶出黛玉的一隻手來，擱在迎手上。紫鵑又把鐲子連袖子輕輕的摟起，不叫壓住了脈息。那王大夫診了好一會兒，又換那隻手也診了，便同賈璉出來，到外間屋裏坐下，說道：「六脈皆弦，因平日鬱結所致。」說著，紫鵑也出來，站在裏間門口。那王大夫便向紫鵑道：「這病時常應得頭暈，減飲食，多夢；每到五更，必醒個幾次；即日間聽見不干自己的事，也必要動氣，且多疑多懼。不知者疑為性情乖誕，其實因肝陰虧損，心氣衰耗，都是這個病在那裏作怪。不知是否？」紫鵑點點頭兒，向賈璉道：「說的很是。」王太醫道：「既這樣，就是了。」說畢，起身同賈璉往外書房去開方子。小廝們早已預備下一張梅紅單帖。王太醫吃了茶，因提筆先寫道：

六脈弦遲，素由積鬱。左寸無力，心氣已衰。關脈獨洪，肝邪偏旺。木氣不能疏達，勢必上侵脾土，飲食無味；甚至勝所不勝，肺金定受其殃。氣不流精，凝而為痰；血隨氣湧，自然咳吐。理宜疏肝保肺，涵養心脾。雖有補劑，未可驟施。姑擬「黑逍遙」以開其先，後用「歸肺固金」以繼其後。不揣固陋，俟高明裁服。

又將七味藥與引子寫了。賈璉拿來看時，問道：「血勢上衝，柴胡使得麼？」王大夫笑道：「二爺但知柴胡是昇提之品，為吐衄所忌，豈知用鱉血拌炒，非柴胡不足宣少陽甲膽之氣。以鱉血制之，使其不致昇提，且能培養肝陰，制遏邪火。所以《內經》說：『通因通用，塞因塞用。』柴胡用鱉血拌炒，正是『假周勃以安劉』的法子。」賈璉點頭道：「原來是這麼著。這就是了。」王大夫又道：「先請服兩劑，再加減，或再換方子罷。我還有一點小事，不能久坐，容日再來請安。」說著，賈璉送了出來，說道：「舍弟的藥就是那麼著了？」王大夫道：「寶二爺倒沒什麼大病，大約再吃一劑就好了。」說著，上車而去。

這裏賈璉一面叫人抓藥，一面回到房中告訴鳳姐黛玉的病原，與大夫用的藥，述了一遍。只見周瑞家的走來，回了幾件沒要緊的事。賈璉聽到一半，便說道：「你回二奶奶罷，我還有事呢。」說著，就走了。周瑞家的回完了這件事，又說道：「我方纔到林姑娘那邊，看他那個病，竟是不好呢。臉上一點血色也沒有，摸了摸身上，只剩得一把骨頭。問問他，也沒有話說，只是淌眼淚。回來紫鵑告訴我說：『姑娘現在病著，要什麼，自己又不肯要，我打算要問二奶奶那裏支用一兩個月的月錢。如今吃藥，雖是公中的，零用也得幾個錢。』我答應了他，替他來回奶奶。」鳳姐低了半日頭，說道：「竟這麼著罷，我送他幾兩銀子使罷。也不用告訴林姑娘。這月錢卻是不好支的。一個人開了例，要是都支起來，那如何使得呢？你不記得趙姨娘和三姑娘拌嘴了？也無非為的是月錢。況且近來你也知道，出去的多，進來的少，總繞不過彎兒來。不知道的，還說我打算得不好。更有那一種嚼舌根的，說我搬運到娘家去了。周嫂子，你倒是那裏經手的人，這個自然還知道些。」周瑞家的道：「真正委屈死人！這樣大門頭兒，除了奶奶這樣心計兒當家罷了。別說是女人當不來，就是三頭六臂的男人，還撐不住呢。還說這些個混賬話。」說著，又笑了一聲，道：「奶奶還沒聽見呢，外頭的人還更糊塗呢。前兒，周瑞回家來，說起外頭的人，打諒著咱們府裏不知怎麼樣有錢呢。也有說：『賈府裏的銀庫幾間，金庫幾間，使的傢伙都是金子鑲了、玉石嵌了的。』也有說：『姑娘做了王妃，自然皇上家的東西分的了一半子給娘家。前兒貴妃娘娘省親回來，我們還親見他帶了幾車金銀回來，所以家裏收拾擺設得水晶宮似的。那日在廟裏還願，花了幾萬銀子，只算得牛身上拔了一根毛罷咧。』有人還說：『他門前的獅子，只怕還是玉石的呢！園子裏還有金麒麟，叫人偷了一個去，如今剩下一個了。家裏的奶奶姑娘不用說，就是屋裏使喚的姑娘們，也是一點兒不動，喝酒下棋，彈琴畫畫，橫豎有伏侍的人呢，單管穿羅罩紗；吃的帶的，都是人家不認得的。那些哥兒姐兒們，更不用說了，要天上的月亮，也有人去拿下來給他玩。』還有歌兒呢，說是：『寧國府，榮國府，金銀財寶如糞土。吃不窮，穿不窮，算來……』」說到這裏，猛然咽住。原來那時歌兒說道是「算來總是一場空」，這周瑞家的說溜了嘴，說到這裏，忽然想起這話不好，因咽住了。

鳳姐兒聽了，已明白必是句不好的話了，也不便追問。因說道：「那都沒要緊，只是這『金麒麟』的話從何而來？」周瑞家的笑道：「就是那廟裏的老道士送給寶二爺的小金麒麟兒。後來丟了幾天，虧了史姑娘撿著，還了他，外頭就造出這個謠言來了。奶奶說這些人可笑不可笑？」鳳姐道：「這些話倒不是可笑，倒是可怕的！咱們一日難似一日，外面還是這麼講究。俗語兒說的，『人怕出名豬怕壯』，況且又是個虛名兒。終久還不知怎麼樣呢。」周瑞家的道：「奶奶慮的也是。只是滿城裏茶坊酒鋪兒以及各胡同兒，都是這樣說，並且不是一年了。那裏握的住眾人的嘴？」鳳姐點點頭兒。因叫平兒稱了幾兩銀子，遞給周瑞家的道：「你先拿去交給紫鵑，只說我給他添補買東西的。若要官中的，只管要去，別提這月錢的話，他也是個伶透人，自然明白我的話。我得了空兒，就去瞧姑娘去。」周瑞家的接了銀子，答應著自去，不提。

且說賈璉走到外面，只見一個小廝迎上來，回道：「大老爺叫二爺說話呢。」賈璉急忙過來，見了賈赦。賈赦道：「方纔風聞宮裏頭傳了一個太醫院御醫、兩個吏目去看病，想來不是宮女兒下人了。這幾天，娘娘宮裏有什麼信兒沒有？」賈璉道：「沒有。」賈赦道：「你去問問二老爺和你珍大哥；不然，還該叫人去到太醫院裏打聽打聽纔是。」賈璉答應了，一面吩咐人往太醫院去，一面連忙去見賈政賈珍。賈政聽了這話，因問道：「是那裏來的風聲？」賈璉道：「是大老爺纔說的。」賈政道：「你索性和你珍大哥到裏頭打聽打聽。」賈璉道：「我已經打發人往太醫院打聽去了。」一面說著，一面退出來去找賈珍。只見賈珍迎面來了，賈璉忙告訴賈珍。賈珍道：「我正為也聽見這話，來回大老爺二老爺去的。」於是兩個人同著來見賈政。賈政道：「如係元妃，少不得終有信的。」說著，賈赦也過來了。

到了晌午，打聽得尚未回來，門上人進來回說：「有兩個內相在外，要見二位老爺呢。」賈赦道：「請進來。」門上的人領了老公進來。賈赦賈政迎至二門外，先請了娘娘的安，一面同著進來，走至廳上，讓了坐。老公道：「前日這裏貴妃娘娘有些欠安，昨日奉過旨意，宣召親丁四人進裏頭探問。許各帶丫頭一人，餘皆不用。親丁男人，只許在宮門外遞個職名請安，聽信，不得擅入。准於明日辰巳時進去，申酉時出來。」

賈政賈赦等站著聽了旨意，復又坐下，讓老公吃茶畢，老公辭了出去。賈赦賈政送出大門，回來先稟賈母。賈母道：「親丁四人，自然是我和你們兩位太太了。那一個人呢？」眾人也不敢答言。賈母想了想，道：「必得是鳳姐兒，他諸事有照應。你們爺兒們各自商量去罷。」賈赦賈政答應了出來，因派了賈璉賈蓉看家外，凡「文」字輩至「草」字輩一應都去。遂吩咐家人預備四乘綠轎，十餘輛大車，明兒黎明伺候。家人答應去了。賈赦賈政又進去回明老太太：「辰巳時進去，申酉時出來。今日早些歇歇，明日好早些起來，收拾進宮。」賈母道：「我知道，你們去罷。」赦政等退出。這裏邢夫人、王夫人、鳳姐兒也都說了一會子元妃的病，又說了些閒話，纔各自散了。

次日黎明，各間屋子丫頭們將燈火俱已點齊，太太們各梳洗畢，爺們亦各整頓好了；一到卯初，林之孝和賴大進來，至二門口回道：「轎車俱已齊備，在門外伺候著呢。」不一時，賈赦邢夫人也過來了。大家用了早飯，鳳姐先扶老太太出來，眾人圍隨，各帶使女一人，緩緩前行。又命李貴等二人先騎馬去外宮門接應，自己家眷隨後。「文」字輩至「草」字輩各自登車騎馬，跟著眾家人，一齊去了。賈璉賈蓉在家中看家。

且說賈家的車輛轎馬俱在外西垣門口歇下等著，一會兒，有兩個內監出來，說道：「賈府省親的太太奶奶們，著令入宮探問；爺們，俱著令內宮門外請安，不得入見。」門上人叫：「快進去。」賈府中四乘轎子跟著小內監前行，賈家爺們在轎後步行跟著，令眾家人在外等候。走近宮門口，只見幾個老公在門上坐著。見他們來了，便站起來說道：「賈府爺們至此。」賈赦賈政便挨次立定。轎子擡至宮門口，便都出了轎，早有幾個小內監引路，賈母等各有丫頭扶著步行。走至元妃寢宮，只見奎壁輝煌，琉璃照耀。又有兩個小宮女兒傳諭道：「只用請安，一概儀注都免。」賈母等謝了恩，來至牀前，請安畢，元妃都賜了坐。賈母等又告了坐。元妃便問賈母道：「近日身上可好？」賈母扶著小丫頭，顫顫巍巍站起來，答應道：「託娘娘洪福，起居尚健。」元妃又向邢夫人王夫人問了好。邢王二夫人站著回了話。元妃又問鳳姐：「家中過的日子若何？」鳳姐站起來回奏道：「尚可支持。」元妃道：「這幾年來，難為你操心！」鳳姐正要站起來回奏，只見一個宮女傳進許多職名，請娘娘龍目。元妃看時，就是賈赦賈政等若干人。那元妃看了職名，眼圈兒一紅，止不住流下淚來。宮女兒遞過絹子，元妃一面拭淚，一面傳諭道：「今日稍安，令他們外面暫歇。」賈母等站起來，又謝了恩。元妃含淚道：「父女弟兄，反不如小家子得以常常親近！」賈母等都忍著淚道：「娘娘不用悲傷，家中已託著娘娘的福多了。」元妃又問：「寶玉近來若何？」賈母道：「近來頗肯念書。因他父親逼得嚴緊，如今文字也都作上來了。」元妃道：「這樣纔好。」遂命外宮賜宴。便有兩個宮女兒、四個小太監，引了到一座宮裏。已擺得齊整，各按坐次坐了。不必細述。

一時吃完了飯，賈母帶著他婆媳三人，謝過宴。又耽擱了一回，看看已近酉初，不敢羈留，俱各辭了出來。元妃命宮女兒引道，送至內宮門，門外仍是四個小太監送出。賈母等依舊坐著轎子出來，賈赦接著，大夥兒一齊回去。到家，又要安排明後日進宮，仍令照應齊集，不提。

且說薛家夏金桂趕了薛蟠出去，日間拌嘴，沒有對頭，秋菱又住在寶釵那邊去了，只剩得寶蟾一人同住。既給與薛蟠作妾，寶蟾的意氣又不比從前了；金桂看去，更是一個對頭，自己也後悔不來。一日，吃了幾杯悶酒，躺在炕上，便要借那寶蟾做個醒酒湯兒，因問著寶蟾道：「大爺前日出門，到底是到那裏去，你自然是知道的了？」寶蟾道：「我那裏知道？他在奶奶跟前還不說，誰知道他那些事！」金桂冷笑道：「如今還有什麼『奶奶』『太太』的？都是你們的世界了。別人是惹不得的，有人護庇著，我也不敢去虎頭上捉蝨子；你還是我的丫頭，問你一句話，你就和我摔臉子，說塞話。你既這麼有勢力，為什麼不把我勒死了，你和秋菱，不拘誰做了奶奶，那不清淨了麼！偏我又不死，礙著你們的道兒。」寶蟾聽了這話，那裏受得住？便眼睛直直的瞅著金桂道：「奶奶這些閒話只好說給別人聽去！我並沒和奶奶說什麼。奶奶不敢惹人家，何苦來拿著我們小軟兒出氣呢？正經的，奶奶又裝聽不見，『沒事人一大堆』了。」說著，便哭天哭地起來。金桂越發性起，便爬下炕來，要打寶蟾。寶蟾也是夏家的風氣，半點兒不讓。金桂將桌椅杯盞盡行打翻，那寶蟾只管喊冤叫屈，那裏理會他半點兒。

豈知薛姨媽在寶釵房中，聽見如此吵嚷，叫香菱：「你去瞧瞧，且勸勸他。」寶釵道：「使不得，媽媽別叫他去。他去了，豈能勸他？那更是火上澆了油了。」薛姨媽道：「既這麼樣，我自己過去。」寶釵道：「依我說，媽媽也不用去，由著他們鬧去罷。這也是沒法兒的事了。」薛姨媽道：「這那裏還了得！」說著，自己扶了丫頭，往金桂這邊來。寶釵只得也跟著過去。又囑咐香菱道：「你在這裏罷。」

母女同至金桂房門口，聽見裏頭正還嚷哭不止。薛姨媽道：「你們是怎麼著，又這樣家翻宅亂起來？這還像個人家兒嗎？矮牆淺屋的，難道都不怕親戚們聽見笑話了麼？」金桂屋裏接聲道：「我倒怕人笑話呢！只是這裏『掃帚顛倒豎』，也沒有主子，也沒有奴才，也沒有妻，沒有妾，是個混賬世界了！我們夏家門子裏沒見過這樣規矩，實在受不得你們家這樣委屈了！」寶釵道：「大嫂子，媽媽因聽見鬧得慌纔過來的，就是問得急了些，沒有分清『奶奶』『寶蟾』兩字，也沒有什麼。如今且先把事情說開，大家和和氣氣的過日子，也省得媽媽天天為咱們操心那。」薛姨媽道：「是啊，先把事情說開了，你再問我的不是，還不遲呢。」金桂道：「好姑娘，好姑娘！你是個大賢大德的。你日後必定有個好人家，好女婿，決不像我這樣守活寡，舉眼無親，叫人家騎上頭來欺負的。我是個沒心眼兒的人，只求姑娘，我說話，別往死裏挑撿，我從小兒到如今，沒有爹娘教導。再者，我們屋裏老婆、漢子、大女人、小女人的事，姑娘也管不得！」

寶釵聽了這話，又是羞，又是氣；見他母親這樣光景，又是疼不過。因忍了氣，説道：「大嫂子，我勸你少説句兒罷。誰挑撿你？又是誰欺負你？不要説是嫂子，就是秋菱，我也從來沒有加他一點聲氣兒的。」金桂聽了這幾句話，更加拍著炕沿大哭起來説：「我那裏比得秋菱？連他腳底下的泥我還跟不上呢！他是來久了的，知道姑娘的心事，又會獻勤兒。我是新來的，又不會獻勤兒，如何拿我比他？何苦來，天下有幾個都是貴妃的命？行點好兒罷。別修的像我嫁個糊塗行子，守活寡；那就是活活兒的現了眼了！」薛姨媽聽到那裏，萬分氣不過，便站起身來道：「不是我護著自己的女孩兒，他句句勸你，你卻句句慪他。你有什麼過不去，不要尋他，勒死我倒也是稀鬆的。」寶釵忙勸道：「媽媽，你老人家不用動氣。咱們既來勸他，自己生氣，倒多了層氣。不如且出去，等嫂子歇歇兒再説。」因吩咐寶蟾道：「你可別再多嘴了。」跟了薛姨媽，出得房來。

走過院子裏，只見賈母身邊的丫頭同著秋菱迎面走來。薛姨媽道：「你從那裏來，老太太身上可安？」那丫頭道：「老太太身上好，叫來請姨太太安，還謝謝前兒的荔枝，還給琴姑娘道喜。」寶釵道：「你多早晚來的？」那丫頭道：「來了好一會子了。」薛姨媽料他知道，紅著臉説道：「這如今，我們家裏鬧得也不像個過日子的人家了，叫你們那邊聽見笑話。」丫頭道：「姨太太説那裏的話？誰家沒個『碟大碗小，磕著碰著』的呢。那是姨太太多心罷咧。」説著，跟了回到薛姨媽房中，略坐了一回，就去了。

寶釵正囑咐香菱些話，只聽薛姨媽忽然叫道：「左脅疼痛得很！」説著，便向炕上躺下。唬得寶釵香菱二人手足無措。要知後事如何，下回分解。

卻說薛姨媽一時因被金桂這場氣慪得肝氣上逆，左脅作痛。寶釵明知是這個原故，也等不及醫生來看，先叫人去買了幾錢鈎藤來，濃濃的煎了一碗，給他母親吃了。又和秋菱給薛姨媽捶腿揉胸。停了一會兒，略覺安頓。這薛姨媽只是又悲又氣，氣的是金桂撒潑，悲的是寶釵有涵養，倒覺可憐。寶釵又勸了一回，不知不覺的睡了一覺，肝氣也漸漸平復了。寶釵便說道：「媽媽，你這種閒氣不要放在心上纔好。過幾天走的動了，樂得往那邊老太太姨媽處去說說話兒，散散悶也好。家裏橫豎有我和秋菱照看著，諒他也不敢怎麼樣。」薛姨媽點點頭道：「過兩日看罷了。」

且說元妃疾癒之後，家中俱各喜歡。過了幾日，有幾個老公走來，帶著東西銀兩，宣貴妃娘娘之命，因家中省問勤勞，俱有賞賜，把物件銀兩一一交代清楚。賈赦賈政等稟明了賈母，一齊謝恩畢，太監吃了茶去了。大家回到賈母房中，說笑了一回，外面老婆子傳進來說：「小廝們來回道：『那邊有人請大老爺說要緊的話呢。』」賈母便向賈赦道：「你去罷。」賈赦答應著，退出來自去了。

這裏賈母忽然想起，和賈政笑道：「娘娘心裏卻甚實惦記著寶玉，前兒還特特的問他來著呢。」賈政陪笑道：「只是寶玉不大肯念書，辜負了娘娘的美意。」賈母道：「我倒給他上了個好兒，說他近日文章都作上來了。」賈政笑道：「那裏能像老太太的話呢。」賈母道：「你們時常叫他出去作詩作文，難道他都沒作上來麼？小孩子家，慢慢的教導他。可是人家說的：『胖子也不是一口兒吃的。』」賈政聽了這話，忙陪笑道：「老太太說的是。」賈母又道：「提起寶玉，我還有一件事和你商量：如今他也大了，你們也該留神，看一個好孩子，給他定下。這也是他終身的大事。也別論遠近親戚，什麼窮啊富的，只要深知那姑娘的脾性兒好模樣兒周正的就好。」賈政道：「老太太吩咐的很是。但只一件，姑娘也要好，第一要他自己學好纔好；不然，不稂不莠的，反倒耽誤了人家的女孩兒，豈不可惜。」賈母聽了這話，心裏卻有些不喜歡，便說道：「論起來，現放著你們做父母的，那裏用我去張心。但只我想寶玉這孩子，從小兒跟著我，未免多疼他一點兒，耽誤了他成人的正事，也是有的；只是我看他那生來的模樣兒，也還端正，心性兒也還實在，未必一定是那種沒出息的、必至糟蹋了人家的女孩兒。也不知是我偏心，我看著橫豎比環兒略好些。不知你們看著怎麼樣？」

幾句話，說得賈政心中甚實不安，連忙陪笑道：「老太太看的人也多了，既說他好，有造化的，想來是不錯的。只是兒子望他成人性兒太急了一點，或者竟和古人的話相反，倒是『莫知其子之美』了。」一句話把賈母也慪笑了，眾人也都陪著笑了。賈母因說道：「你這會子也有了幾歲年紀，又居著官，自然越歷練越老成。」說到這裏，回頭瞅著邢夫人和王夫人，笑道：「想他那年輕的時候，那一種古怪脾氣，比寶玉還加一倍呢。直等娶了媳婦，纔略略的懂了些人事兒。如今只抱怨寶玉。這會子，我看寶玉比他還略體些人情兒呢！」說的邢夫人王夫人都笑了，因說道：「老太太又說起逗笑兒的話兒來了。」說著，小丫頭子們進來告訴鴛鴦：「請示老太太，晚飯伺候下了。」賈母便問：「你們又咕咕唧唧的說什麼？」鴛鴦笑著回明了。賈母道：「那麼著，你們也都吃飯去罷，單留鳳姐兒和珍哥媳婦跟著我吃罷。」賈政及邢王二夫人都答應著，伺候擺上飯來，賈母又催了一遍，纔都退出各散。

卻說邢夫人自去了。賈政同王夫人進入房中。賈政因提起賈母方纔的話來，說道：「老太太這樣疼寶玉。畢竟要他有些實學，日後可以混得功名纔好：不枉老太太疼他一場，也不至糟蹋了人家的女兒。」王夫人道：「老爺這話自然是該當的。」賈政因著個屋裏的丫頭傳出去告訴李貴：「寶玉放學回來，索性吃飯後再叫他過來，說我還要問他話呢。」李貴答應了「是」。至寶玉放了學，剛要過來請安，只見李貴道：「二爺先不用過去。老爺吩咐了，今日叫二爺吃了飯再過去呢。聽見還有話問二爺呢。」寶玉聽了這話，又是一個悶雷，只得見過賈母，便回園吃飯。三口兩口吃完，忙漱了口，便往賈政這邊來。

賈政此時在內書房坐著。寶玉進來請了安，一旁侍立。賈政問道：「這幾日我心上有事，也忘了問你。那一日，你說你師父叫你講一個月的書，就要給你開筆。如今算來，將兩個月了，你到底開了筆了沒有？」寶玉道：「纔作過三次，師父說：『且不必回老爺知道；等好些，再回老爺知道罷。』因此，這兩天總沒敢回。」賈政道：「是什麼題目？」寶玉道：「一個是『吾十有五而志於學』，一個是『人不知而不慍』，一個是『則歸墨』三字。」賈政道：「都有稿兒麼？」寶玉道：「都是作了鈔出來，師父又改的。」賈政道：「你帶了家來了，還是在學房裏呢？」寶玉道：「在學房裏呢。」賈政道：「叫人取了來我瞧。」寶玉連忙叫人傳話與焙茗，叫他往學房中去，「我書桌子抽屜裏有一本薄薄兒竹紙本子，上面寫著『窗課』兩字的就是，快拿來。」

一會兒，焙茗拿了來，遞給寶玉，寶玉呈與賈政。賈政翻開看時，見頭一篇寫著題目是「吾十有五而志於學」。他原本破的是「聖人有志於學，幼而已然矣」。代儒卻將「幼」字抹去，明用「十五」。賈政道：「你原本『幼』字便扣不清題目了，幼字是從小起，至十六以前都是『幼』。這章書是聖人自言學問工夫與年俱進的話，所以十五，三十，四十，五十，六十，七十，俱要明點出來，纔見得到了幾時有這麼個光景，到了幾時又有那麼個光景。師父把你幼字改了十五，便明白了好些。」看到承題，那抹去的原本云：「夫不志於學，人之常也。」賈政搖頭道：「不但是孩子氣，可見你本性不是個學者的志氣。」又看後句：「聖人十五而志之，不亦難乎？」說道：「這更不成話了。」然後看代儒的改本云：「夫人孰不學？而志於學者卒鮮。此聖人所為自信於十五時歟。」便問：「改的懂得麼？」寶玉答應道：「懂得。」

又看第二藝，題目是「人不知而不慍」。便先看代儒的改本云：「不以不知而慍者，終無改其說樂矣。」方覷著眼看那抹去的底本，說道：「你是什麼？——『能無慍人之心，純乎學者也。』上一句似單作了『而不慍』三個字的題目，下一句又犯了下文君子的分界；必如改筆，纔合題位呢。且下句找清上文，方是書理。須要細心領略。」寶玉答應著。賈政又往下看：「夫不知，未有不慍者也；而竟不然。是非由說而樂者，曷克臻此？」原本末句「非純學者乎」。賈政道：「這也與破題同病的。這改的也罷了，不過清楚，還說得去。」

第三藝是「則歸墨」。賈政看了題目，自己揚著頭想了一想，因問寶玉道：「你的書講到這裏了麼？」寶玉道：「師父說，《孟子》好懂些，所以倒先講《孟子》，大前日纔講完了。如今講上《論語》呢。」賈政因看這個破承，倒沒大改。破題云：

「言於捨楊之外，若別無所歸者焉。」賈政道：「第二句倒難為你。」「夫墨，非欲歸者也，而墨之言已半天下矣，則捨楊之外，欲不歸於墨，得乎？」賈政道：「這是你作的麼？」寶玉答應道：「是。」賈政點點頭兒，因說道：「這也並沒有什麼出色處，但初試筆能如此，還算不離。前年我在任上時，還出過『惟士為能』這個題目。那些童生都讀過前人這篇，不能自出心裁，每多鈔襲。你念過沒有？」寶玉道：「也念過。」賈政道：「我要你另換個主意，不許雷同了前人，只作個破題也使得。」寶玉只得答應著，低頭搜索枯腸。賈政背著手，也在門口站著作想。只見一個小廝往外飛走，看見賈政，連忙側身垂手站住。賈政便問道：「做什麼？」小廝回道：「老太太那邊姨太太來了，二奶奶傳出話來，叫預備飯呢。」賈政聽了，也沒言語，那小廝自去了。

誰知寶玉自從寶釵搬回家去，十分想念，聽見薛姨媽來了，只當寶釵同來，心中早已忙了，便乍著膽子回道：「破題倒作了一個，但不知是不是？」賈政道：「你念來我聽。」寶玉念道：「天下不皆士也，能無產者，亦僅矣。」賈政聽了，點著頭道：「也還使得。以後作文，總要把界限分清，把神理想明白了，再去動筆。你來的時候，老太太知道不知道？」寶玉道：「知道的。」賈政道：「既如此，你還到老太太處去罷。」

寶玉答應了個「是」，只得拿捏著，慢慢的退出。剛過穿廊月洞門的影屏，便一溜煙跑到老太太院門口。急得焙茗在後頭趕著叫道：「看跌倒了！老爺來了。」寶玉那裏聽得見？剛進得門來，便聽見王夫人、鳳姐、探春等笑語之聲。丫鬟們見寶玉來了，連忙打起簾子，悄悄告訴道：「姨太太在這裏呢。」寶玉趕忙進來給薛姨媽請安，過來纔給賈母請了晚安。賈母便問：「你今兒怎麼這早晚纔散學？」寶玉悉把賈政看文章並命作破題的話述了一遍。賈母笑容滿面。寶玉因問眾人道：「寶姐姐在那裏坐著呢？」薛姨媽笑道：「你寶姐姐沒過來，家裏和香菱做活呢。」

寶玉聽了，心中索然，又不好就走。只見說著話兒已擺上飯來。自然是賈母薛姨媽上坐，探春等陪坐。薛姨媽道：「寶哥兒呢？」賈母忙笑說道：「寶玉跟著我這邊坐罷。」寶玉連忙回道：「頭裏散學時，李貴傳老爺的話，叫吃了飯過去，我趕著要了一碟菜，泡茶吃了一碗飯，就過去了。老太太和姨媽、姐姐們用罷。」賈母道：「既這麼著，鳳丫頭就過來跟著我。你太太纔說他今兒吃齋，叫他們自己吃去罷。」王夫人也道：「你跟著老太太姨太太吃罷，不用等我，我吃齋呢。」於是鳳姐告了坐，丫頭安了杯箸。鳳姐執壺，斟了一巡，纔歸坐。

大家吃著酒，賈母便問道：「可是纔姨太太提香菱；我聽見前兒丫頭們說『秋菱』，不知是誰，問起來纔知道是他。怎麼那孩子好好的又改了名字呢？」薛姨媽滿臉飛紅，歎了口氣，道：「老太太再別提起。自從蟠兒娶了這個不知好歹的媳婦，成日家咕咕唧唧，如今鬧得也不成個人家了。我也說過他幾次，他牛心不聽說，我也沒那麼大精神和他們儘著吵去，只好由他們去。可不是他嫌這丫頭的名兒不好改的。」賈母道：「名兒什麼要緊的事呢。」薛姨媽道：「說起來，我也怪臊的。其實老太太這邊，有什麼不知道的。他那裏是為這名兒不好？聽見說，他因為是寶丫頭起的，他纔有心要改。」賈母道：「這又是什麼原故呢？」薛姨媽把手絹子不住的擦眼淚，未從說，又歎了一口氣，道：「老太太還不知道呢！這如今媳婦子專和寶丫頭慪氣。前日老太太打發人看我去，我們家裏正鬧呢。」賈母連忙接著問道：「可是前兒聽見姨太太肝氣疼，要打發人看去；後來聽見說好了，所以沒著人去。依我勸，姨太太竟把他們別放在心上。再者，他們也是新過門的小夫妻，過些時，自然就好了。我看寶丫頭性格兒溫厚和平，雖然年輕，比大人還強幾倍。前日那小丫頭子回來說，我們這邊，還都讚歎了他一會子。都像寶丫頭那樣心胸兒，脾氣兒，真是百裏挑一的！不是我說句冒失話，那給人家作了媳婦兒，怎麼叫公婆不疼、家裏上上下下的不賓服呢？」

寶玉頭裏已經聽煩了，推故要走，及聽見這話，又坐了呆呆的往下聽。薛姨媽道：「不中用。他雖好，到底是女孩兒家。養了蟠兒這個糊塗孩子，真真叫我不放心。只怕在外頭喝點子酒，鬧出事來。幸虧老太太這裏的大爺二爺常和他在一塊兒，我還放點兒心。」寶玉聽到這裏，便接口道：「姨媽更不用懸心。薛大哥相好的都是些正經買賣大客人，都是有體面的，那裏就鬧出事來？」薛姨媽笑道：「依你這樣說，我敢只不用操心了。」說話間，飯已吃完。寶玉先告辭了：「晚間還要看書。」便各自去了。

這裏丫頭們剛捧上茶來，只見琥珀走過來向賈母耳朵旁邊說了幾句，賈母便向鳳姐兒道：「你快去罷，瞧瞧巧姐兒去罷。」鳳姐聽了，還不知何故。大家也怔了。琥珀遂過來向鳳姐道：「剛纔平兒打發小丫頭子來回二奶奶，說：『巧姐兒身上不大好，請二奶奶忙著些過來纔好呢。』」賈母因說道：「你快去罷，姨太太也不是外人。」鳳姐連忙答應，在薛姨媽跟前告了辭。又見王夫人說道：「你先過去，我就去。小孩子家魂兒還不全呢，別叫丫頭們大驚小怪的。屋裏的貓兒狗兒，也叫他們留點神兒。儘著孩子貴氣，偏有這些瑣碎。」鳳姐答應了，然後帶了小丫頭回房去了。

這裏薛姨媽又問了一回黛玉的病。賈母道：「林丫頭那孩子倒罷了，只是心重些，所以身子就不大很結實了。要賭靈性兒，也和寶丫頭不差什麼；要賭寬厚待人裏頭，卻不濟他寶姐姐有耽待、有儘讓了。」薛姨媽又說了兩句閒話兒，便道：「老太太歇著罷，我也要到家裏去看看，只剩下寶丫頭和香菱了。打那麼同著姨太太看看巧姐兒。」賈母道：「正是。姨太太上年紀的人，看看是怎麼不好，說給他們，也得點主意兒。」薛姨媽便告辭，同著王夫人出來，往鳳姐院裏去了。

卻說賈政試了寶玉一番，心裏卻也喜歡，走向外面和那些門客閒談，說起方纔的話來。便有新近到來最善大棋的一個王爾調，名作梅的，說道：「據我們看來，寶二爺的學問已是大進了。」賈政道：「那有進益，不過略懂得些罷咧。『學問』兩個字，早得很呢。」詹光道：「這是老世翁過謙的話。不但王大兄這般說，就是我們看，寶二爺必定要高發的。」賈政笑道：「這也是諸位過愛的意思。」那王爾調又道：「晚生還有一句話，不揣冒昧，和老世翁商議。」賈政道：「什麼事？」王爾調陪笑道：「也是晚生的相與，做過南韶道的張大老爺家，有一位小姐，說是生得德容功貌俱全，此時尚未受聘。他又沒有兒子，家資巨萬，但是要富貴雙全的人家，女婿又要出眾，纔肯作親。晚生來了兩個月，瞧著寶二爺的人品學業，都是必要大成的。老世翁這樣門楣，還有何說！若晚生過去，包管一說就成。」賈政道：「寶玉說親，卻也是年紀了，並且老太太常說起。但只張大老爺素來尚未深悉。」詹光道：「王兄所提張家，晚生卻也知道，況和大老爺那邊是舊親，老世翁一問便知。」賈政想了一回，道：「大老爺那邊，不曾聽得這門親戚。」詹光道：「老世翁原來不知：這張府上原和邢舅太爺那邊有親的。」賈政聽了，方知是邢夫人的親戚。坐了一回，進來了，便要向王夫人說知，轉問邢夫人去。誰知王夫人陪了薛姨媽到鳳姐那邊看巧姐兒去了。那天已經掌燈時候，薛姨媽去了，王夫人纔過來了。賈政告訴了王爾調和詹光的話，又問：「巧姐兒怎麼了？」王夫人道：「怕是驚風的光景。」賈政道：「不甚利害呀？」王夫人道：「看著是搐風的來頭，只還沒搐出來呢。」賈政聽了，便不言語，各自安歇一宿晚景不提。

卻說次日邢夫人過賈母這邊來請安，王夫人便提起張家的事，一面回賈母，一面問邢夫人。邢夫人道：「張家雖係老親，但近年來久已不通音信，不知他家的姑娘是怎麼樣的。倒是前日孫親家太太打發老婆子來問安，卻說起張家的事，說他家有個姑娘，託孫親家那邊有對勁的提一提。聽見說，只這一個女孩兒，十分嬌養，也識得幾個字，見不得大陣仗兒，常在房中不出來的。張大老爺又說：只有這一個女孩兒，不肯嫁出去，怕人家公婆嚴，姑娘受不得委屈。必要女婿過門，贅在他家，給他料理些家事。」賈母聽到這裏，不等說完，便道：「這個使不得。我們寶玉，別人伏侍他還不夠呢，倒給人家當家去！」邢夫人道：「正是老太太這個話。」賈母因向王夫人道：「你回來告訴你老爺，就說我的話，這張家的親事是作不得的。」王夫人答應了。賈母便問：「你們昨日看巧姐兒怎麼樣？頭裏平兒來回我，說很不大好，我也要過去看看呢。」邢王二夫人道：「老太太雖疼他，他那裏耽的住？」賈母道：「卻也不止為他，我也要走動走動，活活筋骨兒。」說著，便吩咐：「你們吃飯去罷，回來同我過去。」

邢王二夫人答應著出來，各自去了。一時，吃了飯，都來陪賈母到鳳姐房中。

鳳姐連忙出來，接了進去。賈母便問：「巧姐兒到底怎麼樣？」鳳姐兒道：「只怕是搐風的來頭。」賈母道：「這麼著還不請人趕著瞧？」鳳姐道：「已經請去了。」賈母因同邢王二夫人進房來看。只見奶子抱著，用桃紅綾子小綿被兒裹著，臉皮趣青，眉梢鼻翅，微有動意。賈母同邢王二夫人看了看，便出外間坐下。

正說間，只見一個小丫頭回鳳姐道：「老爺打發人問姐兒怎麼樣。」鳳姐道：「替我回老爺，就說請大夫去了。一會兒開了方子，就過去回老爺。」賈母忽然想起張家的事來，向王夫人道：「你該就去告訴你老爺，省得人家去說了，回來又駁回。」又問邢夫人道：「你們和張家如今為什麼不走了？」邢夫人因又說：「論起那張家行事，也難和咱們作親，太嗇剋，沒的玷辱了寶玉。」鳳姐聽了這話，已知八九，便問道：「太太不是說寶兄弟的親事？」邢夫人道：「可不是麼！」賈母接著，因把剛纔的話，告訴鳳姐。鳳姐笑道：「不是我當著老祖宗太太們跟前說句大膽的話：現放著天配的姻緣，何用別處去找？」賈母笑問道：「在那裏？」鳳姐道：「一個『寶玉』，一個『金鎖』，老太太怎麼忘了？」賈母笑了一笑，因說：「昨日你姑媽在這裏，你為什麼不提？」鳳姐道：「老祖宗和太太們在前頭，那裏有我們小孩子家說話的地方兒？況且姨媽過來瞧老祖宗，怎麼提這些個？這也得太太們過去求親纔是。」賈母笑了，邢王二夫人也都笑了。賈母因道：「可是我背晦了。」

說著，人回：「大夫來了。」賈母便坐在外間，邢王二夫人略避。那大夫同賈璉進來，給賈母請了安，方進房中。看了出來，站在地下，躬身回賈母道：「妞兒一半是內熱，一半是驚風。須先用一劑發散風痰藥，還要用四神散纔好，因病勢來得不輕。如今的牛黃都是假的，要找真牛黃方用得。」賈母道了乏。那大夫同賈璉出去，開了方子，去了。鳳姐道：「人參家裏常有，這牛黃倒怕未必有，外頭買去，只是要真的纔好。」王夫人道：「等我打發人到姨太太那邊去找找。他家蟠兒是向與那些西客們做買賣，或者有真的，也未可知。我叫人去問問。」正說話間，眾姊妹都來瞧來了。坐了一回，也都跟著賈母等去了。

這裏煎了藥，給巧姐兒灌了下去，只見「喀」的一聲，連藥帶痰都吐出來，鳳姐纔略放了一點兒心。只見王夫人那邊的小丫頭，拿著一點兒的小紅紙包兒，說道：「二奶奶，牛黃有了。太太說了，叫二奶奶親自把分兩對準了呢。」鳳姐答應著，接過來，便叫平兒配齊了真珠、冰片、朱砂，快熬起來。自己用戥子按方秤了，攙在裏面，等巧姐兒醒了，好給他吃。只見賈環掀簾進來，說：「二姐姐，你們巧姐兒怎麼了？媽叫我來瞧瞧他。」鳳姐見了他母子便嫌，說：「好些了。你回去說，叫你們姨娘想著。」那賈環口裏答應，只管各處瞧看。看了一回，便問鳳姐兒道：「你這裏聽得說有牛黃，不知牛黃是怎麼個樣兒？給我瞧瞧呢。」鳳姐道：「你別在這裏鬧了，妞兒纔好些。那牛黃都煎上了。」賈環聽了，便去伸手拿那銱子瞧時，豈知措手不及，「沸」的一聲，銱子倒了，火已潑滅了一半。賈環見不是事，自覺沒趣，連忙跑了。鳳姐急得火星直爆，罵道：「真真那一世的對頭冤家！你何苦來還來使促狹！從前你媽要想害我，如今又來害妞兒，我和你幾輩子的仇呢！」一面罵平兒不照應。

正罵著，只見丫頭來找賈環。鳳姐道：「你去告訴趙姨娘，說他操心也太苦了！巧姐兒死定了，不用他惦著了。」平兒急忙在那裏配藥再熬。那丫頭摸不著頭腦，便悄悄問平兒道：「二奶奶為什麼生氣？」平兒將環哥弄倒藥銱子說了一遍。丫頭道：「怪不得他不敢回來，躲了別處去了。這環哥兒明日還不知怎麼樣呢！平姐姐，我替你收拾罷。」平兒說：「這倒不消。幸虧牛黃還有一點，如今配好了，你去罷。」丫頭道：「我一準回去告訴趙姨奶奶，也省得他天天說嘴。」

丫頭回去，果然告訴了趙姨娘。趙姨娘氣得叫快找環兒。環兒在外間屋子裏躲著，被丫頭找了來。趙姨娘便罵道：「你這個下作種子！你為什麼弄灑了人家的藥，招的人家咒罵。我原叫你去問一聲，不用進去。你偏進去，又不就走，還要『虎頭上捉蝨子』。你看我回了老爺，打你不打！」這裏趙姨娘正說著，只聽賈環在外間屋子裏，更說出些驚心動魄的話來。未知何言，下回分解。

卷八十五　賈存周報昇郎中任　薛文起復惹放流刑

話說趙姨娘正在屋裏抱怨賈環，只聽賈環在外間屋裏發話道：「我不過弄倒了藥銱子，潵了一點子藥，那丫頭子又沒就死了，值得他也罵我，你也罵我，賴我心壞，把我往死裏糟蹋。等著我明兒還要那小丫頭子的命呢！看你們怎麼著！只叫他們堤防著就是了。」那趙姨娘趕忙從裏間出來，握住他的嘴，說道：「你還只管信口胡唚，還叫人家先要了我的命呢！」娘兒兩個吵了一回。趙姨娘聽見鳳姐的話，越想越氣，也不著人來安慰鳳姐一聲兒。過了幾天，巧姐兒也好了。因此，兩邊結怨比從前更加一層了。

一日，林之孝進來回道：「今日是北靜郡王生日，請老爺的示下。」賈政吩咐道：「只按向年舊例辦了，回大老爺知道，送去就是了。」林之孝答應了，自去辦理。

不一時，賈赦過來同賈政商議帶了賈珍、賈璉、寶玉去與北靜王拜壽。別人還不理論，惟有寶玉素日仰慕北靜王的容貌威儀，巴不得常見纔好，遂連忙換了衣服，跟著來到北府。賈赦賈政遞了職名候諭。不多時，裏面出來了一個太監，手裏掐著數珠兒。見了賈赦賈政，笑嘻嘻的說道：「二位老爺好？」賈赦賈政也都趕忙問好，他兄弟三人也過來問了好。那太監道：「王爺叫請進去呢。」於是爺兒五個跟著那太監進入府中。過了兩層門，轉過一層殿去，裏面方是內宮門。剛到門前，大家站住，那太監先進去回王爺去了。這裏門上小太監都迎著問了好。一時，那太監出來說了個「請」字，爺兒五個肅敬跟入。只見北靜郡王穿著禮服，已迎到殿門廊下。賈赦賈政先上來請安，挨次便是珍、璉、寶玉請安。那北靜郡王單看寶玉道：「我久不見你，很惦記你。」因又笑問道：「你那塊玉兒好？」寶玉躬著身打著一半千兒回道：「蒙王爺福庇，都好。」北靜王道：「今日你來，沒有什麼好東西給你吃的，倒是大家說說話兒罷。」說著，幾個老公打起簾子。北靜王說：「請。」自己卻先進去，然後賈赦等都躬著身跟進去。先是賈赦請北靜王受禮，北靜王也說了兩句謙辭。那賈赦早已跪下，次及賈政等挨次行禮，自不必說。

那賈赦等復肅敬退出，北靜王吩咐太監等讓在眾戚舊一處，好生款待，卻單留寶玉在這裏說話兒，又賞了坐。寶玉又磕頭謝了恩，在挨門邊繡墩上側坐，說了一回讀書作文諸事。北靜王甚加愛惜，又賞了茶。因說道：「昨兒巡撫吳大人來陛見，說起令尊翁前任學政時，秉公辦事，凡屬生童，俱心服之至。他陛見時，萬歲爺也曾問過，他也十分保舉，可知是令尊翁的喜兆。」寶玉連忙站起，聽畢這一段話，纔回啟道：「此是王爺的恩典，吳大人的盛情。」

正說著，小太監進來回道：「外面諸位大人老爺都在前殿謝王爺賞宴。」說著，呈上謝宴並請午安的帖子來。北靜王略看了一看，仍遞給小太監，笑了一笑，說道：「知道了，勞動他們。」那小太監又回道：「這賈寶玉，王爺單賞的飯預備了。」北靜王便命那太監帶了寶玉到一所極小巧精緻的院裏，派人陪著吃了飯，又過來謝了恩。北靜王又說了些好話兒，忽然笑說道：「我前次見你那塊玉，倒有趣兒，回來說了個式樣，叫他們也作了一塊來。今日你來得正好，就給你帶回去玩罷。」因命小太監取來，親手遞給寶玉。寶玉接過來捧著，又謝了，然後退出，北靜王又命兩個小太監跟出來，纔同著賈赦等回來了。

賈赦便各自回院裏去。這裏賈政帶著他三人回來見過賈母，請過了安，說了一回府裏遇見的人。寶玉又回了賈政，吳大人陞見保舉的話。賈政道：「這吳大人，本來咱們相好，也是我輩中人，還倒是有骨氣的。」又說了幾句閒話兒，賈母便叫：「歇著去罷。」賈政退出，珍、璉、寶玉都跟到門口。賈政道：「你們都回去陪老太太坐著去罷。」說著便回房去。剛坐了一坐，只見一個小丫頭回道：「外面林之孝請老爺回話。」說著遞上個紅單帖來，寫著吳巡撫的名字。賈政知是來拜，便叫小丫頭叫林之孝進來。賈政出至廊簷下。林之孝進來回道：「今日巡撫吳大人來拜，奴才回了去了。再奴才還聽見說，現今工部出了一個郎中缺，外頭人和部裏都吵嚷是老爺擬正呢。」賈政道：「瞧罷咧。」林之孝又回了幾句話，纔出去了。

且說珍、璉、寶玉三人回去，獨有寶玉到賈母那邊，一面述說北靜王待他的光景，並拿出那塊玉來。大家看著，笑了一回，賈母因命人：「給他收起去罷，別丢了。」因問：「你那塊玉好生帶著罷，別鬧混了。」寶玉在項上摘了下來，說：「這不是我那一塊玉？那裏就掉了呢！比起來，兩塊玉差遠著呢，那裏混得過？我正要告訴老太太：前兒晚上，我睡的時候，把玉摘下來掛在帳子裏，他竟放起光來了，滿帳子都是紅的。」賈母說道：「又胡說了。帳子的簷子是紅的，火光照著，自然紅是有的。」寶玉道：「不是。那時候燈已滅了，屋裏都漆黑的了，還看得見他呢。」邢王二夫人抿著嘴笑。鳳姐道：「這是喜信發動了。」寶玉道：「什麼喜信？」賈母道：「你不懂得。今兒個鬧了一天，你去歇歇兒去罷，別在這裏說呆話了。」寶玉又站了一會兒，纔回園中去了。

這裏賈母問道：「正是，你們去看薛姨媽説起這事沒有？」王夫人道：「本來就要去看的，因鳳丫頭為巧姐兒病著，耽擱了兩天，今日纔去的。這事我們都告訴了，姨媽倒也十分願意，只説蟠兒這時候不在家，目今他父親沒了，只得和他商量商量再辦。」賈母道：「這也是情理的話。既這麼樣，大家先別提起，等姨太太那邊商量定了再説。」

不説賈母處談論親事。且説寶玉回到自己房中，告訴襲人道：「老太太與鳳姐姐方纔説話，含含糊糊，不知是什麼意思？」襲人想了想，笑了一笑，道：「這個，我也猜不著。但只剛纔説這些話時，林姑娘在跟前沒有？」寶玉道：「林姑娘纔病起來，這些時何曾到老太太那邊去呢？」正説著，只聽外間屋裏麝月與秋紋拌嘴。襲人道：「你兩個又鬧什麼？」麝月道：「我們兩個鬥牌，他贏了我的錢，他拿了去；他輸了錢，就不肯拿出來。這也罷了，他倒把我的錢都搶了去了。」寶玉笑道：「幾個錢，什麼要緊？傻丫頭，不許鬧了！」説的兩個人都咕嘟著嘴，坐著去了。這裏襲人打發寶玉睡下，不提。

卻説襲人聽了寶玉方纔的話，也明知是給寶玉提親的事，因恐寶玉每有癡想，這一提起，不知又招出他多少呆話來，所以故作不知。自己心上，卻也是頭一件關切的事。夜間躺著，想了個主意：不如去見見紫鵑，看他有什麼動靜，自然就知道了。次日，一早起來，打發寶玉上了學，自己梳洗了，便慢慢的去到瀟湘館來。只見紫鵑正在那裏掐花兒呢，見襲人進來，便笑嘻嘻的道：「姐姐屋裏坐著。」襲人道：「坐著，妹妹，掐花兒呢嗎？姑娘呢？」紫鵑道：「姑娘纔梳洗完了，等著溫藥呢。」紫鵑一面說著，一面同襲人進來。見了黛玉正在那裏拿著一本書看，襲人陪著笑道：「姑娘怨不得勞神，起來就看書。我們寶二爺念書，若能像姑娘這樣，豈不好了呢。」黛玉笑著把書放下。雪雁已拿著個小茶盤裏托著一鍾藥，一鍾水，小丫頭在後面捧著痰盒漱盂進來。

原來襲人來時，要探探口氣，坐了一回，無處入話。又想著黛玉最是心多，探不成消息，再惹著了他，倒是不好。又坐了坐，搭訕著辭了出來了。將到怡紅院門口，只見兩個人在那裏站著呢，襲人不便往前走。那一個早看見了，連忙跑過來。襲人一看，卻是鋤藥，因問：「你做什麼？」鋤藥道：「剛纔芸二爺來了，拿了個帖兒，說給咱們寶二爺瞧的，在這裏候信。」襲人道：「寶二爺天天上學，你難道不知道？還候什麼信呢？」鋤藥笑道：「我告訴他了，他叫告訴姑娘，聽姑娘的信呢。」襲人正要說話，只見那一個也慢慢的蹭了過來。細看時，就是賈芸，溜溜湫湫往這邊來了。襲人見是賈芸，連忙向鋤藥道：「你告訴說：知道了，回來給寶二爺瞧罷。」那賈芸原要過來和襲人說話，無非親近之意，又不敢造次，只得慢慢踱來。相離不遠，不想襲人說出這話，自己也不好再往前走，只好站住。這裏襲人已掉背臉往回裏去了。賈芸只得快快而回，同鋤藥出去了。

晚間，寶玉回房，襲人便回道：「今日廊下小芸二爺來了。」寶玉道：「做什麼？」襲人道：「他還有個帖兒呢。」寶玉道：「在那裏？拿來我看看。」麝月便走去，在裏間屋裏書槅子上頭拿了來。寶玉接過看時，上面皮兒上寫著：「叔父大人安稟。」寶玉道：「這孩子怎麼又不認我作父親了？」襲人道：「怎麼？」寶玉道：「前年他送我白海棠時，稱我作父親大人，今日這帖子封皮上寫著叔父，可不是又不認了麼。」襲人道：「他也不害臊，你也不害臊。他那麼大了，倒認你這麼大兒的作父親，可不是他不害臊？你正經連個……」剛說到這裏，臉一紅，微微的一笑。寶玉也覺得了，便道：「這倒難講，俗語說：『和尚無兒孝子多著呢。』只是我看著他還伶俐得人心兒，纔這麼著；他不願意，我還不希罕呢。」說著一面拆那帖兒。襲人也笑道：「那小芸二爺也有些鬼鬼頭頭的。什麼時候又要看人，什麼時候又躲躲藏藏的，可知也是個心術不正的貨。」寶玉只顧拆開看那字兒，也不理會襲人這些話。襲人見他看那帖兒，皺一回眉，又笑一笑兒，又搖搖頭兒，後來光景竟大不耐煩起來。襲人等他看完了，問道：「是什麼事情？」寶玉也不答言，把那帖子已經撕作幾斷。襲人見這般光景，也不便再問，便問寶玉：「吃了飯還看書不看？」寶玉道：「可笑芸兒這孩子，竟這樣的混賬！」襲人見他所答非所問，便微微的笑著問道：「到底是什麼事？」寶玉道：「問他做什麼，咱們吃飯罷。吃了飯歇著罷，心裏鬧得怪煩的。」說著，叫小丫頭子點了一點火兒來，把那撕的帖兒燒了。

一時，小丫頭們擺上飯來，寶玉只是怔怔的坐著。襲人連哄帶慪，催著，吃了一口兒飯，便擱下了，仍是悶悶的歪在牀上。一時間，忽然掉下淚來。此時襲人麝月都摸不著頭腦。麝月道：「好好兒的，這又是為什麼？都是什麼『芸兒』『雨兒』的，不知什麼事，弄了這麼個浪帖子來，惹的這麼傻了的似的，哭一會子，笑一會子。要天長日久，鬧起這悶葫蘆來，可叫人怎麼受呢！」說著，竟傷起心來。襲人旁邊由不得要笑，便勸道：「好妹妹，你也別慪人了。他一個人就夠受了，你又這麼著。他那帖子上的事，難道與你相干？」麝月道：「你混說起來了。知道他帖兒上寫的是什麼混賬話，你混往人身上扯。要那麼說，他帖兒上只怕倒與你相干呢！」襲人還未答言，只聽寶玉在牀上「撲哧」的一聲笑了，爬起來，抖了抖衣裳，說：「咱們睡覺罷，別鬧了。明日我還起早念書呢。」說著便躺下睡了。一宿無話。

次日，寶玉起來，梳洗了，便往家塾裏去。走出院門，忽然想起，叫焙茗略等，急忙轉身回來叫：「麝月姐姐呢？」麝月答應著出來問道：「怎麼又回來了？」寶玉道：「今日芸兒要來了，告訴他別在這裏鬧；再鬧，我就回老太太和老爺去了。」麝月答應了。寶玉纔轉身去了。剛往外走著，只見賈芸慌慌張張往裏來。看見寶玉，連忙請安，說：「叔叔大喜了！」那寶玉估量著是昨日那件事，便說道：「你也太冒失了，不管人心裏有事沒事，只管來攪。」賈芸陪笑道：「叔叔不信，只管瞧去。人都來了，在咱們大門口呢。」寶玉越發急了，說：「這是那裏的話！」

正說著，只聽外邊一片聲嚷起來。賈芸道：「叔叔聽，這不是？」寶玉越發心裏狐疑起來。只聽一個人嚷道：「你們這些人好沒規矩，這是什麼地方，你們在這裏混嚷！」那人答道：「誰叫老爺昇了官呢，怎麼不叫我們來吵喜呢？別人家盼著吵還不能呢。」寶玉聽了，纔知道是賈政昇了郎中了，人來報喜的，心中自是甚喜。連忙要走時，賈芸趕著說道：「叔叔樂不樂？叔叔的親事要再成了，不用說，是兩層喜了。」寶玉紅了臉，啐了一口，道：「呸！沒趣兒的東西！還不快走呢。」賈芸把臉紅了，道：「這有什麼的？我看你老人家就不……」寶玉沉著臉道：「就不什麼？」賈芸未及說完，也不敢言語了。

寶玉連忙來到家塾中，只見代儒笑著說道：「我纔剛聽見你老爺昇了，你今日還來了麼？」寶玉陪笑道：「過來見了太爺，好到老爺那邊去。」代儒道：「今日不必來了，放你一天假罷。可不許回園子裏玩去。你年紀不小了，雖不能辦事，也當跟著你大哥他們學學纔是。」寶玉答應著回來。剛走到二門口，只見李貴走來迎著，旁邊站住，笑道：「二爺來了麼？奴才纔要到學裏請去。」寶玉笑道：「誰說的？」李貴道：「老太太纔打發人到院裏去找二爺。那邊的姑娘們說：二爺學裏去了。剛纔老太太打發人出來，叫奴才去給二爺告幾天假。聽說還要唱戲賀喜呢。二爺就來了。」

說著，寶玉自己進去。進了二門，只見滿院裏丫頭老婆都是笑容滿面；見他來了，笑道：「二爺這早晚纔來，還不快進去給老太太道喜去呢。」寶玉笑著進了房門，只見黛玉挨著賈母左邊坐著呢，右邊是湘雲。地下邢王二夫人，探春、惜春、李紈、鳳姐、李紋、李綺、邢岫煙一干姐妹，都在屋裏，只不見寶釵、寶琴、迎春三人。寶玉此時喜得無話可說，忙給賈母道了喜，又給邢王二夫人道喜，一一見了眾姐妹，便向黛玉笑道：「妹妹身體可大好了？」黛玉也微笑道：「大好了。聽見說二哥哥身上也欠安，好了麼？」寶玉道：「可不是，我那日夜裏，忽然心裏疼起來，這幾天剛好些，就上學去了，也沒能過去看妹妹。」黛玉不等他說完，早扭過頭和探春說話去了。鳳姐在地下站著，笑道：「你兩個那裏像天天在一處的，倒像是客一般，有這些套話，可是人說的『相敬如賓』了。」說的大家一笑。林黛玉滿臉飛紅，又不好說，又不好不說，遲了一會兒，纔說道：「你懂得什麼！」眾人越發笑了。鳳姐一時回過味來，纔知道自己出言冒失，正要拿話岔時，只見寶玉忽然向黛玉道：「林妹妹，你瞧芸兒這種冒失鬼。」說了這一句，方想起來，便不言語了。招的大家又都笑起來，說：「這從那裏說起？」黛玉也摸不著頭腦，也跟著訕訕的笑。寶玉無可搭訕，因又說道：「可是剛纔我聽見有人要送戲，說是幾兒？」大家都瞅著他笑。鳳姐兒道：「你在外頭聽見，你來告訴我們，你這會子問誰呢？」寶玉得便說道：「我外頭再去問問去。」賈母道：「別跑到外頭去。頭一件，看報喜的笑話；第二件，你老子今日大喜，回來碰見你，又該生氣了。」寶玉答應了個「是」，纔出來了。

這裏賈母因問鳳姐：「誰說送戲的話？」鳳姐道：「說是舅太爺那邊說：後兒日子好，送一班新出的小戲兒給老太太、老爺、太太賀喜。」因又笑著說道：「不但日子好，還是好日子呢。」說著這話，卻瞅著黛玉笑。黛玉也微笑。王夫人因道：「可是呢，後日還是外甥女兒的好日子呢。」賈母想了一想，也笑道：「可見我如今老了，什麼事都糊塗了。虧了有我這鳳丫頭，是我個『給事中』。既這麼著，很好。他舅舅家給他們賀喜，你舅舅家就給你做生日，豈不好呢。」說的大家都笑起來，說道：「老祖宗說句話兒，都是上篇上論的；怎麼怨得有這麼大福氣呢。」說著，寶玉進來，聽見這些話，越發樂的手舞足蹈了。一時大家都在賈母這邊吃飯，甚熱鬧，自不必說。飯後，那賈政謝恩回來，給宗祠裏磕了頭，便來給賈母磕頭。站著說了幾句話，便出去拜客去了。這裏接連著親戚族中的人，來來去去，鬧鬧攘攘，車馬填門，貂蟬滿坐。真個是：

花到正開蜂蝶鬧，月逢十足海天寬。

如此兩日，已是慶賀之期。這日一早，王子騰和親戚家已送過一班戲來，就在賈母正廳前，搭起行臺。外頭爺們都穿著公服陪侍。親戚來賀的約有十餘桌酒。裏面為著是新戲，又見賈母高興，便將琉璃戲屏隔在後廈，裏面也擺下酒席。上首薛姨媽一桌，是王夫人寶琴陪著；對面老太太一桌，是邢夫人岫煙陪著。下面尚空兩桌，賈母叫他們快來。

一會兒，只見鳳姐領著眾丫頭，都簇擁著黛玉來了。黛玉略換了幾件新鮮衣服，打扮得宛如嫦娥下界，含羞帶笑的，出來見了眾人。湘雲、李紋、李綺都讓他上首坐，黛玉只是不肯。賈母笑道：「今日你坐了罷。」薛姨媽站起來問道：「今日林姑娘也有喜事麼？」賈母笑道：「是他的生日。」薛姨媽道：「咳，我倒忘了。」走過來說道：「恕我健忘，回來叫寶琴過來拜姐姐的壽。」黛玉笑說：「不敢。」大家坐了。那黛玉留神一看，獨不見寶釵，便問道：「寶姐姐可好麼？為什麼不過來？」薛姨媽道：「他原該來的，只因無人看家，所以不來。」黛玉紅著臉，微笑道：「姨媽那裏又添了大嫂子，怎麼倒用寶姐姐看起家來？大約是他怕人多熱鬧，懶怠來罷。我倒怪想他的。」薛姨媽笑道：「難得你惦記他。他也常想你們姐妹們，過一天，我叫他來大家敘敘。」

說著，丫頭們下來斟酒上菜，外面已開戲了。出場自然是一兩齣吉慶戲文。及至第三齣，只見金童玉女，旗旛寶幢，引著一個霓裳羽衣的小旦，頭上披著一條黑帕，唱了一會兒進去了。眾皆不識。聽見外面人說：「這是新打的《蕊珠記》裏的『冥昇』。小旦扮的是嫦娥，前因墮落人寰，幾乎給人為配：幸虧觀音點化，他就未嫁而逝。此時昇引月宮。不聽見曲裏頭唱的：『人間只道風情好，那知道秋月春花容易拋，幾乎不把廣寒宮忘卻了！』」第四齣是「吃糠」。第五齣是達摩帶著徒弟過江回去。正扮出些海市蜃樓，好不熱鬧。

眾人正在高興時，忽見薛家的人滿頭汗闖進來，向薛蝌說道：「二爺快回去！並裏頭回明太太，也請速回去，家中有要緊事。」薛蝌道：「什麼事？」家人道：「家去說罷。」薛蝌也不及告辭，就走了。薛姨媽見裏頭丫頭傳進話去，更駭得面如土色，即忙起身，帶著寶琴，別了一聲，即刻上車回去了。弄得內外愕然。賈母道：「咱們這裏打發人跟過去聽聽，到底是什麼事，大家都關切的。」眾人答應了個「是」。

不說賈府依舊唱戲，單說薛姨媽回去，只見有兩個衙役站在二門口，幾個當鋪裏夥計陪著，說：「太太回來，自有道理。」正說著，薛姨媽已進來了。那衙役們見跟從著許多男婦，簇擁著一位老太太，便知是薛蟠之母。看見這個勢派，也不敢怎麼，只得垂手侍立，讓薛姨媽進去了。那薛姨媽走到廳房後面，早聽見有人大哭，卻是金桂。薛姨媽趕忙走來，只見寶釵迎出來，滿面淚痕，見了薛姨媽，便道：「媽媽聽了，先別著急，辦事要緊。」

薛姨媽同著寶釵進了屋子，因為頭裏進門時，已經走著聽見家人說了，嚇得戰戰兢兢的了，一面哭著，因問：「到底是和誰？」只見家人回道：「太太此時且不必問那些底細。憑他是誰，打死了總是要償命的，且商量怎麼辦纔好。」薛姨媽哭著出來道：「還有什麼商議？」家人道：「依小的們的主見，今夜打點銀兩，同著二爺趕去，和大爺見了面，就在那裏訪一個有斟酌的刀筆先生，許他些銀子，先把死罪撕擄開，回來再求賈府去上司衙門說情。還有外面的衙役，太太先拿出幾兩銀子來打發了他們，我們好趕著辦事。」薛姨媽道：「你們找著那家子，許他發送銀子，再給他些養濟銀子。原告不追，事情就緩了。」寶釵在簾內說道：「媽媽，使不得。這些事，越給錢越鬧得兇，倒是剛纔小廝說的話是。」薛姨媽又哭道：「我也不要命了，趕到那裏見他一面，同他死在一處就完了。」寶釵急得一面勸，一面在簾子裏叫人：「快同二爺辦去罷。」丫頭們攙進薛姨媽來。薛蝌纔往外走，寶釵道：「有什麼信，打發人即刻寄了來，你們只管在外頭照料。」薛蝌答應著去了。

這寶釵方勸薛姨媽，那裏金桂趁空兒抓住香菱，又和他嚷道：「平常你們只管誇他們家裏打死了人，一點事也沒有，就進京來了的；如今攛掇的真打死人了。平日裏只講有錢，有勢，有好親戚，這時候我看著也是嚇得慌手慌腳的了。大爺明兒有個好歹兒不能回來時，你們各自幹你們的去了，撂下我一個人受罪！」說著，又大哭起來。這裏薛姨媽聽見，越發氣得發昏，寶釵急得沒法。正鬧著，只見賈府中王夫人早打發大丫頭過來打聽來了。寶釵雖心知自己是賈府的人了，一則尚未提明，二則事急之時，只得向那大丫頭道：「此時事情頭尾尚未明白，就只聽見說我哥哥在外頭打死了人，被縣裏拿了去了，也不知怎麼定罪呢。剛纔二爺纔去打聽去了。一半日得了準信，趕著就給那邊太太送信去。你先回去道謝太太惦記著，底下我們還有多少仰仗那邊爺們的地方呢。」那丫頭答應著去了。

薛姨媽和寶釵在家，抓摸不著。過了兩日，只見小廝回來，拿了一封書，交給小丫頭拿進來。寶釵拆開看時，書內寫著：

大哥人命是誤傷，不是故殺。今早用蝌出名，補了一張呈紙進去，尚未批出。大哥前頭口供甚是不好。待此紙批准後，再錄一堂，能夠翻供得好，便可得生了。快向當舖內再取銀五百兩來使用，千萬莫遲！並請太太放心。餘事問小廝。

寶釵看了，一一念給薛姨媽聽了。薛姨媽拭著眼淚說道：「這麼看起來，竟是死活不定了。」寶釵道：「媽媽先別傷心，等著叫進小廝來問明了再說。」一面打發小丫頭把小廝叫進來。薛姨媽便問小廝道：「你把大爺的事細說與我聽聽。」小廝道：「我那一天晚上，聽見大爺和二爺說的，把我唬糊塗了。」未知小廝說出什麼話來，下回分解。

話說薛姨媽聽了薛蝌的來書，因叫進小廝，問道：「你聽見你大爺說，到底是怎麼就把人打死了呢？」小廝道：「小的也沒聽真切。那一日，大爺告訴二爺說：……」說著回頭看了一看，見無人，纔說道：「大爺說：自從家裏鬧得特利害，大爺也沒心腸了，所以要到南邊置貨去。這日想著約一個人同行，這人在咱們這城南二百多地住。大爺找他去了，遇見在先和大爺好的那個蔣玉函，帶著些小戲子進城，大爺同他在個鋪子裏吃飯喝酒。因為這當槽兒的儘著拿眼瞟蔣玉函，大爺就有了氣了。後來蔣玉函走了。第二天，大爺就請找的那個人喝酒。酒後想起頭一天的事來，叫那當槽兒的換酒，那當槽兒的來遲了，大爺就罵起來了。那個人不依，大爺就拿起酒碗照他打去。誰知那個人也是個潑皮，便把頭伸過來叫大爺打。大爺拿碗就砸他的腦袋，一下他就冒了血了，淌在地下。頭裏還罵，後頭就不言語了。」薛姨媽道：「怎麼也沒人勸勸嗎？」那小廝道：「這個沒聽見大爺說，小的不敢妄言。」薛姨媽道：「你先去歇歇罷。」小廝答應出來。

這裏薛姨媽自來見王夫人，託王夫人轉求賈政。賈政問了前後，也只好含糊應了，只說等薛蝌遞了呈子，看他本縣怎麼批了，再作道理。

這裏薛姨媽又在當鋪裏兌了銀子，叫小廝趕著去了。三日後，果有回信，薛姨媽接著了，即叫小丫頭告訴寶釵，連忙過來看了。只見書上寫道：

帶去銀兩做了衙門上下使費。哥哥在監，也不大吃苦，請太太放心。獨是這裏的人很刁，屍親見證都不依，連哥哥請的那個朋友也幫著他們。我與李祥兩個俱係生地生人，幸找著一個好先生，許他銀子，纔討個主意，說是：須得拉扯著同哥哥喝酒的吳良，弄人保出他來，許他銀兩，叫他撕擄。他若不依，便說張三是他打死，明推在異鄉人身上。他吃不住，就好辦了。我依著他，果然吳良出來。現在買囑屍親見證，又作了一張呈子，前日遞的，今日批來，請看呈底便知。

因又念呈底道：

具呈人某，呈為兄遭飛禍、代伸冤抑事：竊生胞兄薛蟠，本籍南京，寄寓西京，於某年月日，備本往南貿易。去未數日，家奴送信回家，說遭人命，生即奔憲治，知兄誤傷張姓。及至囹圄，據兄泣告，實與張姓素不相認，並無仇隙。偶因換酒角口，生兄將酒潑地，恰值張三低頭拾物，一時失手，酒碗誤碰囟門身死。蒙恩拘訊，兄懼受刑，承認鬥毆致死。仰蒙憲天仁慈，知有冤抑，尚未定案。生兄在禁，具呈訴辯，有干例禁；生念手足，冒死代呈。伏乞憲慈恩准提證質訊，開恩莫大，生等舉家仰戴鴻仁，永永無既矣！激切上呈。批的是：屍場檢驗，證據確鑿。且並未用刑，爾兄自認鬥殺，招供在案。今爾遠來，並非目睹，何得揑詞妄控？理應治罪；姑念為兄情切，且恕。不准。

薛姨媽聽到那裏，說道：「這不是救不過來了麼，這怎麼好呢？」寶釵道：「二哥的書還沒看完，後面還有呢。」因又念道：「有要緊的，問來使便知。」薛姨媽便問來人。因說道：「縣裏早知我們的家當充足。須得在京裏謀幹得大情，再送一分大禮，還可以覆審，從輕定案。太太此時，必得快辦，再遲了就怕大爺要受苦了。」

薛姨媽聽了，叫小廝自去，即刻又到賈府與王夫人說明原故，懇求賈政。賈政只肯託人與知縣說情，不肯提及銀物。薛姨媽恐不中用，求鳳姐與賈璉說了，花上幾千銀子，纔把知縣買通，薛蝌那裏也便弄通了，然後知縣掛牌坐堂，傳齊了一干鄰保、證見、屍親人等，監裏提出薛蟠，刑房書吏俱一一點名。知縣便叫地保對明初供，又叫屍親張王氏並屍叔張二問話。張王氏哭稟道：「小的的男人是張大，南鄉裏住，十八年前死了。大兒子、二兒子，也都死了。光留下這個死的兒子，叫張三，今年二十三歲，還沒有娶女人呢。為小人家裏窮，沒得養活，在李家店裏做當槽兒的。那一天晌午，李家店裏打發人來叫俺，說：『你兒子叫人打死了。』我的青天老爺！小的就唬死了。跑到那裏，看見我兒子頭破血出的躺在地下喘氣兒，問他話也說不出來，不多一會兒，就死了。小人就要揪住這個小雜種拚命。」眾衙役吆喝一聲，張王氏便磕頭道：「求青天老爺伸冤，小人就只這一個兒子了。」知縣便叫：「下去。」又叫李家店的人問道：「那張三是在你店內傭工的麼？」那李二回道：「不是傭工，是做當槽兒的。」知縣道：「那日屍場上，你說張三是薛蟠將碗砸死的，你親眼見的麼？」李二說道：「小的在櫃上，聽見說客房裏要酒，不多一回，便聽見說，『不好了，打傷了！』小的跑進去，只見張三躺在地下，也不能言語。小的便喊稟地保，一面報他母親去了。他們到底怎樣打的，實在不知道，求太爺問那喝酒的便知道了。」知縣喝道：「初審口供你是親見的，怎麼如今說沒有見？」李二道：「小的前日唬昏了亂說。」衙役又吆喝了一聲。知縣便叫吳良問道：「你是同在一處喝酒的麼？薛蟠怎麼打的？據實供來！」吳良說：「小的那日在家，這個薛大爺叫我喝酒。他嫌酒不好，要換，張三不肯。薛大爺生氣，把酒向他臉上潑去，不曉得怎麼樣，就碰在那腦袋上了。這是親眼見的。」知縣道：「胡說！前日屍場上，薛蟠自己認拿碗砸死的，你說你親眼見的，怎麼今日的供不對？掌嘴！」衙役答應著要打。吳良求著說：「薛蟠實沒有與張三打架，酒碗失手，碰在腦袋上的。求老爺問薛蟠，便是恩典了。」

知縣叫提薛蟠，問道：「你與張三到底有什麼仇隙？畢竟是如何死的？實供上來！」薛蟠道：「求太老爺開恩，小的實沒有打他，為他不肯換酒，故拿酒潑地。不想一時失手，酒碗誤碰在他的腦袋上。小的即忙掩他的血，那裏知道再掩不住，血淌多了，過一回就死了。前日屍場上，怕太老爺要打，所以說是拿碗砸他的。只求太老爺開恩。」知縣便喝道：「好個糊塗東西！本縣問你怎麼砸他的，你便供說惱他不換酒，纔砸的，今日又供是失手碰的。」知縣假作聲勢，要打要夾。薛蟠一口咬定。知縣叫仵作：「將前日屍場填寫傷痕，據實報來。」仵作稟報說：「前日驗得張三屍身無傷，惟囟門有磁器傷，長一寸七分，深五分，皮開，囟門骨脆，裂破三分。實係磕碰傷。」

知縣查對屍格相符，早知書吏改輕，也不駁詰，胡亂便叫畫供。張王氏哭喊道：「青天老爺！前日聽見還有多少傷，怎麼今日都沒有了？」知縣道：「這婦人胡說！現有屍格，你不知道麼？」叫屍叔張二，便問道：「你姪兒身死，你知道有幾處傷？」張二忙供道：「腦袋上一傷。」知縣道：「可又來。」叫書吏將屍格給張王氏瞧去，並叫地保、屍叔指明與他瞧：現有屍場親押、證見，俱供並未打架，不為鬥毆，只依誤傷，吩咐畫供，將薛蟠監禁候詳，餘令原保領出，退堂。張王氏哭著亂嚷，知縣叫眾衙役：「攆他出去！」張二也勸張王氏道：「實在誤傷，怎麼賴人？現在太老爺斷明，不要胡鬧了。」

薛蝌在外打聽明白，心內喜歡，便差人回家送信，等批詳回來，便好打點贖罪，且住著等信。只聽路上三三兩兩傳說：「有個貴妃薨了，皇上輟朝三日。」這裏離陵寢不遠，知縣辦差墊道，一時料著不得閒，住在這裏無益，不如到監，告訴哥哥：「安心等著，我回家去，過幾日再來。」薛蟠也怕母親痛苦，帶信說：「我無事，必須衙門再使費幾次，便可回家了，只是不要可惜銀錢。」薛蝌留下李祥在此照料，一徑回家，見了薛姨媽，陳說知縣怎樣徇情，怎樣審斷，終定了誤傷：「將來屍親那裏再花些銀子，一准贖罪，便沒事了。」薛姨媽聽說，暫且放心，說：「正盼你來家中照應。賈府裏本該謝去，況且周貴妃薨了，他們天天進去，家裏空落落的。我想著要去替姨太太那邊照應照應，作伴兒，只是咱們家又沒人，你這來的正好。」薛蝌道：「我在外頭，原聽見說是賈妃薨了，這麼纔趕回來的。我們元妃好好兒的，怎麼說死了？」薛姨媽道：「上年原病過一次，也就好了。這回又沒聽見元妃有什麼病，只聞那府裏頭幾天老太太不大受用，合上眼便看見元妃娘娘，眾人都不放心。直至打聽起來，又沒有什麼事。到了大前兒晚上，老太太親口說是『怎麼元妃獨自一個人到我這裏？』眾人只道是病中想的話，總不信。老太太又說：『你們不信，元妃還與我說是：「榮華易盡，須要退步抽身。」』眾人都說：『誰不想到？這是有年紀的人思前想後的心事。』所以也不當件事。恰好第二天早起，裏頭吵嚷出來，說娘娘病重，宣各誥命進去請安。他們就驚疑的了不得，趕著進去。他們還沒有出來，我們家裏已聽見周貴妃薨逝了。你想外頭的訛言，家裏的疑心，恰碰在一處，可奇不奇？」寶釵道：「不但是外頭的訛言舛錯，便在家裏的，一聽見『娘娘』兩個字，也就都忙了，過後纔明白。這兩天那府裏這些丫頭婆子來說，他們早知道不是咱們家的娘娘。我說：

『你們那裏拿得定呢？』他說道：『前幾年正月，外省薦了一個算命的，說是很準。那老太太叫人將元妃八字夾在丫頭們八字裏頭，送出去叫他推算，他獨說這正月初一日生日的那位姑娘，只怕時辰錯了，不然，真是個貴人，也不能在這府中。老爺和眾人說，不管他錯不錯，照八字算去。那先生便說，甲申年，正月丙寅，這四個字內，有「傷官」「敗財」。惟「申」字內有「正官」「祿馬」，這就是家裏養不住的，也不見什麼好。這日子是乙卯，初春木旺，雖是「比肩」，那裏知道愈「比」愈好，就像那個好木料，愈經斫削，纔成大器。獨喜得時上什麼辛金為貴，什麼巳中「正官」「祿馬」獨旺：這叫作「飛天祿馬格」。又說什麼「日祿歸時」，貴重的很。天月二德坐本命，貴受椒房之寵。這位姑娘，若是時辰準了，定是一位主子娘娘。這不是算準了麼？我們還記得說，可惜榮華不久；只怕遇著寅年卯月，這就是「比而又比，劫而又劫」，譬如好木，太要做玲瓏剔透，本質就不堅了。他們把這些話都忘記了，只管瞎忙。我纔想起來，告訴我們大奶奶，今年那裏是寅年卯月呢。』」寶釵尚未說完，薛蝌急道：「且不要管人家的事，既有這樣個神仙算命的，我想哥哥今年什麼惡星照命，遭這麼橫禍？快開八字與我，給他算去，看有妨礙麼。」寶釵道：「他是外省來的，不知如今在京不在了。」

說著，便打點薛姨媽往賈府去。到了那裏，只有李紈探春等在家接著，便問道：「大爺的事，怎麼樣了？」薛姨媽道：「等詳上司纔定，看來也到不了死罪了。」這纔大家放心。探春便道：「昨晚太太想著說：『上回家裏有事，全仗姨太太照應；如今自己有事，也難提了。』心裏只是不放心。」薛姨媽道：「我在家裏，也是難過。只是你大哥遭了這事，你二兄弟又辦事去了，家裏你姐姐一個人，中什麼用？況且我們媳婦兒又是個不大曉事的，所以不能脫身過來。目今那裏知縣也正為預備周貴妃的差事，不得了結案件，所以你二兄弟回來了，我纔得過來看看。」李紈便道：「請姨太太這裏住幾天更好。」薛姨媽點頭道：「我也要在這邊給你們姐妹們作作伴兒，就只你寶妹妹冷靜些。」惜春道：「姨媽要惦著，為什麼不把寶姐姐也請過來？」薛姨媽笑著說道：「使不得。」惜春道：「怎麼使不得？他先怎麼住著來呢？」李紈道：「你不懂的。人家家裏如今有事，怎麼來呢？」惜春也信以為實，不便再問。

正說著，賈母等回來，見了薛姨媽，也顧不得問好，便問薛蟠的事。薛姨媽細述了一遍。寶玉在旁聽見什麼蔣玉函一段，當著人不問，心裏打量是：「他既回了京，怎麼不來瞧我？」又見寶釵也不過來，不知是怎麼個原故，心內正自呆呆的想呢，恰好黛玉也來請安，寶玉稍覺心裏喜歡，便把想寶釵來的念頭打斷，同著姊妹們在老太太那裏吃了晚飯。大家散了，薛姨媽將就住在老太太的套間屋裏。

寶玉回到自己房中，換了衣服，忽然想起蔣玉函給的汗巾，便向襲人道：「你那一年沒有繫的那條紅汗巾子，還有沒有？」襲人道：「我擱著呢，問他做什麼？」寶玉道：「我白問問。」襲人道：「你沒有聽見薛大爺相與這些混賬人，所以鬧到人命關天！你還提那些做什麼？有這樣白操心，倒不如靜靜兒的念念書，把這些個沒要緊的事撂開了也好。」寶玉道：「我並不鬧什麼，偶然想起，有也罷，沒也罷，我白問一聲，你們就有這些話。」襲人笑道：「並不是我多話。一個人知書達禮，就該往上巴結纔是。就是心愛的人來了，也叫他瞧著喜歡尊敬啊。」寶玉被襲人一提，便說：「了不得！方纔我在老太太那邊，看見人多，沒有與林妹妹說話，他也不曾理我。散的時候，他先走了。此時必在屋裏，我去就來。」說著就走。襲人道：「快些回來罷。這都是我提頭兒，倒招起你的高興來了。」

寶玉也不答言，低著頭，一徑走到瀟湘館來，只見黛玉靠在桌上看書。寶玉走到跟前，笑說道：「妹妹早回來了？」黛玉也笑道：「你不理我，我還在那裏做什麼？」寶玉一面笑說：「他們人多說話，我插不下嘴去，所以沒有和你說話。」一面瞧著黛玉看的那本書，書上的字一個也不認得。有的像「芍」字；有的像「茫」字；也有一個「大」字旁邊「九」字加上一勾，中間又添個「五」字；也有上頭「五」字「六」字又添一個「木」字，底下又是一個「五」字：看著又奇怪，又納悶，便說：「妹妹近日愈發進了，看起天書來了。」黛玉「嗤」的一聲笑道：「好個念書的人，連個琴譜都沒有見過？」寶玉道：「琴譜怎麼不知道？為什麼上頭的字一個也不認得？妹妹，你認得麼？」黛玉道：「不認得瞧他做什麼？」寶玉道：「我不信，從沒有聽見你會撫琴。我們書房裏掛著好幾張，前年來了一個清客先生，叫作什麼嵇好古，老爺煩他撫了一曲。他取下琴來，說都使不得，還說：『老先生若高興，改日攜琴來請教。』想是我們老爺也不懂，他便不來了。怎麼你有本事藏著？」黛玉道：「我何嘗真會呢？前日身上略覺舒服，在大書架上翻書，看有一套琴譜，甚有雅趣，上頭講的琴理甚通，手法說的也明白，真是古人靜心養性的工夫。我在揚州，也聽得講究過，也曾學過，只是不弄了，就沒有了。這果真是『三日不彈，手生荊棘』。前日看這幾篇，沒有曲文，只有操名，我又到別處找了一本有曲文的來看著，纔有意思。究竟怎麼彈得好，實在也難。書上說的：師曠鼓琴，能來風雷龍鳳。孔聖人尚學琴於師襄，一操便知其為文王。高山流水，得遇知音。」說到這裏，眼皮兒微微一動，慢慢的低下頭去。

寶玉正聽得高興，便道：「好妹妹，你纔說的實在有趣。只是我纔見上頭的字，都不認得，你教我幾個呢。」黛玉道：「不用教的，一說便可以知道的。」寶玉道：「我是個糊塗人，得教我那個『大』字加一勾，中間一個『五』字的。」黛玉笑道：「這『大』字『九』字是用左手大拇指按琴上的『九徽』，這一勾加『五』字是右手鉤『五弦』，並不是一個字，乃是一聲，是極容易的。還有吟、揉、綽、注、撞、走、飛、推等法，是講究手法的。」寶玉樂得手舞足蹈的說：「好妹妹，你既明琴理，我們何不學起來？」黛玉道：「琴者，禁也。古人製下，原以治身，涵養性情，抑其淫蕩，去其奢侈。若要撫琴，必擇靜室高齋，或在層樓的上頭，在林石的裏面，或是山巔上，或是水涯上。再遇著那天地清和的時候，風清月朗，焚香靜坐，心不外想，氣血和平，纔能與神合靈，與道合妙。所以古人說：『知音難遇。』若無知音，寧可獨對著那清風明月，蒼松怪石，野猿老鶴，撫弄一番，以寄興趣，方為不負了這琴。還有一層，又要指法好，取音好。若必要撫琴，先須衣冠整齊，或鶴氅，或深衣，要知古人的像表，那纔能稱聖人之器。然後盥了手，焚上香，方纔將身就在榻邊，把琴放在案上，坐在第五徽的地方兒，對著自己的當心，兩手方從容擡起：這纔心身俱正。還要知道輕重疾徐、捲舒自若、體態尊重方好。」寶玉道：「我們學著玩，若這麼講究起來，那就難了。」

兩個人正說著，只見紫鵑進來，看見寶玉，笑說道：「寶二爺，今日這樣高興。」寶玉笑道：「聽見妹妹講究的，叫人頓開茅塞，所以越聽越愛聽。」紫鵑道：「不是這個高興，說的是二爺到我們這邊來的話。」寶玉道：「先時妹妹身上不舒服，我怕鬧得他煩，再者，我又上學，因此顯著就疏遠了似的。」紫鵑不等說完，便道：「姑娘也是纔好。二爺既這麼説，坐坐也該讓姑娘歇歇兒了，別叫姑娘只是講究勞神了。」寶玉笑道：「可是我只顧愛聽，也就忘了妹妹勞神了。」黛玉笑道：「説這些倒也開心，也沒有什麼勞神的。只是怕我只管説，你只管不懂呢。」寶玉道：「横豎慢慢的自然明白了。」説著，便站起來，道：「當真的妹妹歇歇兒罷。明兒我告訴三妹妹和四妹妹去，叫他們都學起來，讓我聽。」黛玉笑道：「你也太受用了。即如大家學會了撫起來，你不懂，可不是對……」黛玉説到那裏，想起心上的事，便縮住口，不肯往下説了。寶玉便笑著道：「只要你們能彈，我便愛聽，也不管『牛』不『牛』的了。」黛玉紅了臉一笑，紫鵑雪雁也都笑了。於是走出門來。只見秋紋帶著小丫頭，捧著一小盆蘭花來，説：「太太那邊有人送了四盆蘭花來，因裏頭有事，沒有空兒玩他，叫給二爺一盆，林姑娘一盆。」黛玉看時，卻有幾枝雙朵兒的，心中忽然一動，也不知是喜是悲，便呆呆的呆看。那寶玉此時卻一心只在琴上，便説：「妹妹有了蘭花，就可以作《猗蘭操》了。」

黛玉聽了，心裏反不舒服。回到房中，看著花，想到「草木當春，花鮮葉茂，想我年紀尚小，便像三秋蒲柳。若是果能隨願，或者漸漸的好來；不然，只恐似那花柳殘春，怎禁得風催雨送！」想到那裏，不禁又滴下淚來。紫鵑在旁看見這般光景，卻想不出原故來：「方纔寶玉在這裏，那麼高興；如今好好的看花，怎麼又傷起心來？」正愁著沒法兒勸解，只見寶釵那邊打發人來。未知何事，下回分解。

卷八十七　感秋深撫琴悲往事　坐禪寂走火入邪魔

卻說黛玉叫進寶釵家的女人來，問了好，呈上書子，黛玉叫他去喝茶，便將寶釵來書打開看時，只見上面寫著：

妹生辰不偶，家運多艱，姊妹伶仃，萱親衰邁。兼之猇聲狺語，旦暮無休；更遭慘禍飛災，不啻驚風密雨。夜深輾側，愁緒何堪！屬在同心，能不為之愍惻乎？回憶海棠結社，序屬清秋，對菊持螯，同盟歡洽。猶記「孤標傲世偕誰隱，一樣花開為底遲」之句，未嘗不歎冷節遺芳，如吾兩人也。感懷觸緒，聊賦四章。匪曰無故呻吟，亦長歌當哭之意耳。

悲時序之遞嬗兮，又屬清秋。感遭家之不造兮，獨處離愁。北堂有萱兮，何以忘憂？無以解憂兮，我心咻咻！一解

雲憑憑兮秋風酸，步中庭兮霜葉乾。何去何從兮，失我故歡。靜言思之兮惻肺肝！二解

惟鮪有潭兮，惟鶴有梁。鱗甲潛伏兮，羽毛何長！搔首問兮茫茫，高天厚地兮，誰知余之永傷？三解

銀河耿耿兮寒氣侵，月色橫斜兮玉漏沈。憂心炳炳兮，發我哀吟。吟復吟兮，寄我知音。四解

黛玉看了，不勝傷感。又想：「寶姐姐不寄與別人，單寄與我，也是『惺惺惜惺惺』的意思。」正在沈吟，只聽見外面有人說道：「林姐姐在家裏呢麼？」黛玉一面把寶釵的書疊起，口內便答應道：「是誰？」正問著，早見幾個人進來，卻是探春、湘雲、李紋、李綺。彼此問了好，雪雁倒上茶來，大家喝了，說些閒話。因想起前年的「菊花詩」來，黛玉便道：「寶姐姐自從挪出去，來了兩遭，如今索性有事也不來了，真真奇怪。我看他終久還來我們這裏不來。」探春微笑道：「怎麼不來？橫豎要來的。如今是他們尊嫂有些脾氣，姨媽上了年紀的人，又兼有薛大哥的事，自然得寶姐姐照料一切。那裏還比得先前有工夫呢。」

正說著，忽聽得「呼喇喇」一片風聲，吹了好些落葉打在窗紙上。停了一會兒，又透過一陣清香來。眾人聞著，都說道：「這是何處來的香風？這像什麼香？」黛玉道：「好像木樨香。」探春笑道：「林姐姐終不脫南邊人的話。這大九月裏的，那裏還有桂花呢？」黛玉笑道：「原是啊！不然，怎麼不竟說『是』桂花香，只說似乎『像』呢？」湘雲道：「三姐姐，你也別說。你可記得『十里荷花，三秋桂子』？在南邊正是晚桂開的時候了，你只沒有見過罷了。等你明日到南邊去的時候，你自然也就知道了。」探春笑道：「我有什麼事到南邊去？況且這個也是我早知道的，不用你們說嘴。」李紋李綺只抿著嘴兒笑。黛玉道：「妹妹，這可說不齊。俗語說：『人是地行仙。』今日在這裏，明日就不知在那裏。譬如我原是南邊人，怎麼到了這裏呢？」湘雲拍著手笑道：「今兒三姐姐可叫林姐姐問住了。不但林姐姐是南邊人到這裏，就是

我們這幾個人就不同：也有本來是北邊的；也有根子是南邊，生長在北邊的；也有生長在南邊，到這北邊的，今兒大家都湊在一處。可見人總有一個定數。大凡地和人，總是各自有緣分的。」眾人聽了，都點頭，探春也只是笑。又說了一會子閒話兒，大家散出。黛玉送到門口，大家都說：「你身上纔好些，別出來了，看著了風。」

於是黛玉一面說著話兒，一面站在門口，又與四人殷勤了幾句，便看著他們出院去了。進來坐著，看看已是林鳥歸山，夕陽西墜。因史湘雲說起南邊的話，便想著：「父母若在，南邊的景致，春花秋月，水秀山明，二十四橋，六朝遺跡。不少下人伏侍，諸事可以任意，言語亦可不避。香車畫舫，紅杏青簾，惟我獨尊。今日寄人籬下，縱有許多照應，自己無處不要留心。不知前生作了什麼罪孽，今生這樣孤淒。真是李後主說的『此間日中只以眼淚洗面』矣！」一面思想，不知不覺神往那裏去了。紫鵑走來，看見這樣光景，想著必是因剛纔說起南邊北邊的話來，一時觸著黛玉的心事了，便問道：「姑娘們來說了半天話，想來姑娘又勞了神了。剛纔我叫雪雁告訴廚房裏，給姑娘做了一碗火肉白菜湯，加了一點兒蝦米兒，配了點青筍紫菜，姑娘想著好麼？」黛玉道：「也罷了。」紫鵑道：「還熬了一點江米粥。」黛玉點點頭兒，又說道：「那粥該你們兩個自己熬了，不用他們廚房裏熬纔是。」紫鵑道：「我也怕廚房裏弄的不乾淨，我們各自熬呢。就是那湯，我也告訴雪雁和柳嫂兒說了，要弄乾淨著。柳嫂兒說了：他打點妥當，拿到他屋裏，叫他們五兒瞅著燉呢。」黛玉道：「我倒不是嫌人家腌臢；只是病了好些日子，不周不備，都是人家，這會子又湯兒粥兒的調度，未免惹人厭煩。」說著，眼圈兒又紅了。紫鵑道：「姑娘這話也是多想。姑娘是老太太的外孫女兒，又是老太太心坎兒上的。別人求其在姑娘跟前討好兒還不能呢，那裏有抱怨的？」黛玉點點頭兒，因又問道：「你纔說的五兒，不是那日和寶二爺那邊的芳官在一處的那個女孩兒？」紫鵑道：「就是他。」黛玉道：「不聽見說要進來麼？」紫鵑道：「可不是，因為病了一場；後來好了，纔要進來，正是晴雯他們鬧出事來的時候，也就耽擱住了。」黛玉道：「我看那丫頭倒也還頭臉兒乾淨。」

說著，外頭婆子送了湯來。雪雁出來接時，那婆子說道：「柳嫂兒叫回姑娘：這是他們五兒做的，沒敢在大廚房裏做，怕姑娘嫌腌臢。」雪雁答應著，接了進來。黛玉在屋裏，已聽見了，吩咐雪雁：「告訴那老婆子回去說，叫他費心。」雪雁出來說了，老婆子自去。這裏雪雁將黛玉的碗箸安放在小几兒上，因問黛玉道：「還有咱們南來的五香大頭菜，拌些麻油、醋，可好麼？」黛玉道：「也使得，只不必累墜了。」一面盛上粥來。黛玉吃了半碗，用羹匙舀了兩口湯喝，就擱下了。兩個丫鬟撤下來了，拭淨了小几，端下去，又換上一張常放的小几。黛玉漱了口，盥了手，便道：「紫鵑，添了香了沒有？」紫鵑道：「就添去。」黛玉道：「你們就把那湯和粥吃了罷，味兒還好，且是乾淨。待我自己添香罷。」兩個人答應了，在外間自吃去了。這裏黛玉添了香，自己坐著，纔要拿本書看，只聽得園內的風，自西邊直透到東邊，穿過樹枝，都在那裏「唏嚠嘩喇」不住的響。一會兒，簷下的鐵馬也只管「叮叮噹噹」的亂敲起來。一時，雪雁先吃完了，進來伺候。黛玉便問道：「天氣冷了，我前日叫你們把那些小毛兒衣服晾晾，可曾晾過沒有？」雪雁道：「都晾過了。」黛玉道：「你拿一件來我披披。」雪雁走去，將一包小毛衣服抱來，打開氈包，給黛玉自揀。只見內中夾著個絹包兒。黛玉伸手拿起，打開看時，卻是寶玉病時送來的舊手帕，自己題的詩，上面淚痕猶在。裏頭卻包著那剪破了的香囊、扇袋並寶玉通靈玉上的穗子。原來晾衣服時，從箱中檢出，紫鵑恐怕遺失了，遂夾在這氈包裏的。

這黛玉不看則已，看了時，也不說穿那一件衣服，手裏只拿著那兩方手帕，呆呆的看那舊詩；看了一回，不覺得簌簌淚下。紫鵑剛從外間進來，只見雪雁正捧著一氈包衣裳，在旁邊呆立。小几上卻擱著剪破的香囊和兩三截兒扇袋和那鉸折了的穗子；黛玉手中自拿著兩方舊帕，上邊寫著字跡，在那裏對著滴淚。正是：

失意人逢失意事，新啼痕間舊啼痕。

紫鵑見了這樣，知是他觸物傷情，感懷舊事，料道勸也無益，只得笑著道：「姑娘，還看那些東西做什麼？那都是那幾年寶二爺和姑娘小時，一時好了，一時惱了，鬧出來的笑話兒。要像如今這樣斯擡斯敬，那裏能把這些東西白糟蹋了呢？」紫鵑這話原給黛玉開心，不料這幾句話更提起黛玉初來時和寶玉的舊事來，一發珠淚連綿起來。紫鵑又勸道：「雪雁這裏等著呢，姑娘披上一件罷。」那黛玉纔把手帕撂下，紫鵑連忙拾起，將香袋等物包起拿開。這黛玉方披了一件皮衣，自己悶悶的走到外間來坐下。回頭看見案上寶釵的詩啟尚未收好，又拿出來瞧了兩遍，歎道：「境遇不同，傷心則一。不免也賦四章，翻入琴譜，可彈可歌，明日寫出來寄去，以當和作。」便叫雪雁將外邊桌上筆硯拿來，濡墨揮毫，賦成四疊。又將琴譜翻出，借他《猗蘭》《思賢》兩操，合成音韻。與自己作的配齊了，然後寫出，以備送與寶釵，又即叫雪雁向箱中將自己帶來的短琴拿出，調上弦，又操演了指法。黛玉本是個絕頂聰明人，又在南邊學過幾時，雖是手生，到底一理就熟。撫了一番，夜已深了，便叫紫鵑收拾睡覺，不題。

卻說寶玉這日起來，梳洗了，帶著焙茗正往書房中來，只見墨雨笑嘻嘻的跑來，迎頭說道:「二爺,今日便宜了!太爺不在書房裏,都放了學了。」寶玉道:「當真的麼?」墨雨道:「二爺不信,那不是三爺和蘭哥兒來了?」寶玉看時,只見賈環賈蘭跟著小廝們,兩個笑嘻嘻的,嘴裏咭咭呱呱,不知說些什麼,迎頭來了,見了寶玉都垂手站住。寶玉問道:「你們兩個怎麼就回來了?」賈環道:「今日太爺有事,說是放一天學,明兒再去呢。」寶玉聽了,方回身到賈母賈政處去稟明了,然後回到怡紅院中。襲人問道:「怎麼又回來了?」寶玉告訴了他,只坐了一坐兒,便往外走,襲人道:「往那裏去,這樣忙法?就放了學,依我說,也該養養神兒了。」寶玉站住腳,低了頭,說道:「你的話也是,但是好容易放一天學,還不散散去?你也該可憐我些兒了。」襲人見說的可憐,笑道:「由爺去罷。」

正說著,端了飯來。寶玉也沒法兒,只得且吃飯。三口兩口,忙忙的吃完,漱了口,一溜煙往黛玉房中去了。走到門口,只見雪雁在院中晾絹子呢。寶玉因問:「姑娘吃了飯了麼?」雪雁道:「早起喝了半碗粥,懶怠吃飯,這時候打盹兒呢。二爺且到別處走走,回來再來罷。」

寶玉只得回來。無處可去,忽然想起惜春有好幾天沒見,便信步走到蓼風軒來。剛到窗下,只見靜悄悄一無人聲;寶玉打諒他也睡午覺,不便進去。纔要走時,只聽屋裏微微一響,不知何聲;寶玉站住再聽,半日,又「啪」的一響。寶玉還未聽出,只見一個人道:「你在這裏下了一個子兒,那裏你不應麼?」寶玉方知是下大棋。但只急切聽不出這個人的語音是誰。底下方聽見惜春道:「怕什麼?你這麼一吃我,我這麼一應,你又這麼吃,我又這麼應:還緩著一著兒呢,終久連得上。」那一個又道:「我要這麼一吃呢?」惜春道:「阿嗄!還有一著反撲在裏頭呢,我倒沒防備。」

寶玉聽了聽，那一個聲音很熟，卻不是他們姊妹。料著惜春屋裏也沒外人，輕輕的掀簾進去，看時，不是別人，卻是那櫳翠庵的「檻外人」妙玉。這寶玉見是妙玉，不敢驚動。妙玉和惜春正在凝思之際，也沒理會。寶玉卻站在旁邊，看他兩個的手段。只見妙玉低著頭，問惜春道：「你這個畸角兒不要了麼？」惜春道：「怎麼不要？你那裏頭都是死子兒，我怕什麼？」妙玉道：「且別說滿話，試試看。」惜春道：「我便打了起來，看你怎麼樣。」妙玉卻微微笑著，把邊上子一接，卻搭轉一吃，把惜春的一個角兒都打起來了，笑著說道：「這叫作『倒脫靴勢』。」

惜春尚未答言，寶玉在旁，情不自禁，哈哈一笑。把兩個人都唬了一大跳。惜春道：「你這是怎麼說？進來也不言語。這麼使促狹唬人。你多早晚進來的？」寶玉道：「我頭裏就進來了，看著你們兩個爭這個畸角兒。」說著，一面與妙玉施禮，一面又笑問道：「妙公輕易不出禪關，今日何緣下凡一走？」妙玉聽了，忽然把臉一紅，也不答言，低了頭，自看那棋。寶玉自覺造次，連忙陪笑道：「倒是出家人比不得我們在家的俗人。頭一件，心是靜的。靜則靈，靈則慧……」寶玉尚未說完，只見妙玉微微的把眼一擡，看了寶玉一眼，復又低下頭去，那臉上的顏色漸漸的紅暈起來。寶玉見他不理，只得訕訕的旁邊坐了。惜春還要下子，妙玉半日說道：「再下罷。」便起身理理衣裳，重新坐下，癡癡的問著寶玉道：「你從何處來？」寶玉巴不得這一聲，好解釋前頭的話，忽又想道：「或是妙玉的機鋒。」轉紅了臉，答應不出來。妙玉微微一笑，自和惜春說話。惜春也笑道：「二哥哥，這什麼難答的？你沒的聽見人家常說的，『從來處來』麼？這也值得把臉紅了，見了生人的似的。」妙玉聽了這話，想起自家，心上一動，臉上一熱，必然也是紅的，倒覺不好意思起來。因站起來說道：「我來得久了，要回庵裏去了。」惜春知妙玉為人，也不深留，送出門口。妙玉笑道：「久已不來，這裏彎彎曲曲的，回去的路頭都要迷住了。」寶玉道：「這倒要我來指引指引，何如？」妙玉道：「不敢，二爺前請。」

於是二人別了惜春，離了蓼風軒，彎彎曲曲，走近瀟湘館，忽聽得叮咚之聲。妙玉道：「那裏的琴聲？」寶玉道：「想必是林妹妹那裏撫琴呢。」妙玉道：「原來他也會這個？怎麼素日不聽見提起？」寶玉悉把黛玉的事述了一遍，因說：「咱們去看他。」妙玉道：「從古只有聽琴，再沒有看琴的。」寶玉笑道：「我原說我是個俗人。」說著，二人走至瀟湘館外，在山子石坐著靜聽，甚覺音調清切。只聽得低吟道：

風蕭蕭兮秋氣深，美人千里兮獨沈吟。望故鄉兮何處？倚欄杆兮涕沾襟。

歇了一回，聽得又吟道：

山迢迢兮水長，照軒窗兮明月光。耿耿不寐兮銀河渺茫，羅衫怯怯兮風露涼。

又歇了一歇，妙玉道：「剛纔『侵』字韻是第一疊，如今『揚』字韻是第二疊了。咱們再聽。」裏邊又吟道：

子之遭兮不自由，予之遇兮多煩憂。之子與我兮心焉相投，思古人兮俾無尤。

妙玉道：「這又是一拍。何憂思之深也！」寶玉道：「我雖不懂得，但聽他音響，也覺得過悲了。」裏頭又調了一回弦。妙玉道：「君弦太高了，與無射律只怕不配呢。」裏邊又吟道：

人生斯世兮如輕塵，天上人間兮感夙因。感夙因兮不可惙，素心如何天上月。

妙玉聽了，呀然失色道：「如何忽作變徵之聲？音韻可裂金石矣，只是太過。」寶玉道：「太過便怎麼？」妙玉道：「恐不能持久。」正議論時，聽得君弦「碰」的一聲斷了。妙玉站起來，連忙就走。寶玉道：「怎麼樣？」妙玉道：「日後自知，你也不必多說。」竟自走了。弄得寶玉滿肚疑團，沒精打采的，歸至怡紅院中，不表。

單說妙玉歸去，早有道婆接著，掩了庵門，坐了一回，把「禪門日誦」念了一遍。吃了晚飯，點上香，拜了菩薩，命道婆自去歇著，自己的禪牀靠背俱已整齊，屏息垂簾，跏趺坐下，斷除妄想，趨向真如。坐到三更過後，聽得屋上「嗗喙喙」一片響聲，妙玉恐有賊來，下了禪牀，出到前軒，但見雲影橫空，月華如水。那時天氣尚不很涼，獨自一個，憑欄站了一回，忽聽房上兩個貓兒一遞一聲廝叫。

那妙玉忽想起日間寶玉之言，不覺一陣心跳耳熱，自己連忙收攝心神，走進禪房，仍到禪牀上坐了。怎奈神不守舍，一時如萬馬奔馳，覺得禪牀便恍蕩起來，身子已不在庵中。便有許多王孫公子，要來娶他；又有些媒婆，扯扯拽拽，扶他上車，自己不肯去。一會兒，又有盜賊劫他，持刀執棍的逼勒，只得哭喊求救。早驚醒了庵中女尼道婆等眾，都拿火來照看，只見妙玉兩手撒開，口中流沫。急叫醒時，只見眼睛直豎，兩顴鮮紅，罵道：「我是有菩薩保祐，你們這些強徒敢要怎麼樣？」眾人都唬得沒了主意，都說道：「我們在這裏呢，快醒轉來罷。」妙玉道：「我要回家去！你們有什麼好人，送我回去罷。」道婆道：「這裏就是你住的房子。」說著，又叫別的女尼忙向觀音前禱告。求了籤，翻開籤書看時，是觸犯了西南角上的陰人。就有一個說：「是了，大觀園中西南角上本來沒有人住，陰氣是有的。」一面弄湯弄水的在那裏忙亂。那女尼原是自南邊帶來的，伏侍妙玉，自然比別人盡心，圍著妙玉坐在禪牀上。妙玉回頭道：「你是誰？」女尼道：「是我。」妙玉仔細瞧了一瞧道：「原來是你。」便抱住那女尼，嗚嗚咽咽的哭起來，說道：「你是我的媽呀，你不救我，我不得活了。」那女尼一面喚醒他，一面給他揉著。道婆倒上茶來喝了，直到天明纔睡了。女尼便打發人去請大夫來看脈。也有說是思慮傷脾的，也有說是熱入血室的，也有說是邪祟觸犯的，也有說是內外感冒的，終無定論。後請得一個大夫來看了，問：「曾打坐過沒有？」道婆說道：「向來打坐的。」大夫道：「這病可是昨夜忽然來的麼？」道婆道：「是。」大夫道：「這是走火入魔的原故。」眾人問：「有礙沒有？」大夫道：「幸虧打坐不久，魔還入得淺，可以有救。」寫了降伏心火的藥，吃了一劑，稍稍平復些。外面那些遊頭浪子聽見了，便造作許多謠言，說：「這樣年紀，那裏忍得住？況且又是很風流的人品，很乖覺的性靈。以後不知飛在誰手裏，便宜誰去呢。」過了幾日，妙玉病雖略好，神思未復，終有些恍惚。

一日，惜春正坐著，彩屏忽然進來，回道：「姑娘知道妙玉師父的事嗎？」惜春道：「他有什麼事？」彩屏道：「我昨日聽見邢姑娘和大奶奶那裏說呢：他自從那日和姑娘下棋回去，夜間忽然中了邪，嘴裏亂嚷，說強盜來搶他來了。到如今還沒好。姑娘，你說這不是奇事嗎？」惜春聽了，默然無語。因想：「妙玉雖然潔淨，畢竟塵緣未斷。可惜我生在這種人家，不便出家，我若出了家時，那有邪魔纏擾？一念不生，萬緣俱寂。」想到這裏，驀與神會，若有所得，便口占一偈云：

大造本無方，云何是應住？既從空中來，應向空中去。

占畢，即命丫頭焚香。自己靜坐了一回，又翻開那棋譜來，把孔融、王積薪等所著看了幾篇。內中「荷葉包蟹勢」、「黃鶯搏兔勢」，都不出奇；「三十六局殺角勢」，一時也難會難記；獨看到「八龍走馬」，覺得甚有意思。正在那裏作想，只聽見外面一個人走進院來，連叫：「彩屏！」未知是誰，下回分解。

卷八十八　博庭歡寶玉讚孤兒　正家法賈珍鞭悍僕

卻說惜春正在那裏揣摩棋譜，忽聽院內有人叫彩屏，不是別人，卻是鴛鴦的聲兒。彩屏出去，同著鴛鴦進來。那鴛鴦卻帶著一個小丫頭，提了一個小黃絹包兒。惜春笑問道：「什麼事？」鴛鴦道：「老太太因明年八十一歲，是個『暗九』，許下一場九晝夜的功德，發心要寫三千六百五十零一部《金剛經》。這已發出外面人寫了。但是俗說：《金剛經》就像那道家的符殼，《心經》纔算是符膽，故此，《金剛經》內必要插著《心經》，更有功德。老太太因《心經》是更要緊的，觀自在又是女菩薩，所以要幾個親丁奶奶姑娘們寫上三百六十五部。如此，又虔誠，又潔淨。咱們家中，除了二奶奶：頭一宗，他當家沒有空兒；二宗，他也寫不上來。其餘會寫字的，不論寫得多少，連東府珍大奶奶姨娘們都分了去。本家裏頭自不用說。」惜春聽了，點頭道：「別的我做不來，若要寫經，我最信心的。你擱下，喝茶罷。」鴛鴦纔將那小包兒擱在桌上，同惜春坐下。

彩屏倒了一鍾茶來。惜春笑問道：「你寫不寫？」鴛鴦道：「姑娘又說笑話了。那幾年還好；這三四年來，姑娘見我還拿了拿筆兒麼？」惜春道：「這卻是有功德的。」鴛鴦道：「我也有一件事：向來伏侍老太太安歇後，自己念上米佛，已經念了三年多了。我把這個米收好，等老太太做功德的時候，我將他襯在裏頭，供佛施食；也是我一點誠心。」惜春道：「這樣説來，老太太做了觀音，你就是龍女了。」鴛鴦道：「那裏跟得上這個分兒？卻是除了老太太，別的也服侍不來，不曉得前世什麼緣分兒。」説著要走，叫小丫頭把小絹包打開，拿出來道：「這素紙一紮，是寫《心經》的。」又拿起一子兒藏香，道：「這是叫寫經時點著寫的。」惜春都應了。

鴛鴦遂辭了出來，同小丫頭來至賈母房中，回了一遍，看見賈母與李紈打雙陸，鴛鴦旁邊瞧著。李紈的骰子好，擲下去，把老太太的錘打下了好幾個去，鴛鴦抿著嘴兒笑。

忽見寶玉進來，手中提了兩個細篾絲的小籠子，籠內有幾個蟈蟈兒，説道：「我聽説老太太夜裏睡不著，我給老太太留下解解悶。」賈母笑道：「你別瞅著你老子不在家，你只管淘氣。」寶玉笑道：「我沒有淘氣。」賈母道：「你沒淘氣，不在學房裏念書，為什麼又弄這個東西呢？」寶玉道：「不是我自己弄的。今兒因師父叫環兒和蘭兒對對子，環兒對不來，我悄悄的告訴了他。他説了，師父喜歡，誇了他兩句。他感激我的情，買了來孝敬我的。我纔拿了來孝敬老太太的。」賈母道：「他沒有天天念書麼？為什麼對不上來？對不上來，就叫你儒太爺爺打他的嘴巴子，看他臊不臊！你也夠受了。不記得你老子在家時，一叫作詩作詞，唬得倒像個小鬼兒似的？這會子又説嘴了。那環兒小子更沒出息：求人替作了，就變著方法兒打點人。這麼點子孩子，就鬧鬼鬧神的，也不害臊。趕大了，還不知是個什麼東西呢！」説得滿屋子人都笑了。賈母又問道：「蘭小子呢，作上來了沒有？這該環兒替他了，他又比他小了，是不是？」寶玉笑道：「他倒沒有，卻是自己對的。」賈母道：「我不信；不然，就也是你鬧了鬼了。如今你還了得，『羊群裏跑出駱駝來了』，就只你大，你又會作文章了！」寶玉笑道：「實在是他作的，師父還誇他明兒一定有大出息呢。老太太不信，就打發人叫了他來親自試試，老太太就知道了。」賈母道：「果然這麼著，我纔喜歡。我不過怕你撒謊。既是他作的，這孩子明兒大概還有一點兒出息。」因看著李紈，又想起賈珠來，「這也不枉你大哥哥死了你大嫂子拉扯他一場，日後也替你大哥哥頂門壯户。」說到這裏，不禁流下淚來。

李紈聽了這話，卻也動心，只是賈母已經傷心，自己連忙忍住淚，笑勸道：「這是老祖宗的餘德，我們託著老祖宗的福罷咧。只要他應得了老祖宗的話，就是我們的造化了。老祖宗看著也喜歡，怎麼倒傷起心來呢？」因又回頭向寶玉道：「寶叔叔明兒別這麼誇他，他多大孩子，知道什麼？你不過是愛惜他的意思，他那裏懂得，一來二去，眼大心肥，那裏還能夠有長進呢。」賈母道：「你嫂子這也說的是。就只他還太小呢，也別逼㩳緊了他；小孩子膽兒小，一時逼急了，弄出點子毛病來，書倒念不成，把你的工夫都白糟蹋了。」賈母說到這裏，李紈卻忍不住，撲簌簌掉下淚來，連忙擦了。

只見賈環賈蘭也都進來給賈母請了安。賈蘭又見過他母親，然後過來，在賈母旁邊侍立。賈母道：「我剛纔聽見你叔叔說你對的好對子，師父誇你來著。」賈蘭也不言語，只管抿著嘴兒笑。鴛鴦過來說道：「請示老太太，晚飯伺候下了。」賈母道：「請你姨太太去罷。」琥珀接著便叫人去王夫人那邊請薛姨媽。

這裏寶玉賈環退出，素雲和小丫頭們過來把雙陸收起，李紈尚等著伺候賈母的晚飯。賈蘭便跟著他母親站著。賈母道：「你們娘兒兩個跟著我吃罷。」李紈答應了。一時，擺上飯來，丫鬟回來稟道：「太太叫回老太太：姨太太這幾天浮來暫去，不能過來回老太太，今日飯後家去了。」於是賈母叫賈蘭在身旁邊坐下，大家吃飯，不必細述。

卻說賈母剛吃完了飯，盥漱了，歪在牀上，說閒話兒。只見小丫頭子告訴琥珀，琥珀過來回賈母道：「東府大爺請晚安來了。」賈母道：「你們告訴他，如今他辦理家務乏乏的，叫他歇著去罷。我知道了。」小丫頭告訴老婆子們，老婆子纔告訴賈珍，賈珍然後退出。

到了次日，賈珍過來料理諸事。門上小廝陸續回了幾件事。又一個小廝回道：「莊頭送果子來了。」賈珍道：「單子呢？」那小廝連忙呈上。賈珍看時，上面寫著不過是時鮮果品，還夾帶菜蔬野味若干在內。賈珍看完，問：「向來經管的是誰？」門上的回道：「是周瑞。」便叫周瑞：「照賬點清，送往裏頭交代。等我把來賬鈔下一個底子，留著好對。」又叫：「告訴廚房，把下菜中添幾宗，給送果子的來人，照常賞飯給錢。」

周瑞答應了，一面叫人搬至鳳姐兒院子裏去，又把莊上的賬和果子交代明白，出去了。一會兒，又進來回賈珍道：「纔剛來的果子，大爺曾點過數目沒有？」賈珍道：「我那裏有工夫點這個呢？給了你賬，你照賬點就是了。」周瑞道：「小的曾點過，也沒有少，也不能多出來。大爺既留下底子，再叫送果子來的人問問他，這賬是真的假的。」賈珍道：「這是怎麼說？不過是幾個果子罷咧，有什麼要緊？我又沒有疑你。」說著，只見鮑二走來磕了一個頭，說道：「求大爺原舊放小的在外頭伺候罷。」賈珍道：「你們這又是怎麼著？」鮑二道：「奴才在這裏又說不上話來。」賈珍道：「誰叫你說話？」鮑二道：「何苦來，在這裏作眼睛珠兒。」周瑞接口道：「奴才在這裏經管地租莊子銀錢出入，每年也有三五十萬來往，老爺太太奶奶們從沒有說過話的，何況這些零星東西。若照鮑二說起來，爺們家裏的田地房產都被奴才們弄完了。」賈珍想道：「必是鮑二在這裏拌嘴，不如叫他出去。」因向鮑二說道：「快滾罷！」又告訴周瑞說：「你也不用說了，你幹你的事罷。」二人各自散了。

賈珍正在廂房裏歇著，聽見門上鬧得翻江攪海，叫人去查問，回來說道：「鮑二和周瑞的乾兒子打架。」賈珍道：「周瑞的乾兒子是誰？」門上的回道：「他叫何三，本來是個沒味兒的，天天在家裏喝酒鬧事，常來門上坐著。聽見鮑二和周瑞拌嘴，他就插在裏頭。」賈珍道：「這卻可惡！把鮑二和那個什麼何幾給我一塊兒捆起來！周瑞呢？」門上的回道：「打架時，他先走了。」賈珍道：「給我拿了來！這還了得了！」眾人答應了。

正嚷著，賈璉也回來了，賈珍便告訴了一遍。賈璉道：「這還了得！」又添了人去拿周瑞。周瑞知道躲不過，也找到了。賈珍便叫：「都捆上！」賈璉便向周瑞道：「你們前頭的話也不要緊，大爺說開了很是了，為什麼外頭又打架？你們打架已經使不得，又弄個野雜種什麼何三來鬧。你不壓伏壓伏他們，倒竟走了。」就把周瑞踢了幾腳。賈珍道：「單打周瑞不中用。」喝命人把鮑二和何三各人打了五十鞭子，攆了出去，方和賈璉兩個商量正事。下人背地裏便生出許多議論來：也有說賈珍護短的；也有說不會調停的；也有說他本不是好人，前兒尤家姐妹弄出許多醜事來，那鮑二不是他調停著二爺叫了來的嗎？這會子又嫌鮑二不濟事，必是鮑二的女人伏侍不到了。人多嘴雜，紛紛不一。

卻說賈政自從在工部掌印，家人中盡有發財的。那賈芸聽見了，也要插手弄一點事兒，便在外頭說了幾個工頭，講了成數，便買了些時新繡貨，要走鳳姐兒門子。
鳳姐正在房中，聽見丫頭們說：「大爺二爺都生了氣，在外頭對打人呢。」鳳姐聽了，不知何故。正要叫人去問問，只見賈璉已進來了，把外面的事告訴了一遍。鳳姐道：「事情雖不要緊，但這風俗兒斷不可長。此刻還算咱們家裏正旺的時候兒，他們就敢打架，以後小輩兒們當了家，他們越發難制伏了。前年我在東府裏親眼見過焦大吃得爛醉，躺在臺階子底下罵人，不管上上下下，一混湯子的混罵。他雖是有過功的人，到底主子奴才的名分，也要存點兒體統纔好。珍大奶奶，不是我說，是個老實頭，個個人都叫他養得無法無天的。如今又弄出一個什麼鮑二。我還聽見是你和珍大爺得用的人，為什麼今兒又打他呢？」賈璉聽了這話刺心，便覺赸赸的，拿話來支開，借有事，說著就走了。
小紅進來回道：「芸二爺在外頭要見奶奶。」鳳姐一想：「他又來做什麼？」便道：「叫他進來罷。」
小紅出來，瞅著賈芸微微一笑。賈芸趕忙湊近一步，問道：「姑娘替我回了沒有？」小紅紅了臉，說道：「我就是見二爺的事多！」賈芸道：「何曾有多少事能到裏頭來勞動姑娘呢？就是那一年姑娘在寶二叔房裏，我纔和姑娘……」小紅怕人撞見，不等說完，趕忙問道：「那年我換給二爺的一塊絹子，二爺見了沒有？」那賈芸聽了這句話，喜得心花俱開，纔要說話，只見一個小丫頭從裏面出來，賈芸連忙同著小紅往裏走。兩個人一左一右，相離不遠。賈芸悄悄的道：「回來我出來，還是你送出我來。我告訴你，還有笑話兒呢。」小紅聽了，把臉飛紅，瞅了賈芸一眼，也不答言。同他到了鳳姐門口，自己先進去回了，然後出來，掀起簾子，點手兒，口中卻故意說道：「奶奶請芸二爺進來呢。」

賈芸笑了一笑，跟著他走進房來，見了鳳姐兒，請了安，並說：「母親叫問好。」鳳姐也問了他母親好。鳳姐道：「你來有什麼事？」賈芸道：「姪兒從前承嬸娘疼愛，心上時刻想著，總過意不去。欲要孝敬嬸娘，又怕嬸娘多想。如今重陽時候，略備了一點兒東西。嬸娘這裏那一件沒有？不過是姪兒一點孝心。只怕嬸娘不肯賞臉。」鳳姐兒笑道：「有話坐下說。」賈芸纔側身坐了，連忙將東西捧著擱在旁邊桌上。鳳姐又道：「你不是什麼有餘的人，何苦又去花錢？我又不等著使。你今日來意，是怎麼個想頭兒，你倒是實說。」賈芸道：「並沒有別的想頭兒，不過感念嬸娘的恩惠，過意不去罷咧。」說著，微微的笑了。鳳姐道：「不是這麼說。你手裏窄，我很知道，我何苦白白兒使你的？你要我收下這個東西，須先和我說明白了。要是這麼『含著骨頭露著肉』的，我倒不收。」

賈芸沒法兒，只得站起來，陪著笑兒說道：「並不是有什麼妄想：前幾日聽見老爺總辦陵工，姪兒有幾個朋友辦過好些工程，極妥當的，要求嬸娘在老爺跟前提一提。辦得一兩種，姪兒再忘不了嬸娘的恩典！若是家裏用得著姪兒，也能給嬸娘出力。」鳳姐道：「若是別的，我卻可以做主。至於衙門裏的事，上頭呢，都是堂官司員定的；底下呢，都是那些書辦衙役們辦的，別人只怕插不上手，連自己的家人也不過跟著老爺伏侍伏侍。就是你二叔去，亦只是為的是各自家裏的事，他也並不能攙越公事。論家事，這裏是踩一頭兒撬一頭兒的，連珍大爺還彈壓不住。你的年紀兒又輕，輩數兒又小，那裏纏得清這些人呢？況且衙門裏頭的事差不多兒也要完了，不過吃飯瞎跑。你在家裏什麼事做不得，難道沒了這碗飯吃不成？我這是實在話，你自己回去想想就知道了。你的情意，我已經領了，把東西快拿回去，是那裏弄來的，仍舊給人家送了去罷。」

正說著，只見奶媽子一大起帶了巧姐兒進來。那巧姐兒身上穿得錦團花簇，手裏拿著好些玩意兒，笑嘻嘻走到鳳姐身邊學舌。賈芸一見，便站起來，笑盈盈的趕著說道：「這就是大妹妹麼？你要什麼好東西不要？」那巧姐兒便「啞」的一聲哭了。賈芸連忙退下。鳳姐道：「乖乖不怕。」連忙將巧姐攬在懷裏，道：「這是你芸大哥哥，怎麼認起生來了？」賈芸道：「妹妹生得好相貌，將來又是個有大造化的。」那巧姐兒回頭把賈芸一瞧，又哭起來，疊連幾次。

賈芸看這光景坐不住，便起身告辭要走。鳳姐道：「你把東西帶了去罷。」賈芸道：「這一點子，嬸娘還不賞臉？」鳳姐道：「你不帶去，我便叫人送到你家去。芸哥兒，你不要這麼樣。你又不是外人。我這裏有機會，少不得打發人去叫你；沒有事也沒法兒，不在乎這些東東西西上的。」賈芸看見鳳姐執意不受，只得紅著臉道：「既這麼著，我再找得用的東西來孝敬嬸娘罷。」鳳姐兒便叫小紅拿了東西，跟著賈芸送出來。

賈芸走著，一面心中想道：「人說二奶奶利害，果然利害。一點兒都不漏縫，真正斬釘截鐵！怪不得沒有後世。這巧姐兒更怪，見了我好像前世的冤家似的，真正晦氣。白鬧了這麼一天。」小紅見賈芸沒得彩頭，也不高興，拿著東西跟出來。賈芸接過來，打開包兒，揀了兩件，悄悄的遞給小紅。小紅不接，嘴裏說道：「二爺別這麼著。看奶奶知道了，大家倒不好看。」賈芸道：「你好生收著罷。怕什麼，那裏就知道了呢？你若不要，就是瞧不起我了。」小紅微微一笑，纔接過來，說道：「誰要你這些東西！算什麼呢？」說了這句話，把臉又飛紅了。賈芸也笑道：「我也不是為東西。況且那東西也算不了什麼。」說著話兒，兩個已走到二門口。賈芸把下剩的仍舊揣在懷內。小紅催著賈芸道：「你先去罷。有什麼事情，只管來找我。我如今在這院裏了，又不隔手。」賈芸點點頭兒，說道：「二奶奶太利害，我可惜不能常來！剛纔我說的話，你橫豎心裏明白，得了空兒，再告訴你罷。」小紅滿臉羞紅，說道：「你去罷。明兒也常來走走。誰叫你和他生疏呢？」賈芸道：「知道了。」賈芸說著，出了院門。這裏小紅站在門口，怔怔的看他去遠了，纔回來了。

卻說鳳姐在房中吩咐預備晚飯，因又問道：「你們熬了粥了沒有？」丫鬟們連忙去問，回來回道：「預備了。」鳳姐道：「你們把那南邊來的糟東西弄一兩碟來罷。」秋桐答應了，叫丫頭們伺候。平兒走來笑道：「我倒忘了：今兒晌午，奶奶在上頭老太太那邊的時候，水月庵的師父打發人來，要向奶奶討兩瓶南小菜，還要支用幾個月的月錢，說是身上不受用。我問那道婆來著：『師父怎麼不受用？』他說：『四五天了。前兒夜裏，因那些小沙彌小道士裏頭有幾個女孩子，睡覺沒有吹燈，他說了幾次不聽。那一夜，看見他們三更以後燈還點著呢，他便叫他們吹燈，個個都睡著了，沒有人答應，只得自己親自起來給他們吹滅了。回到炕上，只見有兩個人，一男一女，坐在炕上。他趕著問是誰，那裏把一根繩子往他脖子上一套，他便叫起人來。眾人聽見，點上燈火，一齊趕來，已經躺在地下，滿口吐白沫子。幸虧救醒了。此時還不能吃東西，所以叫來尋些小菜兒的。』我因奶奶不在房中，不便給他。我說：『奶奶此時沒有空兒，在上頭呢，回來告訴。』便打發他回去了。纔剛聽見說起南菜，方想起來了；不然，就忘了。」鳳姐聽了，呆了一呆，說道：「南菜不是還有呢，叫人送些去就是了。那銀子，過一天叫芹哥來領就是了。」又見小紅進來回道：「纔剛二爺差人來，說是今晚城外有事，不能回來，先通知一聲。」鳳姐道：「是了。」

說著，只聽見小丫頭從後面喘吁吁的嚷著，直跑到院子裏來。外面平兒接著，還有幾個丫頭們，咕咕唧唧的說話。鳳姐道：「你們說什麼呢？」平兒道：「小丫頭子有些膽怯，說鬼話。」鳳姐說：「那一個？」小丫頭進來。問道：「什麼鬼話？」那丫頭道：「我纔剛到後邊去叫打雜兒的添煤，只聽得三間空屋子裏『嘩喇嘩喇』的響，我還道是貓兒耗子；又聽得『噯』的一聲，像個人出氣兒的似的。我害怕，就跑回來了。」鳳姐罵道：「胡說！我這裏斷不興說神說鬼。我從來不信這些個話，快滾出去罷！」那小丫頭出去了。

鳳姐便叫彩明將一天零碎日用賬對過一遍。時已將近二更，大家又歇了一回，略說些閒話，遂叫各人安歇去罷。鳳姐也睡下了。將近三更，鳳姐似睡不睡，覺得身上寒毛一乍，自己驚醒了，越躺著越發起滲來，因叫平兒秋桐過來作伴。二人也不解何意。那秋桐本來不順鳳姐，後來賈璉因尤二姐之事，不大愛惜他了，鳳姐又籠絡他，如今倒也安靜，只是心裏比平兒差多了，外面情兒。今見鳳姐不受用，只得端上茶來。鳳姐喝了一口道：「難為你，睡去罷，只留平兒在這裏就夠了。」秋桐卻要獻勤兒，因說道：「奶奶睡不著，倒是我們兩個輪流坐坐也使得。」鳳姐一面說，一面睡著了。平兒秋桐看見鳳姐已睡，只聽得遠遠的雞聲叫了，二人方都穿著衣服略躺了一躺，就天亮了，連忙起來伏侍鳳姐梳洗。

鳳姐因夜中之事，心神恍惚不寧，只是一味要強，仍然扎掙起來。正坐著納悶，忽聽個小丫頭子在院裏問道：「平姑娘在屋裏麼？」平兒答應了一聲。那小丫頭掀起簾子進來，卻是王夫人打發過來來找賈璉，說：「外頭有人回要緊的官事。老爺纔出了門，太太叫快請二爺過去呢。」鳳姐聽見，唬了一跳。未知何事，下回分解。

卻說鳳姐正自起來納悶，忽聽見小丫頭這話，又唬了一跳，連忙問道：「什麼官事？」小丫頭道：「也不知道。剛纔二門上小廝回進來，回老爺有要緊的官事，所以太太叫我請二爺來了。」鳳姐聽是工部裏的事，纔把心略略的放下。因說道：「你回去回太太，就說二爺昨日晚上出城有事，沒有回來，打發人先回珍大爺去罷。」那丫頭答應著去了。

一時，賈珍過來，見了部裏的人，問明了，進來見了王夫人，回道：「部中來報：昨日總河奏到，河南一帶決了河口，湮沒了幾府州縣。又要開銷國帑，修理城工。工部司官又有一番照料。所以部裏特來報知老爺的。」說完退出。及賈政回家來，回明。從此，直到冬間，賈政天天有事，常在衙門裏。寶玉的工課也漸漸鬆了，只是怕賈政覺察出來，不敢不常在學房裏去念書，連黛玉處也不敢常去。

那時已到十月中旬，寶玉起來，要往學房中去。這日天氣陡寒，只見襲人早已打點出一包衣服，向寶玉道：「今日天氣很冷，早晚寧使暖些。」說著，把衣裳拿出來，給寶玉挑了一件穿。又包了一件，叫小丫頭拿出，交給焙茗，囑咐道：「天氣涼，二爺要換時，好生預備著。」焙茗答應了，抱著氈包，跟著寶玉自去。

寶玉到了學房中，作了自己的工課，忽聽得紙窗「呼喇喇」一派風聲。代儒道：

「天氣又發冷。」把風門推開一看，只見西北上一層層的黑雲，漸漸往東南撲上來。焙茗走進來回寶玉道：「二爺，天氣冷了，再添些衣服罷。」寶玉點點頭兒。只見焙茗拿進一件衣服來。寶玉不看則已，看了時，神已癡了。那些小學生都巴著眼瞧。卻原是晴雯所補的那件雀金裘。寶玉道：「怎麼拿這一件來？是誰給你的？」焙茗道：「是裏頭姑娘們包出來的。」寶玉道：「我身上不大冷，且不穿呢，包上罷。」代儒只當寶玉可惜這件衣服，卻也心裏喜他知道儉省。焙茗道：「二爺穿上罷。著了涼，又是奴才的不是了。二爺只當疼奴才罷！」寶玉無奈，只得穿上，呆呆的對著書坐著。代儒也只當他看書，不甚理會。晚間放學時，寶玉便往代儒託病告假一天。代儒本來上年紀的人，也不過伴著幾個孩子解悶兒，時常也八病九痛的，樂得去一個少操一日心。況且明知賈政事忙，賈母溺愛，便點點頭兒。

寶玉一徑回來，見過賈母王夫人，也是這樣說，自然沒有不信的。略坐一坐，便回園中去了。見了襲人等，也不似往日有說有笑的，便和衣躺在炕上。襲人道：「晚飯預備下了，這會兒吃，還是等一等兒？」寶玉道：「我不吃了，心裏不舒服。你們吃去罷。」襲人道：「那麼著，你也該把這件衣服換下來了。那個東西那裏禁得住揉搓？」寶玉道：「不用換。」襲人道：「倒也不但是嬌嫩物兒，你瞧瞧那上頭的針綫，也不該這麼糟蹋他呀。」寶玉聽了這話，正碰在他心坎兒上，歎了一口氣道：「那麼著，你就收起來，給我包好了。我也總不穿他了！」說著，站起來脱下。襲人纔過來接時，寶玉已經自己疊起。襲人道：「二爺怎麼今日這樣勤謹起來了？」寶玉也不答言，疊好了，便問：「包這個的包袱呢？」麝月連忙遞過來，讓他自己包好，回頭卻和襲人擠著眼兒笑。寶玉也不理會，自己坐著，無精打采。猛聽架上鐘響，自己低頭看了看錶針已指到酉初二刻了。一時小丫頭點上燈來。襲人道：「你不吃飯，喝一口粥兒罷，別淨餓著。看仔細餓上虛火來，那又是我們的累贅了。」寶玉搖搖頭兒，說：「這不大餓，強吃了倒不受用。」襲人道：「既這麼著，就索性早些歇著罷。」於是襲人麝月鋪設好了，寶玉也就歇下。翻來覆去，只睡不著，將及黎明，反矇矓睡去，不一頓飯時，早又醒了。

此時襲人麝月也都起來。襲人道：「昨夜聽著你翻騰到五更多，我也不敢問你。後來我就睡著了，不知到底你睡著了沒有？」寶玉道：「也睡了一睡，不知怎麼就醒了。」襲人道：「你沒有什麼不受用？」寶玉道：「沒有，只是心上發煩。」襲人道：「今日學房裏去不去？」寶玉道：「我昨兒已經告了一天假了，今兒我要想園裏逛一天，散散心，只是怕冷。你叫他們收拾一間屋子，備下一爐香，擱下紙墨筆硯，你們只管幹你們的，我自己靜坐半天纔好，別叫他們來攪我。」麝月接著道：「二爺要靜靜兒的用工夫，誰敢來攪！」襲人道：「這麼著很好，也省得著了涼，自己坐坐，心神也不散。」因又問：「你既懶怠吃飯，今日吃什麼，早說，好傳給廚房裏去。」寶玉道：「還是隨便罷，不必鬧得大驚小怪的。倒是要幾個果子擱在那屋裏，借點果子香。」襲人道：「那個屋裏好？別的都不大乾淨，只是晴雯起先住的那一間，因一向無人，還乾淨。就是清冷些。」寶玉道：「不妨，把火盆挪過去就是了。」襲人答應了。

正說著，只見一個小丫頭端了一個茶盤兒，一個碗，一雙牙箸，遞給麝月，道：「這是剛纔花姑娘要的，廚房裏老婆子送了來了。」麝月接了一看，卻是一碗燕窩湯，便問襲人道：「這是姐姐要的麼？」襲人笑道：「昨夜二爺沒吃飯，又翻騰了一夜，想來今日早起心裏必是發空的，所以我告訴小丫頭們，叫廚房裏做了這個來的。」襲人一面叫小丫頭放桌兒。麝月打發寶玉喝了，漱了口，只見秋紋走來說道：「那屋裏已經收拾妥了，但等著一時炭勁過了，二爺再進去罷。」寶玉點頭，只是一腔心事，懶意說話。

一時，小丫頭來請，說：「筆硯都安放妥當了。」寶玉道：「知道了。」又一個小丫頭回道：「早飯得了，二爺在那裏吃？」寶玉道：「就拿了來罷，不必累贅了。」小丫頭答應了自去，一時端上飯來。寶玉笑了一笑，向麝月襲人道：「我心裏悶得很，自己吃只怕又吃不下去，不如你們兩個同我一塊兒吃，或者吃得香甜，我也多吃些。」麝月笑道：「這是二爺的高興，我們可不敢。」襲人道：「其實也使得，我們一處喝酒，也不止今日。只是偶然替你解悶兒，還使得；若認真這樣，還有什麼規矩體統呢。」說著，三人坐下，寶玉在上首，襲人麝月兩個打橫陪著。吃了飯，小丫頭端上漱口茶來，兩個看著撤了下去。

寶玉因端著茶，默默如有所思，又坐了一坐，便問道：「那屋裏收拾妥了麼？」麝月道：「頭裏就回過了，這會子又問。」寶玉略坐了一坐，便過這間屋子來。親自點了一炷香，擺上些果品，便叫人出去，關上了門。外面襲人等都靜悄無聲。寶玉拿了一幅泥金角花的粉紅箋出來，口中祝了幾句，便提起筆來寫道：

怡紅主人焚付晴姐知之：酌茗清香，庶幾來饗。

其詞云：

隨身伴，獨自意綢繆。誰料風波平地起，頓教軀命即時休。孰與話輕柔？東逝水，無復向西流。想象更無懷夢草，添衣還見翠雲裘。脈脈使人愁！

寫畢，就在香上點個火，焚化了。靜靜兒等著，直待一炷香點盡了，纔開門出來。襲人道：「怎麼出來了？想來又悶得慌了。」寶玉笑了一笑，假說道：「我原是心裏煩，纔找個地方兒靜坐坐兒。這會子好了，還要外頭走走去呢。」

說著，一徑出來。到了瀟湘館中，在院裏問道：「林妹妹在家裏呢麼？」紫鵑接應道：「是誰？」掀簾看時，笑道：「原來是寶二爺。姑娘在屋裏呢，請二爺到屋裏坐著。」寶玉同著紫鵑走進來。黛玉卻在裏間呢，說道：「紫鵑，請二爺屋裏坐罷。」寶玉走到裏間門口，看見新寫的一副紫墨色泥金雲龍箋的小對，上寫著：「綠窗明月在，青史古人空。」寶玉看了，笑了一笑，走入門去，笑問道：「妹妹做什麼呢？」黛玉站起來，迎了兩步，笑著讓道：「請坐。我在這裏寫經，只剩得兩行了。等寫完了再說話兒。」因叫雪雁倒茶。寶玉道：「你別動，只管寫。」說著，一面看見中間掛著一幅單條，上面畫著一個嫦娥，帶著一個侍者；又一個女仙，也有一個侍者，捧著一個長長兒的衣囊似的：二人身旁邊略有些雲護，別無點綴，全仿李龍眠白描筆意，上有「鬥寒圖」三字，用八分書寫著。寶玉道：「妹妹這幅鬥寒圖可是新掛上的？」黛玉道：「可不是。昨日他們收拾屋子，我想起來，拿出來叫他們掛上的。」寶玉道：「是什麼出處？」黛玉笑道：「眼前熟得很的，還要問人。」寶玉笑道：「我一時想不起，妹妹告訴我罷。」黛玉道：「豈不聞『青女素娥俱耐冷，月中霜裏鬥嬋娟』？」寶玉道：「是啊，這個實在新奇雅致，卻好此時拿出來掛。」說著，又東瞧瞧，西走走。

雪雁沏了茶來，寶玉吃著。又等了一會子，黛玉經纔寫完，站起來道：「簡慢了。」寶玉笑道：「妹妹還是這麼客氣。」但見黛玉身上穿著月白繡花小毛皮襖，加上銀鼠坎肩；頭上挽著隨常雲髻，簪上一枝赤金扁簪，別無花朵；腰下繫著楊妃色繡花綿裙。真比如：

亭亭玉樹臨風立，冉冉香蓮帶露開。

寶玉因問道：「妹妹這兩日彈琴來著沒有？」黛玉道：「兩日沒彈了。因為寫字已經覺得手冷，那裏還去彈琴？」寶玉道：「不彈也罷了。我想琴雖是清高之品，卻不是好東西，從沒有彈琴裏彈出富貴壽考來的，只有彈出憂思怨亂來的。再者，彈琴也得心裏記譜，未免費心。依我說，妹妹身子又單弱，不操這心也罷了。」黛玉抿著嘴兒笑。寶玉指著壁上道：「這張琴可就是麼？怎麼這麼短？」黛玉笑道：「這張琴不是短，因我小時學撫的時候，別的琴都夠不著，因此特地做起來的。雖不是焦尾枯桐，這鶴山鳳尾，還配得齊整；龍池雁足，高下還相宜。你看這斷紋，不是牛旄似的麼？所以音韻也還清越。」寶玉道：「妹妹這幾天來作詩沒有？」黛玉道：「自結社以後，沒大作。」寶玉笑道：「你別瞞我。我聽見你吟的，什麼『不可惙，素心如何天上月』，你擱在琴裏，覺得音響分外的響亮。有的沒有？」黛玉道：「你怎麼聽見了？」寶玉道：「我那一天從蓼風軒來聽見的，又恐怕打斷你的清韻，所以靜聽了一會，就走了。我正要問你：前路是平韻，到末了兒忽轉了仄韻，是個什麼意思？」黛玉道：「這是人心自然之音，作到那裏就到那裏，原沒有一定的。」寶玉道：「原來如此。可惜我不知音，枉聽了一會子。」黛玉道：「古來知音人能有幾個？」寶玉聽了，又覺得出言冒失了，又怕寒了黛玉的心。坐了一坐，心裏像有許多話，卻再無可講的。黛玉因方纔的話也是衝口而出，此時回想，覺得太冷淡些，也就無話。寶玉一發打量黛玉設疑，遂訕訕的站起來說道：「妹妹坐著罷，我還要到三妹妹那裏瞧瞧去呢。」黛玉道：「你若見了三妹妹，替我問候一聲罷。」寶玉答應著，便出來了。

黛玉送至屋門口，自己回來，悶悶的坐著，心裏想道：「寶玉近來說話，半吐半吞，忽冷忽熱，也不知他是什麼意思。」正想著，紫鵑走來道：「姑娘，經不寫了？我把筆硯都收好了。」黛玉道：「不寫了，收起去罷。」說著，自己走到裏間屋裏牀上歪著，慢慢的細想。紫鵑進來問道：「姑娘喝碗茶罷？」黛玉道：「不喝呢。我略歪歪兒。你們自己去罷。」

紫鵑答應著出來，只見雪雁一個人在那裏發呆。紫鵑走到他跟前，問道：「你這會子也有了什麼心事了麼？」雪雁只顧發呆，倒被他嚇了一跳；因說道：「你別嚷，今日我聽見了一句話，我告訴你聽，奇不奇。你可別言語！」說著，往屋裏努嘴兒。因自己先行，點著頭兒叫紫鵑同他出來，到門外平臺底下，悄悄兒的道：「姐姐，你聽見了麼？寶玉定了親了。」紫鵑聽見，嚇了一跳，說道：「這是那裏來的話？只怕不真罷？」雪雁道：「怎麼不真！別人大概都知道，就只咱們沒聽見。」紫鵑道：「你在那裏聽來的？」雪雁道：「我聽見侍書說的，是個什麼知府家，家資也好，人才也好。」

紫鵑正聽時，只聽得黛玉咳嗽了一聲，似乎起來的光景。紫鵑恐怕他出來聽見，便拉了雪雁，搖搖手兒，往裏望望，不見動靜，纔又悄悄兒的問道：「他到底怎麼說來？」雪雁道：「前兒不是叫我到三姑娘那裏去道謝嗎，三姑娘不在屋裏，只有侍書在那裏。大家坐著，無意中說起寶二爺的淘氣來。他說：『寶二爺怎麼好！只會玩兒，全不像大人的樣子，已經說親了，還是這麼呆頭呆腦。』我問他：『定了沒有？』他說是：『定了，是個什麼王大爺做媒的。那王大爺是東府裏的親戚，所以也不用打聽，一說就成了。』」紫鵑側著頭想了一想，「這句話奇！」又問道：「怎麼家裏沒有人說起？」雪雁道：「侍書也說的，是老太太的意思。若一說起，恐怕寶玉野了心，所以都不提起。侍書告訴了我，又叮嚀千萬不可露風說出來，只道是我多嘴。」把手往裏一指，「所以他面前也不提。今日是你問起，我不犯瞞你。」

正說到這裏，只聽鸚鵡叫喚，學著說：「姑娘回來了，快倒茶來！」倒把紫鵑雪雁嚇了一跳。回頭並不見有人，便罵了鸚鵡一聲。走進屋內，只見黛玉喘吁吁的剛坐在椅子上。紫鵑搭訕著問茶問水。黛玉問道：「你們兩個那裏去了？再叫不出一個人來。」說著，便走到炕邊，將身子一歪，仍舊倒在炕上，往裏躺下，叫把帳子撩下。紫鵑雪雁答應出去，他兩個心裏疑惑方纔的話只怕被他聽了去了，只好大家不提。

誰知黛玉一腔心事，又竊聽了紫鵑雪雁的話，雖不很明白，已聽得了七八分，如同將身撂在大海裏一般。思前想後，竟應了前日夢中之讖，千愁萬恨，堆上心來。左右打算，不如早些死了，免得眼見了意外的事情，那時反倒無趣。又想到自己沒了爹娘的苦，自今以後，把身子一天一天的糟蹋起來，一年半載，少不得身登清淨。打定了主意，被也不蓋，衣也不添，竟是合眼裝睡。紫鵑和雪雁來伺候幾次，不見動靜，又不好叫喚。晚飯都不吃。點燈以後，紫鵑掀開帳子，見已睡著了，被窩都蹬在腳後。怕他著了涼，輕輕兒拿來蓋上。黛玉也不動，單待他出去，仍然褪下。那紫鵑只管問雪雁：「今兒的話到底是真的是假的？」雪雁道：「怎麼不真！」紫鵑道：「侍書怎麼知道的？」雪雁道：「是小紅那裏聽來的。」紫鵑道：「頭裏咱們說話，只怕姑娘聽見了。你看剛纔的神情，大有原故。今日以後，咱們倒別提這件事了。」說著，兩個人也收拾要睡。紫鵑進來看時，只見黛玉被窩又蹬下來，復又給他輕輕蓋上。一宿晚景不提。

次日，黛玉清早起來，也不叫人，獨自一個，呆呆的坐著。紫鵑醒來，看見黛玉已起，便驚問道：「姑娘怎麼這樣早？」黛玉道：「可不是！睡得早，所以醒得早。」紫鵑連忙起來，叫醒雪雁，伺候梳洗。那黛玉對著鏡子，只管呆呆的自看。看了一回，那淚珠兒斷斷連連，早已濕透了羅帕。正是：

瘦影正臨春水照，卿須憐我我憐卿。

紫鵑在旁也不敢勸，只怕倒把閒話勾引舊恨來。遲了好一會，黛玉纔隨便梳洗了，那眼中淚漬，終是不乾。又自坐了一會，叫紫鵑道：「你把藏香點上。」紫鵑道：「姑娘，你睡也沒睡得幾時，如何點香？不是要寫經？」黛玉點點頭兒。紫鵑道：「姑娘今日醒得太早，這會子又寫經，只怕太勞神了罷。」黛玉道：「不怕！早完了早好！況且我也並不是為經，倒借著寫字解解悶兒。以後你們見了我的字跡，就算見了我的面兒了。」說著，那淚直流下來。紫鵑聽了這話，不但不能再勸，連自己也掌不住滴下淚來。

原來黛玉立定主意，自此以後，有意糟蹋身子，茶飯無心，每日漸減下來。寶玉下學時，也常抽空問候。只是黛玉雖有萬千言語，自知年紀已大，又不便似小時可以柔情挑逗，所以滿腔心事，只是說不出來。寶玉欲將實言安慰，又恐黛玉生嗔，反添病症。兩個人見了面，只得用浮言勸慰，真真是「親極反疏」了。

那黛玉雖有賈母王夫人等憐恤，不過請醫調治，只說黛玉常病，那裏知他的心病？紫鵑等雖知其意，也不敢說。從此，一天一天的減。到半月之後，腸胃日薄一日，果然粥都不能吃了。黛玉日間聽見的話，都似寶玉娶親的話；看見怡紅院中的人，無論上下，也像寶玉娶親的光景。薛姨媽來看，黛玉不見寶釵，越發起疑心。

索性不要人來看望，也不肯吃藥，只要速死。睡夢之中，常聽見有人叫「寶二奶奶」的。一片疑心，竟成蛇影。一日竟是絕粒，粥也不喝，懨懨一息，垂斃殆盡。未知黛玉性命如何，且看下回分解。

中華書局

紅樓夢

曹雪芹 著

四

卻說黛玉自立意自戕之後，漸漸不支，一日竟至絕粒。從前十幾天內，賈母等輪流看望，他有時還說幾句話；這兩日索性不大言語。心裏雖有時昏暈，卻也有時清楚。賈母等見他這病不似無因而起，也將紫鵑雪雁盤問過兩次。兩個那裏敢說？便是紫鵑欲向侍書打聽消息，又怕越鬧越真，黛玉更死得快了，所以見了侍書，毫不提起。那雪雁是他傳話弄出這樣緣故來，此時恨不得長出百十個嘴來說「我沒說」，自然更不敢提起。到了這一天黛玉絕粒之日，紫鵑料無指望了，守著哭了會子，因出來偷向雪雁道：「你進屋裏來，好好兒的守著他，我去回老太太、太太和二奶奶去。今日這個光景，大非往常可比了。」雪雁答應，紫鵑自去。

這裏雪雁正在屋裏伴著黛玉，見他昏昏沈沈，小孩子家那裏見過這個樣兒，只打諒如此便是死的光景了，心中又痛又怕，恨不得紫鵑一時回來纔好。正怕著，只聽窗外腳步走響，雪雁知是紫鵑回來，纔放下心了，連忙站起來，掀著裏間簾子等他。只見外面簾子響處，進來了一個人，卻是侍書。那侍書是探春打發來看黛玉的，見雪雁在那裏掀著簾子，便問道：「姑娘怎麼樣？」雪雁點點頭兒，叫他進來。侍書跟進來，見紫鵑不在屋裏，瞧了瞧黛玉，只剩得殘喘微延，唬得驚疑不止。因問：「紫鵑姐姐呢？」雪雁道：「告訴上屋裏去了。」

那雪雁此時只打諒黛玉心中一無所知了，又見紫鵑不在面前，因悄悄的拉了侍書的手問道：「你前日告訴我說的什麼王大爺給這裏寶二爺說了親，是真話麼？」侍書道：「怎麼不真！」雪雁道：「多早晚放定的？」侍書道：「那裏就放定了呢？那一天我告訴你時，是我聽見小紅說的。後來我到二奶奶那邊去，二奶奶正和平姐姐說呢，道：『那都是門客們借著這個事討老爺的喜歡，往後好拉攏的意思。別說大太太說不好，就是大太太願意，說那姑娘好，那大太太眼裏看得出什麼人來？再者，老太太心裏早有了人了，就在咱們園子裏的，大太太那裏摸的著底呢？老太太不過因老爺的話，不得不問問罷咧。』又聽見二奶奶說：『寶玉的事，老太太總是要親上作親的，憑誰來說親，橫豎不中用。』」雪雁聽到這裏，也忘了神了，因說道：「這是怎麼說！白白的送了我們這一位的命了！」侍書道：「這是從那裏說起？」雪雁道：「你還不知道呢！前日都是我和紫鵑姐姐說來著，這一位聽見了，就弄到這步田地了。」侍書道：「你悄悄兒的說罷，看仔細他聽見了。」雪雁道：「人事都不醒了，瞧瞧罷，左不過在這一兩天了。」正說著，只見紫鵑掀簾進來說：「這還了得！你們有什麼話，還不出去說，還在這裏說！索性逼死他就完了。」侍書道：「我不信有這樣奇事。」紫鵑道：「好姐姐，不是我說，你又該惱了。你懂得什麼呢？懂得也不傳這些舌了。」

這裏三個人正說著，只聽黛玉忽然又嗽了一聲，紫鵑連忙跑到炕沿前站著，侍書雪雁也都不言語了。紫鵑彎著腰，在黛玉身後輕輕問道：「姑娘，喝口水罷？」黛玉微微答應了一聲。雪雁連忙倒了半鍾滾白水，紫鵑接了托著，侍書也走近前來。紫鵑和他搖頭兒，不叫他說話，侍書只得咽住了。站了一回，黛玉又嗽了一聲。紫鵑趁勢問道：「姑娘，喝水呀？」黛玉又微微應了一聲，那頭似有欲擡之意，那裏擡得起？

紫鵑爬上炕去，爬在黛玉旁邊，端著水，試了冷熱，送到脣邊，扶了黛玉的頭，就到碗邊，喝了一口。紫鵑纔要拿時，黛玉意思還要喝一口，紫鵑便托著那碗不動。黛玉又喝了一口，搖搖頭兒，不喝了。喘了一口氣，仍舊躺下。半日，微微睜眼，說道：「剛纔說話不是侍書麼？」紫鵑答應道：「是。」侍書尚未出去，因連忙過來問候。黛玉睜眼看了，點點頭兒，又歇了一歇，說道：「回去問你姑娘好罷。」侍書見這番光景，只當黛玉嫌煩，只得悄悄的退出去了。

原來那黛玉雖則病勢沈重，心裏卻還明白。起先侍書雪雁說話時，他也模糊聽見了一半句，卻只作不知，也因實無精神答理。及聽了雪雁侍書的話，纔明白過前頭的事情原是議而未成的。又兼侍書說是鳳姐說的，老太太的主意，親上作親，又是園中住著的，非自己而誰？因此一想，陰極陽生，心神頓覺清爽許多，所以纔喝了兩口水，又要想問侍書的話。恰好賈母、王夫人、李紈、鳳姐聽見紫鵑之言都趕著來看。黛玉心中疑團已破，自然不似先前尋死之意了。雖身體軟弱，精神短少，卻也勉強答應一兩句了。鳳姐因叫過紫鵑，問道：「姑娘也不至這樣。這是怎麼說，你這樣唬人。」紫鵑道：「實在頭裏看著不好，纔敢去告訴的。回來見姑娘竟好了許多，也就怪了。」賈母笑道：「你也別怪他。他懂得什麼？看見不好就言語，這倒是他明白的地方。小孩子家不嘴懶腳懶就好。」說了一回，賈母等料著無妨，也就去了。正是：

心病終須心藥治，解鈴還是繫鈴人。

不言黛玉病漸減退。且說雪雁紫鵑背地裏都念佛。雪雁向紫鵑說道：「虧他好了，只是病得奇怪，好得也奇怪。」紫鵑道：「病得倒不怪，就只好得奇怪。想來寶玉和姑娘必是姻緣。人家說的：『好事多磨。』又說道：『是姻緣棒打不回。』這樣看起來，人心天意，他們兩個竟是天配的了。再者，你想那一年，我說了林姑娘要回南去，把寶玉沒急死了，鬧得家翻宅亂；如今一句話又把這一個弄得死去活來：可不說的『三生石上』百年前結下的麼？」說著，兩個悄悄的抿著嘴笑了一回。雪雁又道：「幸虧好了！咱們明兒再別說了，就是寶玉娶了別的人家兒的姑娘，我親見他在那裏結親，我也再不露一句話了。」紫鵑笑道：「這就是了。」不但紫鵑和雪雁在私下裏講究，就是眾人也都知道黛玉的病也病得奇怪，好也好得奇怪，三三兩兩，唧唧噥噥議論著。不多幾時，連鳳姐兒也知道了，邢王二夫人也有些疑惑，倒是賈母略猜著了八九。

那時正值邢王二夫人、鳳姐等在賈母房中說閒話，說起黛玉的病來。賈母道：「我正要告訴你們。寶玉和林丫頭是從小兒在一處的，我只說小孩子們，怕什麼？以後時常聽得林丫頭忽然病，忽然好，都為有了些知覺了。所以我想他們若儘著擱在一塊兒，畢竟不成體統。你們怎麼說？」王夫人聽了，便呆了一呆，只得答應道：「林姑娘是個有心計兒的。至於寶玉，呆頭呆腦，不避嫌疑是有的。看起外面，卻還都是個小孩兒形象。此時若忽然或把那一個分出園外，不是倒露了什麼痕跡了麼？古來說的：『男大須婚，女大須嫁。』老太太想，倒是趕著把他們的事辦辦也罷了。」賈母皺了一皺眉，說道：「林丫頭的乖僻，雖也是他的好處，我的心裏不把林丫頭配他，也是為這點子；況且林丫頭這樣虛弱，恐不是有壽的。只有寶丫頭最妥。」王夫人道：「不但老太太這麼想，我們也是這樣。但林姑娘也得給他說了人家兒纔好。不然，女孩兒家長大了，那個沒有心事？倘或真與寶玉有些私心，若知道寶玉定下寶丫頭，那倒不成事了。」賈母道：「自然先給寶玉娶了親，然後給林丫頭說人家。再沒有先是外人、後是自己的。況且林丫頭年紀到底比寶玉小兩歲。依你們這樣説，倒是寶玉定親的話，不許叫他知道倒罷了。」鳳姐便吩咐眾丫頭們道：「你們聽見了？寶二爺定親的話，不許混吵嚷；若有多嘴的，堤防著他的皮！」賈母又向鳳姐道：「鳳哥兒，你如今自從身上不大好，也不大管園裏的事了。我告訴你，須得經點兒心。不但這個，就像前年那些人喝酒要錢，都不是事。你還精細些，少不得多分點心兒，嚴緊嚴緊他們纔好。況且我看他們也就只還服你。」鳳姐答應了。娘兒們又説了一回話，方各自散了。

從此，鳳姐常到園中照料。一日，剛走進大觀園，到了紫菱洲畔，只聽見一個老婆子在那裏嚷。鳳姐走到跟前，那婆子纔瞧見了，早垂手侍立，口裏請了安。鳳姐道：「你在這裏鬧什麼？」婆子道：「蒙奶奶們派我在這裏看守花果，我也沒有差錯，不料邢姑娘的丫頭説我們是賊。」鳳姐道：「為什麼呢？」婆子道：「昨兒我們家的黑兒跟著我到這裏玩了一回，他不知道，又往邢姑娘那邊去瞧了一瞧，我就叫他回去了。今兒早起，聽見他們丫頭説，丢了東西了。我問他丢了什麼，他就問起我來了。」鳳姐道：「問了你一聲，也犯不著生氣呀。」婆子道：「這裏園子，到底是奶奶家裏的，並不是他們家裏的。我們都是奶奶派的，賊名兒怎麼敢認呢？」鳳姐照臉啐了一口，厲聲道：「你少在我跟前嘮嘮叨叨的！你在這裏照看，姑娘丢了東西，你們就該問哪，怎麼説出這些沒道理的話來？把老林叫了來，攆他出去。」丫頭們答應了。只見邢岫煙趕忙出來，迎著鳳姐陪笑道：「這使不得，沒有的事。事情早過去了。」鳳姐道：「姑娘，不是這個話。倒不講事情，這名分上太豈有此理了。」岫煙見婆子跪在地下告饒，便忙請鳳姐到裏邊去坐。鳳姐道：「他們這種人，我知道他，除了我，其餘都沒上沒下的了。」岫煙再三替他討饒，只說自己的丫頭不好。鳳姐道：「我看著邢姑娘的分上，饒你這一次。」婆子纔起來磕了頭，又給岫煙磕了頭，纔出去了。

這裏二人讓了坐，鳳姐笑問道：「你丟了什麼東西了？」岫煙笑道：「沒有什麼要緊的，是一件紅小襖兒，已經舊了的。我原叫他們找，找不著就罷了。這小丫頭不懂事，問了那婆子一聲，那婆子自然不依了。這都是小丫頭糊塗不懂事，我也罵了幾句。已經過去了，不必再提了。」鳳姐把岫煙內外一瞧，看見雖有些皮綿衣服，已是半新不舊的，未必能暖和，他的被窩多半是薄的。至於房中桌上擺設的東西，就是老太太拿來的，卻一些不動，收拾得乾乾淨淨。鳳姐心上便很愛敬他，說道：「一件衣服，原不要緊。這時候冷，又是貼身的，怎麼就不問一聲兒呢？這撒野的奴才，了不得了！」說了一回，鳳姐出來，各處去坐了一坐，就回去了。到了自己房中，叫平兒取了一件大紅洋縐的小襖兒，一件松花色綾子一抖珠兒的小皮襖，一條寶藍盤錦鑲花綿裙，一件佛青銀鼠褂子，包好叫人送去。

那時岫煙被那老婆子聒噪了一場，雖有鳳姐來壓住，心上終是不安。想起「許多姐妹們在這裏，沒有一個下人敢得罪他的，獨自我這裏，他們言三語四，剛剛鳳姐來碰見」。想來想去，終是沒意思，又說不出來。正在吞聲飲泣，看見鳳姐那邊的豐兒送衣服過來。岫煙一看，決不肯受。豐兒道：「奶奶吩咐我說：『姑娘要嫌是舊衣裳，將來送新的來。』」岫煙笑謝道：「承奶奶的好意。只是因我丟了衣服，他就拿來，我斷不敢受的。拿回去，千萬謝你們奶奶！承你奶奶的情，我算領了。」倒拿個荷包給了豐兒，那豐兒只得拿了去了。

不多時，又見平兒同著豐兒過來，岫煙忙迎著問了好，讓了坐。平兒笑說道：「我們奶奶說：姑娘特外道的了不得！」岫煙道：「不是外道，實在不過意。」平兒道：「奶奶說：『姑娘要不收這衣裳，不是嫌太舊，就是瞧不起我們奶奶。』剛纔說了：我要拿回去，奶奶不依我呢。」岫煙紅著臉笑謝道：「這樣說了，叫我不敢不收。」又讓了一回茶。

平兒同豐兒回去，將到鳳姐那邊，碰見薛家差來的一個老婆子，接著問好。平兒便問道：「你那裏來的？」婆子道：「那邊太太、姑娘叫我來請各位太太、奶奶、姑娘們的安。我纔剛在奶奶前問起姑娘來，說姑娘到園中去了。可是從邢姑娘那裏來麼？」平兒道：「你怎麼知道？」婆子道：「方纔聽見說，真真的二奶奶和姑娘們的行事叫人感念！」平兒笑了一笑說：「你回來坐著罷。」婆子道：「我還有事，改日再過來瞧姑娘罷。」說著走了。平兒回來，回覆了鳳姐。不在話下。

且說薛姨媽家中被金桂攪得翻江倒海，看見婆子回來，說起岫煙的事，寶釵母女二人不免滴下淚來。寶釵道：「都為哥哥不在家，所以叫邢姑娘多吃幾天苦。如今還虧鳳姐姐不錯。咱們底下也得留心，到底是咱們家裏人。」說著，只見薛蝌進來說道：「大哥哥這幾年在外頭相與的都是些什麼人！連一個正經的也沒有，來一起子，都是些狐群狗黨。我看他們那裏是不放心，不過將來探探消息兒罷咧。這兩天都被我趕出去了。以後吩咐了門上，不許傳進這種人來。」薛姨媽道：「又是蔣玉函那些人哪？」薛蝌道：「蔣玉函卻倒沒來，倒是別人。」薛姨媽聽了薛蝌的話，不覺又傷心起來，說道：「我雖有兒，如今就像沒有的了。就是上司准了，也是個廢人。你雖是我姪兒，我看你還比你哥哥明白些，我這後輩子全靠你了。你自己從今更要學好。再者，你聘下的媳婦兒，家道不比往時了。人家的女孩兒出門子不是容易，再沒別的想頭，只盼著女婿能幹，他就有日子過了。若邢丫頭也像這個東西……」說著，把手往裏頭一指，道：「我也不說了。邢丫頭實在是個有廉恥有心計兒的，又守得貧，耐得富。只是等咱們的事過去了，早些兒把你們的正經事完結了，也了我一宗心事。」薛蝌道：「琴妹妹還沒有出門子，這倒是太太煩心的一件事。至於這個，可算什麼呢。」

大家又說了一回閒話，薛蝌回到自己房中，吃了晚飯，想起邢岫煙住在賈府園中，終是寄人籬下；況且又窮，日用起居不想可知。況兼當初一路同來，模樣兒，性格兒，都知道的。可知天意不均：如夏金桂這種人，偏叫他有錢，嬌養得這般潑辣；邢岫煙這種人，偏叫他這樣受苦。閻王判命的時候，不知如何判法的？想到悶來，也想吟詩一首，寫出來出出胸中的悶氣，又苦自己沒有工夫，只得混寫道：

蛟龍失水似枯魚，兩地情懷感索居。同在泥塗多受苦，不知何日向清虛！

寫畢，看了一回，意欲拿來黏在壁上，又不好意思，自己沈吟道：「不要被人看見笑話。」又念了一遍，道：「管他呢，左右黏上自己看著解悶兒罷。」又看了一回，到底不好，拿來夾在書裏。又想：「自己年紀可也不小了，家中又碰見這樣飛災橫禍，不知何日了局。致使幽閨弱質，弄得這般淒涼寂寞。」

正在那裏想時，只見寶蟾推進門來，拿著一個盒子，笑嘻嘻放在桌上。薛蝌站起來讓坐。寶蟾笑著向薛蝌道：「這是四碟果子，一小壺兒酒：大奶奶叫給二爺送來的。」薛蝌陪笑道：「大奶奶費心！但是叫小丫頭們送來就完了，怎麼又勞動姐姐呢？」寶蟾道：「好說。自家人，二爺何必說這些套話？再者，我們大爺這件事，實在叫二爺操心，大奶奶久已要親自弄點什麼兒謝二爺，又怕別人多心。二爺是知道的，咱們家裏都是言合意不合，送點子東西沒要緊，倒沒的惹人七嘴八舌的講究。所以今日些微的弄了一兩樣果子，一壺酒，叫我親自悄悄兒的送來。」說著，又笑瞅了薛蝌一眼，道：「明兒二爺再別說這些話，叫人聽著怪不好意思的。我們不過也是底下的人；伏侍得著大爺，就伏侍得著二爺，這有何妨呢？」

薛蝌一則秉性忠厚，二則到底年輕，只是向來不見金桂和寶蟾如此相待，心中想到剛纔寶蟾說為薛蟠之事，也是情理，因說道：「果子留下罷，這個酒兒，姐姐只管拿回去。我向來的酒上實在很有限，擠住了，偶然喝一鍾；平白無事，是不能喝的。難道大奶奶和姐姐還不知道麼？」寶蟾道：「別的我做得主，獨這一件事，我可不敢應。大奶奶的脾氣兒，二爺是知道的：我拿回去，不說二爺不喝，倒要說我不盡心了。」薛蝌沒法，只得留下。寶蟾方纔要走，又到門口往外看看，回過頭來向著薛蝌一笑；又用手指著裏面說道：「他還只怕要來親自給你道乏呢。」薛蝌不知何意，反倒訕訕的起來，因說道：「姐姐替我謝大奶奶罷。天氣寒，看涼著。再者，自己叔嫂也不必拘這些個禮。」寶蟾也不答言，笑著走了。

薛蝌始而以為金桂為薛蟠之事，或者真是不過意，備此酒果給自己道乏，也是有的。及見了寶蟾這種鬼鬼祟祟、不尷不尬的光景，也覺了幾分，卻自己回心一想：「他到底是嫂子的名分，那裏就有別的講究了呢？或者寶蟾不老成，自己不好意思怎麼樣，卻指著金桂的名兒，也未可知。然而到底是哥哥的屋裏人，也不好……」忽又一轉念：「那金桂素性為人，毫無閨閣理法，況且有時高興，打扮得妖調非常，自以為美，又焉知不是懷著壞心呢？不然，就是他和琴妹妹也有了什麼不對的地方兒，所以設下這個毒法兒，要把我拉在渾水裏，弄一個不清不白的名兒，也未可知。」想到這裏，索性倒怕起來。正在不得主意的時候，忽聽窗外「噗哧」的笑了一聲，把薛蝌倒唬了一跳。未知是誰，下回分解。

話說薛蝌正在狐疑，忽聽窗外一笑，唬了一跳，心中想道：「不是寶蟾，定是金桂。只不理他們，看他們有什麼法兒。」聽了半日，卻又寂然無聲。自己也不敢吃那酒果，掩上房門，剛要脱衣時，只聽見窗紙上微微一響。薛蝌此時被寶蟾鬼混了一陣，心中七上八下，竟不知是如何是好，聽見窗紙微響，細看時又無動靜，自己反倒疑心起來，掩了懷，坐在燈前，呆呆的細想；又把那果子拿了一塊，翻來覆去的細看。猛回頭，看見窗上紙濕了一塊。走過來覷著眼看時，冷不防外面往裏一吹，把薛蝌唬了一大跳，聽得「吱吱」的笑聲，薛蝌連忙把燈吹滅了，屏息而臥。只聽外面一個人説道：「二爺為什麼不喝酒吃果子，就睡了？」這句話仍是寶蟾的話音，薛蝌只不作聲裝睡。又隔有兩句話時，又聽得外面似有恨聲道：「天下那裏有這樣沒造化的人！」薛蝌聽了是寶蟾，又似是金桂的語音，這纔知道他們原來是這一番意思。翻來覆去，直到五更後纔睡著了。

剛到天明，早有人來扣門。薛蝌忙問：「是誰？」外面也不答應。薛蝌只得起來，開了門看時，卻是寶蟾，攏著頭髮，掩著懷，穿一件片錦邊琵琶襟小緊身，上面繫一條松花綠半新的汗巾，下面並未穿裙，正露著石榴紅灑花夾褲，一雙新繡紅鞋。原來寶蟾尚未梳洗，恐怕人見，趕早來取傢伙。薛蝌見他這樣打扮便走進來，心中又是一動，只得陪笑問道：「怎麼這樣早就起來了？」寶蟾把臉紅著，並不答言，只管把果子折在一個碟子裏，端著就走。薛蝌見他這般，知是昨晚的原故，心裏想道：「這也罷了。倒是他們惱了，索性死了心，也省得來纏。」於是把心放下，喚人舀水洗臉，自己打算在家裏靜坐兩天，一則養養心神，二則出去怕人找他。原來和薛蟠好的那些人，因見薛家無人，只有薛蝌在那裏辦事，年紀又輕，便生許多覬覦之心。也有想插在裏頭做跑腿的；也有得做狀子的，認得一二個書役的，要給他上下打點的；甚至有叫他在內趁錢的；也有造作謠言恐嚇的：種種不一。薛蝌見了這些人，遠遠躲避，又不敢面辭，恐怕激出意外之變，只好藏在家中聽候轉詳，不提。

且說金桂昨夜打發寶蟾送了些酒果去探探薛蝌的消息，寶蟾回來，將薛蝌的光景一一的說了。金桂見事有些不大投機，便怕白鬧一場，反被寶蟾瞧不起；欲把兩三句話遮飾，改過口來，又可惜了這個人。心裏倒沒了主意，怔怔的坐著。那知寶蟾亦知薛蟠難以回家，正欲尋個頭路，因怕金桂拿他，所以不敢透漏。今見金桂所為，先已開了端了，他便樂得借風使船，先弄薛蝌到手，不怕金桂不依，所以用言挑撥。見薛蝌似非無情，又不甚兜攬，一時也不敢造次。後來見薛蝌吹燈自睡，大覺掃興，回來告訴金桂，看金桂有甚方法，再作道理。及見金桂怔怔的，似乎無技可施，他也只得陪金桂收拾睡了。夜裏那裏睡得著？翻來覆去，想出一個法子來：不如明兒一早起來，先去取了傢伙，卻自己換上一兩件動人的衣服，也不梳洗，越顯出一番嬌媚來；只看薛蝌的神情，自己反倒裝出一番惱意，索性不理他；那薛蝌若有悔心，自然移船泊岸，不愁不先到手。及至見了薛蝌，仍是昨晚這般光景，並無邪僻之意，自己只得以假為真，端了碟子回來；卻故意留下酒壺，以為再來搭轉之地。只見金桂問道：「你拿東西去，有人碰見麼？」寶蟾道：「沒有。」「二爺也沒問你什麼？」寶蟾道：「也沒有。」金桂因一夜不曾睡著，也想不出一個法子來，只得回思道：「若做此事，別人可瞞，寶蟾如何能瞞？不如我分惠於他，他自然沒有不盡心的。我又不能自去，少不得要他作腳，倒不如和他商量一個穩便主意。」因帶笑說道：「你看二爺到底是個怎麼樣的人？」寶蟾道：「倒像個糊塗人。」金桂聽了笑道：「你如何說起爺們來了？」寶蟾也笑道：「他辜負奶奶的心，我就說得他！」金桂道：「他怎麼辜負我的心？你倒得說說。」寶蟾道：「奶奶給他好東西吃，他倒不吃，這不是辜負奶奶的心麼？」說著，卻把眼溜著金桂一笑。金桂道：「你別胡想！我給他送東西，為大爺的事不辭勞苦，我所以敬他；又怕人說瞎話，所以問你。你這些話向我說，我不懂是什麼意思。」寶蟾笑道：「奶奶別多心。我是跟奶奶的，還有兩個心麼？但是事情要密些，倘或聲張起來，不是玩的。」

金桂也覺得臉飛紅了，因說道：「你這個丫頭，就不是個好貨！想來你心裏看上了，卻拿我作筏子，是不是呢？」寶蟾道：「只是奶奶那麼想罷咧，我倒是替奶奶難受。奶奶要真瞧二爺好，我倒有個主意。奶奶想，『那個耗子不偷油』呢？他也不過怕事情不密，大家鬧出亂子來不好看。依我想：奶奶且別性急，時常在他身上不周不備的去處，張羅張羅。他是個小叔子，又沒娶媳婦兒，奶奶就多盡點心兒，和他貼個好兒，別人也說不出什麼來。過幾天，他感奶奶的情，他自然要謝候奶奶。那時奶奶再備點東西兒在咱們屋裏，我幫著奶奶灌醉了他，怕跑了他？他要不應，咱們索性鬧起來，就說他調戲奶奶。他害怕，他自然得順著咱們的手兒。他再不應，他也不是人，咱們也不至白丟了臉面。奶奶想怎麼樣？」金桂聽了這話，兩顴早已紅暈了，笑罵道：「小蹄子，你倒偷過多少漢子的似的，怪不得大爺在家時，離不開你。」寶蟾把嘴一撇，笑說道：「罷喲！人家倒替奶奶拉縴，奶奶倒往我們說這個話咧。」從此，金桂一心籠絡薛蝌，倒無心混鬧了，家中也少覺安靜。

當日寶蟾自去取了酒壺，仍是穩穩重重，一臉的正氣。薛蝌偷眼看了，反倒後悔，疑心「或者是自己錯想了他們，也未可知。果然如此，倒辜負了他這一番美意，保不住日後倒要和自己也鬧起來，豈非自惹的呢？」過了兩天，甚覺安靜。薛蝌遇見寶蟾，寶蟾便低頭走了，連眼皮兒也不擡；遇見金桂，金桂卻一盆火兒的趕著。薛蝌見這般光景，反倒過意不去。這且不表。

且說寶釵母女覺得金桂幾天安靜，待人忽親熱起來，一家子都為罕事。薛姨媽十分歡喜，想到：「必是薛蟠娶這媳婦時衝犯了什麼，纔敗壞了這幾年。目今鬧出這樣事來，虧得家裏有錢，賈府出力，方纔有了指望。媳婦兒忽然安靜起來，或者是蟠兒轉過運氣來了，也未可知。」於是自己心裏倒以為稀有之奇。這日飯後，扶了同貴過來，到金桂房裏瞧瞧。走到院中，只聽一個男人和金桂說話。同貴知機，便說道：「大奶奶，老太太過來了。」說著，已到門口，只見一個人影兒在房門後一躲。薛姨媽一嚇，倒退了出來。金桂道：「太太請裏頭坐，沒有外人。他就是我的過繼兄弟，本住在屯裏，不慣見人。因沒有見過太太，今兒纔來，還沒去請太太的安。」薛姨媽道：「既是舅爺，不妨見見。」金桂叫兄弟出來見了薛姨媽，作了一個揖，問了好。薛姨媽也問了好，坐下敘起話來。薛姨媽道：「舅爺上京幾時了？」那夏三道：「前月我媽沒有人管家，把我過繼來的。前日纔進京，今日來瞧姐姐。」薛姨媽看那人不尷尬，於是略坐坐兒，便起身道：「舅爺坐著罷。」回頭向金桂道：「舅爺頭上末下的來，留在咱們這裏吃了飯再去罷。」金桂答應著，薛姨媽自去了。

金桂見婆婆去了，便向夏三道：「你坐著。今日可是過了明路的了，省得我們二爺查考你。我今日還叫你買些東西，只別叫眾人看見。」夏三道：「這個交給我就完了。你要什麼，只要有錢，我就買得來。」金桂道：「且別說嘴。你買上了當，我可不收。」說著，二人又笑了一回，然後金桂陪夏三吃了晚飯，又告訴他買的東西，又囑咐一回，夏三自去。從此夏三往來不絕。雖有個年老的門上人，知是舅爺，也不常回。從此生出無限風波。這是後話不表。

一日，薛蟠有信寄回，薛姨媽打開叫寶釵看時，上寫：

男在縣裏也不受苦，母親放心。但昨日縣裏書辦說，府裏已經准詳，想是我們的情到了。豈知府裏詳上去，道裏反駁下來。虧得縣裏主文相公好，即刻作了回文頂上去了，那道裏卻把知縣申飭。現在道裏要親提，若一上去，又要吃苦。必是道裏沒有託到。母親見字，快快託人求道爺去。還叫兄弟快來，不然，就要解道。銀子短不得。火速，火速！

薛姨媽聽了，又哭了一場，自不必說。薛蝌一面勸慰，一面說道：「事不宜遲。」薛姨媽沒法，只得叫薛蝌到縣照料，命人即便收拾行李，兌了銀子，家人李祥本在那裏照應的，薛蝌又同了一個當中夥計，連夜起程。那時手忙腳亂，雖有下人辦理，寶釵又恐他們思想不到，親來幫著，直鬧至四更纔歇。到底富家女子嬌養慣的，心上又急，又苦勞了一會，晚上就發燒，到了明日，湯水都吃不下。鶯兒去回了薛姨媽。

薛姨媽急來看時，只見寶釵滿面通紅，身如燔灼，話都不說。薛姨媽慌了手腳，便哭得死去活來。寶琴扶著勸薛姨媽。秋菱也淚如泉湧，只管叫著。寶釵不能說話，手也不能搖動，眼乾鼻塞。叫人請醫調治，漸漸蘇醒回來，薛姨媽等大家略略放心。早驚動榮寧兩府的人。先是鳳姐打發人送十香返魂丹來，隨後王夫人又送至寶丹來，賈母邢王二夫人以及尤氏等都打發丫頭來問候，卻都不叫寶玉知道。一連治了七八天，終不見效。還是他自己想起「冷香丸」，吃了三丸，纔得病好。後來寶玉也知道了，因病好了，沒有瞧去。

那時薛蝌又有信回來。薛姨媽看了，怕寶釵耽憂，也不叫他知道，自己來求王夫人，並述了一會子寶釵的病。薛姨媽去後，王夫人又求賈政。賈政道：「此事上頭可託，底下難託，必須打點纔好。」王夫人又提起寶釵的事來，因說道：「這孩子也苦了。既是我家的人了，也該早些娶了過來纔是，別叫他糟蹋壞了身子。」賈政道：「我也是這麼想。但是他家亂忙，況且如今到了冬底，已經年近歲逼，不無各自要料理些家務。今冬且放了定，明春再過禮。過了老太太的生日，就定日子娶。你把這番話先告訴薛姨太太。」王夫人答應了。

到了明日，王夫人將賈政的話向薛姨媽述了，薛姨媽想著也是。到了飯後，王夫人陪著來到賈母房中，大家讓了坐。賈母道：「姨太太纔過來？」薛姨媽道：「還是昨兒過來的，因為晚了，沒得過來給老太太請安。」王夫人便把賈政昨夜所說的話向賈母述了一遍，賈母甚喜。說著，寶玉進來了，賈母便問道：「吃了飯了沒有？」寶玉道：「纔打學房裏回來，吃了，要往學房裏去，先見見老太太。又聽見說姨媽來了，過來給姨媽請請安。」因問：「寶姐姐可大好了？」薛姨媽笑道：「好了。」原來方纔大家正說著，見寶玉進來，都煞住了。寶玉坐了坐，見薛姨媽情形不似從前親熱，「雖是此刻沒有心情，也不犯大家都不言語。」滿腹猜疑，自往學中去了。

晚間回來，都見過了，便往瀟湘館來。掀簾進去，紫鵑接著。見裏間屋內無人。寶玉道：「姑娘那裏去了？」紫鵑道：「上屋裏去了。知道薛姨媽過來，姑娘請安去了。二爺沒有到上屋裏去麼？」寶玉道：「我去了來的，沒有見你姑娘。」紫鵑道：「這也奇了。」寶玉問：「姑娘到底那裏去了？」紫鵑道：「不定。」寶玉往外便走，剛出屋門，只見黛玉帶著雪雁，冉冉而來。寶玉道：「妹妹回來了。」縮身退步進來。

黛玉進來，走入裏間屋內，便請寶玉裏頭坐，紫鵑拿了一件外罩換上，然後坐下，問道：「你上去，看見姨媽沒有？」寶玉道：「見過了。」黛玉道：「姨媽說起我沒有？」寶玉道：「不但沒有說起你，連見了我也不像先時親熱。今日我問起寶姐姐病來，他不過笑了一笑，並不答言。難道怪我這兩天沒有去瞧他麼？」黛玉笑了一笑，道：「你去瞧過沒有？」寶玉道：「頭幾天不知道；這兩天知道了，也沒有去。」黛玉道：「可不是！」寶玉道：「老太太不叫我去，太太也不叫我去，老爺又不叫我去，我如何敢去？若是像從前這扇小門走得通的時候，要我一天瞧他十趟也不難，如今把門堵了，要打前頭過去，自然不便了。」黛玉道：「他那裏知道這個原故。」寶玉道：「寶姐姐為人是最體諒我的。」黛玉道：「你不要自己打錯了主意。若論寶姐姐，更不體諒，又不是姨媽病，是寶姐姐病。向來在園中作詩，賞花，飲酒，何等熱鬧，如今隔開了，你看見他家裏有事了，他病到那步田地，你像沒事人一般，他怎麼不惱呢？」寶玉道：「這樣，難道寶姐姐便不和我好了不成？」黛玉道：「他和你好不好，我卻不知，我也不過是照理而論。」

寶玉聽了，瞪著眼呆了半晌。黛玉看見寶玉這樣光景，也不睬他，只是自己叫人添了香，又翻出書來，細看了一會。只見寶玉把眉一皺，把腳一跺，道：「我想這個人，生他做什麼！天地間沒有了我，倒也乾淨！」黛玉道：「原是有了我，便有了人；有了人，便有無數的煩惱生出來：恐怖，顛倒，夢想，更有許多纏礙。纔剛我説的，都是玩話。你不過是看見姨媽無精打采，如何便疑到寶姐姐身上去？姨媽過來原為他的官司事情，心緒不寧，那裏還來應酬你？都是你自己心上胡思亂想，鑽入魔道裏去了。」寶玉豁然開朗，笑道：「很是，很是。你的性靈，比我竟強遠了。怨不得前年我生氣的時候，你和我説過幾句禪語，我實在對不上來。我雖丈六金身，還藉你一莖所化。」

黛玉乘此機會，説道：「我便問你一句話，你如何回答？」寶玉盤著腿，合著手，閉著眼，噓著嘴，道：「講來。」黛玉道：「寶姐姐和你好，你怎麼樣？寶姐姐不和你好，你怎麼樣？寶姐姐前兒和你好，如今不和你好，你怎麼樣？今兒和你好，後來不和你好，你怎麼樣？你和他好，他偏不和你好，你怎麼樣？你不和他好，他偏要和你好，你怎麼樣？」寶玉呆了半晌，忽然大笑道：「任憑弱水三千，我只取一瓢飲。」黛玉道：「瓢之漂水，奈何？」寶玉道：「非瓢漂水；水自流，瓢自漂耳。」黛玉道：「水止珠沈，奈何？」寶玉道：「禪心已作沾泥絮，莫向春風舞鷓鴣。」黛玉道：「禪門第一戒是不打誑語的。」寶玉道：「有如三寶。」

黛玉低頭不語。只聽見簷外老鴰「呱呱」的叫了幾聲，便飛向東南上去。寶玉道：「不知主何吉凶？」黛玉道：「人有吉凶事，不在鳥音中。」忽見秋紋走來説道：「請二爺回去。老爺叫人到園裏來問過，説：二爺打學裏回來了沒有？襲人姐姐只説：『已經來了。』快去罷。」嚇得寶玉站起身來，往外忙走。黛玉也不敢相留。未知何事，下回分解。

卷九十二　評女傳巧姐慕賢良　玩母珠賈政參聚散

話說寶玉從瀟湘館出來，連忙問秋紋道：「老爺叫我做什麼？」秋紋笑道：「沒有叫。襲人姐姐叫我請二爺，我怕你不來，纔哄你的。」寶玉聽了，纔把心放下，因說：「你們請我也罷了，何苦來唬我？」說著，回到怡紅院內。襲人便問道：「你這好半天到那裏去了？」寶玉道：「在林姑娘那邊，說起薛姨媽寶姐姐的事來，就坐住了。」襲人又問道：「說些什麼？」寶玉將打禪語的話述了一遍。襲人道：「你們再沒個計較。正經說些家常閒話兒，或講究些詩句，也是好的，怎麼又說到禪語上了？又不是和尚。」寶玉道：「你不知道，我們有我們的禪機，別人是插不下嘴去的。」襲人笑道：「你們參禪參翻了，又叫我們跟著打悶葫蘆了。」寶玉道：「頭裏我也年紀小，他也孩子氣，所以我說了不留神的話，他就惱了。如今我也留神，他也沒有惱的了。只是他近來不常過來，我又念書，偶然到一處，好像生疏了似的。」襲人道：「原該這麼著纔是。都長了幾歲年紀了，怎麼好意思還像小孩子時候的樣子？」

寶玉點頭道：「我也知道。如今且不用說那個。我問你：老太太那裏打發人來說什麼來著沒有？」襲人道：「沒有說什麼。」寶玉道：「必是老太太忘了。明兒不是十一月初一日麼？年年老太太那裏必是個老規矩，要辦『消寒會』，齊打夥兒坐下，喝酒說笑。我今日已經在學房裏告了假了。這會子沒有信兒，明兒可是去不去呢？若去了呢，白白的告了假；若不去，老爺知道了，又說我偷懶。」襲人道：「據我說，你竟是去的是，纔念的好些兒了，又想歇著。依我說也該上緊些纔好。昨兒聽見太太說，蘭哥兒念書真好，他打學房裏回來，還各自念書作文章，天天晚上弄到四更多天纔睡。你比他大多了，又是叔叔，倘或趕不上他，又叫老太太生氣，倒不如明兒早起去罷。」麝月道：「這樣冷天，已經告了假，又去，倒叫學房裏說：既這麼著，就不該告假呀。顯見的是告謊假，脫滑兒。依我說，落得歇一天。就是老太太忘記了，咱們這裏就不消寒了麼？咱們也鬧個會兒，不好麼？」襲人道：「都是你起頭兒，二爺更不肯去了。」麝月道：「我也是樂一天是一天，比不得你要好名兒，使喚一個月，再多得二兩銀子。」襲人啐道：「小蹄子！人家說正經話，你又來胡拉混扯的了。」麝月道：「我倒不是混拉扯，我是為你。」襲人道：「為我什麼？」麝月道：「二爺上學去了，你又該咕嘟著嘴想著，巴不得二爺早一刻兒回來，就有說有笑的了。這會子又假撇清，何苦呢！我都看見了。」

襲人正要罵他，只見老太太那裏打發人來，說道：「老太太說了，叫二爺明兒不用上學去呢。明兒請了姨太太來給他解悶，只怕姑娘們都來家裏的。史姑娘、邢姑娘、李姑娘們都請了，明兒來赴什麼『消寒會』呢。」寶玉沒有聽完，便喜歡道：「可不是？老太太最高興的，明日不上學，是過了明路的了。」襲人也便不言語了。那丫頭回去。寶玉認真念了幾天書，巴不得玩這一天，又聽見薛姨媽過來，想著寶姐姐自然也來，心裏喜歡，便說：「快睡罷，明日早些起來。」於是一夜無話。

到了次日，果然一早到老太太那裏請了安，又到賈政王夫人那裏請了安，回明了老太太今兒不叫上學。賈政也沒言語，便慢慢退出來。走了幾步，便一溜煙跑到賈母房中。見眾人都沒來，只有鳳姐那邊的奶媽子，帶了巧姐兒，跟著幾個小丫頭，過來給老太太請了安，說：「我媽媽先叫我來請安，陪著老太太說說話兒。媽媽回來就來。」賈母笑著道：「好孩子，我一早就起來了。等他們總不來，只有你二叔叔來了。」那奶媽子便說：「姑娘，給你二叔叔請安。」寶玉也問了一聲：「妞妞好？」巧姐兒道：「我昨夜聽見我媽媽說，要請二叔叔去說話。」寶玉道：「說什麼呢？」巧姐兒道：「我媽媽說，跟著李媽認了幾年字，不知道我認得不認得。我說：『都認得。我認給媽媽瞧。』媽媽說我瞎認，不信，說我一天儘子玩，那裏認得！我瞧著那些字也不要緊，就是那《女孝經》也是容易念的。媽媽說我哄他，要請二叔叔得空兒的時候給我理理。」賈母聽了，笑道：「好孩子，你媽媽是不認得字的，所以說你哄他。明兒叫你二叔叔理給他瞧瞧，他就信了。」寶玉道：「你認了多少字了？」巧姐兒道：「認了三千多字。念了一本《女孝經》，半個月頭裏又上了《列女傳》。」寶玉道：「你念了懂得嗎？你要不懂，我倒是講講這個你聽罷。」賈母道：「做叔叔的也該講究給姪女兒聽聽。」

寶玉道：「那文王后妃是不必說了。想來是知道的。那姜后脫簪待罪，齊國的無鹽雖醜，能安邦定國，是后妃裏頭的賢能的。若說有才的，是曹大姑、班婕妤、蔡文姬、謝道韞諸人。孟光的荊釵裙布，鮑宣妻的提甕出汲，陶侃母的截髮留賓，還有畫荻教子的，這是不厭貧的。那苦的裏頭，有樂昌公主破鏡重圓，蘇蕙的迴文感主。那孝的是更多了，木蘭代父從軍，曹娥投水尋父的屍首等類也多，我也說不得許多。那個曹氏的引刀割鼻，是魏國的故事。那守節的更多了，只好慢慢的講。若是那些豔的，王嬙、西子、樊素、小蠻、絳仙等，妒的是禿妾髮、怨洛神等類也少，文君、紅拂，是女中的……」賈母聽到這裏，說：「夠了，不用說了。你講的太多，他那裏還記得呢。」巧姐兒道：「二叔叔纔說的，也有念過的，也有沒念過的。念過的二叔叔一講，我更知道了好些。」寶玉道：「那字是自然認得的了，不用再理。明兒我還上學呢。」巧姐兒道：「我還聽見我媽媽昨兒說：我們家的小紅，頭裏是二叔叔那裏的，我媽媽要了來，還沒有補上人呢。我媽媽想著要把什麼柳家的五兒補上，不知二叔叔要不要。」寶玉聽了更喜歡，笑著道：「你聽你媽媽的話，要補誰就補誰罷咧，又問什麼要不要呢！」因又向賈母笑道：「我瞧大妞妞這個小模樣兒，又有這個聰明兒，只怕將來比鳳姐姐還強呢，又比他認得字。」賈母道：「女孩兒家認得字呢也好，只是女工針黹倒是要緊的。」巧姐兒道：「我也跟著劉媽媽學著做呢。什麼扎花兒咧，拉鎖子，我雖弄不好，卻也學著會做幾針兒。」賈母道：「咱們這樣人家，固然不仗著自己做，但只到底知道些，日後纔不受人家的拿捏。」巧姐兒答應著「是」，還要寶玉解說《列女傳》，見寶玉呆呆的，也不敢再說。

你道寶玉呆的是什麼？只因柳五兒要進怡紅院，頭一次是他病了，不能進來；第二次王夫人攆了晴雯，大凡有些姿色的，都不敢挑；後來又在吳貴家看晴雯去，五兒跟著他媽給晴雯送東西去，見了一面，更覺嬌娜嫵媚。今日虧得鳳姐想著，叫他補入小紅的窩兒，竟是喜出望外了，所以呆呆的想他。

賈母等著那些人，見這時候還不來，又叫丫頭去請。回來李紈同著他妹子、探春、惜春、史湘雲、黛玉都來了。大家請了賈母的安，眾人廝見。獨有薛姨媽未到，賈母又叫請去。果然姨媽帶著寶琴過來。寶玉請了安，問了好，只不見寶釵邢岫煙二人。黛玉便問起：「寶姐姐為何不來？」薛姨媽假說身上不好。邢岫煙知道薛姨媽在坐，所以不來。寶玉雖見寶釵不來，心中納悶，因黛玉來了，便把想寶釵的心暫且擱開。

不多時，邢王二夫人也來了。鳳姐聽見婆婆們先到了，自己不好落後，只得打發平兒先來告假，說是：「正要過來，因身上發熱，過一會兒就來。」賈母道：「既是身上不好，不來也罷。咱們這時候很該吃飯了。」丫頭們把火盆往後挪了一挪兒，就在賈母榻前一溜擺下兩桌，大家序次坐下。吃了飯，依舊圍爐閒談，不須多贅。

且說鳳姐因何不來？頭裏為著倒比邢王二夫人遲了不好意思，後來旺兒家的來回說：「迎姑娘那裏打發人來請奶奶安，還說並沒有到上頭，只到奶奶這裏來。」鳳姐聽了納悶，不知又是什麼事，便叫那人進來，問：「姑娘在家好？」那人道：「有什麼好的！奴才並不是姑娘打發來的，實在是司棋的母親央我來求奶奶的。」鳳姐道：「司棋已經出去了，為什麼來求我？」那人道：「自從司棋出去，終日啼哭。忽然那一日，他表兄來了。他母親見了，恨得什麼似的，說他害了司棋，一把拉住要打。那小子不敢言語。誰知司棋聽見了，急忙出來，老著臉，和他母親道：『我是為他出來的，我也恨他沒良心。如今他來了，媽要打他，不如勒死了我。』他母親罵他：『不害臊的東西！你心裏要怎麼樣？』司棋說道：『一個女人配一個男人。我一時失腳，上了他的當，我就是他的人了，決不肯再失身給別人的。我恨他為什麼這樣膽小！『一身作事一身當』，為什麼要逃？就是他一輩子不來了，我也一輩子不嫁人的。媽要給我配人，我原拚著一死的。今兒他來了，媽問他怎麼樣。若是他不改心，我在媽跟前磕了頭，只當是我死了，他到那裏，我跟到那裏，就是討飯吃也是願意的。』他媽氣得了不得，便哭著罵著說：『你是我的女兒，我偏不給他，你敢怎麼著？』那知道那司棋這東西糊塗，便一頭撞在牆上，把腦袋撞破，鮮血直流，竟死了。他媽哭著，救不過來，便要叫那小子償命。他表兄也奇：『你們不用著急。我在外頭原發了財，因想著他纔回來的，心也算是真了。你們若不信，只管瞧。』說著，打懷裏掏出一匣子金珠首飾來。他媽媽看見了，便心軟了，說：『你既有心，為什麼總不言語？』他外甥道：『大凡女人都是水性楊花，我若說有錢，他便是貪圖銀錢了。如今，他只為人就是難得的。我把金珠給你們，我去買棺盛殮他。』那司棋的母親接了東西，也不顧女孩兒了，便由著外甥去。那裏知道他外甥叫人擡了兩口棺材來。司棋的母親看見，咤異說：『怎麼棺材要兩口？』他外甥笑道：『一口裝不下，得兩口纔好。』司棋的母親見他外甥又不哭，只當是他心疼得傻了。豈知他忙著把司棋收拾了，也不啼哭，眼錯不見，把帶的小刀子往脖子裏一抹，也就抹死了。司棋的母親懊悔起來，倒哭得了不得。如今坊上知道了，要報官。他急了，央我來求奶奶說個人情，他再過來給奶奶磕頭。」

鳳姐聽了，咤異道：「那有這樣傻丫頭，偏偏的就碰見這個傻小子！怪不得那一天翻出那些東西來，他心裏沒事人似的。敢只是這麼個烈性孩子。論起來我也沒這麼大工夫管他這些閒事，但只你纔說的，叫人聽著，怪可憐見兒的。也罷了，你回去告訴他，我和你二爺說，打發旺兒給他撕擄就是了。」鳳姐打發那人去了，纔過賈母這邊來，不提。

且說賈政這日正與詹光下大棋，通局的輸贏也差不多，單為著一隻角兒，死活未分，在那裏打結。門上的小廝進來回道：「外面馮大爺要見老爺。」賈政道：「請進來。」小廝出去請了，馮紫英走進門來，賈政即忙迎著。馮紫英進來，在書房中坐下，見是下棋，便道：「只管下棋，我來觀局。」詹光笑道：「晚生的棋是不堪瞧的。」馮紫英道：「好説，請下罷。」賈政道：「有什麼事麼？」馮紫英道：「沒有什麼話。老伯只管下棋，我也學幾著兒。」賈政向詹光道：「馮大爺是我們相好的，既沒事，我們索性下完了這一局再説話兒。馮大爺在旁邊瞧著。」馮紫英道：「下采不下采？」詹光道：「下采的。」馮紫英道：「下采的是不好多嘴的。」賈政道：「多嘴也不妨，橫豎他輸了十來兩銀子，終久是不拿出來的。往後只好罰他做東便了。」詹光笑道：「這倒使得。」馮紫英道：「老伯和詹公對下麼？」賈政笑道：「從前對下，他輸了；如今讓他兩個子兒，他又輸了。時常還要悔幾著。不叫他悔，他就急了。」詹光也笑道：「沒有的事。」賈政道：「你試試瞧。」大家一面説笑，一面下完了，作起棋來，詹光還了棋頭，輸了七個子兒。馮紫英道：「這盤終吃虧在打結裏頭。老伯結少，就便宜了。」

　　賈政對馮紫英道：「有罪，有罪，咱們説話兒罷。」馮紫英道：「小姪與老伯久不見面。一來會會，二來因廣西的同知進來引見，帶了四種洋貨，可以做得貢的。一件是圍屏，有二十四扇槅子，都是紫檀雕刻的。中間雖説不是玉，卻是絕好的硝子石，石上鏤出山水、人物、樓臺、花鳥等物。一扇上有五六十個人，都是宮妝的女子。名為『漢宮春曉』。人的眉、目、口、鼻以及出手、衣褶，刻得又清楚，又細膩。點綴佈置，都是好的。我想尊府大觀園中正廳上卻可用得著。還有一個鐘錶，有三尺多高，也是一個小童兒拿著時辰牌，到了什麼時候，他就報什麼時辰；裏頭也有些人在那裏打十番的。這是兩件重笨的，卻還沒有拿來。現在我帶在這裏兩件，卻有些意思兒。」就在身邊拿出一個錦匣子，見幾重白綿裹著，揭開了綿子，第一層是一個玻璃盒子，裏頭金托子，大紅縐綢托底，上放著一顆桂圓大的珠子，光華耀目。馮紫英道：「據說這就叫作『母珠』。」因叫：「拿一個盤兒來。」詹光即忙端過一個黑漆茶盤，道：「使得麼？」馮紫英道：「使得。」便又向懷裏掏出一個白絹包兒，將包兒裏的珠子都倒在盤裏散著，把那顆母珠擱在中間，將盤置於桌上。看見那些小珠子兒，滴溜滴溜都滾到大珠身邊來，一會兒把這顆大珠子擡高了，別處的小珠子一顆也不剩，都黏在大珠上。詹光道：「這也奇怪！」賈政道：「這是有的，所以叫作『母珠』，原是珠之母。」

那馮紫英又回頭看著他跟來的小廝道：「那個匣子呢？」那小廝趕忙捧過一個花梨木匣子來。大家打開看時，原來匣內襯著虎紋錦，錦上疊著一束藍紗。詹光道：「這是什麼東西？」馮紫英道：「這叫作『鮫綃帳』。」在匣子裏拿出來時，疊得長不滿五寸，厚不上半寸。馮紫英一層一層的打開，打到十來層，已經桌上鋪不下了。馮紫英道：「你看，裏頭還有兩褶，必得高屋裏去，纔張得下。這就是鮫絲所織。暑熱天氣，張在堂屋裏頭，蒼蠅蚊子，一個不能進來，又輕又亮。」賈政道：「不用全打開，怕疊起來倒費事。」詹光便與馮紫英一層一層摺好收拾。馮紫英道：「這四件東西，價兒也不很貴，兩萬銀他就賣。母珠一萬，鮫綃帳五千，『漢宮春曉』與自鳴鐘五千。」賈政道：「那裏買得起。」馮紫英道：「你們是個國戚，難道宮裏頭用不著麼？」賈政道：「用得著的很多，只是那裏有這些銀子？等我叫人拿進去給老太太瞧瞧。」馮紫英道：「很是。」

賈政便著人叫賈璉把這兩件東西送到老太太那邊去，並叫人請了邢王二夫人、鳳姐兒都來瞧著，又把兩樣東西一一試過。賈璉道：「他還有兩件：一件是圍屏，一件是樂鐘。共總要賣二萬銀子呢。」鳳姐兒接著道：「東西自然是好的，但是那裏有這些閒錢？咱們又不比外任督撫要辦貢。我已經想了好些年了，像咱們這種人家，必得置些不動搖的根基纔好：或是祭地，或是義莊，再置些墳屋。往後子孫遇見不得意的事，還是點兒底子，不到一敗塗地。我的意思是這樣，不知老太太、老爺、太太們怎麼樣？若是外頭老爺們要買只管買。」賈母與眾人都說：「這話說的倒也是。」賈璉道：「還了他罷。原是老爺叫我送給老太太瞧，為的是宮裏好進；誰說買來擱在家裏？老太太還沒開口，你便說了一大些喪氣話。」說著，便把兩件東西拿了出去，告訴賈政，只說：「老太太不要。」便與馮紫英道：「這兩件東西，好可好，就只沒銀子。我替你留心，有要買的人我便送信給你去。」

馮紫英只得收拾好，坐下說些閒話，沒有興頭，就要起身。賈政道：「你在我這裏吃了晚飯去罷。」馮紫英道：「罷了，來了就叨擾老伯嗎？」賈政道：「說那裏的話！」正說著，人回：「大老爺來了。」賈赦早已進來。彼此相見，敘些寒溫。不一時，擺上酒來，餚饌羅列，大家喝著酒。至四五巡後，說起洋貨的話。馮紫英道：「這種貨本是難消的。除非要像尊府這種人家，還可消得，其餘就難了。」賈政道：「這也不見得。」賈赦道：「我們家裏也比不得從前了，這回兒也不過是個空門面。」馮紫英又問：「東府珍大爺可好麼？我前兒見他，說起家常話兒來，提到他令郎續娶的媳婦遠不及頭裏那位秦氏奶奶了。如今後娶的到底是那一家的？我也沒有問起。」賈政道：「我們這個姪孫媳婦兒也是這裏大家，從前做過京畿道的胡老爺的女孩兒。」馮紫英道：「胡道長我是知道的。但是他家教上也不怎麼樣。也罷了，只要姑娘好就好。」

賈璉道：「聽得內閣裏人説起，雨村又要昇了。」賈政道：「這也好。不知準不準？」賈璉道：「大約有意思的了。」馮紫英道：「我今兒從吏部裏來，也聽見這樣説。雨村老先生是貴本家不是？」賈政道：「是。」馮紫英道：「是有服的，還是無服的？」賈政道：「説也話長。他原籍是浙江湖州府人，流寓到蘇州，甚不得意。有個甄士隱和他相好，時常周濟他。以後中了進士，得了榜下知縣，便娶了甄家的丫頭。如今的太太不是正配。豈知甄士隱弄到零落不堪，沒有找處。雨村革了職以後，那時還與我家並未相識。只因舍妹丈林如海林公在揚州巡鹽的時候，請他在家做西席，外甥女兒是他的學生。因他有起復的信，要進京來，恰好外甥女兒要上來探親，林姑老爺便託他照應上來的。還有一封薦書託我吹嘘吹嘘。那時看他不錯，大家常會。豈知雨村也奇：我家世襲起，從『代』字輩下來，寧榮兩宅，人口房舍，以及起居事宜，一概都明白。因此，遂覺得親熱了。」因又笑説道：「幾年間，門子也會鑽了，由知府推昇轉了御史，不過幾年，昇了吏部侍郎，署兵部尚書。為著一件事降了三級。如今又要昇了。」馮紫英道：「人世的榮枯，仕途的得失，終屬難定。」賈政道：「像雨村算便宜的了。還有我們差不多的人家，就是甄家，從前一樣功勳，一樣的世襲，一樣的起居，我們也是時常往來。不多幾年，他們進京來，差人到我這裏請安，很還熱鬧。一會兒抄了原籍的家財，至今杳無音信。不知他近況若何，心下也著實惦記，看了這樣，你想做官的怕不怕。」

賈赦道：「咱們家是最沒有事的。」馮紫英道：「果然尊府是不怕的：一則裏頭有貴妃照應；二則故舊好，親戚多；三則你家自老太太起，至於少爺們，沒有一個刁鑽刻薄的。」賈政道：「雖無刁鑽刻薄，卻沒有德行才情。白白的衣租食税，那裏當得起？」賈赦道：「咱們不用説這些話，大家吃酒罷。」大家又喝了幾杯，擺上飯來。吃畢喝茶。馮家的小廝走來，輕輕的向紫英説了一句。馮紫英便要告辭了。賈赦賈政道：「你説什麼？」小廝道：「外面下雪，早已下了梆子了。」賈政叫人看時，已是雪深一寸多了。賈政道：「那兩件東西，你收拾好了麼？」馮紫英道：「收好了。若尊府要用，價錢還自然讓些。」賈政道：「我留神就是了。」馮紫英道：「我再聽信罷。天氣冷，請罷，別送了。」賈赦賈政便命賈璉送了出去。未知後事如何，下回分解。

卷九十三　甄家僕投靠賈家門　水月庵掀翻風月案

卻說馮紫英去後，賈政叫門上的人來吩咐道：「今兒臨安伯那裏來請吃酒，知道是什麼事？」門上的人道：「奴才曾問過，並沒有什麼喜慶事，不過南安王府裏到了一班小戲子，都說是個名班，伯爺高興，唱兩天戲，請相好的老爺們瞧瞧，熱鬧熱鬧。大約不用送禮的。」說著，賈赦過來問道：「明兒二老爺去不去？」賈政道：「承他親熱，怎麼好不去的？」說著，門上進來回道：「衙門裏書辦來請老爺明日上衙門。有堂派的事，必得早些去。」賈政道：「知道了。」說著，只見兩個管屯裏地租子的家人走來，請了安，磕了頭，旁邊站著。賈政道：「你們是郝家莊的？」兩個答應了一聲。賈政也不往下問，竟與賈赦各自說了一回話兒散了。家人等秉著手燈，送過賈赦去。

這裏賈璉便叫那管租的人道：「說你的。」那人說道：「十月裏的租子，奴才已經趕上來了。原是明兒可到，誰知京外拿車，把車上的東西，不由分說，都掀在地下。奴才告訴他，說是府裏收租子的車，不是買賣車，他更不管這些。奴才叫車伕只管拉著走，幾個衙役就把車伕混打了一頓，硬扯了兩輛車去了。奴才所以先來回報。求爺打發個人到衙門裏去要了來纔好。再者，也整治整治這些無法無天的差役纔好。爺還不知道呢，更可憐的是那買賣車，客商的東西全不顧，掀下來，趕著就走。那些趕車的但說句話，打得頭破血出的。」賈璉聽了，罵道：「這個還了得！」立刻寫了一個帖兒，叫家人：「拿去向拿車的衙門裏要車去，並車上東西。若少了一件，是不依的！快叫周瑞。」周瑞不在家，又叫旺兒。旺兒晌午出去了，還沒有回來。賈璉道：「這些忘八羔子，一個都不在家，他們終年家吃糧不管事。」因吩咐小廝們：「快給我找去。」說著，也回到自己屋裏，睡下不題。

且說臨安伯第二天又打發人來請。賈政告訴賈赦道：「我是衙門裏有事。璉兒要在家等候拿車的事情，也不能去。倒是大老爺帶寶玉應酬一天也罷了。」賈赦點頭道：「也使得。」賈政遣人去叫寶玉，說：「今兒跟大爺到臨安伯那裏聽戲去。」寶玉喜歡得了不得，便換上衣服，帶了焙茗、掃紅、鋤藥三個小子，出來見了賈赦，請了安，上了車，來到臨安伯府裏。門上人回進去，一會子出來說：「老爺請。」於是賈赦帶著寶玉走入院內，只見賓客喧闐。賈赦寶玉見了臨安伯，又與眾賓客都見過了禮，大家坐著，說笑了一回。只見一個掌班的拿著一本戲單，一個牙笏，向上打了一個千兒，說道：「求各位老爺賞戲。」先從尊位點起，挨至賈赦，也點了一齣。那人回頭見了寶玉，便不向別處去，竟搶步上來，打個千兒道：「求二爺賞兩齣。」

寶玉一見那人，面如傅粉，脣若塗朱，鮮潤如出水芙渠，飄揚似臨風玉樹；原來不是別人，就是蔣玉函。前日聽得他帶了小戲兒進京，也沒有到自己那裏；此時見了，又不好站起來，只得笑道：「你多早晚來的？」蔣玉函把手在自己身子上一指，笑道：「怎麼二爺不知道麼？」寶玉因眾人在坐，也難說話，只得胡亂點了一齣。蔣玉函去了，便有幾個議論道：「此人是誰？」有的說：「他向來是唱小旦的，如今不肯唱小旦，年紀也大了，就在府裏掌班。頭裏也改過小生。他也攢了好幾個錢，家裏已經有兩三個鋪子，只是不肯放下本業，原舊領班。」有的說：「想必成了家了。」有的說：「親還沒有定。他倒掌定一個主意，說是人生配偶，關係一生一世的事，不是混鬧得的，不論尊卑貴賤，總要配得上他的纔能。所以到如今還並沒娶親。」寶玉暗忖度道：「不知日後誰家的女孩兒嫁他？要嫁著這樣的人才兒，也算是不辜負了。」

那時開了戲，也有昆腔，也有高腔，也有弋腔，梆子腔：作得熱鬧。到了晌午，便擺開桌子吃酒。又看了一回，賈赦便欲起身。臨安伯過來留道：「天色尚早。聽見說蔣玉函還有一齣《佔花魁》，他們頂好的首戲。」寶玉聽了，巴不得賈赦不走；於是賈赦又坐了一會。果然蔣玉函扮著秦小官，伏侍花魁醉後神情，把這一種憐香惜玉的意思，作得極情盡致。以後對飲對唱，纏綿繾綣。寶玉這時不看花魁，只把兩隻眼睛獨射在秦小官身上。更加蔣玉函聲音響亮，口齒清楚，按腔落板，寶玉的神魂都唱了進去了。直等這齣戲進場後，更知蔣玉函極是情種，非尋常戲子可比。因想著：「《樂記》上說的是：『情動於中，故形於聲；聲成文，謂之音。』所以知聲，知音，知樂，有許多講究。聲音之原，不可不察。詩詞一道，但能傳情，不能入骨，自後想要講究講究音律。」寶玉想出了神，忽見賈赦起身，主人不及相留。寶玉沒法，只得跟了回來。

到了家中，賈赦自回那邊去了。寶玉來見賈政。賈政纔下衙門，正向賈璉問起拿車之事。賈璉道：「今兒叫人拿帖兒去，知縣不在家。他的門上說了：『這是本官不知道的，並無牌票出去拿車，都是那些混帳東西在外頭撒野擠訛頭。既是老爺府裏的，我便立刻叫人去追辦，包管明兒連車連東西一併送來。如有半點差遲，再行稟過本官，重重處治。此刻本官不在家，求這裏老爺看破些，可以不用本官知道更好。』」

賈政道：「既無官票，到底是何等樣人在那裏作怪？」賈璉道：「老爺不知，外頭都是這樣。想來明兒必定送來的。」賈璉說完下來。寶玉上去見了。賈政問了幾句，便叫他往老太太那裏去。

賈璉因為昨夜叫空了家人，出來傳喚，那起人多已伺候齊全。賈璉罵了一頓，叫大管家賴昇：「將各行檔的花名冊子拿來，你去查點查點，寫一張諭帖，叫那些人知道。若有並未告假，私自出去，傳喚不到，貽誤公事的，立刻給我打了攆出去！」賴昇連忙答應了幾個「是」，出來吩咐了一回，家人各自留意。

過不幾時，忽見有一個人，頭上戴著氈帽，身上穿著一身青布衣裳，腳下穿著一雙撒鞋，走到門上，向眾人作了個揖。眾人拿眼上上下下打諒了他一番，便問他：「是那裏來的？」那人道：「我自南邊甄府中來的。並有家老爺手書一封，求這裏的爺們呈上尊老爺。」眾人聽見他是甄府來的，纔站起來讓他坐下，道：「你乏了，且坐坐。我們給你回就是了。」門上一面進來回明賈政，呈上來書。賈政拆書看時，上寫著：

> 世交夙好，氣誼素敦，遙仰襜帷，不勝依切。弟因菲材獲譴，自分萬死難償，幸邀寬宥，待罪邊隅。迄今門戶凋零，家人星散。所有奴子包勇，向曾使用，雖無奇技，人尚愨實。倘使得備奔走，糊口有資，屋烏之愛，感佩無涯矣！專此奉達，餘容再敍，不宣。

賈政看完，笑道：「這裏正因人多，甄家倒薦人來。又不好卻的。」吩咐門上：「叫他見我，且留他住下，因材使用便了。」門上出去，帶進人來，見賈政，便磕了三個頭，起來道：「家老爺請老爺安。」自己又打個千兒，說：「包勇請老爺安。」賈政回問了甄老爺的好，便把他上下一瞧，但見包勇身長五尺有零，肩背寬肥，濃眉爆眼，磕額長髯，氣色粗黑，垂著手站著。便問道：「你是向來在甄家的，還是住過幾年的？」包勇道：「小的向在甄家的。」賈政道：「你如今為什麼要出來呢？」包勇道：「小的原不肯出來，只是家爺再四叫小的出來，說是別處你不肯去，這裏老爺家裏只當原在自己家裏一樣的，所以小的來的。」賈政道：「你們老爺不該有這事情，弄到這樣的田地。」包勇道：「小的本不敢說：我們老爺只是太好了，一味的真心待人，反倒招出事來。」賈政道：「真心是最好的了。」包勇道：「因為太真了，人人都不喜歡，討人厭煩是有的。」賈政笑了一笑道：「既這樣，皇天自然不負他的。」

包勇還要說時，賈政又問道：「我聽見說你們家的哥兒不是也叫寶玉麼？」包勇道：「是。」賈政道：「他還肯向上巴結麼？」包勇道：「老爺若問我們哥兒，倒是一段奇事。哥兒的脾氣也和我家老爺一個樣子，也是一味的誠實，從小兒只管和那些姐妹們在一處玩。老爺太太也狠打過幾次，他只是不改。那一年太太進京的時候兒，哥兒大病了一場，已經死了半日，把老爺幾乎急死，裝裹都預備了。幸喜後來好了，嘴裏說道：走到一座牌樓那裏，見了一個姑娘，領著他到了一座廟裏，見了好些櫃子，裏頭見了好些冊子；又到屋裏，見了無數女子，說是多變了鬼怪似的，也有變作骷髏兒的；他嚇急了，便哭喊起來。老爺知他醒過來了，連忙調治，漸漸的好了。老爺仍叫他在姐妹們一處玩去，他竟改了脾氣了：好著時候的玩意兒一概都不要了，惟有念書為事。就有什麼人來引誘他，他也全不動心。如今漸漸的能夠幫著老爺料理些家務了。」賈政默然想了一回，道：「你去歇歇去罷。等這裏用著你時，自然派你一個行次兒。」包勇答應著，退下來，跟著這裏人出去歇息不提。

一日賈政早起，剛要上衙門，看見門上那些人在那裏交頭接耳，好像要使賈政知道的似的，又不好明回，只管咕咕唧唧的說話。賈政叫上來問道：「你們有什麼事這麼鬼鬼祟祟的？」門上的人回道：「奴才們不敢說。」賈政道：「有什麼事不敢說的？」門上的人道：「奴才今兒起來，開門出去，見門上貼著一張白紙，上寫著許多不成事體的字。」賈政道：「那裏有這樣的事！寫的是什麼？」門上的人道：「是水月庵裏的腌臢話。」賈政道：「拿給我瞧。」門上的人道：「奴才本要揭下來，誰知他貼得結實，揭不下來，只得一面鈔，一面洗。剛纔李德揭了一張給奴才瞧，就是那門上貼的話。奴才們不敢隱瞞。」說著，呈上那帖兒。賈政接來看時，上面寫著：

「西貝草斤」年紀輕，水月庵裏管尼僧。一個男人多少女，窩娼聚賭是陶情。不肖子弟來辦事，榮國府內出新聞。

賈政看了，氣得頭昏目暈，趕著叫門上的人不許聲張，悄悄叫人往寧榮兩府靠近的夾道子牆壁上再去找尋。隨即叫人去喚賈璉出來。賈璉即忙趕至。賈政忙問道：「水月庵中寄居的那些女尼女道，向來你也查考查考過沒有？」賈璉道：「沒有，一向都是芹兒在那裏照管。」賈政道：「你知道芹兒照管得來，照管不來？」賈璉道：「老爺既這麼說，想來芹兒必有不妥當的地方兒。」賈政歎道：「你瞧瞧這個帖兒寫的是什麼。」賈璉一看道：「有這樣事麼。」正說著，只見賈蓉走來，拿著一封書子，寫著「二老爺密啟」。打開看時，也是無頭榜一張，及門上所貼的話相同。賈政道：「快叫賴大帶了三四輛車子到水月庵裏去，把那些女尼女道士一齊拉回來。不許洩漏，只說裏頭傳喚。」賴大領命去了。

且說水月庵中小女尼女道士等，初到庵中，沙彌與道士原係老尼收管，日間教他些經懺。以後元妃不用，也便習學得懶怠了。那些女孩子們年紀漸漸的大了，都也有個知覺了。更兼賈芹也是風流人物，打量芳官等出家，只是小孩子性兒，便去招惹他們。那知芳官竟是真心，不能上手，便把這心腸移到女尼女道士身上。因那小沙彌中有個名叫沁香的，和女道士中有個叫作鶴仙的，長得都甚妖嬈，賈芹便和這兩個人勾搭上了，閒時便學些絲弦，唱個曲兒。

那時正當十月中旬，賈芹給庵中那些人領了月例銀子，便想起法兒來，告訴眾人道：「我為你們領月錢，不能進城，又只得在這裏歇著。怪冷的，怎麼樣？我今兒帶些果子酒，大家吃著樂一夜，好不好？」那些女孩子都高興，便擺起桌子，連本庵的女尼也叫了來。惟有芳官不來。賈芹喝了幾杯，便說道要行令。沁香等道：「我們都不會，倒不如搳拳罷。誰輸了喝一杯，豈不爽快？」本庵的女尼道：「這天剛過晌午，混嚷混喝的不像，且先喝幾鍾，愛散的先散去。誰愛陪芹大爺的，回來晚上儘子喝去，我也不管。」

正說著，只見道婆急忙進來說：「快散了罷，府裏賴大爺來了。」眾女尼忙亂收拾，便叫賈芹躲開。賈芹因多喝了幾杯，便道：「我是送月錢來的，怕什麼！」話猶未完，已見賴大進來。見這般樣子，心裏大怒。為的是賈政吩咐不許聲張，只得含糊裝笑道：「芹大爺也在這裏呢麼？」賈芹連忙站起來道：「賴大爺，你來做什麼？」賴大說：「大爺在這裏更好。快快叫沙彌道士收拾，上車進城，宮裏傳呢。」賈芹等不知原故，還要細問。賴大說：「天已不早了，快快的，好趕進城。」眾女孩子只得一齊上車。賴大騎著大走騾，押著趕進城，不提。

卻說賈政知道這事，氣得衙門也不能上了，獨坐在內書房歎氣。賈璉也不敢走開。忽見門上的進來稟道：「衙門裏今夜該班是張老爺。因張老爺病了，有知會來請老爺補一班。」賈政正等賴大回來要辦賈芹，此時又要該班，心裏納悶，也不言語。賈璉走上去說道：「賴大是飯後出去的，水月庵離城二十來里，就趕進城，也得二更天。今日又是老爺的幫班，請老爺只管去。賴大來了，叫他押著，也別聲張，等明兒老爺回來再發落。倘或芹兒來了，也不用說明，看他明兒見了老爺怎麼樣說。」賈政聽來有理，只得上班去了。賈璉抽空纔要回到自己房中，一面走著，心裏抱怨鳳姐出的主意，欲要埋怨，因他病著，只是隱忍，慢慢的走著。

且說那些下人，一人傳十，傳到裏頭，先是平兒知道，即忙告訴鳳姐。鳳姐因那一夜不好，懨懨的總沒精神，正是惦記鐵檻寺的事情。聽說「外頭貼了匿名揭帖」的一句話，唬了一跳，忙問：「貼的是什麼？」平兒隨口答應，不留神，就錯說了，道：「沒要緊，是饅頭庵裏的事情。」鳳姐本是心虛，聽見「饅頭庵的事情」，這一唬直唬怔了，一句話沒說出來，急火上攻，眼前發暈，咳嗽了一陣，哇的一聲，吐出一口血來。平兒慌了，說道：「水月庵裏，不過是女沙彌女道士的事，奶奶著什麼急？」鳳姐聽是水月庵，纔定了定神，說道：「呸，糊塗東西！到底是水月庵呢，是饅頭庵？」平兒笑道：「是我頭裏錯聽了，是饅頭庵，後來聽見不是饅頭庵，是水月庵。我剛纔也說溜了嘴，說成饅頭庵了。」鳳姐道：「我就知道是水月庵。那饅頭庵與我什麼相干！原是這水月庵是我叫芹兒管的。大約剋扣了月錢。」平兒道：「我聽著不像月錢的事，還有些腌臢話呢。」鳳姐道：「我更不管那個。你二爺那裏去了？」平兒說：「聽見老爺生氣，他不敢走開。我聽見事情不好，我吩咐這些人不許吵嚷，不知太太們知道了麼。但聽見說，老爺叫賴大拿這些女孩子去了。且叫個人前頭打聽打聽。奶奶現在病著，依我竟先別管他們的閒事。」

正説著，只見賈璉進來。鳳姐欲待問他，見賈璉一臉的怒氣，暫且裝作不知。賈璉飯沒吃完，旺兒來説：「外頭請爺呢，賴大回來了。」賈璉道：「芹兒來了沒有？」旺兒道：「也來了。」賈璉便道：「你去告訴賴大，説：老爺上班兒去了，把這些個女孩子暫且收在園裏，明日等老爺回來，送進宮去。只叫芹兒在內書房等著我。」旺兒去了。賈芹走進書房，只見那些下人指指點點不知説什麼，看起這個樣兒來，不像宮裏要人。想著問人，又問不出來。正在心裏疑惑，只見賈璉走出來，賈芹便請了安，垂手侍立，説道：「不知道娘娘宮裏即刻傳那些孩子們做什麼？叫姪兒好趕！幸喜姪兒今兒送月錢去，還沒有走，便同著賴大來了。二叔想來是知道的。」賈璉道：「我知道什麼？你纔是明白的呢！」賈芹摸不著頭腦兒，也不敢再問。賈璉道：「你幹的好事！把老爺都氣壞了。」賈芹道：「姪兒沒有幹什麼。庵裏月錢是月月給的，孩子們經懺是不忘記的。」賈璉見他不知，又是平素常在一處玩笑的，便歎口氣道：「打嘴的東西！你各自去瞧瞧罷。」便從靴掖兒裏頭拿出那個揭帖來，扔與他瞧。賈芹拾來一看，嚇得面如土色，説道：「這是誰幹的！我並沒得罪人，為什麼這麼坑我？我一月送錢去，只走一趟，並沒有這些事。若是老爺回來，打著我問，姪兒便該死了。我母親知道，更要打死。」説著，見沒人在旁邊，便跪下去説道：「好叔叔，救我一救兒罷！」説著，只管磕頭，滿眼流淚。賈璉想道：「老爺最惱這些，要是問準了有這些事，這場氣也不小。鬧出去也不好聽，又長那個貼帖兒的人的志氣了。將來咱們的事多著呢。倒不如趁著老爺上班兒，和賴大商量著，若混過去，就可以沒事了。現在沒有對證。」想定主意，便説：「你別瞞我。你幹的鬼鬼祟祟的事，你打諒我都不知道呢。若要完事，就是老爺打著問你，你一口咬定沒有纔好。沒臉的，起去罷！」叫人去喚賴大。

不多時，賴大來了，賈璉便與他商量。賴大說：「這芹大爺本來鬧得不像了。奴才今兒到庵裏的時候，他們正在那裏喝酒呢。帖兒上的話，是一定有的。」賈璉道：「芹兒，你聽！賴大還賴你不成？」賈芹此時紅漲了臉，一句也不敢言語。還是賈璉拉著賴大，央他：「護庇護庇罷，只說賈芹哥兒在家裏找來的。你帶了他去，只說沒有見我。明日你求老爺，也不用問那些女孩子了。竟是叫了媒人來，領了去，一賣完事。果然娘娘再要的時候兒，咱們再買。」賴大想來，鬧也無益，且名聲不好，就應了。賈璉叫賈芹：「跟了賴大爺去罷！聽著他教你，你就跟著他。」說罷，賈芹又磕了一個頭，跟著賴大出去。到了沒人的地方兒，又給賴大磕頭。賴大說：「我的小爺，你太鬧得不像了。不知得罪了誰，鬧出這個亂兒。你想想，誰和你不對罷？」賈芹想了一想，忽然想起一個人來，未知是誰，下回分解。

卷九十四　宴海棠賈母賞花妖　失寶玉通靈知奇禍

話說賴大帶了賈芹出來，一宿無話，靜候賈政回來。單是那些女尼女道重進園來，都喜歡得了不得，欲要到各處逛逛，明日預備進宮。不料賴大便吩咐了看園的婆子並小廝看守，惟給了些飯食，卻是一步不准走開。那些女孩子摸不著頭腦，只得坐著，等到天亮。園裏各處的丫頭雖都知道拉進女尼們來，預備宮裏使喚，卻也不能深知原委。

到了明日早起，賈政正要下班，因堂上發下兩省城工估銷冊子，立刻要查覈，一時不能回家，便叫人回來告訴賈璉，說：「賴大回來，你務必查問明白。該如何辦就如何辦了，不必等我。」賈璉奉命，先替芹兒喜歡，又想道：「若是辦得一點影兒都沒有，又恐賈政生疑，不如回明二太太，討個主意辦去，便是不合老爺的心，我也不至甚擔干係。」主意定了，進內去見王夫人，陳說：「昨日老爺見了揭帖生氣，把芹兒和女尼女道等都叫進府來查辦。今日老爺沒空問這種不成體統的事，叫我來回太太，該怎麼便怎麼樣。我所以來請示太太，這件事如何辦理？」王夫人聽了咤異道：「這是怎麼說！若是芹兒這麼樣起來，這還成咱們家的人了麼？但只這個貼帖兒的也可惡！這些話可是混嚼說得的麼？你到底問了芹兒有這件事沒有呢？」賈璉道：「剛纔也問過了。太太想，別說他幹了沒有，就是幹了，一個人幹了混賬事也肯應承麼？但只我想芹兒也不敢行此事：知道那些女孩子都是娘娘一時要叫的，倘或鬧出事來，怎麼樣呢？依姪兒的主見，要問也不難，若問出來，太太怎麼個辦法呢？」王夫人道：「如今那些女孩子在那裏？」賈璉道：「都在園裏鎖著呢。」王夫人道：「姑娘們知道不知道？」賈璉道：「大約姑娘們也都知道是預備宮裏頭的話，外頭並沒提起別的來。」王夫人道：「很是。這些東西一刻也是留不得的。頭裏我原要打發他們去來著，都是你們說留著好，如今不是弄出事來了麼？你竟叫賴大那些人帶去細細的問他的本家有人沒有，將文書查出，花上幾十兩銀子，僱隻船，派個妥當人，送到本地，一概連文書發還了，也落得無事。若是為著一兩個不好，個個都押著他們還俗，那又太造孽了；若在這裏發給官媒，雖然我們不要身價，他們弄去賣錢，那裏顧人的死活呢？芹兒呢，你便狠狠的說他一頓，除了祭祀喜慶，無事叫他不用到這裏來。看仔細碰在老爺氣頭兒上，那可就吃不了兜著走了。並說與賬房兒裏，把這一項錢糧檔子銷了。還打發個人到水月庵說：老爺的諭，除了上墳燒紙，要有本家爺們到他那裏去，不許接待。若再有一點不好風聲，連老姑子一併攆出去。」

賈璉一一答應了出去，將王夫人的話告訴賴大，說：「是太太主意，叫你這麼辦去。辦完了，告訴我去回太太。你快辦去罷。回來老爺來，你也按著太太的話回去。」賴大聽說，便道：「我們太太真正是個佛心，這班東西著人送回去。既是太太好心，不得不挑個好人。芹哥兒竟交給二爺開發了罷。那貼帖兒的，奴才想法兒查出來，重重的收拾他纔好。」賈璉點頭說：「是了。」即刻將賈芹發落。賴大也趕著把女尼等領出，按著主意辦去了。晚上賈政回來，賈璉賴大回明賈政。賈政本是省事的人，聽了也便撂開手了。獨有那些無賴之徒，聽得賈府發出二十四個女孩子出來，那個不想？究竟那些人能夠回家不能，未知著落，亦難虛擬。

且說紫鵑因黛玉漸好，園中無事，聽見女尼等預備宮內使喚，不知何事，便到賈母那邊打聽打聽。恰遇著鴛鴦下來閒著，坐下說閒話兒，提起女尼的事，鴛鴦咤異道：「我並沒有聽見。回來問問二奶奶就知道了。」

正說著，只見傅試家兩個女人過來請賈母的安，鴛鴦要陪了上去。那兩個女人因賈母正睡晌覺，就與鴛鴦說了一聲兒，回去了。紫鵑問：「這是誰家差來的？」鴛鴦道：「好討人嫌！家裏有了一個女孩兒，生得好些，便獻寶的似的，常常在老太太面前誇他家姑娘長得怎麼好，心地怎麼好，禮貌上又能，說話兒又簡絕，做活計兒手兒又巧，會寫會算，尊長上頭最孝敬的，就是待下人也是極和平的，來了就編這麼一大套，常常說給老太太聽。我聽著很煩，這幾個老婆子真討人嫌。我們老太太偏愛聽那些個話！老太太也罷了，還有寶玉，素常見了老婆子，便很厭煩的，偏見了他們家的老婆子便不厭煩，你說奇不奇？前兒還來說：他們姑娘現有多少人家兒來求親，他們老爺總不肯應，心裏只要和咱們這種人家作親纔肯。一回誇獎，一回奉承，把老太太的心都說活了。」紫鵑聽了一呆，便假意道：「若老太太喜歡，為什麼不就給寶玉定了呢？」

鴛鴦正要說出原故，聽見上頭說：「老太太醒了。」鴛鴦趕著上去，紫鵑只得起身出來。回到園裏，一頭走，一頭想道：「天下莫非只有一個寶玉？你也想他，我也想他。我們家的那一位，越發癡心起來了。看他的那個神情兒，是一定在寶玉身上的了。三番五次的病，可不是為著這個是什麼！這家裏『金』的『銀』的還鬧不清，若添了一個什麼傅姑娘，更了不得了。我看寶玉的心也在我們那一位的身上；聽著鴛鴦的説話，竟是見一個愛一個的。這不是我們姑娘白操了心了嗎？」紫鵑本是想著黛玉，往下一想，連自己也不得主意了，不免掉下淚來。要想叫黛玉不用瞎操心呢，又恐怕他煩惱；若是看著他這樣，又可憐見兒的。左思右想，一時煩躁起來，自己啐自己道：「你替人耽什麼憂！就是林姑娘真配了寶玉，他的那性情兒也是難伏侍的。寶玉性情雖好，又是貪多嚼不爛的。我倒勸人不必瞎操心，我自己纔是瞎操心呢！從今以後，我盡我的心伏侍姑娘，其餘的事全不管。」這麼一想，心裏倒覺清淨。回到瀟湘館來，見黛玉獨自一人，坐在炕上理從前作過的詩文詞稿，擡頭見紫鵑來，便問：「你到那裏去了？」紫鵑道：「我今兒瞧了瞧姐妹們去。」黛玉道：「敢是找襲人姐姐去麼？」紫鵑道：「我找他做什麼？」

黛玉一想，這話怎麼順嘴説了出來？反覺不好意思，便啐道：「你找誰與我什麼相干！倒茶去罷。」紫鵑也心裏暗笑，出來倒茶。只聽見園裏一疊聲亂嚷，不知何故。一面倒茶，一面叫人去打聽。回來説道：「怡紅院裏的海棠本來萎了幾棵，也沒人去澆灌他。昨日寶玉走去瞧，見枝頭上好像有了蓇朵兒似的。人都不信，沒有理他。忽然今日開得很好的海棠花，眾人咤異，都爭著去看，連老太太、太太都鬨動了，來瞧花兒呢。所以大奶奶叫人收拾園裏敗葉枯枝，這些人在那裏傳喚。」

黛玉也聽見了，知道老太太來，便更了衣，叫雪雁去打聽：「若是老太太來了，即來告訴我。」雪雁去不多時，便跑來説：「老太太、太太好些人都來了，請姑娘就去罷。」黛玉略自照了一照鏡子，掠了一掠鬢髮，便扶著紫鵑到怡紅院來，已見老太太坐在寶玉常臥的榻上。黛玉便説道：「請老太太安。」退後便見了邢王二夫人，回來與李紈、探春、惜春、邢岫煙彼此問了好。只有鳳姐因病未來；史湘雲因他叔叔調任回京，接了家去；薛寶琴跟他姐姐家去住了；李家姐妹因見園內多事，李嬸娘帶了在外居住：所以黛玉今日見的只有數人。大家說笑了一回，講究這花開得古怪。賈母道：「這花兒應在三月裏開的，如今雖是十一月，因節氣遲，還算十月，應著小陽春的天氣，因為和暖，開花也是有的。」王夫人道：「老太太見的多，說的是，也不為奇。」邢夫人道：「我聽見這花已經萎了一年，怎麼這回不應時候兒開了？必有個原故。」李紈笑道：「老太太與太太說得都是。據我的糊塗想頭，必是寶玉有喜事來了，此花先來報信。」探春雖不言語，心內想：「此花必非好兆。大凡順者昌，逆者亡；草木知運，不時而發，必是妖孽。」只不好說出來。獨有黛玉聽說是喜事，心裏觸動，便高興說道：「當初田家有荊樹一棵，三個弟兄因分了家，那荊樹便枯了；後來感動了他弟兄們，仍舊歸在一處，那荊樹也就榮了。可知草木也隨人的。如今二哥哥認真念書，舅舅喜歡，那棵樹也就發了。」賈母王夫人聽了喜歡，便說：「林姑娘比方得有理，很有意思。」

正說著，賈赦、賈政、賈環、賈蘭都進來看花。賈赦便說：「據我的主意，把他砍去。必是花妖作怪。」賈政道：「『見怪不怪，其怪自敗。』不用砍他，隨他去就是了。」賈母聽見，便說：「誰在這裏混說？人家有喜事好處，什麼怪不怪的！若有好事，你們享去；若是不好，我一個人當去。你們不許混說！」賈政聽了，不敢言語，訕訕的同賈赦等走了出來。

那賈母高興，叫人傳話到廚房裏，快快預備酒席，大家賞花。叫：「寶玉、環兒、蘭兒各人作一首詩誌喜。林姑娘的病纔好，不要他費心；若高興，給你們改改。」對著李紈道：「你們都陪我喝酒。」李紈答應了「是」，便笑對探春笑道：「都是你鬧的。」探春道：「饒不叫我們作詩，怎麼我們鬧的？」李紈道：「海棠社不是你起的麼？如今那棵海棠也要來入社了。」大家聽著，都笑了。

一時，擺上酒菜，一面喝著。彼此都要討老太太的歡喜，大家說些興頭話。寶玉上來斟了酒，便立成了四句詩，寫出來念與賈母聽，道：

海棠何事忽摧隤，今日繁花為底開？應是北堂增壽考，一陽旋復佔先梅。

賈環也寫了來，念道：

草木逢春當茁芽，海棠未發候偏差。人間奇事知多少，冬月開花獨我家。

賈蘭恭楷謄正，呈與賈母。賈母命李紈念道：

煙凝媚色春前萎，霜浥微紅雪後開。莫道此花知識淺，欣榮預佐合歡杯。

賈母聽畢，便說：「我不大懂詩，聽去倒是蘭兒的好，環兒作得不好。都上來吃飯罷。」寶玉看見賈母喜歡，更是興頭，因想起：「晴雯死的那年，海棠死的；今日海棠復榮，我們院內這些人，自然都好，但是晴雯不能像花的死而復生了。」頓覺轉喜為悲。忽又想起前日巧姐提鳳姐要把五兒補入，或此花為他而開，也未可知。卻又轉悲為喜，依舊說笑。

賈母還坐了半天，然後扶了珍珠回去了，王夫人等跟著過來。只見平兒笑嘻嘻的迎上來，說：「我們奶奶知道老太太在這裏賞花，自己不得來，叫奴才來伏侍老太太、太太們。還有兩疋紅送給寶二爺包裹這花，當作賀禮。」襲人過來接了，呈與賈母看。賈母笑道：「偏是鳳丫頭行出點事兒來，叫人看著又體面，又新鮮，很有趣兒！」襲人笑著向平兒道：「回去替寶二爺給二奶奶道謝：要有喜，大家喜。」賈母聽了，笑道：「噯喲，我還忘了呢！鳳丫頭雖病著，還是他想得到，送得也巧。」一面說著，眾人就隨著去了。平兒私與襲人道：「奶奶說，這花開得奇怪，叫你鉸塊紅綢子掛掛，便應在喜事上去了。以後也不必只管當作奇事混說。」襲人點頭答應，送了平兒出去不題。

且說那日寶玉本來穿著一裹圓的皮襖在家歇息，因見花開，只管出來看一回、賞一回、歎一回、愛一回的，心中無數悲喜離合，都弄到這株花上去了。忽然聽說賈母要來，便去換了一件狐腋箭袖，罩一件玄狐腿外褂，出來迎接賈母。匆匆穿換，未將「通靈寶玉」掛上。及至後來賈母去了，仍舊換衣，襲人見寶玉脖子上沒有掛著，便問：「那塊玉呢？」寶玉道：「剛纔忙亂換衣，摘下來放在炕桌上，我沒有帶。」襲人回看桌上，並沒有玉，便向各處找尋，蹤影全無，嚇得襲人滿身冷汗。寶玉道：「不用著急，少不得在屋裏的。問他們就知道了。」襲人當作麝月等藏起嚇他玩，便向麝月等笑著說道：「小蹄子們！玩呢，到底有個玩法。把這件東西藏在那裏了？別真弄丢了，那可就大家活不成了。」麝月等都正色道：「這是那裏的話？玩是玩，笑是笑，這個事非同兒戲，你可別混說！你自己昏了心了，想想罷，想想擱在那裏了？這會子又混賴人了。」襲人見他這般光景，不像是玩話，便著急道：「皇天菩薩，小祖宗！到底你擺在那裏了？」寶玉道：「我記得明明放在炕桌上的，你們到底找啊。」襲人麝月秋紋等也不敢叫人知道，大家偷偷兒的各處搜尋。鬧了大半天，毫無影響，甚至翻箱倒籠，實在沒處去找，便疑到方纔這些人進來，不知誰撿了去了。襲人說道：「進來的，誰不知道這玉是性命似的東西呢？誰敢撿了去呢！你們好歹先別聲張，快到各處問去。若有姐妹們撿著嚇我們玩呢，你們給他磕頭，要了回來；若是小丫頭偷了去，問出來，也不回上頭，不論做什麼送他換了出來，都使得的。這可不是小事，真要丟了這個，比丟了寶二爺的還利害呢。」麝月秋紋剛要往外走，襲人又趕出來囑咐道：「頭裏在這裏吃飯的倒別先問去。找不成，再惹出些風波來，更不好了。」麝月等依言，分頭各處追問。人人不曉，個個驚疑。麝月等回來，俱目瞪口呆，面面相窺，寶玉也嚇怔了，襲人急得只是乾哭。找是沒處找，回又不敢回：怡紅院裏的人嚇得個個像木雕泥塑一般。

大家正在發呆，只見各處知道的都來了。探春叫把園門關上，先命個老婆子帶著兩個丫頭，再往各處去尋去；一面又叫告訴眾人：「若誰找出來，重重的賞銀。」大家頭宗要脱干係，二宗聽見重賞，不顧命的混找了一遍，甚至於茅廁裏都找到。誰知那塊玉竟像繡花針兒一般，找了一天，總無影響。李紈急了，説：「這件事不是玩的，我要説句無禮的話了。」眾人道：「什麼呢？」李紈道：「事情到了這裏，也顧不得了。現在園裏，除了寶玉都是女人。要求各位姐姐、妹妹、姑娘都要叫跟來的丫頭脱了衣服，大家搜一搜。若沒有，再叫丫頭們去搜那些老婆子並粗使的丫頭。」大家説道：「這話也説得有理。現在人多手亂，魚龍混雜，倒是這麼一來，你們也洗洗清。」探春獨不言語。那些丫頭們也都願意洗淨自己。先是平兒起。平兒説道：「打我先搜起。」於是各人自己解懷。李紈一氣兒混搜。探春嗔著李紈道：「大嫂子，你也學那起不成材料的樣子來了。那個人既偷了去還肯藏在身上？況且這件東西，在家裏是寶，到了外頭不知道的是廢物，偷他做什麼？我想來必是有人使促狹。」

眾人聽説，又見環兒不在這裏，昨兒是他滿屋裏亂跑，都疑到他身上，只是不肯說出來。探春又道：「使促狹的只有環兒。你們叫個人去悄悄的叫了他來，背地裏哄著他，叫他拿出來，然後嚇著他，叫他不要聲張，這就完了。」大家點頭稱是。李紈便向平兒道：「這件事還是得你去纔弄得明白。」平兒答應，就趕著去了。不多時，同了環兒來了。眾人假意裝出沒事的樣子，叫人沏了碗茶，擱在裏間屋裏。眾人故意搭訕走開，原叫平兒哄他。平兒便笑著向環兒道：「你二哥哥的玉丟了，你瞧見了沒有？」賈環便急得紫漲了臉，瞪著眼，說道：「人家丟了東西，你怎麼又叫我來查問疑我，我是犯過案的賊麼？」平兒見這樣子，倒不敢再問，便又陪笑道：「不是這麼說。怕三爺要拿了去嚇他們，所以白問問瞧見了沒有，好叫他們找。」賈環道：「他的玉在他身上，看見不看見該問他，怎麼問我？捧著他的人多著咧！得了什麼不來問我，丟了東西就來問我！」說著，起身就走。眾人不好攔他。這裏寶玉倒急了，說道：「都是這勞什子鬧事！我也不要他了，你們也不用鬧了。環兒一去，必是嚷得滿院裏都知道了，這可不是鬧事了麼？」襲人等急得又哭道：「小祖宗，你看這玉丟了沒要緊；若是上頭知道了，我們這些人就要粉身碎骨了。」說著，便嚎啕大哭起來。

眾人更加傷感，明知此事掩飾不來，只得要商議定了話，回來好回賈母諸人。寶玉道：「你們竟也不用商量，硬說我砸了就完了。」平兒道：「我的爺，好輕巧話兒！上頭要問為什麼砸的呢？他們也是個死啊！倘或要起砸破的碴兒來，那又怎麼樣呢？」寶玉道：「不然，便說我前日出門丟了。」眾人一想：「這句話倒還混得過去，但只這兩天又沒上學，又沒往別處去。」寶玉道：「怎麼沒有？大前兒還到南安王府裏聽戲去了呢。便說那日丟的。」探春道：「那也不妥。既是前兒丟的，為什麼當日不來回？」

眾人正在胡思亂想要裝點撒謊，只聽得趙姨娘的聲兒，哭著喊著走來，說：「你們丟了東西，自己不找，怎麼叫人背地裏拷問環兒！我把環兒帶了來，索性交給你們這一起洑上水的。該殺該剮，隨你們罷。」說著，將環兒一推，說：「你是個賊，快快的招罷！」氣得環兒也哭喊起來。李紈正要勸解，丫頭來說：「太太來了。」襲人等此時無地可容。寶玉等趕忙出來迎接。趙姨娘暫且也不敢作聲，跟了出來。王夫人見眾人都有驚惶之色，纔信方纔聽見的話，便道：「那塊玉真丟了麼？」眾人都不敢作聲。王夫人走進屋裏坐下，便叫襲人，慌得襲人連忙跪下，含淚要稟。王夫人道：「你起來，快快叫人細細找去，一忙亂倒不好了。」襲人哽咽難言。寶玉生恐襲人直告訴出來，便說道：「太太，這事不與襲人相干，是我前日到南安王府那裏聽戲在路上丟了。」王夫人道：「為什麼那日不找？」寶玉道：「我怕他們知道，沒有告訴他們。我叫焙茗等在外頭各處找過的。」王夫人道：「胡說！如今脫換衣服，不是襲人他們伏侍的麼？大凡哥兒出門回來，手巾荷包短了，還要個明白，何況這塊玉不見了，便不問的麼？」寶玉無言可答。趙姨娘聽見，便得意了，忙接過口道：「外頭丟了東西，也賴環兒……」話未說完，被王夫人喝道：「這裏說這個，你且說那些沒要緊的話！」趙姨娘便不敢言語了。還是李紈探春從實的告訴了王夫人一遍。王夫人也急得淚如雨下，索性要回明賈母，去問邢夫人那邊跟來的這些人去。

鳳姐病中，也聽見寶玉失玉，知道王夫人過來，料躲不住，便扶了豐兒來到園裏。正值王夫人起身要走，鳳姐姣怯怯的說：「請太太安。」寶玉等過來問了鳳姐好。王夫人因說道：「你也聽見了麼？這可不是奇事嗎？剛纔眼錯不見就丟了，再找不著。你去想想：打老太太那邊丫頭起，至你們平兒，誰的手不穩，誰的心促狹；我要回了老太太，認真的查出來纔好。不然，是斷了寶玉的命根子了。」鳳姐回道：「咱們家人多手雜，自古說的，『知人知面不知心』，那裏保得住誰是好的？但是一吵嚷，已經都知道了，偷玉的人，若叫太太查出來，明知是死無葬身之地，他著了急，反要毀壞了滅口，那時可怎麼處呢？據我的糊塗想頭，只說寶玉本不愛他，撂丟了，也沒有什麼要緊，只要大家嚴密些，別叫老太太老爺知道；這麼說了，暗暗的派人去各處察訪，哄騙出來，那時玉也可得，罪名也好定：不知太太心裏怎麼樣？」王夫人遲了半日，纔說道：「你這話雖也有理，但只是老爺跟前怎麼瞞得過呢？」便叫環兒過來道：「你二哥哥的玉丟了，白問了你一句，怎麼你就亂嚷？若是嚷破了，人家把那個毀壞了，我看你活得活不得！」賈環嚇得哭道：「我再不敢嚷了。」趙姨娘聽了，那裏還敢言語。王夫人便吩咐眾人道：「想來自然有沒找到的地方兒。好端端的在家裏的，還怕他飛到那裏去不成？只是不許聲張。限襲人三天內給我找出來。要是三天找不著，只怕也瞞不住，大家那就不用過安靜日子了。」說著，便叫鳳姐兒跟到邢夫人那邊，商議踩緝不題。

這裏李紈等紛紛議論，便傳喚看園子的一干人來，叫把園門鎖上，快傳林之孝家的來，悄悄兒的告訴了他，叫他：「吩咐前後門上，三天之內，不論男女下人，從裏頭可以走動，要出時，一概去不許放出。只說裏頭丟了東西，待這件東西有了著落，然後放人出來。」林之孝家的答應了「是」，因說：「前兒奴才家裏也丟了一件不要緊的東西，林之孝必要明白，上街去找了一個測字的。那人叫作什麼劉鐵嘴，測了一個字，說的很明白，回來依舊一找，便找著了。」襲人聽見，便央及林家的道：「好林奶奶！出去快求林大爺替我們問問去。」那林之孝家的答應著出去了。邢岫煙道：「若說那外頭測字打卦的，是不中用的。我在南邊聞妙玉能扶乩，何不煩他問一問？況且我聽見說，這塊玉原有仙機，想來問得出來。」眾人都咤異道：「咱們常見的，從沒有聽他說起。」麝月便忙問岫煙道：「想來別人求他是不肯的，好姑娘，我給姑娘磕個頭，求姑娘就去。若問出來了，我一輩子總不忘你的恩！」說著，趕忙就要磕下頭去，岫煙連忙攔住。黛玉等也都慫恿著岫煙速往櫳翠庵去。一面林之孝家的進來說道：「姑娘們大喜！林之孝測了字回來，說這玉是丟不了的，將來橫豎有人送還來的。」眾人聽了，也都半信半疑。惟有襲人麝月喜歡得了不得。探春便問：「測的是什麼字？」林之孝家的道：「他的話多，奴才也學不上來。記得是拈了個賞人東西的『賞』字。那劉鐵嘴也不問，便說：『丟了東西不是？』」李紈道：「這就算好。」林之孝家的道：「他還說：『「賞」字上頭一個「小」字，底下一個「口」字，這件東西，很可嘴裏放得，必是個珠子寶石。』」眾人聽了，誇讚道：「真是神仙！往下怎麼說？」林之孝家的道：「他說：『底下「貝」字拆開，不成一個「見」字，可不是「不見」了？』因上頭拆了『當』字，叫快到當鋪裏找去。『「賞」字加一「人」字，可不是「償」字？只要找著當鋪就有人，有了人便贖了來，可不是償還了嗎？』」眾人道：「既這麼著，就先往左近找起。橫豎幾個當鋪都找遍了，少不得就有了。咱們有了東西，再問人就容易了。」李紈道：「只要東西，那怕不問人都使得。林嫂子，煩你就把測字的話快去告訴二奶奶，回了太太，先叫太太放心。就叫二奶奶快派人查去。」林家的答應了便走。

眾人略安了一點兒神，呆呆的等岫煙回來。正呆等，只見跟寶玉的焙茗在門外招手兒，叫小丫頭子快出來。那小丫頭趕忙的出去了。焙茗便說道：「你快進去告訴我們二爺和裏頭太太、奶奶、姑娘們，天大喜事。」那小丫頭子道：「你快說罷，怎麼這麼累贅？」焙茗笑著拍手道：「我告訴姑娘，姑娘進去回了，咱們兩個人都得賞錢呢！你打量什麼，寶二爺的那塊玉呀，我得了準信來了。」未知如何，下回分解。

卷九十五　因訛成實元妃薨逝　以假混真寶玉瘋顛

話說焙茗在門口和小丫頭子說寶玉的玉有了，那小丫頭急忙回來告訴寶玉。眾人聽了，都推著寶玉出去問他。眾人在廊下聽著。寶玉也覺放心，便走到門口，問道：「你那裏得了？快拿來。」焙茗道：「拿是拿不來的，還得託人做保去呢。」寶玉道：「你快說是怎麼得的，我好叫人取去。」焙茗道：「我在外頭，知道林爺爺去測字，我就跟了去。我聽見說在當鋪裏找，我沒等他說完，便跑到幾個當鋪裏去。我比給他個瞧，有一家便說『有』。我說：『給我罷。』那鋪子裏要票子。我說：『當多少錢？』他說：『三百錢的也有，五百錢的也有。前兒有一個人拿這麼一塊玉，當了三百錢去；今兒又有人也拿一塊玉，當了五百錢去。』」寶玉不等說完，便道：「你快拿三百五百錢去取了來，我們挑著看是不是。」裏頭襲人便啐道：「二爺不用理他！我小時候兒聽見我哥哥常說，有些人賣那些小玉兒，沒錢用，便去當。想來是家家當鋪裏有的。」眾人正在聽得咤異，被襲人一說，想了一想，倒大家笑起來，說：「快叫二爺進來罷，不用理那糊塗東西了。他說的那些玉，想來不是正經東西。」寶玉正笑著，只見岫煙來了。

原來岫煙走到櫳翠庵，見了妙玉，不及閒話，便求妙玉扶乩。妙玉冷笑幾聲，說道：「我與姑娘來往，為的是姑娘不是勢利場中的人。今日怎麼聽了那裏的謠言，過來纏我？況且我並不曉得什麼叫『扶乩』。」說著，將要不理。岫煙懊悔此來：知他脾氣是這麼著的，「一時我已說出，不好白回去」，又不好與他質證他會扶乩的話，只得陪著笑將襲人等性命關係的話說了一遍。見妙玉略有活動，便起身拜了幾拜。妙玉歎道：「何必為人作嫁？但是我進京以來，素無人知，今日你來破例，恐將來纏繞不休。」岫煙道：「我也一時不忍。知你必是慈悲的。便是將來他人求你，願不願在你，誰敢相強？」妙玉笑了一笑，叫道婆焚香，在箱子裏找出沙盤乩架，書了符，命岫煙行禮祝告畢，起來同妙玉扶著乩。不多時，只見那仙乩疾書道：

噫！來無跡，去無蹤，青埂峰下倚古松。欲追尋，山萬重，入我門來一笑逢。

書畢，停了乩。岫煙便問：「請是何仙？」妙玉道：「請的是拐仙。」岫煙錄了出來，請教妙玉解識。妙玉道：「這個可不能，連我也不懂。你快拿去，他們的聰明人多著哩。」

岫煙只得回來。進入院中，各人都問：「怎麼樣了？」岫煙不及細說，便將所錄乩語遞與李紈，眾姊妹及寶玉爭看，都解的是：「一時要找是找不著的，然而丟是丟不了的，不知幾時不找便出來了。但是青埂峰不知在那裏？」李紈道：「這是仙機隱語。咱們家裏那裏跑出青埂峰來？必是誰怕查出，撂在有松樹的山子石底下，也未可定。獨是『入我門來』這句，到底是入誰的門呢？」黛玉道：「不知請的是誰？」岫煙道：「拐仙。」探春道：「若是仙家的門，便難入了。」

襲人心裏著忙，便捕風捉影的混找，沒一塊石底下不找到，只是沒有。回到院中，寶玉也不問有無，只管傻笑。麝月著急道：「小祖宗！你到底是那裏丟的？說明了，我們就是受罪，也在明處啊。」寶玉笑道：「我說外頭丟的，你們又不依。你如今問我，我知道麼？」李紈探春道：「今兒從早起鬧起，已到三更來的天了。你瞧林妹妹已經掌不住，各自去了。我們也該歇歇兒了，明兒再鬧罷。」說著，大家散去。寶玉即便睡下。可憐襲人等哭一回，想一回，一夜無眠，暫且不題。

且說黛玉先自回去，想起「金」「石」的舊話來，反自喜歡；心裏說道：「和尚道士的話真個信不得。果真『金』『玉』有緣，寶玉如何能把這玉丟了呢？或者因我之事，拆散他們的『金玉』，也未可知。」想了半天，更覺安心，把這一天的勞乏，竟不理會，重新倒看起書來。紫鵑倒覺身倦，連催黛玉睡下。黛玉雖躺下，又想到海棠花上，說：「這塊玉原是胎裏帶來的，非比尋常之物，來去自有關係。若是這花主好事呢，不該失了這玉呀。看來此花開的不祥，莫非他有不吉之事？」不覺又傷起心來。又轉想到喜事上頭，此花又似應開，此玉又似應失：如此一悲一喜，直想到五更方睡著。

次日，王夫人等早派人到當鋪裏去查問，鳳姐暗中設法找尋。一連鬧了幾天，總無下落。還喜賈母賈政未知。襲人等每日提心弔膽。寶玉也好幾天不上學，只是怔怔的，不言不語，沒心沒緒的。王夫人只知他因失玉而起，也不大著意。那日正在納悶，忽見賈璉進來請安，嘻嘻的笑道：「今日聽得軍機賈雨村打發人來告訴二老爺，說：『舅太爺昇了內閣大學士，奉旨來京，已定明年正月二十日宣麻，有三百里的文書去了。』想舅太爺晝夜趲行，半個多月就要到了。姪兒特來回太太知道。」王夫人聽說，便歡喜非常。正想娘家人少，薛姨媽家又衰敗了；兄弟又在外任，照應不著。今日忽聽兄弟拜相回京，王家榮耀，將來寶玉都有倚靠。便把失玉的心又略放開些了，天天專望兄弟來京。

忽一天，賈政進來，滿臉淚痕，喘吁吁的說道：「你快去稟知老太太，即刻進宮！不用多人的，是你伏侍進去。因娘娘忽得暴病，現在太監在外立等。他說：『太醫院已經奏明痰厥，不能醫治。』」王夫人聽說，便大哭起來。賈政道：「這不是哭的時候，快快去請老太太。說得寬緩些，不要嚇壞了老人家。」賈政說著，出來吩咐家人伺候。王夫人收了淚，去請賈母，只說元妃有病，進去請安。賈母念佛道：「怎麼又病了？前番嚇得我了不得，後來又打聽錯了。這回情願再錯了也罷。」王夫人一面回答，一面催鴛鴦等開箱取衣飾穿戴起來。王夫人趕著回到自己房中也穿戴好了，過來伺候。一時出廳，上轎進宮不題。

且說元春自選了鳳藻宮後，聖眷隆重，身體發福，未免舉動費力。每日起居勞乏，時發痰疾。因前日侍宴回宮，偶沾寒氣，勾起舊病。不料此回甚屬利害，竟至痰氣壅塞，四肢厥冷。一面奏明，即召太醫調治。豈知湯藥不進，連用通關之劑，並不見效。內官憂慮，奏請預辦後事，所以傳旨命賈氏椒房進見。賈母王夫人遵旨進宮，見元妃痰塞口涎，不能言語。見了賈母，只有悲泣之狀，卻少眼淚。賈母進前請安，奏些寬慰的話。少時賈政等職名遞進，宮嬪傳奏，元妃目不能顧，漸漸臉色改變。內官太監即要奏聞，恐派各妃看視，椒房姻戚未便久羈，請在外宮伺候。賈母王夫人怎忍便離，無奈國家制度，只得下來，又不敢啼哭，惟有心內悲感。朝門內官員有信。不多時，只見太監出來，立傳欽天監。賈母便知不好，尚未敢動。稍刻，小太監傳諭出來，說：「賈娘娘薨逝。」是年甲寅年十二月十八日立春；元妃薨日，是十二月十九日，已交卯年寅月，存年四十三歲。賈母含悲起身，只得出宮上轎回家。賈政等亦已得信，一路悲戚。到家中，邢夫人、李紈、鳳姐、寶玉等出廳，分東西迎著賈母，請了安，並賈政王夫人請安，大家哭泣不題。

次日早起，凡有品級的，按貴妃喪禮進內請安哭臨。賈政又是工部，雖按照儀注辦理，未免堂上又要周旋他些，同事又要請教他，所以兩頭更忙，非比從前太后與周妃的喪事了。但元妃並無所出，惟謚曰賢淑貴妃。此是王家制度，不必多贅。只講賈府中男女，天天進宮，忙得了不得。幸喜鳳姐兒近日身子好些，還得出來照應家事；又要預備王子騰進京，接風賀喜。鳳姐胞兄王仁，知道叔叔入了內閣，仍帶家眷來京。鳳姐心裏喜歡，便有些心病，有這些娘家的人，也便撂開，所以身子倒覺比前好了些。王夫人看見鳳姐照舊辦事，又把擔子卸了一半；又眼見兄弟來京，諸事放心，倒覺安靜些。

獨有寶玉原是無職之人，又不念書，代儒學裏知他家裏有事，也不來管他；賈政正忙，自然沒有空兒查他：想來寶玉趁此機會竟可與姊妹們天天暢樂。不料他自失了玉後，終日懶怠走動，説話也糊塗了。並賈母等出門回來，有人叫他去請安，便去；沒人叫他，他也不動。襲人等懷著鬼胎，又不敢去招惹他，恐他生氣。每天茶飯，端到面前便吃，不來也不要。襲人看這光景，不像是有氣，竟像是有病的。襲人偷著空兒到瀟湘館告訴紫鵑，説是：「二爺這麼著，求姑娘給他開導開導。」紫鵑雖即告訴黛玉，只因黛玉想著親事上頭，一定是自己了，如今見了他，反覺不好意思，「若是他來呢，原是小時在一處的，也難不理他；若説我去找他，斷斷使不得。」所以黛玉不肯過來。襲人又背地裏去告訴探春。那知探春心裏明明知道海棠開得怪異，「寶玉」失得更奇，接連著元妃姐姐薨逝，諒家道不祥，日日愁悶，那有心腸去勸寶玉？況兄妹們男女有別，只好過來一兩次，寶玉又終是懶懶的，所以也不大常來。寶釵也知失玉。因薛姨媽那日應了寶玉的親事，回去便告訴了寶釵。薛姨媽還說：「雖是你姨媽說了，我還沒有應准，說等你哥哥回來再定。你願意不願意？」寶釵反正色的對母親道：「媽媽這話說錯了。女孩兒家的事情是父母做主的。如今我父親沒了，媽媽應該做主的；再不然，問哥哥；怎麼問起我來？」所以薛姨媽更愛惜他，說他雖是從小嬌養慣的，卻也生來的貞靜。因此，在他面前，反不提起寶玉了。寶釵自從聽此一說，把「寶玉」兩字自然更不提起了。如今雖然聽見失了玉，心裏也甚驚疑，倒不好問，只得聽旁人說去，竟像不與自己相干的。只有薛姨媽打發丫頭過來了好幾次問信。因他自己的兒子薛蟠的事焦心，只等哥哥進京，便好為他出脫罪名；又知元妃已薨，雖然賈府忙亂，卻得鳳姐好了，出來理家；也把賈家的事擱開了。只苦了襲人，雖然在寶玉跟前低聲下氣的伏侍勸慰，寶玉竟是不懂。襲人只有暗暗的著急而已。

過了幾日，元妃停靈寢廟，賈母等送殯去了幾天。豈知寶玉一日呆似一日，也不發燒，也不疼痛，只是吃不像吃，睡不像睡，甚至說話都無頭緒。那襲人麝月等一發慌了，回過鳳姐幾次。鳳姐不時過來。起先道是找不著玉生氣，如今看他失魂落魄的樣子，只有日日請醫調治。煎藥吃了好幾劑，只有添病的，沒有減病的。及至問他那裏不舒服，寶玉也不說出來。

直至元妃事畢，賈母惦記寶玉，親自到園看視，王夫人也隨過來，襲人等叫寶玉接去請安。寶玉雖說是病，每日原起來行動。今日叫他接賈母去，他依然仍是請安，惟是襲人在旁扶著指教。賈母見了，便道：「我的兒！我打諒你怎麼病著，故此過來瞧你。今你依舊的模樣兒，我的心放了好些。」王夫人也自然是寬心的。但寶玉並不回答，只管嘻嘻的笑。賈母等進屋坐下，問他的話，襲人教一句，他說一句，大不似往常，直是一個傻子似的。賈母愈看愈疑，便說：「我纔進來看時，不見有什麼病；如今細細一瞧，這病果然不輕，竟是神魂失散的樣子！到底因什麼起的呢？」王夫人知事難瞞，又瞧瞧襲人怪可憐的樣子，只得便依著寶玉先前的話，將那往南安王府裏去聽戲時丟了這塊玉的話悄悄的告訴了一遍，心裏也彷徨的很，生恐賈母著急。並說：「現在著人在四下裏找尋。求籤問卦，都說在當舖裏找，少不得找著的。」賈母聽了，急得站起來，眼淚直流，說道：「這件玉，如何是丟得的！你們忒不懂事了！難道老爺也是撂開手的不成？」王夫人知賈母生氣，叫襲人等跪下，自己斂容低首回說：「媳婦恐老太太著急，老爺生氣，都沒敢回。」賈母「咳」道：「這是寶玉的命根子，因丟了，所以他是這麼失魂喪魄的！還了得！況是這玉滿城裏都知道，誰撿了去，便叫你們找出來麼？叫人快快請老爺，我與他說。」那時嚇得王夫人襲人等俱哀告道：「老太太這一生氣，回來老爺更了不得了。現在寶玉病著，交給我們盡命裏找來就是了。」賈母道：「你們怕老爺生氣，有我呢！」便叫麝月傳人去請。不一時，傳進話來，說：「老爺謝客去了。」賈母道：「不用他也使得。你們便說我說的話，暫且也不用責罰下人。我便叫璉兒來，寫出賞格，懸在前日經過的地方，便說：『有人撿得送來者，情願送銀一萬兩；如有知人撿得，送信找得者，送銀五千兩。』如真有了，不可吝惜銀子。這麼一找，少不得就找出來了。若是靠著咱們家幾個人找，就找一輩子，也不能得！」王夫人也不敢直言。賈母傳話，告訴賈璉，叫他速辦去了。

賈母便叫人：「將寶玉動用之物，都搬到我那裏去。只派襲人秋紋跟過來，餘者仍留園內看屋子。」寶玉聽了，終不言語，只是傻笑。賈母便攜了寶玉起身，襲人等攙扶出園。回到自己房中，叫王夫人坐下，看人收拾裏間屋內安置，便對王夫人道：

「你知道我的意思麼？我為的園裏人少，怡紅院的花樹，忽萎忽開，有些奇怪。頭裏仗著一塊玉能除邪祟；如今此玉丟了，生恐邪氣易侵：故我帶他過來一塊兒住著。這幾天也不用叫他出去。大夫來，就在這裏瞧。」王夫人聽說，便接口道：「老太太想的自然是。如今寶玉同著老太太住了，老太太的福氣大，不論什麼都壓住了。」賈母道：「什麼福氣！不過我屋裏乾淨些，經卷也多，都可以念念，定定心神。你問寶玉好不好？」那寶玉見問，只是笑。襲人叫他說好，寶玉也就說好。王夫人見了這般光景，未免落淚，在賈母這裏，不敢出聲。賈母知王夫人著急，便說道：「你回去罷，這裏有我調停他。晚上老爺回來，告訴他不必來見我，不許言語就是了。」王夫人去後，賈母叫鴛鴦找些安神定魄的藥，按方吃了，不題。

且說賈政當晚回家，在車內聽見道兒上人說道：「人要發財，也容易的很。」那個人道：「怎麼見得？」這個人又道：「今日聽見榮府裏丟了什麼哥兒的玉了，貼著招帖兒，上頭寫著玉的大小式樣顏色，說：有人撿了送去，就給一萬兩銀子；送信的還給五千呢！」

賈政雖未聽得如此真切，心裏咤異，急忙趕回，便叫門上的人，問起那事來。門上的人稟道：「奴才頭裏也不知道；今兒晌午，璉二爺傳出老太太的話，叫人去貼帖兒，纔知道的。」賈政便歎氣道：「家道該衰！偏生養這麼一個孽障！纔養他的時候，滿街的謠言，隔了十幾年，略好了些。這會子又大張曉諭的找玉，成何道理！」說著，忙走進裏頭去問王夫人。王夫人便一五一十的告訴。賈政知是老太太的主意，又不敢違拗，只抱怨王夫人幾句。又走出來，叫瞞著老太太，背地裏揭了這個帖兒下來。豈知早有那些遊手好閒的人揭了去了。

過了些時，竟有人到榮府門上，口稱送玉來。家內人們聽見，喜歡得了不得，便說：「拿來，我給你回去。」那人便懷內掏出賞格來，指給門上人瞧：「這不是你府上的帖子麼？寫明送玉來的給銀一萬兩。二太爺，你們這會子瞧我窮，回來我得了銀子，就是個財主了，別這麼待理不理的！」門上聽他話頭來得硬，說道：「你到底略給我瞧一瞧，我好給你回去。」那人初倒不肯，後來聽人說得有理，便掏出那玉，托在掌中一揚，說：「這是不是？」眾家人原是在外服役，只知有玉，也不常見；今日纔看見這玉的模樣兒了，急忙跑到裏頭搶頭報似的。那日賈政賈赦出門，只有賈璉在家。眾人回明，賈璉還細問：「真不真？」門上人口稱：「親眼見過，只是不給奴才，要見主子，一手交銀，一手交玉。」賈璉卻也喜歡，忙去稟知王夫人，即便回明賈母，把個襲人樂得合掌念佛。賈母並不改口，一疊連聲：「快叫璉兒請那人到書房內坐下，將玉取來一看，即便送銀。」賈璉依言，請那人進來，當客待他，用好言道謝：「要借這玉送到裏頭本人見了，謝銀分厘不短。」那人只得將一個紅綢子包兒送過去。賈璉打開一看，可不是那一塊晶瑩美玉嗎？賈璉素昔原不理論，今日倒要看看。看了半日，上面的字也彷彿認得出來，什麼「除邪祟」等字。賈璉看了，喜之不勝，便叫家人伺候，忙忙的送與賈母王夫人認去。

這會子驚動了合家的人，都等著爭看。鳳姐見賈璉進來，便劈手奪去，不敢先看，送到賈母手裏，賈璉笑道：「你這麼一點兒事，還不叫我獻功呢！」賈母打開看時，只見那玉比先前昏暗了好些，一面用手擦摸，鴛鴦拿上眼鏡兒來，戴著一瞧，說：「奇怪！這塊玉倒是的！怎麼把頭裏的寶色都沒了呢？」王夫人看了一會子，也認不出，便叫鳳姐過來看。鳳姐看了道：「像倒像，只是顏色不大對，不如叫寶兄弟自己一看，就知道了。」襲人在旁，也看著未必是那一塊，只是盼得的心盛，也不敢說出不像來。鳳姐於是從賈母手中接過來，同著襲人，拿來給寶玉瞧。這時寶玉正睡著纔醒。鳳姐告訴道：「你的玉有了。」寶玉睡眼矇矓，接在手裏也沒瞧，便往地下一擲，道：「你們又來哄我了！」說著，只是冷笑。鳳姐連忙拾起來道：「這也奇了。怎麼你沒瞧，就知道呢？」寶玉也不答言，只管笑。王夫人也進屋裏來了，見他這樣，便道：「這不用說了。他那玉原是胎裏帶來的一種古怪東西，自然他有道理。想來這個必是人見了帖兒，照樣作的。」大家此時恍然大悟。

賈璉在外間屋裏聽見這個話，便說道：「既不是，快拿來給我問問他去。人家這樣事，他敢來鬼混！」賈母喝住道：「璉兒，拿了去給他，叫他去罷。那也是窮極了的人，沒法兒了，所以見我們家有這樣事，他便想著賺幾個錢，也是有的。如今白白的花了錢，弄了這個東西，又叫咱們認出來了。依著我，不要難為他，把這玉還他，說不是我們的，賞給他幾兩銀子。外頭的人知道了，纔肯有信兒就送來呢。若是難為了這一個人，就有真的，人家也不敢拿來了。」賈璉答應出去。那人還等著呢，半日不見人來，正在那裏心裏發虛，只見賈璉氣忿走出來了。未知如何，下回分解。

話說賈璉拿了那塊假玉忿忿走出，到了書房。那個人看見賈璉的氣色不好，心裏先發了虛了，連忙站起來迎著。剛要說話，只見賈璉冷笑道：「好大膽！我把你這個混帳東西！這裏是什麼地方兒，你敢來掉鬼！」回頭便問：「小廝們呢？」外頭轟雷一般，幾個小廝齊聲答應。賈璉道：「取繩子去捆起他來！等老爺回來回明了，把他送到衙門裏去。」眾小廝又一齊答應：「預備著呢！」嘴裏雖如此，卻不動身。那人先自唬得手足無措，見這般勢派，知道難逃公道，只得跪下給賈璉碰頭，口口聲聲只叫：「老太爺，別生氣！是我一時窮極無奈，纔想出這個沒臉的營生來。那玉是我借錢做的，我也不敢要了，只得孝敬府裏的哥兒玩罷。」說畢，又連連磕頭。賈璉啐道：「你這個不知死活的東西！這府裏希罕你的那朽不了的浪東西！」

正鬧著，只見賴大進來，陪著笑，向賈璉道：「二爺別生氣了。靠他算個什麼東西！饒了他，叫他滾出去罷。」賈璉道：「實在可惡。」賴大賈璉作好作歹，眾人在外頭都說道：「糊塗狗攮的！還不給爺和賴大爺磕頭呢！快快的滾罷，還等窩心腳呢！」那人趕忙磕了兩個頭，抱頭鼠竄而去。從此，街上鬧動了：「賈寶玉弄出『假寶玉』來。」

且說賈政那日拜客回來，眾人因為燈節底下，恐怕賈政生氣，已過去的事了，便也都不肯回。只因元妃的事，忙碌了好些時，近日寶玉又病著，雖有舊例家宴，大家無興，也無有可記之事。到了正月十七日，王夫人正盼王子騰來京，只見鳳姐進來回說：「今日二爺在外聽得有人傳說：我們家大老爺趕著進京，離城只二百多里地，在路上沒了。太太聽見了沒有？」王夫人吃驚道：「我沒有聽見，老爺昨晚也沒有說起。到底在那裏聽見的？」鳳姐道：「說是在樞密張老爺家聽見的。」王夫人怔了半天，那眼淚早流下來了，因拭淚說道：「回來再叫璉兒索性打聽明白了來告訴我。」鳳姐答應去了。王夫人不免暗裏落淚，悲女哭弟，又為寶玉耽憂，如此連三接二，都是不隨意的事，那裏擱得住？便有些心口疼痛起來。又加賈璉打聽明白了，來說道：「舅太爺是趕路勞乏，偶然感冒風寒。到了十里屯地方，延醫調治；無奈這個地方沒有名醫，誤用了藥，一劑就死了。但不知家眷可到了那裏沒有。」王夫人聽了，一陣心酸，便心口疼得坐不住，叫彩雲等扶了上炕，還扎掙著叫賈璉去回了賈政。「即速收拾行裝，迎到那裏，幫著料理完畢，即刻回來告訴我們，好叫你媳婦兒放心。」賈璉不敢違拗，只得辭了賈政起身。

賈政早已知道，心裏很不受用：又知寶玉失玉以後，神志昏憒，醫藥無效；又值王夫人心疼。那年正值京察，工部將賈政保列一等，二月，吏部帶領引見。皇上念賈政勤儉謹慎，即放了江西糧道。即日謝恩，已奏明起程日期。雖有眾親朋賀喜，賈政也無心應酬，只念家中人口不寧，又不敢耽延在家。

正在無計可施，只聽見賈母那邊叫：「請老爺。」賈政即忙進去。看見王夫人帶著病也在那裏，便向賈母請了安。賈母叫他坐下，便說：「你不日就要赴任，我有多少話與你說，不知你聽不聽？」說著，掉下淚來。賈政忙站起來，說道：「老太太有話，只管吩咐，兒子怎敢不遵命呢？」賈母哽咽著說道：「我今年八十一歲的人了，你又要做外任去。偏有你大哥在家，你又不能告親老。你這一去了，我所疼的只有寶玉，偏偏的又病得糊塗，還不知道怎麼樣呢！我昨日叫賴昇媳婦出去，叫人給寶玉算算命，這先生算得好靈，說：『要娶了金命的人幫扶他，必要沖沖喜纔好；不然，只怕保不住。』我知道你不信那些話，所以教你來商量。你的媳婦也在這裏，你們兩個也商量商量：還是要寶玉好呢？還是隨他去呢？」賈政陪笑說道：「老太太當初疼兒子這麼疼的，難道做兒子的就不疼自己的兒子不成麼？只為寶玉不上進，所以時常恨他，也不過是『恨鐵不成鋼』的意思。老太太既要給他成家，這也是該當的，豈有逆著老太太不疼他的理？如今寶玉病著，兒子也是不放心。因老太太不叫他見我，所以兒子也不敢言語。我到底瞧瞧寶玉是個什麼病？」王夫人見賈政說著也有些眼圈兒紅，知道心裏是疼的，便叫襲人扶了寶玉來。寶玉見了他父親，襲人叫他請安，他便請了個安。賈政見他臉面很瘦，目光無神，大有瘋傻之狀，便叫人扶了進去，便想到：「自己也是望六的人了，如今又放外任，不知道幾年回來。倘或這孩子果然不好，一則年老無嗣，雖說有孫子，到底隔了一層；二則老太太最疼的是寶玉，若有差錯，可不是我的罪名更重了？」瞧瞧王夫人一包眼淚，又想到他身上，復站起來說：「老太太這麼大年紀，想法兒疼孫子，做兒子的還敢違拗？老太太主意該怎麼便怎麼就是了。但只姨太太那邊，不知說明白了沒有？」王夫人便道：「姨太太是早應了的；只為蟠兒的事沒有結案，所以這些時總沒提起。」賈政又道：「這就是第一層的難處。他哥哥在監裏，妹子怎麼出嫁？況且貴妃的事雖不禁婚嫁，寶玉應照已出嫁的姐姐，有九個月的功服，此時也難娶親。再者，我的起身日期已經奏明，不敢耽擱，這幾天怎麼辦呢？」

賈母想了一想：「說的果然不錯。若是等這幾件事過去，他父親又走了，倘或這病一天重似一天，怎麼好？只可越些禮辦了纔好。」想定主意，便說道：「你若給他辦呢，我自然有個道理，包管都礙不著：姨太太那邊，我和你媳婦親自過去求他。蟠兒那裏，我央蝌兒去告訴他，說是要救寶玉的命，諸事將就，自然應的。若說服裏娶親，當真使不得；況且寶玉病著，也不可教他成親，不過是沖沖喜。我們兩家願意，孩子們又有『金玉』的道理，婚是不用合的了，即挑了好日子，按著咱們家分兒過了禮。趕著挑個娶親日子，一概鼓樂不用，倒按宮裏的樣子，用十二對提燈，一乘八人轎子擡了來，照南邊規矩拜了堂，一樣坐牀撒帳，可不是算娶了親了麼？寶丫頭心地明白，是不用慮的。內中又有襲人，也還是個妥妥當當的孩子，再有個明白人常勸他，更好。他又和寶丫頭合得來。再者，姨太太曾說：『寶丫頭的金鎖也有個和尚說過，只等有玉的便是婚姻。』焉知寶丫頭過來，不因金鎖倒招出他那塊玉來，也定不得。從此一天好似一天，豈不是大家的造化？這會子只要立刻收拾屋子，鋪排起來，這屋子是要你派的。一概親友不請，也不排筵席；待寶玉好了，過了功服，然後再擺席請人：這麼著，都趕得上；你也看見了他們小倆口兒的事，也好放心的去。」賈政聽了，原不願意，只是賈母做主，不敢違命，勉強陪笑說道：「老太太想得極是，也很妥當。只是要吩咐家下眾人，不許吵嚷得裏外皆知，這要耽不是的。姨太太那邊，只怕不肯；若是果真應了，也只好按著老太太的主意辦去。」賈母道：「姨太太那裏有我呢，你去罷。」賈政答應出來，心中好不自在。因赴任事多，部裏領憑，親友們薦人，種種應酬不絕，竟把寶玉的事聽憑賈母交與王夫人鳳姐兒了。惟將榮禧堂後身王夫人內屋旁邊一大跨所二十餘間房屋指與寶玉，餘者一概不管。賈母定了主意，叫人告訴他去，賈政只說「很好」。此是後話。

且說寶玉見過賈政，襲人扶回裏間炕上。因賈政在外，無人敢與寶玉說話，寶玉便昏昏沈沈的睡去。賈母與賈政所說的話，寶玉一句也沒有聽見。襲人等卻靜靜兒的聽得明白，頭裏雖也聽得些風聲，到底影響，只不見寶釵過來，卻也有些信真。今日聽了這些話，心裏方纔水落歸漕，倒也喜歡。心裏想道：「果然上頭的眼力不錯！這纔配得是。我也造化！若他來了，我可以卸了好些擔子。但是這一位的心裏只有一個林姑娘，幸虧他沒有聽見，若知道了，又不知要鬧到什麼分兒了。」襲人想到這裏，轉喜為悲，心想：「這件事怎麼好？老太太、太太那裏知道他們心裏的事？一時高興，說給他知道，原想要他病好。若是他仍似前的心事，初見林姑娘，便要摔玉砸玉；況且那年夏天在園裏，把我當作林姑娘，說了好些私心話；後來因為紫鵑說了句玩話兒，便哭得死去活來。若是如今和他說要娶寶姑娘，竟把林姑娘撂開，除非是他人事不知還可，若稍明白些，只怕不但不能沖喜，竟是催命了。我再不把話說明，那不是一害三個人了麼？」襲人想定主意，待等賈政出去，叫秋紋照看著寶玉，便從裏間出來，走到王夫人身旁，悄悄的請了王夫人到賈母後身屋裏去說話。賈母只道是寶玉有話，也不理會，還在那裏打算怎麼過禮，怎麼娶親。

那襲人同了王夫人到了後間，便跪下哭了。王夫人不知何意，把手拉著他說：「好端端的，這是怎麼說？有什麼委屈，起來說。」襲人道：「這話奴才是不該說的，這會子因為沒有法兒了。」王夫人道：「你慢慢的說。」襲人道：「寶玉的親事，老太太、太太已定了寶姑娘了，自然是極好的一件事。只是奴才想著，太太看去，寶玉和寶姑娘好，還是和林姑娘好呢？」王夫人道：「他兩個因從小兒在一處，所以寶玉和林姑娘又好些。」襲人道：「不是『好些』。」便將寶玉素與黛玉這些光景一一的說了，還說：「這些事都是太太親眼見的，獨是夏天的話，我從沒敢和別人說。」王夫人拉著襲人道：「我看外面兒已瞧出幾分來了，你今兒一說，更加是了。但是剛纔老爺說的話，想必都聽見了，你看他的神情兒怎麼樣？」襲人道：「如今寶玉若有人和他說話他就笑，沒人和他說話他就睡，所以頭裏的話卻倒都沒聽見。」王夫人道：「倒是這件事叫人怎麼樣呢？」襲人道：「奴才說是說了，還得太太告訴老太太，想個萬全的主意纔好。」王夫人便道：「既這麼著，你去幹你的。這時候滿屋子的人，暫且不用提起。等我瞅空兒回明老太太，再作道理。」說著，仍到賈母跟前。

賈母正在那裏和鳳姐兒商議，見王夫人進來，便問道：「襲人丫頭說什麼，這麼鬼鬼祟祟的？」王夫人趁問，便將寶玉的心事細細回明賈母。賈母聽了，半日沒言語。王夫人和鳳姐也都不再說了。只見賈母歎道：「別的事都好說。林丫頭倒沒有什麼。若寶玉真是這樣，這可叫人作了難了！」只見鳳姐想了一想，因說道：「難倒不難。只是我想了個主意，不知姑媽肯不肯。」王夫人道：「你有主意，只管說給老太太聽，大家娘兒們商量著辦罷了。」鳳姐道：「依我想，這件事，只有一個『掉包兒』的法子。」賈母道：「怎麼『掉包兒』？」鳳姐道：「如今不管寶兄弟明白不明白，大家吵嚷起來，說是老爺做主，將林姑娘配了他了，瞧他的神情兒怎麼樣。要是他全不管，這個包兒也就不用掉了；若是他有些喜歡的意思，這事卻要大費周折呢！」王夫人道：「就算他喜歡，你怎麼樣辦法呢？」鳳姐走到王夫人耳邊，如此這般的說了一遍。王夫人點了幾點頭兒，笑了一笑，說道：「也罷了。」賈母便問道：「你娘兒兩個搗鬼，到底告訴我是怎麼著呀。」鳳姐恐賈母不懂，露泄機關，便也向耳邊輕輕的告訴了一遍。賈母果真一時不懂。鳳姐笑著又說了幾句。賈母笑道：「這麼著也好，可就只忒苦了寶丫頭了。倘或吵嚷出來，林丫頭又怎麼樣呢？」鳳姐道：「這個話，原只說給寶玉聽，外頭一概不許提起，有誰知道呢？」

正說間，丫頭傳進話來，說：「璉二爺回來了。」王夫人恐賈母問及，使個眼色與鳳姐。鳳姐便出來迎著賈璉，努了個嘴兒，同到王夫人屋裏等著去了。一會兒，王夫人進來，已見鳳姐哭得兩眼通紅。賈璉請了安，將到十里屯料理王子騰的喪事的話說了一遍，便說：「有恩旨賞了內閣的職銜，謚了文勤公，命本宗扶柩回籍，著沿途地方官員照料。昨日起身，連家眷回南去了。舅太太叫我回來請安問好，說：『如今想不到不能進京，有多少話不能說。』聽見我大舅子要進京，若是路上遇見了，便叫他來到咱們這裏細細的說。」王夫人聽畢，其悲痛自不必言。鳳姐勸慰了一番，「請太太略歇一歇，晚上來，再商量寶玉的事罷。」說畢，同了賈璉回到自己房中，告訴了賈璉，叫他派人收拾新房不題。

一日，黛玉早飯後，帶著紫鵑到賈母這邊來，一則請安，二則也為自己散散悶。出了瀟湘館，走了幾步，忽然想起忘了手絹子來，因叫紫鵑回去取來，自己卻慢慢的走著等他。剛走到沁芳橋那邊山石背後當日同寶玉葬花之處，忽聽一個人嗚嗚咽咽在那裏哭。黛玉煞住腳聽時，又聽不出是誰的聲音，也聽不出哭著叨叨的是些什麼話，心裏甚是疑惑；便慢慢的走去。及到了跟前，卻見一個濃眉大眼的丫頭在那裏哭呢。黛玉未見他時，還只疑府裏這些大丫頭有什麼說不出的心事，所以來這裏發洩發洩；及至見了這個丫頭，卻又好笑，因想到：「這種蠢貨，有什麼情種！自然是那屋裏做粗活的丫頭，受了大女孩子的氣了。」細瞧了一瞧，卻不認得。那丫頭見黛玉來了，便也不敢再哭，站起來拭眼淚。黛玉問道：「你好好的為什麼在這裏傷心？」那丫頭聽了這話，又流淚道：「林姑娘，你評評這個理：他們說話，我又不知道，我就說錯了一句話，我姐姐也不犯就打我呀！」黛玉聽了，不懂他說的是什麼，因笑問道：「你姐姐是那一個？」那丫頭道：「就是珍珠姐姐。」黛玉聽了，纔知他是賈母屋裏的。因又問：「你叫什麼？」那丫頭道：「我叫傻大姐兒。」黛玉笑了一笑，又問：「你姐姐為什麼打你？你說錯了什麼話了？」那丫頭道：「為什麼呢！就是為我們寶二爺娶寶姑娘的事情。」黛玉聽了這句話，如同一個疾雷，心頭亂跳，略定了定神，便叫這丫頭：「你跟了我這裏來。」那丫頭跟著黛玉到那畸角兒上葬桃花的去處，那裏背靜，黛玉因問道：「寶二爺娶寶姑娘，他為什麼打你呢？」傻大姐道：「我們老太太和太太、二奶奶商量了，因為我們老爺要起身，說：就趕著往姨太太商量，把寶姑娘娶過來罷。頭一宗，給寶二爺沖什麼喜；第二宗……」說到這裏，又瞅著黛玉笑了一笑，纔說道：「趕著辦了，還要給林姑娘說婆婆家呢。」黛玉已經聽呆了。這丫頭只管說道：「我又不知道他們怎麼商量的，不叫人吵嚷，怕寶姑娘聽見害臊。我白和寶二爺屋裏的襲人姐姐說了一句：『咱們明兒更熱鬧了，又是寶姑娘，又是寶二奶奶，這可怎麼叫呢？』林姑娘，你說我這話害著珍珠姐姐什麼了嗎？他走過來就打了我一個嘴巴，說我混說，不遵上頭的話，要攆出我去。我知道上頭為什麼不叫言語呢？你們又沒告訴我，就打我！」說著，又哭起來。

那黛玉此時心裏，竟是油兒醬兒糖兒醋兒倒在一處的一般，甜、苦、酸、鹹，竟說不上什麼味兒來了。停了一會兒，顫巍巍的說道：「你別混說了。你再混說，叫人聽見，又要打你了。你去罷。」說著，自己轉身要回瀟湘館去。那身子竟有千百斤重的，兩隻腳卻像踩著綿花一般，早已軟了。只得一步一步慢慢的走將來。走了半天，還沒到沁芳橋畔。原來腳下軟了，走的慢，且又迷迷癡癡，信著腳從那邊繞過來，更添了兩箭地的路。這時剛到沁芳橋畔，卻又不知不覺的順著堤往回裏走起來。紫鵑取了絹子來，卻不見黛玉。正在那裏看時，只見黛玉顏色雪白，身子恍恍蕩蕩的，眼睛也直直的，在那裏東轉西轉。又見一個丫頭往前頭走了，離的遠，也看不出是那一個來。心中驚疑不定，只得趕過來，輕輕的問道：「姑娘，怎麼又回去？是要往那裏去？」黛玉也只模糊聽見，隨口應道：「我問問寶玉去。」紫鵑聽了，摸不著頭腦，只得攙著他到賈母這邊來。黛玉走到賈母門口，心裏微覺明晰，回頭看見紫鵑攙著自己，便站住了，問道：「你做什麼來的？」紫鵑陪笑道：「我找了絹子來了。頭裏見姑娘在橋那邊呢，我趕著過去問姑娘，姑娘沒理會。」黛玉笑道：「我打量你來瞧寶二爺來了呢，不然，怎麼往這裏走呢？」紫鵑見他心裏迷惑，便知黛玉必是聽見那丫頭什麼話了，惟有點頭微笑而已。只是心裏怕他見了寶玉，那一個已經是瘋瘋傻傻，這一個又這樣恍恍惚惚，一時說出些不大體統的話來，那時如何是好？心裏雖如此想，卻也不敢違拗，只得攙他進去。

　　那黛玉卻又奇怪了，這時不似先前那樣軟了，也不用紫鵑打簾子，自己掀起簾子進來。卻是寂然無聲，因賈母在屋裏歇中覺，丫頭們也有脫滑玩去，也有打盹的，也有在那裏伺候老太太的。倒是襲人聽見簾子響，從屋裏出來一看，見是黛玉，便讓道：「姑娘，屋裏坐罷。」黛玉笑著道：「寶二爺在家麼？」襲人不知底裏，剛要答言，只見紫鵑在黛玉身後和他努嘴兒，指著黛玉，又搖搖手兒。襲人不解何意，也不敢言語。黛玉卻也不理會，自己走進房來。看見寶玉在那裏坐著，也不起來讓坐，只瞅著嘻嘻的傻笑。黛玉自己坐下，卻也瞅著寶玉笑。兩個人也不問好，也不説話，也無推讓，只管對著臉傻笑起來。襲人看見這番光景，心裏大不得主意，只是沒法兒。忽然聽著黛玉説道：「寶玉，你為什麼病了？」寶玉笑道：「我為林姑娘病了！」襲人紫鵑兩個嚇得面目改色，連忙用言語來岔。兩個卻又不答言，仍舊傻笑起來。襲人見了這樣，知道黛玉此時心中迷惑，不減於寶玉。因悄和紫鵑説道：「姑娘纔好了，我叫秋紋妹妹同著你攙回姑娘，歇歇去罷。」因回頭向秋紋道：「你和紫鵑姐姐送林姑娘去罷。你可別混説話。」秋紋笑著，也不言語，便來同著紫鵑攙起黛玉。那黛玉也就站起來，瞅著寶玉只管笑，只管點頭兒。紫鵑又催道：「姑娘，回家去歇歇罷。」黛玉道：「可不是，我這就是回去的時候兒了。」説著，便回身笑著出來了，仍舊不用丫頭們攙扶，自己卻走得比往常飛快。紫鵑秋紋後面趕忙跟著走。

黛玉出了賈母院門，只管一直走去，紫鵑連忙攙住，叫道：「姑娘，往這麼來。」黛玉仍是笑著，隨了往瀟湘館來。離門口不遠，紫鵑道：「阿彌陀佛！可到了家了。」只這一句話沒説完，只見黛玉身子往前一栽，「哇」的一聲，一口血直吐出來。未知性命如何，且聽下回分解。

卷九十七　林黛玉焚稿斷癡情　薛寶釵出閨成大禮

話說黛玉到瀟湘館門口，紫鵑說了一句話，更動了心，一時吐出血來，幾乎暈倒，虧了還同著秋紋，兩個人攙扶著黛玉到屋裏來。那時秋紋去後，紫鵑雪雁守著，見他漸漸蘇醒過來，問紫鵑道：「你們守著哭什麼？」紫鵑見他說話明白，倒放了心了，因說：「姑娘剛纔打老太太那邊回來，身上覺著不大好，唬得我們沒了主意，所以哭了。」黛玉笑道：「我那裏就能夠死呢！」這一句話沒完，又喘成一處。

原來黛玉因今日聽得寶玉寶釵的事情，這本是他數年的心病，一時急怒，所以迷惑了本性。及至回來吐了這一口血，心中卻漸漸的明白過來，把頭裏的事一字也不記得了。這會子見紫鵑哭，方模糊想起傻大姐的話來。此時反不傷心，惟求速死，以完此債。這裏紫鵑雪雁只得守著，想要告訴人去，怕又像上次招得鳳姐兒說他們失驚打怪的。那知秋紋回去神情慌張，正值賈母睡起中覺來，看見這般光景，便問：「怎麼了？」秋紋唬得連忙把剛纔的事回了一遍。賈母大驚，說：「這還了得！」連忙著人叫了王夫人鳳姐過來，告訴了他婆媳兩個。鳳姐道：「我都囑咐到了，這是什麼人去走了風？這不更是一件難事了嗎！」賈母道：「且別管那些，先瞧瞧去是怎麼樣了。」說著，便起身帶著王夫人鳳姐等過來看視。見黛玉顏色如雪，並無一點血色，神氣昏沈，氣息微細，半日又咳嗽了一陣，丫頭遞了痰盂，吐出都是痰中帶血的。大家都慌了。只見黛玉微微睜眼，看見賈母在他旁邊，便喘吁吁的說道：「老太太！你白疼了我了！」賈母一聞此言，十分難受，便道：「好孩子，你養著罷，不怕的。」黛玉微微一笑，把眼又閉上了。外面丫頭進來回鳳姐道：「大夫來了。」於是大家略避。王大夫同著賈璉進來，診了脈，說道：「尚不妨事。這是鬱氣傷肝，肝不藏血，所以神氣不定。如今要用斂陰止血的藥，方可望好。」王大夫說完，同著賈璉出去開方取藥去了。

賈母看黛玉神氣不好，便出來告訴鳳姐等道：「我看這孩子的病，不是我咒他，只怕難好。你們也該替他預備預備，沖一沖，或者好了，豈不是大家省心？就是怎麼樣，也不至臨時忙亂。咱們家裏這兩天正有事呢。」鳳姐兒答應了。賈母又問了紫鵑一回，到底不知是那個說的。賈母心裏只是納悶，因說：「孩子們從小兒在一處兒玩，好些是有的。如今大了，懂得人事，就該要分別些，纔是做女孩兒的本分，我纔心裏疼他。若是他心裏有別的想頭，成了什麼人了呢！我可是白疼了他了。你們說了，我倒有些不放心。」因回到房中，又叫襲人來問。襲人仍將前日回王夫人的話並方纔黛玉的光景述了一遍。賈母道：「我方纔看他卻還不至糊塗，這個理我就不明白了。咱們這種人家，別的事自然沒有的，這心病也是斷斷有不得的。林丫頭若不是這個病呢，我憑著花多少錢都使得；若是這個病，不但治不好，我也沒心腸了。」鳳姐道：「林妹妹的事，老太太倒不必張心，橫豎有他二哥哥天天同著大夫瞧看；倒是姑媽那邊的事要緊。今日早起，聽見說，房子不差什麼就妥當了。竟是老太太、太太到姑媽那邊，我也跟了去商量商量。就只一件：姑媽家裏有寶妹妹在那裏，難以說話，不如索性請姑媽晚上過來，咱們一夜都說結了，就好辦了。」賈母王夫人都道：「你說的是。今日晚了，明日飯後，咱們娘兒們就過去。」說著，賈母用了晚飯，鳳姐同王夫人各自歸房不提。

且說次日鳳姐吃了早飯過來，便要試試寶玉，走進裏間說道：「寶兄弟大喜！老爺已擇了吉日，要給你娶親了。你喜歡不喜歡？」寶玉聽了，只管瞅著鳳姐笑，微微的點點頭兒。鳳姐笑道：「給你娶林妹妹過來，好不好？」寶玉卻大笑起來。鳳姐看著，也斷不透他是明白，是糊塗，因又問道：「老爺說：你好了纔給你娶林妹妹呢；若還是這麼傻，便不給你娶了。」寶玉忽然正色道：「我不傻，你纔傻呢！」說著，便站起來說：「我去瞧瞧林妹妹，叫他放心。」鳳姐忙扶住了，說：「林妹妹早知道了。他如今要做新媳婦了，自然害羞，不肯見你的。」寶玉道：「娶過來，他到底是見我不見？」鳳姐又好笑，又著忙，心想想：「襲人的話不差。提了林妹妹，雖說仍舊說些瘋話，卻覺得明白些。若真明白了，將來不是林姑娘，打破了這個燈虎兒，那饑荒纔難打呢！」便忍笑說道：「你好好兒的便見你；若是瘋瘋癲癲的，他就不見你了。」寶玉說道：「我有一個心，前兒已交給林妹妹了。他要過來，橫豎給我帶來，還放在我肚子裏頭。」鳳姐聽著竟是瘋話，便出來看著賈母笑。賈母聽了又是笑，又是疼，便說道：「我早聽見了。如今且不用理他，叫襲人好好的安慰他，咱們走罷。」說著，王夫人也來。大家到了薛姨媽那裏，只說：「惦記著這邊的事，來瞧瞧。」薛姨媽感激不盡，說些薛蟠的話。喝了茶，薛姨媽纔要叫人告訴，鳳姐連忙攔住，說：「姑媽不必告訴寶妹妹。」又向薛姨媽陪笑說道：「老太太此來，一則為瞧姑媽，二則也有句要緊的話，特請姑媽到那邊商議。」薛姨媽聽了，點點頭兒說：「是了。」於是大家又說些閒話，便回來了。

當晚，薛姨媽果然過來，見過了賈母，到王夫人屋裏來，不免說起王子騰來，大家落了一回淚。薛姨媽便問道：「剛纔我到老太太那裏，寶哥兒出來請安，還好好兒的，不過略瘦些，怎麼你們說得很利害？」鳳姐便道：「其實也不怎麼樣，只是老太太懸心。目今老爺又要起身外任去，不知幾年纔來。老太太的意思：頭一件叫老爺看著寶兄弟成了家，也放心；二則也給寶兄弟沖沖喜，借大妹妹的金鎖壓壓邪氣，只怕就好了。」薛姨媽心裏也願意，只慮著寶釵委屈，說道：「也使得，只是大家還要從長計較計較纔好。」王夫人便按著鳳姐的話和薛姨媽說，只說：「姨太太這會子家裏沒人，不如把妝奩一概蠲免，明日就打發蝌兒去告訴蟠兒，一面這裏過門，一面給他變法兒撕擄官事。」並不提寶玉的心事。又說：「姨太太既作了親，娶過來，早早好一天，大家早放一天心。」正說著，只見賈母差鴛鴦過來候信。薛姨媽雖恐寶釵委屈，然也沒法兒，又見這般光景，只得滿口應承。鴛鴦回去回了賈母，賈母也甚喜歡，又叫鴛鴦過來求薛姨媽和寶釵說明原故，不叫他受委屈。薛姨媽也答應了。便議定鳳姐夫婦做媒人。大家散了，王夫人姊妹不免又敘了半夜話兒。

次日，薛姨媽回家，將這邊的話細細的告訴了寶釵，還說：「我已經應承了。」寶釵始則低頭不語，後來便自垂淚。薛姨媽用好言勸慰，解釋了好些話。寶釵自回房內，寶琴隨去解悶。薛姨媽又告訴了薛蝌，叫他：「明日起身，一則打聽審詳的事，二則告訴你哥哥一個信兒。你即便回來。」

薛蝌去了四日，便回來回覆薛姨媽道：「哥哥的事，上司已經准了誤殺，一過堂就要題本了，叫咱們預備贖罪的銀子。妹妹的事，說：『媽媽做主很好的。趕著辦又省了好些銀子。叫媽媽不用等我。該怎麼著就怎麼辦罷。』」薛姨媽聽了，一則薛蟠可以回家，二則完了寶釵的事，心裏安放了好些，便是看著寶釵心裏好像不願意似的，「雖是這樣，他是女兒家，素來也孝順守禮的人，知我應了，他也沒得說的。」便叫薛蝌：「辦泥金庚帖，填上八字，即叫人送到璉二爺那邊去，還問了過禮的日子來，你好預備。本來咱們不驚動親友。哥哥的朋友，是你說的，都是混賬人；親戚呢，就是賈王兩家。如今賈家是男家，王家無人在京裏。史姑娘放定的事，他家沒有來請咱們，咱們也不用通知。倒是把張德輝請了來，託他照料些，他上幾歲年紀的人，到底懂事。」薛蝌領命，叫人送帖過去。

次日，賈璉過來見了薛姨媽，請了安，便說：「明日就是上好的日子。今日過來回姨太太，就是明日過禮罷。只求姨太太不要挑飭就是了。」說著，捧過通書來。薛姨媽也謙遜了幾句，點頭應允。賈璉趕著回去，回明賈政。賈政便道：「你回老太太說：既不叫親友們知道，諸事寧可簡便些。若是東西上，請老太太瞧了就是了，不必告訴我。」賈璉答應，進內將話回明賈母。這裏王夫人叫了鳳姐命人將過禮的物件都送與賈母過目，並叫襲人告訴寶玉。那寶玉又嘻嘻的笑道：「這裏送到園裏，回來園裏又送到這裏，咱們的人送，咱們的人收，何苦來呢？」賈母王夫人聽了，都喜歡道：「說他糊塗，他今日怎麼這麼明白呢？」鴛鴦等忍不住好笑，只得上來一件一件的點明給賈母瞧，說：「這是金項圈，這是金珠首飾，共八十件。這是妝蟒四十疋。這是各色綢緞一百二十疋。這是四季的衣服，共一百二十件。外面也沒有預備羊酒，這是折羊酒的銀子。」賈母看了，都說好，輕輕的與鳳姐說道：「你去告訴姨太太，說：不是虛禮，求姨太太等蟠兒出來，慢慢的叫人給他妹妹做來就是了。那好日子的被褥，還是咱們這裏代辦了罷。」鳳姐答應了出來，叫賈璉先過去。又叫周瑞旺兒等，吩咐他們：「不必走大門，只從園裏從前開的便門內送去。我也就過去。這門離瀟湘館還遠，倘別處的人見了，囑咐他們不用在瀟湘館裏提起。」眾人答應著，送禮而去。寶玉認以為真，心裏大樂，精神便覺得好些，只是語言總有些瘋傻。那過禮的回來，都不提名說姓，因此上下人等雖都知道，只因鳳姐吩咐，都不敢走漏風聲。

且說黛玉雖然服藥，這病日重一日。紫鵑等在旁苦勸，說道：「事情到了這個分兒，不得不說了。姑娘的心事，我們也都知道。至於意外之事，是再沒有的。姑娘不信，只拿寶玉的身子說起，這樣大病，怎麼做得親呢？姑娘別聽瞎話，自己安心保重纔好。」黛玉微笑一笑，也不答言，又咳嗽數聲，吐出好些血來。紫鵑等看去，只有一息奄奄，明知勸不過來，惟有守著流淚。天天三四趟去告訴賈母，鴛鴦測度賈母近日比前疼黛玉的心差了些，所以不常去回。況賈母這幾日的心都在寶釵寶玉身上，不見黛玉的信兒，也不大提起，只請太醫調治罷了。

黛玉向來病著，自賈母起直到姊妹們的下人，常來問候；今見賈府中上下人等都不過來，連一個問的人都沒有，睜開眼，只有紫鵑一人，自料萬無生理，因扎掙著向紫鵑說道：「妹妹，你是我最知心的，雖是老太太派你伏侍我，這幾年，我拿你就當作我的親妹妹……」說到這裏，氣又接不上來。紫鵑聽了，一陣心酸，早哭得說不出話來。遲了半日，黛玉又一面喘，一面說道：「紫鵑妹妹！我躺著不受用，你扶起我來靠著坐坐纔好。」紫鵑道：「姑娘的身上不大好，起來又要抖摟著了。」黛玉聽了，閉上眼不言語了。一時，又要起來，紫鵑沒法，只得同雪雁把他扶起，兩邊用軟枕靠住，自己卻倚在旁邊。黛玉那裏坐得住，下身自覺硌得疼，狠命的掌著。叫過雪雁來道：「我的詩本子……」說著，又喘。雪雁料是要他前日所理的詩稿，因找來送到黛玉跟前。黛玉點點頭兒，又擡眼看那箱子。雪雁不解，只是發怔。黛玉氣得兩眼直瞪，又咳嗽起來，又吐了一口血。雪雁連忙回身取了水來，黛玉漱了，吐在盒內。紫鵑用絹子給他拭了嘴，黛玉便拿那絹子指著箱子，又喘成一處，說不上來，閉了眼。紫鵑道：「姑娘歪歪兒罷。」黛玉又搖搖頭兒。紫鵑料是要絹子，便叫雪雁開箱，拿出一塊白綾絹子來。黛玉瞧了，撂在一邊，使勁說道：「有字的！」紫鵑這纔明白過來要那塊題詩的舊帕，只得叫雪雁拿出來，遞給黛玉。紫鵑勸道：「姑娘歇歇兒罷，何苦又勞神？等好了再瞧罷。」只見黛玉接到手裏也不瞧詩，扎掙著伸出那隻手來，狠命的撕那絹子，卻是只有打顫的分兒，那裏撕得動。紫鵑早已知他是恨寶玉，卻也不敢說破，只說：「姑娘，何苦自己又生氣！」黛玉點點頭兒，掖在袖裏。便叫：「雪雁點燈。」雪雁答應，連忙點上燈來。黛玉瞧瞧，又閉了眼坐著，喘了一會子，又道：「籠上火盆。」紫鵑打諒他冷，因說道：「姑娘躺下，多蓋一件罷。那炭氣只怕耽不住。」黛玉又搖頭兒。雪雁只得籠上，擱在地下火盆架上。黛玉點頭，意思叫挪到炕上來。雪雁只得端上來，出去拿那張火盆炕桌。那黛玉卻又把身子欠起，紫鵑只得兩隻手來扶著他。黛玉這纔將方纔的絹子拿在手中，瞅著那火，點點頭兒，往上一撂。紫鵑唬了一跳，欲要搶時，兩隻手卻不敢動。雪雁又出去拿火盆桌子，此時那絹子已經燒著了。紫鵑勸道：「姑娘，這是怎麼說呢。」黛玉只作不聞，回手又把那詩稿拿起來，瞧了瞧，又撂下了。紫鵑怕他也要燒，連忙將身倚住黛玉，騰出手來拿時，黛玉又早拾起，撂在火上。此時紫鵑卻夠不著，乾急。雪雁正拿進桌子來，看見黛玉一撂，不知何物，趕忙搶時，那紙沾火就著，如何能夠少待，早已烘烘的著了。雪雁也顧不得燒手，從火裏抓起來，撂在地下亂踩，卻已燒得所餘無幾了。那黛玉把眼一閉，往後一仰，幾乎不曾把紫鵑壓倒。紫鵑連忙叫雪雁上來，將黛玉扶著放倒，心裏突突的亂跳。欲要叫人時，天又晚了；欲不叫人時，自己同著雪雁和鸚哥等幾個小丫頭，又怕一時有什麼原故。好容易熬了一夜，到了次日早起，覺黛玉又緩過一點兒來。飯後，忽然又嗽又吐，又緊起來。

紫鵑看著不祥了，連忙將雪雁等都叫進來看守，自己卻來回賈母。那知到了賈母上房，靜悄悄的，只有兩三個老媽媽和幾個做粗活的丫頭在那裏看屋子呢。紫鵑因問道：「老太太呢？」那些人都說：「不知道。」紫鵑聽這話咤異，遂到寶玉屋裏去看，竟也無人。遂問屋裏的丫頭，也說不知。紫鵑已知八九：「但這些人怎麼竟這樣狠毒冷淡！」又想到黛玉這幾天竟連一個人問的也沒有，越想越悲，索性激起一腔悶氣來，一扭身，便出來了。自己想了一想：「今日倒要看看寶玉是何形狀，看他見了我怎麼樣過得去！那一年我說了一句謊話，他就急病了，今日竟公然做出這件事來。可知天下男子之心真真是冰寒雪冷，令人切齒的！」一面走，一面想，早已來到怡紅院。只見院門虛掩，裏面卻又寂靜的很，紫鵑忽然想到：「他要娶親，自然是有新屋子的，但不知他這新屋子在何處？」

正在那裏徘徊瞻顧，看見墨雨飛跑，紫鵑便叫住他。墨雨過來笑嘻嘻的道：「姐姐在這裏做什麼？」紫鵑道：「我聽見寶二爺娶親，我要來看看熱鬧兒，誰知不在這裏。也不知是幾兒？」墨雨悄悄的道：「我這話，只告訴姐姐，你可別告訴雪雁。他們上頭吩咐了，連你們都不叫知道呢。就是今日夜裏娶。那裏是在這裏？老爺派璉二爺另收拾了房子了。」說著，又問：「姐姐有什麼事麼？」紫鵑道：「沒什麼事，你去罷。」墨雨仍舊飛跑去了。

紫鵑自己發了一回呆，忽然想起黛玉來，這時候還不知是死是活，因兩淚汪汪，咬著牙，發狠道：「寶玉！我看他明兒死了，你算是躲的過不見了，你過了你那如心如意的事兒，拿什麼臉來見我！」一面哭一面走，嗚嗚咽咽的，自回去了。還未到瀟湘館，只見兩個小丫頭在門裏往外探頭探腦的，一眼看見紫鵑，那一個便嚷道：「那不是紫鵑姐姐來了嗎！」紫鵑知道不好了，連忙擺手兒不叫嚷，趕忙進去看時，只見黛玉肝火上炎，兩顴紅赤。紫鵑覺得不妥，叫了黛玉的奶媽王奶奶來，一看，他便大哭起來。這紫鵑因王奶媽有些年紀，可以仗個膽兒，誰知竟是個沒主意的人，反倒把紫鵑弄得心裏七上八下。忽然想起一個人來，便命小丫頭急忙去請。你道是誰？原來紫鵑想起李宮裁是個孀居，今日寶玉結親，他自然迴避；況且園中諸事，向係李紈料理，所以打發人去請他。

李紈正在那裏給賈蘭改詩，冒冒失失的見一個丫頭進來回說：「大奶奶！只怕林姑娘不好了，那裏都哭呢。」李紈聽了，嚇了一大跳，也不及問了，連忙站起身來便走。素雲碧月跟著。一頭走著，一頭落淚，想著：「姐妹在一處一場，更兼他那容貌才情，真是寡二少雙，惟有青女素娥可以彷佛一二，竟這樣小小的年紀就作了北邙鄉女！偏偏鳳姐想出一條偷樑換柱之計，自己也不好過瀟湘館來，竟未能少盡姊妹之情，真真可憐可歎！」一頭想著，已走到瀟湘館的門口。裏面卻又寂然無聲，李紈倒著起忙來：「想來必是已死，都哭過了，那衣衾未知裝裹妥當了沒有？」連忙三步兩步走進屋子來。裏間門口一個小丫頭已經看見，便說：「大奶奶來了。」紫鵑忙往外走，和李紈走了個對臉。李紈忙問：「怎麼樣？」紫鵑欲說話時，惟有喉中哽咽的分兒，卻一字說不出，那眼淚一似斷綫珍珠一般，只將一隻手回過去指著黛玉。李紈看了紫鵑這般光景，更覺心酸，也不再問，連忙走過來看時，那黛玉已不能言。李紈輕輕叫了兩聲。黛玉卻還微微的開眼，似有知識之狀，但只眼皮嘴脣微有動意，口內尚有出入之息，卻要一句話、一點淚，也沒有了。

李紈回身，見紫鵑不在跟前，便問雪雁。雪雁道：「他在外頭屋裏呢。」李紈連忙出來，只見紫鵑在外間空牀上躺著，顏色青黃，閉了眼，只管流淚，那鼻涕眼淚把一個砌花錦邊的褥子已濕了碗大的一片。李紈連忙喚他，那紫鵑纔慢慢的睜開眼，欠起身來。李紈道：「傻丫頭！這是什麼時候，且只顧哭你的！林姑娘的衣衾，還不拿出來給他換上，還等多早晚呢？難道他個女孩兒家，你還叫他失身露體，精著來，光著去嗎？」紫鵑聽了這句話，一發止不住痛哭起來。李紈一面也哭，一面著急，一面拭淚，一面拍著紫鵑的肩膀說：「好孩子，你把我的心都哭亂了，快著收拾他的東西罷，再遲一會子就了不得了。」

正鬧著，外邊一個人慌慌張張跑進來，倒把李紈唬了一跳。看時，卻是平兒，跑進來，看見這樣，只是呆磕磕的發怔。李紈道：「你這會子不在那邊，做什麼來了？」說著，林之孝家的也進來了。平兒道：「奶奶不放心，叫來瞧瞧。既有大奶奶在這裏，我們奶奶就只顧那一頭兒了。」李紈點點頭兒。平兒道：「我也見見林姑娘。」說著，一面往裏走，一面早已流下淚來。這裏李紈因和林之孝家的道：「你來的正好，快出去瞧瞧去，告訴管事的預備林姑娘的後事。妥當了，叫他來回我，不用到那邊去。」林之孝家的答應了，還站著。李紈道：「還有什麼話呢？」林之孝家的道：「剛纔二奶奶和老太太商量了，那邊用紫鵑姑娘使喚使喚呢。」李紈還未答言，只見紫鵑道：「林奶奶，你先請罷！等著人死了，我們自然是出去的，那裏用這麼……」

說到這裏，卻又不好說了，因又改說道：「況且我們在這裏守著病人，身上也不潔淨。林姑娘還有氣兒呢，不時的叫我。」李紈在旁解說道：「當真，這林姑娘和這丫頭也是前世的緣法兒。倒是雪雁是他南邊帶來的，他倒不理會；惟有紫鵑，我看他兩個一時也離不開。」

林之孝家的頭裏聽了紫鵑的話，未免不受用；被李紈這番一說，卻也沒的說。又見紫鵑哭得淚人一般，只好瞅著他微微的笑，因又說道：「紫鵑姑娘這些閒話倒不要緊，只是他卻說得，我可怎麼回老太太呢？況且這話是告訴得二奶奶的嗎？」正說著，平兒擦著眼淚出來道：「告訴二奶奶什麼事？」林之孝家的將方纔的話說了一遍。平兒低了一回頭，說：「這麼著罷，就叫雪姑娘去罷。」李紈道：「他使得嗎？」平兒走到李紈耳邊說了幾句。李紈點點頭兒道：「既是這麼著，就叫雪雁過去也是一樣的。」林之孝家的因問平兒道：「雪姑娘使得嗎？」平兒道：「使得，都是一樣。」林家的道：「那麼，姑娘就快叫雪姑娘跟了我去。我先去回了老太太和二奶奶。這可是大奶奶和姑娘的主意，回來姑娘再各自回二奶奶去。」李紈道：「是了，你這麼大年紀，連這麼點子事還不耽呢！」林家的笑道：「不是不耽：頭一宗，這件事，老太太和二奶奶辦的，我們都不能很明白；再者，又有大奶奶和平姑娘呢。」說著，平兒已叫了雪雁出來。原來雪雁因這幾日嫌他小孩子家懂得什麼，便也把心冷淡了；況且聽是老太太和二奶奶叫，也不敢不去，連忙收拾了頭。平兒叫他換了新鮮衣服，跟著林家的去了。隨後平兒又和李紈說了幾句話。李紈又囑咐平兒打那麼催著林之孝家的叫他男人快辦了來。平兒答應著出來，轉了個灣子，看見林家的帶著雪雁在前頭走呢，趕忙叫住道：「我帶了他去罷。你先告訴林大爺辦林姑娘的東西去罷。奶奶那裏我替回就是了。」那林家的答應著去了。這裏平兒帶了雪雁到了新房子裏回明了，自去辦事。

卻說雪雁看見這個光景，想起他家姑娘，也未免傷心，只是在賈母鳳姐跟前不敢露出，因又想道：「也不知用我做什麼？我且瞧瞧。寶玉一日家和我們姑娘好得蜜裏調油，這時候總不見面了，也不知是真病假病。怕我們姑娘不依他，假說丟了玉，裝出傻子樣兒來，叫我們姑娘寒了心，他好娶寶姑娘的意思。我看看他去，看他見了我傻不傻。莫不成今兒還裝傻麼！」一面想著，已溜到裏間屋子門口，偷偷兒的瞧。這時寶玉雖因失玉昏憒，但只聽見娶了黛玉為妻，真乃是從古至今、天上人間、第一件暢心滿意的事了，那身子頓覺健旺起來，只不過不似從前那般靈透，所以鳳姐的妙計，百發百中，巴不得即見黛玉。盼到今日完姻，真樂得手舞足蹈，雖有幾句傻話，卻與病時光景大相懸絕了。雪雁看了，又是生氣，又是傷心，他那裏曉得寶玉的心事，便各自走開。

這裏寶玉便叫襲人快快給他裝新，坐在王夫人屋裏，看見鳳姐尤氏忙忙碌碌，再盼不到吉時，只管問襲人道：「林妹妹打園裏來，為什麼這麼費事，還不來？」襲人忍著笑道：「等好時辰回來。」又聽見鳳姐與王夫人道：「雖然有服，外頭不用鼓樂，咱們南邊規矩要拜堂的，冷清清使不得。我傳了家內學過音樂管過戲子的那些女人來，吹打熱鬧些。」王夫人點頭說：「使得。」一時，大轎從大門進來，家裏細樂迎出去，十二對宮燈排著進來，倒也新鮮雅致。儐相請了新人出轎，寶玉見新人幪著蓋頭，喜娘披著紅，扶著。下首扶新人的，你道是誰？原來就是雪雁。寶玉看見雪雁，猶想：「因何紫鵑不來，倒是他呢？」又想道：「是了，雪雁原是他南邊家裏帶來的；

紫鵑仍是我們家的，自然不必帶來。」因此，見了雪雁竟如見了黛玉的一般歡喜。儐相贊禮，拜了天地，請出賈母受了四拜，後請賈政夫婦登堂行禮畢，送入洞房。還有坐牀撒帳等事，俱是按金陵舊例。賈政原為賈母做主，不敢違拗，不信沖喜之說。那知今日寶玉居然像個好人一般，賈政見了，倒也喜歡。

那新人坐了牀，便要揭起蓋頭的。鳳姐早已防備，故請賈母王夫人等進去照應。寶玉此時到底有些傻氣，便走到新人跟前說道：「妹妹，身上好了？好些天不見了。蓋著這勞什子做什麼？」欲待要揭去，反把賈母急出一身冷汗來。寶玉又轉念一想道：「林妹妹是愛生氣的，不可造次。」又歇了一歇，仍是按捺不住，只得上前揭了，喜娘接去蓋頭。雪雁走開，鶯兒等上來伺候。寶玉睜眼一看，好像寶釵，心中不信，自己一手持燈，一手擦眼一看，可不是寶釵麼！只見他盛妝豔服，豐肩愞體，鬟低鬢軃，眼瞤息微，真是荷粉露垂，杏花煙潤了。寶玉發了一回怔，又見鶯兒立在旁邊，不見了雪雁。寶玉此時心無主意，自己反以為是夢中了，呆呆的只管站著。眾人接過燈去，扶了寶玉，仍舊坐下，兩眼直視，半語全無。賈母恐他病發，親自扶他上牀。鳳姐尤氏請了寶釵進入裏間牀上坐下。寶釵此時自然是低頭不語。

寶玉定了一回神，見賈母王夫人坐在那邊，便輕輕的叫襲人道：「我是在那裏呢？這不是做夢麼？」襲人道：「你今日好日子，什麼夢不夢的混說！老爺可在外頭呢。」寶玉悄悄的拿手指著道：「坐在那裏的這一位美人兒是誰？」襲人握了自己的嘴，笑得說不出話來，歇半日纔說道：「是新娶的二奶奶。」眾人也都回過頭去，忍不住的笑。寶玉又道：「好糊塗！你說『二奶奶』，到底是誰？」襲人道：「寶姑娘。」寶玉道：「林姑娘呢？」襲人道：「老爺做主娶的是寶姑娘，怎麼混說起林姑娘來？」

寶玉道：「我剛纔看見林姑娘了麼，還有雪雁呢。怎麼說沒有？你們這都是做什麼玩呢？」鳳姐便走上來，輕輕的說道：「寶姑娘在屋裏坐著呢，別混說。回來得罪了他，老太太不依的。」寶玉聽了，這會子糊塗更利害了。本來原有昏憒的病，加以今夜神出鬼沒，更叫他不得主意，便也不顧別的了，口口聲聲只要找林妹妹去。賈母等上前安慰，無奈他只是不懂。又有寶釵在內，又不好明說。知寶玉舊病復發，也不講明，只得滿屋裏點起安息香來，定住他的神魂，扶他睡下。眾人鴉雀無聞。停了片時，寶玉便昏沈睡去，賈母等纔得略略放心，只好坐以待旦，叫鳳姐去請寶釵安歇。寶釵置若罔聞，也便和衣在內暫歇。賈政在外，未知內裏原由，只就方纔眼見的光景想來，心下倒放寬了。恰是明日就是起程的吉日，略歇了一歇，眾人賀喜送行。賈母見寶玉睡著，也回房去暫歇。

次早，賈政辭了宗祠，過來拜別賈母，稟稱：「不孝遠離，惟願老太太順時頤養。兒子一到任所，即修稟請安，不必掛念。寶玉的事，已經依了老太太完結，只求老太太訓誨。」賈母恐賈政在路不放心，並不將寶玉復病的話說起，只說：「我有一句話：寶玉昨夜完姻，並不是同房，今日你起身，必該叫他遠送纔是。他因病沖喜，如今纔好些，又是昨日一天勞乏，出來恐怕著了風。故此問你：你叫他送呢，我即刻去叫他；你若疼他，我就叫人帶了他來你見見，叫他給你磕頭就算了。」賈政道：「叫他送什麼？只要他從此以後認真念書，比送我還喜歡呢。」賈母聽了，又放了一條心。便叫賈政坐著，叫鴛鴦去，如此如此，帶了寶玉，叫襲人跟著來。鴛鴦去了不多一會，果然寶玉來了，仍是叫他行禮，寶玉見了父親，神志略斂些，片時清楚，也沒什麼大差。賈政吩咐了幾句，寶玉答應了。賈政叫人扶他回去了，自己回到王夫人房中，又切實的叫王夫人管教兒子，「斷不可如前驕縱。明年鄉試，務必叫他下場。」王夫人一一的聽了，也沒提起別的，即忙命人扶了寶釵過來，行了新婦送行之禮，也不出房。其餘內眷俱送至二門而回。賈珍等也受了一番訓飭。大家舉酒送行，一班子弟及晚輩親友直送至十里長亭而別。不言賈政起程赴任。且說寶玉回來，舊病陡發，更加昏憒，連飲食也不能進了。未知性命如何，下回分解。

卷九十八　苦絳珠魂歸離恨天　病神瑛淚灑相思地

話說寶玉見了賈政，回至房中，更覺頭昏腦悶，懶怠動彈，連飯也沒吃，便昏沈睡去。仍舊延醫診治，服藥不效，索性連人也認不明白了。大家扶著他坐起來，還是像個好人。一連鬧了幾天。那日恰是回九之期，若不過去，薛姨媽臉上過不去；若說去呢，寶玉這般光景，賈母明知是為黛玉而起，欲要告訴明白，又恐氣急生變。寶釵是新媳婦，又難勸慰，必得姨媽過來纔好。若不回九，姨媽嗔怪。便與王夫人鳳姐商議道：「我看寶玉竟是魂不守舍，起動是不怕的。用兩乘小轎，叫人扶著，從園裏過去，應了回九的吉期；以後請姨媽過來安慰寶釵，咱們一心一計的調治寶玉，可不兩全？」王夫人答應了，即刻預備。幸虧寶釵是新媳婦，寶玉是個瘋傻的，由人掇弄過去了，寶釵也明知其事，心裏只怨母親辦得糊塗，事已至此，不肯多言。獨有薛姨媽看見寶玉這般光景，心裏懊悔，只得草草完事。

到家，寶玉越加沈重，次日連起坐都不能了；日重一日，甚至湯水不進。薛姨媽等忙了手腳，各處遍請名醫，皆不識病源。只有城外破寺中住著個窮醫姓畢別號知庵的，診得病源是悲喜激射，冷暖失調，飲食失時，憂忿滯中，正氣壅閉：此內傷外感之症。於是度量用藥。至晚服了，二更後，果然省些人事，便要水喝。賈母王夫人等纔放了心，請了薛姨媽帶了寶釵，都到賈母那裏，暫且歇息。

寶玉片時清楚，自料難保，見諸人散後，房中只有襲人，因喚襲人至跟前，拉著手哭道：「我問你：寶姐姐怎麼來的？我記得老爺給我娶了林妹妹過來，怎麼被寶姐姐趕了去了？他為什麼霸佔住在這裏？我要說呢，又恐怕得罪了他。你們聽見林妹妹哭得怎麼樣了？」襲人不敢明說，只得說道：「林姑娘病著呢。」寶玉又道：「我瞧瞧他去。」說著，要起來，那知連日飲食不進，身子那能動轉，便哭道：「我要死了！我有一句心裏的話，只求你回明老太太：橫豎林妹妹也是要死的，我如今也不能保，兩處兩個病人，都要死的！死了越發難張羅，不如騰一處空房子，趁早將我同林妹妹兩個擡在那裏，活著也好一處醫治、伏侍，死了也好一處停放。你依我這話，不枉了幾年的情分。」襲人聽了這些話，便哭得哽嗓氣噎。

寶釵恰好同了鶯兒過來，也聽見了，便說道：「你放著病不保養，何苦說這些不吉利的話？老太太纔安慰了些，你又生出事來。老太太一生疼你一個，如今八十多歲的人了，雖不圖你的誥封，將來你成了人，老太太也看著樂一天，也不枉了老人家的苦心。太太更是不必說了，一生的心血精神，撫養了你這一個兒子，若是半途死了，太太將來怎麼樣呢？我雖是命薄，也不至於此。據此三件看來，你便要死，那天也不容你死的，所以你是不得死的。只管安穩著養個四五天後，風邪散了，太和正氣一足，自然這些邪病都沒有了。」寶玉聽了，竟是無言可答，半晌，方纔嘻嘻的笑道：「你是好些時不和我說話了，這會子說這些大道理的話給誰聽？」寶釵聽了這話，便又說道：「實告訴你說罷：那兩日你不知人事的時候，林妹妹已經亡故了。」寶玉忽然坐起來，大聲咤道：「果真死了嗎？」寶釵道：「果真死了。豈有紅口白舌咒人死的呢！老太太、太太知道你姐妹和睦，你聽見他死了，自然你也要死，所以不肯告訴你。」

寶玉聽了，不禁放聲大哭，倒在牀上，忽然眼前漆黑，辨不出方向，心中正自恍惚，只見眼前好像有人走來。寶玉茫然問道：「借問此是何處？」那人道：「此陰司泉路。你壽未終，何故至此？」寶玉道：「適聞有一故人已死，遂尋訪至此，不覺迷途。」那人道：「故人是誰？」寶玉道：「姑蘇林黛玉。」那人冷笑道：「林黛玉生不同人，死不同鬼，無魂無魄，何處尋訪？凡人魂魄，聚而成形，散而為氣，生前聚之，死則散焉。常人尚無可尋訪，何況林黛玉呢？汝快回去罷。」寶玉聽了，呆了半晌，道：「既云死者散也，又如何有這個『陰司』呢？」那人冷笑道：「那『陰司』說有便有，說無就無。皆為世俗溺於生死之說，設言以警世，便道上天深怒愚人，或不守分安常；或生祿未終，自行夭折；或嗜淫慾，尚氣逞兇，無故自殞者：特設此地獄，囚其魂魄，受無邊的苦，以償生前之罪。汝尋黛玉，是無故自陷也。且黛玉已歸太虛幻境，汝若有心尋訪，潛心修養，自然有時相見；如不安生，即以自行夭折之罪，囚禁陰司，除父母外，欲圖一見黛玉，終不能矣。」那人說畢，袖中取出一石，向寶玉心口擲來。寶玉聽了這話，又被這石子打著心窩，嚇得即欲回家，只恨迷了道路。正在躊躇，忽聽那邊有人喚他。回首看時，不是別人，正是賈母、王夫人、寶釵、襲人等圍繞哭泣叫著，自己仍舊躺在牀上。見案上紅燈，窗前皓月，依然錦繡叢中，繁華世界。定神一想，原來竟是一場大夢。渾身冷汗，覺得心內清爽。仔細一想，真正無可奈何，不過長歎數聲而已。

寶釵早知黛玉已死，因賈母等不許眾人告訴寶玉知道，恐添病難治，自己卻深知寶玉之病實因黛玉而起，失玉次之，故趁勢說明，使其一痛決絕，神魂歸一，庶可療治。賈母王夫人等不知寶釵的用意，深怪他造次，後來見寶玉醒了過來，方纔放心，立即到外書房請了畢大夫進來診視。那大夫進來診了脈，便道：「奇怪！這回脈氣沈靜，神安鬱散，明日進調理的藥，就可以望好了。」說著出去。眾人各自安心散去。襲人起初深怨寶釵不該告訴，惟是口中不好說出。鶯兒背地也說寶釵道：「姑娘忒性急了。」寶釵道：「你知道什麼！好歹橫豎有我呢。」那寶釵任人誹謗，並不介意，只窺察寶玉心病，暗下針砭。

一日，寶玉漸覺神志安定。雖一時想起黛玉，尚有糊塗。更有襲人緩緩的將「老爺選定的寶姑娘為人和厚，嫌林姑娘秉性古怪，原恐早夭。老太太恐你不知好歹，病中著急，所以叫雪雁過來哄你」的話，時常勸解。寶玉終是心酸落淚。欲待尋死，又想著夢中之言，又恐老太太、太太生氣，又不得撩開。又想黛玉已死，寶釵又是第一等人物，方信「金石姻緣」有定，自己也解了好些。寶釵看來不妨大事，於是自己心也安了，只在賈母王夫人等前盡行過家庭之禮後，便設法以釋寶玉之憂。寶玉雖不能時常坐起，亦常見寶釵坐在牀前，禁不住生來舊病。寶釵每以正言勸解，以「養身要緊，你我既為夫婦，豈在一時」之語安慰他。那寶玉心裏雖不順遂，無奈日裏賈母王夫人及薛姨媽等輪流相伴，夜間寶釵獨去安寢，賈母又派人服侍，只得安心靜養。又見寶釵舉動溫柔，也就漸漸的將愛慕黛玉的心腸略移在寶釵身上。此是後話。

卻說寶玉成家的那一日，黛玉白日已經昏暈過去，卻心頭口中一絲微氣不斷，把個李紈和紫鵑哭得死去活來。到了晚間，黛玉卻又緩過來了，微微睜開眼，似有要水要湯的光景。此時雪雁已去，只有紫鵑和李紈在旁。紫鵑便端了一盞桂圓湯和的梨汁，用小銀匙灌了兩三匙。黛玉閉著眼，靜養了一會子，覺得心裏似明似暗的。此時李紈見黛玉略緩，明知是迴光返照的光景，卻料著還有一半天耐頭，自己回到稻香村，料理了一回事情。

這裏黛玉睜開眼一看，只有紫鵑和奶媽並幾個小丫頭在那裏，便一手攥了紫鵑的手，使著勁説道：「我是不中用的人了！你伏侍我幾年，我原指望咱們兩個總在一處，不想我……」説著，又喘了一會子，閉了眼歇著。紫鵑見他攥著不肯鬆手，自己也不敢挪動。看他的光景，比早半天好些，只當還可以回轉，聽了這話，又寒了半截。半天，黛玉又説道：「妹妹，我這裏並沒親人，我的身子是乾淨的，你好歹叫他們送我回去。」説到這裏，又閉了眼不言語了。那手卻漸漸緊了，喘成一處，只是出氣大，入氣小，已經促疾的很了。

紫鵑忙了，連忙叫人請李紈，可巧探春來了。紫鵑見了，忙悄悄的説道：「三姑娘，瞧瞧林姑娘罷！」説著，淚如雨下。探春過來，摸了摸黛玉的手，已經涼了，連目光也都散了。探春紫鵑正哭著叫人端水來給黛玉擦洗，李紈趕忙進來了。三個人纔見了，不及説話。剛擦著，猛聽黛玉直聲叫道：「寶玉，寶玉！你好……」説到「好」字，便渾身冷汗，不作聲了。紫鵑等急忙扶住，那汗愈出，身子便漸漸的冷了。探春李紈叫人亂著攏頭穿衣，只見黛玉兩眼一翻，嗚呼！

香魂一縷隨風散，愁緒三更入夢遙！

當時黛玉氣絕，正是寶玉娶寶釵的這個時辰，紫鵑等都大哭起來。李紈探春想他素日的可疼，今日更加可憐，也便傷心痛哭。因瀟湘館離新房子甚遠，所以那邊並沒聽見。一時，大家痛哭了一陣，只聽得遠遠一陣音樂之聲，側耳一聽，卻又沒有了。探春李紈走出院外再聽時，惟有竹梢風動，月影移牆，好不淒涼冷淡。

一時叫了林之孝家的過來，將黛玉停放畢，派人看守，等明早去回鳳姐。鳳姐因見賈母王夫人等忙亂，賈政起身，又為寶玉昏憒更甚，正在著急異常之時，若是又將黛玉的凶信一回，恐賈母王夫人愁苦交加，急出病來，只得親自到園。到了瀟湘館內，也不免哭了一場。見了李紈探春，知道諸事齊備，便說：「很好。只是剛纔你們為什麼不言語，叫我著急？」探春道：「剛纔送老爺，怎麼說呢？」鳳姐道：「還倒是你們兩個可憐他些。這麼著，我還得那邊去招呼那個冤家呢。但是這件事好累墜，若是今日不回，使不得；若回了，恐怕老太太擱不住。」李紈道：「你去見機行事，得回再回方好。」鳳姐點頭，忙忙的去了。

鳳姐到了寶玉那裏，聽見大夫說不妨事，賈母王夫人略覺放心，鳳姐便背了寶玉，緩緩的將黛玉的事回明了。賈母王夫人聽得，都唬了一大跳。賈母眼淚交流，說道：「是我弄壞了他了。但只是這個丫頭也忒傻氣！」說著，便要到園裏去哭他一場，又惦記著寶玉，兩頭難顧。王夫人等含悲共勸賈母：「不必過去，老太太身子要緊。」賈母無奈，只得叫王夫人自去。又說：「你替我告訴他的陰靈：『並不是我忍心不來送你，只為有個親疏。你是我的外孫女兒，是親的了；若與寶玉比起來，可是寶玉比你更親些。倘寶玉有些不好，我怎麼見他父親呢。』」說著，又哭起來。王夫人勸道：「林姑娘是老太太最疼的，但只壽夭有定，如今已經死了，無可盡心，只是葬禮上要上等的發送。一則可以少盡咱們的心；二則就是姑太太和外甥女兒的陰靈兒也可以少安了。」賈母聽到這裏，越發痛哭起來。

鳳姐恐怕老人家傷感太過，明仗著寶玉心中不甚明白，便偷偷的使人來撒個謊兒，哄老太太道：「寶玉那裏找老太太呢。」賈母聽見，纔止住淚問道：「不是又有什麼緣故?」鳳姐陪笑道:「沒什麼緣故,他大約是想老太太的意思。」賈母連忙扶了珍珠兒,鳳姐也跟著過來。走至半路,正遇王夫人過來,一一回明了賈母,賈母自然又是哀痛的;只因要到寶玉那邊,只得忍淚含悲的說道:「既這麼著,我也不過去了,由你們辦罷。我看著心裏也難受,只別委屈了他就是了。」王夫人鳳姐一一答應了,賈母纔過寶玉這邊來。見了寶玉,因問:「你做什麼找我?」寶玉笑道:「我昨日晚上看見林妹妹來了,他說要回南去。我想沒人留得住,還得老太太給我留一留他。」賈母聽著,說:「使得,只管放心罷。襲人可扶寶玉躺下。」

賈母出來,到寶釵這邊來。那時寶釵尚未回九,所以每每見了人,到有些含羞之意。這一天,見賈母滿面淚痕,遞了茶,賈母叫他坐下。寶釵側身陪著坐了,纔問道:「聽得林妹妹病了,不知他可好些了?」賈母聽了這話,那眼淚止不住流下來,因說道:「我的兒!我告訴你,你可別告訴寶玉。都是因你林妹妹,纔叫你受了多少委屈!你如今作媳婦了,我纔告訴你,這如今你林妹妹沒了兩三天了,就是娶你的那個時辰死的。如今寶玉這一番病,還是為著這個。你們先都在園子裏,自然也都是明白的。」寶釵把臉飛紅了,想到黛玉之死,又不免落下淚來。賈母又說了一回話,去了。自此,寶釵千迴萬轉,想了一個主意,只不肯造次,所以過了回九,纔想出弄個法子來。如今果然好些,然後大家說話纔不至似前留神。

獨是寶玉雖然病勢一天好似一天,他的癡心總不能解,必要親去哭他一場。賈母等知他病未除根,不許他胡思亂想,怎奈他鬱悶難堪,病多反覆。倒是大夫看出心病,索性叫他開散了再用藥調理,倒可好得快些。寶玉聽說,立刻要往瀟湘館來。賈母等只得叫人擡了竹椅子過來,扶寶玉坐上,賈母王夫人即便先行。到了瀟湘館內,一見黛玉靈柩，賈母已哭得淚乾氣絕。鳳姐等再三勸住。王夫人也哭了一場。李紈便請賈母王夫人在裏間歇著，猶自落淚。寶玉一到，想起未病之先，來到這裏，今日屋在人亡，不禁嚎啕大哭。想起從前何等親密，今日死別，怎不更加傷感！眾人原恐寶玉病後過哀，都來解勸。寶玉已經哭得死去活來，大家攙扶歇息。其餘隨來的，如寶釵，俱極痛哭。獨是寶玉必要叫紫鵑來見，問明姑娘臨死有何話說。紫鵑本來深恨寶玉，見如此，心裏已回過來些；又有賈母王夫人都在這裏，不敢灑落寶玉，便將林姑娘怎麼復病，怎麼燒毀帕子，焚化詩稿，並將臨死說的話一一的都告訴了。寶玉又哭得氣噎喉乾。探春趁便又將黛玉臨終囑咐帶柩回南的話也說了一遍。賈母王夫人又哭起來。多虧鳳姐能言勸慰，略略止些，便請賈母等回去。寶玉那裏肯捨，無奈賈母逼著，只得勉強回房。

賈母有了年紀的人，打從寶玉病起，日夜不寧，今又大痛一陣，已覺頭暈身熱，雖是不放心惦著寶玉，卻也扎掙不住，回到自己房中睡下。王夫人更加心痛難禁，也便回去，派了彩雲幫著襲人照應，並說：「寶玉若再悲戚，速來告訴我們。」寶釵是知寶玉一時必不能捨，也不相勸，只用諷刺的話說他。寶玉倒恐寶釵多心，也便飲泣收心。歇了一夜，倒也安穩。明日一早，眾人都來瞧他，但覺氣虛身弱，心病倒覺去了幾分。於是加意調養，漸漸的好起來。賈母幸不成病，惟是王夫人心痛未痊。那日薛姨媽過來探望，看見寶玉精神略好，也就放心，暫且住下。

一日，賈母特請薛姨媽過去商量，說：「寶玉的命，都虧姨太太救的。如今想來不妨了，獨委屈了你的姑娘。如今寶玉調養百日，身體復舊，又過了娘娘的功服，正好圓房。要求姨太太做主，另擇個上好的吉日。」薛姨媽便道：「老太太主意很好，何必問我？寶丫頭雖生得粗笨，心裏卻還是極明白的。他的情性，老太太素日是知道的。但願他們兩口兒言和意順，從此老太太也省好些心，我姐姐也安慰些，我也放了心了。老太太便定個日子。還通知親戚不用呢？」賈母道：「寶玉和你們姑娘生來第一件大事，況且費了多少周折，如今纔得安逸，必要大家熱鬧幾天。親戚都要請的。一來酬願，二則咱們吃杯喜酒，也不枉我老人家操了好些心。」薛姨媽聽說，自然也是喜歡的，便將要辦妝奩的話也說了一番。賈母道：「咱們親上做親，我想也不必這些。若說動用的，他屋裏已經滿了；必定寶丫頭他心愛的要你幾件，姨太太就拿了來。我看寶丫頭也不是多心的人，不比的我那外孫女兒的脾氣，所以他不得長壽。」說著，連薛姨媽也便落淚。恰好鳳姐進來，笑道：「老太太姑媽又想著什麼了？」薛姨媽道：「我和老太太說起你林妹妹來，所以傷心。」鳳姐笑道：「老太太和姑媽且別傷心。我剛纔聽了個笑話兒來了，意思說給老太太和姑媽聽。」賈母拭了拭眼淚，微笑道：「你又不知要編派誰呢？你說來，我和姨太太聽聽。說不笑，我們可不依。」只見那鳳姐未從張口，先用兩隻手比著，笑彎了腰了。未知他說出些什麼來，下回分解。

卷九十九　守官箴惡奴同破例　閱邸報老舅自擔驚

話說鳳姐見賈母和薛姨媽為黛玉傷心，便說：「有個笑話兒說給老太太和姑媽聽。」未從開口，先自笑了。因說道：「老太太和姑媽打諒是那裏的笑話兒？就是咱們家的那二位新姑爺新媳婦啊！」賈母道：「怎麼了？」鳳姐拿手比著道：「一個這麼坐著，一個這麼站著；一個這麼扭過去，一個這麼轉過來。一個又……」說到這裏，賈母已經大笑起來，說道：「你好生說罷，倒不是他們兩口兒，你倒把人慪得受不得了。」薛姨媽也笑道：「你往下直說罷，不用比了。」鳳姐纔說道：「剛纔我到寶兄弟屋裏，我聽見好幾個人笑。我只道是誰，巴著窗户眼兒一瞧，原來寶妹妹坐在炕沿上，寶兄弟站在地下。寶兄弟拉著寶妹妹的袖子，口口聲聲只叫：『寶姐姐！你為什麼不會說話了？你這麼說一句話，我的病包管全好。』寶妹妹卻扭著頭，只管躲。寶兄弟卻作了一個揖，上去又拉寶妹妹的衣服。寶妹妹急得一扯，寶兄弟自然病後是腳軟的，索性一撲，撲在寶妹妹身上了。寶妹妹急得紅了臉，說道：『你越發比先不尊重了。』」說到這裏，賈母和薛姨媽都笑起來。鳳姐又道：「寶兄弟便立起身來，笑道：『虧了跌了這一交，好容易纔跌出你的話來了。』」薛姨媽笑道：「這是寶丫頭古怪。這有什麼的？既作了兩口兒，說說笑笑的怕什麼？他沒見他璉二哥和你。」鳳姐兒笑道：「這是怎麼說呢？我饒說笑話給姑媽解悶兒，姑媽反到拿我打起卦來了。」

賈母也笑道：「要這麼著纔好。夫妻固然要和氣，也得有個分寸兒。我愛寶丫頭就在這尊重上頭。只是我愁著寶玉還是那麼傻頭傻腦的，這麼說起來，比頭裏竟明白多了。你再說說，還有什麼笑話兒沒有？」鳳姐道：「明兒寶玉圓了房，親家太太抱了外孫子，那時候不更是笑話兒了麼？」賈母笑道：「猴兒，我在這裏同著姨太太想你林妹妹，你來慪個笑兒還罷了，怎麼臊起皮來了！你不叫我們想你林妹妹，你不用太高興了，你林妹妹恨你，將來不要獨自一個到園裏去，堤防他拉著你不依。」鳳姐笑道：「他倒不怨我，他臨死咬牙切齒，倒恨著寶玉呢。」賈母薛姨媽聽著還道是玩話兒，也不理會，便道：「你別胡拉扯了。你去叫外頭挑個很好的日子給你寶兄弟圓了房兒罷。」鳳姐去了，擇了吉日，重新擺酒，唱戲，請親友，這不在話下。

卻說寶玉雖然病好復元，寶釵有時高興，翻書觀看，談論起來，寶玉所有眼前常見的，尚可記憶，若論靈機，大不似從前活變了，連他自己也不解。寶釵明知是「通靈」失去，所以如此。倒是襲人時常說他：「你何故把從前的靈機都忘了？那些舊毛病忘了纔好，為什麼你的脾氣還覺照舊，在道理上更糊塗了呢？」寶玉聽了，並不生氣，反是嘻嘻的笑。有時寶玉順性胡鬧，多虧寶釵勸說，諸事略覺收斂些。襲人倒可少費些脣舌，惟知悉心伏侍。別的丫頭素仰寶釵貞靜和平，各人心服，無不安靜。

只有寶玉到底是愛動不愛靜的，時常要到園裏去逛。賈母等一則怕他招受寒暑，二則恐他睹景傷情，雖黛玉之柩已寄放城外庵中，然而瀟湘館依然人亡屋在，不免勾起舊病來，所以也不使他去。況且親戚姊妹們，薛寶琴已回到薛姨媽那邊去了；史湘雲因史侯回京，也接了家去了，又有了出嫁的日子，所以不大常來，只有寶玉娶親那一日，與吃喜酒這天，來過兩次，也只在賈母那邊住下，為著寶玉已經娶過親的人，又想自己就要出嫁的，也不肯如從前的詼諧談笑，就是有時過來，也只和寶釵說話，見了寶玉，不過問好而已；那邢岫煙卻是因迎春出嫁之後，便隨著邢夫人過去；李家姊妹也另住在外，即同著李嬸娘過來，亦不過到太太們與姐妹們處請安問好，即回到李紈那裏略住一兩天就去了，所以園內的只有李紈、探春、惜春了。賈母還要將李紈等挪進來，為著元妃薨後，家中事情接二連三，也無暇及此。現今天氣一天熱似一天，園裏尚可住得，等到秋天再挪。此是後話，暫且不提。

且說賈政帶了幾個在京請的幕友，曉行夜宿，一日，到了本省，見過上司，即到任拜印受事，便查盤各屬州縣糧米倉庫。賈政向來做京官，只曉得郎中事務都是一景兒的事情；就是外任，原是學差，也無關於吏治上，所以外省州縣，折收糧米，勒索鄉愚，這些弊端，雖也聽見別人講究，卻未嘗身親其事，只有一心做好官。便與幕賓商議，出示嚴禁，並諭以一經查出，必定詳參揭報。初到之時，果然胥吏畏懼，便百計鑽營；偏遇賈政這般古執。那些家人，跟了這位老爺，在都中一無出息，好容易盼到主人放了外任，便在京指著在外發財的名頭向人借貸做衣裳，裝體面，心裏想著到了任，銀錢是容易的了。不想這位老爺呆性發作，認真要查辦起來，州縣饋送，一概不受。門房、簽押等人，心裏盤算道：「我們再挨半個月，衣服也要當完了，賬又逼起來，那可怎麼樣好呢？眼見得白花花的銀子，只是不能到手。」那些長隨也道：「你們爺們到底還沒花什麼本錢來的。我們纔冤；花了若干的銀子，打了個門子，來了一個多月，連半個錢也沒見過！想來跟這個主兒是不能撈本兒的了。明兒我們齊打夥兒告假去。」次日，果然聚齊，都來告假。賈政不知就裏，便說：「要來也是你們，要去也是你們。既嫌這裏不好，就都請便。」

那些長隨怨聲載道而去，只剩下些家人，又商議道：「他們可去的去了，我們去不了的，到底想個法兒纔好。」內中有一個管門的叫李十兒，便說：「你們這些沒能耐的東西，著什麼忙！我見這『長』字號兒的在這裏，不犯給他出頭。如今都餓跑了，瞧瞧你十太爺的本領，少不得本主兒依我。只是要你們齊心，打夥兒弄幾個錢，回家受用；若不隨我，我也不管了，橫豎拚得過你們。」眾人都說：「好十爺！你還主兒信得過。若你不管，我們實在是死症了。」李十兒道：「不要我出了頭，得了銀錢，又說我得了大分兒了，窩兒裏反起來，大家沒意思。」眾人道：「你萬安，沒有的事。就沒有多少，也強似我們腰裏掏錢。」

正說著，只見糧房書辦走來找周二爺。李十兒坐在椅子上，蹺著一隻腿，挺著腰，說道：「找他做什麼？」書辦便垂手陪著笑，說道：「本官到了一個多月的任，這些州縣太爺見得本官的告示利害，知道不好說話，到了這時候，都沒有開倉。若是過了漕，你們太爺們來做什麼的？」李十兒說：「你別混說，老爺是有根蒂的，說到那裏是要辦到那裏。這兩天原要行文催兌，因我說了緩幾天，纔歇的。你到底找我們周二爺做什麼？」書辦道：「原為打聽催文的事，沒有別的。」李十兒道：「越發胡說！方纔我說催文，你就信嘴胡謅。可別鬼鬼祟祟來講什麼賬，我叫本官打了你，退你。」書辦道：「我在這衙門內已經三代了，外頭也有些體面，家裏還過得，就規規矩矩伺候本官昇了還能夠，不像那些等米下鍋的。」說著，回了一聲：「二太爺，我走了。」李十兒便站起，堆著笑說：「這麼不禁玩，幾句話就臉急了。」書辦道：「不是我臉急，若再說什麼，豈不帶累了二太爺的清名呢。」李十兒過來拉著書辦的手，說：「你貴姓啊？」書辦道：「不敢，我姓詹，單名是個會字。從小兒也在京裏混了幾年。」李十兒道：「詹先生，我是久聞你的名的。我們弟兄們是一樣的。有什麼話，晚上到這裏，咱們說一說。」書辦也說：「誰不知道李十太爺是能事的，把我一詐，就唬毛了。」大家笑著走開。那晚便與書辦咕唧了半夜。

第二天，拿話去探賈政，被賈政痛罵了一頓。隔一天拜客，裏頭吩咐伺候，外頭答應了。停了一會子，打點已經三下了，大堂上沒有人接鼓，好容易叫個人來打了鼓。賈政踱出暖閣，站班喝道的衙役只有一個。賈政也不查問，在墀下上了轎，等轎伕，又等了好一回，來齊了，擡出衙門，那個炮只響得一聲。吹鼓亭的鼓手，只有一個打鼓，一個吹號筒。賈政便也生氣，說：「往常還好，怎麼今兒不齊集至此？」擡頭看那執事，卻是攙前落後。勉強拜客回來，便傳誤班的要打。有的說因沒有帽子誤的；有的說是號衣當了誤的；又有的說是三天沒吃飯擡不動。賈政生氣，打了一兩個，也就罷了。

隔一天，管廚房的上來要錢，賈政帶來銀兩付了。以後便覺樣樣不如意，比在京的時候倒不便了好些，無奈，便喚李十兒問道：「我跟來這些人，怎樣都變了？你也管管。現在帶來銀兩，早使沒有了。藩庫俸銀尚早，該打發京裏取去。」李十兒稟道：「奴才那一天不說他們？不知道怎麼樣，這些人都是無精打采的，叫奴才也沒法兒。老爺說家裏取銀子，取多少？現在打聽節度衙門這幾天有生日，別的府道老爺都上千上萬的送了，我們到底送多少呢？」賈政道：「為什麼不早說？」李十兒說：「老爺最聖明的。我們新來乍到，又不與別位老爺很來往，誰肯送信？巴不得老爺不去，便好想老爺的美缺。」賈政道：「胡說！我這官是皇上放的，不與節度做生日，便叫我不做不成！」李十兒笑著回道：「老爺說的也不錯。京裏離這裏很遠，凡百的事，都是節度奏聞。他說好便好，說不好便吃不住。到得明白，已經遲了。就是老太太、太太們，那個不願意老爺在外頭烈烈轟轟的做官呢！」

賈政聽了這話，也自然心裏明白，道：「我正要問你，為什麼都說起來？」李十兒回說：「奴才本不敢說，老爺既問到這裏，若不說，是奴才沒良心；若說了，少不得老爺又生氣。」賈政道：「只要說得在理。」李十兒說道：「那些書吏衙役，都是花了錢買著糧道的衙門，那個不想發財？俱要養家活口。自從老爺到了任，並沒見為國家出力，倒先有了口碑載道。」賈政道：「民間有什麼話？」李十兒道：「百姓說：『凡有新到任的老爺，告示出的愈利害，愈是想錢的法兒。州縣害怕了，好多多的送銀子。』收糧的時候，衙門裏便說，新道爺的法令；明是不敢要錢，這一留難叨蹬，那些鄉民心裏願意花幾個錢，早早了事。所以那些人不說老爺好，反說不諳民情。便是本家大人，是老爺最相好的，他不多幾年，已巴到極頂的分兒，也只為識時達務，能夠上和下睦罷了。」賈政聽到這話，道：「胡說！我就不識時務嗎？若是上和下睦，叫我與他們『貓鼠同眠』嗎？」李十兒回說道：「奴才為著這點忠心兒掩不住，纔這麼說。若是老爺就是這樣做去，到了功不成、名不就的時候，老爺又說奴才沒良心，有什麼話，不告訴老爺了。」

賈政道：「依你怎麼做纔好？」李十兒道：「也沒有別的，趁著老爺的精神年紀，裏頭的照應，老太太的硬朗，為顧著自己就是了。不然，到不了一年，老爺家裏的錢也都貼補完了，還落了自上至下的人抱怨，都說老爺是做外任的，自然弄了錢藏著受用。倘遇著一兩件為難的事，誰肯幫著老爺？那時辦也辦不清，悔也悔不及。」賈政道：「據你一說，是叫我做貪官嗎？送了命還不要緊，必定將祖父的功勳抹了纔是？」

李十兒回稟道：「老爺極聖明的人，沒看見舊年犯事的幾位老爺嗎？這幾位都與老爺相好，老爺常說是個做清官的，如今名在那裏？現有幾位親戚，老爺向來說他們不好的，如今昇的昇，遷的遷。只在要做得好就是了。老爺要知道：民也要顧，官也要顧。若是依著老爺，不准州縣得一個大錢，外頭這些差使誰辦？只要老爺外面還是這様清名聲原好；裏頭的委屈，只要奴才辦去，關礙不著老爺的。奴才跟主兒一場，到底也要掏出忠心來。」賈政被李十兒一番言語，說得心無主見，道：「我是要保性命的，你們鬧出來不與我相干！」說著，便踱了進去。

李十兒便自己做起威福，鈎連內外一氣的哄著賈政辦事，反覺得事事周到，件件隨心，所以賈政不但不疑，反多相信。便有幾處揭報，上司見賈政古樸忠厚，也不查察。惟是幕友們耳目最長，見得如此，得便用言規諫，無奈賈政不信，也有辭去的，也有與賈政相好在內維持的。於是，漕務事畢，尚無隕越。

一日，賈政無事，在書房中看書，簽押上呈進一封書子，外面官封，上開著「鎮守海門等處總制公文一角，飛遞江西糧道衙門」。賈政拆封看時，只見上寫道：

金陵契好，桑梓情深。昨歲供職來都，竊喜常依座右。仰蒙雅愛，許結「朱陳」，至今佩德勿諼。只因調任海疆，未敢造次奉求，衷懷歉仄，自歎無緣。今幸棨戟遙臨，快慰平生之願。正申燕賀，先蒙翰教，邊帳光生，武夫額手。雖隔重洋，尚叨樾蔭。想蒙不棄卑寒，希望蔦蘿之附。小兒已承青盼，淑媛素仰芳儀。如蒙踐諾，即遣冰人。途路雖遙，一水可通。不敢云百輛之迎，敬備仙舟以俟。茲修寸幅，恭賀昇祺，並求金允。臨穎不勝待命之至。

世弟周瓊頓首

賈政看了，心想：「兒女姻緣，果然有一定的。舊年因見他就了京職，又是同鄉的人，素來相好，又見那孩子長得好，在席間原提起這件事。因未説定，也沒有與他們説起。後來他調了海疆，大家也不説了。不料我今昇任至此，他寫書來問。我看起門戶，卻也相當，與探春倒也相配。但是我並未帶家眷，只可寫字與他商議。」正在躊躇，只見門上傳進一角文書，是議取到省會議事件，賈政只得收拾上省，候節度派委。

一日，在公館閒坐，見桌上堆著一堆字紙，賈政一一看去，見刑部一本：「為報明事，會看得金陵籍行商薛蟠……」賈政便吃驚道：「了不得！已經提本了。」隨用心看下去，是薛蟠毆傷張三身死，串囑屍證，捏供誤殺一案。賈政一拍桌道：「完了！」只得又看底下，是：

據京營節度使咨稱：「緣薛蟠籍隸金陵，行過太平縣，在李家店歇宿，與店內當槽之張三素不相認。於某年月日，薛蟠令店主備酒邀請太平縣民吳良同飲，令當槽張三取酒。因酒不甘，薛蟠令換好酒。張三因稱酒已沽定，難換。薛蟠因伊倔強，將酒照臉潑去，不期去勢甚猛，恰值張三低頭拾箸，一時失手，將酒碗擲在張三囟門，皮破血出，逾時殞命。李店主趨救不及，隨向張三之母告知。伊母張王氏往看，見已身死，隨喊稟地保，赴縣呈報。前署縣詣驗，仵作將骨破一寸三分及腰眼一傷，漏報填格，詳府審轉。看得薛蟠實係潑酒失手，擲碗誤傷張三身死，將薛蟠照過失殺人，准鬥殺罪收贖」等因前來。臣等細閱各犯證屍親前後供詞不符，且查鬥殺律註云：「相爭為鬥，相打為毆。必實無爭鬥情形，邂逅身死，方可以過失殺定擬。」應令該節度審明實情，妥擬具題。今據該節度疏稱：薛蟠因張三不肯換酒，醉後拉著張三右手，先毆腰眼一拳，張三被毆回罵，薛蟠將碗擲出，致傷囟門深重，骨碎腦破，立時殞命。是張三之死實由薛蟠以酒碗砸傷深重致死，自應以薛蟠擬抵，將薛蟠依鬥殺律擬絞監候，吳良擬以杖徒。承審不實之府州縣，應請……

以下註著「此稿未完」。

賈政因薛姨媽之託，曾託過知縣；若請旨革審起來，牽連著自己，好不放心。即將下一本開看，偏又不是，只好翻來覆去，將報看完，終沒有接這一本的，心中狐疑不定，更加害怕起來。正在納悶，只見李十兒進來：「請老爺到官廳伺候去，大人衙門已經打了二鼓了。」賈政只是發怔，沒有聽見。李十兒又請一遍。賈政道：「這便怎麼處？」李十兒道：「老爺有什麼心事？」賈政將看報之事說了一遍。李十兒道：「老爺放心。若是部裏這麼辦了，還算便宜薛大爺呢！奴才在京的時候，聽見薛大爺在店裏叫了好些媳婦，都喝醉了生事，直把個當槽兒的活活打死的。奴才聽見不但是託了知縣，還求璉二爺去花了好些錢，各衙門打通了，纔提的，不知道怎麼部裏沒有弄明白。如今就是鬧破了，也是官官相護的，不過認個承審不實，革職處分罷，那裏還肯認得銀子聽情呢？老爺不用想，等奴才再打聽罷，不要誤了上司的事。」賈政道：「你們那裏知道？只可惜那知縣聽了一個情，把這個官都丟了，還不知道有罪沒有呢！」李十兒道：「如今想他也無益，外頭伺候著好半天了，請老爺就去罷。」賈政不知節度傳辦何事，且聽下回分解。

卷一百　破好事香菱結深恨　悲遠嫁寶玉感離情

話說賈政去見了節度，進去了半日，不見出來，外頭議論不一。李十兒在外也打聽不出什麼事來，便想到報上的饑荒，實在也著急。好容易聽見賈政出來，便迎上來跟著，等不得回去，在無人處，便問：「老爺進去這半天，有什麼要緊的事？」賈政笑道：「並沒有事。只為鎮海總制是這位大人的親戚，有書來囑託照應我，所以說了些好話。又說：『我們如今也是親戚了。』」李十兒聽得，心內喜歡，不免又壯了些膽子，便竭力慫恿賈政許這親事。賈政心想，薛蟠的事到底有什麼掛礙，在外頭信息不早，難以打點，故回到本任來便打發家人進京打聽；順便將總制求親之事回明賈母，如若願意，即將三姑娘接到任所。家人奉命，趕到京中回明了王夫人，便在吏部打聽得賈政並無處分，惟將署太平縣的這位老爺革職。即寫了稟帖，安慰了賈政，然後住著等信。

且說薛姨媽為著薛蟠這件人命官司，各衙門內不知花了多少銀錢，纔定了誤殺具題。原打量將當舖折變給人，備銀贖罪，不想刑部駁審，又託人花了好些錢，總不中用，依舊定了個死罪，監著守候秋天大審。薛姨媽又氣又疼，日夜啼哭。寶釵雖時常過來勸解，說是：「哥哥本來沒造化，承受了祖父這些家業，就該安安頓頓的守著過日子。在南邊已經鬧得不像樣，便是香菱那件事情，就了不得。因為仗著親戚們的勢力，花了些銀錢，這算白打死了一個公子。哥哥就該改過，做起正經人來，也該奉養母親纔是，不想進了京仍是這樣。媽媽為他，不知受了多少氣，哭掉了多少眼淚。給他娶了親，原想大家安安逸逸的過日子，不想命該如此，偏偏娶的嫂子又是一個不安靜的，所以哥哥躲出門的。真正俗語説的，『冤家路兒狹』，不多幾天就鬧出人命來了！媽媽和二哥哥也算不得不盡心的了：花了銀錢不算，自己還求三拜四的謀干。無奈命裏應該，也算自作自受。大凡養兒女是為著老來有靠，便自小户人家，還要掙一碗飯養活母親；那裏有將現成的鬧光了，反害得老人家哭得死去活來的？不是我説，哥哥的這樣行為，不是兒子，竟是個冤家對頭。媽媽再不明白，明哭到夜，夜哭到明，又受嫂子的氣。我呢，又不能常在這裏勸解。我看見媽媽這樣，那裏放得下心。他雖説是傻，也不肯叫我回去。前兒老爺打發人回來説，看見京報，唬得了不得，所以纔叫人來打點的。我想哥哥鬧了事，擔心的人也不少。幸虧我還是在跟前的一樣；若是離鄉調遠，聽見了這個信，只怕我想媽媽也就想殺了。我求媽媽暫且養養神，趁哥哥的活口現在，問問各處的賬目。人家該咱們的，咱們該人家的，亦該請個舊夥計來算一算，看看還有幾個錢沒有。」薛姨媽哭著説道：「這幾天為鬧你哥哥的事，你來了，不是你勸我，便是我告訴你衙門的事。你還不知道：京裏的官商名字已經退了，兩個當鋪已經給了人家，銀子早拿來使完了。還有一個當鋪，管事的逃了，虧空了好幾千兩銀子，也夾在裏頭打官司。你二哥哥天天在外頭要賬，料著京裏的賬已經去了幾萬銀子，只好拿南邊公分裏銀子並住房折變纔夠。前兩天還聽見一個荒信，説是南邊的公當鋪也因為折了本兒收了。若是這麼著，你娘的命可就活不成的了！」説著，又大哭起來。寶釵也哭著勸道：「銀錢的事，媽媽操心也不中用，還有二哥哥給我們料理。單可恨這些夥計們，見咱們的勢頭兒敗了，各自奔各自的去也罷了，我還聽見說幫著人家來擠我們的訛頭。可見我哥哥活了這麼大，交的人總不過是些個酒肉弟兄，急難中是一個沒有的。媽媽若是疼我，聽我的話：有年紀的人自己保重些；媽媽這一輩子想來還不致受凍受餓。家裏這點子衣裳傢伙，只好聽憑嫂子去，那是沒法兒的了。所有的家人婆子，瞧他們也沒心在這裏，該去的叫他們去。就可憐香菱苦了一輩子，只好跟著媽媽過去。實在短什麼，我要是有的，還可以拿些個來；料我們那個也沒有不依的。就是襲姑娘也是心術正道的，他聽見我哥哥的事，他倒提起媽媽來就哭。我們那一個還道是沒事的，所以不大著急；若聽見了，也是要唬個半死兒的。」薛姨媽不等說完，便說：「好姑娘！你可別告訴他！他為一個林姑娘，幾乎沒要了命，如今纔好了些。要是他急出個原故來，不但你添一層煩惱，我越發沒了依靠了。」寶釵道：「我也是這麼想，所以總沒告訴他。」

正說著，只聽見金桂跑來外間屋裏哭喊道：「我的命是不要的了！男人呢，已經是沒有活的分兒了。咱們如今索性鬧一鬧，大夥兒到法場上去拚一拚。」說著，便將頭往隔斷板上亂撞，撞得披頭散髮。氣得薛姨媽白瞪著兩隻眼，一句話也說不出來。還虧得寶釵「嫂子」長、「嫂子」短、好一句、歹一句的勸他。金桂道：「姑奶奶！如今你是比不得頭裏的了。你兩口兒好好的過日子，我是個單身人兒，要臉做什麼！」說著，便要跑到街上回娘家去。虧得人還多，扯住了，又勸了半天方住。把個寶琴唬得再不敢見他。若是薛蝌在家，他便抹粉施脂，描眉畫鬢，奇情異致的打扮收拾起來。不時打從薛蝌住房前過，或故意咳嗽一聲，或明知薛蝌在屋，特問房裏何人；有時遇見薛蝌，他便妖妖喬喬、嬌嬌癡癡的問問寒熱，忽喜忽嗔。丫頭們看見，都趕忙躲開。他自己也不覺得，只是一心一意要弄得薛蝌感情時，好行寶蟾之計。那薛蝌卻只躲著，有時遇見也不敢不周旋一二，只怕他撒潑放刁的意思。更加金桂一則為色迷心，越瞧越愛，越想越幻，那裏還看得出薛蝌的真假來？只有一宗，他見薛蝌有什麼東西都是託香菱收著；衣服縫洗，也是香菱；兩個人偶然説話，他來了，急忙散開，一發動了一個「醋」字。欲待發作薛蝌，卻是捨不得，只得將一腔隱恨都擱在香菱身上。卻又恐怕鬧了香菱得罪了薛蝌，倒弄得隱忍不發。

一日，寶蟾走來，笑嘻嘻的向金桂道：「奶奶，看見了二爺沒有？」金桂道：「沒有。」寶蟾笑道：「我説二爺的那種假正經是信不得的。咱們前日送了酒去，他説不會喝，剛纔我見他到太太那屋裏去，那臉上紅撲撲兒的一臉酒氣。奶奶不信，回來只在咱們院門口等他。他打那邊過來時，奶奶叫住他問問，看他説什麼。」金桂聽了，一心的怒氣，便道：「他那裏就出來了呢？他既無情義，問他做什麼？」寶蟾道：「奶奶又迂了。他好説，咱們也好説；他不好説，咱們再另打主意。」金桂聽著有理，因叫寶蟾：「瞧著他，看他出去了。」寶蟾答應著出來，金桂卻去打開鏡奩，又照了一照，把嘴脣兒又抹了一抹，然後拿一條灑花絹子，纔要出來，又似忘了什麼的，心裏倒不知怎麼是好了。只聽寶蟾外面説道：「二爺，今日高興啊！那裏喝了酒來了？」金桂聽了，明知是叫他出來的意思，連忙掀起簾子出來。只見薛蝌和寶蟾説道：「今日是張大爺的好日子，所以被他們強不過，吃了半鍾。到這時候臉還發燒呢。」一句話沒説完，金桂早接口道：「自然人家外人的酒比咱們自己家裏的酒是有趣兒的。」薛蝌被他拿話一激，臉越紅了，連忙走過來陪笑道：「嫂子説那裏的話？」寶蟾見他二人交談，便躲到屋裏去了。這金桂初時原要假意發作薛蝌兩句，無奈一見他兩頰微紅，雙眸帶澀，別有一種謹願可憐之意，早把自己那驕悍之氣，感化到爪窪國去了，因笑說道：「這麼說，你的酒是硬強著纔肯喝的呢。」薛蝌道：「我那裏喝得來？」金桂道：「不喝也好，強如像你哥哥喝出亂子來，明兒娶了你們奶奶兒，像我這樣守活寡受孤單呢！」說到這裏，兩個眼已經乜斜了，兩腮上也覺紅暈了。薛蝌見這話越發邪僻了，打算著要走。金桂也看出來了，那裏容得，早已走過來一把拉住。薛蝌急了道：「嫂子，放尊重些。」說著，渾身亂顫。金桂索性老著臉道：「你只管進來，我和你說一句要緊的話。」正鬧著，忽聽背後一個人叫道：「奶奶！香菱來了。」把金桂唬了一跳。回頭瞧時，卻是寶蟾掀著簾子看他二人的光景，一擡頭見香菱從那邊來了，趕忙知會金桂。金桂這一驚不小，手已鬆了。薛蝌得便脫身跑了。那香菱正走著，原不理會，忽聽寶蟾一嚷，纔瞧見金桂在那裏拉住薛蝌，往裏死拽。香菱卻唬得心頭亂跳，自己連忙轉身回去。這裏金桂早已連嚇帶氣，呆呆的瞅著薛蝌去了，怔了半天，恨了一聲，自己掃興歸房。從此把香菱恨入骨髓。那香菱本是要到寶琴那裏，剛走出腰門，看見這般，嚇回去了。

是日，寶釵在賈母屋裏，聽得王夫人告訴老太太要聘探春一事。賈母說道：「既是同鄉的人，很好。只是聽見說那孩子到過我們家裏，怎麼你老爺沒有提起？」王夫人道：「連我們也不知道。」賈母道：「好便好，但是道兒太遠。雖然老爺在那裏，倘或將來老爺調任，可不是我們孩子太單了嗎？」王夫人道：「兩家都是做官的，也是拿不定。或者那邊還調進來；即不然，終有個葉落歸根。況且老爺既在那裏做官，上司已經說了，好意思不給麼？想來老爺的主意定了，只是不敢做主，故遣人來回老太太的。」賈母道：「你們願意更好，但是三丫頭這一去了，不知三年兩年那邊可能回家？若再遲了，恐怕我趕不上再見他一面了！」說著，掉下淚來。王夫人道：「孩子們大了，少不得總要給人家的。就是本鄉本土的人，除非不做官還使得；若是做官的，誰保得住總在一處？只要孩子們有造化就好。譬如迎姑娘倒配得近呢，偏是時常聽見他被女婿打鬧，甚至不給飯吃。就是我們送了東西去，他也摸不著。近來聽見益發不好了，也不放他回來。兩口子拌起來，就說咱們使了他家的銀錢。可憐這孩子總不得個出頭的日子！前兒我惦記他，打發人去瞧他，迎丫頭藏在耳房裏，不肯出來。老婆子們必要進去；看見我們姑娘這樣冷天還穿著幾件舊衣裳。他一包眼淚的告訴婆子們說：『回去別說我這麼苦，這也是命裏所招！也不用送什麼衣服東西來，不但摸不著，反要添一頓打，說是我告訴的。』老太太想想，這倒是近處眼見的，若不好，更難受。到虧了大太太也不理會他，大老爺也不出個頭。如今迎姑娘實在比我們三等使喚的丫頭還不如。我想探丫頭雖不是我養的，老爺既看見過女婿，定然是好纔許的。只請老太太示下；擇個好日子，多派幾個人，送到他老爺任上。該怎麼著，老爺也不肯將就。」賈母道：「有他老子做主，你就料理妥當，揀個長行的日子送去，也就定了一件事。」王夫人答應著「是」。寶釵聽得明白，也不敢則聲，只是心裏叫苦：「我們家裏姑娘們就算他是個尖兒，如今又要遠嫁，眼看著這裏的人一天少似一天了。」見王夫人起身告辭出去，他也送了出來，一徑回到自己房中，並不與寶玉說知。見襲人獨自一個做活，便將聽見的話說了。襲人也很不受用。

卻說趙姨娘聽見探春這事，反歡喜起來，心裏說道：「我這個丫頭，在家忒瞧不起我，我何從還是個娘？比他的丫頭還不濟！況且洑上水，護著別人。他擋在頭裏，連環兒也不得出頭。如今老爺接了去，我倒乾淨。想要他孝敬我，不能夠了。只願意他像迎丫頭似的，我也稱稱願。」一面想著，一面跑到探春那邊與他道喜，說：「姑娘，你是要高飛的人了。到了姑爺那邊，自然比家裏還好，想來你也是願意的。便是養了你一場，並沒有借你的光兒。就是我有七分不好，也有三分的好，總不要一去了把我擱在腦杓子後頭。」探春聽著毫無道理，只低頭做活，一句也不言語。趙姨娘見他不理，氣忿忿的自己去了。

這裏探春又氣，又笑，又傷心，也不過自己掉淚而已。坐了一回，悶悶的走到寶玉這邊來。寶玉因問道：「三妹妹，我聽見林妹妹死的時候，你在那裏來著。我還聽見說：林妹妹死的時候，遠遠的有音樂之聲。或者他是有來歷的，也未可知。」探春笑道：「那是你心裏想著罷了。只是那夜卻怪，不似人家鼓樂之音，你的話或者也是。」寶玉聽了，更以為實。又想前日自己神魂飄蕩之時，曾見一人，說是黛玉生不同人，死不同鬼，必是那裏的仙子臨凡。忽又想起那年唱戲作的嫦娥，飄飄豔豔，何等風致。過了一回，探春去了，因必要紫鵑過來，立刻回了賈母去叫他。

無奈紫鵑心裏不願意，雖經賈母王夫人派了過來，也就沒法，只是在寶玉跟前，不是噯聲，就是歎氣的。寶玉背地裏拉著他，低聲下氣，要問黛玉的話，紫鵑從沒好話回答。寶釵倒背地裏誇他有忠心，並不嗔怪他。那雪雁雖是寶玉娶親這夜出過力的，寶釵見他心地不甚明白，便回了賈母王夫人，將他配了一個小廝，各自過活去了。王奶媽，養著他將來好送黛玉的靈柩回南。鸚哥等小丫頭，仍伏侍了老太太。

寶玉本想念黛玉，因此及彼，又想跟黛玉的人已經雲散，更加納悶。悶到無可如何，忽又想黛玉死得這樣清楚，必是離凡返仙去了，反又歡喜。忽然聽見襲人和寶釵那裏講究探春出嫁之事，寶玉聽了，「啊呀」的一聲，哭倒在炕上。唬得寶釵襲人都來扶起，說：「怎麼了？」寶玉早哭得說不出來，定了一回子神，說道：「這日子過不得了！我姊妹們都一個一個的散了！林妹妹是成了仙去了。大姐姐呢，已經死了，這也罷了，沒天天在一塊。二姐姐呢，碰著了一個混賬不堪的東西。三妹妹又要遠嫁，總不得見的了。史妹妹又不知要到那裏去？薛妹妹是有了人家的。這些姐姐妹妹，難道一個都不留在家裏，單留我做什麼？」襲人忙又拿話解勸。寶釵擺著手說：「你不用勸他，讓我來問他。」因問著寶玉道：「據你的心裏，要這些姐妹都在家裏陪到你老了，都不要為終身的事嗎？若說別人，或者還有別的想頭。你自己的姐姐妹妹，不用說沒有遠嫁的；就是有，老爺做主，你有什麼法兒？打量天下獨是你一個人愛姐姐妹妹呢？若是都像你，就連我也不能陪你了。大凡人念書，原為的是明理，怎麼你益發糊塗了？這麼說起來，我同襲姑娘各自一邊兒去，讓你把姐姐妹妹們都邀了來守著你。」寶玉聽了，兩隻手拉住寶釵襲人道：「我也知道。為什麼散得這麼早呢？等我化了灰的時候再散也不遲。」襲人掩著他的嘴道：「又胡說！纔這兩天身上好些，二奶奶纔吃些飯。若是你又鬧翻了，我也不管了。」寶玉慢慢的聽他兩個人說話都有道理，只是心上不知道怎樣纔好，只得強說道：「我卻明白，但只是心裏鬧得慌。」寶釵也不理他，暗叫襲人快把定心丸給他吃了，慢慢的開導他。襲人便欲告訴探春，說臨行不必來辭。寶釵道：「這怕什麼？等消停幾日，待他心裏明白，還要叫他們多說句話兒呢。況且三姑娘是極明白的人，不像那些假惺惺的人，少不得有一番箴諫，他以後便不是這樣了。」正說著，賈母那邊打發過鴛鴦來說：「知道寶玉舊病又發，叫襲人勸說安慰，叫他不要胡思亂想。」襲人等應了。鴛鴦坐了一會子去了。

那賈母又想起探春遠行，雖不備妝奩，其一應動用之物，俱該預備，便把鳳姐叫來，將老爺的主意告訴了一遍，即叫他料理去。鳳姐答應。不知怎麼辦理，下回分解。

卻說鳳姐回至房中，見賈璉尚未回來，便分派那管辦探春行妝奩事的一干人。那天已有黃昏以後，因忽然想起探春來，要瞧瞧他去，便叫豐兒與兩個丫頭跟著，頭裏一個丫頭打著燈籠。走出門來，見月光已上，照耀如水，鳳姐便命：「打燈籠的回去罷。」因而走至茶房窗下，聽見裏面有人嘁嘁喳喳的，又似哭，又似笑，又似議論什麼的。鳳姐知道不過是家下婆子們，又不知搬什麼是非，心內大不受用，便命小紅：「進去裝作無心的樣子，細細打聽著，用話套出原委來。」小紅答應著去了。

鳳姐只帶著豐兒來至園門前，門尚未關，只虛虛的掩著。於是主僕二人方推門進去，只見園中月色比著外面更覺明朗，滿地下重重樹影，杳無人聲，甚是淒涼寂靜。剛欲往秋爽齋這條路來，只聽「呼呼」的一聲風過，吹的那樹枝上落葉，滿園中「唰喇喇」的作響，枝梢上「吱婁婁」的發哨，將那些寒鴉宿鳥都驚飛起來。鳳姐吃了酒，被風一吹，只覺身上發噤起來。那豐兒後面也把頭一縮，說：「好冷！」鳳姐也掌不住，便叫豐兒：「快回去把那件銀鼠坎肩兒拿來，我在三姑娘那裏等著。」豐兒巴不得一聲，也要回去穿衣裳來，答應了一聲，回頭就跑了。

鳳姐剛舉步走了不遠，只覺身後「咈咈哧哧」，似有聞嗅之聲，不覺頭髮森然豎了起來。由不得回頭一看，只見黑油油一個東西在後面伸著鼻子聞他呢，那兩隻眼睛恰似燈光一般。鳳姐嚇得魂不附體，不覺失聲的「咳」了一聲，卻是一隻大狗。那狗抽頭回身，拖著個掃帚尾巴，一氣跑上大土山上，方站住了，回身猶向鳳姐拱爪兒。

鳳姐兒此時心跳神移，急急的向秋爽齋來，將已來至門口，方轉過山子，只見迎面有一個人影兒一恍。鳳姐心中疑惑，心裏想著必是那一房裏的丫頭，便問：「是誰？」問了兩聲，並沒有人出來，已經嚇得神魂飄蕩，恍恍忽忽的似乎背後有人說道：「嬸娘連我也不認得了？」鳳姐忙回頭一看，只見這人形容俊俏，衣履風流，十分眼熟，只是想不起是那房那屋裏的媳婦來。只聽那人又說道：「嬸娘只管享榮華、受富貴的心盛，把我那年說的『立萬年永遠之基』，都付於東洋大海了。」鳳姐聽說，低頭尋思，總想不起。那人冷笑道：「嬸娘那時怎樣疼我了，如今就忘在九霄雲外了。」鳳姐聽了，此時方想起來是賈蓉的先妻秦氏，便說道：「嗳呀！你是死了的人哪，怎麼跑到這裏來了呢？」啐了一口，方轉回身，腳下不防一塊石頭絆了一跤，猶如夢醒一般，渾身汗如雨下。雖然毛髮悚然，心中卻也明白，只見小紅豐兒影影綽綽的來了。鳳姐恐怕落人的褒貶，連忙爬起來，說道：「你們做什麼呢，去了這半天？快拿來我穿上罷。」一面豐兒走至跟前，伏侍穿上，小紅過來攙扶鳳姐，鳳姐道：「我纔到那裏，他們都睡了，咱們回去罷。」一面說，一面帶了兩個丫頭，急急忙忙回到家中。賈璉已回來了，只是見他臉上神色更變，不似往常，待要問他，又知他素日性格，不敢突然相問，只得睡了。

至次日五更，賈璉就起來要往總理內庭都檢點太監裘世安家來打聽事務，因太早了，見桌上有昨日送來的鈔報，便拿起來閒看。第一件是雲南節度使王忠一本，新獲了一起私帶神槍火藥出邊事，共十八名人犯，頭一名鮑音，口稱係太師鎮國公賈化家人。第二件蘇州刺史李孝一本，參劾縱放家奴，倚勢凌辱軍民，以致因姦不遂，殺死節婦一家人命三口事。兇犯姓時，名福，自稱係世襲三等職銜賈範家人。賈璉看見這兩件，心中早又不自在起來，待要看第三件，又恐遲了不能見裘世安的面，因此急急的穿了衣服，也等不得吃東西，恰好平兒端上茶來，喝了兩口，便出來騎馬走了。平兒在房內收拾換下的衣服。

此時鳳姐尚未起來，平兒因說道：「今兒夜裏我聽著奶奶沒睡什麼覺，我這會子替奶奶搥著，好生打個盹兒罷。」鳳姐半日不言語。平兒料著這意思是了，便爬上炕來，坐在身邊，輕輕的搥著。纔搥了幾拳，那鳳姐剛有要睡之意，只聽那邊大姐兒哭了，鳳姐又將眼睜開。平兒連向那邊叫道：「李媽，你到底是怎麼著？姐兒哭了，你到底拍著他些。你也忒愛睡了。」那邊李媽從夢中驚醒，聽得平兒如此說，心中沒好氣，只得狠命拍了幾下，口裏嘟嘟噥噥的罵道：「真真的小短命鬼兒！放著屍不挺，三更半夜嚎你娘的喪！」一面說，一面咬牙，便向那孩子身上擰了一把。那孩子「哇」的一聲大哭起來。鳳姐聽見，說：「了不得！你聽聽，他該挫磨孩子了。你過去把那黑心的養漢老婆下死勁的打他幾下子，把妞妞抱過來罷。」平兒笑道：「奶奶別生氣，他那裏敢挫磨姐兒？只怕是不提防碰了一下子，也是有的。這會子打他幾下子沒要緊，明兒叫他們背地裏嚼舌根，倒說三更半夜打人。」鳳姐聽了，半日不言語，長歎一聲，說道：「你瞧瞧，這會子不是我十旺八旺的呢！明兒我要是死了，剩下這小孽障，還不知怎麼樣呢！」平兒笑道：「奶奶，這怎麼說！大五更的，何苦來呢？」鳳姐冷笑道：「你那裏知道？我是早已明白了，我也不久了！雖然活了二十五歲，人家沒見的也見了，沒吃的也吃了，也算全了，所以世上有的也都有了，氣也算賭盡了，強也算爭足了；就是『壽』字兒上頭缺一點兒，也罷了。」平兒聽說，由不的滾下淚來。鳳姐笑道：「你這會子不用假慈悲，我死了，你們只有歡喜的。你們一心一計和和氣氣的，省得我是你們眼裏的刺似的。只有一件，你們知好歹，只疼我那孩子就是了。」平兒聽說這話，越發哭的淚人似的。鳳姐笑道：「別扯你娘的臊！那裏就死了呢？哭得那麼痛！我不死還叫你哭死了呢。」平兒聽說，連忙止住哭，道：「奶奶說得這麼傷心。」一面說，一面又搥，半日不言語，鳳姐又矇矓睡去。

平兒方下炕來，要去，只聽外面腳步響。誰知賈璉去遲了，那裘世安已經上朝去了，不遇而回，心中正沒好氣，進來就問平兒道：「那些人還沒起來呢麼？」平兒回說：「沒有呢。」賈璉一路摔簾子進來，冷笑道：「好，好！這會子還都不起來，安心打擂臺打撒手兒！」一疊聲又要吃茶。平兒忙倒了一碗茶來。原來那些丫頭老婆見賈璉出了門，又復睡了，不打諒這會子回來，原不曾預備，平兒便把溫過的拿了來。賈璉生氣，舉起碗來，「嘩啷」一聲，摔了個粉碎。鳳姐驚醒，唬了一身冷汗，「噯約」一聲，睜開眼，只見賈璉氣狠狠的坐在旁邊，平兒彎著腰拾碗片子呢。鳳姐道：「你怎麼就回來了？」問了一聲，半日不答應，只得又問一聲。賈璉嚷道：「你不要我回來，叫我死在外頭罷？」鳳姐笑道：「這又是何苦來呢？常時我見你不像今兒回來的快，問你一聲，也沒什麼生氣的。」賈璉又嚷道：「又沒遇見，怎麼不快回來呢！」鳳姐笑道：「沒有遇見，少不得耐煩些，明兒再去早些兒，自然遇見了。」賈璉嚷道：「我可不『吃著自己的飯，替人家趕獐子』呢！我這裏一大堆的事，沒個動秤兒的；沒來由，為人家的事，瞎鬧了這些日子，當什麼呢？正經那有事的人還在家裏受用，死活不知，還聽見說要鑼鼓喧天的擺酒唱戲做生日呢。我可瞎跑他娘的腿子！」一面說，一面往地下啐了一口，又罵平兒。

鳳姐聽了，氣得乾咽，要和他分證，想了一想，又忍住了，勉強陪笑道：「何苦來生這麼大氣？大清早起，和我叫喊什麼？誰叫你應了人家的事？你既應了，只得耐煩些，少不得替人家辦辦。也沒見這個人自己有為難的事，還有心腸唱戲擺酒的鬧。」賈璉道：「你可說麼！你明兒倒也問問他。」鳳姐咤異道：「問誰？」賈璉道：「問誰！問你哥哥！」鳳姐道：「是他嗎？」賈璉道：「可不是他，還有誰呢？」鳳姐忙問道：「他又有什麼事，叫你替他跑？」賈璉道：「你還在罈子裏呢。」鳳姐道：「真真這就奇了！我連一個字兒也不知道。」賈璉道：「你怎麼能知道呢，這個事，連太太和姨太太還不知道呢。頭一件，怕太太和姨太太不放心；二則你身上又常嚷不好，所以我在外頭壓住了，不叫裏頭知道的。說起來，真真可人惱！你今兒不問我，我也不便告訴你。你打諒你哥哥行事像個人呢，你知道外頭人都叫他什麼？」鳳姐道：「叫他什麼？」賈璉：「你叫他什麼，叫他『忘仁』！」鳳姐「撲哧」的一笑：「他可不叫王仁，叫什麼呢？」賈璉道：「你打諒那個『王仁』嗎？是忘了仁義禮智信的那個『忘仁』哪！」鳳姐道：「這是什麼人這麼刻薄嘴兒糟蹋人。」賈璉道：「不是糟蹋他嗎！今兒索性告訴你，你也不知道知道你那哥哥的好處，到底知道他給他二叔做生日呵！」鳳姐想了一想，道：「噯喲！可是呵，我還忘了問你，二叔不是冬天的生日嗎？我記得年年都是寶玉去。前者老爺昇了，二叔那邊送過戲來，我還偷偷兒的說：『二叔為人是最嗇刻的，比不得大舅太爺。他們各自家裏還烏眼雞似的。不麼，昨兒大舅太爺沒了，你瞧他是個兄弟，他還出了個頭兒攬了一事兒嗎？』所以那一天說趕他的生日，咱們還他一班子戲，省了親戚跟前落虧欠。如今這麼早就做生日，也不知是什麼意思。」賈璉道：「你還做夢呢！他一到京，接著舅太爺的首尾就開了一個弔。他怕咱們知道攔他，所以沒告訴咱們，弄了好幾千銀子。後來二舅嗔著他，說他不該一網打盡。他吃不住了，變了個法子，就指著你們二叔的生日撒了個網，想著再弄幾個錢，好打點二舅太爺不生氣。也不管親戚朋友冬天夏天的，人家知道不知道，這麼丟臉！你知道我起早為什麼？這如今因海疆的事情，御史參了一本，說是大舅太爺的虧空，本員已故，應著落其弟王子勝、姪王仁賠補。爺兒兩個急了，找了我給他們託人情。我見他們嚇得那個樣兒，再者，又關係太太和你，我纔應了。想著找找總理內庭都檢點老裘替辦辦，或者前任後任挪移挪移，偏又去晚了，他進裏頭去了。我白起來跑了一趟，他們家裏還那裏定戲擺酒呢！你說說，叫人生氣不生氣？」

鳳姐聽了，纔知王仁所行如此，但他素性要強護短，聽賈璉如此說，便道：「憑他怎麼樣，到底是你的親大舅兒。再者，這件事，死的大太爺，活的二叔，都感激你。罷了，沒什麼說的，我們家的事，少不得我低三下四的求你了，省了帶累別人受氣，背地裏罵我！」說著，眼淚早下來了，掀開被窩，一面坐起來，一面挽頭髮，一面披衣裳。賈璉道：「你倒不用這麼著，是你哥哥不是人，我並沒說你呀。況且我出去了，你身上又不好，我都起來了，他們還睡覺，咱們老輩子有這個規矩麼？你如今做『好好先生』，不管事了。我說了一句，你就起來；明兒我要嫌這些人，難道你都替了他們麼？好沒意思啊！」鳳姐聽了這些話，纔把淚止住了，說道：「天呢不早了，我也該起來了。你有這麼說的，你替他們家在心的辦辦，那就是你的情分了。再者，也不光為我，就是太太聽見也喜歡。」賈璉道：「是了，知道了。『大蘿蔔還用屎澆』？」平兒道：「奶奶這麼早起來做什麼？那一天奶奶不是起來有一定的時候兒呢。

爺也不知是那裏的邪火，拿著我們出氣。何苦來呢！奶奶也算替爺掙夠了，那一點兒不是奶奶擋頭陣？不是我說，爺把現成兒的也不知吃了多少，這會子替奶奶辦了一點子事，就關會著好幾層兒呢，就這麼拿糖作醋的起來，也不怕人家寒心。況且這也不單是奶奶的事呀！我們起遲了，原該爺生氣，左右到底是奴才呀；奶奶跟前，儘著身子累得成了個病包兒了，這是何苦來呢！」說著，自己的眼圈兒也紅了。那賈璉本是一肚子悶氣，那裏見得這一對嬌妻美妾，又尖利又柔情的話呢？便笑道：「夠了，算了罷！他一個人就夠使的了，不用你幫著。左右我是外人，多早晚我死了，你們就清淨了。」鳳姐道：「你也別說那個話，誰知道誰怎麼樣呢？你不死，我還死呢！早死一天早心淨。」說著，又哭起來。平兒只得又勸了一回。

那時天已大亮，日影橫窗，賈璉也不便再說，站起來出去了。這裏鳳姐自己起來，正在梳洗，忽見王夫人那邊小丫頭過來道：「太太說了，叫問二奶奶今日過太舅爺那邊去不去？要去，說叫二奶奶同著寶二奶奶一路去呢。」鳳姐因方纔一段話已經灰心喪意，恨娘家不給爭氣；又兼昨夜園中受了那一驚，也實在沒精神，便說道：「你先回太太去，我還有一兩件事沒辦清，今日不能去；況且他們那又不是什麼正經事。寶二奶奶要去，各自去罷。」小丫頭答應著回去回覆了，不在話下。

且說鳳姐梳了頭，換了衣服，想了想，雖然自己不去，也該帶個信兒；再者，寶釵還是新媳婦出門子，自然要過去照應照應的。於是見過王夫人，支吾了一件事，便過來到寶玉房中。只見寶玉穿著衣服，歪在炕上，兩個眼睛呆呆的看寶釵梳頭。鳳姐站在門口，還是寶釵一回頭看見了，連忙起身讓坐。寶玉也爬起來，鳳姐纔笑嘻嘻的坐下。寶釵因說麝月道：「你們瞧著二奶奶進來，也不言語聲兒。」麝月笑著道：「二奶奶頭裏進來就擺手兒不叫言語麼。」鳳姐因向寶玉道：「你還不走，等什麼呢？沒見這麼大人了，還是這麼小孩子氣的。人家各自梳頭，你爬在旁邊看什麼？成日家一塊子在屋裏，還看不夠？也不怕丫頭們笑話？」說著，「哧」的一笑，又瞅著他咂嘴兒。寶玉雖也有些不好意思，還不理會。把個寶釵直臊得滿臉飛紅，又不好聽著，又不好說什麼。只見襲人端過茶來，只得搭訕著，自己遞了一袋煙。鳳姐兒笑著站起來接了，道：「二妹妹，你別管我們的事，你快穿衣服罷。」

寶玉一面也搭訕著，找這個，弄那個，鳳姐道：「你先去罷，那裏有個爺們等著奶奶們一塊兒走的理呢？」寶玉道：「我只是嫌我這衣裳不大好，不如前年穿著老太太給的那件『雀金呢』好。」鳳姐因慪他道：「你為什麼不穿？」寶玉道：「穿著太早些。」鳳姐忽然想起，自悔失言。幸虧寶釵也和王家是內親，只是那些丫頭們跟前，已經不好意思了。襲人卻接著說道：「二奶奶還不知道呢，就是穿得，他也不穿了。」鳳姐兒道：「這是什麼原故？」襲人道：「告訴二奶奶，真真是我們這位爺的行事都是天外飛來的。那一年因二舅太爺的生日，老太太給了他這件衣裳，誰知那一天就燒了。我媽病重了，我沒在家。那時候還有晴雯妹妹呢，聽見說，病著整給他縫了一夜，第二天，老太太纔沒瞧出來呢。去年那一天，上學天冷，我叫焙茗拿了去給他披披，誰知這位爺見了這件衣裳，想起晴雯來了，說了總不穿了，叫我給他收一輩子呢。」鳳姐不等說完，便道：「你提晴雯，可惜了兒的！那孩子模樣兒手兒都好，就只嘴頭子利害些。偏偏兒的太太不知聽了那裏的謠言，活活兒的把個小命兒要了。還有一件事，那一天，我瞧見廚房裏柳家的女人，他女孩兒叫什麼五兒，那丫頭長得和晴雯脫了個影兒似的。我心裏要叫他進來，後來我問他媽，他媽說是很願意。我想著寶二爺屋裏的小紅跟了我去，我還沒還他呢，就把五兒補過來。平兒說：『太太那一天說了，凡像那個樣兒的都不叫派到寶二爺屋裏呢。』我所以也就擱下了。這如今寶二爺也成了家了，還怕什麼呢？不如我就叫他進來。可不知寶二爺願意不願意？要想著晴雯，只瞧見這五兒就是了。」寶玉本要走，聽見這些話已呆了。襲人道：「為什麼不願意？早就要弄了來的，只是因為太太的話說的結實罷了。」鳳姐道：「那麼著，明兒我就叫他進來。太太的跟前有我呢。」寶玉聽了，喜不自勝，纔走到賈母那邊去了。這裏寶釵穿衣服。

鳳姐兒看他兩口兒這般恩愛纏綿，想起賈璉方纔那種光景，好不傷心，坐不住，便起身向寶釵笑道：「我和你向太太屋裏去罷。」笑著出了房門，一同來見賈母。寶玉正在那裏回賈母往舅舅家去。賈母點頭說道：「去罷，只是少吃酒，早些回來，你身子纔好些。」寶玉答應著出來，剛走到院內，又轉身回來，向寶釵耳邊說了幾句不知什麼。寶釵笑道：「是了，你快去罷。」將寶玉催著去了。這賈母和鳳姐寶釵說了沒三句話，只見秋紋進來傳說：「二爺打發焙茗轉來說，請二奶奶。」寶釵說道：「他又忘了什麼，又叫他回來？」秋紋道：「我叫小丫頭問了焙茗，說是『二爺忘了一句話，二爺叫我回來告訴二奶奶：若是去呢，快些來罷；若不去呢，別在風地裏站著』。」說的賈母鳳姐並地下站著的眾老婆子丫頭都笑了。寶釵飛紅了臉，把秋紋啐了一口，說道：「好個糊塗東西！這也值得這樣慌慌張張跑了來說？」秋紋也笑著回去叫小丫頭去罵焙茗。那焙茗一面跑著，一面回頭說道：「二爺把我巴巴的叫下馬來，叫回來說的；我若不說，回來對出來，又罵我了。這會子說了，他們又罵我。」那丫頭笑著跑回來說了。賈母向寶釵道：「你去罷，省得他這麼記掛。」說得寶釵站不住，纔走了，又被鳳姐慪著玩笑，沒好意思。

只見散花寺的姑子大了來了，給賈母請安，見過了鳳姐，坐著吃茶。賈母因問他：「這一向怎麼不來？」大了道：「因這幾日廟中做好事，有幾位誥命夫人不時在廟裏起坐，所以不得空兒來。今日特來回老祖宗：明兒還有一家做好事，不知老祖宗高興不高興？若高興，也去隨喜隨喜。」賈母便問：「做什麼好事？」大了道：「前月為王大人府裏不乾淨，見神見鬼的，偏生那太太夜間又看見去世的老爺。因此，昨日在我廟裏告訴我，要在散花菩薩跟前許願燒香，做四十九天的水陸道場，保祐家口安寧，亡者昇天，生者獲福。所以我不得空兒來請老太太的安。」

卻說鳳姐素日最厭惡這些事的，自從昨夜見鬼，心中總只是疑疑惑惑的，如今聽了大了這些話，不覺把素日的心性改了一半，已有三分信意，便問大了道：「這散花菩薩是誰？他怎麼就能避邪除鬼呢？」大了見問，便知他有些信意，便說道：「奶奶今日問我，讓我告訴奶奶知道：這個散花菩薩，來歷根基不淺，道行非常。生在西天大樹園中，父母打柴為生。養下菩薩來，頭長三角，眼横四目，身長三尺，兩手拖地。父母說這是妖精，便棄在冰山之後了。誰知這山上有一個得道的老猢猻出來打食，看見菩薩頂上白氣沖天，虎狼遠避，知道來歷非常，便抱回洞中撫養。誰知菩薩帶了來的聰慧，禪也會談，與猢猻天天談道參禪，說得天花散漫繽紛。至一千年後，飛昇了。至今山上猶見談經之處，天花散漫，所求必靈，時常顯聖，救人苦厄。因此世人纔蓋了廟，塑了像供奉。」鳳姐道：「這有什麼憑據呢？」大了道：「奶奶又來搬駁了。一個佛爺可有什麼憑據呢？就是撒謊，也不過哄一兩個人罷咧，難道古往今來多少明白人都被他哄了不成？奶奶只想，惟有佛家香火歷來不絕，他到底是祝國裕民，有些靈驗，人纔信服。」鳳姐聽了，大有道理，因道：「既這麼，我明兒去試試。你廟裏可有籤？我去求一求。我心裏的事，籤上批得出？批得出來，我從此就信了。」大了道：「我們的籤最是靈的，明兒奶奶去求一籤就知道了。」賈母道：「既這麼著，索性等到後日初一，你再去求。」說著，大了吃了茶，到王夫人各房裏去請了安，回去不提。

這裏鳳姐勉強扎掙著，到了初一清早，令人預備了車馬，帶著平兒並許多奴僕，來至散花寺。大了帶了眾姑子接了進去，獻茶後，便洗手至大殿上焚香。那鳳姐兒也無心瞻仰聖像，一秉虔誠，磕了頭，舉起籤筒，默默的將那見鬼之事並身體不安等故，祝告了一回，纔搖了三下，只聽「唰」的一聲，筒中攛出一支籤來。於是叩頭，拾起一看，只見寫著「第三十三籤，上上大吉」。大了忙查籤簿看時，只見上面寫著：「王熙鳳衣錦還鄉。」鳳姐一見這幾個字，吃一大驚，驚問大了道：「古人也有叫王熙鳳的麼？」大了笑道：「奶奶最是通今博古的，難道漢朝的王熙鳳求官的這一段事也不曉得？」周瑞家的在旁笑道：「前年李先兒還說這一回書的。我們還告訴他重著奶奶的名字，不要叫呢。」鳳姐笑道：「可是呢，我倒忘了。」說著，又瞧底下的，寫的是：

去國離鄉二十年，於今衣錦返家園。蜂採百花成蜜後，為誰辛苦為誰甜？

行人至。　音信遲。　訟宜和。　婚再議。

看完也不甚明白。大了道：「奶奶大喜，這一籤巧得很。奶奶自幼在這裏長大，何曾回南京去了？如今老爺放了外任，或者接家眷來，順便還家，奶奶可不是『衣錦還鄉』了？」一面說，一面鈔了個籤經交與丫頭。鳳姐也半疑半信的。大了擺了齋來，鳳姐只動了一動，放下了要走，又給了香銀。大了苦留不住，只得讓他走了。鳳姐回至家中，見了賈母王夫人等，問起籤來，命人一解，都歡喜非常：「或者老爺果有此心，咱們走一趟也好！」鳳姐兒見人人這麼說，也就信了，不在話下。

卻說寶玉這一日正睡午覺，醒來不見寶釵，正要問時，只見寶釵進來。寶玉問道：「那裏去了，半日不見？」寶釵笑道：「我給鳳姐姐瞧一回籤。」寶玉聽說，便問是怎麼樣的。寶釵把籤帖念了一回，又道：「家中人人都說好的，據我看，這『衣錦還鄉』四字裏頭，還有原故。後來再瞧罷了。」寶玉道：「你又多疑了，妄解聖意。『衣錦還鄉』四字，從古至今都知道是好的，今兒你又偏生看出原故來了。依你說，這『衣錦還鄉』還有什麼別的解說？」寶釵正要解說，只見王夫人那邊打發丫頭過來請二奶奶，寶釵立刻過去。未知何事，下回分解。

話說王夫人打發人來喚寶釵，寶釵連忙過來請了安。王夫人道：「你三妹妹如今要出嫁了，只得你們做嫂子的大家開導開導他，也是你們姊妹之情。況且他也是個明白孩子，我看你們兩個也很合得來。只是我聽見說，寶玉聽見他三妹妹出門子，哭得了不的。你也該勸勸他。如今我的身子是十病九痛的，你二嫂子也是三日好兩日不好。你還心地明白些，諸事也別說只管吞著，不肯得罪人。將來這一番家事，都是你的擔子。」寶釵答應著。王夫人又說道：「還有一件事，你二嫂子昨兒帶了柳家媳婦的丫頭來，說補在你們屋裏。」寶釵道：「今日平兒纔帶過來，說是太太和二奶奶的主意。」王夫人道：「是呦，你二嫂子和我說，我想也沒要緊，不便駁他的回。只是一件，我見那孩子眉眼兒上頭也不是個很安頓的。起先為寶玉房裏的丫頭狐狸似的，我攆了幾個，那時候你也知道，不然你怎麼搬回家去了呢。如今有你，自然不比先前了。我告訴你，不過留點神兒就是了。你們屋裏，就是襲人那孩子還可以使得。」寶釵答應了，又說了幾句話，便過來了。飯後到了探春那邊，自有一番殷勤勸慰之言，不必細說。

次日，探春將要起身，又來辭寶玉。寶玉自然難割難分。探春便將綱常大體的話說得寶玉始而低頭不語，後來轉悲作喜，似有醒悟之意。於是探春放心辭別眾人，竟上轎登程，水舟陸車而去。

先前眾姊妹們都住在大觀園中，後來賈妃薨後，也不修葺。到了寶玉娶親，林黛玉一死，史湘雲回去，寶琴在家住著，園中人少，況兼天氣寒冷，李紈姊妹、探春、惜春等俱挪回舊所。到了花朝月夕，依舊相約玩耍。如今探春一去，寶玉病後不出屋門，益發沒有高興的人了。所以園中寂寞，只有幾家看園的人住著。那日，尤氏過來送探春起身，因天晚省得套車，便從前年在園裏開通寧府的那個便門裏走過去了，覺得淒涼滿目，臺榭依然，女牆一帶都種作園地一般，心中悵然如有所失。因到家中，便有些身上發熱，扎掙一兩天，竟躺倒了。日間的發燒猶可，夜裏身熱異常，便譫語綿綿。賈珍連忙請了大夫看視，說感冒起的，如今纏經入了足陽明胃經，所以譫語不清，如有所見，有了大穢，即可身安。

尤氏服了兩劑，並不稍減，更加發起狂來。賈珍著急，便叫賈蓉來：「打聽外頭有好醫生，再請幾位來瞧瞧。」賈蓉回道：「前兒這位太醫是最興時的了，只怕我母親的病不是藥治得好的。」賈珍道：「胡說！不吃藥，難道由他去罷？」賈蓉道：「不是說不治，為的是前日母親往西府去，回來是穿著園子裏走來家的。一到了家，就身上發燒，別是撞客著了罷。外頭有個毛半仙，是南方人，卦起的很靈，不如請他來占卦占卦。看有信兒呢，就依著他；要是不中用，再請別的好大夫來。」賈珍聽了，即刻叫人請來，坐在書房內喝了茶，便說：「府上叫我，不知占什麼事？」賈蓉道：「家母有病，請教一卦。」毛半仙道：「既如此，取淨水洗手，設下香案，讓我起出一課來看就是了。」一時，下人安排定了，他便懷裏掏出卦筒來，走到上頭，恭恭敬敬的作了一個揖，手內搖著卦筒，口裏念道：「伏以太極兩儀，絪　交感，圖書出而變化不窮，神聖作而誠求必應。茲有信官賈某，為因母病，虔請伏羲、文王、周公、孔子四大聖人，鑒臨在上，誠感則靈，有凶報凶，有吉報吉。先請內象三爻。」說著，將筒內的錢倒在盤內，說：「有靈的，頭一爻就是『交』。」拿起來又搖了一搖，倒出來，說是「單」。第三爻又是「交」。撿起錢來，嘴裏說是：「內爻已示，更請外象三爻，完成一卦。」起出來，是「單拆單」。那毛半仙收了卦筒和銅錢，便坐下問道：「請坐，請坐，讓我來細細的看看。這個卦乃是『未濟』之卦。世爻是第三爻，午火兄弟劫財，晦氣是一定該有的。如今尊駕為母問病，用神是初爻，真是父母爻動出官鬼來。五爻上又有一層官鬼。我看令堂太夫人的病是不輕的。還好，還好，如今子亥之水休囚，寅木動而生火。世爻上動出一個子孫來，倒是克鬼的。況且日月生身，再隔兩日，子水官鬼落空，交到戌日就好了。但是父母爻上變鬼，恐怕令尊大人也有些關礙。就是本身世爻，比劫過重，到了水旺土衰的日子，也不好。」說完了，便撅著鬍子坐著。

賈蓉起先聽他搗鬼，心裏忍不住要笑；聽他講的卦理明白，又說生怕父親也不好，便說道：「卦是極高明的，但不知我母親到底是什麼病？」毛半仙道：「據這卦上，世爻午火變水相克，必是寒火凝結。若要斷得清楚，揲著也不大明白，除非用『大六壬』纔斷的準。」賈蓉道：「先生都高明的麼？」毛半仙道：「知道些。」賈蓉便要請教，報了一個時辰。毛先生便畫了盤子，將神將排定算去，是戌上白虎，「這課叫作『魄化課』。大凡白虎乃是凶將，乘旺象氣受制，便不能為害。如今乘著死神死煞，及時令囚死，則為餓虎，定是傷人。就如魄神受驚消散，故名『魄化』。這課象說是人身喪鬼，憂患相仍，病多喪死，訟有憂驚。按象有日墓虎臨，必定是傍晚得病的。象內說：『凡占此課，必定舊宅有伏虎作怪，或有形響。』如今尊駕為大人而占，正合著虎在陽憂男，在陰憂女。此課十分凶險呢。」賈蓉沒有聽完，唬得面上失色道：「先生說得很是。但與那卦又不大相合，到底有妨礙麼？」毛半仙道：「你不用慌，待我慢慢的再看。」低著頭又咕噥了一會子，便說：「好了，有救星了！算出巳上有貴神救解，謂之『魄化魂歸』。先憂後喜，是不妨事的；只要小心些就是了。」

賈蓉奉上卦金，送了出去；回稟賈珍，說是：「母親的病，是在舊宅傍晚得的，為撞著什麼『伏屍白虎』。」賈珍道：「你說你母親前日從園裏走回來的，可不是那裏撞著的。你還記得你二嬸娘到園裏去，回來就病了？他雖沒有見什麼，後來那些丫頭老婆們，都說是山子上一個毛烘烘的東西，眼睛有燈籠大，還會說話，把他二奶奶趕了回來，唬出一場病來。」賈蓉道：「怎麼不記得！我還聽見寶二叔家的焙茗說，晴雯做了園裏芙蓉花的神了；林姑娘死了，半空裏有音樂，必定他也是管什麼花兒了。想這許多妖怪在園裏，還了得！頭裏人多陽氣重，常來常往不打緊；如今冷落的時候，母親打那裏走，還不知踹了什麼花兒呢，不然，就是撞著那一個。那卦也還算是準的。」賈珍道：「到底說有妨礙沒有呢？」賈蓉道：「據他說，到了戌日就好了。只願早兩天好，或除兩天纔好。」賈珍道：「這又是什麼意思？」賈蓉道：「那先生若是這樣準，生怕老爺也有些不自在。」

正說著，裏頭喊說：「奶奶要坐起到那邊園裏去，丫頭們都按捺不住。」賈珍等進去安慰定了，只聞尤氏嘴裏亂說：「穿紅的來叫我，穿綠的來趕我！」地下這些人又怕又好笑。賈珍便命人買些紙錢，送到園裏燒化。果然那夜出了汗，便安靜些。到了戌日，也就漸漸的好起來。

由是，一人傳十，十人傳百，都說大觀園中有了妖怪，唬得那些看園的人也不修花補樹，灌溉果蔬。起先晚上不敢行走，以致鳥獸逼人，甚至日裏也是約伴持械而行。過了些時，果然賈珍也病，竟不請醫調治，輕則到園化紙許願，重則詳星拜斗。賈珍方好，賈蓉等相繼而病。如此接連數月，鬧得兩府俱怕。從此風聲鶴唳，草木皆妖。園中出息一概全蠲，各房月例重新添起，反弄得榮府中更加拮据。那些看園的沒有了想頭，個個要離此處，每每造言生事，便將花妖樹怪編派起來，各要搬出，將園門封固，再無人敢到園中。以致崇樓高閣，瓊館瑤臺，皆為禽獸所棲。

卻說晴雯的表兄吳貴正住在園門口。他媳婦自從晴雯死後，聽見說做了花神，每日晚間便不敢出門。這一日，吳貴出門買東西，回來晚了。那媳婦子本有些感冒著了，日間吃錯了藥，晚上吳貴到家，已死在炕上。外面的人因那媳婦子不妥當，便都說妖怪爬過牆吸了精去死的。於是老太太著急得了不得，另派了好些人將寶玉的住房圍住，巡邏打更。這些小丫頭們還說，有的看見紅臉的，有的看見很俊的女人的，吵嚷不休，唬得寶玉天天害怕。虧得寶釵有把持，聽得丫頭們混說，便唬嚇著要打，所以那些謠言略好些。無奈各房的人都是疑人疑鬼的不安靜，也添了人坐更，於是更加了好些食用。獨有賈赦不大很信，說：「好好園子，那裏有什麼鬼怪！」挑了個風清日暖的日子，帶了好幾個家人，手內持著器械，到園踹看動靜。眾人勸他不依。到了園中，果然陰氣逼人。賈赦還扎掙前走，跟的人都探頭縮腦。內中有個年輕的家人，心內已經害怕，只聽「呼」的一聲，回過頭來，只見五色燦爛的一件東西跳過去了，唬得「嗳喲」一聲，腿子發軟，就躺倒了。賈赦回身查問，那小子喘噓噓的回道：「親眼看見一個黃臉紅鬚綠衣青裳一個妖怪走到樹林子後頭山窟窿裏去了。」賈赦聽了，便也有些膽怯，問道：「你們都看見麼？」有幾個「推順水船兒」的回說：「怎麼沒瞧見？因老爺在頭裏，不敢驚動罷了。奴才們還掌得住。」說得賈赦害怕，也不敢再走，急急的回來，吩咐小子們：「不要提及，只說看遍了，沒有什麼東西。」心裏實也相信，要到真人府裏請法官驅邪。豈知那些家人無事還要生事，今見賈赦怕了，不但不瞞著，反添些穿鑿，說得人人吐舌。

賈赦沒法，只得請道士到園作法事，驅邪逐妖。擇吉日，先在省親正殿上鋪排起壇場，上供三清聖像，旁設二十八宿並馬、趙、溫、周四大將，下排三十六天將圖像。香花燈燭設滿一堂，鐘鼓法器排兩邊，插著五方旗號。道紀司派定四十九位道眾的執事，淨了一天的壇。三位法官行香取水畢，然後擂起法鼓。法師們俱戴上七星冠，披上九宮八卦的法衣，踏著登雲履，手執牙笏，便拜表請聖。又念了一天的消災邪的接福的《洞元經》，以後便出榜召將。榜上大書「太乙、混元、上清三境靈寶符籙演教大法師，行文敕令本境諸神到壇聽用」。那日，兩府上下爺們仗著法師擒妖，都到園中觀看，都說：「好大法令！呼神遣將的鬧起來，不管有多少妖怪也唬跑了。」大家都擠到壇前。只見小道士們將旗旛舉起，按定五方站住，伺候法師號令。三位法師，一位手提寶劍，拿著法水；一位捧著七星皂旗；一位舉著桃木打妖鞭：立在壇前。只聽法器一停，上頭令牌三下，口中念念有詞，那五方旗便團團散佈。法師下壇，叫本家領著到各處樓閣殿亭，房廊屋舍，山崖水畔，灑了法水，將劍指畫了一回。回來連擊令牌，將七星旗祭起，眾道士將旗旛一聚，接下打妖鞭望空打了三下。本家眾人都道拿住妖怪，爭著要看，及到跟前，並不見有什麼形響。只見法師叫眾道士拿取瓶罐，將妖收下，加上封條，法師朱筆書符收起，令人帶回在本觀塔下鎮住，一面撤壇謝將。賈赦恭敬叩謝了法師。

賈蓉等小弟兄背地都笑個不住，說：「這樣的大排場，我打量拿著妖怪給我們瞧瞧，到底是些什麼東西，那裏知道是這樣收羅，究竟妖怪拿去了沒有？」賈珍聽見，罵道：「糊塗東西！妖怪原是聚則成形，散則成氣，如今多少神將在這裏，還敢現形嗎？無非把這妖氣收了，便不作祟，就是法力了。」眾人將信將疑，且等不見響動再說。

那些下人只知妖怪被擒，疑心去了，便不大驚小怪，往後果然沒人提起了。賈珍等病癒復原，都道法師神力。獨有一個小子笑說道：「頭裏那些響動，我也不知道。就是跟著大老爺進園這一日，明明是個大公野雞飛過去了，拴兒嚇離了眼，說得活像。我們都替他圓了個謊，大老爺就認真起來。倒瞧了個很熱鬧的壇場。」眾人雖然聽見，那裏肯信，究無人住。

一日，賈赦無事，正想要叫幾個家下人搬住園中看守舊屋，惟恐夜晚藏匿奸人。方欲傳出話去，只見賈璉進來，請了安，回說：「今日到他大舅家去，聽見一個荒信，說是二叔被節度使參進來，為的是失察屬員，重徵糧米，請旨革職的事。」賈赦聽了，吃驚道：「只怕是謠言罷？前兒你二叔帶書子來，說探春於某日到了任所，擇了某日吉時，送了你妹子到了海疆，路上風恬浪靜，合家不必掛念。還說節度認親，倒設席賀喜。那裏有做了親戚倒提參起來的？且不必言語，快到吏部打聽明白，就來回我。」

賈璉即刻出去，不到半日回來，便說：「纔到吏部打聽，果然二叔被參。題本上去，虧得皇上的恩典，沒有交部，便下旨意，說是：『失察屬員，重徵糧米，苛虐百姓，本應革職，姑念初膺外任，不諳吏治，被屬員蒙蔽，著降三級，加恩仍以工部員外上行走，並令即日回京。』這信是準的。正在吏部說話的時候，來了一個江西引見知縣，說起我們二叔是很感激的。但說是個好上司，只是用人不當，那些家人在外招搖撞騙，欺凌屬員，已經把好名聲都弄壞了。節度大人早已知道，也說我們二叔是個好人。不知怎麼樣，這回又參了。想是忒鬧得不好，恐將來弄出大禍，所以借了一件失察的事情參的，倒是避重就輕的意思，也未可知。」賈赦未聽說完，便叫賈璉：「先去告訴你嬸子知道，且不必告訴老太太就是了。」賈璉去回王夫人。未知有何話說，下回分解。

卷一百三　施毒計金桂自焚身　昧真禪雨村空遇舊

話説賈璉到了王夫人那邊，一一的説了。次日，到了部裏，打點停妥，回來又到王夫人那邊將打點吏部之事告知。王夫人便道：「打聽準了麼？果然這樣，老爺也願意，合家也放心。那外任是何嘗做得的？若不是這樣的參回來，只怕叫那些混賬東西把老爺的性命都坑了呢！」賈璉道：「太太那裏知道？」王夫人道：「自從你二叔放了外任，並沒有一個錢拿回來，把家裏的倒掏摸了好些去了。你瞧，那些跟老爺去的人，他男人在外頭不多幾時，那些小老婆子們便金頭銀面的妝扮起來了，可不是在外頭瞞著老爺弄錢？你叔叔便由著他們鬧去。要弄出事來，不但自己的官做不成，只怕連祖上的官也要抹掉了呢。」賈璉道：「嬸子説得很是。方纔我聽見參了，嚇得了不得，直等打聽明白纔放心。也願意老爺做個京官，安安逸逸的做幾年，纔保得住一輩子的聲名。就是老太太知道了，倒也是放心的。只要太太説得寬緩些。」王夫人道：「我知道，你到底再去打聽打聽。」

賈璉答應了，纔要出來，只見薛姨媽家的老婆子慌慌張張的走來，到王夫人裏間屋內，也沒説請安，便道：「我們太太叫我來告訴這裏的姨太太説，我們家了不得了，又鬧出事來了！」王夫人聽了，便問：「鬧出什麼事來？」那婆子又説：「了不得，了不得！」王夫人哼道：「糊塗東西！有緊要事，你到底説啊！」婆子便説：「我們家二爺不在家，一個男人也沒有，這件事情出來，怎麼辦！要求太太打發幾位爺們去料理料理。」王夫人聽著不懂，便著急道：「究竟要爺們去幹什麼事？」婆子道：「我們大奶奶死了。」王夫人聽了，便啐道：「這種女人死了罷咧，也值得大驚小怪的！」婆子道：「不是好好兒死的，是混鬧死的。快求太太打發人去辦辦。」說著就要走。王夫人又生氣，又好笑，說：「這婆子好混賬！璉哥兒，倒不如你過去瞧瞧，別理那糊塗東西。」那婆子沒聽見打發人去，只聽見說「別理他」，他便賭氣跑回去了。

這裏薛姨媽正在著急，再等不來。好容易見那婆子來了，便問：「姨太太打發誰來？」婆子歎說道：「人最不要有急難事。什麼好親好眷，看來也不中用。姨太太不但不肯照應我們，倒罵我糊塗。」薛姨媽聽了，又氣又急道：「姨太太不管，你姑奶奶怎麼說了？」婆子道：「姨太太既不管，我們家的姑奶奶自然更不管了，沒有去告訴。」薛姨媽啐道：「姨太太是外人，姑娘是我養的，怎麼不管？」婆子一時省悟道：「是啊，怎麼著我還去。」

正說著，只見賈璉來了，給薛姨媽請了安，道了惱，回說：「我嬸子知道弟婦死了，問老婆子，再說不明，著急得很，打發我來問個明白，還叫我在這裏料理。該怎麼樣，姨太太只管說了辦去。」薛姨媽本來氣得乾哭，聽見賈璉的話，便笑著說：「倒要二爺費心。我說姨太太是待我最好的，都是這老貨說不清，幾乎誤了事。請二爺坐下，等我慢慢的告訴你。」便說：「不為別的事，為的是媳婦不是好死的。」賈璉道：「想是為兄弟犯事，怨命死的？」薛姨媽道：「若這樣倒好了。前幾個月頭裏，他天天蓬頭赤腳的瘋鬧。後來聽見你兄弟問了死罪，他雖哭了一場，以後倒擦胭抹粉的起來。我若說他，又要吵個了不得，我總不理他。有一天，不知怎麼樣來要香菱去作伴。我說：『你放著寶蟾，還要香菱做什麼？況且香菱是你不愛的，何苦招氣生？』他必不依。我沒法兒，便叫香菱到他屋裏去。可憐這香菱不敢違我的話，帶著病就去了。誰知道他待香菱很好，我倒喜歡，你大妹妹知道了，說：『只怕不是好心罷。』我也不理會。頭幾天香菱病著，他倒親手去做湯給他吃。誰知香菱沒福，剛端到跟前，他自己燙了手，連碗都砸了。我只說必要遷怒在香菱身上，他倒沒生氣，自己還拿笤帚掃了，拿水潑淨了地，仍舊兩個人很好。昨兒晚上，又叫寶蟾去做了兩碗湯來，自己說同香菱一塊兒喝。隔了一回，聽見他屋裏兩隻腳蹬響，寶蟾急得亂嚷，以後香菱也嚷著，扶著牆出來叫人。我忙著看去，只見媳婦鼻子眼睛裏都流出血來，在地下亂滾，兩隻手在心口亂抓，兩腳亂蹬，把我就嚇死了。問他也說不出來，只管直嚷，鬧了一回就死了。我瞧那光景是服了毒的。寶蟾就哭著來揪香菱，說他把藥藥死了奶奶了。我看香菱也不是這麼樣的人。再者，他病得起還起不來，怎麼能藥人呢？無奈寶蟾一口咬定。我的二爺，這叫我怎麼辦？只得硬著心腸，叫老婆子們把香菱捆了，交給寶蟾，便把房門反扣了。我同你二妹妹守了一夜，等府裏的門開了，纔告訴去的。二爺，你是明白人，這件事怎麼好？」賈璉道：「夏家知道了沒有？」薛姨媽道：「也得撕擄明白了，纔好報啊。」賈璉道：「據我看起來，必要經官纔了得下來。我們自然疑在寶蟾身上，別人便說寶蟾為什麼藥死他奶奶，也是沒答對的，若說在香菱身上，竟還裝得上。」

　　正說著，只見榮府女人們進來說：「我們二奶奶來了。」賈璉雖是大伯子，因從小兒見的，也不迴避。寶釵進來見了母親，又見了賈璉，便往裏間屋裏同寶琴坐下。

薛姨媽也將前事告訴一遍。寶釵便說：「若把香菱捆了，可不是我們也說是香菱藥死的了麼？媽媽說這湯是寶蟾做的，就該捆起寶蟾來問他呀。一面便該打發人報夏家去，一面報官的是。」薛姨媽聽見有理，便問賈璉。賈璉道：「二妹子說得很是。報官還得我去託了刑部裏的人。相驗問口供的時候，有照應的。只是要捆寶蟾放香菱，倒怕難些。」薛姨媽道：「並不是我要捆香菱，我恐怕香菱病中受冤著急，一時尋死，又添了一條人命，纔捆了交給寶蟾，也是一個主意。」賈璉道：「雖是這麼說，我們倒幫了寶蟾了。若要放都放，要捆都捆，他們三個人是一處的。只要叫人安慰香菱就是了。」薛姨媽便叫人開門進去，寶釵就派了帶來幾個女人幫著捆寶蟾。只見香菱已哭得死去活來，寶蟾反得意洋洋。以後見人要捆他，便亂嚷起來。那禁得榮府的人吆喝著，也就捆了，竟開著門，好叫人看著。

這裏報夏家的人已經去了。那夏家先前不住在京裏，因近年消索，又記掛女兒，新近搬進京來。父親已沒，只有母親，又過繼了一個混賬兒子，把家業都花完了，不時的常到薛家。那金桂原是個水性人兒，那裏守得住空房，況兼天天心裏想念薛蝌，便有些飢不擇食的光景。無奈他這一乾兄弟又是個蠢貨，雖也有些知覺，只是尚未入港，所以金桂時常回去，也幫貼他些銀錢。這些時正盼金桂回家，只見薛家的人來，心裏就想：「又拿什麼東西來了。」不料說這裏姑娘服毒死了，他便氣得亂嚷亂叫。金桂的母親聽見了，更哭喊起來，說：「好端端的女孩兒在他家，為什麼服了毒呢？」哭著喊著的，帶了兒子，也等不得僱車，便要走來。那夏家本是買賣人家，如今沒了錢，那顧什麼臉面，兒子頭裏就走，他跟了一個破老婆子出了門，在街上啼啼哭哭的僱了一輛破車，便跑到薛家。進門也不搭話，就「兒」一聲「肉」一聲的要討人命。

那時賈璉到刑部託人，家裏只有薛姨媽、寶釵、寶琴，何曾見過個陣仗，都嚇得不敢則聲。便要與他講理，他們也不聽，只說：「我女孩兒在你家，得過什麼好處？兩口朝打暮罵，鬧了幾時，還不容他兩口子在一處。你們商量著把女婿弄在監裏，永不見面。你們娘兒們仗著好親戚受用也罷了，還嫌他礙眼，叫人藥死了他，倒說是服毒！他為什麼服毒？」說著，直奔著薛姨媽來。薛姨媽只得退後，說：「親家太太，且瞧瞧你女兒，問問寶蟾，再說歪話不遲。」寶釵寶琴因外面有夏家的兒子，難以出來攔護，只在裏邊著急。

恰好王夫人打發周瑞家的照看，一進門來，見一個老婆子指著薛姨媽的臉哭罵。周瑞家的知道必是金桂的母親，便走上來說：「這位是親家太太麼？大奶奶自己服毒死的，與我們姨太太什麼相干？也不犯這麼糟蹋呀！」那金桂的母親問：「你是誰？」薛姨媽見有了人，膽子略壯了些，便說：「這就是我親戚賈府裏的。」金桂的母親便說：「誰不知道你們有仗腰子的親戚，纔能夠叫姑爺坐在監裏。如今我的女孩兒倒白死了不成？」說著，便拉薛姨媽說：「你到底把我女兒怎樣弄殺了？給我瞧瞧！」周瑞家的一面勸說：「只管瞧瞧，用不著拉拉扯扯。」便把手一推。夏家的兒子便跑進來不依，道：「你仗著府裏的勢頭兒來打我母親麼？」說著，便將椅子打去，卻沒有打著。裏頭跟寶釵的人聽見外頭鬧起來，趕著來瞧，恐怕周瑞家的吃虧，齊打夥的上去，半勸半喝，那夏家的母子，索性撒起潑來，說：「知道你們榮府的勢頭兒。我們家的姑娘已經死了，如今也都不要命了！」說著，仍奔薛姨媽拚命。地下的人雖多，那裏擋得住，自古說的：「一人拚命，萬夫莫當。」

正鬧到危急之際，賈璉帶了七八個家人進來，見是如此，便叫人先把夏家的兒子拉出去，便說：「你們不許鬧，有話好好兒的說。快將家裏收拾收拾，刑部裏頭的老爺們就來相驗了。」金桂的母親正在撒潑，只見來了一位老爺。幾個在頭裏吆喝，那些人都垂手侍立。金桂的母親見這個光景，也不知是賈府何人。又見他兒子已被眾人揪住，又聽見說刑部來驗，他心裏原想看見女兒屍首，先鬧了一個稀爛，再去喊官去，不承望這裏先報了官，也便軟了些。薛姨媽已嚇糊塗了，還是周瑞家的回說：「他們來了也沒有去瞧他姑娘，便作踐起姨太太來了。我們為好勸他，那裏跑進一個野男人，在奶奶們裏頭混撒村混打，這可不是沒有王法了。」賈璉道：「這會子不用和他講理，等一會子打著問他，說：男人有男人的所在，裏頭都是些姑娘奶奶們。況且有他母親還瞧不見他們姑娘麼，他跑進來不是要打搶來了麼！」家人們做好做歹，壓伏住了。

周瑞家的仗著人多，便說：「夏太太，你不懂事！既來了，該問個青紅皂白。你們姑娘是自己服毒死了；不然，便是寶蟾藥死他主子了。怎麼不問明白，又不看屍首，就想訛人來了呢？我們就肯叫一個媳婦兒白死了不成？現在把寶蟾捆著，因為你們姑娘必要點病兒，所以叫香菱陪著他，也在一個屋裏住，故此，兩個人都看守在那裏。原等你們來眼看著刑部相驗，問出道理來纔是啊！」金桂的母親此時勢孤，也只得跟著周瑞家的到他女孩兒屋裏，只見滿臉黑血，直挺挺的躺在炕上，便叫哭起來。寶蟾見是他家的人來，便哭喊說：「我們姑娘好意待香菱，叫他在一塊兒住，他倒抽空兒藥死我們姑娘！」那時薛家上下人等俱在，便齊聲吆喝道：「胡說！昨日奶奶喝了湯纔藥死的，這湯可不是你做的？」寶蟾道：「湯是我做的，端了來，我有事走了。不知香菱起來放些什麼在裏頭藥死的。」金桂的母親聽未說完，就奔香菱，眾人攔住。薛姨媽便道：「這樣子是砒霜藥的，家裏決無此物。不管香菱寶蟾，終有替他買的。回來刑部少不得問出來，纔賴不去。如今把媳婦權放平正，好等官來相驗。」眾婆子上來擡放。寶釵道：「都是男人進來，你們將女人動用的東西檢點檢點。」只見炕褥底下有一個揉成團的紙包兒。金桂的母親瞧見，便拾起打開看時，並沒有什麼，便撩開了。寶蟾看見道：「可不是有了憑據了！這個紙包兒我認得，頭幾天耗子鬧得慌，奶奶家去與舅爺要的，拿回來擱在首飾匣內。必是香菱看見了，拿來藥死奶奶的。若不信，你們看見首飾匣裏有沒有了。」

金桂的母親便依著寶蟾的所言，取出匣子，只有幾支銀簪子。薛姨媽便說：「怎麼好些首飾都沒有了？」寶釵叫人打開箱櫃，俱是空的，便道：「嫂子這些東西被誰拿去？這可要問寶蟾。」金桂的母親心裏也虛了好些，見薛姨媽查問寶蟾，便說：「姑娘的東西，他那裏知道？」周瑞家的道：「親家太太別這麼說呢。我知道寶姑娘是天天跟著大奶奶的，怎麼說不知？」這寶蟾見問得緊，又不好胡賴，只得說道：「奶奶自己每每帶回家去，我管得麼！」眾人便說：「好個親家太太！哄著拿姑娘的東西，哄完了，叫他尋死，來訛我們。好罷了！回來相驗，便是這麼說。」寶釵叫人：「到外頭告訴璉二爺說，別放了夏家的人。」裏面金桂的母親忙了手腳，便罵寶蟾道：「小蹄子別嚼舌頭了！姑娘幾時拿東西到我家去？」寶蟾道：「如今東西是小，給姑娘償命是大。」寶琴道：「有了東西，就有償命的人了。快請璉二哥哥問準了夏家的兒子買砒霜的話，回來好回刑部裏的話。」金桂的母親著了急道：「這寶蟾必是撞見鬼了，混說起來！我們姑娘何嘗買過砒霜？若這麼說，必是寶蟾藥死了的。」寶蟾急得亂嚷，說：「別人賴我也罷了，怎麼你們也賴起我來呢？你們不是常和姑娘說，叫他別受委屈，鬧得他們家破人亡，那時將東西捲包兒一走，再配一個好姑爺。這個話是有的沒有？」金桂的母親還未及答言，周瑞家的便接口說道：「這是你們家的人說的，還賴什麼呢？」金桂的母親恨得咬牙切齒的罵寶蟾，說：「我待你不錯呀！為什麼你倒拿話來葬送我呢？回來見了官，我就說是你藥死姑娘的。」寶蟾氣得瞪著眼說：「請太太放了香菱罷，不犯著白害別人，我見官自有我的話。」

寶釵聽出這個話頭兒來了，便叫人反倒放開了寶蟾，說：「你原是個爽快人，何苦白冤在裏頭？你有話，索性說了，大家明白，豈不完了事了呢？」寶蟾也怕見官受苦，便說：「我們奶奶天天抱怨說：『我這樣人，為什麼碰著這個瞎眼的娘，不配給二爺，偏給了這麼個混賬糊塗行子。要是能夠同二爺過一天，死了也是願意的。』說到那裏，便恨香菱，我起初不理會，後來看見與香菱好了，我只道是香菱教他什麼了。不承望昨兒的湯不是好意。」金桂的母親接說道：「益發胡說了！若是要藥香菱，為什麼倒藥了自己呢？」寶釵便問道：「香菱，昨日你喝湯來著沒有？」香菱道：「頭幾天我病得擡不起頭來，奶奶叫我喝湯，我不敢說不喝。剛要扎掙起來，那碗湯已經灑了，倒叫奶奶收拾了個難，我心裏很過不去。昨兒聽見叫我喝湯，我喝不下去，沒有法兒，正要喝的時候兒呢，偏又頭暈起來。見寶蟾姐姐端了去，我正喜歡；剛合上眼，奶奶自己喝著湯，叫我嘗嘗，我便勉強也喝了。」寶蟾不待說完便道：「是了！我老實說罷。昨兒奶奶叫我做兩碗湯，說是和香菱同喝。我氣不過，心裏想著：香菱那裏配我做湯給他喝呢？我故意的一碗裏頭多抓了一把鹽，記了暗記兒，原想給香菱喝的。剛端進來，奶奶卻攔著我到外頭叫小子們僱車，說今日回家去。我出去說了回來，見鹽多的這碗湯在奶奶跟前呢。我恐怕奶奶喝著鹹，又要罵我。正沒法的時候，奶奶往後頭走動，我眼錯不見，就把香菱這碗湯換了過來。也是合該如此，奶奶回來就拿了湯去到香菱牀邊，喝著說：『你到底嘗嘗。』那香菱也不覺鹹，兩個人都喝完了。我正笑香菱沒嘴道兒，那裏知道這死鬼奶奶要藥香菱，必定趁我不在，將砒霜撒上了，也不知道我換碗。這可就是『天理昭彰，自害自身』了。」於是眾人往前後一想，真正一絲不錯，便將香菱也放了，扶著他仍舊睡在牀上。

不說香菱得放，且說金桂的母親心虛事實，還想辯賴。薛姨媽等你言我語，反要他兒子償還金桂之命。正然吵嚷，賈璉在外嚷說：「不用多說了，快收拾停當。刑部的老爺就到了。」此時惟有夏家母子著忙，想來總要吃虧的，不得已反求薛姨媽道：「千不是，萬不是，終是我死的女孩兒不長進。這也是他自作自受。若是刑部相驗，到底府上臉面不好看，求親家太太息了這件事罷。」寶釵道：「那可使不得。已經報了，怎麼能息呢？」周瑞家的等人大家做好做歹的勸說：「若要息事，除非夏親家太太自己出去攔驗，我們不提長短罷了。」賈璉在外也將他兒子嚇住。他情願迎到刑部具結攔驗，眾人依允。薛姨媽命人買棺成殮，不提。

且說賈雨村昇了京兆府尹，兼管稅務。一日，出都查勘開墾地畝，路過知機縣，到了急流津，正要渡過彼岸，因待人伕，暫且停轎。只見村旁有一座小廟，牆壁坍頹，露出幾株古松，倒也蒼老。雨村下轎，閒步進廟，但見廟內神像，金身脫落，殿宇歪斜，旁有斷碣，字跡模糊，也看不明白。意欲行至後殿，只見一株翠柏下蔭著一間茅廬，廬中有一個道士，合眼打坐。雨村走近看時，面貌甚熟，想著倒像在那裏見來的，一時再想不出來。從人便欲吆喝，雨村止住，徐步向前，叫一聲「老道」。那道士雙眼微啟，微微的笑道：「貴官何事？」雨村便道：「本府出都查勘事件，路過此地，見老道靜修自得，想來道行深通，意欲冒昧請教。」那道人說：「來自有地，去自有方。」雨村知是有些來歷的，便長揖請問：「老道從何處修來，在此結廬？此廟何名？廟中共有幾人？或欲真修，豈無名山？或欲結緣，何不通衢？」那道人道：「『葫蘆』尚可安身，何必名山結舍？廟名久隱，斷碣猶存，形影相隨，何須修募？豈似那『玉在櫝中求善價，釵於匣內待時飛』之輩耶！」

雨村原是個穎悟人，初聽見「葫蘆」兩字，後聞「釵玉」一對，忽然想起甄士隱的事來，重復將那道士端詳一回，見他容貌依然，便摒退從人，問道：「君家莫非甄老先生麼？」那道人微微笑道：「什麼『真』，什麼『假』！要知道『真』即是『假』，『假』即是『真』。」雨村聽說出「賈」字來，益發無疑，便從新施禮，道：「學生自蒙慨贈到都，託庇獲雋公車，受任貴鄉，始知老先生超悟塵凡，飄舉仙境。學生雖溯洄思切，自念風塵俗吏，未由再睹仙顏，今何幸於此處相遇！求老仙翁指示愚蒙。倘荷不棄，京寓甚近，學生當得供奉，得以朝夕聆教。」那道人也站起來回禮，道：「我於蒲團之外，不知天地間尚有何物。適纔尊官所言，貧道一概不解。」說畢，依舊坐下。雨村復又心疑：「想去若非士隱，何貌言相似若此？離別來十九載，面色如舊，必是修煉有成，未肯將前身說破。但我既遇恩公，又不可當面錯過。看來不能以富貴動之，那妻女之私更不必說了。」想罷，又道：「仙師既不肯說破前因，弟子於心何忍？」正要下禮，只見從人進來稟說：「天色將晚，快請渡河。」雨村正無主意，那道人道：「請尊官速登彼岸，見面有期，遲則風浪頓起。果蒙不棄，貧道他日尚在渡頭候教。」說畢，仍合眼打坐。雨村無奈，只得辭了道人出廟。正要渡過，只見一人飛奔而來。未知何事，下回分解。

卷一百四　醉金剛小鰍生大浪　癡公子餘痛觸前情

話說賈雨村剛欲過渡，見有人飛奔而來，跑到跟前，口稱：「老爺！方纔逛的那廟火起了。」雨村回首看時，只見烈焰燒天，飛灰蔽日。雨村心想：「這也奇怪！我纔出來，走不多遠，這火從何而來？莫非士隱遭劫於此？」欲待回去，又恐誤了過河；若不回去，心下又不安。想了一想，便問道：「你方纔見這老道士出來了沒有？」那人道：「小的原隨老爺出來，因腹內疼痛，略走了一走。回頭看見一片火光，原來就是那廟中火起，特趕來稟知老爺，並沒有見有人出來。」雨村雖則心裏狐疑，究竟是名利關心的人，那肯回去看視，便叫那人：「你在這裏等火滅了，進去瞧那老道在與不在，即來回稟。」那人只得答應了伺候。雨村過河，仍自去查看，查了幾處，遇公館便自歇下。

明日，又行一程，進了都門，眾衙役接著，前呼後擁的走著。雨村坐在轎內，聽見轎前開路的人吵嚷。雨村問是何事，那開路的拉了一個人過來跪在轎前，稟道：「那人酒醉，不知迴避，反衝突過來。小的吆喝他，他倒恃酒撒賴，躺在街心，說小的打了他了。」雨村便道：「我是管理這裏地方的，你們都是我的子民。知道本府經過，喝了酒，不知退避，還敢撒賴！」那人道：「我喝酒是自己的錢，醉了，躺的是皇上的地，便是大人老爺也管不得。」雨村怒道：「這人目無法紀，問他叫什麼名字。」那人回道：「我叫醉金剛倪二。」雨村聽了生氣，叫人：「打這金剛，瞧他是金剛不是！」手下把倪二按倒，著實的打了幾鞭。倪二負痛，酒醒求饒，雨村在轎內笑道：「原來是這麼個金剛！我且不打你，叫人帶進衙門慢慢的問你。」眾衙役答應，拴了倪二，拉著便走。倪二哀求，也不中用。

雨村進內覆旨回曹，那裏把這件事放在心上。那街上看熱鬧的，三三兩兩傳說：「倪二仗著有些力氣，恃酒訛人，今兒碰在賈大人手裏，只怕不輕饒的。」這話已傳到他妻女耳邊，那夜果等倪二不見回家，他女兒便到各處賭場尋覓。那賭博的都是這麼說，他女兒急得哭了。眾人都道：「你不用著急。那賈大人是榮府的一家。榮府裏的一個什麼二爺和你父親相好，你同你母親去找他說個情，就放出來了。」倪二的女兒聽了想一想了：「果然我父親常說間壁賈二爺和他好，為什麼不找他去？」趕著回來即和母親說了，娘兒兩個去找賈芸。

那日賈芸恰在家，見他母女兩個過來，便讓坐。賈芸的母親便倒茶。倪家母女即將倪二被賈大人拿去的話說了一遍，「求二爺說情放出來。」賈芸一口應承，說：「這算不得什麼，我到西府裏說一聲就放了。那賈大人全仗我家西府裏纔得做了這麼個大官，只要打發個人去一說就完了。」倪家母女歡喜，回來便到府裏告訴了倪二，叫他不用忙，已經求了賈二爺，他滿口應承，討個情便放出來的。倪二聽了也喜歡。

不料賈芸自從那日給鳳姐送禮不收，不好意思進來，也不常到榮府。那榮府的門上原看著主子的行事，叫誰走動，纔有些體面，一時來了，他便進去通報；若主子不大理了，不論本家親戚，他一概不回，支了去就完事。那日賈芸到府上說：「給璉二爺請安。」門上的說：「二爺不在家，等回來，我們替回罷。」賈芸欲要說「請二奶奶的安」，生恐門上厭煩，只得回家。又被倪家母女催逼著，說：「二爺常說府上是不論那個衙門，說一聲誰敢不依。如今還是府裏的一家，又不為什麼大事，這個情還討不來，白是我們二爺了。」賈芸臉上下不來，嘴裏還說硬話：「昨兒我們家裏有事，沒打發人說去，少不得今兒說了就放。什麼大不了的事。」倪家母女只得聽信。豈知賈芸近日大門竟不得進去，繞到後頭，要進園內找寶玉，不料園門鎖著，只得垂頭喪氣的回來。想起「那年倪二借銀與我，買了香料送給他，纔派我種樹；如今我沒錢去打點，就把我拒絕。他也不是什麼好的，拿著太爺留下的公中銀錢在外放加一錢，我們窮本家，要借一兩也不能。他打諒保得住一輩子不窮的了，那知外頭的聲名很不好，我不說罷了；若說起來，人命官司不知有多少呢！」一面想著，來到家中，只見倪家母女都等著。賈芸無言可支，便說道：「西府裏已經打發人說了，只言賈大人不依。你還求我們家的奴才周瑞的親戚冷子興去纔中用。」倪家母女聽了，說：「二爺這樣體面爺們還不中用，若是奴才，是更不中用了。」賈芸不好意思，心裏發急道：「你不知道，如今的奴才比主子強多著呢！」倪家母女聽來無法，只得冷笑幾聲，說：「這倒難為二爺白跑了這幾天，等我們那一個出來再道乏罷。」說畢出來，另託人將倪二弄了出來，只打了幾板，也沒有什麼罪。

倪二回家，他妻女將賈家不肯說情的話說了一遍。倪二正喝著酒，便生氣要找賈芸，說：「這小雜種，沒良心的東西！頭裏他沒有飯吃，要到府內鑽謀事辦，虧我倪二爺幫了他。如今我有了事，他不管。好罷咧！若是我倪二鬧出來，連兩府裏都不乾淨！」他妻女忙勸道：「噯！你又喝了黃湯，便是這樣有天沒日頭的。前兒可不是醉了鬧的亂子，捱了打，還沒好呢，你又鬧了。」倪二道：「捱了打便怕他不成？只怕拿不著由頭！我在監裏的時候，倒認得了好幾個有義氣的朋友。聽見他們說起來，不獨是城內姓賈的多，外省姓賈的也不少，前兒監裏收下了好幾個賈家的家人。我倒說這裏的賈家小一輩子並奴才們雖不好，他們老一輩的還好，怎麼犯了事？我打聽打聽，說是這裏和賈家是一家，都住在外省，審明白了，解進來問罪的，我纔放心。若說賈二這小子，他忘恩負義，我便和幾個朋友說他家怎樣倚勢欺人，怎樣盤剝小民，怎麼強娶有男婦女。叫他們吵嚷出來，有了風聲到了都老爺耳朵裏頭，這一鬧起來，叫他們纔認得倪二金剛呢！」他女人道：「你喝了酒，睡去罷。他又強佔誰家的女人來了？沒有的事，你不用混說了。」倪二道：「你們在家裏，那裏知道外頭的事？前年我在賭場裏碰見了小張，說他女人被賈家佔了，他還和我商量，我倒勸他纔了事的。不知這小張如今那裏去了，這兩年沒見。若碰著了他，我倪二出個主意，叫賈老二死，給我好好兒的孝敬孝敬我倪二太爺纔罷了！你倒不理我了。」說著，倒身躺下，嘴裏還是咕咕嘟嘟的說了一回，便睡去了。他妻女只當是醉話，也不理他。明日早起，倪二又往賭場中去了，不提。

且說雨村回到家中，歇息了一夜，將道上遇見甄士隱的事告訴了他夫人一遍。他夫人便埋怨他：「為什麼不回去瞧一瞧？倘或燒死了，可不是咱們沒良心。」說著，掉下淚來。雨村道：「他是方外的人了，不肯和咱們在一處的。」正說著，外頭傳進話來稟說：「前日老爺吩咐瞧火燒廟去的回來了回話。」雨村踱了出來。那衙役打千請了安，回說：「小的奉老爺的命回去，也不等火滅，便冒火進去瞧那個道士，豈知他坐的地方都燒了。小的想著那道士必定燒死了。那燒的牆屋往後塌去，道士的影兒都沒有。只有一個蒲團，一個瓢兒，還是好好的。小的各處找尋他的屍首，連骨頭都沒有一點兒。小的恐老爺不信，想要拿這蒲團瓢兒回來做個證見，小的這麼一拿，豈知都成了灰了。」雨村聽畢，心下明白，知士隱仙去，便把那衙役打發了出去。回到房中，並沒提起士隱火化之言，恐他婦女不知，反生悲感，只說並無形跡，必是他先走了。

雨村出來，獨坐書房，正要細想士隱的話，忽有家人傳報說：「內廷傳旨，交看事件。」雨村疾忙上轎進內。只聽見人說：「今日賈存周江西糧道被參回來，在朝內謝罪。」雨村忙到了內閣，見了各大人，將海疆辦理不善的旨意看了，出來即忙找著賈政，先說了些為他抱屈的話，後又道喜，問一路可好。賈政也將違別以後的話細細的說了一遍。雨村道：「謝罪的本上了去沒有？」賈政道：「已上去了。等膳後下來看旨意罷。」正說著，只聽裏頭傳出旨來叫賈政，賈政即忙進去。各大人有與賈政關切的，都在裏頭等著，等了好一回，方見賈政出來。看見他帶著滿頭的汗，眾人迎上去接著，問：「有什麼旨意？」賈政吐舌道：「嚇死人，嚇死人！倒蒙各位大人關切，幸喜沒有什麼事。」眾人道：「旨意問了些什麼？」賈政道：「旨意問的是雲南私帶神槍一案。本上奏明是原任太師賈化的家人，主上一時記著我們先祖的名字，便問起來。我忙著磕頭奏明先祖的名字是代化，主上便笑了，還降旨意說：『前放兵部，後降府尹的，不是也叫賈化麼？』」那時雨村也在旁邊，倒嚇了一跳，便問賈政道：「老先生怎麼奏的？」賈政道：「我便慢慢奏道：『原任太師賈化是雲南人，現任府尹賈某是浙江湖州人。』主上又問：『蘇州刺史奏的賈範，是你一家了？』我又磕頭奏道：『是。』主上便變色道：『縱使家奴強佔良民妻女，還成事麼？』我一句不敢奏。主上又問道：『賈範是你什麼人？』我忙奏道：『是遠族。』主上哼了一聲，降旨叫出來了。可不是咤事！」眾人道：「本來也巧。怎麼一連有這兩件事？」賈政道：「事倒不奇，倒是都姓賈的不好。算來我們寒族人多，年代久了，各處都有。現在雖沒有事，究竟主上記著一個『賈』字就不好。」眾人說：「真是真，假是假，怕什麼？」賈政道：「我心裏巴不得不做官，只是不敢告老，現在我們家裏兩個世襲，這也無可奈何的。」雨村道：「如今老先生仍是工部，想來京官是沒有事的。」賈政道：「京官雖然無事，我究竟做過兩次外任，也就說不齊了。」眾人道：「二老爺的人品行事，我們都佩服的。就是令兄大老爺，也是個好人。只要在令姪輩身上嚴緊些就是了。」賈政道：「我因在家的日子少，舍姪的事情不大查考，我心裏也不甚放心。諸位今日提起，都是至相好，或者聽見東宅的姪兒家有什麼不奉規矩的事麼？」眾人道：「沒聽見別的，只有幾位侍郎心裏不大和睦，內監裏頭也有些。想來不怕什麼，只要囑咐那邊令姪，諸事留神就是了。」

眾人說畢，舉手而散，賈政然後回家。眾子姪等都迎接上來，賈政迎著請賈母的安。然後眾子姪俱請了賈政的安，一同進府。王夫人等已到了榮禧堂迎接。賈政先到了賈母那裏拜見了，陳述些違別的話。賈母問探春消息，賈政將許嫁探春的事都稟明了，還說：「兒子起身急促，難過重陽，雖沒有親見，聽見那邊親家的人來，說的極好。親家老爺太太都說請老太太的安。還說今冬明春，大約還可調進京來。這便好了。如今聞得海疆有事，只怕那時還不能調。」賈母始則因賈政降調回來，知探春遠在他鄉，一無親故，心下不悅；後聽賈政將官事說明，探春安好，也便轉悲為喜，便笑著叫賈政出去。然後弟兄相見，眾子姪拜見，定了明日清晨拜祠堂。

賈政回到自己屋內，王夫人等見過，寶玉賈璉替另拜見。賈政見了寶玉果然比起身之時臉面豐滿，倒覺安靜，並不知他心裏糊塗，所以心甚喜歡，不以降調為念，心想「幸虧老太太辦理的好。」又見寶釵沈厚更勝先時，蘭兒文雅俊秀，便喜形於色。獨見環兒仍是先前，究不甚鍾愛。歇息了半天，忽然想起：「為何今日短了一人？」王夫人知是想著黛玉，前因家書未報，今日又初到家，正是喜歡，不便直告，只說是病著。豈知寶玉的心裏已如刀絞，因父親到家，只得把持心性伺候。王夫人家筵接風，子孫敬酒。鳳姐雖是姪媳，現辦家事，也隨了寶釵等遞酒。賈政便叫：「遞了一巡酒，都歇息去罷。」命眾家人不必伺候，待明早拜過宗祠，然後進見。分派已定，賈政與王夫人說些別後的話，餘者王夫人都不敢言。倒是賈政先提起王子騰的事來，王夫人也不敢悲戚。賈政又說蟠兒的事，王夫人只說他是自作自受；趁便也將黛玉已死的話告訴。賈政反嚇了一驚，不覺掉下淚來，連聲歎息。王夫人也掌不住，也哭了。旁邊彩雲等即忙拉衣，王夫人止住，重又說些喜歡的話，便安寢了。

次日一早，至宗祠行禮，眾子姪都隨往。賈政便在祠旁廂房坐下，叫了賈珍賈璉過來，問起家中事務，賈珍揀可說的說了。賈政又道：「我初回家，也不便來細細查問，只是聽見外頭說起你家裏更不比往前，諸事要謹慎纔好。你年紀也不小了，孩子們該管教管教，別叫他們在外頭得罪人。璉兒也該聽聽。不是纔回家便說你們，因我有所聞，所以纔說的。你們更該小心些。」賈珍等臉漲通紅的，也只答應個「是」字，不敢說什麼。賈政也就罷了。回歸西府，眾家人磕頭畢，仍復進內，眾女僕行禮，不必多贅。

只說寶玉因昨賈政問起黛玉，王夫人答以有病，他便暗裏傷心，直待賈政命他回去，一路上已滴了好些眼淚。回到房中，見寶釵和襲人等說話，他便獨坐外間納悶。

寶釵叫襲人送過茶去，知他必是怕老爺查問工課，所以如此，只得過來安慰。寶玉便借此說：「你今夜先睡一回，我要定定神。這時更不如從前，三言可忘兩語，老爺瞧了不好。你們先睡罷，叫襲人陪著我。」寶釵聽去有理，便自己到房先睡。

寶玉輕輕的叫襲人坐著，央他：「把紫鵑叫來，有話問他。但是紫鵑見了我，臉上嘴裏總是有氣似的，須得你去解釋開了他來纔好。」襲人道：「你說要定神，我倒喜歡，怎麼又定到這上頭了？有話你明兒問不得！」寶玉道：「我就是今晚得閒，明日倘或老爺叫幹什麼，便沒空兒。好姐姐，你快去叫他來。」襲人道：「他不是二奶奶叫是不來的。」寶玉道：「我所以央你去說明白了纔好。」襲人道：「叫我說什麼？」寶玉道：「你還不知道我的心也不知道他的心麼？都為的是林姑娘。你說我並不是負心的。我如今叫你們弄成了一個負心人了！」說著這話，便瞧瞧裏頭，用手一指說：「他是我本不願意的，都是老太太他們捉弄的。好端端把一個林妹妹弄死了。就是他死，也該叫我見見，說個明白，他自己死了也不怨我。你是聽見三姑娘他們說的，臨死恨怨我。那紫鵑為他姑娘，也恨得我了不得。你想，我是無情的人麼？晴雯到底是個丫頭，也沒有什麼大好處，他死了，我老實告訴你罷，我還作個祭文去祭他。那時林姑娘還親眼見的。如今林姑娘死了，莫非倒不如晴雯麼？死了連祭都不能祭一祭。林姑娘死了還有知的，他想起來不更要怨我麼？」襲人道：「你要祭便祭去，要我們做什麼？」寶玉道：「我自從好了起來，就想要作一首祭文，不知道我如今一點靈機都沒了。若祭別人呢，胡亂卻使得；若是他，斷斷俗俚不得一點兒的。所以叫紫鵑來問他姑娘這條心，他打從那裏看出來的。我沒病的頭裏還想得出來，一病以後都不記得。你說林姑娘已經好了，怎麼忽然死的？他好的時候，我不去，他怎麼說？我病的時候，他不來，他也怎麽説？所以他有的東西，我誆過來，你二奶奶總不叫我動，不知什麽意思。」襲人道：「二奶奶惟恐你傷心罷了，還有什麽？」寶玉道：「我不信。既是他這麽念我，為什麽臨死都把詩稿燒了，不留給我作個記念？又聽見説天上有音樂響，必是他成了神，或是登了仙去。我雖見過了棺材，到底不知道棺材裏有他沒有？」襲人道：「你這話益發糊塗了！怎麽一個人不死就擱上一個空棺材裏當死了人呢。」寶玉道：「不是嗄！大凡成仙的人，或是肉身去的，或是脱胎去的。好姐姐，你到底叫了紫鵑來。」襲人道：「如今等我細細的説明了你的心。他若肯來，還好；若不肯來，還得費多少話。就是來了，見你也不肯細説。據我的主意，明後日等二奶奶上去了，我慢慢的問他，或者倒可仔細。遇著閒空兒，我再慢慢的告訴你。」寶玉道：「你説得也是，你不知道我心裏的著急。」

正説著，麝月出來説：「二奶奶説：天已四更了，請二爺進去睡罷。襲人姐姐必是説高了興了，忘了時候兒了。」襲人聽了，道：「可不是，該睡了，有話明兒再説罷。」寶玉無奈，只得含愁進去，又向襲人耳邊道：「明兒不要忘了。」襲人笑道：「知道了。」麝月笑道：「你們兩個又鬧鬼了。何不和二奶奶説了，就到襲人那邊睡去？由著你們説一夜，我們也不管。」寶玉擺手道：「不用言語。」襲人恨道：「小蹄子，你又嚼舌根，看我明兒撕你！」回轉頭來對寶玉道：「這不是二爺鬧的？説了四更的話，總沒有完。」説到這裏，一面説，一面送寶玉進屋，各人散去。

那夜寶玉無眠，到了明日，還思這事。只聞得外頭傳進話來，説：「眾親朋因老爺回家，都要送戲接風。老爺再四推辭，説唱戲不必，竟在家裏備了水酒，倒請親朋過來，大家談談。於是定了後兒擺席請人，所以進來告訴。」不知所請何人，下回分解。

卷一百五　錦衣軍查抄寧國府　驄馬使彈劾平安州

話說賈政正在那裏設宴請酒，忽見賴大急忙走上榮禧堂來，回賈政道：「有錦衣府堂官趙老爺帶領好幾位司官，說來拜望。奴才要取職名來回，趙老爺說：『我們至好，不用的。』一面就下車來，走進來了。請老爺同爺們快接去。」賈政聽了，心想：「和老趙並無來往，怎麼也來？現在有客，留他不便，不留又不好。」正自思想，賈璉說：「叔叔快去罷。再想一回，人都進來了。」

正說著，只見二門上家人又報進來，說：「趙老爺已進二門了。」賈政等搶步接去。只見趙堂官滿臉笑容，並不說什麼，一徑走上廳來。後面跟著五六位司官，也有認得的，也有不認得的，但是總不答話。賈政等心裏不得主意，只得跟了上來讓坐。眾親友也有認得趙堂官的，見他仰著臉不大理人，只拉著賈政的手笑著說了幾句寒溫的話。眾人看見來頭不好，也有躲進裏間屋裏的，也有垂手侍立的。

賈政正要帶笑敘話，只見家人慌張報道：「西平王爺到了。」賈政慌忙去接，已見王爺進來。趙堂官搶上去請了安，便說：「王爺已到，隨來各位老爺們就該帶領府役把守前後門。」眾官應了出去。賈政等知事不好，連忙跪接。西平郡王用兩手扶起，笑嘻嘻的說道：「無事不敢輕造，有奉旨交辦事件，要赦老接旨。如今滿堂中筵席未散，想有親友在此未便，且請眾位府上親友各散，獨留本宅的人聽候。」趙堂官回說：「王爺雖是恩典，但東邊的事，這位王爺辦事認真，想是早已封門。」眾人知是兩府干係，恨不能脫身。只見王爺笑道：「眾位只管就請。叫人來給我送出去，告訴錦衣府的官員說，這都是親友，不必盤查，快快放出。」那些親友聽見，就一溜煙如飛的出去了。獨有賈赦賈政一干人，唬得面如土色，滿身發顫。

不多一會，只見進來無數番役，各門把守，本宅上下人等一步不能亂走。趙堂官便轉過一副臉來，回王爺道：「請爺宣旨意，就好動手。」這些番役都撩衣勒臂，專等旨意。西平王慢慢的說道：「小王奉旨，帶領錦衣府趙全來查看賈赦家產。」賈赦等聽見，俱俯伏在地。王爺便站在上頭說：「有旨意：賈赦交通外官，依勢凌弱，辜負朕恩，有忝祖德，著革去世職。欽此。」趙堂官一疊聲叫：「拿下賈赦。其餘皆看守。」維時，賈赦、賈政、賈璉、賈珍、賈蓉、賈薔、賈芝、賈蘭俱在，惟寶玉假說有病，在賈母那邊打鬧，賈環本來不大見人的，所以就將現在幾人看住。

趙堂官即叫他的家人傳齊司員，帶同番役，分頭按房，查抄登賬。這一言不打緊，唬得賈政上下人等面面相看，喜得番役家人摩拳擦掌，就要往各處動手。西平王道：「聞得赦老與政老同房各爨的，理應遵旨查看賈赦的家資。其餘且按房封鎖，我們覆旨去，再候定奪。」趙堂官站起來說：「回王爺：賈赦賈政並未分家。聞得他姪兒賈璉現在承總管家，不能不盡行查抄。」西平王聽了，也不言語。趙堂官便說：「賈璉賈赦兩處須得奴才帶領去查抄纔好。」西平王便說：「不必忙。先傳信後宅，且請內眷迴避，再查不遲。」一言未了，老趙家奴番役，已經拉著本宅家人領路，分頭查抄去了。王爺喝命：「不許羅唣，待本爵自行查看！」說著，便慢慢的站起來要走，又吩咐說：「跟我的人一個不許動，都給我站在這裏候著，回來一齊瞧著登數。」

正說著，只見錦衣司官跪稟說：「在內查出御用衣裙並多少禁用之物，不敢擅動，回來請示王爺。」一會兒，又有一起人來攔住王爺，就回說：「東跨所抄出兩箱房地契，又一箱借票，卻都是違例取利的。」老趙便說：「好個重利盤剝！很該全抄！請王爺就此坐下，叫奴才去全抄來，再候定奪罷。」說著，只見王府長史來稟說：「守門軍傳進來說：『主上特派北靜王到這裏宣旨，請爺接去。』」趙堂官聽了，心裏喜歡說：「我好晦氣，碰著這個酸王！如今那位來了，我就好施威。」一面想著，也迎出來。只見北靜王已到大廳，就向外站著說：「有旨意，錦衣府趙全聽宣。」說：「奉旨意：著錦衣官惟提賈赦質審，餘交西平王遵旨查辦。欽此。」西平王領了好不喜歡，便與北靜王坐下，著趙堂官提取賈赦回衙。裏頭那些查抄的人，聽得北靜王到，俱一齊出來。及聞趙堂官走了，大家沒趣，只得侍立聽候。北靜王便揀選兩個誠實司官並十來個老年番役，餘者一概逐出。西平王便說：「我正與老趙生氣，幸得王爺到來降旨；不然，這裏很吃大虧。」北靜王說：「我在朝內聽見王爺奉旨查抄賈宅，我甚放心，諒這裏不致荼毒。不料老趙這麼混賬。但不知現在政老及寶玉在那裏，裏面不知鬧到怎麼樣了？」眾人回稟：「賈政等在下房看守著，裏面已抄得亂騰騰的了。」北靜王便吩咐司員：「快將賈政帶來問話。」眾人領命，帶了上來。賈政跪了請安，不免含淚乞恩。北靜王便起身拉著，說：「政老放心。」便將旨意說了。賈政感激涕零，望北又謝了恩，仍上來聽候。王爺道：「政老，方纔老趙在這裏的時候，番役呈稟有禁用之物並重利欠票，我們也難掩過。這禁用之物，原辦進貴妃用的，我們聲明也無礙。獨是借券，想個什麼法兒纔好。如今政老且帶司員實在將赦老家產呈出，也就了事；切不可再有隱匿，自干罪戾。」賈政答應道：「犯官再不敢。但犯官祖父遺產並未分過；惟各人所住的房屋有的東西便為己有。」兩王便說：「這也無妨，惟將赦老那一邊所有的交出就是了。」又吩咐司員等依命行去，不許胡混亂動。司員領命去了。

且說賈母那邊女眷也擺家宴。王夫人正在那邊說：「寶玉不到外頭，恐他老子生氣。」鳳姐帶病哼哼唧唧的說：「我看寶玉也不是怕人，他見前頭陪客的人也不少了，所以在這裏照應，也是有的。倘或老爺想起裏頭少個人在那裏照應，太太便把寶兄弟獻出去，可不是好？」賈母笑道：「鳳丫頭病到這地位，這張嘴還是那麼尖巧。」

正說到高興，只聽見邢夫人那邊的人一直聲的嚷進來說：「老太太，太太！不……不好了！多多少少的穿靴帶帽的強……強盜來了！翻箱倒籠的來拿東西。」賈母等聽著發呆。又見平兒披頭散髮，拉著巧姐，哭啼啼的來說：「不好了！我正與姐兒吃飯，只見來旺被人拴著進來說：『姑娘快快傳進去請太太們迴避，外面王爺就進來查抄家產！』我聽了著忙，正要進房拿要緊的東西，被一夥人渾推渾趕出來的。咱們這裏該穿該帶的快快收拾。」王邢夫人等聽得，俱魂飛天外，不知怎樣纔好。獨見鳳姐先前圓睜兩眼聽著，後來便一仰身栽倒地下死了。賈母沒有聽完，便嚇得涕淚交流，連話也說不出來。

那時，一屋子人，拉那個，扯這個，正鬧得翻天覆地。又聽見一疊聲嚷說：「叫裏面女眷們迴避，王爺進來了！」可憐寶釵寶玉等正在沒法，只見地下這些丫頭婆子亂拉亂扯的時候，賈璉喘吁吁的跑進來說：「好了，好了！幸虧王爺救了我們了！」眾人正要問他，賈璉見鳳姐死在地下，哭著亂叫；又怕老太太嚇壞了，急得死去活來，還虧平兒將鳳姐叫醒，令人扶著。老太太也回過氣來了，哭得氣短神昏，躺在炕上，李紈再三寬慰。然後賈璉定神，將兩王恩典說明；惟恐賈母邢夫人知道賈赦被拿，又要唬死，且暫不敢明說，只得出來照料自己屋內。一進屋門，只見箱開櫃破，物件搶得半空。此時急得兩眼直豎，淌淚發呆，聽見外頭叫，只得出來。見賈政同司員登記物件，一人報說：

赤金首飾共一百二十三件，珠寶俱全。珍珠十三掛。淡金盤二件。金碗二對。金搶碗二個。金匙四十把。銀大碗八十個。銀盤二十個。三鑲金象牙箸三把。鍍金執壺四把。鍍金折盂三對。茶托二件。銀碟七十六件。銀酒杯三十六個。黑狐皮十八張。青狐皮六張。貂皮三十六張。黃狐皮三十張，猞猁猻皮十二張。麻葉皮三張。洋灰皮六十張。灰狐腿皮四十張。醬色羊皮二十張。猢狸皮二張。黃狐腿二把。小白狐皮二十塊。洋呢三十度。嗶嘰二十三度。姑絨十二度。香鼠筒子十件。豆鼠皮四方。天鵝絨一捲。梅鹿皮一方。雲狐筒子二件。貉崽皮一捲。鴨皮七把。灰鼠一百六十張。獾子皮八張。虎皮六張。海豹三張。海龍十六張。灰色羊四十把。黑色羊皮六十三張。元狐帽沿十副。倭刀帽沿十二副。貂帽沿二副。小狐皮十六張。江貉皮二張。獺子皮二張。貓皮三十五張。倭股十二度。綢緞一百三十捲。紗綾一百八十捲。羽綫縐三十二捲。氆氌三十捲。妝蟒緞八捲。葛布三捆，各色布三捆。各色皮衣一百三十二件。棉夾單紗絹衣三百四十件。玉玩三十二件。帶頭九副。銅錫等物五百餘件。鐘錶十八件。朝珠九掛。各色妝蟒三十四件。上用蟒緞迎手靠背三分。宮妝衣裙八套。脂玉圈帶一條。黃緞十二卷。潮銀五千二百兩。赤金五十兩。錢七千弔。

一切動用傢伙攢釘登記，以及榮國賜第，俱一一開列。其房地契紙，家人文書，亦俱封裹。

賈璉在旁邊竊聽，只不聽見報他的東西，心裏正在疑惑，只聞兩家王爺問賈政道：「所抄家資，內有借券，實係盤剝，究是誰行的？政老據實纔好。」賈政聽了，跪在地下磕頭，說：「實在犯官不理家務，這些事全不知道，問犯官姪兒賈璉纔知。」賈璉連忙走上，跪下稟說：「這一箱文書既在奴才屋內抄出來的，敢說不知道麼？只求王爺開恩。奴才叔叔並不知道的。」兩王道：「你父已經獲罪，只可併案辦理。你今認了，也是正理。如此，叫人將賈璉看守，餘俱散收宅內。政老，你須小心候旨，我們進內覆旨去了。這裏有官役看守。」說著，上轎出門。賈政等就在二門跪送。北靜王把手一伸，說：「請放心。」覺得臉上大有不忍之色。

此時賈政魂魄方定，猶是發怔。賈蘭便說：「請爺爺進內瞧老太太，再想法兒打聽東府裏的事。」賈政疾忙起身進內。只見各門上婦女亂糟糟的，不知要怎樣。賈政無心查問，一直到賈母房中，只見人人淚痕滿面，王夫人寶玉等圍住賈母，寂靜無言，各各掉淚，惟有邢夫人哭作一團。因見賈政進來，都說：「好了，好了！」便告訴老太太說：「老爺仍舊好好的進來，請老太太安心罷。」賈母奄奄一息的，微開雙目，說：「我的兒，不想還見得著你！」一聲未了，便嚎啕的哭起來。於是滿屋裏人俱哭個不住。賈政恐哭壞老母，即收淚說：「老太太放心罷。本來事情原不小，蒙主上天恩，兩位王爺的恩典，萬般軫恤。就是大老爺暫時拘質，等問明白了，主上還有恩典。如今家裏一些也不動了。」賈母見賈赦不在，又傷心起來，賈政再三安慰方止。

眾人俱不敢走散。獨邢夫人回至自己那邊，見門總封鎖，丫頭婆子亦鎖在幾間屋內，邢夫人無處可走，放聲大哭起來。只得往鳳姐那邊去，見二門旁舍亦上封條，惟有屋門開著，裏頭嗚咽不絕。邢夫人進去，見鳳姐面如紙灰，合眼躺著，平兒在旁暗哭。邢夫人打諒鳳姐死了，又哭起來。平兒迎上來說：「太太不要哭。奶奶擡回來覺著像是死的了。幸得歇息一回，蘇過來，哭了幾聲，如今痰息氣定略安了安神。太太也請定定神罷。但不知老太太怎樣了？」邢夫人也不答言，仍走到賈母那邊。見眼前俱是賈政的人，自己夫子被拘，媳婦病危，女兒受苦，現在身無所歸，那裏禁得住。眾人勸慰，李紈等令人收拾房屋，請邢夫人暫住。王夫人撥人服侍。

賈政在外，心驚肉跳，拈鬚搓手的等候旨意。聽見外面看守軍人亂嚷道：「你到底是那一邊的？既碰在我們這裏，就記在這裏冊上，拴著他交給裏頭錦衣府的爺們。」賈政出外看時，見是焦大，便說：「怎麼跑到這裏來？」焦大見問，便號天踏地的哭道：「我天天勸這些不長進的爺們，倒拿我當作寃家！爺還不知道焦大跟著太爺受的苦！今朝弄到這個田地，珍大爺蓉哥兒都叫什麼王爺拿了去了，裏頭女主兒們都被什麼府裏衙役搶得披頭散髮，擱在一處空房裏，那些不成材料的狗男女卻像豬狗似的攔起來了。所有的都抄出來擱著，木器釘得破爛，磁器打得粉碎。他們還要把我拴起來，我活了八九十歲，只有跟著太爺捆人的，那裏倒叫人捆起來！我便說我是西府裏，就跑出來。那些人不依，押到這裏，不想這裏也是那麼著。我如今也不要命了，和那些人拚了罷！」說著撞頭。眾役見他年老，又是兩王吩咐，不敢發狠。便說：「你老人家安靜些。這是奉旨的事，你且這裏歇歇，聽個信兒再說。」賈政聽明，雖不理他，但是心裏刀絞似的，便道：「完了，完了！不料我們一敗塗地如此！」

正在著急聽候內信，只見薛蝌氣噓噓的跑進來說：「好容易進來了！姨父在那裏？」賈政道：「來的好，但是外頭怎麼放進來的？」薛蝌道：「我再三央說，又許他們錢，所以我纔能夠出入的。」賈政便將抄去之事告訴了他，便煩去打聽打聽，說：

「就有好親，在火頭上，也不便送信，是你就好通信了。」薛蝌道：「這裏的事，我倒想不到；那邊東府的事，我已聽見說完了。」賈政道：「究竟犯什麼事？」薛蝌道：「今朝為我哥哥打聽決罪的事，在衙內聞得有兩位御史，風聞得珍大爺引誘世家子弟賭博，這一款還輕；還有一大款是強佔良民妻女為妾，因其女不從，凌逼致死。那御史恐怕不準，還將咱們家的鮑二拿去，又還拉出一個姓張的來。只怕連都察院都有不是，為的是姓張的曾告過的。」賈政尚未聽完，便跺腳道：「了不得！罷了，罷了！」歎了一口氣，撲簌簌的掉下淚來。

薛蝌寬慰了幾句，即便又出來打聽去了。隔了半日，仍舊進來，說：「事情不好。我在刑科打聽，倒沒有聽見兩王覆旨的信，但聽得說，李御史今早參奏平安州奉承京官，迎合上司，虐害百姓，好幾大款。」賈政慌道：「那管他人的事！到底打聽我們的怎麼樣？」薛蝌道：「說是平安州，就有我們，那參的京官就是赦老爺，說的是包攬詞訟，所以火上澆油。就是同朝這些官府，俱藏躲不迭，誰肯送信？就如纔散的這些親友，有的竟回家去了，也有遠遠兒的歇下打聽的。可恨那些貴本家便在路上說：『祖宗撇下的功業，弄出事來了，不知道飛到那個頭上，大家也好施威。』」賈政沒有聽完，復又頓足道：「都是我們大老爺忒糊塗，東府也忒不成事體！如今老太太與璉兒媳婦是死是活，還不知道呢。你再打聽去，我到老太太那邊瞧瞧。若有信，能夠早一步纔好。」正說著，聽見裏頭亂嚷出來，說：「老太太不好了！」急得賈政即忙進去。未知生死如何，下回分解。

卷一百六　王熙鳳致禍抱羞慚　賈太君禱天消災患

話說賈政聞知賈母危急，即忙進去看視，見賈母驚嚇氣逆，王夫人鴛鴦等喚醒回來，即用疏氣安神的丸藥服了，漸漸的好些，只是傷心落淚。賈政在旁勸慰，總說：「是兒子們不肖，招了禍來，累老太太受驚。若老太太寬慰些，兒子們尚可在外料理；若是老太太有什麼不自在，兒子們的罪孽更重了。」賈母道：「我活了八十多歲，自做女孩兒起，到你父親手裏，都託著祖宗的福，從沒有聽見過這些事；如今到老了，見你們倘或受罪，叫我心裏過得去嗎？倒不如合上眼，隨你們去罷了。」說著，又哭。

賈政此時著急異常，又聽外面說：「請老爺，內廷有信。」賈政急忙出來，見是北靜王府長史，一見面便說：「大喜！」賈政謝了，請長史坐下，請問：「王爺有何諭旨？」那長史道：「我們王爺同西平郡王進內覆奏，將大人的懼怕的心、感激天恩之話都代奏了。主上甚是憫恤，並念及貴妃溘逝未久，不忍加罪，著加恩仍在工部員外上行走。所封家產，惟將賈赦的入官，餘俱給還，並傳旨令盡心供職。惟抄出借券，令我們王爺查覈。如有違禁重利的，一概照例入官；其在定例生息的，同房地文書，盡行給還。賈璉著革去職銜，免罪釋放。」賈政聽畢，即起身叩謝天恩，又拜謝王爺恩典：「先請長史大人代為稟謝，明晨到闕謝恩，並到府裏磕頭。」那長史去了。少停，傳出旨來，承辦官遵旨一一查清，入官者入官，給還者給還。將賈璉放下，所有賈赦名下男婦人等造冊入官。

可憐賈璉屋內東西，除將按例放出的文書發給外，其餘雖未盡入官的，早被查抄的人盡行搶去，所存者只有傢伙物件。賈璉始則懼罪，後蒙釋放，已是大幸，及想起歷年積聚的東西並鳳姐的體己，不下七八萬金，一朝而盡，怎得不疼；且他父親現禁在錦衣府，鳳姐病在垂危，怎得不痛。又見賈政含淚叫他，問道：「我因官事在身，不大理家，故叫你們夫婦總理家事。你父親所為，固難勸諫，那重利盤剝，究竟是誰幹的？況且非咱們這樣人家所為。如今入了官，在銀錢，是不打緊的，這種聲名出去還了得嗎！」賈璉跪下說道：「姪兒辦家事，並不敢存一點私心，所有出入的賬目，自有賴大、吳新登、戴良等登記，老爺只管叫他們來查問。現在這幾年，庫內的銀子出多入少，雖沒貼補在內，已在各處做了好些空頭，求老爺問太太就知道了。這些放出去的賬，連姪兒也不知道那裏的銀子，要問周瑞、旺兒纔知道。」賈政道：「據你說來，連你自己屋裏的事還不知道，那些家中上下的事更不知道了。我這回也不來查問你。現今你無事的人，你父親的事和你珍大哥的事，還不快去打聽打聽？」賈璉一心委屈，含著眼淚，答應了出去。

賈政歎氣，連連的想道：「我祖父勤勞王事，立下功勳，得了兩個世職，如今兩房犯事，都革去了。我瞧這些子姪沒一個長進的。老天啊，老天啊！我賈家何至一敗如此！我雖蒙聖恩格外垂慈，給還家產，那兩處食用，自應歸併一處，叫我一人那裏支撐得住？方纔璉兒所說，更加咤異，說不但庫上無銀，而且尚有虧空。這幾年竟是虛名在外，只恨我自己為什麼糊塗若此？倘或我珠兒在世，尚有膀臂；寶玉雖大，更是無用之物。」想到那裏，不覺淚滿衣襟。又想：「老太太若大年紀，兒子們並沒有自能奉養一日，反累他嚇得死去活來，種種罪孽，叫我委之何人？」

正在獨自悲切，只見家人稟報：「各親友進來看候。」賈政一一道謝，說起：「家門不幸，是我不能管教子姪，所以至此。」有的說：「我久知令兄赦大老爺行事不妥，那邊珍哥更加驕縱。若說因官事錯誤，得個不是，於心無愧。如今自己鬧出的，倒帶累了二老爺。」有的說：「人家鬧的也多，也沒見御史參奏。不是珍老大得罪朋友，何重如此！」有的說：「也不怪御史，我們聽見說是府上的家人同幾個泥腿在外頭哄嚷出來的。御史恐參奏不實，所以誆了這裏的人去，纔說出來的。我想府上待下人最寬的，為什麼還有這事？」有的說：「大凡奴才們是一個養活不得的。今兒在這裏都是好親友，我纔敢說。就是尊駕在外任，我保不得——你是不愛錢的——那外頭的風聲也不好，都是奴才們鬧的，你該堤防些。如今雖說沒有動你的家，倘或再遇著主上疑心起來，好些不便呢。」賈政聽說，心下著忙道：「眾位聽見我的風聲怎樣？」眾人道：「我們雖沒見實據，只聞外面人說你在糧道任上，怎麼叫門上家人要錢。」賈政聽了，便說道：「我是對得天的，從不敢起這要錢的念頭。只是奴才在外招搖撞騙，鬧出事來，我就吃不住了。」眾人道：「如今怕也無益，只好將現在的管家們都嚴嚴的查一查，若有抗主的奴才，查出來嚴嚴的辦一辦。」

賈政聽了點頭。便見門上進來回稟說：「孫姑爺那邊打發人來說，自己有事不能來，著人來瞧瞧。說大老爺該他一種銀子，要在二老爺身上還的。」賈政心內憂悶，只說：「知道了。」眾人都冷笑道：「人說令親孫紹祖混賬，真有些。如今丈人抄了家，不但不來瞧看幫補照應，倒趕忙的來要銀子，真真不在理上。」賈政道：「如今且不必說他，那頭親說原是家兄配錯的。我的姪女兒的罪已經受夠了，如今又招我來。」正說著，只見薛蝌進來說道：「我打聽錦衣府趙堂官必要照御史參的辦去，只怕大老爺和珍大爺吃不住。」眾人都道：「二老爺，還得是你出去來求王爺，怎麼挽回挽回纔好；不然，這兩家就完了。」賈政答應致謝，眾人都散。

那時天已點燈時候，賈政進去請賈母的安，見賈母略略好些。回到自己房中，埋怨賈璉夫婦不知好歹，如今鬧出放賬取利的事情，大家不好，方見鳳姐所為，心裏很不受用。鳳姐現在病重，知他所有什物，盡被抄搶一光，心內鬱結，一時未便埋怨，暫且隱忍不言。一夜無話。

次早，賈政進內謝恩，並到北靜王府西平王府兩處叩謝，求兩位王爺照應他哥哥姪兒。兩位應許。賈政又在同寅相好處託情。

且說賈璉打聽得父兄之事不很妥，無法可施，只得回到家中。平兒守著鳳姐哭泣，秋桐在耳房中抱怨鳳姐。賈璉走近旁邊，見鳳姐奄奄一息，就有多少怨言，一時也說不出來。平兒哭道：「如今事已如此，東西已去，不能復來。奶奶這樣，還得再請個大夫調治調治纔好。」賈璉啐道：「我的性命還不保，我還管他麼！」鳳姐聽見，睜眼一瞧，雖不言語，那眼淚流個不盡。見賈璉出去，便與平兒道：「你別不達時務了。到了這樣田地，你還顧我做什麼？我巴不得今兒就死纔好。只要你能夠眼裏有我，我死之後，你扶養大了巧姐兒，我在陰司裏也感激你的。」平兒聽了，放聲大哭。鳳姐道：「你也是聰明人。他們雖沒有來說我，他必抱怨我的。雖說事是外頭鬧的，我若不貪財，如今也沒有我的事。不但是枉費心計，掙了一輩子的強，如今落在人後頭。我只恨用人不當，恍惚聽得那邊珍大爺的事，說是強佔良民妻子為妾，不從逼死，有個姓張的在裏頭，你想想還有誰？若是這件事審出來，咱們二爺是脱不了的，我那時怎樣見人？我要即時就死，又耽不起呑金服毒的。你倒還要請大夫，可不是你為顧我，反倒害了我了麼。」平兒愈聽愈慘，想來實在難處，恐鳳姐自尋短見，只得緊緊守著。

幸賈母不知底細，因近日身子好些，又見賈政無事，寶玉寶釵在旁，天天不離左右，略覺放心。素來最疼鳳姐，便叫鴛鴦：「將我體己東西拿些給鳳丫頭，再拿些銀錢交給平兒，好好的伏侍好了鳳丫頭，我再慢慢的分派。」又命王夫人照看了邢夫人。又加了寧國府第入官，所有財產房地等並家奴等俱造冊收盡，這裏賈母命人將車接了尤氏婆媳等過來。可憐赫赫寧府，只剩得他們婆媳兩個並珮鳳偕鸞二人，連一個下人沒有。賈母指出房子一所居住，就在惜春所住的間壁。又派了婆子四人，丫頭兩個伏侍。一應飯食起居在大廚房內分送。衣裙什物又是賈母送去。零星需用亦在賬房內開銷，俱照榮府每人月例之數。

那賈赦、賈珍、賈蓉在錦衣府使用，賬房內實在無項可支。如今鳳姐一無所有，賈璉況又多債務滿身，賈政不知家務，只說：「已經託人，自有照應。」賈璉無計可施，想到那親戚裏頭，薛姨媽家已敗，王子騰已死，餘者親戚雖有，俱是不能照應，只得暗暗差人下屯，將地畝暫賣了數千金，作為監中使費。賈璉如此一行，那些家奴見主家勢敗，也便趁此弄鬼，並將東莊租稅也就指名借用些。此是後話，暫且不提。

且說賈母見祖宗世職革去，現在子孫在監質審，邢夫人尤氏等日夜啼哭，鳳姐病在垂危，雖有寶玉寶釵在側，只可解勸，不能分憂，所以日夜不寧，思前想後，眼淚不乾。一日傍晚，叫寶玉回去，自己扎掙坐起，叫鴛鴦等各處佛堂上香；又命自己院內焚起斗香，用拐拄著，出到院中。琥珀知是老太太拜佛，鋪下大紅短氈拜墊。賈母上香跪下，磕了好些頭，念了一回佛，含淚祝告天地道：「皇天菩薩在上，我賈門史氏，虔誠禱告，求菩薩慈悲。我賈門數世以來，不敢行兇霸道。我幫夫助子，雖不能為善，亦不敢作惡。必是後輩兒孫驕侈暴佚，暴殄天物，以致闔府抄檢。現在兒孫監禁，自然凶多吉少，皆由我一人罪孽，不教兒孫，所以至此。我今叩求皇天保祐：在監的逢凶化吉，有病的早早安身。總有闔家罪孽，情願一人承當，只求饒恕兒孫。若皇天見憐我虔誠，早早賜我一死，寬免兒孫之罪。」默默說到此，不禁傷心，嗚嗚咽咽的哭泣起來。鴛鴦珍珠一面解勸，一面扶進房去。

只見王夫人帶了寶玉寶釵，過來請晚安。見賈母悲傷，三人也大哭起來。寶釵更有一層苦楚：想哥哥也在外監，將來要處決，不知可減緩否；翁姑雖然無事，眼見家業蕭條；寶玉依然瘋傻，毫無志氣。想到後來終身，更比賈母王夫人哭得悲痛。寶玉見寶釵如此大慟，他亦有一番悲戚，想的是：「老太太年老不得安心，老爺太太見此光景，不免悲傷；眾姐妹風流雲散，一日少似一日。追想在園中吟詩起社，何等熱鬧；自從林妹妹一死，我鬱悶到今，又有寶姐姐過來，未便時常悲切。見他憂兄思母，日夜難得笑容。」今見他悲哀欲絕，心裏更加不忍，竟嚎啕大哭。鴛鴦、彩雲、鶯兒、襲人見他們如此，也各有所思，便也嗚咽起來。餘者丫頭們看得傷心，也便陪哭，竟無人解慰。滿屋中哭聲驚天動地，將外頭上夜婆子嚇慌，急報於賈政知道。

那賈政正在書房納悶，聽見賈母的人來報，心中著忙，飛奔進內。遠遠聽得哭聲甚眾，打諒老太太不好，急得魂魄俱喪。疾忙進來，只見坐著悲啼，神魂方定，說是：「老太太傷心，你們該勸解，怎麼的齊打夥兒哭起來了？」眾人聽得賈政聲氣，急忙止哭，大家對面發怔。賈政上前安慰了老太太，又說了眾人幾句。各自心想道：「我們原恐老太太悲傷，故來勸解；怎麼忘情，大家痛哭起來？」

正自不解，只見老婆子帶了史侯家的兩個女人進來，請了賈母的安，又向眾人請安畢，便說：「我們家老爺、太太、姑娘打發我來說，聽見府裏的事，原沒有什麼大事，不過一時受驚。恐怕老爺太太煩惱，叫我們過來告訴一聲，說這裏二老爺是不怕的了。我們姑娘本要自己來的，因不多幾日就要出閣，所以不能來了。」賈母聽了，不便道謝，說：「你回去給我問好。這是我們的家運合該如此。承你老爺太太惦記，過一日再來奉謝。你家姑娘出閣，想來你們姑爺是不用說的了，他們的家計如何？」兩個女人回道：「家計倒不怎麼著，只是姑爺長得很好，為人又和平。我們見過好幾次，看來與這裏寶二爺差不多，還聽得說，才情學問都好的。」賈母聽了，喜歡道：「咱們都是南邊人，雖在這裏住久了，那些大規矩還是從南方禮兒，所以新姑爺我們都沒見過。我前兒還想起我娘家的人來，最疼的就是你們姑娘，一年三百六十天，在我跟前的日子倒有二百多天。混得這麼大了，我原想給他說個好女婿，又為他叔叔不在家，我又不便做主。他既造化配了個好姑爺，我也放心。月裏出閣，我原想過來吃杯喜酒的，不料我家鬧出這樣事來，我的心就像在熱鍋裏熬的似的，那裏能夠再到你們家去？你回去說我問好，我們這裏的人，都請安問好。你替另告訴你家姑娘，不要將我放在心裏。我是八十多歲的人了，就死也算不得沒福的了。只願他過了門，兩口子和順百年到老，我便安心了。」說著，不覺掉下淚來。那女人道：「老太太也不必傷心。姑娘過了門，等回了九，少不得同姑爺過來請老太太的安，那時老太太見了纔喜歡呢。」賈母點頭。那女人出去。別人都不理論，只有寶玉聽著發了一回怔，心裏想道：「如今一天一天的都過不得了，為什麼人家養了女兒到大了必要出嫁？一出了嫁就改變。史妹妹這樣一個人，又叫他叔叔硬壓著配人了。他將來見了我，必是又不理我了。我想一個人到了這個沒人理的分兒，還活著做什麼！」想到那裏，又是傷心；見賈母此時纔安，又不敢哭泣，只是悶悶的。

一時，賈政不放心，又進來瞧瞧老太太。見是好些，便出來傳了賴大，叫他將闔府裏管事家人的花名冊子拿來，一齊點了一點。除去賈赦入官的人，當有三十餘家，共男女二百十二名。賈政叫現在府內當差的男人共二十一名進來，問起歷年居家用度，共有若干進來，該用若干出去。那管總的家人將近年支用簿子呈上。賈政看時，所入不敷所出，又加連年宮裏花用，賬上有在外浮借的也不少。再查東省地租，近年頭交不及祖上一半，如今用度比祖上更加十倍。賈政不看則已，看了急得跺腳道：「這了不得！我打諒雖是璉兒管事，在家自有把持，豈知好幾年頭裏，已就『寅年用了卯年』的，還是這樣裝好看！竟把世職俸祿當作不打緊的事情，為什麼不敗呢？我如今要就省儉起來，已是遲了。」想到那裏，背著手踱來踱去，竟無方法。

眾人知賈政不知理家，也是白操心著急，便說道：「老爺也不用心焦，這是家家這樣的。若是統總算起來，連王爺家還不夠。不過是裝著門面，過到那裏就到那裏。如今老爺到底得了主上的恩典，纔有這點子家產，若是一併入了官，老爺就不用過了不成？」賈政嗔道：「放屁！你們這班奴才最沒有良心的，仗著主子好的時候，任意開銷；到弄光了，走的走，跑的跑，還顧主子的死活嗎？如今你們道是沒有查封是好，那知道外頭的名聲。大本兒都保不住，還擱得住你們在外頭支架子，說大話，誆人騙人？到鬧出事來，望主子身上一推就完了。如今大老爺與珍大爺的事，說是咱們家人鮑二在外傳播的，我看這人口冊子上並沒有鮑二，這是怎麼說？」眾人回道：「這鮑二是不在冊檔上的。先前在寧府冊上，為二爺見他老實，把他們兩口子叫過來了。及至他女人死了，他又回寧府去。後來老爺衙門有事，老太太、太太們和爺們往陵上去，珍大爺替理家事，帶過來的，以後也就去了。老爺數年不管家事，那裏知道這些事來？老爺打量冊上有這名字就只有這個人，不知一個人手下親戚們也有，奴才還有奴才呢！」賈政道：「這還了得！」想去一時不能清理，只得喝退眾人，早打了主意在心裏了，且聽賈赦等事審得怎樣再定。一日，正在書房籌算，只見一人飛奔進來，說：「請老爺快進內廷問話。」賈政聽了，心下著忙，只得進去。未知吉凶，下回分解。

卷一百七　散餘資賈母明大義　復世職政老沐天恩

話説賈政進內，見了樞密院各位大人，又見了各位王爺。北靜王道：「今日我們傳你來，有遵旨問你的事。」賈政即忙跪下。眾大人便問道：「你哥哥交通外官、恃強凌弱、縱兒聚賭、強佔良民妻女不遂逼死的事，你都知道麼？」賈政回道：「犯官自從主恩欽點學政任滿後，查看賑恤，於上年冬底回家，又蒙堂派工程，後又任江西糧道，題參回都，仍在工部行走，日夜不敢怠惰。一應家務，並未留心伺察，實在糊塗。不能管教子姪，這就是辜負聖恩。只求主上重重治罪。」北靜王據説轉奏。

不多時，傳出旨來，北靜王便述道：「主上因御史參奏賈赦交通外官，恃強凌弱。據該御史指出平安州互相往來，賈赦包攬詞訟。嚴鞫賈赦，據供平安州原係姻親來往，並未干涉官事，該御史亦不能指實。惟有倚勢強索石呆子古扇一款是實的，然係玩物，究非強索良民之物可比。雖石呆子自盡，亦係瘋傻所致，與逼勒致死者有間。今從寬將賈赦發往臺站効力贖罪。所參賈珍強佔良民妻女為妾不從逼死一款，提取都察院原案，看得尤二姐實係張華指腹為婚未娶之妻，因伊貧苦自願退婚，尤二姐之母願結賈珍之弟為妾，並非強佔。再尤三姐自刎掩埋並未報官一款，查尤三姐原係賈珍妻妹，本意為伊擇配，因被逼索定禮，眾人揚言穢亂，以致羞忿自盡，並非賈珍逼勒致死。但身係世襲職員，罔知法紀，私埋人命，本應重治，念伊究屬功臣後裔，不忍加罪，亦從寬革去世職，派往海疆効力贖罪。賈蓉年幼無干省釋。賈政實係在外任多年，居官尚屬勤慎，免治伊治家不正之罪。」賈政聽了，感激涕零，叩首不及；又叩求王爺代奏下忱。北靜王道：「你該叩謝天恩，更有何奏？」賈政道：「犯官仰蒙聖恩，不加大罪，又蒙將家產給還，實在捫心惶愧，願將祖宗遺受重祿，積餘置產，一併交官。」北靜王道：「主上仁慈待下，明慎用刑，賞罰無差。如今既蒙莫大深恩，給還財產，你又何必多此一奏？」眾官也說不必。

賈政便謝了恩，叩謝了王爺出來，恐賈母不放心，急忙趕回。上下男女人等不知傳進賈政是何吉凶，都在外頭打聽，一見賈政回家，都略略的放心，也不敢問。只見賈政忙忙的走到賈母跟前，將蒙聖恩寬免的事細細告訴了一遍。賈母雖則放心，只是兩個世職革去，賈赦又往臺站効力，賈珍又往海疆，不免又悲傷起來。邢夫人尤氏聽見那話，更哭起來。賈政便道：「老太太放心。大哥雖則臺站効力，也是為國家辦事，不致受苦，只要辦得妥當，就可復職。珍兒正是年輕，很該出力。若不是這樣，便是祖父的餘德亦不能久享。」說了些寬慰的話。

賈母素來本不大喜歡賈赦，那邊東府賈珍究竟隔了一層，只有邢夫人尤氏痛哭不已。邢夫人想著：「家產一空，丈夫年老遠出，膝下雖有璉兒，又是素來順他二叔的，如今是都靠著二叔，他兩口子更是順著那邊去了。獨我一人孤苦伶仃，怎麼好？」那尤氏本來獨掌寧府的家計，除了賈珍，也算是惟他為尊，又與賈珍夫妻相和；如今犯事遠出，家財抄盡，依住榮府，雖則老太太疼愛，終是依人門下。又帶了偕鸞珮鳳，蓉兒夫婦又是不能興家立業的人。又想著：「二妹妹三妹妹俱是璉二叔鬧的，如今他們倒安然無事，依舊夫妻完聚，只留我們幾人，怎生度日？」想到這裏，痛哭起來。

賈母不忍，便問賈政道：「你大哥和珍兒現已定案，可能回家？蓉兒既沒他的事，也該放出來了。」賈政道：「若在定例，大哥是不能回家的。我已託人徇個私情，叫我們大老爺同著姪兒回家，好置辦行裝，衙門內業已應了。想來蓉兒同著他爺爺父親一起出來。只請老太太放心，兒子辦去。」賈母又道：「我這幾年老的不成人了，總沒有問過家事。如今東府是全抄了去了，房屋入官不消說的；你大哥那邊，璉兒那裏，也都抄去了。咱們西府銀庫東省地土，你知道到底還剩了多少？他兩個起身，也得給他們幾千銀子纔好。」賈政正是沒法，聽見賈母一問，心想著：「若是說明，又恐老太太著急；若不說明，不用說將來，現在怎樣辦法？」定了主意，便回道：「若老太太不問，兒子也不敢說。如今老太太既問到這裏，現在璉兒也在這裏，昨日兒子已查了：舊庫的銀子早已虛空，不但用盡，外頭還有虧空。現今大哥這件事，若不花銀託人，雖說主上寬恩，只怕他們爺兒兩個也不大好，就是這項銀子尚無打算。東省的地畝，早已寅年吃了卯年的租兒了，一時也算不轉來，只好儘所有蒙聖恩沒有動的衣服首飾折變了，給大哥珍兒作盤費罷了。過日的事只可再打算。」賈母聽了，又急得眼淚直淌，說道：「怎樣著？咱們家到了這樣田地了麼？我雖沒有經過，我想起我家向日比這裏還強十倍，也是擺了幾年虛架子，沒有出這樣事，已經塌下來了，不消一二年就完了。據你說起來，咱們竟一兩年就不能支了？」賈政道：「若是這兩個世俸不動，外頭還有些挪移；如今無可指稱，誰肯接濟？」說著，也淚流滿面，「想起親戚來，用過我們的，如今都窮了；沒有用過我們的，又不肯照應了。昨日兒子也沒有細查，只看家下的人丁冊子，別說上頭的錢一無所出，那底下的人也養不起許多」。

賈母正在憂慮，只見賈赦、賈珍、賈蓉一齊進來給賈母請安。賈母看這般光景，一隻手拉著賈赦，一隻手拉著賈珍，便大哭起來。他兩人臉上羞慚，又見賈母哭泣，都跪在地下哭著說道：「兒孫們不長進，將祖上功勳丟了，又累老太太傷心，兒孫們是死無葬身之地的了。」滿屋中人看這光景，又一齊大哭起來。賈政只得勸解：「倒先要打算他兩個的使用。大約在家只可住得一兩日，遲則人家就不依了。」老太太含悲忍淚的說道：「你兩個且各自同你們媳婦們說說話兒去罷。」又吩咐賈政道：「這件事是不能久待的，想來外面挪移，恐不中用。那時誤了欽限，怎麼好？只好我替你們打算罷了。就是家中如此亂糟糟的，也不是常法兒。」一面說著，便叫鴛鴦吩咐去了。

這裏賈赦等出來，又與賈政哭泣了一會，都不免將從前任性、過後惱悔、如今分離的話說了一會，各自同媳婦那邊悲傷去了。賈赦年老，倒也拋的下；獨有賈珍與尤氏怎忍分離？賈璉賈蓉兩個也只有拉著父親啼哭。雖說是比軍流減等，究竟生離死別。這也是事到如此，只得大家硬著心腸過去。

卻說賈母叫邢王二夫人同了鴛鴦等開箱倒籠，將做媳婦到如今積攢的東西都拿出來，又叫賈赦、賈政、賈珍等一一的分派說：「這裏現有的銀子交賈赦三千兩，你拿二千兩去做你的盤費使用，留一千給大太太零用。這三千給珍兒，你只許拿一千去，留下二千交你媳婦過日子。仍舊各自度日，房子是在一處，飯食各自吃罷。四丫頭將來的親事，還是我的事。只可憐鳳丫頭操心了一輩子，如今弄得精光，也給他三千兩，叫他自己收著，不許叫璉兒用。如今他還病得神昏氣短，叫平兒來拿去。這是你祖父留下的衣服，還有我少年穿的衣服首飾，如今我用不著。男的呢，叫大老爺、珍兒、璉兒、蓉兒拿去分了。女的呢，叫大太太、珍兒媳婦、鳳丫頭拿了分去。這五百兩銀子交給璉兒，明年將林丫頭的棺材送回南去。」分派定了，又叫賈政道：「你說現在還該著人的使用，這是少不得的，你叫拿這金子變賣償還。這是他們鬧掉了我的，你也是我的兒子，我並不偏向。寶玉已經成了家，我剩下這些金銀等物，大約還值幾千兩銀子，這是都給寶玉的了。珠兒媳婦向來孝順我，蘭兒也好，我也分給他們些。這便是我的事情完了。」

賈政見母親如此明斷分晰，俱跪下哭著說：「老太太這麼大年紀，兒孫們沒點孝順，承受老祖宗這樣恩典，叫兒孫們更無地自容了！」賈母道：「別瞎說，若不鬧出這個亂兒，我還收著呢。只是現在家人過多，只有二老爺是當差的，留幾個人就夠了。你就吩咐管事的，將人叫齊了，分派妥當。各家有人便就罷了。譬如一抄盡了，怎麼樣呢？我們裏頭的，也要叫人分派，該配人的配人，賞去的賞去。如今雖說咱們這房子不入官，你到底把這園子交了纔好。那些田地原交璉兒清理，該賣的賣，該留的留，斷不要支架子，做空頭。我索性說了罷：江南甄家還有幾兩銀子，二太太那裏收著，該叫人就送去罷。倘或再有點事出來，可不是他們『躲過了風暴又遇了雨』了麼。」賈政本是不知當家立計的人，一聽賈母的話，一一領命，心想：「老太太實在真真是理家的人，都是我們這些不長進的鬧壞了。」

賈政見賈母勞乏，求著老太太歇歇養神。賈母又道：「我所剩的東西也有限，等我死了，作結果我的使用。餘的都給伏侍我的丫頭。」賈政等聽到這裏，更加傷感，大家跪下：「請老太太寬懷。只願兒子們託老太太的福，過了些時，都邀了恩眷，那時兢兢業業的治起家來，以贖前愆，奉養老太太到一百歲的時候。」賈母道：「但願這樣纔好，我死了也好見祖宗。你們別打量我是享得富貴受不得貧窮的人哪，不過這幾年看著你們轟轟烈烈，我落得都不管，說說笑笑，養身子罷了。那知道家運一敗，直到這樣！若說外頭好看，裏頭空虛，是我早知道的了，只是『居移氣，養移體』，一時下不得臺來。如今借此正好收斂，守住這個門頭，不然，叫人笑話你。你還不知，只打量我知道窮了，就著急得要死。我心裏是想著祖宗莫大的功勳，無一日不指望你們比祖宗還強，能夠守住也就罷了。誰知他們爺兒兩個做些什麼勾當。」

賈母正自長篇大論的說，只見豐兒慌慌張張的跑來回王夫人道：「今早我們奶奶聽見外頭的事，哭了一場，如今氣都接不上來，平兒叫我來回太太。」豐兒沒有說完，賈母聽見，便問：「到底怎麼樣？」王夫人便代回道：「如今說是不大好。」賈母起身道：「嗳，這些冤家，竟要磨死我了！」說著，叫人扶著，要親自看去。賈政急忙攔住，勸道：「老太太傷了好一回的心，又分派了好些事，這會該歇歇。便是孫子媳婦有什麼事，該叫媳婦瞧去就是了，何必老太太親身過去呢？倘或再傷感起來，老太太身上要有一點兒不好，叫作兒子的怎麼處呢。」賈母道：「你們各自出去，等一會子再進來，我還有話說。」賈政不敢多言，只得出來料理兄姪起身的事，又叫賈璉挑人跟去。

這裏賈母纔叫鴛鴦等派人拿了給鳳姐的東西，跟著過來。鳳姐正在氣厥。平兒哭得眼紅，聽見賈母帶著王夫人寶玉寶釵過來，疾忙出來迎接。賈母便問：「這會子怎麼樣了？」平兒恐驚了賈母，便說：「這會子好些。老太太既來了，請進去瞧瞧。」他先跑進去，輕輕的揭開帳子。鳳姐開眼瞧著，只見賈母進來，滿心慚愧。先前原打算賈母等惱他，不疼他了，是死活由他的，不料賈母親自來瞧，心裏一寬，覺那擁塞的氣略鬆動些，便要扎掙坐起。賈母叫平兒按著：「不要動。你好些麼？」鳳姐含淚道：「我從小兒過來，老太太、太太怎麼樣疼我。那知我福氣薄，叫神鬼支使的失魂落魄，不但不能夠在老太太跟前盡點孝心，公婆前討個好，還是這樣把我當人，叫我幫著料理家務，被我鬧得七顛八倒，我還有什麼臉兒見老太太、太太呢？今日老太太、太太親自過來，我更當不起了，恐怕該活三天的又折上了兩天去了。」說著悲咽。賈母道：「那些事原是外頭鬧起來的，與你什麼相干？就是你的東西被人拿去，這也算不了什麼呀！我帶了好些東西給你，任你自便。」說著，叫人拿上來給他瞧瞧。鳳姐本是貪得無厭的人，如今被抄淨盡，本是愁苦，又恐人埋怨，正是幾不欲生的時候。今見賈母仍舊疼他，王夫人也不嗔怪，過來安慰他，又想賈璉無事，心下安放好些。便在枕上與賈母磕頭，說道：「請老太太放心。若是我的病託著老太太的福好了些，我情願自己當個粗使丫頭，盡心竭力的伏侍老太太、太太罷。」賈母聽他說得傷心，不免掉下淚來。寶玉是從來沒有經過這大風浪的，心下只知安樂、不知憂患的人，如今碰來碰去都是哭泣的事，所以他竟比傻子尤甚，見人哭他就哭。

　　鳳姐看見眾人憂悶，反倒勉強說幾句寬慰賈母的話，求著：「請老太太、太太回去，我略好些，過來磕頭。」說著，將頭仰起。賈母叫平兒：「好生服侍。短什麼，到我那裏要去。」說著，帶了王夫人將要回到自己房中，只聽見兩三處哭聲。賈母實在不忍聞，便叫王夫人散去，叫寶玉：「去見你大爺大哥，送一送就回來。」自己躺在榻上下淚。幸喜鴛鴦等能用百樣言語勸解，賈母暫且安歇。

不言賈赦等分離悲痛。那些跟去的人，誰是願意的？不免心中抱怨，叫苦連天。正是生離果勝死別，看者比受者更加傷心。好好的一個榮國府，鬧到人嚎鬼哭。賈政最循規矩，在倫常上也講究的，執手分別後，自己先騎馬趕至城外，舉酒送行，又叮嚀了好些「國家軫恤勳臣，力圖報稱」的話。賈赦等揮淚分頭而別。

賈政帶了寶玉回家，未及進門，只見門上有好些人在那裏亂嚷，說：「今日旨意：將榮國公世職著賈政承襲。」那些人在那裏要喜錢，門上人和他們分爭，說：「是本來的世職，我們本家襲了，有什麼喜報？」那些人說道：「那世職的榮耀，比任什麼還難得！你們大老爺鬧掉了，想要這個，再不能的了。如今的聖人在位，赦過宥罪，還賞給二老爺襲了，這是千載難逢的，怎麼不給喜錢？」正鬧著，賈政回家，門上回了，雖則喜歡，究竟是哥哥犯事所致，反覺感極涕零，趕著進內告訴賈母。王夫人正恐賈母傷心，過來安慰，聽得世職復還，自是歡喜。又見賈政進來，賈母拉了，說些勤黽報恩的話。獨有邢夫人尤氏心下悲苦，只不好露出來。

且說外面這些趨炎奉勢的親戚朋友，先前賈宅有事，都遠避不來；今見賈政襲職，知聖眷尚好，大家都來賀喜。那知賈政純厚性成，因他襲哥哥的職，心內反生煩惱，只知感激天恩。於第二日進內謝恩，到底將賞還府第園子，備摺奏請入官。內廷降旨不必，賈政纔得放心回家，以後循分供職。

但是家計蕭條，入不敷出。賈政又不能在外應酬。家人們見賈政忠厚，鳳姐抱病不能理家，賈璉的虧缺一日重似一日，難免典房賣地。府內家人，幾個有錢的，怕賈璉纏擾，都裝窮躲事，甚至告假不來，各自另尋門路。獨有一個包勇，雖是新投到此，恰遇榮府壞事，他倒有些真心辦事，見那些人欺瞞主子，便時常不忿。奈他是個新來乍到的人，一句話也插不上，他便生氣，每天吃了就睡。眾人嫌他不肯隨和，便在賈政前說他終日貪杯生事，並不當差。賈政道：「隨他去罷。原是甄府薦來，不好意思。橫豎家內添這一人吃飯，雖說是窮，也不在他一人身上。」並不叫來驅逐。眾人又在賈璉跟前說他怎麼樣不好，賈璉此時也不敢自作威福，只得由他。

忽一日，包勇耐不過，吃了幾杯酒，在榮府街上閒逛，見有兩個人說話。那人說道：「你瞧，這麼個大府，前兒抄了家，不知如今怎麼樣了？」那人道：「他家怎麼能敗？聽見說，裏頭有位娘娘是他家的姑娘，雖是死了，到底有根基的。況且我常見他們來往的都是王公侯伯，那裏沒有照應？便是現在的府尹，前任的兵部，是他們的一家。難道有這些人還護庇不來麼？」那人道：「你白住在這裏！別人猶可，獨是那個賈大人更了不得！我常見他在兩府來往，前兒御史雖參了，主子還叫府尹查明實跡再辦。你道他怎麼樣？他本沾過兩府的好處，怕人說他回護一家，他便狠狠的踢了一腳，所以兩府裏纔到底抄了。你道如今的世情還了得嗎！」兩人無心說閒話，豈知旁邊有人跟著聽得明白。包勇心下暗想：「天下有這樣負恩的人！但不知是我老爺的什麼人？我若見了他，便打他一個死，鬧出事來，我承當去！」那包勇正在酒後胡思亂想，忽聽那邊喝道而來。包勇遠遠站著，只見那兩人輕輕的說道：「這來的就是那個賈大人了。」包勇聽了，心裏懷恨，趁了酒興，便大聲的道：「沒良心的男女！怎麼忘了我們賈家的恩了？」雨村在轎內聽得一個「賈」字，便留神觀看，見是一個醉漢，便不理會，過去了。

那包勇醉著，不知好歹，便得意洋洋回到府中，問起同伴，知是方纔見的那位大人是這府裏提拔起來的，「他不念舊恩，反來踢弄咱們家裏，見了他罵他幾句，他竟不敢答言。」那榮府的人本嫌包勇，只是主人不計較他，如今他又在外闖禍，不得不回，趁著賈政無事，便將包勇喝酒鬧事的話回了。賈政此時正怕風波，聽得家人回稟，便一時生氣，叫進包勇罵了幾句，便派去看園，不許他在外行走。那包勇本是直爽的脾氣，投了主子，他便赤心護主，豈知賈政反倒責罵他。他也不敢再辯，只得收拾行李，往園中看守澆灌去了。未知後事如何，下回分解。

卷一百八　強歡笑蘅蕪慶生辰　死纏綿瀟湘聞鬼哭

卻說賈政先前曾將房產並大觀園奏請入官，內廷不收，又無人居住，只好封鎖。因園子接連尤氏惜春住宅，太覺曠闊無人，遂將包勇罰看荒園。此時賈政理家，又奉了賈母之命，將人口漸次減少，諸凡省儉，尚且不能支持。幸喜鳳姐為賈母痛惜，王夫人等雖則不大喜歡，若說治家辦事，尚能出力，所以將內事仍交鳳姐辦理。但近來因被抄以後，諸事運用不來，也是每形拮据。那些房頭上下人等，原是寬裕慣的，如今較之往日十去其七，怎能周到？不免怨言不絕。鳳姐也不敢推辭，扶病承歡賈母。過了些時，賈赦賈珍各到當差地方，恃有用度，暫且自安。寫書回家，都言安逸，家中不必掛念。於是賈母放心，邢夫人尤氏也略略寬懷。

一日，史湘雲出嫁回門，來賈母這邊請安。賈母提起他女婿甚好，史湘雲也將那裏過日平安的話說了，請老太太放心。又提起黛玉去世，不免大家落淚。賈母又想起迎春苦楚，越覺悲傷起來。史湘雲解勸一回，又到各家請安問好畢，仍到賈母房中安歇。言及薛家這樣人家，被薛大哥鬧得家破人亡，今年雖是緩決人犯，明年不知可能減等。賈母道：「你還不知道呢，昨兒蟠兒媳婦死得不明白，幾乎又鬧出一場事來。還幸虧老佛爺有眼，叫他帶來的丫頭自己供出來了，那夏奶奶纔沒的鬧了，自家攔住相驗，你姨媽這裏纔將裏肉的打發出去了。你說說，真真是『六親同運』。薛家是這樣了，姨太太守著薛蝌過日。為這孩子有良心，他說哥哥在監裏尚未結局，不肯娶親。你邢妹妹在大太太那邊，也就很苦。琴姑娘為他公公死了尚未滿服，梅家尚未娶去。二太太的娘家舅太爺一死，鳳丫頭的哥哥也不成人；那二舅太爺也是個小氣的，又是官項不清，也是打饑荒。甄家自從抄家以後，別無信息。」湘雲道：「三姐姐去了，曾有書字回來麼？」賈母道：「自從嫁了去，二老爺回來說，你三姐姐在海疆甚好。只是沒有書信，我也日夜惦記。為著我們家連連的出些不好事，所以我也顧不來。如今四丫頭也沒有給他提親。環兒呢，誰有功夫提起他來？如今我們家的日子比你從前在這裏的時候更苦些。只可憐你寶姐姐，自過了門，沒過一天安逸日子。你二哥哥還是這樣瘋瘋癲癲，這怎麼處呢？」湘雲道：「我從小兒在這裏長大的，這裏那些人的脾氣，我都知道的。這一回來了，竟都改了樣子了。我打量我隔了好些時沒來，他們生疏我；我細想起來，竟不是的。就是見了我，瞧他們的意思，原要像先前一樣的熱鬧，不知道怎麼說說就傷心起來了，我所以坐坐就到老太太這裏來了。」賈母道：「如今這樣日子，在我也罷了；你們年輕輕兒的人，還了得！我正要想個法兒，叫他們還熱鬧一天纔好，只是打不起這個精神來。」湘雲道：「我想起來了，寶姐姐不是後日的生日嗎？我多住一天，給他拜過壽，大家熱鬧一天。不知老太太怎麼樣？」賈母道：「我真正氣糊塗了。你不提，我竟忘了。後日可不是他的生日，我明日拿出錢來，給他辦個生日。他沒有定親的時候，倒做過好幾次，如今他過了門，倒沒有做。寶玉這孩子，頭裏很伶俐，很淘氣；如今為著家裏的事不好，把這孩子越發弄得話都沒有了。倒是珠兒媳婦還好。他有的時候是這麼著，沒的時候他也是這麼著，帶著蘭兒靜靜兒的過日子，倒難為他。」湘雲道：「別人還不離，獨有璉二嫂子，連模樣兒都改了，說話也不伶俐了。明日等我來引逗他們，看他們怎麼樣。但是他們嘴裏不說，心裏要抱怨我，說我有了……」湘雲說到那裏，卻把臉飛紅了。賈母會意道：「這怕什麼？原來姊妹們都是在一處樂慣了的，說說笑笑，再別留這些心。大凡一個人，有也罷，沒也罷，總要受得富貴、耐得貧賤纔好。你寶姐姐生來是個大方的人。頭裏他家這樣好，他也一點兒不驕傲；後來他家壞了事，他也是舒舒坦坦的。如今在我家裏，寶玉待他好，他也是那樣安頓；一時待他不好，不見他有什麼煩惱。我看這孩子倒是個有福氣的。你林姐姐，那是個最小性兒，又多心的，所以到底不長命。鳳丫頭也見過些事，很不該略見些風波就改了樣子。他若這樣沒見識，也就是小器了。後兒寶丫頭的生日，我替另拿出銀子來，熱熱鬧鬧給他做個生日，也叫他喜歡這一天。」湘雲答應道：「老太太說得很是。索性把那些姐妹們都請來了，大家敘一敘。」賈母道：「自然要請的。」一時高興道：「叫鴛鴦拿出一百銀子來，交給外頭，叫他明日起，預備兩天的酒飯。」鴛鴦領命，叫婆子交了出去。一宿無話。

次日，傳話出去，打發人去接迎春。又請了薛姨媽寶琴，叫帶了香菱來。又請李嬸娘，不多半日，李紋李綺都來了。寶釵本沒有知道，聽見老太太的丫頭來請，說：「薛姨太太來了，請二奶奶過去呢。」寶釵心裏喜歡，便是隨身衣服過去，要見他母親。只見他妹子寶琴並香菱都在這裏，又見李嬸娘等人也都來了。心想那些人必是知道我們家的事情完了，所以來問候的，便去問了李嬸娘好，見了賈母，然後與他母親說了幾句話，便與李家姐妹們問好。湘雲在旁說道：「太太們請都坐下，讓我們姐妹們給姐姐拜壽。」寶釵聽了，倒呆了一呆，回來一想，「可不是明日是我的生日嗎？」便說：「妹妹們過來瞧老太太是該的，若說為我的生日，是斷斷不敢的。」正推讓著，寶玉也來請薛姨媽李嬸娘的安。聽見寶釵自己推讓，他心裏本早打算過寶釵生日，因家中鬧得七顛八倒，也不敢在賈母處提起。今見湘雲等眾人要拜壽，便喜歡道：「明日纔是生日，我正要告訴老太太來。」湘雲笑道：「扯臊！老太太還等你告訴？你打諒這些人為什麼來，是老太太請的。」寶釵聽了，心下未信，只聽賈母和他母親道：「可憐寶丫頭做了一年新媳婦，家裏接二連三的有事，總沒有給他做過生日。今日我給他做個生日，請姨太太、太太們來，大家說說話兒。」薛姨媽道：「老太太這些時心裏纔安，他小人兒家，還沒有孝敬老太太，倒要老太太操心。」湘雲道：「老太太最疼的孫子是二哥哥，難道二嫂子就不疼了麼？況且寶姐姐也配老太太給他做生日。」寶釵低頭不語。寶玉心裏想道：「我只說史妹妹出了閣是換了一個人了，我所以不敢親近他，他也不來理我；如今聽他的話，原是和先前一樣的。為什麼我們那個過了門，更覺得靦腆了，話都說不出來了呢？」正想著，小丫頭進來說：「二姑奶奶回來了。」隨後李紈鳳姐都進來，大家廝見一番。

迎春提起他父親出門，說：「本要趕來見見，只是他攔著不許來，說是咱們家正是晦氣時候，不要沾染在身上。我扭不過，沒有來，直哭了兩三天。」鳳姐道：「今兒為什麼肯放你回來？」迎春道：「他又說咱們家二老爺又襲了職，還可以走走，不妨事的，所以纔放我來。」說著又哭起來。賈母道：「我原為氣得慌，今日接你們來給孫子媳婦過生日，說說笑笑，解個悶兒，你們又提起這些煩事來，又招起我的煩惱來了。」迎春等都不敢作聲了。

鳳姐雖勉強說了幾句有興的話，終不似先前爽利，招人發笑。賈母心裏要寶釵喜歡，故意的慪鳳姐兒說話。鳳姐也知賈母之意，便竭力張羅，說道：「今兒老太太喜歡些了。你看這些人好幾時沒有聚在一處，今兒齊全。」說著，回過頭去，看見婆婆、尤氏不在這裏，又縮住了口。賈母為著「齊全」兩字，也想邢夫人等，叫人請去。邢夫人、尤氏、惜春等聽見老太太叫，不敢不來，心內也十分不願意，想著家業零敗，偏又高興給寶釵做生日，到底老太太偏心，便來了也是無精打采的。賈母問起岫煙來，邢夫人假說病著不來。賈母會意，知薛姨媽在這裏有些不便，也不提了。

一時，擺下果酒。賈母說：「也不送到外頭，今日只許咱們娘兒們樂一樂。」寶玉雖然娶過親的人，因賈母疼愛，仍在裏頭打混，但不與湘雲寶琴等同席，便在賈母身旁設著一個坐兒，他替寶釵輪流敬酒。賈母道：「如今且坐下，大家喝酒。到挨晚兒再到各處行禮去。若如今行起來了，大家又鬧規矩，把我的興頭打回去，就沒趣了。」寶釵便依言坐下。賈母又叫眾人來道：「咱們今兒索性灑脱些，各留一兩個人伺候。我叫鴛鴦帶了彩雲、鶯兒、襲人、平兒等在後間去也喝一鍾酒。」鴛鴦等說：「我們還沒有給二奶奶磕頭，怎麼就好喝酒去呢？」賈母道：「我說了，你們只管去。用的著你們再來。」鴛鴦等去了。

這裏賈母纔讓薛姨媽等喝酒。見他們都不是往常的樣子，賈母著急道：「你們到底是怎麼著？大家高興些纔好。」湘雲道：「我們又吃又喝，還要怎樣？」鳳姐道：「他們小的時候兒都高興，如今礙著臉不敢混說，所以老太太瞧著冷淨了。」寶玉輕輕的告訴賈母道：「話是沒有什麼說的，再說就說到不好的上頭來了。不如老太太出個主意，叫他們行個令兒罷。」賈母側著耳朵聽了，笑道：「若是行令，又得叫鴛鴦去。」寶玉聽了，不待再說，就出席到後間去找鴛鴦，說：「老太太要行令，叫姐姐去呢。」鴛鴦道：「小爺，讓我們舒舒服服的喝一鍾罷。何苦來，又來攪什麼？」寶玉道：「當真老太太說的，叫你去呢。與我什麼相干？」鴛鴦沒法，說道：「你們只管喝，我去了就來。」便到賈母那邊。

老太太道：「你來了，不是要行令嗎！」鴛鴦道：「聽見寶二爺說老太太叫我，敢不來嗎？不知老太太要行什麼令兒？」賈母道：「那文的怪悶得慌，武的又不好，你倒是想個新鮮玩意兒纔好。」鴛鴦想了想道：「如今姨太太有了年紀，不肯費心，倒不如拿出令盆骰子來，大家擲個曲牌名兒賭輸贏酒罷。」賈母道：「這也使得。」便命人取骰盆放在桌上。鴛鴦說：「如今用四個骰子擲去，擲不出名兒來的罰一杯；擲出名兒來，每人喝酒的杯數兒，擲出來再定。」眾人聽了道：「這是容易的，我們都隨著。」鴛鴦便打點兒，眾人叫鴛鴦喝了一杯，就在他身上數起，恰是薛姨媽先擲。薛姨媽便擲了一下，卻是四個「么」。鴛鴦道：「這是有名的，叫作『商山四皓』。有年紀的喝一杯。」於是賈母、李嬸娘、邢、王兩夫人都該喝。賈母舉酒要喝，鴛鴦道：「這是姨太太擲的，還該姨太太說個曲牌名兒，下家兒接一句《千家詩》。說不出的罰一杯。」薛姨媽道：「你又來算計我了，我那裏說得上來？」賈母道：「不說到底寂寞，還是說一句的好。下家兒就是我了，若說不出來，我陪姨太太喝一鍾就是了。」薛姨媽便道：「我說個『臨老入花叢』。」賈母點點頭兒道：「『將謂偷閒學少年』。」

說完，骰盆過到李紋，便擲了兩個「四」，兩個「二」。鴛鴦說：「也有名了，這叫作『劉阮入天臺』。」李紋便接著說了個「二士入桃源」。下手兒便是李紈，說道：「『尋得桃源好避秦』。」大家又喝了一口。

骰盆又過到賈母跟前，便擲了兩個「二」，兩個「三」。賈母道：「這要喝酒了。」

鴛鴦道：「有名兒的，這是『江燕引雛』。眾人都該喝一杯。」鳳姐道：「雛是雛，倒飛了好些了。」眾人瞅了他一眼，鳳姐便不言語。賈母道：「我說什麼呢？『公領孫』罷。」下手是李綺，便說道：「『閒看兒童捉柳花』。」眾人都說好。

寶玉巴不得要說，只是令盆輪不到，正想著，恰好到了跟前，便擲了一個「二」，兩個「三」，一個「么」，便說道：「這是什麼？」鴛鴦笑道：「這是個『臭』！先喝一杯再擲罷。」寶玉只得喝了又擲。這一擲擲了兩個「三」，兩個「四」。鴛鴦道：「有了，這叫作『張敞畫眉』。」寶玉明白打趣他。寶釵的臉也飛紅了。鳳姐不大懂得，還說：「二兄弟快說了，再找下家兒是誰。」寶玉明知難說，自認：「罰了罷。我也沒下家。」

過了令盆，輪到李紈，便擲了一下兒。鴛鴦道：「大奶奶擲的是『十二金釵』。」寶玉聽了，趕到李紈身旁看時，只見紅綠對開，便說：「這一個好看得很！」忽然想起「十二釵」的夢來，便呆呆的退到自己座上，心裏想：「這『十二釵』說是金陵的，怎麼我家這些人，如今七大八小的就剩了這幾個？」復又看看湘雲寶釵，雖說都在，只是不見了黛玉。一時按捺不住，眼淚便要下來，恐人看見，便說身上燥得很，脫脫衣服去，掛了籌，出席去了。這史湘雲看見寶玉這般光景，打諒寶玉擲不出好的，被別人擲了去，心裏不喜歡，便去了；又嫌那個令兒沒趣，便有些煩。只見李紈道：「我不說了。席間的人也不齊，不如罰我一杯。」賈母道：「這個令兒也不熱鬧，不如蠲了罷。讓鴛鴦擲一下，看擲出個什麼來。」

小丫頭便把令盆放在鴛鴦跟前。鴛鴦依命，便擲了兩個「二」，一個「五」，那一個骰子在盆中只管轉。鴛鴦叫道：「不要『五』！」那骰子單單轉出一個「五」來。

鴛鴦道：「了不得！我輸了。」賈母道：「這是不算什麼的嗎？」鴛鴦道：「名兒倒有，只是我說不上曲牌名來。」賈母道：「你說名兒，我給你謅。」鴛鴦道：「這是『浪掃浮萍』。」賈母道：「這也不難，我替你說個『秋魚入菱窠』。」鴛鴦下手的就是湘雲，便道：「『白萍吟盡楚江秋』。」眾人都道：「這句很確。」

賈母道：「這令完了，咱們喝兩杯，吃飯罷。」回頭一看，見寶玉還沒進來，便問道：「寶玉那裏去了？還不來。」鴛鴦道：「換衣服去了。」賈母道：「誰跟了去的？」那鶯兒便上來回道：「我看見二爺出去，我叫襲人姐姐跟了去了。」賈母王夫人纔放心。等了一回，王夫人叫人去找來。小丫頭子到了新房，只見五兒在那裏插蠟。小丫頭便問：「寶二爺那裏去了？」五兒道：「在老太太那邊喝酒呢。」小丫頭道：「我在老太太那裏，太太叫我來找的，豈有在那裏倒叫我來找的理？」五兒道：「這就不知道了，你到別處找去罷。」小丫頭沒法，只得回來，遇見秋紋，問道：「你見二爺那裏去了？」秋紋道：「我也找他，太太們等他吃飯。這會子那裏去了呢？你快去回老太太去，不必說不在家，只說喝了酒不大受用，不吃飯了，略躺一躺再來，請老太太、太太們吃飯罷。」小丫頭依言回去，告訴珍珠，珍珠依言回了賈母。賈母道：「他本來吃不多，不吃也罷了，叫他歇歇罷。告訴他今兒不必過來，有他媳婦在這裏。」珍珠便向小丫頭道：「你聽見了？」小丫頭答應著，不便說明，只得在別處轉了一轉，說：「告訴了。」眾人也不理會，便吃畢飯，大家散坐說話，不提。

且說寶玉一時傷心，走了出來，正無主意，只見襲人趕來，問是怎麼了。寶玉道：「不怎麼，只是心裏煩得慌。要不趁他們喝酒，咱們兩個到珍大奶奶那裏逛逛去。」襲人道：「珍大奶奶在這裏，去找誰？」寶玉道：「不找誰，瞧瞧他既在這裏，住的房屋怎麼樣。」襲人只得跟著，一面走，一面說。走到尤氏那邊，又一個小門兒半開半掩，寶玉也不進去。只見看園門的兩個婆子坐在門檻上說話兒，寶玉問道：「這小門開著麼？」婆子道：「天天是不開的。今兒有人出來說，今日預備老太太要用園裏的果子，故開著門等著。」

寶玉便慢慢的走到那邊，果見腰門半開。寶玉便走了進去，襲人忙拉住道：「不用去。園裏不乾淨，常沒有人去，不要再撞見什麼。」寶玉仗著酒氣，說：「我不怕那些！」襲人苦苦的拉住，不容他去。婆子們上來說道：「如今這園子安靜的了。自從那日道士拿了妖去，我們摘花兒，打果子，一個人常走的。二爺要去，咱們都跟著。有這些人，怕什麼！」寶玉喜歡。襲人也不便相強，只得跟著。

寶玉進得園來，只見滿目淒涼。那些花木枯萎，更有幾處亭館，彩色久經剝落。還遠遠望見一叢修竹，倒還茂盛。寶玉一想，說：「我自病時出園，住在後邊，一連幾個月不准我到這裏，瞬息荒涼。你看獨有那幾竿翠竹菁蔥，這不是瀟湘館麼？」襲人道：「你幾個月沒來，連方向都忘了。咱們只管說話，不覺將怡紅院走過了。」回過頭來用手指著道：「這纔是瀟湘館呢。」寶玉順著襲人的手一瞧，道：「可不是過了嗎？咱們回去瞧瞧。」襲人道：「天晚了，老太太必是等著吃飯，該回去了。」寶玉不言，找著舊路，竟往前走。你道寶玉雖離了大觀園將及一載，豈遂忘了路徑？只因襲人恐他見了瀟湘館，想起黛玉，又要傷心，所以用言混過。豈知寶玉只望裏走，天又晚，恐招了邪氣，故寶玉問他，只說已走過了，欲寶玉不去，不料寶玉的心惟在瀟湘館內。

襲人見他往前急走，只得趕上。見寶玉站著，似有所見，如有所聞，便道：「你聽什麼？」寶玉道：「瀟湘館倒有人住著麼？」襲人道：「大約沒有人罷。」寶玉道：「我明明聽見有人在內啼哭，怎麼沒有人？」襲人道：「你是疑心。素常你到這裏，常聽見林姑娘傷心，所以如今還是那樣。」寶玉不信，還要聽去。婆子們趕上說道：「二爺快回去罷，天已晚了。別處我們還敢走走；只是這裏路又隱僻，又聽得人說，這裏林姑娘死後，常聽見有哭聲，所以人都不敢走的。」寶玉襲人聽說，都吃了一驚。寶玉道：「可不是。」說著，便滴下淚來，說：「林妹妹，林妹妹！好好兒的，是我害了你了！你別怨我，只是父母做主，並不是我負心。」愈說愈痛，便大哭起來。襲人正在沒法，只見秋紋帶著些人趕來，對襲人道：「你好大膽！怎麼領了二爺到這裏來？老太太、太太他們打發人各處都找到了，剛纔腰門上有人說是你同二爺到這裏來了，唬得老太太、太太們了不得，罵著我，叫我帶人趕來。還不快回去麼！」寶玉猶自痛哭，襲人也不顧他哭，兩個人拉著就走，一面替他拭眼淚，告訴他老太太著急。寶玉沒法，只得回來。

襲人知老太太不放心，將寶玉仍送到賈母那邊，眾人都等著未散。賈母便說：「襲人，我素常知你明白，纔把寶玉交給你，怎麼今兒帶他園裏去？他的病纔好，倘或撞著什麼，又鬧起來，這便怎麼處？」襲人也不敢分辨，只得低頭不語。寶釵看寶玉顏色不好，心裏著實的吃驚。倒還是寶玉恐襲人受委屈，說道：「青天白日怕什麼？我因為好些時沒到園裏逛逛，今兒趁著酒興走走，那裏就撞著什麼了呢！」鳳姐在園裏吃過大虧的，聽到那裏，寒毛直豎，說：「寶兄弟膽子忒大了。」湘雲道：「不是膽大，倒是心實。不知是會芙蓉神去了，還是尋什麼仙去了。」寶玉聽著，也不答言。獨有王夫人急得一言不發。賈母問道：「你到園裏可曾唬著麼？這回不用說了。

以後要逛，到底多帶幾個人纔好。不然大家早散了。回去好好的睡一夜，明日一早過來，我還要找補，叫你們再樂一天呢。不要為他又鬧出什麼原故來。」

眾人聽說，辭了賈母出來。薛姨媽便到王夫人那裏住下，史湘雲仍在賈母房中，迎春便往惜春那裏去了。餘者各自回去不提。獨有寶玉回到房中，噯聲歎氣。寶釵明知其故，也不理他，只是怕他憂悶，勾出舊病來，便進裏間，叫襲人來，細問他寶玉到園怎麼樣的光景。未知襲人怎生回說，下回分解。

卷一百九　候芳魂五兒承錯愛　還孽債迎女返真元

話說寶釵叫襲人問出原故，恐寶玉悲傷成疾，便將黛玉臨死的話與襲人假作閒談，說是：「人生在世，有意有情，到了死後，各自幹各自的去了，並不是生前那樣個人死後還是這樣。活人雖有癡心，死的竟不知道。況且林姑娘既說仙去，他看凡人是個不堪的濁物，那裏還肯混在世上？只是人自己疑心，所以招出些邪魔外祟來纏擾了。」寶釵雖是與襲人說話，原說給寶玉聽的。襲人會意，也說是：「沒有的事。若說林姑娘的魂靈兒還在園裏，我們也算好的，怎麼不曾夢見了一次？」

寶玉在外間聽得，細細的想道：「果然也奇。我知道林妹妹死了，那一日不想幾遍，怎麼從沒夢過？想是他到天上去了，瞧我這凡夫俗子，不能交通神明，所以夢都沒有一個兒。我就在外間睡著，或者我從園裏回來，他知道我的實心，肯與我夢裏一見。我必要問他實在那裏去了，我也時常祭奠。若是果然不理我這濁物，竟無一夢，我便不想他了。」主意已定，便說：「我今夜就在外間睡了，你們也不用管我。」寶釵也不強他，只說：「你不用胡思亂想。你不瞧瞧，太太因你園裏去了，急得話都說不出來。若是知道還不保養身子，倘或老太太知道了，又說我們不用心。」寶玉道：「白這麼說罷咧，我坐一會子就進來。你也乏了，先睡罷。」寶釵知他必進來的，假意說道：「我睡了，叫襲姑娘伺候你罷。」

寶玉聽了，正合機宜。等寶釵睡了，他便叫襲人麝月另鋪設下一副被褥，常叫人進來瞧二奶奶睡著了沒有。寶釵故意裝睡，也是一夜不寧。那寶玉知是寶釵睡著，便與襲人道：「你們各自睡罷，我又不傷感。你若不信，你就伏侍我睡了再進去，只要不驚動我就是了。」襲人果然伏侍他睡下，便預備下了茶水，關好了門，進裏間去照應一回，各自假寐，寶玉若有動靜，再出來。寶玉見襲人等進來，便將坐更的兩個婆子支到外頭。

他輕輕的坐起來，暗暗的祝了幾句，便睡下了，欲與神交。起初再睡不著，以後把心一靜，便睡去了，豈知一夜安眠。

直到天亮，寶玉醒來，拭眼，坐起來想了一回，並無有夢。便歎口氣道：「正是『悠悠生死別經年，魂魄不曾來入夢』！」寶釵卻一夜反沒有睡著，聽寶玉在外邊念這兩句，便接口道：「這句又說莽撞了。如若林妹妹在時，又該生氣了。」寶玉聽了，反不好意思，只得起來，搭訕著往裏間走來，說：「我原要進來的，不覺得一個盹兒就打著了。」寶釵道：「你進來不進來，與我什麼相干？」襲人等本沒有睡，眼見他們兩個說話，即忙倒上茶來。已見老太太那邊打發小丫頭來問：「寶二爺昨夜睡得安頓麼？若安頓，早早的同二奶奶梳洗了就過去。」襲人便說：「你去回老太太，說：『寶玉昨夜很安頓，回來就過來。』」小丫頭去了。

寶釵起來梳洗了，鶯兒襲人等跟著，先到賈母那裏行了禮，便到王夫人那邊起至鳳姐，都讓過了，仍到賈母處，見他母親也過來了。大家問起：「寶玉晚上好麼？」寶釵便說：「回去就睡了，沒有什麼。」眾人放心，又說些閒話。只見小丫頭進來，說：「二姑奶奶要回去了。聽見說，孫姑爺那邊人來，到大太太那裏說了些話，大太太叫人到四姑娘那邊說，不必留了，讓他去罷。如今二姑奶奶在大太太那邊哭呢，大約就過來辭老太太。」賈母眾人聽了，心中好不自在，都說：「二姑娘這樣一個人，為什麼命裏遭著這樣的人！一輩子不能出頭，這便怎麼好？」說著，迎春進來，淚痕滿面，因為是寶釵的好日子，只得含著淚，辭了眾人要回去。賈母知道他的苦處，也不便強留，只說道：「你回去也罷了，但是不要悲傷。碰著了這樣人，也是沒法兒的。過幾天我再打發人接你去。」迎春道：「老太太始終疼我，如今也疼不來了。可憐我只是沒有再來的時候兒了。」說著，眼淚直流。眾人都勸道：「這有什麼不能回來的？比不得你三妹妹，隔得遠，要見面就難了。」賈母等想起探春，不覺也大家落淚。只為是寶釵的生日，即轉悲為喜說：「這也不難。只要海疆平靜，那邊親家調進京來，就見得著了。」大家說：「可不是這麼著呢。」說著，迎春只得含悲而別。眾人送了出來，仍回賈母那裏，從早至暮，又鬧了一天。眾人見賈母勞乏，各自散了。

獨有薛姨媽辭了賈母，到寶釵那裏，說道：「你哥哥是今年過了，直要等到皇恩大赦的時候，減了等，纔好贖罪。這幾年叫我孤苦伶仃，怎麼處！我想要與你二哥哥完婚，你想想好不好？」寶釵道：「媽媽是為著大哥哥娶了親，唬怕的了，所以把二哥哥的事也猶豫起來。據我說，很該就辦。邢姑娘是媽媽知道的，如今在這裏也很苦。娶了去，雖說我家窮，究竟比他傍人門户好多著呢。」薛姨媽道：「你得便的時候，就去告訴老太太，說我家沒人，就要擇日子了。」寶釵道：「媽媽只管同二哥哥商量，挑個好日子，過來和老太太、大太太說了，娶過去，就完了一宗事。這裏大太太也巴不得娶了去纔好。」薛姨媽道：「今日聽見史姑娘也就回去了，老太太心裏要留你妹妹在這裏住幾天，所以他住下了。我想他也是不定多早晚就走的人了，你們姊妹們也多敍幾天話兒。」寶釵道：「正是呢。」於是薛姨媽又坐了一坐，出來辭了眾人，回去了。

卻說寶玉晚間歸房，因想：「昨夜黛玉竟不入夢，或者他已經成仙，所以不肯來見我這種濁人，也是有的；不然，就是我的性兒太急了，也未可知。」便想了個主意，向寶釵說道：「我昨夜偶然在外間睡著，似乎比在屋裏睡得安穩些，今日起來，心裏也覺清淨些。我的意思，還要在外間睡兩夜，只怕你們又來攔我。」寶釵聽了，明知早晨他嘴裏念詩是為著黛玉的事了，想來他那個呆性是不能勸的，倒好叫他睡兩夜，索性自己死了心也罷了，況兼昨夜聽他睡得倒也安靜，便道：「好沒來由。你只管睡去，我們攔你做什麼？但只不要胡思亂想的招出些邪魔外祟來。」寶玉笑道：「誰想什麼？」襲人道：「依我勸，二爺竟還是屋裏睡罷。外邊一時照應不到，著了風，倒不好。」寶玉未及答言，寶釵卻向襲人使了個眼色。襲人會意，便道：「也罷，叫個人跟著你罷，夜裏好倒茶倒水的。」寶玉便笑道：「這麼說，你就跟了我來。」襲人聽了，倒沒意思起來，登時飛紅了臉，一聲也不言語。寶釵素知襲人穩重，便說道：「他是跟慣了我的，還叫他跟著我罷。叫麝月五兒照料著也罷了。況且今日他跟著我鬧了一天，也乏了，該叫他歇歇了。」寶玉只得笑著出來。

寶釵因命麝月五兒給寶玉仍在外間鋪設了，又囑咐兩個人：「醒睡些，要茶要水，都留點神兒。」兩個答應著。出來看見寶玉端然坐在牀上，閉目合掌，居然像個和尚一般，兩個也不敢言語，只管瞅著他笑。寶釵又命襲人出來照應。襲人看見這般，卻也好笑，便輕輕的叫道：「該睡了。怎麼又打起坐來了？」寶玉睜開眼看見襲人，便道：「你們只管睡罷，我坐一坐就睡。」襲人道：「因為你昨日那個光景，鬧得二奶奶一夜沒睡。你再這麼著，成何事體？」寶玉料著自己不睡，都不肯睡，便收拾睡下。襲人又囑咐了麝月等幾句，纔進去關門睡了。

這裏麝月五兒兩個人也收拾了被褥，伺候寶玉睡著，各自歇下。那知寶玉要睡越睡不著，見他兩個人在那裏打鋪，忽然想起那年襲人不在家時，晴雯麝月兩個人服事，夜間麝月出去，晴雯要唬他，因為沒穿衣服，著了涼，後來還是從這個病上死的。想到這裏，一心移在晴雯身上去了。忽又想起鳳姐說五兒給晴雯脫了個影兒，因又將想晴雯的心腸移在五兒身上。自己假裝睡著，偷偷的看那五兒，越瞧越像晴雯，不覺呆性復發。聽了聽裏間已無聲息，知是睡了；卻見麝月睡著了，便故意叫了麝月兩聲，卻不答應。五兒聽見寶玉喚人，便問道：「二爺要什麼？」寶玉道：「我要漱漱口。」五兒見麝月已睡，只得起來，重新剪了蠟花，倒了一鍾茶來，一手托著漱盂。卻因趕忙起來的，身上只穿著一件桃紅綾子小襖兒，鬆鬆的挽著一個纂兒。寶玉看時，居然晴雯復生。忽又想起晴雯說的「早知擔個虛名，也就打個正經主意了」，不覺呆呆的呆看，也不接茶。

那五兒自從芳官去後，也無心進來了。後來聽得鳳姐叫他進來伏侍寶玉，竟比寶玉盼他進來的心還急。不想進來以後，見寶釵襲人一般尊貴穩重，看著心裏實在敬慕；又見寶玉瘋瘋傻傻，不似先前丰致；又聽見王夫人為女孩子們和寶玉玩笑都攆了：所以把這件事擱在心上，倒無一毫的兒女私情了。怎奈這位呆爺今晚把他當作晴雯，只管愛惜起來。那五兒早已羞得兩頰紅潮，又不敢大聲說話，只得輕輕的說道：「二爺，漱口啊。」寶玉笑著接了茶在手中，也不知道漱了沒有，便笑嘻嘻的問：「你和晴雯姐姐好不是啊？」五兒聽了，摸不著頭腦，便道：「都是姐妹，也沒有什麼不好的。」寶玉又悄悄的問道：「晴雯病重了，我看他去，不是你也去了麼？」五兒微微笑著點頭兒。寶玉道：「你聽見他說什麼了沒有？」五兒搖著頭兒道：「沒有。」

寶玉已經忘神，便把五兒的手一拉。五兒急得紅了臉，心裏亂跳，便悄悄說道：「二爺，有什麼話只管說，別拉拉扯扯的。」寶玉纔放了手，說道：「他和我說來著：『早知擔了個虛名，也就打正經主意了。』你怎麼沒聽見麼？」五兒聽了這話明明是輕薄自己的意思，又不敢怎麼樣，便說道：「那是他自己沒臉。這也是我們女孩兒家說得的嗎？」寶玉著急道：「你怎麼也是這個道學先生！我看你長得和他一模一樣，我纔肯和你說這個話，你怎麼倒拿這些話糟蹋他？」

此時五兒心中也不知寶玉是怎麼個意思，便說道：「夜深了，二爺也睡罷，別緊著坐著，看涼著。剛纔奶奶和襲人姐姐怎麼囑咐了？」寶玉道：「我不涼。」說到這裏，忽然想起五兒沒穿著大衣服，就怕他也像晴雯著了涼，便說道：「你為什麼不穿上衣服就過來？」五兒道：「爺叫得緊，那裏有儘著穿衣裳的空兒？要知道說這半天話兒時，我也穿上了。」寶玉聽了，連忙把自己蓋的一件月白綾子綿襖兒揭起來遞給五兒，叫他披上。五兒只不肯接，說：「二爺蓋著罷，我不涼。我涼，我有我的衣裳。」說著，回到自己鋪邊，拉了一件長襖披上。又聽了聽，麝月睡得正濃，纔慢慢過來說：「二爺今晚不是要養神呢嗎？」寶玉笑道：「實告訴你罷，什麼是養神！我倒是要遇仙的意思。」五兒聽了，越發動了疑心，便問道：「遇什麼仙？」寶玉道：「你要知道，這話長著呢。你挨著我來坐下，我告訴你。」五兒紅了臉，笑道：「你在那裏躺著，我怎麼坐呢？」寶玉道：「這個何妨？那一年冷天，也是你麝月姐姐和你晴雯姐姐玩，我怕凍著他，還把他攬在被裏握著呢。這有什麼的！大凡一個人，總別酸文假醋的纔好。」五兒聽了，句句都是寶玉調戲之意，那知這位呆爺卻是實心實意的話兒。五兒此時走開不好，站著不好，坐下不好，倒沒了主意了。因微微的笑著道：「你別混說了。看人家聽見，這是什麼意思？怨不得人家說你專在女孩兒身上用工夫！你自己放著二奶奶和襲人姐姐，都是仙人兒似的，只愛和別人混纏。明兒再說這些話，我回了二奶奶，看你什麼臉見人。」

正說著，只聽外面「咕咚」一聲，把兩個人嚇了一跳。裏間寶釵咳嗽了一聲，寶玉聽見連忙努嘴兒，五兒也就忙忙的息了燈，悄悄的躺下了。原來寶釵襲人因昨夜不曾睡，又兼日間勞乏了一天，所以睡去，都不曾聽見他們說話，此時院中一響，早已驚醒，聽了聽，也無動靜。寶玉此時躺在牀上，心裏疑惑：「莫非林妹妹來了，聽見我和五兒說話，故意嚇我們的？」翻來覆去，胡思亂想，五更以後，纔朦朧睡去。

卻說五兒被寶玉鬼混了半夜，又兼寶釵咳嗽，自己懷著鬼胎，生怕寶釵聽見了，也是思前想後，一夜無眠。次日一早起來，見寶玉尚自昏昏睡著，便輕輕兒的收拾了屋子。那時麝月已醒，便道：「你怎麼這麼早起來了？你難道一夜沒睡嗎？」五兒聽這話又似麝月知道了的光景，便只是訕笑，也不答言。不一時，寶釵襲人也都起來。開了門，見寶玉尚睡，卻也納悶：「怎麼外邊兩夜睡得倒這般安穩？」

及寶玉醒來，見眾人都起來了，自己連忙爬起，揉著眼睛，細想昨夜又不曾夢見，可是「仙凡路隔」了。慢慢的下了牀，又想昨夜五兒說的「寶釵襲人都是天仙一般」，這話卻也不錯，便怔怔的瞅著寶釵。寶釵見他發怔，雖知他為黛玉之事，卻也定不得夢不夢，只是瞅得自己倒不好意思，便道：「二爺昨夜可真遇見仙了麼？」寶玉聽了，只道昨晚的話寶釵聽見了，笑著勉強說道：「這是那裏的話？」那五兒聽了這一句，越發心虛起來，又不好說的，只得且看寶釵的光景。只見寶釵又笑著問五兒道：「你聽見二爺睡夢中和人說話來著麼？」寶玉聽了，自己坐不住，搭訕著走開了。五兒把臉飛紅，只得含糊道：「前半夜倒說了幾句，我也沒聽真。什麼『擔了虛名』，又什麼『沒打正經主意』，我也不懂，勸著二爺睡了。後來我也睡了，不知二爺還說來著沒有。」寶釵低頭一想：「這話明是為黛玉了。但儘著叫他在外頭，恐怕心邪了，招出些花妖月姊來。況兼他的舊病，原在姊妹上情重。只好設法將他的心意挪移過來，然後能免無事。」想到這裏，不免面紅耳熱起來，也就赸赸的進房梳洗去了。

且說賈母兩日高興，略吃多了些，這晚有些不受用；第二天，便覺著胸口飽悶。鴛鴦等要回賈政，賈母不叫言語，說：「我這兩日嘴饞些，吃多了點子。我餓一頓就好了，你們快別吵嚷。」於是鴛鴦等並沒有告訴人。

這日晚間，寶玉回到自己屋裏，見寶釵自賈母王夫人處纔請了晚安回來，寶玉想著早起之事，未免赧顏抱慚。寶釵看他這樣，也曉得是個沒意思的光景。因想著他是個癡情人，要治他的這病，少不得仍以癡情治之。想了一回，便問寶玉道：「你今夜還在外間睡去罷咧？」寶玉自覺沒趣，便道：「裏間外間都是一樣的。」寶釵意欲再說，反覺不好意思。襲人道：「罷呀，這倒是什麼道理呢？我不信睡得那麼安穩。」五兒聽見這話，連忙接口道：「二爺在外間睡，別的倒沒什麼，只是愛說夢話，叫人摸不著頭腦兒，又不敢駁他的回。」襲人便道：「我今日挪到牀上睡睡，看說夢話不說。你們只管把二爺的鋪蓋鋪在裏間就完了。」寶釵聽了，也不作聲。寶玉自己慚愧不來，那裏還有強嘴的分兒，便依著搬進裏間來。一則寶玉負愧，欲安慰寶釵之心；

二則寶釵恐寶玉思鬱成疾，不如假以詞色，使得稍覺親近，以為「移花接木」之計。於是當晚襲人果然挪出去。寶玉因心中愧悔，寶釵欲攏絡寶玉之心，自過門至今日，方纔如魚得水，恩愛纏綿。所謂「二五之精，妙合而凝」的了。此是後話。

且說次日寶玉寶釵同起，寶玉梳洗了，先過賈母這邊來。這裏賈母因疼寶玉，又想寶釵孝順，忽然想起一件東西，便叫鴛鴦開了箱子，取出祖上所遺一個漢玉玦，雖不及寶玉他那塊玉石，掛在身上卻也希罕。鴛鴦找出來遞與賈母，便說道：「這件東西，我好像從沒見的。老太太這些年還記得這樣清楚，說是那一箱什麼匣子裏裝著。我按著老太太的話一拿就拿出來了。老太太怎麼想著拿出來做什麼？」賈母道：「你那裏知道？這塊玉還是祖爺爺給我們老太爺，老太爺疼我，臨出嫁的時候叫了我去，親手遞給我的。還說：『這玉是漢時所佩的東西，很貴重，你拿著就像見了我的一樣。』我那時還小，拿了來，也不當什麼，便撩在箱子裏。到了這裏，我見咱們家的東西也多，這算得什麼！從沒帶過，一撩便撩了六十多年。今兒見寶玉這樣孝順，他又丟了一塊玉，故此，想著拿出來給他，也像是祖上給我的意思。」

一時，寶玉請了安。賈母便喜歡道：「你過來，我給你一件東西瞧瞧。」寶玉走到牀前，賈母便把那塊漢玉遞給寶玉。寶玉接來一瞧，那玉有三寸方圓，形似甜瓜，色有紅暈，甚是精緻。寶玉口口稱讚。賈母道：「你愛麼？這是我祖爺爺給我的，我傳了你罷。」寶玉笑著，請了個安謝了，又拿了要送給他母親瞧。賈母道：「你太太瞧了，告訴你老子，又說疼兒子不如疼孫子了。他們從沒見過。」寶玉笑著去了。寶釵等又說了幾句話，也辭了出來。

自此，賈母兩日不進飲食，胸口仍是結悶，覺得頭暈目眩，咳嗽。邢王二夫人、鳳姐等請安，見賈母精神尚好，不過叫人告訴賈政，立刻來請了安。賈政出來，即請大夫看脈。不多一時，大夫來診了脈，說是有年紀的人，停了些飲食，感冒些風寒，略消導發散些就好了。開了方子，賈政看了，知是尋常藥品，命人煎好進服。以後賈政早晚進來請安。一連三日，不見稍減。賈政又命賈璉打聽好大夫：「快去請來瞧老太太的病。咱們家常請的幾個大夫，我瞧著不怎麼好，所以叫你去。」賈璉想了一想，說道：「記得那年寶兄弟病的時候，倒是請了一個不行醫的來瞧好了的，如今不如找他。」賈政道：「醫道卻是極難的，愈是不興時的大夫倒有本領。你就打發人去找來罷。」賈璉即忙答應去了，回來說道：「這劉大夫新近出城教書去了，過十來天進城一次。這時等不得，又請了一位，也就來了。」賈政聽了，只得等著，不提。

且說賈母病時，合宅女眷無日不來請安。一日，眾人都在那裏，只見看園內腰門的老婆子進來回說：「園裏的櫳翠庵的妙師父知道老太太病了，特來請安。」眾人道：「他不常過來，今兒特地來，你們快請去來。」鳳姐走到牀前回賈母。岫煙是妙玉的舊相識，先走出去接他。只見妙玉頭帶妙常髻，身上穿一件月白素綢襖兒，外罩一件水田青緞鑲邊長背心，拴著秋香色的絲絛；腰下繫一條淡墨畫的白綾裙；手執麈尾念珠。跟著一個侍兒，飄飄拽拽的走來。岫煙見了問好，說是：「在園內住得日子，可以常來瞧瞧你；近來因為園內人少，一個人輕易難出來，況且咱們這裏的腰門常關著，所以這些日子不得見你。今兒幸會。」妙玉道：「頭裏你們是熱鬧場中，你們雖在外園裏住，我也不便常來親近；如今知道這裏的事情也不大好，又聽說是老太太病著，又惦記著你，並要瞧瞧寶姑娘。我那管你們的關不關，我要來就來；我不來，你們要我來也不能啊。」岫煙笑道：「你還是那種脾氣。」

一面說著，已到賈母房中。眾人見了，都問了好。妙玉走到賈母牀前問候，說了幾句套話。賈母便道：「你是個女菩薩，你瞧瞧我的病可好得了好不了？」妙玉道：「老太太這樣慈善的人，壽數正有呢。一時感冒，吃幾貼藥，想來也就好了。有年紀人，只要寬心些。」賈母道：「我倒不為這些，我是極愛尋快樂的。如今這病也不覺怎樣，只是胸膈悶飽。剛纔大夫說是氣惱所致。你是知道的，誰敢給我氣受？這不是那大夫脈理平常麼？我和璉兒說了，還是頭一個大夫說感冒傷食的是，明兒仍請他來。」說著，叫鴛鴦：「吩咐廚房裏辦一桌淨素菜來，請他在這裏便飯。」妙玉道：「我已吃過午飯了，我是不吃東西的。」王夫人道：「不吃也罷，咱們多坐一會，說些閒話兒罷。」妙玉道：「我久已不見你們，今兒來瞧瞧。」又說了一回話，便要走，回頭見惜春站著，便問道：「四姑娘為什麼這樣瘦？不要只管愛畫勞了心。」惜春道：「我久不畫了。如今住的房屋不比園裏的顯亮，所以沒興畫。」妙玉道：「你如今住在那一所了？」惜春道：「就是你纔來的那個門東邊的屋子，你要來，很近。」妙玉道：「我高興的時候來瞧你。」惜春等說著送了出去。回身過來，聽見丫頭們回說大夫在賈母那邊呢，眾人暫且散去。

那知賈母這病日重一日，延醫調治不效，以後又添腹瀉。賈政著急，知病難醫，即命人到衙門告假，日夜同王夫人親侍湯藥。一日，見賈母略進些飲食，心裏稍寬，只見老婆子在門外探頭。王夫人叫彩雲看去，問問是誰。彩雲看了是陪迎春到孫家去的人，便道：「你來做什麼？」婆子道：「我來了半日，這裏找不著一個姐姐們，我又不敢冒撞，我心裏又急。」彩雲道：「你急什麼？又是姑爺作踐姑娘不成麼？」婆子道：「姑娘不好了！前兒鬧了一場，姑娘哭了一夜，昨日痰堵住了。他們又不請大夫，今日更利害了。」彩雲道：「老太太病著呢，別大驚小怪的。」王夫人在內已聽見了，恐老太太聽見不受用，忙叫彩雲帶他外頭説去。豈知賈母病中心靜，偏偏聽見，便道：「迎丫頭要死了麼？」王夫人便道：「沒有。婆子們不知輕重，説是這兩日有些病，恐不能就好，到這裏問大夫。」賈母道：「瞧我的大夫就好，快請了去。」王夫人便叫彩雲：「叫這婆子去回大太太去。」那婆子去了。

這裏賈母便悲傷起來，説是：「我三個孫女兒：一個享盡了福死了；三丫頭遠嫁，不得見面；迎丫頭雖苦，或者熬出來，不打諒他年輕輕兒的就要死了。留著我這麼大年紀的人活著做什麼！」王夫人鴛鴦等解勸了好半天。那時寶釵李氏等不在房中，鳳姐近來有病。王夫人恐賈母生悲添病，便叫人叫了他們來陪著，自己回到房中，叫彩雲來埋怨：「這婆子不懂事！以後我在老太太那裏，你們有事，不用來回。」丫頭們依命不言。豈知那婆子剛到邢夫人那裏，外頭的人已傳進來，説：「二姑奶奶死了。」邢夫人聽了，也便哭了一場。現今他父親不在家中，只得叫賈璉快去瞧看。知賈母病重，眾人都不敢回。可憐一位如花似月之女，結縭年餘，不料被孫家揉搓，以致身亡，又值賈母病篤，眾人不便離開，竟容孫家草草完結。

賈母病勢日增，只想這些孫女兒。一時想起湘雲，便打發人去瞧他。回來的人悄悄的找鴛鴦，因鴛鴦在老太太身旁，王夫人等都在那裏，不便上去，到了後頭，找了琥珀，告訴他道：「老太太想史姑娘，叫我們去打聽。那裏知道史姑娘哭得了不得，説是姑爺得了暴病，大夫都瞧了，説這病只怕不能好，若是變了個癆病，還可挨過四五年。所以史姑娘心裏著急。又知道老太太病，只是不能過來請安。還叫我不要在老太太面前提起，倘或老太太問起來，務必託你們變個法兒回老太太纔好。」琥珀聽了，「咳」了一聲，就也不言語了，半日說道：「你去罷。」琥珀也不便回，心裏打算告訴鴛鴦叫他撒謊去，所以來到賈母牀前。只見賈母神色大變，地下站著一屋子的人，嘁嘁的說：「瞧著是不好了。」也不敢言語了。

這裏賈政悄悄的叫賈璉到身旁，向耳邊說了幾句話。賈璉輕輕的答應，出去了，便傳齊了現在家的一干家人，說：「老太太的事，待好出來了，你們快快分頭派人辦去。頭一件，先請出板來瞧瞧，好掛裏子。快到各處將各人的衣服量了尺寸，都開明了，便叫裁縫去做孝衣。那棚槓執事都去講定。廚房裏還該多派幾個人。」賴大等回道：「二爺，這些事不用爺費心，我們早打算好了，只是這項銀子在那裏打算？」賈璉道：「這種銀子不用算計了，老太太自己早留下了。剛纔老爺的主意，只要辦得好，我想外面也要好看。」賴大等答應，派人分頭辦去。

賈璉復回到自己房中，便問平兒：「你奶奶今兒怎麼樣？」平兒把嘴往裏一努，說：「你瞧去。」賈璉進內，見鳳姐正要穿衣，一時動不得，暫且靠在炕桌兒上。賈璉道：「你只怕養不住了，老太太的事，今兒明兒就要出來了，你還脫得過麼？快叫人將屋裏收拾收拾，就該扎掙上去了。若有了事，你我還能回來麼？」鳳姐道：「咱們這裏還有什麼收拾的？不過就是這點子東西，還怕什麼！你先去罷，看老爺叫你。我換件衣裳就來。」

賈璉先回到賈母房裏，向賈政悄悄的回道：「諸事已交派明白了。」賈政點頭。外面又報：「太醫進來了。」賈璉接入，診了一回，出來，悄悄的告訴賈璉：「老太太的脈氣不好，防著些。」賈璉會意，與王夫人等說知。王夫人即忙使眼色叫鴛鴦過來，叫他把老太太的裝裹衣服預備出來。鴛鴦自去料理。賈母睜眼要茶喝，邢夫人便進了一杯參湯。賈母剛用嘴接著喝，便道：「不要那個，倒一鍾茶來我喝。」眾人不敢違拗，即忙送上來。一口喝了，還要，又喝一口，便說：「我要坐起來。」賈政等道：「老太太要什麼，只管說，可以不必坐起來纔好。」賈母道：「我喝了口水，心裏好些，略靠著和你們說說話。」珍珠等用手輕輕的扶起，看見賈母這回精神好些。未知生死，下回分解。

卷一百十　史太君壽終歸地府　王鳳姐力詘失人心

卻說賈母坐起說道：「我到你們家已經六十多年了，從年輕的時候到老來，福也享盡了。自你們老爺起，兒子孫子也都算是好的了。就是寶玉呢，我疼了他一場……」說到那裏，拿眼滿地下瞅著。王夫人便推寶玉走到牀前。賈母從被窩裏伸出手來拉著寶玉，道：「我的兒，你要爭氣纔好！」寶玉嘴裏答應，心裏一酸，那眼淚便要流下來，又不敢哭，只得站著。聽賈母說道：「我想再見一個重孫子，我就安心了。我的蘭兒在那裏呢？」李紈也推賈蘭上去。賈母放了寶玉，拉著賈蘭，道：「你母親是要孝順的。將來你成了人，也叫你母親風光風光。鳳丫頭呢？」鳳姐本來站在賈母旁邊，趕忙走到眼前，說：「在這裏呢。」賈母道：「我的兒，你是太聰明了，將來修修福罷！我也沒有修什麼，不過心實吃虧。那些吃齋念佛的事我也不大幹，就是舊年叫人寫了些《金剛經》送送人，不知送完了沒有？」鳳姐道：「沒有呢。」賈母道：「早該施捨完了纔好。我們大老爺和珍兒是在外頭樂了；最可惡的是史丫頭沒良心，怎麼總不來瞧我。」鴛鴦等明知其故，都不言語。賈母又瞧了一瞧寶釵，歎了口氣，只見臉上發紅。賈政知是迴光返照，即忙進上參湯。賈母的牙關已經緊了，合了一回眼，又睜著滿屋裏瞧了一瞧。王夫人寶釵上去，輕輕扶著，邢夫人鳳姐等便忙穿衣。地下婆子們已將牀安設停當，鋪了被褥。聽見賈母喉間略一響動，臉變笑容，竟是去了。享年八十三歲。眾婆子疾忙停牀。

於是賈政等在外一邊跪著，邢夫人等在內一邊跪著，一齊舉起哀來。外面家人各樣預備齊全，只聽裏頭信兒一傳出來，從榮府大門起至內宅門，扇扇大開，一色淨白紙糊了；孝棚高起，大門前的牌樓立時豎起；上下人等登時成服。賈政報了丁憂，禮部奏聞。主上深仁厚澤，念及世代功勳，又係元妃祖母，賞銀一千兩，諭禮部主祭。家人們各處報喪。眾親友雖知賈家勢敗，今見聖恩隆重，都來探喪。擇了吉時成殮，停靈正寢。

賈赦不在家，賈政為長，寶玉、賈環、賈蘭是親孫，年紀又小，都應守靈。賈璉雖也是親孫，帶著賈蓉，尚可分派家人辦事。雖請了些男女外親來照應，內裏邢王二夫人、李紈、鳳姐、寶釵等是應靈旁哭泣的；尤氏雖可照應，他自賈珍外出，依住榮府，一向總不上前，且又榮府的事不甚諳練；賈蓉的媳婦更不必說了；惜春年小，雖在這裏長的，他於家事全不知道。所以內裏竟無一人支持，只有鳳姐可以照管裏頭的事，況又賈璉在外做主，裏外他二人，倒也相宜。鳳姐先前仗著自己的才幹，原打諒老太太死了，他大有一番作用。邢王二夫人等本知他曾辦過秦氏的事，必是妥當，於是仍叫鳳姐總理裏頭的事。鳳姐本不應辭，自然應了，心想：「這裏的事本是我管的。那些家人更是我手下的人。太太和珍大嫂子的人本來難使喚些，如今他們都去了。銀項雖沒有了對牌，這種銀子是現成的。外頭的事又是他辦著。雖說我現今身子不好，想來也不致落褒貶，必是比寧府裏還得辦些。」心下已定，且待明日接了三，後日一早便叫周瑞家的傳出話去，將花名冊取上來。鳳姐一一的瞧了，統共只有男僕二十一人，女僕只有十九人，餘者俱是些丫頭，連各房算上，也不過三十多人，難以點派差使。心裏想道：「這回老太太的事倒沒有東府裏的人多。」又將莊上的弄出幾個，也不敷差遣。

正在思算，只見一個小丫頭過來說：「鴛鴦姐姐請奶奶。」鳳姐只得過去，只見鴛鴦哭得淚人一般，一把拉著鳳姐兒，說道：「二奶奶請坐，我給二奶奶磕個頭。雖說服中不行禮，這個頭是要磕的。」鴛鴦說著跪下，慌得鳳姐趕忙拉住，說道：「這是什麼禮？有話好好的說。」鴛鴦跪著，鳳姐便拉起來。鴛鴦說道：「老太太的事，一應內外，都是二爺和二奶奶辦。這種銀子是老太太留下的。老太太這一輩子也沒有糟蹋過什麼銀錢，如今臨了這件大事，必得求二奶奶體體面面的辦一辦纔好！我方纔聽見老爺說什麼『詩云』『子曰』，我不懂；又說什麼『喪與其易，寧戚』，我聽了不明白。我問寶二奶奶，說是，老爺的意思：老太太的喪事，只要悲切纔是真孝，不必糜費，圖好看的念頭。我想老太太這樣一個人，怎麼不該體面些？我雖是奴才丫頭，敢說什麼？只是老太太疼二奶奶和我這一場，臨死了還不叫他風光風光？我想二奶奶是能辦大事的，故此我請二奶奶來，求作個主。我生是跟老太太的人，老太太死了，我也是跟老太太的，若是瞧不見老太太的事怎麼辦，將來怎麼見老太太呢？」

鳳姐聽了這話來的古怪，便說：「你放心，要體面是不難的。況且老爺雖說要省，那勢派也錯不得。便拿這項銀子都花在老太太身上，也是該當的。」鴛鴦道：「老太太的遺言說，所有剩下的東西是給我們的，二奶奶倘或用著不夠，只管拿這個去折變補上。就是老爺說什麼，我也不好違了老太太的遺言。那日老太太分派的時候，不是老爺在這裏聽見的麼？」鳳姐道：「你素來最明白的，怎麼這會子那樣的著急起來了？」鴛鴦道：「不是我著急，為的是大太太是不管事的，老爺是怕招搖的。若是二奶奶心裏也是老爺的想頭，說抄過家的人家，喪事還是這麼好，將來又要抄起來，也就不顧起老太太來，怎麼處？在我呢，是個丫頭，好歹礙不著，到底是這裏的聲名。」鳳姐道：「我知道了。你只管放心，有我呢。」鴛鴦千恩萬謝的託了鳳姐。

那鳳姐出來，想道：「鴛鴦這東西好古怪，不知打了什麼主意？論理，老太太身上本該體面些。嗳！不要管他，且按著咱們家先前的樣子辦去。」於是叫旺兒家的來，話傳出去，請二爺進來。不多時，賈璉進來，說道：「怎麼找我？你在裏頭照應著些就是了。橫豎做主是咱們二老爺，他說怎麼著，咱們就怎麼著。」鳳姐道：「你也說起這個話來了，可不是鴛鴦說的話應驗了麼？」賈璉道：「什麼鴛鴦的話？」鳳姐便將鴛鴦請進去的話述了一遍。賈璉道：「他們的話算什麼！纔剛二老爺叫我去，說：『老太太的事固要認真辦理，但是知道的呢，說是老太太自己結果自己；不知道的，只說咱們都隱匿起來了，如今很寬裕。老太太的這種銀子用不了，誰還要麼？仍舊該用在老太太身上。老太太是在南邊的，墳地雖有，陰宅卻沒有。老太太的柩是要歸到南邊去的。留這銀子在祖墳上蓋起些房屋來，再餘下的，置買幾頃祭田。咱們回去也好；就是不回去，也叫這些貧窮族中住著，也好按時按節早晚上香，時常祭掃祭掃。』你想這些話可不是正經主意？據你這個話，難道都花了罷？」鳳姐道：「銀子發出來了沒有？」賈璉道：「誰見過銀子！我聽見咱們太太聽見了二老爺的話，極力的攛掇二太太和二老爺說：『這是好主意。』叫我怎麼著？現在外頭棚槓上要支幾百銀子，這會子還沒有發出來。我要去，他們都說有，先叫外頭辦了，回來再算。你想，這些奴才們，有錢的早溜了。按著冊子叫去，有的說告病，有的說下莊子去了。走不動的有幾個，只有賺錢的能耐，還有賠錢的本事麼？」鳳姐聽了，呆了半天，說道：「這還辦什麼！」

正說著，見來了一個丫頭，說：「大太太的話，問二奶奶：今兒第三天了，裏頭還很亂，供了飯，還叫親戚們等著嗎？叫了半天，來了菜，短了飯，這是什麼辦事的道理？」鳳姐急忙進去吆喝人來伺候，胡弄著將早飯打發了。偏偏那日人來的多，裏頭的人都死眉瞪眼的。鳳姐只得在那裏照料了一會子，又惦記著派人，趕著出來，叫了旺兒家的傳齊了家下女人們，一一分派了。眾人都答應著不動。鳳姐道：「什麼時候，還不供飯？」眾人道：「傳飯是容易的，只要將裏頭的東西發出來，我們纔好照管去。」鳳姐道：「糊塗東西！派定了你們，少不得有的。」眾人只得勉強應著。

鳳姐即往上房取發應用之物，要去請示邢王二夫人，見人多難說，看那時候已經日漸平西了，只得找了鴛鴦，說要老太太存的那一分傢伙。鴛鴦道：「你還問我呢，那一年二爺當了，贖了來了麼？」鳳姐道：「不用銀的金的，只要那一分平常使的。」鴛鴦道：「大太太珍大奶奶屋裏使的是那裏來的？」鳳姐一想不差，轉身就走，只得到王夫人那邊找了玉釧彩雲，纔拿了一分出來，急忙叫彩明登帳，發與眾人收管。

鴛鴦見鳳姐這樣慌張，又不好叫他回來，心想：「他頭裏做事，何等爽利周到，如今怎麼掣肘的這個樣兒。我看這兩三天連一點頭腦都沒有，不是老太太白疼了他了嗎！」那裏知邢夫人一聽賈政的話，正合著將來家計艱難的心，巴不得留一點子作個收局。況且老太太的事原是長房做主，賈赦雖不在家，賈政又是拘泥的人，有件事便說「請大奶奶的主意」。邢夫人素知鳳姐手腳大，賈璉的鬧鬼，所以死拿住不放鬆。鴛鴦只道已將這項銀兩交了出去了，故見鳳姐掣肘如此，便疑為不肯用心，便在賈母靈前嘮嘮叨叨哭個不了。

邢夫人等聽了話中有話，不想到自己不令鳳姐便宜行事，反說：「鳳丫頭果然有些不用心。」王夫人到了晚上，叫了鳳姐過來，說：「咱們家雖說不濟，外頭的體面是要的。這兩三日人來人往，我瞧著那些人都照應不到，想是你沒有吩咐，還得你替我們操點心兒纔好！」鳳姐聽了，呆了一會，要將銀兩不湊手的話說出，但是銀錢是外頭管的，王夫人說的是照應不到。鳳姐也不敢辨，只好不言語。邢夫人在旁說道：「論理，該是我們做媳婦的操心，本不是孫子媳婦的事，但是我們動不得身，所以託你的。你是打不得撒手的。」鳳姐紫漲了臉，正要回說，只聽外頭鼓樂一奏，是燒黃昏紙的時候了，大家舉起哀來，又不得說。鳳姐原想回來再說，王夫人催他出去料理，說道：「這裏有我們的，你快快兒的去料理明兒的事罷。」

鳳姐不敢再言，只得含悲忍泣的出來，又叫人傳齊了眾人，又吩咐了一會，說：「大娘嬸子們可憐我罷！我上頭捱了好些說，為的是你們不齊截，叫人笑話，明兒你們豁出些辛苦來罷。」那些人回道：「奶奶辦事，不是今兒個一遭兒了，我們敢違拗嗎？只是這回的事，上頭過於累贅。只說打發這頓飯罷：有的在這裏吃，有的要在家裏吃；請了那位太太，又是那位奶奶不來。諸如此類，那得齊全？還求奶奶勸勸那些姑娘們不要挑飭就好了。」鳳姐道：「頭一層是老太太的丫頭們是難纏的，太太們的也難說話，叫我說誰去呢？」眾人道：「從前奶奶在東府裏還是署事，要打要罵，怎麼這樣鋒利，誰敢不依？如今這些姑娘們都壓不住了？」鳳姐歎道：「東府裏的事，雖說託辦的，太太雖在那裏，不好意思說什麼。如今是自己的事情，又是公中的，人人說得話。再者，外頭的銀錢也叫不靈，即如棚裏要一件東西，傳了出來，總不見拿進來，這叫我什麼法兒呢？」眾人道：「二爺在外頭，倒怕不應付麼？」鳳姐道：

「還提那個！他也是那裏為難。第一件，銀錢不在他手裏，要一件得回一件，那裏湊手？」眾人道：「老太太這項銀子不在二爺手裏嗎？」鳳姐道：「你們回來問管事的，便知道了。」眾人道：「怨不得！我們聽見外頭男人抱怨說：『這麼件大事，咱們一點摸不著，淨當苦差！』叫人怎麼能齊心呢？」鳳姐道：「如今不用說了。眼面前的事，大家留些神罷。倘或鬧得上頭有了什麼說的，我和你們不依的。」眾人道：「奶奶要怎麼樣，我們敢抱怨嗎？只是上頭一人一個主意，我們實在難周到的。」鳳姐聽了也沒法，只得央說道：「好大娘們！明兒且幫我一天。等我把姑娘們鬧明白了，再說罷咧。」眾人聽命而去。

鳳姐一肚子的委屈，愈想愈氣，直到天亮，又得上去。要把各處的人整理整理，又恐邢夫人生氣；要和王夫人說，怎奈邢夫人挑唆。這些丫頭們見邢夫人等不助著鳳姐的威風，更加作踐起他來。幸得平兒替鳳姐排解，說是：「二奶奶巴不得要好，只是老爺太太們吩咐了外頭，不許糜費，所以我們二奶奶不能應付到了。」說過幾次，纔得安靜些。雖說僧經道懺，上祭掛帳，絡繹不絕，終是銀錢吝嗇，誰肯踴躍，不過草草了事。連日王妃誥命也來得不少，鳳姐也不能上去照應，只好在底下張羅。叫了那個，走了這個；發一回急，央及一回；胡弄過了一起，又打發一起。別說鴛鴦等看去不像樣，連鳳姐自己心裏也過不去了。

邢夫人雖說是冢婦，仗著「悲戚為孝」四個字，倒也都不理會。王夫人落得跟了邢夫人行事，餘者更不必說了。獨有李紈瞧出鳳姐的苦處，也不敢替他說話，只自歎道：「俗語說的，『牡丹雖好，全仗綠葉扶持』，太太們不虧了鳳丫頭，那些人還幫著嗎？若是三姑娘在家還好，如今只有他幾個自己的人瞎張羅，面前背後的也抱怨，說是一個錢摸不著，臉面也不能剩一點兒。老爺是一味的盡孝，庶務上頭不大明白。這樣的一件大事，不撒散幾個錢就辦得開了嗎？可憐鳳丫頭鬧了幾年，不想在老太太的事上，只怕保不住臉了。」於是抽空兒叫了他的人來，吩咐道：「你們別看著人家的樣兒，也糟蹋起璉二奶奶來。別打諒什麼穿孝守靈就算了大事了，不過混過幾天就是了。看見那些人張羅不開，便插個手兒，也未為不可。這也是公事，大家都該出力的。」那些素服李紈的人都答應著說：「大奶奶說的很是，我們也不敢那麼著。只聽見鴛鴦姐姐們的口話兒，好像怪璉二奶奶的似的。」李紈道：「就是鴛鴦，我也告訴過他。我說璉二奶奶並不是在老太太的事上不用心，只是銀子錢都不在他手裏，叫他巧媳婦還做的上沒米的粥來嗎？如今鴛鴦也知道了，所以也不怪他了。只是鴛鴦的樣子竟是不像從前了，這也奇怪。那時候有老太太疼他，倒沒有作過什麼威福；如今老太太死了，沒有了仗腰子的了，我看他倒有些氣質不大好了。我先前替他愁，這會子幸喜大老爺不在家，纔躲過去了；不然，他有什麼法兒？」

說著，只見賈蘭走來說：「媽媽睡罷。一天到晚人來客去的也乏了，歇歇罷。我這幾天總沒有摸摸書本兒。今兒爺爺叫我家裏睡，我喜歡得很，要理個一兩本書纔好，別等脫了孝再都忘了。」李紈道：「好孩子，看書呢，自然是好的。今兒且歇歇罷，等老太太送了殯再看罷。」賈蘭道：「媽媽要睡，我也就睡在被窩裏頭想想也罷了。」眾人聽了，都誇道：「好哥兒！怎麼這點年紀，得了空兒就想到書上？不像寶二爺，娶了親的人還是那麼孩子氣。這幾日跟著老爺跪著，瞧他很不受用，巴不得老爺一動身就跑過來找二奶奶，不知唧唧咕咕的說些什麼。甚至弄得二奶奶都不理他了，他又去找琴姑娘。琴姑娘也遠避他，邢姑娘也不很和他說話。倒是咱們本家的什麼喜姑娘咧四姑娘咧，『哥哥』長『哥哥』短的和他親密。我們看那寶二爺除了和奶奶姑娘們混混，只怕他心裏也沒有別的事，白過費了老太太的心，疼了他這麼大，那裏及蘭哥兒一零兒呢。大奶奶，你將來是不愁的了。」李紈道：「就好也還小。只怕到他大了，咱們家還不知怎麼樣了呢！環哥兒你們瞧著怎麼樣？」眾人道：「這一個更不像樣兒了！兩個眼睛倒像個活猴兒似的，東溜溜，西看看。雖在那裏嚎喪，見了奶奶姑娘們來了，他在孝幔子裏頭淨偷著眼兒瞧人呢。」李紈道：「他的年紀其實也不小了。前日聽見說還要給他說親呢，如今又得等著了。噯！還有一件事：咱們家這些人，我看來也是說不清的。且不必說閒話，後日送殯，各房的車輛是怎麼樣了？」眾人道：「璉二奶奶這幾天鬧得像失魂落魄的樣兒了，也沒見傳出去。昨兒聽見我的男人說，二爺派了薔二爺料理，說是咱們家的車也不夠，趕車的也少，要到親戚家去借去呢。」李紈笑道：「車也都是借得的麼？」眾人道：「奶奶說笑話兒了，車子怎借不得？只是那一日所有的親戚都用車，只怕難借，想來還得僱呢。」李紈道：「底下人的只得僱，上頭白車也有僱的麼？」眾人道：「現在大太太、東府裏的大奶奶小蓉奶奶，都沒有車了，不僱，那裏來的呢？」李紈聽了，歎息道：「先前見有咱們家兒的太太奶奶們坐了僱的車來，咱們都笑話，如今輪到自己頭上了。你明兒去告訴你的男人，我們的車馬，早早兒的預備好了，省得擠。」眾人答應了出去，不提。

且說史湘雲因他女婿病著，賈母死後，只來的一次，屈指算是後日送殯，不能不去。又見他女婿的病已成癆症，暫且不妨，只得坐夜前一日過來。想起賈母素日疼他；又想到自己命苦，剛配了一個才貌雙全的男人，性情又好，偏偏的得了冤孽症候，不過捱日子罷了，於是更加悲痛，直哭了半夜。鴛鴦等再三勸慰不止。寶玉瞅著也不勝悲傷，又不好上前去勸。見他淡妝素服，不敷脂粉，更比未出嫁的時候猶勝幾分。轉念又看寶琴等淡素妝飾，自有一種天生丰韻。獨有寶釵渾身孝服，那知道比尋常穿顏色時更有一番雅致。心裏想道：「所以千紅萬紫，終讓梅花為魁。殊不知並非為梅花開的早，竟是『潔白清香』四字是不可及的了。但只這時候若有林妹妹，也是這樣打扮，又不知怎樣的丰韻呢！」想到這裏，不覺的心酸起來，那淚珠兒便直滾滾的下來了，趁著賈母的事，不妨放聲大哭。眾人正勸湘雲不止，外間又添出一個哭的來了。大家只道是想著賈母疼他的好處，所以悲傷，豈知他們兩個人各自有各自的心事。這場大哭，不禁滿屋的人無不下淚。還是薛姨媽李嬸娘等勸住。

次日是坐夜之期，更加熱鬧。鳳姐這日竟支撐不住，也無方法，只得用盡心力，甚至咽喉嚷破，敷衍過了半日。到了下半天，人客更多了，事情也更繁了，瞻前不能顧後。正在著急，只見一個小丫頭跑來說：「二奶奶在這裏呢！怪不得大太太說：『裏頭人多，照應不過來，二奶奶是躲著受用去了。』」鳳姐聽了這話，一口氣撞上來，往下一咽，眼淚直流，只覺得眼前一黑，嗓子裏一甜，便噴出鮮紅的血來，身子站不住，就蹲倒在地。幸虧平兒急忙過來扶住，只見鳳姐的血吐個不住。未知性命如何，下回分解。

卷一百十一　鴛鴦女殉主登太虛　狗彘奴欺天招夥盜

話說鳳姐聽了小丫頭的話，又氣又急又傷心，不覺吐了一口血，便昏暈過去，坐在地下。平兒急來靠著，忙叫了人來攙扶著，慢慢的送到自己房中，將鳳姐輕輕的安放在炕上，立刻叫小紅斟上一杯開水送到鳳姐脣邊。鳳姐呷了一口，昏迷仍睡。秋桐過來略瞧了一瞧，卻便走開，平兒也不叫他。只見豐兒在旁站著，平兒叫他「快快的去回明白了的二奶奶吐血發暈，不能照應」的話，告訴了邢王二夫人。邢夫人打諒鳳姐推病藏躲，因這時女親在內也不少，也不好說別的，心裏卻不全信，只說：「叫他歇著去罷。」眾人也並無言語。只說這晚人客來往不絕，幸得幾個內親照應。家下人等見鳳姐不在，也有偷閒歇力的，亂亂吵吵，已鬧得七顛八倒，不成事體了。

到二更多天，遠客去後，便預備辭靈，孝幕內的女眷，大家都哭了一陣。只見鴛鴦已哭得昏暈過去了，大家扶住，捶鬧了一陣，纔醒過來，便說「老太太疼我一場，我跟了去」的話。眾人都打諒人到悲哭，俱有這些言語，也不理會。到了辭靈之時，上上下下也有百十眾餘人，只鴛鴦不在，眾人忙亂之時，誰去檢點。到了琥珀等一干的人哭奠之時，卻不見鴛鴦，想來是他哭乏了，暫在別處歇著，也不言語。

辭靈以後，外頭賈政叫了賈璉問明送殯的事，便商量著派人看家。賈璉回說：「上人裏頭，派了芸兒在家照應，不必送殯；下人裏頭，派了林之孝的一家子照應拆棚等事。但不知裏頭派誰看家?」賈政道:「聽見你母親説是你媳婦病了,不能去,就叫他在家的;你珍大嫂子又説你媳婦病得利害,還叫四丫頭陪著,帶領了幾個丫頭婆子,照看上屋裏纔好。」賈璉聽見了,心想:「珍大嫂子與四丫頭兩個不合,所以攛掇著不叫他去。若是上頭就是他照應,也是不中用的。我們那一個又病著,也難照應。」想了一回,回賈政道:「老爺且歇歇兒,等進去商量定了再回。」賈政點了點頭,賈璉便進去了。

誰知此時鴛鴦哭了一場,想到:「自己跟著老太太一輩子,身子也沒有著落。如今大老爺雖不在家,大太太的這樣行為,我也瞧不上。老爺是不管事的人,以後便『亂世為王』起來了。我們這些人不是要叫他們掇弄了麼。誰收在屋子裏,誰配小子,我是受不得這樣折磨的,倒不如死了乾淨。但是一時怎麼樣的個死法呢?」一面想,一面走回到老太太的套間屋內。剛跨進門,只見燈光慘淡,隱隱有個女人拿著汗巾子,好似要上吊的樣子。鴛鴦也不驚怕,心裏想道:「這一個是誰?和我的心事一樣,倒比我走在頭裏了。」便問道:「你是誰?咱們兩個人是一樣的心,要死一塊兒死。」那個人也不答言。鴛鴦走到跟前一看,並不是這屋子的丫頭。再仔細一看,覺得冷氣侵人,一時就不見了。鴛鴦呆了一呆,退出在炕沿上坐下,細細一想,道:「哦!是了。這是東府裏的小蓉大奶奶啊!他早死了的了,怎麼到這裏來?必是來叫我來了。他怎麼又上弔呢?」想了一想,道:「是了,必是教給我死的法兒。」

鴛鴦這麼一想,邪侵入骨,便站起來,一面哭,一面開了妝匣,取出那年鉸的一綹頭髮,揣在懷裏,就在身上解下一條汗巾,按著秦氏方纔比的地方拴上。自己又哭了一回,聽見外頭人客散去,恐有人進來,急忙關上屋門,然後端了一個腳櫈,自已站上，把汗巾拴上扣兒，套在咽喉，便把腳櫈蹬開。可憐咽喉氣絕，香魂出竅。正無投奔，只見秦氏隱隱在前，鴛鴦的魂魄疾忙趕上，說道：「蓉大奶奶，你等等我。」那個人道：「我並不是什麼蓉大奶奶，乃警幻之妹可卿是也。」鴛鴦道：「你明明是蓉大奶奶，怎麼說不是呢？」那人道：「這也有個緣故，待我告訴你，你自然明白了。我在警幻宮中，原是個鍾情的首坐，管的是風情月債；降臨塵世，自當為第一情人，引這些癡情怨女，早早歸入情司，所以該當懸樑自盡的。因我看破凡情，超出情海，歸入情天，所以太虛幻境『癡情』一司，竟自無人掌管。今警幻仙子已經將你補入，替我掌管此司，所以命我來引你前去的。」鴛鴦的魂道：「我是個最無情的，怎麼算我是個有情的人呢？」那人道：「你還不知道呢。世人都把那淫慾之事當作『情』字，所以做出傷風敗化的事來，還自謂風月多情，無關緊要。不知『情』之一字，喜怒哀樂未發之時，便是個性；喜怒哀樂已發，便是情了。至於你我這個情，正是未發之情，就如那花的含苞一樣。欲待發洩出來，這情就不為真情了。」鴛鴦的魂聽了，點頭會意，便跟了秦氏可卿而去。

這裏琥珀辭了靈，聽邢王二夫人分派看家的人，想著去問鴛鴦明日怎樣坐車，便在賈母的外間屋裏找了一遍，不見，便找到套間裏頭。剛到門口，見門兒掩著，從門縫裏望裏看時，只見燈光半明不滅的，影影綽綽，心裏害怕，又不聽見屋裏有什麼動靜，便走回來說道：「這蹄子跑到那裏去了？」劈頭見了珍珠，說：「你見鴛鴦姐姐來著沒有？」珍珠道：「我也找他，太太們等他說話呢。必在套間裏睡著了罷？」琥珀道：「我瞧了，屋裏沒有。那燈也沒人夾蠟花兒，漆黑怪怕的，我沒進去。如今咱們一塊兒進去，瞧看有沒有。」琥珀等進去，正夾蠟花，珍珠說：「誰把腳櫈撂在這裏，幾乎絆我一跤。」説著，往上一瞧，唬得「噯喲」一聲，身子往後一仰，「咕咚」的栽在琥珀身上。琥珀也看見了，便大嚷起來，只是兩隻腳挪不動。外頭的人也都聽見了，跑進來一瞧，大家嚷著，報與邢王二夫人知道。

王夫人寶釵等聽了，都哭著去瞧。邢夫人道：「我不料鴛鴦倒有這樣志氣！快叫人去告訴老爺。」只有寶玉聽見此信，便唬得雙眼直豎。襲人等慌忙扶著説道：「你要哭就哭，別彆著氣。」寶玉死命的纔哭出來了，心想：「鴛鴦這樣一個人，偏又這樣死法。」又想：「實在天地間的靈氣，獨鍾在這些女子身上了。他算得了死所，我們究竟是一件濁物，還是老太太的兒孫，誰能趕得上他？」復又喜歡起來。那時，寶釵聽見寶玉大哭了出來了，及到跟前，見他又笑。襲人等忙説：「不好了，又要瘋了！」寶釵道：「不妨事，他有他的意思。」寶玉聽了，更喜歡寶釵的話：「倒是他還知道我的心，別人那裏知道！」正在胡思亂想，賈政等進來，著實的嗟歎著説道：「好孩子！不枉老太太疼他一場。」即命賈璉：「出去吩咐人連夜買棺盛殮，明日便跟著老太太的殯送出，也停在老太太棺後，全了他的心志。」賈璉答應出去，這裏命人將鴛鴦放下，停放裏間屋內。平兒也知道了，過來同襲人鶯兒等一干人都哭得哀哀欲絕。內中紫鵑也想起自己終身，一無著落，恨不跟了林姑娘去，又全了主僕的恩義，又得了死所。如今空懸在寶玉屋內，雖説寶玉仍是柔情密意，究竟算不得什麼，於是更哭得哀切。

王夫人即傳了鴛鴦的嫂子進來，叫他看著入殮，遂與邢夫人商量了，在老太太項內賞了他嫂子一百兩銀子，還説等閒了將鴛鴦所有的東西俱賞他們。他嫂子磕了頭出去，反喜歡説：「真真的我們姑娘是個有志氣的，有造化的！又得了好名聲，又得了好發送。」旁邊一個婆子說道：「罷呀，嫂子！這會子你把一個活姑娘賣了一百銀便這麼喜歡了；那時候兒給了大老爺，你還不知得多少銀錢呢，你該更得意了。」一句話戳了他嫂子的心，便紅了臉走開了。剛走到二門上，見林之孝帶了人擡進棺材來了，他只得也跟進去，幫著盛殮，假意哭嚎了幾聲。

賈政因他為賈母而死，要了香來，上了三炷，作了個揖，說：「他是殉葬的人，不可作丫頭論，你們小一輩都該行個禮。」寶玉聽了，喜不自勝，走上來恭恭敬敬磕了幾個頭。賈璉想他素日的好處，也要上來行禮，被邢夫人說道：「有了一個爺們便罷了，不要折受他不得超生。」賈璉就不便過來了。寶釵聽了，心中好不自在，便說道：「我原不該給他行禮，但只老太太去世，咱們都有未了之事，不敢胡為。他肯替咱們盡孝，咱們也該託託他，好好的替咱們伏侍老太太西去，也少盡一點子心哪！」說著，扶了鶯兒走到靈前，一面奠酒，那眼淚早撲簌簌流下來了。奠畢，拜了幾拜，狠狠的哭了他一場。眾人也有說寶玉的兩口子都是傻子，也有說他兩個心腸兒好的，也有說他知禮的，賈政反倒合了意。一面商量定了看家的，仍是鳳姐惜春，餘者都遣去伴靈。一夜誰敢安眠？一到五更，聽見外面齊人。到了辰初發引，賈政居長，衰麻哭泣，極盡孝子之禮。靈柩出了門，便有各家的路祭，一路上的風光，不必細述。走了半日，來至鐵檻寺安靈，所有孝男等俱應在廟伴宿，不提。

且說家中林之孝帶領拆了棚，將門窗上好，打掃淨了院子，派了巡更的人，到晚打更上夜。只是榮府規例：一交二更，三門掩上，男人便進不去了，裏頭只有女人們查夜。鳳姐雖隔了一夜，漸漸的神氣清爽了些，只是那裏動得？只有平兒同著惜春各處走了一走，吩咐了上夜的人，也便各自歸房。

卻說周瑞的乾兒子何三，去年賈珍管事之時，因他和鮑二打架，被賈珍打了一頓，攆在外頭，終日在賭場過日。近知賈母死了，必有些事情領辦，豈知探了幾天的信，一些也沒有想頭，便噯聲歎氣的回到賭場中，悶悶的坐下。那些人便說道：「老三，你怎麼樣，不下來撈本了麼？」何三道：「倒想要撈一撈呢，就只沒有錢麼。」那些人道：「你到你們周大太爺那裏去了幾日，府裏的錢，你也不知弄了多少來，又來和我們裝窮兒了。」何三道：「你們還說呢，他們的金銀不知有幾百萬，只藏著不用。明兒留著，不是火燒了，就是賊偷了，他們纔死心呢！」那些人道：「你又撒謊。他家抄了家，還有多少金銀？」何三道：「你們還不知道呢。抄去的是撂不了的。如今老太太死，還留了好些金銀，他們一個也不使，都在老太太屋裏擱著，等送了殯回來纔分呢。」

內中有一個人聽在心裏，擲了幾骰，便說：「我輸了幾個錢，也不翻本兒了，睡去了。」說著，便走出來，拉了何三道：「老三，我和你說句話。」何三跟他出來。那人道：「你這樣一個伶俐人，這樣窮，為你不服這口氣。」何三道：「我命裏窮，可有什麼法兒呢？」那人道：「你纔說榮府的銀子這麼多，為什麼不去拿些使喚使喚？」何三道：「我的哥哥！他家的金銀雖多，你我去白要一二錢，他們給咱們嗎？」那人笑道：「他不給咱們，咱們就不會拿嗎？」

何三聽了這話裏有話，問道：「依你說，怎麼樣拿呢？」那人道：「我說你沒有本事，若是我，早拿了來了。」何三道：「你有什麼本事？」那人便輕輕的說道：「你若要發財，你就引個頭兒。我有好些朋友，都是通天的本事，不要說他們送殯去了，家裏剩下幾個女人，就讓有多少男人也不怕。只怕你沒這麼大膽子罷咧！」何三道：

「什麼敢不敢！你打諒我怕那個乾老子嗎？我是瞧著乾媽的情兒上頭，纔認他做乾老子罷咧，他又算了人了？你剛纔的話，就只怕弄不來，倒招了饑荒。他們那個衙門不熟？別說拿不來，倘或拿了來，也要鬧出來的。」那人道：「這麼說，你的運氣來了！我的朋友，還有海邊上的呢，現今都在這裏。看個風頭，等個門路，若到了手，你我在這裏也無益，不如大家下海去受用，不好麼？你若撂不下你乾媽，咱們索性把你乾媽也帶了去，大家夥兒樂一樂，好不好？」何三道：「老大，你別是醉了罷？這些話混說的什麼！」說著，拉了那人走到個僻靜地方，兩個人商量了一回，各人分頭而去，暫且不提。

且說包勇自被賈政吆喝，派去看園，賈母的事出來，也忙了，不曾派他差使。他也不理會，總是自做自吃，悶來睡一覺，醒時便在園裏耍刀弄棍，倒也無拘無束。那日賈母一早出殯，他雖知道，因沒有派他差事，他任意閒遊，只見一個女尼帶了一個道婆來到園內腰門那裏扣門。包勇走來，說道：「女師父，那裏去？」道婆道：「今日聽得老太太的事完了，不見四姑娘送殯，想必是在家看家。想他寂寞，我們師父來瞧他一瞧。」包勇道：「主子都不在家，園門是我看的，請你們回去罷。要來呢，等主子們回來了再來。」婆子道：「你是那裏來的個黑炭頭？也要管起我們的走動來了。」包勇道：「我嫌你們這些人，我不叫你們來，你們有什麼法兒？」婆子生了氣，嚷道：「這都是反了天的事了！連老太太在日還不能攔我們的來往走動呢，你是那裏的這麼個橫強盜，這樣沒法沒天的？我偏要打這裏走！」說著，便把手在門環上狠狠的打了幾下。

妙玉已氣得不言語，正要回身便走，不料裏頭看二門的婆子聽見有人拌嘴似的，開門一看，見是妙玉，已經回身走去，明知必是包勇得罪了走了。近日婆子們都知道上頭太太們四姑娘都親近得很，恐他日後說出門上不放進他來，那時如何耽得住，趕忙走來，說：「不知師父來，我們開門遲了。我們四姑娘在家裏，還正想師父呢，快請回來。看園的小子是個新來的，他不知咱們的事。回來回了太太，打他一頓，攆出去就完了。」妙玉雖是聽見，總不理他。那經得看腰門的婆子趕上，再四央求，後來纔說出怕自己擔不是，幾乎急得跪下。妙玉無奈，只得隨了那婆子過來。包勇見這般光景，自然不好再攔，氣得瞪眼歎氣而回。

這裏妙玉帶了道婆走到惜春那裏，道了惱，敘些閒話。說起：「在家看家，只好熬個幾夜，但是二奶奶病著，一個人又悶又是害怕。能有一個人在這裏，我就放心，如今裏頭一個男人也沒有。今兒你既光降，肯伴我一宵，咱們下棋說話兒，可使得麼？」妙玉本自不肯，見惜春可憐，又提起下棋，一時高興應了。打發道婆回去取了他的茶具衣褥，命侍兒送了過來，大家坐談一夜。惜春欣幸異常，便命彩屏去開上年蠲的雨水，預備好茶。那妙玉自有茶具。那道婆去了不多一時，又來了一個侍者，帶了妙玉日用之物。惜春親自烹茶。兩人言語投機，說了半天。那時已是初更時候，彩屏放下棋枰，兩人對弈。惜春連輸兩盤，妙玉又讓了四個子兒，惜春方贏了半子。

這時已到四更，天空地闊，萬籟無聲。妙玉道：「我到五更須得打坐一回，我自有人伏侍，你自去歇息。」惜春猶是不捨，見妙玉要自己養神，不便扭他。正要歇去，猛聽得東邊上屋內上夜的人一片聲喊起。惜春那裏的老婆子們也接著聲嚷道：「了不得了！有了人了！」唬得惜春彩屏等心膽俱裂，聽見外頭上夜的男人便聲喊起來。妙玉道：「不好了！必是這裏有了賊了。」正說著這裏不敢開門，便掩了燈光，在窗户眼內往外一瞧，只見幾個男人站在院內，唬得不敢作聲，回身擺著手，輕輕的爬下來，説：「了不得！外頭有幾個大漢站著。」説猶未了，又聽得房上響聲不絕，便有外頭上夜的人進來吆喝拿賊。一個人説道：「上屋裏的東西都丢了，並不見人。東邊有人去了，咱們到西邊去。」惜春的老婆子聽見有自己的人，便在外間屋裏説道：「這裏有好些人上了房了。」上夜的都道：「你瞧！這可不是嗎？」大家一齊嚷起來。只聽房上飛下好些瓦來，眾人都不敢上前。

正在沒法，只聽園裏腰門一聲大響，打進門來，見一個梢長大漢，手執木棍，眾人唬得藏躲不及。聽得那人喊説道：「不要跑了他們一個！你們都跟我來。」這些家人聽了這話，越發唬得骨軟筋酥，連跑也跑不動了。只見這人站在當地，只管亂喊。家人中有一個眼尖些的看出來了——你道是誰？正是甄家薦來的包勇。這些家人不覺膽壯起來，便顫巍巍的説道：「有一個走了！有的在房上呢。」包勇便向地下一撲，聳身上房，追趕那賊。這些賊人明知賈家無人，先在院內偷看惜春房內，見有個絕色女尼，便頓起淫心，又欺上屋俱是女人，且又畏懼，正要踹進門去，因聽外面有人進來追趕，所以賊眾上房。見人不多，還想抵擋，猛見一人上房趕來，那些賊見是一人，越發不理論了，便用短兵抵住。那經得包勇用力一棍打去，將賊打下房來。那些賊飛奔而逃，從園牆過去，包勇也在房上追捕。豈知園內早藏下了幾個在那裏接贜，已經接過好些。見賊夥跑回，大家舉械保護。見追的只有一人，明欺寡不敵眾，反倒迎上來。包勇一見生氣，道：「這些毛賊！敢來和我鬥鬥！」那夥賊便説：「我們有一個夥計被他們打倒了，不知死活，咱們索性搶了他出來。」這裏包勇聞聲即打。那夥賊便輪起器械，四五個人圍住包勇，亂打起來。外頭上夜的人也都仗著膽子只顧趕了來。眾賊見鬥他不過，只得跑了。包勇還要趕時，被一個箱子一絆，立定看時，心想東西未丟，眾賊遠逃，也不追趕，便叫眾人將燈照看。地下只有幾個空箱，叫人收拾，他便欲跑回上房。因路徑不熟，走到鳳姐那邊，見裏面燈燭輝煌，便問：「這裏有賊沒有？」裏頭的平兒戰兢兢的說道：「這裏也沒開門，只聽上屋叫喊，說有賊呢，你到那裏去罷。」包勇正摸不著路頭，遙見上夜的人過來，纔跟著一齊尋到上屋。見是門開戶啟，那些上夜的在那裏啼哭。

一時，賈芸林之孝都進來了，見是失盜，大家著急。進內查點，老太太的房門大開，將燈一照，鎖頭擰折。進內一瞧，箱櫃已開。便罵那些上夜女人道：「你們都是死人麼？賊人進來，你們不知道的麼？」那些上夜的人啼哭著說道：「我們幾個人輪更上夜，是管二三更的，我們都沒有住腳，前後走的。他們是四更五更，我們的下班兒，只聽見他們喊起來，並不見一個人。趕著照看，不知什麼時候把東西早已丟了。求爺們問管四五更的。」林之孝道：「你們個個要死！回來再說，咱們先到各處看去。」上夜的男人領著走到尤氏那邊，門兒關緊。有幾個接音說：「唬死我們了。」林之孝問道：「這裏沒有丟東西？」裏頭的人方開了門，道：「這裏沒丟東西。」林之孝帶著人走到惜春院內，只聽得裏面說道：「了不得了！唬死了姑娘了。醒醒兒罷！」林之孝便叫人開門，問是怎樣了。裏頭婆子開門，說：「賊在這裏打仗，把姑娘都唬壞了。虧得妙師父和彩屏纔將姑娘救醒。東西是沒失。」林之孝道：「賊人怎麼打仗？」上夜的男人說：「幸虧包大爺上了房把賊打跑了去了，還聽見打倒了一個人呢。」包勇道：「在園門那裏呢。」

賈芸等走到那邊，果見一人躺在地下死了，細細一瞧，好像是周瑞的乾兒子。

眾人見了咤異，派一個人看守著，又派兩個人照看前後門，俱仍舊關鎖著。林之孝便叫人開了門，報了營官，立刻到來查勘賊跡，是從後夾道上屋的，到了西院房上，見那瓦破碎不堪，一直過了後園去了。眾上夜的齊聲說道：「這不是賊，是強盜。」營官著急道：「並非明火執仗，怎算是盜？」上夜的道：「我們趕賊，他在房上擲瓦，我們不能近前，幸虧我們家的姓包的上房打退。趕到園裏，還有好幾個賊竟與姓包的打仗，打不過姓包的，纔都跑了。」營官道：「可又來，若是強盜，倒打不過你們的人麼？不用說了，你們快查清了東西，遞了失單，我們報就是了。」

賈芸等又到上屋，已見鳳姐扶病過來，惜春也來。賈芸請了鳳姐的安，問了惜春的好，大家查看失物。因鴛鴦已死，琥珀等又送靈去了，那些東西都是老太太的，並沒見數，只用封鎖，如今打從那裏查去？眾人都說：「箱櫃東西不少，如今一空。偷的時候不小，那些上夜的人管做什麼的？況且打死的賊是周瑞的乾兒子，必是他們通同一氣的。」鳳姐聽了，氣得眼睛直瞪瞪的，便說：「把那些上夜的女人都拴起來，交給營裏審問。」眾人叫苦連天，跪地哀求。不知怎生發放，並失去的物有無著落，下回分解。

話說鳳姐命捆起上夜眾女人，送營審問，女人跪地哀求。林之孝同賈芸道：「你們求也無益。老爺派我們看家，沒有事是造化；如今有了事，上下都耽不是，誰救得你？若說是周瑞的乾兒子，連太太起，裏裏外外的都不乾淨。」鳳姐喘吁吁的說道：「這都是命裏所招，和他們說什麼？帶了他們去就是了。那丢的東西，你告訴營裏去說：『實在是老太太的東西，問老爺們纔知道。等我們報了去，請了老爺們回來，自然開了失單送來。』文官衙門裏我們也是這樣報。」賈芸林之孝答應出去。

惜春一句話也沒有，只是哭道：「這些事，我從來沒有聽見過，為什麼偏偏碰在咱們兩個人身上！明兒老爺太太回來，叫我怎麼見人？說把家裏交給咱們，如今鬧到這個分兒，還想活著麼？」鳳姐道：「咱們願意嗎？現在有上夜的人在那裏。」惜春道：「你還能說，況且你又病著；我是沒有說的。這都是我大嫂子害了我的，他攛掇著太太派我看家的。如今我的臉擱在那裏呢？」說著，又痛哭起來。鳳姐道：「姑娘，你快別這麼想。若說沒臉，大家一樣的。你若這麼糊塗想頭，我更擱不住了。」

二人正說著，只聽見外頭院子裏有人大嚷的說道：「我說那三姑六婆是再要不得的！我們甄府裏從來是一概不許上門的。不想這府裏倒不講究這個呢！昨兒老太太的殯纔出去，那個什麼庵裏的尼姑死要到咱們這裏來。我吆喝著不准他們進來，腰門上的老婆子倒罵我，死央及叫放那姑子進去。那腰門子一會兒開著，一會兒關著，不知做什麼。我不放心，沒敢睡，聽到四更，這裏就嚷起來。我來叫門倒不開了。我聽見聲兒緊了，打開了門，見西邊院子裏有人站著，我便趕走打死了。我今兒纔知道，這是四姑奶奶的屋子，那個姑子就在裏頭，今兒天沒亮溜出去了。可不是那姑子引進來的賊麼？」

平兒等聽著，都說：「這是誰這麼沒規矩？姑娘奶奶都在這裏，敢在外頭混嚷嗎。」鳳姐道：「你聽見說他甄府裏，別就是甄家薦來的那個厭物罷。」惜春聽得明白，更加心裏過不的。鳳姐接著問惜春道：「那個人混說什麼姑子？你們那裏弄了個姑子住下了？」惜春便將妙玉來瞧他，留著下棋守夜的話說了。鳳姐道：「是他麼，他怎麼肯這樣？是再沒有的話。但是叫這討人嫌的東西嚷出來，老爺知道了，也不好。」惜春愈想愈怕，站起來要走。鳳姐雖說坐不住，又怕惜春害怕，弄出事來，只得叫他先別走：「且看著人把偷剩下的東西收起來，再派了人看著，纔好走呢。」平兒道：「咱們不敢收，等衙門裏來了，踏看了纔好收呢。咱們只好看著。但只不知老爺那裏有人去了沒有？」鳳姐道：「你叫老婆子問去。」一回進來說：「林之孝是走不開，家下人要伺候查驗的，再有的是說不清楚的，已經芸二爺去了。」鳳姐點頭，同惜春坐著發愁。

且說那夥賊原是何三等邀的，偷搶了好些金銀財寶接運出去，見人追趕，知道都是那些不中用的人，要往西邊屋內偷去，在窗外看見裏面燈光底下兩個美人：一個姑娘，一個姑子。那些賊那顧性命，頓起不良，就要踹進來，因見包勇來趕，纔獲贓而逃，只不見了何三。大家且躲入窩家，到第二天打聽動靜，知是何三被他們打死，已經報了文武衙門，這裏是躲不住的，便商量趁早歸入海洋大盜一處去；若遲了，通緝文書一行，關津上就過不去了。

內中一個人膽子極大，便說：「咱們走是走，我就只捨不得那個姑子，長得實在好看。不知是那個庵裏的雛兒呢？」一個人道：「啊呀！我想起來了，必就是賈府園裏的什麼櫳翠庵裏的姑子。不是前年外頭說他和他們家什麼寶二爺有原故，後來不知怎麼又害起相思病來了，請大夫吃藥的，就是他！」那一個人聽了，說：「咱們今日躲一天，叫咱們大哥借錢置辦些買賣行頭。明兒亮鐘時候，陸續出關。你們在關外二十里坡等我。」眾賊議定，分贓俵散不提。

且說賈政等送殯到了寺內，安厝畢，親友散去。賈政在外廂房伴靈，邢王二夫人等在內，一宿無非哭泣。到了第二日，重新上祭。正擺飯時，只見賈芸進來，在老太太靈前磕了個頭，忙忙的跑到賈政跟前，跪下請了安，喘吁吁的將昨夜被盜，將老太太上房的東西都偷去，包勇趕賊，打死了一個，已經呈報文武衙門的話說了一遍。賈政聽了發怔。邢王二夫人等在裏頭也聽見了，都唬得魂不附體，並無一言，只有啼哭。賈政過了一會子，問：「失單怎樣開的？」賈芸回道：「家裏的人都不知道，還沒有開單。」賈政道：「還好。咱們動過家的，若開出好的來，反耽罪名。快叫璉兒。」

賈璉領了寶玉等去別處上祭未回，賈政叫人趕了回來。賈璉聽了，急得直跳，一見芸兒，也不顧賈政在那裏，便把賈芸狠狠的罵了一頓，說：「不配擡舉的東西！我將這樣重任託你，押著人上夜巡更，你是死人麼？虧你還有臉來告訴！」說著，望賈芸臉上啐了幾口。賈芸垂手站著，不敢回一言。賈政道：「你罵他也無益了。」賈璉然後跪下，說：「這便怎麼樣？」賈政道：「也沒法兒，只有報官緝賊。但只是一件，老太太遺下的東西，咱們都沒動。你說要銀子，我想老太太死得幾天，誰忍得動他那一項銀子。原打諒完了事，算了賬，還人家；再有的，在這裏和南邊置墳產的。再有東西也沒見數兒。如今說文武衙門要失單，若將幾件好的東西開上，恐有礙；若說金銀若干，衣飾若干，又沒有實在數目，謊開使不得。倒可笑你如今竟換了一個人了，為什麼這樣料理不開？你跪在這裏是怎麼樣呢！」賈璉也不敢答言，只得站起來就走。賈政又叫道：「你那裏去？」賈璉又跪下道：「趕回家去料理清楚，再來回。」賈政哼了一聲，賈璉把頭低下。賈政道：「你進去回了你母親，叫了老太太的一兩個丫頭去，叫他們細細的想了，開單子。」

賈璉心裏明知老太太的東西都是鴛鴦經管，他死了問誰？就問珍珠，他們那裏記得清楚？只不敢駁回，連連的答應了。起來走到裏頭，邢王二夫人又埋怨了一頓，叫賈璉快回去問他們這些看家的說：「明兒怎麼見我們？」賈璉也只得答應了出來，一面命人套車，預備琥珀等進城；自已騎上騾子，跟了幾個小廝，如飛的回去。賈芸也不敢再回賈政，斜簽著身子慢慢的溜出來，騎上了馬，來趕賈璉。一路無話。

到了家中，林之孝請了安，一直跟了進來。賈璉到了老太太上屋，見了鳳姐惜春在那裏，心裏又恨，又說不出來，便向林之孝道：「衙門裏瞧了沒有？」林之孝自知有罪，便跪下回道：「文武衙門都瞧了，來蹤去跡也看了，屍也驗了。」賈璉吃驚道：「又驗什麼屍？」林之孝又將包勇打死的夥賊似周瑞的乾兒子的話回了賈璉。賈璉道：「叫芸兒！」賈芸進來，也跪著聽話。賈璉道：「你見老爺時，怎麼沒有回周瑞的乾兒子做了賊被包勇打死的話？」賈芸說道：「上夜的人說像他的，恐怕不真，所以沒有回。」賈璉道：「好糊塗東西！你若告訴了，我就帶了周瑞來一認，可不就知道了。」林之孝回道：「如今衙門裏把屍首放在市口兒招認去了。」賈璉道：「這又是個糊塗東西！誰家的人做了賊，被人打死，要償命麼！」林之孝回道：「這不用人家認，奴才就認得是他。」賈璉聽了想道：「是啊，我記得珍大爺那一年要打的可不是周瑞家的麼？」林之孝回說：「他和鮑二打架來著，爺還見過的呢。」

賈璉聽了更生氣，便要打上夜的人。林之孝哀告道：「請二爺息怒。那些上夜的人，派了他們，還敢偷懶？只是爺府上的規矩：三門裏一個男人不敢進去的，就是奴才們，裏頭不叫也不敢進去。奴才在外同芸哥兒刻刻查點，見三門關得嚴嚴的，外頭的門一重沒有開，那賊是從後夾道子來的。」賈璉道：「裏頭上夜的女人呢？」林之孝將分更上夜、奉奶奶的命捆著、等爺審問的話回了。賈璉又問：「包勇呢？」林之孝說：「又往園裏去了。」賈璉便說：「去叫來。」小廝們便將包勇帶來，說：「還虧你在這裏，若沒有你，只怕所有房屋裏的東西搶了去了呢。」包勇也不言語。惜春恐他說出那話，心下著急。鳳姐也不敢言語。只見外頭說：「琥珀姐姐等回來了。」大家見了，不免又哭一場。

賈璉叫人檢點偷剩下的東西，只有些衣服、尺頭、錢箱未動，餘者都沒有了。賈璉心裏更加著急，想著外頭的棚槓銀、廚房的錢，都沒有付給，明兒拿什麼還呢？便呆想了一會。只見琥珀等進去，哭了一會，見箱櫃開著，所有的東西怎能記憶，便胡亂想猜，虛擬了一張失單，命人即送到文武衙門。賈璉復又派人上夜。鳳姐惜春各自回房。賈璉不敢在家安歇，也不及埋怨鳳姐，竟自騎馬趕出城外。這裏鳳姐又恐惜春短見，又打發了豐兒過去安慰。

天已二更。不言這裏賊去關門，眾人更加小心，誰敢睡覺？且說夥賊一心想著妙玉，知是孤庵女眾，不難欺負。到了三更夜靜，便拿了短兵器，帶了些悶香，跳上高牆。遠遠瞧見櫳翠庵內燈光猶亮，便潛身溜下，藏在房頭僻處。

等到四更，見裏頭只有一盞海燈，妙玉一人在蒲團上打坐。歇了一會，便噯聲歎氣的說道：「我自元墓到京，原想傳個名的，為這裏請來，不能又棲他處。昨兒好心去瞧四姑娘，反受了這蠢人的氣，夜裏又受了大驚。今日回來，那蒲團再坐不穩，只覺肉跳心驚。」因素常一個打坐的，今日又不肯叫人相伴。豈知到了五更，寒顫起來。正要叫人，只聽見窗外一響，想起昨晚的事，更加害怕，不免叫人。豈知那些婆子都不答應。自己坐著，覺得一股香氣透入囟門，便手足麻木，不能動彈，口裏也說不出話來，心中更自著急。只見一個人拿著明晃晃的刀進來。此時妙玉心中卻是明白，只不能動，想是要殺自己，索性橫了心，倒也不怕。那知那個人把刀插在背後，騰出手來，將妙玉輕輕的抱起，輕薄了一會子，便拖起背在身上。此時妙玉心中只是如醉如癡。

可憐一個極潔極淨的女兒，被這強盜的悶香熏住，由著他擺弄了去了。

卻說這賊背了妙玉，來到園後牆邊，搭了軟梯，爬上牆，跳出去了，外邊早有夥計弄了車輛在園外等著。那人將妙玉放倒在車上，反打起官銜燈籠，叫開柵欄，急急行到城門，正是開門之時。門官只知是有公幹出城的，也不及查詰。趕出城去，那夥賊加鞭，趕到二十里坡，和眾強徒打了照面，各自分頭奔南海而去。不知妙玉被劫，或是甘受汙辱，還是不屈而死，不知下落，也難妄擬。

只言櫳翠庵一個跟妙玉的女尼，他本住在靜室後面，睡到五更，聽見前面有人聲響，只道妙玉打坐不安。後來聽見有男人腳步，門窗響動，欲要起來瞧看，只是身子發軟，懶怠開口，又不聽見妙玉言語，只睜著兩眼聽著。到了天亮，終覺得心裏清楚，披衣起來，叫了道婆預備妙玉茶水，他便往前面來看妙玉。豈知妙玉的蹤跡全無，門窗大開。心裏咤異，昨晚響動，甚是疑心，說：「這樣早，他到那裏去了？」走出院門一看，有一個軟梯靠牆立著，地下還有一把刀鞘，一條搭膊，便道：「不好了，昨晚是賊燒了悶香了！」急叫人起來查看，庵門仍是緊閉。那些婆子侍女們都說：「昨夜煤氣熏著了，今早都起不起來，這麼早，叫我們做什麼？」那女尼道：「師父不知那裏去了。」眾人道：「在觀音堂打坐呢。」女尼道：「你們還做夢呢！你來瞧瞧。」

眾人不知，也都著忙，開了庵門，滿園裏都找到了，想來或是到四姑娘那裏去了。眾人來叩腰門，又被包勇罵了一頓。眾人說道：「我們妙師父昨晚不知去向，所以來找。求你老人家叫開腰門，問一問來了沒來就是了。」包勇道：「你們師父引了賊來偷我們，已經偷到手了，他跟了賊去受用去了。」眾人道：「阿彌陀佛，說這些話的，防著下割舌地獄！」包勇生氣道：「胡說！你們再鬧，我就要打了。」眾人陪笑央告道：「求爺叫開門，我們瞧瞧；若沒有，再不敢驚動你太爺了。」包勇道：「你不信，你去找，若沒有，回來問你們。」包勇說著，叫開腰門。眾人且找到惜春那裏。

惜春正是愁悶，惦著「妙玉清早去後，不知聽見我們姓包的話了沒有，只怕又得罪了他，以後總不肯來，我的知己是沒有了。況我現在實難見人，父母早死，嫂子嫌我。頭裏有老太太，到底還疼我些；如今也死了，留下我孤苦伶仃，如何了局？」想到：「迎春姐姐折磨死了，史姐姐守著病人，三姐姐遠去，這都是命裏所招，不能自由。獨有妙玉如閒雲野鶴，無拘無束。我能學他，就造化不小了。但我是世家之女，怎能遂意？這回看家，大耽不是，還有何顏？在這裏，又恐太太們不知我的心事，將來的後事，如何呢？」想到其間，便要把自己的青絲鉸去，要想出家。彩屏等聽見，急忙來勸，豈知已將一半頭髮鉸去。彩屏愈加著忙，說道：「一事不了，又出一事，這可怎麼好呢？」

正在吵鬧，只見妙玉的道婆來找妙玉。彩屏問起來由，先唬了一跳，說：「是昨日一早去了沒來。」裏面惜春聽見，急忙問道：「那裏去了？」道婆們將昨夜聽見的響動，被煤氣熏著，今早不見妙玉，庵內軟梯刀鞘的話說了一遍。惜春驚疑不定，想起昨日包勇的話來，必是那些強盜看見了他，昨晚搶去了，也未可知。但是他素來孤潔的很，豈肯惜命？「怎麼你們都沒聽見麼？」眾人道：「怎麼不聽見？只是我們這些人都是睜著眼，連一句話也說不出。必是那賊子燒了悶香。妙姑一人，想也被賊悶住，不能言語；況且賊人必多，拿刀弄杖威逼著，他還敢聲喊麼？」

正說著，包勇又在腰門那裏嚷說：「裏頭快把這些混賬的婆子趕了出來罷！快關腰門！」彩屏聽見，恐耽不是，只得叫婆子出去，叫人關了腰門。惜春於是更加苦楚。無奈彩屏等再三以禮相勸，仍舊將一半青絲籠起。大家商議：「不必聲張。就是妙玉被搶，也當作不知，且等老爺太太回來再說。」惜春心裏的死定下一個出家的念頭，暫且不提。

且說賈璉回到鐵檻寺，將到家中查點了上夜的人，開了失單報去的話回了。賈政道：「怎樣開的？」賈璉便將琥珀所記得的數目單子呈出，並說：「這上頭元妃賜的東西，已經註明；還有那人家不大有的東西，不便開上，等姪兒脫了孝，出去託人細細的緝訪，少不得弄出來的。」賈政聽了合意，就點頭不言。

賈璉進內見了邢王二夫人，商量著：「勸老爺早些回家纔好呢，不然，都是亂麻似的。」邢夫人道：「可不是？我們在這裏也是驚心弔膽。」賈璉道：「這是我們不敢說的。還是太太的主意，二老爺是依的。」邢夫人便與王夫人商議妥了。

過了一夜，賈政也不放心，打發寶玉進來說：「請太太們今日回家，過兩三日再來。家人們已經派定了，裏頭請太太們派人罷。」邢夫人派了鸚哥等一干人伴靈，將周瑞家的等人派了總管，其餘上下人等都回去。一時忙亂套車備馬。賈政等在賈母靈前辭別，眾人又哭了一場。

都起來正要走時，只見趙姨娘還爬在地下不起。周姨娘打諒他還哭，便去拉他。豈知趙姨娘滿嘴白沫，眼睛直豎，把舌頭吐出，反把家人唬了一大跳。賈環過來亂嚷。趙姨娘醒來說道：「我是不回去的，跟著老太太回南去！」眾人道：「老太太那用你來？」趙姨娘道：「我跟了一輩子老太太，大老爺還不依，弄神弄鬼的來算計我。我想仗著馬道婆出出我的氣，銀子白花了好些，也沒有弄死一個，如今我回去了，又不知誰來算計我。」眾人聽見，早知是鴛鴦附在他身上，邢王二夫人都不言語瞅著。只有彩雲等代他央告道：「鴛鴦姐姐，你死是自己願意的，與趙姨娘什麼相干？放了他罷。」見邢夫人在這裏，也不敢說別的。趙姨娘道：「我不是鴛鴦，他早到仙界去了。我是閻王差人拿我去的，要問我為什麼和馬婆子用魘魔法的案件。」說著，便叫：「好璉二奶奶！你在這裏老爺面前少頂一句兒罷，我有一千日的不好，還有一天的好呢。好二奶奶，親二奶奶！並不是我要害你，我一時糊塗，聽了那個老娼婦的話。」

正鬧著，賈政打發人進來叫環兒。婆子們去回說：「趙姨娘中了邪了，三爺看著呢。」賈政道：「沒有的事。我們先走了。」於是爺們等先回。這裏趙姨娘還是混說，一時救不過來。邢夫人恐他又說出什麼來，便說：「多派幾個人在這裏瞧著他，咱們先走。到了城裏，打發大夫出來瞧罷。」王夫人本嫌他，也打撒手兒。寶釵本是仁厚的人，雖想著他害寶玉的事，心裏究竟過不去，背地裏託了周姨娘在這裏照應。周姨娘也是個好人，便應承了。李紈說道：「我也在這裏罷。」王夫人道：「可以不必。」於是大家都要起身。賈環急忙道：「我也在這裏嗎？」王夫人啐道：「糊塗東西！你姨媽的死活都不知，你還要走嗎？」賈環就不敢言語了。寶玉道：「好兄弟！你是走不得的，我進了城，打發人來瞧你。」說畢，都上車回家。寺裏只有趙姨娘、賈環、鸚哥等人。

賈政邢夫人等先後到家，到了上房，哭了一場。林之孝帶了家下眾人請了安，跪著。賈政喝道：「去罷！明日問你。」鳳姐那日發暈了幾次，竟不能出接；只有惜春見了，覺得滿面羞慚。邢夫人也不理他，王夫人仍是照常，李紈、寶釵拉著手說了幾句話。獨有尤氏說道：「姑娘，你操心了，倒照應了好幾天。」惜春一言不答，只紫漲了臉。寶釵將尤氏一拉，使了個眼色，尤氏等各自歸房去了。賈政略略的看了一看，歎了口氣，並不言語。到書房席地坐下，叫了賈璉、賈蓉、賈芸吩咐了幾句話。寶玉要在書房來陪賈政。賈政道：「不必。」蘭兒仍跟他母親。一宿無話。

次日，林之孝一早進書房跪著，賈政將前後被盜的事問了一遍，並將周瑞供了出來，又說：「衙門拿住了鮑二，身邊搜出了失單上的東西，現在夾訊，要在他身上要這一夥賊呢。」賈政聽了，大怒道：「家奴負恩，引賊偷竊家主，真是反了！」立刻叫人到城外將周瑞捆了，送到衙門審問。林之孝只管跪著，不敢起來。賈政道：「你還跪著做什麼？」林之孝道：「奴才該死，求老爺開恩。」正說著，賴大等一干辦事家人上來請了安，呈上喪事賬簿。賈政道：「交給璉二爺算明了來回。」吆喝著林之孝起來出去了。

賈璉一腿跪著，在賈政身邊說了一句話。賈政把眼一瞪道：「胡說！老太太的事，銀兩被賊偷去，難道就該罰奴才拿出來麼？」賈璉紅了臉，不敢言語，站起來也不敢動。賈政道：「你媳婦怎麼樣？」賈璉又跪下，說：「看來是不中用了。」賈政歎口氣道：「我不料家運衰敗一至如此！況且環哥兒他媽尚在廟中病著，也不知是什麼症候。你們知道不知道？」賈璉也不敢言語。賈政道：「傳出話去，叫人帶了大夫瞧瞧去。」賈璉即忙答應著，出來，叫人帶了大夫到鐵檻寺去瞧趙姨娘。未知死活，下回分解。

卷一百十三　懺宿冤鳳姐託村嫗　釋舊憾情婢感癡郎

話説趙姨娘在寺內得了暴病，見人少了，更加混説起來，唬得衆人發怔，就有兩個女人攙著趙姨娘雙膝跪在地下，説一回，哭一回。有時爬在地下叫饒説：「打殺我了！紅鬍子的老爺，我再不敢了！」有一時雙手合著，也是叫疼。眼睛突出，嘴裏鮮血直流，頭髮披散。人人害怕，不敢近前。那時又將天晚，趙姨娘的聲音只管陰啞起來了，居然鬼嚎一般，無人敢在他跟前，只得叫了幾個有膽量的男人進來坐著。趙姨娘一時死去，隔了些時，又回過來，整整的鬧了一夜。到了第二天，也不言語，只裝鬼臉，自已拿手撕開衣服，露出胸膛，好像有人剝他的樣子。可憐趙姨娘雖説不出來，其痛苦之狀，實在難堪。

正在危急，大夫來了，也不敢診脈，只囑咐：「辦後事罷。」説了，起身就走。那送大夫的家人再三央告，説：「請老爺看看脈，小的好回稟家主。」那大夫用手一摸，已無脈息。賈環聽了，然後大哭起來。衆人只顧賈環，誰料理趙姨娘。只有周姨娘心裏苦楚，想到：「做偏房側室的下場頭，不過如此！況他還有兒子的，我將來死起來，還不知怎樣呢！」於是反哭的悲切。

且説那人趕回家去回稟了賈政，即派家人去照例料理，陪著環兒住了三天，一同回來。那人去了，這裏一人傳十，十人傳百，都知道趙姨娘使了毒心害人，被陰司裏拷打死了。又說是「璉二奶奶只怕也好不了，怎麼說璉二奶奶告的呢？」這些話傳到平兒耳內，甚是著急，看著鳳姐的樣子，實在是不能好的了。況且賈璉近日並不似先前的恩愛，本來事也多，竟像不與他相干的。平兒在鳳姐跟前只管勸慰。又想著邢王二夫人回家幾日，只打發人來問問，並不親身來看，鳳姐心裏更加悲苦。賈璉回來也沒有一句貼心的話。

鳳姐此時只求速死，心裏一想，邪魔悉至。只見尤二姐從房後走來，漸近牀前，說：「姐姐，許久的不見了。做妹妹的想念得很，要見不能，如今好容易進來見見姐姐，姐姐的心機也用盡了。咱們的二爺糊塗，也不領姐姐的情，反倒怨姐姐做事過於苛刻，把他的前程去了，叫他如今見不得人。我替姐姐氣不平。」鳳姐恍惚說道：「我如今也後悔我的心忒窄了。妹妹不念舊惡，還來瞧我。」平兒在旁聽見，說道：「奶奶說什麼？」鳳姐一時蘇醒，想起尤二姐已死，必是他來索命。被平兒叫醒，心裏害怕，又不肯說出，只得勉強說道：「我神魂不定，想是說夢話。給我捶捶。」平兒上去捶著，見個小丫頭子進來，說是「劉老老來了，婆子們帶著來請奶奶的安。」平兒急忙下來，說：「在那裏呢？」小丫頭子說：「他不敢就進來，還聽奶奶的示下。」平兒聽了點頭，想鳳姐病裏必是懶怠見人，便說道：「奶奶現在養神呢，暫且叫他等著，你問他來有什麼事麼？」小丫頭子說道：「他們問過了，沒有事。說知道老太太去世了，因沒有報，纔來遲了。」小丫頭子說著，鳳姐聽見，便叫：「平兒，你來。人家好心來瞧，不要冷淡人家。你去請了劉老老進來，我和他說說話兒。」平兒只得出來請劉老老這裏坐。鳳姐剛要合眼，又見一個男人一個女人走向炕前，就像要上炕似的。鳳姐急忙便叫平兒，說：「那裏來了一個男人，跑到這裏來了！」連叫兩聲，只見豐兒小紅趕來，說：「奶奶要什麼？」鳳姐睜眼一瞧，不見有人，心裏明白，不肯說出來，便問豐兒道：「平兒這東西那裏去了？」豐兒道：「不是奶奶叫去請劉老老去了麼？」鳳姐定了一會神，也不言語。

只見平兒同劉老老帶了一個小女孩兒進來，說：「我們姑奶奶在那裏？」平兒引到炕邊。劉老老便說：「請姑奶奶安。」鳳姐睜眼一看，不覺一陣傷心，說：「老老，你好？怎麼這時候纔來？你瞧你外孫女兒也長的這麼大了。」劉老老看著鳳姐骨瘦如柴，神情恍惚，心裏也就悲慘起來，說：「我的奶奶！怎麼這幾個月不見，就病到這個分兒。我糊塗得要死，怎麼不早來請姑奶奶的安！」便叫青兒給姑奶奶請安。青兒只是笑。鳳姐看了，倒也十分喜歡，便叫小紅招呼著。劉老老道：「我們屯鄉裏的人，不會病的，若一病了，就要求神許願，從不知道吃藥的。我想姑奶奶的病不要撞著什麼了罷？」平兒聽著那話不在理，便在背地裏扯他。劉老老會意，便不言語。那裏知道這句話倒合了鳳姐的意，扎掙著說：「老老，你是有年紀的人，說得不錯。你見過的趙姨娘也死了，你知道麼？」劉老老咤異道：「阿彌陀佛，好端端一個人，怎麼就死了？我記得他也有一個小哥兒，這便怎麼樣呢？」平兒道：「這怕什麼？他還有老爺太太呢。」劉老老道：「姑娘，你那裏知道，不好死了，是親生的，隔了肚皮子是不中用的。」這句話又招起鳳姐的愁腸，嗚嗚咽咽的哭起來了。眾人都來解勸。

巧姐兒聽見他母親悲哭，便走到炕前，用手拉著鳳姐的手，也哭起來。鳳姐一面哭著，道：「你見過了老老了沒有？」巧姐兒道：「沒有。」鳳姐道：「你的名字還是他起的呢，就和乾娘一樣。你給他請個安。」巧姐兒便走到跟前，劉老老忙拉著道：「阿彌陀佛，不要折殺我了！巧姑娘，我一年多不來，你還認得我麼？」巧姐兒道：「怎麼不認得？那年在園裏見的時候，我還小。前年你來，我還和你要隔年的蟈蟈兒，你也沒有給我，必是忘了。」劉老老道：「好姑娘，我是老糊塗了。若說蟈蟈兒，我們屯裏多得很，只是不到我們那裏去。若去了，要一車也容易。」鳳姐道：「不然，你帶了他去罷。」劉老老笑道：「姑娘這樣千金貴體，綾羅裹大了的，吃的是好東西；到了我們那裏，我拿什麼哄他玩，拿什麼給他吃呢？這倒不是坑殺我了麼？」說著，自己還笑，他說：「那麼著，我給姑娘做個媒罷。我們那裏雖說是屯鄉裏，也有大財主人家，幾千頃地，幾百牲口，銀子錢亦不少，只是不像這裏有金的，有玉的。姑奶奶是瞧不起這樣人家。我們莊家人瞧著這樣大財主，也算是天上的人了。」鳳姐道：「你說去，我願意就給。」劉老老道：「這是玩話兒罷咧。放著姑奶奶這樣，大官大府的人家只怕還不肯給，那裏肯給莊家人？就是姑奶奶肯了，上頭太太們也不給。」巧姐因他這話不好聽，便走了去和青兒說話。兩個女孩兒倒說得上，漸漸的就熟起來了。

這裏平兒恐劉老老話多攪煩了鳳姐，便拉了劉老老說：「你提起太太來，你還沒有過去呢。我出去叫人帶了你去見見，也不枉來這一趟。」劉老老便要走。鳳姐道：「忙什麼？你坐下，我問你：近來的日子還過的麼？」劉老老千恩萬謝的說道：「我們若不仗著姑奶奶，」說著，指著青兒說：「他的老子娘都要餓死了。如今雖說是莊家人苦，家裏也掙了好幾畝地，又打了一眼井，種些菜蔬瓜果。一年賣的錢也不少，儘夠他們嚼吃的了。這兩年，姑奶奶還時常給些衣服布疋，在我們村裏算過得的了。阿彌陀佛，前日他老子進城，聽見姑奶奶這裏動了家，我就幾乎唬殺了；虧得又有人說，不是這裏，我纔放心。後來又聽見說這裏老爺昇了，我又喜歡，就要來道喜，為的是滿地的莊稼，來不得。昨日又聽見說老太太沒有了。我在地裏打豆子，聽見了這話，唬得連豆子都拿不起來了，就在地裏狠狠的哭了一大場。我和女婿說：『我也顧不得你們了，不管真話謊話，我是要進城瞧瞧去的。』我女兒女婿也不是沒良心的，聽見了也哭了一回子。今兒天沒亮，就趕著我進城來了。我也不認得一個人，沒有地方打聽。一徑來到後門，見是門神都糊了，我這一唬又不小。進了門，找周嫂子，再找不著，撞見一個小姑娘，說：『周嫂子他得了不是了，攆了。』我又等了好半天，遇見了熟人，纔得進來。不打諒姑奶奶也是這麼病。」說著，又掉下淚來。

平兒等著急，也不等他說完，拉著就走，說：「你老人家說了半天，口乾了，咱們喝碗茶去罷。」拉著劉老老到下房坐著。青兒在巧姐兒那邊。劉老老道：「茶倒不要，好姑娘，叫人帶了我去請太太的安，哭哭老太太去罷。」平兒道：「你不用忙，今兒也趕不出城的了。方纔我是怕你說話不防頭，招的我們奶奶哭，所以催你出來的。別思量。」劉老老道：「阿彌陀佛，姑娘是你多心，我知道。倒是奶奶的病怎麼好呢？」平兒道：「你瞧去妨礙不妨礙？」劉老老道：「說是罪過，我瞧著不好。」

正說著，又聽鳳姐叫呢。平兒及到牀前，鳳姐又不言語了。平兒正問豐兒，賈璉進來，向炕上一瞧，也不言語，走到裏間，氣哼哼的坐下。只有秋桐跟了進去，倒了茶，殷勤一回，不知嘁嘁喳喳的說些什麼。回來，賈璉叫平兒來問道：「奶奶不吃藥麼？」平兒道：「不吃藥，怎麼樣呢？」賈璉道：「我知道麼？你拿櫃子上的鑰匙來罷。」平兒見賈璉有氣，又不敢問，只得出來鳳姐耳邊說了一聲。鳳姐不言語。平兒便將一個匣子擱在賈璉那裏就走。賈璉道：「有鬼叫你嗎！你擱著叫誰拿呢？」平兒忍氣打開，取了鑰匙，開了櫃子，便問道：「拿什麼？」賈璉道：「咱們有什麼嗎？」平兒氣得哭道：「有話明白說，人死了也願意！」賈璉道：「這還要說麼！頭裏的事是你們鬧的；如今老太太的還短了四五千銀子，老爺叫我拿公中的地賬弄銀子。你說有麼？外頭拉的賬不開發，使得麼？誰叫我應這個名兒！只好把老太太給我的東西折變去罷了，你不依麼？」平兒聽了，一句不言語，將櫃裏東西搬出。只見小紅過來，說：「平姐姐快走！奶奶不好呢。」平兒也顧不得賈璉，急忙過來。見鳳姐用手空抓，平兒用手攥著哭叫。賈璉也過來一瞧，把腳一跺道：「若是這樣，是要我的命了！」說著掉下淚來。豐兒進來說：「外頭找二爺呢。」賈璉只得出去。

這裏鳳姐愈加不好，豐兒等不免哭起來。巧姐聽見趕來。劉老老也急忙走到炕前，嘴裏念佛，搗了些鬼，果然鳳姐好些。一時王夫人聽了丫頭的信，也過來了，先見鳳姐安靜些，心下略放心。見了劉老老，便說：「劉老老，你好？什麼時候來的？」劉老老便說：「請太太安。」也不及細說，只言鳳姐的病，講究了半天。彩雲進來說：「老爺請太太呢。」王夫人叮嚀了平兒幾句話，便過去了。

鳳姐鬧了一回，此時又覺清楚些。見劉老老在這裏，心裏信他求神禱告，便把豐兒等支開，叫劉老老坐在頭邊，告訴他心神不寧，如見鬼怪的樣。劉老老便說我們屯裏什麼菩薩靈，什麼廟有感應。鳳姐道：「求你替我禱告。要用供獻的銀錢，我有。」便在手腕上褪下一隻金鐲子來交給他。劉老老道：「姑奶奶，不用那個。我們村莊人家許了願，好了，花上幾百錢就是了，那用這些？就是我替姑奶奶求去，也是許願，等姑奶奶好了，要花什麼，自己去花罷。」鳳姐明知劉老老一片好心，不好勉強，只得留下，說：「老老，我的命交給你了。我的巧姐兒也是千災百病的，也交給你了。」劉老老順口答應，便說：「這麼著，我看天氣尚早，還趕得出城去，我就去了。明兒姑奶奶好了，再請還願去。」鳳姐因被眾冤魂纏繞害怕，巴不得他就去，便說：「你若肯替我用心，我能安穩睡一覺，我就感激你了。你外孫女兒，叫他在這裏住下罷。」劉老老道：「莊家孩子沒有見過世面，沒的在這裏打嘴，我帶他去的好。」鳳姐道：「這就是多心了。既是咱們一家，這怕什麼？雖說我們窮了，多一個人吃飯也不礙什麼。」劉老老見鳳姐真情，落得叫青兒住幾天，省了家裏的嚼吃。只怕青兒不肯，不如叫他來問問，若是他肯，就留下。於是和青兒說了幾句。青兒因與巧姐兒玩得熟了，巧姐又不願他去，青兒又願意在這裏，劉老老便吩咐了幾句，辭了平兒，忙忙的趕出城去，不提。

且說櫳翠庵原是賈府的地址，因蓋省親園子，將那庵圈在裏頭，向來食用香火，並不動賈府的錢糧。今日妙玉被劫，那女尼呈報到官，一則候官府緝盜的下落，二則是妙玉基業，不便離散，依舊住下，不過回明了賈府。那時賈府的人雖都知道，只為賈政新喪，且又心事不寧，也不敢將這些沒要緊的事回稟。只有惜春知道此事，日夜不安。漸漸傳到寶玉耳邊，說：「妙玉被賊劫去。」又有的說：「妙玉凡心動了，跟人而走。」寶玉聽得，十分納悶：「想來必是被強徒搶去。這個人必不肯受，一定不屈而死。」但是一無下落，心下甚不放心，每日長噓短歎，還說：「這樣一個人，自稱為『檻外人』，怎麼遭此結局！」又想到：「當日園中何等熱鬧。自從二姐姐出閣以來，死的死，嫁的嫁，我想他一塵不染，是保得住的了，豈知風波頓起，比林妹妹死得更奇！」由是一而二，二而三，追思起來，想到《莊子》上的話，虛無縹緲，人生在世，難免風流雲散，不禁的大哭起來。襲人等又道是他的瘋病發作，百般的溫柔解勸。

寶釵初時不知何故，也用話箴規。怎奈寶玉抑鬱不解，又覺精神恍惚。寶釵想不出道理，再三打聽，方知妙玉被劫，不知去向，也是傷感。只為寶玉愁煩，便用正言解釋，因提起：「蘭兒自送殯回來，雖不上學，聞得日夜攻苦。他是老太太的重孫。老太太素來望你成人，老爺為你日夜焦心，你為閒情癡意，糟蹋自己，我們守著你，如何是個結果？」說得寶玉無言可答，過了一回，纔說道：「我那管人家的閒事？只可歎咱們家的運氣衰頹。」寶釵道：「可又來，老爺太太原為是要你成人，接續祖宗遺緒，你只是執迷不悟，如何是好？」寶玉聽來，話不投機，便靠在桌上睡去。寶釵也不理他，叫麝月等伺候著，自己都去睡了。

寶玉見屋裏人少，想起：「紫鵑到了這裏，我從沒和他說句知心的話兒，冷冷清清撂著他，我心裏甚不過意。他呢，又比不得麝月秋紋，我可以安放得的。想起從前我病的時候，他在我這裏伴了好些時，如今他的那一面小鏡子還在我這裏，他的情意卻也不薄了。如今不知為什麼，見我就是冷冷的。若說為我們這一個呢，他是和林妹妹最好的，我看他待紫鵑也不錯。我也不在家的日子，紫鵑原也與他有說有講的；到我來了，紫鵑便走開了。想來自然是為林妹妹死了，我便成了家的原故。噯，紫鵑，紫鵑！你這樣一個聰明女孩兒，難道連我這點子苦處都看不出來麼！」因又一想：「今晚他們睡的睡，做活的做活，不如趁著這個空兒，我找他去，看他有什麼話？倘或我還有得罪之處，便賠個不是也使得。」想定主意，輕輕的走出了房門，來找紫鵑。

那紫鵑的下房也就在西廂裏間。寶玉悄悄的走到窗下，只見裏面尚有燈光，便用舌頭舐破窗紙，往裏一瞧，見紫鵑獨自挑燈，又不是做什麼，呆呆的坐著。寶玉便輕輕的叫道：「紫鵑姐姐，還沒有睡麼？」紫鵑聽了，唬了一跳，怔怔的半日，纔說：「是誰？」寶玉道：「是我。」紫鵑聽著似乎是寶玉的聲音，便問：「是寶二爺麼？」

寶玉在外輕輕的答應了一聲。紫鵑問道：「你來做什麼？」寶玉道：「我有一句心裏的話要和你說說，你開了門，我到你屋裏坐坐。」紫鵑停了一會兒，說道：「二爺有什麼話，天晚了，請回罷，明日再說罷。」寶玉聽了，寒了半截。自己還要進去，恐紫鵑未必開門；欲要回去，這一肚子的隱情，越發被紫鵑這一句話勾起。無奈說道：「我也沒有多餘的話，只問你一句。」紫鵑道：「既是一句，就請說。」寶玉半日反不言語。

紫鵑在屋裏，不見寶玉言語，知他素有癡病，恐怕一時實在搶白了他，勾起他的舊病，倒也不好了，因站起來，細聽了一聽，又問道：「是走了，還是傻站著呢？有什麼又不說，儘著在這裏慪人。已經慪死了一個，難道還要慪死一個麼？這是何苦來呢！」說著，也從寶玉舐破之處往外一張，見寶玉在那裏呆聽。紫鵑不便再說，回身剪了剪燭花。忽聽寶玉歎了一聲道：「紫鵑姐姐，你從來不是這樣鐵心石腸，怎麼近來連一句好好兒的話都不和我說了？我固然是個濁物，不配你們理我；但只我有什麼不是，只望姐姐說明了，那怕姐姐一輩子不理我，我死了倒做個明白鬼呀！」紫鵑聽了，冷笑道：「二爺就是這個話呀，還有什麼？若就是這個話呢，我們姑娘在時，我也跟著聽俗了；若是我們有什麼不好處呢，我是太太派來的，二爺倒是回太太去，左右我們丫頭們更算不得什麼了！」說到這裏，那聲兒便哽咽起來，說著，又醒鼻涕。寶玉在外知他傷心哭了，便急得跺腳道：「這是怎麼說！我的事情，你在這裏幾個月，還有什麼不知道的？就便別人不肯替我告訴你，難道你還不叫我說，叫我憋死了不成！」說著，也嗚咽起來了。

寶玉正在這裏傷心，忽聽背後一個人接言道：「你叫誰替你說呢？誰是誰的什麼？自己得罪了人，自己央及呀，人家賞臉不賞在人家，何苦來拿我們這些沒要緊的墊喘兒呢。」這一句話把裏外兩個人都嚇了一跳。你道是誰？原來卻是麝月。寶玉自覺臉上沒趣。只見麝月又說道：「到底是怎麼著？一個賠不是，一個人又不理。你倒是快快兒的央及呀。噯！我們紫鵑姐姐也就太狠心了，外頭這麼怪冷的，人家央及了這半天，總連個活動氣兒也沒有。」又向寶玉道：「剛纔二奶奶說了，多早晚了，打諒你在那裏呢，你卻一個人站在這房簷底下做什麼？」紫鵑裏面接著說道：「這可是什麼意思呢？早就請二爺進去，有話明日說罷。這是何苦來！」

寶玉還要說話，因見麝月在那裏，不好再說別的，只得一面同麝月走回，一面說道：「罷了，罷了！我今生今世也難剖白這個心了！惟有老天知道罷了！」說到這裏，那眼淚也不知從何處來的，滔滔不斷了。麝月道：「二爺，依我勸你死了心罷。白陪眼淚，也可惜了兒的。」寶玉也不答言，遂進了屋子，只見寶釵睡了，寶玉也知寶釵裝睡。卻是襲人說了一句道：「有什麼話，明日說不得？巴巴兒的跑到那裏去鬧，鬧出……」說到這裏，也就不肯說，遲一遲，纔接著道：「身上不覺怎麼樣？」寶玉也不言語，只搖搖頭兒，襲人一面纔打發睡下。一夜無眠，自不必說。

這裏紫鵑被寶玉一招，越發心裏難受，直直的哭了一夜。思前想後：「寶玉的事，明知他病中不能明白，所以眾人弄鬼弄神的辦成了；後來寶玉明白了，舊病復發，時常哭想，並非忘情負義之徒。今日這種柔情，一發叫人難受，只可憐我們林姑娘真真是無福消受他。如此看來，人生緣分，都有一定。在那未到頭時，大家都是癡心妄想；及至無可如何，那糊塗的也就不理會了，那情深義重的也不過臨風對月，灑淚悲啼。可憐那死的倒未必知道，這活的真真是苦惱傷心，無休無了。算來竟不如草木石頭，無知無覺，倒也心中乾淨！」想到此處，倒把一片酸熱之心，一時冰冷了。纔要收拾睡時，只聽東院裏吵嚷起來。未知何事，下回分解。

卻說寶玉寶釵聽說鳳姐病得危急，趕忙起來，丫頭秉燭伺候。正要出院，只見王夫人那邊打發人來說：「璉二奶奶不好了，還沒有咽氣，二爺二奶奶且慢些過去罷。璉二奶奶的病有些古怪，從三更天起，到四更時候，璉二奶奶沒有住嘴，說些胡話，要船要轎的，說到金陵歸入冊子去。眾人不懂，他只是哭哭喊喊的。璉二爺沒有法兒，只得去糊船轎，還沒拿來，璉二奶奶喘著氣等呢。叫我們過來說，等璉二奶奶去了，再過去罷。」寶玉道：「這也奇，他到金陵做什麼？」襲人輕輕的和寶玉說道：「你不是那年做夢，我還記得說有多少冊子，不是璉二奶奶也到那裏去麼？」寶玉聽了點頭道：「是呀，可惜我都不記得那上頭的話了。這麼說起來，人都有個定數的了。但不知林妹妹又到那裏去了？我如今被你一說，我有些懂得了。若再做這個夢時，我得細細的瞧一瞧，便有未卜先知的分兒了。」襲人道：「你這樣的人，可是不可和你說話的，偶然提了一句，你便認起真來了嗎？就算你能先知了，你有什麼法兒！」寶玉道：「只怕不能先知，若是能了，我也犯不著為你們瞎操心了。」

兩人正說著，寶釵走來，問道：「你們說什麼？」寶玉恐他盤詰，只說：「我們談論鳳姐姐。」寶釵道：「人要死了，你們還只管議論人。舊年你還說我咒人，那個籤不是應了麼？」寶玉又想了一想，拍手道：「是的，是的！這麼說起來，你倒能先知了。我索性問問你，你知道我將來怎麼樣？」寶釵笑道：「這是又胡鬧起來了。我是就他求的籤上的話混解的，你就認了真了。你就和邢妹妹一樣的了。你失了玉，他去求妙玉扶乩，批出來的眾人不解，他還背地裏和我說，妙玉怎麼前知，怎麼參禪悟道。如今他遭此大難，他如何自己都不知道，這可是算得前知嗎？就是我偶然說著了二奶奶的事情，其實知道他是怎麼樣了，只怕我連我自己也不知道呢。這樣下落，可不是虛誕的事，是信得的麼？」寶玉道：「別提他了。你只說邢妹妹罷，自從我們這裏連連的有事，把他這件事竟忘記了。你們家這麼一件大事，怎麼就草草的完了？也沒請親喚友的。」寶釵道：「你這話又是迂了。我們家的親戚，只有咱們這裏和王家最近。王家沒了什麼正經人了；咱們家遭了老太太的大事，所以也沒請，就是璉二哥張羅了張羅。別的親戚雖也有一兩門子，你沒過去，如何知道？算起來，我們這二嫂子的命和我差不多，好好的許了我二哥哥，我媽媽原想要體體面面的給二哥哥娶這房親事的。一則為我哥哥在監裏，二哥哥也不肯大辦；二則為咱們家的事；三則為我二嫂子在大太太那邊忒苦，又加著抄了家，大太太是苛刻一點的，他也實在難受。所以我和媽媽說了，便將將就就的娶了過去。我看二嫂子如今倒是安心樂意的孝敬我媽媽，比親媳婦還強十倍呢；待二哥哥也是極盡婦道的，和香菱又甚好。二哥哥不在家，他兩個和和氣氣的過日子，雖說是窮些，我媽媽近來倒安逸好些。就是想起我哥哥來，不免悲傷。況且常打發人家裏來要使用，多虧二哥哥在外頭賬頭兒上討來應付他的。我聽見說，城裏有幾處房子已經典去，還剩了一所在那裏，打算著搬去住。」寶玉道：「為什麼要搬？住在這裏，你來去也便宜些；若搬遠了，你去就要一天了。」寶釵道：「雖說是親戚，到底各自的穩便些。那裏有個一輩子住在親戚家的呢！」

寶玉還要講出不搬去的理，王夫人打發人來說：「璉二奶奶咽了氣了，所有的人都過去了，請二爺二奶奶就過去。」寶玉聽了，也掌不住跺腳要哭。寶釵雖也悲戚，恐寶玉傷心，便說：「有在這裏哭的，不如到那邊哭去。」於是兩人一直到鳳姐那裏，只見好些人圍著哭呢。寶釵走到跟前，見鳳姐已經停牀，便大放悲聲。寶玉也拉著賈璉的手，大哭起來，賈璉也重新哭泣。平兒等因見無人勸解，只得含悲上來勸止了。眾人都悲哀不止。賈璉此時手足無措，叫人傳了賴大來，叫他辦理喪事。自己回明了賈政去，然後行事。但是手頭不濟，諸事拮据。又想起鳳姐素日的好處，更加悲哭不已。又見巧姐哭得死去活來，越發傷心。哭到天明，即刻打發人去請他大舅子王仁過來。

那王仁自從王子騰死後，王子勝又是無能的人，任他胡為，已鬧得六親不和。今知妹子死了，只得趕著過來哭了一場。見這裏諸事將就，心下便不舒服，說：「我妹妹在你家辛辛苦苦當了好幾年家，也沒有什麼錯處，你們家該認真的發送發送纔是，怎麼這時候諸事還沒有齊備？」賈璉本與王仁不睦，見他說些混賬話，知他不懂的什麼，也不大理他。王仁便叫了他外甥女兒巧姐過來，說：「你娘在時，本來辦事不周到，只知道一味的奉承老太太，把我們的人都不大看在眼裏。外甥女兒，你也大了，看見我曾經沾染過你們沒有？如今你娘死了，諸事要聽著舅舅的話。你母親娘家的親戚就是我和你二舅舅了。你父親的為人，我也早知道的了，只有重別人。那年什麼尤姨娘死了，我雖不在京，聽見人說花了好些銀子。如今你娘死了，你父親倒是這樣的將就辦去嗎，你也不快些勸勸你父親？」巧姐道：「我父親巴不得要好看，只是如今比不得從前了。現在手裏沒錢，所以諸事省些是有的。」王仁道：「你的東西還少麽！」巧姐兒道：「舊年抄去，何嘗還了呢。」王仁道：「你也這樣説？我聽見老太太又給了好些東西，你該拿出來。」巧姐又不好説父親用去，只推不知道。王仁便道：「哦，我知道了，不過是你要留著做嫁妝罷咧。」巧姐聽了，不敢回言，只氣得哽噎難鳴的哭起來了。平兒生氣説道：「舅老爺，有話等我們二爺進來再説。姑娘這麽點年紀，他懂的什麽？」王仁道：「你們是巴不得二奶奶死了，你們就好為王了！我並不要什麽，好看些，也是你們的臉面。」説著，賭氣坐著。巧姐滿懷的不舒服，心想：「我父親並不是沒情。我媽媽在時，舅舅不知拿了多少東西去，如今説得這樣乾淨！」於是便不大瞧得起他舅舅了。豈知王仁心裏想來，他妹妹不知積攢了多少。雖説抄了家，那屋裏的銀子還怕少嗎？「必是怕我來纏他們，所以也幫著這麽説。這小東西兒也是不中用的。」從此，王仁也嫌了巧姐兒了。

賈璉並不知道，只忙著弄銀錢使用。外頭的大事，叫賴大辦了；裏頭也要用好些錢，一時實在不能張羅。平兒知他著急，便叫賈璉道：「二爺也別過於傷了自己的身子。」賈璉道：「什麽身子！現在日用的錢都沒有，這件事怎麽辦？偏有個糊塗行子，又在這裏蠻纏，你想有什麽法兒！」平兒道：「二爺也不用著急。若説沒錢使喚，我還有些東西，舊年幸虧沒有抄去，在裏頭，二爺要，就拿去當著使喚罷。」賈璉聽了，心想：「難得這樣。」便笑道：「這樣更好，省得我各處張羅。等我銀子弄到手了還你。」平兒道：「我的也是奶奶給的，什麽還不還！只要這件事辦得好看些就是了。」賈璉心裏倒著實感激他，便將平兒的東西拿了去，當錢使用。諸凡事情，便與平兒商量。秋桐看著，心裏就有些不甘，每每口角裏頭便説：「平兒沒有了奶奶，他要上去了。我是老爺的人，他怎麽就越過我去了呢？」平兒也看出來了，只不理他。

倒是賈璉一時明白，越發把秋桐嫌了，一時有些煩惱，便拿著秋桐出氣。邢夫人知道，反說賈璉不好，賈璉忍氣。不提。

再說鳳姐停了十餘天，送了殯。賈政守著老太太的孝，總在外書房。那時清客相公，漸漸的都辭去了，只有個程日興還在那裏，時常陪著說說話兒。提起「家運不好，一連人口死了好些，大老爺和珍大爺又在外頭。家計一天難似一天，外頭東莊地畝，也不知道怎麼樣，總不得了呀！」程日興道：「我在這裏好些年，也知道，府上的人那一個不是肥己的？一年一年都往他家裏拿，那自然府上是一年不夠一年了。又添了大老爺珍大爺那邊兩處的費用；外頭又有些債務；前兒又破了好些財，要想衙門裏緝賊追贓，是難事。老世翁若要安頓家事，除非傳那些管事的來，派一個心腹的人各處去清查清查，該去的去，該留的留；有了虧空，著在經手的身上賠補，這就有了數兒了。那一座大的園子，人家是不敢買的，這裏頭的出息也不少，又不派人管了的。幾年老世翁不在家，這些人就弄神弄鬼兒的，鬧得一個人不敢到園裏，這都是家人的弊。此時把下人查一查，好的使著，不好的便攆了，這纔是道理。」賈政點頭道：「先生，你所不知，不必說下人，便是自己的姪兒，也靠不住。若要我查起來，那能一一親見親知？況我又在服中，不能照管這些了。我素來又兼不大理家，有的沒的，我還摸不著呢。」程日興道：「老世翁最是仁德的人，若在別家的，這樣的家計，就窮起來，十年五載還不怕，便向這些管家的要，也就夠了。我聽見世翁的家人還有做知縣的呢。」賈政道：「一個人若要使起家人們的錢來，便了不得了，只好自己儉省些。但是冊子上的產業，若是實有還好，生怕有名無實了。」程日興道：「老世翁所見極是。晚生為什麼說要查查呢？」賈政道：「先生必有所聞。」程日興道：「我雖知道些那些管事的神通，晚生也不敢言語的。」賈政聽了，便知話裏有因，便歎道：「我自祖父以來，都是仁厚的，從沒有刻薄過下人。我看如今這些人一日不似一日了。在我手裏行出主子樣兒來，又叫人笑話。」

兩人正說著，門上的進來回道：「江南甄老爺到來了。」賈政便問道：「甄老爺進京為什麼？」那人道：「奴才也打聽了，說是蒙聖恩起復了。」賈政道：「不用說了，快請罷。」那人出去，請了進來。那甄老爺即是甄寶玉之父，名叫甄應嘉，表字友忠，也是金陵人氏，功勳之後。原與賈府有親，素來走動的。因前年掛誤革了職，動了家產；今遇主上眷念功臣，賜還世職，行取來京陛見。知道賈母新喪，特備祭禮，擇日到寄靈的地方拜奠，所以先來拜望。

賈政有服，不能遠接，在外書房門口等著。那位甄老爺一見，便悲喜交集，因在制中，不便行禮，遂拉著了手敘了些闊別思念的話，然後分賓主坐下，獻了茶，彼此又將別後事情的話說了。賈政問道：「老親翁幾時陛見的？」甄應嘉道：「前日。」賈政道：「主上隆恩，必有溫諭。」甄應嘉道：「主上的恩典，真是比天還高，下了好些旨意。」賈政道：「什麼好旨意？」甄應嘉道：「近來越寇猖獗，海疆一帶，小民不安，派了安國公征剿賊寇。主上因我熟悉土疆，命我前往安撫，但是即日就要起身。昨日知老太太仙逝，謹備瓣香至靈前拜奠，稍盡微忱。」賈政即忙叩首拜謝，便說：「老親翁即此一行，必是上慰聖心，下安黎庶。誠哉莫大之功，正在此行。但弟不克親睹奇才，只好遙聆捷報。現在鎮海統制是弟舍親，會時務望青照。」甄應嘉道：「老親翁與統制是什麼親戚？」賈政道：「弟那年在江西糧道任時，將小女許配與統制少君，結縭已經三載。因海口案內未清，繼以海寇聚奸，所以音信不通。弟深念小女，俟老親翁安撫事竣後，拜懇便中請為一視。弟即修數行，煩尊紀帶去，便感激不盡了。」甄應嘉道：「兒女之情，人所不免。我正在有奉託老親翁的事，日蒙聖恩召取來京，因小兒年幼，家下乏人，將賤眷全帶來京。我因欽限迅速，晝夜先行，賤眷在後緩行，到京尚需時日。弟奉旨出京，不敢久留。將來賤眷到京，少不得要到尊府，定叫小犬叩見，如可進教，遇有姻事可圖之處，望乞留意為感。」賈政一一答應。

那甄應嘉又說了幾句話，就要起身，說：「明日在城外再見。」賈政見他事忙，諒難再坐，只得送出書房。賈璉寶玉早已伺候在那裏代送，因賈政未叫，不敢擅入。甄應嘉出來，兩人上去請安。應嘉一見寶玉，呆了一呆，心想：「這個怎麼甚像我家寶玉？只是渾身縞素。」因問：「至親久闊，爺們都不認得了。」賈政忙指賈璉道：「這是家兄名赦之子璉二姪兒。」又指著寶玉道：「這是第二小犬，名叫寶玉。」應嘉拍手道：「奇！我在家聽見說老親翁有個啣玉生的愛子，名叫寶玉，因與小兒同名，心中甚為罕異。後來想著這個也是常有的事，不在意了。豈知今日一見，不但面貌相同，且舉止一般，這更奇了。」問起年紀，「比這裏的哥兒略小一歲」。賈政便因提起承屬包勇，問及「令郎哥兒與小兒同名」的話述了一遍。應嘉因屬意寶玉，也不暇問及那包勇的得妥，只連連的稱道：「真真罕異！」因又拉了寶玉的手，極致殷勤。又恐安國公起身甚速，急須預備長行，勉強分手徐行。賈璉寶玉送出，一路又問了寶玉好些的話。及至登車去後，賈璉寶玉回來見了賈政，便將應嘉問的話回了一遍。賈政命他二人散去。賈璉又去張羅，算明鳳姐喪事的賬目。

寶玉回到自己房中，告訴了寶釵，說是：「常提的甄寶玉，我想一見不能，今日倒先見了他父親了。我還聽得說，寶玉也不日要到京了，要來拜望我老爺呢。又人人說和我一模一樣的，我只不信。若是他後兒到了咱們這裏來，你們都去瞧去，看他果然和我像不像？」寶釵聽了道：「嗳，你說話怎麼越發不留神了？什麼男人同你一樣都說出來了，還叫我們瞧去嗎！」寶玉聽了，知是失言，臉上一紅，連忙的還要解說。不知何話，下回分解。

卷一百十五　惑偏私惜春矢素志　證同類寶玉失相知

話説寶玉為自己失言，被寶釵問住，想要掩飾過去，只見秋紋進來説：「外頭老爺叫二爺呢。」寶玉巴不得一聲，便走了去。到賈政那裏，賈政道：「我叫你來不為別的。現在你穿著孝，不便到學裏去，你在家裏，必要將你念過的文章溫習溫習。我這幾天倒也閒著，隔兩三日要作幾篇文章我瞧瞧，看你這些時進益了沒有。」寶玉只得答應著。賈政又道：「你環兄弟蘭姪兒我也叫他們溫習去了。倘若你作的文章不好，反倒不及他們，那可就不成事了。」寶玉不敢言語，答應了個「是」，站著不動。賈政道：「去罷。」寶玉退了出來，正撞見賴大諸人拿著些冊子進來。

寶玉一溜煙回到自己房中，寶釵問了，知道叫他作文章，倒也喜歡。惟有寶玉不願意，也不敢怠慢。正要坐下靜靜心，見有兩個姑子進來，寶玉看是地藏庵的。來和寶玉説：「請二奶奶安。」寶釵待理不理的説：「你們好？」因叫人來：「倒茶給師父們喝。」寶玉原要和那姑子説話，見寶釵似乎厭惡這些，也不好兜搭。那姑子知道寶釵是個冷人，也不久坐，辭了要去。寶釵道：「再坐坐去罷。」那姑子道：「我們因在鐵檻寺做了功德，好些時沒來請太太奶奶們的安。今日來了，見過了奶奶太太們，還要看四姑娘呢。」寶釵點頭，由他去了。

那姑子便到惜春那裏，見了彩屏，説：「姑娘在那裏呢？」彩屏道：「不用提了。

姑娘這幾天飯都沒吃，只是歪著。」那姑子道：「為什麼？」彩屏道：「說也話長。你見了姑娘，只怕他便和你說了。」惜春早已聽見，急忙坐起，說：「你們兩個人好啊！見我們家事差了，便不來了。」那姑子道：「阿彌陀佛，有也是施主，沒也是施主，別說我們是本家庵裏的，受過老太太多少恩惠呢！如今老太太的事，太太奶奶們都見了，只沒有見姑娘，心裏惦記，今兒是特特的來瞧姑娘來的。」惜春便問起水月庵的姑子來。那姑子道：「他們庵裏鬧了些事，如今門上也不肯常放進來了。」便問惜春道：「前兒聽見說，櫳翠庵的妙師父怎麼跟了人去了？」惜春道：「那裏的話！說這個話的人堤防著刮舌頭。人家遭了強盜搶去，怎麼還說這樣的壞話。」那姑子道：「妙師父的為人怪僻，只怕是假惺惺罷？在姑娘面前，我們也不好說的。那裏像我們這些粗夯人，只知道諷經念佛，給人家懺悔，也為著自己修個善果。」惜春道：「怎麼樣就是善果呢？」那姑子道：「除了咱們家這樣善德人家兒不怕，若是別人家那些誥命夫人小姐，也保不住一輩子的榮華。到了苦難來了，可就救不得了。只有個觀世音菩薩大慈大悲，遇見人家有苦難的，就慈心發動，設法兒救濟。為什麼如今都說『大慈大悲救苦救難的觀世音菩薩』呢！我們修了行的人，雖說比夫人小姐們苦多著呢，只是沒有險難的了。雖不能成佛作祖，修修來世或者轉個男身，自己也就好了。不像如今脫生了個女人胎子，什麼委屈煩難都說不出來。姑娘，你還不知道呢，要是人家姑娘們出了門子，這一輩子跟著人，是更沒法兒的。若說修行，也只要修得真。那妙師父自為才情比我們強，他就嫌我們這些人俗。豈知俗的纔能得善緣呢，他如今到底是遭了大劫了。」

惜春被那姑子一番話說得合在機上，也顧不得丫頭們在這裏，便將尤氏待他怎樣，前兒看家的事說了一遍，並將頭髮指給他瞧，道：「你打諒我是什麼沒主意戀火坑的人麼？早有這樣的心，只是想不出道兒來。」那姑子聽了，假作驚慌道：「姑娘再別說這個話！珍大奶奶聽見，還要罵殺我們，攆出庵去呢！姑娘這樣人品，這樣人家，將來配個好姑爺，享一輩子的榮華富貴……」惜春不等說完，便紅了臉，說：「珍大奶奶攆得你，我就攆不得麼？」那姑子知是真心，便索性激他一激，說道：「姑娘別怪我們說錯了話。太太奶奶們那裏就依得姑娘的性子呢？那時鬧出沒意思來倒不好。我們倒是為姑娘的話。」惜春道：「這也瞧罷咧。」彩屏等聽這話頭不好，便使個眼色兒給姑子，叫他走。那姑子會意，本來心裏也害怕，不敢挑逗，便告辭出去。惜春也不留他，便冷笑道：「打諒天下就是你們一個地藏庵麼？」那姑子也不敢答言，去了。

彩屏見事不妥，恐耽不是，悄悄的去告訴了尤氏說：「四姑娘鉸頭髮的心頭還沒有息呢。他這幾天不是病，竟是怨命。奶奶堤防些，別鬧出事來，那會子歸罪我們身上。」尤氏道：「他那裏是為要出家？他為的是大爺不在家，安心和我過不去，也只好由他罷了。」彩屏等沒法，也只好常常勸解。豈知惜春一天一天的不吃飯，只想鉸頭髮。彩屏等吃不住，只得到各處告訴。邢王二夫人等也都勸了好幾次，怎奈惜春執迷不解。

邢王二夫人正要告訴賈政，只聽外頭傳進來說：「甄家的太太帶了他們家的寶玉來了。」眾人急忙接出，便在王夫人處坐下。眾人行禮，敘些寒溫，不必細述。只言王夫人提起甄寶玉與自己的寶玉無二，要請甄寶玉進來一見。傳話出去，回來說道：「甄少爺在外書房同老爺說話，說得投了機了，打發人來請我們二爺三爺，還叫蘭哥兒，在外頭吃飯，吃了飯進來。」說畢，裏頭也便擺飯，不提。

且說賈政見甄寶玉相貌果與寶玉一樣，試探他的文才，竟應對如流，甚是心敬，故叫寶玉等三人出來，警勵他們；再者，到底叫寶玉來比一比。寶玉聽命，穿了素服，帶了兄弟姪兒出來，見了甄寶玉，竟是舊相識一般。那甄寶玉也像那裏見過的。兩人行了禮，然後賈環賈蘭相見。本來賈政席地而坐，要讓甄寶玉在椅子上坐，甄寶玉因是晚輩，不敢上坐，就在地下鋪了褥子坐下。如今寶玉等出來，又不能同賈政一處坐著，為甄寶玉又是晚一輩，又不好竟叫寶玉等站著。賈政知是不便，站著又說了幾句話，叫人擺飯，說：「我失陪，叫小兒輩陪著，大家說說話兒，好叫他們領領大教。」甄寶玉遜謝道：「老伯大人請便，姪兒正欲領世兄們的教呢。」賈政回覆了幾句，便自往內書房去。那甄寶玉反要送出來，賈政攔住。寶玉等先搶了一步，出了書房門檻站立著，看賈政進去，然後進來讓甄寶玉坐下。彼此套敘了一回，諸如久慕渴想的話，也不必細述。

且說賈寶玉見了甄寶玉，想到夢中之景，並且素知甄寶玉為人，必是和他同心，以為得了知己。因初次見面，不便造次，且又賈環賈蘭在坐，只有極力誇讚說：「久仰芳名，無由親近，今日見面，真是謫仙一流的人物！」那甄寶玉素來也知賈寶玉的為人，今日一見，果然不差，「只是可與我共學，不可與你適道。他既和我同名同貌，也是三生石上的舊精魂了。既我略知了些道理，怎麼不和他講講？但是初見，尚不知他的心與我同不同，只好緩緩的來。」便道：「世兄的才名，弟所素知的。在世兄是數萬人的裏頭選出來最清最雅的，在弟是庸庸碌碌一等愚人，忝附同名，殊覺玷辱了這兩個字。」賈寶玉聽了，心想：「這個人果然同我的心一樣的。但是你我都是男人，不比那女孩兒們清潔，怎麼他拿我當作女孩兒看待起來？」便道：「世兄謬讚，實不敢當。弟是至濁至愚，只不過一塊頑石耳，何敢比世兄品望高清，實稱此兩字。」甄寶玉道：「弟少時不知分量，自謂尚可琢磨；豈知家遭消索，數年來更比瓦礫猶賤。雖不敢說歷盡甘苦，然世道人情，略略的領悟了好些。世兄是錦衣玉食，無不遂心的，必是文章經濟，高出人上，所以老伯鍾愛，將為席上之珍：弟所以纔說尊名方稱。」

賈寶玉聽這話頭又近了祿蠹的舊套，想話回答。賈環見未與他說話，心中早不自在。倒是賈蘭聽了這話，甚覺合意，便說道：「世叔所言，固是太謙，若論到文章經濟，實在從歷練中出來的，方為真才實學。在小姪年幼，雖不知文章為何物，然將讀過的細味起來，那膏粱文繡，比著令聞廣譽，真是不啻百倍的了。」甄寶玉未及答言，賈寶玉聽了蘭兒的話，心裏越發不合，想道：「這孩子從幾時也學了這一派酸論。」便說道：「弟聞得世兄也詆盡流俗，性情中另有一番見解。今日弟幸會芝範，想欲領教一番超凡入聖的道理，從此可以洗淨俗腸，重開眼界。不意視弟為蠢物，所以將世路的話來酬應。」甄寶玉聽說，心裏曉得：「他知我少年的性情，所以疑我為假，我索性把話說明，或者與我做個知心朋友，也是好的。」便說道：「世兄高論，固是真切。但弟少時也曾深惡那些舊套陳言，只是一年長似一年，家君致仕在家，懶於酬應，委弟接待。後來見過那些大人先生，盡都是顯親揚名的人；便是著書立說，無非言忠言孝，自有一番立德立言的事業，方不枉生在聖明之時，也不致負了父親師長養育教誨之恩：所以把少時那一派迂想癡情，漸漸的淘汰了些。如今尚欲訪師覓友，教導愚蒙。幸會世兄，定當有以教我。適纔所言，並非虛意。」

賈寶玉愈聽愈不耐煩，又不好冷淡，只得將言語支吾。幸喜裏頭傳出話來，說：「若是外頭爺們吃了飯，請甄少爺裏頭去坐呢。」寶玉聽了，趁勢便邀甄寶玉進去。那甄寶玉依命前行，賈寶玉等陪著來見王夫人。賈寶玉見是甄太太上坐，便先請過了安。賈環賈蘭也見了。甄寶玉也請了王夫人的安。兩母兩子，互相廝認。雖是賈寶玉是娶過親的，那甄夫人年紀已老，又是老親，因見賈寶玉的相貌身材與他兒子一般，不禁親熱起來。王夫人更不用說，拉著甄寶玉問長問短，覺得比自己家的寶玉老成些。回看賈蘭，也是清秀超群的，雖不能像兩個寶玉的形象，也還隨得上；只有賈環粗夯，未免有偏愛之色。

眾人一見兩個寶玉在這裏，都來瞧看，說道：「真真奇事！名字同了也罷，怎麼相貌身材都是一樣的。虧得是我們寶玉穿孝，若是一樣的衣服穿著，一時也認不出來。」內中紫鵑一時癡意發作，便想起黛玉來，心裏說道：「可惜林姑娘死了，若不死時，就將那甄寶玉配了他，只怕也是願意的。」正想著，只聽得甄夫人道：「前日聽得我們老爺回來說，我們寶玉年紀也大了，求這裏老爺留心一門親事。」王夫人正愛甄寶玉，順口便說道：「我也想要與令郎作伐。我家有四個姑娘，那三個都不用說，死的死，嫁的嫁了。還有我們珍大姪兒的妹子，只是年紀過小幾歲，恐怕難配。倒是我們大媳婦的兩個堂妹子，生得人材齊正。二姑娘呢，已經許了人家；三姑娘正好與令郎為配。過一天，我給令郎做媒。但是他家的家計如今差些。」甄夫人道：「太太這話又客套了。如今我們家還有什麼？只怕人家嫌我們窮罷了。」王夫人道：「現今府上復又出了差，將來不但復舊，必是比先前更要鼎盛起來。」甄夫人笑著道：「但願依著太太的話更好。這麼著，就求太太作個保山。」

甄寶玉聽他們說起親事，便告辭出來，賈寶玉等只得陪著來到書房。見賈政已在那裏，復又立談幾句。聽見甄家的人來回甄寶玉道：「太太要走了，請爺回去罷。」於是甄寶玉告辭出來。賈政命寶玉、環、蘭相送，不提。

且說寶玉自那日見了甄寶玉之父，知道甄寶玉來京，朝夕盼望，今兒見面，原想得一知己，豈知談了半天，竟有些冰炭不投。悶悶的回到自己房中，也不言，也不笑，只管發怔。寶釵便問：「那甄寶玉果然像你麼？」寶玉道：「相貌倒還是一樣的，只是言談間看起來，並不知道什麼，不過也是個祿蠹。」寶釵道：「你又編派人家了。怎麼就見得也是個祿蠹呢？」寶玉道：「他說了半天，並沒個明心見性之談，不過說些什麼『文章經濟』，又說什麼『為忠為孝』。這樣人可不是個祿蠹麼？只可惜他也生了這樣一個相貌。我想來有了他，我竟要連我這個相貌都不要了。」寶釵見他又發呆話，便說道：「你真真說出句話來叫人發笑，這相貌怎麼能不要呢？況且人家這話是正理，做了一個男人，原該要立身揚名的，誰像你一味的柔情私意？不說自己沒有剛烈，倒說人家是祿蠹。」寶玉本聽了甄寶玉的話，甚不耐煩，又被寶釵搶白了一場，心中更加不樂，悶悶昏昏，不覺將舊病又勾起來了，並不言語，只是傻笑。寶釵不知，只道是「我的話錯了，他所以冷笑」，也不理他。豈知那日便有些發呆；襲人等慪他，也不言語。過了一夜，次日起來，只是發呆，竟有前番病的樣子。

一日，王夫人因為惜春定要鉸髮出家，尤氏不能攔阻，看著惜春的樣子是若不依他，必要自盡的，雖然晝夜著人看著，終非常事，便告訴了賈政。賈政歎氣跺腳，只說：「東府裏不知幹了什麼，鬧到如此地位！」叫了賈蓉來說了一頓，叫他去和他母親說：「認真勸解勸解。若是必要這樣，就不是我們家的姑娘了。」豈知尤氏不勸還好，一勸了，更要尋死，說：「做了女孩兒，終不能在家一輩子的。若像二姐姐一樣，老爺太太們倒要煩心，況且死了。如今譬如我死了似的，放我出了家，乾乾淨淨的一輩子，就是疼我了！況且我又不出門，就是櫳翠庵原是咱們家的基址，我就在那裏修行。我有什麼，你們也照應得著。現在妙玉的當家的在那裏。你們依我呢，我就算得了命了；若不依我呢，我也沒法，只有死就完了。我如若遂了自己的心願，那時哥哥回來，我和他說並不是你們逼著我的；若說我死了，未免哥哥回來，倒說你們不容我。」尤氏本與惜春不合，聽他的話，也似乎有理，只得去回王夫人。

王夫人已到寶釵那裏，見寶玉神魂失所，心下著忙，便說襲人道：「你們忒不留神，二爺犯了病，也不來回我。」襲人道：「二爺的病原來是常有的，一時好，一時不好。天天到太太那裏，仍舊請安去，原是好好兒的，今日纔發糊塗些。二奶奶正要來回太太，恐怕太太說我們大驚小怪。」寶玉聽見王夫人說他們，心裏一時明白，恐他們受委屈，便說道：「太太放心，我沒什麼病，只是心裏覺著有些悶悶的。」王夫人道：「你是有這病根子，早說了，好請大夫瞧瞧，吃兩劑藥好了不好？若再鬧到頭裏丟了玉的時候似的，就費事了。」寶玉道：「太太不放心，便叫個人來瞧瞧，我就吃藥。」王夫人便叫丫頭傳話出來請大夫。這一個心思都在寶玉身上，便將惜春的事忘了。遲了一回，大夫看了服藥，王夫人回去。

過了幾天，寶玉更糊塗了，甚至於飯食不進，大家著急起來。恰又忙著脫孝，家中無人，又叫了賈芸來照應大夫。賈璉家下無人，請了王仁來在外幫著料理。那巧姐兒是日夜哭母，也是病了。所以榮府中又鬧得馬仰人翻。

一日，又當脫孝來家，王夫人親身又看寶玉，見寶玉人事不醒，急得眾人手足無措，一面哭著，一面告訴賈政說：「大夫回了，不肯下藥，只好預備後事。」賈政歎氣連連，只得親自看視，見其光景果然不好，便又叫賈璉辦去。賈璉不敢違拗，只得叫人料理。手頭又短，正在為難，只見一個人跑進來說：「二爺，不好了！又有饑荒來了。」賈璉不知何事，這一嚇非同小可，瞪著眼說道：「什麼事？」那小廝道：「門上來了一個和尚，手裏拿著二爺的這塊丟的玉，說要一萬賞銀。」賈璉照臉啐道：「我打量什麼事，這樣慌張！前番那假的你不知道麼？就是真的，現在人要死了，要這玉做什麼！」小廝道：「奴才也說了。那和尚說，給他銀子就好了。」又聽著外頭嚷進來說：「這和尚撒野，各自跑進來了，眾人攔他攔不住。」賈璉道：「那裏有這樣怪事？你們還不快打出去呢！」又鬧著，賈政聽見了，也沒了主意了。裏頭又哭出來，說：「寶二爺不好了！」賈政益發著急。只見那和尚嚷道：「要命拿銀子來！」賈政忽然想起：「頭裏寶玉的病是和尚治好的，這會子和尚來，或者有救星。但是這玉倘或是真，他要起銀子來，怎麼樣呢？」想了一想：「好，且不管他，果真人好了再說。」賈政叫人去請，那和尚已進來了，也不施禮，也不答話，便往裏就跑。賈璉拉著道：「裏頭都是內眷，你這野東西混跑什麼？」那和尚道：「遲了就不能救了！」賈璉急得一面走，一面亂嚷道：「裏頭的人不要哭了，和尚進來了！」

王夫人等只顧著哭，那裏理會？賈璉走近來又嚷。王夫人等回過頭來，見一個長大的和尚，唬了一跳，躲避不及。那和尚直走到寶玉炕前，寶釵避過一邊，襲人見王夫人站著，不敢走開。只見那和尚道：「施主們，我是送玉來的。」說著，把那塊玉擎著道：「快把銀子拿出來，我好救他。」王夫人等驚惶無措，也不擇真假，便說道：「若是救活了人，銀子是有的。」那和尚笑道：「拿來！」王夫人道：「你放心，橫豎折變的出來。」和尚哈哈大笑，手拿著玉，在寶玉耳邊叫道：「寶玉，寶玉！你的『寶玉』回來了。」說了這一句，王夫人等見寶玉把眼一睜。襲人說道：「好了！」只見寶玉便問道：「在那裏呢？」那和尚把玉遞給他手裏。寶玉先前緊緊的攥著，後來慢慢的回過手來，放在自己眼前，細細的一看，說：「嗳呀！來遲了。」裏外眾人都喜歡的念佛，連寶釵也顧不得有和尚了。

賈璉也走過來一看，果見寶玉回過來了，心裏一喜，疾忙躲出去了。那和尚也不言語，趕來拉著賈璉就跑。賈璉只得跟著，到了前頭，趕著告訴賈政。賈政聽了喜歡，即找和尚施禮叩謝，和尚還了禮坐下。賈璉心下狐疑：「必是要了銀子纔走。」賈政細看那和尚，又非前次見的，便問：「寶剎何方？法師大號？這玉是那裏得的？怎麼小兒一見便會活過來呢？」那和尚微微笑道：「我也不知道，只要拿一萬銀子來就完了。」賈政見這和尚粗魯，也不敢得罪，便說：「有。」和尚道：「有便快拿來罷，我要走了。」賈政道：「略請少坐，待我進內瞧瞧。」和尚道：「你去，快出來纔好。」

賈政果然進去，也不及告訴，便走到寶玉炕前。寶玉見是父親來，欲要爬起，因身子虛弱，起不來。王夫人按著說道：「不要動。」寶玉笑著，拿這玉給賈政瞧，道：「寶玉來了。」賈政略略一看，知道此事有些根源，也不細看，便和王夫人道：「寶玉好過來了，這賞銀怎麼樣？」王夫人道：「儘著我所有的折變了給他就是了。」寶玉道：「只怕這和尚不是要銀子的罷？」賈政點頭道：「我也看來古怪，但是他口口聲聲的要銀子。」王夫人道：「老爺出去先款留著他再說。」

賈政出來。寶玉便嚷餓了，喝了一碗粥，還說要飯。婆子們果然取了飯來，王夫人還不敢給他吃。寶玉說：「不妨的，我已經好了。」便爬著吃了一碗，漸漸的神氣果然好過來了，便要坐起來。麝月上去輕輕的扶起，因心裏喜歡忘了情，說道：「真是寶貝！纔看見了一會兒就好了。虧的當初沒有砸破。」寶玉聽了這話，神色一變，把玉一撂，身子往後一仰，未知死活，下回分解。

卷一百十六　得通靈幻境悟仙緣　送慈柩故鄉全孝道

話說寶玉一聽麝月的話，身往後仰，復又死去，急得王夫人等哭叫不止。麝月自知失言致禍，此時王夫人等也不及說他。那麝月一面哭著，一面打定主意，心想：「若是寶玉一死，我便自盡，跟了他去。」不言麝月心裏的事。且言王夫人等見叫不回來，趕著叫人出來找和尚救治，豈知賈政進內出去時，那和尚已不見了。賈政正在咤異，聽見裏頭又鬧，急忙進來，見寶玉又是先前的樣子，牙關緊閉，脈息全無。用手在心窩中一摸，尚有溫熱。賈政只得急忙請醫，灌藥救治。

那知那寶玉的魂魄早已出了竅了。你道死了不成？卻原來恍恍惚惚趕到前廳，見那送玉的和尚坐著，便施了禮。那知和尚站起身來，拉著寶玉就走。寶玉跟了和尚，覺得身輕如葉，飄飄颻颻，也沒出大門，不知從那裏走了出來。行了一程，到了個荒野地方，遠遠的望見一座牌樓，好像曾到過的。正要問那和尚時，只見恍恍惚惚又來了一個女人。寶玉心裏想道：「這樣曠野地方，那得有如此的麗人？必是神仙下界了。」寶玉想著，走近前來，細細一看，竟有些認得的，只是一時想不起來。見那女人和和尚打了一個照面，就不見了。寶玉一想，竟是尤三姐的樣子，越發納悶：「怎麼他也在這裏？」又要問時，那和尚早拉著寶玉過了那牌樓，只見牌上寫著「真如福地」四大字，兩邊一副對聯，乃是：

假去真來真勝假，無原有是有非無。

轉過牌坊，便是一座宮門。門上也橫書四個大字道：「福善禍淫」。又有一副對子，大書云：

過去未來，莫謂智賢能打破；前因後果，須知親近不相逢。

寶玉看了，心下想道：「原來如此！我倒要問問因果來去的事了。」這麼一想，只見鴛鴦站在那裏，招手兒叫他。寶玉想道：「我走了半日，原不曾出園子，怎麼改了樣子了呢？」趕著要和鴛鴦説話，豈知一轉眼便不見了，心裏不免疑惑起來。走到鴛鴦站的地方兒，乃是一溜配殿，各處都有匾額。寶玉無心去看，只向鴛鴦立的所在奔去，見那一間配殿的門半掩半開。寶玉也不造次進去，心裏正要問那和尚一聲，回過頭來，和尚早已不見了。寶玉恍惚見那殿宇巍峨，絕非大觀園景象，便立住腳，擡頭看那匾額上寫道：「引覺情癡」。兩邊寫的對聯道：

喜笑悲哀都是假，貪求思慕總因癡。

寶玉看了，便點頭歎息。想要進去找鴛鴦，問他是什麼所在。細細想來，甚是熟識，便仗著膽子推門進去。滿屋一瞧，並不見鴛鴦，裏頭只是黑漆漆的，心下害怕。正要退出，見有十數個大櫥，櫥門半掩。寶玉忽然想起：「我少時做夢，曾到過這樣個地方；如今能夠親身到此，也是大幸。」

恍惚間，把找鴛鴦的念頭忘了，便壯著膽把上首的大櫥開了櫥門一瞧，見有好幾本冊子，心裏更覺喜歡，想道：「大凡人做夢，説是假的，豈知有這夢便有這事。我常説還要做這個夢再不能的，不料今兒被我找著了。但不知那冊子是那個見過的不是？」伸手在上頭取了一本，冊上寫著「金陵十二釵正冊」。寶玉拿著一想道：「我恍惚記得是那個，只恨記不清楚。」便打開頭一頁看去。見上頭有畫，但是畫跡模糊，再瞧不出來。後面有幾行字跡，也不清楚，尚可摹擬，便細細的看去，見有什麼玉帶，上頭有個好像「林」字，心裏想道：「不要是說林妹妹罷？」便認真看去，底下又有「金簪雪裏」四字，咤異道：「怎麼又像他的名字呢？」復將前後四句合起來一念道：「也沒有什麼道理，只是暗藏著他兩個名字，並不為奇。獨有那『憐』字『歎』字不好。這是怎麼解？」想到那裏，又自啐道：「我是偷著看，若只管呆想起來，倘有人來，又看不成了。」遂往後看去，也無暇細玩那畫圖，只從頭看去。看到尾兒，有幾句詞，什麼「相逢大夢歸」一句，便恍然大悟道：「是了！果然機關不爽，這必是元春姐姐了。若都是這樣明白，我要鈔了去細玩起來，那些姊妹們的壽夭窮通，沒有不知的了。我回去自不肯洩漏，只做一個『未卜先知』的人，也省了多少閒想。」又向各處一瞧，並沒有筆硯，又恐人來，只得忙著看去。只見圖上影影有一個放風箏的人兒，也無心去看。急急的將那十二首詩詞都看遍了，也有一看便知的，也有一想便得的，也有不大明白的，心下牢牢記著。一面歎息，一面又取那「金陵又副冊」一看，看到「堪羨優伶有福，誰知公子無緣」，先前不懂，見上面尚有花席的影子，便大驚痛哭起來。

待要往後再看，聽見有人說道：「你又發呆了！林妹妹請你呢。」好似鴛鴦的聲氣，回頭卻不見人。心中正自驚疑，忽鴛鴦在門外招手。寶玉一見，喜得趕出來，但見鴛鴦在前，影影綽綽的走，只是趕不上。寶玉叫道：「好姐姐！等等我。」那鴛鴦並不理，只顧前走。寶玉無奈，盡力趕去。忽見別有一洞天，樓閣高聳，殿角玲瓏，且有好些宮女隱約其間。寶玉貪看景致，竟將鴛鴦忘了。寶玉順步走入一座宮門，內有奇花異卉，都也認不明白。惟有白石花欄圍著一顆青草，葉頭上略有紅色，但不知是何名草，這樣矜貴？只見微風動處，那青草已擺搖不休。雖說是一枝小草，又無花朵，其嫵媚之態，不禁心動神怡，魂消魄喪。

寶玉只管呆呆的看著，只聽見旁邊有一人說道：「你是那裏來的蠢物，在此窺探仙草！」寶玉聽了，吃了一驚，回頭看時，卻是一位仙女，便施禮道：「我找鴛鴦姐姐，誤入仙境，恕我冒昧之罪！請問神仙姐姐：這裏是何地方？怎麼我鴛鴦姐姐到此還說是林妹妹叫我？望乞明示。」那人道：「誰知你的姐姐妹妹？我是看管仙草的，不許凡人在此逗留。」寶玉欲待要出來，又捨不得，只得央告道：「神仙姐姐！既是那管理仙草的，必然是花神姐姐了。但不知這草有何好處？」那仙女道：「你要知道這草，說起來話長著呢。那草本在靈河岸上，名曰『絳珠草』。因那時萎敗，幸得一個神瑛侍者日以甘露灌溉，得以長生。後來降凡歷劫，還報了灌溉之恩，今返歸真境。所以警幻仙子命我看管，不令蜂纏蝶戀。」寶玉聽了不解，一心疑定必是遇見了花神了，今日斷不可當面錯過，便問：「管這草的是神仙姐姐了。還有無數名花，必有專管的，我也不敢煩問，只有看管芙蓉花的是那位神仙？」那仙女道：「我卻不知，除是我主人方曉。」寶玉便問道：「姐姐的主人是誰？」那仙女道：「我主人是瀟湘妃子。」寶玉聽道：「是了！你不知道：這位妃子就是我的表妹林黛玉。」那仙女道：「胡說！此地乃上界神女之所，雖號為瀟湘妃子，並不是娥皇女英之輩，何得與凡人有親？你少來混說，瞧著叫力士打你出去。」

寶玉聽了發怔，只覺自形穢濁。正要退出，又聽見有人趕來，說道：「裏面叫請神瑛侍者。」那人道：「我奉命等了好些時，總不見有神瑛侍者過來，你叫我那裏請去？」那一個笑道：「纔退去的不是麼？」那侍女慌忙趕出來，說：「請神瑛侍者回來。」寶玉只道是問別人，又怕被人追趕，只得踉蹌而逃。

正走時，只見一人手提寶劍，迎面攔住，說：「那裏走！」嚇得寶玉驚惶無措。仗著膽擡頭一看，卻不是別人，就是尤三姐。寶玉見了，略定些神，央告道：「姐姐，怎麼你也來逼起我來了？」那人道：「你們弟兄沒有一個好人，敗人名節，破人婚姻。今兒你到這裏，是不饒你的了！」寶玉聽去話頭不好，正自著急，只聽後面有人叫道：「姐姐，快快攔住！不要放他走了。」尤三姐道：「我奉妃子之命，等候已久。今兒見了，必定要一劍斬斷你的塵緣。」寶玉聽了，益發著忙，又不懂這些話到底是什麼意思，只得回頭要跑。豈知身後說話的並非別人，卻是晴雯。寶玉一見，悲喜交集，便說：「我一個人走迷了道兒，遇見仇人，我要逃回，卻不見你們一人跟著我。如今好了，晴雯姐姐，快快的帶我回家去罷。」晴雯道：「侍者不必多疑。我非晴雯，我是奉妃子之命，特來請你一會，並不難為你。」寶玉滿腹狐疑，只得問道：「姐姐說是妃子叫我，那妃子究是何人？」晴雯道：「此時不必問，到了那裏，自然知道。」寶玉沒法，只得跟著走。細看那人背後舉動，恰是晴雯：「那面目聲音是不錯的了，怎麼他說不是？我此時心裏模糊，且別管他。到了那邊，見了妃子，就有不是，那時再求他。到底女人的心腸是慈悲的，必定恕我冒失。」

正想著，不多時，到了一個所在，只見殿宇精緻，彩色輝煌，庭中一叢翠竹，户外數本蒼松。廊簷下立著幾個侍女，都是宮妝打扮。見了寶玉進來，便悄悄的說道：「這就是神瑛侍者麼？」引著寶玉的說道：「就是，你快進去通報罷。」有一侍女笑著招手，寶玉便跟著進去。過了幾層房舍，見一正房，珠簾高掛。那侍女說：「站著候旨。」寶玉聽了，也不敢則聲，只好在外等著。那侍女進去不多時，出來說：「請侍者參見。」又有一人捲起珠簾。只見一女子頭戴花冠，身穿繡服，端坐在內。寶玉略一擡頭，見是黛玉的形容，便不禁的說道：「妹妹在這裏！叫我好想。」那簾外的侍女悄咤道：「這侍者無禮，快快出去！」說猶未了，又見一個侍兒將珠簾放下。寶玉此時欲待進去又不敢，要走又不捨，待要問明，見那些侍女並不認得，又被驅逐，無奈出來。心想要問晴雯，回頭四顧，並不見有晴雯。心下狐疑，只得快快出來，又無人引著。正欲找原路而去，卻又找不出舊路了。正在為難，見鳳姐站在一所房簷下招手。寶玉看見，喜歡道：「可好了！原來回到自己家裏了。我怎麼一時迷亂如此？」急奔前來說：「姐姐在這裏麼，我被這些人捉弄到這個分兒，林妹妹又不肯見我，不知是何原故？」說著，走到鳳姐站的地方，細看起來，並不是鳳姐，原來卻是賈蓉的前妻秦氏。寶玉只得立住腳，要問鳳姐姐在那裏。那秦氏也不答言，竟自往屋裏去了。

寶玉恍恍惚惚的，又不敢跟進去，只得呆呆的站著，歎道：「我今兒得了什麼不是，眾人都不理我。」便痛哭起來。見有幾個黃巾力士執鞭趕來，說是：「何處男人敢闖入我們這天仙福地來，快走出去！」寶玉聽得，不敢言語。正要尋路出來，遠遠望見一群女子說笑前來。寶玉看時，又像有迎春等一干人走來，心裏喜歡，叫道：「我迷住在這裏，你們快來救我！」正嚷著，後面力士趕來。寶玉急得往前亂跑，忽見那一群女子都變作鬼怪形象，也來追撲。

寶玉正在情急，只見那送玉來的和尚，手裏拿著一面鏡子一照，說道：「我奉元妃娘娘旨意，特來救你。」登時鬼怪全無，仍是一片荒郊。寶玉拉著和尚說道：「我記得是你領我到這裏，你一時又不見了。看見了好些親人，只是都不理我，忽又變作鬼怪。到底是夢是真？望老師明白指示。」那和尚道：「你到這裏，曾偷看什麼東西沒有？」寶玉一想，道：「他既能帶我到天仙福地，自然也是神仙了，如何瞞得他？況且正要問個明白。」便道：「我倒見了好些冊子來著。」那和尚道：「可又來！你見了冊子，還不解麼？世上的情緣，都是那些魔障。只要把歷過的事情細細記著，將來我與你說明。」說著，把寶玉狠命的一推，說：「回去罷！」寶玉站不住腳，一跤跌倒，口裏嚷道：「阿喲！」

王夫人等正在哭泣，聽見寶玉蘇來，連忙叫喚。寶玉睜眼看時，仍躺在炕上，見王夫人寶釵等哭得眼泡紅腫。定神一想，心裏說道：「是了，我是死去過來的。」遂把神魂所歷的事呆呆的細想。幸喜多還記得，便哈哈的笑道：「是了，是了！」王夫人只道舊病復發，便好延醫調治，即命丫頭婆子快去告訴賈政，說是：「寶玉回過來了。頭裏原是心迷住了，如今說出話來，不用備辦後事了。」賈政聽了，即忙進來看視，果見寶玉蘇來，便道：「沒福的癡兒，你要唬死誰麼？」說著，眼淚也不知不覺流下來了。又歎了幾口氣，仍出去叫人請醫生，診脈服藥。

這裏麝月正思自盡，見寶玉回過來，也放了心。只見王夫人叫人端了桂圓湯，叫他喝了幾口，漸漸的定了神。王夫人等放心，也沒有說麝月，只叫人仍把那玉交給寶釵給他帶上。想起那和尚來，「這玉不知那裏找來的？也是古怪。怎麼一時要銀，一時又不見了？莫非是神仙不成？」寶釵道：「說起那和尚來的蹤跡，去的影響，那玉並不是找來的；頭裏丟的時候，必是那和尚取去的。」王夫人道：「玉在家裏，怎麼能取的了去？」寶釵道：「既可送來，就可取去。」襲人麝月道：「那年丟了玉，林大爺測了個字，後來二奶奶過了門，我還告訴過二奶奶，說測的那字是什麼『賞』字。二奶奶還記得麼？」寶釵想道：「是了，你們說測的是當舖裏找去，如今纔明白了，竟是個和尚的『尚』字在上頭，可不是和尚取了去的麼？」王夫人道：「那和尚本來古怪。那年寶玉病的時候，那和尚來說是我們家有寶貝可解，說的就是這塊玉了。他既知道，自然這塊玉到底有些來歷。況且你女婿養下來就嘴裏含著的。古往今來，你們聽見過這麼第二個麼？只是不知終久這塊玉到底是怎麼著，就連咱們這一個，也還不知是怎麼著。病也是這塊玉，好也是這塊玉，生也是這塊玉……」說到這裏，忽然住了，不免又流下淚來。寶玉聽了，心裏卻也明白，更想死去的事，愈加有因，只不言語，心裏細細的記憶。

那時惜春便說道：「那年失玉，還請妙玉請過仙，說是『青埂峰下倚古松』，還有什麼『入我門來一笑逢』的話。想起來『入我門』三字，大有講究。佛教的法門最大，只怕二哥哥不能入得去。」寶玉聽了，又冷笑幾聲。寶釵聽了，不覺的把眉頭兒肐瞅著，發起怔來。尤氏道：「偏你一說，又是佛門了。你出家的念頭還沒有歇麼？」惜春笑道：「不瞞嫂子說，我早已斷了葷了。」王夫人道：「好孩子，阿彌陀佛！這個念頭是起不得的。」惜春聽了，也不言語。寶玉想「青燈古佛前」的詩句，不禁連歎幾聲。忽又想起一牀席一枝花的詩句來，拿眼睛看著襲人，不覺又流下淚來。眾人都見他忽笑忽悲，也不解是何意，只道是他的舊病；豈知寶玉觸處機來，竟能把偷看冊上詩句俱牢牢記住了，只是不說出來，心中早有一個成見在那裏了，暫且不提。

且說眾人見寶玉死去復生，神氣清爽，又加連日服藥，一天好似一天，漸漸的復原起來。便是賈政見寶玉已好，現在丁憂無事，想起賈赦不知幾時遇赦，老太太的靈柩久停寺內，終不放心，欲要扶柩回南安葬，便叫了賈璉來商議。賈璉便道：「老爺想得極是。如今趁著丁憂，幹了一件大事更好。將來老爺起了服，生恐又不能遂意了。但是我父親不在家，姪兒呢又不敢僭越。老爺的主意很好，只是這件事也得好幾千銀子。衙門裏緝贓，那是再緝不出來的。」賈政道：「我的主意是定了。只為大爺不在家，叫你來商議商議，怎麼個辦法。你是不能出門的，現在這裏沒有人；我為是好幾口材，都要帶回去的，一個人怎麼樣的照應呢？想起把蓉哥兒帶了去，況且有他媳婦的棺材，也在裏頭。還有你林妹妹的，那時老太太的遺言，說跟著老太太一塊兒回去的。我想這一項銀子，只好在那裏挪借幾千，也就夠了。」賈璉道：「如今的人情過於淡薄。老爺呢，又丁憂；我們老爺呢，又在外頭。一時借是借不出來的了，只是拿房地文書出去押去。」賈政道：「住的房子是官蓋的，那裏動得？」賈璉道：「住房是不能動的。外頭還有幾所，可以出脫的，等老爺起復後再贖也使得。將來我父親回來了，倘能也再起用，也好贖的。只是老爺這麼大年紀，辛苦這一場，姪兒們心裏卻不安。」賈政道：「老太太的事是應該的。只要你在家謹慎些，把持定了纔好。」賈璉道：「老爺這倒只管放心，姪兒雖糊塗，斷不敢不認真辦理的。況且老爺回南，少不得多帶些人去，所留下的人也有限了，這點子費用，還可以過的來。就是老爺路上短少些，必經過賴尚榮的地方，可也叫他出點力兒。」賈政道：「自己的老人家的事，叫人家幫什麼。」賈璉答應了「是」，便退出來，打算銀錢。

賈政便告訴了王夫人，叫他管了家，自己便擇了發引長行的日子，就要起身。寶玉此時身體復元，賈環賈蘭倒認真念書，賈政都交付給賈璉，叫他管教，「今年是大比的年頭，環兒是有服的，不能入場；蘭兒是孫子，服滿了也可以考的；務必叫寶玉同著姪兒考去。能夠中一個舉人，也好贖一贖咱們的罪名。」賈璉等唯唯應命。賈政又吩咐了在家的人，說了好些話，纔別了宗祠，便在城外念了幾天經，就發引下船，帶了林之孝等而去。也沒有驚動親友，惟有自家男女送了一程回來。

寶玉因賈政命他赴考，王夫人便不時催逼，查考起他的工課來。那寶釵襲人時常勸勉，自不必說。那知寶玉病後，雖精神日長，他的念頭一發更奇僻了，竟換了一種，不但厭棄功名仕進，竟把那兒女情緣也看淡了好些。只是眾人不大理會，寶玉也並不說出來。

一日，恰遇紫鵑送了林黛玉的靈柩回來，悶坐自己屋裏啼哭，想著：「寶玉無情，見他林妹妹的靈柩回去，並不傷心落淚；見我這樣痛哭，也不來勸慰，反瞅著我笑。這樣負心的人，從前都是花言巧語來哄著我們。前夜虧我想得開，不然，幾乎又上了他的當。只是一件叫人不解：如今我看他待襲人等也是冷冷兒的。二奶奶是本來不喜歡親熱的，麝月那些人就不抱怨他麼？我想女孩子們多半是癡心的，白操了那些時的心，看將來怎樣結局！」正想著，只見五兒走來瞧他。見紫鵑滿面淚痕，便說：「姐姐又想林姑娘了？想一個人，聞名不如眼見。頭裏聽著寶二爺女孩子跟前是最好的，我母親再三的把我弄進來。豈知我進來了，盡心竭力的伏侍了幾次病，如今病好了，連一句好話也沒有剩出來，如今索性連眼兒也都不瞧了。」紫鵑聽他說得好笑，便「噗嗤」的一笑，啐道：「呸，你這小蹄子！你心裏要寶玉怎麼個樣兒待你纔好？女孩兒家也不害臊！連名公正氣的屋裏人瞧著他還沒事人一大堆呢，有功夫理你去！」因又笑著，拿個指頭往臉上抹著，問道：「你到底算寶玉的什麼人哪？」那五兒聽了，自知失言，便飛紅了臉。待要解說不是要寶玉怎樣看待，說他近來不憐下的話，只聽院門外亂嚷，說：「外頭和尚又來了，要那一萬銀子呢。太太著急，叫璉二爺和他講去，偏偏璉二爺又不在家。那和尚在外頭說些瘋話，太太叫請二奶奶過去商量。」不知怎樣打發那和尚，下回分解。

話說王夫人打發人來叫寶釵過去商量，寶玉聽見說是和尚在外頭，趕忙的獨自一人走到前頭，嘴裏亂嚷道：「我的師父在那裏？」叫了半天，並不見有和尚，只得走到外面。見李貴將和尚攔住，不放他進來。寶玉便說道：「太太叫我請師父進去。」李貴聽了，鬆了手，那和尚便搖搖擺擺的進去。寶玉看見那僧的形狀與他死去時所見的一般，心裏早有些明白了，便上前施禮，連叫：「師父，弟子迎候來遲。」那僧說：「我不要你們接待，只要銀子拿了來，我就走。」寶玉聽來，又不像有道行的話，看他滿頭癩瘡，渾身腌臢破爛，心裏想道：「自古說，『真人不露相，露相不真人』，也不可當面錯過。我且應了他謝銀，並探探他的口氣。」便說道：「師父不必性急。現在家母料理，請師父坐下，略等片刻。弟子請問師父，可是從太虛幻境而來？」那和尚道：「什麼『幻境』！不過是來處來、去處去罷了。我是送還你的玉來的。且我問你，那玉是從那裏來的？」寶玉一時對答不來，那僧笑道：「你自己的來路還不知，便來問我！」寶玉本來穎悟，又經點化，早把紅塵看破，只是自己的底裏未知。一聞那僧問起玉來，好像當頭一棒，便說道：「你也不用銀子了，我把那玉還你罷。」那僧笑道：「也該還我了。」

寶玉也不答言，往裏就跑。走到自己院內，見寶釵襲人等都到王夫人那裏去了，忙向自己牀邊取了那玉，便走出來。迎面碰見了襲人，撞了一個滿懷，把襲人唬了一跳，說道：「太太說你陪著和尚坐著很好，太太在那裏打算送他些銀兩，你又回來做什麼？」寶玉道：「你快去回太太說，不用張羅銀兩了，我把這玉還了他就是了。」襲人聽說，即忙拉住寶玉，道：「這斷使不得的！那玉就是你的命，若是他拿了去，你又要病著了。」寶玉道：「如今再不病的了。我已經有了心了，要那玉何用？」摔脫襲人，便要想走。襲人急得趕著嚷道：「你回來，我告訴你一句話！」寶玉回過頭來道：「沒有什麼說的了。」襲人顧不得什麼，一面趕著跑，一面嚷道：「上回丟了玉，幾乎沒有把我的命要了！剛剛兒的有了，他拿了去，你也活不成，我也活不成了！你要還他，除非是叫我死了！」說著，趕上一把拉住。寶玉急了，道：「你死也要還，你不死也要還！」狠命的把襲人一推，抽身要走。怎奈襲人兩隻手繞著寶玉的帶子不放鬆，哭喊著坐在地下。

裏面的丫頭聽見，連忙趕來，瞧見他兩個人的神情不好。只聽見襲人哭道：「快告訴太太去！寶二爺要把那玉去還和尚呢！」丫頭趕忙飛報王夫人。那寶玉更加生氣，用手來掰開了襲人的手，幸虧襲人忍痛不放。紫鵑在屋裏聽見寶玉要把玉給人，這一急比別人更甚，把素日冷淡寶玉的主意都忘在九霄雲外了，連忙跑出來，幫著抱住寶玉。那寶玉雖是個男人，用力摔打，怎奈兩個人死命的抱住不放，也難脫身，歎口氣道：「為一塊玉，這樣死命的不放，若是我一個人走了，又待怎麼樣呢？」襲人紫鵑聽到那裏，不禁嚎啕大哭起來。

正在難分難解，王夫人寶釵急忙趕來。見是這樣形景，便哭著喝道：「寶玉！你又瘋了嗎！」寶玉見王夫人來了，明知不能脫身，只得陪笑道：「這當什麼，又叫太太著急。他們總是這樣大驚小怪的，我說那和尚不近人情，他必要一萬銀子，少一個不能。我生氣進來，拿這玉還他，就說是假的，要這玉幹什麼？他見得我們不希罕那玉，便隨意給他些，就過去了。」王夫人道：「我打諒真要還他，這也罷了，為什麼不告訴明白了他們？叫他們哭哭喊喊的像什麼。」寶釵道：「這麼說呢，倒還使得。要是真拿那玉給他，那和尚有些古怪，倘或一給了他，又鬧到家口不寧，豈不是不成事了麼？至於銀錢呢，就把我的頭面折變了，也還夠了呢。」王夫人聽了，道：「也罷了，且就這麼辦罷。」寶玉也不回答。

只見寶釵走上來，在寶玉手裏拿了這玉，說道：「你也不用出去，我和太太給他錢就是了。」寶玉道：「玉不還他也使得，只是我還得當面見他一見纔好。」襲人等仍不肯放手。到底寶釵明決，說：「放了手，由他去就是了。」襲人只得放手。寶玉笑道：「你們這些人，原來重玉不重人哪！你們既放了我，我便跟著他走了，看你們就守著那塊玉怎麼樣？」襲人心裏又著急起來，仍要拉他，只礙著王夫人和寶釵的面前，又不好太露輕薄，恰好寶玉一撒手就走了。襲人忙叫小丫頭在三門口傳了焙茗等：「告訴外頭照應著二爺，他有些瘋了。」小丫頭答應了出去。

王夫人寶釵等進來坐下，問起襲人來由，襲人便將寶玉的話細細說了。王夫人寶釵甚是不放心，又叫人出去，吩咐眾人伺候著和尚說些什麼。回來，小丫頭傳話進來回王夫人道：「二爺真有些瘋了。外頭小廝們說：裏頭不給他玉，他也沒法兒；如今身子出來了，求著那和尚帶了他去。」王夫人聽了，說道：「這還了得！那和尚說什麼來著？」小丫頭回道：「和尚說，要玉不要人。」寶釵道：「不要銀子了麼？」小丫頭道：「沒聽見說。後來和尚和二爺兩個人說著笑著，有好些話，外頭小廝們都不大懂。」王夫人道：「糊塗東西！聽不出來，學是自然學得來的。」便叫小丫頭：「你把那小廝叫進來。」小丫頭連忙出去叫進那小廝，站在廊下，隔著窗户請了安。王夫人便問道：「和尚和二爺的話，你們不懂，難道學也學不來嗎？」那小廝回道：「我們只聽見說什麼『大荒山』，什麼『青埂峰』，又說什麼『太虛境』『斬斷塵緣』這些話。」王夫人聽了也不懂。寶釵聽了，唬得兩眼直瞪，半句話都沒有了。

正要叫人出去拉寶玉進來，只見寶玉笑嘻嘻的進來，說：「好了，好了！」寶釵仍是發怔。王夫人道：「你瘋瘋癲癲的說是什麼？」寶玉道：「正經話，又說我瘋癲！那和尚與我原認得的，他不過也是要來見我一見。他何嘗是真要銀子呢，也只當化個善緣就是了。所以說明了，他自己就飄然而去了。這可不是好了麼！」王夫人不信，又隔著窗户問那小廝。那小廝連忙出去問了門上的人，進來回說：「果然和尚走了，說請太太們放心，我原不要銀子，只要寶二爺時常到他那裏去去就是了。諸事只要隨緣，自有一定的道理。」王夫人道：「原來是個好和尚，你們曾問住在那裏？」門上道：「奴才也問來著，他說我們二爺是知道的。」王夫人問寶玉道：「他到底住在那裏？」寶玉笑道：「這個地方，說遠就遠，說近就近。」寶釵不待說完，便道：「你醒醒兒罷，別儘著迷在裏頭！現在老爺太太就疼你一個人，老爺還吩咐叫你干功名長進呢。」寶玉道：「我說的不是功名麼？你們不知道『一子出家，七祖昇天』呢。」王夫人聽到那裏，不覺傷心起來，說：「我們的家運怎麼好？一個四丫頭口口聲聲要出家，如今又添出一個來了。我這樣個日子，過他做什麼！」說著，大哭起來。寶釵見王夫人傷心，只得上前苦勸。寶玉笑道：「我說了這句玩話，太太又認起真來了。」王夫人止住哭聲道：「這些話也是混說的麼？」

正鬧著，只見丫頭來回話：「璉二爺回來了，顏色大變，說，請太太回去說話。」王夫人又吃了一驚，說道：「將就些叫他進來罷，小嬸子也是舊親，不用迴避了。」賈璉進來見了王夫人，請了安。寶釵迎著，也問了賈璉的安。回說道：「剛纔接了我父親的書信，說是病重得很，叫我就去，若遲了恐怕不能見面。」說到那裏，眼淚便掉下來了。王夫人道：「書上寫的是什麼病？」賈璉道：「寫的是感冒風寒起來的，如今成了癆病了。現在危急，專差一個人連日連夜趕來的，說『如若再耽擱一兩天，就不能見面了』。故來回太太，姪兒必得就去纔好。只是家裏沒人照管。薔兒芸兒雖說糊塗，到底是個男人，外頭有了事來，還可傳個話。姪兒家裏倒沒有什麼事。秋桐是天天哭著喊著，不願意在這裏，姪兒叫了他娘家的人來領了去了，倒省了平兒好些氣。雖是巧姐沒人照應，還虧平兒的心不很壞。姐兒心裏也明白，只是性氣比他娘還剛硬些，求太太時常管教管教他。」說著，眼圈兒一紅，連忙把腰裏拴檳榔荷包的小絹子拉下來擦眼。王夫人道：「放著他親祖母在那裏，託我做什麼？」賈璉輕輕的說道：「太太要說這個話，姪兒就該活活兒的打死了。沒什麼說的，總求太太始終疼姪兒就是了。」說著，就跪下來了。王夫人也眼圈兒紅了，說：「你快起來，娘兒們說話兒，這是怎麼說？只是一件，孩子也大了，倘或你父親有個一差二錯，又耽擱住了，或者有個門當户對的來說親，還是等你回來，還是你太太做主？」賈璉道：「現在太太們在家，自然是太太們做主，不必等我。」王夫人道：「你要去，就寫了稟帖給二老爺送個信，說家下無人，你父親不知怎樣，快請二老爺將老太太的大事早早的完結，快快回來。」

賈璉答應了「是」，正要走出去，復轉回來，回說道：「咱們家的家下人，家裏還夠使喚，只是園裏沒有人，太空了。包勇又跟了他們老爺去了。姨太太住的房子，薛二爺已搬到自己的房子內住了。園裏一帶屋子都空著，忒沒照應，還得太太叫人常查看查看。那櫳翠庵原是咱們家的地基，如今妙玉不知那裏去了，所有的根基，他的當家女尼不敢自己做主，要求府裏一個人管理管理。」王夫人道：「自己的事還鬧不清，還擱得住外頭的事麼？這句話，好歹別叫四丫頭知道；若是他知道了，又要吵著出家的念頭出來了。你想，咱們家什麼樣的人家，好好的姑娘出了家，還了得！」賈璉道：「太太不提起，姪兒也不敢說。四妹妹到底是東府裏的，又沒有父母，他親哥哥又在外頭，他親嫂子又不大說的上話，姪兒聽見要尋死覓活了好幾次。他既是心裏這麼著的了，若是牛著他，將來倘或認真尋了死，比出家更不好了。」王夫人聽了點頭，道：「這件事真真叫我也難擔，我也做不得主，由他大嫂子去就是了。」

賈璉又說了幾句，纔出來，叫了眾家人來，交代清楚，寫了書，收拾了行裝。平兒等不免叮嚀了好些話。只有巧姐兒慘傷的了不得。賈璉又欲託王仁照應，巧姐到底不願意；聽見外頭託了芸薔二人，心裏更不受用，嘴裏卻說不出來。只得送了他父親，謹謹慎慎的隨著平兒過日子。豐兒小紅因鳳姐去世，告假的告假，告病的告病。平兒意欲接了家中一個姑娘來，一則給巧姐作伴，二則可以帶量他。遍想無人。只有喜鸞四姐兒是賈母舊日鍾愛的，偏偏四姐兒新近出了嫁了，喜鸞也有了人家兒，不日就要出閣，也只得罷了。

且說賈芸賈薔送了賈璉，便進來見了邢王二夫人。他兩個倒替著在外書房住下，日間便與家人廝鬧，有時找了幾個朋友吃個「車箍轆會」，甚至聚賭。裏頭那裏知道。一日，邢大舅王仁來，瞧見了賈芸賈薔住在這裏，知他熱鬧，也就借著照看的名兒時常在外書房設局賭錢喝酒。所有幾個正經的家人，賈政帶了幾個去，賈璉又跟去了幾個，只有那賴林諸家的兒子姪兒。那些少年，託著老子娘的福吃喝慣了的，那知當家立計的道理？況且他們長輩都不在家，便是「沒籠頭的馬」了。又有兩個旁主人慫恿，無不樂為。這一鬧，把個榮國府鬧得沒上沒下，沒裏沒外。

那賈薔還想勾引寶玉。賈芸攔住道：「寶二爺那個人去運氣的，不用惹他。那一年我給他說了一門子絕好的親，父親在外頭做稅官，家裏開幾個當舖，姑娘長得比仙女兒還好看。我巴巴兒的細細的寫了一封書子給他，誰知他沒造化……」說到這裏，瞧了瞧左右無人，又說：「他心裏早和咱們這個二嬸娘好上了。你沒聽見說，還有一個林姑娘呢，弄得害了相思病死的，誰不知道！這也罷了，各自的姻緣罷咧。誰知他為這件事倒惱了我了，總不大理。他打諒誰必是借誰的光兒呢！」

賈薔聽了，點點頭，纔把這個心歇了。他兩個還不知道寶玉自會那和尚以後，他是欲斷塵緣，一則在王夫人跟前不敢任性，已與寶釵襲人等皆不大款洽了。那些丫頭不知道，還要逗他，寶玉那裏看得到眼裏。他也並不將家事放在心裏。時常王夫人寶釵勸他念書，他便假作攻書，一心想著那個和尚引他到那仙境的機關，心目中觸處皆為俗人。卻在家難受，閒來倒與惜春閒講。他們兩個人講得上了，那種心更加準了幾分，那裏還管賈環賈蘭等。那賈環為他父親不在家，趙姨娘已死，王夫人不大理會，他便入了賈薔一路。倒是彩雲時常規勸，反被賈環辱罵。玉釧兒見寶玉瘋癲更甚，早和他娘說了，要求著出去。如今寶玉賈環，他哥兒兩個，各有一種脾氣，鬧得人人不理。獨有賈蘭跟著他母親上緊攻書，作了文字，送到學裏請教代儒。因近來代儒老病在牀，只得自己刻苦。李紈是素來沈靜，除了請王夫人的安，會會寶釵，餘者一步不走，只有看著賈蘭攻書。所以榮府住的人雖不少，竟是各自過各自的，誰也不肯做誰的主。賈環賈薔等愈鬧得不像事了，甚至偷典偷賣，不一而足。賈環更加宿娼爛賭，無所不為。

一日，邢大舅王仁都在賈家外書房喝酒，一時高興，叫了幾個陪酒的來唱著喝著勸酒。賈薔便說：「你們鬧得太俗，我要行個令兒。」眾人道：「使得。」賈薔道：「咱們『月』字流觴罷。我先說起，『月』字數到那個，便是那個喝酒。還要酒面酒底；須得依著令官，不依者罰三大杯。」眾人都依了。賈薔喝了一杯令酒，便說：「飛羽觴而醉月。」順飲數到賈環。賈薔說：「酒面要個『桂』字。」賈環便說道：「冷露無聲濕桂花。酒底呢？」賈薔道：「說個『香』字。」賈環道：「天香雲外飄。」大舅說道：「沒趣，沒趣！你又懂得什麼字了，也假斯文起來！這不是取樂，竟是慪人了。咱們都蠲了。倒是搳搳拳，輸家喝，輸家唱，叫作『苦中苦』。若是不會唱的，說個笑話兒也使得，只要有趣。」眾人都道：「使得。」於是亂搳起來。王仁輸了，喝了一杯，唱了一個，眾人道：「好！」又搳起來了，是個陪酒的輸了，唱了一個什麼「小姐小姐多丰采」。以後邢大舅輸了，眾人要他唱曲兒。他道：「我唱不上來的，我說個笑話兒罷。」賈薔道：「若說不笑，仍要罰的。」邢大舅就喝了一杯，便說道：「諸位聽著：村莊上有一座元帝廟，旁邊有個土地祠。那元帝老爺常叫土地來說閒話兒。一日，元帝廟裏被了盜，便叫土地去查訪。土地稟道：『這地方沒有賊的，必是神將不小心，被外賊偷了東西去。』元帝道：『胡說！你是土地，失了盜，不問你問誰去呢？你倒不去拿賊，反說我的神將不小心嗎？』土地稟道：『雖說是不小心，到底是廟裏的風水不好。』元帝道：『你倒會看風水麼？』土地道：『待小神看看。』那土地向各處瞧了一會，便來回稟道：『老爺坐的身子背後，兩扇紅門，就不謹慎。小神坐的背後，是砌的牆，自然東西丟不了。以後老爺的背後亦改了牆就好了。』元帝老爺聽來有理，便叫神將派人打牆。眾神將歎口氣道：『如今香火一炷也沒有，那裏有磚灰人工來打牆？』元帝老爺沒法，叫神將作法，卻都沒有主意。那元帝老爺腳下的龜將軍站起來道：『你們不中用，我有主意：你們將紅門拆下來，到了夜裏，拿我的肚子墊住這門口，難道當不得一堵牆麼？』眾神將都說道：『好！又不花錢，又便當結實。』於是龜將軍便當這個差使，竟安靜了。豈知過了幾天，那廟裏又丟了東西。眾神將叫了土地來，說道：『你說砌了牆就不丟東西，怎麼如今有了牆還要丟？』那土地道：『這牆砌得不結實。』眾神將道：『你瞧去。』土地一看，果然是一堵好牆，怎麼還有失事？把手摸了一摸，道：『我打諒是真牆，那裏知道是個「假牆」！』」

眾人聽了，大笑起來。賈薔也忍不住的笑，說道：「傻大舅，你好！我沒有罵你，你為什麼罵我？快拿杯來罰一大杯。」邢大舅喝了，已有醉意。眾人又喝了幾杯，都醉起來。邢大舅說他姐姐不好，王仁說他妹妹不好，都說得狠狠毒毒的。賈環聽了，趁著酒興，也說鳳姐不好，怎樣苛刻我們，怎麼樣踏我們的頭。眾人道：「大凡做個人，原要厚道些。看鳳姑娘仗著老太太這樣的利害，如今『焦了尾巴梢子』了，只剩了一個姐兒，只怕也要現世現報呢！」賈芸想著鳳姐待他不好，又想起巧姐兒見他就哭，也信著嘴兒混說。還是賈薔道：「喝酒罷，說人家做什麼？」那兩個陪酒的道：「這位姑娘多大年紀了？長得怎麼樣？」賈薔道：「模樣兒是好得很的，年紀也有十三四歲了。」那陪酒的說道：「可惜這樣人生在府裏這樣人家，若生在小戶人家，父母兄弟都做了官，還發了財呢。」眾人道：「怎麼樣？」那陪酒的說：「現今有個外藩王爺，最是有情的，要選一個妃子，若合了式，父母兄弟都跟了去，可不是好事兒嗎？」眾人都不大理會，只有王仁心裏略動了一動，仍舊喝酒。

只見外頭走進賴林兩家的子弟來，說：「爺們好樂呀！」眾人站起來說道：「老大老三，怎麼這時候纔來？叫我們好等！」那兩個人說道：「今早聽見一個謠言，說是咱們家又鬧出事來了。心裏著急，趕到裏頭打聽去，並不是咱們。」眾人道：「不是咱們就完了，為什麼不就來？」那兩個說道：「雖不是咱們，也有些干係。你們知道是誰？就是賈雨村老爺。我們今兒進去，看見帶著鎖子，說要解到三法司衙門裏審問去呢。我們見他常在咱們家裏來往，恐有什麼事，便跟了去打聽。」賈芸道：「到底老大用心，原該打聽打聽。你且坐下喝一杯再說。」

兩人讓了一回，便坐下喝著酒，道：「這位雨村老爺，人也能幹，也會鑽營；官也不小了，只是貪財。被人家參了個『婪索屬員』的幾款。如今的萬歲爺是最聖明最仁慈的，獨聽了一個『貪』字，或因糟蹋了百姓，或因恃勢欺良，是極生氣的，所以旨意便叫拿。若問出來了，只怕擱不住；若是沒有的事，那參的人也不便。如今真真是好時候，只要有造化，做個官兒就好。」眾人道：「你的哥哥就是有造化的，現做知縣，還不好麼？」賴家的說道：「我哥哥雖是做了知縣，他的行為，只怕也保不住怎麼樣呢。」眾人道：「手也長麼？」賴家的點點頭兒，便舉起杯來喝酒。眾人又道：「裏頭還聽見什麼新聞？」兩人道：「別的事沒有，只聽見海疆的賊寇拿住了好些，也解到法司衙門裏審問。還審出好些賊寇，也有藏在城裏的，打聽消息，抽空兒就劫搶人家。如今知道朝裏那些老爺們都是能文能武，出力報効，所到之處，早就消滅了。」眾人道：「你聽見有在城裏的，不知審出咱們家失盜了一案來沒有？」兩人道：「倒沒有聽見，恍惚有人說是有個內地裏的人，城裏犯了事，搶了一個女人下海去了，那女人不依，被這賊寇殺了。那賊寇正要逃出關去，被官兵拿住了，就在拿獲的地方正了法了。」眾人道：「咱們櫳翠庵的什麼妙玉，不是叫人搶去，不要就是他罷？」賈環道：「必是他。」眾人道：「你怎麼知道？」賈環道：「妙玉這個東西是最討人嫌的，他一日家捏酸，見了寶玉，就眉開眼笑了。我若見了他，他從不拿正眼瞧我一瞧。真要是他，我纔趁願呢！」眾人道：「搶的人也不少，那裏就是他？」賈芸道：「有點信兒。前日有見人說他庵裏的道婆做夢，說看見是妙玉叫人殺了。」眾人笑道：「夢話算不得。」邢大舅道：「管他夢不夢，咱們快吃飯罷，今夜做個大輸贏。」

眾人願意，便吃畢了飯，大賭起來。賭到三更多天，只聽見裏頭亂嚷，說是：「四姑娘和珍大奶奶拌嘴，把頭髮都鉸掉了。趕到邢夫人王夫人那裏去磕了頭，說是要求容他做尼姑呢，送他一個地方；若不容他，他就死在眼前。那邢王兩位太太沒主意，叫請薔大爺芸二爺進去。」賈芸聽了，便知是那回看家的時候起的念頭，想來是勸不過來的了，便和賈薔商議道：「太太叫我們進去，我們是做不得主的，況且也不好做主。只好勸去，若勸不住，只好由他們罷。咱們商量了寫封書給璉二叔，便卸了我們的干係了。」兩人商量定了主意，進去見了邢王兩位太太，便假意的勸了一回。

無奈惜春立意必要出家，就不放他出去，只求一兩間淨屋子，給他誦經拜佛。尤氏見他兩個不肯做主，又怕惜春尋死，自己便硬做主張，說是：「這個不是，索性我耽了罷。說我做嫂子的容不下小姑子，逼他出了家了，就完了。若說到外頭去呢，斷斷使不得；若在家裏呢，太太們都在這裏，算我的主意罷。叫薔哥兒寫封書子給你珍大爺璉二叔就是了。」賈薔等答應了。不知邢王二夫人依與不依，下回分解。

卷一百十八　記微嫌舅兄欺弱女　驚謎語妻妾諫癡人

話說邢王二夫人聽尤氏一段話，明知也難挽回。王夫人只得說道：「姑娘要行善，這也是前生的夙根，我們也實在攔不住。只是咱們這樣人家的姑娘出了家，不成了事體。如今你嫂子說了，准你修行，也是好處。卻有一句話要說，那頭髮可以不剃的，只要自己的心真，那在頭髮上頭呢？你想妙玉也是帶髮修行的。不知他怎樣凡心一動，纔鬧到那個分兒。姑娘執意如此，我們就把姑娘住的房子便算了姑娘的靜室。所有服侍姑娘的人，也得叫他們來問：他若願意跟的，就講不得說親配人；若不願意跟的，另打主意。」惜春聽了，收了淚，拜謝了邢王二夫人、李紈、尤氏等。王夫人說了，便問彩屏等：「誰願跟姑娘修行？」彩屏等回道：「太太們派誰就是誰。」王夫人知道不願意，正在想人。襲人立在寶玉身後，想來寶玉必要大哭，防著他的舊病。豈知寶玉歎道：「真真難得！」襲人心裏更自傷悲。寶釵雖不言語，遇事試探，見是執迷不醒，只得暗中落淚。

王夫人纔要叫了眾丫頭來問，忽見紫鵑走上前去，在王夫人面前跪下，回道：「剛纔太太問跟四姑娘的姐姐，太太看著怎麼樣？」王夫人道：「這個如何強派得人的？誰願意，他自然就說出來了。」紫鵑道：「姑娘修行，自然姑娘願意，並不是別的姐姐們的意思。我有句話回太太：我也並不是拆開姐姐們，各人有各人的心。我服侍林姑娘一場，林姑娘待我，也是太太們知道的，實在恩重如山，無以可報。他死了，我恨不得跟了他去，但是他不是這裏的人，我又受主子家的恩典，難以從死。如今四姑娘既要修行，我就求太太們將我派了跟著姑娘，伏侍姑娘一輩子，不知太太們准不准？若准了，就是我的造化了。」

邢王二夫人尚未答言，只見寶玉聽到那裏，想起黛玉，一陣心酸，眼淚早下來了。眾人纔要問他時，他又哈哈的大笑，走上來道：「我不該說的。這紫鵑蒙太太派給我屋裏，我纔敢說：求太太准了他罷，全了他的好心。」王夫人道：「你頭裏姊妹出了嫁，還哭得死去活來；如今看見四妹妹要出家，不但不勸，倒說『好事』。你如今到底是怎麼個意思？我索性不明白了。」寶玉道：「四妹妹修行是已經准的了，四妹妹也是一定主意了？若是真的，我有一句話告訴太太；若是不定的，我就不敢混說了。」惜春道：「二哥哥說話也好笑，一個人主意不定，便扭得過太太們來了？我也是像紫鵑的話，容我呢，是我的造化；不容我呢，還有一個死呢。那怕什麼？二哥哥既有話，只管說。」寶玉道：「我這也不算什麼洩漏了，這也是一定的。我念一首詩給你們聽聽罷。」眾人道：「人家苦得很的時候，你倒來作詩慪人。」寶玉道：「不是作詩，我到一個地方兒看了來的。你們聽聽罷。」眾人道：「使得。你就念念，別順著嘴兒胡謅。」寶玉也不分辯，便說道：

勘破三春景不長，緇衣頓改昔年妝。可憐繡戶侯門女，獨臥青燈古佛旁！

李紈寶釵聽了咤異道：「不好了！這人入了迷了。」王夫人聽了這話，點頭歎息，便問：「寶玉，你到底是那裏看來的？」寶玉不便說出來，回道：「太太也不必問我，自有見的地方。」王夫人回過味來，細細一想，便更哭起來道：「你說前兒是玩話，怎麼忽然有這首詩？罷了，我知道了，你們叫我怎麼樣呢？我也沒有法兒了，也只得由著你們去罷！但是要等我合上了眼，各自幹各自的就完了。」

寶釵一面勸著，這個心比刀絞更甚，也掌不住，便放聲大哭起來。襲人已經哭得死去活來，幸虧秋紋扶著。寶玉也不啼哭，也不相勸，只不言語。賈蘭賈環聽到那裏，各自走開。李紈竭力的解說：「總是寶兄弟見四妹妹修行，他想來是痛極了，不顧前後的瘋話，這也作不得準的。獨有紫鵑的事情，准不准，好叫他起來。」王夫人道：「什麼依不依？橫豎一個人的主意定了，那也是扭不過來的。可是寶玉說的，也是一定的了。」

紫鵑聽了磕頭。惜春又謝了王夫人。紫鵑又給寶玉寶釵磕了頭。寶玉念聲：「阿彌陀佛！難得，難得！不料你倒先好了。」寶釵雖然有把持，也難掌住。只有襲人也顧不得王夫人在上，便痛哭不止，說：「我也願意跟了四姑娘去修行。」寶玉笑道：「你也是好心，但是你不能享這個清福的。」襲人哭道：「這麼說，我是要死的了？」寶玉聽到那裏，倒覺傷心，只是說不出來。因時已五更，寶玉請王夫人安歇。李紈等各自散去。彩屏等暫且伏侍惜春回去，後來指配了人家。紫鵑終身伏侍，毫不改初。此是後話。

且言賈政扶了賈母靈柩一路南行，因遇著班師的兵將船隻過境，河道擁擠，不能速行，在道實在心焦。幸喜遇見了海疆的官員，聞得鎮海統制欽召回京，想來探春一定回家，略略解些煩心。只打聽不出起程的日期，心裏又是煩躁。想到盤費算來不敷，不得已，寫書一封，差人到賴尚榮任上借銀五百，叫人沿途迎上來，應需用。那人去了幾日，賈政的船纔行得十數里。那家人回來，迎上船隻，將賴尚榮的稟啟呈上，書內告了多少苦處，備上白銀五十兩。賈政看了生氣，即命家人：「立刻送還！將原書發回，叫他不必費心。」那家人無奈，只得回到賴尚榮任所。賴尚榮接到原書銀兩，心中煩悶，知事辦得不周到，又添了一百，央來人帶回，幫著說些好話。豈知那人不肯帶回，撂下就走了。

賴尚榮心下不安，立刻修書到家，回明他父親，叫他設法告假，贖出身來。於是賴家託了賈薔賈芸等在王夫人面前乞恩放出。賈薔明知不能，過了一日，假說王夫人不依的話，回覆了。賴家一面告假，一面差人到賴尚榮任上，叫他告病辭官。王夫人並不知道。

那賈芸聽見賈薔的假話，心裏便沒想頭。連日在外又輸了好些銀錢，無所抵償，便和賈環相商。賈環本是一個錢沒有的，雖是趙姨娘積蓄些微，早被他弄光了，那能照應人家？便想起鳳姐待他刻薄，要趁賈璉不在家，要擺佈巧姐出氣，遂把這個當叫賈芸來上，故意的埋怨賈芸道：「你們年紀又大，放著弄銀錢的事又不敢辦，倒和我沒有錢的人商量。」賈芸道：「三叔，你這話說得倒好笑，咱們一塊兒玩，一塊兒鬧，那裏有銀錢的事？」賈環道：「不是前兒有人說是外藩要買個偏房，你們何不和王大舅商量，把巧姐說給他呢？」賈芸道：「叔叔，我說句招你生氣的話，外藩花了錢買人，還想能和咱們走動麼？」賈環在賈芸耳邊說了些話，賈芸雖然點頭，只道賈環是小孩子的話，也不當事。恰好王仁走來說道：「你們兩個人商量些什麼，瞞著我嗎？」賈芸便將賈環的話附耳低言的說了。王仁拍手道：「這倒是一種好事，又有銀子！只怕你們不能。若是你們敢辦，我是親舅舅，做得主的。只要環老三在大太太跟前那麼一說，我找邢大舅再一說，太太們問起來，你們齊打夥兒說好就是了。」

賈環等商議定了，王仁便去找邢大舅，賈芸便去回邢王二夫人，說得錦上添花。王夫人聽了，雖然入耳，只是不信。邢夫人聽得邢大舅知道，心裏願意，便打發人找了邢大舅來問他。那邢大舅已經聽了王仁的話，又可分肥，便在邢夫人跟前說道：「若說這位郡王，是極有體面的。若應了這門親事，雖說是不是正配，保管一過了門，姊夫的官早復了，這裏的聲勢又好了。」邢夫人本是沒主意人，被傻大舅一番假話哄得心動，請了王仁來一問，更說得熱鬧。於是邢夫人倒叫人出去追著賈芸去說。王仁即刻找了人去到外藩公館說了。

那外藩不知底細，便要打發人來相看。賈芸又鑽了相看的人，說明：「原是瞞著合宅的，只說是王府相親。等到成了，他祖母做主，親舅舅的保山，是不怕的。」那相看的人應了。賈芸便送信與邢夫人，並回了王夫人。那李紈寶釵等不知原故，只道是件好事，也都歡喜。

那日，果然來了幾個女人，都是豔妝麗服。邢夫人接了進去，敍了些閒話。那來人本知是個誥命，也不敢怠慢。邢夫人因事未定，也沒有和巧姐說明，只說有親戚來瞧，叫他去見。那巧姐到底是個小孩子，那管這些，便跟了奶媽過來。平兒不放心，也跟著來。只見有兩個宮人打扮的，見了巧姐，便渾身上下一看，更又起身來拉著巧姐的手又瞧了一遍，略坐了一坐就走了。倒把巧姐看得羞臊，回到房中納悶；想來沒有這門親戚，便問平兒。平兒先看見來頭，卻也猜著八九：「必是相親的。但是二爺不在家，大太太做主，到底不知是那府裏的。若說是對頭親，不該這樣相看。瞧那幾個人的來頭，不像是本支王府，好像是外頭路數。如今且不必和姑娘說明，且打聽明白再說。」平兒心下留神打聽。那些丫頭婆子都是平兒使過的，平兒一問，所有聽見外頭的風聲都告訴了，平兒便唬得沒了主意。雖不和巧姐說，便趕著去告訴了李紈寶釵，求他二人告訴王夫人。

王夫人知道這事不好，便和邢夫人說知。怎奈邢夫人信了兄弟並王仁的話，反疑心王夫人不是好意，便說：「孫女兒也大了。現在璉兒不在家，這件事，我還做得主。況且是他親舅爺爺和他親舅舅打聽的，難道倒比別人不真麼？我橫豎是願意的。倘有什麼不好，我和璉兒也抱怨不著別人。」王夫人聽了這些話，心下暗暗生氣，勉強說些閒話，便走了出來，告訴了寶釵，自己落淚。寶玉勸道：「太太別煩惱。這件事，我看來是不成的。這又是巧姐兒命裏所招，只求太太不管就是了。」王夫人道：「你一開口就是瘋話。人家說定了就要接過去。若依平兒的話，你璉二哥可不抱怨我麼？別說自己的姪孫女兒，就是親戚家的，也是要好纔好。邢姑娘是我們做媒的，配了你二大舅子，如今和和順順的過日子，不好麼？那琴姑娘，梅家娶了去，聽見說是豐衣足食的，很好。就是史姑娘，是他叔叔的主意，頭裏原好；如今姑爺癆病死了，你史妹妹立志守寡，也就苦了。若是巧姐兒錯給了人家兒，可不是我的心壞？」

正說著，平兒過來瞧寶釵，並探聽邢夫人的口氣。王夫人將邢夫人的話說了一遍。平兒呆了半天，跪下求道：「巧姐兒終身全仗著太太，若信了人家的話，不但姑娘一輩子受了苦，便是璉二爺回來，怎麼說呢？」

王夫人道：「你是個明白人，起來聽我說：巧姐兒到底是大太太孫女兒，他要做主，我能夠攔他麼？」寶玉勸道：「無妨礙的，只要明白就是了。」平兒生怕寶玉瘋癲嚷出來，也並不言語，回了王夫人，竟自去了。

這裏王夫人想到煩悶，一陣心痛，叫丫頭扶著，勉強回到自己房中躺下，不叫寶玉寶釵過來，說：「睡睡就好的。」自己卻也煩悶。聽見說李嬸娘來了，也不及接待。只見賈蘭進來請了安，回道：「今早爺爺那裏打發人帶了一封書子來，外頭小子們傳進來的。我母親接了，正要過來，因我老娘來了，叫我先呈給太太瞧，回來我母親就過來來回太太。還說我老娘要過來呢。」說著，一面把書子呈上。王夫人一面接書，一面問道：「你老娘來做什麼？」賈蘭道：「我也不知道。我只聽見我老娘說，我三姨兒的婆婆家有什麼信兒來了。」王夫人聽了，想起來還是前次給甄寶玉說了李綺，後來放定下茶，想來此時甄家要娶過門，所以李嬸娘來商量這件事情，便點點頭兒；一面拆開書信，見上面寫著道：

近因沿途俱係海疆凱旋船隻，不能迅速前行。聞探姐隨翁婿來都，不知曾有信否？前接到璉姪手稟，知大老爺身體欠安，亦不知已有確信否？寶玉蘭哥場期已近，務須實心用功，不可怠惰。老太太靈柩抵家，尚需日時。我身體平善，不必掛念。此諭寶玉等知道。月日手書。蓉兒另稟。

王夫人看了，仍舊遞給賈蘭，說：「你拿去給你二叔叔瞧瞧，還交給你母親罷。」正說著，李紈同李嬸娘過來，請安問好畢，王夫人讓了坐。李嬸娘便將甄家要娶李綺的話說了一遍。大家商議了一會兒。李紈因問王夫人道：「老爺的書子，太太看過了麼？」王夫人道：「看過了。」賈蘭便拿著給他母親瞧。李紈看了道：「三姑娘出了門好幾年，總沒有來；如今要回京了，太太也放了好些心。」王夫人道：「我本是心痛，看見探丫頭要回來了，心裏略好些，只是不知幾時纔到？」李嬸娘便問了賈政在路好。李紈因向賈蘭道：「哥兒瞧見了？場期近了，你爺爺惦記的什麼似的。你快拿了去給二叔叔瞧去罷。」李嬸娘道：「他們爺兒兩個又沒進過學，怎麼能下場呢？」王夫人道：「他爺爺做糧道的起身時，給他們爺兒兩個援了例監了。」李嬸娘點頭。賈蘭一面拿著書子出來，來找寶玉。

　　卻說寶玉送了王夫人去後，正拿著《秋水》一篇在那裏細玩。寶釵從裏間走出，見他看得得意忘言，便走過來一看，見是這個，心裏著實煩悶，細想：「他只顧把這些『出世離群』的話當作一件正經事，終久不妥。」看他這種光景，料勸不過來，便坐在寶玉旁邊，怔怔的坐著。寶玉見他這般，便道：「你這又是為什麼？」寶釵道：「我想你我既為夫婦，你便是我終身的倚靠，卻不在情慾之私。論起榮華富貴，原不過是『過眼雲煙』；但自古聖賢，以人品根柢為重……」寶玉也沒聽完，把那本書擱在旁邊，微微的笑道：「據你說『人品根柢』，又是什麼『古聖賢』，你可知古聖賢說過『不失其赤子之心』。那赤子有什麼好處？不過是無知、無識、無貪、無忌。我們生來已陷溺在貪、嗔、癡、愛中，猶如汙泥一般，怎麼能跳出這般塵網？如今纔曉得『聚散浮生』四字，古人說了，曾不提醒一個。既要講到人品根柢，誰是到那太初一步地位的？」寶釵道：「你既說『赤子之心』，古聖賢原以忠孝為赤子之心，並不是遁世離群、無關無係為赤子之心。堯、舜、禹、湯、周、孔，時刻以救民濟世為心，所謂赤子之心，原不過是『不忍』二字。若你方纔所說的忍於拋棄天倫，還成什麼道理？」寶玉點頭笑道：「堯舜不強巢許，武周不強夷齊。」寶釵不等他說完，便道：「你這個話，益發不是了。古來若都是巢、許、夷、齊，為什麼如今人又把堯、舜、周、孔稱為聖賢呢？況且你自比夷齊，更不成話。伯夷叔齊原是生在殷商末世，有許多難處之事，所以纔有託而逃。當此聖世，咱們世受國恩，祖父錦衣玉食；況你自有生以來，自去世的老太太，以及老爺太太，視如珍寶。你方纔所說，自己想一想，是與不是？」寶玉聽了，也不答言，只有仰頭微笑。

寶釵因又勸道：「你既理屈詞窮，我勸你從此把心收一收，好好的用用功，但能博得一第，便是從此而止，也不枉天恩祖德了。」寶玉點了點頭，歎了口氣，說道：「一第呢，其實也不是什麼難事，倒是你這個『從此而止，不枉天恩祖德』，卻還不離其宗。」寶釵未及答言，襲人過來說道：「剛纔二奶奶說的古聖先賢，我們也不懂。我只想著我們這些人，從小兒辛辛苦苦跟著二爺，不知陪了多少小心，論起理來，原該當的，但只二爺也該體諒體諒。況且二奶奶替二爺在老爺太太跟前行了多少孝道，就是二爺不以夫妻為事，也不可太辜負了人心。至於神仙那一層，更是謊話，誰見過有走到凡間來的神仙呢？那裏來的這麼個和尚，說了些混話，二爺就信了真。二爺是讀書的人，難道他的話比老爺太太還重麼？」寶玉聽了，低頭不語。

襲人還要說時，只聽外面腳步走響，隔著窗戶問道：「二叔在屋裏呢麼？」寶玉聽了是賈蘭的聲音，便站起來笑道：「你進來罷。」寶釵也站起來。賈蘭進來，笑容可掬的給寶玉寶釵請了安，問了襲人的好，襲人也問了好，便把書子呈給寶玉瞧。寶玉接在手中看了，便道：「你三姑姑回來了？」賈蘭道：「爺爺既如此寫，自然是回來的了。」寶玉點頭不語，默默如有所思。賈蘭便問：「叔叔看見爺爺後頭寫的，叫咱們好生念書了。叔叔這一程子只怕總沒作文章罷？」寶玉笑道：「我也要作幾篇熟一熟手，好去誆這個功名。」賈蘭道：「叔叔既這樣，就擬幾個題目，我跟著叔叔作作，也好進去混場。別到那時交了白卷子，惹人笑話。不但笑話我，人家連叔叔都要笑話了。」寶玉道：「你也不至如此。」說著，寶釵命賈蘭坐下。

寶玉仍坐在原處，賈蘭側身坐了。兩個談了一回文，不覺喜動顏色。寶釵見他爺兒兩個談得高興，便仍進屋裏去了，心中細想：「寶玉此時光景，或者醒悟過來了。只是剛纔説話，他把那『從此而止』四字單單的許可，這又不知是什麼意思了。」寶釵尚自猶豫。惟有襲人看他愛講文章，提到下場，更又欣然，心裏想道：「阿彌陀佛！好容易講《四書》似的纔講過來了！」這裏寶玉和賈蘭講文，鶯兒沏過茶來。賈蘭站起來接了，又説了一會子下場的規矩，並請甄寶玉在一處的話，寶玉也甚似願意。

一時，賈蘭回去，便將書子留給寶玉了。那寶玉拿著書子，笑嘻嘻走進來，遞給麝月收了，便出來將那本《莊子》收了，把幾部向來最得意的如《參同契》、《元命苞》、《五燈會元》之類，叫出麝月、秋紋、鶯兒等都搬了擱在一邊。寶釵見他這番舉動，甚為罕異，因欲試探他，便笑問道：「不看他倒是正經，但又何必搬開呢？」寶玉道：「如今纔明白過來了，這些書都算不得什麼。我還要一火焚之，方為乾淨。」寶釵聽了，更欣喜異常。只聽寶玉口中微吟道：

內典語中無佛性，金丹法外有仙舟。

寶釵也沒很聽真，只聽得「無佛性」、「有仙舟」幾個字，心中轉又狐疑，且看他作何光景。寶玉便命麝月秋紋等收拾一間靜室，把那些語錄名稿及應制詩之類，都找出來，擱在靜室中，自己卻當真靜靜的用起功來。寶釵這纔放了心。

那襲人此時真是聞所未聞，見所未見，便悄悄的笑著向寶釵道：「到底奶奶説話透徹，只一路講究，就把二爺勸明白了。就只可惜遲了一點兒，臨場太近了。」寶釵點頭微笑道：「功名自有定數，中與不中，倒也不在用功的遲早。但願他從此一心巴結正路，把從前那些邪魔永不沾染就是好了。」説到這裏，見房裏無人，便悄説道：

「這一番悔悟過來，固然很好；但只一件，怕又犯了前頭的舊病，和女孩兒們打起交道來，也是不好。」襲人道：「奶奶說的也是。二爺自從信了和尚，纔把這些姐妹冷淡了；如今不信和尚，真怕又要犯了前頭的舊病呢。我想，奶奶和我，二爺原不大理會。紫鵑去了，如今只他們四個。這裏頭就是五兒有些個狐媚子，聽見說，他媽求了大奶奶和奶奶，說要討出去給人家兒呢，但是這兩天到底在這裏呢。麝月秋紋雖沒別的，只是二爺那幾年也都有些頑頑皮皮的。如今算來，只有鶯兒二爺倒不大理會，況且鶯兒也穩重。我想倒茶弄水，只叫鶯兒帶著小丫頭們伏侍就夠了，不知奶奶心裏怎麼樣？」寶釵道：「我也慮的是這些，你說的倒也罷了。」從此便派鶯兒帶著小丫頭伏侍。那寶玉卻也不出房門，天天只差人去給王夫人請安。王夫人聽見他這番光景，那一種欣慰之情，更不待言了。

到了八月初三這一日，正是賈母的冥壽。寶玉早晨過來磕了頭，便回去，仍到靜室中去了。飯後，寶釵襲人等都和姊妹們跟著邢王二夫人在前面屋裏說閒話。見寶玉自在靜室，冥心危坐。忽見鶯兒端了一盤瓜果進來，說：「太太叫人送來給二爺吃的，這是老太太的克什。」寶玉站起來答應了，復又坐下，便道：「擱在那裏罷。」鶯兒一面放下瓜果，一面悄悄向寶玉道：「太太那裏誇二爺呢。」寶玉微笑。鶯兒又道：「太太說了，二爺這一用功，明兒進場中了出來，明年再中了進士，做了官，老爺太太可就不枉了盼二爺了。」寶玉也只點頭微笑。

鶯兒忽然想起那年給寶玉打絡子的時候寶玉說的話來，便道：「真要二爺中了，那可是我們姑奶奶的造化了。二爺還記得那一年在園子裏，不是二爺叫我打梅花絡子時說的，我們姑奶奶後來帶著我不知到那一個有造化的人家兒去呢，如今二爺可是有造化的罷咧。」寶玉聽到這裏，又覺塵心一動，連忙斂神定息，微微的笑道：「據你說來，我是有造化的，你們姑娘也是有造化的，你呢？」鶯兒把臉飛紅了，勉強道：「我們不過當丫頭一輩子罷咧，有什麼造化呢！」寶玉笑道：「果然能夠一輩子是丫頭，你這個造化比我們還大呢！」鶯兒聽見這話，似乎又是瘋話了，恐怕自己招出寶玉的病根來，打算著要走。只見寶玉笑著說道：「傻丫頭，我告訴你罷。」未知寶玉又說出什麼話來，且聽下回分解。

卷一百十九　中鄉魁寶玉卻塵緣　沐皇恩賈家延世澤

話說鶯兒見寶玉說話，摸不著頭腦，正自要走，只聽寶玉又說道：「傻丫頭，我告訴你罷。你姑娘既是有造化的，你跟著他，自然也是有造化的了。你襲人姐姐是靠不住的。只要往後你盡心伏侍他就是了，日後或有好處，也不枉你跟著他熬了一場。」鶯兒聽了前頭像話，後頭說的又有些不像了，便道：「我知道了。姑娘還等我呢。二爺要吃果子時，打發小丫頭叫我就是了。」寶玉點頭，鶯兒纔去了。一時，寶釵襲人回來，各自房中去了，不提。

且說過了幾天，便是場期。別人只知盼望他爺兒兩個作了好文章，便可以高中的了，只有寶釵見寶玉的工課雖好，只是那有意無意之間，卻別有一種冷靜的光景。知他要進場了，頭一件，叔姪兩個都是初次赴考，恐人馬擁擠，有什麼失閃；第二件，寶玉自和尚去後，總不出門，雖然見他用功喜歡，只是改得太速太好了，反倒有些信不及，只怕又有什麼變故。所以進場的頭一天，一面派了襲人帶了小丫頭們同著素雲等給他爺兒兩個收拾妥當，自己又都過了目，好好的擱起，預備著；一面過來同李紈回了王夫人，揀家裏的老成管事的多派了幾個，只說怕人馬擁擠碰了。

次日，寶玉賈蘭換了半新不舊的衣服，欣然過來見了王夫人。王夫人囑咐道：「你們爺兒兩個都是初次下場，但是你們活了這麼大，並不曾離開我一天。就是不在我眼前，也是丫頭媳婦們圍著，何曾自己孤身睡過一夜。今日各自進去，孤孤淒淒，舉目無親，須要自己保重。早些作完了文章出來，找著家人，早些回來，也叫你母親、媳婦們放心。」王夫人說著，不免傷心起來。賈蘭聽一句答應一句。只見寶玉一聲不哼，待王夫人說完了，走過來給王夫人跪下，滿眼流淚，磕了三個頭，說道：「母親生我一世，我也無可答報。只有這一入場，用心作了文章，好好的中個舉人出來，那時太太喜歡喜歡，便是兒子一輩子的事也完了，一輩子的不好，也都遮過去了。」王夫人聽了，更覺傷心起來，便道：「你有這個心，自然是好的，可惜你老太太不能見你的面了。」一面說，一面拉他起來。那寶玉只管跪著，不肯起來，便說道：「老太太見與不見，總是知道的，喜歡的；既能知道了，喜歡了，便是不見也和見了的一樣。只不過隔了形質，並非隔了神氣啊。」

李紈見王夫人和他如此，一則怕勾起寶玉的病來，二則也覺得光景不大吉祥，連忙過來說道：「太太，這是大喜的事，為什麼這樣傷心？況且寶兄弟近來很知好歹，很孝順，又肯用功，只要帶了姪兒進去，好好的作文章，早早的回來，寫出來請咱們的世交老先生們看了，等著爺兒兩個都報了喜，就完了。」一面叫人攙起寶玉來。寶玉卻轉過身來給李紈作了個揖，說：「嫂子放心，我們爺兒兩個都是必中的。日後蘭哥還有大出息，大嫂子還要帶鳳冠穿霞帔呢。」李紈笑道：「但願應了叔叔的話，也不枉……」說到這裏，恐怕又惹起王夫人的傷心來，連忙咽住了。寶玉笑道：「只要有了個好兒子，能夠接續祖基，就是大哥哥不能見，也算他的後事完了。」李紈見天氣不早了，也不肯儘著和他說話，只好點點頭兒。

此時寶釵聽得，早已呆了。這些話，不但寶玉，便是王夫人李紈所說，句句都是不祥之兆，卻又不敢認真，只得忍淚無言。那寶玉走到跟前，深深的作了一個揖。眾人見他行事古怪，也摸不著是怎麼樣，又不敢笑他。只見寶釵的眼淚直流下來，眾人更是納罕。又聽寶玉說道：「姐姐，我要走了。你好生跟著太太，聽我的喜信兒罷。」寶釵道：「是時候了，你不必說這些嘮叨話了。」寶玉道：「你倒催得我緊，我自己也知道該走了。」回頭見眾人都在這裏，只沒惜春紫鵑，便說道：「四妹妹和紫鵑姐姐跟前，替我說一句罷，橫豎是再見就完了。」

眾人見他的話，又像有理，又像瘋話。大家只說他從沒出過門，都是太太的一套話招出來的，不如早早催他去了，就完了事了，便說道：「外面有人等你呢，你再鬧就誤了時辰了。」寶玉仰面大笑道：「走了，走了！不用胡鬧了，完了事了！」眾人也都笑道：「快走罷。」獨有王夫人和寶釵娘兒兩個倒像生離死別的一般，那眼淚也不知從那裏來的，直流下來，幾乎失聲哭出。但見寶玉嘻天哈地，大有瘋傻之狀，遂從此出門走了。正是：

走求名利無雙地，打出樊籠第一關。

不言寶玉賈蘭出門赴考，且說賈環見他們考去，自己又氣又恨，便自大為王，說：「我可要給母親報仇了。家裏一個男人沒有，上頭大太太依了我，還怕誰！」想定了主意，跑到邢夫人那邊請了安，說了些奉承的話。那邢夫人自然喜歡，便說道：「你這纔是明理的孩子呢！像那巧姐兒的事，原該我做主的，你璉二哥糊塗，放著親奶奶，倒託別人去！」賈環道：「人家那頭兒也說了，只認得這一門子，現在定了，還要備一分大禮來送太太呢。如今太太有了這樣的藩王孫女婿兒，還怕大老爺沒大官做麼？不是我說自己的太太，他們有了元妃姐姐，便欺壓得人難受。將來巧姐兒別也是這樣沒良心，等我去問問他。」邢夫人道：「你也該告訴他，他纔知道你的好處。只怕他父親在家也找不出這麼門子好親事來！但只平兒那個糊塗東西，他倒說這件事不好，說是你太太也不願意。想來恐怕我們得了意。若遲了，你二哥回來，又聽人家的話，就辦不成了。」賈環道：「那邊都定了，只等太太出了八字。王府的規矩，三天就要來娶的。但是一件，只怕太太不願意，那邊說是不該娶犯官的孫女，只好悄悄的擡了去；等大老爺免了罪，做了官，再大家熱鬧起來。」邢夫人道：「這有什麼不願意？也是禮上應該的。」賈環道：「既這麼著，這帖子太太出了就是了。」邢夫人道：「這孩子又糊塗了！裏頭都是女人，你叫芸哥兒寫了一個就是了。」賈環聽說，喜歡得了不得，連忙答應了出來，趕著和賈芸說了，邀著王仁到那外藩公館立文書、兑銀子去了。

　　那知剛纔所說的話早被跟邢夫人的丫頭聽見。那丫頭是求了平兒纔挑上的，便抽空兒趕到平兒那裏，一五一十的都告訴了。平兒早知此事不好，已和巧姐細細的說明。巧姐哭了一夜，必要等他父親回來做主，大太太的話不能遵；今兒又聽見這話，便大哭起來，要和太太講去。平兒急忙攔住道：「姑娘且慢著。大太太是你的親祖母，他說二爺不在家，大太太做得主的，況且還有舅舅做保山。他們都是一氣，姑娘一個人，那裏說得過呢？我到底是下人，說不上話去。如今只可想法兒，斷不可冒失的。」邢夫人那邊的丫頭道：「你們快快的想主意，不然，可就要擡走了。」說著，各自去了。

　　平兒回過頭來，見巧姐哭作一團，連忙扶著道：「姑娘，哭是不中用的，如今是二爺夠不著，聽見他們的話頭……」這句話還沒說完，只見邢夫人那邊打發人來告訴：「姑娘大喜的事來了。叫平兒將姑娘所有應用的東西料理出來。若是賠送呢，原説明了等二爺回來再辦。」平兒只得答應了回來。又見王夫人過來，巧姐兒一把抱住，哭得倒在懷裏。王夫人也哭道：「妞兒不用著急，我為你吃了大太太好些話，看來是扭不過來的。我們只好應著緩下去，即刻差個家人趕到你父親那裏去告訴。」平兒道：「太太還不知道麼？早起三爺在大太太跟前説了，什麼外藩規矩，三日就要過去的。如今大太太已叫芸哥兒寫了名字年庚去了，還等得二爺麼？」王夫人聽説是三爺，便氣得説不出話來，呆了半天，一疊聲叫人找賈環。找了半日，人回：「今早同薔哥兒王舅爺出去了。」王夫人問：「芸哥呢？」眾人回説：「不知道。」巧姐屋內人人瞪眼，一無方法。王夫人也難和邢夫人爭論，只有大家抱頭大哭。

有個婆子進來回説：「後門上的人説，那個劉老老又來了。」王夫人道：「咱們家遭著這樣事，那有工夫接待人，不拘怎麼回了他去罷。」平兒道：「太太該叫他進來，他是姐兒的乾媽，也得告訴告訴他。」王夫人不言語。那婆子便帶了劉老老進來。各人見了問好。劉老老見眾人的眼圈兒都是紅的，也摸不著頭腦，遲了一會子，便問道：「怎麼了？太太姑娘們必是想二姑奶奶了。」巧姐兒聽見提起他母親，越發大哭起來。平兒道：「老老別説閒話。你既是姑娘的乾媽，也該知道的。」便一五一十的告訴了。把個劉老老也唬怔了。等了半天，忽然笑道：「你這樣一個伶俐姑娘，沒聽見過『鼓兒詞』麼，這上頭的方法多著呢。這有什麼難的！」平兒趕忙問道：「老老，你有什麼法兒？快説罷。」劉老老道：「這有什麼難的呢，一個人也不叫他們知道，扔崩一走就完了事了。」平兒道：「這可是混説了。我們這樣人家的人，走到那裏去？」劉老老道：「只怕你們不走，你們要走，就到我屯裏去。我就把姑娘藏起來，即刻叫我女婿弄了人，叫姑娘親筆寫個字兒，趕到姑老爺那裏，少不得他就來了。可不好麼？」平兒道：「大太太知道呢？」劉老老道：「我來，他們知道麼？」平兒道：「大太太住在後頭，他待人刻薄，有什麼信，沒有送給他的。你若前門走來，就知道了；如今是後門來的，不妨事。」劉老老道：「咱們說定了幾時，我叫女婿打了車來接了去。」平兒道：「這還等得幾時呢，你坐著罷。」急忙進去，將劉老老的話，避了旁人告訴了。

王夫人想了半天不妥當。平兒道：「只有這樣！為的是太太，纔敢說明。太太就裝不知道，回來倒問大太太。我們那裏就有人去，想二爺回來也快。」王夫人不言語，歎了一口氣。巧姐兒聽見，便和王夫人道：「求太太救我，橫豎父親回來，只有感激的。」平兒道：「不用說了，太太回去罷。回來只要太太派人看屋子。」王夫人道：「掩密些，你們兩個人的衣服鋪蓋是要的。」平兒道：「要快走了纔中用呢，若是他們定了回來，就有了饑荒了。」提醒了王夫人，便道：「是了，你們快辦去罷，有我呢。」於是王夫人回去，倒過去找邢夫人說閒話兒，把邢夫人先絆住了。

平兒這裏便遣人料理去了，囑咐道：「倒別避人，有人進來看見，就說是大太太吩咐的，要一輛車子送劉老老去。」這裏又買囑了看後門的人僱了車來。平兒便將巧姐裝作青兒模樣，急急的去了。後來平兒只當送人，眼錯不見，也跨上車去了。原來近日賈府後門雖開，只有一兩個人看著，餘外雖有幾個家下人，因房大人少，空落落的，誰能照應？且邢夫人又是個不憐下人的。眾人明知此事不好，又卻感念平兒的好處，所以通同一氣，放走了巧姐。邢夫人還自和王夫人說話，那裏理會？只有王夫人甚不放心，說了一回話，悄悄的走到寶釵那裏坐下，心裏還是惦記著。寶釵見王夫人神色恍惚，便問：「太太的心裏有什麼事？」王夫人將這事背地裏和寶釵說了。寶釵道：「險得很！如今得快快兒的叫芸哥兒止住那裏纔妥當。」王夫人道：「我找不著環兒呢。」寶釵道：「太太總要裝作不知，等我想個人去叫大太太知道纔好。」王夫人點頭，一任寶釵想人，暫且不言。

且說外藩原是要買幾個使喚的女人，據媒人一面之辭，所以派人相看。相看的人回去，稟明了藩王，藩王問起人家，眾人不敢隱瞞，只得實說。那外藩聽了，知是世代勳戚，便說：「了不得！這是有干例禁的，幾乎誤了大事！況我朝覲已過，便要擇日起程。倘有人來再說，快快打發出去。」這日恰好賈芸王仁等遞送年庚，只見府門裏頭的人便說：「奉王爺的命：再敢拿賈府的人來冒充民女者，要拿住究治的。如今太平時候，誰敢這樣大膽？」這一嚷，唬得王仁等抱頭鼠竄的出來，埋怨那說事的人，大家掃興而散。

賈環在家候信，又聞王夫人傳喚，急得煩躁起來，見賈芸一人回來，趕著問道：「定了麼？」賈芸慌忙跺足道：「了不得，了不得！不知誰露了風了。」還把吃虧的話說了一遍。賈環氣得發怔，說：「我早起在大太太跟前說得這樣好，如今怎麼樣處呢？這都是你們眾人坑了我了！」正沒主意，聽見裏頭亂嚷，叫著賈環等的名字說：「大太太二太太叫呢！」兩個人只得蹭進去。只見王夫人怒容滿面，說：「你們幹的好事！如今逼死了巧姐和平兒了，快快的給我找還屍首來完事！」兩個人跪下。賈環不敢言語。賈芸低頭說道：「孫子不敢幹什麼。為的是邢舅太爺和王舅爺說給巧妹妹做媒，我們纔回太太們的。大太太願意，纔叫孫子寫帖兒去的。人家還不要呢。怎麼我們逼死了妹妹呢？」王夫人道：「環兒在大太太那裏說的，三日內便要擡了走。說親做媒，有這樣的麼？我也不問，你們快把巧姐兒還了我們，等老爺回來再說。」邢夫人如今也是一句話兒說不出了，只有落淚。王夫人便罵賈環說：「趙姨娘這樣混賬的東西，留的種子也是這混賬的！」說著，叫丫頭扶了，回到自己房中。

那賈環、賈芸、邢夫人三個人互相埋怨，說道：「如今且不用埋怨。想來死是不死的，必是平兒帶了他到那什麼親戚家躲著去了。」邢夫人叫了前後的門上人來罵著，問：「巧姐兒和平兒，知道那裏去了？」豈知下人一口同音，說是：「大太太不必問我們，問當家的爺們就知道了。在大太太也不用鬧，等我們太太問起來，我們有話說。要打大家打，要發大家都發。自從璉二爺出了門，外頭鬧得還了得！我們的月錢月米是不給了，賭錢喝酒，鬧小旦，還接了外頭的媳婦兒到宅裏來，這不是爺嗎？」說得賈芸等頓口無言。王夫人那邊又打發人來催說：「叫爺們快找來！」那賈環等急得恨無地縫可鑽，又不敢盤問巧姐那邊的人。明知眾人深恨，是必藏起來了，但是這句話怎敢在王夫人面前說，只得各處親戚家打聽，毫無蹤跡。裏頭一個邢夫人，外頭環兒等，這幾天鬧得晝夜不寧。

看看到了出場日期，王夫人只盼著寶玉賈蘭回來。等到晌午，不見回來，王夫人、李紈、寶釵著忙，打發人去到下處打聽。去了一起，又無消息，連去的人也不來了。回來又打發一起人去，又不見回來。三個人心裏如熱油熬煎。等到傍晚，有人進來，見是賈蘭。眾人喜歡，問道：「寶二叔呢？」賈蘭也不及請安，便哭道：「二叔丢了。」王夫人聽了這話，便怔了半天，也不言語，便直挺挺的躺到牀上。虧得彩雲等在後面扶著，下死的叫醒轉來，哭著。見寶釵也是白瞪兩眼，襲人等已哭得淚人一般，只有哭著罵賈蘭道：「糊塗東西！你同二叔在一處，怎麼他就丢了？」賈蘭道：

「我和二叔在下處是一處吃，一處睡。進了場，相離也不遠，刻刻在一處的。今兒一早，二叔的卷子早完了，還等我呢。我們兩個人一起去交了卷子，一同出來，在龍門口一擠，回頭就不見了。我們家接場的人都問我。李貴還說：『看見的，相離不過數步，怎麼一擠就不見了？』現叫李貴等分頭的找去。我也帶了人，各處號裏都找遍了，沒有，我所以這時候纔回來。」

王夫人是哭得一句話也說不出來，寶釵心裏已知八九，襲人痛哭不已。賈薔等不等吩咐，也是分頭而去。可憐榮府的人，個個死多活少，空備了接場的酒飯。賈蘭也忘卻了辛苦，還要自己找去。倒是王夫人攔住道：「我的兒，你叔叔丟了，還禁得再丟了你麼？好孩子，你歇歇去罷。」賈蘭那裏肯走，尤氏等苦勸不止。眾人中只有惜春心裏卻明白了，只不好說出來，便問寶釵道：「二哥哥帶了玉去了沒有？」寶釵道：「這是隨身的東西，怎麼不帶？」惜春聽了，便不言語。襲人想起那日搶玉的事來，也是料著那和尚作怪，柔腸幾斷，珠淚交流，嗚嗚咽咽哭個不住，追想當年寶玉相待的情分：「有時慪他，他便惱了，也有一種令人回心的好處，那溫存體貼，是不用說了。若慪急了他，便賭誓說做和尚，那知道今日卻應了這句話。」看看那天已覺是四更天氣，並沒有個信兒。李紈又怕王夫人苦壞了，極力的勸著回房。眾人都跟著伺候，只有邢夫人回去。賈環躲著不敢出來。王夫人叫賈蘭去了，一夜無眠。次日天明，雖有家人回來，都說：「沒有一處不尋到，實在沒有影兒。」於是薛姨媽、薛蝌、史湘雲、寶琴、李嬸娘等接二連三的過來請安問信。

如此一連數日，王夫人哭得飲食不進，命在垂危。忽有家人回道：「海疆來了一人，口稱統制大人那裏來的，說我們家的三姑奶奶，明日到京了。」王夫人聽說探春回京，雖不能解寶玉之愁，那個心略放了些。到了明日，果然探春回來。眾人遠遠接著，見探春出挑得比先前更好了，服采鮮明。見了王夫人形容枯槁，眾人眼腫腮紅，便也大哭起來，哭了一會，然後行禮。看見惜春道姑打扮，心裏很不舒服。又聽見寶玉心迷走失，家中多少不順的事，大家又哭起來。還虧得探春能言，見解亦高，把話來慢慢兒的勸解了好些時，王夫人等略覺好些。再明兒，三姑爺也來了，知有這樣的事，探春住下勸解。跟探春的丫頭老婆也與眾姐妹們相聚，各訴別後的事。從此上上下下的人，竟是無晝無夜，專等寶玉的信。

那一夜五更多天，外頭幾個家人進來，到二門口報喜。幾個小丫頭亂跑進來，也不及告訴大丫頭了，進了屋子，便說：「太太奶奶們大喜！」王夫人打諒寶玉找著了，便喜歡的站起身來說：「在那裏找著的？快叫他進來。」那人道：「中了第七名舉人。」王夫人道：「寶玉呢？」家人不言語。王夫人仍舊坐下。探春便問：「第七名中的是誰？」家人回說：「是寶二爺。」正說著，外頭又嚷道：「蘭哥兒中了！」那家人趕忙出去，接了報單回稟，見賈蘭中了一百三十名。李紈心下喜歡，因王夫人不見了寶玉，不敢喜形於色。王夫人見賈蘭中了，心下也是喜歡，只想：「若是寶玉一回來，咱們這些人，不知怎樣樂呢！」獨有寶釵心下悲苦，又不好掉淚。眾人道喜，說是：「寶玉既有中的命，自然再不會丟的，況天下那有迷失了的舉人。」王夫人等想來不錯，略有笑容，眾人便趁勢勸王夫人等多進了些飲食。只見三門外頭焙茗亂嚷說：「我們二爺中了舉人，是丢不了的了！」眾人問道：「怎見得呢？」焙茗道：「『一舉成名天下聞』，如今二爺走到那裏，那裏就知道的，誰敢不送來！」裏頭的眾人都說：「這小子雖是沒規矩，這句話是不錯的。」惜春道：「這樣大人了，那裏有走失的？只怕他勘破世情，入了空門，這就難找著他了。」這句話又招得王夫人等又大哭起來。李紈道：「古來成佛作祖成神仙的，果然把爵位富貴都抛了，也多得很。」王夫人哭道：「他若抛了父母，這就是不孝，怎能成佛作祖？」探春道：「大凡一個人，不可有奇處。二哥哥生來帶塊玉來，都道是好事；這麼說起來，都是有了這塊玉的不好。若是再有幾天不見，我不是叫太太生氣，就有些原故了，只好譬如沒有生這位哥哥罷了。果然有來頭成了正果，也是太太幾輩子的修積。」寶釵聽了不言語。襲人那裏忍得住，心裏一疼，頭上一暈，便栽倒了。王夫人看了可憐，命人扶他回去。賈環見哥哥姪兒中了，又為巧姐的事，大不好意思，只抱怨薔芸兩個。知道探春回來，此事不肯干休，又不敢躲開，這幾天竟是如在荊棘之中。

明日，賈蘭只得先去謝恩，知道甄寶玉也中了，大家序了同年。提起賈寶玉心迷走失，甄寶玉歎息勸慰。知貢舉的將考中的卷子奏聞，皇上一一的披閱，看取中的文章，俱是平正通達的。見第七名賈寶玉是金陵籍貫，第一百三十名又是金陵賈蘭，皇上傳旨詢問：「兩個姓賈的是金陵人氏，是否賈妃一族？」大臣領命出來，傳賈寶玉賈蘭問話。賈蘭將寶玉場後迷失的話，並將三代陳明，大臣代為轉奏。皇上最是聖明仁德，想起賈氏功勳，命大臣查覆，大臣便細細的奏明。皇上甚是憫恤，命有司將賈赦犯罪情由，查案呈奏。皇上又看到「海疆靖寇班師善後事宜」一本，奏的是「海宴河清，萬民樂業」的事。皇上聖心大悅，命九卿敘功議賞，並大赦天下。賈蘭等朝臣散後，拜了座師，並聽見朝內有大赦的信，便回了王夫人等。合家略有喜色，只盼寶玉回來。薛姨媽更加喜歡，便要打算贖罪。

一日，人報甄老爺同三姑爺來道喜，王夫人便命賈蘭出去接待。不多一時，賈蘭進來，笑嘻嘻的回王夫人道：「太太們大喜了！甄老伯在朝內聽見有旨意，說是大老爺的罪名免了；珍大爺不但免了罪，仍襲了寧國三等世職。榮國世職，仍是老爺襲了，俟丁憂服滿，仍昇工部郎中。所抄家產，全行賞還。二叔的文章，皇上看了甚喜。問知元妃兄弟，北靜王還奏說人品亦好，皇上傳旨召見。眾大臣奏稱：『據伊姪賈蘭回稱出場時迷失，現在各處尋訪。』皇上降旨，著五營各衙門用心尋訪。這旨意一下，請太太們放心，皇上這樣聖恩，再沒有找不著了。」王夫人等這纔大家稱賀，喜歡起來。

只有賈環等心下著急，四處找尋巧姐。那知巧姐隨了劉老老，帶著平兒出了城，到了莊上，劉老老也不敢輕褻巧姐，便打掃上房，讓給巧姐平兒住下。每日供給，雖是鄉村風味，倒也潔淨；又有青兒陪著，暫且寬心。那莊上也有幾家富户，知道劉老老家來了賈府姑娘，誰不來瞧，都道是天上神仙，也有送菜果的，也有送野味的，倒也熱鬧。內中有個極富的人家姓周，家財巨萬，良田千頃；只有一子，生得文雅清秀，年紀十四歲，他父母延師讀書，新近科試，中了秀才。那日他母親看見了巧姐，心裏羡慕，自想：「我是莊家人家，那能配得起這樣世家小姐？」呆呆的想著。劉老老知他的心事，拉著他說：「你的心事我知道了，我給你們做個媒罷。」周媽媽笑道：「你別哄我，他們什麼人家，肯給我們莊人？」劉老老道：「說著瞧罷。」於是兩人各自走開。

劉老老惦記著賈府，叫板兒進城打聽。那日恰好到寧榮街，只見有好些車轎在那裏，板兒便在鄰近打聽。說是：「寧榮兩府復了官，賞還抄的家產，如今府裏又要起來了。只是他們的寶玉中了官，不知走到那裏去了。」板兒心裏喜歡，便要回去。又見好幾匹馬到來，在門前下馬，只見門上打千兒請安，說：「二爺回來了，大喜！大老爺身上安了麼？」那位爺笑著道：「好了，又遇恩旨，就要回來了。」還問：「那些人做什麼的？」門上回說：「是皇上派官在這裏下旨意，叫人領家產。」那位爺便喜歡進去。板兒便知是賈璉了，也不用打聽，趕忙回去告訴了他外祖母。

劉老老聽說，喜得眉開眼笑，去和巧姐兒賀喜，將板兒的話說了一遍。平兒笑說道：「可不是，虧得老老這樣一辦，不然，姑娘也摸不著那好時候。」巧姐更自歡喜。正說著，那送賈璉信的人也回來了，說是：「姑老爺感激得很，叫我一到家，快把姑娘送回去。又賞了我好幾兩銀子。」劉老老聽了得意，便叫人趕了兩輛車，請巧姐平兒上車。巧姐等在劉老老家住熟了，反是依依不捨，更有青兒哭著，恨不能留下。劉老老和他不忍相別，便叫青兒跟了進城，一徑直奔榮府而來。

且說賈璉先前知道賈赦病重，趕到配所，父子相見，痛哭一場，漸漸的好起。賈璉接著家書，知道家中的事，稟明賈赦回來，走到中途，聽得大赦，又趕了兩天，今日到家，恰遇頒賞恩旨。裏面邢夫人等正愁無人接旨，雖有賈蘭，終是年輕。人報璉二爺回來，大家相見，悲喜交集。此時也不及敍話，即到前廳，叩見了。欽命大人問了他父親好，說：「明日到內府領賞。寧國府第，發交居住。」眾人起身辭別。賈璉送出門去，見有幾輛屯車，家人們不許停歇，正在吵鬧，賈璉早知道是巧姐來的車，便罵家人道：「你們這班糊塗忘八崽子！我不在家，就欺心害主，將巧姐兒都逼走了。如今人家送來，還要攔阻，必是你們和我有什麼仇麼？」眾家人原怕賈璉回來不依，想來少時纔破，豈知賈璉說得更明，心下不懂，只得站著回道：「二爺出門，奴才們有病的，有告假的，都是三爺、薔大爺、芸二爺做主，不與奴才們相干。」賈璉道：「什麼混賬東西！我完了事，再和你們說。快把車趕進來！」

賈璉進去，見邢夫人也不言語，轉身到了王夫人那裏，跪下磕了個頭，回道：「姐兒回來了，全虧太太！環兒弟太太也不用說他了。只是芸兒這東西，他上回看家，就鬧亂兒；如今我去了幾個月，便鬧到這樣。回太太的話，這種人，攆了他不往來也使得的。」王夫人道：「你大舅子為什麼也是這樣？」賈璉道：「太太不用說，我自有道理。」正說著，彩雲等回道：「巧姐兒進來了。」見了王夫人，雖然別不多時，想起這樣逃難的景況，不免落下淚來。巧姐兒也便大哭。賈璉謝了劉老老。王夫人便拉他坐下，說起那日的話來。賈璉見平兒，外面不好說別的，心裏感激，眼中流淚。自此，賈璉心裏愈敬平兒，打算等賈赦等回來，要扶平兒為正。此是後話，暫且不提。

邢夫人正恐賈璉不見了巧姐，是有一番的周折；又聽見賈璉在王夫人那裏，心下更是著急，便叫丫頭去打聽。回來說是巧姐兒同著劉老老在那裏說話，邢夫人纔如夢初覺，知他們的鬼，還抱怨著王夫人：「調唆我母子不和，到底是那個送信給平兒的？」正問著，只見巧姐同著劉老老，帶了平兒，王夫人在後頭跟著進來，先把頭裏的話都說在賈芸王仁身上，說：「大太太原是聽見人說，為的是好事。那裏知道外頭的鬼？」邢夫人聽了，自覺羞慚，想起王夫人主意不差，心裏也服。於是邢王二夫人，彼此心下相安。

平兒回了王夫人，帶了巧姐到寶釵那裏來請安，各自提各自的苦處。又說到：「皇上隆恩，咱們家該興旺起來了。想來寶二爺必回來的。」正說到這話，只見秋紋忽忙來說：「襲人不好了！」不知何事，且聽下回分解。

卷一百二十　甄士隱詳説太虛情　賈雨村歸結紅樓夢

話説寶釵聽秋紋説襲人不好，連忙進去瞧看。巧姐兒同平兒也隨著走到襲人炕前，只見襲人心痛難禁，一時氣厥。寶釵等用開水灌了過來，仍舊扶他睡下，一面傳請大夫。巧姐兒問寶釵道：「襲人姐姐怎麼病到這個樣？」寶釵道：「大前兒晚上，哭傷了心了，一時發暈栽倒了。太太叫人扶他回來，他就睡倒了。因外頭有事，沒有請大夫瞧他，所以致此。」説著，大夫來了，寶釵等略避。大夫看了脈，説是急怒所致，開了方子去了。

原來襲人模糊聽見説，寶玉若不回來，便要打發屋裏的人都出去，一急，越發不好了。到大夫瞧後，秋紋給他煎藥，他各自一人躺著，神魂未定，好像寶玉在他面前，恍惚又像是見個和尚，手裏拿著一本冊子揭著看，還説道：「你別錯了主意，我是不認得你們的了。」襲人似要和他説話，秋紋走來説：「藥好了，姐姐吃罷。」襲人睜眼一瞧，知是個夢，也不告訴人。吃了藥，便自己細細的想：「寶玉必是跟了和尚去。上回他要拿玉出去，便是要脱身的樣子。被我揪住，看他竟不像往常，把我混推混搡的，一點情意都沒有了。後來待二奶奶更生厭煩。在別的姊妹跟前，也是沒有一點情意。這就是悟道的樣子。但是你悟了道，拋了二奶奶怎麼好？我是太太派我服侍你，雖是月錢照著那樣的分例，其實我究竟沒有在老爺太太跟前回明，就算了你的屋裏人。若是老爺太太打發我出去，我若死守著，又叫人笑話；若是我出去，心想寶玉待我的情分，實在難處。想到剛纔的夢，好像和我無緣的話，倒不如死了乾淨。豈知吃藥以後，心痛減了好些，也難躺著，只好勉強支持。過了幾日，起來服侍寶釵。寶釵想念寶玉，暗中垂淚，自歎命苦。又知他母親打算給哥哥贖罪，很費張羅，不能不幫著打算。暫且不表。

且說賈政扶賈母靈柩，賈蓉送了秦氏、鳳姐、鴛鴦的棺木到了金陵，先安了葬。賈蓉自送黛玉的靈，也去安葬。賈政料理墳墓的事。一日，接到家書，一行一行的看到寶玉賈蘭得中，心裏自是喜歡；後來看到寶玉走失，復又煩惱。只得趕忙回來。在道兒上又聞得有恩赦的旨意，又接家書，果然赦罪復職，更是喜歡，便日夜趲行。

一日，行到毗陵驛地方，那天乍寒，下雪，泊在一個清靜去處。賈政打發眾人上岸投帖，辭謝朋友，總說即刻開船，都不敢勞動。船中只留一個小廝伺候，自己在船中寫家書，先要打發人起早到家。寫到寶玉的事，便停筆。擡頭忽見船頭上微微的雪影裏面一個人，光著頭，赤著腳，身上披著一領大紅猩猩氈的斗篷，向賈政倒身下拜。賈政尚未認清，急忙出船，欲待扶住問他是誰。那人已拜了四拜，站起來打了個問訊。賈政纔要還揖，迎面一看，不是別人，卻是寶玉。賈政吃一大驚，忙問道：「可是寶玉麼?」那人只不言語，似喜似悲。賈政又問道：「你若是寶玉，如何這樣打扮，跑到這裏?」寶玉未及回言，只見船頭上來了兩人，一僧一道，夾住寶玉說道：「俗緣已畢，還不快走!」說著，三個人飄然登岸而去。賈政不顧地滑，疾忙來趕，見那三人在前，那裏趕得上?只聽得他們三人口中不知是那個作歌曰：

我所居兮，青埂之峰；我所遊兮，鴻蒙太空。誰與我逝兮，吾誰與從?渺渺茫茫兮，歸彼大荒。

賈政一面聽著，一面趕去，轉過一小坡，倏然不見。賈政已趕得心虛氣喘，驚疑不定。回過頭來，見自己的小廝也是隨後趕來，賈政問道：「你看見方纔那三個人麼？」小廝道：「看見的。奴才為老爺追趕，故也趕來。後來只見老爺，不見那三個人了。」賈政還欲前走，只見白茫茫一曠野，並無一人。賈政知是古怪，只得回來。

眾家人回船，見賈政不在艙中，問了船伕，說是老爺上岸追趕兩個和尚一個道士去了。眾人也從雪地裏尋蹤迎去，遠遠見賈政來了，迎上去接著，一同回船。賈政坐下，喘息方定，將見寶玉的話說了一遍。眾人回稟，便要在這地方尋覓。賈政歎道：「你們不知道，這是我親眼見的，並非鬼怪。況聽得歌聲，大有玄妙。寶玉生下時，啣了玉來，便也古怪，我早知是不祥之兆，為的是老太太疼愛，所以養育到今。便是那和尚道士，我也見了三次：頭一次，是那僧道來說玉的好處；第二次，便是寶玉病重，他來了，將那玉持誦了一番，寶玉便好了；第三次，送那玉來，坐在前廳，我一轉眼就不見了。我心裏便有些咤異，只道寶玉果真有造化，高僧仙道來護佐他的。豈知寶玉是下凡歷劫的，竟哄了老太太十九年！如今叫我纔明白。」說到那裏，掉下淚來。眾人道：「寶二爺果然是下凡的和尚，就不該中舉人了。怎麼中了纔去？」賈政道：「你們那裏知道，大凡天上星宿，山中老僧，洞裏的精靈，他自具一種性情。你看寶玉何嘗肯念書？他若略一經心，無有不能的。他那一種脾氣，也是各別另樣。」說著，又歎了幾聲。眾人便拿蘭哥得中、家道復興的話解了一番。賈政仍舊寫家書，便把這事寫上，勸諭合家不必想念了。寫完封好，即著家人回去，賈政隨後趕回。暫且不提。

且說薛姨媽得了赦罪的信，便命薛蝌去各處借貸，並自己湊齊了贖罪銀兩。刑部准了，收兑了銀子，一角文書，將薛蟠放出。他們母子姊妹弟兄見面，不必細述，自然是悲喜交集了。薛蟠自己立誓說道：「若是再犯前病，必定犯殺犯剮！」薛姨媽見他這樣，便要握他嘴，說：「只要自己拿定主意，必定還要妄巴口舌血淋淋的起這樣惡誓麼！只香菱跟了你受了多少的苦處，你媳婦已經自己治死自己了，如今雖說窮了，這碗飯還有得吃，據我的主意，我便算他是媳婦了。你心裏怎麼樣？」薛蟠點頭願意。寶釵等也說：「很該這樣。」倒把香菱急得臉脹通紅，說是：「伏侍大爺一樣的，何必如此。」眾人便稱起「大奶奶」來，無人不服。

薛蟠便要去拜謝賈家。薛姨媽寶釵也都過來。見了眾人，彼此聚首，又說了一番的話。正說著，恰好那日賈政的家人回家，呈上書子，說：「老爺不日到了。」王夫人叫賈蘭將書子念給聽。賈蘭念到賈政親見寶玉的一段，眾人聽了，都痛哭起來，王夫人、寶釵、襲人等更甚。大家又將賈政書內叫家內「不必悲傷，原是借胎」的話解了一番：「與其做了官，倘或命運不好，犯了事，壞家敗產，那時倒反不好了，寧可咱們家出一位佛爺，倒是老爺太太的積德，所以纔投到咱們家來。不是說句不顧前後的話，當初東府裏太爺，倒是修煉了十幾年，也沒有成了仙，這佛是更難成的。太太這麼一想，心裏便開豁了。」王夫人哭著和薛姨媽道：「寶玉抛了我，我還恨他呢。我歎的是媳婦的命苦，纔成了一二年的親，怎麼他就硬著腸子都撂下了走了呢！」薛姨媽聽了，也甚傷心。寶釵哭得人事不知。所有爺們都在外頭。王夫人便說道：「我為他擔了一輩子的驚，剛剛兒的娶了親，中了舉人，又知道媳婦作了胎，我纔喜歡些，不想弄到這樣結局！早知這樣，就不該娶親，害了人家的姑娘。」薛姨媽道：「這是自己一定的。咱們這樣人家，還有什麼別的說的嗎？幸喜有了胎，將來生個外孫子，必定是有成立的，後來就有了結果了。你看大奶奶，如今蘭哥兒中了舉人，明年成了進士，可不是就做了官了麼？他頭裏的苦也算吃盡的了，如今的甜來，也是應為人的好處。我們姑娘的心腸兒，姊姊是知道的，並不是刻薄輕佻的人，姊姊倒不必耽憂。」

王夫人被薛姨媽一番言語說得極有理，心想：「寶釵小時候，便是廉靜寡慾，極愛素淡的，他所以纔有這個事。想來生在世，真有一定數的。看著寶釵雖是痛哭，他端莊樣兒一點不走，卻倒來勸我，這是真真難得的！不想寶玉這樣一個人，紅塵中福分，竟沒有一點兒。」想了一回，也覺解了好些。又想到襲人身上：「若說別的丫頭呢，沒有什麼難處的，大的配了出去，小的伏侍二奶奶就是了。獨有襲人，可怎麼處呢？」此時人多，也不好說，且等晚上和薛姨媽商量。

那日薛姨媽並未回家，因恐寶釵痛哭，所以在寶釵房中解勸。那寶釵卻是極明理，思前想後：「寶玉原是一種奇異的人，夙世前因，自有一定，原無可怨天尤人。」更將大道理的話告訴他母親了，薛姨媽心裏反倒安了，便到王夫人那裏，先把寶釵的話說了。王夫人點頭歎道：「若說我無德，不該有這樣好媳婦了。」說著更又傷心起來。

薛姨媽倒又勸了一會子，因又提起襲人來，說：「我見襲人近來瘦得了不得，他是一心想著寶玉兒。但是正配呢，理應守的，屋裏人願守也是有的。惟有這襲人，雖說是算個屋裏人，到底他和寶哥兒並沒有過明路兒的。」王夫人道：「我纔剛想著，正要等妹妹商量商量。若說放他出去，恐怕他不願意，又要尋死覓活的；若要留著他也罷，又恐老爺不依，所以難處。」薛姨媽道：「我看姨老爺是再不肯叫守著的。再者，姨老爺並不知道襲人的事，想來不過是個丫頭，那有留的理呢？只要姊姊叫他本家的人來，狠狠的吩咐他，叫他配一門正經親事，再多多的陪送他些東西。那孩子心腸兒也好，年紀兒又輕，也不枉跟了姐姐會子，也算姐姐待他不薄了。襲人那裏，還得我細細勸他。就是叫他家的人來，也不用告訴他；只等他家裏果然說定了好人家兒，我們還打聽打聽，若果然足衣足食，女婿長得像個人兒，然後叫他出去。」王夫人聽了，道：「這個主意很是。不然，叫老爺冒冒失失的一辦，我可不是又害了一個人了麼？」薛姨媽聽了，點頭道：「可不是麼？」又說了幾句，便辭了王夫人仍到寶釵房中去了。看見襲人淚痕滿面，薛姨媽便勸解譬喻了一會。襲人本來老實，不是伶牙利齒的人，薛姨媽說一句，他應一句，回來說道：「我是做下人的人，姨太太瞧得起我，纔和我說這些話。我是從不敢違拗太太的。」薛姨媽聽他的話，「好一個柔順的孩子！」心裏更加喜歡。寶釵又將大義的話說了一遍，大家各自相安。

　　過了幾日，賈政回家，眾人迎接。賈政見賈赦賈珍已都回家，弟兄叔姪相見，大家歷敘別來的景況。然後內眷們見了，不免想起寶玉來，又大家傷了一會子心。賈政喝住道：「這是一定的道理！如今只要我們在外把持家事，你們在內相助，斷不可仍是從前這樣的散漫。別房的事，各有各家料理，也不用承總。我們本房的事，裏頭全歸於你，都要按理而行。」王夫人便將寶釵有孕的話也告訴了，將來丫頭們都放出去。賈政聽了，點頭無語。

　　次日，賈政進內請示大臣們，說是：「蒙恩感激，但未服闋，應該怎麼謝恩之處，望乞大人們指教。」眾朝臣說是代奏請旨。於是聖恩浩蕩，即命陛見。賈政進內謝了恩。聖上又降了好些旨意，又問起寶玉的事來。賈政據實回奏。聖上稱奇，旨意說，寶玉的文章固是清奇，想他必是過來人，所以如此。若在朝中，可以進用；他既不敢受聖朝的爵位，便賞了一個「文妙真人」的道號。

　　賈政又叩頭謝恩而出，回到家中，賈璉賈珍接著。賈政將朝內的話述了一遍，眾人喜歡。賈珍便回說：「寧國府第，收拾齊全，回明了要搬過去。櫳翠庵圈在園內，給四妹妹養靜。」賈政並不言語，隔了半日，卻吩咐了一番仰報天恩的話。賈璉也趁便回說：「巧姐親事，父親太太都願意給周家為媳。」賈政昨晚也知巧姐的始末，便說：「大老爺大太太做主就是了。莫說村居不好，只要人家清白，孩子肯念書，能夠上進。朝裏那些官兒，難道都是城裏的人麼？」賈璉答應了「是」，又說：「父親有了年紀，況且又有痰症的根子，靜養幾年，諸事原仗二老爺為主。」賈政道：「提起村居養靜，甚合我意，只是我受恩深重，尚未酬報耳。」賈政說畢進內，賈璉打發請了劉老老來，應了這件事。劉老老見了王夫人等，便說些將來怎樣昇官，怎樣起家，怎樣子孫昌盛。

　　正說著，丫頭回道：「花自芳的女人進來請安。」王夫人問幾句話，花自芳的女人將親戚做媒，說的是城南蔣家的，現在有房有地，又有鋪面。姑爺年紀略大幾歲，並沒有娶過的，況且人物兒長得是百裏挑一的。王夫人聽了願意，說道：「你去應了，隔幾日進來，再接你妹子罷。」王夫人又命人打聽，都說是好。王夫人便告訴了寶釵，仍請了薛姨媽細細的告訴了襲人。襲人悲傷不已，又不敢違命呢，心裏想起寶玉那年到他家去，回來說的死也不回去的話，「如今太太硬做主張，若說我守著，又叫人說我不害臊；若是去了，實不是我的心願。」便哭得咽哽難鳴。又被薛姨媽寶釵等苦勸，回過念頭想道：「我若是死在這裏，倒把太太的好心弄壞了，我該死在家裏纔是。」於是襲人含悲叩辭了眾人。那姐妹分手時，自然更有一番不忍說。

襲人懷著必死的心腸，上車回去，見了哥哥嫂子，也是哭泣，但只說不出來。那花自芳悉把蔣家的聘禮送給他看，又把自己所辦妝奩一一指給他瞧，說：「那是太太賞的，那是置辦的。」襲人此時更難開口，住了兩天，細想起來：「哥哥辦事不錯。若是死在哥哥家裏，豈不又害了哥哥呢。」千思萬想，左右為難，真是一縷柔腸，幾乎牽斷，只得忍住。

那日已是迎娶吉期，襲人本不是那一種潑的人，委委屈屈的上轎而去，心裏另想到那裏再作打算。豈知過了門，見那蔣家辦事，極其認真，全都按著正配的規矩。一進了門，丫頭僕婦，都稱「奶奶」。襲人此時欲要死在這裏，又恐害了人家，辜負了一番好意。那夜原是哭著不肯俯就的，那姑爺極柔情曲意的承順。到了第二天開箱，這姑爺看見一條猩紅汗巾兒，方知是寶玉的丫頭。原來當初只知是賈母的侍兒，益想不到是襲人。此時蔣玉函念著寶玉待他的舊情，倒覺滿心惶愧，更加周旋；又故意將寶玉所換那條松花綠的汗巾拿出來。襲人看了，方知這姓蔣的原來就是蔣玉函，始信姻緣前定。襲人纔將心事說出。蔣玉函也深為歎息敬服，不敢勉強，並越發溫柔體貼，弄得個襲人真無死所了。

看官聽說：雖然事有前定，無可奈何，但孽子孤臣，義夫節婦，這「不得已」三字也不是一概推委得的。此襲人所以在「又副冊」也。正是前人過那桃花廟的詩上說道：

千古艱難惟一死，傷心豈獨息夫人！

不言襲人從此又是一番天地。且說那賈雨村犯了婪索的案件，審明定罪，今遇大赦，遞籍為民。雨村因叫家眷先行，自己帶了一個小廝，一車行李，來到急流津覺迷渡口，只見一個道者，從那渡頭草棚裏出來，執手相迎。雨村認得是甄士隱，也連忙打恭。士隱道：「賈老先生，別來無恙？」雨村道：「老仙長到底是甄老先生！何前次相逢，覿面不認？後知火焚草亭，鄙下深為惶恐。今日幸得相逢，益歎老仙翁道德高深。奈鄙人下愚不移，致有今日。」甄士隱道：「前者老大人高官顯爵，貧道怎敢相認？原因故交，敢贈片言，不意老大人相棄之深。然而富貴窮通，亦非偶然。今日復得相逢，也是一樁奇事。這裏離草庵不遠，暫請膝談，未知可否？」雨村欣然領命。

兩人攜手而行，小廝驅車隨後，到了一座茅庵。士隱讓進，雨村坐下，小童獻上茶來。雨村便請教仙長超塵的始末。士隱笑道：「一念之間，塵凡頓易。老先生從繁華境中來，豈不知溫柔富貴鄉中有一寶玉乎？」雨村道：「怎麼不知！近聞紛紛傳述，說他也遁入空門。下愚當時也曾與他往來過數次，再不想此人竟有如是之決絕。」士隱道：「非也。這一段奇緣，我先知之。昔年我與先生在仁清巷舊宅門口敘話之前，我已會過他一面。」雨村驚訝道：「京城離貴鄉甚遠，何以能見？」士隱道：「神交久矣。」雨村道：「既然如此，現今寶玉的下落，仙長定能知之。」士隱道：「寶玉，即『寶玉』也。那年榮寧查抄之前，釵黛分離之日，此玉早已離世。一為避禍，二為撮合，從此夙緣一了，形質歸一。又復稍示神靈，高魁貴子，方顯得此玉那天奇地靈鍛煉之寶，非凡間可比。前經茫茫大士渺渺真人攜帶下凡，如今塵緣已滿，仍是此二人攜歸本處，便是寶玉的下落。」雨村聽了，雖不能全然明白，卻也十知四五，便點頭歎道：「原來如此！下愚不知。但那寶玉既有如此的來歷，又何以情迷至此，復又豁悟如此？還要請教。」士隱笑道：「此事說來，老先生未必盡解。太虛幻境，即是真如福地。兩番閱冊，原始要終之道，歷歷生平，如何不悟？仙草歸真，焉有『通靈』不復原之理呢？」雨村聽著，卻不明白了，知仙機也不便更問。因又說道：「寶玉之事，既得聞命。但是敝族閨秀，如是之多，何元妃以下，算來結局俱屬平常呢？」士隱歎息道：「老先生莫怪拙言，貴族之女，俱屬從情天孽海而來。大凡古今女子，那『淫』字固不可犯，只這『情』字，也是沾染不得的。所以崔鶯蘇小，無非仙子塵心；宋玉相如，大是文人口孽。凡是情思纏綿，合那結局就不可問了。」雨村聽到這裏，不覺扭鬚長歎。因又問道：「請教老仙翁，那榮寧兩府，尚可如前？」士隱道：「福善禍淫，古今定理。現今榮寧兩府，善者修緣，惡者悔禍，將來蘭桂齊芳，家道復初，也是自然的道理。」雨村低了半日頭，忽然笑道：「是了，是了！現在他府中有一個名蘭的，已中鄉榜，恰好應著『蘭』字。適聞老仙翁說『蘭桂齊芳』，又道『寶玉高魁子貴』，莫非他有遺腹之子，可以飛黃騰達的麼？」士隱微微笑道：「此係後事，未便預說。」

雨村還要再問，士隱不答，便命人設具盤飧，邀雨村共食。食畢，雨村還要問自己的終身。士隱便道：「老先生草庵暫歇。我還有一段俗緣未了，正當今日完結。」雨村驚訝道：「仙長純修若此，不知尚有何俗緣？」士隱道：「也不過是兒女私情罷了。」雨村聽了，益發驚異：「請問仙長何出此言？」士隱道：「老先生有所不知，小女英蓮，幼遭塵劫，老先生初任之時，曾經判斷。今歸薛姓，產難完劫，遺一子於薛家，以承宗祧。此時正是緣塵脫盡之時，只好接引接引。」士隱說著，拂袖而起。雨村心中恍恍惚惚，就在這急流津覺迷渡口草庵中睡著了。

這士隱自去度脫了香菱，送到太虛幻境，交那警幻仙子對冊。剛過牌坊，見那一僧一道縹緲而來，士隱接著說道：「大士、真人，恭喜，賀喜！情緣完結，都交割清楚了麼？」那僧道說：「情緣尚未全結，倒是那蠢物已經回來了。還得把他送還原所，將他的後事敘明，也不枉他下世一回。」士隱聽了，便拱手而別。那僧道仍攜了玉到青埂峰下，將「寶玉」安放在女媧煉石補天之處，各自雲遊而去。從此後：

天外書傳天外事，兩番人作一番人。

這一日，空空道人又走青埂峰前經過，見那補天未用之石仍在那裏，上面字跡依然如舊，又從頭的細細看了一遍，見後面偈文後又歷敘了多少收緣結果的話頭，便點頭歎道：「我從前見石兄這段奇文，原說可以聞世傳奇，所以曾經鈔錄，但未見返本還原。不知何時，復有此一佳話？方知石兄下凡一次，磨出光明，修成圓覺，也可謂無復遺憾了。只怕年深日久，字跡模糊，反有舛錯，不如我再鈔錄一番，尋個世上清閒無事的人，託他傳遍，知道奇而不奇，俗而不俗，真而不真，假而不假。或者塵夢勞人，聊倩鳥呼歸去；山靈好客，更從石化飛來，亦未可知。」想畢，便又鈔了，仍袖至那繁華昌盛的地方，遍尋了一番，不是建功立業之人，即係糊口謀衣之輩，那有閒情更去和石頭饒舌。直尋到急流津覺迷渡口草庵中，睡著一個人，因想他必是閒人，便要將這鈔錄的《石頭記》給他看看。那知那人再叫不醒。空空道人復又使勁拉他，纔慢慢的開眼坐起。便接來草草一看，仍舊擲下道：「這事我已親見盡知，你這鈔錄的尚無舛錯。我只指與你一個人，託他傳去，便可歸結這一新鮮公案了。」空空道人忙問何人，那人道：「你須待某年，某月，某日，某時，到一個悼紅軒中，有個曹雪芹先生，只說賈雨村言，託他如此如此。」說畢，仍舊睡下了。

那空空道人牢牢記著此言，又不知過了幾世幾劫，果然有個悼紅軒，見那曹雪芹先生正在那裏翻閱歷來的古史。空空道人便將賈雨村言了，方把這《石頭記》示看。那雪芹先生笑道：「果然是『賈雨村言』了！」空空道人便問：「先生何以認得此人，便肯替他傳述？」見雪芹先生笑道：「說你空，原來你肚裏果然空空。既是『假語村言』，但無魯魚亥豕以及背謬矛盾之處，樂得與二三同志，酒餘飯飽，雨夕燈窗之下，同消寂寞，又不必大人先生品題傳世。似你這樣尋根究底，便是刻舟求劍、膠柱鼓瑟了。」那空空道人聽了，仰天大笑，擲下鈔本，飄然而去。一面走著，口中說道：「果然是敷衍荒唐！不但作者不知，鈔者不知，並閱者也不知。不過遊戲筆墨，陶情適性而已！」後人見了這本奇傳，亦曾題過四句偈語，為作者緣起之言更轉一竿頭云：

說到辛酸處，荒唐愈可悲。由來同一夢，休笑世人癡！